근대의 금강산과 강원도, / 그 기록의 지평

편저자

이민희 李民熙, Lee Min-heui

강화도에서 태어나 어린 시절 천방지축 자연과 역사 속에서 자랐다. 연세대 국어국문학과에 입학, 1990년 미 대륙 횡단 여행 시 큰 깨달음을 얻어 분과 학문의 경계를 넘어선 공부를 하고자 서울대 국어국문학과 대학원에 진학, 고전문학 비교 연구로 석・박사 학위를 받았다. 폴란드로 건너오라는 꿈을 꾼 뒤, 바르샤바대에서 수년 간 폴란드 학생들을 가르쳤다. 현재는 강원대 국어교육과에서 고전문학을 가르치며 학문적 경계를 넘나드는 공부를 계속 시도 중이다.

주요 저서로 『파란・폴란드・뽈스까! – 100여 년 전 한국과 폴란드의 만남, 그 의미의 지평을 찾아서』(소명출판, 2005, 문화관광부 선정 우수학술도서), 『16~19세기 서적중개상과 소설・서적 유통관계 연구』(역락, 2007, 대한민국 학술원 선정 우수학술도서), 『조선의 베스트셀러』(프로네시스, 2007), 『조선을 훔친 위험한 책들』(글항아리, 2008), 『마지막 서적중개상 송신용 연구』(보고사, 2009, 대한민국 학술원 선정 우수학술도서), 『역사영웅서사문학의 세계』(서울대 출판부, 2009), 『백두용과 한남서림 연구』(역락, 2013, 대한민국 학술원 선정 우수학술도서), 『얼굴나라』(계수나무, 2013, 세종도서 문학나눔 우수도서), 『쾌족, 뒷담화의 탄생 – 살아있는 고소설』(푸른지식, 2014, 세종도서 교양나눔 우수도서), 『세책, 도서 대여의 역사』(커뮤니케이션북스, 2017), 『박지원 읽기』(세창미디어, 2018), 『비엔나는 천재다』(글누림, 2019), 『강원도와 금강산, 근대로의 초대 – 19세기 말~20세기 초 서양인 여행기를 읽다』(강원학연구센터, 2021) 등이 있다.

근대의 금강산과 강원도, 그 기록의 지평

초판인쇄 2022년 11월 15일 **초판발행** 2022년 11월 25일

편저자 이민희 **펴낸이** 박성모 **펴낸곳** 소명출판 **출판등록** 제1998-000017호

주소 서울시 서초구 사임당로14길 15 서광빌딩 2층

전화 02-585-7840 **팩스** 02-585-7848

전자우편 somyongbooks@daum.net **홈페이지** www.somyong.co.kr

값 71,000원

ISBN 979-11-5905-718-2 93810

근대의 금강산과 강원도, 그 기록의 지평

Geumgang Mountain and Gangwon-do
in Modern Times,The Horizon of It's Records

이민희 편저

일러두기

1. 이 책은 [해제] – [자료] – [부록]편으로 구성되어 있다.
2. [해제]편은 전체 자료를 종합한 개괄적인 소개 글에 해당한다. 필자의 다음 글들을 토대로 깁고 다시 썼다.
   1) 「19세기 말~20세기 중반 여행기에 나타난 강원도 로컬리티의 제 양상」, 『동악어문학』 80, 동악어문학회, 2020.
   2) 「19세기 말~20세기 초 서양인 여행자의 금강산 여행기 연구」, 『한국문학연구』 67, 동국대 한국문학연구소, 2021.
   3) 『금강산과 강원도, 근대로의 초대 – 19세기 말~20세기 초 서양인 여행기를 읽다』, 강원학연구센터, 2021.
3. [자료]편 수록 자료들은 19세기 말~20세기 전반(분단 이전) 시기에 산출된 강원도 소재 기록물과 여행기들이다. 내국인 기록물(잡지 및 신문 기사, 여행기, 단행본 등)이 주가 된다. 향후 남북한 공동 연구를 위한 바람에서 북한 발행 자료도 일부 포함했다.
4. [자료]편 자료 제시 원칙은 다음과 같다.
   1) 강원도 전체, 그리고 시・군별로 묶어 제시했다. 북 강원도 시・군 → 남 강원도 시・군 순으로 제시하되, 인접한 시・군을 한 단위로 묶었다.
   2) 개별 자료는 자료명과 출처(서지정보)를 먼저 밝히고 본문을 제시했다. 기 출판된 단행본, 또는 선집에서 자료를 인용한 경우, 기 출처까지 분명히 제시해 놓았다. 시・군별 내에서는 출판 시기 순으로 자료를 제시했다.
5. [부록]은 ① 남한 발행물, ② 외국인 기록물, ③ 북한 발행물, 이렇게 세 가지로 나눠 자료 목록을 제시했다.
6. 원문 표기대로 적는 것을 원칙으로 했으나, 한자로 표기된 경우 가독성을 높이고 내용 이해를 돕기 위해 가급적 '한글(한자)' 병기로 바꿔 놓았다. 일부 오타, 또는 오식이 분명하거나 명백히 틀린 부분에 한해 인용자가 수정을 가했다.
7. 서양인 여행기 원서 및 『조선고적도보』 관련 사진 중 상당수는 김상헌 전 네이버(NAVER) 대표가 소장한 책을 촬영한 것이다. 이를 '김상헌 소장본'으로 밝혀 놓았다.
8. 띄어쓰기는 현대 규정에 맞게 고쳐 제시했다.
9. 원주가 아닌 인용자주는 각주로 제시했다.

머리말

◇ ◇ ◇

오늘날 국내 유일의 분단 도道인 강원도江原道. 원래 하나였던 남・북 강원도가 75년이 지나도록 분단의 상처와 기억을 안고 살아가는 현실에서 오늘날 우리들이 보듬고 회복해야 할 이름이 무엇인지 찾는 작업이 요청된다.

시대적 과제 앞에서 인문학은 무엇을 할 수 있는가? 분단 이전 근대 전환기에 하나였던 강원도의 제諸 모습을 담은 기록물에서 진실과 대면하고 그 가치와 의미를 재구하는 것이 한 방법이 될 것이다. 인문지리학 측면에서 현 남・북 강원도 일대를 하나의 지역성을 띤 장소로 인식하고, 강원도와 강원도 각 지역 각양의 기록들을 소환할 수 있다면 그 기억 속에 내재한, 하나였던 강원도의 지역성과 생활상, 정서와 시선을 공유하는 일이 가능하다. 분단 상태가 오래됨에 따라 오랫동안 강원도가 머금어 왔던 공동유산과 그 전통의 색깔과 의미가 점차 희석되고 있는 오늘날, 그렇기에 지리적 요인뿐 아니라 정신적, 문화적으로 하나였던 강원도의 공동 유산을 기억하는 일이야말로 통일을 지향하는 또 다른 마음의 고향과 같다.

이 책에서 개항 이후부터 분단 이전 시기까지 강원도 지역을 여행한 후 개인이 쓴 사적 기록을 한 곳에 모으고자 했다. 19세기 후반~20세기 전반 남・북 강원도를 하나로 의식하고 써 내려간 기록물에서 분단 전 하나였던 강원도의 원래 모습을 읽어낼 수 있을 뿐만 아니라 강원도가 지닌 역사적 무게와 정신적 지평까지 고스란히 가늠할 수 있기를 바라는 마음에서다.

당시 강원도를 바라보던 근대적 시선에는 내국인뿐 아니라 외국인의 시선도 있었다. 개항 이후 1910년 일제강점기 이전까지 미지의 나라 한국과 금강산이란 명산이 있는 강원도를 여행하고 그 여행담을 글로 남긴 외국인이 꽤 있었다. 반면 동시기에 내국인이 강원도와 금강산을 여행한다는 것은 일종의 특권이었다. 따라서 남・북 강원도를 여행한 후 외국인과 내국인이 남긴 기록을 함께 보며 상보적으로 바라보는 시각이 긴요하다.

분단 이전 남·북 강원도 지역에 대한 사실적 이해는 현재 우리가 망각忘却해 버린 것들과 잊혀지고 있는 것들, 그리고 잃어버려서는 안 되는 소중한 유산과 근대 강원도의 로컬리티Locality가 무엇인지 깨닫게 해 준다. 또한 미래지향적 콘텐츠를 개발하기 위한 긴요한 동력이 될 수 있다. 이 책에 모은 자료들은 순전히 독자 제위가 각기 다른 시선과 탐구의 자세로 읽어내었으면 하는 바람을 담아 내놓는 것들이다. 한 자리에서 종합하고 비교할 때 미처 보이지 않던 진실도 흥미진진하게 캐낼 수 있고, 새로운 깨달음도 나눌 수 있다. 금강산과 강원도라는 창을 통하지만, 실은 근대 전환기 한국의 단면을 보는 것과 동일하다.

◇ ◇ ◇

개항 이후부터 남북 분단 이전 시기까지 산출된, 강원도를 소재로 한 기록물(여행기와 회고록 등)을 최대한 모으고 일일이 입력하고 음미하는 데 4년이란 시간이 훌쩍 지났다. 내국인 기록물 249편과 외국인 기록물 140편, 그리고 분단 이후 북한에서 간행된 강원도 관련 자료 4편까지 합해 약 400여 편의 자료가 모였다. 외국인 기록물 140편은 서양인이 쓴 여행기 40여 편과 일본인이 쓴 기록물 100편이다. 그런데 외국인 글은 번역에 따른 저작권 문제로 아쉽지만 이 책에서는 다루지 못한다. 다만 [해제]편에서, 서양인들이 금강산과 강원도를 여행하고 쓴 여행기를 개괄적으로 소개하는 것으로 아쉬움을 대신하련다. 그리고 일제강점기에 일본인 여행자가 쓰거나 일본 기관에서 출판한 강원도, 금강산 관련 기록물은 일부러 뺐다. 일제의 기관지 성격이 강한 글이 다수라 별도의 고찰이 필요하다고 보았기 때문이다.

결국 모은 자료 중 내국인의 글 139편만을 추려 여기에 실었다. 이는 전체 조사 자료 중 약 35%에 해당한다. 흩어져 있던 방대한 자료를 찾아내고 그것을 정리하고 체계화하는 작업을 개인 작업으로 감당하기에 벅찼음을 실토하지 않을 수 없다. 혼자 직접 자료를 모으고 원문을 입력하고 또 그 의미를 추출하는 과정 하나하나가 힘들고 고독한 작업의 연속이었다. 개인적으로 갖고 있던 시간과 정성, 그리고 육체적 에너지까지 모두 쏟아 부었지만, 여전히 갈증이 큰 이유는 무엇일까? 독자 제위가 이 자료를 얼마나 효과적으로 이용할 수 있을까 염려하기 때문이리라. 또한 귀중한 글인데, 출처 미상이거나 이런 저런 이유에서 이 책에 담지 못한 아쉬움 때문이라 스스로 자문자답해 보기도 한다.

많은 자료들과 대면하는 과정에서 한 글자 한 글자 사이에 배어있는 행간의 의미와 글쓴이의 의식 세계까지 접신接神하고자 부단히 노력했다. 시간 여행을 하며 독서락讀書樂의 호사도 마음껏 누렸다. 글속 표현 하나, 의식 하나가 소중하고 뜨겁고 날카롭고 흥미롭기만 하다. 강원도와 금강산 여행에서 맛보고 느낀 감동을 각양각색으로 펼쳐낸 이야기와 보고서를 살피노라면 어느새 강원도의 특색과 우리라는 공감대 속에 흠뻑 빠져드는 묘한 매력이 있다.

◇ ◇ ◇

100여 년 전, 휴양지, 관광지 하면 전국 제일 명소로 누구나 금강산과 동해바다를 떠올리고 추천했다. 강원도 중에서도 오늘날 북 강원도에 속한 금강산과 원산, 명사십리 해수욕장 등이 강원도 여행의 메카였다. 여행자마다 내국인이나 외국인, 신분과 성별, 나이를 가릴 것 없이 금강산이 선사하는, 화려하면서도 신비로운 자연경관에 탄성을 자아내고 금강산을 세계에서 가장 아름다운 곳으로 칭송해 마지않았다. 금강산이 보여주는 자연의 미와 유구한 역사와 유산을 자랑하는 금강산 불교 사찰문화가 빚어낸 정신세계에 감탄하며 성찰의 시간을 갖곤 했다. 반면, 강원도에서 태어나 자란 내국인이 들려주는 고향 이야기나 외지인이 강원도를 여행하는 도중 만난 강원도민과 그들의 삶과 의식을 기록한 글을 보노라면, 척박한 땅에서 순박하게 땀 흘리며 삶의 터전을 일구던 강원도민과 한국인의 숨결까지 고스란히 느낄 수 있다. 그렇기에 19세기 말~20세기 초 강원도의 모습은 개화와 근대, 자연과 전통문화가 뒤섞인 채 혼란한 과도기를 지나가던 근대 한국인의 초상이자 자화상과 방불하다.

오늘날, 과거의 강원도 여행자들이, 거주민들이 궁극적으로 바라보던 시선의 끝이 어디였는지 해명하는 일은 우리에게 남겨진 몫이다. 통일은 당위의 대상이 아닌, 실존의 목적이다. 이전처럼 자연과 인간 모두 자유롭게 자가 호흡할 수 있는 하나의 강원도를 복원하는 일이야말로 현재와 미래의 우리들이 가꿔나가야 할 대한민국의 현주소임에 틀림없다. 통일을 빚는 마음으로 자료를 즐기는 정신적 여유가 필요한 이유이기도 하다.

어려운 출판 여건에서도 흔쾌히 출판을 허락한 박성모 사장님을 비롯해 방대한 분량의 글들을 책이 될 수 있도록 정성껏 꾸며 준 조혜민 편집자님에게 심심한 감사를 표하는 바다. 먼 훗날, 이 책이 훨씬 더 먼 과거를 기억하는 하나의 창 역할을 할 수 있다면 여한이 없을 것이다. 여기에 독자 제위의 관심과 질정이 더해지기를 기대해 본다.

628년 만에 강원도에서 강원특별자치도로 거듭나는 2022년 6월

파란波蘭 이민희 짓다

차례

[해제편] 차례

[자료편] 차례

제2부 일제강점기 남-북 강원도 지역별(시 · 군별) 주요 여행기와 기록

제1장 강원도 일반

제2장 북강원도

원산시(문천시) | 문천시

안변군(안변/삼방)/통천군(송전/장전/총석정/통천)

고산군

이천군(안협)/김화군/평강군

금강군(금강산)

춘천시

강릉시/삼척시

원주시/영월군/평창군/횡성군

[부록]편 차례

해제

근대적 시선으로 바라본 남 · 북 강원도의 제 풍경, 강원도의 로컬리티

Lilian May Miller, 〈Diamond Mountain〉, 1928, 목판화
미국 샌프란시스코 Fine Arts Museums 소장

제1장

19세기 말~20세기 초 금강산과 강원도를 기록하다

타지로의 여행이 '나'라는 소실점을 가진 시선 소유자의 흔적이 된 것은 근대 이후의 일이다. 그리고 이 시기부터 여행을 통해 많은 한국인들이 개인적으로 자기 발견의 과정을 경험하기 시작했다. 그렇기에 여행 과정에서 접하게 된 공간과 대상이 과연 '나'와 어떤 관계를 형성하게 되었는지에 관심을 갖고 기록하는 일이 빈번해졌다. 이동 수단, 교통수단의 편리함과 교통로의 환경이 여행자의 시선에 미치는 영향 또한 지대했다. 금강산과 동해안 여행이 가능해졌다는 것은 지형적 불리함이 컸던 강원도로서는 가히 획기적인 사건과도 같았다.

경성–원산 간 경원가도京元街道가 닦이고 1914년에 경원선京元線 철도가 놓인 이후 강원도江原道 여행에 대한 인식은 질적 차이를 가져왔다. 수많은 이들이 금강산과 동해안을 찾아 직접 여행하는 꿈을 꿀 수 있게 되었기 때문이다. 이는 교통수단 이용의 편리함이 가져온, 여가餘暇 문화의 변화된 모습이 아닐 수 없다. 이 과정에서 '강원도'란 지역에 대한 인식과 이미지 또한 큰 변화를 가져왔다. 분단 이전 시기만 해도 '강원도 여행'하면, 곧 남・북 강원도를 잇는 지리적 유대감과 함께, 추가령 구조곡楸哥嶺構造谷[1]을 따라 만들어진 서울과 남・북 강원도를 하나의 여행 벨트

---

1 추가령 구조곡은 과거 함경남도의 안변군과 강원도 평강군(현 북 강원도 세포군)에 있는 높이 586m의 추가령을 중심으로 남서 방향으로 뻗어 내린 골짜기를 말한다. 예로부터 지형상, 지질상 그 위와 아래 지역을 남한과 북한을 나누는 경계로 삼기도 했지만, 동서 해안을 연결하는 유일한 자연적 통로였기에 오히려 서울과 원산, 곧 동서를 오가는 중요한 교통로로 인식되었다. 원산에 비해 강릉은 해안선이 단조로워 항구 발달이 어렵고 태백산맥이 가로막고 있어 서울로 이동하는 교통편이 불편했다. 반면 추가령 구조곡을 지나 오가는 경원가도와 경원선은 강원도 다른 지역에 비해 교통이 편리해 왕래와 소통이 급속히 발달할 수 있었다. 서울에서 금강산 여행도 이 추가령구조곡을 이용했고, 외국인 선교사들이 중국, 러시아를 거쳐 동해에서 서울로 들어갈 때 이 원산–서울 구간 길을 이용했다.

로 묶은 여행지를 떠올리곤 했다. 서울과 쉽게 연락·소통하고 남과 북 강원도가 하나의 여행권, 생활권으로 묶일 수 있는 가장 중요한 인프라가 만들어진 것이다. 교통수단의 편리함과 노선의 개척은 여행 문화와 지역적 정체성을 바꿔 놓기에 충분했다.

개항 이후부터 20세기 전반기까지만 해도 현 남·북 강원도 지역을 자유롭게 오갈 수 있었기에 근대적 시선으로 바라본, 강원도에 대한 시공간적 의미는 자별하지 않을 수 없다.[2] 그리고 이 시기에 산출된 강원도 여행 관련 자료도 다대多大하다. 따라서 지역적 정체성을 찾는 일은 남·북 강원도의 시대성과 지역성을 잘 드러낸다고 판단되는 무형상의 특성을 추출해 거기에 의미를 부여하는 작업으로부터 시작될 수 있다. 이하에서 근대 전환기에 외국인과 내국인이 쓴 강원도 기록물 400여 편을 대상으로 그 내용을 읽고 분석해 발견한 특징을 개관하려는 이유도 바로 이 때문이다. 강원도를 여행하면서 여행자들이 느꼈던 근대의 강원도, 근대의 한국의 모습을 실재했던 진실 그대로 이해하는 것부터가 과거로부터 현재를 거쳐 미래를 연결하는 토대가 된다.

강원도 소재 근대 여행기의 특징을 살피기 위해서는 편의상 내국인과 외국인이 쓴 글로 대별해 접근하는 것이 가능하다. 자료들을 일렬로 펼쳐놓았을 때, 개항 이후부터 1910년 이전 시기에 산출된 강원도 여행기는 주로 외국인이 금강산과 원산 일대를 여행한 후 남긴 글들이라는 점이 확인된다. 양적으로 동시기 내국인이 쓴 강원도 여행기와 비교해 볼 때, 외국인의 기록이 압도적으로 많다. 내국인이 금강산과 강원도를 둘러보고 쓴 글들은 일제강점기, 그것도 1910년대가 아닌 1920~30년대에 집중되어 있다는 사실도 비로소 확인된다.[3] 이는 일제가 금강산

2 남·북 강원도가 공유할 수 있는 역사라면 일찍이 예맥 족이 거했다는 사실뿐 아니라, 고구려와 신라 지배를 공통적으로 받았고, 후고구려의 궁예가 세운 태봉국의 중심지였으며, 조선 건국의 주체인 이성계와 무학 대사를 길러낸 곳이라는 점 등을 들 수 있다. 그러나 대상 시기가 너무 넓기도 하려니와 지금까지 원산과 금강산, 기타 강원도 일대를 여행하고 이를 한시나 기행산문으로 남긴 글 또한 그 양이 상당하다. 그리고 전근대 금강산 유람기에 관한 연구 또한 이미 상당 부분 이루어졌다. 다만 여기서는 〔자료〕편에 근대 이전 시기 기행문의 일단을 이해하는 한 예로, 19세기 중반에 이상수(李象秀)가 쓴 「동행산수기(東行山水記)」 한 편을 실어 개항 직전 국내 금강산 여행기의 일면을 엿볼 수 있게 하고자 한다.

관광을 장려하고 단체 관광과 여행이 일반화됨에 따라 일반인 여행자들이 강원도를 찾은 결과다. 강원도에 관한 인식과 시선 역시 그 많은 글들 속에서 찾아낼 수 있다. 1920년대 이후 내국인이 쓴 금강산 여행기의 숫자만 보아도 당시 금강산과 강원도에 대한 관심이 어느 정도였는지 짐작할 수 있다.

이하에서 외국인과 내국인이 남긴 기록물의 성향과 내용상 특징이 어떠한지 개괄적으로 고구考究하기로 한다.

1. 외국인 여행자와 그 기록들

1) 1910년 이전 금강산 및 강원도 여행자와 기록들

강화도 조약 체결 이후 오늘날 남북 강원도 지역을 찾아 온 외국인은 예상과 달리 타 지역보다 빨랐다. 제물포에 이어 두 번째 개항지인 원산을 통해 외국인들이 미지의 나라를 찾아 들어온 까닭에서다. 1880년대에 군사적, 경제적 이유에서 일본과 러시아가 원산항에 깊은 관심을 보이고 그곳에 외국인 거주지가 생겨났으며, 미국을 위시한 유럽 여러 나라 외교관과 선교사, 학자들이 종교적, 지리적 이유에서 관심을 갖고 강원도를 찾았다. 1890년대 이후로 다양한 직업의 외국인들이 한국을 여행했는데, 그들 중 일부가 강원도를 방문하고 경험한 바를 여행기, 그림 등으로 남긴 것이 있어 이에서 그들의 시선과 관점을 발견할 수 있다.

강원도를 직접 여행한 후 여행기를 남긴 서양인 중 가장 앞선 이는 영국 외교관 윌리암 칼스William R. Carles, 1848~1929였다. 그는 외교관이면서 지질학자이며 지리학자였다. 여행기 곳곳에 여행지의 지형과 지리, 광물에 대한 분석이 상세하다.[4]

---

3 외국인이 남긴 글은 내국인의 글과 비교해 개항 이후~1910년 이전 시기가 일제강점기에 비해 상대적으로 월등히 많았다. 그것은 경원선이 개통되고 명승지 여행이 인기를 얻은 후 내국인의 강원도 탐승이 일반화되면서 관련 기록이 폭증한 결과라 할 것이다.

4 윌리암 칼스, 신복룡 역주, 『조선 풍물지』(개정판), 집문당, 2019, 193~204쪽.

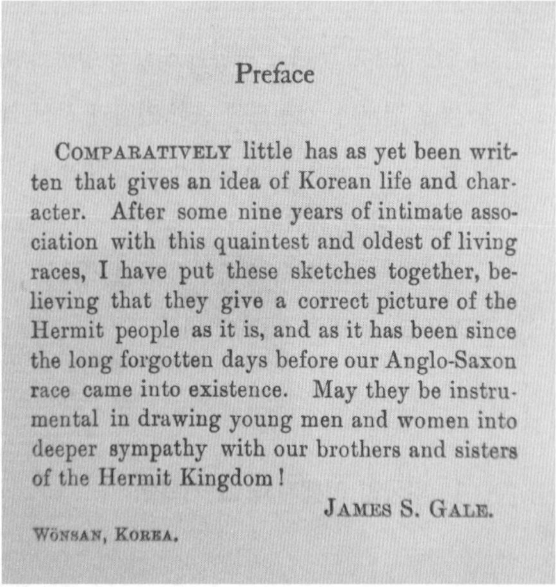

Preface

COMPARATIVELY little has as yet been written that gives an idea of Korean life and character. After some nine years of intimate association with this quaintest and oldest of living races, I have put these sketches together, believing that they give a correct picture of the Hermit people as it is, and as it has been since the long forgotten days before our Anglo-Saxon race came into existence. May they be instrumental in drawing young men and women into deeper sympathy with our brothers and sisters of the Hermit Kingdom!

JAMES S. GALE.

WŎNSAN, KOREA.

James S. Gale, *Korean Sketches*, 1898(좌) / 『한국 스케치』의 서문. 원산에서 집필했다는 기록이 보인다(우)
김상헌 소장본

그가 강원도 여행 시 견문한 내용이 『조선 풍물지』1888에 실렸다. 그러나 그 당시 칼스 일행은 금강산까지 답사하지는 못했다. 다만 금강산 서쪽에 위치한 김화, 금성, 풍동 금광 등을 둘러보았다.

몇 년 후 칼스 부영사의 후임으로 온 찰스 윌리암 캠벨Charles William Campbell, 1861~1927이 금강산을 여행하고 그 여행담을 기록으로 남긴 첫 번째 서양인이다. 그는 1887년에 영국 공사관 보좌관으로 부임해 1888년에 부영사가 되었다. 1889년에 두 차례에 걸쳐 조선 각지를 여행했다. 1889년 9월~10월에 압록강, 백두산 등을 거쳐 금강산 등 내륙지방을 세세히 여행하면서 금광, 무역항, 조선의 풍물과 습관, 민족성 등에 대해 자세한 정보를 수집했다. 그는 한글을 어느 정도 읽을 수 있었기에 전임자인 윌리암 칼스보다 한국을 여행하는 것이 상대적으로 용이했다. 그래서일까? 그는 한국인에 관해 상세한 보고서를 남겼다.[5] 그는 무거운 카메라 장비

5 William R. Carles, "A Journey through North Korea to the Ch'ang-pai Shan", *Proceedings of the Royal Geographical Society and Monthly Record of Geography,* Vol. XIV., No.3. March, 1892, pp.141~161.

를 싣고 여행하면서 여행지의 풍경과 사람들을 사진에 담았다. 금강산 여행 도중 찍은 사진 20여 장이 남아 있다. 여행기에 실린 금강산 사진은 서양인에게 소개된 최초의 금강산 관련 사진들이었다.

우리에게 낯설지 않은 제임스 게일James S. Gale, 1863~1937 선교사는 한국학 발달에 지대한 공헌을 한 한국학 1세대 외국인 학자라 평가될 법하다. 그가 한국에서 처음 갖게 된 인상과 견문 내용을 1898년에 출판한 『한국 스케치*Korean Sketches*』[6]에 담았는데, 그가 원산과 석왕사, 그리고 금강산 일대를 다니며 쓴 내용들이 그 책에 일부 실려 있다. 그리고 게일은 1917년 9월부터 10월까지 가족과 함께 또 다시 내금강과 외금강 일대를 여행했다. 이때 경험한 내용을 다룬 여행기는 1922년 왕립아세아학회 한국지부에서 발행하던 잡지 *Transastions* 제12호에 자세히 실렸다.

한편, 조지 커즌George Nathaniel Curzon, 1859~1925 경은 강원도와 금강산을 여행한 서양인 중 가장 높은 지위에 올랐던 인물이 아닐까 싶다.[7] 비숍 여사보다 2년 앞선 1892년에 금강산을 여행했다. 한국과 중국, 일본의 정치 문제를 다룬 『극동 지역의 문제들*Problems of the Far East*』1894[8]에 금강산 기행문이 일부 실렸다. 제대로 된 그의 금강산 기행문 "Diamond Mountain of Korea"는 *National Geographic Magazine* 1924.10에 따로 실리기도 했다. 그는 금강산에서 만난 승려와 불교, 무속 신앙에 관해 관심을 갖고 다루었다. 그림 같은 금강산 사찰만큼 매혹적인 곳은 세계 어디에서도 찾아볼 수 없으며 기기묘묘한 자태를 뽐내는 금강산이 연출한 낭만적인 분위기야말로 무궁한 감동을 선사할 뿐 아니라 그 감동에서 벗어나기 어렵다고 평했다.[9] 그는 서양에 대한 우월의식이 강했던 정치인이었지만, 금강산을 본 이후 한

6 James S. Gale, *Korean Sketches*, New York : Fleming H. Revell Company, 1898. 가장 최근에 완역본이 출간되었다. 최재형 역, 「조선, 그 마지막 10년의 기록 1888~1897」, 책비, 2019.

7 한국에 외교관으로 오기 전에 부외상을 역임했고, 한국을 떠나서는 인도총독이 되었다. 옥스퍼드대학 총장을 거쳐 상원의원으로도 활동했다.

8 George N. Curzon, *Problems of the Far East-Japan, Korea, China*, London; New York : Longmans, Green, and Co., 1894. 번역본으로 조지 커즌, 라종일 역, 『100년 전의 여행, 100년 후의 교훈』, 비봉출판사, 1996이 있다.

9 George N. Curzon, *Problems of the Far East-Japan, Korea, China*, London; New York : Long-mans, Green, and Co., 1894. p.104. "By lovers of the picturesque nothing more enchanting than these monastic retreats can anywhere be found : nor will the discovery that, while every prospect pleases, man alone is vile-even

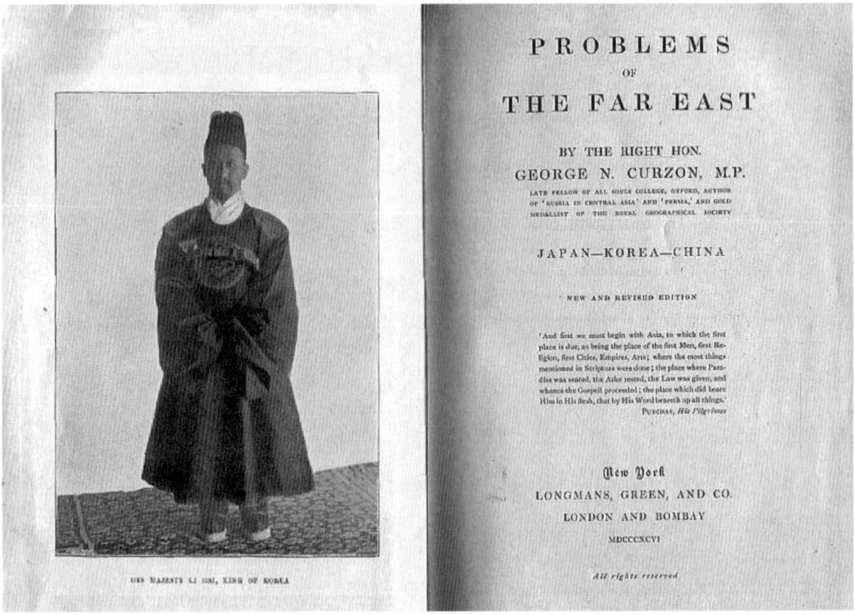

George Curzon, *Problems of the Far East*, 1894, 김상현 소장본

국에 대한 생각이 많이 바뀌었다. 금강산의 매력에 푹 빠진 나머지 숨조차 쉴 수 없을 만한 경외감에 사로잡혀 더 이상 한국과 동양을 얕잡아 볼 수 없게 되었다고 했다.[10]

에른스트 폰 헤세-바르텍Ernst von Hesse-Wartegg, 1851~1918은 오스트리아 출신 여행가로 1894년에 일본에서 부산으로 들어와 배편으로 제물포를 거쳐 서울에 들어왔다. 그가 한국에 온 1894년은 동학농민운동을 비롯해 갑오개혁이 일어나고 청일전쟁이 발발하는 등 크고 작은 정치적, 사회적 사건들로 점철된 격동기였다. 헤세-바르텍은 그 현장에 있었다. 짧은 기간이었지만, 그 속에서 한국이 근대사회로 바뀌는 과정에서 겪었던 진통을 고스란히 지켜보았다. 귀국 후 그가 견문한 내용을 적은 『조선, 1894년 여름』[11]에 격동의 한국의 모습이 타자의 시선으로 잘 포착

---

though his depravity assume, as is credibly alleged of the Korean bonzes, the most profligate expression, or as it did in my own experience. The more modest form of larceny of one's personal effect~deter the traveler from keen appreciation of surroundings so romantic."

10 테사 모리스 스즈키, 서미석 역, 『길 위에서 만난 북한 근현대사』, 현실문화, 2015, 30쪽.

되어 있다. 특히 그는 원산이야말로 러시아를 거쳐 유럽으로 진출하기에 제격인 전초 기지 성격의, 매력적인 항구 도시로 파악했다.

Ernst von Hesse-Wartegg,
Korea : Eine Sommerreise nach dem Lande der Morgenruhe,
1895, 김상헌 소장본

같은 해인 1894년에 러시아 육군 대령인 카르네프과 그의 보좌관 육군 중위 미하일로프, 관리인인 다데슈칼리안, 육군 중령인 알프탄과 베벨리, 이렇게 러시아 정부 관리 1명과 군인 4명이 한국에 왔다. 그들은 러시아 정부의 명을 받아 한국에 들어온 탐험대원들이었다. 그들은 1896년까지 한국의 지리, 군사, 정치, 경제, 사회, 문화 등을 조사하러 전국을 돌아다녔다. 그들이 쓴 보고서 『내가 본 조선, 조선인』1958에는 특별히 원산의 지리적 특징이 상세히 소개되어 있다.[12]

강원도가 근대적 의미의 관광지가 되고, 금강산이 세계적인 명산으로 서양에까지 이름이 알려지게 된 데엔 서양인 여행기가 한 몫을 했다. 외국인들이 쓴 다수의 강원도 여행기 속에 금강산을 세계적으로 아름다운 산이라 소개하며 한국의 매력을 예찬한 것이 적지 않기 때문이다. 특히 영국왕립협회 회원이자 지리학자였던

11 Ernst Von Hesse-Wartegg, *Korea : Eine Sommerreise nach dem Lande der Morgenruhe,* Dresden & Leipzig; Verlag von Carl Reissner, 1895. 국내 번역본은 다음과 같다. 에른스트 폰 헤세-바르텍, 정현규 역, 『조선, 1894년 여름 : 오스트리아인 헤세-바르텍의 여행기』, 살림, 2012, 306~310쪽.

12 카르네프 외 4인, A · 이르계바예브 · 김정화 역, 『내가 본 조선, 조선인』, 가야넷, 2003, 198~ 200쪽. 이 책은 그들의 조사 내용을 엮어 1958년 모스크바 동방문학출판사에서 시리즈물로 처음 출판되었다. 원산과 단발령 등 강원도 일대를 조사한 글은 육군 중령인 V.A. 알프탄이 썼다.

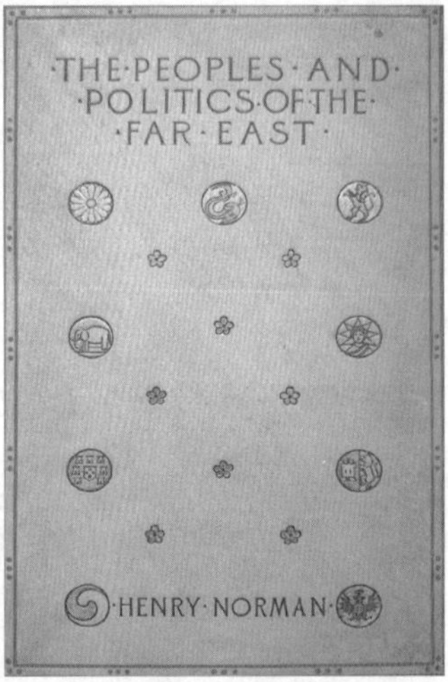

Henry Norman, *The People and Politics of the Far East*, 1895(좌) / 석왕사 앞에서 말을 탄 헨리 노만(우), 김상헌 소장본

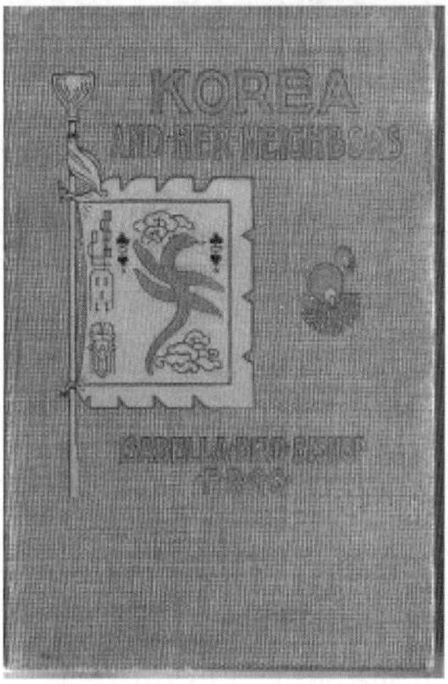

Isabella Bird Bishop, *Korea and Her Neighbours,* 1897, 김상헌 소장본

비숍Isabella Bird Bishop, 1831~1904 여사가 쓴 『조선과 그 이웃 나라들*Korea and her Neighbours*』1895[13]은 서양에서도 베스트셀러로 통할 만큼 서양인 여행자들에게 큰 영향을 미친 한국 여행서임에 틀림없다.[14] 그녀는 금강산의 아름다움에 매료된 나

13 I.B. 비숍, 신복룡 역주, 『조선과 그 이웃 나라들』, 집문당, 2000, 124~171쪽.

머지 금강산이야말로 '참으로 아름다운 약속의 땅a fair land of promise'이라며 감탄해 마지않았다.[15] 그녀는 금강산의 아름다움을 펜으로 표현할 자신이 없다고까지 했다.[16] 그녀의 이런 고백은 금강산을 가보지 못한 수많은 이들에게 다양한 상상의 나래를 펴게 만들었고 많은 호기심을 불러일으키기에 충분했다.

Jacob Robert Moose, *Village Life in Korea*, 1911
출처 : 대한민국역사박물관

프레데릭 밀러Frederick Scheibler Miller, 1866~1937 목사는 비숍 여사와 함께 여행했다. 그는 비숍 여사보다 2년 앞선 1892년에 미국 북장로교 소속 선교사로 한국 땅을 밟았고, 1894년에 비숍 여사가 한국 여행할 때 통역을 자처했다. 밀러 목사의 금강산 여행기는 한국 국내 거주 외국인들이 발간하던 왕립아시아학회 발간 잡지 『코리안 레포지토리*The Korean Repository*』에 실렸다.[17] 장안사, 표훈사, 유점사 등 사찰 방문을 통해 느낀 바를 자세히 소개했다.[18] 특별히 통천군 염전을 보고 강원도 동해안 지역에서 소금이 만들어지는 과정을 자세히 기록해 놓았다. 또한 석왕사에서 시주를 강요하는 승려들에 대한

---

14 비숍 여사 일행보다 1년 앞선 1894년에 밀러(Miller) 목사가 금강산을 여행하고, "In the Diamond Mountains"라는 제목을 글을 *The Korean Repository*(1896.3월호)에 실었다.

15 I.B. 비숍, 신복룡 역주, 앞의 책, 133쪽. "정상 위에 있는 사당에서 바라보니 아름다운 광경이 그대로 펼쳐진다. 언덕진 숲의 물결과 물의 반짝임, 언덕의 물결치는 듯한 모습, 금강산의 가장 높은 정상에 있는 6천 피트를 넘는 높이를 포함한 울퉁불퉁한 산의 병풍…. 참으로 아름다운 약속의 땅이다!"

16 위의 책, 136쪽.

17 박영숙·김유정 역, 『서양인이 본 금강산』, 문화일보사, 1998, 119쪽.

18 Miller, "In the Diamond Mountains", *The Korean Repository*, March, 1896, pp.10·11·12; May, 1896, pp.103~104; 유영렬·윤정란, 『19세기 말 서양 선교사와 한국사회–*The Korean Repository*를 중심으로』, 경인문화사, 2004, 218~224쪽.

금강군 내금강리 소재 표훈사 보덕암, 출처 : 『북한의 사찰』, 52쪽

부정적인 인상을 솔직히 피력하기도 했다.

영국 출신의 기자 겸 자유주의 정치가였던 헨리 노만Henry Norman First Baronet, 1858~1939은 캐나다, 미국, 러시아, 중국, 일본, 중앙아시아 등을 여행하는 도중 한국을 방문했다.[19] 그의 여행기 『극동의 민족과 정치』1895[20] 제7장에 한국 여행담이 실려 있는데, 거기에 원산에서 시작해 석왕사를 거쳐 금강산 일대를 여행한 내용들이 보인다.

1899년에 미국 남감리교 선교사로 한국에 온 제이콥 로버트 무스Jacob Robert Moose, 한국명 무야곱, 1864~1928는 1924년에 미국으로 돌아갈 때까지 약 25년 동안 선교 사역을 담당했던 지한파 목사다. 그는 특별히 강원 지방 개척 선교사로서 춘천을 거점으로 원주, 홍천, 양구, 철원 등에 여러 교회를 세우고, 자전거를 타고 시골

19 "Henry Norman", *Oxford Dictionary of National Biography*, Oxford University Press, 2004.

20 Henry Norman, *The Peoples and Politics of the Far East : Travels and Studies in the British, French, Spanish and Portuguese Colonies, Siberia, China, Japan, Korea, Siam, Malaya*, New York : Charles Scribner's Sons, 1895. 번역본은 아직 나오지 않았다.

곳곳을 누비며 선교를 한 인물이다.[21] 조선에서의 생활 10년을 정리하며 쓴 생활 체험기 성격의 『1900, 조선에 살다』1911의 책 머리말을 1909년에 춘천에서 썼다.[22] 무스는 서울 이외 지역을 모두 시골로 여기던 당시 한국 사회에서 절대 다수를 차지하는 시골 사람들에 대해 깊은 애정을 갖고 그들과 함께 살면서 한국인처럼 내부자적 시선으로 시골 사람들의 삶과 애환을 꼼꼼히 기록해 놓았다. 그의 시골 생활담은 주로 강원도 지역 사람들을 대상으로 한 선교 활동 체험을 기반으로 하고 있다. 그렇기 때문에 그의 한국 생활담은 1900년 전후 강원도 민속학 보고서와 방불하다.

1901년에 한국에 온 지그프리트 겐테Siegfried Genthe, 1870~1903는 독일인 기자로 한국을 가장 객관적으로 바라보고자 했던 서양인 중 한 명이다. 그가 한국을 여행하며 쓴 기사는 1901년 10월부터 11월까지 독일 『쾰른 신문』에 연재되었다. 얼마 후 불의의 사고로 안타깝게 유명을 달리 했지만, 그의 한국 여행기는 다행히 1905년에 『신선한 나라 조선, 1901*Korea-Reiseschilderungen*』[23]이란 책으로 출판되어 그가 강원도를 여행하며 어떤 생각과 관점을 견지했는지 소상히 알 수 있다. 이 여행기

---

21 1899년에 한국에 들어온 제이콥 로버트 무스(Jacob Robert Moose) 목사는 1917년까지 선교 활동을 하다가 건강상 이유로 미국으로 돌아갔다가 다시 1921년에 들어와 1924년까지 활동하고 다시 미국으로 귀국했다. 그는 미국 남감리회 한국선교회가 강원도 선교를 결의한 후 북한강 지역 선교 책임자로 임명되어 1901년 춘천 퇴송골(현 남춘천파출소 자리)에서 감리교 신도 모임인 작은 속회를 조직해 춘천 내 최초로 개신교 신앙공동체를 이끌었다. 1907년 춘천 봉의산 동남부 산기슭에 감리교 선교부 부지를 마련하고, 1908년에 무스 가족이 이사해 왔다. 무스 선교사 부부는 춘천 거주 최초의 서양인 가족이 되었다. 무스 선교사의 부인인 매그놀리아 더함(Mary Magnolia Durham, 1867~1956)은 1909년 아동리(衙洞里, 현 옥천동)에 '기독학교'란 남학교를 춘천 최초로 지었고, 훗날 정명여학교(貞明女學校)의 전신인 기숙학교 형태의 여학교도 세웠다. 무스 목사는 감리교신학대학교 설립에도 관여했으며, 1904년 평양대부흥성회를 하디 목사와 함께 주도하기도 했다. 강원도에 개신교 중 감리교회가 유독 많은 이유 중 하나가 제이콥 무스 목사 부부의 헌신적인 선교 활동에 힘입은 바 크다는 평가를 받는다.(http://www.1907revival.com/bbs/view.html?idxno=3397&sc_category=)(검색일자: 2021.6.21)

22 Jacob Robert Moose, *Village Life in Korea*, Nashville, Dallas; Publishing house of the M.E. Church, South Smith & Lamar, 1911; 제이콥 로버트 무스, 문무홍 외역, 『1900, 조선에 살다』, 푸른역사, 2008, 15쪽. "나는 십수 년간 조선에서 살았는데, 그 시간의 대부분을 외부 세계에서 멀리 떨어진 시골 사람들과 함께 보냈다. 그 경험은 참으로 흥미진진해서 이 책을 읽는 여러분도 있는 그대로의 조선과 조선 사람들을 만나는 경험을 즐겁게 여길 것이라고 확신한다. 조선에 대해서는 세상에 잘못 알려진 부분이 많다. 나 자신이 대단히 사랑하게 된 조선인들에 대해 독자들이 보다 명확히 지식과 더 깊은 애정을 갖게 되는 데 이 책이 보탬이 되었으면 한다. (…중략…) 1909년 8월 20일 조선의 춘천에서 제이콥 로버트 무스"

23 지그프리트 겐테, 권영경 역, 『독일인 겐테가 본 신선한 나라 조선, 1901』, 책과함께, 2007, 320쪽. 겐테는 한라산에 오른 최초의 서양인이자 한라산 높이가 1,950m임을 처음 밝힌 지리학자이기도 하다. 1903년 분쟁지역인 모로코에서 취재 도중 실종된 후, 끝내 사망 처리되었다. 1905년 그의 친구들의 도움으로 독일에서 여행기가 책으로 출간되었다.

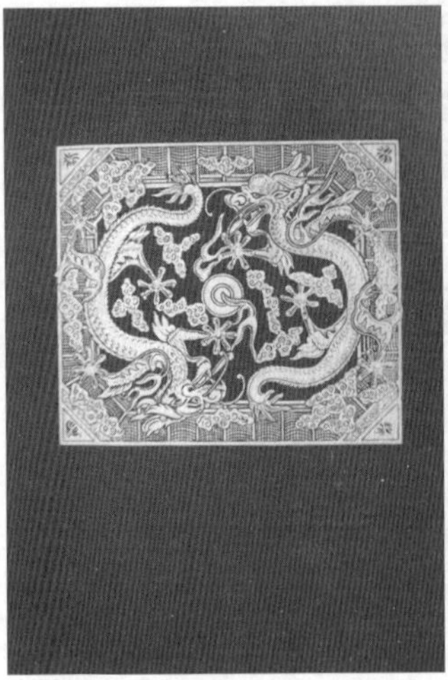

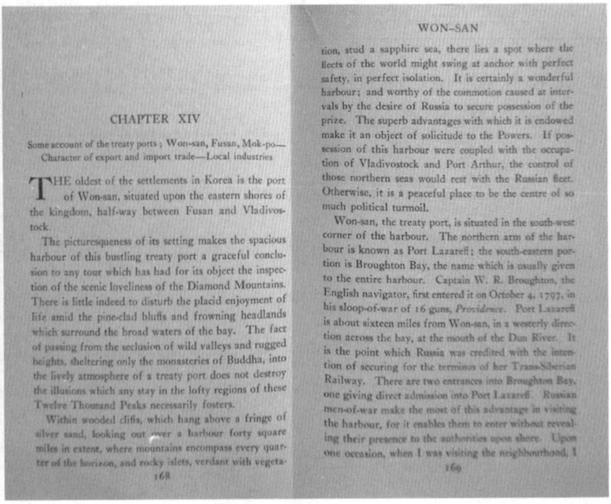

CHAPTER XIV

Some account of the treaty ports; Won-san, Fusan, Mok-po—Character of export and import trade—Local industries

THE oldest of the settlements in Korea is the port of Won-san, situated upon the eastern shores of the kingdom, half-way between Fusan and Vladivostock.

The picturesqueness of its setting makes the spacious harbour of this bustling treaty port a graceful conclusion to any tour which has had for its object the inspection of the scenic loveliness of the Diamond Mountains. There is little indeed to disturb the placid enjoyment of life amid the pine-clad bluffs and frowning headlands which surround the broad waters of the bay. The fact of passing from the seclusion of wild valleys and rugged heights, sheltering only the monasteries of Buddha, into the lively atmosphere of a treaty port does not destroy the illusions which any stay in the lofty regions of these Twelve Thousand Peaks necessarily fosters.

Within wooded cliffs, which hang above a fringe of silver sand, looking out over a harbour forty square miles in extent, where mountains encompass every quarter of the horizon, and rocky islets, verdant with vegeta-

168

WON-SAN

tion, stud a sapphire sea, there lies a spot where the fleets of the world might swing at anchor with perfect safety, in perfect isolation. It is certainly a wonderful harbour; and worthy of the commotion caused at intervals by the desire of Russia to secure possession of the prize. The superb advantages with which it is endowed make it an object of solicitude to the Powers. If possession of this harbour were coupled with the occupation of Vladivostock and Port Arthur, the control of those northern seas would rest with the Russian fleet. Otherwise, it is a peaceful place to be the centre of so much political turmoil.

Won-san, the treaty port, is situated in the south-west corner of the harbour. The northern arm of the harbour is known as Port Lazareff; the south-eastern portion is Broughton Bay, the name which is usually given to the entire harbour. Captain W. R. Broughton, the English navigator, first entered it on October 4, 1797, in his sloop-of-war of 16 guns, *Providence*. Port Lazareff is about sixteen miles from Won-san, in a westerly direction across the bay, at the mouth of the Dun River. It is the point which Russia was credited with the intention of securing for the terminus of her Trans-Siberian Railway. There are two entrances into Broughton Bay, one giving direct admission into Port Lazareff. Russian men-of-war make the most of this advantage in visiting the harbour, for it enables them to enter without revealing their presence to the authorities upon shore. Upon one occasion, when I was visiting the neighbourhood, I

169

Angus Hamilton, *Korea*, 1904(좌) / 본문 제14장 「원산」의 일부(우), 김상헌 소장본

에서 겐테는 서양인이 갖고 있던 잘못된 선입견을 조목조목 증거를 제시하며 비판했다. 문화 상대주의적 시각에서 한국과 한국인을 제대로 이해하고자 애쓴 흔적들을 그의 여행기에서 읽어낼 수 있다. 겐테는 1901년 여름 서울에서 출발해 독일 광산이 있던 당고개현 북한 금성군 당현리를 거쳐 금강산을 넘어 동해안에 이르는 여행을 했다. 그는 장안사를 시작하여 표훈사, 보덕암, 그리고 유점사를 여행하고, 여행 도중 강원도 산촌 마을 사람들과 자주 접했다. 조선인과 조선의 상황에 대해 깊은 관심을 갖고 따뜻한 시선으로 바라보았고, 관찰한 바를 명확하고 객관적인 자료를 통해 설명하고자 애썼다.

프랑스인 철도 기술고문으로 1901년부터 4년간 한국에 머물렀던 에밀 부르다레Emile Bourdaret, 1874~1947는 고고인류학에 관심이 많았다.[24] 그가 한국의 역사와 한국인 민족에 관심을 갖고 여러 곳을 여행하다가 강원도를 방문했다. 그는 서울에서 원산을 먼저 간 후, 원산에서 금강산을 두루 돌아보고 다시 서울로 돌아오는 여정을 택했다. 그가 쓴 『대한제국 최후의 숨결*En Corée*』1904에서 강원도 여행 기록

24 박성진, 「에밀 부르다레, 대한제국기 한 이방인 고고인류학자」, 『인문과학연구』 63, 강원대 인문과학연구소, 2019, 101~127쪽.

은 금강산 여행에 관한 것이 전부다. 금강산 여행도 주로 금강산 4대 사찰장안사, 유점사, 정양사, 표훈사과 석왕사를 방문한 사실을 토대로 간략히 서술되어 있다.[25]

비슷한 시기에 또 다른 프랑스인인 장 드 팡주Jean de Pange, 1881~1957도 강원도를 여행했다. 그는 일본에서 제물포로 들어와 서울과 금강산, 그리고 원산을 거쳐 다시 서울로 돌아왔다. 그가 여행한 시기는 확실하지 않은데, 1904년에 프랑스에서 책으로 출판된 것으로 볼 때, 1904년 이전이었음을 짐작해 볼 수 있다. 평생 약 20여 권의 저서를 남겼는데, 한국 여행기인 『프랑스 역사학자의 한반도 여행기 코리아에서』[26]가 20대 초반에 쓴 그의 생애 첫 번째 저서에 해당한다.

역시 비슷한 시기인 1902년부터 1903년까지 서울과 지방에 체류하면서 한국의 모습을 기록한 영국인 기자 앵거스 해밀턴Angus Hamilton, 1874~1913도 기억할 필요가 있다. 독일인 기자인 겐테와 마찬가지로 1903년에 독일인이 운영하던 당고개 탄광을 방문한 후 금강산 일대를 구경했다. 해밀턴 또한 겐테처럼 한국의 사정을 가능한 한 객관적으로 파악하고 애정을 담아 금강산을 여행하고자 했던 서양인이다. 『한국*Korea*』1904[27]이란 제목의 책에 금강산 여행담이 실렸고, 1910년에 헐버트 오스틴과 일본인 데라우치가 같이 쓴 『오리엔탈 시리즈-한국, 그 역사와 사람, 그리고 상업』에 그의 금강산 여행기가 다시 실렸다.[28] 말을 타고 단발령을 넘어 장안사, 유점사, 신계사를 방문했으며, 거기서 승려들의 생활 모습을 자세히 소개했다. 해금강 일대까지 여행하며 그가 본 강원도의 모습을 기자다운 관찰력과 묘사력으로 유감없이 드러냈다. 그는 한국 여행에서 느낀 소감을 서문에서 "조선은 특별한 아름다움이 있는 땅"으로 총평했다.

폴란드의 저명한 작가이자 훗날 폴란드 학술원장까지 역임한 세로셰프스키

---

25 Emile Bourdaret, *En Corée*, Plon-Nourrit, 1904; 에밀 부르다레, 정진국 역, 『대한제국 최후의 숨결』, 글항아리, 2009, 357~364쪽.

26 Jean De Pange, *En Corée*, Paris : Librairie Hachette, 1904; 장 드 팡주, 심재중 역, 『프랑스 역사학자의 한반도 여행기 코리아에서』, 살림, 2013, 38~68쪽.

27 Angus Hamilton, *Korea*, New York : Charles Scribner's Sons, 1904; 박영숙 · 김유정 역, 『서양인이 본 금강산』, 문화일보사, 1998, 126쪽.

28 Angus Hamilton, *Korea-Its History, Its People, and Its Commerce*, J.B. Millet Co., 1910.

Wacław Sieroszwski는 1903년에 한국을 다녀간 후 『코레야, 1903년 가을*Korea, Klucz Dalekiego Wschodu*』[29]라는 책을 1905년 바르샤바에서 출간했다. 그는 경원가도를 통해 원산에서 서울로 거꾸로 들어가는 여정을 택했다. 그는 서울로 가는 도중에 견문한 강원도 풍습, 지리, 의식주 문화, 강원도 주민, 교육, 설화, 무속 신앙 등에 관해 꼼꼼히 적어 놓았다.[30] 한국과 한국인에 관한 그의 첫 인상은 원산→서울 여정 중에 만난 강원도와 강원도민의 모습에 의해 형성되었다고 해도 과언이 아니다. 비록 가난하고 입은 옷은 남루했지만, 교육열이 뛰어나고 인심이 순박한 강원도 주민들에게 깊은 인상을 받았다.

독일인 여행가이자 언론인이었던 루돌프 차벨Rudolf Zabel, 1876~1939도 1904년에 신혼여행을 겸해 일본에서 한국을 방문했다가 금강산 일대를 여행했다. 부산에서 원산으로 배로 이동한 후, 안변, 금강산, 추가령, 평강, 철원 등 강원도를 가로질러 서울에 도착했다. 그가 쓴 여행기 『독일인 부부의 한국 신혼여행 1904』[31]에는 특별히 한반도를 비롯해 중국, 일본 등 국제 정세를 날카롭게 비판한 내용이 다수 실려 있다.

미국인 교육자인 엘라수 와그너Ellasue Wagner, 1881~1957는 1904년에 선교사로 한국에 처음 발을 디딘 이후, 평생 개성 지역에서 교육자로서 살았다. 개성 여학교

---

29 바츨라프 세로셰프스키, 안상훈 외 5인 역, 『코레야 1903년 가을』, 개마고원, 2006. 세로셰프스키는 1903년 일본을 거쳐 한국을 들렀다가 스리랑카, 이집트를 경유해 폴란드로 돌아갔다. 부산항에 입항한 후, 다시 배편으로 원산으로 들어갔다가 거기서 서울로 들어가는 여정을 택했다.

30 예를 들어, 세로셰프스키는 여행 중 강원도 주민에게 식사 대접을 받았다. 산촌 마을에서 외국인에게 극진히 대접한 음식 내용물과 이에 대한 외국인의 반응이 흥미롭기만 하다. 외국인 손님이라 더 예우와 정성을 갖춰 내놓은 음식에 붉은 콩밥, 고추 양념으로 버무려 만든 무, 생선과 소내장국 등이 있었는데, 이것들을 거절해 강원도 주민을 당황케 했다고 했다. 또한 매운 음식을 먹고는 "아, 하나님 맙소사! 너무나도 맵다. 한국의 간장과 고추장은 진짜 불덩이 그 자체다"라며 호들갑 떨며 놀라는 모습은 한국인에게 인상 깊은 모습이 아닐 수 없다.
"식사는 붉은 콩밥, 고추 양념을 잔뜩 묻힌 시큼한 무, 느끼하게 요리한 말린 나물들, 소금 뿌려 말린 생선 조각, 그리고 거름처럼 시커먼데다 잘 씻지 않아 거름 냄새가 진동하는 소내장국이다. 모두 잔칫상의 핵심이 되는 음식들이라는데, 내가 거절하자 주인 내외와 통역사는 놀라며 실망스러워 했다. (…중략…) 아, 하나님 맙소사! 너무나도 맵다. 한국의 간장과 고추장은 진짜 불덩이 그 자체다. 순식간에 입과 혀, 입천장이 불에 타는 듯한 통증을 느꼈지만 달리 방법이 없다. 모든 음식이 문자 그대로 간장과 고추장 속에서 헤엄을 치고 있으니 말이다. 저녁을 먹고 나니, 그야말로 뜨거운 숯으로 꽉 찬 용기가 된 것만 같아 괴롭기 그지없다."(113쪽)

31 Rudolf Zabel, *Meine Hochzeitseise durch Korea während des Russisch-Japanischen Krieges,* stephan Geibel Derlag, 1906; 루돌프 차벨, 이상희 역, 『독일인 부부의 한국 신혼여행 1904—저널리스트 차벨, 러일전쟁과 한국을 기록하다』, 살림, 2009, 12~15쪽.

Adreas Eckardt, *History of Korean Art*, 1929(좌) / 본문에 수록되어 있는 정양사 사진(우), 김상헌 소장본

에서 교사와 교장으로 재직했으며, 1931년에 기독교조선감리회 연합연회의 여성 목사가 되었다. 1940년에 일제에 의해 강제로 추방당했다. 그녀가 1930년에 쓴 『한국의 어제와 오늘*Korea : The Old and the New*』에는 그녀가 오랫동안 한국에 머물면서 보고 느꼈던 한국인의 생활과 문화에 대한 관점이 잘 드러나 있다. 그의 회고록은 본격적인 금강산 여행기는 아니지만, 거기서 외국인들이 금강산을 좋아하는 이유가 '동양의 알프스'라 불릴 만큼 아름다운 금강산의 자연경치 때문이라고 밝혀 놓았다.[32]

안드레 에카르트Ludwig Otto Andreas Eckardt, 1884~1974는 1909년에 성 베네딕트 수도회 신부로 조선에 들어와 1928년까지 선교 활동을 하면서 경성제국대학에서 강사로 언어 및 미술사를 가르쳤다. 그가 귀국 직후 쓴 『조선미술사*History of Korean Art*』1929는 최초의 한국 미술사 저서이자 외국에서 한국 미술 세계를 이해하기 위한 필독서로 통한다. 그리고 저자가 1950년에 독일에서 과거 한국에서의 생활 20년을 회고하며 쓴 책을 출간했는데[33] 거기에 사찰 기행이 주를 이루는 금강산 여

32 엘라수 와그너, 김선애 역, 『한국의 어제와 오늘 1904~1930』, 살림, 2009, 56~57쪽.
33 원서는 1950년에 독일에서 출판되었다. André Eckardt, *Wie ich Korea erlebte*, Frankfurt: Main : Lutzeyer, 1950;

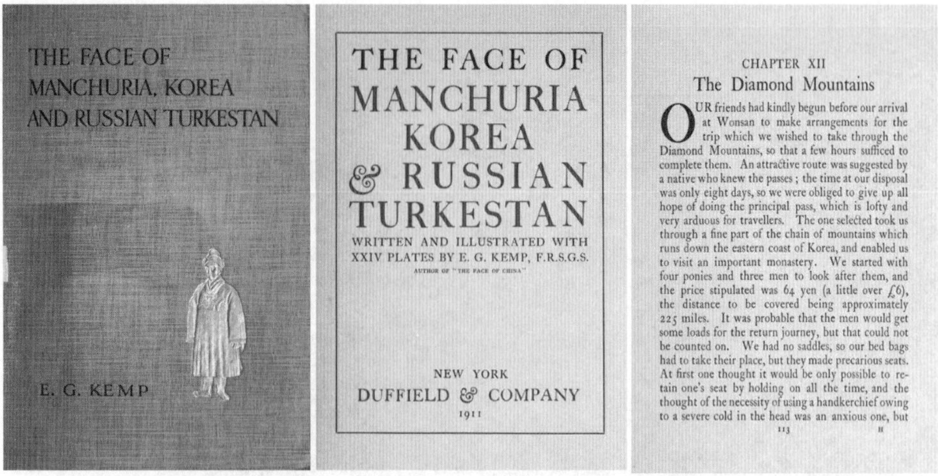
THE FACE OF MANCHURIA, KOREA AND RUSSIAN TURKESTAN

E. G. KEMP

THE FACE OF MANCHURIA KOREA & RUSSIAN TURKESTAN

WRITTEN AND ILLUSTRATED WITH XXIV PLATES BY E. G. KEMP, F.R.S.G.S.

AUTHOR OF "THE FACE OF CHINA"

NEW YORK

DUFFIELD & COMPANY

1911

CHAPTER XII

The Diamond Mountains

OUR friends had kindly begun before our arrival at Wonsan to make arrangements for the trip which we wished to take through the Diamond Mountains, so that a few hours sufficed to complete them. An attractive route was suggested by a native who knew the passes; the time at our disposal was only eight days, so we were obliged to give up all hope of doing the principal pass, which is lofty and very arduous for travellers. The one selected took us through a fine part of the chain of mountains which runs down the eastern coast of Korea, and enabled us to visit an important monastery. We started with four ponies and three men to look after them, and the price stipulated was 64 yen (a little over £6), the distance to be covered being approximately 225 miles. It was probable that the men would get some loads for the return journey, but that could not be counted on. We had no saddles, so our bed bags had to take their place, but they made precarious seats. At first one thought it would be only possible to retain one's seat by holding on all the time, and the thought of the necessity of using a handkerchief owing to a severe cold in the head was an anxious one, but

113 H

Emily Georgiana Kemp, *The face of Manchuria, Korea, & Russian Turkestan*, 1911, 김상헌 소장본

행담이 실려 있다. 금강산 사찰에서 승려들과 불교 교리에 대해 토론하고, 금강산 불교의 장단점을 예리하게 비판한 내용이 흥미진진하게 기록되어 있다.

화가 겸 작가인 에밀리 켐프Emily Georgiana Kemp, 1860~?는 옥스퍼드대에서 공부한 1세대 여성 엘리트였다. 스코틀랜드 지리학회 회원 자격으로 메리 메이클존 맥두걸과 함께 중국과 한국, 투르키스탄 등을 여행했다. 일본이 한국을 강점하기 시작한 1910년에 한국을 다녀갔다. 압록강을 건너 한국에 들어오기 직전, 뤼순 감옥에서 처형당한 안중근 이야기를 접하고 안중근에 관한 글을 남기기도 했다.[34] 중국 심양→평양→서울→부산→원산→금강산→서울→중국 대련으로 여행했다. 1911년에 『만주, 조선, 러시아령 투르키스탄의 얼굴*The Face of Mancuria, Korea, and Russian Turkestan*』이란 여행기를 뉴욕에서 출판했다.[35] 한국 여행기는 제2부에 실렸는데, 그곳에 원산에서 금강산을 거쳐 서울로 가는 도중에 만난 강원도 주민과 농업 등에 관해 관찰한 내용들이 등장한다.[36]

안드레 에카르트, 이기숙 역, 『조선, 지극히 아름다운 나라』, 살림, 2010, 122~138쪽. 강원도 관련 기록은 저자가 한국 불교를 소개하면서 특별히 금강산 일대 사찰에서 나눈 대화 내용을 중심으로 다룬 부분(제8장 '불교의 낙원')에 등장한다.

34 테사 모리스 스즈키, 서미석 역, 『길 위에서 만난 북한 근현대사』, 현실문화, 2015, 19~338쪽.

35 Emily Georgiana Kemp, *The Face of Manchuria, Korea and Russian Turkestan*, New York : Duffield and Co., 1911.

2) 일제강점기 금강산 및 강원도 여행자와 그 기록들

1910년 이후에 외국인이 쓴 강원도 여행기는 일본인의 글이 압도적으로 많다. 특히 1914년 경원선 개통 이후 강원도와 금강산 여행안내서가 급증했다. 금강산을 홍보하는 글도 봇물 터지듯 쏟아져 나왔는데, 조선총독부철도국에서 간행한 『세계적명산금강산탐승안내世界的名山金剛山探勝案內』1928가 대표적이다. 이 여행서는 일제의 주도로 만든 어용 안내서로 금강산의 자연을 극찬하며 금강산 관광 개발이란 명목 아래 다양한 여행 경로와 일정이 소개되어 있다.[37] 일본인들은 1930년대 후반까지 금강산과 그 일대를 전국 제일의 관광지로 부각하고 관광 관련 안내 글 제작과 홍보에 심혈을 기울였다. 당시 일제가 금강산 관광과 강원도 명소 개발 명목으로 철로 건설을 추진한 이면에는 일제의 군수물자 수송과 지하자원 수탈이란 정치적 의도가 깔려 있었다.

일본의 한국 통치가 본격화한 시점에서 외국인 여행자들이 마음 편히 한국 여행을 하기 어려웠다. 유럽 열강들도 일본의 속국이 된 한국과 정상적인 국교 관계를 유지하기 어려웠기 때문에 대사관은 폐쇄되고 외교관들도 대다수 철수할 수밖에 없었다. 사정이 이러했기 때문에 이전처럼 많은 외국인들이 한국 여행을 즐기기 어려웠다. 이런 상황에서 미국 시카고대 인류학과 교수인 프레데릭 스타Frederick Starr, 1858~1933는 1911년부터 4차례나 한국을 방문했다. 한국 불교와 사찰 연구를 위해 전국 사찰을 여행했는데, 그때 강원도와 금강산 여러 사찰을 둘러본 후 그 특징을 자세히 기술해 놓았다. 1918년 보스턴에서 출판된 『한국 불교 *Korean Buddhism*』는 한국 불교를 서양에 소개한 최초의 외국어 책이라는 점에서 의미가 있다. 이 책에 금강산 마애불과 신계사, 유점사, 석왕사 등의 사진과 관련 정보가 풍부히 들어 있다.

경교景敎[38] 연구에 관한 한 세계적인 권위가인 엘리자베스 안나 고든Elizabeth Anna

---

36 E. G. 켐프, 신복룡 역, 『조선의 모습』, 집문당, 1999, 78~83쪽.

37 서기재, 『조선 여행에 떠도는 제국』, 소명출판, 2011, 244~245쪽.

Frederick Starr, *Korean Buddhism*, 1918, 김상현 소장본

Gordon, 1851~1925 여사도 금강산과 강원도를 여행했다. 일본에서 지내던 그녀가 1913년에 처음 한국에 들어온 이후 4년간 경주와 금강산 등 전국 불교 사찰을 다니며 경교네스토리우스교, Nestorianism가 한국에 이어져 온 내력을 밝혔다. 그녀는 한국 경교 연구를 기념해 1916년에 금강산 장안사 근처에 중국 장안에 세운 〈대진경교유행중국비大秦景教流行中國碑〉의 모조비를 세우기까지 했다.[39] 고든 여사가 세운 이 경교 모조비를 구경한 사실은 1917년에 장안사를 방문했던 게일 선교사의 금강산 일기와 1925년에 방문한 베버 신부의 여행기, 그리고 최남선의 『금강예찬』1928 등에서도 확인된다. 『도의 상징들—극동과 서양』1916[40]에서 그녀는 금강산 장안사에서 발견한 그림 3점의 내용을 기독교와 대비해 설명해 놓았다. 그녀는 초기 기독교와 대승불교가 밀접한 관계가 있음을 종교학, 고고학, 미술사적으로 논증했다.

---

38 그리스도의 신성과 인성의 불일치를 주장한 네스토리우스가 창시해 635년 당나라 장안(長安)에 도착한 선교사들을 통해 동양에 알려진 기독교의 일종이다. 일명 네스토리우스교(Nestorianism)라고도 한다. 우리나라에 삼국시대부터 전해져 경주 불국사를 비롯해 여러 곳에 유적이 남아 있다.

39 고든 여사가 금강산 장안사 부근에 1916년에 중국에 있는 〈대진경교유행중국비〉를 그대로 모조한 비를 세웠는데, 한국전쟁 당시 이 모조비도 파괴되었다. 다행히 김양선(金良善) 목사가 1930년대에 탁본을 해 놓은 것이 있어 현재 그 모조비 탁본이 숭실대 한국기독교 박물관에 소장되어 있다.

40 Elizabeth Anna Gordon, *Symbols of 'The Way': Far East and West*, Tokyo; Maruzen, 1916. 총 16장으로 구성된 이 책에서 제3장이 '금강산', 제4장이 '금강산의 비밀'이다.

힐다 바우저Hilda C. Bowser, ?~?는 "The Kongo-san"(금강산을 일컫는 일본식 명칭)이란 제목의 금강산 여행기를 잡지 *Geographical Journal*에 발표했다.[41] 그녀는 1916년 5월과 1917년, 이렇게 두 차례 금강산을 방문했다. 여행 일정과 경로, 금강산과 주요 사찰의 역사를 소개하고 해금강과 만물초, 묘길상 등 5점의 사진을 수록했다.

영국 출신의 연극배우이자 화가였던 메리 린리 테일러Mary Linley Taylor, 1889~1982는 미국인 사업가이자 기자였던 앨버트 와일더 테일러Albert Wilder Taylor, 1875~1948와 결혼한 후 1917년 한국에서 신혼 생활을 시작했다. 그녀는 1942년 일제에 의해 강제 추방될 때까지 25년을 한국에서 살았다.[42] 메리 테일러가 말년에 한국 생활을 회상하며 소설 형식으로 쓴 회고록 『호박 목걸이』[43]를 통해 그녀가 남편과 함께 금강산과 원산 일대를 여러 차례 여행한 사실을 알 수 있다. 1918년경 그녀는 원산 별장에서 머물다가 금강산 여행을 다녀온 이야기가 『호박 목걸이』에 자세히 실려 있다.[44]

한편, 여성 화가로 이름난 릴리안 메이 밀러Lilian May Miller, 1895~1942는 한국 소재 목판화를 그린 이로 유명하다. 일본에서 태어나 활동하다가 1917년에 한국을 처음 방문해 약 1년간 체류하면서 금강산 여행을 하고, 1920년에도 약 4개월 머물면서 다시 금강산을 다녀왔다. 한국인의 생활 모습과 금강산을 소재로 한 판화를 다수 제작했다. 그녀는 한국이 마치 동화책의 나라story book land처럼 느껴져 한국

---

41 Hilda C. Bowser, "The Kongo-san", *Geographical Journal*, vol 55. no.1, The Royal Geographical Society, 1920, pp.48~50.

42 메리 테일러가 1919년 세브란스 병원에서 외아들을 출산했을 때, 세브란스 의학전문학교 학생들이 독립선언문을 인쇄하여 배포했는데, 일본 경찰이 들이닥치자 누군가가 독립선언문을 산모 메리 테일러 침대 밑에 숨겨 놓았고, 이를 나중에 발견한 남편이자 기자 앨버트 테일러가 일본으로 반출해 처음으로 세상에 알렸다. 1923년에는 인왕산 근처에 개인 벽돌 저택을 짓고 '딜쿠샤(Dilkusha)'라 이름 지었다. 메리 테일러는 해방 후 1948년에 남편의 유골을 양화진 외국인 선교사 묘역에 묻기 위해 다시 한국을 방문했다.

43 메리 린리 테일러, 송영달 역, 『호박목걸이-딜쿠샤 안주인 메리 테일러의 서울살이, 1917~ 1948』, 책과함께, 2014, 191~218쪽. 강원도 여행기에 해당하는 부분의 소제목만을 제시하면 다음과 같다. '항구 도시 원산-해금강 구경-일만 이천봉 금강산 여행-가이드 학생 미스터 영-여관에서 보낸 하룻밤-비로봉에 펼쳐진 장엄한 파노라마-마하연 암자에서 묵다-구슬픈 장안사의 아리랑'

44 그와 아내 메리 테일러는 여름이면 원산 갈마 해변의 별장인 '더 헤이븐(The Haven)'과 강원도 화진포의 별장 '에이트 벨스(Eight Bells)'에서 휴가를 보냈다. 그곳에 머물던 도중 금강산의 매력에 푹 빠져 그 일대를 여행했다.

소재 그림을 그리는 데 주력했다.[45]

또 다른 여성 화가인 엘리자베스 키스Elizabeth Keith, 1887~1956는 스코틀랜드 출신으로 1919년 이후로 여러 차례 한국을 방문했다. 키스는 1920년대 초 금강산과 원산 등 강원도 일대를 여행하고 역시 강원도와 금강산을 소재로 한 여러 점의 그림을 남겼다. 또한 1928년 금강산 여행담을 토대로 언니에게 보내는 편지 형식의 책 『동양의 창』[46]을 출판했다. 이 책에는 그녀가 1920~21년에 그린 금강산 관련 판화가 3점 수록되어 있다. 그녀는 1921년에 서양인 화가로는 최초로 서울에서 전시회도 열고 가장 많은 한국 관련 작품을 남겼다. 해방 후 1946년에 『옛 한국, 고요한 아침의 나라』란 제목으로 언니와 함께 또 다른 책을 출판했다.[47]

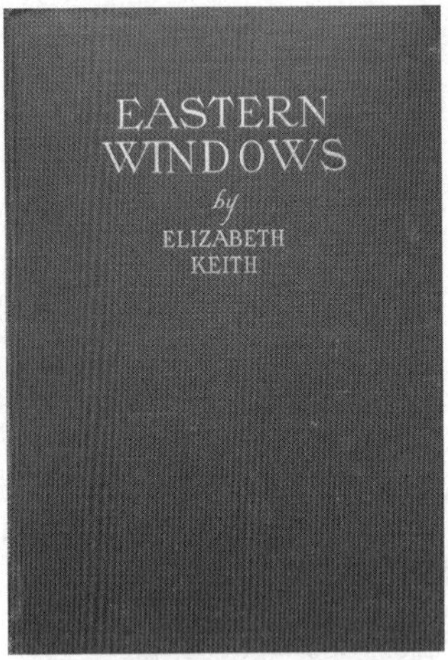

Elizabeth Keith, *Eastern Widnows*, 1928, 김상현 소장본

미국의 동화작가인 엘리자베스 코츠워스Elizaeth Jane Coatsworh, 1893~1986는 1919년에 금강산을 여행했다. 그 여행기를 펄 벅Pearl S. Buck이 편집한 『아시아*Asia*』라는 잡지에 게재했다.[48] 그녀는 금강산 사찰에서 숙박하면서 체험한 것을 소설 작품에 반영했다. 동화 작품 외에 첫 번째 소설 작품인 『선장의 딸*The Captain's Daughter*』1950[49]의 무대를 금강산으로 설정한 것이 그 좋은 예이다. 아버지의 반대로 사랑에 실패한 자넷이라는 여성이 금강산으로 여행을 하며 성숙해 간다는 내용의 작품이다.

일본에서 엘리자베스 키스를 사사한 버사 럼Bertha Boynton Lum, 1869~1954은 중국

---

45 김효영, 「릴리안 밀러(Lillian May Miller, 1895~1942)의 한국소재 풍속목판화 제작 및 유통 연구」, 『한국근현대미술사학』 39집, 한국근현대미술사학회, 2020, 254쪽.

46 Elizabeth Keith, *Eastern Windows*, Boston : Houghton Mifflin Company, 1928.

47 Elizabeth Keith and Elspet Keith Robertson Scott, *Old Korea* : *The Land of Morning Calm*, London : Hutchinson & Co., 1946; 엘리자베스 키스·엘스펫 키스 로버트슨 스콧, 송영달 역, 『영국화가 엘리자베스 키스의 올드 코리아』, 책과함께, 2006(제1판); 2020(제2판).

48 최종고, 『한국을 사랑한 세계 작가들』 3, 웨이겔리, 2020, 84쪽.

49 Elizabeth Jane Coatsworth, *The captain's daughter*, New York : Macmillan Company, 1950.

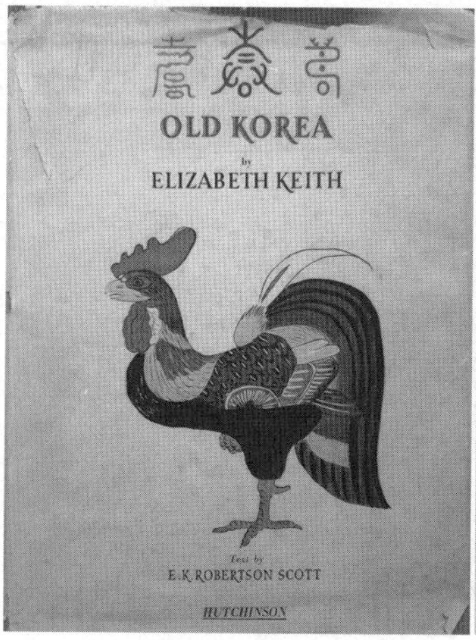

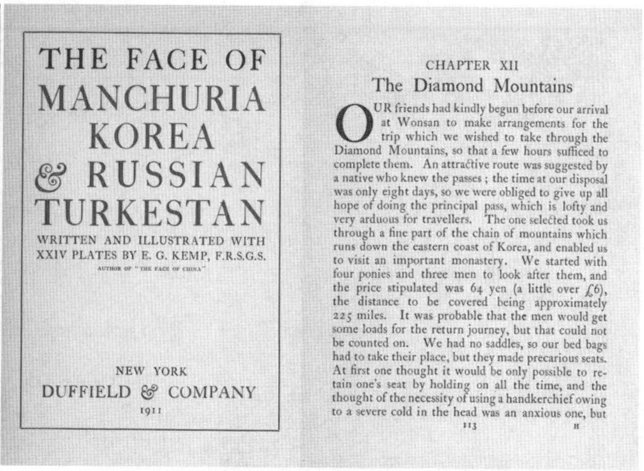

THE FACE OF MANCHURIA KOREA & RUSSIAN TURKESTAN

WRITTEN AND ILLUSTRATED WITH XXIV PLATES BY E. G. KEMP, F.R.S.G.S.

AUTHOR OF "THE FACE OF CHINA"

NEW YORK

DUFFIELD & COMPANY

1911

CHAPTER XII

The Diamond Mountains

OUR friends had kindly begun before our arrival at Wonsan to make arrangements for the trip which we wished to take through the Diamond Mountains, so that a few hours sufficed to complete them. An attractive route was suggested by a native who knew the passes; the time at our disposal was only eight days, so we were obliged to give up all hope of doing the principal pass, which is lofty and very arduous for travellers. The one selected took us through a fine part of the chain of mountains which runs down the eastern coast of Korea, and enabled us to visit an important monastery. We started with four ponies and three men to look after them, and the price stipulated was 64 yen (a little over £6), the distance to be covered being approximately 225 miles. It was probable that the men would get some loads for the return journey, but that could not be counted on. We had no saddles, so our bed bags had to take their place, but they made precarious seats. At first one thought it would be only possible to retain one's seat by holding on all the time, and the thought of the necessity of using a handkerchief owing to a severe cold in the head was an anxious one, but

113 H

Elizabeth Keith, *Old Korea*, 1946, 김상헌 소장본

으로 유학을 가는 도중에 금강산과 경주 일대를 돌아보았다. 서울의 종이 가게를 들러 종이를 구입하고, 금강산으로 이동해 내금강(장안사, 명경대, 영원암, 표훈사, 보덕암)과 외금강(비로봉, 만물상, 비봉폭포) 명승지를 다닌 후, 다색목판화 〈금강산 Diamond Mountains〉1936을 제작했다. 금강산 소재 목판화 중 이 작품 한 점만이 유일하게 남아 있다.[50]

1923년경에 한국을 찾아온 제임스 프랫James Bissett Pratt, 1875~1944은 조선인 지게꾼을 대동하고 금강산의 사찰을 방문했다.[51] 프랫은 미국 하버드대에서 철학을 공부한 후, 윌리암 칼리지Williams College 철학과 교수로 재직했다. 1923년 안식년을 얻어 북경에 있는 중국 기독교대학에서 강의를 하다가 극동 여러 나라를 여행했는데, 그때 한국과 금강산을 방문했던 것으로 보인다. 그가 쓴 금강산 여행기가 『불교 순례와 불교도 순례*The Pilgrimage of Buddhism and a Buddhist Pilgrimage*』1928[52]라는 책에 실려 있다.

금강산뿐만 아니라 설악산까지 여행한 서양인은 드물었다. 1923년 대한성공회

---

50 이다솔, 「버사 럼(Bertha Lum)의 목판화 연구」, 『한국근현대미술사학』 제35집, 한국근현대미술사학회, 2018, 111쪽.
51 테사 모리스 스즈키, 서미석 역, 『길 위에서 만난 북한 근현대사』, 현실문화, 2015, 50쪽.
52 J. B. Pratt, *The Pilgrimage of Buddhism and a Buddhist Pilgrimage*, New York : Macmillan, 1928, p.422. 아직 한국어 번역본이 없다.

의 트롤로프 신부Bishop Anthony Trollope, 1862~1930와 홍갈로 신부Charles Hunt, 1889~1950는 설악산을 먼저 오른 후, 금강산 일부를 여행했다. 이 여행기는 트롤로프 신부가 죽은 후 1935년에 왕립아세아학회 한국지부 잡지인 *Transactions* 제24호에 실렸다.

Bertha Lum, 〈Diamond Mountains〉, 1936, 채색 목판화, Fine Arts Museums of San Francisco 소장본[53]

강원도를 너무 잘 알고, 금강산을 누구보다 사랑했던 서양인으로 노르베르트 베버Norbert Weber, 1870~1956 신부를 빼놓을 수 없다. 그는 오틸리엔 베네딕트 수도원 선교사로 1911년에 처음 한국을 방문했다. 이때 약 4개월간 조선 팔도를 다니면서 조선인의 삶과 문화를 기록한 『고요한 아침의 나라에서』1915[54]를 내놓았다. 그 후 14년 후인 1925년에 두 번째로 한국에 다시 부임해 원산에 있던 베네딕트 수도원 학교의 대목장으로 시무했다. 독일로 돌아간 후 1927년에 금강산 여행기만으로 이루어진 『수도사와 금강산』[55]을 출판했다. 이 책은 금강산 여행이란 단일한 주제만 가지고 서양인이 쓴 금강산 여행기로 유일하다. 10여 일 동안 금강산의 명소, 곧 '장안사－망군대－보문암, 백화암, 표훈사, 정양사－보덕암, 마하연, 묘길상－유점사－신계사, 삼일포, 해금강－구룡폭포－바리봉, 만물초－비로봉－총석정' 등을 두루 돌아다녔다. 베버 신부가 직접 그린 금강산

---

53 출처 : https://art.famsf.org/ bertha-lum/diamond-mountains-19627783

54 Norbert Weber, *Im Lande der Morgenstille : Reise-Erinnerungen an Korea*, Karl Seidel Zu Munchen, 1915; 노르베르트 베버, 박일영·장정란 역, 『고요한 아침의 나라』, 분도출판사, 2012. 이 책에는 1910년대 조선의 풍속과 문화에 대한 소개가 많다. 특히 안중근 의사 집안의 복음 수용 과정과 가족 사진 등 귀한 자료도 많이 수록되어 있다.

55 Norbert Weber, *In Den Diamantbergen Koreas*, Missionsverlag St. Ottilien Oberbayern, 1927; 노르베르트 베버, 김영자 역, 『수도사와 금강산』, 푸른숲, 1999, 17~23쪽.

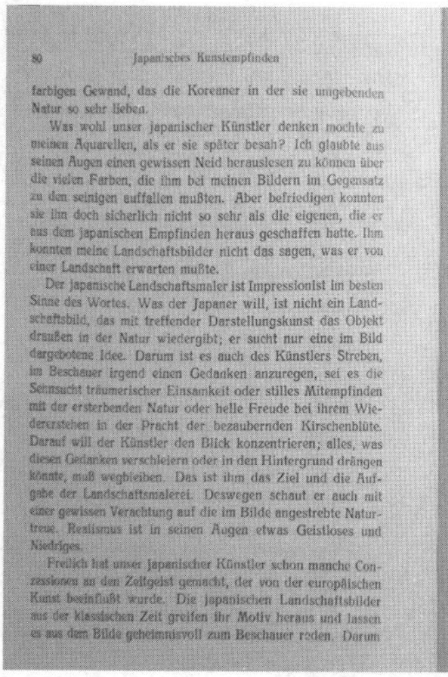
80 Japanisches Kunstempfinden

farbigen Gewand, das die Koreaner in der sie umgebenden Natur so sehr lieben.

Was wohl unser japanischer Künstler denken mochte zu meinen Aquarellen, als er sie später besah? Ich glaubte aus seinen Augen einen gewissen Neid herauslesen zu können über die vielen Farben, die ihm bei meinen Bildern im Gegensatz zu den seinigen auffallen mußten. Aber befriedigen konnten sie ihn doch sicherlich nicht so sehr als die eigenen, die er aus dem japanischen Empfinden heraus geschaffen hatte. Ihm konnten meine Landschaftsbilder nicht das sagen, was er von einer Landschaft erwarten mußte.

Der japanische Landschaftsmaler ist Impressionist im besten Sinne des Wortes. Was der Japaner will, ist nicht ein Landschaftsbild, das mit treffender Darstellungskunst das Objekt draußen in der Natur wiedergibt; er sucht nur eine im Bild dargebotene Idee. Darum ist es auch des Künstlers Streben, im Beschauer irgend einen Gedanken anzuregen, sei es die Sehnsucht träumerischer Einsamkeit oder stilles Mitempfinden mit der ersterbenden Natur oder helle Freude bei ihrem Wiedererstehen in der Pracht der bezaubernden Kirschenblüte. Darauf will der Künstler den Blick konzentrieren; alles, was diesen Gedanken verschleiern oder in den Hintergrund drängen könnte, muß wegbleiben. Das ist ihm das Ziel und die Aufgabe der Landschaftsmalerei. Deswegen schaut er auch mit einer gewissen Verachtung auf die im Bilde angestrebte Naturtreue. Realismus ist in seinen Augen etwas Geistloses und Niedriges.

Freilich hat unser japanischer Künstler schon manche Concessionen an den Zeitgeist gemacht, der von der europäischen Kunst beeinflußt wurde. Die japanischen Landschaftsbilder aus der klassischen Zeit greifen ihr Motiv heraus und lassen es aus dem Bilde geheimnisvoll zum Beschauer reden. Darum

Norbert Weber, *In Den Diamantbergen Koreas*, 1927, 겉표지(좌)와 본문 수록 베버 신부의 그림(우), 김상헌 소장본

수채화가 여러 점 여행기에 수록되어 있다.

베버 신부는 1925년에 두 번째로 한국을 방문했을 때, 촬영 장비까지 가지고 들어왔다. 그후 35mm 필름으로 15,000m 분량의 영상 기록을 남겼다. 조선인들의 농업, 풍속, 예절, 가내 수공업 등 강원도와 타 지역 사람들의 생활 모습과 신부들의 선교 활동을 촬영했다. 이 영상 자료는 1920년대 강원도 민속 및 생활 문화를 이해하는 데 없어서는 안 될 귀중한 자료로 평가된다.[56] 이 영상 속에는 한국전쟁 당시 소실된 금강산 장안사의 모습까지 고스란히 담겨 있다. 그의 여행기 『수도사와 금강산』에는 1920년대에 존재했던 불교 유물에 대한 기록과 훗날 『겸재정선화첩』으로 밝혀진 그림 입수 과정도 자세히 소개되어 있어 여행기로서 사료적 가치가 높다.[57]

한편, 일제강점기에는 일본어 여행서가 적지 않았다. 1925년에는 고려와 조선

---

56 무성 다큐멘타리 영상물인 〈고요한 아침의 나라(*Im Land Der Morgenstille*)〉는 1927년 뮌헨 인류학박물관을 비롯해 독일 내 100여 개 극장에서 상영되었다. 제2차 세계대전 당시 수도원이 파괴되면서 필름도 분실되었는데, 1970년대 말 뮌헨 근처 한 수도원에서 지하실 공사 중 필름이 극적으로 발견되어 세상에 알려졌다.

57 베버 신부는 귀국할 때 겸재(謙齋) 정선(鄭敾, 1676~1759)의 화첩도 구입해 돌아갔다. 그 화첩은 베버 신부가 1925년 금강산 여행 당시 외금강 온정리의 숙소에서 일본인 골동품 상인에게서 구입한 『겸재정선화첩』이었다. 총 21점이나 되는 겸재의 그림들이 화첩에 있었는데, 유명한 〈금강내산전도(金剛內山全圖)〉도 그 속에 있었다. 지한파 서양인이면서 화가였기에 베버 신부가 겸재의 작품을 알아보고 일본인 상인으로부터 구매했던 것이다.

Sten Bergman, *In Korean Wilds and Villages*, 1938, 김상헌 소장본
속표지(상)와 본문 수록 사진들(하)-저자와 물항아리를 이고 있는 한국 여성들

시대에 금강산을 소재로 쓴 한시를 총망라해 일본인 나리타成田碩內가 『금강소시金剛小詩』라는 시선집을 펴냈다. 이 책은 근대에 처음으로 금강산 한시만을 모아 펴낸 자료집으로 의미가 있다. 『금강소시』를 발행한 출판사 귀옥상점龜屋商店은 다음 해 1926 『금강산탐승안내』라는 금강산 관광 책자까지 선보였다.[58] 1931년에는 금강산전기철도가 완전 개통되고, 사진기술의 발달로 『금강산사진첩』과 그림엽서가 유행했다. 또 조선총독부철도국에서는 『금강산*Kongosan*』이란 잡지를 발행하는 등 금강산 관광 홍보에 열을 올렸다. 이렇듯 1920~30년대에는 금강산 관광 안내서가 봇물 터지듯 쏟아져 나왔다. 전 국민이 금강산 여행을 나서려는 붐이 일었고, 그에 따라 금강산에 대한 주관적인 설렘과 환상도 더욱 커져 갔다. 이에 따라 1910년 이전까지만 해도 소수만이 맛볼 수 있었던 금강산 여행이 1920~30년대에는 일반인 누구나 마음먹으면 가볼 수 있는 여행지로 금강산 여행의 의미가 급변했다.

내국인 대상 금강산 여행이 활발해지던 시기에 영국의 소설가 드레이크Henry Burgess Drake, 1894~?도 금강산을 여행하고 여행기를 남겼다. 그의 여행기 『일제강점기의 조선 생활상*Korea of the Japanese*』1930[59]을 보면, 그가 1928년을 전후한 시기에 2년간 서울의 어느 고등학교와 경성제국대학에서 영어를 가르친 사실을 알 수 있다. 그의 금강산 여행담은 이 책 마지막 장제18장 금강산에 실려 있다. 그리고 금강산 어느 바위에서 찍은 저자 사진과 보덕암과 묘길상 등 금강산 명승지 사진 3점도 그 책에 실려 있다.

샤를르 아그노엘Charles Haguenauer, 1896~1976은 프랑스 학자로, 한국어, 중국어, 일본어를 모두 할 줄 알았다. 그가 금강산 여행을 다녀온 소감은 1928년 잡지 『신민』에 「금강산서회金剛山書懷」란 제목 아래 한글로 짧게 실렸다.[60] 그는 귀국 후 파리 국립동양어학교INALCO : Institute National des Langues et Civilisation Orientales 일본어학과

58 임병목 편, 『금강산』(上), 열화당, 2012, 196~198쪽.
59 H. B. Drake, *Korea of the Japanese*, London : John Lane The Bodley Head Ltd., 1930; H. B. 드레이크, 신복룡·장우영 역주, 『(개정판) 일제강점기의 조선 생활상』, 집문당, 2019, 165~176쪽.
60 아그노엘(Haguenauer), 「금강산서회(金剛山書懷)」, 『신민』 42호, 신민사, 1928.10.

H. B. Drake, *Korea of the Japanese*, 1930, 속표지(좌)와 본문에 수록된 금강산 어느 절벽 위 작가 사진(우), 김상헌 소장본

정교수로 재직했고1932~1953, 일본 고고인류학 및 언어학 분야의 석학으로 이름을 날렸다. 1944~45년부터 동양어학교에서 일본어문화 외에 한국어문화를 처음으로 강의하고, 소르본느대학에서 한국어문화 교육을 처음 시작한 학자였다.[61]

1935년에는 스웨덴 생태학 연구자이자 동물학자인 베리만Sten Bergman, 1895~1975이 시베리아 횡단 열차를 타고 서울에 왔다. 베리만은 금강산 관광 열차를 잘 활용해 금강산을 손쉽게 다녀온 서양인 여행자였다. 그는 특별히 보덕암에 큰 관심을 보였다. 그가 보덕암에서 수행하는 승려와 나눈 대화와 만남 장면 묘사가 인상적이다. 이러한 내용이 『한국의 야생 동물지』1938[62]에 실려 있다.

1936년에는 오드리 해리스Audrey Harris, 1883~1950가 한국을 찾았다. 그녀는 해주와 금강산 등 관심을 가졌던 지역을 여행한 후 여행담을 『동양의 비자*Eastern Visas*』1939에 담았다. 그녀는 주로 일기 형식, 또는 편지 형식으로 자신의 여행 이야기를

61 이진명, 「프랑스의 한국학–기원, 과거, 현재」, 동북아역사재단 편, 『동아시아 정세와 영토문제, 그리고 지도 제작에 관한 국제 학술세미나 논문집』, 파리, 동북아역사재단, 2013.

62 Sten Bergman, tras. by Frederic Whyte, *In Korean Wilds and Villages*, London : Travel Book Club, 1938; S. 베리만(Bergman), 신복룡·변영욱 역주, 『한국의 야생 동물지』(개정판), 집문당, 2019, 203~214쪽.

들려주었다. 금강산에서 가족에게 쓴 1936년 9월 18일 자 편지에서 그녀는 금강산이 이상적인 세계의 축소판이라며 감탄해 마지않았다.[63]

한국의 독립혁명가였던 김산金山, 본명 장지락(張志樂)의 존재를 세상에 처음 소개한 미국인 여기자 님 웨일스Nym Wales, 본명 Helen Foster Snow도 1936년 여름을 금강산에서 보냈다. 그녀는 중국 사회주의 혁명가를 취재하다가 한국인 공산주의자인 김산을 만난 후 그의 사상과 생애에 매료된 나머지 그의 고국인, 일본에 나라를 빼앗긴 한국 땅을 일부러 찾아왔다. 그녀가 김산을 소개한 『아리랑*Song of Arriran*』[64]이 미국에서 1941년에 처음 간행되었다. 이 저서는 김산과 혁명, 그리고 공산주의자로서의 삶을 본격적으로 다룬 중요한 자료로 평가된다. 그 저서 속에 금강산 여행담이 일부 실려 있다.

이 밖에도 강원도와 금강산 일대를 여행하고 관련 기록을 남긴 서양인들이 더 있다. 여기서는 일차적으로 서양인 중 강원도를 여행하고, 보고 느꼈던 바를 글과 그림으로 남긴 이들의 면면을 소개하는 데 그쳤다. 근대 전환기에 누가 강원도를 다녀갔고, 그들이 남긴 흔적에 어떤 것들이 있는지 먼저 종합적으로 정리하고 살핀 후 그들의 목소리와 시선에 관심을 기울이는 것이 필요하다.

2. 내국인 여행자와 그 기록들

20세기 초 내국인 여행자가 쓴 강원도 여행기도 서양인 여행기 못지않게 금강산 여행이 주를 이룬다. 하지만, 외국인 여행기에는 거의 보이지 않는 명승지, 즉

---

63 Audrey Harris, *Eastern Visas*, London : Collins, 1939, p.50. "The Diamond Mountain is an idealised miniature edition of them. One ought to have at least two weeks to walk and climb there, camping at night under a rock by a stream one could bate in under the morning sun. It's quite bewitching!"

64 영문판 원저의 서지정보는 이렇다. Kim San and Nym Wales, *Song of Arriran : The Life Story of a Korean Rebel*, New York : John Day Co., 1941. 1984년에 처음 번역본이 나왔고, 2005년에 새 번역본이 나왔다. 님 웨일스·김산, 송영인 역, 『아리랑』, 동녘, 2005.

원산에 있는 명사십리와 송도원 해수욕장, 그리고 인근 사찰과 명승지에 관한 기록도 상당하다. 이광수와 최남선이 쓴 금강산 여행기, 한용운의 명사십리 여행기 등이 대표적이다.

1921년 8월과 1923년 여름방학, 이렇게 두 차례 금강산을 여행[65]한 이광수는 「금강산유기」를 잡지 『신생활』1922에 발표한 후, 이후 여러 차례 금강산 여행기를 단행본으로 출판했다. 금강산의 절경을 신의 천지창조에 비유하는가 하면, 비로봉 정상에서의 감회를 감히 문자로 형언하기 어렵다는 찬사를 쏟아냈다. 여행 도중 겪은 어려운 점들을 시시콜콜 드러내는가 하면 다른 여행자의 목소리까지 담아냈다. 그러면서 강원도의 낙후된 현실을 지적하고 의식 개조의 필요성을 강조하기도 하고, 힘들게 노동하는 조선인을 보며 자신의 정체성과 관련해 여행자로서 느끼는 알 수 없는 죄책감을 드러내기도 했다. 『금강산유기』에서 작가는 가능한 한 객관적으로 금강산과 강원도를 바라보고자 했다.

최남선도 1924년부터 1927년에 걸쳐 『금강 예찬』을 집필하고[66] 이를 『시대일보』에 연재했다. 순우리말과 구어체의 문장을 사용해 금강산 절경에 대한 묘사와 객창감을 절묘하게 드러냈다. 이 당시 최남선은 민족의 뿌리를 찾고 민족의식을 고취하는 데 관심이 많았기 때문에 전국 고적 답사를 다니며 해당 지역의 특성에 많은 의미를 부여코자 했다. 그에게 있어 금강산은 기기묘묘한 형상으로 탄찬歎讚

---

65 『춘원 이광수의 금강산유기』, 실천문학사, 1988, 13~212쪽. 두 차례의 여정은 다음과 같다.
① 1차 여행(1921.8.3) : 서울역→철원→고산역(하차)→장안사→망군대(8.8)→만폭동(8.10)→비로봉(8.11)→장안사→(자동차로)세동→온정령→만물초→구룡연(8.15)
② 2차 여행(1923 여름방학) : 서울역→원산→장전→신음사→보광암→유점사→은선대→미륵봉→안무재→비로봉→장안사→백탑동

66 최남선, 문성환 역, 『금강예찬』, 경인문화사, 2013, 3~271쪽. 최남선이 금강산 일대를 여행한 여정을 정리해 보면 다음과 같다.
〔내금강〕 장안사→업경대→태자성→영원동→옥초대→시왕백천동→수렴동→백탑동→다보탑→도솔암→망군대→명연→백화암→표훈사→정양사→헐성루→만폭동→태상동→수미탑→내팔담→영아지→분설담→보덕굴→법기봉→진주담→사자암→촉대봉→마하연→가섭동→수미암→강선대→선암→백운대→영랑동→비로봉→비로정→묘길상→내수정
〔외금강〕→칠보대→은선대→효운동→유점사→오삼불→만경동→미륵봉→만상동→발연→발연사→봉래도→영신동→신계사→동석동→보광암→군선협→금강문→옥류동→비봉폭→구룡연→상팔담→옥녀세두분→온정리→한하계→만물초→신만물초→옥녀봉
〔해금강〕→삼일포→해금강→동해

을 자아내는 '관광지'라기보다 민족정기가 어려 있는 '숭배'의 대상이었다. 따라서 그는 여행기 속에다 감정 차원에서 금강산에 대한 찬사를 쏟아내기보다 실질적으로 도움이 될 만한 여행 정보를 많이 들려주고 민족성 고취에 힘썼다. 여행자들이 금강산을 직접 찾아 체험할 것을 권면했다.[67]

일제강점기에 강원도에서, 아니 전국에서 가장 유명한, 달리 말해, 이국적이며 세련된 도시가 있었다. 바로 원산이다. 일본 거주민들이 다수 살고, 서양인을 위한 별장촌이 별도로 세워졌다. 물류와 교통의 요지로 일찍부터 개발되었을 뿐 아니라, 명사십리 해변과 해수욕장이 있어 휴양지로서 최고 인기를 구가했다. 경원선京元線의 종착지로서 내금강뿐 아니라 외금강 지역까지 여행하기가 용이한 까닭에 기차 여행을 통해 강원도를 가장 쉽게 접할 수 있었다. 한용운이 오랫동안 벼르다가 동양 최고의 해수욕장이라는 명사십리를 기차를 타고 찾은 것도 이런 여행 인프라 구축과 각종 관광 홍보가 크게 작용한 결과였다.

한용운은 1929년 『조선일보』에 연재한 「명사십리행」[68]에서 철저히 여행자 입장에서 강원도에 대한 거리두기를 시도했다. 강원도에 대한 일체의 시선을 거두고 주관적 감정 표출은 절제한 채, 이름난 명소를 찾아다니면서 개인 여행자로서의 호기심만 드러내는 즐거움을 표출했다.

그 밖에도 금강산과 그 일대를 관광한 사회 지식인과 문인들이 남긴 글들이 적지 않다. 해동산인海東山人과 해동초인海東樵人이 쓴 금강산 기행 연재 글을 비롯해 최찬식, 김동인, 이은상, 고유섭, 김윤경, 손진태, 현제명, 김윤경, 변영만, 박노갑, 이병기, 송석하, 김소운, 이헌구 등 사회 각계각층의 지식인 명사들이 금강산을 찾아 감회와 견문을 다채롭게 토로한 글들이 남아 있다. 김유정과 차상찬은 고향 춘천을, 이태준은 고향 철원을 예찬하고 명소를 소개하는 글을 썼다.

---

67 최남선, 문성환 역, 『금강예찬』, 경인문화사, 2013, 4쪽. 권두언 「禮讚의 卷頭에」에서 "금강산 각종 경승 지역의 배치, 구성, 요소, 특질, 역사적 의의, 여행 요건 등을 서술하여 일반 탐승객의 반려로 삼게" 하고자 여행기를 썼음을 분명히 했다.

68 한용운, 「명사십리행」, 『조선일보』, 1929.8.

강원도 각 지역의 문화, 생활, 풍속, 산업, 문학 등을 기술한 글들도 다수 포착된다. 언론인 차상찬車相瓚, 1887~1946은 1920년대에 강원도 전체뿐 아니라 군별로 다니며 각 지역의 특색을 찾아 소개한 글을 다수 남겼다. 이는 당시 강원도의 민낯과 도민들의 생활상을 사진처럼 담아낸 보고서와 방불하다. 강원도의 인문지리 내력과 교육, 종교, 산업, 민요와 역사적 인물 등을 다각도로 소개하고 강원도의 지방색에 대한 총평까지 피력해 놓아 당시 강원도에 대한 인식 태도를 이해하는 데 긴요한 자료들이다. 필명을 사용한 춘성春城, 백운당白雲堂, 소일생小日生, 풍악생楓嶽生, 무명씨 등은 여러 잡지와 신문에 강원도의 면면을 소개했다. 강원도에 대한 피상적 이해 수준에 머문 글들도 있지만, 강원도에 관해 깊은 애정을 갖고 속살까지 들여다본 것들도 있어 주의를 요한다.

3. 여행 경로

근대 이전에도 많은 이들이 강원도를 찾았지만, 대개 금강산을 목적으로 여행한 이들이었다. 조선 시대에도 금강산을 여행하기 위해 가장 많이 이용한 길은 현 남북 강원도를 관통하는 경원가도였다. 1832년 수원에 살던 양반 지상은池尙殷도 서울에서 포천 일대를 거쳐 금성으로 가는 금강산 유람 여정을 택했다. 이때 그가 택한 길이 추가령 구조곡을 따라 난 경원가도였다. 거기서 더 앞으로 나가면 원산인데, 지상은 일행은 내금강과 외금강을 돌아본 후 인제와 홍천을 거쳐 남쪽으로 돌아오는 여정을 택했다.[69]

여행 도중 여행지에 대해 갖게 되는 첫인상 역시 흔히 '길'에서 결정되기 쉬웠다. 여행자들이 어떤 코스로 금강산을 찾아갔고 거기서 무엇을 보고 느꼈는지가

69 지상은, 박종훈 역, 『(수원 사람들의 금강산 유람기) 금강록』, 수원박물관, 2016, 12~13쪽.

여행의 질과 견문 내용을 결정짓는 중요한 요소가 아닐 수 없다.

금강산에는 여러 고개[령]가 있는데, 이들 고개는 금강산으로 접근하는 통로 역할뿐 아니라 내금강과 외금강을 나누는 경계가 되기도 한다. 안무재일명 내무재 고개를 기점으로 내금강과 외금강으로 구분되는 것이 그 좋은 예이다. 내금강은 태백산맥 서쪽 지역(행정구역상 금강군과 창도군)을, 외금강은 동쪽 지역(행정구역상 고성군과 통천군)을 가리킨다. 북 강원도에 금강산이 있다면, 남 강원도엔 설악산이 있는데, 설악산을 내설악과 외설악으로 구분하는 기준도 금강산의 경우와 동일하다.

서울에서 내금강으로 가기 위해선 단발령이란 고개를 넘어야 했다. 그리고 내금강을 지나 태백산맥 동쪽 지역에 해당하는 외금강으로 넘어가려면 안무재령을 지나야 했다. 그 외에도 추지령과 사령, 온정령 등이 내금강과 외금강을 연결하는 교통로였다. 그리고 서울에서 출발해 금강산을 여행하려는 여행자에게 기점, 아니 관문이라 할 만한 곳이 있다면, 내금강의 입구는 장안사였다. 그리고 장안사에 인접한 금강읍(말휘리)이 장안사 여행을 위한 배후도시 노릇을 담당했다. 반면 외금강의 관문은 동해안에 자리한 온정리였다. 온정리에 인접한 고성군(북) 장전읍이 그 배후도시 기능을 했다. 따라서 외부에서 금강산을 가려면 최소한 이 두 관문을 지나 세부 여행을 할 수 있었다.

그런데 철도 교통이 발달하기 시작한 일제강점기에는 금강산 여행 경로와 교통수단, 그리고 여행의 성격이 많이 달라졌다. 1910년대에 경원선 철도가 놓인 후로 금강산 전용 열차전기로 가는 일종의 전철가 운행되었고, 1920~30년대에는 금강산 여행이 단체 관광까지 가능할 만큼 대중화되어 일반인들에게 선풍적인 인기를 끌었다. 그에 따라 여행 코스도 다양하게 개발되었음은 부연할 필요가 없다. 시대가 바뀌고 교통수단이 달라짐에 따라 견문 내용도, 강원도를 바라보는 시각도 달라질 수밖에 없었다.

일제강점기까지 여행자들이 금강산 여행을 위해 주로 이용했던 여행 경로는 대개 다음 4가지가 있었다.

① 서울에서 내금강 일대만 돌아보고 오는 경로

② 서울에서 내금강과 외금강, 그리고 해금강 일대까지 여행하는 경로

③ 원산에서 내외금강을 거치거나 동해안 일대를 거쳐 서울로 오는 경로

④ 금강산 남쪽 지역을 거쳐 여행하는 경로

이중 여행자들이 가장 즐겨 이용한 경로는 ②→①→③→④ 순이었다.

먼저 ②는 근대 이전 시기부터 금강산 여행 시 가장 일반적으로 이용하던 경로였다. 1671년현종 12년 8월에 금강산을 유람한 농암農巖 김창협金昌協이 쓴 금강산 여행기인 『동유기東遊記』만 보더라도 김창협 일행은 서울에서 출발해 내금강장안사을 시작으로 외금강으로 빠져나와 해금강 일대, 곧 통천의 총석정을 보고 추지령을 넘어 서울로 돌아오는 코스를 이용했다.[70]

서울에서 금강산으로 여행을 떠난 외국인들도 대개 이 경로를 이용했다. 예컨대, 말을 타고 1902~3년경에 금강산을 여행한 프랑스 역사학자 장 드 팡주나 1903년에 금강산을 여행한 영국인 기자 해밀턴은 단발령→장안사(내금강)→유점사(외금강 남쪽)→신계사(외금강 북쪽)를 거쳐 해금강을 둘러보고 원산으로 올라갔다가 경원가도를 이용해 돌아오는 경로를 이용했다.[71] 내금강을 둘러보고 외금강과의 경계인 안무재(내무재) 고개를 넘어 유점사를 거쳐 고성 쪽으로 이동했다. 이 경로를 따라 1901년 금강산 등반길에 올랐던 겐테는 안무재 정상에 오른 후 이어지는 경로를 이렇게 적었다.

> 드디어 일곱 시간의 대장정 끝에 정상에 올랐다. 나는 금강산에서 사람의 통행이 허락된 곳 중 가장 높은 해발 1,264미터의 안무재 정상에 올라섰다. 내리막길은 상당히

---

70 김창협, 「동유기」, 경상대 경남문화연구원 편, 윤호진 외역, 『금강산유람록』 4, 민속원, 2019.

71 장 드 팡주, 심재중 역, 『프랑스 역사학자의 한반도 여행기』, 살림, 2013, 38~68쪽. 여행기에 나타난 지명을 중심으로 그 여행 경로를 정리하면 다음과 같다. '서울–요창거리(Yo-tchang-kori)–금성–창도–단발령–장안사–표훈사–마하연사–안문재–유점사–신계사–통천–원산–석왕사–롱고리(Longori)–당고개(독일 금광)–서울'

장안사 전경, 출처 : 『조선고적도보 제12책』, 1932, 김상헌 소장본

> 가파르고 급했다. 나의 안내자는 엄청나게 빠른 속도로 뛰다시피 내려갔다. (…중략…) 동쪽으로 냇물이 세차게 흐르는 울창한 숲 골짜기를 따라간 지 벌써 3시간이 넘었다. 폭우가 쏟아질 무렵 우리는 겨우 유점사에 도착했다. 고도 500미터쯤에서 내리막길이 시작되고 이 길은 아직 며칠 더 가야 하는 해안 근처로 이어졌다.[72]

안무재를 넘어 계속 여행하려면 외금강에 있는 또 다른 명소 유점사로 내려가는 것이 일반적이었다.

①의 경로는 금강산의 최고봉인 비로봉과 온정령 등 외금강 지역에 속한 명승지를 다니는 것이 쉽지 않았던 시기에 내금강 일대만 구경하는 것을 말한다. 물론 배를 타고 원산에 도착한 여행자라면 외금강부터 구경하고 내금강을 거쳐 서울로 가는 것이 가능했다. ①의 경로는 금강산 철도가 놓이기 이전에 도보, 또는 말을 타고 여행해야 했던 시기에 이용하던 것이었다. 1884년에 서양인으로는 처음으로 강원도를 방문한 윌리암 칼스는 금강산까지 가지는 못하고 김화와 금성 등 금

72 지그프리트 겐테, 권영경 역, 『신선한 나라 조선, 1901』, 책과 함께, 2007, 180~181쪽.

강산 서쪽 강원도 지역만 조사하고 돌아갈 수밖에 없었다.

서울에서 내금강 입구에 위치한 장안사까지 가는 방법은 크게 2가지였다. ①과 ②의 경로로 가고자 할 때 공통으로 이용하던 길로, 서울에서 출발해 철원, 김화, 금성, 단발령을 거쳐 내금강 내 장안사에 닿는 길이다. 또 다른 방법은 배를 타고 남한강과 북한강을 따라 창도에 도착한 후 단발령을 넘어 내금강으로 들어가는 것이었다.

> 서울에서 금강산과 신성한 사찰을 방문할 때에는 다른 길로도 갈 수 있다. 한강에서는 정크 선을 타고서 180여 킬로미터를 항해한 후, 금강산으로 이어지는 남쪽 길을 이용하면 된다. 한강 지류는 그림처럼 아름답고 맑은 물이 풍부한 작은 골짜기마다 큰 어촌들이 펼쳐지지만, 여름에는 수량이 갑자기 무섭게 불어난다.[73]

에밀 부르다레는 배를 타고 북한강의 시원지인 금강산을 향해 올라간 후 창도에서 내려 육로로 이동했다.

한편, ③의 경우, 배편을 이용해 블라디보스톡이나 부산 등지에서 출발해 원산으로 들어와 거꾸로 금강산을 구경하고, 서울로 들어가는 경로를 말한다. 예컨대, 폴란드 소설가인 세로셰프스키는 부산에서 원산으로 이동한 후, 거기서 금강산을 거쳐 서울로 들어갔다. 일제강점기에 일본에 머물던 외국인들이 금강산 구경을 하려면 대개 일본에서 부산을 거쳐 원산을 오가는 정기 배편을 이용해 들어왔다. 그런가 하면 캠벨처럼 백두산 여행을 한 후 함경도 내륙을 관통해 원산으로 내려와 금강산을 여행하고 서울로 가는 경우도 있었다. 에밀리 켐프, 메리 테일러 등의 여성 여행자들도 원산에서 금강산을 거쳐 서울로 여행했다.

마지막으로 ④번 경로는 금강산 남쪽 지역을 통해 강원도를 여행하고 서울로

73 에밀 부르다레, 정진국 역, 『대한제국 최후의 숨결』, 글항아리, 2009, 364쪽.

돌아오는 길을 의미했다. 이 길을 이용하면 오늘날 남 강원도 지역에 해당하는 명소를 둘러볼 수 있다. 그런데 일제강점기까지만 해도 내국인이나 외국인 모두 강원도를 여행한다면, 오늘날 북강원도에 있는 금강산과 원산 일대를 떠올렸지, 남 강원도에 있는 명승지까지 즐겨 찾지는 않았다. 강릉, 속초, 춘천뿐만 아니라, 원주, 영월, 평창, 횡성, 홍천 등 강원도 중남부 지역은 100년 전만 해도 북 강원도 명승지에 가려 상대적으로 인기가 적었다. 여행자들도, 관련 여행기도 적다.

비록 잘 알려져 있지 않지만, 1930년대에는 서울에서 고성 오리항까지 가는 오리진 철도線를 이용할 수 있었다. 오리진 철도 중간 정차 역 중 하나가 춘천이었다. 춘천에서 내려 차를 타고 양구까지 춘양선(춘천–양구) 2등 도로로 이동한 후, 거기서 다시 말휘리(금강읍)까지 31번 국도(3등 도로)로 갈아타고 갈 수 있었다. 자동차를 이용해 춘천에서 바로 금강산 입구인 말휘리까지 가는 교통편이 있었던 것이다. 1930년대 후반에 운행된 '서울–춘천–양구–말휘리–원산'행 교통편은 금강산 남쪽 일대의 교통과 경제, 일상생활을 가능케 하던, 또 다른 주요 교통망이었다.[74]

오늘날에도 양구 두타연 북쪽에서 현재 군사분계선으로 단절된 국도를 이용하면 금강산 등산의 입구라 할 금강읍까지 쉽게 닿을 수 있다. 원산에서 속초, 강릉을 오가던 동해북부선 외에 내륙에서도 이처럼 남 강원도와 북 강원도 지역을 연결하며 쉽게 금강산까지 갈 수 있는 길(교통편)이 있었다. 하지만 이 길을 서양인 여행자나 서울서 출발하는 여행자들이 굳이 춘천과 양구까지 거쳐 크게 돌아 장안사로 들어갈 필요는 없었다. 그럼에도 이런 교통로의 존재 자체만으로도 남·북 강원도가 원래 하나로 통하던 곳이었음을 환기하는 데 부족함이 없다.

다음 지도는 캠벨의 『백두산 여행기*A Journey through North Korea to the Ch'ang-pai Shan*』[75]

---

74 이것이 가능했던 이유는 1937년대에 내금강 합자(合資) 자동차회사가 양구–말휘리 노선 운영권을 인수해 춘천–양구–말휘리(금강읍)를 직통으로 연결하는 교통편을 운영했기 때문이다. 이를 내금강산 선이라 불렀다. 이 회사는 경춘선 철도와 내금강선을 직통으로 연결했다. 경춘선 철도와 내금강선 도로를 겸해 운영하면서 1939년에는 경춘선 전 구간을 개통했다. 그 결과, 서울에서 표 1장만 끊으면 춘천역에서 바로 금강산 입구인 말휘리까지 갈 수 있었다. 춘천과 양구에서 금강산을 오가는 버스를 운행한 것이다. 양구에서 말휘리까지 약 60km 거리를 버스로 달리면 약 3시간 30분이 소요되었다. 이 도로가 31번 국도였다.

75 캠벨의 여행기는 영국 왕립 지리학회에서 1892년에 발행한 학회지 *Proceedings of the Royal Geographical Society and*

Proceedings of the Royal Geographical Society and Monthly Record of Geography, Vol. XIV., No.3. March, 1892 수록 지도

Monthly Record of Geography(Vol. XIV., No.3. March, 1892, pp.141~161)에 먼저 실렸고, 후에 단행본 『백두산 여행기(*A Journey through North Korea to the Ch'ang-pai Shan*)』에 다시 수록되었다.

에 실려 있는 것이다. 이 지도를 보면 빨간색으로 여행 경로가 표시되어 있음을 확인할 수 있다. 원산–서울 구간만 보면, 그 사이에 고성–장안사–단발령–금성–금화–양평–포천–양주를 거쳐 여행한 사실을 알 수 있다. 이것이 19세기 말~20세기 초 내국인과 외국인이 즐겨 이용하던 여행 경로였던 것이다.

내국인 여행기는 대개 서울에서 출발해 금강산으로 가는 여정을 보여준다. 이에 반해 외국인들은 배를 타고 원산에 들어와 경원가도를 따라 거꾸로 서울로 들어가거나 금강산으로 빠져 외금강과 내금강 일대를 구경한 후 경원가도로 연결해 서울로 향하는 여정을 택할 수 있었다. 금강산과 강원도를 여행 시 선택지가 그만큼 더 넓었던 것이다. 따라서 해금강과 외금강을 먼저 본 후 내금강 지역을 구경하는 이들도 적지 않았다. 이는 확실히 내금강만 보고 들어오거나 내금강에서 외금강으로 넘어가는 일반적인 여행 경로와는 사뭇 다른 시각에서 탐승할 수 있는 조건이 되었다.

금강산 여행 경로와 여행 교통편은 1910년대에 금강산 철도가 놓이기 전과 후로 확실히 달라졌다. 일제가 열심히 철도를 부설한 것은 일차적으로 한반도의 각종 자원 수탈과 식민지 지배를 더욱 공고히 하려는 목적에서였다. 그러면서 금강산 여행과 단체 관광 홍보와 시설 투자에 열을 올렸는데, 그것은 실상 조선인을 황국신민의 일원으로 만들기 위한 내선일체화의 일환에서 기획된 것이었다.[76] 결과적으로 금강산 여행의 대중화를 이룰 수 있었다.

우선 기존 서울서 원산으로 나 있던 경원가도를 근간으로 1910년에 경원선 철도 착공이 이루어졌다. 1913년에는 서울–평강 구간이 부분 개통되어 금강산 여행을 위한 철도 교통편이 일부 마련되었다. 그리고 다음 해인 1914년에 비로소 서울 용산에서 출발해 원산까지 가는 철도 부설이 완공되었다. 경원선 완공으로 강원도와 금강산 여행은 획기적인 전환점을 맞이하게 되었다. 강원도 평강에서 금

76 김지영, 「일제시기 철도 여행안내서와 일본인 여행기 속 금강산관광 공간 형성과정」, 『대한지리학회지』 54-1, 대한지리학회, 2019, 93~107쪽.

강산을 연결하는 도로도 정비되었다. 이에 따라 서울에서 내금강 첫 도착지라 할 장안사까지 하루 만에 도착할 수 있게 되었다. 서울역을 출발한 기차가 평강역에 닿으면 평강역에서 말휘리末輝里까지 약 130km 거리를 자동차나 도보로 이동할 수 있게 된 것이다. 말휘리는 장안사로 가는 초입에 위치해 있다. 1박 2일 일정으로 서울에서 금강산을 다녀갈 수 있는 길이 열린 것이다.

이렇듯 1910년대에 경원선을 이용할 경우, 강원도 평강역에 하차한 후 거기서부터 말을 타거나 도보로 김화, 금성, 금강군 화천 등을 거쳐 내금강으로 들어갈 수 있었다. 또는 기차로 원산까지 가서 해금강 일대를 구경하거나 휴양지와 해수욕장으로 이동하는 것이 가능했다. 경원선이 놓인 이후, 원산, 고성, 세포, 안변, 금강산, 통천, 평강, 회양 등이 여행자들이 즐겨 찾는 여행지로 새롭게 급부상했다. 1920년대 이후로는 말과 도보로 여행하는 것은 아예 찾아보기 어렵게 되었고, 기차와 자동차를 이용해 빠르고 편하게 여행할 수 있었을 뿐 아니라, 홀로 떠나는 여행도 가능하게 되었다.

1917년 가족과 함께 한달 간 금강산 여행을 나선 게일 선교사는 남대문역에서 123km 떨어진 평강역까지 기차를 타고 이동했다. 그리고 평강역에서 140km 떨어진 장안사까지 말을 타고 금강산으로 향했다. 여행지에서 말을 구하는 흥정이 외국인 여행자로선 어려운 일이었으나 지인의 도움을 받아 5살짜리 아들과 아내도 모두 말을 타고 이동할 수 있었다. 신식 교통수단인 열차와 구식 교통수단인 말을 번갈아 이용해 내금강으로 간 것이다. 여행을 위한 교통수단이 바뀌고 있던 과도기적 모습을 알 수 있다.

1920년대 중반에는 서울에서 아침 일찍 출발해 당일 저녁에 장안사에 도착할 수 있었다. 경원선 철도를 이용해 평강역이 아닌 세포역이나 고산역까지 이동한 후, 그곳에서 자동차를 타고 장안사로 이동하는 것이 가능해졌기 때문이다. 이것이 가장 짧은 코스였다. 여기에 더해 기차를 이용한 금강산 여행이 더 활성화되자 외금강 지역까지 접근하는 것이 더 수월해졌다. 서울역에서 야간열차를 타고 출발하면 다음날 아침에 원산역에 도착할 수 있었다. 그리고 원산에서 말이나 자동차를 이용해 외금강의 관문인 온정리로 이동하거나 원산에서 배를 타고 해로로 장전항에 가 내리기도 했다. 온정리나 장전 일대에서 해금강을 구경한 후, 외금강에 있는 유점사나 구룡연, 신계사, 만물상 등을 둘러보고 내금강으로 들어가는 길을 종종 이용할 수 있게 된 것이다.

예컨대, 1925년에 원산에서 선교 사역을 하던 노르베르트 베버 신부는 동료신부 크누트 다베르나스 신부와 함께 금강산 여행을 떠났다. 그는 서울서 기차를 타고 온 헹켈 부부를 중간인 세포역에서 만났다. 그리고 기차를 타고 계속 이동하다 전차로 갈아탔다. 전차로 1시간 이동한 후 일행은 다시 내려 미국산 포드 자동차로 갈아타고 장안사로 갔다. 이렇듯 1920년대 중반에 외국인들은 기차-전차-자동차로 교통편을 바꿔가며 금강산 여행을 했다. 금강산 여행을 위한 도로 및 철도 교통 인프라가 계속 바뀜에 따라 여행일수와 여행 경로, 그리고 여행 시 경험하는 견문의 내용도 지속적으로 변화해 갔다.

금강산에 도착한 후 내외 금강산 전 지역을 여행했는데, 대체로 약 10일의 시간이 소요되었다. 1925년에 금강산을 여행한 베버 신부가 남긴 여행기를 통해 당시 소요 시간과 경로를 이해할 수 있다.

> 6월 2일(장안사)-6월 3일(망군대)-6월 4일(장안사)-6월 5일(보문암, 백화암, 표훈사, 정양사)-6월 6일(보덕암, 마하연, 묘길상)-6월 7일(유점사)-6월 8일(신계사, 삼일포, 해금강)-6월 9일(구룡폭포)-6월 10일(바리봉, 만물초)-6월 11일(비로봉)-6월 12일(총석정)[77]

내금강의 출발지인 장안사로부터 해금강의 총석정까지 금강산 내 주요 명승지

---

77 Norbert Weber, *In Den Diamantbergen Koreas*, St. Ottilien Monastery, 1927(1925년 여행); 노르베르트 베버, 김영자 역, 『수도사와 금강산』, 푸른숲, 1999, 17~23쪽.

를 돌아보는 데 10일이 걸렸다. 1890년대 중반 비숍 여사 일행이 약 1달 동안 여행했던 곳을 단 10일 만에 마친 것이다. 여행 기간은 단축되었지만, 그에 반비례해 여행 지역은 더욱 넓어지고 여행 경로 역시 다양해져 선택의 폭이 넓어졌다.

배편을 이용한 여행이 공식적으로 추가됨에 따라 금강산 여행 경로가 더욱 다양해졌다. 1928년에 최남선이 금강산 여행 후, 서울에서 금강산 여행을 다닐 때 육왕해귀선陸往海歸線과 해왕육귀선海往陸歸線이 있다고 소개한 것이 그 좋은 예이다. 육왕해귀선은 서울에서 기차로 철원을 거쳐 창도까지 간 후, 창도에서 자동차로 내금강과 외금강, 그리고 해금강 일대를 돌아보고 장전에서 증기선을 타고 원산으로 가서 거기서 기차를 타고 다시 서울로 돌아오는 코스를 의미했다. 반면, 해왕육귀선은 원산까지 먼저 간 후, 거기서 배를 타고 장전에서 내려 해금강과 외금강, 그리고 내금강 일대를 돌아본 후 금강역이나 세포역 등에서 기차를 타고 철원을 거쳐 서울로 돌아오는 것을 뜻했다.

금강산 여행은 금강산 철도가 개통됨에 따라 절정을 이루었다. 1924년에 시작된 금강산철도 건설은 1931년에 내금강역이 완공됨으로써 반나절 만에 서울에서 내금강에 도착할 수 있게 되었다. 더욱이 1929년부터 동해북부선 착공도 이루어져 원산에서 장전을 거쳐 고성과 강릉까지 연결하는 동해안 철로 건설의 첫 삽을 뜨게 되었다. 금강선 철도를 이용할 경우, 서울역에서 철원역까지 이동한 후, 거기서 금강산 철도 열차로 환승해 장안사 인근의 내금강역까지 갈 수 있었다. 그리고 경원선을 이용해 원산까지 가지 않고 안변역에서 동해북부선으로 갈아탄 후 외금강역에 도착해 거기서 도보로 온정리까지 갈 수 있었다.

동해북부선은 1929년에 안변역－흡곡역 구간이 개통되었고, 1932년에 통천－장전－외금강－고성 구간까지 확장되었다. 그 후 1935년에는 고성－간성 간 구간이, 그리고 1937년에는 간성－양양 구간까지 개통되었다. 이후 강릉까지 연결될 계획이었던 동해북부선은 1940년대 초 태평양전쟁에 필요한 물자라며 철로로 사용했던 철들을 뜯어 징발해 감에 따라 노선 운행이 중단되고, 강릉까지 철로를 확장하는 것은 이루어지지 못했다.

스텐 베리만Sten Bergman, 1895~1975이 금강산을 여행한 시기는 동해북부선과 금강산철도 열차 운영이 활발해 금강산 관광이 최고 절정을 누리고 있던 때였다. 금강산행 열차를 타고 서울역에서 내금강역까지 반나절이면 도착할 수 있었다.

> 경성에서는 기차를 타고 금강산에 가는데 6시간이 걸리고, 그 지역의 여행을 시작하는 두 지점인 장안사 마을과 온정리라는 마을에 도착하는 데는 10시간이 걸린다. 온정리는 동해와 상당히 가까운 바닷가에 위치해 있다. 내가 혼자서 금강산을 보려고 장안사에 도착했을 때는 비가 억수로 내리고 있었다. 따라서 역에서 10분을 걸어 호텔에 당도하여 뜨거운 물에 목욕을 할 수 있었던 것은 매우 큰 즐거움이었다. 마른 옷을 입고, 점심과 커피 한 잔을 든 후에 나는 날씨가 변함없음을 알았다.[78]

베리만은 경성에서 금강산까지 가는 데 기차로 6시간 걸렸다. 내금강 관광의 첫 출발지인 장안사에서 외금강 동쪽 해안가에 있는 온정리까지 가는 데도 10시간, 곧 하룻길이면 가능했다. 그만큼 철도와 자동차 등 교통수단이 발달하고 철로와 포장도로가 잘 깔려 있어 여행과 이동이 무척 수월해졌다. 외국인이 그것도 '혼자' 여행해도 전혀 불편함이 없는 정도가 되었다. 더욱이 관광지와 명승지, 휴양지에는 영락없이 호텔 등 고급 숙박시설과 유흥시설, 그리고 개인 별장이 들어섰다. 베리만은 예전과 비교해 대단히 수월하게 여행을 한 셈이다. 숙박 시설이 잘 갖춰진 호텔을 이용해 휴식까지 취하며 편안히 여행을 할 수 있었다.[79]

---

78 S. 베리만, 신복룡 · 변영욱 역주, 『한국의 야생 동물지』(개정판), 집문당, 2019, 256~257쪽.

79 베르만은 서울서 금강산 기차를 타고 장안사로 가서 장안사 호텔에서 묵었다. 그리고 장안사를 구경한 후 정양사와 표훈사를 거쳐 만폭동 폭포를 지나 자신이 목적지로 삼았던 보덕암에 도착했다. 거기서 보덕암에서 수행 중인 젊은 승려를 만나 많은 얘기를 나눴다. 그 후 비로봉에 올랐고 구룡폭포와 만물초, 신만물초를 구경한 후 해금강 일대를 방문했다. 여행기는 해금강에서 끝났으나, 그는 아마도 원산에 가 기차를 타고 다시 서울로 돌아왔을 것으로 보인다.

제2장

강원도의 로컬리티를 사유하다

1. 명승지 관광의 메카로서의 강원도

최남선은 『금강예찬』에서 외국인에게 조선 제일의 명소로 금강산을 주저 없이 추천할 것이라고 했다.[1] 망국의 지식인 최남선에게 금강산 여행은 구경과 관광의 대상이 아닌 숭배의 대상이자 민족성 고취의 대상이었다. 가장 한국적인 것과 만나고, 정신적인 수양이 가능한 자연 중에 금강산만한 곳이 없다고 여긴 것이다. 거기엔 내국인으로서 느끼는 주관적 자부심과 객관적 평가가 자리해 있었다.

20세기 들어 강원도는 다른 도보다도 자연경관이 뛰어나 볼거리가 풍부하고 휴양하기에 적합한 여행지 겸 휴양지로 부각되었다. 특별히 1914년 경원선 철도 완공 이후 가장 주목을 받은 지역으로는 철원, 삼방, 그리고 원산이 있었다. 철원은 궁예가 후고구려의 도읍지로 세운 태봉이 있는 곳으로 첩첩산중의 경치가 일품인 곳으로 유명했다. 그런데 교통과 산업구조가 철도 중심으로 바뀌고 철원이 경원선 총길이 223.7km의 중간 기착지가 되면서 한반도의 중심이자 교통의 요지로 거듭나게 되었다.

금강산전기철도회사가 1919년부터 1924년까지 철원－김화 구간(증기기관 철도

---

1 최남선, 문성환 역, 『금강예찬』(한국학총서 4), 경인문화사, 2013, 1~2쪽. "어느 이방인이 우리에게 "조선에는 무엇이 있느냐?"라고 묻는다면, 우리는 얼른 대답하기를 "조선에는 금강산이 있다"라고 하겠습니다. 조선에는 산천이며 민가의 물건 등 있을 만한 것은 다 있습니다만, 무엇이라고 한정하지 않고 전체를 통틀어 조선을 대표하는 한 물건을 묻는다면, "얼른 이것이 있소"하고 내밀어도 언제든 낭패 없을 것은 금강산입니다."

구간)에 철로를 놓고, 철원-내금강 전 구간(나머지 김화-내금강 구간(화천수력발전소 제공 전기 사용 구간)을 1931년에 개통하게 되었다. 철도 부설로 말미암아 1930년대 금강산 여행을 떠난 이들은 한반도를 종단하고 횡단하는 X자형 교통망의 정중앙인 철원을 거쳐 목적지를 향해 나갈 수 있었다. 한국 전쟁으로 인구 2만 명이 거주하던 대도시 철원(구철원)이 사라졌다가 새로운 철원(신철원)이 조성되기 전까지 서울-철원 간 101km(2시간), 철원-원산 간 125km(3시간)의 중간지로서 그 지리적 의미 또한 달랐다. 서울서 금강산으로 여행하는 관광객은 철원역에서 내려 금강산전기철도로 환승해 계속 목적지로 갈 수 있었고, 일본은 철원평야에서 생산되는 각종 곡물을 기차에 실어 원산으로 운반한 후 반출하곤 했다.

일제강점기에 금강산 여행이 활기를 띠면서 삼방 역시 금강산 관광의 관문으로 새롭게 급부상했다. 150여 개 절벽을 통해 떨어지는 삼방폭포와 삼방약수, 그리고 삼방 계곡에서의 낚시와 삼방 스키장이 있어 외지인을 불러 모으기에 안성맞춤이었다. 거기에다 원산은 경원선의 종착지이자 당시 최고의 송도원 해수욕장이 있고, 근처에 명사십리와 석왕사 등의 명소와 가까웠다. 그렇기에 일제강점기에 강원도 하면 원산과 금강산을 제일 먼저 떠올리고, 돈 있는 사람들이 즐겨 찾는 관광지의 대명사로 인식되었다.[2]

일제강점기에 기차를 타고 경성역을 출발하면 강원도 평강역에서 내려 말과 도보로 내금강 일대를 유람하는 것이 가능했다. 또한 하루 반나절이면 기차로 서울에서 원산까지 직통으로 가 닿을 수 있었다. 외금강 길을 이용할 수 있었고, 고성, 통천, 회양 쪽에서 금강산을 오를 수도 있었다. 1930년대에 원산에서 속초와 강릉까지 동해북부선 철로가 놓인 이후로는 금강산 남쪽의 속초로 내려와 강릉, 또는 인제, 양구를 거쳐 춘천에서 북한강 수로를 따라 남서쪽으로 내려가 바로 서울로 돌

2 기차를 타고 원산 송도원 해수욕장에 가 물놀이를 즐기고, 금강산을 올랐다 돌아오는 코스는 가진 자들의 오락 명소를 대변했다. 그렇기에 1920년대 『개벽』에 실린 글 중 "있는 놈은 인천이나 원산 같은 데 가서 해수욕도 하고 삼방, 강서 등지에 가서 약수를 먹"(차상찬, 「빈민의 여름과 부자의 여름」, 『개벽』 50호, 1924.8.1; 안재성 편, 『잡지, 시대를 철하다-옛 잡지 속의 역사 읽기』, 돌베개, 2012, 23쪽)는다 할 만큼, 원산과 삼방은 돈 있는 이들이 찾던 호사한 명승지이자 유흥지의 대명사였다.

아오는 코스도 가능했다. 이렇듯 교통의 발달은 금강산과 인접 해안 지역은 물론, 철원과 원산, 속초 등 강원도 여러 지역에 대한 접근성을 획기적으로 높여주었다.

금강산 탐승의 경우, 내금강과 외금강 코스로 세분화해 실제적 호기심을 충족시키는 방향으로 이루어졌다. 철원역에서 하차해 금강산 전차로 갈아타고 창도역에서 내려 자동차로 장안사까지 이동하면 내금강 여행이 가능했다. 반면, 원산에서 장전까지 배, 또는 자동차를 이용해 이동한 후 온정리에서 외금강과 해금강 일대를 둘러보는 것이 가능했다.[3] 물론 이러한 금강산 여행 코스 개발은 철저히 일본 주도로 이루어진 것이었다.[4]

일본이 관심을 기울인 관광 상품에는 역사를 연계한 것이 있었다. 태봉의 수도 철원, 고찰古刹이 많은 금강산 일대를 여행할 때 역사와 강원도를 엮어 스토리텔링을 만들어 내는 것이 좋은 예다. 예컨대, 일찍이 태조 이성계의 시주로 무학 선사가 창건했다는 절 석왕사釋王寺의 유래담을 보면, 이성계가 꾼 꿈을 해몽한 무학 대사가 이성계가 왕이 될 것임을 예언했다는 데서 절 이름이 석왕사가 되었다는 식의 설명이 바로 그렇다. 석왕사는 조선 왕과의 인연이 컸던 만큼, 왕실의 각별한 관심과 지원을 받았다. 수십 동의 건물을 짓고 화려한 건축 예술을 선보인 덕분에 석왕사의 명성도 더욱 높아 갔다.[5] 금강산과 원산을 유람한다면 석왕사를 빼놓을

---

3 향후 남과 북이 통일되거나 남북 경협이 가능해진다면, 기존 금강산 철로뿐 아니라, 양구(인제)-내금강, 설악-내금강 등 신 철도 노선을 개발해 남북 강원도를 하나의 관광권역으로 묶는 사업을 시도할 수 있다.

4 한 예로 일본인 소서영삼랑(小西榮三郎)이 소개한 금강산관광 일정표(아랫부분)에서 당시 내금강과 외금강 여행에 대한 관심도를 여실히 확인할 수 있다(小西榮三郎, 『朝鮮・滿洲・支那 案內』, 聖山閣, 1930, 107~109쪽).

관광일정	일차	주요 일정
내외금강 관광 10일 여정	1일	경성(서울역) → 철원(전차) → 창도(자동차) → 장안사
	2일	장안사 → 명경대 → 영원암 → 망군대 → 장안사
	3일	장안사 → 표훈사 → 만폭동 → 마하연 → 백운대 → 마하연
	4일	마하연 → 비로봉 → 마하연
	5일	마하연 → 내무재령 → 음선대 → 만경동 → 유점사
	6일	유점사 → 백천교 → 송림사 → 12폭 → 송림사
	7일	송림사 → 백천교(자동차) → 삼일포 → 해금강
	8일	해금강 유람 → 온정리
	9일	온정리 → 신계사 → 옥통동 → 구룡연 → 온정리
	10일	온정리 → 한하계 → 만물상 → 온정리 → 장전 → 원산(기차) → 경성

5 무명씨, 〈석왕사(釋王寺)〉, 「양미만곡(凉味萬斛)」, 『신민』 16호, 1926.8; 조선총독부 철도국, 윤현명・김영준 편역, 「명찰 석왕사」, 『조선의 풍경 1938-일본의 시선으로 본 한국』, 어문학사, 2018, 127쪽 등.

수 없는 필수 코스가 되다시피 했다.[6] 경원선 개통 후 석왕사 근처에 기차역이 들어서고, 그 역명을 석왕사역으로 정한 것만 보아도 석왕사와 그 주변 도시가 얼마나 발전했는지를 짐작해 볼 수 있다. 이성계와 석왕사 이야기뿐 아니라 피서避暑와 가을 단풍 구경의 명소로 널리 홍보, 소개함으로써 일반인의 발길을 이끄는 데 성공했다.

또 하나, 강원도를 내세울 수 있는 원천에는 절경을 뽐내는 명승지를 빼놓을 수 없다. 철도 등 교통망이 갖춰지기 전만 해도 강원도와 금강산은 비경지秘境地이자 현실과 동떨어진 비현실계非現實界라는 인식이 강했다. 따라서 금강산은 일부 모험가, 내지 비범한 이들, 고위 관료자들만 갈 수 있는 특별한 장소, 선택받은 장소로 여겨 왔다. 1920년대에 일반인들이 금강산 여행을 즐기기 이전인 1910년대까지만 해도 금강산을 여행한 이들은 주로 외국인이거나 특정 분야에서 활동하던 상층 지식층이었다.

금강산은 명승지 관광의 메카로서 부족함이 없었다. 금강산을 여행한 외국인들은 하나같이 금강산의 자연미에 압도된 채 자신들의 부족한 언어와 표현을 총동원해 금강산을 예찬해마지 않았다. 1890년대 중반에 서양인 여성으로는 처음으로 금강산 곳곳을 여행한 비숍 여사는 금강산이야말로 참으로 "아름다운 약속의 땅a fair land of promise"이라며 감탄을 금치 못했다.[7] 장안사에서 표훈사와 정양사를 오가는 길에 눈앞에 펼쳐진 장관을 보고는 "지구 위의 어느 곳에서도 볼 수 없었던" 광경이라며 혀를 내둘렀다.

1925년에 금강산에 올랐던 노르베르트 베버 신부도 믿기 어려운 아름다운 자연을 보고 나니 그 황홀경에 빠져 마치 아름다운 꿈을 꾼 듯한 착각에 빠지기 쉽다고 했다.[8] 금강산의 자연이 선사하는 기묘한 절경은 야성과 낭만이 절묘하게 어우

---

6 바츨라프 세로셰프스키, 안상훈 외 5인 역, 『코레야 1903년 가을』, 개마고원, 2006, 75~79쪽.

7 I.B. 비숍, 앞의 책, 133쪽. "언덕진 숲의 물결과 물의 반짝임, 언덕의 물결치는 듯한 모습, 금강산의 가장 높은 정상에 있는 6천 피트를 넘는 높이를 포함한 울퉁불퉁한 산의 병풍…. 참으로 아름다운 약속의 땅이다!"

8 노르베르트 베버, 앞의 책, 17쪽. "아름다운 꿈에서 깨어나면 사람들은 으레 그 여운을 더 잡아두려고 여러 가지 상상을 펼치곤 한다. 금강산을 다녀온 내가 그랬다. 청동 조각품이 세월이 흘러 고색창연한 색조를 띠듯 내가 본 금강산의 환상

러진, 비교 불가인 금강산만의 것이었다. 서양인 여행자들의 금강산 예찬은 1935년 금강산철도를 이용해 금강산 여행을 다녀온 베리만의 여행기에서도 똑같이 나타났다.[9]

또 다른 금강산 명승지로는 비로봉을 비롯해 구룡폭포와 구룡연, 명경대, 만폭동, 만물초, 묘길상과 삼불상 등이 있었다. 기기묘묘한 금강산의 절경과 동해를 한눈에 굽어볼 수 있는 최고봉 비로봉에 오른 베버 신부는 비로봉의 장관에 취한 나머지 언어로는 비로봉을 도저히 표현하기 어렵다고 했다. 다만 비로봉과 그 주변 봉우리가 펼쳐내는 장관을 그저 엷은 보랏빛으로 짜놓은 비단 문양 같다고밖에 표현할 수 없는 것이 안타까울 따름이었다.[10]

그런가 하면 여성 화가인 엘리자베스 키스가 남긴 목판화 그림 중 금강산을 소재로 한 그림 3점[11]에는 모두 불교가 지닌 종교적 신비스러움이 잘 드러나 있다. 구룡폭포와 구룡연에 얽힌, 아홉 마리 용에 관한 전설을 토대로 그린 〈금강산 구룡폭포〉는 그곳만의 고유한 분위기를 기막히게 시각적으로 표현한 작품이다. 베버 신부도 구룡폭포 아래 구룡연을 보고 "참으로 자연 최고의 기적이었다. 아무리 보아도 싫증이 나지 않았다"[12]라며 그 아름다움을 칭송하는 한편, 스스로 겸손을 떠올렸다.

만물초萬物草 역시 금강산의 기기묘묘한 암석들의 향연을 한곳에 모은 절승지로 여행자들이 가장 좋아했던 곳 중 하나였다. 비록 만물초는 외금강 지역에 있고 서양인 여행자들의 여행 경로에서 벗어나 있어 찾는 이가 적었지만, 메리 테일러는

적이고도 수려한 경관들 역시 내 가슴 속에 생생한 추억으로 남아 있다."

9 S. 베리만, 앞의 책, 256쪽. "한국 중부의 동쪽에는 어느 것과도 비교할 수 없을 정도로 아름답고 거대한 산이 있다. (…중략…) 금강산에는 형상이 너무나 특이하고 환상적인 수천 개의 봉우리가 있어서 그것을 보면 꿈을 꾸는 것이 아닌지 의심스러울 정도이고 자신의 눈을 믿지 못할 지경이다."

10 위의 책, 148쪽. "비로봉은 단단한 벽처럼, 아니면 가벼운 비단 커튼처럼 '일만 봉' 이름 그대로 산꼭대기에 석탑과 석탑으로, 또는 석주와 날카로운 톱날 모양으로, 참으로 형언하기 어려운 모습들을 하고 있었다."

11 하나는 〈금강산 절 부엌(A Temple Kitchen, Diamond Mountains)〉(1920)이고, 다른 두 그림은 〈금강산 구룡폭포(Nine Dragons Fall, Diamond Mountain)〉(1922)와 〈금강산, 전설적 환상(The Diamond Mts. Korea, A Fantasy)〉(1921)이다.

12 노르베르트 베버, 앞의 책, 136쪽.

만물초를 금강산을 대표하는 제일의 명승지로 추켜세웠다. 그녀는 만물초의 기괴한 바위들이 하늘을 향해 아우성치는 듯한 형상을 하고 있다고 보았다.[13] 유구한 역사 속에서 죽어간 영혼들이 신에게 구원을 바라며 기도하는 손 모양과 같다고 생각한 발상이 흥미롭다. 드웨이크도 만물초를 둘러본 후 만물초와 그 주변 풍경은 마치 마법을 부린 듯하다고 했다.[14]

외국인 여행자의 자연 예찬은 원산 인근 해금강 일대를 여행한 부분에서도 끊이지 않았다. 1920~30년대에 금강산 여행자에게 원산과 해금강은 휴양과 휴식의 공간, 여가를 즐기는 장소로 부족함이 없었다. 서양인들은 금강산 여행 외에 상대적으로 조용하고 아름다운 외딴곳, 또는 해변가에 별장을 짓고 휴식을 취하곤 했다. 일제가 금강산 일대를 '극동의 미래 휴양지'로 만들고자 한 것도 금강산 여행과 연계한 경제 특구로 개발하고자 했기 때문이다.[15]

베리만이 금강산을 여행한 1935년에 금강산 일대와 원산은 이미 전국 제일의 휴양지로서 그 명성이 자자했다.[16] 금강산 교통편이 발달하고 호텔 등 각종 숙박 시설과 유흥시설이 들어섰다.[17] 내금강, 외금강 관광 외에 해금강 일대와 송도원 해수욕장 등에서 휴식을 즐겼다. 그중 해금강海金剛은 가파른 벼랑을 이루며 뻗어나간 외금강의 기암절벽과 봉우리들을 해안과 바다로 옮겨놓은 듯 외금강의 축소판이라 할 만큼 색다른 비경祕境을 자랑했다.

배를 타고 해금강 일대를 구경한 메리 테일러 부부는 총석정을 비롯해 바다 위로

13 메리 린리 테일러, 앞의 책, 199~200쪽. "한국 사람들은 이를 일컬어 '일만 이천 봉'이라고 부르지만, 내가 보기에는 억겁의 시간 동안 사라져간 수많은 영령들이 말 없는 어떤 신에게 구원을 간청하며 뻗어 올린 기도하는 손들 같았다."

14 H. B. 드레이크, 앞의 책, 165쪽.

15 테사 모리스 스즈키, 앞의 책, 36쪽.

16 S. 베리만, 앞의 책, 256쪽. "오늘날 금강산은 그 지역의 훌륭한 경관으로 인해 여행자의 휴양지가 되었는데, 최근에 방문객들의 편의를 위해 일본 사람들이 길, 다리, 호텔, 여관 등을 건설했다. 그들은 이 지역을 국립공원으로 조성했다."

17 이경순, 『금강산 가는 길-조선총독부 철도국 발간 관광안내지도 연구』, 대한민국역사박물관, 2020, 56쪽. 서양식 여관은 장안사 호텔과 온정리 호텔, 이렇게 두 가지가 있었는데, 각각 내금강과 외금강 여행을 시작하는 지역에 있었다. 일본식 여관은 온정리에 '영양관', '만룡각', '송월'이, 내금강역 앞에 '부지화', 장안사에 '내금강여관'과 '봉래관'이, 마하연엔 '마하여관'이, 비로봉엔 80명을 수용할 수 있는 '구미 여관' 등이 있었다. 조선식 여관은 그 수가 훨씬 적었는데, 온정리에 '금강여관', '풍악여관', '경성여관', '동양여관'이, 장안사에 '유일여관', '장안여관' 등이, 그리고 유점사에 '산영관'이 있었다.

솟아오른 육각형 모양의 바위들을 그리스 코린트 양식의 기둥과 비슷하다고 여겼다.[18] 베버 신부는 바다 위로 솟구친 기암들을 중세 때 유럽에서 기사들이 사용하던 칼 도끼 모양의 병기들이 바다에 꽂혀 있는 듯한 모습을 하고 있다고 했다. 해금강 일대의 기이한 바위들을 '거인이 갖고 놀던 장난감'으로 비유했다.[19]

이처럼 금강산의 자연을 직접 목도한 서양인 여행자들은 엄청난 아름다움에 압도된 채 환희의 감정을 여행기에 자신의 언어로 형용하기에 급급했고, 그 감동을 서양 세계에 전하고자 애썼다. 거기엔 어떤 우열 의식이나 편견과 선입견이 끼어들 여지가 없었다.

한편, 내국인 여행자들도 철도가 놓여 곳곳에 역이 생겨난 1920년대 후반부터 금강산 관광 여행에 본격적으로 참여하기 시작했다. 그리하여 금강산은 일반인 여행자들도 죽기 전에 꼭 가보고 싶은 대중 친화적인 명승 관광지로 바뀌었다. 돈이 있고 뜻이 있다면 누구나 관광할 수 있고 접근 가능한 휴양지이자 소비지로 급부상하게 된 것이다. 겨울의 삼방 스키장, 봄, 가을의 석왕사 관광, 여름의 원산 송도원 해수욕장과 연계한 금강산 관광 패키지 상품은 사계절 운영이 가능했다.

일제는 금강산에 대한 신비감을 조성하고 금강산 여행 분위기를 띄우려고 금강산 관광 안내서와 탐승기探勝記, 여행기旅行記 제작에 심혈을 기울였다. 『금강산탐승안내』1926를 비롯해 『금강산』1931, 『금강산탐승안내기』1934와 같은 각종 안내서가 지속적으로 제작되었다.[20] 이광수, 최남선 같은 유명 문인들과 유명 사회인들의 금강산 기행문이 잡지에 실리거나 단행본으로 출판되었다. 이를 읽고 금강산 여행을 꿈꾸는 이들이 대거 늘어났다.

1920년대에 조직된 금강산 탐승단은 금강산 관광의 대중화에 적잖은 영향을

---

18 메리 린리 테일러, 앞의 책, 196쪽.

19 노르베르트 베버, 앞의 책, 127쪽. "그곳 해안에는 상상도 할 수 없었던 모습들이 나타났다. (…중략…) 정양사로 가는 길목에서 보았던 산봉우리를 복제해 놓은 것도 같았다. 그러나 이 괴암은 모두가 진짜였고, 크기는 그것들보다 작았지만 그럼에도 거대했으며 재미가 있었다. 거인의 장난감! 그래서 거기에 걸맞은 이름도 가지고 있었다. '해금강', '금강산 호반'"

20 성주현, 「철도의 부설과 근대관광의 형성」, 조성운 외, 『시선의 탄생—식민지 조선의 근대관광』, 선인, 2011, 226~230쪽.

미쳤다.[21] 1922년에 남대문역을 출발해 석왕사역에 도착하는 임시관광열차가 운행[22]된 이후로 1928년에는 철원역과 김화역 간 금강산 전철 급행열차가 운행되었다.[23] 이때 편성된 열차 운행 시간표를 보면, 경성역에서 오후 10시 30분에 출발하면 외금강역에 다음 날 아침 7시에 도착할 수 있었다. 그리고 외금강역에서 밤 8시 15분에 출발하면 다음 날 오전 6시 40분에 서울에 닿을 수 있었다.[24] 이처럼 야간 운행을 통해 이동에 따른 불필요한 시간 낭비를 줄이고 실속 있는 무박 2일의 여행을 다녀올 수 있었다.[25]

단체여행뿐 아니라 개인 또는 두세 명이 함께 떠나는 여행도 빈번했다. 1926년에 춘파春坡란 이가 쓴 「설중설봉산행雪中雪峰山行」에서도 갑작스레 야간열차를 타고 석왕사 여행을 다녀온 내력을 재미나게 소개해 놓았다. 글 말미에는 본인의 여행담에 더해 금강산 일대로의 여행의 매력과 장점을 권하는 내용까지 적어 놓아 독자들에게 강원도 여행에 대한 호기심을 증폭시키기에 충분하다.

> 설봉산은 함경도 안변安邊 쌍에 잇는 유명한 산입니다. 석왕사는 설봉산 속에 잇는 유명한 절입니다. 고려 쌔에 도선국사道詵國師가 창건한 절인데, 리태조 성계李太祖 成桂 씨가 이 절에서 왕 될 꿈을 해석하얏다 하야 석왕사釋王寺라고 일홈하얏다 합니다. 이 석왕사에는 솔나무가 유명하고 송이松栮가 유명하고 약수가 유명하고 물이 유명하야 경치 좃키로는 조선에 멧재가 안가는 곳입니다. 교통도 편리하고 려관들도 쌔긋하야 춘하사철 손님이

---

21 「금강산탐승객다수(金剛山探勝客多數)」, 『동아일보』, 1921.9.11.
22 「경원선 관풍(觀楓)임시열차」, 『동아일보』, 1922.10.3.
23 「금강산전철 임시열차 운전 6월 1일부터」, 『중외일보』, 1928.6.5.
24 「내외 양 금강에 탐승임시열차」, 『동아일보』, 1932.9.30.
25 사우춘(史又春), 「여름 행락지-삼방약수와 석왕사」, 『신여성』 7권 7호, 1933.7. "기차는 밤차 타는 것이 편하나 복잡한 폐가 잇스면 아침에 함흥행 차로 오후 두시 가량에 삼방 세시 가량에는 석왕사에 나릴 수가 잇스며 왕복표를 사면 할인이 잇다. 이 왕복표를 사가지고 가서 저곳에 기한 이상 잇스라면 할인한 갑스로 유지에게 얼마든지 양여(讓與)할 도리가 잇슴으로 대개가 할인 왕복권들을 이용한다. 장단시간(長短時間)의 행정(行程)은 밤 10시 40분에 서울을 써나 그 이튼날 새벽 삼방에 나려서 반나절을 놀고 점심 먹은 뒤에 석왕사로 가서 오후를 보낸 다음에 밤차로 써나 오면 그 이튼날 아침 여섯시에는 서울로 다시 올 수가 잇스며 그 총비용 5원 내외로 될 수가 잇는 것이다."
이렇듯 석왕사, 삼방, 금강산, 원산 등 강원도 명승지를 다녀온 후 쓴 여행기에서 야간열차를 타고 쉽게 여행할 수 있었다는 사실과 함께 여행 꿀팁 정보를 남겨 놓은 글들이 다수 보인다. 1920~30년대 강원도 여행기에서 종종 발견된다.

> 싀일 째가 업슴니다. 한 번식 가보십시오. 말만 듯고는 그 얼마나 조흔 것을 모름니다.[26]

그런가 하면 1930년대에 정래동은 "전차를 타기 5분 전부터 금강산을 갈 것인가, 말 것인가로 망설"[27]인다고 했다. 그만큼 금강산이 쉽게 떠날 수 있는 여행지로 인식되었고, 금강산과 강원도에 대한 심리적 거리감도 상당히 줄어들었음을 알 수 있다.

D생이라는 필명의 글쓴이는 자신을 변장어사變裝御使로 자처하고, 금강산과 원산 등 명소와 휴양지에서 방문객들이 여가를 즐기는 모습을 카메라로 찍듯 사실 그대로 담아냈다. 글쓴이는 휴양지의 화려한 면과 어두운 면을 시시콜콜히 보도하듯 써 내려 갔다. 당시 글쓴이가 원산 해수욕장에서 목격한 다수의 명사들까지 구체적으로 언급했다.

> 원산에 이 여름 오신 인사들의 이름이나 참고하기로 하자. 채필근蔡弼近 씨氏 부인夫人 이혜봉李惠鋒 여사, 만국滿國의 중역重役 이창익李昌翼 씨氏 가족은 이동식移動式으로 별장에 계시고 장발張勃, 이헌구李軒求, 서상천徐相天 삼씨三氏는 미문微文 텐트진陣을 치고 있고 체연體研, 교동공보校洞公普 중앙고보中央高普 텐트진陣은 나종 와서 비에 몰려 자미滋味를 못 보고 여女 수영선수 김옥체金玉體 씨氏의 얼골도 해변가에서 보힌다. 유진오兪鎭午 씨氏는 가족을 더리고 오고 차상달車相達 씨氏도 가족 동반으로 내임來臨하다. 신가정의 황신덕黃信德 여사, 여상女商의 임효정林孝貞 여사는 부군夫君을 서울에 두시고 단독 내임來臨하시었다. 춘원春園 이광수李光洙 씨는 영식令息 영근永根 군만 다리고 오서서 뚱뚱한 몸으로 해변에 거니시고 송진우宋鎭禹 씨 또한 별장에서 한일월閑日月을 보내신다.[28]

---

26 춘파(春坡), 「설중(雪中) 설봉산행(雪峰山行)」, 『신여성』 4권 2호, 1926.2.

27 정래동, 「금강산유람기」, 『금강산 기행문선』, 작가정신, 1999, 80쪽.

28 D생, 「제이로(第二路) 피서지(避暑地)－원산 석왕사 삼방약수포(三防藥水浦)를 두르 도라, 변장어사(變裝御史)의 수기(手記)」, 『조광』 2권 9호, 조선일보사, 1936.9.

이헌구, 유진오, 이광수 등 당대 문인 명사들뿐 아니라 이혜봉李惠鋒, 황신덕黃信德, 임효정林孝貞, 여자 수영선수 김옥체金玉體 등 신여성들도 가족 단위로, 또는 혼자서 원산과 금강산, 석왕사, 삼방약수 등 명소를 찾아와 여름 한때를 즐긴 사정까지 알 수 있다.

원산과 명사십리 송도원 해수욕장 일대는 외국인들에게도 핫한 곳이었다.

> 명사십리에만 가 보면 열칠팔 나는 '갓쥬샤' 가튼 서양 아가씨들이 잘 도라가지 안는 혜를 돌려가며 이것을 곳잘 불너요. 아마 서양 사람 사는 곳이 만치만은 원산 명사십리 만치 조선 냄새나는 서양 사람 별장지대가 업슬 걸요.[29]

'해당화'라는 필명의 글쓴이는 '카츄사'라는 러시아 여성의 이름을 대표적으로 호명하며, 미국, 영국, 아일랜드, 캐나다, 스페인, 러시아, 상해, 하얼빈 등지에서 찾아온 외국인들이 원산과 명사십리에 별도로 별장촌을 마련하고 사계절 내내 오락과 유흥을 즐기고 있다고 했다. 식민지 조선의 풍경이라 하기엔 낯선, 화려하고 사치한 삶이 가능한 관광지, 휴양지 그 자체였다.

한편, 많지는 않지만, 현재 남 강원도에 해당하는 속초, 설악산, 강릉 일대를 여행하고 글을 남긴 이들도 있었다. 이곳을 다녀간 후 글을 남긴 외국인은 전무하다. 내국인 중에 김찬룡金贊龍과 그 일행은 금강산 동쪽 동해에 면한 흡곡歙谷, 통천의 옛 이름역을 지나 동해북부선 기차를 타고 속초를 여행했다.

> 차가 흡곡역歙谷驛을 지낼 때 창외窓外로 보이는 동해의 창파와 수려한 강원도의 원근 산천은 홍진 속에서 지나던 도회인으로는 참으로 흉금胸襟이 활연轄然 개開한 느낌을 주었다. 전포田圃에 백구白鷗가 날아 안고 서고하는 것이라든지 전답田畓이 풍양豐穰해 가는 것은 꼭 우리 단원 일행이 선인仙人이 되어 선경仙境의 낙지樂地로 들어가는 것 같아서다.

---

29 해당화, 「외인 별장 풍경(外人別莊風景)—이국풍경 명사십리의 금발랑(金髮娘)」, 『삼천리』 6권 9호, 삼천리사, 1934.9.

이 동해북부선은 나는 처음 길이기도 하나 강원도 영동 해안 풍경지구를 관통된 것만은 틀림없다.[30]

일행은 금강산 관광을 끝내고 관동팔경 중 고성 삼일포, 통천 총석정, 간성 청간정 등을 통과해 속초로 향하는 여정을 택했다. 속세에서 살던 도시인이 강원도 산천과 동해를 양편에서 보노라니 가슴이 탁 트이고 시원해지는 느낌이 마치 선경에 들어선 신선이 된 듯하다고 했다. 1930년대에는 동해북부선 열차를 타고 원산에서 속초로 이동하는 것이 자유로웠다. 여행자는 왼편으로 펼쳐진 동해와 오른편으로 기기묘묘하게 솟아 있는 금강산과 설악산을 바라보며 강원도 자연이 제공하는 매력에 흠뻑 취했음이 분명하다.

속초를 여행한 이들은 영랑호와 청초호, 그리고 어항 도시 속초가 발산하는 자연미와 지리적 위치에 반해 한 마디 품평을 추가하는 수고를 아끼지 않았다.

앞으로 속초의 대 번영은 이로써 암시된다. 강원도의 연해의 중앙이오 또 동해선의 중앙지점이며 강원도청 소재지 춘천에서도 최단 거리에 있는 관계도 있고 무엇보다 자연에 좋은 조건이 구비되어 있으므로 앞으로 경성의 동간東間 후보지를 택한다면 편견일지 모르나 속초항으로 통하여야 되겠다고 할 수 있으리만치 청초호의 호재好在가 매력이 있다. 여기가 종관결縱貫結의 종점이 되는 날이면 강원도 발전의 극이 되지 않을가 한다.[31]

이 글에서 글쓴이는 강원도를 가로질러 '경성－춘천－속초'로 이어지는 길이 대동맥과 같음을 주장했다. 오늘날 춘천을 경유해 서울－속초를 잇는 고속철도 건설이 진행되고 있는 점을 고려할 때, 1940년에 발표된 글이라 믿기 어려울 정도

30 김찬룡, 「화랑의 호수」, 『조광』 6권 10호, 조광사, 1940.10.
31 위의 글.

로 글쓴이의 혜안과 탁견에 감탄을 금할 수 없다. 속초가 남북을 관통한 동해북부선의 종점 구실을 할 수 있을 때, 강원도가 최고로 발전할 수 있다고까지 했다. 강원도 여행과 발전을 견인할 만한 곳으로 속초만한 곳이 없음을 예찬한 것이다.

노산鷺山 이은상은 1933년 가을 일행과 함께 서울을 출발해 10여 일 설악산 일대를 탐방했다. 설악 여행 후 『동아일보』에 37회에 걸쳐 연재한 「설악행각雪岳行脚」[32]에 여행담을 자세히 적었다. 춘천과 인제를 거쳐 원통－설악문－선녀탕－백담사－하청봉－상청봉－오세암－신흥사로 이어지는 여정으로 설악 일대를 세세히 돌아보았다.

민속학자 송석하는 금강산 열차를 이용해 원산 근처까지 간 후 거기서 속초 쪽으로 내려와 설악산을 오르는 여정을 택했다. 속초의 영랑호와 울산바위의 전설을 듣고, 성황당에서 소원을 빌고, 의상대에서 일출을 보는 가운데, 이은상과 마찬가지로 설악산에 있는 주요 사찰인 신흥사와 오세암, 백담사를 두루 둘러보았다. 여행기 「설악정복雪嶽征服」[33]에 설악산 일대를 돌아보며 강원도에 대해 느낀 감회가 자세히 소개되어 있다.

강릉은 경포호와 경포대, 그리고 홍장암紅粧巖이 있어 여행객의 발길을 끌어들이기에 충분했다. 산수향山水鄕이 많은 강원도 중에서도 가장 살고 싶은 고장이 강릉이라는 평가[34]를 받기에 부족함이 없는 곳이었다. 1930년대에 동해선 철도가 원산에서 강릉까지 확대됨에 따라 대관령을 거치지 않고 문화의 고장 강릉으로의 접근성이 좋아졌다. 산이 수려하고 바다가 장쾌하며 인심이 순후하고 기후가 좋을 뿐 아니라, 위인이 많이 배출되고 관동의 중앙에 위치해 영동의 여러 명소를 구경하기 쉬운 이점을 지닌 곳이 강릉이기도 하다.[35] 물론 '양강지풍襄江之風'이라는 강

---

32 이은상, 「설악행각」, 『동아일보』, 1933.10.15~12.20(전 37회 연재).

33 송석하, 「설악정복(雪嶽征服)」, 『조광』 6권 10호, 조광사, 1940.10. 구체적 여정을 제시하면 다음과 같다. '서울역→평강→안변→속초→〔설악산 신흥사→오세암→설악산 성황당→백담사→의상대〕→낙산사역→원산역→서울역'

34 차상찬, 「천하기연(天下奇緣)인 강릉(江陵)의 홍장암(紅粧巖)」, 『신여성』 4권 2호, 신여성사, 1926.2; 차상찬, 「산자수명(山紫水明)의 강릉(江陵)으로 가겠소」, 『조광』 2권 2호, 조광사, 1936.2 등.

35 차상찬, 「산자수명(山紫水明)의 강릉(江陵)으로 가겠소」, 『조광』 2권 2호, 조광사, 1936.2. "제일 인상이 깊고 제일 좋게 보고 또 내가 장래에 살고 싶은 곳은 강원도 강릉이다. 강원도는 원래 산수향(山水鄕)으로 어느 곳이나 다 좋고 나의 고향

한 바람과 겨울에 눈이 많고 교통이 불편한 것도 있지만, 동해안 일대 자체가 명승지로서 매력이 컸었음은 예나 지금이나 마찬가지다.

그러나 분단 이전 시기에 강원도 하면 떠오르는 관광지는 강릉, 속초, 설악산이 아닌 원산, 금강산이었다. 그것은 교통의 접근성 및 관광지 개발과 무관하지 않았다.

2. 통과하는 여행지로서의 강원도

정주민이 아닌 유목인, 또는 타자의 시선으로 바라본 강원도의 모습은 일면일 가능성이 높다. 겉으로 보이는 미추美醜에 대한 판단은 여행지의 실상과 진실을 왜곡하기 쉽다. 실제로 수많은 여행자들이 강원도를 다녀갔지만, 다수는 강원도를 통과자의 시선에서 바라보고 인상 비평에 그치는 경우가 많았다. 그리고 그것은 강원도에 대한 인식으로 그대로 고착되기 쉬웠다. 명성이 자자한 여행지를 찾아 눈도장을 찍고 시간에 쫓겨 이동한 여행자들의 경우, 강원도 명승지를 소비를 위한, 통과하는 여행지로 여기고 만 경우가 적지 않았다.

그렇다면 외국인 여행자의 시선은 어떠했을까? 그런데 정작 서양인 여행자들이 남긴 여행기에서 서양 중심적 사고를 노골적으로 드러내며 금강산과 강원도를 폄훼하거나 왜곡한 평가를 찾아보기 어렵다. 그것은 일면 사실적 관찰을 기록한 것이고, 정치적 판단, 내지 이해관계가 개입되지 않은 순수한 평가가 대부분이었다. 오히려 금강산 여행 도중에 만난 강원도 사람들과 자연, 그리고 불교문화에 대해 비상한 관심을 기울였다. 금강산 여행 도중 외국인 여행자들은 한국문화 자체를

인 춘천(春川)도 좋지 않은 바는 아니지만은 강릉을 제일 좋게 본 점은 몇 가지가 있으니 제일은 산이 수려(秀麗)하고, 제이는 바다가 장쾌(壯快)하고, 제삼은 인심이 순후하고도 견실(堅實)하고, 제사는 기후(氣候)가 좋고 조일(朝日)이 선명하며, 제오는 조선 어느 곳보다 시목(柿木)이 많고, 제육은 산해(山海)가 겸유(兼有)한 까닭에 자탄어염(紫炭魚鹽)이 흔하고, 제칠은 산색(山色)이라도 전답이 많고, 제팔은 창해력사(滄海力士), 이율곡(李栗谷), 최원형(崔猿亨) 외에 위인, 명사가 많이 산출하고, 제구는 술맛이 좋고 물색이 구수하며, 제십은 명소가 많은 중관동(中關東)의 영동 제명소를 구경하기 쉬운 것이다."

인정하고 이를 객관적으로 이해하려 한 흔적이 강했다.

커즌 경은 한국의 중심을 이루는 시골, 그중에도 강원도를 여행하면서 수도 서울이나 대도시에서 마주하게 되는 것보다 훨씬 더 인간적이고 원시적인 것이 많다고 보았다. 강원도 주민들과 접촉하고 자연경관의 특징을 파악할수록 오히려 한국적인 특성과 성격이 무엇인지 더 잘 알 수 있다고 했다.[36]

외국인 여행자들이 가장 관심을 보인 강원도 사람들은 다름 아닌 승려였다. 금강산에만 4대 사찰과 40여 개의 암자가 있었고 4대 사찰에는 수백 명의 승려가 살았다.[37] 서양인 여행기마다 방문한 절과 거기서 만난 승려, 주지 스님에 얽힌 이야기를 빼놓지 않고 적었다. 외국인 방문객은 대개 며칠, 또는 몇 주간 사찰에 머물면서 승려들과 밀착한 상태로 관찰자로서 그들의 일거수일투족을 지켜볼 수 있었기 때문이다. 자연스럽게 같은 공간에서 승려들과 많은 이야기를 나누고 미처 몰랐던 승려들의 진솔한 면까지 공유할 수 있었다.

> 70시간을 함께 지내보지 않고 사람을 판단하지 말라는 옛말이 있다. 특히 서로 의사소통할 시간이 없다면 더욱 그렇다. 그러나 장안사의 승려들이 내게 보여준 첫인상은 대단히 호의적이었다고 지금도 자신 있게 말할 수 있다. 이런 불교 승려들의 뛰어난 도덕적 성품에 대해 나는 어떤 망상을 지니고 있지는 않다. 마찬가지로 유럽에서도 수도사가 되고 경건함을 맹세했다고 해서, 또는 순결을 지키고 청빈한 생활을 한다고 해서 반드시 성자가 되는 것은 아니다. 따라서 조선 사찰의 수도승들이 머리를 밀고 승려가

36 George N. Curzon, Op. cit., p.102. "Travel in the heart of a country brings the stranger into contact with a type of humanity more primitive, but also more representative of the national character, than that encountered in the capital or in large cities, while it also discloses features of natural scenery of which the residents in towns or the frequenters of high routes alone may remain permanently ignorant."

37 언론인 차상찬(車相瓚)은 강원도에서 태어난 남자아이와 주민을 승려와 비승려로 나눌 정도로 강원도에 승려가 많았음을 강조했다. 차상찬, 〈다대(多大)한 승려의 세력〉, 「강원도를 일별(一瞥)한 총감상(總感想)」, 『개벽』 42호, 개벽사, 1923.12. "강원도는 원래 대찰(大刹)이 만코 또한 승려가 만타. 그럼으로 속담(俗談)에 령(嶺)사람은 아들을 삼형제를 두면 한아는 중을 주고 한아는 호랑이 주고, 한아가 자기 차지라 한다. 이 말만 들어도 승려가 만은 것은 가지(可知)할 것이다. 그런데 특히 고성이나 강릉 양양에는 승려의 세력이 심대(甚大)하다. 즉 사찰의 토지가 다(多)함으로 주지가 일개 대지주가 되얏다."

되었다고 해서 우리 세속인들보다 생각과 행동이 더 훌륭해야 한다고 생각하지는 않는다. 겉으로 보이는 것만으로는 알 수 없겠지만, 장안사의 주지와 스님들은 지금 이 순간 우리에게는 가장 친절한 주인이자 가장 사려 깊은 시종이다.[38]

겐테는 장안사 승려로부터 진심을 느낀 나머지 감격해했다. 물론 그도 겉으로 보이는 것만으로 상대방의 속내를 100% 읽어낼 수 없다는 사실은 잘 알고 있었다. 그러나 장안사 승려들을 만나 외국인과 한국인, 아니 강원도 사람이 서로 마음으로 소통 가능한 존재임을 몸으로 깨닫게 된 것이다. 해밀턴과 에카르트, 장 드 팡주, 제임스 게일 등 다른 여행자들도 금강산 절에서 승려들과 함께 지내면서 인간적으로 가까워지고 사람 승려를 더 깊이 알게 된 사실을 솔직히 적어 놓았다. 그것은 국적이나 민족, 인종 문제를 떠나 인간 대 인간으로 소통할 수 있는 유대감이었다.

서양인 여행기에서 발견되는 또 다른 공통점으로 강원도 음식을 빼놓을 수 없다. 특히 강원도 산골 마을에서 먹은 고추장과 김치에 대한 품평이 눈에 띈다. 세로셰프스키는 석왕사 근처 마을에서 고추장을 이용한 간단한 음식을 대접받았다. 그런데 이를 먹고는 입과 혀, 입천장이 불타는 듯하고, 숯으로 가득 한 화로라도 입에 삼킨 듯한 매운맛을 느꼈다고 했다.[39] '강원도 김치'는 국내 타 지역 김치처럼 서양인에게 독특한 음식이었음에 틀림없다. 김치야 한국 어디를 여행하든 맛볼 수 있었지만, 정작 김치를 먹어 본 외국인이라야 한국인의 음식 문화와 정서를 적극적으로 이해하고자 함을 가늠해 볼 수 있다.

"이게 김치라는 것이오."

이제 노랫소리가 그쳐서인지 브루스가 큰 소리로 말했다.

---

38 지그프리트 겐테, 앞의 책, 153쪽.

39 바츨라프 세로셰프스키, 앞의 책, 113쪽. "하나님 맙소사! 너무나도 맵다. 한국의 간장과 고추장은 진짜 불덩이 그 자체다. 순식간에 입과 혀, 입천장이 불에 타는 듯한 통증을 느꼈지만 달리 방법이 없다. 모든 음식이 문자 그대로 간장과 고추장 속에서 헤엄을 치고 있으니 말이다. 저녁을 먹고 나니, 그야말로 뜨거운 숯으로 꽉 찬 용기가 된 것만 같아 괴롭기 그지없다."

"한국의 전통적인 음식인데, 겨울에는 유일한 비타민 공급원이지."

브루스는 장사꾼처럼 계속 설명했지만 나는 저만치 뒤로 물러앉았다.

"치워버려요!"

나는 코를 틀어쥐고 소리쳤다.

"양파, 마늘, 생강, 생선 젓갈…."

그는 장난스럽게 계속했다. "고춧가루, 소금, 무까지. 최고의 구풍제지."[40]

장안사에 머물고 있던 메리 테일러에게 남편 앨버트 테일러가 김치를 소개하고 먹어볼 것을 권하는 장면이다. 오랫동안 한국 생활을 한 앨버트 테일러는 김치가 한국인을 위한 유일한 겨울철 '비타민 공급원'이라고 했다. 시큼한 발효 음식으로 유산균이 풍부해 비타민 역할을 한다고 생각한 것이다. 그는 김치에 들어가는 재료까지 알고 있었고, 김치가 구풍제, 곧 트림용 약, 소화제로서 그 효능이 탁월함을 내세우기까지 했다.

수십 년간 한국에서 살았던 엘라수 와그너도 금강산 여행 도중 먹었던 김치에 관해 상세히 설명해 놓았다. 그녀는 한국인의 음식 문화를 이해하기 위한 지름길이 '김치'이며 김치야말로 '반찬의 왕'이라 했다.[41] 한국인들이 식사 때마다, 그리고 타지에 가서도 김치 타령을 하며 김치를 찾을 정도로 한국인들이 가장 사랑하는 음식이라 했다. '김치kimchi'를 비숍 여사가 처음으로 서양에 소개했거니와[42]

40 메리 린리 테일러, 앞의 책, 215쪽.

41 엘라수 와그너, 앞의 책, 89~90쪽. "김치는 종종 반찬의 왕이라 부르고, 전국적인 절임 음식이다. 김치는 여름이나 겨울이나, 아침, 점심, 저녁, 매 끼마다 나온다. 김치의 주재료는 배추나 양상추와 무다. 김치는 당장 먹게 한 해의 모든 시기에 만들지만, 가을에 채소를 많이 수확한 뒤, 겨우내 먹을 김치를 만든다. 엄청난 배추와 무 무더기, 즉 고춧가루, 생각 때문에 맵고 마늘 때문에 냄새나는 이 찬양받는 소금에 절인 배추가 되길 기다리며 쌓여 있는 것은 멋진 광경이다. 김치는 새우, 건어, 견과류, 배 같은 진미를 넣어 아주 '맛있고' 비싸게 담글 수 있다. 외국인이 김치의 냄새를 극복하고 그 진정한 맛을 아는 데는 대개 오랜 시간이 걸린다. 그러나 한번 김치 맛을 알면, 타지에서 향수병에 걸린 한국인이 다른 어느 곳에도 없는 이 아삭아삭하고 톡 쏘는 맛있는 김치를 얼마나 먹고 싶어 하는지 쉽게 이해가 간다. 하지만 많은 외국인은 절대 김치의 맛을 알지 못하고, 김치에 대해 계속 심한 편견을 갖는다. 보통의 한국인이 우리의 치즈를 '썩은 우유'라고 부르며 싫어하듯이 말이다."

42 임병목 편, 『금강산(上)』, 열화당, 2012, 203쪽. 훗날 『옥스포드대사전』에 등장하는 '김치(kimchi)'와 '양반(yang-bans)'이란 단어들의 출처와 용례도 모두 비숍 여사의 여행기에서 가져왔다.

'김치의 세계화'는 19세기 말 서양인 여행기를 통해 본격적으로 시작되었다 해도 과언이 아니다.

또한 서양인 여행자들은 금강산 사찰에서 며칠간의 숙박 경험을 통해 그저 통과하는 여행자가 아니라, 강원도 사람들의 생활 모습과 정신세계까지 이해할 수 있는 여행자로 거듭나곤 했다. 사찰 내 숙박은 낯섦을 이해와 공감으로 바꾸는 훈련장으로 안성맞춤이었다. 때때로 문화와 문화가 충돌하기도 하지만, 자기 정체성을 확인하는 변별의 공간이 되었다. 캠벨은 사찰에 머물면서 "새로운 조선을 보는 흥분"을 경험했다고까지 했다.

> 절은 여관보다 훨씬 깨끗하고 한 단계 발전한 거처였다. 한 방에 기거하는 사람들도 상대방을 덜 방해했고 무례를 덜 저질렀다. 금강산에서 받은 대접, 그 진실한 가슴에서 우러나오는 친절과 스님들의 남에 대한 배려나 박애심과 자비는 나에게 새로운 조선을 보는 흥분을 맛보게 했는데, 다른 어느 곳을 여행할 때보다 금강산 여행이 그래서 가장 즐겁고 마음 편한 여행이었다.[43]

금강산 여행 도중 머문 숙소에서 한국의 정치 현실에 관해 깊은 대화를 나누며 강원도 사람의 속마음을 깊이 이해하는 기회도 종종 얻었다. 메리 테일러가 여행 도중 함께 한 대학생 통역자 '미스터 영'과 숙소에서 나눈 대화[44], 비로봉 정상 근처에서 숙박업을 하던 노인과의 대화[45]가 그 좋은 예이다. 메리 테일러는 그동안

---

43 찰스 윌리암 캠벨, 앞의 책, 118쪽.

44 메리 린리 테일러, 앞의 책, 201~202쪽. ""당신 한국과 친구에요?" 미스터 영이 낮은 소리로 속삭이듯 물었다. 나는 고개를 끄덕였다. "일본 놈 나쁜 놈" 그가 비밀을 털어놓듯이 말을 이었다. 그의 두터운 입술은 아래로 처지고 검은 눈동자는 이글거렸다. "일본인들 모두, 전부 다 가져갔어요. 하지만 언젠가 우리가 다시 가져와요." 마치 자신에게 다짐을 반복하듯이 눈을 반짝이며 말했다. "미국 신문이 말했듯이, 우리 독립해요, 진짜. 안 그래요?" 그의 울대뼈가 꼼짝하지 않았다. 목이 멘 것이리라. 한국에 온 후 처음으로 한국 사람의 관점에서 들은 말이었다. 나는 한국에 사는 외국인들에게서 일본이 아니었다면 지금 우리는 한국에 살고 있지 못할 거라는 말을 들어왔고, 그 말이 사실이라고 여겼다. 하지만 우리는 상황을 우리의 관점에서만 보고 있었던 것이다."

45 위의 책, 206쪽. "그 노인(=비로봉 인근 한국식 여관 주인, 인용자 주)은 양반 계급이었지만, 일본인들이 신분제도를 철폐하고 그의 땅도 몰수해갔다는 것이다. 게다가 그 호텔(=비로봉 근처 일본인이 운영하던 호텔, 인용자 주)도 원래는 그 노인의 집이었다고 했다. 노인은 일본인들이 금강산을 관광지로 만들어 버린 사실에 격분했고, 특히 외국인들이 주

한국인들이 일본 지배 아래서 어떤 생각을 하고 있었는지 전혀 몰랐는데, 금강산 여행 시 만난 한국인들과 얘기를 나눈 뒤 처음으로 한국인의 속내를 알게 되었다고 했다. 한국인의 독립에 대한 소망과 의지, 일본에 대한 반감을 알게 된 메리 테일러는 자신이 한국인을 잘못 생각했었음을 솔직히 고백했다.

또한 메리 테일러는 장안사 숙소에서 민요 〈아리랑〉 노래를 처음 듣고는 한국의 정치 현실과 한국인들의 독립 의지가 어떠한지 깨닫는 소중한 시간을 가질 수 있었다.

> 저 곡은 옛날 조선 실향민의 노래라오. 왠지 나는 저 노래만 들으면 〈볼가 강의 뱃노래〉가 연상되던데. 아무튼 이 노래의 가사에 대한 해석은 수십 가지가 넘소. 어떤 가사를 붙여 부르든 곡조 자체에 정치적인 의미가 담겨 있다오. 일종의 암호 같은 거랄까." 브루스가 설명했다. (…중략…) "겉보기에 아무 흔들림도 없어 보이는 저 스님 중에도 불교 독립운동 단체에 소속된 분들이 많고, 탁발하러 마을들을 돌아다닐 때도 백성들에게 독립의 가치를 설파한다오.[46]

민요 〈아리랑〉이 한국인에게 어떤 특별한 의미가 있는지 서양인들은 당시 어떻게 생각하고 있었는지 알 수 있다. 앨버트 테일러의 말에 의하면, 민요 〈아리랑〉은 나라 잃은 '실향민의 노래'이면서 '한국인만이 느끼는 일종의 암호'와 같은 것이라고 했다. 이처럼 서양인들은 여행 도중 머물렀던 금강산 사찰에서 한국인, 아니 강원도 사람들의 정서와 의식까지 이해하고 대면해 이야기할 기회가 많았다. 서양인이 쓴 금강산 여행기에서 이런 특별한 만남과 체험담을 종종 발견할 수 있다. 그들의 여행기에서 20세기 초 강원도 주민의 모습과 리얼한 삶의 현장을 애정 어린 시선으로 바라보던 그들의 진솔한 마음과 만나게 된다.

한편, 내국인의 경우도 다양한 시선이 감지된다. 알프스 산을 여러 차례 다녀온

로 찾는 유럽식 호텔들이 생긴 것을 못마땅하게 여겼다. 그는 자기가 살아 있는 이유는 딱 하나, 나라의 독립을 보기 위한 것이며, 독립이 되면 죽어도 여한이 없다고 말했다."

46 위의 책, 213~215쪽.

박석윤은 금강산을 알프스 산과 비교했다. 그는 알프스 산에는 금강산과 달리 '선의 미', '돌의 미', 그리고 살과 뼛속까지 빨려들게 만드는 서기瑞氣, 곧 상서로운 기운과 맛이 없다고 했다.[47] 시야를 조금만 넓혀 세계를 보더라도 금강산밖에 자랑할 것이 없을 정도로 금강산은 '동양미의 극치'를 보여준다고 했다.

무명씨 중에는 금강산을 바위의 산, 나무의 산, 사찰의 산, 시내[川]의 산이자 폭포의 산으로 평가했다.[48] 일본인을 대상으로 한 금강산 홍보 글에는 금강산이야말로 동양적 산수미의 극치를 보여주며, 암석미巖石美, 계류미溪流美는 글로 표현할 수 없을 정도라 했다.[49] 그런가 하면 가람 이병기는 영묘미려靈妙美麗하고 유현장엄幽玄莊嚴한 금강산의 자태를 볼 때마다 경탄과 유혹을 새롭게 하게 된다고 했다. 그러면서 내금강은 주밀, 신비하고, 외금강은 방부磅礴, 웅위한 특징이 일품이라고 했다.[50] 이처럼 금강산은 내국인 여행자 개인별로 예찬의 내용과 표현이 무궁무진한 위대한 탐승지로 다기多岐하게 다가가던 대상이었음에 틀림이 없다.

그런데 절경을 자랑하는 금강산이 누구에게는 희희낙락하며 마냥 즐길 수만은 없는 장소였다. 이광수는 강원도 산 계곡을 지나며 목도한 강원도 주민들의 생활 모습에서 민족의 운명을 떠올리고 동포 의식마저 강하게 느꼈다.

> 진실로 빈궁한 농민은 반드시 나태한 자가 아니외다. 그들의 대부분은 일생을 두고 7, 8세의 어릴 때 아이를 업고 소를 먹일 때로부터 6, 70 노령에 다시 아이 업고 소를 먹일 때까지 — 나태는커녕 하루하루 한가로운 여유도 맛보지 못하고 그들이 흔히 말하는 바와 같이 뼈가 휘도록 일하고 벌었습니다. (…중략…) 읍(=회양읍, 인용자 주)이라 하여도 산간의 작은 마을에 불과합니다. 집들은 사십이나 될까. 그것도 모두 다 초가요, 군청, 경찰서, 면소가 기와를 덮었으니 기와집이외다. 자동차가 어떤 일본인 상점 앞에

47 박석윤, 「산수자랑 우리의 산수미－세계 명승을 주유하고 와서」, 『별건곤』 12~13호, 개벽사, 1928.5.
48 무명씨, 「조선각지 폭포관－금강산 폭포」, 『별건곤』 31호, 개벽사, 1930.8.
49 조선총독부 철도국, 윤현명 · 김영준 편역, 『조선의 풍경 1938－일본의 시선으로 본 한국』, 어문학사, 2018, 129쪽; 조선총독부철도국(朝鮮總督府鐵道局), 『半島の近影』, 大阪 : 朝鮮總督府鐵道局, 1938.
50 이병기, 「탐승안내기(探勝案內記)－금강산편(金剛山篇)」, 『조광』 5권 10호, 조광사, 1939.10.

서자 5, 6세에서 14, 15세까지의 아이놈들이 15, 6명이나 모여들어 자동차를 에워싸고 그 위에 앉은 우리의 얼굴을 들여다보고 지껄입니다. 어떤 놈은 머리를 깎고 어떤 놈은 꼬리를 땋고, 어떤 놈은 희고 어떤 놈은 검고, 용모와 차림차림은 가지각색이라도 심술 사나운 장난꾼인 것과 얼빠진 세계적 시골뜨기인 것은 공통입니다. 그러나 도회에서 자란 간사함과 교활함에 반들반들 닳아진 것보다는 훨씬 장래성이 많습니다.[51]

간사하고 교활한 도시민보다 산간 마을의 시골뜨기가 순수하고 진실하기에 더욱 장래가 촉망된다고 했다. 농민이 빈궁한 것이 나태하기 때문이 아님을 분명히 밝혔다. 글쓴이는 농촌에서 자식 키우며 열심히 땅을 일구며 사는 이들의 애환과 고단한 삶의 이유를 직시해야 한다고 보았다. 이 당시만 해도 그는 강원도 아이를 통해 조선의 현재를 찾고 앞날을 읽고자 했다.

이광수에게도 금강산은 황홀경 그 자체였다. 그는 "나는 천지창조를 목격하였다"라고 말했는가 하면 "신천지의 제막식을 보았다"라며 비로봉의 절경을 글이나 그림으로 나타낼 수 없는 경지에 있다고 했다.[52] 오직 가 보아야 그 사람의 천품을 따라 볼 만큼 보고, 알 만큼 알게 된다며 금강산의 비경을 감상하는 것도 개인에 따라 다르다고 했다. 강원도 자연이 선사하는 매력을 예찬해 마지않았다.

강원도에 대한 애정은 강원도를 통과하는 여행지로 여기던 여행자들에 대한 우려, 내지 경고의 목소리로 나타나기도 했다. 이를테면, 화려한 관광 이면에 드리워진 부정적 요소, 일제가 주도한 강원도 관광과 여행의 이면을 비판한 목소리가 그 좋은 예다. 일본 주도로 이루어진 금강산 관광 개발과 금강산 유람 유행이 자본주의 침입으로 인해 생긴 것임을 비판한 글을 보자.

---

51 이광수, 「금강산유기(金剛山遊記)」, 『신생활』 6호, 신생활사, 1922.

52 이광수, 「금강산유기(金剛山遊記)」, 『신생활』 6호, 신생활사, 1922. "'나는 천지창조를 목격하였다' 또는 '나는 신천지의 제막식을 보았다' 하고 외쳤습니다. 이 마음은 오직 지내 본 사람만이 알 것이외다. (…중략…) 아아, 아무리 하여도 비로봉의 절경을 글로 그릴 수는 없습니다. 아마 그림으로 그릴 수도 없을 것이외다. (…중략…) 비로봉 경치는 상상해도 상상할 수 없는 것이니, 하물며 말로 들어 알 줄이 있으리오. 오직 가 보아야 그 사람의 천품을 따라 볼 만큼 보고, 알 만큼 알 것이외다."

녯날에는 금강산을 구경하랴면 죽장마혁단표자竹杖馬革單瓢子로 몃 날 몃 칠을 걸어야 하지만은 지금 세상에는 육로로든지 수로水路로든지 서울서 하루ㅅ길이오, 금추今秋에는 금강산 전기철도가 전통全通 된다 함으로 그야말로 누어서 금강산 구경을 할 수가 잇슬 것이다. 또 동해안 철도선이 원산을 기점으로 포항에 향하야 금년부터 공사에 착수한 이상 얼마 아니하야 내외금강의 정적을 쌔트리는 기적소리가 산객의 곤한 잠을 깨우게 할 것이다. 이리하야 신역神域이오 영장靈場으로 일홈이 놉든 해동 조선국의 운무게보살의 상주처常住處는 기계 문명의 돌진과 자본주의의 침입으로 인하야 날마다 개화의 운명을 면치 못하게 되얏다. (…중략…) 일천이백만 원의 자본으로 금강산을 위하여 전기철도를 놋코 이억사천만 원으로 된 십이 개년 철도망 계획 중에 영동선이 가장 중대시되는 것만 보아도 금강산의 경제적 가치가 자본벌資本閥을 위하야 얼마나 큰 것을 짐작할 수 잇지 아니한가. 철원에 대수리 조합이 되고 삼척의 탄광이 해군의 손에 들어가게 되는 것도 금강산의 가치를 올니는 데는 유력한 재료가 될 것이다. 다시 말하면 금강산은 명승으로의 가치보다도 조선이라는 쌍에 자본가를 유인하는 일종의 간판으로서 더욱 가치가 잇는 것이다. 녯날의 금강산은 유심적唯心的으로 고명高名하엿스나 지금의 금강산은 유물적唯物的으로 유효하다.[53]

금강산이 속화되었기에 금강산의 가치와 값어치를 다시 평가하지 않을 수 없다며 금강산이 자연 경관 그 자체가 아니라 경제적 가치로 환산되어 버리는 현실을 개탄했다. 글쓴이는 금강산 개발로 인해 금강산과 그 일대가 기계문명과 자본주의 침탈의 대표가 될 것이라 했다. 금강산의 가치가 자본을 유인하는 간판, 곧 미끼에 불과하다는 비판 속에는 금강산이 어느새 조선인 사이에서 민족정신과 신령한 기운이 서린 장소에서 물질적 가치만 남은 공간으로 바뀌어 버린 현실에 대한 자조마저 섞여 있다. 강원도의 경제 발전이란 장밋빛 청사진 이면에 감춰진 일제

53 김형원, 〈개화한 금강산〉, 「금강잡기(金剛雜記)」, 『조선지광』, 6권 86호, 조선지광사, 1929.8.

의 경제적, 정치적, 군사적 야욕과 민낯을 읽어낸 것이다.

강원도를 찾는 이들이 늘어날수록 자연 파괴도 심해졌다. 최영수는 금강산 탐승객 중 바위에다 자신의 이름 석 자를 쓰거나 새겨놓고 가는, 소위 '미친 놈'이 많음을 힐난했다.[54] 문제는 이런 몰염치한 행동이 무식한 이들의 치기 어린 결과라기보다 가진 자들의 계급의식에서 비롯된 망상이라는 데 그 심각성이 있다. 가족 삼대까지 이름을 적거나 휘호와 도장까지 찍는 등의 행위가 돈과 권위를 가진 이들의 갑질 행위와 다르지 않았다.[55]

금강산 관광의 이런 어두운 면을 간파한 변영만卞榮晩은 자신이 금강산을 본 일이 없지만 다음에도 보지 아니할 것이라 천명했다. 금강산을 형사 피고인으로 고발하는 풍자의 방식으로 금강산의 죄를 열거하기도 했다.[56] 그만큼 금강산이 빼어나고 매혹적인 미를 지녔음을 반어적으로 드러내는 한편, 문화 파괴와 함께 소중한 가치를 잃어버리는 것에 대한 경종을 울리고자 했다. 변영만 스스로 금강산을 구경하지 않은 것이 절의를 지킨 것이라는 외침이 서글프기까지 하다. 그러나 만약 자신을 잠자리에 태워서라도 억지로 비로봉에 착륙케 한다면 못 이기는 척 용

54 최영수, 「금강산 만화 행각」, 『동아일보』, 1934.10.3. "금강산 속엘 다녀나간, 말하자면 탐승객들 중에 '미친 놈'이 많다는 것을 알았다. 그것은 볼품 있는 바위에 부질없이 성명 석자를 써놓고 간 자들을 하는 말이다. 그 좋은 경치, 그 아름다운 바위 위에 왜 그 더러운 이름들을 기록하였을까? 혹자는 금강산 族譜를 만들려 함인지 삼대(三代)까지 이름을 써놓았고 혹자는 그것이 옥판선지(玉版宣紙)로 알았던지 휘호를 하고는 도장까지 찍어놓았고 혹자는 크게 혹자는 적게 또는 쓰기도 하고 새기기도 하고—그리하여 일견 그 속에도 빈부(貧富)의 계급적 의식이 표현되고 있다."

55 이런 비판의 대상으로 언론에 크게 보도된 인물 중에 친일 귀족 민영휘(閔泳徽)를 빼놓을 수 없다.(『동아일보』, 1924.9.11. "삼불암(三佛岩) 지척에 있는 수충영각(酬忠影閣)에 자작(子爵) 민영휘(閔泳徽)의 대판사진(大版寫眞)이 역대 고승들의 화상(畫像) 가운데에 버젓이 함께 걸려 있음은 대망발(大妄發)이다") 민영휘는 강원도 지역 백성들이 '민철구(閔鐵鉤=쇠갈고리)'라고 불렀다는 탐관오리 민두호(閔斗鎬)의 아들로 태어나 조선 제1의 갑부이자 조선귀족회의 부회장을 지낸 대표적인 친일 귀족의 한 명이다(이순우, 『사진첩으로 보는 일제강점기 금강산 수난사』, 2018). 이렇듯 가진 자들이 과시욕으로 만들어낸 자연 파괴는 금강산 관광의 씁쓸한 뒷모습이 아닐 수 없다. 예컨대, 당시 유명한 서예가였던 해강(海岡) 김규진(金圭鎭)은 외금강 구룡연의 '미륵불' 글씨와 내금강 만폭동에 '법기보살(法起菩薩)', '천하기절(天下奇絶)', '석가모니불(釋迦牟尼佛)' 등 여러 점의 큰 바위글씨를 남겼다. 그런데 이 '법기보살' 글씨 아래에 민영휘 일가의 이름이 새겨져 있는 것을 확인할 수 있다.

56 변영만, 「나와 금강산」, 『신동아』 58호, 동아일보사, 1936.8. "벽두(劈頭)에서 언명(言明)한다. 나는 금강산을 본 일이 없었고 이 다음에도 보지 아니 할 결심이다. 금강산을 내 자유로 보는 날이 있다 하면 그날은 나의 환장(換腸)된 날이오, 정신착란이 이러난 날일 터이니까 곧 죽고 말 것이다. (…중략…) 나는 금강산을 한 형사피고인(刑事被告人)으로 본다. (…중략…) 피고 금강산의 죄목은 이러하다. 1. 고등유민(高等遊民)인 것 2. '뚜쟁이' 노릇하는 것 3. 매향심(賣鄕心) 도발하는 것 4. 문화 파괴하는 것 5. 동해의 수로(水路)를 차단한 것 (…중략…) 나는 이상의 제(諸) 이유로 인하야 금강행은 영원히 정지하고 자(玆)에 일종의 공소를 제기하야 그 비행(非行)을 공중(公衆)의 면전에서 규탄할 뿐이다. '금강불견(金剛不見)'은 나에게는 일개의 정조 혹은 절의를 견성하였다. 죄수(罪囚)의 가증한 면목을 대하지 아니하야도 '소권(訴權)'에는 영향이 없을 터인 고로."

무를 본다는 핑계로 가 보고 싶다는 속내를 드러낼 만큼 금강산의 아름다움을 에둘러 표현했다.

3. 발전과 조화의 원천으로서의 강원도

1) 발전과 성장의 원천

오랫동안 많은 타지인들에게 강원도 하면 생활하기에 불편한 자연환경에다 산물도 부족하고 척박하고 낙후된 지역이라는 이미지를 떠올리기 쉬웠다. 1910년 이전 간행된 교과서에서 강원도를 소개한 글을 보더라도 당대 강원도에 대한 인식이 어떠했는지 짐작할 수 있다.

> 강원도는 산세가 몹시 험준하고 해안은 거의 일직선이 되어 항만과 섬이 적기 때문에 배가 정박할 곳이 거의 없다. 이 때문에 바다와 육지에 교통이 몹시 불편하여 다른 도에 비하면 문화의 발달이 늦고 둔하다. 도道 전체에 평야가 없으며 교학磽确[57] 하여 농산물이 풍부하지 못하고 다만 인삼과 명주의 생산이 적지 않다. 남북 900리에 이어진 해안에 어업 이익은 많은데, 특별히 정어리의 어업 이익은 전국에 강원도만한 곳이 없다.
>
> 춘천은 한강 상류에 이르고 강원도의 관찰도청 소재지로되 집의 숫자가 300에 불과한 하나의 작은 읍이다. 철원은 함경도 영흥과 서로 비슷한 명주의 생산지이며, 또 철을 생산으로 인하여 군郡 이름을 지었다 한다. 집의 숫자는 춘천보다 3배를 초과하니 실로 본도의 첫째 도회지이다.[58]

척박한 땅이 많아 다른 도보다 문화 발달이 늦지만, 인삼과 명주, 그리고 정어리

57 돌이나 모래가 많아 땅이 거칠다.
58 학부(學部) 편, 「제5과 강원도」, 『보통학교 학도용 국어독본』 권6, 1907.

등 일부 특산물은 생산이 많다고 했다. 1900년경에 춘천이 강원도 관찰도청 소재지였음에도 불구하고 가구 수가 300호에 불과하여 철원군의 1/3 수준이라는 사실이 충격적으로 다가올 정도다. 초창기 보통 학교 교과서에 실린, 이러한 강원도 소개는 그 후로 강원도에 대해 부정적 이미지를 형성하는 데 적지 않은 영향을 미쳤다.

춘천 출신의 언론인 차상찬은 강원도에 대해 깊은 애정을 갖고 흥미진진한 글을 많이 남겼다. 예컨대, 그가 철원에 관해 쓴 글 중 「세계 희유의 사설 유곽 – 보라 이 유산자의 소위를」라는 제목의 글은 당시 철원 지역에서 기생집을 운영하던 인물의 요지경 인생을 들려주고 있다. 철원 출신으로 한성 판윤까지 역임했던 박의병朴義秉이란 이가 귀향 후 철원 월하리月下里 동천洞天에 30평 규모의 이층 유곽집을 짓고 '색계의 마왕'이자 '성계性界의 철학자'로서 살게 된 내력을 자세히 소개한 것이 그렇다. 그가 유곽을 경영하게 된 직접적인 이유가 고전소설 『구운몽』 때문이라는 사실은 더욱 충격적이다. 작품 속 주인공 성진양소유을 롤 모델role model 삼아 전국에서 여인들을 불러 모아 유곽 사업을 시작했기 때문이다. 그 후로도 박의병의 기이한 행적은 그 자체로 소설을 방불케 할 만큼 독특하고 특이하다. 『매일신보』에 그와 철원 유곽에 관한 기사가 실릴 정도로 1910~20년대 철원은 금강산 여행의 중간 경유지이자 유흥지로서의 이미지가 강했다. 이는 오늘날 우리가 철원하면 떠오르는 것과 사뭇 다른 이미지 코드라는 점에서 주의를 요한다.

이런 부정적인 시각은 초기 강원도를 찾았던 외국인도 공히 갖고 있었다. 예컨대, 1890~1900년대에 강원도를 지나간 비숍 여사, 밀러, 세로셰프스키 등은 강원도민은 가난하고 무질서한 생활을 한다고 보고, 이를 비판하면서도 동정하는 태도를 취했고, 개인적 편차도 컸다.

하지만 그 반대의 시각을 가진 외국인 여행자들도 적지 않았다. 기자인 독일인 겐테는 1901년 강원도와 금강산 일대를 여행하면서 개방적이고 포용적인 자세로 현상을 객관적으로 이해하려 했다. 그리고 외국인이 갖고 있던 잘못된 선입견에 대해서도 근거를 들어 정확히 반박을 했다.

> 지금까지 조선을 방문하고 기행문을 썼던 여행자들은 참기 어려운 관심과 지나친 호기심에 대해 불만을 털어놓았는데 아무래도 충분히 대처하지 못했기 때문이다. 마을 사람들이 놀라우리만큼 호기심이 강한 것은 사실이다. 그러나 그런 호기심이 방해가 된 적은 없다. 그들의 호기심은 선의의 호의에서 비롯된 것이므로 절대 사람을 해치거나 화나게 하려는 의도는 없다.[59]

그런가 하면 금강산의 장안사, 표훈사, 유점사 등에서 며칠 묵으면서 승려들의 생활 모습을 보며 서양의 물질만능주의를 비판하고, 은둔과 수양을 추구하는 삶에 대해 정서적으로 깊은 매력을 느끼고, 공감하려는 태도를 적극적으로 드러냈다. 황천 물에 비친 명경대明鏡臺 바위를 바라보며 자신의 삶을 반추하고 성찰하고자 하는 마음은 한국인이나 서양인이나 동일했다. 또한 약 23m 높이의 암벽에 조각된 마애불인 묘길상妙吉祥 앞에 선 서양인 여행자도 자신이 보잘것없고 부족한 존재임을 깨달았다. 노르베르트 베버 신부도 묘길상을 바라보며 자신을 한껏 낮춘 채 "금강산 전체가 불교 세계임을 분명하게 알려주는 유일한 성지다"[60]라며 대 자연 앞에서 자신을 돌아보고자 했다.

> 처음으로 비가 멈춘 맑은 아침 우리는 마지못해 유점사를 떠나야 했다. 아름다운 곳에 자리 잡은 절, 고요한 태고의 숲, 맑고 얼음처럼 시원한 계곡물, 승려들의 친절함이 나의 마음을 사로잡았다. '머물러라, 너무나 아름다운 그대여.' 바로 이 순간 나의 심정이다.[61]

"자연스러운 호의와 친절한 마음은 끝까지 진심으로 남았다"라고 할 만큼 강원도에서 만난 농부와 승려로부터 겐테는 순수성을 수용하고, 강원도의 고유한 문

---

59 지그프리트 겐테, 권영경 역, 『신선한 나라 조선, 1901』, 책과함께, 2007, 145쪽.
60 노르베르트 베버, 앞의 책, 89쪽.
61 지그프리트 겐테, 권영경 역, 『신선한 나라 조선, 1901』, 책과함께, 2007, 187쪽.

화와 전통을 존중하고 포용하려는 자세를 취했다. 무엇보다 그가 취한 태도는 객관적이고 사실적인 정보를 토대로 했기에 더욱 설득력이 강하다.

한편, 차상찬車相瓚은 1920년대의 강원도 농업과 경제를 이렇게 일갈한 바 있다.

> 요컨대 본도本道의 농업은 아즉 조방적粗放的 농업을 면치 못하고 도작稻作이 소小한 대代에 전작田作이 다多하며 기타 양잠養蠶, 목축 내지 산야의 부산물을 병업幷業하는 다양의 혼동농混同農이다. 차此로 인因하야 일조一朝의 풍상風霜, 한旱, 수水 등의 재해를 제회際會할지라도 생활상 급박急迫을 고하는 사事는 소少하며 차且 자작농이 비교적 다多하고 대농大農이 소少함으로 [자작대소작경自作對小作耕 면적은 65에 대 35의 비례] 빈부의 현격懸隔이 심다甚多치 안이하다. 이것은 강원도의 특색이다.[62]

강원도의 농업이 거칠고 체계적이지 못해 영세성을 벗어나지 못하고 있다고 했다. 그렇기에 농업만 아니라 다른 부업을 겸할 수밖에 없었다. 그러나 농민 간 빈부 격차가 심하지 않고 자연재해도 견디며 근근이 생활할 수 있는 저력을 지닌 것이 강원도의 특색이라 했다. 부유하거나 화려하지 않지만 자연과 싸우며 자급자족할 줄 아는 강인한 생활력이 강원도의 힘이라 본 것이다.

강원도는 전국 팔도 중에서 지형과 자연에 관한 한 빼놓을 수 없는 곳이었다. 척박한 땅, 불편한 교통, 부족한 산물과 낙후된 산업 시설 등 여러 면에서 타 도와 비교해 불리할 수밖에 없었다. 그러나 이는 사람 때문이 아니라 자연, 곧 주어진 지형적 요소에 의한 것임을 분명히 분별할 필요가 있다.

천혜의 지형을 갖춘 강원도는 남북이 아닌 동서로 지형적 차이가 현저하다. 남북으로 길게 뻗은 산맥으로 인해 남북이 아닌 동서 간에 언어, 풍속, 인정 구분이 이루어져 영동과 영서로 나누는 것이 일반적이다. 이로 본다면 현재 남 강원도와

62 차상찬, 「위미부진(萎靡不振)한 강원도(江原道)의 산업(産業)」, 『개벽』 42호, 개벽사, 1923.12.

북 강원도는 인위적인 구획에 의한 것으로 생활과 전통, 지역 의식과는 무관한 것이다. 일찍이 이를 간파한 차상찬은 역시 강원도를 이렇게 개관한 바 있다.

> 지세는 남북이 장長하고 동서가 협하야 일개 어형魚形과 흡사한데 도처에 산악이 중첩한 중 기其 척량산맥脊梁山脈이 남북으로 횡긍橫亘하야 천연적 동서를 구획하얏다. 속칭에 동방 6군六郡(울진, 삼척, 강릉, 회양, 고성, 통천)을 영동嶺東이라 칭하고, 서방 15군十五郡(영월, 평창, 정선, 원주, 횡성, 홍천, 춘천, 양구, 화천, 인제, 회양, 금화, 이천, 평강, 철원)을 영서嶺西라 한다. 영동은 지세가 협장狹長하야 대상帶狀을 성成하고 경사 급준急峻함으로 평야가 핍乏하고 하류河流 소少한 중中 격류를 성成하야 해海에 직주直走하고 해안은 단애절벽이 다多하며 수水가 심深하야 추동秋冬의 경頃에는 노도랑怒濤浪이 특심特甚한 고로 항해에 부적不適하다. 차此와 반反하야 영서는 지역이 광대하고 경사 완만함으로 남북한강과 임진강 등의 대강大江이 개지皆地에서 발원하고 기其 유역流域은 옥야沃野가 불소不少하며 쏘한 항운航運의 편便이 잇다. 총이언지摠而言之하면 영동嶺東은 산국山國과 해국海國이오 영서는 산국山國과 야국野國이다.[63]

강원도의 동쪽, 곧 영동 지역을 산국山國과 해국海國으로, 서쪽인 영서 지역을 산국山國과 야국野國으로 요약해 말할 수 있다고 했다. 분단 전 강원도는 전체 21개 군으로 이루어져 있었고, 짝패처럼 동서가 문화적 경계를 이루었기에 오늘날처럼 남과 북으로 나눠진 것은 부자연스러운 일이 아닐 수 없다. 영동과 영서는 지세뿐 아니라 기후가 상이하고 교통 발달 상태가 달랐다. 그렇기에 인정仁情과 풍속, 언어 등이 남북 지역보다 더 상이하다. 차상찬은 강원도 전체 21개 군이 북으로는 함경남도, 남으로는 경상북도, 서로는 황해도와 비슷하고, 다른 군은 경기도와 충청도와 비슷하기에 강원도의 인정, 풍속, 언어는 어느 하나로 규정할 수 없다고 했다.

---

63 차상찬, 「조선의 處女地인 關東地域」, 『개벽』 42호, 개벽사, 1923.12.

하나로 모이는 뚜렷한 지방색이 없다는 의미일 것이다.

> 인정, 풍속, 언어. 상술함과 여如히 영동, 영서는 지세급기후地勢及氣候가 상이할 샏 안이라 교통이 전혀 격절隔絶 상태에 재在하얏슴으로 인정, 풍속, 언어 등이 또한 상이하다. 즉 영동의 울진, 삼척, 강릉은 대개 경상도와 갓고 회양, 고성杆城 합군合郡은 영서와 갓고 (고대로 색령色嶺을 통하야 영서의 교통이 빈빈頻頻한 소이所以) 통천은 함경남도와 갓고 영서의 이천伊川, 평강平康은 황해도와 비슷하고 기타 제군諸郡은 경기, 충청도와 비슷하다. 총괄하야 말하자면 강원도의 인정, 풍속, 언어는 무슨 특색이 업다.[64]

강원도가 지형과 교통의 단절로 인해 영서와 영동 간 차이를 만들고, 인정과 풍속, 언어 여러 면에서 고유한 특색을 찾기 어렵게 만들었다며 무색무취한 특성을 노골적으로 비판했다. 조화와 통일을 이룬 결정체라기보다 다소 무질서해 보이는 각 군의 모음이 그 자체로 강원도만의 특색이라 할 것이다. 그렇기에 강원도의 주요 군별 특성을 영서 8군과 영동 4군을 가지고 설명할 수밖에 없다. 즉, 강원도의 중심지인 춘천군, 갑오 동학운동과 3·1만세운동 시 수백여 명이 학살당한, 눈물과 한이 많은 홍천군, 조선의 제2개성이라 할 횡성군, 3백 년간 강원감영이 있었던 원주, 영서 지역의 태평한 고장인 양구군, 강원도에서 규모가 가장 작은 화천군, 비옥한 평야가 천 리나 되고 경원선 개통으로 물류와 산업이 발달한 평강군, 궁예가 세운 태봉국의 수도였던 철원군, 예국蘂國의 옛 수도였던 강릉군, 설악산을 품은 관동의 흑산국黑山國 양양군, 산이 높고 바닷물이 아름다운 고성군, 영동의 곡창 지역인 통천군, 강원도 유일의 탄광이 있던 통천군.[65] 이렇듯 각 군마다 역사적, 지리적, 자연적 특색을 자랑하는 방식으로 강원도의 정체성, 내지 지방색을 말할 수밖에 없는 것이 한계이자 특징이랄 수 있다.

---

64 위의 글.
65 차상찬, 「영서8군(嶺西八郡)과 영동4군(嶺東四郡)」, 『개벽』 42호, 개벽사, 1923.12.

원래 1876년 개항 전까지만 해도 원산은 조용한 어촌 마을에 불과했다. 그러나 개항 후 부산과 제물포에 이어 원산에 외국인 투자와 실제 거주가 가능해지자, 점차 군사적, 상업적 요지로 급부상하면서 개발이 시작되었다. 겨울철에 얼지 않는 천연적인 항만 조건을 갖춘 원산항은 일본과 러시아 블라디보스토크 사이를 오가는 거점지 노릇을 할 중요한 항구로 여겨졌다.[66] 게다가 원산은 일찍부터 서울로 통하는 길이 나 있어 여느 강원도 내 도시보다 교통이 편리했다. 서쪽으로는 평양으로, 남쪽으로는 속초, 강릉 등까지 쉽게 닿을 수 있어 교통의 요지로 손색이 없 었다. 그렇기에 상업 도시로 단기간에 급성장할 수 있었다. 1914년에 경원선 철도가 개통되고, 1923년에 함경선이 개통되고, 1925년에 평양－원산 간 평원선이, 1930년대에 양양까지 북부 동해선이 개통되면서 원산항과 도시 원산의 가치는 더욱 높아졌다.

1931년 대구 조선민보 기자였던 김도학金道學은 금강산에서 내려와 고성과 통천을 거쳐 원산으로 이동했는데, 단오날 무렵 그 지역의 모습을 이렇게 소개했다.

> ① 때마침 단오 날 전후이었으므로 조선에 유명한 강원도 지방의 추천鞦韆 놀이가 이곳저곳에서 벌어지고 있었다. 밤중에 벌판에서 횃불을 키고 군중이 몰려 있기에 물으니 추천 연습이라 한다. 그럭저럭 고성읍으로 돌아와 최씨의 집에서 고성의 독특한 조선 냉면을 맛보고 취흥을 풀기 위하여 하룻밤의 놀이터를 구하였다.[67]
>
> ② 통천을 지나갈 때 집집마다 고기의 내장을 비료로 썩히는 흉악한 냄새도 맡고, 해변에서 고깃배 타는 어부의 참담한 생활도 목격하였다.[68]
>
> ③ 원산에 도착했다. 역 앞 명심여관明心旅館에 숙소를 정하고 곧장 출발하여 이 지방의 명물인 단오놀이의 그네와 씨름대회를 구경하러 갔다. 부중府中 도처에 사람의 물결이 밀려서 모든 차가 마음대로 운행하기 어려울 정도로 성황이었다. 시내를 일

66 에른스트 폰 헤세-바르텍, 정현규 역, 「러시아의 관심과 원산」, 『조선, 1894년 여름－오스트리아인 헤세-바르텍의 여행기』, 살림, 2012, 306~309쪽.
67 김도학, 고경식 해독, 『금강산유람기』, 경희대 출판국, 1999, 109~110쪽.
68 위의 책, 149쪽.

동해북부선, 1930년대

주한 뒤 선창가로 나아가서 수 천의 각색 인물들이 쏟아져 나오는 대大 선박을 구경하였다. 그리고 예부터 유명한 명사십리를 구경코자 이리저리 문의하였다. 그러나 교통이 뜻대로 되지 아니하여 단념하고 돌아올 때에 도중에서 마침 하이어(=고급승용차) 한 대를 만나게 되었다.[69]

해금강을 끼고 있는 명승지 고성읍은 축제와 놀이, 그리고 음식이 풍성한 곳이었다. 단오제를 즐기기 위해 전국에서 많은 인파가 몰려들었다.(①) 그러나 거기서 조금 떨어진 곳에 위치한 통천읍에서 동일한 작가가 목격한 모습은 참담한 어민들의 삶 자체였다.(②) 지역 경제와 관광 사업이 발달할수록 그 혜택에서 소외되거나 전통적 삶과 가치를 지키고자 하는 일반 주민들에게는 터전과 생계마저 어쩔 수 없이 포기해

69 위의 책, 158쪽.

야 하는 처지에 내몰리게 되었다. 그러나 원산과 명사십리 일대에는 관광객이 넘쳐났다. 고급 승용차가 오가고, 대형 여객선에서 손님들이 쏟아져 나와 교통이 마비될 정도로 성시盛時를 이루었다.(③) 살아 꿈틀거리는 도시인 듯하지만, 흥청망청 목적도 의식도 없이 방황하는 이들의 임시 집합처와 방불한 모습이 잘 드러나 있다.

그래서일까? 김도학 입장에서도 이런 모습이 대단히 불편했다. "서양 사람들은 외국에까지 와서 풍경 좋은 곳곳에 자리 잡고, 자기네가 가진 즐거움을 누리고 잇는 오늘날에 모든 것을 남에게 빼앗기고 정처 없이 방랑의 생활을 하게 된 우리로서 탐승探勝이니 유람遊覽이니 하는 것은 너무나 건방진 수작이 아닐까 하는 감도 없지 않았다"[70]라는 고백은 원산과 금강산 일대를 통과하는 여행자로서 느낀, 담배 연기처럼 잠시 후 사라지는 지식인의 양심과도 같은 것이었는지 모른다.

1937년에 관세 수입만 놓고 보더라도 강원도 원산이 당시 전국에서 최고였다. 그 정도로 강원도가 당시 물류와 운송의 중심지 노릇을 했다. 또한 원산역을 이용하는 승객 수가 1930년에 37만 명이었던 것이 5년 후인 1936년엔 65만 명에 이를 정도로 지역 경제의 발달 속도가 눈부셨다.[71] 시베리아 횡단열차의 출발지인 블라디보스토크를 오가는 전진 기지로서 원산이 일찍부터 외국인의 눈에 낙점을 받았던 것도 흥미롭다.[72] 더욱이 원산 주변에는 안변평야가 있어 강원도 내에서도 좋은 쌀이 많이 나는 곳으로 유명했다. 또한 어업이 발달해 해산물도 풍부했다. 경원선이 개통되고 송도원 해수욕장과 명사십리 등이 휴양지로서 각광을 받게 되고, 각종 휴양 시설과 관광 상품이 갖춰짐에 따라 원산에 대한 외지인의 이미지뿐 아니라 관심도는 더욱 급증할 수밖에 없었다. 그렇기에 전주, 박천과 더불어 원산이 국내에서 가장 살기 좋은 세 고장 중 하나로 평가되었던 것도 허언이 아니었다.[73]

이처럼 해방 이전 강원도는 근대산업의 발달과 신문물의 활용이라는 측면에서

---

70 위의 책, 159쪽.
71 이호철, 「명사십리 해당화야」, 『명사십리 해당화야』, 한길사, 1986, 150~151쪽.
72 카르네프 외 4인, A. 이르계바예브 · 김정화 역, 『러시아 장교 조선 여행기—내가 본 조선, 조선인』, 가야넷, 2003, 235쪽.
73 이호철, 앞의 책, 143~145쪽.

원산 송도원해수욕장 호텔, 1930년경

지역 경제 성장 가능성이 가장 높은 지역으로 여겨졌다.[74] 특히 1930년대에 동해북부선이 건설됨에 따라 동해안을 끼고 남·북 강원도를 오가는 노선이 큰 인기를 끌게 되었다. 동해북부선은 함경남도현 북 강원도 안변군에서부터 강원도 통천군, 고성군, 양양군에 이르는 총 192.6km 거리에 걸쳐 있었다. 이중 외금강역은 강원도 고성군 신북면에 속한 지역으로 세계적 명산인 금강산의 하차 역으로 금강산을 찾는 고객들로 북적거렸다. 외금강역 기준으로 이용자가 1932년 14,199명에서 1938년 80,411명으로 늘었다.[75] 외금강–고성 사이에 삼일포 관광객이 늘어나자

---

74 서영채, 「최남선과 이광수의 금강산기행문에 대하여」, 『민족문학사연구』 24집, 민족문학사학회, 2004, 246쪽.

75 이호, 「세계 명산 금강산 가던 철길, 관광객으로 언제나 붐볐다」, 『강원도민일보』, 2018.7.5. 기사에 제시된 숫자를 인용하면 다음과 같다.

1933년에는 삼일포역이 신설되었다. 이는 동해안을 따라 발달된 관광지인 외금강, 해금강을 찾는 관광객이 늘어난 것과 일치했다.

금강산과 원산 관광이 일상화되면서 원산에는 별장과 호텔과 각종 해수욕 시설이 갖춰졌다. 잔잔하고 파란 바닷물에다 길게 뻗은 흰 모래밭과 푸른 소나무가 어우러진 풍경은 여름철 피서객을 불러 모으기 쉬웠다.[76] 외국인들은 일찍부터 금강산과 원산 일대를 최고의 휴양지로 여기고 그곳을 즐겨 찾았다.[77] 내국인들도 1920년대 이후로 해수욕을 하러 경성역에서 기차를 타고 원산을 찾기 시작했다. 한용운, 김동인, 김억, 전영택, 유치진, 이헌구 등 여러 문인들도 소위 "해수욕을 하기 위해" 명사십리와 송도원 해수욕장을 찾았다.[78] 그중 김동인은 송도원 해수욕장의 수많은 사람들을 보며 새로운 기운과 '커다란 힘'을 느끼기도 했다.[79] 강원도가 무뎌지기 쉬운 지식인에게 정신적 깨달음(발견)을 주는 원천 같은 공간이었음을 에둘러 표현한 것이었다.

동해 북부선 주요 역 연 하차 인원

역명 \ 연도	1932년	1933년	1934년	1936년	1938년
외금강역	1만 4,199명	3만 4,865명	4만 2,221명	6만 189명	8만 411명
삼일포역		1,244명	3,921명	1만 255명	2만 296명
고성역	1만 4,210명	3만 9,528명	4만 8,040명	7만 4,661명	8만 8,437명

76 조선총독부철도국(朝鮮總督府鐵道局), 『半島の近影』, 大阪 : 朝鮮總督府鐵道局, 1938, 127쪽. 이 책은 원래 일본인을 대상으로 조선 여행을 홍보하기 위해 만든 책자다. 1930년대 조선의 풍경 사진과 함께 설명이 곁들여져 있는데, 설명 자료가 당시 강원도 각 명승지에 대한 인식 태도를 파악하는 데 도움이 된다. 특별히 이 책은 일본인 입장에서 강원도 내 명소로 택한 곳과 그곳에 대한 소개 내용이 무슨 함의가 있는지 살필 수 있는 자료라는 점에서 의미가 있다. 철도망의 확대와 유지는 식민지 지배와 통제를 용이하게 한다. 일본인의 시선으로 조선을 묘사한 자료로서 당시 일본의 '제국 의식'을 잘 보여주고 있다.

77 Oliver R. Avison, 황용수 역, 「원산 휴양지」, 『(고종의 서양인 전의(典醫) 에비슨 박사의 눈에 비친) 구한말 40여 년의 풍경』, 경산 : 대구대 출판부, 2006, 319~321쪽.

78 김안서, 「명사십리」(민요시), 『영대』 3호, 영대사, 1924, 35~40쪽 ; 김동인, 「행복」, 『조선문단』 12호, 1925.10; 한용운, 「명사십리행」, 『조선일보』, 1929.8; 이헌구, 「항구의 로맨쓰―여름바다의 哀愁, 白日의 장전항」, 『조광』 4권 7호, 조광사, 1938.7 등.

79 김동인, 「행복」, 『조선문단』 12호, 1925.10, 219쪽. "날이 개이는 것을 보아가지고 나는 곳 元山으로 왓다. 물로 첨벙 뛰처 드러가매 물을 소리를 치면서 환영하엿다. 해수욕은 과연 젊음의 상징이엇섯다. 물 모래판 집 솔밧 쏘―트 그 모든 것의 우에 나는 커다란 '힘'을 보앗다. '젊음'이라고 밧게는 형용할 수 업는 커다란 '힘'을 보앗다. 멀리서 海水浴場을 바라볼 쌔는 누구던 거기 흐터저 잇는 젊음을 볼 수가 있다. 과연 海水浴場은 젊음의 상징이다."

2) 성찰과 조화의 원천

강원도는 전통 의식과 근대 의식이 충돌하고 수용되는 혼동의 공간이었다. 특별히 강원도 출신 지식인들이 쓴 글에서 근대화에 대한 열망과 함께 우리 전통문화의 소중함을 기억, 보존하려는 우호적 의식이 다분히 보인다. 그것은 자기 수양과 성찰의 시각으로 표출되기 쉬웠다. 자연 산천은 천하 절승이지만 다른 부분은 타 지역보다 열등하다는 현실 자각에서 출발하는 경우도 적지 않았다. 강원도와 강원도 주민에 대한 긍정적, 부정적 시선이 중첩된 기록들에서 강원도의 정체성을 몇 가지 생각해 볼 수 있다.

첫째, 강원도 사람들에 관한 평가다. 혹자는 강원도 주민에 대해 냉혈동물처럼 냉정하고 동정심이 적다고 했다. 어떤 일이든 무신경질이고 두루뭉술한 속성을 지녔다고 했다.

> 강원도는 지형이 어형魚形과 가틈으로 그 사람도 고긔처럼 냉혈동물인 것 갓다. 개인과 개인 간이고 사회와 사회 간이고 모도 냉정하고 동정심이 즉다. 압퍼도 압푼 줄을 모로고 조와도 조흔 줄을 몰은다. 냉혈동물 중에도 고기는 잘 놀고 개고리는 잘 쒸고 배암은 잘 문다. 그러나 강원도 사람은 잘 놀지도 못하고 잘 쒸지도 못하고 잘 물지도 못한다. 즉 무신경질無神經質이다. 두루뭉수리다. 좀 더 서로 사랑하고 서로 도읍고 서로 합하여라. 그리하야만 우리도 산다.[80]

개인과 개인, 사회와 사회 간에 마음을 하나로 모아 단합하거나 매사에 적극적으로 행동하는 일이 적다고 했다. 이런 총평은 아무래도 강원도가 교통이 불편한 데다 대체로 산 지형이 많다 보니 많은 이들이 함께 어울릴 기회와 문화가 상대적으로 적기 때문에 보이는 생활 기질, 내지 행태를 비판한 것으로 보인다.

---

80 차상찬, 「강원도를 일별(一瞥)한 총(總) 감상(感想)」, 『개벽』 42호, 개벽사, 1923.12.

그러나 이는 일면적 평가일 뿐이다. 강원도만큼 지방색을 지키고 전통을 지키며 작은 나눔 공동체를 실천하는 모습이 현저한 지역도 없기 때문이다. 험한 산세로 이루어진 양구만 해도 양반이 없는 지역이라는 의미로 '무반향無班鄕'이라 천시를 받았지만, 풍속이 순후하고 범죄가 일어나지 않는 농촌이었다. 겨울밤이면 다 같이 모여 옛이야기를 듣고, 낮이면 다 같이 꿩 사냥, 노루 사냥을 하는 풍습을 이어간다.[81] 잔치 날이면 국수 추렴을 하고 강원도 특식인 메밀전병을 만들어 나눠 먹는 것이 일상인 곳이었다. 인심과 정으로 가난과 시련을 극복하고, 더불어 사는 즐거움을 누릴 줄 아는 공간이었다. 강원도의 전통이 살아 있는 그런 곳이었다. 그렇기에 김유정도 춘천 산골 마을의 이야기를 들려주며 강원도가 지닌 위대한 가치가 '정'과 '인심'에 있음을 강조했다.[82]

인심만큼은 강원도민이 전국 어느 지역보다 순후淳厚하다. 물론 그 인심도 영동과 영서 지역이 다르고 남북이 달랐다. 강원도 각 군별로 인심을 달리 평한 말이 유행할 정도로 다양하고 특색이 있었다.[83] 그러나 이는 말하기 좋아하는 호사가들의 가벼운 농이지 진지한 평가는 아니다. 오히려 순박하고 어수룩한 강원도 주민을 상대로 타지인들, 특히 서울과 개성 사람들이 몰려와 상권을 빼앗는 일이 빈번

---

81 한국동(韓國東), 「지방색(地方色)－메물전병」, 『별건곤』 2호, 개벽사, 1926.12. "눈이나 만히 온 째에는 동리 사람들이 세를 모아 가지고 산으로 가서 노루나 곰이나 토기 가튼 김생의 발자국을 쫏차 모라가다가 몽둥이로 째려 잡는다. 그리하야서는 온 동리 사람들이 국수도 누르고 술다 사다놋코 서로 일포식을 한 다음에 흥이 나면 초적 부는 사람도 잇고 노래하는 사람도 잇다. 이것이야말로 이상의 나라요, 평화의 나라이다. 그들에게 아무 시비, 번뇌, 저주가 업다. '나물 먹고 물마시니 대장부이 살임사리 이 안이 못할소냐' 하는 단순자연의 녯날 생활이 그대로 잇다. 이것이 아마 우리 양구지방의 맛이라 할 수 있다. 이 맛을 아는 사람이 오늘 경성에 과연 몃 분이나 잇는지…."

82 김유정, 「5월(五月)의 산골작이」, 『조광』 2권 5호, 조광사, 1936.5. "갈꾼들은 흖이 밖앝뜰에 멍석을 펴고 쭉 돌러앉어서 술이고 밥이고 한태 즐긴다. 어쩨다 동리 사람이 그 앞을 지나가게 되면 그들은 손짓으로 불른다. '여보게, 이롸 한잔하게!' '밥이 따스하니 한 술 뜨게유!' 이렇게 옆 사람을 불러서 가치 음식을 나느는 것이 그들의 예의다. 어떤 사람은 아무개 집의 갈 꺾는다 하면 일부러 찾아와 제목을 당당이 보고 가는 이도 있다. 나도 고향에 있을 때 갈꾼에게 여러 번 얻어먹었다. 그 막걸리의 맛도 좋거니와 웅중게 모이어 한 가족같이 주고받는 그 기분만도 깨끗하다. 산골이 아니면 보기 어려운 귀여운 단악(團欒)이다."

83 차상찬, 〈도내인심개평(道內人心槪評)〉, 「강원도를 일별(一瞥)한 총(總) 감상(感想)」, 『개벽』 42호, 개벽사, 1923.12. "각 지방에서 標語 비슷하게 인심을 비평하는 말이 잇다. 그 말은 비록 간단하고 鄙野에 近하나 일개 참고가 될가 하야 유행하는 말 그대로 左에 기록한다. '울진 놈의 살인, 삼척 놈의 도적질, 강릉 놈의 그진말, 양양놈의 陰 더害질, 간성 놈의 써들기, 고성 놈의 힛운 척, 통천 바보 양구 순민(順民), 인제(麟蹄) 우민(愚民), 화천 頑民, 춘천 살주마(殺主馬), 원주 음흉, 횡성 약동이, 홍천 어수록이' 또 직업상으로 평하은 말은 여좌(如左)하다. '인제(麟蹄) 남박(＝함지박) 장사, 양구 말군, 화천 쎄군, 춘천 월급쟁이, 홍천 토막장자, 정선 갈보, 영월 담배장사, 삼척 베 장사, 회양 멸어치 장사, 강릉 감 장사, 고성 어부, 통천 쌀 장사, 회양 등짐군, 평강 콩 장사, 금화 담배장사, 철원 소 장사, 횡성 장돌뱅이, 원주 술장사'."

고성 건봉사 전경, 출처 : 『조선고적도보』 제12책, 1932, 김상현 소장본

했다. 1910년대 이후 1930년대 말까지 금강산과 원산 일대 관광지를 제외한 강원도 타 지역은 경제적으로 대단히 어려웠다. 세상 물정에 어둡고 발전과 변화가 늦은 까닭에 대다수의 강원도 주민을 순박하지만 어수룩한 '우민愚民', '순민順民'이라 평하는 것이 일반적이었다.

둘째, 자연과 지형에 대한 평가다. 강원도는 빼어난 천혜 자연을 지닌 축복받은 땅을 갖고 있다. 금강산과 설악산 등 명산과 함께 절경을 자랑하는 명승지가 풍부하다. 동해안 지형과 동해 역시 그렇다. 그렇기에 자연에 대한 예찬은 민족적 자부심으로 연결된다. 춘성春城은 "아, 동해안은 하느님의 사랑하시는 호수湖水이리라. 이태리伊太利 사람들은 나포리의 바다를 보고 죽으라 하지만은 나는 동해의 고흔 바다를 보고 죽으라 하고 싶다"[84]라며 동해를 예찬해 마지않았다. 이는 국토의 아름다움을 민족의식으로 승화하고자 한 좋은 예이다. 강원도의 자연경관을 신령하고 승경 중에 가장 쾌한 장소로 인식하고 있는 것에서 민족정신의 고양과 단결 의지

84 춘성(春城), 「동해안(東海岸) 일천리(一千里)」, 『조광』 3권 8호, 조선일보사, 1937.8.

마저 엿볼 수 있다.

그런데 강원도 내륙의 산세와 지형은 험하다. 그런 까닭에 상대적으로 바깥세상과 소통이 용이치 않다. 그렇기에 큰 절과 많은 승려가 많다. 다대한 승려 세력이 있고 크고 이름난 사찰이 많은 것이 강원도가 지닌 하나의 특징이 아닐 수 없다. 강원도 속담에 "령嶺 사람이 아들 삼 형제를 두면 하나는 중을 주고, 하나는 호랑이를 주고, 하나는 자기 차지다"라는 말이 있을 정도로 승려가 많다.[85] 금강산에만 108개의 사찰과 암자가 있다. 금강산의 장안사, 유점사, 표훈사, 신계사 등을 비롯해 양양의 낙산사, 고성의 건봉사, 인제의 백담사, 오대산의 월정사 등 크고 작은 사찰이 있어 속세와 격리된 채 자기 수양과 깨끗한 삶을 추구하려는 이들이 많다.

강원도는 청정무구한 삶의 가치를 지향하는 지역인 동시에 종교적 문화유산이 풍부한 지역으로서도 보존 가치가 높다. 그렇기 때문에 건강하고 가능성으로 충일充溢한 고장이라 할 법하다.[86] 강원도를 보는 시각이 마치 동전의 양면을 보는 것과 같다.

셋째, 통일적 조화의 공간에 대한 이해다. 사실 금강산은 강원도 회양군에 있지만, 산이 원체 크고 넓어서 고성, 김화, 통천 등 여러 지역에 걸쳐 있다. 그렇기에 고성과 통천, 김화에서는 각각 그곳의 금강산이라고 말할 수 있다. 다시 말해, 금강산은 강원도 특정 지역에 소재한 하나의 산이라기보다 강원도 여러 지역을 하나로 묶는 지리적, 정신적 공유지이자 통일 지향적 상징물과 같다. 금강산이야말로 남 강원도와 북 강원도를 하나로 묶어주는 심리적, 문화적, 지리적 연대의 끈이자 공동의 자연유산이며 문화유산이다.

금강산의 폭포수에서 발원한 북한강은 남류하면서 금강천과 화천천과 합류하고,

---

85 차상찬, 〈다대(多大)한 승려의 세력〉, 「강원도를 일별(一瞥)한 총(總) 감상(感想)」, 『개벽』 42호, 개벽사, 1923.12.

86 차상찬, 〈거시화발래시설(去時花發來時雪)〉, 「강원도를 일별(一瞥)한 총(總) 감상(感想)」, 『개벽』 42호, 개벽사, 1923.12. "최후에 한 말 할 것은 강원도의 자랑거리다. 이것은 강원도 사람끼리뿐 안이라 아모에게라도 자랑할 것이다. 제1(第一)에 강원도는 산수(山水)가 미려(美麗)하다. 제2(第二)에 강원도는 삼림(森林)이 무성(茂盛)하다. 제3(第三)에 강원도는 인심(人心)이 순박(淳朴)하다. 제4(第四)에 강원도는 건강하다(不具者殆無). 제5(第五)에 강원도는 빈부현격(貧富懸隔)이옵다. 이 여러 가지 점은 장래에 강원도가 특히 잘 발전될 희망이 잇는 곳이다."

춘천에서 소양강과 합류한 후, 가평천과 홍천강을 거쳐 양수리에서 남한강과 합류한다. 한반도의 젖줄인 한강의 발원 중 하나가 바로 금강산에서 시작하며, 북 강원도와 남 강원도를 관통해 한강으로 흘러든다는 사실만으로도 시사하는 바가 크다.[87]

이는 일찍이 이광수가 일만 이천 봉의 산세山勢가 빚어내는 기기묘묘奇奇妙妙한 형상과 복잡한 봉우리들의 모습을 보고, 그 속에서 통일적 조화를 발견한 것과도 상통한다. 그것은 강원도의 특성을 이해하는 또 하나의 시사점을 제공해 주기 때문이다. 이광수는 비로봉毘盧峯 정상에 올라 흩어진 듯 보이는 산세가 실은 일정한 규칙과 통일을 유지하며 장관을 연출하고 있음을 깨달았다고 했다.

> 얼른 보면 착잡한 듯하되 자세히 보면 계통과 질서가 있고, 더욱 자세히 보면 무수한 작은 통일을 합하여 보다 큰 몇 통일을 만들고, 또 그것이 합하여 내금강 전체가 일대 통일을 이뤘습니다. 이 복잡과 통일의 조화가 금강의 미의 주요소인가 합니다.[88]

얼핏 보아서는 뚜렷한 상이 잡히지 않지만, 실상은 오묘한 조화와 통일을 이루고 있는 듯한 금강산. 이것이 바로 강원도의 산이다. 글쓴이는 금강산이 카오스Chaos 상태 같지만, 보는 이에 따라 실은 프랙탈fractal 상태의 특징을 지녔음을 알아차릴 수 있다고 보았다. 금강산이 지닌 진정한 미美야말로 복잡과 통일의 조화에서 비롯한 것임을 깨달은 것이다. 금강산이 지닌 이러한 모습이야말로 바로 강원도의 인문지리적 심상으로 연결 가능하다. 금강산을 바라보는 물리적 시선이 강원도의 정체성을 읽어내는 열린 시선으로 확장되는 순간을 누구나 만끽할 수 있다.

이런 점에서 금강산은 인문 문화를 창조하고 한반도 거주민을 하나로 결속하는 문화 성지와 같다. 강원도의 천연 지형과 거주민이 빚어낸 생활문화는 강원도의

---

87 차상찬, 「팔도산수타령(八道山水打令)」, 『소년』 3권 10호, 조선일보사 출판부, 1939.10. "만폭동 폭포수는 멀리 흘너서 서울에 있는 한강의 한 근원이 되니 서울이나 인천 사람들이 날마다 먹고 쓰는 수돗물도 사실은 이 금강산에서 나오는 물입니다."

88 이광수, 「금강산유기(金剛山遊記)」, 『신생활』 제6호, 신생활사, 1922.

힘, 곧 순일純一한 정신 공동체의 힘을 드러내고 있다. 남과 북이 나뉘지기 이전, 수많은 이들이 이러한 강원도의 진면목을 보고자 금강산과 명승지를 찾아 길을 떠났고, 거기서 발견한 내면의 보물을 각자 자신만의 방식으로 그 세계를 인식하고 깨달음을 얻었다. 거기서 인문학적 각성과 공감이 시작되고 공유가 가능해졌다.

백운당白雲堂이란 이가 금강산 여행을 '인문학 순례의 기회'이자 '새 문화 창조의 출구'로 이해한 것도 바로 그 때문이리라.

> 금강산金剛山을 산山으로만 두지 아니하고 무수한 인간의 순례巡禮가 있음을 따라 우리가 문화文化라고 부를 그 무엇이 그 산에 하나씩 하나씩 끼쳐져 그것이 그대로 한 체계體系를 이루고 한 연구의 대상이 되는 것이다. '사방사녀四方士女 불원천리不遠千里 우재마태牛載馬馱 배부수재背負首戴'(이곡李穀 기記)하여 이 산으로 몰려드는 사람의 무리가 곧 문화의 주인공들이 되어 이 산만 가지고도 넉넉히 한 개의 문화를 강의하도록 많은 자취를 만들어 놓은 것이다.[89]

그렇다. 금강산을 머금은 강원도는 한반도 문화 체계의 중추다. 일만 이천 개의 봉우리만큼이나 다기하고 다양한 상상력과 감수성, 예지력과 자기 성찰의 기운을 뿜어내고 있는 이 공간을 '잘' 느끼고 '잘' 배우고자 하는 이들에게만 문화의 주인공이 될 자격을 허락했다. 강원도는 성찰과 조화의 근원지로서 새로운 남북 화합과 통일의 열쇠까지 머금고 있음이 틀림이 없다.

> 석왕사 남쪽에는 현재 이왕李王: 英親王 전하께서 1917년 5월 15일에 몸소 심으신 어린 소나무 한 그루가 서 있다. 나는 말라죽은 소나무의 남겨진 몸체에 사죄와 애도의 뜻을 표했다. 동시에 다시 앞길이 만 리 같고, 희망이 산해山海 같은 이 나이 어린 소나무에게

89 백운당(白雲堂), 「금강산사화초(金剛山史話抄)」, 『신동아』 33호, 동아일보사, 1934.7.

많은 기대를 가지게 되었다. 이 어린 소나무도 역시 우리 조선과 함께 운명을 같이 한다면, 우리는 또다시 험한 꼴을 이 소나무에게 보여주지 아니할까, 분골난망粉骨難忘의 치욕이나 끼치지 아니할까. 현재의 이 못난 자손으로도 반드시 '송장타일탑환저松長他日塔還低'[90]하는 날이 있다 한다면, 그것은 반드시 이 소나무와 같은 능패凌覇의 의절義絶과 철석鐵石을 녹일만한 열이 없으면 도저히 불가능할 것이다.[91]

일부 여행자에게 강원도의 자연과 금강산은 일제강점기에 잊고 지내던 민족애를 다시금 새롭게 일깨워주는 스승과 같았다. 일제에 빼앗긴 강원도의 산과 들, 자연과 삶의 터전을 힘겹게 오르내리면서 조국과 민족을 떠올리고 반성하고 앞날을 다지는 계기로 삼기도 했다. 비록 식민지의 일원으로 살아가고 있지만, 금강산에 석왕사 인근에 심긴 작은 소나무 한 그루를 보며 자기 성찰은 물론이요 조선의 운명과 미래에 대한 희망을 갖는 시간을 가졌다.

강원도는 망각했거나 상실해가던 민족애의 불씨를 살려내고 우리 모두가 과거와 현재, 그리고 미래를 이어 살아갈, 하나 된 공동체의 일원임을 자각케 하는, 조국의 마음을 지닌 넉넉한 고장이었음을 여행자들의 기록에서 여실히 발견하게 된다.

90 조선 중기 문인 이시백(李時白, 1592~1660)이 지은 시구이다. 어린 시절 시백이 공부를 하는데, 고을 군수가 방문했다가 글 읽는 시백을 보고 마당의 소나무를 가리키며 시를 지어 보라 했더니, 시백이 "탑은 높고 소나무는 낮으니 그 높이가 서로 가지런하지 않네. 훗날 소나무가 자라면 탑은 도리어 낮아지리(塔高松低不相齊, 他日松長塔還低)"라고 답했다고 한다.

91 김도학, 고경식 해독, 『금강산유람기』, 경희대 출판국, 1999, 168~169쪽.

제3장

강원도의 꿈을 품다

일찍부터 지리적 접근성은 인문 지리적 교류와 문화의 상생相生을 이끌어내는 주요 요인으로 작용했다. 실제로 일제강점기에 서울과 평양에서 동해로 놀러 간다고 하면 으레 원산 여행으로 인식했고, 원산의 명사십리를 거쳐 금강산까지 갔다가 다른 길로 돌아오는 여정을 택하는 것이 다반사였다.

남북 분단 이전 시기, 다른 어느 도보다 자연경관이 뛰어나 내국인뿐 아니라 외국인까지 '답사(순례)'와 '여행', 그리고 '휴양'과 '관광'이란 이름으로 대거 강원도를 찾았다. 그것이 엄연한 사실fact이었고 실재한 사건이었다. 19세기 말~20세기 전반으로 시기를 한정할 경우, 1910년 이전에 강원도를 찾았던 이들은 탐험과 여행이 목적인 외국인들이 주였다면, 경원선 철도가 개통된 1914년 이후로는 관광과 휴양을 목적으로 한 일반 내국인들이 주를 이루었다. 이들은 강원도의 자연경관과 불교사찰, 명산과 명승지, 그리고 지역민의 생활에 대한 기록을 다수 남겼다. 유람하며 통과하는 관광객으로서 강원도의 자연과 사람을 인상과 감상 수준에서 이해하고 만 경우도 있지만, 자기 수양과 성찰의 기회로 삼거나 깨달음의 순간으로 기억하고 관찰자이자 순례자로서의 마음을 간직한 이들도 많았다. 비록 물질적으로는 풍요롭거나 번화하지 못했지만, 순박하게 자신의 삶의 터전을 일궈 나가고 있는 강원도 사람들의 모습과 강원도만이 지닌 특색을 음미하고자 한 이들도 적지 않았다.

내국인의 강원도 여행기 속에는 근대화에 대한 열망과 함께 우리 전통문화의 소중함을 기억하고 보존하고픈 의식이 다분히 보인다. 이에 반해 1890~1900년대 초 일찍이 강원도를 지나갔던 비숍 여사, 커즌, 세로세프스키 등 외국인 여행자들은 어설퍼 보이는 각종 사회 시스템과 가난한 사람들의 생활 모습에 낯설어하면서도 최소한 관찰자로서의 소임에 충실하고자 한 사실을 알 수 있다. 여행자마다 여행지에 대한 개인적 평가는 다를 수밖에 없음에도 불구하고 말이다.

당시 강원도를 찾은 여행자들은 공통으로 금강산 여행에 대한 관심이 지대했다. 내외국인 가릴 것 없이 금강산을 세계적인 명산으로 꼽고 그 이유를 다각도로 제시하고 그 감흥을 언어의 마법사처럼 형용해 냈다. 그러나 일제가 기획한 금강산 관광 상품과 무분별한 지역개발 논리에 대한 부정적 시각과 비판도 분명히 존재했다. 금강산과 인근 명승지 개발에 열을 올림에 따라 나타난 크고 작은 부작용과 자연 훼손이 심했기 때문이다. 개발 경제 논리가 강원도에도 적용되었고 이를 우려하는 목소리도 적지 않았다.

하지만 내국인 중에는 금강산 여행에 대한 감흥뿐 아니라 소소한 산촌, 어촌, 농촌 마을에 대한 풍경과 감상을 적고 강원도의 지방색, 곧 정체성에 관해 자기 목소리를 내기도 했다. 특히 강원도가 고향인 예술가, 명사들은 고향에 관한 추억담과 회고담을 들려주고 당대 현시로가 미래에 관해 쓴 소리를 내놓기도 했다. 그 과정에서 근대화되면서 변화되어 가는 강원도의 전통과 생활 모습을 담담하게 기록해 놓기도 했다. [자료]편에 실린 글들을 찬찬히 읽어나가노라면 이런 점들과 자주 대면할 수 있다.

여러 여행기에 나타난 남북 강원도의 제 특징들을 '금강산 및 명승 관광의 메카로서의 강원도', '통과하는 여행지로서의 강원도', '발전과 조화의 원천으로서의 강원도'란 관점에서 파악하고자 했지만, 그 해석은 보는 이에 따라 무궁무진하게 열려 있다. 분명한 건, 남북 강원도에 대해 관심이 있는 이들이라면, 이런 기록들을 통해 과거 우리가 하나로 통하던 길을 함께 걸었던 사실을 새삼 깨닫고, 거기서 미래를 함께 걸을 해법까지 찾을 가능성이 높다는 사실이다. 관련 자료를 통해 강원도의 정체성이 무엇인지 찾고 시사점을 정립하는 작업은 통일을 대비하고자 하는 우리에게 던져진 현재진행형의 과제임을 자각하게 된다.

남·북 분단 이전 시기에 중층적으로 축적되어 온 강원도 로컬리티Locality를 이해하는 작업은 통일 대비 인문학적 시선의 교두보를 마련하는 것과 같다. 19세기 말~20세기 초 강원도 소재 여행기와 각종 기록물에서 그 실마리를 찾을 수 있다. 이후에 소개하는 자료 글들이야말로 분단 이전 시기에 남·북 강원도를 바라보았던 다양한 시선과 풍경을 보여주기에 부족함이 없다. 그리고 분단 이전 강원도를 바라보던 시선들에서 구한말과 일제강점기를 살았던 우리 조상들의 자화상과 민낯까지 읽어낼 수 있다.

남·북 강원도가 하나로 통하는 길. 이는 하나 되는 삶의 터전을 염원하는 하나의 상징인 동시에 과거에서 미래를 여는 이정표임이 분명하다.

금강산행 전기 열차와 철원역, 1939, 출처 : 임병목, 『금강산』(上), 12쪽

자료

제1부

개항 이후~1910년 이전 강원도 여행기와 기록

제1장

개인 여행기

동행산수기
이상수

- 이상수(李象秀), 「동행산수기(東行山水記)」, 『어당집(峿堂集)』 권13;[1] 윤석달·이남호 편, 『금강산기행문선』, 작가정신, 1999, 57~78쪽

김화현을 지나니 산세가 매우 특이하였다. 꽃봉우리 같기도 하고, 방금 빗은 여자의 머리 같기도 한 산봉우리가 아침 햇살을 받아 자욱한 구름 속에서 숨바꼭질하는 듯했다. 창도역에서 동쪽으로 갔다. 계곡은 더욱 깊어지고, 꽃은 주변 언덕에 만발하였으며, 맑은 시냇물이 그 아래를 감돌아 흘렀다. 아침 햇살을 받은 동쪽의 산봉우리 그림자가 침침하고 검푸르게 드리웠다. 이것을 보고 일행은 모두 감동하였다. 그러나 대단한 달변이라도 그 황홀한 경관을 모두 말할 수 없다. 산수는 스스로 이름을 뽐내고 날릴 수가 없다. 다만 사람이 보고 느낌으로써 그 아름다움을 찬탄할 뿐이다. 따라서 산수를 묘사함에 있어 말이 많다고 반드시 이름이 나는 것은 아니다.

금강산 구경은 단발령에서 시작된다. 단발령이라고 부르는 이유는 무엇인가? 맑은 가을날 저녁별이 동쪽에서 비출 때, 멀리 하얀 금강산을 바라보면, 마음은 저절로 감동되고 정신도 황홀해 사람들은 머리를 깎고 입산할 수밖에 없기 때문이다.

단발령에서 금강산까지는 아직도 40리, 금강산의 그윽한 면모는 사람을 쉽게 접근하지 못하게 한다. 20리를 더 가면 철이령이다. 이때 처음으로 금강산을 볼 수 있다. 정상에는 흰 눈이 내린 듯하고, 바위는 수백의 늙은 신선들이 구슬 모자와 흰 옷을 입고 열 지어 서서 절하고 있는 듯 장엄하다. 누구라도 그 모습을 보면 허

---

1 이상수의 「동행산수기(東行山水記)」는 1856년 3월에 금강산 유람을 한 후 쓴 글이다. 개항 이후 쓴 글이 아니어서 〔부록〕 목록에는 포함시키지 않았다. 개항 이전 금강산 유람 관련 명문 중 하나로 금강산을 바라보던 시각과 여행자적 관심사가 어떠했는지 가늠할 수 있는 한 예라 여겨 이곳에 소개한다.
장안사를 필두로 명경대, 영원암, 표훈사, 정양사, 구룡연, 만물초 등을 유람하고 고성읍에서 바라본 외금강의 경치와 해금강, 삼일포의 절경, 통천 길의 바다와 총석정 등을 생동감 넘치는 필체로 자세히 기록했다. 우리나라에 금강산이 있다는 자부심이 잘 드러나 있다.

리를 숙이고 마음이 겸손해질 수밖에 없다. 마음에 감동이 없는 사람은 세상을 초탈하는 안목이 없을 뿐만 아니라 그의 가슴은 옻을 칠한 것처럼 캄캄할 것이다.

장안사 배점拜岾에 도착하니, 모든 산봉우리가 모여서 나그네를 맞았다. 금강산의 수려함에 정신이 팔려서 손에 든 지팡이와 발에 신은 신발도 잊고 걷는 것도 망각한 사이 장안사에 도착하였다. 누대에 오르니 먼저 보이는 봉우리 네 개가 있다. 석가봉이 가장 뛰어났다. 웅장한 모습으로 주변을 내려다보고 있는데, 지장봉, 관음봉, 장경봉이 서로 기이함을 다투고 뽐냈다.

근래에 어떤 미친 사람이 금강산을 깎아내려 말하기를, '산이 되다가 말았다'고 하였다. 내가 말하기를,

"당신은 터무니없는 말로 중상을 하여 그 뜻이 세상을 질시하고 반대하는 것만 힘쓰기 때문에 마땅히 혀를 빼서 지옥에 보내야 할 것이다"

라고 하였다. 명산은 명사와 같아서 스스로 품격을 갖는다. 허황된 말로서 그것을 허물어버릴 수가 없다.

장안사에서 동쪽으로 영원동과 백탑동을 구경하였다. 북쪽으로는 표훈사, 만폭동을 구경하고, 마하연에 도착하였다. 먼저 동쪽을 구경하려고 석가봉과 지장봉 사이로 들어갔다. 시냇물이 장대하고, 바위도 웅장하면서 기이하였다. 지장봉을 지나니 완전히 달라졌다. 갑자기 큰 바위가 하늘을 찌를 듯했다. 그 높이는 5, 6백 척쯤 되었다. 누런 무늬는 마치 고기의 비늘과 같고 우뚝 솟은 모양은 배의 돛과 같았다. 소위 명경대였다. 그 뒷면을 보면 대장부가 금갑옷을 입고 머리를 숙인 모양과 같다. 곧 떨어질 것만 같아서 아슬아슬하였다.

그 아래는 울금향 빛의 연못이 있으며, 그 곁에는 구암이 있다. 마의태자가 은거했던 곳이다. 돌로 쌓은 성이 아직 남아 있는데, 수왕성이다. 마의태자는 나라가 멸망한 것을 통곡하여 여기에 왔을 뿐 명산을 사랑하여 오지는 않았다. 이 돌성은 마의태자의 비분감개가 응어리진 유적이다. 고개를 들어 쳐다보니, 석가봉이 아슬아슬한 구름을 이고 파란 하늘에 닿아 있다. 장안사에서는 아직 티끌이 끼어 있

어서 그것을 바라보는 마음속에 티끌을 남겼다. 그러나 여기서는 그 같은 속세의 번뇌가 말끔히 사라졌다. 이러한 이유로 옛사람이 명경대라고 하였다.

명경대를 지나자 산봉우리는 더욱 기이하고, 시냇물은 더욱 깨끗하였다. 명경대에서 10리쯤 가면 길이 갈라진다. 오른쪽에는 영원암이 있고, 왼쪽으로는 백탑동이 있다. 백탑동으로 들어가는 길은 더욱 험해지고 산골짜기 물이 들락날락하였다. 흩어진 돌들을 조심스레 디디며 가다가 석벽 단애에 붙어서 갔다. 어떤 곳은 통나무 다리를 이용해 건넜지만, 나무다리가 없는 곳은 쌓인 나뭇잎을 밟고 자나갔다. 그러나 구멍이 있을 듯하여 발 놓기가 두려웠다. 한참을 가면 수렴동이 나온다. 폭포가 마치 구슬발을 드리운 것 같기도 하고, 또한 비단필을 펼쳐놓은 듯했다. 사람의 눈동자도 물을 따라 내려갔다. 눈을 돌리니 주변의 바위들이 모두 빙빙 돌아 마치 배를 타고 있는 듯했다.

망군대로 올라가려면 여기서 북쪽으로 가야 한다. 북쪽을 바라보니 한층 높이 솟아서 홀로 빼어나 의기가 호탕한 것이 망군대다. 여러 모양의 바위들이 야단스럽게 튀어나오니 두 눈과 한 혀로 그것을 형용할 수가 없다. 여기저기에 웅장하게 날아 솟아 저마다 먼저 하늘에 올라가려는 듯하기 때문에 이름을 모두 탑이라고 하였다. 다보탑, 여래탑, 증명탑 등을 에돌아 시냇물이 우렁차게 눈가루를 뿌리며 달려간다.

다른 곳에서 음향을 바꿔 듣기도 하고, 눈을 돌려 다시 구경하였다. 그러나 너무 신기하여 빨리 떠날 수 없었다. 조금 가다 뒤돌아보면 어느덧 그 형태가 변해서 어느 것인지를 분간할 수가 없었다. 산봉우리는 전체가 바위로 이루어지고 흙은 한 줌도 없었다. 그런데 바위 봉우리에는 작은 소나무들이 붙어서 살고 있었다. 나면서부터 이미 늙어 가지를 펴고 잘 자라지 못했다. 뿌리가 바위 틈을 뚫고 들어가기 때문에 사람들은 이것으로 장식을 하였다.

백탑동이 금강산에서 뛰어난 구경거리라는 말은 오래 전부터 들었다. 그러나 길이 너무 험하여 찾기가 어려웠다. 흔히 승려에게 속는다고 하였다. 돌에 '백탑동천'이라는 글씨가 있는데 사람들은 이것을 근거로 백탑동을 찾았다고 오해한다. 그런데 영원동을 조금 지난 곳에서 중이 백탑동에 왔다고 말한다. 수십 개의 높은 바위가 서 있는데, 빛은 희고 몸체는 둥글어 마치 부잣집의 노적가리처럼 특이하다. 그러나 내가 바라고 생각했던 것이 아니었다. 새긴 글자도 없었으므로 중이 잘못 알았거니 하고 그곳을 지나 다시 걸었다. 폭포 하나를 지나서 길이 끊어졌다. 숲은 엉켜 침침하여 땅을 볼 수가 없다. 빽빽한 잣나무들은 거친 바람과 비를 겪으며 스스로 늙었을 뿐 세상에 칼과 도끼가 있다는 사실을 모른다.

물가에서 밥을 짓도록 말하고, 몇 사람을 데리고 백탑동을 찾아 나섰다. 갓과 저고리도 벗었다. 없는 길을 헤쳐가려니 머리와 눈 그리고 손도 모두 발을 도왔다. 항상 발뒤축으로 짚어보고서야 비로소 발목을 펴곤 했다. 바윗돌이 발붙일 틈을 주지 않으면, 언덕을 따라 내려갔다. 한참을 어렵게 나아가니, 노적가리의 다섯 배나 될 듯한 높은 돌이 나타났다. 찬탄을 금하지 못하고 살피니, 그 밑 둥에 다보탑이라는 글씨가 있다. 다보탑과 형제가 되는 탑들이 동서로 이어져 서로 겨루고 있었다.

여기서부터 길은 더욱 험했다. 눈 쌓인 곳도 많고, 사람의 발길을 모르는 오랜 이끼가 깊어서 발목뼈를 묻는다. 엉킨 넝쿨을 헤치며 힘들게 나아가니 드디어 물의 근원마저 끊어지고 얻는 것이 하나도 없다. 모두들 허기지고 지쳐서 돌아갈 수밖에 없었다. 다보탑 있는 곳으로 다시 오니 층을 이룬 폭포가 무서워 아래로 내려갈 수 없다. 버선마저 벗고 사람들은 산골 원숭이가 팔을 잇달아 잡고 내려가듯 가슴 졸이며 내려갔다. 일행이 기다리던 곳으로 가서 밥을 먹었다.

결국 백탑동을 못 보고 간다고 생각하여 왔던 길을 되돌아갔다. 문득 머리 위의 바위에 '석탑동천'이라는 글씨가 눈에 들어왔다. 바로 거기가 백탑동이었다. 모두가 서로를 보며 웃었다. 그러나 백탑동의 승경은 기대에 미치지 못했다. 이것이 과연 백탑동인가? 하는 의심이 계속 가시지 않았다.

후에 추사 김정희를 만났다. 금강산에 갔을 때 백탑동을 구경했느냐고 물었다.

내가 그 이야기를 했더니 추사가 웃으며 그곳은 백탑동이 아니라고 하였다. 결국 나는 백탑동을 보지 못했던 것이다. 나는 추사의 말을 듣고 탄식하였다. 인생살이도 갈래가 많구나. 그 심오한 경지는 보통사람은 찾기가 어려운 법이다. 잘 알지도 못하는 사람이 이름 붙여 무슨 장한 것을 본 듯이 꾸며댄다. 후대 사람들을 그르친 것이 또한 적지 않다. 내가 백탑동이라고 본 것도 그런 경우에 해당된다.

영원암 계곡은 그 변화하는 모습이 더욱 무궁하다. 폭포의 물은 성난 듯하고, 웅덩이의 물은 기쁜 듯하고, 시냇물은 슬픈 듯하다. 물의 변화에 따라 돌의 모습도 여러 차례 변했다. 이를 구경하는 사람의 정취도 따라서 변했다. 이것뿐만이 아니었다. 모든 봉우리가 날고 춤추며 혹은 일어나고 엎드렸다. 멀리서 바라보고 그 신비함을 느낄 뿐이었다. 이윽고 미륵봉을 보고는 놀라 소리치지 않을 수 없었다.

영원암 남쪽으로 많은 봉우리가 우뚝 솟아 있다. 그런데 사람들은 그 봉우리마다 이름을 붙여 시왕봉, 판관봉, 사자봉, 죄인봉이라고 하였다. 바위의 기이함은 서로 비슷하였다. 그러나 미륵처럼 보이고 혹은 죄인처럼 보이니 역시 처지가 모두 같지는 않는 듯하다. 사람들은 자기 마음대로 말을 붙여 영욕을 더한다. 이것이 세상의 이치다. 그러나 군자는 그것을 구차스럽게 피하려고 하지 않는다.

영원암에서 밤을 맞이하였다. 밤에는 바람소리와 물소리만 들려올 뿐 아무 소리도 들리지 않았다. 밤에 정원을 거닐었다. 그윽하고 한가하고 맑고도 광활하여 인간 세계가 아닌 듯하였다. 참으로 맑고 깨끗한 세계가 아닐 수 없다. 나는 금강산에 들어와 여러 날을 보냈다. 산수와 함께 정이 깊어졌지만 그래도 잡된 생각의 뿌리를 끊을 수 없었다. 한심하구나, 나의 속됨이여!

장안사가 끝나고 동쪽으로 물을 거슬러 북쪽으로 가면 명연鳴淵이 있다. 집채와 같은 큰 바위가 가로질러 서 있었다. 언덕에 사다리 길을 만들었다. 그런데 그 아래는 물이 방아를 찧는 소리를 낸다.

명연의 북쪽에는 삼불암이 있다. 전면에는 불상 세 개를 새기고, 후면에는 불상 63개를 새겼다. 더 북쪽으로 올라가면 백화암이 있다. 백화암에는 신라의 지공指空,

금강군 내금강리 소재 정양사, 출처 : 『북한의 사찰』, 46쪽

고려의 나옹懶翁, 조선의 무학無學, 청허淸虛, 송운松雲 등 다섯 승려의 초상이 있다. 또 청허, 휴정休靜, 편양鞭羊 언기彦機, 허백虛白, 명조明照, 풍담楓潭, 의심義諶의 비석이 있다. 북쪽을 보면 산들이 하얗게 보여 1만 개의 흰 연꽃이 하늘에서 내려온 듯하여 정신이 황홀하다. 이것이 곧 중향성과 수미봉이다.

백화암 서쪽에 표훈사가 있다. 표훈사에는 쇠화로와 쇠부도탑과 부처를 그린 병풍이 있다. 이것은 원 나라 때 물건이다. 대략 70말이 들어가는 놋시루가 있는데 이것은 임금이 하사하였다. 임금이 송운 대사에게 하사한 금룡보자金龍補子가 있다. 절의 다리는 나무로 되어 있다. 기록에 의하면 돌다리였으며 이름은 함영교라고 한다. 능파도 기록에는 산영루로 되어 있다. 기록에는 나옹 선사의 가사 세 벌과 구리바리 그리고 푸른 사리가 있다고 했지만 보이지 않는다.

정양사의 위치는 금강산에서 궁궐의 대청과 같다. 산들이 겹겹이 쌓이고 굴곡이 복잡하여 그 갈피를 잡을 수가 없다. 여기서는 눈앞에 한 폭의 병풍처럼 펼쳐지니 이것이 바로 정양사 헐성루의 전망이다.

장안사에서 동서쪽의 누각에는 이름과 시를 새긴 것이 매우 많았다. 헐성루에는 더욱 심했는데, 대들보나 처마 끝까지 빈틈없이 새겼다. 한편으로 이 산에는 고금의 많은 문인들이 다녀갔다는 증거가 된다. 그러나 특별한 것은 보이지 않는다. 아마 주변에 있는 산과 바위만을 보았던 눈으로 갑자기 절경을 대하니 황홀하여 그 읊은 것을 모두 잊어버렸기 때문일 것이다. 그 누구의 문장이 금강산의 절경을 제대로 그려낼 수 있겠는가?

왕계중王季重이 『영원기靈源記』에서 말하기를,

"신에게 만 섬의 먹과 달에 있는 도끼를 내리시어 명승지를 지나다가 쓸 만한 시문만 남겨두고 나머지는 전부 도끼로 패고 먹으로 뭉개버린 후 찬 샘물로 3일간 씻어 상천의 치욕을 풀 수 있게 상소하고 싶다"

라고 하였다.

돌을 구경하는 것은 백탑동과 영원동에서 모두 끝냈다. 그런데 표훈사에서 금강문을 나와 청학대를 바라보았을 때 놀라지 않을 수가 없었다. 푸른 하늘을 지고 대지를 휘감은 자태의 청학대는 호탕하게도 천태만상을 마음대로 부려 변화가 무쌍하니 괴이하고도 거룩하였다. 구경하는 사람들은 혼이 빠져 말문이 막혔다.

오현봉, 돈도봉, 대소향로봉, 학소봉 등 모든 봉우리들이 어깨를 나란히 하고 서서 이마를 내밀고 남의 아래가 되기를 꺼렸다. 여러 곳을 돌아다니며 관람을 하였더니, 마음은 담대했지만 몸은 더욱 작아졌다. 그 아래 만폭동의 물이 콸콸 흐른다. 여기에서 북쪽은 마하연으로 가는 길이고, 서쪽은 수미탑으로 가는 길이다.

수미탑으로 조금 올라가면 청호연과 용곡담의 특이한 모습이 자주 나온다. 이는 9개 연못 중의 일부이다. 내원통암으로 들어가면 청학교치靑鶴翹峙가 고개를 들어 인사하고, 남동쪽에서는 망군대와 혈망봉이 까마득히 숨어서 멀리 이곳을 흘겨보고 있다. 그 절묘함이 날아서 움직이는 듯하였다. 여기에 비하면 장안사에서 감탄

수미탑, 1940, 출처 : 임병목, 『금강산』(下), 72쪽

했던 석가봉, 관음봉, 장경봉 같은 봉우리는 마을 뒷산과 같이 보잘 것이 없었다. 북쪽으로 가다가 장봉을 지나면 만절담, 태상동. 청영뢰, 자운담, 우화동, 적용담, 강선대가 있는데 모두 9개의 연못이다. 이것은 수미탑과 팔담인데, 수목이 하늘을 가리고 기괴한 바위가 나타났다가 숨곤 하여 귀신이 사람을 희롱하는 듯하였다.

맑은 물과 소슬바람으로 비유해 보자. 지금 무더위 속에서 짐을 지고 가던 사람이 시원한 나무 그늘과 맑은 시냇물을 만나면 그냥 지나치지 못할 것이다. 또 세상의 복잡함에 시달리던 사람이 숲이 깊고 수석이 아름다운 산 속에 들어가면 시원함을 그냥 지나치지 못하는 것과 같은 이치다. 『시경』에서는 누구든지 더위를 물리치려면, 물로 씻을 수밖에 없는 것이 세상의 인정이라고 하였다. 그러나 기욕嗜慾이 심한 사람은 크게 차이가 있다. 석공은 저 바위를 보고 계단과 주춧돌을 얻으려 할 것이고, 목수는 나무를 베어 집을 지으려 할 것이다. 또한 사치스런 자가 이 절경을 만나면 술과 고기를 마련하고 기생과 함께 즐기기를 바랄 것이다. 그런 자의 즐거움이 어떻게 오래 지속할 수 있겠는가?

팔담의 구경을 마치고 북쪽을 보니, 홀로 땅에서 솟은 듯 백 길이 넘는 바위탑이 하얗게 빛났다. 거기에서 진액이 녹아 흐르듯 폭포가 흘러 그 발밑을 씻고 있었다. 명경대보다도 웅장하고 다보탑보다도 특이하니 이것이 수미탑이다. 그 동쪽에 서 있는 수미봉은 옥으로 만든 칼이 하늘에서 떨어진 듯 가파르다. 그 아래는 빈집이 넘어지려고 한다. 시냇물을 건너 돌층계 꼭대기에 올라 굽어보았다. 상투처럼 생긴 높다란 조각바위 끝에 한 그루 소나무가 멋있게 붙어 있다. 바로 남쪽 돌무덤의 잔등을 보니 어떤 노승이 검은 장삼을 입고 앉아 있었다. 어떻게 승려가 여기까지 왔을까 의아해 하며 아는 체하려고 보니 사람이 아니고 돌이었다. 잣나무로 그 몸을 살짝 가리니 더욱 사람과 같았다. 또 가끔 비단필이 바위에 걸려 있는 것을 보게 되는데, 이것은 하얀 이끼 옷을 입고 죽은 호목이 사람을 속인 것이다.

훤칠하고도 그윽하며, 삽상하고도 명랑하며, 웅장하면서도 준수하고, 수려하면서도 기이한 것을 구경하려면 반드시 만폭동 팔담을 찾아야 한다. 마하연과 수미탑에서 흐르는 물은 학소대 아래서 합류한다. 오현봉은 동으로 숙이고, 청학봉은 날개를 펼친다. 대소향로봉이 또한 당당하다. 아무리 야비한 사람이나 까다로운 선비라도 여기에 와서는 오장육부가 말끔히 씻겨서 깨끗해질 것이다.

봉래 양사언楊士彦은 초서의 성인이다. 너럭바위에 새겨놓은 그의 글씨는 호방하고도 굳세다. 변화가 많아 용이 차고 범이 날뛰는 듯이 산수와 더불어 그 기세를 다투고 있다. 청룡담, 흑룡담, 벽하담, 비파담, 분설담, 진주담, 구선담, 화룡담 등 여덟 개의 연못이 장관이다. 이름을 얻지 못한 연못도 아직 많다. 그러나 그 신비한 모습은 뒤지지 않는다. 사람들은 그래도 만폭동 팔담이라고 이름 얻은 여덟 개의 연못만을 말한다. 이는 숫자에 매달리기를 좋아하는 사람들 때문이다. 옛사람들은 관음담과 응벽담을 기록하였다. 그러나 지금은 없다. 그 대신 분설담과 진주담이 오늘날 존재하니 어찌 고정불변이 있다고 하겠는가?

다니기 어려운 곳에 나무를 묶어 통행하게 하였다. 특이한 봉우리는 자꾸 일어나고 흰 물결은 다투어 달리니 쳐다보면서 정신을 팔리고 굽어보면서 반하지 않을 수 없었다. 물은 본래 모양이 없다. 그것이 변화는 것은 모두 돌을 만나기 때문이다. 급히 떨어지는 곳에서 만나면 노하여 폭포가 되지만, 우묵한 곳에 가서는 길고 넓게 고여서 휴식을 취한다. 그러나 여러 가지 돌을 만나면 연못은 털이 꺼칠해지고 잎도 돋쳐 무서운 형세를 짓는다. 팔담 중에서 진주담이 가장 뛰어나고 분설담이 그 다음이다.

마하연, 1920년대, 출처 : 서울역사박물관

기교와 괴이함을 좋아하는 옛사람의 유적은 보덕암이다. 보덕암은 진주담에서 바라보면 호숫가의 제비가 석벽에 집을 지은 듯 매달려 있다. 진주담을 건너 동쪽으로 나선형 바위 계단을 휘돌아 올라가면 암자에 도착한다. 작은 문을 통해 들어가면 굴 입구에 방장실方丈室이 있다. 도리는 쇠를 이용하여 바위벽에 붙이고 기둥은 따로 없으며 쇠줄로 좌우 석벽에 매달아 떨어지지 않게 하였다. 따라서 바람이 불면 매우 흔들린다. 밖으로는 하나의 기둥만이 받치고 있다. 그런데 이 기둥은 구리로 만들었으며 절벽에 외롭게 꽂혔다. 바위 벼랑에 학의 다리가 붙은 듯 공중에 매달려 있다. 마루 널판에 구멍을 내어 아래를 보게 하였다. 그러나 너무 아찔하여 내려다보기가 두려웠다.

마하연에 이르러서야 처음으로 지금까지 구경한 것은 다만 집의 문간에 불과한 사실을 알았다. 마하연의 북쪽으로 만회암이라는 암자가 있다. 깊고 멀어서 매우 깊은 곳이다. 두 가닥 쇠줄을 잡고 성곽처럼 높고 긴 고개에 오르니 여기가 바로 백운대다. 사방으로 전망이 훌륭하다. 동쪽으로는 안문, 일출봉, 월출봉을 바라보고, 서쪽으로는 향로봉을 손짓하고, 남쪽으로는 혈망봉을 내다보고, 북쪽으로는 가섭봉과 중향성을 바라보니, 무릎을 치며 감탄하였다. 조물주는 이렇게 신비한 재주 부리기를 좋아했던가? 멀리서 이를 바라보니 아침 해의 영롱한 빛이 오직 여기만 빛났다. 늘어선 바위 봉우리는 껍질 벗긴 하얀 마늘쪽을 한 줄로 세워둔 듯하다. 거기는 한줌의 흙도 없고 한 그루의 나무도 없었다.

맑은 가을밤에 신선이 입는다는 날개옷을 입고 피리를 불며 백운대에 오르면 아마 채색구름이 나를 옹위하여 갈 것만 같았다. 금강산 1만 2천봉을 큰 금광에 비유한다면 여기 중향성은 그 노다지라고 할 수가 있다. 옛부터 금강산을 논하는 자들은 완성하지 못한 산이라고 하였지만, 틀린 말이다. 백운대 산록아래는 묘길상이 있다. 이는 절벽을 깎아 불상을 새긴 곳이다. 두 무릎의 크기가 6척이 넘는다. 여기부터는 외금강으로 가는 길이다.

대개 4일 동안 내금강의 절경을 구경하였다. 그러나 비로봉과 망군대를 구경하지 못한 것은 유감이었다. 금강산에 처음 왔기 때문에 지리를 몰랐던 것이다. 이는 거지가 부자집에 들어가 어디가 어딘지 혼란스러운 것과 같다고 하겠다. 그러나 귀는 흐르는 물소리에 배부르고, 눈은 갖가지 모양의 돌에 흐뭇하고, 발은 오르기에 단련되고, 혀는 품평에 피로하며, 마음은 자신을 잃어버렸다가 이제 내금강을 떠나게 되니 어지러움이 비로소 사라진 듯하다. 또 연극이 막 끝난 것과도 같다. 그렇지만 찬탄은 이내 끝나지 않는다.

안문령을 지나면서 돌이 검고 물이 비로소 흐른다. 웅장하고 용맹스러운 것은 내금강을 능가한다. 산 빛이 문득 변하여 기분이 무거웠다. 그러나 은선대에 오르니 다시 기분이 상쾌하였다. 중향성의 장관을 바라보고는 이만한 것은 또 없다고 생각하였다. 그러나 여기서 다시 그에 필적할 만한 장관을 만났다. 은선대의 12층 폭포와 중향성은 우열을 가리기 어려웠다.

금강산에는 괴이한 이야기가 많이 전해왔다. 그 가운데 유점사에 관한 이야기가 가장 맹랑하였다. 옛 기록에 말하기를,

"부처가 열반한 후 문수대사는 53개의 불상을 종鐘 속에 넣어 바다에 띄웠다. 종은 서역의 월지국에 도달하여 대궐에 모셨지만, 큰 화재가 발생하였다. 왕이 두려워하여 그 종을 다시 바다에 띄웠다. 그 종은 여러 나라를 떠돌다가 금강산 동쪽 안창현 포구에 도착하였다. 고성태수 노춘이 그 소식을 듣고 해안가로 달려갔다. 그러나 종은 스스로 어디로 가고 없었다. 고성 태수는 그 종을 찾아 나섰다. 이때 문수 대사는 여승으로 변장하여 그에게 길을 알려주었고, 또 어디에서 나타난 흰 개와 노루가 길을 알려주었다. 노춘은 마침내 종을 찾았다. 그런데 거기에는 큰 연못이 있었다. 종은 느릅나무에 걸려있고, 53불상은 연못 위에 있었다. 이 사실을 왕에게 알렸더니 왕이 그곳에 절을 짓고 유점사라고 하였다. 신라 남해왕 원년의 일이다"
라고 하였다. 법당에는 뱀과 용이 엉킨 듯한 나무 등걸이 있다. 그것이 느릅나무 뿌리라 하고 그곳에 있는 작은 금불상은 서역에서 온 것이라고 한다.

또 말하기를,

"연못에는 아홉 마리의 용이 살았는데 부처님께 자리를 내주지 않았다. 부처님이 연못의 물을 끓었다. 용들이 절의 서쪽으로 돌을 뚫고 도망쳐 폭포수 아래에서 산다"
라고 하였다.

또 말하기를,

"용들이 옛 처소를 잃고 거기에 머문 것을 알고 또 쫓았다. 그런데 마침내 구룡연으로 들어갔다"
라고 하였다.

또 말하기를,

"절에 있는 샘은 절을 지을 때 까마귀가 땅을 쪼아 나온 것이므로 무연실이라는 방은 불을 때도 연기가 나지 않는다"
라고 하였다.

대개 명산에는 승려들이 끌어다 붙이고 과장하여 기이하게 꾸민 이야기가 많다. 신비로움을 더하기 위함이다.

내금강의 중향성에 대해 승려가 말하기를,

“미륵이 강생하니 담무갈이 2천 보살과 함께 반야회를 베풀고 숱한 향불을 피웠다. 크고 작은 향로를 무수히 늘어놓은 그 아래에는 재가 떨어진 곳이라 하여 만회암이다”

라고 하였다.

정양사에 대해 승려가 말하기를,

“고려 태조가 담무갈의 방광放光을 보고 세웠기 때문에 방광대로 지칭했다”

라고 하였다.

삼불암에 대해 중이 말하기를,

“김동 거사金同居士가 부처를 받들고 처자를 거느리고 산중에 살면서 나옹과 함께 도술을 다투었다. 나옹이 묘길상을 불지암에 새기니 거사는 철장鐵杖으로 이것을 부수려다가 실패하여 60불상을 백화암 아래 새기고 그 곁에는 자기 부부상을 새겼다. 이를 본 나옹은 그 전면에 가서 삼불을 새겨 금동거사를 제압하였다”

라고 하였다.

명연鳴淵에 대해서 승려가 말하기를,

“우레가 김동 거사의 집을 쳐 깨뜨려 연못을 만들었다”

라고 하였다.

사자암에 대해 승려가 말하기를,

“사자암을 떠받치고 있는 작은 바위가 있다. 그 옆에는 법기봉이 있는데, 작은 돌구멍이 나 있다. 어느 날 사자가 벼랑에서 떨어질 지경이 되어 용더러 발 밑을 받쳐달라고 애걸하였다. 용이 법기봉에서 바위를 뽑아 그 아래 받쳐주었다”

라고 하였다. 대개 이러한 이야기가 많다. 그것을 믿는다면 어리석은 할머니가 될 것이고, 그것을 다툰다면 답답한 선비가 될 것이다. 처음에 꾸민 자는 허황된 짓을 즐기는 자이고, 후세에 전하는 자는 기이한 것을 좋아하는 자일 뿐이다.

앙지대, 1926, 출처 : 임병목, 『금강산』 (下), 93쪽

신계사에서 출발하여 서쪽으로 좌정암을 지나니 시냇물과 돌의 아름다움이 백천동과 영원동을 보는 듯하다. 외금강의 산들은 대부분 이름 없는 것들이다. 그러나 여기에 이르러서는 여러 봉우리가 모두 아름답다. 비로봉은 아니지만 새가 날아드는 것 같기도 하고, 학이 내려앉는 듯하여 감탄할 수밖에 없다. 외금강의 산세는 웅대하고 멀리 둘러싸여 그 내용이 더욱 깊고 복잡하여 대개 내금강에 비할 바는 아니지만, 사람의 발자국이 가고 이름이 붙게 된 것은 다만 두세 개에 불과하다.

사람들은 흔히 기이한 절승이 있으면 응당 저절로 드러난다고 한다. 그러나 그렇지가 않다. 중국의 안암鴈岩은 송나라 때에 이르러서야 벌목하는 사람에 의해 알려졌다. 원나라 유자후柳子厚는 영주의 산수에는 매우 익숙하였지만, 담암澹巖의 기이하고 웅장한 풍경은 보지 못했으니, 저절로 알려짐은 모두 때가 있는 것이다. 또 산수의 이름이 남는 것은 흔히 행세하는 사람에게 달려 있다. 서울서 구경 온 양반들은 내금강에서 이미 피로한 까닭에 고개를 넘어 외금강에 와서는 그냥 지나쳐버린다. 구룡연으로 가는 계곡에 거듭 전개되는 물의 변화를 말하자면 어찌 팔담에만 그치겠는가? 그러므로 외금강에는 아직 드러나지 않는 절경이 많다고 하겠다.

옥류동에 도착하니 밝은 광채는 사람의 눈을 빼앗고, 기이한 폭포는 진주담을 동생으로 삼는다. 또 가다보면 앙지대仰止臺가 나오고, 더 가면 금강문이 나온다. 캄캄한 바위 구멍 속을 숨을 죽이고 지나가야 한다. 석벽에 박아놓은 쇠말뚝은 담이 약한 사람들을 붙들어주며, 아슬아슬한 사다리는 발 놓을 곳을 겨우 마련해 준다. 이곳을 지나려면 네 발걸음으로 오르기도 하고, 엉덩이를 바위에 붙인 채 얼음지치기로 내려올 수밖에 없다.

운금폭, 금은폭을 구경하면서 올라가면 비봉폭飛鳳瀑이 된다. 백 길 절벽이 아득히 푸른 하늘에 도달한다. 거기서 뛰어내리는 물이 유난히 가늘다가 문득 절벽이 안으로 굽어진 곳을 만나면 물은 의지할 곳을 잃고 만 갈래 비단실이 되어 감긴다. 가벼운 바람이 옆에서 흔드니 구슬 안개가 자욱하여 그 기묘함은 형용할 수가 없다.

더 올라가면 무봉폭舞鳳瀑이 되고 더 가면 구성대에 도착한다. 여기서 바라보면 마주 선 두 봉우리 사이에 말안장처럼 된 바위 위에서 물이 콸콸 넘쳐흐른다. 높이는 아마 50길丈은 될 듯하다. 그 밑의 검푸른 연못에 물이 엉키어 급한 우레 소리를 내며 지축을 흔드니 이것이 곧 구룡담이다. 밑에 깔린 반석의 모양이 안으로 기우뚱할 뿐 아니라 빗물에 젖어 매우 미끄러우니 한 번 미끄러져 떨어지면 누구도 구할 재주가 없다. 무서워서 감히 가까이 갈 수가 없다.

만물초萬物草란 만물의 초를 잡는다는 뜻이다. 조화를 부리는 시초에 여기서 그 시초를 잡았다는 것이다. 문인들은 글을 쓸 때 실수할 것을 두려워하여 먼저 초를 잡는다. 조물주도 세상의 모든 모양을 여기서 미리 만들어보고 난 후, 세상을 만들었다고 한다. 온정령溫井嶺으로 가다가 외딴 주막을 만나 길을 잡아들면 바위가 날카롭고 가파르기가 심하다. 올라갈수록 기괴한 봉우리와 놀란 바위가 무리로 떼를 지어 사람에게 저항한다. 그 천태만상을 모두 말할 수 없다. 차라리 부질없는 말은 그만둘 수밖에 없다. 이것이 구만물초舊萬物草다.

여기서부터 길이 더욱 험하고 봉우리도 많다. 빛깔과 광택은 중향성이나 은선대와 비슷하다. 그러나 그 다양하고 호방함은 오히려 앞선다. 바위들이 너무 복잡하여 머리를 숙이고 기어오르다가 쳐다보면 깎아지른 바위가 사람의 얼굴을 노려

본다. 앞사람이 발을 헛디뎌 돌이 굴러 떨어지면 뒷사람의 정강이를 때린다. 모두 기어오르기 바쁘고 붙잡을 곳을 찾기에 마음이 쏠려 모든 산들이 달아나며 비웃을 뿐이다. 안내하는 중이 바위를 가리키며 늙은이, 매, 개, 사자, 범, 말, 소, 신선, 옥녀, 학, 죽순, 꽃봉오리 등의 모양이라고 일러주었다. 참으로 그럴 듯하다.

사자의 목덜미를 타고 물을 한 모금 마시며 숨을 돌렸다. 중에게 다 왔느냐고 물었더니 아니라고 한다. 극락문을 바라보니 하늘 중턱에 있어 바늘구멍처럼 보인다. 그곳에 올라 겨우 몸을 빠져 나왔지만 다시 작은 고개를 하나 더 넘을 수밖에 없었다. 엉덩이 걸음으로 조심스레 내려가니 신선이 머리를 감던 곳도 있고 신선의 바둑판도 있다. 마치 하늘나라와 같다. 이곳이 곧 신만물초新萬物草다. 구름과 안개가 오락가락하더니 두어 방울 비를 뿌린다. 모두들 큰비를 만나면 죽게 될까 두려워 감히 오래 머물지 못하고 서둘러 극락문을 나왔더니 비는 오지 않았다. 아마 산신령이 속객을 싫어하여 오랫동안 더럽히지 못하게 한 듯하다.

금강산에도 단점이 있다. 가까이서 보면 온화한 맛이 없고 멀리서 보면 예쁜 애교를 부리지 못한다. 돌과 바위로서 몸을 삼았으니 굳세고 엄숙할 따름이다. 그 산의 됨됨이나 숲의 우거짐으로 보아서는 서울의 도봉산이나 삼각산에 미치지 못하고 다만 한 떨기 꽃이 환하게 빼어난 것과 같다. 그러나 유점사에서 동쪽으로 갈 때는 보이지 않았던 금강산의 면모가 고성읍에 도착하기 15리 앞에서 바라보니 새롭게 드러났다. 진기한 그릇을 진열한 듯하고 특이한 책을 배열한 듯했다.

산봉우리는 첩첩하고 바위들이 잇달아 나가 변화도 끝이 없었다. 금으로 만든 기둥이 하늘만큼 솟았고 옥련화가 허공에 어지럽게 피었다. 여기에 또 흰 구름이 오가며 점점이 수를 놓으니 어디서 다시 이와 같은 경관을 볼 수가 있겠는가.

산을 구경할 때는 찬찬하고 세밀해야 한다. 가까이서는 산의 골격과 모양을 보고, 멀리서는 풍모와 정기의 흐름을 본다. 그리고 앞과 뒤, 좌우의 정취와 자태가 모두 같지 않으니 고상한 눈과 섬세한 마음으로 여러 가지를 깊이 감상해야 한다. 그러고도 또 오히려 부족함을 생각하여 이미 보고 난 후에도 다시 그 아름다움을 내 것으로 만들어야 한다. 그제서야 그 보고 느낀 것이 뱃속 밑에까지 스며들어 귀중한 그것을 잃지 않을 것이다. 금강을 유람하고 여기를 무심히 그냥 지나치는 자는 금강을 잃었다고 할 수 있다.

동해에는 여덟 개의 금강산이 있다. 그중 한 부처가 세상에 나와 지금의 금강산이 되었고, 나머지 일곱 개 금강산은 아직 동해 속에 있으면서 미륵의 강생을 기다리고 있다. 이것은 절에서 하는 이야기다.

날씨가 좋고 물결이 잔잔하여 어선에 술을 싣고 칠성봉을 찾아갔다. 소금이 쌓인 듯이 눈같이 흰 모래사장이 점점 멀어졌다. 뱃전을 짚고 굽어보았다. 여러 바위가 일어서서 물을 흔들어 비단 무늬를 놓았다. 맑은 물의 영채가 새파랗게 살아 천 갈래 만 갈래 어른거리니 눈이 부셨다. 물결을 뚫고 나온 외로운 봉우리가 앞뒤에서 우리를 맞는다. 이는 마치 기이한 짐승과 이상한 괴물이 다투어 재주를 부리는

유점사 전경, 출처 : 『조선고적도보』 제12책, 1932, 김상헌 소장본

것과 같다. 잠시 후 절벽을 돌아가니 물결이 치솟고 바위들이 떨기로 일어선다. 작달막하고 머리를 가지런히 한 바위는 나한羅漢이라고 하고, 도사리고 앉은 것은 세존世尊이라고 하고, 거룩하고 장대한 것은 천왕天王이라고 하며, 독살스럽게 성이 나 당장 할퀴려는 것은 야차野叉라고 하였다.

하늘의 신기한 기운이 동으로 모여 1만 2천봉을 열었다. 그 기운이 넘쳐 바다에 다달아 남은 것마저 베풀었으니 진실로 절경이 아닐 수가 없다. 만약 물밑에서 쳐다본다면 이 바위들도 금강산과 다름이 없을 것이다. 후세에 이것이 땅 위로 드러난다면 유람객들이 또한 사다리와 쇠줄에 의지하여 오를 것이다. 그러나 나는 배로 스치며 지나가니 참으로 기이하다.

고성군의 북쪽에는 둘레가 수십 리나 되는 호수가 있는데 그 경치가 수려하다. 송림松林은 바다빛을 반사하여 푸르며, 36 봉우리가 둘러싸고 있으니 이것이 곧 삼일호다. 호수 중앙에는 작은 돌섬이 품品자 모양으로 벌려서 있고 그 위에는 사선정四仙亭이라는 정자가 있어 그림을 보는 듯하였다. 옛날 화랑인 영랑, 술랑, 안상, 남석행 등 네 사람이 여기서 사흘 동안 놀았다 하여 호수와 정자의 이름이 이와 같다.

호수의 북쪽 몽천암이라는 암자 아래는 매어두었던 배를 타고 사선정으로 들어가 술을 마셨다. 나는 쓸데없이 탄식하였다. 네 사람의 화랑은 당시 나라가 어지럽기 때문에 비단옷을 벗어던지고 스스로 산수에 방랑하였다. 이에 후세 사람들은 그들의 고상한 기풍과 높은 뜻이 세속의 부귀를 매미가 허물 벗는 것에 비교하여 그들을 흠모하였다. 그래서 그들을 신선이라고 부른다. 그들이 어찌 날개옷을 입고 학을 타고 구름 위에서 사는 그런 신선이라 할 수 있겠는가? 그들을 위해 그러한 돌비석을 세운 것은 매우 하찮은 일에 불과하다. 선비로서 세상에 이름나기를 바라는 자는 그 이름을 어떻게 낼 것인가를 돌이켜 생각하여 자기의 지조를 높일 따름이다. 저녁 해가 막 넘어가서 서늘한 바람이 물에 주름을 잡았다. 예쁜 초승달이 뜨고 조각구름 외로우니 하염없이 애달파 차마 그곳을 떠날 수가 없었다.

산이 팔을 펴서 바다 가운데로 뻗어 들어간 그곳에 총석정이 있다. 멀리서 바라보면 바위들이 우뚝 바닷가에 서 있어 마치 숲을 이룬 것과 같다. 그러나 가까이 보면 잘 다듬은 사각기둥과 육각기둥의 돌들이 열 지어 서 있다. 손가락으로 모아 붙인 것 같기도 하고, 서로 어깨를 나란히 맞댄 것 같기도 하다. 그런데 하나하나가 모두 손으로 다듬은 듯하다.

북쪽에서 시작하여 언덕을 따라 남쪽으로 가면 작은 언덕이 수십 개가 있다. 언덕 앞에는 총석들이 물속에 누워 있다. 어떤 것들은 물 밖으로 머리를 널름거리고 어떤 것들은 몸을 끌어당겨 꿇어앉으려고 한다. 어떤 것들은 엎드렸으니 그 모두가 키가 작은데 다만 정자 아래서는 문득 물 밖으로 일어난 총석이 네 개가 있다. 그것은 네 형제처럼 나란히 서 있어 사선봉四仙峰이라고 한다. 그 옆에 끝이 갈라진 채 여러 개가 덧붙은 돌을 달아서 배를 저어가면, 갑자기 흰 물결이 뛰어오른다. 사선봉의 이마를 넘으려다 넘지 못하고 물러나면서 흰 서리를 날린 듯하다. 이와 같이 하루 종일 법석을 떨었지만 총석은 변함없이 늘 새롭기만 하였다.

총석정에서 북쪽을 바라보면, 가운데 솟아 있는 또 하나 바위섬이 있다. 대총석大叢石이라고 하는데, 그 모양은 매우 다르다. 마치 수많은 구렁이가 서로 엉키어 꿈틀거리는 모양과 같다. 몸통에는 많은 굴들이 다닥다닥 붙어 있다. 가운데는 큰 구멍이 뚫려 있어 그 때문에 천도穿島라고 지칭한다. 배를 몰고 그 구멍 안으로 들어가 위를 쳐다보니 아슬아슬할 뿐만 아니라 거기에 새겨진 기괴한 형태가 더욱 놀랍다. 여러 가지 해조류가 물결을 따라 너울거리며 춤추는 것도 장관이었다.

다시 밖으로 나와 배를 돌리니 아득한 하늘과 끝없는 바다를 마음껏 볼 수가 있었다. 바람에 흔들리는 배는 허공을 향해 하늘로 들어가는 듯하고, 새벽 오리가 외롭게 떠가는 듯해서 내 마음은 망연하기 그지없었다. 천지의 신공神功을 다시 느끼고 인간이 작다는 것을 거듭 깨달아 문득 가슴이 환하게 열려 크게 살기를 외쳤다.

금란굴기

손봉상

● 손봉상(孫鳳祥), 「금란굴기(金蘭窟記)」, 『소산집(韶山集)』[1]

통천通川의 바닷가에 굴이 있다. 혹자는 난초가 그 안에서 자라기 때문에 금란金蘭이라고 하고 혹자는 항상 광채가 가사의 금빛 통옷과 같기 때문에 금란金襴이라고 부른다. 금강산에서 거리가 약간 멀어 금강산을 유람하는 자가 다 구경하지 못한다. 여행하는 상자에는 고양 선배의 실기實記가 있어 그 대강을 알고 있다. 이에 함께 여행 온 자들과 함께 온정리溫井里로부터 자동차를 타고 바닷가를 빠르게 달려 새가 날아도 따라오지 못할 계획을 하였다. 그 지나온 곳은 기록하지 않겠다.

대략 여섯 시간을 달리니 커다란 다리가 앞에 다가선다. 그 기둥에는 광교廣橋라고 적혀 있다. 다리를 건너기 전에 동쪽에는 풀길이 있는데 겨우 자동차가 지날 만하다. 바라보니 언덕에 난대蘭臺가 있고 그 아래에는 어촌이 있다. 바로 금란진金襴津이다. 나루에 이르러 나룻배 두 척을 세를 내었는데, 한 척은 크고 한 척은 작다. 큰 배는 사람이 탔는데, 넓어서 파도가 근심이 되지 않는다. 작은 배는 좁은 굴窟 사이의 길을 통행하는데 애로가 없다. 배를 타고 입구를 나가니 푸른 돌이 해안을 에워싸고 있는데, 모두 파도에 깎여 정면正面이 없다. 여러 층급이 계단을 이루니 마치 사람이 쌓은 것 같아 마치 새로 열은 항구의 선창과 같다.

주위는 넓고 멀리까지 펼쳐져 있는데, 뱃사람에게 물으니, 대답하기를,

"자연적으로 이루어진 것이다"

라고 한다.

동쪽으로 따라가니 큰 돌이 푸르고 검은데 마치 병풍과 같다. 이것은 난대의 북

1 손봉상(孫鳳祥, ?~?)의 문집 『소산집(韶山集)』에 실려 있다. 여기 소개한 번역문은 한국콘텐츠진흥원에 실린 것이다 (http://www.culturecontent.com/content/contentView.do?search_div=CP_THE&search_div_id=CP_THE004&cp_code=cp0535&index_id=cp05350346&content_id=cp053503460001&search_left_menu=).

쪽 해안으로, 해안에 떨어져서 기둥이 물 가운데 우뚝 서 있다. 이것이 바로 금란굴의 바깥문이다. 이에 이르러 일행이 작은 배에 옮겨 타고 문을 따라 들어갔다.

움푹한 큰 집이 있는데, 넓이는 3칸 정도 된다. 입구로부터 좁아져 그 끝의 절벽에 이르면 한 간이 되지 않는다. 길이가 6칸 정도이며 높이는 10길 정도이다. 천정은 평평한 돌이 아닌 것 같다. 하늘로부터 물이 떨어지고 바다로부터 맑은 기운을 머금어 모래를 셀 수가 있다. 그 드리운 돌들은 모가 나 서로 이어졌는데 혹은 길고 혹은 짧은데, 잘 다듬어져 광채가 나니 마치 송이송이 연꽃이 가지런하지 않게 이리저리 자라고 있다. 자연적으로 커다란 불감佛龕을 이루고 있는데, 작은 불상이 절벽의 끝 깊숙한 곳에 있다. 배가 커서 가서 보지 못하였다.

처음에 문의 입구를 들어서니 빗방울이 똑똑 떨어져 이마와 옷을 적셨다. 이 언덕 위에는 샘이 있어서 틈을 따라 새어 나온다. 절벽의 한 면에는 붉은빛이 은은하게 비추는데 뱃사람이 가리키면서,

"5월 5일에 나루터의 사람들이 항상 이곳에 모여 연회를 한다. 굴 안에는 붉은 빛이 가득하면 그것으로 점占을 치니 풍년이 들 징조이다"

라고 하였다.

갑자기 새가 날아 사람을 놀라게 하니 마치 박쥐와 같다. 옛사람이 이르기를 '푸른 새'라고 하였는데, 당시 본 것이 어떤 것인 줄을 알 수가 없다. 대개 매우 미혹한 것이다.

문의 머리에는 풀이 그 위에 자라 하늘에 뿌리를 두고 땅에 잎을 드리웠는데, 푸르고 푸르러 대략 열 개의 떨기 정도 된다. 이것을 일러 '난초가 겨울이 되어도 시들지 않는다'고 하고 또한 불로초不老草라고 한다. 대개 높이 반천半天에 있어서 손으로 만질 수가 없다. 만약 망령되이 캔다면 곧 우레가 진동하는 하늘의 위엄이 있고 화가 그 사람에게 미친다고 한다. 세속에 전하는 말이 이와 같다. 저 푸르고 푸른 난초와 난초 아닌 것은 짧은 시간에 분간하기 어렵다. 뱃사람이 또 굴의 동쪽을 가리키니 절벽을 연하여 가서 보니 평평한 곳이 움푹 들어가 연못을 이루고 있다. 물

은 한 자를 채우지 못하며 연못의 바닥에는 얼룩얼룩 황백색이 있다. 냄새를 맡아 보니 유황 냄새가 난다. 돌의 결이 다 종횡으로 갈라져 무늬를 이루니 힘이 있는 자로 하여금 만지게 하면 손대는 족족 부서질 것 같다. 색은 순흑으로 가공하지 않은 석탄과 같다.

연못에 대하여 선녀가 머리를 감은 곳이라고 한다. 살펴보니, 이러한 여러 기이한 구경거리는 진실로 궁산 절해窮山絶海 가운데에 많은데 유람하는 사람의 탐승은 부처를 칭송하고 신선을 찬양하며 읊조리고 탄상하는데 지나지 않아 일찍이 절실하게 연구하여 세상에 널리 전하지 않으니 가소롭다.

난대의 언덕에는 아름다운 벼룻돌이 많은데 시험하지 못하였으니 이것이 또한 한스럽다.

금강일기

이규준

● 이규준, 「금강일기(金剛日記)」, 『석곡산고(石谷散稿)』 권2[1]

중국 사람의 말 가운데 "고려국에 태어나 금강산을 한번 보고 싶다"라는 말이 있으니, 금강산은 천하의 산이다. 나 석산인石山人은 사촌동생 수修가 관동에 유람 가서 돌아오지 않으므로, 가서 그를 찾아보고 겸해서 금강산도 보고자 하였다.

임인년1902 4월 7일 정유일

출발하자 정선조鄭先祚가 따라 나섰다. 걸어서 곡강曲江 40리에 도착하니, 사백舍伯 및 여러분들과 전별시를 지었다.

(…중략…)

북쪽으로 영해寧海를 지나 평해平海에 들어갔다. 이곳은 바로 강원도의 남쪽 경계이다. 군郡에서 동쪽으로 7리 떨어진 바닷가에 월송정이 있는데, 관동팔경의 하나로서 일본과 지척이요, 한없이 넓은 금빛 물결과 명사십리, 사계절이 비취빛 병풍을 이룬 곳이 월송정의 뛰어난 경치라고 하겠다. 울진 경계를 지나니 석등현石燈縣이 있다. 해안이 있는데 지대가 평평하여 백 명이 앉을 수 있다고 한다. 이곳이 망양정望洋亭의 옛터이다. 오직 남아 있는 것은 노송 수백 그루로써 올라가 멀리 바라보니 만 리나 끝없이 펼쳐져 회포를 풀 수 있어 망양望洋이라는 시를 지었다. 삼척을 지나 소공령召公嶺에 오르니 고개와 언덕이 길게 이어져 30리를 오르내리고 있

1 이규준(李圭晙)은 1902년 4월 7일부터 5월 23일까지 금강산과 강원도 일대를 여행했다. 영해—평해—울진—삼척—강릉—양양—간성—온정리—내외 금강산 일대—인제—홍천—횡성—원주—제천—단양—죽령—풍기—영주—안동 하회—귀가의 여정으로 약 한 달 보름간을 여행했다. 여행지에서 견문한 바를 간결하면서도 생동감 넘치는 표현으로 객창감으로 적절히 드러냈다. 읽는 이로 하여금 여행하고 싶도록 만드는 매력이 돋보인다. 강원도 주요 명승지 여행을 위한 다이제스트 여행기라 평가할 법하다. 위 본문은 한국콘텐츠진흥원에서 제공한 한글 번역본에 해당한다.(http://www.culturecontent.com/content/contentView.do?content_id=cp053503290001)

었다. 고개의 이름은 관찰사가 순찰한다는 의미에서 따온 것이다. 죽관도竹串島를 지나 미수眉叟 허목許穆의 동해비東海碑를 보고 삼척읍에 들어갔다. 삼척군 서쪽에는 죽서루竹西樓가 있는데 오십천이 합쳐져 흐르고 절벽이 수백 척인데 돌 위에 누각을 세워놓았다. 올라가서 다리를 쉬고 공경스럽게 율곡 이이 선생의 판상운板上韻에 차운하였다.

17일

북쪽으로 강릉 병산촌柄山村 반정리半停里에 가서 사촌동생을 만나 손을 잡고 곡을 하며 인사를 나누었다. 집과의 거리는 570리이다. 사흘을 묵고 서북쪽으로 강릉부를 지나 7리를 가 오죽헌에 들어가 율곡 선생이 탄생한 곳을 보았다. 계곡과 산이 구불구불하고 유풍遺風은 맑고 깨끗하였다. 동쪽으로 3리를 내려가 경포대에 올라가니 들판의 물이 호수를 이루고 주변이 10리에 달하며 바다의 모래가 둑을 만들었다. 호수는 깊지도 얕지도 않은데 거울처럼 조용하고 맑았다. 호수 구비에는 대臺가 있고 대 위에 활터를 만들었는데 비단처럼 아름다워 눈을 놀라게 하였다. 이어서 현판 위에 있는 운韻에 차운하고 서북쪽으로 양양을 지나 북쪽으로 20리를 가 낙산사를 찾았다.

낙산사는 해안 산봉우리 위에 있는데 수많은 소나무들이 사방을 막고 있어 사람들이 사는 동네와 떨어져 있는 것 같았으며, 절 아래의 해안에는 바위 구멍이 뚫려 균열이 생기고 깊이를 알 수 없다. 양쪽 해안에 작은 암자 하나를 세워 놓았는데 매번 풍랑이 드나들 때마다 난간과 누각 아래에서 금석金石이 쟁쟁 울리는 소리를 내고 튀어 오르는 소리가 들리는데, 이것이 훌륭한 경관이다.

서북쪽으로 간성杆城을 지나 청간정淸澗亭을 찾았는데 정자는 남아 있지 않고 단지 보이는 것은 계곡의 맑은 물결뿐이었다. 애암포崖巖浦를 지나는데 바윗돌 가운데에는 위아래가 맷돌과 같은 것이 있었다. 서로 몇 치 정도 떨어져 있는데 사람들이 돌멩이를 그 사이에 두고 밤을 지나면 반드시 갈리기 때문에 자마석自磨石이라고 부른다는 것이다. 또한 명사포名沙浦에는 10리나 되는 흰 모래가 펼쳐져 있는데 밟으면 걸을 때마다 소리가 난다. 이 또한 모두 기이한 일이다. 서북쪽으로 고성의 경계에 이르니 10리에 걸쳐 해안이 펼쳐져 있는데 돌의 형세가 험하고 바다 속에 들어가 있어 해금강海金剛이라고 불린다. 돌 모양이 배를 엎어놓은 것 같았는데 세속에서는 53개의 부처가 돌로 만든 배를 타고 바다를 건너 이곳에 도착하여 비로소 금강산으로 들어갔다고 전한다.

26일

백천진百川津을 건너 고성군에 이르렀는데 집과의 거리는 모두 900리라고 한다. 군 동쪽 십 리 되는 곳에 삼일포가 있다. 험한 돌산이 둘러싸고, 가운데에 호수 하나가 있다. 세속에서는 옛날 신선 4명이 3일 동안 놀았기 때문에 이러한 이름을 얻은 것이라고 전한다. 서북쪽으로 30리를 가 온정동溫井洞에 이르러 온정溫井에서 목욕을 하였다. 물이 따뜻하면서도 뜨겁지 않았으므로 가려움증을 고칠 수 있었는데, 집을 지어 덮었다.

이곳이 금강산의 동쪽 입구이다. 온정 북쪽에는 백정산百鼎山이 있는데 산 위의 여러 돌들이 솥 같았기 때문에 이러한 이름을 얻은 것이라고 한다. 서북쪽으로 가서 통천의 경계에 도착하니 총석정이 있었다. 해안이 모두 돌인데 여러 돌들이 무리 지어 서 있어 마치 육모의 기둥 같았다. 높은 것은 서너 발이며 낮은 것은 예닐곱 척으로 빽빽이 들어서 있어 강함을 드러내고 있었다. 언덕 위에 정자를 세워 경치를 보게 하였으므로 이러한 이름을 얻은 것이라고 한다. 이곳이 관동팔경의 마지막 부분이다.

온정에서 돌아와 서남쪽으로 6, 7리를 들어가 신계사에 도착하였다. 사면이 돌로 된 봉우리인데, 계곡 남쪽이 더욱 아름다웠다. 그 산은 모두 돌로 이루어졌고 그 위는 높고 뾰족하여 닭의 벼슬과 사슴뿔 같았으며 몇 천 만 개의 상투 같기도 하였다. 승려들의 말로는 봉래 양사언이 선봉仙峯에 올랐을 때 산허리가 움푹 파인 것이라고 한다. 보운암普雲庵과 보광암普光庵은 모두 깊고 고요하며 매우 멀리 떨어져 있다. 시내를 따라 서쪽으로 올라가니 여울에서는 좁은 틈에서 물을 뿜어내고 있어 지나가는 사람이 반드시 고통을 겪어야 마침내 석문을 뚫고 갈 수 있다. 20리를 가니 골짜기 속에서 소리가 나오는데 대군이 북을 치며 떠들썩한 것 같고 금석金石이 모두 울리는 것 같았다. 돌아보며 4, 5리를 가다가 홀연히 흰 무지개가 절벽에 걸린 것을 보았는데, 천 길이나 되는 높은 곳에서 곧장 떨어지는 것 같았다. 넓은 돌 위에는 방아를 만들어 놓았는데 용이 소리치고 눈이 쏟아지는 것 같기도 하고, 종을 치고 관악기를 연주하는 것 같아 놀랍기도 하고 들을 만도 하였으니, 이른바 대군이 북을 치고 떠들썩한 것 같다는 것은 모두 이 돌에서 나오는 것이었다. 대개 산 위에는 천지天池와 큰 못이 있는데 가뭄에 마르는 일이 없으며 비스듬히 떨어져 9층의 폭포가 되었으니 이름하여 구룡연이다. 못의 물은 검푸르며 깊이를 알 수 없었다. 승려의 말로는 예로부터 바닥까지 내려가 본 사람을 보지 못하였다고 하였다.

온정의 서쪽으로 산길을 따라 30리를 갔는데 바위 골짜기가 멀고 깊어 다시 나아갈 수가 없었다. 석벽의 구멍에는 금강문金剛門이라는 글씨가 씌어 있었다. 문에 들어서 기어 50걸음을 들어가 아미타봉에 올라 둘러보는 사이에 홀연히 여러 돌들이 눈처럼 서 있는 것이 보였다. 새다, 짐승이다, 신선이다, 부처다, 사람이다, 귀신이라 하는데, 사람들의 생각에 따라 느끼는 모습을 달리하는데, 바라볼 수는 있지만 가까이 할 수는 없었다. 천지 사이의 괴이한 물건들을 깊은 산 먼 곳에 감추어 둔 것이 아닌가 싶었다. 아니면 승려들이 현혹하는 말에 마음과 눈이 현혹되어 따라 변하는 것인가? 이곳은 이름이 만물초萬物草이다.

구룡연의 서쪽에 유점사楡岾寺가 있다. 바위 골짜기가 위험하고 깊어 나는 새도 넘기가 어려웠다. 마침내 다시 신계사에서 동남쪽으로 50리를 나와 들판의 정고停庫를 거쳐 북쪽으로 길을 꺾어 협곡으로 들어가 백천교를 건넜다. 백천교 입구에는 비석이 있었다. 그 비문에 "'오십삼불五十三佛'이 금강산에 처음 들어온 길"이라고 쓰여 있었다. 이어 견령犬嶺에 올랐다. 고개의 형세가 높고 급하여 아흔아홉 구비를

유점사의 전경, *ANNUAL REPORT*, 1915, 출처 : 서울역사박물관

이루고 있는데, 앞 사람의 발이 뒷사람의 머리 위에 있을 정도로 가파르다. 개울물과 나무가 길을 끼고 있어서 해를 볼 수 없어 지팡이에 의지하여 부여잡고 가는데 다섯 걸음마다 한 번씩 돌아보고 열 걸음마다 한 번씩 쉬면서 20리를 가서야 비로소 언덕을 만났다. 마침내 북쪽으로 10리를 가서 유점사에 도착하였다.

산 위에 또 산이 있어 저절로 형세를 이루고 있는데, 단풍나무와 느릅나무가 산에 가득하였으며 산의 모습은 자못 아름다웠다. 평지를 살펴보니 마치 천상에 있는 것 같았다. 시인들의 이른 바, "돌아와 평지를 찾아, 야삼경에 맑은 하늘에서 잔다[歸來平地看, 三夜宿靑天]"라는 말이, 과연 여기의 실상에 맞는 말이라고 하겠다. 절은 다른 산과 다름이 없는데 오직 느릅나무 뿌리에 불상이 앉아 있고 법당에는 연기가 나지 않는 솥이 있으니 이상한 일이었다. 승려의 말로는 53부처가 금강산에 처음 들어왔을 때 먼저 느릅나무 뿌리에 앉았으므로 불상을 세워 모방한 것이며 솥의 경우는 땔나무를 때도 연기가 나지 않으니 모두 석가여래의 유물이라고 하였다. 또한 한 줄기의 찬 샘물이 있어 여러 까마귀들이 물을 쪼아 마시는데 사람이 와도 놀라지 않는다. 집을 지어 덮어놓고 '오탁영천烏啄靈泉'이라고 적어 놓았으니 이상한 일이다. 이것이 외산外山 산수山水의 뛰어난 경관이다.

서북쪽으로 사수령四水嶺을 넘었다. 사수령은 내산과 외산이 나누어지는 경계이다. 북쪽으로 40리를 가서 중향성衆香城에 도착하였다. 여러 돌들이 들쭉날쭉하여 사람과 새, 귀신, 신선과 같아 현란한 모습을 드러내며 기이한 모습을 과시하고 있다. 중향성은 비로봉 남쪽에 있는데 만물초와 비교하여 약간 떨어진다. 그 남쪽에는 만회암萬灰庵과 마하연암摩訶衍庵이 있는데 모두 깊은 곳에 자리하고 있다. 만회암 동북쪽에는 백운대白雲臺가 있는데 석벽이 경쇠같아 쇠사슬을 드리워서 사다리를 만들었으며, 그 위에서 유천乳泉이 나온다고 한다. 마시면 장생할 수 있으므로 금강수金剛水라 부른다고 한다. 그 남쪽에는 만폭동이 있는데 일 만 골짜기의 물이 합류하여 구비마다 못을 이루었다. 가장 높은 곳은 화룡담火龍潭이고, 그 다음은 구담龜潭, 선담船潭, 비파담琵琶潭, 진주담珍珠潭, 분설담噴雪潭, 흑룡담黑龍潭, 영화담暎花潭 등 여덟 개의 못이 있는데, 하나의 돌이 연못을 이루고 고요하고 푸르며 맑다.

분석噴石 북쪽에는 보덕굴普德窟이 있다. 돌계단에 작은 암자를 만들었는데 앞 처마가 바위 밖으로 나와 있고, 구리기둥을 만들어 아홉 마디 열두 발로 이어, 다시 쇠사슬로 돌을 서로 잡아 당기도록 하였는데 고려 시대의 승려 보덕이 만든 것이다. 돌사자가 물가에 임해 있는데 울부짖는 소리가 마치 움직이는 것 같고, 갈기에서는 바람이 이는 것 같았다. 또한 큰 돌에 양사언의 글씨 '봉래풍악원화동천蓬萊楓嶽元化洞天' 여덟 글자가 새겨져 있는데 필력이 새 것 같았다. 그 밖에 성과 이름은 모두 깎여서 알 수 없었다. 계곡 입구에 표훈사表訓寺가 있고 그 북쪽에는 정양사正陽寺

가 있으며 정양사 북쪽에는 헐성루歇惺樓가 있다. 올라가 사방을 둘러보니 일만 이천 봉이 모두 눈앞에 있다. 북쪽으로 구름대를 보니 우뚝 솟아 있는 모습이 어른이 여러 손자들을 어루만지며 겨드랑이에 끼고 있는 것 같은 것이 비로봉이다. 서쪽은 영랑점永郎岾이고 동쪽은 일출봉과 월출봉이며, 그 남쪽은 통천봉通川峯과 관음봉, 지장봉, 시왕봉十王峯으로 뾰족하고 기이한 모습을 드러내어 층층마다 기교를 다투는데 이루다 기록할 수 없을 정도였다.

표훈사에서 50리를 내려오니 장안사長安寺가 있었는데 매우 아름다웠다. 신라 법흥왕 때 기 왕후奇王后가 창건한 것이다. 여러 봉우리들이 가파르고 우뚝 솟아 나는 새도 지나가기 어렵다. 장경봉長慶峯, 관음봉, 지장봉, 시왕봉 등이 계곡을 사이에 두고 마주하고 있다. 지장봉 북쪽에는 석문이 있으며 문 안에는 옛 궁전의 터가 있다. 신라 경순왕 때, 태자가 경순왕이 고려에게 나라를 양여하는 것을 반대하여 간하다가 곡하고 물러나 이곳에 들어와 죽었다고 한다. 그 남쪽에는 망군대望軍臺가 있는데 쇠사슬로 다리를 만들었다. 망군대 위에 올라가면 경성京城을 바라볼 수 있다고 한다. 이곳은 내산 산수의 훌륭한 경관이다.

경성에서 금강산에 들어갈 경우, 단발령斷髮嶺을 넘어서야 비로소 장안사에 이르게 된다. 단발령에 올라 금강산을 바라보면 구름이며 산들이 하늘 끝에서 아름다운데 마치 아홉 개의 산에 불을 붙인 것 같기도 하고, 육군六軍이 병장기와 깃발을 세운 것 같은데 이곳을 만이천봉이라고 일컫는다고 한다.

금강산의 맥은 백두산으로부터 남쪽으로 천 리를 달려 철령鐵嶺이 되고, 또 남쪽으로 300리를 달려 풍악楓岳이 되는데, 오직 돌만 서 있으므로 또는 개골산皆骨山이라고 하며 또는 봉래산蓬萊山이라고도 한다. 금강산은 네 개의 큰 가지가 있는데, 한 가지는 비로봉에서 서쪽으로 뻗어 영랑점이 되고, 한 가지는 사수령에서 서쪽을 돌아보며 단발령이 되어 영랑점과 서로 안고 있는데, 이곳은 내산으로 회양淮陽의 경계에 있다. 한 가지는 비로봉에서 동쪽으로 뻗어 온정령이 되고, 남쪽으로 뻗어 삼일포가 되며, 한 가지는 사수령에서 남쪽으로 달려 견령이 되고, 남쪽으로 내달리다가 동쪽으로 꺾어 해금강이 되는데 삼일포와 두 손을 마주 잡은 것 같다. 이곳이 외산으로 고성의 경계에 있다.

금강산에는 네 개의 기이한 곳이 있으니 외산은 구룡연과 만물초를 일컬으며, 내산은 중향성과 만폭동을 일컫는다. 산은 모두 하나의 돌이 봉우리로 이어진 것이며 물은 모두 하나의 돌이 계곡을 이루었으므로 산에는 티끌이 없고 물에는 진흙과 모래가 없어 농사에도 적합하지 않고 고기잡이에도 적합하지 않다. 둘레가 200여 리인데 돌아갈 수는 있지만, 지름길은 없어 참으로 귀신이 숨겨 두었던 곳으로 인간 세상의 산천이 아니다. 그 옛날 고려 시대에 동쪽 경계를 나누어 농사지을 수 있는 땅을 부처에게 공양을 하였는데, 두 개의 정고停庫를 설치하여 곡식을 운반하였으며, 모두 쌀을 지고 산에 올랐다고 한다. 세간에 전하는 말로는 한나라

정양사 헐성루, 1935, 출처 : 임병목, 『금강산』(下)

평제平帝 때에 53부처가 돌로 만든 배를 타고 바다를 건너 비로소 금강산에 들어왔다고 전한다.

나 석산인은 말한다. 『사기史記』를 살펴보니 한나라 명제明帝 때에 서역에 부처라는 신이 있다는 말을 듣고 사신을 보내어 그 도상圖像과 범서梵書를 구해 왔다고 하였다. 우리 나라는 신라의 법흥왕이 소량蕭梁에 입조하여 비로소 불상과 불경을 구해 왔는데, 그 책은 모두 중국인이 한문으로 번역한 것이니 어찌 일찍이 지금의 부처가 중국에서 온 때가 있었겠는가? 일찍이 『당서唐書』를 보니 해동海東에 대언산大言山이 있는데 그 산에는 돌이 많으며 나무라고는 모두 단풍나무였다고 하였다. 현재의 금강산은 일명 '풍악'이라고 하고, 승려들이 그 말을 과장하기를 좋아하여 여러 봉우리들을 불교의 명칭으로 이름지어 어리석은 백성들을 속이고 있는 것이다. 이른바 그 말을 과장한다는 것이 이 산을 말하는 것인가? 중국 사람들의 말 중에서 "고려에 태어나 한 번 금강산을 보고 싶다"는 말이 있으니 금강산은 천하의 산이라 하겠다. 나는 금강산이 천하의 산이라는 말을 들었기 때문에 이제 와서 살펴 보았는데, 잘못 본 것이 많아 기록해서 듣는 사람들이 의혹되지 않게 하고자 한 것이다. 그러나 이 기록은 모두 목격하지 않고 기술한 것이 많으니 찾아가 보려는 자는 다시 상세히 고찰해야 할 것이다.

5월 1일

다시 유점사에서 서남쪽으로 가 국사봉國師峯에 오르니 수목이 산에 가득하여 지척을 구분할 수 없었다. 마침내 등나무 넝쿨을 넘고 당기면서 15리를 가서 꼭대기에 도착해서야 비로소 태양을 볼 수 있고, 눈앞이 상쾌하게 열리는 것을 깨달았다. 지팡이를 세우고 잠시 있다가 입으로 시 한 수를 지어 읊었다.

(…중략…)

드디어 산에서 내려와 길을 돌려 남쪽으로 40리를 나와서야 비로소 인가 두 채를 만났다. 정목井木으로 둥지를 만들고 감자를 심어 곡식을 대체하였으며, 돼지와 사슴이 무리를 이루고, 범과 표범과 이웃을 하고 있으니, 산골짜기에 사는 백성들이 대개 모두 이와 같았다. 공자께서 이르시기를, "가혹한 정치는 범보다 사납다"라고 하신 것이 이를 말하는 것 같았다. 세 번 탄식하고 일어나 마침내 동쪽으로 10리를 내려오니 바로 인제麟蹄의 북쪽 경계인 용산동龍山洞이다. 30리를 가서 장승동長承洞의 안씨 집에서 묵었다. 떠날 때 시 한 수를 지어 주었다.

(…중략…)

남쪽으로 인제를 지나 다시 강 하나를 건넜다. 강물이 금강산에서 나와 남쪽으로 흘러 한강으로 들어가며, 서남쪽으로는 홍천洪川을 거쳐 강물이 오대산에서 나와 서쪽으로 흘러 한강으로 들어간다. 동남쪽으로는 횡성과 원주를 지나 제천에 이르니 이곳은 충청도의 동쪽 경계이다. 만학강萬壑江을 건너 강물이 태백산에서 나와 서북쪽으로 한강에 흘러 들어간다. 남쪽으로는 단양을 지나 죽령을 넘어 마침내 오남吾南의 북쪽 경계로 온다. 금강산에서 이곳까지는 모두 600리이다. 행로에 느낀 바가 있어 행로음行路吟 한 수를 지었다.

(…중략…)

죽령에서 동남쪽으로 풍기豐基를 지나다가 비를 만나 김 낭청金郎廳의 집에 들어가 이틀을 묵었다. 영주榮州를 지나 안동부安東府 서쪽의 하회동河回洞에 이르러 도사都事 선여善汝 유도선柳道善 씨를 방문하여 서애 유성룡柳成龍의 유풍遺風을 회고해 보았다. 동쪽으로 안동부 동쪽의 법흥촌法興村을 나와 이종하李鍾夏를 만나 향음주례鄕飮酒禮를 강론하였다. 동쪽으로 개울 앞을 지나며 학봉鶴峯 김성일金誠一의 유택遺澤을 생각하였고, 수곡水谷의 대평大坪에 이르러 유진호柳鎭鎬를 만나니 그의 부친 근암공近庵公이 지은『전례통고典禮通考』의 본고本考를 보여주었다. 이틀을 머물며 그 대강을 섭렵하였다. 또『의경전전통해儀經傳傳通解』를 볼 수 있었으니 대평은 참으로 예가禮家의 대방大方이라 하겠다. 남쪽으로 진보읍眞寶邑을 나와 방산舫山 허훈許薰을 보았다. 사방 벽에는 고금의 서적 수백 권을 보관하고 있었다. 이어서 그 분이 지은 책을 보았는데 그 굉장한 문장과 해박한 기록은 당세에도 짝할 사람이 없었다. 여기에서 『의례儀禮』의 고본古本을 구하여 보았는데, 바로 중국에서 만든 책으로 아직 사람의 손을 타지 않은 것이었다. 사흘간 강론하면서 그 대략을 초록하고 난 후 작별을 고하고 집에 돌아왔으니 바로 5월 23일이다.

제2장

교과서 수록 강원도 소개글

역사지리-금강산

● 미상, 「역사지리-금강산」, 『야뢰』 1권 1호, 1907.2

금강산은 강원도 회양군 동東 160리에 재在ᄒᆞ야 기명其名이 4四니 왈曰 봉래蓬萊(春) 금강金剛(夏) 풍악楓嶽(秋) 개골皆骨(冬)이오, 백두산의 남조南條라. 회녕會寧의 여라한현與羅漢峴으로브터 갑산甲山 동東에 지至ᄒᆞ야 두리산豆里山이 되고 일산釼山과 분수령分水嶺, 철령鐵嶺, 추지령楸池嶺을 경經ᄒᆞ고 회양 동東과 고성 서西에 지至ᄒᆞ야 금강산이 되니 분수령브터 지차至此ᄒᆞ기 830여 리오, 일만이천봉一萬二千峯에 엄만巖巒이 골립骨立ᄒᆞ야 동東은 창해滄海에 임ᄒᆞ고 삼회杉檜가 참천參天ᄒᆞ니 망望ᄒᆞ면 회도繪圖와 여如ᄒᆞ고 일출日出과 월출月出 이봉二峯이 유有ᄒᆞ니 가히 일월의 출입을 견見ᄒᆞ며 산 내외에 사찰이 108이오, 기중其中 장안, 표훈, 정양, 유점, 마하연, 보덕굴이 가장 명찰名刹이오, 유점시楡岾寺에ᄂᆞᆫ 금불金佛 53이 서역西域으로브터 래來ᄒᆞ얏다 ᄒᆞ고 암장巖嶂이 벽립壁立에 다 천만인千萬仞이오, 심애深崖와 절학絶壑에 암려庵廬가 고현孤縣ᄒᆞ고 지어至於 대찰大刹은 전각이 궁륭穹窿에 금벽金碧이 휘황ᄒᆞ야 인목人目을 현탈眩奪ᄒᆞ고 강향사자降香使者가 낙역부절絡繹不絶ᄒᆞ며 산의 형승이 천하에 관절冠絶ᄒᆞ야 세계인이 다 일관一觀키를 원ᄒᆞ고 명 태조ᄂᆞᆫ 아국사신我國使臣 권근權近을 견見ᄒᆞ고 금강산 시를 원문願聞ᄒᆞ며 차此 산중山中에 금강대ᄂᆞᆫ 표훈사 북北에 재在ᄒᆞ니 석벽이 천인千仞이라. 인이 반원攀援치 못ᄒᆞ겟고 이흑조二黑鳥가 기상其上에 소거巢居ᄒᆞ니 사승寺僧이 현학玄鶴이라 칭ᄒᆞ며 만폭동은 백도류천百道流泉이 곡중谷中으로 사출瀉出ᄒᆞ야 기상其狀이 불일不一ᄒᆞ고 곡구谷口에 봉峯이 유有ᄒᆞ니 왈曰 오인봉五人峯이라. 청학靑鶴이 기외其隈에 처ᄒᆞ얏다 ᄒᆞ며 일홍一泓이 유有ᄒᆞ니 왈曰 관음담觀音潭이오, 담반潭畔에 석안石岸이 결활潔滑ᄒᆞ야 인人이 등만藤蔓을 만挽ᄒᆞᆫ 후 득과得過ᄒᆞ니 기명其名은 왈曰 수건애手巾崖오, 석심石心이 요凹ᄒᆞ기 구臼와 여如ᄒᆞ니 언전諺傳에 관음불觀音佛이 완세浣帨ᄒᆞ든 처處라 ᄒᆞ고 보덕굴 전前

에 지至ᄒᆞ야는 비단飛湍이 석石을 영縈ᄒᆞ야 내촉來觸ᄒᆞᄆᆡ 비설飛雪이 분격噴激ᄒᆞ야 청주晴晝가 욕명欲冥ᄒᆞ며 석저石底에는 수색水色이 취람翠藍과 여如ᄒᆞ고, ᄯᅩ 수보數步에 노폭怒瀑이 단강斷岡에셔 비하飛下ᄒᆞ야 소자小者는 분주噴珠오 대자大者는 산성散星과 여如ᄒᆞ고 잡하雜下ᄒᆞ기 무수ᄒᆞᆫ 자는 주연珠淵이오, ᄯᅩ 석형石形이 구복龜伏ᄒᆞᆷ과 여如케 담중潭中에 재在ᄒᆞ니 왈曰 구담龜潭이오, ᄯᅩ 일담一潭이 유有ᄒᆞ야 심深ᄒᆞ기 불가측不可測이니 왈曰 대룡담大龍潭이오, 기상其上에 봉峯이 유有ᄒᆞ니 왈曰 사자암獅子巖이오.

비로봉毗盧峯은 금강산의 주봉主峯이니 암문巖紋이 유有ᄒᆞ고 ᄯᅩ 람무嵐霧가 반응斑凝ᄒᆞ기 설색雪色과 여如ᄒᆞ고 차산此山이 전혀 암석ᄲᅮᆫ이라. 고로 산명山名을 개골皆骨이라 운云ᄒᆞ니라.

강원도

● 학부(學部) 편(篇), 「제5과 강원도」, 『보통학교 학도용 국어독본』 권6, 1907

강원도는 산세가 몹시 험준하고 해안은 거의 일직선이 되어 항만과 섬이 적기 때문에 배가 정박할 곳이 거의 없다. 이 때문에 바다와 육지에 교통이 몹시 불편하여 다른 도에 비하면 문화의 발달이 늦고 둔하다. 도道 전체에 평야가 없으며 교학磽确[1]하여 농산물이 풍부하지 못하고 다만 인삼과 명주의 생산이 적지 않다. 남북 900리에 이어진 해안에 어업 이익은 많은데, 특별히 정어리의 어업 이익은 전국에 강원도만한 곳이 없다.

춘천은 한강 상류에 이르고 강원도의 관찰도청 소재지로되 집의 숫자가 300에 불과한 하나의 작은 읍이다. 철원은 함경도 영흥과 서로 비슷한 명주의 생산지이며, 또 철을 생산으로 인하여 군郡 이름을 지었다 한다. 집의 숫자는 춘천보다 3배를 초과하니 실로 본도의 첫째 도회지이다.

1 돌이나 모래가 많은 거친 땅.

금강산

현채

● 현채, 「제15과 금강산」, 『신찬 초등소학』 권5, 1909

금강산은 강원도에 있으니 우리나라의 제일 명산입니다. 백두산의 남쪽 줄기이며 분수령으로부터 천여 리를 뻗었습니다.

일만 이천 봉이 높이 동해상에 임하고 산 위에 소나무와 측백나무가 하늘 높이 솟아오르니 기이한 경치가 그림과 같습니다. 산의 안팎에 사찰이 108개에 정양사正陽寺, 유점사楡岾寺가 더욱 유명하고 불가의 염불하는 소리가 세상 사람의 마음을 타일러 깨우칩니다.

단발령斷髮嶺은 금강산으로 가는 초입에 있는 고개이니 이 고개에 올라가서 바라보면 금강산의 전체가 보이고 황홀하여 신선의 땅에 온 듯합니다. 구경하는 사람이 단발하여 승려가 되고자 하는 고로 단발령이라 합니다.

사면에 첩첩이 둘린 깊고 큰 골짜기와 산봉우리는 푸르고 흰빛이 사람을 보고 환희하는 듯하여 중국인은 우리나라에 태어나 한 번 보기를 빕니다.

자료

제2부

일제강점기 남-북 강원도 지역별(시 · 군별) 주요 여행기와 기록

제1장

강원도 일반

조선의 처녀지인 관동지역

차상찬

● 차상찬, 「조선의 처녀지(處女地)인 관동지역(關東地域)」, 『개벽』 42호, 개벽사, 1923.12

강원도는 엇지하야 관동關東이라 하는가. 이에 대하야는 여러 사람의 말이 구구하다. 혹은 청석관靑石關을 표준하야 기이서其以西를 관서關西, 기이동其以東을 관동關東이라 한다 하고 혹은 대관령大關嶺이 잇슴으로 관동이라 한다 하며 또 혹은 고대에 경성이동京城以東에 일대방관一大防關이 잇서 관동關東이라 운云한다 하다. 그러나 다 확실한 근거가 업는 말이오 가장 유력한 것은 고려 이곡李穀 「철령기鐵嶺記」 철령재회양북사십리(鐵嶺在淮陽北四十里)에 "철령국동요해지지鐵嶺國東要害之地, 소위일부당관만부막개자야所謂一夫當關萬夫莫開者也. 고령이동강릉제주칭관동故嶺以東江陵諸州稱關東" 운운云云의 설說이다. 그러면 강원도 전체를 관동이라 칭하는 것은 또한 무의미한 듯하나 대개 고금의 지명은 중심 되는 일 지방을 표준하야 칭호稱號함이 다多한즉(예여강릉例如江陵, 원주原州를 표준하여 강원도江原道, 경주慶州, 상주尙州를 표준하야 경상도慶尙道 운운 등) 이곡李穀 씨의 기록과 여如히 철관鐵關을 표준하야 관동關東이라 칭함이 가할 듯하다.

본도本道는 조선 반도 동방 해안을 점하얏다. 북은 함경남도를 접하고, 서는 황해, 경기 양도兩道를 인隣하고, 남은 충청북도忠淸北道 급及 경상북도慶尙北道를 계界하고, 동은 창해滄海를 빈濱하얏다. 동서는 2백 리 혹 3백 리요 남북은 약 오백 리五百里 내지乃至 칠백 리七百里니 북위 36도 39분으로 39도 10분에 지至하고 동경 126도 4분으로 129도 29분에 지至하얏스니 극동極東은 울진군 죽변竹邊, 극서極西는 이천군伊川郡 지석장支石場, 극남極南은 울진군 지경地境, 극북極北은 통천군通川郡 합진리蛤津里다.

지세는 남북이 장長하고 동서가 협하야 일개 어형魚形과 흡사한데 도처에 산악이 중첩한 중 기其 척량산맥脊梁山脈이 남북으로 횡단橫亘하야 천연적 동서를 구획하얏다. 속칭에 동방 육군(六郡=울진, 삼척, 강릉, 회양, 고성, 통천)을 영동嶺東이라 칭하고,

서방 십오군(十五郡=영월, 평창, 정선, 원주, 횡성, 홍천, 춘천, 양구, 화천, 인제, 회양, 금화, 이천, 평강, 철원)을 영서嶺西라 한다. 영동은 지세가 협장狹長하야 대상帶狀을 성成하고 경사 급준急峻함으로 평야가 핍乏하고 하류河流 소少한 중中 격류를 성成하야 해海에 직주直走하고 해안은 단애절벽이 다多하며 수水가 심深하야 추동秋冬의 경頃에는 노도랑怒濤浪이 특심特甚한 고로 항해에 부적不適하다. 차此와 반反하야 영서는 지역이 광대하고 경사 완만함으로 남북 한강과 임진강 등의 대강大江이 개지皆地에서 발원하고 기其 유역流域은 옥야沃野가 불소不少하며 또한 항운航運의 편便이 잇다. 총이언지摠而言之하면 영동嶺東은 산국山國과 해국海國이오 영서는 산국山國과 야국野國이다.

기후氣候도 지세를 수隨하야 영동, 영서가 각이各異하니 영동은 해양의 조절에 의하야 한서寒暑가 공히 심甚치 안이하고 대개 온화하나 영서는 불연不然하다. 토지가 대개 고高함으로 서기暑氣는 심甚치 안이하나 한기가 초강稍强하야 북부 지방에는 추상秋霜이 조강早降함으로 농작물의 피해가 또한 불소不少하다. 그러나 영동 영서를 물론勿論하고 동계의 풍설風雪은 조선의 명물이다. 특히 양간지풍襄杆之風과 통고지설通高之雪이라 하면 학어소아學語小兒라도 다 혀를 설설 내두른다. 대관령의 눈도 또한 다른 곳에 양두讓頭치 안이한다. 썩 잘 올 쌔에는 수십 길 씩 되야 교통이 전연全然 두절된다.

인정人情, 풍속風俗, 언어言語. 상술함과 여如히 영동, 영서는 지세地勢 급及 기후氣候가 상이할 쑨 안이라 교통이 전혀 격절隔絶 상태에 재在하얏슴으로 인정, 풍속, 언어 등이 또한 상이하다. 즉 영동의 울진, 삼척, 강릉은 대개 경상도와 갓고 회양, 고성杆城 합군合郡은 영서와 갓고고대로 색령色嶺을 통하야 영서의 교통이 빈빈頻頻한 소이所以 통천은 함경남도와 갓고 영서의 이천伊川 평강平康은 황해도와 비슷하고 기타 제군諸郡은 경기, 충청도와 비슷하다. 총괄하야 말하자면 강원도의 인정, 풍속, 언어는 무슨 특색이 업다.

연혁沿革. 본도는 고古 예맥濊貊의 지地로 후에 낙랑군에 속하얏다가 신라, 고구려의 병유并有한 바가 되고 고려 성종 14년에 화명주和溟州 등으로 삭방도朔方道를 치置하얏고 명종 8년에 연해沿海 명주도溟州道로 개改하야 기其 춘주도春州道는 동주도東州道

라 칭하얏고 원종 4년에 강릉江陵, 교주交州 이도二道로 개칭하얏다가 충숙왕 원년에 교주도交州道는 회양도淮陽道라 개칭하고 행우幸禑 14년에 강릉도江陵道를 삭방도朔方道와 분分하야 교주도交州道에 합하고 충주忠州 소관所管 평창平昌으로 이속하얏다가 이태조 4년에 강원도라 칭하고 효종 조에 원양도原襄道라 개칭하얏다가 즉시 복구하고 감사영監司營을 원주에 치置하야 본도本道 26군郡을 관할하다가 건양建陽 원년元年에 춘천 관찰부가 신설되고 미구未久에 춘천관찰부를 변경하야 강원도 관찰부라 칭하다가 명치明治 43년 일한병합日韓併合의 제際에 강원도청으로 개칭하야 금일에 지至하얏다.

상우尙又 본도本道 면적은 1,700,72방리方里오 현재 호구戶口는 217,661內日本人 2,513, 외국인 170, 인구는 1,186,187(내일본인內日本人 6,797 외국인外國人 507)이고 1방리方里 평균 인구는 697인에 불과하다. 차且 행정구역은 21군郡, 178면面, 1,971정町 동리洞里로 분分하얏다.

도내 교육 급 종교 개황

차상찬

● 차상찬, 「도내(道內) 교육(敎育) 급(及) 종교(宗敎) 개황(槪況)」, 『개벽』 42호, 개벽사, 1923.12

본도本道의 교육기관은 조선인을 교육하는 공립보통학교가 56(內 6校 신설), 공립농업학교 1, 사범학교 1신설, 사립일반학교 13, 종교학교 5, 유치원 4와 차외此外 서당 2,379, 수십의 강습소가 유有하고, 일본인 교육기관은 공립 심상소학교 9개가 유有하며 차且 명년도明年度에는 춘천에 고등보통학교를 설립하기로 계획한다.

종교는 자래自來 유교儒敎와 불교佛敎가 최성最盛하얏스나 유교는 시대변천의 결과로 점차 쇄미衰微한 바 도청道廳에서 정책상 유도단명회儒道闡明會에 매년 다대한 비용으로 보조 장려하되 유명무실에 불과하고 불교는 원래 강원도에 근거가 심원深遠하고 재산이 풍부함으로 비록 사회상 특별의 세력이 무無하나 자못 잠세력潛勢力이 유有하며 근일에는 야소교耶蘇敎, 천도교가 각지에 선포되야 야소교는 남감리교회당 103, 미 감리교회당 41, 천주교교회당 7과 신도 133,268이 유有하고 천도교는 종리원宗理院 6과 전교실傳敎室 56, 신도 27,468에 달한다.

요컨대 강원도의 교육기관은 숫자상으로는 타도他道에 별로 낙오落伍치 안이하얏스나 실질상으로는 심히 낙오되야 아즉 유치幼稚 상태狀態에 재在하고 또한 보급普及치 못하얏스니 피경성彼京城에 최근 한 도청 소재지로 아즉 고등보통학교高等普通學校 일개一個가 무無하고 유학생이 소수인 것을 견見하면 족히 추지推知할 것이다.

위미부진한 강원도의 산업

차상찬

● 차상찬, 「위미부진(萎靡不振)한 강원도(江原道)의 산업(産業)」, 『개벽』 42호, 개벽사, 1923.12

본도本道는 산악이 다多하고 평야가 소少한 중토질中土質이 대개大槪 척박하고 또한 자래自來에 교통이 심히 불편하야 인문의 발전이 조선에서 제일 낙오되고 따러서 산업도 천산물天産物을 제한 외에는 별로 가관可觀할 것이 업다. 특히 금년에 개최된 부업副業 공진회共進會에도 강원도의 출품이라고는 목재목탄, 봉밀蜂蜜, 동백유冬柏油, 달이ᄉᆞᆨ지, 명주필 등에 불과한 것을 보면 아모리 여취적蠣吹的으로 산업의 발전을 과장하는 도道 당국이라도 타도他道에 대하야 안색顔色이 업섯을 것이다. 그러나마 개황槪況을 말하자면 좌左와 갓다.

농업 : 전 도全道에 경지는 총면적의 1할 3분에 불과하고 차且 경지 중 답畓은 전全 경지耕地 면적의 2할 2분, 전田은 전全 경지의 7할 8분을 점하얏다. 그럼으로 강원도에 농업은 기개군幾個郡을 제하고는 전연 전작 농업이오 농산물도 대두소두大豆小豆, 율栗이 최대最大하고 차且 품질이 양호하다. 특용 농산물로는 영월, 정선, 평창, 원주, 금화 각 군의 연초煙草(산량産量 656만萬 관貫)와 강릉, 삼척, 회양 등 산맥 지대의 마麻(연 산량年産量 94만萬 관貫)가 저명한 것이다. 요컨대 본도本道의 농업은 아즉 조방적粗放的 농업을 면치 못하고 도작稻作이 소小한 대代에 전작田作이 다多하며 기타 양잠養蠶, 목축 내지 산야의 부산물을 병업幷業하는 다양의 혼동농混同農이다. 차此로 인因하야 일조一朝의 풍상風霜, 한旱, 수水 등의 재해를 제회際會할지라도 생활상 급박急迫을 고하는 사事는 소少하며 차且 자작농이 비교적 다多하고 대농大農이 소少함으로[자작대소작경自作對小作耕 면적은 65에 대 35의 비례] 빈부의 현격懸隔이 심다甚多치 안이하다. 이것은 강원도의 특색이다. 연이현재然而現在 전지田地로 수리관개水利灌漑에 의依하야 답

畓을 작作할 자者가 5천 5백여 정보町步에 진進하고 미간지未墾地로 농업을 적의適宜한 자가 7천여 정보町步에 지至한즉 차此를 이용한다 하면 장래 강원도의 농업이 면목을 일신할 것은 물론이다.

임업 : 본도本道는 고래古來 인구가 희소함으로 주민의 자가용自家用 목재 수용이 소少하고 교통이 불편하야 남벌濫伐의 폐弊가 심甚치 안이하며 차且 천연天然의 치수稚樹의 생육生育이 극히 양호하야 도처에 천연적 삼림이 다多하다. 기其 면적面積은 전全도총道總 면적의 7할 2분을 점하얏스니 190만 정보町步 내內 성림지成林地는 4할, 치수발생지稚樹發生地는 4할2분, 무립목지無立木地는 1할 8분인 바, 성림지成林地의 풍부는 함경남도와 평안북도를 가히 능가할 만하다.

광업 : 본도本道는 산악이 중첩重疊함으로 광산鑛産이 또한 풍부하다. 기其 중요한 자者는 금, 은, 동, 철, 중석重石, 아연, 수연水鉛, 사금砂金, 석탄 등이니 기중其中 금성金城 금광金鑛은 세계에 저명한 자로 수십 년 전에 외인外人이 다 채굴採掘하얏고 현재에도 금강산의 중석重石과 통천의 석탄과 정선, 홍천의 금광은 세인世人이 수연垂涎하는 것이다. 광구鑛區 수는 163, 평수坪數는 5천8십6만, 연장延長은 1,630여 리에 달하나 연래年來 재계財界의 침쇄沈衰는 역亦 사업斯業에 대철봉大鐵棒을 가加하야 목하目下에는 경영자의 특기特記할 것이 업다.

어업 : 본도의 해안선은 기其 연장延長이 257리를 긍亘하야 연해沿海 6군, 37면, 136리를 포옹抱擁하얏다. 선박의 정박 격류激流에 적의適宜한 양항만良港灣은 핍乏하얏슬지라도 사빈沙濱 험애險隘가 상연相延하고 해수海水가 극히 심深하며 조석潮汐의 창낙漲落이 소少하고 차且 울창鬱蒼한 삼림森林이 다多하야 호개好個의 어장漁場을 형성한 자가 불소不少하다. 특히 한난이파寒暖二派의 해류海流는 양성兩性의 어족魚族을 재래齎來하야 수산물水産物의 분포를 농밀濃密케 하는 동시에 통과通過의 어군魚群이 심대甚大하다.

연이然而 종래어업자從來漁業者는 대개 자력資力이 빈약하고 어구漁具, 어법漁法이 졸렬拙劣하야 소규모의 어업을 함에 불과하고 가지수심加之水深이 고高하고 파랑波浪이 심甚하야 충합冲合 어업漁業은 극히 부진不振한다. 연안 일대의 지세는 급준急峻하야 교통이 불편하고 해상 운수가 또한 불완不完하야 어획물의 처리處理 급及 어용물자漁用物資의 수급需給이 심난甚難하야 사업의 발전을 장해한다. 금今에 어호漁戶 1호당 어획고를 견見하면 일본인 어업자는 2,900원이오 조선인은 근히 270원에 불과하고 우又 일해리一海里 전全 어획고漁獲高는 근僅히 5,200원에 지止한즉 여하히 어업이 유치幼稚한 것을 가규可窺하겟다.

상공업 : 본도本道의 상공업은 유치幼稚하야 전 도全道 내 99 소시장小市場 외에 도내를 지배할만한 대 시장大市場이 업고 교통급금융交通及金融의 관계로 영서 각지는 경성과 취인取引의 관련이 유有하고 영동 남부는 부산, 북부는 원산과 연락이 잇다. 또 도내의 취인取引은 전專히 시장에서 행함으로 상설 점포라도 시장 외의 지地에 잇는 자는 태무殆無하다.

금융기관은 춘천, 철원, 강릉의 식은殖銀 지점과 각 군의 금융조합이 잇슬 뿐이오, 우又 회사는 본점을 유有한 자者는 일개 물산회사와 기타 전철, 포경, 광업, 조림 등을 목적하는 자가 유有하나 개皆 지점支店에 불과하다. 공업은 일종 가정적 부업에 불과함으로 그 공산품도 별로 가기可記할 것이 업고 다만 삼척, 강릉의 마포麻布와 춘천, 철원의 나주羅紬와 양구, 화천, 홍천, 금화, 영월의 도자기와 인제의 대기大器가 초저명稍著名할 뿐이다.

잠업급축산蠶業及畜産 : 본도本道는 산야 도처에 목초가 풍부함으로 고래古來 산우지産牛地로 유명하니 전도全道 내 축우수畜牛數는 16만여 두頭에 달하야 농가 100호에 82두의 비례가 되고 차且 풍토가 재상栽桑 양잠養蠶에 적당하야 잠업蠶業이 비교적 발전되고 또한 장래에 유망하다.

영서 팔군과 영동 사군

차상찬

● 차상찬, 「영서 팔군(嶺西八郡)과 영동 사군(嶺東四郡)」, 『개벽』 42호, 개벽사, 1923.12

춘천－홍천－횡성－원주－양구－화천－평강－철원－강릉－양양－고성－통천

관동수부關東首府 춘천군春川郡

춘천은 관동關東 수부首府요 맥국貊國 고도古都다. 신라 선덕여왕 6년에 우두산록牛頭山麓 우두리牛頭里에 우수주牛首州를 치置하고 군주軍主로써 차此를 치治하다가 기후其後 문무왕 13년에 수야首若라 칭하얏고 오근내烏斤乃 우又는 수차야首次若라고도 칭하다가 경덕왕 시에 차를 개改하야 삭주朔州라 하고 기후其後 또 개改하야 광해주光海州라 하다가 고려 태조 23년 거금距今 약 950여 년 전에 춘주春州라 호號하야 현읍現邑에 이移하고 이조 태종 13년에 비로소 춘천春川이라 개改하야 금일에 지至하얏다.

위치는 강원도 중부에 위位하얏스니 동은 인제, 양구, 남南은 홍천 급及 경기도 양평, 북은 화천, 금화, 서는 경기도 가평, 포천의 각 군에 접하얏다. 연이然而 춘천읍春川邑은 동경 127도 43분 52초, 북위 37도 52분 51초니 군청 전前은 해발 120미돌米突=meter이다.

광廣◯는 동서 13리 31정 55칸, 남북 13리 20정 37칸, 면적 87방리方里 599니 전도全道 면적1,700방리 794 백분百分 오강五强에 당當하고 각 군各郡에 비하면 제8위에 점하얏다.

지세는 북한강(화천강) 급及 소양강이 중앙을 관류貫流하야 주즙舟楫의 편이 유有하고 읍 부근은 평야가 전개되야 소위 우두평牛頭坪, 후평後坪, 전평前坪, 신연강평新淵江坪을 성成하얏스니 지미地味가 대개 비옥하고 기외其外는 준령峻嶺 고릉高陵이 도처에 기복하야 경지가 희소하고 지질이 또한 척박함으로 인민이 대개 빈한貧寒한 자가 다多하다.

기후는 한서寒暑가 공히 혹렬酷烈하야 혹한 시에는 영하 20도 내외, 성서계盛暑季에는 30도 내외를 상하上下하고 기온은 주야의 차가 심대하다.

행정구역은 13면 103동리로 분分하고 호구는 1만 4천 3백 3십 7호(내일본인內日本人 470호), 인구는 74,658인이다.(내일본인內日本人 1,397인, 기타 외국인 67인)

산업은 농잠農蠶을 주로 하니 경지 면적이 17,913정보町步內沓 4,768町步, 田13,231町步 요 농산물의 주요한 자는 미米(연산액年産額 4만 1천여 석), 두류斗類(연산액 185백여 석), 맥류麥類(연산액 3만여 석), 율栗(연산액 2만여 석) 등이요 기차其次는 잠업蠶業이니 춘하추잠春夏秋蠶의 산액産額이 약 1,160여 석이요 춘주유春州油는 자래自來 저명하야 각지에 수출된다. 차且 축우업畜牛業도 비교적 보급되얏스니 천전 시泉田市의 우장牛場은 도내 유명하고 기외其外 약간의 상공업자가 유有하나 별로 가관可觀할 것이 업다.

교육 급 종교敎育及宗敎 교육기관은 조선인을 교육하는 춘천공립농업학교, 강원도사범학교, 춘천, 내평內坪, 남산, 3개 공립보통학교와 사립 정명여학교貞明女學校, 배영학교培英學校 급及 수춘학관壽春學館이 잇스니 기중其中 수춘학관은 성적이 비교적 양호하야 생도가 축년逐年 증가되고 우又 고등보통학교는 대정大正 10년 이래 현안懸案 강릉과 계쟁係爭하다가 금今에 춘천에 설치하기로 확정되야 명년明年에 설립設立하기로 계획 중이라 한다. 연이然而 종교宗敎는 야소교회耶蘇敎會, 천도교회天道敎會가 개유皆有하나 별로 성황盛況치는 못하다.

교통은 고산준령高山峻嶺이 다多함으로 왕석往昔에 심히 불편하얏스나 대정大正 5년 이래 경춘선京春線이 개통된 후 우마차의 출입이 빈번頻繁하고 우又 정기定期의 자동차가 경성, 홍천, 양구, 화천 간에 통행하야 왕복이 편하며 가지소양강加之昭陽江, 북한강에는 주벌舟筏의 편이 유有하야 수륙 교통이 병유幷有함에 곤난困難이 별무別無하다.

의료기관은 자혜병원慈惠病院, 조선인朝鮮人 급及 일본인日本人의 사립병원 기개호幾個戶가 유有하니 자혜병원은 전도全道 내 최대 건물로 공비工費 13만원(內 민간기부금 5천원)을 투投하야 금추今秋에 낙성落城되얏다.

금융기관은 식산은행지점殖産銀行支店 급及 금융조합金融組合 외外 민간에서 경영하는 상업조합이 유有하니 동 조합은 자본금 5만원으로 대정大正 10년 11월경에 설립된 것인데 비교적 성적이 양호하다.

명승고적은 각지에 산재하야 목거牧擧하기 불능不能하나 기其 중요한 자를 거擧하면 좌左와 여如하다.

봉의산鳳儀山. 읍의 진산鎭山이니 기其 상狀이 비황飛凰의 내의來儀함과 여如한 고로 명함이다.(사실은 봉화산烽火山을 변칭變稱함인 듯하다.) 표고가 약 340미돌米突이니 왕석往昔 맥국貊國 시대의 봉수대를 설設하얏다 한다. 시試하야 차此에 의하면 우두 대평야가 안전眼前에 망망茫茫하고 이수二水가 각저脚底에 용용溶溶하야 흉금胸襟이 자연 상쾌하다.

소양정昭陽亭. 읍의 북 6정町 봉의산록에 재在하야 소양강을 임하얏스니 삼한 시대에 창건한 것이다. 사정斯亭은 초初에 소양昭陽이라 칭하고 기후其後 낙루樂樓라 개改하얏다가 편히 구명舊名을 복復하얏고 현재 건물은 거금距今 약 백여 년에 중수한 자者이다.(기시其時 홍수洪水에 표거漂去, 고로 중수重修 안계眼界가 광활하고 풍경이 절가絶佳하니 김청음金淸陰 선생의 평한 바, "신유몽상기재사정神遊夢想其在斯亭"의 설과 김 삼연金三淵 선생 소양정 시의 "금대장무한남지襟帶將無漢南地, 풍류욕도패서주風流欲倒浿西州"의 구句를 견見하야도 그 경개景槪의 여하를 가상可想할 것이다.)

맥국고지貊國古址. 읍북邑北 약 3리에 재在하니(신북면新北面 발산鉢山) 거금距今 약 2천여 년 전 맥족의 근거지라 칭한다. 동同 지방에서 기산其山을 맥국산 우又는 옥대산玉臺山이라 하고 기其 산록山麓에는 궐지闕址라 칭하는 유적이 잇다.

우두산牛頭山. 읍북邑北 1리에 재在하니 근일 일본인의 소위 소잔명존素盞嗚尊의 유적이라 칭하는 처處이다. 차此에 관하는 특히 상론詳論하야 후일에 발표하겟기 자玆에 약畧한다.

석간石竿과 오중탑五重塔. 춘천면 전평리 소양 강변에 장여丈餘의 2개 석주石柱가 대립하얏스니 차此를 속설에 마고할미 방아공이 또는 악두대斷頭臺라고 한다. 그러나 차此는 고려시대에 불사佛寺에 건建한 석간石竿이요 또 (탑선거리)에 오중탑五重塔이 잇스니 차此는 고려 초대初代의 조각에 계係한 자者인데 양자兩者는 개皆 사찰寺刹의 유물이다.

장절공묘壯節公墓. 읍서邑西 20리 서하면西下面 방동리芳洞里에 재在하니 고려 충신 신숭겸申崇謙 묘다. 3개의 대분大墳이 유有하야 기실其實 묘를 분分키 난難하니 속전俗傳에 고려 태조太祖가 신충신申忠臣의 절節을 사思하야 황금으로 기두其頭를 제製하야 장葬하고 묘적墓賊이 유有할가 공恐하야 여시如是히 의총疑塚을 작作하얏다 한다. 송림이 울창하고 기산其山에는 이 용茸 산출로 유명하다.

가니산한총佳尼山漢塚. 읍동북邑東北 약 7리 되는 북산면 물노리勿老里에 재在하니 속칭 청淸 태조太祖 금한金汗의 선대先代 묘墓라 한다.

계심총桂心塚. 읍서邑西 봉의산록 대로변에는 춘기春妓 계심桂心 순절지분殉節之墳이라는 단갈短碣이 잇다. 이 계심의 순절한 사적은 비문에 상재詳載되얏기 좌에 차此를 소개한다.

〈春妓桂心殉節墳碑銘〉

節妓全姓桂心名, 少仍母賤籍敎坊, 簡潔之姿幽貞性, 持身無異處閨房, 十七于歸府吏家, 與子成諾許不更, 退來自守粉黛中, 不學他人嬌笑呈, 尙方移屬被誰囑, 收拾嫁衣入漢京, 長安挾斜惡少多, 料得行路遭暴强, 裙帶秋蓮囊儲藥, 鴻毛一擲矢自壯, 臨別慇懃托所天, 弱息猶關鐵肝腸, 腹中有物添身累, 忍能割愛手墮傷, 垢衣毁容便自沒, 會須一死心深剛, 月白人靜中元夜慫慂飮毒如飴糖傍人驚救己無急, 奄奄僅辨猶聞聲, 賣髢備柩屬後事肥膚勿露殯斂精, 三度家書繫腰間, 面面訣語哀其鳴, 夫婿抱蒿歸櫬里一靈難掩夢感場, 玉碎珠沉等碧綠, 節義方之逾秋霜, 巡相李公聞其事, 錦水瓊娘雙表旌, 亟我伐石督棹楔, 工備辯給出上營, 新莅明府且損捧墳前標立三尺盈, 春川孤客○○○掇取餘意述此銘

嘉慶元年丙辰五月日

錦城 朴宗正銘 文化 柳尙綸書(嘉慶元年卽正宗二十一年)

차외此外 읍 부근의 명산으로는 향로산별암리 진산, 삼학산, 진병산, 대룡산, 국사봉, 고산孤山, 부래산浮來山 등이 잇고 폭포로는 방곡芳谷의 구곡폭포九曲瀑布在南山面芳谷直下十二丈幅四五尺溪流凡九折故因名, 덕두원德斗院의 삼학폭포[일명 경천폭포境川瀑布, 장長이 1장丈 5척尺 여餘]가 저명하고 승지勝地로는 우두牛頭, 봉황대재읍남구만리(在邑南九灣里), 백노주白鷺洲(봉황대 전前 양강兩江 합류처), 별암鱉岩, 용담龍潭(개재신남면皆在新南面) 등이 또 유명하며 사찰로는 청평사, 상원사上院寺가 최저最著하나 차此는 차호次號에 기재하겟기 자玆에 약略한다.

다루다한多淚多恨한 홍천군 일명 화산花山

홍천이라 하면 말만 하야도 끔찍끔찍하고 소름이 끼치는 곳이다. 특히 천도교인은 영구히 기념하고 잊지 못할 곳이다. 갑오년 민중 운동 시에 서석면 풍암리에서 무고한 교인 3백여 명이 춘천 관군의 독수毒手에 무참히 학살을 당한 곳이다. 기미년 민족운동 시에 수십 여의 동포가 헌병의 난총亂銃에 사상死傷을 당한 곳이다. 이 홍천은 참 다루다한多淚多恨한 곳이다. 연혁으로 말하면 거금距今 2,500년 전 고구려 시대에 지현知縣을 치置하야 벌력 천현伐力川懸이라 칭하얏고 신라가 통일한 후에 녹요綠繞라 개칭하야 삭주朔州(춘천春川)에 속하엿다가 고려 현종 9년에 홍천洪川이라 개칭하야 현금現今까지 지至하얏다. 위치로는 본도本道 중앙에 위位하야 광廣 85유여리有餘里에 지至하고 동 인제군, 남 평창횡성 양군兩郡, 북은 춘천을 접하고, 서는 경기도 양평군과 계界하얏다.

호구戶口는 12,490, 인구는 65,304요 학교는 공보公普 3, 소학小學 1, 사립학교 2, 개량서당 3, 서당 180이 유有할 섇이요 산물은 농산물이 주가 되고 목재, 봉밀, 철물 등이 빈頻 유명하다.

고적古蹟은 대미산성大彌山城과 신라 원효대사의 창건한 수타시壽陁寺가 유有하고 명승으로는 소학정巢鶴亭, 팔봉산 등이 유有하야 춘추春秋 가절佳節에 산책하는 자가 다多하다.

화산잡화花山雜話

● 전하심후하심前何心後何心. 홍천 군청에서는 군수 이외 직원 일동의 명의로 북간도 동흥東興중학교에 일금 6원 40전을 기부하기로 승낙하고 수금까지 하얏다가 서무과장 백목柏木이란 친구가 조선인학교에 기부할 필요가 업다고 방맹이를 노와 자기의 돈을 도로 차져 갈 샘 안이라 다른 직원까지도 노아 주게 하얏다 한다. 아모리 도성島性을 가진 좁은 소견이라도 수합한 기부금을 환추還推하는 얼골이 넘모 쌘쌘치 안이한가. 그리고도 동경 진재震災 구제금은 세금 모양으로 강제분배를 하고 불일不日 내로 독촉督促 수금收金하얏다. 그째에 백목 군은 왜 조선인은 일본 진재震災에 구제할 필요가 업다고 안이하얏나.

● 개 주사主事와 도야지 평의원 안다 — 세상에 주사니 평의원이니 하는 것이 만이 잇다 하니까 홍천에는 개 주사와 도야지 평의원까지 잇다. 그러나 그것은 개나 도야지가 주사 평의원을 한 것이 아니라, 동지同地의 부호 이용균李容均 군과 도평의원 이두용李斗容 군이 넘무도 회사업이나 친척 구조에 냉정한 고로 일반 사람이 특히 별명을 진 것이다. 그래서 홍천읍의 이용균이나 이두균이라 하면 남이 잘 몰나도 개 주사나 도야지 평의원이라면 아동이라도 안다 한다. 참 인면수심人面獸心은 가증가증可憎可憎.

● 절항미륵折項彌勒. 홍천읍 내진리 모가某家 후원後園에는 일장여一丈餘나 되는 석조 미륵이 잇는데 영험이 만이 잇다고. 부근 여자들이 각금 와서 기도축고祈禱祝顧를 한다. 그런데 그 미륵을 보면 구주 전쟁에 갓다 왓는지 목이 불어젓다. 제목이 불어저도 구救치 못하는 무지無知 석조물에게 축원이 다 무엇인가. 그 미륵의 불어진 닥아리로 미신의 뇌를 한 번 타파하얏스면!

● 난총시인총卵塚是人塚. 석화石花 산록山麓에는 56소所의 대총大塚이 잇는데 자래自來로 전하기를 홍천읍이 청학靑鶴 포란抱卵인 고로 난총卵塚이 잇다고 말한다. 연이然而 56년 전 읍인邑人한 아이 흙을 파다가 고총古塚을 파괴하얏는데 시체尸體 도자기가 나와서 인총人塚인 줄로 판명되얏다. 인제도 혹세무민惑世誣民하는 풍수배風水輩가 청학포란靑鶴抱卵이니 금계포란金鷄抱卵이니 하는 말을 할가.

• 매장하거賣將何去. 북방면과 남면은 삼림이 풍부하야 고래로 홍천의 재목창材木倉이라 한다. 그런데 금今에는 전부가 삼정물산회사三井物産會社의 소유가 되고 말엇다. 이 섇 안이라 홍천 산림의 2/3가 다 삼정三井으로 갓다 한다. 그 토지 중개니 무엇이니 하는 무리가 협잡挾雜을 하다가 적화군赤化軍도 만이 생기고 전일前日의 엇던 군청 친구는 배도 쐐 불넛다 한다. 그러나 산만 잇는 홍천에서 산을 다 팔고 보면 장래 엇지 살 모양인지 제일 좀 팔지들 마시오.

조선의 제2개성인 횡성군

관동 속담에 횡성 가서 밝은 척 말낫다구 횡성이야말로 참 밝다. 산수도 명려明麗하거니와 인물도 말숙하다. 횡성 사람은 특히 상업에 눈이 밝다. 전도全道의 상권이 다 일인日人이 안이면 중국인의 손으로 돌아갓는데 유독 횡성은 조선 사람이 가지고 잇다. 횡성은 즉 조선의 제2개성이다. 안이 상업섇 안이라 농업도 발전되얏다. 사상계도 비교적 진보되얏다.

강원도의 청년회가 모두 관청의 부속적 사업됨에 불구하고 횡성 청년회는 순연히 민간으로 조직되고 힘은 비록 약하나마 잠세력潛勢力이 자못 잇다. 특히 타군他郡에 업는철원 제외 소년회가 생겨 갱생更生하려는 참된 운동을 하는 것을 보면 그곳 청년계와 소년계의 사상이 여하如何한 것을 가히 추측할 것이다.

이 여러 가지의 미점美點을 가진 횡성의 고호古號는 화전花田, 우又는 횡천橫川이다(횡성전천橫城前川, 후천자동주서이량조횡호後川自東注西而兩條橫互, 고취이위명故取以爲名, 남북왈종동서왈횡南北曰縱東西曰橫). 그 지세로 말하면 동서북방에는 산악이 다多하되 서남에 지至하야는 점차 평활平濶하고 한강의 지류되는 갈이천葛伊川, 전천前川, 후천後川 등이 유有하야 기其 유역은 토지가 비옥하고 관개灌漑에 편리하나 수심이 저천低淺하야 주즙舟楫의 편便이 무無하다.

면적은 59,274방리, 호구는 19,788, 인구는 56,112, 면수面數는 8로 구분하얏스니 동은 평창, 서는 양평, 남은 원주, 북은 홍천을 접하얏다.

생산품은 미米, 맥麥, 대두大豆가 중요한 자者이니 기중其中 미맥米麥은 수출이 다多하고 교육은 3개의 보통 학교와 1개의 소학교가 유有하고 차且 야소耶蘇교회에서 경영하는 1개 유치원이 유有하며 종교는 천도교, 기독교, 천주교의 신자가 유有하나 별로 성왕盛旺치는 못하다.

명소. 서남 1리 섬강蟾江 안에 재在한 한강대寒崗臺, 반구정伴鷗亭과 북방 1리 공근지公根地의 벽옥정碧玉亭과 전천안前川岸 남산록南山麓의 화몽정花夢亭은 횡성의 명소이나 개기지皆旣址만 여존餘存할 샢이오 고적古蹟은 덕고산德高山의 태기왕泰岐王의 성지城址가 최最 저명著名하다.

차此를 상설詳說하면,

횡성읍 동東 8리里 허許에는 덕고산이 잇고 그 산에는 주위 3,653척의 석성石城이 잇스며, 성내에는 정호井戶 급及 군량창軍糧倉의 형적形跡이 잇다. 속전俗傳에 이것은 태기왕의 소축所築이라 한다. 연이然而 태기왕은 하인何人인지 별로 가고可考할 처處가 읍스나 동사東史에 의하건대 '한선제오봉원년漢宣帝五鳳元年, 진한주위신라시조혁거세소핍辰韓主爲新羅始祖赫居世所逼, 자경주순해이북自慶州循海而北, 주령동住嶺東, 덕고산재강릉지계여령동상접德高山在江陵地界與嶺東相接'[1]이라 운운하고 『횡성고지橫城古誌』에 덕고산은 속칭 태기산이라 하얏슨즉 태기왕은 이 진한辰韓 왕인 것이 무의無疑하다.

하여간 횡성에는 태기왕의 유적이 만이 잇다. 즉 서천西川 상류의 갑천甲川이 잇는데, 전설에 태기왕이 그 천상川上에서 치병治兵하다가 갑주가 수水에 표류한 고로 갑천이라 명하얏다 하고 우又 현북縣北 이십여리二十餘里 허許에 어탑산御榻山이 잇스니 속전俗傳에 태기왕 피병지避病地라 하며 우又 갑천에 구리현仇里峴이 잇스니 일명一名은 망현蟒峴이라. 속전俗傳에 태기왕이 차지此地에 과過할 시에 대망大蟒이 당로當路하얏슴으로 내명仍名하앗다 하고 또 촌명에 마물리馬勿里가 잇스니 태기왕의 말마秣馬[2]하던 곳

1 번역하면 대략 다음과 같다. "한나라 선제 오봉 원년(B.C. 57)에 진한의 군주가 신라 시조 혁거세에게 핍박받아 경주에서 동해 북쪽으로 도망쳐 영동에 거했으니, 덕고산이 있는 강릉 지역 경계와 영동이 서로 맞닿은 곳이다."

2 말의 꼴을 먹이다.

으로서 마말리馬秣里라 칭하다가 와전되야 마물리라 칭한다 운云하다.

횡성횡설橫城橫說

만고은인구현감萬古恩人具縣監

횡성원橫城員의 압들 자랑이라고 횡성 압들에는 미답美沓이 만이 잇다. 이것은 거금 약 3백 년 전에효종 10년경 현감 구일具鎰 씨가 새로 개간한 것이다. 즉, 구 현감은 현내縣內 보洑를 수축하고 전평前坪에 관개를 하야 민전民田 수천 경頃을 작답作畓케 한 것인데 그들의 소출이 약 4천여 석이나 된다. 지금에 횡성 사람이 모두 배부르고 등이 덥게 안락 생활을 하는 것은 구 현감의 은덕이다. 원주로 통하는 가로에는 그의 비각碑閣이 잇스니碑銘에 曰, 灌田萬畝流澤千林, 黎黔之恩戶素之羞 그 비각은 참 만고 불망비이다.

차역미신此亦迷信

남산南山이 탈백脫白하면 읍내의 고관高官이 다출多出하고 서림西林(보통학교普通學校 후後 송림松林)을 작벌斫伐하면 읍내 소년이 다요多夭한다 운云한다. 이것 또한 미신.

삼횡三橫

횡성은 상업지인 고로 인심이 자연 소박疏薄하고 이욕利慾은 만이 차린다. 그럼으로 횡성을 근읍近邑에서 삼횡三橫이라 하니 즉 산횡山橫, 수횡水橫, 인횡人橫이란 뜻이다.

시하괴석是何怪石

군수 석명선石明瑄 군은 관리官吏의 이력도 만커니와 지방관으로서는 일선융화日鮮融和에 제일 열성 잇는 이다. 도임到任하는 벽두에 군내 완고 양반을 모두 모와 소위 공창회共昌會를 조직하고 백여 원 금을 조곰도 악기지 안이하고 자담自擔하야 전평前坪 송림에서 일대一大 원유회園遊會를 개開하얏다 한다. 그 회會는 물론 일선융화日鮮融和가 주요 목적이오 하는 일은 바둑, 장긔두기와 시구 짓는 것이란다.

청년회에 대하야는 납세나 위생 선전을 잘하고 또한 잡지, 신문을 만이 보라고 권유한다. 그러나 동아일보는 총독 정치를 비난하는 것이니까 체면상 볼 수 업다 하며 또 개벽사는 무슨 장사를 하는 회사냐고 말한다. 그러면 그는 청년회의 유일 목적이 납세 선전이나 위생 선전인 줄 아는가. 신문잡지의 강독을 권하면서도 『동아일보』나 『개벽』은 배척하고 또한 알지도 못하니 찰아리 노골적으로 경무 휘보나 기타 총독부 기관신문을 보라 하는 것이 낫지 안이한가. 그가 통천 협읍峽邑에서 역필力筆만 가지고 놀다가도 배 잘하는 장기가 잇고 합병 덕분에 7-8세 군수를 지내니까 물론 미리 악을 쓰고 일선융화日鮮融和를 전력할 것이다. 그러나 원수의 철 업는 수염은 작고 시여서 참여관 선발에 낙제되얏다. 이 다음에나 혹 피선被選될가 하고 그 풍신風神 조턴 수염을 밧작 깍고 잇는 것은 참 가련하다. 그가 강릉군수로 잇슬 때에 엇던 인민이 군수가 하도 껌껌하다고 백주白晝에 등불을 가지고 군청으로 들러온 일이 잇서다. 불을 보왓스니까 좀 시대 사조에 밝거젓나 하얏더니 도로 아미타불이다. 아이고, 누가 등불은 구만두고 귀에다가 물딱총이나 한번 노왓스면 정신 좀 차리게.

이애타인以愛他人

정곡면장井谷面長 오병선吳幷善 군은 진재震災 구제금 모집 시에 동면同面 내內 삼백 원을 분배하기로 장담하고 인민을 회집하야 권유하다가 인민이 과다하다고 불응하고 퇴장하얏더니 오 씨가 면고원面雇員으로 퇴장한 인민을 면소에 강제 억류하야 사私 감금監禁을 하고 감정적으로 칠백 원을 분배하얏다 한다. 이것이 불애기친不愛其親하고 이애타인以愛他人이 안인가, 참 가증可憎.

무식한원래여시無識漢元來如是

횡성읍에서 제일 무식한 자를 잡아오라 하면 아마 김춘삼金春三일 것이다. 그는 원래 말 채찍 잘 두르는 바람에 여간 푼돈냥을 모은 모양이다. 청년회나 기타 사회

사업에는 노랑돈 한 푼을 안이 써도 볼 주도 모르는 적십자 사원 문패를 썩 부치고 동경 진재震災 구제救濟에는 군청에 자진하야 십 원을 출원出願하얏다 한다.

삼백 년 간 고감영古監營인 원주

'천년고국여교목千年古國餘喬木이요 십리장강효군성十里長江繞郡城이라'는 윤자운尹子雲의 원주 형승을 추사抽寫한 명시名詩다. 원주는 거금距今 28년 전까지 3백년 간 강원 감영이 잇던 웅주雄州다. 고호古號는 평원, 북원경, 일신一新, 청원靖原, 익흥益興, 성안成安, 평량경平涼京, 원성原城이오 우又 별명은 학성鶴城이다.

위치는 본도 남부에 잇스니 서西는 경기도 여주, 남은 한강을 격隔하야 충청북도 충주에 접하고 동은 영월, 북은 횡성을 인隣하얏다. 광◯[3]廣◯은 동서가 100리, 남북이 80리오 면적은 58방리 50, 호구는 13,588, 인구는 65,774다. 기후는 대개 온화하야 일 년 중 평균 온도가 14도 7분이오 산업은 아무 것도 발전이 되지 못한 중에 상업은 중국인에게 전연이 쌕기엿고 교육은 보통학교만 몇 개 잇스며 고보高普 기성회期成會는 다 썩은 문패만 달여 잇다.

명소名所 고적古蹟

치악산雉嶽山(일명 毗盧峯 풍익楓嶽이니 고高가 4,250척)은 군동郡東 약 30리 허許에 잇스니 본本 군郡의 진산이다. 수석水石이 유기幽奇하고 수목이 창울하며 산중에는 칠 개소七個所의 사찰이 잇고 사시四時 풍경이 절가絶佳하니 기중其中 봉을 비로봉毗盧峯(일명 증봉甑峰이니 철미鐵馬가 유有함)이라 하고 기남其南에 주역대駐驛臺가 잇스니 이는 이조 태종이 기사其師 려조麗朝 절신節臣 원천석 선생을 친방親訪하시던 곳이라. 후인後人이 차此를 기념하기 위하야 암상巖上에 태종대 삼자三字를 각刻하엿다.

건등산建登山은 본군本郡 문막리文幕里 북방 약 18정町 허許에 잇스니 고려 태조 왕건

---

3 원문이 훼손되어 읽을 수 없다. 다만 동일 저자의 다른 글에도 '광무(廣袤)'가 동일한 의미로 사용된 용례가 있어 '광무'로 유추할 수 있다.

王建이 견훤을 토파討破하고 차산此山에 등登하야 입석立石 기공記工한 고로 후인이 차此를 건등산建登山이라 지칭하얏다.

영원산성鴒原山城은 치악산 산록에 잇스니 금폐今廢 삼국三國 시時에 궁예가 차원北原적賊 양길梁吉과 차성此城에 거하야 통으로 주천, 내성울조奈城鬱鳥, 어진御眞 사현四縣을 약畧하얏고 기후其後 여조麗朝에 원충갑元沖甲이 또한 차성此城에서 단병丹兵을 파破하야 대공을 성成하얏고 임진 시에 목사 김제갑金悌甲이 여주 목사 원호元豪와 적을 어禦하다가 패뉵敗衄하고 장절비절壯絶悲絶하게 입절立節한 곳이다.

상원사上院寺는 치악산 최상봉에 잇스니 기其 창건 시대는 미상未詳하나 해사該寺의 사적에 거據하면 삼한시대로부터 전래한 동우棟宇로 제잠鯷岑 사명산四名山의 사경寺境이오 관동 30주州의 별구別區라 운云하얏고 신라 시에 무착조사無着祖師의 사師 문수대성文殊大聖은 "법계法界 제중생諸衆生이 일차一次 본사本寺를 견見하면 가히 불佛로 화化한다" 운云하얏다. 전각도 굉려宏麗하거니와 경치가 기묘하야 불가佛家의 영지靈地라 위謂하겟다. 사의 부근에 삼귀석三龜石, 사자석獅子石, 이귀석二龜石, 강용발降龍鉢, 감등정甘等井이 잇고 암전菴前 석상에는 혈흔 마적馬跡이 잇스니 차此는 용마적龍馬跡이라 운云한다. 본사는 차산此山의 고정高頂에 재在한 고로 염하炎夏 중에도 서기瑞氣를 부지不知하고 차且 사寺의 남방, 남대봉은 영월, 평창, 여주 급及 본군 일원을 일목一目에 요연부감瞭然俯瞰할 샏 아니라 천기天氣가 청랑한 시時이면 경성 동대문을 가히 조망한다.

구룡사龜龍寺는 치악산록에 잇스니 경개 절승하고 기其 부근附近에 재在한 용연龍淵은 주위가 70여 보, 심深이 78척인데 수색水色이 청려淸麗하고 상류에 소폭포小瀑布가 잇다.

이수귀부螭首龜趺만 남은 진공대사비眞空大師碑. 이 비碑는 지정면 안창리 흥법사 고지古址에 잇으니 그 비문은 고려 태조가 신제新製하고 최광윤崔光潤이 당 태종의 서법을 모模하야 서書한 것이다. 여조麗朝 이익재李益齋 제현齊賢이 상왈常曰, "詞義雄深偉麗, 如玄圭赤舃揖讓廟廊而字大小眞行相間鸞飄鳳泊, 氣呑象外眞天下之寶也"[4] 운운云云의 설을 견見하면 기비其碑의 가치를 가지可知할 것이다. 연이기비然而其碑가 엇지 하얏던지 주아州衙에 이치移置되얏더니 전일前日 엇던 무지 몰각沒覺의 군수가 사물寺物을 군아郡衙에 두는 것은 속기俗忌라 하고 구거溝渠 중에 투投하야 수遂히 파절破折되고 그 파편 이개二個만 잔존하야 보통학교 구내에 잇더니 일본 수비대에서 마조 가저가고 보니 흥법사興法寺 고지古址에 잇는 그 비의 이수귀부螭首龜趺는 다만 황량한 추초秋草 중에서 풍우를 읍泣할 샌이다. 이에 그 비에 대한 이우李堣의 시를 소개하면 하下와 여如하다.

고사주장학古寺舟藏壑, 수종반야투誰從半夜偸, 모자불성개茅茨不成盖, 풍우란상타風雨亂相打, 신한교룡읍宸翰蛟龍泣, 천장운한수天章雲漢愁, 동선증유루銅仙曾有淚, 부독쇄장류不獨洒漳流.[5]

승묘탑비勝妙塔碑와 현묘탑비玄妙塔碑. 원공국사圓空國師 승묘탑비거금距今 870년 전는 부론면富論面 정산리鼎山里 거론리巨論里에 잇法泉里고 지광국사의 현묘탑비距今 840년 전 부론면 법천리法泉里 원촌院村에 잇스니 개皆 조각雕刻이 미묘하야 예술적 가치가 잇다.

왕후각王后閣과 충렬비忠烈碑. 원주면 상동리上洞里 원주교原州橋 부근에 왕비각王妣閣이 잇스니 이는 이조 인조대왕비妣 인렬왕후 한韓씨의 탄생지로西平 府院君 韓浚謙 舊基 영종대왕의 어서御書로 각刻한 비각이오 충렬비는 임란 시 목사牧使로 절사節死한 김제갑의 기념비다.

원주의 일대 폐막弊瘼인 문막 수리조합

강원도에서 수리水利조합이라 하면 인민이 모두 골머리를 뒤흔든다. 안이 수리조합으로 다 죽을 지경이다. 홍천의 대정언大正堰도 그러하고 고성의 삼일제三日堤도 그러하다. 현재 철원의 중앙, 어운於雲 양兩 조합組合은 인민이나 군청의 대 고통거리

4 이를 해석하면 다음과 같다. "글 뜻이 웅장하고 깊으며 크고 고와서 마치 현규(玄圭=하늘 아래 물려받은 모든 것)와 적석(赤舃=임금이 정복을 입을 때 신던 가죽신)으로 낭묘(廟廊=정사를 행하던 궁궐)에서 읍양(揖讓=읍하여 겸손한 뜻을 표함)하는 것 같고, 글자의 크고 작은 줄이 서로 맞아서 난새가 까맣게 뜨고 봉황이 깃들어서 기운이 우주를 삼키는 듯하니, 참으로 천하의 보배로다"

5 이 시는 송재(松齋) 이우(李堣)가 지은 것이다. 시를 해석하면 다음과 같다.
"옛 절은 배를 골짜기에 감추었는데 / 누가 와서 한밤중에 훔쳐갔나 / 띠풀로 지붕을 덮지도 못했는데 / 비바람에 어지럽게 버려졌네 / 천자의 글씨에 교룡(蛟龍)은 울고 / 임금의 문장에 은하수는 근심하네 / 동선(銅仙)은 일찍이 눈물을 흘렸으나 / 홀로 장강(漳江) 물에는 뿌리지 못했네."(『關東誌』 권1, 1830; 강원대 인문과학연구소 고문서연구센터, 『(國譯) 關東誌』 上, 강원도, 2007, 195쪽)

다. 즉 그 부근에 잇는 인민은 사처四處로 이산하고 그 구역에 잇는 토지는 그저 주어도 안이 가지게 되얏다. 이 조합은 대정 8년 7월에 성립된 후 8월부터 공사에 착수하야 금일에 지至하얏스나 창립 이래 연년의 수해를 몽蒙하야 기후其後 복구공사가 전후 8회에 지至하얏고 식산은행의 기채금起債金이 45만 7천 6백여 원에 지至하얏다. 몽리蒙利 면적은 530정보町步인 고로 부담액이 반당反當 86원에 지至하고 연부금年賦金 8원 53전(연부금 총액 45,246원)이다. 차외此外에다 경상비 1원 77전을(경상비 총액 9,370원) 가加한 10원 30전은 기채起債 상환 연간대정14년 이하 23년간의 조합비인데, 조합설립 당시 예정한 지주 수익에 비하면 기其 부담이 심대하다. 연이부담액然而負擔額이 과다할지라도 속히 준공되야 관개가 완전이 될 것 가트면 오히려 장래 희망이나 잇지만은 그것도 상차전도尙且前途가 요원할 샏 안이라 연년의 홍수는 기성旣成한 공사까지도 파괴한다. 군청에서 매년 막대한 군비로 차此를 보조 수축하나 일개 동족방뇨凍足放尿에 불과하다. 여하간 원주의 인민으로 차此 구역에 토지를 유有한 자는 경가傾家 패산敗産할 비운에 지至하얏다. 그러면 도 당국이나 총독부 당국에서는 차此를 월시진척越視秦瘠과 가치 엄연奄然 간과함이 가할가. 당초 수리조합의 기성期成을 백방으로 권유한 자도 도 당국이오 차를 실지로 답사하고 설계하기도 도 당국이오 식은殖銀에서 다대多大한 금전을 대부貸付한 것도 수리조합 규정에 의하야 관청의 허가된 것을 신용한 것이다. 다시 말하면 일절 책임자는 도청道廳이다. 인민이 구학溝壑에 함陷하는 것을 불고不顧한다면 문제가 업거니와 소호小毫라도 차此를 사思한다 하면 급히 총독부와 타합打合하야 식은殖銀의 부채를 부府에서 부담케 하던지 또는 멸살滅殺할 방법을 연구치 안이하면 안 될 것이다.

학성만화鶴城謾話

살인하고도 돈만 주면 그만

원주군재향군인회에서는 금년 2월 7일음 정월 2일 정오에 노루 산양을 하랴고 30여 명이 판부면板富面 관설리觀雪里로 갓섯다. 마참 노루 한아가 하신성下薪城 461번지 신영균申英均의 집 문전으로 달어낫는데, 재향 군인들은 누루에 눈이 밋처서 인가가 잇슴을 불구하고 난총亂銃을 시射하야 노루는 잡지 안이하고 대문 전에 잇는 신영균의 자子 신학기申學基(年11)을 시射하야 원주 의원에서 치료하다가 3일만 즉 2월 19일에 사망하얏다. 그때 학기의 부모는 이 사실을 고소하랴고 각 대서소代書所에 소장訴狀을 써 달나고 하얏스나 모다 재향군인회를 무서워 하야 안이 써 줌으로 부득이 경찰서와 재판소에 구두로 고소하얏다. 그러나 원래 차此 수렵에는 경찰서 사람과 기타 유력한 일본인이 모도 참가한 까닭으로 이 고소를 잘 수리受理치 안이하고 차일피일 밀고 재향군인회에서는 각 방면으로 활동하야 사事를 불문不問에 부付케 하고 결국 신영균은 위로금으로 2백 원을 주고 우물주물 묵주머니를 맹길엇다. 범죄가 되던지 안이 되던지 결찰서나 재판소는 당연이 고소를 수리하야 상당히 처결할 것인데 사정私情에 구拘하야 중대사건을 불문에 부付하니 이것이 인민의 생명 재산을 보호하는 직무를 가진 관청의 할 일인가. 이와 가틀진대 법은 다 무엇이며 수렵 규칙은 다 무엇인가. 아모리 암묵暗默한 시골이라도 참 한심하고 통한할 일이 만타.

희귀한 국척國戚

장평해張平海 의원 댕긴 자랑과 전인환全寅煥의 세납稅納 만이 내는 자랑은 원주 사람의 이야깃거리가 되얏다. 기중其中 장씨는 세계 희귀한 국척國戚이엿다. 그가 태황제 국장國葬 시에 자칭 태황제의 외증조의 대고모의 외증손의 서庶 사우되는 국척國戚이라 하고 굴건제복屈巾祭服으로 돌아다니다가 밤이면 우미관優美館과 기생집을 갓다나! 참 기괴한 국척도 다 잇다.

귀부인貴夫人이냐 천부인賤夫人이냐

이것은 금추今秋 총독이 원주에 왓슬 때 일이다. 아첨阿諛 잘하는 군청에서는 귀부인 접견이라 하고 모모某某 유력자의 부인, 우又는 소실小室을 모도 몰아 가지고 총독을 접견하랴다가 초야初也에는 야간인 고로 면회 거절을 당하고 익일翌日에 겨우 보왓다 한다. 총독의 부인이 왓스면 부인 접견이 용혹무괴容或無怪이지만은 아모리 총독이라도 생면 남자에게 부인 접견이 다 무엇인가. 전일 감사 수령이 오면 관기가 수청을 들엇지만 각색 귀부인하고 총독을 접견하는 것은 하何 의미인가. 이등伊藤 통감처럼 이성異性을 조와하는 사람은 깁버하얏슬 것이오 사내寺內가튼 엄격한 사람이면 대책大責을 하얏슬 것이다. 그러나 기其 중간에 잇는 재등齋藤 군이니까 묵묵무언默默無言하고 심중에 암소暗笑하야슬 섐이다. 귀부인도 참 팔자구저.

영서 태평향太平鄕 양구군

양구군은 비봉산록에 재在하니 원元 맥국貊國의 속령屬領으로 고구려 시부터 양구楊口라 칭하얏고 우又 요은홀차要隱忽次라 하다가 신라가 통일한 후에 양록楊麓으로 개改하고 려조麗朝에 양구라 칭하다가 이조李朝에 구명舊名을 복復하야 갱更히 양구라 칭하엿다. 동은 인제를 접하고 남은 춘천 북산면과 인隣하얏스며 서는 화천, 북은 회양, 금화를 계界하얏다. 행정구역은 7면으로 분分하얏스니 호구가 8,407이오 인구가 46,690이다. 교육기관은 양구楊口, 임당林塘 양 공립 보통학교와 사립 장원長源학교가 유有하고 기외其外에 서당 167이 유有하다. 본군은 원래 협읍峽邑으로 4면에 준령이 유有하야 교통이 심히 불편하고 수髓하야 자래自來 문화가 영서 각 군에 비교적 낙오 되얏스나 산업은 다소 발전되얏스니 취중就中 농산물의 미곡米穀은 산출이 풍부하고 품질이 양호하며 잠업 목축업이 우又 성하니 양구우楊口牛와 양구잠楊口蠶은 근래 영서에 저명하고 우又 방산方山의 자기磁器는 제품이 비록 추열醜劣하나 품질은 극히 양호하니 다소 개량하면 장래 유망한 사업일 것이다. 인심은 매우 순후하야 유사 이래로 민요가 일차도 무無하얏다 하고 우又 물가의 저렴은 강원도의 제일인 고로 봉급생활자의 낙지樂地라 한다.

여두소읍如斗小邑 화천군

화천군은 본도의 최소 읍이다. 면적은 18방리 93이오, 호구 6,204, 인구 31,590

시골 마을 풍경, 『寫眞帖朝鮮』, 朝鮮總督府, 1921, 출처 : 서울 역사박물관

을 유有하니 화천강한강 상류니 즉 북한강에 임하야 남으로 춘천을 접하고 동으로 양구를 계界하고 서북은 금화를 인隣하얏다. 또 연혁으로 말하면 본 맥국貊國의 속지屬地니 고구려 시에 생천牲川 우又는 야시매也尸買라고 칭하고 신라 시부터 낭천狼川이라 칭하야 이조 말엽까지 지至하다가 금今에는 화천華川이라 칭한다. 행정구역은 4면으로 분分하고 교육은 화천, 화남 양 개兩個의 보통학교와 사립 광동학교光東學校가 유有하니 차지此地는 원래 협소하야 사면에 불과한 고로 소위 삼면 1교의 제制에 부합할 쌘안이라 숫자로는 반反히 초과되얏다. 종교는 야소교가 최성最盛하니 전부를 통하야 18개의 예배당이 잇고 기차其次는 천도교다. 산업은 농업이 최성最盛하고 기차其次는 임업이오 상공업은 아즉 부진不振의 상태에 잇다.

고적古蹟은 용화산성龍華山城이 잇고 명소는 검봉산劍峯山의 기국棋局과 여如한 기관奇觀이 유有할 쌘이다.

천리 옥야千里沃野 평강군

본군本郡은 원元 예맥濊貊의 유지遺地니 고호古號는 대부현大斧峴, 어사내於斯乃, 부양斧壤, 평강平康이오 현명現名 평강은 고려 충선왕 2년부터 시칭始稱한 것이다. 위치는 본도 서북 1우隅에 재在하니 동은 회양, 금화, 서는 이천, 남은 철원, 북은 함남 안변을 계界해 잇다. 면적은 89방리오 지세는 장長한 철凸 자형字形을 성成하야 고원급저원高原及低原으로 자연 구분되얏스니 중부 고원은 해발 1,200척 내지 2천 척 이상에 달하고 저원은 고원에 비하야 100척 내지 200척이 저低하다. 중부 이남은 2천여 방리되는 소위 평강옥야平康沃野가 전개되고 중앙에 임진강 상류가 관류貫流하며 30리 경원철도가 고원의 중앙을 완연이 통과하야 물화의 운수에 편리하고 도로는 역亦 사통팔달四通八達하야 거마車馬의 왕복이 곤란困難티 안이하다. 기후는 고원급저원高原及低原이 각이各異하나 대개 한서寒暑의 차가 심하야 동계에는 최저 영하 28도에 달하고 적설이 수척數尺 여餘에 지至하며 하기夏期에는 강우가 다多하고 최고 온도가 95도 섭씨 35도이다. 현재 인구는 46,887, 호구는 8,533이오, 행정구역은 8면 49동리로 분分하얏다. 교육기관은 기개幾個의 보통학교, 일본인 소학교, 강습소 등이 유有할 샢이오 종교는 천도교 신자가 최다最多하고 기차其次는 시천교侍天敎, 야소교耶蘇敎오 또 약간의 천주교, 불교 신자가 잇다.

산업은 또 별로 가관可觀할 것이 업스나 경원선 개통 이후로 남북의 물화가 폭주하고 각지 산업가가 교집交集함으로 군내郡內급及 복계福溪, 검불랑劍拂浪, 세포洗浦 등 역에는 상업이 초성稍盛하고, 평야가 다多함으로 장래 상당한 시설을 가하면 농업, 급及 목축업牧畜業이 유망할 것이다. 연이미구然而未久에 금강산 전기철도가 개통되야 철원과 금화 간 물화가 직통하면 평강은 일대 타격을 수受할 우虞가 불무不無하다. 군에서는 차此의 대항책對抗策으로 육군병사 비행장, 수리조합 설치에 극력 운동하야 기공其功을 주奏하얏스나 그것이 과연 조선인에게 유익할지 또 의문이다.

명소, 고적 명소는 흑금강黑金剛과 국사당國師堂이 최저最著하니 흑금강은 목전면木田面 청룡산에 재在하야거리 약7리 산수가 기절奇絶하고 국사당은 삼방三防 장곡長谷에 재

在하야 약수, 단풍 이계二溪로 기경奇景을 성成하얏스니 약수계藥水溪는 경개가 절승할 뿐 안이라 탄산천이 용출하야 기명其名이 각지에 저著하고 풍수계楓水溪는 풍수楓樹가 창애蒼崖를 폐蔽하고 청류淸流가 기간其間에 요繞하야 만추의 시時에는 만계滿溪가 금수錦繡의 향鄕을 성成하는 고로 제2풍악楓嶽이라 한다. 차且 고적古蹟은 갑기천甲棄川과 기타 각지에 산재한 태봉왕 궁예의 유적이 최저最著하나 차此는 궁예 기사에 상재詳載되얏기 자玆에 약畧한다.

전설과 기사奇事

채씨소蔡氏沼. 이것은 조곰 미신에 각가운 전설이다. 유율면楡津面 유연리楡淵里에 마암소馬巖沼가 잇스니 속전俗傳에 채 씨 나온 소沼라 한다. 즉 지금으로부터 약 수천 년 전에 동리에 잇는 미가未嫁 여자 한 아이, 아희를 배안는데 그의 부모가 이것을 알고 힐문한 즉, 그 여자가 말하기를 밤이면 엇던 청의동자 한 아이 와서 자고 가는데 도모지 누구인지는 알 수 업스나 그로 인하여 수태受胎가 되얏다 하얏다. 그 부모는 이것을 심히 괴이히 녁이고 바늘과 당사실을 그 여자에게 주고 말하되, 만일 그 동자가 또 오거던 옷에다 바늘을 꼬지라 하얏다. 그 여자는 참 부모의 말과 가티 그날 밤에 동자의 옷에다 바늘을 꼿고 익조翌朝에 그 종적을 살펴본즉, 실끗이 과연 마소馬沼에 꼿체 잇슴으로 그의 부모가 실을 잡아 달인즉 큰 거북大龜 한 아이 쌀녀 나왓섯다. 그 부모는 그 여자의 수태가 영물의 소위所爲라 하고 거북을 다시 소沼에 늣코 기후其後 여자가 한 기남奇男을 생生함으로 잉仍하야 채 씨라 성을 지엇스니 이것이 즉 조선 채 씨의 시조가 되고 또한 평강으로 하얏다 한다.(채蔡는 자의字義에 구龜라)

용전龍田. 평강면에 용전이 잇스니 본명은 범등랑凡等朗이다. 이조 숙종 시時에 이희조李喜朝라 하는 이가 군수로 잇슬 때에 읍내 서파산정리西巴山亭里 대지大池에서 한 사람이 큰 리어鯉魚를 잡아서 관유官需에 공供하얏섯다. 그날 밤 이희조 꿈에 엇던 청의동자 한 아이 와서 보고 시 한 구를 주되, "아본청산기려객我本靑山騎驢客, 일조명진 이희조一朝命盡李喜朝"라 하얏다. 이 씨가 놀나 깬 후 심히 괴이하게 생각하고 관주官廚에 생물이 잇는 여부를 물은즉 과연 대리大鯉가 잇다 함으로 이 씨가 즉시 해지該池에 방放하얏더니 거무하居無何에 해지該池가 무고無故이 자학自涸하고 범등량에 대지大池가 용출함으로 인人이 용리龍鯉의 소위所爲라 하고 잉仍하야 용전龍田이라 명하얏다 운云한다.

사목부활死木復活. 고삽면高揷面 축현리에는 약 30년 전에 작벌斫伐한 전나무 한아가 갑인년甲寅年부터 다시 살아나서 생장하는데 그것은 엽아葉芽도 업고 비힌 나무 밋둥이가 그대로 잘아 올나옴으로 일반이 다 기이하게 사思한다. 이것도 식물학자의 한 연구 자료가 될 듯.

태봉泰封 고국古國 철원군

"산함고국천년한山含古國千年恨이오 운포장공만고수雲抱長空萬古愁"는 강회백姜淮伯의 철원 회고시다.[6] 철원은 태봉국 궁예의 고도古都이다. 고명古名은 철원鐵圓, 철성鐵城, 동주東州오 철원鐵原이라 칭하기는 여조麗朝 충선왕 2년부터 시始하얏다. 강원도 서북부에 재在하니 동은 금화, 북은 평강, 서는 이천, 남은 경기도의 포천, 연천 양 군兩郡을 접하얏다. 지세는 경기도와 계界를 획劃한 금학산맥金鶴山脈이 군내郡內에 연긍連亘하야 굴복이 다多하나 북부 일대는 일대 평야를 성成하야 평강 평야와 요요遙遙 상린相隣하얏다. 산악의 중요한 자는 금학金鶴, 명성鳴城, 보개寶蓋, 고대高臺, 화인봉化人峰亦名寶蓋, 고암高巖, 효성曉星, 영영靈影 등이니 기중其中 금학이 최고하고 947미터, 하천은 개皆 임진강 지류에 속한 자이니 역곡驛谷, 한탄漢灘, 남대南大, 차탄車灘 등 천川이 중요한 자다. 행정구역은 10면 60동리로 분分하고 면적은 54방리(기중其中 경지耕地 3만 9백 93정보), 호수戶數는 2,499(내일본인內日本人 207), 인구는 58,221(내일본인內日本人 571)다. 교통은 군내 1, 2의 판로坂路를 제한 외에 대개 평탄하고 미구에 개통될 금강산

6 이 시는 통정(通亭) 강회백(姜淮伯, 1357~1402)이 지은 「鐵原懷古」의 일부다. 해석하면 다음과 같다. "산은 고국의 천년의 한을 머금었고 / 구름은 먼 하늘 만고(萬古)의 애수를 안았네"

전기철도가 경원선과 연락되면 운수 교통에 극히 더 편리하야 면목을 일신할 것이다. 시가는 상점이 즐비하고 차且 근일에 전등이 가설되야 불야不夜의 성城을 성成하얏스며 산업은 평야가 다多함으로 농업, 목축업이 비교적 발전되고 잠업蠶業도 또한 발달되얏스니 피彼 유명한 철원주鐵原紬(연산액年産額 2,585 필匹, 가액價額 28,380원)와 철원태鐵原太(연산액 18,063석), 철원우鐵原牛(연年 총總 매매買賣 두수頭數 7,869)는 본군의 특산으로 내외 시장에서 회자한다.

교육기관은 보통학교 3, 일본인 소학교 1 외에 사립 봉명鳳鳴학교가 유有하니 차此 봉명학교는 거금距今 17년 전 즉 융희 2년 6월 3일에 당지 청년 독지가 이봉하李鳳夏군의 설립한 바로 허다許多의 풍상風霜을 경經한 후, 금今에 남 감리교회에서 약간의 보조를 수受하야 유지하는 데 생도生徒 180인, 학급 6으로 복시複式 교수를 시施하고 차且 남녀가 공학한다. 명소 고적은 역다亦多하나 중요한 자를 거擧하면 좌左와 여如하다.

용화龍華폭포. 일명은 삼부락三斧落이니 읍동邑東 5리 갈말면葛末面 용화산龍華山에 재在한다. 장長이 십여 척이오 삼층의 암석이 요함凹陷하야 대부형大斧形과 여如한 고로 삼부라 명하얏스니 경개가 절승絶勝하다.

순담蓴潭. 읍동邑東 3리 갈말면 도덕탄道德灘에 재在하니 기석괴암奇石怪巖이 병 치幷峙하고 일조一條의 청류淸流가 기간其間을 통한다. 거금距今 약 300여 년 전에 김상공金相公 모某가 암巖을 천穿하야 일담一潭을 작作하고 순종蓴種을 파播하얏스니 금今에도 차此가 산産한다.

도피안시到彼岸寺. 읍동邑東 25정町 되는 동송면東松面 관우리觀雨里에 재在하니 일명은 피봉시彼奉寺오 우又 명名은 도피시到彼寺다. 거금距今 1,500여 년 전에 주조한 철불鐵佛이 유有하고(고高 3척尺 5촌寸 여餘오 배면背面에 함통咸通 6년이라 각刻함) 전전殿前에 5중 석탑이 유有하니 차역此亦 동대同代의 유물이라 한다.

심원사深源寺는 읍서남邑西南 5리 신서면新西面 보개산寶蓋山에 유有하니 산고수청山高水淸하고 수목이 울창하야 추계풍엽秋季楓葉의 경景이 절승絶勝하다.

고석정孤石亭은 읍동남邑東南 3리 허許. 안석岸石이 송립竦立하고 연수淵水가 용용溶溶

한 처處에 임하얏스니 세전世傳에 신라 진평왕 급及 고려 충숙왕의 유상지遊賞地라 한다.其傍有孤石城址 차외此外에 궁예의 고적古蹟이 유有하나 궁예 기사에 상재되얏기 자玆에 약畧한다.

철봉일타鐵鋒一打

철원鐵原이냐 주원酒原이냐. 철원의 부력富力은 영서의 제일이다. 안이 조선에 몟재 안이 간다. 그러나 그 재산가들은 사익에만 눈이 벌걸코 공익적 사업은 아주 담쌋다. 사익이나마 정당한 사업이나 하얏스면 조치만은 시대에 모순되는 일만 한다. 보라. 철원의 명산인 명주 가튼 것을 개량한다던지 직조하기 위하야 설립한 조합은 한아 업서도 주조酒造 조합은 발기發起되지 불과 기일幾日에 벌서 제1로부터 제5까지 생겻다. 이와 가티 발전되면 몃 백 조합이 또 생겨서 철원은 주원酒原으로 화化할 것이다. 금주 회원 보기에 불괴不愧치 안이한가. 철원 재산가의 철면피.

행여불행여幸歟不幸歟

중앙수리조합과 어운수리조합於雲水利組合이 준공되면 철원은 참 제2의 김제 만경金堤萬頃이 될 것이다. 그러나 각처에서 수리조합비로 고통을 당하는 전감前鑑을 본 지주들은 수리조합이 설립되자 무슨 동경 진재震災가튼 것이나 나서 다 죽을 듯이 조선祖先의 전래하던 양산옥토良山沃土를 머리악을 쓰고 작구 파리 매평每坪에 3전 4전한다. 기중其中에 기회를 본 간교한 협잡배挾雜輩들은 조합이 되면 모도 결단 난다고 선동하야 중개비 먹는데 눈이 벌겟다. 철원 읍내에서 대서代書하는 사람의 집에는 쌍 문서가 산덤이가티 쌔이고, 여간 돌아 단이는 사람은 홍경군 샌이다. 철원 사람들은 논의되기 전에 벌서 다 파산 선고를 당햇다. 어운조합의 토지도 3분 2는 일인日人의 소유요 중앙조합도 반분半分이나 또 일인日人의 소유가 되얏다 한다. 이것이 인민의 몽매라 할가. 전일 타 조합이 잘못한 죄라 할가. 하여간 철원의 조선인 토지는 이 조합으로 하야 전멸되얏다. 조선인의 불행은 일본인의 행이다.

괴물우괴물怪物又怪物

철원의 김낙형金洛炯이라 하면 모를 사람이 읍것다. 그는 원래 평북 영변 사람으로 임인년壬寅年, 1902 분分에 비로소 철원에 와서 자칭 김 진사라 행세하는데 합병 전에 엉큼한 계책을 내서 북면 고암산高巖山 암석 상에다 황제봉皇帝峰 3자를 딱 색여 노코 그 산을 황제봉이라 하며, 또 단을 모와 황단皇壇이라 하고 태황제 어진을 봉안한 후, 한참 어수록할 시대에 궁내부 입지立旨인가 무엇슬 내서 그 부근의 토지 삼림을 모다 차지하고 각 군 향교에 통문하야 다대한 금전을 수합하야다가 수십여 칸의 집을 굉대宏大히 지여 노코 살며 황제봉을 빙자하고 여간 인민을 막 압박하다가 합병된 후에는 간교한 김 씨는 다시 황제봉을 고치여 천황봉天皇峯이라 하고 태황제 어진은 철폐하고 명치천황위패明治天皇位牌를 또 봉안하고 천장절天長節이면 주재소 순사 그 타 관리를 청하야 참배케 하며 술을 주되 어주라 하고 만일 불참하면 신민 도리가 안이라 대책大責하며 도청이나 군청에서 기其 산림에 대하야 무슨 간섭을 하면 도道 장관長官, 군수에게 의례히 호출장을 놋코 또 자기 집 문에는 대궐문이라 써 부치고 책상에는 케케묵은 명치 초년 구육법전서九六法全書와 삼림법 규정을 놋코서는 관리나 인민에게 족음하면 불경죄니 삼림법 위반이니 하고 여내 호령도 하며 고소도 한다. 그러나 유식자는 일광인一狂人으로 인정하고 상대를 안이하며 무식자라던지 황실이라면 문자상으로도 절대 복종하는 일본 사람들은 천황을 위한다는 바람에 꿈쩍 못한다 한다. 차此가 하등何等의 괴물인가.

예국薉國의 구도舊都 강릉군

본군은 왕석往昔 예국薉國의 구도舊都이니 별명은 하서량河西良, 아슬라阿瑟羅, 명주溟州, 소경小京, 임영臨瀛, 경흥慶興, 동온東溫, 명원溟源, 철국鐵國, 도원경桃原京, 북빈경北濱京이다. 본도 동남부에 위位하여 소위 영동嶺東 연해沿海 6군의 중中을 점하얏스니 면적 73방리로 지미地味가 비옥하야 농작에 적당하고 경지 면적은 13,370정보니 도내 21군 중 수위에 거하며 해안선은 기 굴곡이 핍乏하나 연장延長은 15리에 긍亘하야 어군魚群의 회유回遊가 빈頻히 농밀하다. 행정구획은 12개면 116개 정리町里, 호수 1만3천호, 인구 7만4천여 명을 유有하니 기其 7할은 농림업에 종사하고 기차其次는 어업 급及 상업에 종사한다.

본군의 답畓 면적은 7천여 정보町步요 1개년 미米 산액産額은 9천5백여 석이니 각종 산업 중 대종大宗이 되고 양잠업은 원래 부진하얏스나 최근 이상의 발달을 수遂하야 매년 수收◯고高 1천 석에 달하고 어업자는 7백15호, 어선 350척, 1개년 어획고 40만 원에 지至하니 설鱈, 청鯖, 명태어明太魚가 중요 어획물이요 특산으로는 생시生柿 연산액年産額 260만 관貫 중 기其 6할 156만 관은 재래 건시乾柿로 제조하야 경성, 원산, 부산 기타 각지로 수출하니 기 연산액年産額은 34만 관 가액價額 34만 원에 달한다.

조선인 교육은 보통학교 4교와 사립강습소 6개소가 유有하고 고등보통학교 설립은 대정 8년 이래 현안으로 기성동맹회를 조직하야 영동 6군과 영서 3군에서 기부금 20만원을 기旣히 모집하고 혹은 총독부 혹은 도청에 진정하야 격렬 운동하다가 금추今秋 총독 내강來江 시에 춘천에 설치하기로 선언함에 일반은 실망에 귀歸하얏다. 일반 보통 운수運輸는 경성, 강릉선, 경주, 양양선 2등 도로, 강릉정선선, 강릉견소진선江陵見召津線 3등 도로 급及 주문진항의 연락에 의하야 행하니 경성－강릉선은 대정 5년에 완성되얏스나 경주－양양선 내 강릉 옥계리 연장 6리는 아즉 완성되지 못하얏다. 연이然而 동계에는 적설이 심하야 육지의 교통은 대개 두절되고 단但히 주문注文의 선편船便을 의依할 쌘인 고로 심히 불편하다.

주문진항은 어항으로 상항商港을 겸하야 1년 이출입고移出入庫 270만 원에 달한다. 대정 10년 이래 축항築港 기성회를 조직하고 본 년 이후 3개년 계속 도道 지방비地方費 사업으로 기旣히 착수하얏는데 공비工費는 24만 원, 만내灣內 면적 3만 평 2천 경 이상의 기선汽船을 정박케 할 예정이다.

수위首位 강릉면은 인구 9만 4천을 유有하니 정치경제의 중심지요 군청, 경찰서, 함흥지방법원지청, 보통학교, 자혜의원, 측우소, 형무소, 면사무소, 산림과山林科 출장소 등의 관아官衙 공청公廳이 구유具有하고 차且 식은지점殖銀支店 금융조합이 유有하며 상尙히 근근近近에 도시금융조합 전기회사 등의 설치를 계획하는 중이다. 본면本面은 본래 4월에 지정면指定面으로 편입되고 읍내 시장의 취인取引 총액總額은 매년 30만 원 이상에 지至한다.

명승과 고적은 역亦 각지에 산재하얏스나 타他 기사記事에 개록槪錄하얏기 자玆에 약略하고 최종에 기후를 논하면 대개 온화하야 하계 최고도는 섭씨 34도, 동계 최저도는 영하 10도오 천기天氣는 역亦 사시四時가 양호하나 만추로부터 초춘初春까지 풍風이 강렬하니 영동 속언俗言에 소위 양강지풍襄江之風이 이것이다.

관동의 흑산국黑山國 양양군

양양襄陽은 영좌요충嶺左要衝이오 관동關東 도호都護다. 본도本道 동단東端 중앙부에 잇스니 지형은 남북이 장長하고 동서가 단短하야 동서 5리, 남북 16리에 지至하고, 면적은 63방리여餘를 유有하며 호수 9,082, 인구 53,327에 달한다. 서는 인제, 북은 고성, 남은 강릉과 인隣하고 동은 일본해에 빈濱하얏스니 고호古號는 익령翼嶺, 이문伊文, 익현翼峴, 덕녕德寧, 양주襄州, 양산襄山, 현산峴山이다.

본부의 제1고산 되는 설악산은 인제 계界에 기起하야 마천摩天의 세로 벽공에 용립하고 완연蜿蜒이 남북으로 주走하야 북은 금강 산맥, 남은 강릉군 대관령과 접하고 대산大山의 산맥이 동으로 향하야 해海에 진進하얏다. 관내 광활의 지地는 비록 핍소乏少하나 연해沿海 일대는 대개 비옥하야 경지가 풍부하고 삼림이 무성하며 군내 대포항大浦港은 정기 항로가 유有하야 사시 선박의 출입이 빈번하다.

산업은 농업이 최성最盛하니 경지 중 답畓이 비교적 다多함으로면적 5,620여 정보 미米 산액産額이 연 5만 5천여 석에 지至하야 약 1만 5천석 내외를 수출하고 우又 삼림은 도처에 밀생密生하야 강원도 내 제1위를 점하고 수산업은 연해안이 장長함으로 비교적 발달되얏스니해안선 16리 어촌 23, 어업 호수 전업 870여, 겸업 6백여 호 주요 어획물은 명태, 청어, 새치, 청鯖, 화포和布=미역, 목장目張=우레기 등이요 기其 고高는 556,620원이다. 기차其次에 잠업도 초 발전되고, 단 상공업은 교통의 관계상 군내 3개 시장 취인取引을 제한 외에 별로 가관할 것이 업다.

교육은 융희隆熙 3년에 현산峴山학교가 영동의 효시로 설립되야 다수의 유위有爲 인물을 양성하다가 기후其後 양양 공립 보통학교로 변경되고 차외此外에 대포, 인구 공보仁邱公普가 유有하며 차且 일본인 소학교, 기타 강습소 등이 잇다. 종교는 천도교, 천주교, 야소교회가 잇고, 차且 근일에는 잠세력潛勢力을지持하던 유사 종교의 보천교普天敎가 점차 대두한다.

명소고적名所古蹟. 대정臺亭으로는 현북縣北의 하조대와 토성舊 杆城의 청간정이 저명하니 청간정은 관동 8경의 일一로 기其 건축 연대는 약 4백 년이라 한다.作亭者氏名未詳 기후其後 축융祝融의 재災에 이罹하야 다 소실되고 단但히 18개의 주석柱石(장長 8척尺 각형角形)이 잔존하야 춘풍추우春風秋雨에 유상객遊賞客의 감고지회感古之懷를 조助할 섇이다. 기其 절정에 만경대라 대서 조각한 3자는 양봉래楊蓬萊의 필적이요 '속우백구비양양疎雨白鷗飛兩兩, 석양어정범쌍쌍夕陽漁艇泛雙雙, 의간금곡홍일출擬看金谷紅日出, 화각동두부설창畫閣東頭不設窓'이란 현판시는 나의 선조 이재공頤齋公諱軾 시인데 시평가의 운云한 바 고금 걸작으로 동해악부에 오른 것이다. 사찰은 낙산신흥洛山新興이 최저最著하나 별항에 기재되얏기 자玆에 약畧한다.

시사 문제는 오색령五色嶺 도로 문제와 송계松稧 문제가 최중요하나 오색령 문제는 대개 민간 요구와 여如히 귀착되야 현재 측량에 착수 중이요 송계 문제도 관민간 다소 충돌되나 미구未久에 원만 해결될 것이다.

현산편편峴山片片

새로 생긴 만세현萬歲峴. 기미년 민족운동 시에 강원도로는 양양이 제일 격렬하얏다. 안이-강원도뿐 안이라 조선에 멧재 안이 갓섯다. 약 1주일을 연속하여 만세를 부르고 검거된 자가 2천여 명, 수형자 100여 명, 즉사자가 10명, 중상자 40여 명에 지至하얏다. 연이사상자然而死傷者는 모도 현북면 기其 토문리土門里 고개에서 낫는 고로 이것이 한 기념이 되야 일반이 만세고개라고 고치여 부른다.

양양 소아襄陽小兒. 〈양양가襄陽歌〉에 양양 소아제박수구小兒齊拍手句가 잇슴으로 강릉 사람들은 양양 사람을 조롱하되 양양 소아라 하고 양양 사람들은 또 강릉 사람을 강한江漢이라 한다. 이것도 한 작난거리 말.

낙산洛山 수박. 속언俗言에 '구든 사람'을 지칭하야 흔이 낙산수박이라 한다. 이 말은 양양에서 생긴 말이니 즉 전일에 낙산사 중이 세력을 밋고 완만頑慢하야 여간 양반에게는 굴屈치 안이함으로 별명 진 것이니 수박은 중의 깍근 머리를 가리킨 것이다.

양양 명물. 연창連昌 탁주濁酒와 황어회黃魚膾는 양양의 명물인데, 그 탁주와 황어회는 특히 가미佳味가 잇서서 속담에 양양군수가 체임遞任될 째에는 그것이 악가워서 눈물을 흘이인다 한다. 먹어보지는 못하얏스나 말만 들어도 침이 슬슬.

산고수려山高水麗한 고성군

본군은 거금距今 약 2,500여 년 전 예맥濊貊의 속령屬領이니 고호古號는 달홀達忽, 풍암豐巖이오 대정 3년에 간성에 합군合郡되얏다가 동同 8년에 복구되야 간성이 반反히 본군에 속하얏다.

위치는 본도의 동북부에 잇스니 전면前面에는 벽해碧海가 양양洋洋하고 배후에 금강산 만이천봉이 흘립屹立하얏는데 기其 지맥이 읍을 통과한 후 해海에 몰沒하야 소위 해금강을 성成하고 군내에 적벽강이 우회迂回하야 도처에 승지 명소가 성라기열星羅碁列하얏다. 남 양양 군계郡界로부터 북 통천 군계에 지至하는 간間은 연장延長이 16리에 긍亘하야 대상帶狀을 성成하고 서 인제, 회양 군계로 동해에 지至하는 거리는 8리니 면적이 76방리 59요 호구 6,619, 인구 41,289다.

산업. 본군은 원래 산수의 향鄕인 고로 경지 면적은 근僅히 29,077정보에 불과하야 민부民富의 정도가 심히 빈약하다. 군내 굴지의 소봉가素封家라 칭하는 인ㅅ도 기其 자산이 수만 여 원에 불과하는 상태인즉 기타 일반을 가규可竅할 것이다. 주요 산업은 농업 수산업 쌘이오 기외其外는 가관可觀할 것이 업다. 민지民智는 아즉 저열하고 교육도 별로 논할 것이 업스며 청년회도 금강고성읍 장전(장전항), 수성迶城(간성 고호古號니 수迶는 수守로 동의同義) 등이 유有하나 개皆 위미부진萎靡不振한다.

명승고적은 심히 다多하야 목거枚擧하기 불황不遑하나 기중其中 최저명最著名한 자는 금강산, 유점사, 온정리, 신계사, 삼일포, 동서 귀암龜巖, 해금강, 적벽강, 건봉사, 해산정 등이다. 연이然而 차此에 관한 사실은 차호次號 금강산보金剛山譜와 관동 순회 감상한시 주註, 급及 관동사찰 일속一束(차호次號) 등에 기재되얏기 자玆에 약略한다.

온정溫井 한화閑話

불역무령佛亦無靈. 유점사의 53불이라 하면 예술적 대가치가 잇슬 뿐안이라 특히 승가僧家에서는 절대 신성하고 영험이 만흔 것으로 안다. 그러나 53불 중에 3불은 극락세계로 갓는지 언제 업서지고 50불만 잇섯는데 대정 6년경에 17불을 도실盜失하얏다가 대정 8년에 개성 고물상점에서 8불을 차저 왓섯다.今 41佛 그런데 그 도실하얏던 8불은 팔자八字가 그러한지 금년 10월 말에 또 일적日賊 광도현인廣島縣人 정상사일井上捨一, 고천권육古川權六이란 자가 공교히 그 8불 중 5불을 흠처 갓다. 대행大幸이 경찰서 덕분에 찻기는 하얏스나 부처님도 인제는 무령無靈한 지 유점사 승려들은 보관하기에 대 걱정이다.

팔자 조흔 군수. 공진회에 갓던 군수 이명환李明煥 군은 참 팔자도 좃타. 온정리에 왓다는 소문을 들은 지가 3, 4일이 되도록 군에는 오지를 안이하야 여간 사람 안이고는 군청에서 군수를 잘 볼 수 업다. 금번은 특히 민정 시찰관 이범익李範益 군이 왓스니까 상관 접대하너라고 그러하지마는 군사무도 좀 보와야 하지 안나. 이왕 말이 낫스니까 말이지 시찰관도 시찰을 왓거든 민정 시찰을 잘 해야 하지 온정 시찰만 하면 직무를 다한다 할가. 좀 주의들 하소.

가련한 순사의 생활. 총독부 관리나 도청 관리가 지방에 순시 오는 것은 별로 이익은 주지 못하고 민간이나 지방 관청의 큰 고통 거리다. 금반今般에도 경찰부장이 고성에 왓는데 고성경찰서에서는 각 주재소 순사까지 모다 지휘하야 영접을 하게 하얏다. 3, 4일 묵는 동안에 순사들은 밤잠을 잘 자지 못하고 무슨 큰 전쟁이나 난 듯시 각반脚絆에 담총擔銃을 하고 새벽부터 밤까지 시가에 열립列立하야 올올 뜰고 잇섯다. 그러나 부장은 온정리 호텔에서 편이 잘 자고 자동차로 들낙날낙한다. 계급이 만흔 관청의 일이 모도 그러하지만은 특별이 순사의 생활이 더 가련하다.

타락한 여훈도女訓導. 온정리 풍악 여관에는 여자 하나이 유숙하는데 얼골에는 추악한 도화분桃花粉 토성이를 하고 몸에는 개똥 썩는 냄새 가튼 향취香臭가 나며 입에는 금니가 번적번적하고 머리털은 일불어 지지고 틀어서 고불고불하다 못하야 양의 솜지가 되고 말엇다.

그의 행동과 태도는 아모가 보와도 신정新町 유곽의 출신이 안이면 전일 남대문내 사축동 조합의 견습생 갓다. 그런데 알고 보니 경성 모 고등여학교 출신으로 일즉이 양양, 고성 여러 학교의 훈도訓導를 지낸 K양이란다. 명색은 양이지마는 독신생활은 하루도 못하는 모양이다. 이번 풍악 여관에서도 밤이면 고성금융조합 최씨가 와서 심심파적을 잘한다고 한다. 아이고 망칙하여라. 이런 요물이 다 여훈도인가.

주정酒酊 잘하는 신계시神溪寺 승僧. 온양 온정溫井에 전다리가 모힌다더니 여긔도 온정이닛가 별일이 다 잇다. 신계사 중 하나는 염불은 안이하고 날마다 온정리에 와서 술타령만 한다. 먹어도 곱게나 먹엇스면 상관이 업지만은 주정을 넘우 심하게 하니까 괫심하다. 전일과 달라 보아도 칠 수 업고 엇지 할지.

희귀한 직업. 온정리 가서 금강산을 구경한다 하면 안내하야 주랴는 사람이 썩 만타. 츠음 가는 사람은 퍽 고맙게 생각한 터이다. 그러나 그 안내자들은 일일에 2원 내지 2원 50전을 요구한다. 이것은 한 참고 될 일.

민원民怨 만흔대학 연습림演習林. 지리산智異山의 대학림이 남선南鮮 인민의 원부怨府가 되는 것은 세인世人이 다 알 것이다.(본지 경남도 호에 발표) 그런데 금강산에도 쏘 소위 동경제국대학 농과 연습림이 잇다. 기其 정보町步는 26,600이오 대부貸付 기간은 81개년이란다자대정원년이월지대정팔십년십일월(自大正元年二月至大正八十年十一月) 기其 부근의

신계사 전경, 『金剛山寫眞帖』, 德田寫眞館, 1922, 출처 : 서울역사박물관 제공

인민은 목재, 연료를 하나도 자유로 취득치 못하고 화전도 갈어 먹지 못하며 연습림 관리자의 행발行勃이 막심하야 폐해가 다多하다 한다. 아이고, 원수의 대학大學.

영동의 곡창 통천군

본 군은 본도 동해안의 최북단에 재在하니 북동 일대는 일본해에 빈濱하고 남은 고성군, 서는 회양군, 급及 함경남도 안변에 계界하얏다. 속도屬島는 묘도卯島, 국도國島, 송도松島가 최대하고 기타 소서小嶼가 무수하다.

면적은 51방리 여餘를 유有하니 지형이 협장狹長하되 중부中部는 초광稍廣하야 폭원幅圓 5리里 18정町을 유有하고 양단兩端에 지至함을 종從하야 점차 우색迂塞하얏스니 연장延長이 19리13정22칸이다. 또 서방 일대는 함경도로 래來한 태백산맥이 연긍連亘하고 여맥餘脈이 완정蜿蜒하야 평지가 전개되얏다. 지미地味는 비옥하니 경지 면적의 광대함은 영동 6군의 제일이오(경지 면적 1만 3천 5백 정보 내 답畓 5,139정町 6반

反, 전田 8,382정町 4반反), 천류川流는 처처에 교류交流하야 관개에 자資하고 실개悉皆 동류東流하야 일본해에 주注한다.

기후는 해양적 조절에 의하야 대개 온화하나 동계에는 적설이 수數 3척에 지至하니 영동 속언에 소위 통고지설通高之雪은 자래自來 유명한 것이다.

교육은 공립보통학교 3, 소학교 2, 사립학교통명영수(通明嶺秀), 양원(養元) 3이 유有하고 산업은 농업이 수위를 점하고 기차其次는 임업, 수산업, 축산업, 양잠업이요 상공업은 아즉 가관可觀할 자가 무無하나 취중미就中米의 산출은 영동에 유명하니 연산액年産額 5만 2천여 석은 원산에 수출된다.

행정구역은 8면 161동으로 분分하고 호구는 7,590, 인구는 39, 950이다. 저명지는 읍내, 고저庫底, 흡곡歙谷(융희 4년 합군)이니 취중就中 고저항庫底港은 조선우선회사朝鮮郵船會社의 정기 기선에 매일 7회 기항을 하는 외에 어선급상선漁船及商船의 출입이 빈번하야 상업이 축일逐日 발전되고 주민은 상농商農, 어漁의 각업各業을 겸영兼營함으로 제반의 산업이 점차 진흥하고 일본인의 경영하는 삼성 정미소, 통천 탄광이 유有함으로 노동자 출입이 다多하야 발전상 호과好果를 여與한다. 요컨대 고저庫底는 인구로던지 시가市街로던지 각 방면이 읍내를 반反히 능가한다.

총석정叢石亭. 고저항 동단東端에 잇스니距邑北(2리 8정) 관동팔경의 일一이다. 현무암으로 성成한 6방형의 석주石柱가 벽해빈碧海濱에 총립叢立하야 기고其高가 56장長에 지至하고 평정방직平正方直하야 승묵繩墨으로 삭립削立한 것과 가티 대소의 차가 업고 우又 안岸을 리離하야 해중海中에 십여 척 되는 4개의 석주가 돌립突立하얏스니 이것은 곳 사선봉四仙峯이라. 전설에 석일昔日 영랑, 술랑, 남랑, 안상 사선四仙의 소유처所遊處라 한다. 기其 상봉上峯에 건설한 정각亭閣은 왕자往者 갑오甲午의 세歲에 자연 퇴괴頹壞한 후 기개성상幾個星霜을 경經하야도 재흥의 기機에 지至치 못하야 일반 유감으로 사思하더니 본군 순령면順嶺面 오류리五柳里의 청년 재산가 김인제金寅濟 군이 1천5백여 원의 거금을 투投하야 2단 정각亭閣을 건설하얏다.

금란굴金幱窟. 읍동邑東 1리 여 금란리 연태산 돌단突端 1천척千尺 노도怒濤가 단안斷岸

을 충격衝激하는 곳에 암굴이 잇스니 시즉是卽 금란金欄이다. 심深이 수십 장丈에 지至하야 편주扁舟를 가히 용容하고 굴 내 천정에는 불노초일명 금란초가 잇는데 사시四時에 청청靑靑하야 기색其色이 불변한다. 속설에 차此 굴窟은 관음의 진신眞身이 상주하는 처處로 인人이 지성축원하면 불체佛體가 암면에 현출現出하고 기其 출현出現은 청조의 비래飛來로써 험驗한다 운운云云한다.

백정봉百鼎峰. 거읍距邑 동남東南 6리 임남면臨南面 운암리雲巖里에 잇스니 거석巨石이 첩첩하고 산이 용립聳立한 처處에 암석이 수백의 부상釜狀을 성成하고 또 석정石井이 유有하야 불한불갈不旱不渴한다.

삼도三島. 거읍距邑 북 3리 답천면踏錢面 치궁리항致弓里港의 전면前面에 횡재橫在하야 총석과 대對하고 고저항을 포抱하얏다. 남에 재在한 자는 천도穿島니 대大한 암굴이 유有하야 주舟를 통하고 기북其北에 재한 사도莎島는 세笹가 다산多産하며 우又 기북其北에 재在한 동덕도東德島에는 양어장이 잇스니 개皆 풍경이 절가絶佳하다.

쌍용폭雙龍瀑. 거남距南 3리, 벽양면碧養面 백운암리白雲巖里 용공사龍貢寺의 입구에 잇스니 규모가 비록 대大치는 못하나 흡연恰然이 쌍룡雙龍이 주珠를 롱弄함과 여如한 고로 명명命名한 것이다.

난도卵島. 육陸을 거距하기 5리 되는 해중海中에 잇스니 4면 석벽이 삭립削立하고 매세每歲 춘하春夏의 교交에 무수의 해금海禽이 교집交集하야 난육卵育을 함으로써 차명此名을 득得하얏다.

강원도의 유일무이한 통천 탄광

통천읍 북 약 1리여 되는고저(庫底) 부근 순령면順嶺面 보통리寶通里(문치령文峙嶺)에 잇는 석탄광은 강원도의 일대一大 보고寶庫이다. 광구 수는 8이오 면적은 5,344,125평이니 이 탄광은 일본인 고산高山 주계主計의 경영에 속하얏다. 대정 9년 6월에 광주鑛主 직영 하에 개광開鑛되얏다가 기후其後 재계財界 부진의 타격을 수受하야 자본 융통이 곤란함으로 대정 10년 하기夏期부터 사업을 최소한도에 축소하야 일시 휴갱休坑

상태에 재在하다가 동척회사東拓會社와 교섭한 결과, 동사同社 후원을 득하야 대정 11년 9월부터 사업을 복구하고 이래邇來 익익益益 확장擴張하야 목하目下 갱부坑夫 약 260여 인을 사역하고 일일一日 평균 300톤噸의 석탄을 채굴한다. 기 판매는 전혀 조선우선회사, 만철회사滿鐵會社를 상대로 하고 동계에는 본군 각 관공서에서 전용專用한다. 탄가炭價는 본지本地에서 대개 1톤 10원 내외인데 장래 동력을 사용하야 대규모로 채굴하면 요遙히 평양만주탄平壤滿洲炭을 능가할지 부지不知하겟다.

준공기에 임한 금강산 전철회사 발전소

거읍距邑 서방西方 약 4리의 벽양면碧養面 중태리中台里에 전철 발전소 공사는 대정大正 10년에 착수하야 금今에 태殆히 준공을 고告하고 전월 상순경부터 기계 운전을 시始하는 동시에 발전을 시試하얏는데 기其 규모의 굉대宏大와 전력의 풍부는 동양에 몃재 안이 된다 한다. 차此가 발전되면 통천 일대에 전등을 공급하야 일시一時 불야성不夜城을 성成할지오. 차且 동력을 이용하야 각종의 공업이 진흥되고 상尙히 발전소 여수餘水를 이용하야 벽양碧養, 통천 양 면兩面의 평야에 관개 공사를 시施하면 통천의 면목을 일신一新할 것이다.(목하目下 수리조합水利組合 창립 계획 중)

이 땅의 민요와 동요

차상찬

● 차상찬, 「이 땅의 민요와 동요」, 『개벽』 42호, 개벽사, 1923.12

밀매노래

이 노래는 춘천 지방에서 만히 유행하는데 즉 춘천에는 밧이 만코, 싸러서 밀이 만히 난다. 여름이면, 남자나 혹 여자가 몃 명식 쎄를 매여, 틀매機械磨石를 갈면서 이 노래들을 하는데 음조音調는 대개 황해도 메나리와 갓다.

둘너주게 둘너 주게
요내밀매 둘너 주게
요내밀매 둘너 주면
준치자반 먹는다네
준치자반 아니 먹는
신계곡산新溪谷山 중이 살가
요내몸은 백옥白玉이라
부체님의 제자弟子라네
◇
형님형님 사촌형님
시집살이 엇덥듸가
고초당초苦草唐草 맵다더니
고초당초 더 맵더라
시집살이 삼 년만에
삼단카튼 이내머리

다북쑥이 다 되얏네
백옥가튼 요나손이
오리발이 다되얏네
생주生紬가튼 시누동생
말 전주가 웬일인가

장사 타령

이것은 경성의 소위 개구리 타령과 비슷한데 이 노래를 들으면 춘천 각지의 물산 나는 것을 대개 짐작하겟다.

무른댐이 처녀는
문배 장사로 나간다
우두의 처녀는
참배 장사로 나간다
동내구동東內九洞 처녀는
산채山菜 장사로 나간다
명월리明月里 처녀는
멀우 장사로 나간다
방동芳洞 처녀는
옹기 장사로 나간다
서하서상西下西上 처사는
명주 장사로 나간다
샘밧장 처녀는
막걸리 장사로 나간다

베틀가織機歌

이 노래는 영동우간성嶺東于杆城에도 유행되나 춘천에서 만히 한다. 즉 춘천은 자래自來로 명주백목明紬白木 등의 직조織組를 만히 하는 고로 이 노래가 생긴 것이다.

강릉 가서 베틀날어
천리강릉 건너날어
서울가티 널니벗겨
옥란玉欄우에 베틀노니
우리나라 금상今上님이
좌어坐御하신 듯하구나
부테라 하시는것
북두칠성 둘너친듯
대초나무 단말코에
바듸집이라 하시는것
백운청산白雲青山 깁푼골에
청룡황룡青龍黃龍 대황룡大黃龍이
울고나는 소리로다
앙금당금 저최발은
나무쇠라 후여든다
황소가티 굴은북은
제비가티 드나든다
잉앳대는 삼형제요
둥둥이는 독신이라
사모가진 비갈이는
칼춤이라 웬일이냐

무지개가튼 신고리는
큰아기 발묵을 다 녹인다
황경나무 북바듸집은
큰아기 손목을 다 녹인다
칼춤 추는 신고리며
소리 잘하는 용두머리
돗투마리라 하시는 것
늙그신네 병환인지
안지실낙 누어실낙
이것이 다 웬일인가
다짜고 헤치는 것
만군사萬軍師의 헤치는듯
다짜고 새는 것은
화광火光이 비치는 듯

동요童謠

첩의방은 꼿밧이오
안해방은 연못이라
꼿밧에는 나븨가 놀고
연못에는 붕어가 논다
◇
오조밥에 열무김치
잔득먹고 잠자는년
팔을잘너 흙손하고(흙손은 토역용구土役用具)

살을비여 개를준다

진득이

이것은 아희들이 작난할 대에 서로 업치락뒤처락하면서 문답적으로 하는 소리다.

에-라 진득아
무엇을 먹고 살엇니
황소불알에 매달녀서
진근망근 다파먹고
쑥써러지니
오는행인 가는행인
지지발버
가는내벨 다터젓다
왕개암이는 상두군이오
좁살개암이는 요령군이오
짬자리는 명정군이오
청개고리는 조상군이오
전나무 재악뜰에
잔나무 요령자루
명정사정 다 버리고
쌋듯한 양디에 무더주게

춘천아리랑

춘천아 봉의산 너 잘 잇거라

신연강新延江 배머리 하즉 일다

춘천의 봉산鳳山은 명산인데

부내府內 팔동八洞이 개화를 한다

삼학산 미테다 신작로 내고

자동차 바람에 다 놀아난다

양구랑천楊口狼川 흐르는 물에

배추씻는 저 처녀야

것대나 떡닙을 다 젓치고

속에나 속대른 나를 주게

언저나 보던 님이라고

속에 속대를 달나시오

지금 보면 초면이오

잇다가 보면은 구면일세

초면구면은 구만두고

부모님 무서워 못 주겟네.

강원도 장 타령

춘천이라 샘밧장

신발이저저 못보고

홍천이라 구만리九萬里장

길이멀어 못보고

이귀저귀 양구陽口장

당귀만어 못보고

한자두자 삼척三陟장

베가만어 못보고
명주박궈 원주原州장
갑이빗싸 못보고
횡설수설 횡성橫城장
에누리만어 못보고
감만은 강릉江陵장
갑이싸서 못보고
이통저통 통천通川장
알젓만어 못보고
엉성둠웃 고성高城장
심심해서 못보고
이천저천 이천伊川장
개천만어 못보고
철덕철덕 철원鐵原장
길이질어 못보고
영넘어라 녕월寧越장
담배만어 못보고
어화지화 금화金化장
놀기조와 못보고
회회층층 회양淮陽장
길이흠해 못보고
이강저강 평강平康장
강물업서 못보고
정들엇다 정선旌善장
갈보만어 못보고

화목火木만은 화천華川장
길이막켜 못보고
양식팔어라 양양襄陽장
쌀이만어 못보고
즉금왔다 인제麟蹄장
일밧버서 못보고
울퉁불퉁 울진蔚珍장
울화나서 못보고
안창곱창 평창平昌장
술국조화 못보왔네

관동잡영

차상찬

● 차상찬, 「관동잡영(關東雜詠)」, 『개벽』 42호, 개벽사, 1923.12[1]

장릉莊陵

莊陵在寧越郡寧越面陵洞里卽端宗大王陵也. 世祖二年丁丑十月二十四日, 端宗昇遐, 時年十七歲至今陵樹皆西指, 子規詞乃端宗御製, 語極悲哀.

장릉은 영월군 영월면 장동리에 위치해 있는데, 곧 단종대왕의 묘를 말한다. 정축년세조 2년 10월 24일에 단종이 승하했는데, 그때 나이가 17세였다. 지금까지 능에 심겨진 나무들은 모두 서쪽을 가리키고 있다. 자규사子規詞는 단종이 지은 것으로, 시어가 매우 슬프다.(이민희 역, 이하 동일)

예성薉城

薉城, 在江陵邑東端, 其周圍三千四百八十四尺, 今皆頹廢, 猶存基址, 三國史云新羅南解王十六年, 北溟人, 耕田得穢王引, 獻王.

예성薉城은 강릉읍 동쪽 끝에 위치해 있었는데, 성의 둘레가 3천 4백 8십 4척에 이르렀다. 지금은 모두 퇴락하고 없어졌고 그 터만 남아 있을 뿐이다. 『삼국사』에 이르기를, 신라 남해왕 16년에 북쪽에 살던 강릉인이 밭을 갈다가 예왕의 인장印章을 얻어 바쳤다 한다.

대창大滄

大滄在江陵邑東俗傳滄海力士降生之地

1 차상찬은 관동 지역의 대표적 유적지와 명승지 10곳을 한문으로 설명하고, 이에 관한 한시를 덧붙였다. 한문으로 개관한 부분은 인용자가 직접 번역했고, 한시는 생략했다.

대창은 강릉읍 동쪽 지역에 위치해 있다. 세상에 전하기를 창해역사滄海力士가 적강해 태어난 곳이라 한다.

한송정寒松亭

寒松亭在江陵邑東十里許, 東臨大海滄松鬱然, 亭畔, 有茶泉,石竈,石函, 卽新羅仙人述郞所遊處. 樂府, 有寒松亭曲, 世傳此曲書於琴底, 漂於江南. 江南人, 未解其詞, 高麗光宗朝國人張晋山, 奉使江南, 江南人問之, 晋山, 作詩解之曰, 月白寒松夜, 波安鏡浦秋, 哀鳴來又去, 有信一沙鷗 云云, 亭今廢.

한송정은 강릉읍 동쪽 십 리에 위치해 있다. 동쪽으로 넓은 바다와 면해 있고, 푸른 소나무가 울창하다. 한송정 주변에는 차샘茶泉과 돌로 만든 아궁이, 돌절구가 있다. 그곳은 신라의 화랑인 술랑이 무리가 놀았던 곳이다. 『악부樂府』에 〈한송정곡〉이 있어 세상에 전한다. 이 곡이 거문고 밑면에 새겨져 있었는데, 바닷물에 표류하다 중국 강남 땅에 닿았다. 강남 사람들은 그 뜻을 이해하지 못했다. 고려 광종 대 장진산張晋山=張延祐이 사신이 되어 중국 강남에 갔는데, 강남 사람들이 그 글의 뜻을 묻자, 그가 한시를 지어 해석해 주었으니, '달 밝은 한송정 밤에 / 파도 잔잔한 경포대의 가을이여 / 슬피 울며 오가는 / 백사장 갈매기 한 마리가 소식을 전하네' 라며 노래한 시가 바로 그것이다. 한송정은 지금 없어졌다.

오죽헌烏竹軒

在邑江陵北十里丁東面竹軒里(舊名北平), 卽己卯名進賢士申命和(栗谷外祖), 舊基栗谷李先生誕生之地也. 庭前, 有烏竹, 仍名烏竹軒, 先生誕生之時, 母師任堂申氏夢黑龍而生, 故名其室曰夢龍室, 至今爲權氏所有而(權氏申命和婿權處均後裔), 權氏家至今保存栗谷先生手書, 擊蒙要訣草本, 愛用硯石(硯石後面有正廟朝御製御筆, 其文曰涵姿池象孔石, 普厥施龍歸洞, 雲滋墨文在玆)

강릉읍에서 북쪽 10리 정동면 죽헌리옛 지명은 북평에 있다. 기묘년에 명현 진사 신명화율곡의 외조부의 옛터에서 율곡 선생이 태어났다. 정원 앞에 검은 대나무가 있어 그 집을 '오죽헌'이라 했다. 율곡 선생이 태어났을 때 모친 신사임이 흑룡을 낳는 꿈을 꾸었다. 이에 율곡이 태어난 방을 '몽룡실夢龍室'이라 불렀다. 지금까지 그 집은 권씨 집안 소유(권씨는 신명화의 동서인 권처균의 후예를 말한다)가 되었고, 그 후 권씨 집안에서 지금까지 율곡 선생의 친필 원고와 『격몽요결』 초본을 보관해 왔고, 벼룻돌을 소중히 사용했다.(벼룻돌 후면에는 정조의 친필 글이 새겨져 있다. 그 글에는 "함자지상공석涵姿池象孔石, 보궐시용귀동普厥施龍歸洞, 운자묵문재자雲滋墨文在茲[2]"라고 적혀 있다.)

용지龍池

龍池亦在邑東. 俗傳龍馬出子, 此池江陵金氏祖先某常乘龍馬, 日往復松都, 後金氏死龍馬亦騰空而去, 世人仍名龍池. 金氏子孫立記念碑

용지龍池 역시 강릉읍 동쪽에 위치해 있다. 민간에 전하는 말로는 용마가 아들을 낳은 곳이라 한다. 이 연못에 강릉 김 씨 조상 아무개가 살았는데, 평소 용마를 타고 매일 개성까지 왕복했다. 후에 김 씨가 죽자 용마 역시 공중으로 뛰어올라 가버렸다. 이에 세상 사람들이 그곳을 용지龍池라 불렀다. 김 씨의 자손이 기념비를 세웠다.

양어지養魚池

平昌古記, 云新羅眞平王時, 有無月郎者, 爲江陵仕臣, 其時有蓮華女, 見而兩心相合, 郎政滿還京, 謂其女曰若有宿緣, 當作夫婦, 女家在大川南, 宅北, 有深淵, 女常以飯, 食其魚, 其中有神魚一雙, 女之父母欲定婚嫁, 女與神魚語曰顧傳信書於無月郎. 魚如有應聲, 三日不見, 潛通東海, 到新羅無月之捕魚所, 郎捕神魚, 魚吐信書, 郎卽作書與魚, 遂迎其女作爲夫婦云, 今南大川下有蓮華峰卽其舊池云(按此說與

2 이 글귀를 풀이하면 다음과 같다. "주자(朱子)의 연못에 적시고, 공자(孔子)의 도(道)를 본받아 널리 베풀었도다. 용(=李珥)은 동천(=저승)으로 돌아갔지만, 구름(=명성)은 먹을 뿌려 그의 학문은 여기에 남았도다."

輿地勝覺所載少異而, 此記明宗七年江陵府使李居仁所著則亦非無根之言也)

『평창고기』에 다음과 같은 기록이 있다. 신라 진평왕 시절 무월랑無月郎이라는 화랑이 강릉 사신仕臣으로 부임해 갔다. 그 무렵 강릉에는 연화녀가 살았는데 두 사람이 서로 만난 후 마음이 맞았다. 무월랑이 임기가 끝나 다시 경주로 돌아가면서 여자에게 일러 말하기를, "그대와 깊은 인연을 맺었는데 마땅히 부부가 되고자 하오"라고 했다. 여자의 집은 남대천에 위치해 있었다. 집 북쪽에 깊은 연못이 있어 여자가 항상 반찬으로 물고기를 잡아먹곤 했는데, 잡힌 물고기 중 신어神魚 한 쌍이 있었다. 여자의 부모가 딸을 시집보내기로 마음먹었다. 여자가 신어에게 말했다. "네가 무월랑에게 이 신서信書를 전해 주길 바란다." 그러자 물고기가 응답하는 듯한 소리가 나더니 삼일동안 보이지 않았다. 신어는 헤엄쳐 동해를 통해 신라 무월랑의 집에 이르러 무월랑에게 잡혔다. 무월랑이 신어를 잡아 올리니, 물고기가 신서信書를 토해냈다. 무월랑이 곧 편지를 써서 물고기에게 주었다. 마침내 그 여자를 맞이해 부부가 되었다고 한다. 지금 남대천 하류에 연화봉이 있는데, 그곳이 곧 옛날에 양어지養魚池가 있었던 곳이라 한다.(내가 이 전설과 『여지승람』 내용을 살펴보니 기록된 내용이 대동소이함을 알겠다. 이 기록은 명종 7년 강릉부사였던 이거인李居仁이 지은 것으로, 근거 없는 말이 아니다.)

삼일포三日浦

三日浦, 在高城邑北十里許, 關東八景之一, 周圍約十里, 水色澄淸, 完如明鏡, 奇巖峭壁前後相暎, 水禽, 海鳥上下交飛, 外有三十六峰之奇景內有四仙之名亭(亭今廢), 卽新羅仙永郎, 述郎, 安詳, 南郎之徒遍遊關東至此三日忘返, 故仍名者也, 亭南山小石上有短碣, 剝落沒字, 俗稱彌勒埋香碑, 其西石厓, 以丹書, 刻述郎徒南石行六字世傳四仙所題, 又有楊蓬萊題書石, 四仙亭南有喚仙岩, 迎客巖皆奇絶處也.

삼일포는 고성읍 북쪽으로 10리 정도 떨어져 있다. 관동팔경 중 하나[3]로 주위 약 10리까지 물빛이 맑고 깨끗한 게 마치 맑은 거울과 같다. 기암과 가파른 낭떠러지가 앞뒤로 서로 조응하고, 바다짐승, 바닷새는 상하로 서로 교차하듯 날며, 밖으로는 36개 봉우리가 연출하는 기괴한 풍경이 보이고. 안으로는 네 신선의 이름을 딴 정자가 있으니(지금 그 정자는 없어졌다) 곧 신라 시대 화랑이었던 영랑, 수랑, 안상, 그리고 남랑이 관동 일대를 두루 노닐다가 이곳에 이르러 삼일을 머물고 돌아갔다. 이곳 이름이 유래한 이유다. 정자 남쪽 산에 있는 작은 돌 위에 작은 비를 세웠는데, 비에 새긴 글자가 벗겨지고 마모되었다. 세상 사람들은 이 비를 미륵의 매향비埋香碑라 불렀다. 그 서쪽 낭떠러지에는 붉은색으로 글씨가 새겨져 있는데, 술랑 무리가 남석에 여섯 글자를 썼으니, 세상에 네 신선이 지은 것으로 전한다. 또 봉래 양사언이 바위에 새긴 글씨가 있고, 사선정四仙亭 남쪽에는 환선喚仙 바위가 있어 손님들을 맞이하고 있다. 바위는 모두 기이하고 절묘한 곳에 있다.

홍천풍암洪川豐巖

豐巖在洪川郡瑞石面, 甲午亂時天道敎人百餘人爲春川官軍虐殺, 今有數十餘大塚.

풍암은 홍천군 서석면에 있다. 갑오년 난리 때 천도교인 백여 명이 춘천 관군에게 학살당했다. 지금 수십여 개의 큰 무덤이 있다.

---

3 예로부터 관동팔경(關東八景)은 강원도가 자랑하는 명승지 중 하나다. 북쪽에서 남쪽으로 위치한 순서대로 열거하면 통천의 총석정(叢石亭), 고성의 삼일포(三日浦)와 청간정(淸澗亭), 양양의 낙산사(洛山寺) 의상대(義湘臺), 강릉의 경포대(鏡浦臺), 삼척의 죽서루(竹西樓), 울진의 망양정(望洋亭), 평해(平海)의 월송정(越松亭)이 그것이다. 월송정 대신 흡곡(歙谷)의 시중대(侍中臺)를 넣기도 한다, 대관령의 동쪽에 위치한다 하여 관동(關東)으로 불리게 되었다. 이 명승지들은 관동지방의 수많은 경승지 중의 하나로, 원래 강원도였던 삼일포와 총석정은 현재 북한 지역에 속해 있고, 망양정과 월송정은 경상북도에 편입되었다.

태봉왕 김궁예는 엇더한 인물인가

차상찬

● 차상찬, 「태봉왕(泰封王) 김궁예(金弓裔)는 엇더한 인물인가」, 『개벽』 42호, 개벽사, 1923.12

태봉왕泰封王 김궁예金弓裔의 일명一名은 궁예躬乂니 신라 헌안왕憲安王의 서자庶子다. 5월5일에 생生하얏는데 생시生時부터 치齒가 잇고 또한 옥상屋上에 일도一道의 소광素光이 장홍長虹과 가티 뻣치엿다. 속기俗忌에 5월5일에 생生한 아兒는 기其 부모父母에 불리不利하다는 미신이 잇슴으로 왕은 궁예를 불길히 사思하야 거擧치 안이하고 누상樓上에 던지엿더니 유모乳母가 이것을 불상이 녁여 가만이 바더 가지고 가다가 실수失手하야 일목一目을 묘眇하얏다. 궁예는 성장한 후 축발祝髮하고 승僧이 되야 자호自號를 선종善宗이라 하얏스나 뇌락磊落한 담기膽氣가 잇서 항상 구구한 승률僧律을 수守치 안이 하엿섯다.

일즉이 발鉢을 가지고 재齋를 올니러 갈 새, 한 까마귀가 아첨牙籤 일개一個를 물어다가 발중鉢中에 떨구엿는데 왕자가 잇슴으로 궁예는 필독희자부必獨喜自負하고 차此를 비秘하야 타인에게 말치 안이 하얏섯다. 당시 신라가 점차 쇠약하고 정강政綱이 문란하야 사방에 군도群盜가 봉기하매 기중其中 북원北原, 금(今) 원주 적賊 양길梁吉이 가장 세력이 잇슴을 보고 궁예는 천재일우千載一遇의 호기好機라 생각하고 양길에게 투投하니 양길이 궁예의 위인爲人을 한 번 보고 특히 기이奇異이 생각하야 간담肝膽을 허하고 병兵을 분分하야 궁예를 주니 궁예가 령원성鴒原城(재在 원주原州)에 거據하야 동으로 주천酒泉, 내성奈城, 울도鬱島, 어진御珍 4군四郡을 략정畧定하매 제적諸賊이 다 망풍귀복望風歸服하더라.

궁예 이에 왕王이라 자칭自稱하고 또한 부왕父王에게 불용不容함을 항상 한恨하다가 차기此機를 제際하야 사방에 비격飛檄하야 왈曰, 신라가 무고히 당병唐兵을 청하야 고구려를 멸하얏스니 차此는 고구려인의 유한遺恨이라. 내가 고구려를 위하야 보수報

讎하리라 하니 고구려의 유민遺民이 또한 다 궁예에 향응響應하더라. 병兵을 인引하고 남행南行하다가 흥주사興州寺에 지至하야 사벽寺壁 전前에 왕의 화상畫像이 잇슴을 보고 검劍을 발拔하야 치니 그의 원한이 여하如何한 것은 가히 추지推知할 것이다.

처음에 송악松岳에 도都하야 국호를 마진摩震이라 하다가(진震은 고조선古朝鮮 국명國名) 후에 철원에 이도移都하고 국호를 개改하야 태봉泰封이라 하고 연호도 누차屢次 변경하야 수덕水德, 만세萬歲, 정개政開라 칭하얏다. 궁예는 원래 승도僧徒인 고로 군주가 된 후에도 자칭 미륵불彌勒佛이라 하고 장자長子로써 청광보살青光菩薩이라 하며 계자季子는 신광보살神光菩薩이라 칭하얏다. 일日로 사치를 숭崇하고 포학暴虐하니 처妻 강씨康氏가 루간屢諫하되 청聽치 안이하고 반反히 미륵불의 관심법觀心法으로 부인의 음사淫私를 지知한다 하고 강씨를 추살椎殺하고 기其 2자二子도 또한 살殺하며 장상將相도 우해자遇害者가 10十의 8, 9八九에 지至하얏다. 차此로 인하야 인심이 다 궁예를 이반離反하고 왕건王建에게 귀歸하니 차는 자연이 왕건의 공을 성成케 함이엿다.

궁예가 왕건과 검불랑劍拂浪, 금(今) 평강군에서 전戰하다가 패한 후 제장諸將이 왕건을 추推하야 왕을 삼으니 궁예가 위연喟然이 탄歎하야 왈曰, 왕공이 위位를 득得하얏스니 오사吾事가 임에 갓다 하고 수遂히 도逃하야 부양斧壤, 평강 암굴巖窟에 닉匿하얏다가 기한飢寒이 심하야 민간의 맥수麥穗를 투식偸食하고 수遂히 인민에게 피해被害하니 태봉의 칭왕稱王이 범凡18년이다. 선시先時에 당상왕唐商王 창근昌瑾이 시중市中에서 노인의 매賣하는 경鏡을 득得하니 기其 경문鏡文에 유有하되, "三水中四維下上帝降子於辰馬先操鷄後搏鴨於巳年中二龍見一則藏身青木中一則現形墨金"[1] 운운云云하얏는대 개蓋 흑금黑金은 철원이오 청목青木은 송도松都라. 즉 왕건과 궁예가 출현할 참讖이러라.

---

1 고려 태조 왕건이 등극하는 데 중요한 계기를 마련한 『고경참(古鏡讖)』이란 예언서에 실린 내용이다. 『삼국사기』 · 『고려사』 · 『동국사략』 등에 소개되어 있는 147자의 참요(讖謠) 중 일부다. '삼수(三水)'는 '태(泰)'를 파자(破字)한 것으로 궁예가 다스리던 태봉국(泰封國)을 뜻한다. '사유하(四維下)'는 '라(羅)'를 파자한 것으로 신라를 가리킨다. '상제강자어진마(上帝降子於辰馬)'는 '하느님이 아들을 진마〔진한과 마한 땅〕에 내리셨다'는 것으로 왕건이 왕권을 갖게 될 것을 의미한다. '선조계후박압(先操雞後搏鴨)'은 '먼저 닭을 잡고 오리를 나중에 붙잡으리라'는 것으로 닭은 '계림(鷄林)', 즉 신라를 뜻하고, 오리는 압록강을 의미한다. 신라와 삼한을 통일한 후 북으로 고구려 옛 땅까지 차지할 것이란 의미다. '於巳年中二龍見, 一則藏身青木中, 一則現形黑金東'는 '뱀의 해에 두 용이 나타나 하나는 청목 가운데 몸을 숨기고 하나는 흑금의 동편에 나타날 것이다'라는 의미로, 여기서 두 용은 왕건과 궁예를 가리킨다. 청목(青木)은 소나무로 왕건의 근거지였던 송악(松嶽)을 가리키고, '흑금(黑金)'은 철(鐵)을 의미하는 바, 궁예의 근거지였던 철원을 뜻한다.

금今 철원 삼방산三防山에 궁예의 묘墓와 묘각廟閣이 잇고 또 철원읍 북삼리北三里 월정리月井里 북단北端에 고도古都의 유지遺址가 잇스니 당시 외성外城의 주위는 1만4천4백2십1척이오 내성內城은 주위 1천9백5척이다. 우又 기其 궁전의 고기古基인 고궐리古闕里는 북방 1리 허許에 잇스니 당시의 유물인 석등이 상존하며(고高 12척 8각, 구형球形, 5층) 평강에 또 궁예의 유적이 심다甚多하니 완미정莞彌亭(재평강면在平康面 화현산록花峴山麓)은 궁예가 기낙妓樂으로 유연遊宴할 시時에 완미이소莞彌而笑한 고로 차명此名이 유有하다 하고 게현憩峴은 궁예가 유렵遊獵하다가 휴식한 처處오(재군서삼리在郡西三里) 갑기천甲棄川(재군서일리在郡西一里)은 궁예가 려麗 태조太祖와 전戰하다가 패敗하야 기갑도주棄甲逃走한 처處오, 옹주포翁主浦는 궁예가 패주敗走할 시에 기其 옹주翁主가 자살自殺한 처處라 하고(재군서일리在郡西一里) 사청산射廳山(재옹주포북在翁主浦北)은 궁예의 강무지講武地오 전중평典仲坪(재在 현내면縣內面 일명一名 전중우전중箭中又殿中)은 궁예 시時 자전藉田이오 문과장文科場(속명俗名 문과文科두둑)(재읍동변리在邑東邊里)은 태봉 시時 과장科場이오 검불랑은 려麗 태조太祖와 전戰할 시時에 검劍을 불拂하야 격전激戰한 고로 잉명仍名하얏다 하고 신성산성新城山城(주위 2,510척 재현내면在縣內面)은 또한 궁예의 소축所築이라 한다. 우又 평강철원平康鐵原에는 암석이 충식虫食함과 여如한데(화성암火成巖인 고故) 궁예가 상常히 포학暴虐함으로 신臣이 간諫한즉 궁예가 자언自言하되 오두백烏頭白, 마생각馬生角, 석생충石生虫이라야 망亡한다 한 고故로 려麗 태조太祖가 인심을 수습하기 위하야 비화성암比火成巖을 지指하야 석생충石生蟲이라 하얏다는 설이 유有하고 상尙우又 평강민平康民이 궁예를 실殺함으로 이조李朝에서 이신살군以臣殺君한 군郡이라고 정거停擧하야 평강인의 부거赴擧를 불허不許한 고故로 이조李朝에 평강인平康人 중中 사대부士大夫 명환名宦이 업섯고 영묘조英廟朝 시時에 비로소 차此를 해제解除하얏다 한다.

비절장절한 민대장의 약사

차상찬

● 차상찬, 「비절장절(悲絶壯絶)한 민대장(閔大將)의 약사(略史)」, 『개벽』 42호, 개벽사, 1923.12

정미년 조선군대 해산 시에 원주에서 이러난 의병대장 민긍호閔肯鎬라 하면 누구던지 대개 기억할 것이다. 그는 원래 함경남도 북청 사람이엿다. 육군 정교正校로 고성 진위대에 봉직하얏다가 이기고성대而己高城隊가 폐지되야 원주 진위대에 합군合軍하게 됨에 그도 또한 원주로 전근하얏다. 그는 위인이 강직하고 지개志槪가 잇는 강개의 군인이다. 당시 한국의 군대가 모도 부패하야 병졸과 위관尉官을 막론하고 일야日夜 주색酒色 도박賭博 등을 일삼되 특히 민씨는 성질이 엄격하고 군대의 기풍을 확수確守하야 주사청루酒肆青樓에 족적足跡을 입入치 안이하니 민씨의 부하는 물론이고 그의 상관이라도 항상 기탄忌憚하엿섯다. 여시如斯히 원주영에서 2개二個의 성상을 지내다가 마참 정미년 6월에 군대 해산하는 기회를 당하얏다. 군부에서 해산명령이 하下하자, 경성, 충주에 잇는 일병日兵은 원주영을 암습暗襲하야 군기軍器를 점탈하랴고 출동한 중이엿다. 기시其時 원주의 군대는 팔백여 건아가 잇고 또 참령 이하 다수의 장관將官이 잇섯다. 그러나 감히 일언의 이의異議 하나를 하는 자가 업고, 다만 안색이 여토如土하야 호상고면互相顧眄할 샌이엿다. 이때 민씨는 당당이 출반出班하야 비분강개의 언론을 하고 상관에게 배성일전背城一戰하기를 원하얏다. 그러나 무용무의無勇無義한 상관들은 군령이 잇스니 망동치 못한다고 거절하얏다. 이에 민씨는 분기가 천天을 충衝하야 요하腰下의 장검을 발拔하고 질책 왈, 장재외將在外에 군명君命은 유소불수有所不受일샌 안이라 황차況且 대군주가 외인협박外人脅迫을 익이지 못하야 비상非常의 해산령을 하下하신 것은 노상路上 소아가 다 아는 바이라. 군등君等이 장관將官으로 속세국은屬歲國恩을 수受하다가 위급존망危急存亡의 추秋에 제際하야 속수취박束手就縛을 좌대坐待하니 차此는 국적國賊이라 하고 일군一軍을 호령하니 감히 응종應從치 안이하는 자가 업섯다. 내乃 6월 27일에 궐연蹶然이 의기義旗를 거擧하야 스사로 의병대장이 되고 사방에 전격傳檄하얏다. 민씨는 원주에서 삼일을 류진留陣하다가 린읍隣邑 영월로 이진移陣하얏스니 이것은 원래 원주가 사면수적지지四面受敵之地인 고로 지세가 방어에 불리하고 또한 원주에서 교전하면 원주 인민이 참화를 당할 것을 고려한 것이다.

기후其後 민씨는 충주 제천 등지로 출병하야 일병日兵과 누차 교전하야 다소의 공을 성成햇스나 원래 훈련이 적은 오합의 병졸이오 차且 군기軍器, 병량兵糧, 병력兵力이 미약하고 본즉 비록 용장勇壯하고 용병의 기능이 잇는 민씨라도 기세를 장구히 유지키 난難하얏다. 제천에서 패칭敗衄한 후 다시 영월로 퇴진하야 권토중래捲土重來를 계획하얏다. 기시其時 강원도 선유사宣諭使 홍우석洪祐晳은 민씨의 귀화歸化하기를 백방으로 권유하얏스되 민씨는 단불청종斷不聽從하고 부하部下 수십인과 가티 영월군 수주면水周面 월현月峴(구舊 원주군 등자현登子峴)에 은복隱伏하야 시기時機를 잠규潛窺하고 잇섯다. 시불리예내약하時不利兮奈若何리오. 대구 경찰대는 차此를 탐지하고 암중暗中내습來襲하야 민가에 방화하고 난총亂銃을 시射하얏다. 사事가 차此에 지至하매 민씨는 지志를 결決하고 촌전村前에 돌출하야 대성왈大聲曰 민긍호閔肯鎬가 이에 잇스니 무고한 양민을 살해치 말나 하고 자진 취박就縛하얏다. 의기義氣의 남자가 안일 것 가트면 이때 민씨는 자기생명만 위하야 도주하고 다수한 촌민의 참해慘害를 부고不顧하얏슬 것이다. 민씨는 경찰대에 포박되야 각림리覺林里에서 무한한 고욕苦辱을 당하는 중에 민씨의 부하병部下兵은 씨를 구하랴고 승야내습乘夜來襲하다가 다수한 사상死傷이 나고 씨氏도 또한 난군亂軍 중中에서 피해被害하니 오호嗚呼 – 시時는 무신戊申 정월 28일이다. 원주 수비대는 이로부터 고침안면高枕安眠하고 대구경찰대는 대상大賞을 수受하얏다. 그러나 의간충담義肝忠膽은 목석이라도 다 감동하는 바이라. 원주 수비대는 민씨의 의義를 칭상稱賞하야 관곽棺槨과 수의를 구具하고 당지當地 인민人民과 상의하야 북문 외(금今 원주면 누문리樓門里)에 후장厚葬하니 기其 시時 원주 성중城中의 인민은 남녀아동을 막론하고 휘루揮淚치 안이한 자가 무無하얏고 씨氏의 령여靈輿

는 씨氏의 원元 부하병部下兵으로 잇던 장정壯丁이 지원하야 호송하얏다. 씨氏의 애첩(씨명氏名 미상未詳)은 원래 화류계 출신이지만 역亦 씨氏를 위하야 삼년 간 절節을 수守하고 씨氏의 유댁幽宅은 지금까지 원주의 명망가 안윤옥安允玉 씨氏가 수호守護한다.

강원도를 일별한 총감상

차상찬

● 차상찬, 「강원도를 일별(一瞥)한 총감상(總感想)」, 『개벽』 42호, 개벽사, 1923.12

촌언寸言

나는 강원도 사람이다. 강원도에서 낫치는 안니 하얏스나 강원도에서 쌔가 굴고 살이 컷다. 나의 조선祖先이 속대屬代를 여긔에 살엇고 또한 나의 자손이 여긔에서 몃 대를 더 살 지도 알 수 업다. 그럼으로 항상 강원도를 더 사모하고 더 사랑하얏다. 금반今般에도 본사本社에 나보다 지식이던지 경험이던지 나은 이가 만이 잇지만은 특별이 내가 가게 된 것은 또한 구연舊緣이 잇은 까닭이다. 그러나 나의 성력誠力이 부족함인지 지식력이 부족함인지 정신적이나 물질적이나 하등의 효과를 엇지 못하얏다. 날수로는 89일에 단인 곳은 불과 십여 군이다. 급及 기타其他 으든 것은 산국山國에서 잘 보지 못하던, 바다 구경과 평생에 원하던 금강산 구경쑨이다. 그나마 호사다미好事多魔로 천사天師가 육화진六花陣을 쳐 노와서 금강산도 자서이 보지를 못하얏다. 도모지 계산하니 공공연할 쑨이다. 또 기사를 쓰라고 하닛까 강원도의 장처長處는 잘 뵈지 안이하고 단처短處만 뵈인다. 속담에 막지기묘지석莫知其苗之碩이라고 내가 강원도 사람이닛가 그 장점을 잘 알지 못함인지 부지不知하나 하여간 강원도의 단처短處를 만이 말하얏다. 동포여— 생각하라. 매 삿에 정이 들고 사랑하는 아해兒孩들에게는 매를 만이 주는 법이다. 내가 그 단처短處를 말하는 이면에는 피가 매치고 눈물이 만이 난다. 산천은 천하절승天下絶勝이지만은 온 가지가 엇지 남보다 그다지 써러젓나. 나의 단단무타斷斷無他한 충심을 생각하면 그 말이 비록 귀에 거시르고 마음에 불만할지라도 반듯시 후서厚恕할 줄로 안다. 그리고 영서의 금화金化 회양淮陽 이천伊川 녕월寧越 정선旌善 인제麟蹄와 영동의 울진蔚珍 삼척三陟 구군九郡 인사에게 기자의 가지 못하고 실신失信한 것을 사과하며 금후今後으는 기회를 으더 기어期於

코 다시 차저 뵈랴 자서自誓한다. 또 본호本號에 금강산과 강원도 각 사찰에 관한 기사를 쓰랴다가 지면紙面이 불허不許하야 내호來號로 양讓하게 되얏다. 강원도 도호道號에 금강산과 각 사찰의 기사를 쓰지 안는 거슨 인人을 화畵하는데 미목眉目을 쌔인 것과 가튼 감이 불무不無하나 세아勢也에 내하奈何하리오.

강원도 사람은 냉혈동물인가

강원도는 지형이 어형魚形과 가틈으로 그 사람도 고기처럼 냉혈동물인 것 갓다. 개인과 개인 간이고 사회와 사회 간이고 모도 냉정하고 동정심이 즉다. 압퍼도 압푼 줄을 모르고 조와도 조흔 줄을 몰은다. 냉혈동물 중에도 고기는 잘 놀고 개고리는 잘 쒸고 배암은 잘 문다. 그러나 강원도 사람은 잘 놀지도 못하고 잘 쒸지도 못하고 잘 물지도 못한다. 즉 무신경질無神經質이다. 두루뭉수리다. 좀 더 서로 사랑하고 서로 도읍고 서로 합하여라. 그리하야만 우리도 산다.

도내 인심 비평道內人心槪評

전도全道의 인심은 대개 순후淳厚하다. 그러나 지방이 남북이 장長하고 또는 대산맥이 동서를 천연적으로 구분하얏슴으로 그 인심도 영동영서가 다르고 남북이 또 다르다. 연이각지방然而各地方에서 표어標語 비슷하게 인심을 비평하는 말이 잇다. 그 말은 비록 간단하고 비야鄙野에 근近하나 일개 참고가 될가 하야 유행하는 말 그대로 좌左에 기록한다.

울진 놈의 살인, 삼척 놈의 도적질, 강릉 놈의 그진말, 양양놈의 음해陰害질, 간성 놈의 써들기, 고성 놈의 힛운 척, 통천 바보 양구 순민順民, 인제우민麟蹄愚民, 화천 완민頑民, 춘천 살주마殺主馬, 원주 음흉, 횡성 약동이, 홍천 어수록이

또 직업상으로 평하은 말은 여좌如左하다.

인제麟蹄 남박(=함지박) 장사, 양구 말군, 화천 쎄군, 춘천 월급쟁이, 홍천 토막장자, 정선 갈보, 영월 담배장사, 삼척 베 장사, 회양 멸어치 장사, 강릉 감 장사, 고성

어부, 통천 쌀 장사, 회양 등짐군, 평강 콩 장사, 금화 담배장사, 철원 소 장사, 횡성 장돌뱅이, 원주 술 장사

평창平昌 정선旌善은 강원도의 미인향美人鄕

① 강릉一江陵 ② 춘천二春川 ③ 원주三原州 간에 물색物色 조키는 하진부下珍富(평창平昌)라는 말은 영동의 아리랑 타령이다. 참 평창 정선은 미인이 만타. 영서로 몇 군郡을 단이고 영동으로 몇 읍을 지냇스되 시가市街나 여항閭巷이나 여자의 인물은 별로 볼 것이 업다. 영동을 산수가 기려奇麗하되 해풍海風이 심한 까닭으로 여자의 얼골빗이 대개 묵서기墨西哥=멕시코 미인갓고 영서 몇 군郡은 더구나 볼 것이 업다. 그러나 평창 정선을 보면 노변에서 매주賣酒하는 여자던지 산간에서 감자 캐는 여자던지 모도 혈색이 좃코도 백옥 갓다. 이것은 아마 산수가 조흔 데다 영동처럼 해풍이 읍는 까닭인가 보다.

강원도 사람은 동해에 익사한다

일본 사람이 조선에 이민하매 남선南鮮 사람들은 집과 땅을 다 뺏기고 북간도로 건너간다. 그런데 강원도에는 아즉 일본 사람은 그리 읍스나 일청日淸 전쟁 통에 황평黃平 양서兩西 사람이 모도 강원도로 밀려 오고 서울과 개성에서 장사하는 사람들도 강원도가 어수룩하다고 모도 와서 각 군의 여간 조선 사람의 상점은 다 개성 안이면 경성 사람이 한다. 장사쌘안이라 다른 사람들도 작구 온다. 그리하야 강원도 근일 속담에 강원도 사람은 이와가티 밀려가면 동해로박게 갈 곳이 업다 하고 아이고— 이것이 엇던 비참한 말이며 기막힌 말이냐. 타족他族에게 정복되는 것은 물론 안이 되얏지만 동족에게 정복되는 것도 조타구는 할 수 업다.

사군四郡 명물名物 — 풍風, 설雪, 수水, 니泥

통고지설通高之雪이오 양강지풍襄江之風이란 문자는 영동 사람 치고는 젖 먹은 아해

도 다 안다. 참 통천通川 고성高城의 눈은 말만 들어도 엄청난다. 증 잘 올 쌔에는 집이 다 뭇체서 이웃간에도 몃칠식 못 본다 한다. 양양강릉襄陽江陵의 바람도 어지간하다. 만추晩秋로 조춘早春까지는 지붕이 한아 성치 못하고 거리에는 먼지로 해서 잘 단일 수가 업단 말이 낫스니까 말이지 철원의 길진 것과 평강에 물 업는 것도 한 이야기 거리다. 평강 읍내는 물이 극귀極貴하야 동절冬節이면 보통 한 집에 40전 30전하는 데도 여간해서는 으더 먹지를 못한다. 쏘 철원은 길이 질어서 비가 조금만 오면 신이 무처 잘 단일 수가 업다. 철원 사람으로 신을 닥는다던지 새 신 신는 것은 무의미한 짓이다.

귀신만은 영동嶺東

수풀이 조면 독갑이가 만타고 인민이 암매暗昧하면 미신이 만은 법이다. 영동은 귀신도 참 만다. 정선의 나나이귀신, 간성의 쇠귀신 개귀신, 양양의 억석億石이귀신, 차외此外에 동해신, 영동할머리, 호랑영산, 각시귀신 등 별별 귀신이 다 잇다. 이것이 다 무슨 미신이냐. 강릉 창해 역사의 씨구 남은 철치가 잇섯스면 그 미신의 뇌를 한 번 타파하겟다.

가경可驚할 춘천 화류계花柳界의 발전

조선의 도청소재지로 제일 경성이 각가운 데는 춘천이다. 속담에 등하불명燈下不明이라. 그러한지 각 도청소재지 중 발전 못 되기는 쏘 춘천이 제일이다. 그런데 다만 화류계花柳界는 잘 발전되얏다. 공창公娼은 구만 두고 기생만도 30여 명이 되야 금추今秋 진재震災 구제救濟인가 수해 구제인가 할 쌔에 춘천 기생으로 연주회를 다하얏다. 도道 촉탁囑託 엄달환嚴達煥 군君은 그게 너무도 반갑고 교화 사업에 필요한 줄로 사思하얏는지 백발이 성성한 인ㅅ으로 춘일관春一館에 가서 예기藝妓 선발에 시관試官 노릇까지 하얏다. 이 말은 구만 두고 대관절 그것들은 다 무엇을 먹고 사나. 빈약한 춘천에서 월급장이 등골이나 배먹을 수 박게 업다. 벌서 금융조합의 도청 금고를 반쯤 집어 생키고 최모崔某는 약사원藥師院 형무대학刑務大學 견습생으로 보냇다. 다른 것이 발전되지 못하고 화류계만 발달하면 약사원에 갈 청년이 엇지 최 씨 쌘이랴. 참 걱정거리다.

관청 하下에 기식氣息이 엄奄하는 각군各郡 청년회靑年會

강원도 각 군의 청년회는 다른 도의 청년회보다 특색이 만다. 회장은 의례依例이 보통학교장, 부회장은 면장, 고문은 경찰서장이 혹 겸하고, 회원은 군속 경찰서원이 중심이 되고 하는 사업은 납세 선전, 위생 선전, 혹 진재震災 구제금救濟金 모집 등이다.(다 그런 것은 안이나 대개가 그럼) 이것은 물론 도청의 내훈內訓으로 각 군 청년을 이러하게 맹긴 것이다. 그럼으로 강원도 청년회는 시대적 청년회가 되지 못하고 일개 관청의 부속적 사업 쏘는 관리의 구락부俱樂部가 되고 말엇다. 관리도 청년이 안인 것은 안이다. 그러나 그들은 신분 관계로 인하야 청년회다운 운동을 잘 할 수 업고 쏘 민간에 다소 유위청년有爲靑年이 잇섯도 세력이 업고 서로 부합되지 안어 활동을 못하다. 언제던지 청년회는 순연한 민간적 운동이 되어야 한다. 시대적 청년회가 되어야 한다. 강원도의 청년－차此를 지知하는가 부否한가.

주점酒店은 제이주재소第二駐在所

소위 삼면일교제三面一校制는 실시되지 못하얏서도 일면一面 일주재소제一駐在所制는 쏙 실시되얏다. 더구나 강원도는 국경과도 달너 무사태평하니 순사들의 갈 곳은 주점박게 업다. 출근적出勤籍에 도장만 찍고는 주점으로 가는 모양이다. 술집을 자긔 집 안방으로 알고 우둑허니 안저사 내인거객來人去客의 술만 어더 먹고 술집 마누라의 얼골만 치여다 본다. 그 꼴이야 보기 실타는 것보다도 불상하다. 그런 무용無用의 장물長物을 다 무엇하나.

감개무량한 해산정海山亭

고성군의 해산정海山亭은 관동의 명정名亭으로 나의 선조 이재공頤齋公(휘시諱試)이 창건한 것이다. 즉 이조 명종 22년 정묘에 공이 고성군수로 재임할 시에 창건한 것이다. 당시 명필 양봉래楊蓬萊가 제액題額하고 허엽許曄, 윤두수尹斗壽, 황윤길黃允吉 제현諸賢이 제판題板하얏다. 공의 시 '봉래풍일격진환蓬萊風日隔塵寰, 요초기화내설한瑤草琪花耐雪寒, 사적삼천은세계沙積三千銀世界, 누고십이옥란간樓高十二玉欄干, 조인벽해개금경照人碧海開金鏡, 경객선산재석관敬客仙山載石冠, 표묘연하다련홍縹緲煙霞多煉汞, 곤륜하독유참란崑崙何獨有驂鸞'[1] 운운云云의 일편一篇은 세인世人이 회자膾炙하고 또 유전遺傳하얏스나 해산정海山亭 십영十詠과 그 기記는 전傳치 못하고 또한 동군同郡의 읍지邑誌도 실화失火하야 가고可考할 곳이 업다. 그의 현판만 유실遺失하얏슬 섄안이라 금今에 기其 정자까지 퇴폐頹廢하고 단但히 초석楚石만 잔존殘存하얏다. 아— 강산은 의구하다만은 인人과 정亭이 기旣히 멀어젓고 다만 나만 홀로 등림登臨하야 배회하니 그새의 회포는 실로 감개무량하얏섯다.

황낙공산이엽청黃落空山二葉青

우리의 갱생更生 운동의 기초는 소년 운동이라 하겟다. 전 세계의 소년 운동이 점차 적열화赤熱化하는 차시此時에 유독 조선은 미미부진微微不振한다. 기중其中에도 강원도는 아주 적적하야 소년 운동이 무엇인 줄도 무르는 것 갓다. 특히 철원과 횡성에 소년회가 생긴 것은 황락공산黃落空山에 이엽二葉이 독청獨青이라 하겟다. 그러나 일반의 사회가 아즉 이해치 못하고 차此를 저주咀呪하고 차此를 방해한다. 형제여 우리가 살지 안으면 이르어니와 살야거던 이 소년에게 젓을 주고 잘 두호斗護하여라.

---

1 글쓴이 차상찬의 선조인 차식(車軾, 1517~1575)이 1567년(명종 22)에 건립한 해산정(海山亭)은 관동십경(關東十景) 중 하나이다. 해산정은 뒤로 금강산, 앞으로 동해와 남강이 둘러싸여 있어 바다와 산을 모두 감상할 수 있다 해서 붙여진 이름이다. 시를 풀이하면 다음과 같다. "봉래산 바람과 햇빛이 속세를 떠나 / 기화와 요초를 눈 속에 피웠구나 / 삼천리 쌓인 모래 은세계요 / 열두 척 높은 누각 옥난간이네 / 햇빛이 인간과 푸른 바다 비추니 금거울을 연 듯하고 / 손님을 공경하여 신선의 산도 돌관을 썼구나 / 아득한 연하(煙霞)는 수은 반죽과 같은데/곤륜에 선인 홀로 난새를 타고 노니누나." 이 시는 『대동야승』의 「오산설림초고(五山說林草藁)」에 실려 전한다.

다대多大한 승려의 세력

강원도는 원래 대찰大刹이 만코 쏘한 승려가 만타. 그럼으로 속담俗談에 령嶺사람은 아들을 삼형제를 두면 한아는 중을 주고 한아는 호랑이 주고, 한아가 자기 차지라 한다. 이 말만 들어도 승려가 만은 것은 가지可知할 것이다. 그런데 특히 고성이나 강릉 양양에는 승려의 세력이 심대甚大하다. 즉 사찰의 토지가 다多함으로 주지가 일개 대지주가 되얏다. 그래 주지가 한 번 읍邑이나 촌村에 오면 그 소작인들은 문이 미도록 차저오며 뇌물賂物이 쏘한 만타. 술집과 기집의 집까지도 세력이 다대多大하다.

폭풍우를 만나던 대진大津의 일야一夜

11월 2일이다. 나는 양양에서 비를 무릅쓰고 고성으로 가는 자동차를 탓섯다. 그 차는 호로 가다 써러저서 불과 몇 시에 옷이 젓고 말엇다. 거진巨津이라 하는 곳을 가니 주재소駐在所 순사巡使 5, 6인五六人이 각반脚絆에 담총擔銃을 하고 가티 탄다. 쏘 의사 한 분이 잇다. 나는 생각하기를, 어되로 도야지 산양을 갓다 오거나 그럿치 안으면 살인강도가 잇서 담총擔銃하고 의사까지 갓다 오는 줄 알엇더니 다시 알어 보니 경찰부장의 영접을 가는 중이다. 사람 영접을 가는데 총을 미고 가는 것은 우습게 뵈엿다. 얼마 안이하야 밤은 기旣히 깁허 흑야黑夜가 되고 풍우風雨는 디동치덧 하는데 더구나 휘발유가 핍절乏絶되야 일행이 차를 타기는 고사하고 차를 쓸고 가게 되얏다. 이러케 죽을 힘을 다하야 대진大津까지 가니 전신은 진흙두루막이가 되고 덜덜 썰이엿다. 여관으로 들어가서 잠간 쉬다가 나는 그들과 가티 잇기가 불편하야 혼자 싼 여관으로 갓섯다. 그쌔까지는 그 일행들은 비록 조선인과 일본인이 다를지라도 다 가튼 칼치장시닛까 퍽 친밀하고 서로 죽어도 갓티 죽을 것 가텃다. 다만 나만 외톨이로 여관에 갓섯다. 조금 잇더니 조선 순사와 의사가 다 나의 여관으로 온다. 그들은 일본인 순사를 매욕罵辱한다. 그리고 조선인은 조선인이 조타 한다. 그들이 온 것은 일본인이 조선인과 가티 자면 '실아미'=이가 잇다고 하는데 감정이 난 모양이다. 나는 이 말을 듯고 여러 가지 감상이 생기엿다. 금일에 소위 친

일파니 신정新政 구가자謳歌者들도 저 순巡들과 무이無異하리라 사思하얏다. 일본인이 보호하고 돈을 주게 망정이지 그럿치 안으면 친일자도 역시 배일자排日者일 것이다. 참 그들의 말과 가티 동족은 동족이 조타.

거시화발내시설去時花發來時雪

내가 경성에서 춘천에 가기는 8월 23일이엿다. 기시其時에는 노변에 교맥蕎麥의 화花가 만발하얏섯다. 그리고 11월2일에 고성에 오니 금강산에 벌서 백설이 애애皚皚하얏다. 불과 72일간에 꼿은 간 곳이 업고 눈이 가득하며 벼옷을 입고도 땀을 촬촬 흘이던 몸이 솜옷을 입고도 덜덜 떠럿다. 그섇 아니라, 그 사이에 동양에 제일번화지지第一繁華之地니 무엇이니 하던 일본 동경이 일시에 비거석양풍飛去夕陽風하고 경성에는 부업공진회니 무엇이니 하는 큰 독갑이 작난을 하고 남촌南村에는 자가自家를 자분自焚하야 화재火災를 성成한 악착齷齪한 일이 다 생기엿다. 아— 세사世事는 이와 가티 순식간에 변천되는 것이다. 금일의 강자가 명일明日의 약자, 금조今朝에 유산자有産者가 명석明夕에 파산자破産者다. 약자와 빈자貧者는 한할 것 업다. 세사世事는 도시都是 이러하다. 거시화발내시설去時花發來時雪.[2]

최후에 한 말 할 것은 강원도의 자랑거리다. 이것은 강원도 사람끼리섇 안이라 아모에게라도 자랑할 것이다.

제일第一에 강원도는 산수山水가 미려美麗하다.

제이第二에 강원도는 삼림森林이 무성茂盛하다.

제삼第三에 강원도는 인심人心이 순박淳朴하다.

제사第四에 강원도는 건강하다不具者殆無.

제오第五에 강원도는 빈부현격貧富懸隔이옵다.

이 여러 가지 점은 장래에 강원도가 특히 잘 발전될 희망이 잇는 곳이다.

---

2 이 문장을 해석하면 다음과 같다. "갈 때는 꽃이 만발했는데 올 때는 눈이 내리네"

관동의 봄소리

수춘산인

● 수춘산인(壽春山人), 「관동(關東)의 봄소리」, 『별건곤』 50호, 개벽사, 1932.4.

천안삼거리天安三街里에 능수버들이 푸르고 영변寧邊의 약산동대藥山東臺에 진달네가 피게 되면 강원도에도 쏘한 봄이 도라와서 버들이 푸르고 쏫이 핀다. 쏫과 버들은 봄나라의 국긔國旗다. 어느 곳이던지 쏫과 버들을 보면 봄을 잘 알 수가 잇다.

그러나 관동의 봄은 쏫과 버들보다도 새소리를 드러야 잘 알 것이다. 관동은 산이 놉고 골이 깁프니만치 온갖 새가 만코 그 새의 소리도 가지각색이다. 새의 종류와 새의 소리를 일일히 말하자면 맛치 남도 광대들의 새타령을 되푸리하는 것과 가트니까 여기서 자서한 말을 하지 안커니와 그중에 대표되는 새로 말하면 두견杜鵑일 것이다. 관동에는 어느 산이던지 두견이 만타. 그러나 춘천의 삼학산三鶴山 두견과 인제麟蹄의 설악산雪岳山 두견과 영월寧越 장릉莊陵의 두견이 대표적이다.

중국의 시인들은 서촉의 두견을 노래하고 영남의 시인들은 문경새재聞慶鳥嶺의 두견을 노래하지만은 나는 강원도 두견의 중에도 영월 장릉의 두견을 노래하고 십다. 영월의 두견은 전날부터 유명하얏지만은 단종대왕端宗大王이 영월에 손위하얏슬 째에

달 밝은 밤 두견이 울 제 수심 품고 마루쯧헤 지대엿스니 네 울음도 슬프다만 나 듯기에 애닯고나 네 만약 안 운다면 내 엇지 근심하랴. 여보소, 세상 근심 만흔 분네 부대 춘삼월三月 자규루에 오르지 마소.

月白夜 蜀魄啾 含愁情 倚樓頭 爾啼悲 我聞苦 爾無聲 我無愁 寄世間 愁苦人 愼莫登 春三月 子規樓

님이 한 번 원통한 새 되어 궁중을 나온 뒤로 짝업는 외로운 신세 푸른 산 속에 있네.

밤마다 잠자랴도 깁흔 잠 아니 들고 해마다 해마다 한 만컨만 한도 쏘한 끗이 업네.

새벽산 지샌 달에 우던 소리 끗치니 피눈물이 흘너서 봄 골작의 낙화 갓네.

한우님은 귀 어두워 애달푼 하소연도 못 듯건만 엇짓타 수심 만흔 내 긔가 홀로 밝단 말가?

一自寃禽出帝宮 孤身雙形碧山中 假眠夜野眠無暇 窮恨年年恨無窮 聲斷曉嶺殘月白 血流春谷落花紅 天聲尙未聞哀訴 胡乃愁人耳獨聰

이러한 노래와 시를 지은 뒤로 더욱 유명하야젓다. 아닌 게 아니라 봄철에 쏫이 피고 달 밝은 밤에 영월과 가튼 심수한 산곡에서 두견의 슬픈 소리를 드르면 아무리 강장의 남아라도 한줄기의 눈물을 흘니지 아니치 못할 것이다. 이러한 봄새의 소리는 관동이 아니고는 흔이 듯지 못할 것이다.

두견의 소리도 관동의 봄 소리 중에 한 특색이라 하겟지만은 화전농민火田農民들의 밧 가는 소리도 관동의 봄이 아니고는 잘 들을 수 업슬 것이다. 관동은 남도나 서도와 달너서 평야가 적고 산지가 만흔 짜닭에 화전농이 발달되고 소로 밧을 가는 것도 다른 도와 특의하다. 다른 도에서는 대개가 한 필로 밧을 갈지만은 강원도에서는 두 필로 밧을 갈고 갈빗기도 비교적 힘이 드는 짜닭에 그것을 잇기 위하야 밧갈 째에 노래를 한다. 사람과 노래를 하는 것이 아니라 소와의 반주를 맛추어 노래한다. 봄철에 관동지방에 려행을 하야 본 사람이면 누구나 잘 알 것이다. 그 천장만장千丈萬丈이나 놉고도 푸른 산벽에서 흰 옷을 입고 농부가 맹호가티 날낸 두 필의 소에다 멍어를 메워가지고 밧을 갈며 청승스럽고 우렁찬 목소리로 독특한 곡조를 맛추어 '엇치…… 돌가라…… 에어…… 어듸어듸 허허…… 그 놈의 소…… 눈 팔지 말고…… 잘 갈거라…… 어듸마마…… 자자…… 아냐마냐…… 어……'하고 소리를 하면 소는 쏘 그 소리를 맛추어서 아모리 험하고 무서운 비탈이라도 조금도 서슴치 안코 평지와 가티 다니며 밧을 간다. 그곳의 사람들은 그것을 심상히 보지만은 다른 지방 사랑 사람으로 그것을 본다면 누구나 이상하게 보고 쏘 그것이 보통의 농부들의 밧을 가는 것이 아니라 산山속에 잇는 신선들이 인삼人蔘밧을 가너라고 호랑이에다 멍어를 메여 가지고 밧을 갈며 그럿케 한가이 노래를 하는 줄로 알 것이다. 엇지하엿던 관동의 봄소식을 알냐면 먼저 이 농부들의 밧 가는 소리를 들어야 알 것이다.

쩨사공筏夫이라면 지금에는 의례히 압록강鴨綠江의 중국인 쩨사공을 련상하게 된다. 그러나 수십여 년 전까지도 근긔 지방에서 쩨사공이라면 누구나 강원도의 쩨사공을 손고비하얏섯다. 안이 지금도 강원도에는 쩨사공이 만타. 강원도는 자래로 삼림森林이 만코 한강漢江의 수운이 편리한 까닭으로 봄철이 되면 쩨사공들이 강남 갓던 제비째모양으로 만히 모여든다. 강원도의 봄소리 중에는 이 쩨사공들이 노래를 또한 쌔노흘 수 업다. 요새에는 시대의 변천으로 소위 압록강 부시압록강절(鴨綠江節)인가 무엇이 만히 류행하야 그것도 다소 세력을 쌔앗겻지만은 지금까지도 강원도에는특히 영서(嶺西) 쩨사공 노래가 만히 류행한다.

양구楊口 랑천娘川=화천(華川) 흐르는 물에
배추씻는 저 처녀야.
것대 썩닙을 다 겻치고
속의 속대만 나 주려무나.

올나가는 뱃사공아.
나려오는 쩻사공아.
한양철리漢陽千里 가거덜낭
우리 님 편지 전하야 주렴.

머무러 주소. 머무러 주소.
님의 쩨를 머무러 주소.
머무러 주면 님의 쩨요,
안 머무러 주면 싹정 쩰세.

경원가도의 초입

임화

● 임화(林和), 「경원가도(京元街道)의 초입(初入)」, 『신동아』 52호, 1936.2

동대문서 전차를 타고 얼마쯤 가노라면 이지음 새로 신식 포장을 한 말끔한 길로 나갈 것이다. 대개는 이곳붙어 시작되어 청량리 정거장 앞까지 닛대인 '푸라타나스'를 심어놓은 길을 전차로 그냥 지내고 십지는 않을 것이다.

더욱이 정거장 못 미쳐 한 칠팔 정 가량 되는 곳 붙어는 길도 훨신 널더러 가는 것 같고 길가운대 후리후리한 은행나무를 심어 놓은 조그만 가상화원街上花園이 차도車道 한 가운대를 장식한 그 길은 증말 거러보고 싶은 곳이다.

아마 서울 시내는 물론이요. 교외 치고라도 이만치 세련되고 기분 좋은 산보도는 찾어 보기 드물 것이다. 이 거리는 서울에서도 내가 제일 즐기는 거리로 실상 내가 이 거리에 생각을 두는 것은 그 새 화장에만 있는 것이 아니다. 그곳이 간직하고 잇는 아름다운 추억 때문이다.

추억이라고 한 대도 그야말로 무슨 내가 특별한 '로맨쓰'를 그곳에다 묻어 두었다든지 하는 것도 아니고 자연적이 미관을 말할 것도 없으려니와 그곳은 실상 서울의 고향을 둔 사람들이 생활의 추억이 있는 곳이다.

이 화려한 근대적 시설을 한 청초한 길을 다 지내 청량리 장거장 앞을 나서면 발서 근대맛이란 것치고 촌다운 수선한 풍경을 맛 볼 것이다. 한쪽 옆으로 교외다운 음식점이 몇 개 있고 운송점 간판을 처다보면서 천천히 거러가면 차차 촌틔가 짓허간다. 벌서 울퉁불퉁한 시골길다운 돌멍이가 발길에 채우고 덜컹 제르렁하는 달구지의 오고가는 소리가 귀에 새로울 것이다. 누구나 이 길을 것는 동안에 한 반세긔쯤 과거를 행하야 려행하고 있는 듯한 늣김을 받을 것이다.

이러는 동안에 좌우 옆에 나히가 칠팔십은 먹었을 듯한 조선 버들 '수양버들'이 늘어슨 길로 드러슬 것이다. 실상 나는 구두코를 약간 벡기고 발목이 삐둑어려도 먼저 지내온 신식 거리보다는 이곳을 사랑한다.

우리 경성부민의 주소 문패가 '동부 무슨 방 무슨 동 몇 통 몇 호'라고 새웠을 때의 서울을 나는 이곳에서 발견하는 것이다. 이곳에 예전 서울서 원산과 춘천 가는 유명한 경원국도가 시작되는 초입으로 서울 근처에서 옛전 모습을 비교적 똑똑히 찾아볼 수 있는 단 한 곳이다.

남대문 박은 말할 것도 없고 서대문 또 시구문 허다 못해 동소문 박까지 지금은 얄구진 개화를 해 갖이고 있다. 이곳 한 곳이 었전 일인지 성해 갖이고 있는데 아마도 이 도로의 경제적 또 정치상의 의이가 다른 곳과 같을 수 없는대서 그리하였을 것도 같다. 그러나 이 거리의 수수한 조선풍도 얼마나 갈는지? 지금 변해가는 동북 조선의 풍운과 정세를 생각하면 그 길 다니는 행인들의 문명을 보는 듯하다.

그러나 좌우간 이곳은 서울과 떠러진 교외 가운대 제일 서울티가 안 나는 곳으로 가장 명상적인 산보 길의 한아일 것이다. 이곳은 좋은 근대적 산보도를 그 앞에 가정하였을 뿐만 아니라 자연 조건에 있어서도 야비한 한강 연안에 대일 바 아니다. 명산 북한련산의 가장 숭엄한 자태를 석양에 볼 수 있는 곳도 이곳이며 왕십리 벌이라든가 멀리 뚝섬벌 한강 기슭이라든가를 조금 높은 곳에 오르면 볼 수 잇는 데며 또한 전차를 내려곳 시골맛을 볼 수 있는 곳도 서울 근처로는 이곳뿐이다.

경원선 철뚝이 들판을 가로질러 지세 좃케 놓인 모양, 근처의 새로 생긴 공장 등 실로 자본주의가 농촌에 숨여드는 장대한 한 폭의 력사적 '뎃씽'도 이곳 아니고는 서울 근처에선 못 볼 것이다.

이 광경은 참말로 움즉이는 그림이다.

동해안의 갈매기

노자영

● 노자영, 「동해안의 갈매기」(1937.8), 윤석달·이남호 편, 『금강기행문선』, 작가정신, 1999, 93~97쪽.

동해안을 보고 죽자. 프랑스 문호 도데는 북해의 고래가 되고 싶다고 했다. 나는 동해의 고래가 되고 싶다. 늘 푸른 동해를 나의 마당으로 삼아 금강산에 빗긴 달을 언제나 바라본다면 그보다 더한 기쁨은 없을 것이다. 내 마음은 항상 노래를 잊은 카나리아였다. 그러나 오늘 저녁만은 다시 한 마리의 새가 되어 이 해변을 날 듯하다.

이 동해선은 어디나 산 아니면 물이요, 숲이요, 바다이다. 더구나 머릿결 좋은 처녀같이 어디에나 솔밭이 울창하다. 차는 해만海灣이 꼬부라져 들어온 곳으로 다리를 건너 좌우에 바다를 끼고 시원하게 돌진한다. 스티븐슨의 『보물섬』을 찾아가는 듯한 즐거운 심정! 아, 내 마음의 새여! 너는 푸르른 날개를 치며 잊었던 옛 노래를 다시 부르자!

차는 어느덧 솔밭 사이로 질주한다. 10리 송전松田에 흰 모래가 곱게 깔려 님의 발자국을 기다리는 듯하다. 솔밭 사이에는 집들이 있어 방에 누워서라도 소나무 가지를 잡아 흔들 수 있을 것 같고, 솨솨 하는 소나무 바람에 졸음까지 절로 올 것 같다. 솔밭을 지나 해변으로 나가면 범선들이 석양의 돛대를 빛내고 있고, 잔잔한 물결이 여름의 인어들을 부르고 있다.

송전 역을 지나고 고저항庫底港을 지나 총석정을 보고자 하였으나 차 안에서는 그림자조차 볼 수가 없다. 통천역을 지나 얼마를 달리니 다시 시원한 해안이 펼쳐지고 기암괴석 사이로 갈매기가 날고 있다. 갈매기는 바다의 처녀이다. 사자같이 머리를 내민 기암에 잠시 앉았다가 다시 풍덩 바다로 들어간다. 그리고 물결에 제멋대로 흘러간다.

님의 품을 바다 같다고 누가 말하였습니까
별들이 내리고 산호가 가지 치는
그 넓은 바다 그 푸른 바다!

님의 품은 열과 매력의 산호가 그늘진
장밋빛 바다, 청옥靑玉의 바다!
그 품을 누가 바다 같다고 말하였습니까

바다를 못 잊어 떠도는 갈매기
아, 나도 바다 같은 님의 품이 그리워
애닯게 헤매고 떠도는 한 마리 갈매기입니다.

산사 삼시간

김사량

● 김사량(金史良), 「山寺 三時間」, 『삼천리』 12권 9호, 삼천리사, 1940.10

강원도江原道 산山속에 들어가기는 벌서 십여十餘 회回나 되는가 하는데 사나운 비바람에 고생苦生을 하기는 이번까지 아마 두 번째일까 한다. 먼저 번은 동해안東海岸 주문진注文津으로부터 양양襄陽에 올라가는 도중途中에서이고 이번은 춘천春川서 묵는 날 밤부터이다. 내일來日 아침 홍천洪川 방면方面으로 떠날 차 시간車時間도 알어 놓고 거기서 열린 축구蹴球 대회大會 구경求景을 하고서 동행同行 김승구金承久군君과 가치 여사旅舍에 들어와 누으니 부슬부슬 비가 내린다. 그리다 밤새에 소낙비가 일 분간一分間의 쉬임도 없이 내리 퍼붓기 시작始作하였다. 비바람을 걱정하면서 우리는 전前 조선일보朝鮮日報 지국장支局長인 유화청군柳和靑君의 부부夫婦와 가치 하루밤 흐뭇이 강원도江原道 산山꼴 이야기를 즐기였다. 무엇보다도 경춘선京春線 개통開通되던 날 심산지방深山地方에 사는 사람들이 기차汽車 구경求景으로 모두 떠러 나왔드라는 유모러스한 광경光景 이야기에는 대소大笑하였다. 어린애들을 업고지고 등에 메구서 거이주지 춘천시내春川市內에 쓰러나와 인산人山을 이루었는데, 밤에는 그들이 모두 대로大路상上에 짐을 풀고 그득이 들어 누어 인해人海가 되었다 한다. 물론勿論 교통交通도 두절杜絶되었드라는 과장誇張이다. 이만큼 강원도江原道 산山꼴의 문물文物은 뒤졌으며 아직 기차汽車를 못보고 사는 사람들이 태반殆半인 모양이다.

이 심산지방深山地方 사람들의 생활生活을 우리는 찾어 구월九月 초初 일일一日 경성京城을 떠난 것이다. 최후最後의 목적지目的地는 홍천군洪川君 두촌면斗村面 소재所在의 가마산山 연봉連峰에 점재點在하는 화전민火田民 부락部落으로 우리는 원시적原始的 범죄犯罪의 면面을 떠나 그들 화전민火田民의 개척자적開拓者的 면面을 세밀細密히 조시調査해 보고저 하는 의도意圖에서였다.

그러나 그날 밤 비는 개이지 않을뿐더러 그 다음 날은 더욱 악수로 퍼붓기 시작始作하였다. 이런 형세形勢론 산山골짜기의 밭이며 길이 많이 떠나갈 것이라 걱정들이다. 그래 우리들의 떠나는 길에도 무척 염려念慮됨이 많었다. 김군金君은 좀체 몸이 튼튼하여 마음이 빠젓하나 나는 그만 그날 아침부터 감기感氣에 걸렸다. 그러나 예정豫程의 시일時日도 넉넉지를 않기에, 유군柳君 부부夫婦의 염려念慮와 만류挽留에도 불구不拘하고 불야불야 떠난 것도 그날 아침 아홉시時, 춘천春川에서 백리百里 홍천洪川으로 향向하는 승합차乘合車에 올라탔다. 빽빽한 산山꼴의 초初가을 아침인데 제법 겨울날에 비가 오는 듯한 추위로 반半즈봉에 청년화靑年靴를 신은 가는 다리가 시리고, 차창車窓에 쏴－하고 붙이치는 비바람도 몹시 싫다. 넘쳐 흐르는 개골물 우의 다리를 건늘 때에는 다리가 쓰러질가 두렵고 산山비탈 길을 으르릉 씨며 기어 올라갈 때에는 바위들이 낙반落盤될가 무서웠다. 물사태沙汰…. 그것은 생각生覺만 하여도 소름이 끼친다. 공연空然이 떠낫나부다 하는 불길不吉예감豫感이 차내車內를 지배支配하기 시작始作한 것도 무리無理가 아니었다. 그러나 차창車窓 밖은 지척咫尺도 분간分間할 수 없을 만하다.

종내終乃 승합차乘合車는 두어 시간時間쯤 가서 그만 산간山間 일 모옥一茅屋 앞에 급정차急停車를 하고 말었는데 이것도 어떻게 생각生覺하면 다행多幸한 일이었다. 홍천洪川서 오던 차車가 그만 길이 끊어진 것을 모르고 질주疾走하다가 웅덩이에 차체車體를 드리 박어 기우러진 것이다. 손님들은 모두 허급지급 내리어 창살같이 퍼붓는 비속을 뚜르고 끊어진 길을 도노라고 산山등을 걸어 이 산중山中 일모옥一茅屋 처마 밑에로 몰려왔었다. 그리고 그들이 울렁줄렁 서서 손을 들며 가지 말라 야단을 치고 있다. 보아하니 그이들이 아마 우리가 타고 온 차로 춘천春川에 향向하게 되고 우리들은 물속에 빠진 차車를 끌어올리고서야 어쨌던 볼 일인상 싶었다. 아니나 다를가 우리를 보고 손을 내리라기에 뛰처내리어 처마 밑으로 기여드니 이번은 그 양반들이 막 올라타기 시작始作한다. 그러나 좀처럼 이 차車로 되로 춘천春川을 향向하여 떠나지는 못하게 생生긴 것이, 운전수運轉手며 조수助手가 모두 홍천洪川서 오던 차車를 물속에서 끌어 내이는 일을 도우려 차車를 비여두고 나갔기 때문이다. 그래 우리는 이 산가山家에서 한 삼사시간三四時間 가량假量을 머물 수밖에 없이 되었다. 이날 그 산중山中 고옥孤屋에는 난데없는 손님 떼가 드리다은 것이다.

그것은 썩은 기둥으로 엉거주춤이 얼거 매여진 집이나 그래도 앞채와 몸채가 다 가추어서 있고 군농회郡農會 소라도 매여 놓고 사는 품이 이런 산중山中에서는 중中 이상以上의 꽤 넉넉한 살림살이라 할까. 대문大門 안 소여물 간 아궁지에서는 그 집 열너덧 살 남짓한 사내애가 밀집단을 끌어놓고 불을 때이고 있다. 우리들이 아궁지 밑에 닥어와 불을 쬐이니 모두 어느 승객乘客들도 몰려하서 둘러 앉었다. 이 사내애 놈은 퍽으나 민첩敏捷하고 영리해 보이는데 재 넘어 간이簡易학교學校도 나왔노라 한다. 아까부터 우리 차車안에서 헛구역을 하며 몹시 고생苦生되게 타고 오던 할머니가 방房안에 들어와 쓰러저 누옵기에 불을 때어 준다는 것이다. 산山의 인심人心은 이렇게 따스운 모양이다. 소년少年은 불빛에 눈을 반짝이며 학교學校에 가치 다니던 동무들이 혹或은 읍邑에 가있고 혹或은 면소面所에 가 있다고 자랑 삼어 이야기하는데 우리는 이 소년少年에 벌서 탐탁한 하나의 농부農夫가 깃드려 있는 것을 볼 수 있었다.

몸채 대청大廳마루랍시게 생긴 컴컴한 마루 간間에서는 이 집 안악네가 매여달리며 보채이는 두 어린애에 시달리면서 맷돌여 밀망을 갈고 있다. 우리는 이 안악네와 오래동안 산중山中 살림에 대對한 이야기를 하였다. 금년今年 농시農事는 긴 장마비로 모두 글넛는데 이렇게 또 소낙이가 쏟아지며 사나운 동풍東風이 불어대니 산山등에 세운 강냉이마자 먹을 수 없을 모양이라 한숨을 집는다. 바로 옆방房에서 새끼를 꼬고 있는 주인主人 중노中老는 폐환肺患인지 연신 컹컹 기침을 하면서 보리도 장마에 반半은 썩었으니 별別로 보잘 것 없이 되었고 요즘은 주재소駐在所와 면소面所에서 밀과 만주속滿洲粟을 주어 먹고 지내노라 한다. 방房안 흙벽壁에는 빈대 튀친 자리가 군데군데 보이는데 윗목에 화대火臺가 놓여 있고 가구家具라고는 석유石油 상자와 동에 동금이 곡식穀食자루 같은 것이 있을 뿐이다. 가장 적은 어린애 놈은 옷이 올라 모두 얼굴이 부었는데 배 줄기에 큰 종기腫氣까지 생生기어 몹시 고단스러운지 지드럭씬다. 그리고 밀망을 갈고 있다고 하지만 모두 쭉젱이뿐으로 그걸 갈아서 호박이나 좀 쓸어 넣고 죽을 쑤어 먹는다 한다. '머 이럭저럭 사라가지여유'하며 연신 여러 가지 말을 자추는 품이 그들의 인사人事는 이렇게 시작始作되는가 싶었다.

그러느라는데 어느 새에 곱실한 차장車掌여아女兒며 자동차自動車를 건지노라 비속에 벗고 야단치른 조수助手들이 덜덜 떠며 들어와 젖은 옷을 화로火爐불에 쪼이면서 자꾸 먹을 것을 내어 놓으라 성화星火이다. 좀 정도程度가 지나칫으며 또 그 무례無禮함이 적이 비우에 거실린다. 그러나 안악네는 조금도 그티가 없이 순진純眞한 애린愛隣의 마음으로 아무 것도 드릴 것이 없어 딱하다고만 하며 외래 미안未安해 하는데 이러한 심리心理도 순박淳朴한 산중山中사람에서나 찾어볼 수 있다고 하겠다. 차장車掌여아女兒는 군것질이 하고 싶은지 열아문 된 어린애 보고 이 비에 뒷산에 가서 가이압을 따오라느니 팝배를 따다 주면 좋겠다느니 하고 말이 많다. 뒤뜰에는 맨드래미꽃이 빨갛게 비속에 타오르고 있는데 뒷갈에는 좀 복송아 나무가 줄렁줄렁 열매를 달고 늘어저 있다. 어느 결엔가 부엌에 침입侵入한 여드름이 잔등에까지 그득한 조수助手놈이 이거 먹을 게 아니냐고 무언가 신누런 것을 들어보이며 시퍼런 입으로 두덜거린다. 안악네는 수집게 웃으며 나가더니 그것을 몇 조박 가저다가 논아준다. 강낭떡으로 아마 손님들 앞에 내어놓기를 거북스레 생각生覺하였던 모양이다. 그러나 조수助手 두 놈과 차장車掌여아女兒는 화로火爐불에 구어서 입이 움으러지게 틀어 민다. 이리하여 난데없는 과객過客들이 이 한적閑寂하고도 빈궁貧窮한 산가山家를 뒤삶어 놓았다.

동행同行 김군金君은 모든 것을 차근차근 기록紀錄도 하며 좀 별別해 보이는 농구農具며 발방아 같은 것은 스켓취도 하는 모양이다. 차장車掌여아女兒는 이번은, 또 따다 놓은 좀복송아 바가지로 돌아 붙어 그걸 오물오물 깨문다. 나도 하나 씹어 보았으나 쓰기가 여간如干치 않고 또 배탈까지 날까 두려워 그만두었다. 그러는데 조수助手애며 기외其外 손님들은 하나하나씩 그리로 몰려들었다. 시계時計를 보니 한시時를 퍽으나 넘었으니 따저 본다면 좀체 시장도 할 시간時間이다. 영감은 좀복송아 바가지에 몰려든 사람 떼를 바라보며 '시당들 하신 게로군 시당들 하신 게야'하며 적이 속으로 만족滿足해 한다. 어느 새에 차장車掌 여아女兒가 또 빠저서 토끼처럼 밖앝에를 나갔드랫는지 아직 차車 끌어올릴 시간時間은 멀었다고 보고報告하면서 차車안에 있는 사람들이 복송아라도 찌여 내오란다고 분부吩咐처럼 전傳한다. 그러니 안악네가 또 일어서서 나가는 품이 복송아를 정말 삶어 줄여는 모양이다. 이런 산중山中에서는 복송아도 일종一種의 식량食糧이다. 그래 너무 쓰지 말라고 삶아서 식용食用하는 터인데 오늘은 자동차自動車 두 대臺의 이십 여二十餘 명名 승객乘客이 가난하나 산가山家의 복송아까지 건우려 톡톡히 드러붙는 셈이라고 김군金君과 나와는 고소苦笑하였다. 그리고 우리는 다소多少 의분義憤에 가까운 것을 느끼여 복송아값이라도 받어내면 하였다.

자동차自動車 끌어 올리는 일이 너무 오래되도록 진보進捗되지 않는 것 같엉 하도 갑갑하길래 나는 어떤 손님의 양산洋傘을 빌리여 쓰고 현장現場에 나가 보았다. 그 집에서 한 이삼십간二三十間 떠러진 곳인데 그만 길이 산山에서 솔려 내려오는 물에 두어 간間 쯤 끊어졌는데 거길 모르고 자동차自動車가 오다가 앞머리를 드리박은 것이다. 부락민部落民이 십여十餘 명名 응원應援을 나오고 자동차自動車며 조수助手까지 합合하여 십오육 명十五六名이 비속에서 흙투성이가 되어 큰 애를 쓰고 있다. 순사巡査도 한 명 나와 서서 돈다. 좀처럼 차車를 끌어 올릴 수 없는 것이 서툴게 건드렸다가는 빠른 물살에 차체車體가 더 빠저 들어가게 생겨 먹었기 때문이다. 그런데 그 도로道路 아래쪽 얼마 머지 않은 곳 펑펑 쏜살처럼 흐르던 개골가에는 산山같이 쌓어 올린 장작떼미가 있는데 그게 물살에 허무러저 떠나갈가 바 목군木軍들이 아우성을 쳐가며 그걸 막노라 칠팔 명七八名은 그래도 부댓기는 수력水力을 조금이라도 감減해 볼 양으로 웃돌쪽 장작떼미 아래에 기둥처럼 서 있다. 자동차自動車 끌어올리는 데 독살을 하는 부락민部落民들도 사실事實은 더 이 장작떼미의 운명運命에 마음이 아니 아니한 모양으로 소리가 날 적마다 연신 그쪽에 시선視線을 건니며 속을 태고 있다.

장작떼미에 붙어돌던 목군木軍도 이삼 명二三名이 자동차自動車일에 불리여 온 모양이었다. 끌어올릴 가망可望 없는 자동차보다 우리들 눈에도 장작떼미가 문허저 떠나가면 어쩌나 하는 동정同情과 위구危懼의 념念이 더 컸다. 그러나 부락민部落民들은 겁석겁석 허리를 구부리며 치우래는 돌은 들어 옴기고 차체車體 아래에 기여 들어가래면 시퍼렇게 겁을 집어 먹고도 두말없이 엎대여 몸을 비틀어 넣는다. 그런데 기우러진 차체車體 속에는 고약스레도 한 연석이 맥고 모자帽子를 쓴 채 숙으리고 있다. 얼굴은 보이지 않고 맥고만 들석들석 한다. 또한 우리들은 괫심히 생각生覺하였다. 필경必竟 만취滿醉한 작자가 않이면 무슨 서기書記 나부랭이리라 하였으나 그러나 순사巡査도 비를 맞으며 속을 태고 있는데 그 앞에서 감敢히 저를 수 있는 것이 수상殊常하다고도 생각生覺하였다. 하여간何如間 이 맥고 모帽를 태운 자동차自動車를 끌어올릴 가망可望은 좀처럼 보이지 않는다.

그래 춥기도 하려니와 나와 섰대자 별別수 없는 일인지라 혼자 등이 달아서 본시 타고 온 차車 안으로 들어와 한 자리를 얻어 앉었다. 그러나 부락민部落民에 대對하여 죄罪스럽고 또 염치없는 생각生覺이 안가安價한 감분感奮을 자어 내었다. 그래도 차車 안은 아무 데보다도 사람들 온기溫氣에 후끈후끈하는 맛이 오삭오삭 치워오는 몸에는 좋았다. 그런데 바로 차車 안에서는 깍쟁이도 아닐 텐데 어쩌다가 엄지손가락을 뱀에 물렸는지 거기 붕대를 감은 양복洋服 입은 작자가 아주 신이 나서 장사꾼 모양의 내지인內地人을 보구 물린 자리에 촌의사村醫師의 약藥쓰던 이야기를 주절거린다. '모모 콘나니 스루까라 쇼가 나이테수요. 소레데 와타시노 유비가 입뽕 쿠사리마시타까라네'하며 촌村띠기 의사醫師가 물린 손가락 밑을 붕대로 다자코 즐너 매이고 주사注射를 주었기 때문에 혈관血管이 못쓰게 되엇었다는 것이다. 방약무인傍若無人하게 떠드는 바람에 또 차車안이 시끄러워젔는데 내지인內地人들은 고개를 끄덕거리며 동정同情의 뜻을 표表하면서 '안싱데기마센네'를 연방連放한다. 그리고 어쩌구저쩌구 하다가 말이 부락민部落民들에 돌아가자 그 자者는 또 일어서다 싶이 하며 뱀에 물린 손을 연신 들어 제스츄어를 쓰며 부락민部落民 동정론同情論

을 펴느러 놓는다. 이번은, 국어國語가 더욱 웃우깡스럽게 들린다. 부락민部落民들이 오다가다 할 수 없어 좀 타고 가려고 손을 들어도 대체大體는 만원滿員이라고 눈도 거듭 떠보지 않고 그냥 내달리는 금새에 이런 일이 생기면 모두 부락민部落民을 징집徵集하여 죽두룩 일만 시키고 막걸네 한 잔을 사주질 않는다는 것이다. 나도 그 말에는 정말로 그렇다면 경춘철도京春鐵道 당국當局은 너무 옹색하고 못쓴다고 속 깊이 나무랬다. 그리고 조수助手들의 태도態度이며 부락민部落民들의 역사役事이며를 생각生覺하며 가可히 벌罰 받을 일이라고까지 의분義憤을 느끼었다.

이때에 드디어 산가山家로부터 삶은 복송아를 담은 바가지를 들고 차장車掌 여아女兒가 써-비스 차로 들어왔다. 저마다 모두 손을 내밀며 떠든다. 그중中에서도 나는 뱀에 물여 붕대를 듬쓱이 감은 커다란 손이 한 웅큼 복송아를 집어드는 것을 보았다. 이건 남의 식량食糧의 약탈掠奪에서 다름이 없다. 뱀에 물린 자者는 숨채기를 할상 싶게깢지 부즈런히 복송아를 깨물며서 입만 틈이 있으면 '콘나모노워 마이니치 쿠우테수까라네' 한다. 모두 승객乘客들은 신기新奇한 체 하면서 김이 물신물신 나는 쓴 복송아를 접접 호무르처 넣는다. 부락민部落民을 공空짜로 부린다고 하여 분개憤慨하는 뱀에 물린 이 자者가 나종에 복송아 값을 물었는지 어쨌는지는 나는 알 수가 없다. 산가山家의 안악네도 주인主人도 어린애도 값을 받으러 나오는 것을 못 보았으니까. 그리고 얼마 않 되여 홍천洪川서 오는 둘째 번 차車가 끊어진 길 저편便 짝에 와 다었으니 홍천방면洪川方面 가는 사람 타고 가라는 호령號令이 내리어 우리는 모두 허급지급 비를 맞으며 차車 밖알으로 나왔다. 나는 몸이 너무 오삭오삭 춥기에 산가山家의 어린애로부터 삿갓우립雨笠을 빌려 쓰고 대리끼를 얻어 둘으고 밭도랑 길로 해서 산山비탈을 돌아 길 건넌 쪽으로 항向하였다. 그때 나는 맥고모帽 쓴 사람과 마주치었다. 옆에는 순사巡査가 붙어 있다. 그것은 홍천방면洪川方面으로부터 춘천검사국春川檢事局에 넘어가는 수인囚人이었던 것이다. 나는 마침 잘되었다고 삿갓과 대리끼를 벗어주며 저 편便쪽 산가山家에 갔다 주어 달라고 부탁付託하였다.

이리하여 그날의 산가山家 삼시간三時間은 매우 분주奔走하였다. 그리고 지금至今 나는 산가민山家民의 순박淳朴하고 순수純粹한 애린愛隣의 정情을 속진俗塵의 타산벽打算癖으로 모욕侮辱한 것을 뉘우치기로 한다. 그러나 그 대신代身 아마 경춘철도京春鐵道는 부락민部落民의 세고勢苦에 대對하여, 또 복송아 값에 대對하여도 책임責任을 저야 할가 한다. 동승同乘의 의誼로 손님들은 탓할 수 없다고 손치고 저녁때에 홍천洪川에 다어보니 범람氾濫한 홍천강洪川江에 수둠이 장작이며 석까래 떼목들이 떠나려가고 있었는데 그게 바로 그 산가山家 앞에 쌓여 있던 장작떼미 문허진 것이나 아닐가고도 생각生覺되는 것이었다.

산악의 전설－치악산의 전설, 금강산의 전설

차상찬

● 차상찬, 「산악의 전설－치악산의 전설, 금강산의 전설」, 『조광』 8권 8호, 조선일보사, 1942.8

치악산雉岳山의 전설傳說

강원도 원주의 치악산江原道 原州 雉岳山이라 하면 험하기로도 유명하고 유수幽邃하기로 유명한 산이다. 그 산의 원이름은 적악赤岳이였으나 중간의 치악이라고 되었으니 그 이름을 고치게 된 이면에는 괴상하고도 신비한 전설이 숨어있다. 옛날 어떤 시기에 원주에는 이름난 명포수砲手가 하나 있었다. 그는 날마다 치악산에 가서 꿩이며 노루, 사슴 같은 김생을 잡어다가 그것으로 생활을 하였었다. 하루는 사냥을 갔다가 상원사上院寺란 절 근처에서 다리를 쉬고 있느라니까 거기서 숲속에서 꿩 한 마리가 매우 슬프게 울고 있었다. 포수는 귀가 번적 띄여서 화승火繩에 불을 다려가지고 그 꿩 우는 곳을 찾어 갔었다. 보통때 같으면 그 꿩이 사람의 인적 소리를 듣거나 화승 냄새를 맡으면 겁이 나서 날어 가던지 죽은체하고 가만이 엎디여 있었겠지만은 이상하게도 그 꿩은 꺼더덕하고 비명을 하며 공중으로 한 십여 척 높이 되게 올라가다가 다시 떠러졌었다. 그렇게 하기를 한 십여 차 하더니 최후에는 겨우 삼사척밖에 오르지 못하고 기운도 아주 기진맥진하여 꺼드득 소리도 못하고 그저 꺼득꺼득 할 따름이였다. 포수는 하도 이상하야 그 꿩이 있는 숲으로 밧삭 닥어서서 살펴본즉 놀라지 말어라. 아주 징글징글하고 크기가 유주통 같은 큰 대망이란 놈이 몽둥이를 서리서리하고 혀만 날름날름하며 꿩을 잡아 먹으랴고 노리고 있으니까 그 꿩이 그만 그 구렁이의 놀이 들어서 잘 날어가지도 못하고 그저 비명만 하는데 조곰만 있으면 그 꿩이 그만 구렁이의 밥이 되고 말 지경이였다.

그 산양꾼도 물론 날마다 꿩을 몇 십 마리씩 잡고 일 년 치면 무려 몇 천 마리씩 잡는데 그까진 꿩 한 마리쯤이야 구렁이에게 잡혀먹는 것을 본대도 그다지 분할 것이 없지만은 그래도 사람이 꿩을 잡어 먹는다면 오히려 괜찮지만 같은 동물로서 강자가 약자를 잡어 먹는 데는 아모라도 의분심이 자연히 생겨서 그 놈을 그대로 보고 두어둘 수 없었다. 보는 길로 잔득 재였던 총을 가지고 구렁이 대가리를 향하야 마주 쏘았더니, 탕하는 소리가 산골잭이를 울리며 그 소리에 따러 구렁이가 마저 왼 몸을 구불렁구불렁하고 피를 흘리며 나가 자빠저 죽고 꿩은 고맙다고 인사를 하는 듯이 머리를 포수에게 향하야 쭈악쭈악하고 날아갔었다.

그런지 얼마 후였다. 그 포수는 전과 같이 또 사냥을 하러 치악산으로 갔었다. 아침서부터 저녁때까지 짐승을 얼마나 잡었던지 한 짐이 잔뜩 되게 지러지고 집으로 돌아오랴고 하는 판에 마츰 사슴 한 머리가 그 앞을 지나갔었다. 보통의 꿩이나 노루 같으면 이미 잡은 것도 한 짐이 잔뜩 되니까 더 잡을 욕심도 없겠지만은 귀중한 사슴이니까 기여히 한 마리 잡아가지고 가랴고 질머졌던 망태기도 다 벗어버리고 사슴을 쫓기 시작하였다. 처음에는 곧 잡을 줄로 생각하였더니 급기야 잡으려니까 그렇게 용이 잡히지 않었었다. 이리도 쫓고 저리도 쫓는 바람에 해가는 줄도 모르고 쫓다가 결국 사슴도 간 곳이 없고 해는 아주 점으러서 가위 일모 도중이였다. 암흑한 산중에서 갈 길조차 잃어버리니 그 포수야말로 산중에서 그대로 방황하게 되었다. 이리로 가도 덤부사리, 저리로 가도 언덕박이, 한참동안 애를 쓰고 돌아다니였더니 뜻밖에 저편 산 밑에서 등잔 불빛이 반짝반짝 비치였다. 포수는 크게 기뻐하야 그 등잔불이 있는 곳을 향하야 엎어지며 잡버지며 간신이 찾어갔었다. 급기야 문전에 도착하야 주인을 찾으니 집안에 다른 사람이라고는 하나도 없고 다만 소복한 여자 하나가 있어 응답을 한다.

"여보, 밤중에 웬 사람이 그렇게 찾으시오. 이 집에는 남자라고는 없고 다만 과부나 혼자만 사는 집인데……."

"네, 나는 사냥꾼인데요. 모처럼 사냥을 하러왔다가 일모도 궁하야 하루 밤을 유숙하려고 염치를 불고하고 왔습니다. 미안한 말슴이나 두루 용서하시오."

"천만의 말슴이요. 용서가 무엇 있겠소. 그저 집이 누추하니까 잘 주무시게 될는지요. 저녁밥은 잡수섯는지요."

"밥이 다 무엇이요. 아모 것이라도 있거던 좀 주십시요."

"아모 것도 없습니다. 시장하시더라도 좀 기달려 주십쇼. 밥을 새로 지여서 드리겠으니"

하고 주인 여자는 부엌으로 들어가서 불을 땟다. 포수는 시장한 판에도 호기심이 생겨서 문틈으로 그 여자를 엿보았다. 여자는 과연 미인이였다. 미목의 청수한 것이던지 태도의 아리따운 것이든저 이 인간에는 희귀한 미인이였다. 포수는 혼자서 속으로 '아 저런 미인이 어찌하야 이 산중에서 혼자 살가……' 하고 암암층탄 하였다. 그러나 한 가지 괴상스러운 것은 그 여자가 있다감 입맛을 다시는데 입 밖으로 혀 끗이 뱀의 혀바닥 모양으로 날름거리였다. 포수는 그것을 보고 직감적으로 그것이 사람이 아니요, 뱀의 화신인 것을 깨달었다. 그제서는 호기심보다 무서운 생각이 저절로 나서 머리털이 성그렇게 올라갔다. 정신을 밧싹 차리고 구석에 세워두었던 총을 가지고 뒷문으로 슬며시 나아가서 오금아 날 살려라 하고 도망질하려고 하였다. 주인 여자는 어느 절에 그 포수가 도망하는 것을 알고 때던 불도 집어던지고 그냥 쫓아와서 포수의 손목을 잡으며

"이놈아, 내가 누구인지 아니. 나는 전번에 너의 손에 죽은 뱀의 안해다. 너도 포수로 하루에 꿩을 몇 십 마리씩 잡는 놈이 내 남편의 꿩 한 마리 잡아먹으려는 것을 보고 억하 심정으로 가장 자선심이나 있는 듯이 내 남편을 총으로 죽이고 꿩을 살려주었단 말이냐. 내가 그 원수를 갚으려고 여자로 화하야 오늘날까지 기달렸는데. 네 이놈 달어나기는 어디로 달어난단 말이냐"하고 독한 눈으로 노리고 보았다.

포수는 손을 뿌르치고 소리처 말하되 "나도 꿩을 잡기는 잡었지만은 나와 네 남편과는 경우가 달지 앟느냐. 같은 동물로서 강자인 것만 믿고 저의 구복을 채기 위하야 약자를 함부루 잡어먹으랴니까 내가 의분으로 너의 남편을 죽인 것이지 꿩이나 뱀이나 무슨 은원이 있으랴. 이런 것은 적덕이라고 할지언정 적악은 아니니까

세상에 부끄러운 것은 없다".

그 여자는 또 말하되 "네가 적덕을 하였다고 증거가 있을 터이니 나에게 그 증거를 뵈여라. 이곳 상원사上院寺가 폐사廢寺가 된 지 오란데 그 절의 종鍾이 지금부터 한 시간 전에 울면 너의 적덕한 증거가 될 것이오, 울지 않으면 적덕을 아니한 것이니까 내가 너를 잡아먹어도 후회하지 말라" 하였다. 포수는 할 수 없이 그대로 약속하였다. 그러나 폐사된 절의 종이 울이가 만무하였다. 포수는 안타까워 애가 탔었다. 십분, 이십분, 삼십분, 사십분 시간은 점점 가차워 왔다. 여자는 포수를 잡어먹으랴고 혀를 날름날름하였다. 시간이 거진 한시가 될락말락하는 판에 뜻밖에 상원사로부터 종소리가 뗑뗑하고 울려왔다. 그 여자는 그만 노리던 눈을 스리처 감고 눈물을 흘리며 "사람의 운명이란 할 수 없는 것이다. 내가 꼭 원수를 갚으랴고 하였더니 당신이 꿩에게 적덕을 한 까닭에 할 수 없다"하고 다시 크다란 구렁이로 화하야 달어났었다. 그리고 포수는 그 이튿날 아츰에 종소리 나던 상원사를 가보니 웬 꿩 한 마리가 머리에 피투성이를 하고 골이 깨여저서 종 밑에 넘어져 죽었다. 꿩은 물론 전날에 뱀에게 물려죽을 것을 포수가 구해준 꿩으로 그날 밤에 그 은공을 갚기 위하야 머리로 종을 처서 그렇게 죽기에까지 이른 것이다. 포수는 꿩의 죽은 것을 보고 크게 감동되어 그 자리에 꿩을 묻어주었다. 그 후부터는 일반 사람이 그것을 기렴하기 위하여 적악산赤岳山을 치악산雉岳山이라 부르게 되었다 한다. 이 사실은 지나의 한산시寒山寺 일과 비슷한데 이 치악산 전설이 먼저 생겼는지, 한산시寒山寺의 사실이 먼저 생겼는지 선후는 알 수 없다.

금강산金剛山의 전설傳說

금강산이 천하명산이라 하면 어느 봉우리 어느 골작이가 절승치 않은 곳이 없고 돌 한 개, 바우 하나, 풀 한 폭, 나무 한 가지, 한 개울, 한 폭포 그 어느 것이 신묘기괴하지 않으리오만은 중국의 악양루岳陽樓 경치를 말하는 사람이 파릉巴陵의 천만가지 승경이 있으되 동정호洞庭湖 하나만 못하다는 말과 마찬가지로 금강산의 여러

외금강 팔담 출처 : 소명출판

천만경이 있으되 여름철에 있어서는 그 장쾌하고 시원한 구룡폭포九龍瀑布가 제일 대표적이라 하겠다. 구룡폭포도 좋거니와 그 폭포를 끼고 올라가 구룡대九龍臺에서 바라보면 돌과 물이 상하 일벽一碧으로 벽옥 같은 여덟 못을 군데군데 일으러 풍광이 천하절승하고 거기에 또한 자미있는 전설이 숨어 있다. 옛날 엿적 어느 해 여름날이였다. 어떤 집에서 머슴사리를 하는 늙은 총각이 팔담 근처로 나무를 하러 갔었다. 이 산비탈의 가서 검불을 긁고 저 산비탈에 가서 삭정이를 따서 집덤이 같이 크게 한 짐을 잔뜩 해 짊어지고 비지땀을 흘림 석경산으로 나려오는데 자기의 신세타령 비슷하게 구슬픈 목청으로 강원도 정선旌善조의 긴 아리랑 한 곡조를 불렀다. '금강산金剛山 일만 이천 봉一萬二千峰, 팔만八萬 구암자九庵子는 그림 속으로 뵈고 우리 동내 금오위장金吾衛長 집 망래 딸은 꽃같이 뵌다. 아리랑 아리랑 아라리요. 아리랑 고개로 넘어가세. 비로봉 꼭댁이에 갈가마귀도 제 짝이 있어서 잘 놀건만은 요내 신세는 어찌 되여 반 팔십 되도록 머슴사리만 하나.' 후렴 상동上同

그는 그렇게 노래를 부르며 한참 나려오다가 산 모퉁이 펀펀한 곳에다 나무지게를 벗어놓고 앉어서 쌈지에 있는 부스럭이 담배를 끄내 침을 툭툭 뱉아서 눅여가지고 곰방대에다 담은 뒤에 또 다 떠러진 부시쌈지 속에서 부싯돌과 부시깃을 끄내 불을 붙여 물고 두서너 목음 빨으랴니까 건너편 산비탈로부터 사슴 한 머리가 급히 뛰여 나려오더니 그 나무꾼의 앞에 와서 푹 엎어지며 숨을 허덕허덕하고 쉬엿다. 나무꾼은 사슴을 보고 얼는 머저 짐작하기를 저 사슴은 필경 어떤 사냥꾼에게 쫓기여서 저리된 것이로구나 하고 당장에 칙은한 생각이 나서 그 사슴을 자기의 나무 짐 속에다 감추어 두고 시침을 딱 떼고 그냥 담배만 피우며 있었다. 조곰 있느라니까 과연 그 사슴이 뛰여 나려오던 산비탈에서 사냥꾼 하나가 달려왔었다. 그 산양꾼은 나무꾼을 보고 "여보, 미안하지만은 지금 이리로 사슴이 오는 것을 보았소?" "아니요. 나는 못 보았소. 사슴은커녕 노루도 못 보았소." "정말이요? 그게 웬 까닭일까요? 내가 지금 저편 산에서 그 사슴을 보고 활로 쏘았더니 바로 웅덩이를 마저 가지고 이편으로 달어 오기에 내가 곧 뒤를 쫓아왔는데 어디로 갔을까요?" "그러면 정말이지 거짓말하겠소?" 나도 작년 겨울에 병을 앓고 나서는 몸이 항상 약하야 어떤 의사에게 물었드니 녹혈鹿血을 먹으면 좋다고 하기에 "누가 사슴을 잡으면 그 피를 좀 얻어먹으려고 항상

구룡폭포. 폭포 아래 연못이 구룡연이다. 1935
출처 : 임병목, 『금강산』(下), 99쪽

주의하는 중인데 만일 내 앞으로 활을 마진 사슴이 왔다면 내가 낫鎌으로라도 벌서 때려 잡어서 그 피를 뽑아먹었지 그대로 놓아 보냈겠소" 하고 말이 조곰도 서슴는 기색이 없으니 그 산양꾼도 그제야 의심을 풀고 그대로 갔었다. 조고 있다가 나무꾼은 자기 나무 짐 속에 감추었던 사슴을 끄내여 그 활에 마진 곳을 부시깃으로 잘 싸매어 주고 또 피 칠한 것을 물에 깨끗이 씻어서 놓아주었더니 그 사슴은 비록 말을 못하나마 고맙다는 인사를 하는 듯이 머리로 꾸벅꾸벅 하고 산으로 달아났었다.

그날 밤이였다. 그 나무꾼은 잠을 자다가 우연히 꿈을 꾼즉 어떤 백발노인이 와서 반갑게 손을 잡고 감사하다는 인사를 하며 말하되,

"나는 금강산에 있는 백록선인白鹿仙人인데 평생에 자식이라고는 단 두 남매가 있었더니 딸 하나는 불행이 작년 봄에 그 몹쓸 놈의 호랑이에게 물려가서 단지 아들 하나가 남어 있어서 어제 낮에 칙葛을 뜯어먹으랴고 산으로 갔다가 사나운 산양꾼에게 활을 맞고 쫓겨서 죽게 되었더니 다행이 당신의 구원을 받어서 생명을 구하게 되었은즉 그 감사한 은혜는 무엇으로 갚을지 알 수 없소이다. 보와한즉 당신은 연기 사십에 아즉까지 장가를 들지 못하야 남의 집 머슴사리만하고 있는 모양이니 그런 가여울 데가 어디 있겠소. 내가 다른 재조는 없으나 당신에게 좋은 처녀 장가를 가게 하여줄 터이니 내 말대로만 꼭 하시오. 그것은 다른 것이 아니라, 저-기 저- 금강산에는 팔담이라는 여덟 못이 있지 않소. 그 못은 당신도 잘 알다싶이 물이 맑고 물속에 돌까지도 옥같이 깨끗한 까닭에 한울에 있는 우의羽衣 팔선녀八仙女가 한 달에 한 번씩은 꼭 나려 와서 목욕을 하고 가는데 내일이 마츰 그들의 목욕하러 오는 날인즉 당신이 미리 가서 그 못 옆에 숲속에 숨어 있다가 그 팔선녀들이 목욕을 하러 나려 와서 그 입은 우의羽衣를 버서 놓거던 그중에 당신 눈에 제일 곱게 뵈는 여자의 옷을 갖다 감추시오. 선녀들은 언제나 우의를 입어야만 하눌에 올으나리는데 만일 그 옷만 감춘다면 제 아모리 선녀라도 꼼작을 못하고 당신에게 잡혀 살게 될 터이니 그런 행복이 어디 있겟소. 그러나 특별히 한 가지 부탁할 것은 그 여자가 아모리 당신과 가치 살어 유자생녀할지라도 원래 천상 선녀인 까닭

에 언제나 하늘에를 올라 가랴고 할 터인즉 비록 생활을 하는 중이라도 그 우의만 있다면 자식까지 모다 다리고 갈 터이니 부디 그것을 주의하시오"

하고 인홀불견으로 간 곳이 없이 살아지고 말었다. 나무꾼은 그 꿈을 꾸고 마음에 퍽 기뻐하야 그대로 날을 밝히고 첫 새벽부터 주인에게 밥을 재촉하야 먹고 금강산으로 나무를 하러 간다고 핑계하고 지게를 지고 나아가서 팔담 옆에 있는 숲속에 숨어있었다. 아침부터 눈이 감도록 선녀의 하강하기만 기다렸더니 오정쯤 하야 오색구름이 팔담 우으로 가득하게 떠오르더니 과연 팔선녀가 매암이 나래 같은 우의를 입고 구름을 타고 나려 와서 팔담 옆에 나뭇가지에다 옷을 벗어 걸고 백옥 같은 흰 몸으로 오리떼 모양으로 물속에 들어가서 목욕도 하고 헤염도 치며 놀았었다. 팔선녀들이 그렇게 놀고 있는 중에 나무꾼은 그중에도 제일 고흔 여자의 옷을 슬며시 갖다가 감추었다. 그럭저럭 해가 저물게 되니 여러 선녀들은 물 밖에 나와서 옷을 입고 하눌로 올라갔었다. 그러나 유독히 한 여자만은 옷이 없어서 입지 못하고 발가숭이로 울고만 있었다. 그때 나무꾼 총각은 숲속에서 뛰여 나와 혹은 위협도 하고 혹은 달래기도 하야 결구 두 남녀가 부부되기를 약속하고 집으로 돌아와서 잔치를 하고 가정을 이뤄 사는 동안에 자녀를 삼남매나 낳았었다. 처음에는 그 여자가 그 남자에게 옷을 내달라고 여러 번 간청하였으나 여자가 도망할가 염려하고 주지를 않었더니 나종에 자녀를 삼 남매식을 낳고 보니 그제는 남자도 안심하고 그 옷을 주었더니 여자는 그만 옷을 입고 자기 낳은 자녀까지 다리고 하눌로 올라가버렸다. 남자는 하도 기가 막혀서 그저 하늘만 치여다보고 울 뿐이더니, 하루는 그 전날 꿈에 뵈이던 노인이 또 와서 위로도 하며 가르처 주되 이 며칠 후면 하늘에서 팔담의 물을 길어 올려가려고 용두레박을 나려 보낼 터이니 그것을 타고 하늘로 올라가서 안해와 자녀들을 만나보라고 하였다. 나무꾼은 노인의 지시하는 말대로 하야 하늘에 올라가서 과연 자기의 사랑하던 여자와 자녀들을 찾어 다시금 자미있는 가정을 이루어서 영원하게 살고 다시 돌아오지 않었다 한다.

제2장

북강원도

함남열읍대관-함남의 목탄고인 문천군

차상찬

● 차상찬, 「咸南列邑大觀-咸南의 木炭庫인 文川郡」, 『개벽』 54호, 개벽사, 1924.12

본군本郡은 면적 39만 리의 소읍小邑으로 5면面 195동리洞里에 5,800여餘 호 3만 2천여 인구가 거주한다. 고古에 주성姝城이라 칭하얏스며 려조麗朝에 이르러 문천방어사를 두기도 하고 선주宣州, 금今 원산元山에 합병한 바도 되엇다가 다시 분립한 후 이조 태종 시부터 금명今名을 가지게 되엇다.

교육기관으로 공립학교 2二, 심상소학尋常小學 1一, 사립학교 6六에 생도 총수는 약 1,500명이며 사립으로는 도초면 동명東明과 운림면 신명新明이 비교적 성황이며 유지 확장에 노력하는 인사도 다소 잇다.

종교로는 천도교인 8백여 명이 최다수이며 기차其次로 240여의 신도를 가진 야소교회가 잇스나 군내에 아즉 교회 사업이라고 지칭할 아모 것도 업다. 산면山面에는 백백교白白敎, 보천교普天敎가 잇는 모양인데 피彼는 미신迷信을 전사專事하야(예例하면 황룡, 계룡산을 신앙하며 송주거병誦呪去病 등等 무거설無據說 전포傳布) 우부우부愚夫愚婦를 농락籠絡한다고 식자급識者級에서는 매우 우탄憂歎한다.

산물은 농산으로 미米, 대두大豆, 율栗, 마령서馬鈴薯 등이 그 주요품이며 산림이 전군 면적의 8할강强을 차지하야 임산이 풍부하고 목탄 제액製額만이 연年 사 만원을 초超한다. 송전만 부근에서는 염鹽, 모려牡蠣, 노초蘆草의 생산이 또한 불소不少하다.

김수오金洙梧 군수가 온 후로 산업개발에 전력하는 중이라는데 십이 년도 조사에 의하면 총생산 154만 6천 원에 지출은생활비 급 세금 일절 166만여 원 즉 지출 초과액이 11만 3천여 원이다. 금후 5개년 이를 만회 부흥케 하려는 계획은 그 고려하는 점으로 보아서 예의 시위尸位적 군수가 아님이 가상하다. 그러나 동척東拓, 식산殖産의 대자본적 수완을 저항할 능력 유무는 일종의 의문이라 아니할 수 업다(동척 채금이

4만원, 식산채금 11만 4천 원).

사회단체로는 읍내의 청년 구락부를 위시하야 귀산龜山, 도초都草, 명효明孝의 3면面에 제가기 청년회가 잇스나 아즉은 이것이라고 할 만한 활동은 없는 모양이다. 오즉 박헌영朴憲永, 황도남黃道南, 전택윤全澤允, 손홍관孫鴻寬, 박일영朴馹榮 가튼 청년들이 잇서 일반은 만흔 기대를 하고 잇다.

본군에서 장長투성이를 하엿다는 조삼교趙三敎, 전 도평의원 학교평의원, 현 면장 금융조합장 문성회 사장文成會社長 노인과 채원병蔡元秉, 권익상權翊相 가튼 이도 다소의 신용은 잇는 모양이며 그와 명예가 백중하는 김장환金章煥은 소극적 좌론가左論家라는 청년들의 비난이 좀 잇다고.

적은 고을치고는 고적古蹟이 매우 만타. 이균伊均 성지城址, 운림성지雲林城址, 금성지錦城址, 한미성지韓美城址, 진성眞城 가튼 것은 어느 것이 창상滄桑의 녯 자최를 상상케 하지 아님이 업스나 가거可據할만한 아무 기록 업슴이 유감이며 취중就中 진성眞城 가튼 것은 그 공석攻石의 정치精緻로나 축조의 웅고雄固로나 수천 년 전의 대규모적 시설을 끽경喫驚치 아니치 못하리로다.

씃흐로 하나 소개할 것은 운림雲林폭포이다. 문천文川 섇 아니라 이야말로 함남의 일대 명승이라 할만하다. 두류頭流의 거산巨山이 방박울결磅礴鬱結한 속에 이도利刀로 베인 듯한 석벽이 일동천一洞天을 이루고 그 안에 굉굉연轟轟然히 4시四時의 뇌정雷霆을 울리는 폭포는 폭 십여 척, 고高 삼십여 장丈으로 농구瀧口의 비설飛雪은 증염蒸炎이 침입치 못하고 현공懸空의 분파奔波는 엄한嚴寒이 동결케 못하며 마세磨洗된 백사白沙가 은설銀屑가티 쌔인 속에 반석의 일면이 편평하야 삼사백 인이 회유會遊함즉하며 석상石上의 종횡문縱橫紋이 천연의 기판棊板을 이루워 더욱 선경仙境의 감感을 일으키게 한다. 봄에 낙화를 띄우며 가을에 홍엽紅葉을 빈최는 운치야 더욱 기묘其妙를 극極하엿다 하리라. 다만 위치가 산벽에 잇고 노도路途가 매우 간험艱險하야 아즉 기명其名이 원파遠播치 못함도 유감이려니와 필자 역시 반등부갈攀藤附葛의 일쾌一快를 수遂치 못한 유감이 적지 아니하다.

각지의 녀름과 그-통신-원산의 명사십리

김춘강

● 김춘강(金春岡), 「各地의 녀름과 그-通信 : 元山의 明沙十里」, 『개벽』 50호, 1924.8

백사白沙의 청송靑松은 그림과 갓고

감벽紺碧의 정파靜波는 풍악성風樂聲인 듯

명사십리를 말하기 전에 나는 먼져 원산의 풍광을 간략히라도 말하야 두고 십흐다.

세계의 절승지絶勝地라는 명칭을 엇은 금강산의 지맥地脉이 북방으로 흘너다 한 곳에는 원산의 풍광이 전개되여 잇다. 원산 시가지 중앙에 웃득 솟은 압 남산 우에 올나 면모眄眸를 동북간東北間으로 방放하면 일폭一幅의 수채화를 펼쳐 노흔 듯한 그것이 서양인의 피서지로 저명한 명사십리이다. 그곳에서 연긍連亘된 갈마반도葛麻半島는, 호도반도虎島半島와 서로 끼여 안을 듯이 두 팔을 펼치고 웃둑이 셔셔 잇다. 그와 갓치 합하랴는 그 안에 표묘縹渺의 일간파一間波가 원산파元山波인데 연파煙波 간間에 젹은 셤셤이 점점点点하야 맛치 청라靑螺가 써- 잇는 듯한 미경美景을 정呈하는 중에 해풍이 서늘하게 불어오는 그 쾌미快味는 더- 말할 수 업는 풍광이다.

아, 명사십리明沙十里 백사白沙의 청송靑松은 그림과 갓고 감벽紺碧의 정파靜波는 풍악風樂과 갓고나! 내려 쪼이는 볏해, 반짝거리는 백사를 삽박삽박 밟아 해안 갓가이 이르면 반씀 웃는 해당화는 사람을 반기는데 압헤 망막茫漠히 벗겨 잇는 양양洋洋한 창파滄波가 한울에 연連하얏슴에, 이, 이론바 상하천광上下天光이 일벽만경一碧萬頃이다. 더위와 땀이 감히 범접이나 할가나. 몸이 날어 구소九霄에 소슬 듯 누구나 흥겨운 노래가 안이 나올 수 업다.

여기서 불으면, 져기셔 대답할 듯한 황토도黃土島(백만킬로 유명한)가 바다, 우에 웃득 셧고, 좌로는 갈마반도가 쌔더 잇스며, 우로는 성북포城北浦가 한편을 끼여셔 흐른다. 해상 전면前面으로 멀리 대소도大小島의 상대한 연락첩봉連絡疊峰, 먼 것은 취비어翠翡語와 갓고 갓가운 것은 담치소淡治笑와 갓치 연파煙波가 양양洋洋하야 수천水天이 방불한데, 게다가 벽랑수금碧浪水禽 놉히 날아, 수평선을 그어서 가는, 그 모양은, 적이 백운白雲으로 화化하는 듯하다.

투명한 청파淸波를 시원하게 끼여 안고 져 낙원으로 영영 잠겨가고 십흐다. 거울 것치 투명한 청파가 해안으로 몰려오다가 모진 암석에 부드치여 장고를 치는 듯한 소리를 내이고는 백옥白玉가치 산산이 부서져 버리고는 한다. 숣으다. 이 장관을 보는 그 찰나, 나의 만신滿身에! 선혈鮮血은 그만 탕산蕩散되여, 이 한울, 이 물에 동화同化가 됨인지, 한 다름에 쒸여 들어 일색一色의 벽유리碧琉璃를 내 힘긋 끼여 안고, 져 ─ 낙원으로 영영, 가버리고 십흐다. 누가 안이 그려랴!

아─ 명사십리明沙十里! 아─ 내 사랑!

명태 왕국인 원산부

차상찬

● 차상찬, 「명태 왕국(明太王國)인 원산부(元山府)」, 『개벽』 54호, 개벽사, 1924.12

치여다보니 장덕산長德山이오, 나려 굽어보니 영흥만永興灣이라. 허리 굽은 긴 시가가 만궁彎弓가티 횡재橫在하야 조선인촌村과 일본인촌村을 남북으로 구분하고 빈민의 양식, 청년의 정신을 주야로 다 썩혀 태워 내너라고 몽몽濛濛한 흑연黑烟을 토하는 주조공장酒造工場의 연돌煙突이 임립林立한 속에 당긔 업는 말총머리의 여학생, 두루막이 전당 잡히고 외투만 입은 시체 신사, "함경도 원산이 사람이 살기 조와도 왜놈의 등살에 나 못 살겟네"라는 비애의 노래를 부르는 색주가 갈보쎄, "명태야 말 들어라. 너는 죽고, 나는 살자. 진사 급제도 네게서 나고, 수령방백도 네게서 난다"는 어부가를 하는 선부船夫, 하루 3,40전에 목을 매고 헌털뱅이 옷에 지게 목발을 주고 묵묵히 섯는 노동자 등 온갖 형형색색의 인물이 왓다갓다 하고 예배당 종소리, 정거장 철마성鐵馬聲, 일인日人의 달각거리는 게다 소리에 귀가 압흔 곳은 불문가지不問可知 원산부엿다.

이 원산부는 우리 반도 동해안에 초稍중앙부를 점하야 호도虎島, 갈마葛麻 양 반도로 포옹한 영흥만 내의 서남안西南岸에 당當한 원산만에 임하얏스니 기其 광무廣袤 동서 20정町, 남북 35정, 면적 ◯, 437방리다. 영흥만구永興灣口에는 신도薪島, 송도松島, 회사도會沙島, 모도茅島 등이 산기散棊와 가티 나열하여 천연으로 풍파를 방防하니 만灣의 광廣은 동서 약 16리浬, 남북 약 24리浬요, 만내灣內 조류는 극히 원만하야 간만의 차가 근僅히 3척 이내에 지止하고 동계冬季에는 동결凍結의 환患이 무無하야 항해 정박이 공히 편리하니 실로 동해안 유일의 양항良港이다. 원산부는 북서남의 삼방이 공히 덕원군에 포위되고 동은 원산만에 임하야 약 10리의 해안선을 유有하며 항내港內는 수水가 청淸하고 수심이 간조干潮의 시時에도 18척 이상에 달함으로 기其 축항안벽築港岸壁에는 능히 3천 톤급噸級의 선박 2척을 횡착橫着할 만하고 기 시가의 북방 배후에는 고준高峻한 산이 유有하니 명名은 장덕長德이오, 우又 시가의 남南에 송림松林이 울창한 산이 유有하니 그것은 남산이다. 본항本港은 이태황李太皇 경진년庚辰年에 비로소 개항되얏스니 개항장으로 장구한 역사를 유有한 부산항에 차次되는 항港이다. 당시에는 봉수동烽燧洞이라 칭하야 노적蘆荻이 소소蕭蕭한 일한一寒 어촌漁村에 불과하엿스나 시대의 진운進運을 수隨하야 점차 내외인의 이주자가 증가되고 상공업이 또한 발전되야 금일의 시가市街를 형성하얏다. 기其 시가市街는 원산리 급 원산항으로 성成하고 구舊 적전천赤田川으로 계界를 획劃하야 양시兩市가 상접하얏스니 원산리는 고래古來 북선北鮮 유수有數의 시장이오 원산항은 원元 일본인 거류지와 기타 시가니 전 시가를 49정동町洞에 분分하얏다. 최근 조사에 의하면 시내 총 호수는 6,117호, 총인구는 28,506인人인 바, 기중其中 조선인 4,066호 20,390인, 일본인 1,910호 7,509인, 중국인 127호 567인, 기타 외국인 14호 32인이니 조선 동해안의 최번화最繁華한 도시다. 시내에 부청府廳, 덕원군청, 영흥만요새사령부, 육군소속 창고, 세관, 상업회의소 외 각종 관공서가 구유具有함은 타항他港과 차이가 별무別無하고 차且 교육기관으로는 일본인의 원산중학교, 공립 고등여학교, 공립 소학교 2와 조선인의 공립상업학교 1, 공립 보통학교 2개소 외 사립 보광保光, 배성培誠, 해성海星 3학교와 루씨樓氏, 진성남여학교進誠南女學校, 원산유치원이 유有하니 해성海星은 천주교 소관이요, 기외其外 사교四教 일원一園은 다 기독교 소관이다. 차且 종교로는 기독교, 천주교, 천도교, 불교의 교회당이 유有하고 실업기관은 은행 4, 전분회사 1, 전기회사 1, 우선郵船회사지점 1, 척식지점拓植支店 1, 수산회사 3, 무역회사 3, 주조회사酒造會社 2, 운수회사 1, 고무회사 1, 창고 3, 금융조합 2, 잠수기조합潛水機組合 1이 유하나 대개는 일본인의 경영이다.

교통은 대정大正 3년에 개통된 경원철도와 동同 9년에 개통된 함경철도가 경내를 관통하야 각지의 연락을 편리케 할 샌 안이라 가지加之 대정大正 7년부터 일본해 횡단선로가 개시된 후, 일본과 관계가 밀접하고 차且 총독부의 사업으로 대정大正 4년부터 7개년 단속공사斷續工事로 264만원을 투投하야 완성한 축항築港은 일층一層 선박기항船舶寄航의 편便을 홍하엿스니 기其 해로海路은 부산을 거距하기 약 290리浬, 하관下關을 거距하기 약 413리浬, 포염浦鹽을 거距하기 약 328리浬, 돈하敦賀를 거距하기 약 470리浬다. 차외此外 육로로는 안변 고산을 경經하야 경성에 지至하는 경원가도京元街道, 덕원군을 과過하야 평양에 지至하는 평원가도平元街道, 영흥 함흥을 경經하야 경회령境會寧에 지至하는 회령가도會寧街道의 일등도로, 기타 2, 3등의 도로가 다 완성되야 수륙의 교통운수가 극히 편리하다.

원산은 상술上述함과 여如히 천부天賦의 호위치好位置를 점한 고로, 상공업이 또한 발달되야 최근 일 년 내의 무역액은 수이출輸移出 465만 7천 3백 8원, 수이입輸移入 1천 2백 7십 7만 7천 8백 6십 4원에 달하얏는데 수이출품輸移出品의 주요한 자者는 미米, 소맥小麥, 대두大豆, 어류魚類, 마포麻布, 광물鑛物 등이오, 수이입품輸移入品의 주요한 자는 율栗, 대재大材, 지물紙物, 포목布木, 금속제품, 식료 등이다. 우又 공장은 발전소 1, 철공소 5, 인쇄소 5, 정미소 3, 양조소 9, 고무제조소 1, 초자硝子, 연와煉瓦, 목재 관힐鑵詰 등 제조소 각 1개소가 유有하고 시장은 상시上市, 하시下市, 가축家畜 삼시장三市場이 유有하야 매시每市가 다 은성殷盛하니 1개년 시장매매 총고總高는 48만7천여 원에 지至하고 기외其外 어시장魚市場과 공설시장公設市場의 매매도 기액其額이 역亦 막대하다. 상우尙又 원산항은 기其 천연의 세勢가 어어漁魚에 적의適宜함으로 어획이 역亦 풍부하니 기 중요한 어족은 명태明太, 청鯖, 춘鰆, 사鰤, 조鯛, 접鰈, 동鰊, 해鮭, 설鱈, 석화채石花菜, 해태海苔 등인 바 기중其中 명태는 연산年産 3백만원에 달하야(함남 1원) 자래自來 강원도의 약鰯, 전라도의 석수어石首魚와 상병相幷하야 조선 삼대 어업의 일一되는 자者로서 장래에도 특히 유망한 업業이 될 것은 물론勿論이오 차외此外 수산제조고水産製造高도 우又 연산年産 85만여 원에 달한다.

최후에 연혁을 잠간 말하자면 본부는 원래 맥종貊種의 주住하던 불내不耐 예국濊國의 일부로 기후其後 고구려에 정복되야 천정군泉井郡 우又는 어을매於乙買라 칭하다가 신라 시에 정천현井泉縣, 우又 동모군東牟郡이라 호呼하고 고려 조에는 용주湧州, 이조

초에 선천宣川, 우又는 선춘宣春, 춘성春城, 덕주德州라 칭하야 변천이 무상하다가 세종 19년에 덕원군德源郡이라 개改하고 기후其後 누도屢度의 변경을 경經 하야 이태황李太皇 경진庚辰, 명치(明治) 13년에 개항되고 기후其後 갑신甲申, 명치(明治) 17년에 감리서監理署를 신설하야 해외 교섭의 부府가 되얏다가 경술년 10월에 원산부라 개칭하고 대정大正 3년 4월에 부제府制를 실시하야 금일에 지至하얏다. 차且 원산元山은 명소 고적이 역亦 다多하나 타항他項 기사에 양讓하고 자玆에 약略하다.

대륙적 풍취로 본 원산항의 풍광

원산지사 김춘강

원산항은 조선반도의 동해안 함경남도의 남단 북위 39도 10분 53초, 동경 127도 26분 8초에 위位하야 서남西南은 장백長白산맥이 완연蜿蜒히 상련相連하고, 동東은 양양洋洋한 조선해朝鮮海에 면하고, 호도반도虎島半島는 병풍과 가티 북방을 둘럿고, 갈마반도는 천교天橋와 가티 동남을 옹擁하고, 신도薪島, 송도松島, 사회도沙會島, 모도茅島 등은 비석과 가티 항구를 액扼하야 항광港廣 동서 약 16리浬, 남북 약 24리浬, 위치로는 실로 조선 희유稀有의 일대 량항良港이다.

자고로 조선에서 산수 가려佳麗의 지地를 말하랴면 1.一 원산, 2.二 마산, 3.三 목포라고 한다. 원산은 실로 삼대 풍광의 수위로써 칭唱하니 그 명미明媚한 풍광은 대륙적 풍취가 잇다.

시試하야 원산 시루봉詩樓峰 우에 올라 만구灣口를 바라면 청라靑螺가 점점點點한 도서島嶼는 남청藍靑을 담은 분석盆石을 보는 것과 가튼데 그 멀리 뵈는 최대한 것은 려도麗島이오, 그 남단에 원형으로 백색을 정呈하는 것은 등대이다. 이로부터 해상에 소도小島가 상집相集하야 일군도一群島를 성成하야 차此에서 호呼하면 피彼에서 답答 하랴 한다. 갈마반도의 백사 청송, 멀니 동남을 향하야 궁형弓形 장정長汀을 성成한 해중海中에 고립한 것은 황토도黃土島이며 또 두頭를 회廻하야 우고右顧 호도반도는 그 압헤 빗기여 갑단岬端의 고봉高峰은 한울에 소삿고 송전만松田灣은 해수海水가 깁히 침입하야 연하답수煙霞沓邃한 것은 구름인가 바다인가 하는 의심을 생生케 한다. 각저脚底를 감시하면 우리네 인생의 주거하는 대소 가옥이 즐비한 가로街路에는 인마人馬가 상직相織하는 것이 정히 생존경쟁의 활무대活舞臺인 듯한 늣김이 발흥하며 명사십리의 송림松林은 백사에 기녹其綠이 상영相映함을 견見하겟스며 그로 동남東南을 망望하면 안덕安德 양군兩郡의 평야에 전포田圃가 상연相連한 곳에 전가田家가 이곳저곳에 산재하야 수음산樹陰山 록계견麓鷄犬이 상문相聞하는 전사田舍의 풍경은 일폭一幅의 도화圖畵이다.

해면海面을 바라면 대소의 기선汽船은 연煙을 토吐하고 기적성汽笛聲은 산하를 움직이며 순풍에 밋끌려져 닷는 범선은 삼삼오오 그 벽해에 분석盆石과 가튼 고도孤島는 항港의 중앙에 백연白煙을 일광日光에 빗내는 등대가 입立한 곳은 장덕도長德島이다. 편히 안계眼界를 종조縱眺하면 연만첩봉連巒疊峰 이은 것은 취대어翠黛語와 갓고 갓가운 것은 담야소淡冶笑와 갓다. 이 연파煙波가 양양洋洋하야 수천水天이 일색一色인데 게다가 벽랑수금碧浪水禽 놉히 날아 장쾌의 기氣 창일漲溢함을 감感하겟다.

좌로는 청청울울靑靑鬱鬱한 송림松林에 금운琴韻도 가문可聞이며 우로는 망망호호茫茫浩浩한 안타낭岸打浪의 대관大觀도 유有하니 실로 원산항은 대륙적 풍취로 볼 것이다.

원산 화류계

원산元山 일풍유랑一風流郎

함경남도의 기생 기왕 감사, 군수, 사도님네 세력이 만능일 쌔에는 멧멧 고을에 토산土産 아씨들이 잇든 모양이다. 그러나 원산이란 곳에는 개벽 이래로 토산이라고 할 기생은 전혀 업섯단다. 근년에 와서 기생 아씨 개個나 구경하는 것도 평양이 안이면 대구산大邱産으로 모다 수입품 쌘이다. 권번券番은 둘이 잇다. 춘성春城이요 원신元信이란다. 이 두 권번 소속 홍군紅裙의 수는 퍽 만흐다. 그러나 그들은 황금국黃金國 경성이나 쏘는 연연戀戀한 고향 산하에서 낙방필자落榜筆者로 온 것들이 만타. 아씨들이 노여워할라는지는 모르겟다만는 대부분이 쓰레기판이다. 이제는 여러 가지

평론을 할 것 업시 쏙쏙하고 얌전한 아씨 멧 분을 골라 등장식혀 보자.

원신권번元信券番 대장 박녹주朴綠珠 군君! 이 아씨에게는 두 가지 제일第一이 잇단다. 삼남三南 소리가 제일第一이요, 인물 못나기 제일이다. 소리는 참 명창이다. 화중선花中仙 초향楚香에게 뒤지지 안을만치 잘한다. 그런데 이즈음 엇던 실업가와 것 연애 속 향몽香夢으로 안색이 초췌하다고.

춘성권번春城券番 대장 황금향黃金香 아씨는 평양산平壤産이지만 이동백李東伯에게 빈급貧笈을 한 소이所以로 삼남서도 소리란 소리는 다 잘한다. 일본식 미인으로 마음속은 다시 못 볼 황금향黃錦香이란 평까지 듯지마는 정鄭○○이란 곰보 낭군郎君과 봉천까지 줄다름을 한 썬 한 뒤론 애금병몽愛金倂夢에 정신이 착란하단다.

이번에는 부장격副將格으로 김옥주金玉珠, 김명옥金明玉이가 나온다. 춘성에 명옥이요, 원신에 옥주. 다가티 다정다한多情多恨하고 능가능무能歌能舞하는 기생들이지만 옥주는 실속 채우기로만 놀면서 애인 업슬을 못내 한恨하고, 명옥이는 마음이 조와서 팔방미인격으로 허영에 써서만 논다. 미인이 나온다. 황금선黃錦仙, 이금화李錦花! 금선錦仙 아씨는 요사이 엇던 문인이 화중화花中花란 일홈까지 지여 주엇다는데 실노 그의 일빈일소一嚬一笑에는 모든 남자의 애를 태우게까지 미묘한 데다가 거름까지 어엽버서 보보생향步步生香이라 하며 한시漢詩도 짓는 체하고 묵화墨畵도 치는 체한다. 또 부모 섬기기를 극진히 하는 까닭에 원산에서 효녀란 일홈이 놉다. 요사이 ○○ 문인과 신비 속에서 각금 눈을 준다. 금화錦花는 아름답기는 하다. 그러나 보는 사람들이 얄미웁다고 한다. 그의 뒤에는 김○○ 청년 재산가가 잇단다. 여하턴지 금선, 금화는 원산 화류 총중叢中에는 홍매황국紅梅黃菊 가튼 미인들이다. 신유행패가 나온다. 애교 만흔 서향파徐香波, 퉁섭바우 박경희朴瓊姬 신식단가新式短歌 왜단가倭短歌로 신유행 고금아高襟兒들에게 애愛를 밧는데 경희 뒤에는 원산에 신인물 한○○ 군이 서 잇단다. 잘덜 빨어 먹어라. 원산 바다에 북어도 다 네 차지요 소곰도 다 네 차지다.

원산의 울타리 덕원군

차상찬

● 차상찬, 「원산의 울타리 덕원군(德源郡)」, 『개벽』 54호, 개벽사, 1924.12

대수지하大樹之下에 소수小樹가 불감장不敢長 격으로 부府와 접근한 군郡은 별로 발전할 수도 업고 따라서 무슨 특색을 차저내기가 어렵다. 경성에 근한 고양도 그럿코 인천에 근한 부천도 그럿코, 대구의 달성, 평양의 대동大同 등이 모도 그럿타. 이 덕원德源도 또한 그러타. 연혁은 물론 원산과 꼭 가트닛가 더 말할 것도 업고 인정 풍속 습관도 대개 갓고 명승고적도 서로 관련되고 각종의 시설도 공통적이 만하서 특별이 말할 것이 업다. 그러나 기旣히 군郡과 부府가 분립한 이상에는 개황槪況이라고 말하지 안을 수 업다.

이 덕원군은 함경남도 남부에 위하야 서는 평안남도 양덕군 급 황해도 곡산군에 접하고, 북은 문천군, 남은 안변군에 인하고 동은 원산부를 포옹하야 해에 임하얏다. 지형은 동서가 장長하고 남북이 단短하야 그 원산부를 포옹抱擁한 일단은 동해에 돌출하야 반도를 성成하고 영흥군의 호도虎島와 상대하야 영흥만을 형성하얏다. 해안선은 약 27해리(도서까지)오, 만灣의 내외에는 려도麗島, 신도薪島, 웅도熊島의 제도諸島가 점점点点이 산재하야 호개好個의 어장을 성成할 쌘 안이라 해중에 돌출한 반도는 백사청송에 풍광이 명미明媚하고 해수가 청정하야 외국인의 피서지 해수욕장으로 세世에 저명한다(즉 명사십리). 지세는 피험준彼險峻하기로 유명한 마식령으로 동서에 분分하야 서부는 임진강 상류 유역에 속한 고지대를 성成하얏스니 산악이 다多하고 토지가 요추嶢埆하며 동부는 동해에 면한 평지대를 성成하야 지미地味가 대개 비옥하니 농업에 적의適宜하다. 광무廣袤는 동서 130리, 남북 약 100리요, 면적은 57,347방리로 6면, 133동리에 분分하얏스니 전 호수戶數는 8,227 (일본인 78), 인구는 4만 7천 4백 1인(일본인 217)이다. 지질은 상기上記함과 여如히 비옥하야 농업에 적의適宜한 중 특히 과수 재배에 적응하니 본군의 매년 소산 평과苹果 9만 5천관貫, 리梨 1만 5천 6백여 관에 달하는 것을 보와도 가지可知하겟다. 또 농산물로는 미米 1만 8천 석, 율栗 1만 6천 석, 대소두大小豆가 2만 수천 석에 지至하며, 수산물도 12만 4천 3백여 원, 공산물工産物도 43만 9천여 원에 지至한다. 군내 정거장은 문평文坪, 덕원德源, 갈마葛麻 2개소가 유有하니 덕원역은 구 군청 소재지로(현 이移원산 양지동陽地洞) 평원平元 가도街道에 임하야 빈頻히 번창하니 함남 종묘장種苗場 지장支場, 기타 관공서, 학교가 유有하고 기其 부근 덕원하德源河 상류에는 원산 수력전기회사의 수력발전소가 잇다. 고적古蹟은 갈마역 부근의 진명성지鎭溟城址, 덕원역 북방의 망덕산 성지城址, 또 그 서방西方의 의주宜州 성지城址, 문평역 부근의 용진고성지龍津古城址, 적전면赤田面 용주리湧珠里의 이조 발상지發祥地가 유수有數하나 개皆 유지遺址만 유有할 섄이오, 우又 명소도 다多하나 원산 기사記事에 양讓하고 만다.

명사십리(민요시)

김안서

● 김안서, 「명사십리」(민요시), 『영대』 3호, 영대사, 1924, 35~40쪽

명사십리明沙十里의 가을

명사십리明沙十里 모래밧을
울먹도는 갈바람은
산을 넘고 물을 지내
먼 곳 바람 이랍니다.

동무 이별離別 나도 하고
돌을긔고 산山을지내,
물결쒸는 바다까로
눈물지고 왓습니다.

동무에고 온바람은
모래 거처 풀밧 지내
'단념斷念하고 가오'하며
우리 몸을 휘돕니다.

추억追憶

산을 넘고 물을 거처
명사십리明沙十里 모래밧을
감도는 가을바람은
해당화海棠花 꼿닙사귀와
춤을 추며 희롱합니다.

아가씨의 하이한 모자帽子를
감도는 가을바람은
쌤 만지고 입마초면서
작별합시다 닛지말아요하며
소군거리며 설어합니다.

당신하고 나하고
쌈을 짤고 안젓든
포근포근한 잔디우에도
감도는 가을바람은
휩쓸어돌며 탄식합니다.

행복

김동인

● 김동인, 「행복」, 『조선문단』 12호, 조선문단사, 1925.10, 217~219쪽

원산으로 해수욕을 하러 경성역에서 긔차를 탓다. 긔차가 철원鐵原을 지나서부터 비가 오기 시작하였다. 비를 마즈면서 해수욕海水浴을 할 수도 업고 엇저나 하다가 긔차가 석왕사역釋王寺驛에 머므른 뒤에 갑자기 해장을 차리고 뛰쳐 나려서 인력거人力車를 덜로 갓다. 옆에는 전영택田榮澤 부처夫妻가 잇섯다.

(一) 해수욕海水浴

날이 개이는 것을 보아가지고 나는 곳 원산元山으로 왓다.

물로 청벙 뛰처 드러가매 물을 소리를 치면서 환영하엿다.

해수욕은 과연 젊음의 상징이엇섯다. 물 모래판 집 솔밧 색-트 그 모든 것의 우에 나는 커다란 '힘'을 보앗다. '젊음'이라고 밧게는 형용할 수 업는 커다란 '힘'을 보앗다.

멀리서 해수욕장海水浴場을 바라볼 때는 누구던 거기 흐터저잇는 젊음을 볼 수가 있다. 과연 해수욕장海水浴場은 젊음의 상징이다.

명사십리에서
WA생

● WA생, 「명사십리에서」, 『조선문단』 12호, 조선문단사, 1925.10

형!

편지에 문안은 약국에 감초갓치 반드시 잇서야 할 것이지만은 요새 시체 양화洋化 한약국에서는 감초 비슷한 것이나 잇는지는 몰라도 꼭 감초는 잇는 것을 보지 못한 것처럼 요새 시체 양화한 편지를 쓰는 나도 문안을 고만두고 그냥 사설만 하야 나려가랴고 함니다.

형!

사람은 천층만층이라는 말을 들엇습니다. 그 전에는 그 말이 한갓 말로만 들리더니 한 살 두 살 나희를 먹어가고 여긔저긔 돌아다녀보니까 그 말이 말의 테를 지나 사실이 되고 그 사실이 제이감적第二感的 평범하게 늣기어지든 것을 지나 직감적 절실한 경험이 되어짐니다.

그 천층만층되는 사람을 한층이 되게 하려고 하는 것이 여간 우활迂闊하야 보이지 안코 또 될 듯 십지도 안이하게 보여짐니다. 암만 애를 쓰고 나도 그 천층만층이는 사실은 그대로 두렷이 남아 잇슬 것만 갓치 보입니다.

그래서 그런지 천층만층의 사람이라는 것을 절실히 늣기여지고 또 게다가 그것을 업시도 못할 것이라는 것을 깨다르면서도 엇더케 사람된 것을 몹시 저주하엿는지 몰릅니다. 왜 이다지도 몹슬 운명에 얽매인 사람이 되엿느냐? 하고 엇던 째는 가슴에 불이 일어나도록 괴로워한 적도 잇섯습니다.

아아, 나도 이 천층만층인 사람 속에 나서 또 그 층 가운데도 거긴 맨 밋층 사람이 되어 잇슴니다. 그리고 그것 째문에 고민도 하고 울분鬱憤도 하여슴니다.

형!

누구는 거드러거리면서 피서를 와서 지내는데 누그는 그 거드러거리면서 피서를 와서 지내는 사람을 위하야 마음대로 거드러거리라고 고역苦役을 하야주고 잇습니다.

그 거드러거리는 사람은 무슨 팔자며, 그 사람을 위하여 잘 거드러거리라고 고역을 하야 주는 사람은 무슨 팔자입니싸? 그것이 다 천층만층되는 사람이라는 탈을 쓴 탓인가 합니다. 이 말이 엄펭이 숢 갓흔 수작 갓흐나 사람이기 쌔문에 그러코 사람 안인 다른 것에서는 차즐 수 업다는 것을 보면 그리 엄펭이 숢 갓흔 수작이 안일 것입니다. 사람만이 그 운명에 태여나서 옴짝을 못하고 잇는 것을 보면 눈물을 쥐여짤 슯홈이외다.

형!

자 이제는 거드러거리면서 피서하는 사람과 그 사람들을 위하야 고역하는 사람의 이야기를 드른 대로 본 대로 늣긴 대로 적어 나려가랴 합니다.

형!

지금은 석양이외다. 하필 석양으로써 내 글의 발단發端을 삼느냐하면 나는 석양이 안이라도 모든 것을 맛볼 만한 팔자를 타고 나지 못한 싸닭이외다. 내가 그 거드러거리는 사람을 위하야 고역을 주는 층엣 사람 중에 한아인 그 쌔문에 이런 시간이나마 틈을 내어 내 맘에 괴이는 청주淸酒 내음새를 맛게 되는 궁한 신세를 가진 싸닭이외다.

기우러지는 해가 빗긴 해ㅅ발을 서양 사람 마을 석냥곽 폭애논 듯한 별장 한 쪽에 지독히 던집니다. 그러케 되면 집집에서 그 해ㅅ발의 되게 거더차는 서슬을 견쐴 수 업는지 쑤역쑤역 솟기어 나와 해수욕장으로 가는 서양 사람 무리가 뒤쯜습니다.

썸언 해수욕복, 퍼-런 해수욕복, 붉은 해수욕복, 쏘 어투룩더투룩한 해수욕복…… 여러 가지 해수욕복을 제사 멋대로 입고, 테 넓은 해수욕 모자를 쓴 사람, 안이 쓴 사람, 수건을 질근 동인 사람, 마래기 갓흔 모자 쓴 사람들이 늙으니 졂으니 어린이 사내 여편네 할 것 업시 거진 이백여 명이니 박짜 그르르하면서 싸린 해를 바드며 바다가으로 모혀 듬니다.

오래 한 사람은 백색 인죵의 고유한 빗츨 거진 다 일코 붉다 못하야 자지 빗치 된 사람도 잇고 좀 덜 오래인 사람은 붉으레하기도 하며 또 아조 제 본 빗츨 들어내어 새하얀 사람이 잇는 데 그는 아마 가주 온 사람인가 봄니다.

웃고 이약이하며 끼리끼리 손목 잡고 갸닥질하며 한바탕 환락歡樂의 잔채는 잘 벌어저 가랴고 함니다.

물 속으로들 들어감니다. 밤낫 물결을 일으켜서는 사정沙汀에 쎄거리 쓰듯 철석철석 냅다치언는 바다ㅅ물을 헤치면서 들어감니다. 바다에는 감으중나한 말뚝을 박은 듯이 여긔저긔 죽 벌여 사람 쎄가 느러섬니다. 해빗츤 믐질에 반짝반짝 반사하는 것이 엇지 보면 퍽 재ㅅ긔잇게 보이는 눈알 갓슴니다.

그중에도 희염 잘 칠 줄 아는 사람은 뽐내어 해안에서 쐐 먼 곳까지 장성 세게 처들어 감니다. 밀려오는 물결에 부듯치면서 쪽쪽 회염처 들어감니다. 그러면 그것을 보는 사람들은 쾌하다는 듯이 손쌕을 치며 소리를 질름니다. 아희들은 아무멋 몰으고 어른 하는 대로만 떠듬니다. 그중에서 쌕하고 깨지는 듯한 녀인의 소리가 남니다. 그것은 아마 멀리 희염처 들어가는 사람의 안해로써 그 남편의 위험할 것을 념려하야 소리를 질르는 것 갓슴니다.

아희들은 세상 맛난 듯이 물결과 차호면서—싸화도 각금 물결에게 저서 너머지는 주제에도—물탕을 치면서 다름질을 함니다. 엇던 좀 큰 아희는 배에 올라가서 물로 철석하고 쒸어내리기도 함니다. 아조 적은 아희들은 어머니와 손을 잡고 들어 갓다가 제 길에 넘는 물결이 치거슬를 째에 짠 물을 마시면서 쒸어 나옴니다. 또 사정에서 가는 모래를 파면서 노는 아희도 잇슴니다. 이러케 아들의 깃거워 불으짓는 소리가 어른들의 우렁찬 소리와 함께 해안을 들엇다 노흠니다.

그들은 즐거웁고 유쾌하게 더위와 괴롬을 다 이저 버리고 써들어 놉니다. 그들의 말은 혀 씁으라진 말이라 나갓치 겨우 그 말에 ABC만 아는 지식으로는 무슨 말을 그러케 써드는지 몰르겟지만은 엇더튼지 환락의 잔채를 숣이는 무르녹는 아름다운 회화들이겟지요!

이 째에 다시 석양볏헤 모래가 달고 지붕이 달아 흑흑대는 서양 사람 마을을 들어가 봅세다. 바다 가에서 모든 것을 잇고 오직 즑어히 노는 그들이 사는 마을 속 집 속에는 무슨 일이 잇겟습니가.

애프런Apron을 건 조선 사람들—머리 짝근 사내, 머리 쪽진 혹은 트레머리나 해 언진 녀인- 이 서양 사람 별장엽 헤드리 쬐는 데서 일들을 하고 잇습니다. 그들은 저 바다에서 해인海人들 모양으로 노는 사람들의 맛난 만찬을 준비하는 쿡Cook들이외다.

칼로 닭의 멱을 짜는 사람, 펌푸질을 하야 물을 깃는 사람, 숫불을 애써 피우는 사람, 무엇을 끄리느라고 주전자를 불에 드러놋는 사람, 여러 가지 요리를 하면서 맛난 내음새만 맛흐며 일들을 함니다. 비지쌈은 그들의 얼골에서 쑥쑥 듯고 잔등에 옷에 배어 나옴니다. 그래도 그 쌈을 식힐 새도 업시 주인에게 맛나고 자양이 될 만찬을 만드느라고 아모 생각이 엄습니다. 내 살이 내려도 저들의 살을 찌우기 위하여 괴롬을 달게 참습니다. 누가 조선 사람을 인래성이 업다고 하엿습니까?

그리고 엷은 지붕이 석양에 확확 드리우는 방에는 좀 준수俊秀한 청년과 장년인 조선 사람이 안저 잇습니다. 그들은 혹 양복도 입고 혹 조선옷도 입엇습니다. 그들은 단 홈자 안저서 쌈을 철철 흘리면서 겨우 스크린screen으로 새어 들어오는 바다ㅅ바람에 정신을 차리면서 무엇을 열심히 쓰는 사람도 잇고 무엇을 열심히 보는 사람도 잇고 쏘 무엇을 열심히 영어와 대조하는 사람도 잇습니다. 그런 사람들이 잇는 거긔에 쏘 엇던 사람은 아모 일이 업시 쇄 각갑한 듯이 빙빙 그 좁은 방을 연자매 도는 말 모양으로 매암돌고 잇기도 함니다. 그는 일이 업시 죽을 지경이지만은 그 방에 그러케 잇슬지언정 자긔 숙소로 가지는 못함니다. 그 주인이 기다리라 하고 나갓기 째문에 주인이 돌아올 째까지는 엇더턴지 잇서야 할 것임니다. 그는 화도 나도 열도 나겟지만은 자긔 주인의 허락이 업시는 가지 못할 직업에 붓들린 것만 잘못이지 아모 소용이 엄습니다.

또 이 고요한 서양 사람들이 자긔네 집 근처에 오기가 무섭게 무슨 호열자 균 뭉텡텅이나 오는 것처럼 질겁을 해서 "안 사오 저리 가오 어서 가오" 하고 실혀 쫏는 것도 몰으고 다만 그 서양 사람의 돈맛만 야금야금해서 쫏는 데도 부적부적 달려들어 거진 애원하듯이 사기를 간청합니다. 그러나 서양 사람은 역여시 쌧쌧하게 한마루 공사로 "안 사오 저리 가오 어서 가오" 하고 말하면서 손을 내저을 쑨입니다.

그들이 예전에 체면과 례의를 놉히 알든 조상을 둔 자손들이라고 하면 누가 밋겟습니까? 오직 그들은 돈에 걸신이 들린 나라 백성이라는 것을 뚜렷이 들어날 쑨이외다. 그래서 그들은 그들은 그 모욕인 줄도 몰으고 매일 갓치 와서 공연히 서양 사람들의 성화만 밧칩니다. 만일 서양 사람이 혹 팔아주면 무수히 고마워 합니다. 그러나 그들은 실로 돈에 걸신이 들려서 그런지 물품의 선택과 상당한 가격을 맬 줄을 알면서도 그러케 하는지 물품을 쇠깅고 가격을 쇡입니다. 그래서 서양 사람의 신용을 일홉니다. 아아 쫏기어 가는 팔자를 타고 낫거던 적이 진실이나 해 주엇스면 얼마나 아름답겟습니까!

해는 다 기울어 젓습니다. 놉흔 산이 잇는 데는 벌서 어스름해진 것 갓습니다. 모든 그림자는 다 제 본체本體의 몃 배가 되게 커저서 말라쨍이 갓습니다. 바다는 그 세게 반사하든 해빗도 다 일코 검풀어감니다.

해수욕꾼들은 고만 실음해 젓는지 또 수역수역 모혀 들어옵니다. 기집은 퉁퉁한 젓가슴을 사내는 황새다리 갓흔 다리를 아희는 토실토실한 손을 길과 길에 낫하냅니다. 마음은 다시 활긔를 쓰이님다. 벌서 테늬스 콧트에서는 공이 날르고 쎄이스쏠 쯔라우드에서는 쌧트 소리가 요란합니다. 저쪽 솔숩헤 그네에서 아희들 써드는 소리가 들려오는데 이 눈으로는 서남쪽 쏠쭈 마당에서 쏠쯔ㅅ대가 번득이는 것을 보겟습니다.

그리더니 황혼이 썩 된 뒤에 마을 길과 운동장은 흰 옷 입은 사람의 것는 것만 째어놋코 서양 사람은 쏠악신이를 보지 못하게 됩니다. 그것은 그들이 단甘 만찬을 베플러 집에 들어간 까닭이외다. 그들은 해상 운동에 륙상 운동에 배를 잘 축이고 만찬의 식탁에 둘러 안저 평화롭게 먹을 것임니다.

그 집 엽흘 지나가는 나는 거긔서 나오는 음식 냄새에 여윈 창자에 주린 희들이 견되지 못하야 댐비는 것을 ᄭᅢ닷습니다. 구수도 하고 시큼도 하고 달큰도 하고 싱싱도 한 ᄯᅩ 그것들으 다 쑤근 듯도한 내음새가 황혼의 연한 바람을 타고 풍기어 나옴니다.

그들이 그러케 단란하게 만찬회를 하는 엽헤는 그것을 위하야 저녁도 못 먹은 쿡들이 남의 잘 먹을 것만 념려하고 고역하고 잇습니다. 그러케 만찬을 날라주고 그들이 다 맛친 뒤에도 그 뒤 서리개질을 다하고 거진 아홉 시에나 밥을 먹으러 나감니다.

악가 집안에서 고역하든 서양 사람의 서긔 혹 어학 선생들은 해질림시해서 다 나갓습니다. 풀업시 나가는 사람도 잇고 난데업는 호긔를 ᄲᅩᆷ내고 나가는 사람도 있습니다. 엇던 사람은 그 거드러거리는 주인이 인색한 자선으로 준 자전거를 타고 의긔양양해서 나가기도 합니다.

그들은 다시 측을 일우어 조선사람 해수욕장으로 몰림니다. 물속에 들어서서 모든 것을 다 이즌 듯이 갸닥질을 하면서 웃고 써듬니다. 악가 서양 사람들에게 몹시 흔들거리다가 고요해진 바다ㅅ가는 이 서긔와 어학 선생들로 말매암아 다시 흔들림니다. 그러나 악가 것은 살아가는 소리지만은 지금 것은 맥업시 서서가는 소리처럼 박게 들리지 안습니다. 그들은 한참 목욕하고 숙소로 피곤한 몸을 ᄭᅳᆯ고 돌아감니다.

그들의 숙소는 서양 사람 마을에서도 한 삼마정이나 멀리 ᄯᅥᆯ어저 잇는 두남리라고 하는 동내에 잇습니다.

동내 어구에 들어서면 벌서 도야지 ᄯᅩᆼ냄새 섬洪蛤 냄새가 코를 도리 ᄶᅵᆯ름니다. 풀이 억크러지고 개ᄯᅩᆼ이 뒹구는 길을 걸어가면 얏호막한 삿자리 ᄭᅡᆫ 방으로 들어가게 됨니다. 이것을 서양 사람 마을에 별장과 비교하면 쐐 틀리는 대조올습니다. 들어가 안즈면 주인은 저녁상 소위 만찬을 내다 줌니다. 그 상에 올른 요리는 이밥 한 그릇, 호박나물 한 그릇, 급살 김치 한 그릇, 또 가잠이 토막 한아 잇습니다. 장 보아온 날에는 북어 군 것이나 묵 뭇친 것 한 그릇이 더 늡니다. 악가 서양 사람 집 엽헤서는 그러케 동하든 입맛이 정작 제가 먹어야 할 음식을 대하여서는 동할 체를 안이합니다. 오직 입맛이 밧작 동해서 달려드는 놈들은 파리쎄쎈이외다. 들기 실흔 숫갈을 억지로 들고서 파리쎄와 애매히 닷후며 먹습니다. 이것이 종일 고역하고 남의 멋을 배워서 해수욕까지하고 온 사람들의 맛난 만찬이외다. 이것이 서양 사람의 서긔들과 어학 선생들이 조타고 여긔까지 쌀아와서 먹는 만찬이외다.

그래도 주린 판이라 한 그릇 숨쩍할 사이에 다 집어세고 흘으는 쌈을 씻즈면서 동간들을 차저감니다. 서로들 맛나서는 해안으로 나아가 저녁놀과 그 놀을 반사하는 바다와 또 그 바다의 쌘한 면面을 믹그러지듯이 들어오는 돗대배를 보며 저리로 원산 시가가 조으는 듯 점으는 속에 반짝이는 전등을 마조 보며 안저서 헛흐른 수작으로 만단 슬음을 일호랴고 함니다. 그러나 문군蚊軍이 엄습하야 되는대로 살질을 하는데 못 견듸어 다시 동내로 들어감니다. 들어가서는 그들 중에 한 사람ㅅ 방에 모혀 안즘니다. 모긔가 무서워 다른 문들은 꼭꼭 닷고 한 문만 열어 노핫는데 거긔는 발을 늘이웟습니다. 방은 겨우 큰 한간 폭이나 되는 데 사람은 대여섯이 모혓스니 인긔人氣만 해도 훅훅 남니다. 거긔서 쌈들을 흘리면서 이약이판이 벌어지고 흥에 겨워 웃어냄니다. 이러케 밤이 이식하도록 잇다가 해저서 각각 외로운 자긔들의 숙소로 돌아가서 가진 헛생각을 하다가 드는 줄 몰으게 잠을 들어서는 속싀원치 못한 숨들만 숨니다.

그들의 취미는 이것이외다. 종일 고역에 맛갓 잔은 일 속 뒤집히는 일을 참다가 그것을 푸는 방법은 오직 이러케 모혀 웃어운 이약이하는 것만이외다. 그들은 쏠쯔나 테늬쓰나 쎄쓰쏠이나 그네 쒸는 것은 당초에 생각도 못하고 맘 놋코 산보도 어렴습니다. 그리고 반지빨르게 밋는다는 것과 또 체면을 본다는 것 때문에 위안을 어들 다른 방법을 선택할 수도 엄고 경제가 허락도 안이합니다. 오직 남이 보기에 흉합지 안코 돈 안드는 이약이회만이 그들이 취한 유일의 위안 엇는 방법이외다.

형!

거드려거리는 사람은 그 거드려거리는 것만 해도 장상 팔자인데 게다가 그 거드려거리는 것에 맛을 더 하라고 복스러운 가정이 잇고 재미잇는 오락긔관娛樂機關이 잇고 풍성한 경제의 허락이 잇고 자양의 음식이 잇고 또 그들을 써밧치는 쿡도 잇고 서긔도 잇고 어학 선생도 잇습니다. 그러나 우리 고역인들은 고역하는 것만 해도 하하下下 팔자인데 외로운 손님이오, 몰취미한 살림이오, 단돈 한 푼이 업서서 쩔쩔 매는 현털멍이요, 죽지 못해 먹는 음식이오, 또 매일 진액이 빠지는 고역을 이 더운 복중에 남이 펴서온 데까지 쌀어와서 해주고 고단한 몸을 밤에는 편히 쉬지도 못하게 문군蚊軍이 몰려 와서 전쟁을 하는 집에서 견듸며 잠 잘 신세올습니다.

모기 말이 낫스니 말이지 두남리 모기는 유명합니다. 다른데 모기는 한 번 물면 그때만 부릇고 가렵지만은 여기에 모기는 물면 문때부터 사오일이나 부릇허잇고 가렵습니다. 그런 모기가 벌써 덤비듯 덤빕니다. 자고난 잇흘 아츰에는 문군의 살질에 부상負傷한 자리가 썰거케 목으로 팔로 발로 수두룩 합니다.

아아 이 무슨 대조임니까? 이것을 못하면 이만한 버리라도 못하겟스니까 하기는 하지만 당하는 일에서 사람인 이상에 왜 생각이 업겟습니까? 그러니까 저절로 열이 복밧처서 쓰기는 하지만은 무슨 소용임니까? 이러케 쓴대야 한갓 나 한 몸의 속풀이나 될는지 엇던 놈 눈이나 끔쩍하겟습니까?

형!

그래도 이러케 고역하는 우리들도 사람의 자식이라는 탈을 쓴 까닭인지 남을 멸시하는 일이 종종 잇는 듯 십흡니다.

남의 서긔고 어학 선생일망정 — 서양 사람에게 가서는 아조 납짝이 노릇을 할망정 — 우리 사람 가운데서는 옷으로나 아는 것으로나 다 번주구러한 사람들이외다. 양복을 안이 햇스면 조선 옷이라도 깩긋한 것을 입엇고 아는 것은 일어는 말할 것도 업고 영어도 면무식免無識은 되니 이만하면 상당하지 안습니까? 그래서 그들만 좀 못한 사람을 대하여서는 일종 멸시하는 마음을 품읍니다. 서양 사람이 그들에게 멸시하든 것을 분푸리로 하는지 혹은 그것을 배화 가지고 연습 겸 해 보는 것인지 몰라도 멸시하는 마음을 품읍니다. 이러케 말하면 그들 전부가 다 그런 것 갓지만은 그런 것은 안이외다. 그들 중에도 눈물을 흘러 동정할 사람도 잇고 참으라고 격려를 해 줄 사람도 만흡니다. 그것을 하는 것이 매명埋名의 수단으로 하는 사람도 잇고 장래를 위하야 욕됨을 참으며 하는 사람도 잇습니다. 그러치만은 그들 중에는 서양 사람의 무엇이 되엇다는 것을 예전 벼슬이나 어더한 듯이 의긔양양해서 하는 사람도 만습니다. 그래서 그러케 의긔양양해서 혀를 쏩으려고 혀쏩으랑이 말을 곳잘 하기도 합니다. 대단히 양화하기를 조화하는 친구들이외다.

그러치만은 의기양양해 하기나 안이하거나 그들의 대외행동에는 그러타 하드래도 대내로 자긔들끼리 모혀 안즈면 불평불만의 소리가 큽니다. 서양 사람의 인권유린人權蹂躪에 대한 하소연이 터저 나옵니다. 어학 선생 겸 하인 노릇하기는 지긋지긋하다는 등 식구는 육칠 인인데 사십 원 월급에 살 수가 잇느냐는 등 그자들은 사랑사랑하면서 갓가운 자긔들의 엽헤 잇는 사람들을 사랑하지 못하는 것들이라는 등 하소연은 한이 업사외다. 각각 쓰린 경험을 이약이할 쌔에는 그들이 안저 잇는 공긔까지가 살긔를 씌우는 것 갓습니다.

형!

한 번은 내가 미스 조라는 이를 맛낫습니다. 그는 고역인 중에 한 사람이지만은 매우 느러진 팔자를 가진 사람이외다. 그는 거드러거리는 사람과 함께 침상을 갓치하고 식탁을 갓치하고 유희를 갓치하면서 그야말로 호화롭게 지내는 사람입니다. 그가 나를 보고 이러케 말함니다. 아주 견될 수 엄는 표정을 하면서

— 모든 것이 다 부러워 죽겟서요. 남의 나라에 와서도 여간들 잘 놀지 안어요. 그 사람은 천당 부럽지 안케 지내요. 그리고 우리도 언제나 저러케 살아보나 하고 생각하면 엇더케 부러운지 몰으겟서요. 그런데 웬 놈에 조선 장사치들은 그러케 오는지 서양 사람들이 그러케 실혀하것만 작고 와서 모욕을 당하고 가는 것을 보면 내 얼골이 다 확근해짐니다.

예 그럿습니다. 나도 그의 말에 동감임니다. 그러치만 나는 그의 말을 들을 째에 이런 생각이 나는 것을 깨달엇습니다.

정신만 살어라! 그러면 서양 사람의 썰밴트servant가 되던지 무엇이 되던지 간에 슯흘 것이 업다. 웨 그런고 하니 그것은 다시 살어날 희망이 잇는 까닭이다. 늘 쐴 째에 한편이 나려간 것은 올라갈 표이고 한편이 올라간 것은 나려올 표이다. 그러나 정신이 죽엇스면 아무리 저들과 억개를 겻고 쩬틀맨 대우를 밧는다 하여도 그것은 필경 죽을 것이니 부러울 것이 도모지 업다. 나는 조선 사람들이 게딱지 갓흔 집에서 참혹한 생활을 하는 것을 슯허는 하지만도 그것보다도 정신이 죽을가보아 더 슯흐다.

아아 산 정신! 산 정신만 잇스면 될 것이 안임니까! 산 정신만 잇스면 장차 올 승리를 쏙 붓들게 될 것이 안임니까? 초년 고생이 후년 행복이라는 말이 잇지 안슴니까?

저들 서양인들이 아무리 저렇케 거드러거리거니 우리가 이러케 고역을 해 주거니 무슨 상관임니까? 정신이 살엇스면 언제던지 뒤집힐 째가 잇슬 것이 안임니까.

형!

그러나! 형兄이여! 그러나 사실은 공평한 심판관이외다! 마음 속에는 아무리 쏘장쏘장하게 산 것이 잇고 여러 가지 배포가 잇다고 치드래도 그것이 무슨 소용임니까? 당장에 저들은 거드러 거리며 지내고 우리는 그들에게 부림을 밧는 데야.

정신이 아무리 살고 살어 서양 사람 볼쥐어 질으게 살엇다고 한들, 사실 이란 공평한 심판관 압헤서는 아모 소용이 잇슬 수가 잇슴니까? 웨 누구는 남만침 정신이 살지 못해서 그 모욕을 당하고도 술 먹은 벙어리 냉가슴 알틋 하고 잇나요? 권력이외다 금력이외다. 아아 세상은 권력금력 이외에 또 무엇이 잇는 줄 아심니까? 아마 누구는 이 말을 십구세긔에나 할 말이라고 할는지 몰으지만은 말은 엇잿든 간에 사실이 공평히 심판하는 데야 엇지하랍니까?

형!

지금은 아마 밤 아홉시나 되엿슬 듯합니다.

나는 동그마니 홈자 명사십리 동쪽 해안 서양 사람 마을을 등지고 안저서 번한 바다를 내다보고 잇습니다.

사방은 극히 고요하고 어둡습니다. 서양 사람 마을에서 쌘히 빗치어 오는 등불 빗과 각금 각금 비소치어 오는 등대의 불빗치 하늘에 총총히 끼어 잇는 별들과 함께 살아잇는 우주를 말해주는 것 갓습니다. 바다는 여전히 적은 파도 큰 파도를 일흐켜 사정에 내치며 쏴-ㅅ 소리를 냄니다.

문뜩 동녘 성북리편 산머리가 번해지더니 차차 붉으레해지면서 달님이 썸석함니다. 구름들은 넘나들면서 그 씀씩한 달님의 행차를 위하야 길을 닥는 듯 또는 그 씀씩한 달님의 얼골을 무단히 범계凡界에 내노키를 앗끼는 듯함니다.

구름도 헤지고 하늘도 맑은데 환하고 빗나는 달님이 만도의 찬란한 금광을 펴치면서 산봉오리 우에 쑥 섯습니다. 그 펴지는 금광에 별들과 등불들이 북그러운 듯이 빗츨 흘임니다.

바다에는 난 데 엄는 백금 페이엔멘트가 내 압헤서브터 달솟은 산밋까지 열렷습니다. 서긔가 어리운 그 길은 나를 맛는 듯하지만은 고옵고 연한 물결이 나의 걸으랴는 마음을 움츠러트림니다.

용녀가 잇다고 하면 지금 저 길을 걸을 것이지요! 인어가 잇다고 하면 지금 저 길 우에서 춤을 출 것이지요! 월궁에 항아가 잇다고 하면 왜 저 길로 수레를 달리지 안켓습니까? 아아, 그러나 룡녀도 인어도 항아도 아무 것도 엄시 오직 외로운 이 한 몸이 밤에 찬 바다 바람을 쇠이면서 헛흐튼 공상만 하고 안젓슬 쌘이외다. 바다는 넓고 하늘은 놉고 쌍은 큰 데 이 몸 이 홋몸은 갈데가 엄서서 이 지경이외다.

나는 한참 달과 달빗흐로 된 바다의 페이엔멘트를 어린 듯 취한 듯 바라보며 내가 저것인지 저것이 나인지 자타自他를 분변치 못하고 잇는데 홀연히 서양 사람 마을에서 코러스 소리가 유량히 들려옴니다.

놉고 나즌 소리가 아름다운 멜로듸를 일우워 맑고 고요한 달밤 공긔를 상쾌하고 멋거리잇게 휘저 놈니다. 달은 위하야 웃는 듯하고 바다는 위하야 모든 수족水族들을 움즉이는 듯 하여이다. 나는 황홀한 중에 더 황홀하야저서 내 한 몸이 다 녹아 우주의 큰 령에 화한 듯한 늣김을 늣기엇습니다. 이러케 아모런 줄 몰으고 안저 잇는데 물새 한 마리가 달빗헤 그 날애를 번득이면서 빗기어 나는 소리에 깜짝 놀래어 깨다르니 코러스는 끗친지 올아고 달은 중천에 올려와 잇고 사방은 슯흘만콤 더 고요해젓습니다. 그리고 산허리와 먼 마을엔 젓빗 안게가 굼실굼실 춤을 춥니다.

나는 꿈깬 듯이 일어서서 내 숙소를 향하고 모래틈을 허정허정 걸어옵니다.

이 짱도 예전에는 우리 흰 옷 입은 사람의 물건이더니 내버릴 짱만 녁이고 잇다가 한 평에 삼전식이라도 주마는 말에 귀가 씌어 말씀 팔아 먹은 것이 올습니다. 감사히 녁이어 다 팔아먹은 오늘에는 암만 후회하여도 밋치지를 못하고 잇습니다.

솔숩헤 바람은 길고 모래 버덩에 해당화는 해마다 퓌건마는 색달은 주인을 마즌 이 짱에는 오직 속 쓸인 한만을 갓다즐 섄이외다.

형!

거드러거리는 사람을 위하야 고역을 해 주는 사람들 중에도 우리들갓치 방 안에 안저서 글씨를 쓴다던지 말을 가러처 주는 사람은 그래도 중등이외다. 서양 사람의 음식을 해 주고 빨래를 해 주고 아희를 보아 주는 사람들은 그중에도 하등이외다.

그 쿡들 중에 한 사람이 나에게 이러케 이약이하엿습니다.

–엇더케 심한지 여기서(서양 사람의 집) 빨내도 못해 입게 합니다 그려!

–그건 엇재서요!

–냄새가 난다고 그리지요!

아아 냄새 나는 것을 실혀할 것 갓흐면 무엇하러 조선 사람을 두엇습니까? 이왕 둔 바이면 무엇하러 그 한 사람에게도 인심을 못 사는 버릇을 하겟습니까? 그들이야말로 도모지 속알머리 엄는 행동들을 덥허노코 하는 사람들이외다.

천대를 밧는 것이 조선 사람 된 탓이지요. 사람 중에도 되다 못하야 조선 사람이 된 탓이 안임니까?

쏘 어듸를 지나다가 이러케 다토는 것을 들엇습니다.

—조선 사람은 도야진즐 아오? 이 물로 밥도 못 지어 먹게 하니

그 대답으로 서양 녀인의 로한 소리가 납니다.

—안 되오! 저리 가오!

그래도 쿡이 아마 귈 쓰고 덤비는지 펌푸 소리는 요란하되 서양 녀인의 소리는 엄서젓습니다. 그것은 아마 쿡이 서양 사람이 먹는 물로 자긔 밥을 지으랴고 하니 까 그것을 못하게 하노라고 다토는 것 갓습니다.

쿡 그들은 쌜래도 밥도 제 마음대로 하지 못하도록 구박을 당합니다.

이것은 내가 보고 들은 멧 가지 중에서 추린 것이지만은 남모르게 쿡 그들만 당하는 천대 모욕 구박이 얼마일지 몰를 것입니다.

그야 그중에도 후한 주인이 잇서서 고마워 마음이 억색할 만큼 씀씩이 구는 사람도 잇겟지만은 심한 사람이 더 만하서 그런 후한 사람의 후한 보내가 엄서지는 일도 잇겟지요.

또는 조선 사람인 쿡들이 천대 모욕 구박을 바들 일을 무수히 하는 것도 잇겟지요? 참으로 서양 사람의 눈으로 보아서 저절로 천대 모욕 구박을 하고 십흔 생각이 들큰들큰 치밀어 올를 행실들을 하는 것이 업스리라고 나는 보증保證하지 못하겟습니다. 조선 사람인 나로 보아도 그런 째가 각금 잇는 것을 생각하면

그러나 아모리 행실이 글으다기로니 쌜래나 밥을 못하게까지 천대하고 모욕하고 구박하는 것은 심하지 안습니까? 아모리 조선 사람이 실키로서니 쿡쯤은 자긔 집안 한 사람으로 칠 터인데 그 사람을 그다지 심하게 할 것이 무엇입니까? 하물며 그 서양 사람들이 사랑을 표방하는 종교 선전자가 되여서

아무럿튼지 조선 사람 된 한만 커갈 것 쌘이고 이 천층만층엣 사람 사회를 저주할 것 쌘이외다. 조선 사람은 아무리 잘해도 들어날 구멍이 업지만은 그들에게는 아무리 잘못해도 숨기어질 너게 집이 잇는데야 또 무슨 다른 말을 할 필요가 잇겟습니까?

쿡 그들은 목구멍이 포도청이라는 말대로 목귀멍 째문에 박봉을 밧고 그 노릇

을 함니다. 고작해야 삼십 원이고 그러치 안으면 이십 원에서 이십오육 원을 밧고 그 노릇을 달게 하고 잇습니다. 가난한 나라에 태어난 그들은 그만한 월수를 할 데가 엄는 까닭에 가진 천대 모욕 구박을 바더도 내쫏지 안는 것만 행으로 녁이어 굽흐리고 잇습니다. 도리혀 그 디위를 쌔앗으랴고 다툼이 일어나고 보전하랴고 아첨을 함니다. 이것은 서긔나 어학 선생도 맛찬가지외다.

쿡 그들 중에 일시의 분을 못 참어서 툭 튀어나가는 사람이 잇습니다. 그러나 맥이 나가니 그만한 버리가 등대하고 잇슬 리치가 잇습니까? 번등번등 놀게 되니까 나간 지 한 달이 머다 하고 도라와서 머리를 숙이는 사람이 수두룩 함니다. 또 그들은 뒤로 안저서는 호긔 잇게 주ㅅ대를 곳잘 내쌤읍니다. 그까짓놈에 집이 안이면 내가 굶어 죽겟다고 그리느냐? 하며 혹은 언제는 주인 마누라의 하는 것이 정골이 나기에 들이댓더니 끔쩍을 못하데 하며 혹은 내가 어제는 엇더케 화가 나던지 그릇을 한아 께르렷지 하고 종작엄시 함부루 써들면서 풋긔운을 쌤읍니다. 그런 말을 들으면 그들이 다 장부갓치 보이지만은 주인이 한 번 노하면 그 쌤든 호긔가 다 어듸로 갓는지 업드려 애걸복걸하는 것은 참아 못 볼 형상을 일을 것이다. 아아 약하고 못난 백성아!

이러니까 서양 사람의 생각은 점점 더 강패해질 수 박게 엄습니다. 조선 사람이란 평생 나의 쿡(혹 서긔 어학 선생) 노릇이나 할 것들이다. 제까지게 나가면 얼마나 나가 잇고 그것들이 나간대야 무섭지 안타 사람은 뭇동잇다 하고 생각은 점점 더 구더질 것임니다. 참으로 한 사람이 나가기가 무섭게 등대하고 잇는 것처럼 나 좀 써 주 암만 박봉이라도 좃소 하고 모혀 드는 무리가 셀 수가 업슬만큼 만홈니다. 그러니까 서양 사람들이 천대하고 모욕하고 구박하는 것이 결코 무리하다고도 못하겟습니다.

그런데 엇던 째는 천대 모욕 구박이 서양 사람에게니까 천대 모욕 구박이 되는 수가 잇습니다. 더욱 사랑을 표방하는 종교 선전자에게니까 그런 수가 잇습니다. 다시 말하면 우리끼리고 그런 종교의 선전자도 안일 것 갓흐면 도모지 천대 모욕 구박으로 늦기어지지 안을 것도 그들에게니까 늦기여지는 것이 잇습니다.

형!

그러케 가난하고 순하고 약한 쿡들이지만은 그들도 사람이외다. 그들도 사람으로의 령靈을 가젓습니다. 그들의 령은 그 천대 모욕 구박에 몹시 피곤하고 몹시 상하엿슬 것임니다. 그들은 종일 고역을 맛치고는 그 피곤하고 상한 령의 위안을 어드러 술집으로 모힘니다.

원산의 독한—소주 토주—독주를 마시러 술집으로 모혀듭니다. 그들은 처음에 화김에 마시다가 나종에는 꽤–는 흥김에 마심니다. 부어라 먹자 하는 서슬에 얼골들은 다홍빗치 되여 버림니다. 그리고 그들은 함부루 노래하고 함부루 부르짓습니다. 평소에 먹엇던 깁고 쓸인 불평을 제각기 텃트림니다. 후한 주인 밋헤 잇는 사람도 덩달아 주인 비방이외다. 거긔는 얌전한 것도 업고 압뒤를 생각할 것도 업시 제풀로 써들고 놀 샢이외다. 독주를 단물 켜듯 켬니다.

그들을 위하야 일주일에 세 번 예배를 봅니다. 그들의 영혼을 위하야 구원의 복음을 세 번식이나 가리친다는 말슴이외다. 그러나 엇지된 일인지 그 예배에서는 그들이 위안을 못 밧는지 술집으로 독주만 쌀러 모힘니다.

예배당의 찬미ㅅ소리 강도ㅅ말 긔도ㅅ소리는 아마 너머도 그들의 피곤하고 상한 영을 어루만저 주기에 힘이 업는 듯 하외다. 그 상기가 하늘과 싸갓흔가 보오이다.

그도 그럴 것이외다. 예배를 인도하는 사람들은 추상적 진리를 가지고 그들의 귀에는 들어가지도 안을 도리혀 들으면 역심逆心만 날 말을 외동대동 한 삼십분 동안 늘어놋습니다. 그것이 그 메말러 가는 무리의 가슴에 무슨 대답을 일으키겟슴니까?

그 예배 인도하는 자들은 서양 사람이 칙켜 세워주는 바람에 멋 모르고 와서 이런 상관 업는 소리를 써들고는 아이스크림 한 그릇 먹고 자동차 타고 어환댁을 하십니다. 그 고닯혀 하는 영혼들이 얼마나 울고 잇는지를 삶히는지 마는지.

그래서 쿡 그들은 눈 머르레하고 안저서 속 모를 강도를 지루히 듯습니다. 연해

하품을 하고 졸린 눈을 억지로 벗틔면서 그중에도 정 할 수 엄는 사람은 코골지 안을만하게 좁니다. 그들은 실치만은 할 수 업시 세 번을 여긔 와서 안저주어야만 합니다. 그러치 안으면 담박 벼락령이 나릴 터이니까 엇더케 하겟습니까?

그들은 폐회 측도 싓해 '아멘' 소리를 '에 싀언해' 하는 소리 대신으로 얼른 부르고 박게 나와서 한숨을 내쉬고 서로들 술집에 갈 의론을 하고 잇습니다.

그래서 밤이 들기를 기다려 술집 잇는 동내를 차저 감니다. 긔도하든 머리 찬미부르든 입 강도 돗던 귀로 술 쇼쥬를 보고 마심니다. 그리고 음탕한 노래를 즐거히 듯습니다. 예배 볼 째에와는 싼편으로 웃고 쒸고 써돌면서 활긔가 잇게 잔채가 벌어짐니다. 눈은 쏘렷쏘렷하고 정신은 아조 유쾌해짐니다. 누가 하품을 하라면 하겟스며 졸라면 졸겟습니까? 모다 흥에 겨웁고 멋에 취하엿슬 싸름이외다.

이러케 동이 휜히 틀 째까지 진탕치듯 마심니다. 찰라의 위안 찰라의 쾌락을 위하야 그들은 밤을 새움니다. 그것으로써 그 피곤한 령 상한 령을 잠재우려 드는 것임니다.

그들은 이러케 말하더이다.

내가 이 독한 소주를 조하서 마시는 줄로 아심니까? 예배를 보고 나오는 놈이 이게 무슨 지랄이겟습니까? 나도 술을 먹으면 박봉을 바다가지고 살림에 어려웁고 쏘 내 몸에도 해로운 것을 몰르는 것이 안임니다. 제일에 이러케 밤새며 먹으면 내일 아츰에 고단해 죽을 지경일 것도 번이 암니다. 그러나 안이 먹을 수가 엄습니다. 그저 이러케 친구들이 모혀서 엄벙쩽하고 노는 째나 모든 슬흠을 일코 놀아 볼 수가 잇으니까 저절로 이 노릇을 하는 것이지요?

그럿습니다! 그들의 말이 한 진리를 말한 것임니다. 그 말이 무슨 핑계에서 나온 말도 되겟지만은 그래도 그 속에 속쓸인 하소연이 뭇치여 잇지 안타고 못할 것임니다. 누가 그 고닯흔 영혼을 어루만저 주겟습니까? 누가 메말른 영혼을 축축이 축이여 주겟습니까? 예배 인도자들임니까? 그들은 그들의 영혼을 위로해 주기에는 넘어도 냉냉冷冷함니다. 그들은 공중을 향하야 헛나발만 부는 무리외다. 그 공중에서 나는 헛나발소리가 결코 피곤한 령 상한 령에게 아모 복음이 될 것이 엄습니다. 너머도 문동답서問東答西 격이 될 섄이외다. 그래서 그들은 별 수 엄시 언짠은 줄도 알고 해로운 줄도 알고 잠시 쾌락샌인 줄도 알고 집에 처자도 돈업서 하는 줄도 알지만은 별 수 엄시 술을 마시러 모혀듭니다. 술! 술! 술을 마심으로써 절대의 위안을 어드러 듭니다.

그들도 예배 인도자들만큼 지옥에 가는 것이 무서운 줄도 안답니다. 지옥에서 영원히 꺼지지 안는 유황불의 고통이 심한 줄도 곳잘 안답니다. 그러나 당장에 붓는 불 당장에 견딜 수 엄는 고통에는 멀리 죽은 뒤에 지옥의 벌이 결코 비교도 못되는 데야 엇지 합니까? 이 바지지 바지지 타들어가는 것을 엇더케 참으랍니까? 그래서 마십니다. 꺼볼 작정으로 마십니다. 그러나 마신 술이 깬 뒤에는 그 전보다 더 심한 피곤을 늣기게 되고 상함을 늣기게 됩니다. 술에 흥분이 되어 모르든 것들이 갑자기 환하게 모다 들어납니다. 참을 수 엄는 습격을 당합니다. 그들은 다시 마시기를 쐬함니다. 이래서 마시고 마신 뒤에 쓸임을 당하고 또 마십니다.

더 심각한 것을 맛보랴고 하는 사람들은 원산의 시가를 차저 들어갑니다. 거긔 잇는 갈보ㅅ집을 차저 감니다. 기집의 달큰한 노래와 토주의 찌르는 내음새를 맛흐러 들어갑니다.

그들의 생활은 서긔나 어학 선생의 생활보다는 누가 보던지 방탕하다 하겟습니다. 서긔나 어학 선생은 위안을 이약이와 책 보는 데서 어드러 드는데 그들은 오직 술이외다. 그런데 그들의 생활은 좀 더 인간적이고 활발하다고 하겟습니다. 서긔나 어학 선생도 그런 생각이 엄스리라고 누가 보중하겟습니다. 서긔나 어학 선생도 그런 생각이 엄스리라고 누가 보중하겟습니까? 그러나 체면이라는 가면 째문에 감히 발뵈지 못하는 것에 지나지 못하는 것입니다. 나는 들엇습니다. 어느 해에 온 어학 선생 중에는 남 몰으게 쉬쉬하면서 매일 저녁에 갈보ㅅ집에 갓다는 이야기를

형!

남 보기에 호화로운 피서 온 듯한 우리들은 이런 숨긴 고통이 잇습니다. 이것이

사람으로 충 때문에 애쓰는 고통이외다.

형!

지금도 나는 쿡들의 써들며 술 먹는 소리를 듯고 내 방에 홀로 누엇습니다. 이 마음은 수소ㅅ주머니나 매단 듯이 작고 작고 써올라가서 지향을 잡을 수 엄습니다. 눈은 보숭보숭한 것이 도모지 잠이 오지 안을 것 갓습니다.

1925년一九二五年 8월八月 23일二三日

지방색—산천제

이정구

● 이정구(李靜龜), 「지방색-산천제」, 『별건곤』 10호, 개벽사, 1927.12

함남촌咸南村 군대군대

산천제山川祭! 이 노름은 이름부터 좃코 노름도 또한 그 일홈과 가티 근방 산천을 보고 제사를 올니는 노릇!

'아니 신령님을 위해 제사를 드리는 대사大事임니다' 하고 가장 우수한 지방색地方色처럼 대답한다나! 서울 친구들은 단통 침 뱃고 웃을 노릇이 이 노릇이야. 그러나 함경지방도 원산이나 함흥 가튼 그래도 좀 닐란 곳은 그저 형식적으로만 대강 소나 잡고 고기나 논화 먹지만 싀골노 가면 참 아들 딸, 장가 싀집 잔치 이상의 대사大事처럼 훌륭훌륭 대大훌륭하게 채린다나. 쉬쉬! 쉬! 서울 친구들 또 웃겟다. 내가 이 바로 팔월 구일 탄전촌灘箭村에 가서 산천제 어더먹든 이약이나 한치 씨워 해볼가?

그 전부터 탄전내 ◯님이 팔월 구일 날은 산천제山川祭날이니 아목케도 오라고 새로 진 집 구경도 하라고……. 이러한 간곡한 부탁을 바든 일이 잇섯기에 부득이 가야겟스니 차비 몃 십전 업세고 그 촌村을 차저갓다. 한참 밥분 통이라 여긔저긔서 산천제 음식을 분주히 만든다.

내가 그 집에 들어가자마자 해가 진다. 나는 원래 말하기 조화하는 놈이라 들어안ㅅ자말자 물어본다.

"해가 지는대 아직 산천제를 못 지냇나요."

◯님 "아직이 무어야. 캄캄해야지."

나 "몃 시 쯤이나 제사를 지내나요."

◯님 "아마 한 열시 쯤 되어야지."

너 "아니 그런대 산제山祭는 어데서 지내나요."

◯님 "요게 왜 납작산山 밋이 안 잇데. 그곳서 하지."

나 "그것은 왜 지내나요?" 알면서도

◯님 "산신령님을 위해서 해마다 한 번식 지내는 법이야."

하나 틀니지 안켓지! 그레서 쓱 "어서 일하시우다. 잔치상 구경이나 좀 하게" 하고 상 채리는 구경을 햇다.

채린 물건을 시으니 사과, 배, 대추로부터 명태明太, 연어, 가제미, 청어 등의 지름진 고기를 지내 썩은 한 서너 가지 지짐이니 나물이니 하고 온갖 음식물은 싀골이건만 어듸서 장만해 논는지 빼지 안코 거더왓겟지!

그러고 나서 컴컴할나니까 "O님 올나오시오." 하고 호령이 내린다. 그 호령에 짜라 이집 저집서 모다 채려논 음식을 가지고 산천제山川祭 터로 가기로 나도 역시 좃차 갓다.

산 밋헤다 솔광불을 피우고 차레차레 잔치상을 노화 주는 놈이 아마 산신제와 관계 잇는 놈 갓햇다. 상 올나온 것이 긋이 나드니 그 놈이 집집 상 차려논 대로 일홈 쓴 조희 놋코 한 번 부르고는 영문도 모르게 불에 태우고 태우고 한다. 이게 긋나더니 이번엔 간단하더라. 소 잡은 국물을 난흔다 고기를 난흔다 야단법석들이고 그 새에 산천제 대장 가튼 놈은 무슨 글쪼각을 읽고만 잇섯다.

읽고 긋나자 '소국물'이니 '소고기'니 하고 산란하게 해산된다.

그놈들 가만히 보면 산천제山川祭가 아니라 촌민제村民祭 가튼데! 우야 하고 잇다가 정성도 업게 먹을 것 찻고 우야 하고 해산들! 싀싀! 이 소리! 붓그러워 겨우 햇다. 쉬쉬!

사대도시 암야탐사기–송도 명사 원산의 밤

제삼대 석화생

● 제삼대(第三隊) 석화생(石火生), 「사대도시(四大都市) 암야탐사기(暗夜探査記) – 송도(松濤) 명사(明沙) 원산(元山)의 밤」, 『별건곤』 15호, 개벽사, 1928.8

금석金石도 녹을 듯한 삼복三伏의 더위에 아츰저녁으로 삼방三防의 협곡을 넘어 오느라고 검은 연기를 푹푹 토하며 헐덕이던 기차의 숨길이 차차차차 들갓 불만하면 깁픈 숨을 깨우라는 듯한 기적소리가 한 번 울리자 세계의 공원 금강산을 일부러 차저가는 내외內外 행객行客과 약수포藥水浦 석왕사釋王寺의 노리에 실증이 나서 명사십리明沙十里의 해수욕장을 차저드는 청년 남녀를 실어다가 내려 놋는 것이 녀름 한 철의 원산 정거장이요, 미역냄새 명태냄새 속에서 진흙탕 속 모긔떼와 싸워 가며 하로ㅅ밤을 지내는 것이 원산의 하류下流 생활군生活群이라 하면 수벽사명양안태水碧沙明兩岸苔 넷글 그대로 만경창해萬頃滄海의 쪽 가튼 물결이 잔잔한 바람결을 따라 명사십리 모래벌을 찰삭찰삭 건드려 보다가는 슬그먼히 다라나고 다라나고 하는 속에서 바람을 찬미하고 달을 노래하며 떳다 잠겻다 짓거리고 웃는 궁극 환락의 살림을 하는 것이 원산치고도 이름 놉흔 송도원松濤園 일대의 낫 모르는 여객旅客들일 것이다.

약수가 조네 폭포가 조네 하여도 조흔 사람에게 조앗지 다 조흘 것이 안이요, 원산이 조다 명사십리가 조다 한덜 저마다 즐길 것이냐.

가고 십허 하던 동해변의 원산도 이러케 가게 되고 보니 하나도 마음에 쾌할 것은 업다마는 그럿타 하야 아니 갈 도리는 또한 무엇이랴.

지방의 오대도시五大都市 밤 탐사라는 사명을 띄고 잇흘 동안이라는 시일時日로 원산의 밤을 차저보고 오라는 것이 편집장의 명령이요 내의 추첨한 당선지當選地엿다. 가엽서 가엽서 한덜 이 더위에 빗구로 동남 일천리의 길흘 동안으로 다녀오라는 거야말로 그러고도 탐사까지 해 가지고 오라니 원산이라고는 10년 전에 개바위 지나듯 한 번 한 일 밧게는 코ㅅ백이 하나 아는 사람이 업는 나로서는 어둔 밤중에 모막대질도 분수가 업는 일이다.

서울서 청량리를 떠난 것은 7월 27일날 밤 11시. 밤은 밤일망정 달 밝은 녀름방이라 달빗헤 빗치는 산 빗들, 빗도 그럴 듯하거니와 젊은 남녀의 창틈으로 머리를 내여노코 달빗을 구경하는 것도 정취가 그럴 듯은 하엿다.

삼방을 지나고 석왕사를 지나고 보니 차 안이 별안간에 텡 븨인 듯. 약수藥水와 송림松林을 차저 짝지어 내리는 그네들은 그럿타 하려니와 나의 마음까지 까닭 업시 쓸쓸해지는 것은 또한 무슨 까닭인지?

원산서 차를 내리기는 28일 아츰.

미리 약속한 K군이 정답게 나를 역두驛頭에서 마저 줄 샌 대강 탐사할 곳을 K군과 가티 눈 익혀 두고 밤 오기만 기다렷다.

그날도 밤 열 시는 왓다. 대도시의 밤빗이 움즉이기 시작하기도 정히 이때부터일 듯. 압장을 서서 인도를 한 이는 물론 K군이엇다.

희미한 월색月色이 창해滄海의 상공을 가리고 잇슬 제 위선 부내府內에서 제일 번화하다는 상시장上市場을 휘도라 남산동 보통학교로 가는 횡로橫路를 향하고 좌우를 휘휘 도라보며 일 업는 사람 저녁 산보하듯 슬슬 걸어가고 잇섯다.

주재소 엽 바로 겻헤 잇는 과물야시장果物夜市場을 지낼 때이다. 모자도 안이 쓴 맨머리에 물론 두루마기도 안이 입고 안즌 남자 한 분! 어는 과실 전 압헤서 부산하게 이것저것 사고 잇는 것이 엇재 수상해서 두 사람은 무슨 큰 비밀이나 발견할 드시 보통학교 정문 겻 나무 알에 가 몸을 숨기고는 거동만 잔뜩 노려보고 잇슨즉 그 남자는 복숭아를 무슨 큰 그릇에다가 차고도 넘도록 사가지고는 과실 전 아이에게 그것을 들려 가지고 보통학교 압길로 다리고 내려오며 귀ㅅ속말로 햇는지 그 아이는 잘 알어 드럿다는 드시 두어 번 머리를 끗덕끗덕하고 나서는 뒤도 도라보지 안이하고 거침업시 홍○심洪○心이라는 기생의 집으로 쑥 드러가버렷다.

무엇을 망설이는 듯 무엇을 기다리는 듯 하는 그 남자는 노상에서 이리저리 건일며 누가 볼까해서 그러는지는 모르나 홍기洪妓의 집도 처다보다가 또는 도로의 좌우도 각금 도라보더니 조금 잇다가 과실果實 가지고 드러가던 아이가 홍기洪妓의 집 대문을 쎄썩 밀고 나오자 말자 남자는 설렁설렁 아이 겻흐로 가서 무슨 말을 듯는 듯 마는 듯하고는 홍기洪妓의 집 대문으로 자최를 감초고 마는지라. 우리는 곳 뒤를 쫏차 목담 밋헤 가 붓허 서서 동정을 살피고 잇섯다. 남자가 문안에 드러서자 기생어멈 기생 어울러 나와 영접하고 나서는 사 드려간 과실을 짝거 권하는 것은 물론이요, 속창자까지 단번에 쌧들 듯한 홍기洪妓의 우슴소리가 당신 안이면 나는 살지 못하겟다는 의미의 요염한 말소리와 석겨 넘어오면 반드시 거기에 잇대여서 남자의 넛털우슴 절반 말소리 절반이 각금 새여 들린다.

이웃집에서 바시락 소리만 나도 알엣집에서 무슨 소리냐고 뭇고 덤빌 만한 시골 도회라 누구인 줄 그의 거주 성명이야 모르겟느냐만은 특별히 상시장上市場에 상점을 두고 잇는 주임主任 이◯◯李○○이라고만 하여 두자. 아모랫던 한푼 두푼 주민의 주머니 속을 글거모아 환락의 구렁에 우슴과 향내를 사는 것도 생각하면 가엽는 일이엿다.

그러나 뭇노라. 백낙천白樂天아. 하막능하蝦幕陵下의 경성녀京城女를 노대가작상인부老大嫁作商人婦러니 상인商人은 중리경별리重利輕別離란 말을 엇지 감히 입밧게 내엿더냐. 나히 그리 젊지 안흔 원산의 홍◯심洪○心이언만 문전門前의 버들나무에는 상시장上市場 상인商人의 말이 안장을 지고 밤마다 매여 잇단다. 거래강구去來江口에 수공선守空船하니 요선명월강수한繞船明月江水寒은 그대 과연 누구를 두고 한 말이런가? 상시장上市場 상인商人이야말로 창해연강滄海沿江에 배를 쎄여 고기 잡으러 간 일도 화물 실으러 간 일도 업시 금년 쏘다시 명년 추월춘풍을 등한히 보내본 적이 업서 이와 가티 녀름밤에도 더운 줄을 모르고 지난다는 것이 이 거리에서는 한 이약이거리로 되야 잇다 한다.

밤은 정히 열두시 경 동◯옥東○屋이라는 요리점을 찻기로 하고 발을 돌렷다. 이층하고도 가장 시원한 한 칸에 노신사 한 분과 중년 신사 두어 분이 술상을 버려

노코 ◯춘◯春 ◯경◯瓊 두 기생을 다리고 노는 판이엇다.

'노자 노자 졂어 노자. 늙고도 병들면은 어릿사 못 노느니'라는 것은 졂은이 입으로나 불을 노래지. 이팔청춘二八靑春 소년들아! 백발白髮 보고 희롱을 마라. 우리도 이만 의기意氣가 잇다는 드시 먹는 씨-루는 몃 병甁이나 째트렷는지. 그야말로 백발은 백발이요 중년은 중년일망정 홍안호가紅顔豪歌가 2, 3년二三年 청년을 주어 아니 밧굴만하고 효핵肴核이 기진幾盡이 배반盃盤이 낭자한 것은 동방이 기백旣白할 째야 안이지만 취흥醉興이 도도陶陶하야 밤 깁흔 줄 모르는 것만은 사실이엿다.

돈 업서 돈 업서 한들 회사의 중역까지 지배인까지야 하로ㅅ밤 놀만한 돈이 업스랴. 그들은 모다 원산에서도 이름 잇는 ◯◯◯◯회會 사장과 지배인 일행이엇는데 다음에 드러본즉 놀고 놀다가 정이 미진하야 두시에나 도라가면서 각기 하나씩을 씨고 도라가더란다.

녀름밤이 괴로워 귀찬해 하는 것도 모긔 빈대와 좁은 방에서 싸우는 사람들의 하는 말이지 달 밝은 한울 은銀물결 치는 바다에 일엽편주一葉片舟 둥실 씌고 술 실코 게집 실코 범범중류泛泛中流 써내려가며 계도난장桂棹蘭槳 멋들어지게 치는 것이야. 사람이 소동파蘇東坡 안이요 밤이 임진壬辰 추칠월秋七月의 기망旣望 안이라고 누가 녀름밤의 신선 안이라 하랴.

그야말로 낫 가튼 달빗이 너무도 명랑하데 열두시가 훨신 넘어 또 다시 상시장上市場 방면으로 한 박휘를 거듭 돌게 되엿다.

뜻 안인 노래ㅅ소리 문득 밤 공기空氣를 헛치고 연연히 들려옴으로 큰 발견이나 한 것처럼 쒸여가는 K군의 뒤를 싸라 해변 갓가히 쫏차가니 팔 선녀를 수미랴다가 부족이 나서 그랫던지 남자 1인이 여자 4, 5인四五人을 배에 실코 노를 저어 내려오며 홍이 겨워라고 부르는 노래가 유려流麗치는 못하나마 고달픈 다리를 위로해 주리만큼 우리의 귀를 끄럿던 것이다.

놀래지 마라. 이것이 원산에서도 유명한 밀가루 장사쎄 여자요, 남자는 장촌동場村洞 박◯◯朴◯◯라는 청년이라 한다. 밤은 어둔 것이라 세상에 못된 것은 밤을 타서 모다 발작하는 것이지만 요망하기 짝이 업는 이런 무리까지 밤을 타서 이러케 좌왕우왕하는 것을 보면 도회의 밤이야말로 오예백출汚穢百出의 짠 세상이다.

29일은 특히 원산해元山海 개일開日이라 하야 해마다 행사가 되어 잇는 주간의 수영水泳 경주競走와 야간의 연화煙火대회가 금년에도 또다시 열린다 하니 오던 날이 장날이라고 그야말로 잘 될 일이요, 오늘밤이야말로 큰 거리가 하나 생기려니하고 단단히 별럿다. 오늘밤을 놋치면 만사휴의萬事休矣라 하야 특히 K군에게 청탁하야 가장 작난 조와한다는 I군의 응원을 어더가지고 삼인 동승으로 그럴드시 자동차를 모라 금야今夜의 번잡을 극極할 송도원 해수욕장으로 달려갓다.

욕장浴場에 내린 째는 열한 시가 조금 넘은 째 혹은 가족 혹은 우인동지友人同志 혹은 정남정녀情男情女가 삼삼오오 짝을 지어 부르거니 대답하고 웃거니 것는 것이 멋도 멋이려니와 그 속에는 우리의 목적하는 무슨 조흔 자료도 생길 것 가텃다.

이번은 쾌활하고 잘 써드는 I군이 선도가 되야 이곳저곳으로 도라다니며 형사刑事가 무슨 죄인이나 수사하랴는 것처럼 수상하다는 사람은 대개 훌터 보앗스나 톡톡히 잡어낼만한 것은 별로 업섯다.

이것 또 실패다 할 지음에 21세쯤 되여 보이는 여학생 비슷한 처녀 하나가 우리 일행 압흐로 지남애 I군은 불문곡직하고 그 처녀를 부르더니 오늘도 가지 아니햇느냐고 뭇는다. 응당 수집어 할 줄 안 것이 웬걸 서슴지도 안코 못 갓세요 하고는 쌩긋 웃고 도라슨다. 이런 곳에 나대는 여자라는 대개가 그런 종류가 만키도 하지만 그만 용기를 가저야 할 것도 무론이다.

I군은 이것이 문제의 인물이라고 한바탕 써들고 나서는 뒤를 밟어가자 함으로 우리는 I군의 하는 대로 맛겨 두고 한참 짜라다니기로 하얏다.

얼마를 가자 아닌 게 아니라 약속한 사람이 잇섯던지 어느 곳으로부터 25, 26세나 되염즉한 학생복 입은 남자 한 사람이 17, 8세쯤 될락말락한 역시 여학생 비슷한 여자 하나를 달고 나오다가 우리의 뒤짜르는 문제의 여자와 3인三人이 합하야 ○○여관으로 드러가더니 쎄－루, 사이다 등속을 사다가 한바탕 마시고 먹고 하며 멋대로 놀다가는 새로 한 시가 훨신 넘어서 문제의 21, 2세쯤 된 여자는 싼 곳으로 가버리고 그 남녀 2인만 남어서 불을 써버리엿다. 벼개머리에 무르녹은 원앙의 삶은 젊은 청춘의 혼을 얼마나 뇌실惱殺케 하엿스며 녀름밤이 짧다 얼마나 한탄하엿스랴 마는 닭 쫏던 개 울 처다보는 심이 되고만 우리 일행은 무료하기 짝이 업서 도라오는 길에 맥주 두어 병으로 말은 목을 축이고 말엇다.

연줄연줄 수소문을 하야 알고 보니 남자는 충남 천안 산다는 김◯이라는 28세의 청년이요, 원앙의 짝으로 사랑의 복음자리를 파고드는 여학생은 강원도 철원에 원적을 둔 방년 18세의 김◯순金◯順이라는 처녀인데 우리의 뒤 밟은 문제의 여자는 멀리 전남하고도 귀떨어진 강진으로부터 온 김◯수金◯洙라는 22세의 시악씨라 한다. 그의 동무인지 그의 매개인지는 모르나, 친구를 못 사괴어 못된 길에 빠지기 쉬운 것도 더구나 여자의 몸으로는 주의하여 두어도 과히 망발될 일은 아닐 것이다.

우리는 일부러 그 세 사람의 뒤를 더 추궁하고저 하지도 안커니와 아모려나 강진으로부터 천안으로부터 철원에서부터 이곳까지 일부러 피서 온 것이야 호의好意로 해석하야 주어 학생이라 피서를 못가고 처녀라 해변에를 못갈 것이 무엇이냐고 대변을 해도 조흔 일이나 심신을 단련하랴는 본의도 아니요, 내려오라고 내려오라고 보고 십어 기다리는 아버지 어머니를 긔어는 울리고서 몸이 불건강하니 해수욕이나 방학 동안에 해야 겟다 핑계핑게하고 불타는 사랑의 손목을 마조 잡고 이런 곳에 온 학생이 잇다 하면 얼마쯤은 생각해 보아야 할 일이다.

그러나 그것도 마당 터진데 솔뿌리 걱정밧게는 되지 못하는 일이요, 잇흘 밤의 탐사도 아모런 소득이 업시 이러케 싱겁게 막을 맛치게 되고 말엇다.

잇흔날 아츰에 밧분 행장으로 다시 경성을 향하게 될 제 다만 K, I 양군에게 무수히 감사를 드리고 다음날로도 이런 일이 각금각금 잇슬 것인즉 다음 기회에나 톡톡한 자료를 잡아내기로 장담해 두고 변변치 못한 이것으로 이번은 새책塞責이나 하여둘 수밧게 업다.

와우리

이량

● 이량(李亮), 「와우리(臥牛里)」, 『신민』 49호, 신민사, 1929.5[1]

함경도 덕원군德源郡 남족에 와우리臥牛里라는 적으마한 동네가 잇습니다. 별노 일홈잇는 동네가 안이나 한 족으로는 원산 항구元山港口에 발을 잠그고 한 족으로는 신흥동 산림山林과 적뎐천赤田川 벌판에 손을 걸처, 봄이 오면 봄의 자랑—꼿이 피고 가을이 오면 가을의 자랑—고개 숙인 벼이삭이 늠실늠실 춤을 춥니다.

지금은 넘우도 오랜 전설이니 헛된 말인지 모르나 지금으로부터 오백여 년 전 태조 고황제의 삼촌 되시는 이가 어릴 때 나무도 하고 항아리도 굽던 곳도 이곳이라 하며 또 임진란에 배수영이라는 촌장수가 잇서서 군사도 업시 자긔 아들과 며누리와 딸 자식을 데리고 커-단 보류保壘을 싸놋코 적병과 싸웟다는 말도 잇습니다. 그 다음 세월이 흘너서 백 년, 이백 년…… 지나가는 동안에 웬일인지 이 동네 살던 사람들은 다 써나가고 오직 남은 것이라고 비에 부듸치고 바람에 헐인, 녯날 성터의 돌 멧 개가 욱어진 나무 속에 뵈일 섄이엿다 합니다.

이러케 오래동안 사람의 자최가 끈허지고 밥 짓는 연긔도 볼 수 업시 아주 적막한 산골이엇는데 그 다음 갑오甲午년인가? 원산진元山津이 개항이 되자 그 번창함을 짜러서 지금은 몃 개 벽돌집도 잇고 함석을 덥흔 집채도 몃 집 되어서 산골일망졍, 술집, 요리집, 목강집-장고 소리까지 들이게 된 도시촌都市村이 되엿습니다. 그런데 웨 이 동네가 점점 커저가고 살여오는 사람이 느러가느냐 하면 그 리유가 잇습니다. 농사짓는 사람이나 로동하는 사람이 원산시가지에 살자면 쌍도 빗사고 집도 빗사니 자연 구차히 지우는 사람들은 이곳으로 모혀 듭니다.

1 이 글 다음에 연재될 글이 더 있었을 것이나 후속편이 게재되었는지 알 수 없다. 미완인 상태로 글이 끝나고 있다.

한 집이 늘어서 열 집이 되고 열 집이 늘어서 백 집이 되고 백 집이 늘어서 이백 집이 되고 보니 로동하여 먹고 사는 이 새로운 로동 농네에도 벌지 안코 남의 ×× 을 빼러서 잘 먹고사는 사람이 생기엿습니다.

바로 벽돌집 주인 강주사라는 사람이 그 한 사람이외다.

어느 날 저녁 때외다. 압푸고도 무거운 다리를 질질 끌면서 이 동네를 차저온 한 노인의 행객行客이 잇섯습니다.

볏해 겨른 검은 얼골과 테두리만 남은 갓망근에 보싸리라고 무슨 누데기인지 한짐이 잔득되도록 걸머지고 왓습니다. 누가 보면 불상한 생각이 들기보다 그 이상한 모습에 오히려 무섭다고 피해 다러날만큼 되엿습니다. 그러나 저는 몹시 피곤한지 한 집 모통이를 지나면 안젓다 이러나고 또 한 집 모통이를 지나면 또 안젓다 이러납니다.

어데로붓터 어데로 가는 노인인지, 또 무엇을 하고 단이는 사람인지 아모도 모름니다. 오직 그 거러온 길을 보아사 이 동네가 함경북도로 가는 길거리에 잇스니 이 노인도 그곳으로부터 옴을 짐작할 수 잇습니다. 그 몹시 피곤한 얼골을 보던지 그 다 써러진 신발을 보던지 하면 몃 십리나 몃 백리의 길이 아니요 천리만리 멀고 먼 길을 거러온 행객이외다. 이와 우리 동네에서 천리나 만리…… 먼 길이면 아마 서백리 벌판이거나 그렇치 안으면 서북간도 호지胡地겟습니다.

노인은 한 집에 드러가서 물을 어더 마시고 나오더니 두리번두리번 좌우 족으로 눈을 팔면서 무엇을 찻습니다. 아마 배도 곱흐고 다리도 압흐고 해도 저무렷스니 하로밤 눈 붓칠 곳을 찻는 것 갓습니다. 이 동네에서는 제일 크고 일홈 잇는 술집 문 압흐로 노인은 갓습니다. 유리창 문 압헤는 새로 구어노흔 소고기산적과 두부는 무럭무럭 김이 나고 큰 가마 속에는 선지국 끌리는 내음새가 물쿤물쿤 코를 찌름니다. 탁주 내음새와 고기 내음새에 배부른 로동자라도 발를 멈추고 한두 잔 먹을 욕심이 날 터인데 더욱이 온 종일 굶어서 먼 길을 써나온 노인이라 그 배 속에서는 쪼르륵쪼르륵 거시가 몹시 보채임니다.

골이 핑-돌면서 정신이 앗질앗질함니다. 아몰러한 심리학자도 이 노인의 지금 마음을 알지 못할 만콤 그 배 속에서는 가진 탐욕貪慾과 가진 기갈飢渴이 넘치도록 서리고 잇습니다. 그러나 이 노인의 품속에는 단돈 오푼이 업시 오직 잇는 것이라고 이가 득실득실 기여 단이는 누데기 보짜리와 박아지 한 개가 잇습니다.

노인은 별별 생각을 다하여 보앗습니다. 이 보짜리를 맥기고 국 한 그릇을 어더 먹을가-, 이 박아지를 주고 탁주 한 그릇을 사먹을가-, 그저 덥허놋코 한 잘 달내 볼가-, 노인은 이러케 여러 가지 생각에 잠기엿습니다. 엇더케 하여야 조흘지 조흔 방법이라고 아모 생각도 엄습니다. 놈은 더러운 보짜리라고 하더래도 이 노인의게 대하여는 엄지 못할 여름살이도 그 속에 잇고 겨울살이도 그 속에 잇스며 또 그 박아지 한 개에 술 한 잔이나 국 한 그릇은 넘우도 빗산 것이요 덥허놋코 그양 달나자니 그것은 거지가 되고 렴치엄는 노릇이엿든 것임니다.

영감은 어려서부터 비록 구차하게 자라나고 간난뱅이로 지금까지 살어왓스나 자긔의 팔다리를 놀이고 자긔의 이마에 비지쌈을 흘이면서 가저온 일이 업고 더욱 누구의게 비럭질을 하여본 일이 엄습니다. 사십년, 오십년- 오랜 생활상 습관은 그의 성품이 되고 천성이 되야 왓슴으로 그 이마에 주름살이 한 줄 더 가고 그 손에 험집이 한아 더 생겻다는 것은 그 생활상 정직을 말하고 그 사람된 진실을 말함이 외다. 이러케 살아온 노인이니 더욱 누구를 속이엿스며 또 무삼 불의不義된 일이 잇겟습니까.

그러나 지금은 이럴 수도 엄고 저럴 수도 엄시 곱흔 배와 맥이 진한 다리를 끌고 온 이 자리에 그는 용긔를 다하야 음식뎜 문 안에 드러섯습니다.

"국 한 그릇 주우-." 노인은 웻칫습니다. 맛치 느즌 가을바람에 울이우는 노송나무 소리와 갓치 숑막과, 비참과, 원한에 울 듯 그 소리는 듯기에 슬픈 애조哀調를 씌엿습니다.

"네-돈만 내시오-" 하고 술집 주인은 수상스러히 처다보면서 국 한 그릇과 술한 잔을 부어줍니다. 영감은 얼신-드리여키고 또 "한 잔 주-" 하엿습니다. 주인은 "또 잡수시오?"하고 또 한 잔을 부어 놋습니다. 이러케 한 잔, 두 잔, 몃 잔을 먹고나니 노인은 산 듯 하엿습니다. 처음에는 넘우도 배곱흔 터이라 압뒤일을 돌보지 안코 술도 몃 잔 먹고 국도 먹엇스나 갑흘 돈을 생각하니 엉터리 엄는 일이외다. 그래서 엇지할가 엇지할가 망설이던 판에 이 노인의 게대한 눈치를 채윗는지 술집 주인은 무러봄니다.

"여보 염감! 술을 잡수섯스면 속히 도라가야지요. 어서 세음도 하시고-."

이 말을 드른 영감은 딱하엿습니다. 그러나 그저 서잇슬 째만 안이라고 말을 거럿습니다. "저는 돈이 엄스니 이 보싸리를 맛터 두시던지 그럿치 안으시면 이 박아지를 드리시지요" 하엿습니다.

이 말을 드른 주인은 넘우도 어이가 엄는 듯 입을 딱- 버림니다. 겻헤 서서 '에야데야' 짓걸대며 술을 마시고 잇던 주객들도 킥킥- 웃는 사람이 잇습니다. 영감은 좀 북그러운 생각도 드나 이러한 자리에 그는 쌧치여 볼 수박게 엄다고 딱, 쌔치는 말을 햇습니다. "웨요, 박아지는 돈이 아니우. 보싸리는 돈이 아니우. 이것이 몃 잔 술 갑이 못 되는 것이우,"

주인은 성이 낫습니다. "이 망할 영감! 돈 엄시 웨 술을 처먹엇소. 어듸서 거지갓흔 영감쟁이가. 이 망할 영감쟁이가-."

"웨요, 이 박아지 한아만 해도 삼십 전은 바들테요. 돈이 십오 전에 욕이 무엇이요. 박아지도 돈이요 보싸리도 돈이지……."

이 말을 드른 술집주인은 식그럽다는 듯, 영감의 등을 밀고 발길노 차면서 문 박게 내쏫습니다. 킥킥 우슴소리가 나는 손님 가운데서 영감은 쏫기여 나왓습니다. 문안에서는 순사 파출소에 말하라느니, 쓸고 가라느니, 수선함니다. 이째 이 술집 문압흘 지나다가 이 광경을 보고 섯던 한 젊은 로동자가 술집주인 압헤 돈을 던지면서 "자- 돈을 바드시오 돈이 십오 전에 사람을 발길노 차며-욕하며 하여서야 되겟소. 다시는 그러지마오" 하고 지나갓습니다.

영감은 넘우도 고마워서 그 젊은 사람을 싸러갓스나 어데로 오느 모퉁이로 드러섯는지 몰낫습니다. 그저 골동휜 사람, 로동자, 씨원한 사나희-이 생각쁜이엿습니다. "세상에는 돈만 아는 놈도 잇고, 사람의 정을 아러 주는 사람도 잇다" 속으로 중얼거리면서 그 만압흘 써낫습니다.

그 다음 잠잘 것이 또 문제입니다. "어데서 하로밤 눈을 붓칠가-." 걱정이 되어 이 골목 저 골목 도로다니나 어데서던지 이 돈업는 노인을 바더주지 안습니다. 좀 큼직한 집을 차저 가서 무럿습니다. "말습드리기는 황송하나 지나가는 사람이니 하로밤 재워주시오-." 아모 대답도 업습니다.

문창에 붓친 유리쪽 안에는 사람의 그림자가 얼인얼인합니다. 또 한 집을 차저 갓습니다. "해는 지고, 돈은 엄고 다리는 압흐고 하니 하로밤 재워 주시오." 역시 아모 대답이 엄습니다. 오직 커다런 삽살개가 컹컹 지즈며 내다러옵니다. 영감은 또 한 집을 처자갓습니다. 이번은 적으나마 집이나마, 울타리며 복숭아나무며 솔검불나무 가리며 모든 것이 정답게 보이고 문간에 나선 노인이 수건을 동진 로동자갓치 뵈히엿스나 사람이 퍽, 순하게 뵈이엿습니다. 영감은 공손히 그 노인 압헤 가서 말햇습니다. "영감님! 저는 길가는 사람인데 로자가 써러저 잘 데가 엄스니 하로밤 재워주시오" 하엿습니다. 이 말을 드른 노인은 순순한 우슴을 우스면서 말합니다. "글세요. 사정이 싹하나 우리집은 보시는 바와 갓치 퍽 협착하넨 식구가 열한아오. 어데 즈무실 데가 잇서야지요."

이 말을 드른 영감은 실망을 하엿습니다. 다시 갈 데도 엄고 또 말해볼 데도 엄섯습니다. 한지에서 잘 수는 엄고, 초듬날세라 일긔는 추운데 참말 싹한 지경이엿습니다. 우두커니 서 잇노라니 그 노인이 말합니다. "여보 영감, 저-저기, 벽돌집이 잇지 안우, 저 집 주인은 돈도 만코 인심도 후하고 또 식솔도 얼마 엄서서 빈 방이 여러 간 되니 가서 말슴해 보시우."

이 말을 드른 영감은 깁부다고 이 노인의게 인사를 드리고 그 벽돌집-이 동네에서 강주사라고 부르는 집을 차저 갓습니다. 영감은 그 문 압헤 가서 여러 번 주인을 차젓으나 역시 아모 대답도 엄습니다. 영감은 이러케 생각하엿습니다. "이번 까지 이 집에서 잠자리를 못 구하면 이 밤을 한데서 새게 되는 것이니 아모래도 이 집에서 자야 한다" 하고 또다시 큰 소리로 주인을 여러 번 불넛더니 안에서 여엿분 부인이 나오며 "웨 그러시오-" 합니다.

영감은 얼골을 숙이고 말햇습니다. "로자도 다 써러지고 날도 저물고 해서 댁을 차저왓습니다. 빈 방이 잇스면 하로밤 재워주시오. 큰 적선이 되겟습니다…."

안주인은 말함니다. "글세요. 주인도 박게 나가고 안 게신데……."

"방이 안니라 저 빈 곡간에도 조흐니 하로 밤만 재워주시오."

이 말을 드른 안주인은 그러라는 말도 엄고 못 된다는 말도 엄시 가만히 서 잇습니다. 영감은 속으로 "되엿구나-"하고 보싸리를 쓸너노코 안젓습니다. 한참 잇노라니 말소리가 수선-하며 이 집 주인 갓튼 양복 입은 사람이 드러왓습니다. 안주인은 "이제 오시요-"하면서 나오더니 이 영감의 말을 합니다. "웬 사람인지 작구 하로밤 저 빈 푸간에서 자고 가겟다 하더니 그양 잇는가 보아요."

"웬 사람이야, 주인도 엄는데."

"그러길내, 나도 영감 오신 뒤 다시 오던지 엇더케 하던지 하라고 햇더니 그양 잇는가 보아요."

"무슨 사람이고 알지도 못하고-."

"그양 내버려두어요. 설마 도텩 놈이겟소……." 이러케 집주인들은 문답을 한참 하더니만 안으로 드러갓습니다. 그 다음에야 노인은 마음을 놋코 겻헤 잇는 섬거데기를 펴노흔 후 드러누엇습니다.

고달푼 잠자리에 바람이 부는지, 비가 오는지 모르고 한참 자다가 잠을 쌧습니다. 초저녁 먹은 술도 쌔고 봄비 소리도 심하게 되니 으스스 치우면서 이러낫습니다. '쩽쩽' 안방으로 울이여나오는 시게 소리 — 새벽 두시임을 영감은 아럿습니다. 웬일인지 안방에도 잠을 자지 안코 두런두런 말하는 소리가 들이여옴니다.

"글세 말이요. 그째에도 뭇척 미움을 바덧지마는 이번 수리조합水利組合일도 어지간이 아니요."

"그러면 그만두시지요. 저 홍산조합이나 뎐당포 일만 해도 늘 미움을 밧는데 웨, 또 수리조합일에 참관을 하시오."

"그 무지한 농민이 모르니까 말이지, 조밥 먹기보다 이밥 먹기를 모르는구려."

"그래도 그 반대하는 사람들은 수리조합이 된대야 자긔 밧헤 벼 심으는 것보다 조이나 콩 심으는 것이 나흐니까 말성이겟지요-."

"그것은 그래, 그러나 우리 밧흔 조흔 논이 될 터이니까-."

"그래도 남의 미움을 바더야 되겟소."

이 말을 드른 영감은 "아-이상타! 세상에는 갓흔 놈도 만코 성도 갓고 벼슬 일홈도 갓구나". 영감은 이러케 깁흔 생각에 잠기엿습니다. 지나간 자긔 일생의 일이 역역히 눈 압헤 써오르는 듯 하엿습니다.

이제 이 영감이 웨 이러케 의심을 품게 되는지 그 이 얘긔를 하겟습니다. 이 영감은 본래 충청도 론산論山 사람인데 녯날부터 론산 우지개라는 산골에 사럿습니다. 가진 농토이래야 산골작 흙이 한 줌이면, 돌이 열줌이나 되는 산뎐을 가러서 감저도 심으며 콩도 심으며 살어왓습니다. 그러나 먹지 안코 쓰지 안코 모흐고 모흔 돈이 몃 백 원이 됨애 그 산뎐을 다른 사람의게 팔고 벌판으로 나려와서 적으마한 밧도 사고 집도 지은 후 다시 살님을 시작하엿습니다. 산골에 잇슬 때에는 먹는 것이라고 감저가 아니면 귀밀이엿는데, 벌판에 이사하여온 후로 보람직히 조밥도 먹고 각금가다가 이밥도 입에 드러갓습니다. 말하자면 산골, 뫼 도야지가 벌판 거북이가 된 세음이외다. 가을이 오면 조희나래기와 벼 집단이 마당에 드북히 쌔우고 울타리에는 아지가리 동배와 탐스러운 호백이 두러두렁 달이엿습니다. 이만하면 이 영감의 집에는 우슴이요 큰 깁붐이외다.

명사십리행

한용운

● 한용운, 「명사십리행(明沙十里行)」, 『조선일보』, 1929.8;[1] 『명사십리』, 범우사, 1976, 14~24쪽

1.

경성역의 기적 일성汽笛一聲. 모든 방면으로 시끄럽고 성가시던 경성을 뒤로 두고 동양적으로 유명한 해수욕장인 명사십리明沙十里를 향하여 떠나게 된 것은 8월 5일 오전 8시 50분이었다.

나는 최근의 재경在京 3년간에 해수욕장을 해마다 벼르다 못 가고 금년에도 벼른 지는 여러 날이 되었으나 겨우 지금에야 실행하게 되었는데, 지금의 실행도 제반의 사정으로 보아서는 육분 이상이나 가능성이 없었으나 선의로 말하면 용단, 솔직하게 말하면 홧김에 떠난 것이었다.

차중은 승객의 복잡으로 인하여 주위의 공기가 불결하고 더위도 비교적 더하여 모든 사람은 벌써 우울을 느낀다. 그러나 증염, 열폐, 번민, 고뇌 등등의 도회를 떠나서 만리 창명滄溟의 서늘한 맛을 한주먹으로 움킬 수 있는 천하 명구名區의 명사십리로 해수욕을 가는 나로서는 보일보步一步 기차의 속력을 따라서 일선의 정감이 동해에 가득히 실린 무량한 양미凉味를 통하여 각일각刻一刻 접근하여지므로 그다지 열뇌熱惱를 느끼지 아니하였다.

그러면 천산만수를 격하여 있는 천애의 양미를 취하려는 미래의 공상으로 차중의 현실, 즉 열뇌를 정복한 것이 아닌가. 이것이 이른바 일체유심이다. 만일 이

1 한용운의 「명사십리행」은 1929년 8월 14일부터 8월 24일까지 총9회에 걸쳐 『조선일보』에 연재되었다. 당시 최고 피서지였던 원산의 송도원, 명사십리, 송전 해수욕장으로 많은 이들이 기차를 타고 여행을 다녀왔다. 여행기를 토대로 한용운의 여정을 정리하면 다음과 같다.

경성역 → 용산역 → 왕십리역 → 청량리역 → 철원역 → 평강역 → 검불랑역 → 삼방역(약수) → 삼방역 → 고산역 → 석왕사역 → 안변역 → 갈마역 → 두남리 → 명사십리 → 원산 → (이하 복귀 시 반대 여정으로 이동)

것이 유심의 표현이 아니라면 유물의 반현反現이라고 할는지도 모른다.

용산으로부터 왕십리에 오는 동안에는 오른편으로 한강의 맑은 물결을 거스르고, 왼편으로 남산의 푸른빛을 마시게 되어서 새삼스럽게 청신을 느꼈다.

청량리를 지나서부터 동석한 사람과 담화를 하게 되었다. 그는 평양 사람으로 현주現住는 청주인데 영업차로 함흥에 가는 길이라고 한다. 무슨 영업을 하느냐고 물은즉 요리업을 한다고 한다.

요리업에 대한 이론이 전개되어 그 요리업에 창기업娼妓業을 겸하는 것을 알게 되었다. 그러한 영업에 상식이 없는 나로서는 일층의 호기심을 가지고 되어서 요리업과 창기업의 구분과 조직을 순서 있게 들어서 그 상세를 알게 되었다. 그 내용은 구태여 쓰지 않거니와 일이 인신과 정조의 매매에 미쳐서는 자연히 사회제도의 결함과 생활방식의 추악을 느끼는 찰나에 막연한 인생 문제를 상기케 된다.

明沙十里行 (一)
韓龍雲

『조선일보』에 연재된 한용운의 「명사십리행」 제1회, 1929년 8월 14일 자, 출처: 조선 뉴스 라이브러리

나는 말머리를 끊고 머리를 돌리어 창밖을 내다보았다.

기차는 벌써 철원 경내에 진행 중이다. 이 지방은 조금도 한해旱害를 보지 못하겠다. 그러므로 들빛은 살찌고 산 기운은 맑아서 차창으로 들어오는 산광 야색은 깨닫지 못하는 동안에 나에게 많은 감격을 주었다.

철원역에서 오르는 승객 중에 일본 여자가 두 여아를 데리고 올라서 나의 상대편에 앉았는데, 여아의 하나는 10세쯤 되어 보이고, 하나는 8세쯤 되어 보인다.

이윽고 기차가 평강역에 도착할 즈음에 작은 여아가 차창으로 내다보고 손으로 평강 읍의 집들을 가리키면서 "저기 집이 많다. 저것이 다 요보의 집이지"하고 같이 온 여자를 쳐다본다. 그 말을 들은 여자는 한눈으로 말하던 여아를 보고 한눈으로 나를 보면서 조금 미안스러운 듯한 표정을 띠고 분명치 않은 어조로 그렇다고 대답하였다.

나는 일본에게서 흔히 듣는 '요보'라는 말의 어원을 잘 알지 못하거니와 열패자인 조선인을 가리키는 말인 줄만은 알았다. 그 여아는 나를 보고도 저것도 '요보'로구나 하는 소리 없는 말을 몇 번이나 하였는지 모를 것이다.

검불랑을 지나면서부터 원근에 검은 구름이 힘 있게 일어나며 바람이 선들거려서 바야흐로 우의를 재촉한다. 홀연히 남방의 한소旱騷를 연상하면서 비가 곧 오기를 빌었다.

경원선의 최고 지점인 해발 2천 7척의 고원을 넘어서매 먼 산에는 드문드문한 우색雨色이 보인다.

아까 조선 가옥을 가리켜 '요보의 집'이라 하던 여아가 산 위의 뜬구름을 가리키면서 "저 산 위에 연기가 가득 찼다"고 해서 왈자는 미소하였다. 구름을 가리켜 연기라고 하는 여아의 입으로 나온 '요보'라는 말을 심상히 듣지 아니하였던 것이 도리어 우스웠다. 그러나 조선인을 가리켜 '요보'라고 하는 일본인은 사람 사람이 모두 구름을 가리켜 연기라고 하는 소녀의 유類일는지.

기차는 삼방 유협을 뚫어가게 되었다. 삼방의 철도는 강반强半이나 수도隧道와 교량으로 되었다. 수도를 지나면 곧 다리가 있고, 다리를 건너면 곧 수도로 들어간다. 그리하여 흑암의 수도인가 생각하니 어느덧 단안절애의 교량을 보고 청류백석의 교량인가 생각하면 어느덧 백주암야의 수도를 지나게 된다. 수도와 교량이 아닌 부분은 횡산단록橫山斷麓의 고하를 따르고 급단회류의 굽이를 좇아서 자연을 정복하지 못한 반자연半自然 반인위半人爲 그대로의 상태다.

2.

원래로 산은 물을 임하여 더욱 기이하고, 물은 산을 만나서 다시 아름다운 것인데, 삼방 유협은 물을 지음쳐서 나누지 아니한 산빛이 없고, 산을 안고 돌면서 흐르지 않는 물소리가 없다. 그러므로 한 손으로 방울지어 떨어질 듯한 푸른 산빛을 움키려다가 미처 움키지 못하고, 다시 가늘다가 높아지면서도 곡조를 이루지 못하는 맑은 시내 소리를 들으며 시내 고기의 뛰노는 것을 보다가 산새의 울음을 듣게 된다.

(…중략…)

아무려나 삼방 유협은 시의 재료가 아니라 시요, 그림의 모델이 아니라 그림이다. 기차가 수도隧道로 들어갈 때는 차 안이 여간 시끄럽지 않다. 차창을 닫으라고 외치는 소리, 차창을 닫는 소리, 덥다는 소리, 어둡다는 소리 등등이다. 그뿐 아니라 일기가 더운 까닭에 잠시라도 창을 열어 놓고자 하여 수도를 나오자마자 곧 닫았던 창을 열게 되는데, 삼방에는 수도가 많고 자주 있으므로 성미 급한 사람들은 노 일어서서 들어갈 때는 닫고 나올 때는 열어서 어떤 때는 창 닫는 소리가 채 사라지지 아니 하여서 다시 여는 소리가 난다. 기차가 수도를 통과할 때 창을 닫지 아니하면 매연이 들어온다는 까닭이다.

그런데 나의 좌석에 속한 차창만은 삼방을 다 지나도록 한 번도 닫지 않았다. 나는 차창 편으로 안고, 내 옆에는 일본인이 앉았는데, 기차가 첫 수도를 들어갈 때에 곳곳에서 창을 닫느라고 거의 소동이라고 하라 만큼 시끄럽다. 나는 창을 닫으려고 하지 아니하였다. 나의 창을 닫으려 하지 않는 태도를 본 옆에 앉은 일본인은 나를 향하여 창을 닫기를 청한다.

나는 조금 기다려 보자 하여 창을 닫지 아니하였는데 다행히 매연만 들어오지 아니할 뿐 아니라 도리어 서늘한 바람이 들어와서 여간 시원하지 아니하였다. 옆에 앉은 일본인과 상대편에 앉은 일본 여자가 경이한 표정으로 서로 보면서 일종의 부사의不思議로 생각하는 듯하다. 이것은 조금도 이상한 일이 아니요, 다만 나의 경험에 의하여 그리하여 본 것이다.

나의 경험에 의하면 기차가 수도를 통과한다고 반드시 매연이 차창으로 들어오는 것은 아니다. 어떤 때는 닫은 창틈으로도 연기가 들어오지마는 어떤 때는 창을 열어 놓아도 조금도 들어오지 않는다.

그런데 여름에는 흔히 들어오지 않는 줄로 기억된다. 물론 이것이 일정불변의 철칙은 아니다. 그러나 이것을 물리학적으로 고구하면 다소의 이유가 있을는지도 모른다.

그래서 나는 여름에는 기차에서 수도를 통과할 때에 창을 닫지 않고서 성공한 일이 많이 있으므로 이번에도 그 경험을 이용하여 성공한 것이다. 만일 다른 승객들도 이러한 경험이 있었으면 창을 닫았다 열었다 하기에 그리 야단법석을 하지 아니하였을 것이다.

4.

기차가 수도를 통과할 때마다 죽어라 하고 차창을 닫기만 하는 것을 보고 까마귀에 대한 일을 연상하는 것도 그다지 탈선은 아니었다.

삼방역을 지났다. 산봉우리에 둘린 구름을 보든지 구령에 가득한 바람으로 보든지 비 올 뜻이 바야흐로 급하여 만산초수에 새로운 빛이 왔다. 나의 흥취도 항분亢奮되었다.

마침 다리를 지날 때에 그 아래에서 목욕하던 7, 8의 아동이 일제히 일어서서 기차를 향하여 어지럽게 주먹질을 하면서 무슨 말인지 중얼거린다.

나의 앞에 앉은 일본 소녀들은 그것을 보고 고소苦笑한다. 나는 불쾌를 느끼어서 다소의 흥취를 감하였다.

고산高山역에서 정차하는 때에 밖으로부터 어떤 여자의 곡성이 들렸다. 승객들은 모두 내다보았다. 50여 세 가량 되어 보이는 어떤 여인이 길바닥에서 뒹굴어가며 울고 그 옆에는 같은 연갑 되어 보이는 남자가 서서 반은 만류하고 반은 꾸짖는

데 그들은 부부인 듯했다.

우는 여인이나 만류하는 남자나 여러 가지의 태도와 표정으로 보아서 그다지 격렬한 결과가 있을 것 같지 않다. 승객들은 보다가 싱거운 듯이 말았다.

이때에 정차가 조금 오래되어서 승객들의 기분은 다소의 권태를 느끼어 침울의 빛이 있는 듯했다. 마침 승객 중의 어느 중국인이 차 한 병을 사 가지고 오다가 그릇하여 차병茶甁을 차 바닥에 내려뜨려 여지없이 깨뜨렸다. 그것을 본 승객들은 크게 웃어 버렸다. 그래서 차안의 침울하던 기분은 거의 소산되었다. 차병을 깨뜨린 것만은 그 사람에게 손해이겠지마는 일시라도 우울에 잠긴 여러 사람들을 웃긴 것은 적지 않은 공덕일 것이다. 그리하여 그 사람은 잃은 것보다 얻은 것이 많다고 보인다.

석왕사역으로부터 남산역까지 오는 동안에는 멀리 석왕사를 향하여 경의를 표하였다. 여러 친지를 만나고도 싶었고, 전일에 보던 산천이 그립기도 하였다. 회로回路에 들르기를 희망하고 지나 버렸다.

안변역에 다다르니 비가 오기 시작한다. 유명한 안변 들의 야색野色은 살찌고 새로워서 풍년의 기상이 충일하였다.

오후 3시 30분경에 갈마역에 도착하니 전약前約이 있는 김대선金大先 군이 반가이 맞아준다. 차에서 내리니 비가 와서 길이 질다.

정거장에서 5리나 되는 두남리까지 도보로 오고 보니 옷이 젖을 뿐 아니라 흙이 튀어서 행색이 심히 초조하였다.

두남리는 반농반어의 촌인데, 명사십리에서 가장 가까운 마을이다. 김 군은 일찍이 나를 위하여 그 마을에 셋방을 얻어 놓았다. 김 군의 인도로 그 집에 갔다. 가서 보니 촌가로는 비교적 정결 통창淨潔通暢하고 하절 여객의 최고의 적인 빈대와 벼룩이 없다. 이것이 얼마나 다행한지 모르겠다.

차에서 내릴 때의 생각으로는 해수욕장으로 직행이라도 하려 하였으나 집에 들어 안고 보니 비가 계속하여 올 뿐 아니라 다소의 피로도 느끼어서 드러누워 버렸다.

김 군도 이 동리에 일시 우거하는 중이다. 일시 우거인 만큼 만사 초창初創한 중에 저녁밥을 지어서 손수 들고 왔다. 감사히 달게 먹었다.

저녁밥을 먹고 나니 모기소리가 여간이 아니다. 문성여뢰蚊聲如雷 그대로의 사실이다. 문장蚊帳과 문향蚊香의 준비가 없는 것은 아니지마는 그것만으로는 도저히 승리를 얻을 것 같지 않다. 조갈蚤蝎이 없는 것을 다행히 생각하였더니 모기가 이러하니 인세에 완복完福이 없는 것을 깨달았다.

6일 조조에 김 군은 나를 위하여 욕의浴衣와 기타 필수품을 사려고 원산에 갔는데, 오후가 되도록 돌아오지 않는다. 기다리다가 명사십리를 보고 싶은 생각과 해수욕하고 싶은 마음을 걷잡지 못하여 욕의와 기타 준비가 없음을 불고하고 해수욕장으로 나갔다.

5.

명사십리는 문자와 같이 가늘고 긴 모래가 소만을 연하여 약 10리를 평포平鋪하고 만灣 내에는 참치부제參差不齊[2] 한 대여섯의 작은 섬이 점점이 놓여 있어서 풍광이 명미하고 조망이 극가하여 욕장은 해안으로부터 약 5,60보 거리의 수심은 대개 균등하여 4척 내외에 불과하고, 동해에는 조석의 출입이 거의 없으므로 모든 점으로 보아 해수욕장으로는 이상적이다.

해안의 남쪽에는 서양인의 별장 수십 호가 있는데, 해수욕의 절기에는 조선 내에 있는 서양인은 물론 일본, 상해, 북경 등지에 있는 서양인들까지 와서 피서를 한다 하니 그로만 미루어 보더라도 명사십리가 얼마만한 명구名區인 것을 알 수가 있다. 허락지 않는 다소의 사정을 불구하고 반천 리의 산하를 일기一氣로 답파踏破 만시일적萬矢一的 단순한 해수욕만을 위하여 온 나로서는 명사십리의 소쇄한 풍물과 해수욕장의 이상적 천자天資에 만족치 아니할 수 없었다.

---

2 길고 짧고 들쭉날쭉하여 가지런하지 아니함.

원산 송도원 해수욕장, 1930년경

목적이 해수욕인지라 옷을 벗고 바다로 들어갔다. 그 상쾌한 것은 말로 형언할 바 아니다. 얼마든지 오래 하고 싶었지마는 욕의를 입지 아니한지라 나체로 입욕함은 욕장의 예의상 불가하므로 땀만 대강 씻고 나와서 모래 위에 앉았다가 돌아오니 김 군은 욕의, 기타를 사 가지고 돌아와서 나를 기다리고 있었다.

7일 아침 5시에 일어나 보니 일기가 흐리었다. 7시경부터 비가 오기 시작하였으나 단속적으로 오는 것이 대단치 아니하였다. 아침밥을 먹고 나서 바다에 갈 욕심으로 비가 개기를 기다렸으나 용이히 개지 않는다.

2시경 비가 조금 멈추기에 해수욕하는 데는 비를 맞아도 관계치 않겠다는 생각으로 나섰다가 얼마 아니 가서 비가 쏟아지는 바람에 할 수 없이 쫓기어 들어왔다.

신문이 왔기에 대강 보고 나니 원산의 오포午砲 소리가 들린다. 시계를 교정하여 가지고 나서니 비가 개기 시작한다. 맨발에 짚신을 신고 노동모를 쓰고 나섰다. 진길에 짚신이 붙어서 단단하여지매 발이 아프다. 짚신을 벗어 들고 맨발로 가는데 비가 그쳐서 길이 반은 물이요, 반은 흙이라 맨발로 밟기에 자연스러운 쾌감을 얻었다. 더구나 명사십리에 들어서서 가늘고 보드라운 모래를 밟기에는 너무도 다정스러워서 맨발이 둘뿐인 것이 부족하였다.

해수욕장에 다다르니 마침 서양 사람들이 나와서 목욕을 하는데, 남녀노유가 한데 섞여서 활발하게 수영도 하고 유희도 한다. 조선인은 나 하나뿐이다. 나는 서양인들 목욕하는 데서 조금 떨어져서 가서 바다에 들어가 실컷 뛰고 놀았다. 여간 상쾌하지 않다. 조금 쉬기 위하여 나와서 모래 위에 앉았다. 이때의 모든 것은 신청新晴의 상징뿐이다.

쪽같이 푸른 바다는
잔잔하면서 움직인다.
돌아오는 돛대들은
개인 빛을 배불리 받아서
젖은 돛폭을 쬐면서
가벼웁게 돌아온다.

걷히는 구름을 따라서
여기저기 나타나는
조그만씩한 바다 하늘은
어찌도 그리 푸르냐.
멀고 가깝고 작고 큰 섬들은
어디로 날아가려느냐.
발 적여 디디고 오뚝 서서
쫓아 잡을 수가 없구나.

얼마 동안 앉았다가 다시 바다로 들어가서 할 줄 모르는 헤엄도 쳐 보고 머리를 물속에 거꾸로 잠가도 보고 마음 나는 대로 활발하게 놀았다. 다시 나와서 몸은 사안沙岸에 의지하고 발은 물에 잠갔다.

모래를 파서 새암을 만드니
새암 위에는 뫼가 된다.
어여쁜 물결은
소리도 없이 가만히 와서
한손으로 새암을 매고
또 한손으로 뫼를 짓는다.
모래를 모아 뫼를 만드니
뫼 아래에 새암이 된다.
짓궂은 물결은
해쭉해쭉 웃으면서
한발로 뫼를 차고
한발로 새암을 짓는다.

어제 저녁 때에 나를 위하여 덕원 군청으로 명사십리에 대한 역사를 얻으러 갔던 김대선 군이 돌아와서 해수욕장으로 찾아왔는데, 덕원 군청에서 명사십리에 대한 역사는 마침 도청에 보내고 없어서 군세 일반을 얻어 가지고 왔는데, 명사십리에 대한 역사를 구하지 못한 것은 적지 않은 유감이다.

김 군은 나와 같이 목욕을 하다가 멀리 바라다보니 자기의 부인이 목욕을 왔다고 좇아가더니 거기서 재미있게 목욕을 하고 있다.

6.

수삼數三의 일본인이 와서 투망으로 고기를 잡는다. 모든 사람들이 해수욕을 하면서 기쁜 마음으로 일반 풍물을 감상하는 중에 투망으로 고기를 잡는 것은 일종의 살풍경이었다.

오후 4시 반경이 되었는데 나체에 태양을 쬐어서 욕의를 입은 부분 이외에는 전신이 빨갛게 타버렸다.

갑자기 소낙비가 몰아 들어온다. 황혼까지로 기약하였던 마음을 꺾어 버리고 쫓겨 들어오는데 두셋의 서양 여자가 욕의만을 입고 별장으로부터 나오더니 비를 맞으면서 유유히 바다로 나간다. 그것이 몹시 부러웠다. 나도 도로 나가서 비를 맞으면서 목욕하고 싶었으나 별장은 말도 말고 탈의장 하나도 없는 나로서는 불가능이었다. 비를 맞으며 목욕하는 그들을 여러 번 돌아보면서 부러워하였다.

집에 돌아와 보니 햇볕에 탄 살이 쓰라리고 아픈데 두 다리가 더욱 심하였다.

8일은 조반을 먹고 나서 그 지방의 과수업의 성공자로 유명한 두남리의 윤병수尹秉秀 씨를 그 과수원 사무실로 방문하였다. 사무원인 듯한 사람에게 주인의 유무를 물으니, 지금 조반 중인즉 조금 기다리라 하기에 배회하면서 과수와 저장고 등을 구경하노라니 약 30분 후에 주인이 나왔는데, 그는 윤병수 씨의 장자 중호 씨다. 그 부친은 종증腫症으로 치료 중이므로 접객치 못한다 하여 대신으로 응접하는 것이다. 과수업에 대한 동기, 경력, 현상 등을 물은즉 씨의 대답하는 그 요지는 아래와 같다.

"이 과수업은 본래 부친이 경영하신 것인데, 동기는 특별한 것이 없고, 다만 사람은 놀고먹는 것이 불가하다는 생각에서 나온 것입니다. 그때도 가세는 상당한 여유가 있었습니다. 과수를 처음으로 재배하기는 지금으로부터 34년 전인데, 그때에는 천여 평의 지단에 평과 1백 20여 주를 심었습니다. 차차 늘어서 지금은 전면적 8정보에 과수 1천 7백여 주인데 평과 9백여 주와 배 8백여 주입니다. 평과는 가장 잘 열리는 나무는 매주에 60관, 즉 1천 4, 5백 개를 따는데 그 가액은 30원 가량입니다. 일본서는 학설상으로 평과나 이목이 수령 15년을 지나면 벌써 늙어서 결실을 잘하지 못하는 고로 수지가 맞지 않는다고 하는데, 우리 과수는 최고 수령 3, 40년으로부터 20년 내외이건마는 생산력이 조금도 감퇴하지 않습니다. 그래서 일본인들이 그것을 연구하는 중입니다. 지금은 과수에서 나는 수입이 매년 1만 5천 원 가량인데, 지출은 인건비 5천여 원, 비료 약품비 등 합 2천여 원, 총합 8천여 원입니다. 장래는 양으로 확장할 생각은 없고 질로 개량을 하여서 외국의 생산품보다 우량하게 하고 싶습니다."

마침 일본인이 찾아오고 나도 이 이상 더 물을 말도 없어서 주인을 작별하고 돌아오다가 길에서 신문 분전인分傳人을 만나서 내게 오는 신물을 받아 가지고 보면서 돌아왔다.

11시경에 해수욕을 가는데 햇볕에 덴 다리가 아파서 걸음걸이가 곤란하였다. 그러나 다른 좀 아픈 것쯤으로야 해수욕을 아니 갈 수는 없었다. 그러나 폭양에 오래 앉았을 용기는 없어서 약 1시간 후에 돌아왔다.

오후 4시 반경에 다시 바다에 나가는데 서양인의 별장 앞을 지나는데 3인의 서양 아동이 별장으로부터 달음질로 나오다가 한 아이가 돌에 발을 다쳐서 우는데 "이다이 이다이"하고 운다.

별장으로부터 30세쯤 되어 보이는 조선 여자가 나오더니 그 우는 아이를 안고 들어가면서 "나잇다라나 구호도이다이요울면 울수록 아프다"고 한다. 그 아이가 특별히 일본말 배우는 중인지는 모르거니와 조선 지방에 사는 서양 아이로 창졸히 우는 사이에 일본말을 쓴 것도 이상하거니와 조선 여자로 서양 아이를 대하여 일본말을 사용하는 것도 심상치 않게 들렸다.

바다에 나가서 목욕을 하고 벗은 채로 모래 위에 앉아서 원고를 쓰노라니 순사가 와서 물끄러미 보더니 "나니무엇"하고 묻는다. 머리를 들어 순사를 보니 말은 일본말을 하여도 사람은 조선 사람이다. "일기를 씁니다" 하니 순사는 "좀 보아" 하고 손을 내민다. 원고 쓰던 것을 주니 뒤적뒤적 보더니 "경성서 오셨소?" 한다.

"예" 하고 대답하니 순사는 아무 말도 없이 가버린다. 그 순사는 처음에 일본말하고, 그 다음에 반말을 하고, 나중에는 경어를 하였다. 남의 원고를 보자는 것도 우스운 일이거니와 그 전후 부동의 언동은 이상하였다.

7.

다시 목욕을 하고 나서 맨발로 모래를 밟으면서 배회하는데 석양이 가까워서 저녁놀은 물들기 시작한다. 산 그림자는 어촌의 작은 집들에 키스를 하는데, 바닷물은 푸르러서 돌아오는 돛대를 물들인다. 흰 고기는 누워서 뛰고 갈매기는 옆으로 난다.

목욕하는 사람들의 말소리는 높아지고, 저녁연기를 저음진 나무 빛은 열어진다. 나도 석양을 따라서 돌아왔다.

9일은 우편국에 소관所關이 있어서 원산에 갔다. 볼일을 보고 송도원松濤園으로 갔다. 천연의 풍물로 말하면 명사십리의 비교가 아니라 해수욕장으로서의 시설은 비교적 상당하다.

해수욕을 잠깐하고 일본 음식점에 가서 점심을 먹고 송림 사이에서 조금 배회하다가 다시 원산을 경유하여 여사旅舍에 돌아와 조금 쉬고 명사십리에 가 또 해수욕을 하였다. 행보를 한 까닭이니 조금 피로한 듯하여서 곧 돌아왔다.

10일은 신문이 오기를 기다려서 보고 나니 11시 반이 되었다. 곧 해수욕장으로 나가서 목욕을 하고 사장沙場에 누웠으니 풍일이 아름답고 바다는 작은 물결이 움직인다.

발을 모래에다 묻었다가 파내고 파내었다가 다시 묻으며 손가락으로 아무 구상이나 목적이 없이 함부로 모래를 긋다가 손바닥으로 지워 버리고 또다시 긋는다, 그리하다가 홀연히 명상에 들어갔다. 멀리 날아오는 해조의 소리는 나를 깨웠다.

(…중략…)

해수욕장에 범선이 하나 매였다. 그 배 밑에 가서

나 : 이게 무슨 배요?

선인 : 서양애들 놀잇배요.

나 : 그러면 이것이 서양 사람의 배요?

선인 : 아니오. 조선 사람의 배요.

나는 배에 올라가서 자세히 물은즉 그 배는 서양 사람들의 해수욕하는 데 소용되는 배인데, 배에 올라서서 물에 뛰어내리기도 하고, 혹은 그 배를 타고 선유도 하는 배이다.

1개월에 95원을 받고 삯을 파는 배로 매일 오전 9시경에 와서 오후 5시에 가는데, 선원은 5인이라 한다. 95원을 5인에 부분불部分拂하면 매일매일 60여 전인데, 그중에서 선세를 제하면 대단히 박한 임금이다. 여기에서도 조선인의 생활난을 볼 수가 있다. 오후 4시경에 여사에 돌아왔다.

11일 상오 11시경에 해수욕장으로 나오다가 그 동리 뒷 솔밭 속에 참외막이 있는데 그 아래에 3, 4인의 부노父老들이 앉아서 바람을 쐬며 이야기들을 한다. 나도 그 자리에 참예하였다. 이날이 마침 음력으로 칠석날이므로 견우성이 장가를 가느니, 직녀성이 시집을 가느니 하였다. 나는 칠석에 대한 토속을 물었는데 별로 지적하여 말할 만한 것이 없다고 한다.

8.

해수욕장에 나가 보니 심히 적료하여 서양인의 내왕은 하나도 볼 수가 없으므로 이상히 생각하였다. 다시 생각하니 이날은 일요일이므로 서양인들은 종교의 의식을 행하기 위하여 나오지 않는 줄을 아는 동시에 그들의 규율적 행동을 연상하였다.

목욕을 들어가다가 물속으로 조개 하나를 보았다. 그 조개를 주워서 들고 보니 흰 바탕에 주황의 선이 있어서 심히 아름답다. 조금 가졌다가 도로 깊은 곳으로 던져 버렸다. 이것은 다른 사람에게 잡히면 그 생명이 위험할까 염려함이다.

나는 사사물물에 대하여 그렇게 인자한 마음을 쓰는 사람은 못된다. 그런데 한 작은 조개의 생명을 아껴서 멀리 물 깊은 곳으로 던진 것은 나의 믿는 바, 종교의 힘이다.

석가여래는 거룩하시다. 3천 년 후에 사바세계 동해바다 한 모퉁이의 한 작은 조개의 생명에까지 미치는 석가여래의 대자비는 거룩하시다.

김대선 군이 부득이한 사정으로 인하여 곧 경성에 올라가겠다고 고별을 하여 창연히 작별하였다. 김 군은 나의 금번 해수욕 행에 대하여 적지 않은 노력으로 많은 편의를 주었다. 그를 작별함에는 충심으로 결연하였다.

나도 내일엔 발정하여 석왕사와 삼방을 거쳐 가려는 예정이었다. 석양에 여사로 돌아올 때에 명사십리를 향하여 타일을 기약하고 말없이 작별하였다.

그리운 명사십리
보고 나니 후회로다.
첫정이 들자마자
이별이란 무삼이냐.
다른 때 다시 만나
남은 회포 풀리라.

12일. 경성행의 첫차가 오전 6시 3분에 갈마역을 출발한다기에 일찍 일어나서 그 차를 탄다는 것이 늦잠이 들어서 일어나고 보니 벌써 5시 20분이 되었다. 급히 행장을 수습하여 가지고 5리나 넘는 갈마역을 향하는 도중에서 원산을 떠나서 갈마로 향하는 차를 보았다. 이 차는 화물차라 정거장에서 지체를 오래 하리라는 생각으로 전속력으로 쫓아갔다. 약 10여 보를 남겨 놓고 차가 떠나 버린다. 조금 열적기도 하고 분하기도 하였으나 할 수 없었다.

주점에서 기다리다가 11시 3분차를 타고 석왕사역에 내려서 자동차로 석왕사 동구에 이르니 피서객으로 인하여 번창 대번창이다. 여관마다 만원이어서 여관을 찾아다니다가 거절을 당하고 네 집 째 겨우 방 하나를 얻어들었다.

석왕사의 오세권 씨를 만나서 석왕사의 여러 가지 정황을 듣고 차차 고적孤寂을 면하였다. 조금 있다가 경성서 내려온 이관구, 황석우, 최윤동 삼씨를 만나서 분외分外로 반가웠다. 그러나 그들은 곧 자동차로 떠나는 길이어서 만나는 악수가 동시에 작별하는 악수가 되었다.

작별이 너무도 총총하여서 만나는 기쁨보다 떠나는 회포가 많았다. 멀리 그들의 탄 자동차의 후진을 바라보았다.

9.

오후 4시에 오세권 씨와 동반하여 석왕사를 방문하게 되었다. 단속문에 다다르니 그 옆에는 이태조이 수식송手植松과 순종의 수식송이 대립하여 있는데, 이태조의 수식송은 고사한 지 오래되어 썩은 등걸만 남고 순종의 수식송은 아직 10여 척 밖에 아니 되었다.

하나는 창업주의 손으로 심은 것이요 하나는 이조 최후의 군주의 손으로 심은 것이어서 그 두 소나무 사이에는 이조 5백년 간 흥망성쇠의 역사가 숨어 있다. 창업주의 수식송 옆에 솔을 심던 이조 역사의 끝 페이지를 막은 순종은 그 감개가 과연 어떠하였을는지.

가신 님 심은 나무
옛 등걸에 이끼로다.
당년의 푸른빛은
상설을 누르더니
견디어 남은 해를

비바람에 맡기리.

우리들은 남암南庵을 먼저 거쳐서 큰절에 가기로 하였다. 나는 연전부터 남암에 가서 거주하여 볼까 하는 생각을 가졌다. 지금도 그 생각을 계속하는 중이다. 그러므로 남암을 찾게 된 것이다.

수음이 우거진 녹수도綠隧道를 뚫고 시내를 따라서 6, 7리를 들어가니 산 굴리고 물 도는 곳에 조그마한 암자가 정남향으로 전개되었는데, 가옥과 도량이 청초하고 풍광이 명려하여 적이 나의 생각을 끌었다.

남암을 보고 오는 길에 승방인 백련암에 들어가서 주인 격의 승수자에게 정도한 관대를 받고 적은님 고개를 넘어서 큰절에 이르니 마침 주지화상은 기도 법요를 집행 중이므로 만나지 못하고, 다른 노덕 이외의 3, 4인을 만나서 대개의 한훤寒暄을 마치고 그들의 간곡한 만류를 사절하고 여관으로 내려오다가 도중에서 약수 두어 잔을 마시고 유유히 시내 소리를 들으며 구름을 밟고 돌아오니 황혼이 지났다.

석반을 마친 후에 오군이 내방하여 담화하다가 9시경에 약수를 먹으러 갔다. 만도사녀滿道士女의 내용이 부절하고 약수터에는 사람들이 많이 모여서 순서로 물을 뜨는데, 순서를 어기는 이가 없지 않다. 나는 오군의 힘을 빌어서 석 잔을 얻어먹고 돌아와서 꿈의 나라로 들어갔다.

여기에서 말하지 아니할 수 없는 일이 하나 있으니, 그것은 반찬에 대한 일이다. 오던 날 저녁에 반찬이 하도 많기에 세어 보니 열 네 가지다. 그 이튿날 아침에는 반찬이 열여섯 가지다.

나는 칠첩반상이니 십이 첩이니 하는 말은 들었으나 반찬 열여섯 가지, 밥그릇을 합하여 열일곱 그릇이 놓은 밥상은 받아보지 못한 것은 물론 듣도 보도 못하였다. 재래의 조선식으로는 그것이 칭찬거리가 될는지 모르나 한꺼번에 여러 그릇과 분량이 많은 반찬을 놓는 것은 개량하지 아니하면 안 될 것이다.

열여섯 가지 중에 집어 먹어 본 것이 몇 가지 되지 못하고 집어 먹은 것도 먹은

석왕사 대웅전, 출처 : 『조선고적도보』 제12책, 1932, 김상헌 소장본

것보다 남은 것이 많다. 일반적으로 이것을 개량하여 품질은 수의隨意로 할지라도 종류와 분량은 너무 많이 하지 말고 한때를 먹기에 적의適意하도록 하는 것이 좋을 줄로 생각된다.

13일, 석왕사역에서 12시 3분발의 차를 타고 삼방으로 가는데 고산역에 이르니, 이 날은 고산 장날이다. 장꾼들이 장에서 물건을 사 가지고 차를 타는데 가지고 오르는 물건이 너무 많아서 한 번에 가지고 오를 수가 없으므로 먼저 물건을 창문으로 들여보내는데, 차 안에 있는 사람에게는 누구든지 물건을 받아 달라고 한다.

나도 받아들인 것이 여간 많지 않다. 쌀자루, 참외자루, 계란뭉치, 미역뭉치, 심지어 옹기그릇까지 십여 가지를 받아들이고 보니 땀이 버썩 났다.

10.

차장과 보이들은 휴대품이 너무 많아서 안 되겠다고 들여놓은 물건을 도로 내어놓는다. 그러면 물건 임자는 반은 웃고 반은 우는 표정으로 차장에게 애걸복걸하면 차장은 눈을 부라리며 안 된다고 욕설 반 섞기로 야단을 친다.

차장이 저편에 가서 물건을 내놓으면 이편에서는 내놓은 물건을 도로 들여놓고, 차장이 이편에서 물건을 내어놓으면 저편에서는 내어놓은 물건을 도로 들여놓는다. 그러는 동안에 내어놓으라는 소리, 도로 달라는 소리, 사람 드나드는 소리, 어린애 우는 소리, 복잡 무질서, 완연히 일막의 추극醜劇을 연출하였다.

그리하여 그 차를 타지 못한 사람도 있고 억지로 탄대야 그 정상이 실로 가이없었다. 그들은 약간의 화물 임금을 주지 않기 위하여 인격을 여지없이 희생하였다. 그것은 이익보다 손해가 많은 것이다. 일반적으로 그런 일이 없기를 바란다.

그것도 선천사先天事가 되고, 어느덧 삼방 약수포에 이르렀다. 천관泉館은 모든 설비로 보아서 그러한 산촌에서뿐 아니라 도회에 있어서도 훌륭한 여관이다.

그러나 그 여관 주인도 조선인이요, 내객도 조선인인데 여관으로서의 내객에게 필요한 조항 몇 가지를 모두 일본문으로 써서 붙였다. 그것이 내객에게 불쾌한 인상을 주었다. 그것을 고치기를 바란다.

약수포는 내객으로 인하여 번창할 뿐 아니라 여러 가지 점으로 보아 상당히 도회미가 있다. 약수보다 좋다고 하나 나로서는 큰 차이를 모르겠다.

전일부터 김용태 사師의 노력으로 약수포에 불교포교소를 건설하였다는 말을 들었다. 여관에서 조금 누웠다가 포교소를 찾아갔다. 김용태 사는 반가이 맞이하면서 그 포교소로 오지 않고 여관에 든 것을 호의로 책망하면서 사람을 보내어 약수 떠다 준다. 감사히 먹었다. 포교소는 수년 전부터 있었으나 가옥이 협애하여 금년에 새로 건축하였는데, 신건新建 가옥은 청초할 뿐 아니라 상당한 수용량이 있어서 산촌의 포교당으로는 훌륭하다.

이러한 벽지에 포교소를 건설한 김용태 사에 대하여 그 성의와 노력을 감사하였다.

여관에 돌아와서 조금 있다가 약수터로 나갔다. 사람이 많아 일시에 물을 먹을 수가 없으므로 도착순으로 안항을 지어 서서 앞의 사람이 물을 마시고 나온 뒤에 그 다음 사람이 들어가게 되었는데, 입구에는 감독자가 서서 엄격한 감독을 한다.

그러나 규칙 위반자가 상당히 많다. 선후의 순서를 어기고 돌진하는 규칙 위반자는 남자편이 많고, 남이야 어찌 되든지 자기만 물 앞으로 바싹 대어 앉아서 언제까지든지 싫도록 먹는 규칙 위반자는 여자편이 많다.

같은 규칙 위반이지마는 남자의 범행은 우락부락하고, 여자의 범행은 다라지다. 그것이 남녀 성격의 차이가 될는지 모르겠다.

나도 규칙 위반자가 되었다. 그러나 나는 적극적으로 범행한 것이 아니라 남에게 밀려서 상당한 나의 순서를 지키지 못하였은즉 이것도 규칙 위반이 아닌 것이 아니다.

약 30분 만에 물맛을 보았다. 그러나 만족히는 마시지 못하였다.

그 후로는 다시 물터에 갈 용기가 없어서 여관 보이의 힘을 빌어서 약수를 얻어 먹었다.

14일, 차를 타려고 정거장에 나오다가 본즉 철사의 한 끝은 산 위에 매고 한 끝은 산 아래에 매어 놓고 산 위에서 시초柴草 묶음을 철사에 걸어 놓으면 그 시초 묶음이 철사의 경사를 날아 저절로 내려온다. 산촌의 주민들은 그것을 많이 이용하였으면 좋겠다.

나는 오후 2시 10분에 약수포 발發 경성행의 군중인이 되었다.

여름의 환락경, 해수욕장의 '에로그로'

이동원

● 이동원, 「여름의 환락경, 해수욕장의 '에로그로'」, 『별건곤』 53, 1932.7; 방민호 편, 『경원선 따라 산문여행』, 예옥, 2020, 320~325쪽

여름이 되면 원산 해수욕장에를 가는 사치가 생겼다. 여름이면 해수욕장에 간다니까 "야! 이놈 하이컬러로구나. 첨단적인 걸" 하는 사람이 있기 쉽겠기로 하이컬러 아닌 것을 좀 변명하려 한다. 무론 진품 하이컬러일지라도 공산하자는 사람은 없겠으니까 그다지 기를 써가면서 변명할 필요도 없기는 하겠지만 해수욕장이라면 부르주아들의 유흥 시장에로 100퍼센트의 곳이니 아니 가면 모르거니와 간다고 하는 이상에는 흰 양복 흰 모자 흰 구두에다가 말쑥하게 차리고 거기에 으레 부속물인－실례라면 용서하시오－ 첨단적 신여성을 데리고 혹은 모시고 가는 것이려니와 그런 사치를 팔자에 못 타고 튀어나온 나라 때 묻은 헌 양복 등에 붙이고 다 낡은 겨울 모자 뒤집어쓰고 모래밭으로 노숙하러 가는 것이다. 그 비용이 얼마나 될 것인가. 기차 삼등 왕복과 열흘 동안 노숙비를 다 치면 일금 십 원이라. 이것도 많아서 일 년을 벼르는 것이고 갔다가 돌아오는 길에는 공연한 산재를 하였다고 남모르는 가슴을 앓는다. 십 원! 이것이 대금은 대금이지만 부르주아들은 카페에 가서 술 먹고 나아올 때에 여급에게 거저 주는 텁이라고 하는 명사가 붙은 이름 없는 돈이다. 이만한 것이 그렇게 귀한 신세로 해수욕장에는 주제넘게 하고 스스로의 꾸지람이 툭 나오고 하나님 맙소사 돈이 좀…하는 탄식도 되어 본다.

그러나 일 년 동안 저금하여 가지고라도 십 원만 가지고 한번 가서 노숙을 하여 보라! 도화에서 자동차 먼지나 얻어먹고 가솔린 냄새나 맡다가 퍼런 하늘이 퍼런 물과 희롱하고 걸핏하면 노래에 나아오는 명사십리 해당화가 백설 같은 모래에 묻혔다 나타났다 하고 솔밭에서 선선한 바람 불어 올 적에 솔잎에서 실거문고 소리 들리고 먼 수풀에서 매미가 여름을 노래하고 볼 수 있는 한정의 바다 끝을 바라보

면 하늘과 수평선 닿은 곳에서 물결이 잔춤을 추고 서늘한 맛이 한없이 온몸에 서릴 때에는 한 백 원도 아깝지 않다. 그러나 다만 한 가지 어려운 것은 육체미 백퍼센트라고 하는 여성 해수욕꾼들이 이따금 둘씩 셋씩 누구의 속을 태워보려고 그러는지 해수욕복이 찢어질 젖가슴과 엉덩이를 흔들면서 슬슬 앞으로 지나갈 때면 현기증이 나기도 하고 조금만 더 의지가 약하거든 수양이 부족하였다가는 순사한테 잡혀 갈 행동만 참을 수 있으면 지상낙원이라고 하겠다. 여하간 나는 이렇게 권하고 싶다. 차 타고 갈 자본이 없으면 걸어갈 힘은 있을 터이니 걸어서라도 한 번 가보라고.

딴소리가 나아오기 시작하여서 하고 싶은 말은 아직도 머리도 못 들었지만 돈 많은 사람들이 피서하는 광경을 구경하면 돈 없는 집에 태어난 팔자를 잘 드는 칼로 썩 베어 버리고도 싶고 너무 팔자 좋아 보이는 사람을 따귀라도 한 대 힘껏 붙여보고 싶은 때가 많지만 참아야 된다.

나는 해수욕장에만 가면 열흘이고 스무날이고 잠을 잘 못 잔다. 그것은 물론 낮에 본 여러 가지 흥분도 있겠지만 그보다 더 큰 흥분은 기분 개방의 흥분이다. 좁은 방에 일 년 들이자다가 갑자기 넓은 대지 위에 더구나 소리치는 바다 옆에 내어놓이니 농중조籠中鳥가 놓여난 이상일 것이다.

야영 천막 속에 턱 드러누우면 구석구석으로 별도 보이고 무슨 벌레도 이 구석저 구석에서 실실 울고 물결소리도 솨솨하고 솔가지에서 바람소리도 슬슬 들리고 모든 것이 살았다. 그렇게 산 속에서 잠이 오지를 않아서 애를 쓰다가 자정이 넘고 한 시 두 시나 되었을 때라야 간신히 잠이 들어서 얼마를 자노라면 그놈의 석유 발동선 콩콩 소리는 으레 네 시가 좀 넘으면 들린다. 가뜩이나 깊이 들지 못한 잠이라 그 콩콩 소리에는 아니 깨는 장비가 없다. 그러면 드러누워 있으려니 밑바닥도 축축하고 으스스 춥기도 하여 노숙 자리를 차버리고 일어나서 솔밭으로 가거나 해안으로 가거나 산보를 갈 수밖에 없다.

여기에서 산보 가는 곳은 두 군데인데 다른 사람은 모르거니와 내게는 하나의 찬이슬을 마음껏 밟으며 골프장 잔디밭을 돌아서 공동묘지까지 가는 것과 또 하나는 해안을 따라서 원산 편으로 가든지 거슬러서 문산 편으로 올라가는 것이다.

그런데 이 두 가지 산보에는 일리일해一利一害가 각기 있다. 찬이슬 밟으며 잔디밭으로 다니는 것은 나무를 바라보며 산을 바라보는 맛과 이슬에 젖은 풀과 꽃구경과 산뜻산뜻한 것이 좋지만 그러다가 뱀 밟을 염려가 없지 않고 이따금 개구리가 까닭 없이 놀라 뛰어 달아나며 오줌을 내깔기는 것이 그다지 재미있지 못하고 또 해안은 시원한 맛과 짠 냄새나는 공기 마시는 것과 혀 밑에 웃는 물결 구경이 좋지만 고기 죽은 것이 떠와서 해안에 붙는 것과 이따금 나무토막이라도 무시무시하게 보이는 것이 재미가 없다.

하여간 문산 다니는 석유 발동선 콩콩 소리에 잠깬 나는 어디든지 발길 가는 대로 산보를 떠나지 않을 수가 없었다.

한 번은 평소 때보다 좀 덥다고 생각하던 밤을 지낸 아침이었다. 골프장으로 산보의 길을 취할 마음이 생겨서 어두컴컴한 풀밭을 밟으며 좁은 길을 걸어갔다. 노숙하는 곳에서 천천히 걸어가면 십 분이나 가야 골프장에 가겠지만 이 골프장에까지 가는 길에 재미있는 곳이 있다. 그것은 주식회사 해수욕장 직영으로 솔밭 속에 방갈로식 세놓는 별장이 있는데 경성서 남촌 부르주아가 많이 가는, 물론 진품 부르주아는 별장을 지었지만 아직 짓지 않은 사람들은 한 번씩 다녀오는 법인 것 같은데 이것이 도회 같으면 남자는 동리로 첫새벽에 어슬렁어슬렁 다니는 것이 수상한 손님이라 하겠지만 이곳은 해수욕장이니만치 해방적 기분이 농후한 까닭이라 좀 어슬렁거려도 그다지 유치장에 갈 경우는 아닌 것을 이용하여 잠자는 별장 앞으로 엽기의 눈을 들으면서 지나가 본다. 집이 방갈로식이니까 평옥으로 지어 놓았고 해방적 기분을 존중히 여기는 만치 문단속도 하지 않고 그냥 열어젖힌 채 잠을 잔다. 그래서 첫새벽 이상스러운 산보객에게는 그다지 보기 쉽지 않은 광경도 눈에 뜨인다. 엷은 모기장 속에 털 난 다리들과 흰 다리들도 보이기가 일쑤고 하이컬러 한 남자의 머리와 속발한 여자의 두 머리가 가지런히 보이기도 하고 이것을 말로 하면 그다지 신기치는 않은 것 같겠지만 무엇이 보이나 하고 기웃거리며 다니는 사람에게는 상당한 만족의 재료가 되어서 저 모기장 속에서 무슨 동작이나 일어나지 않나 하고 지나가던 발을 잠깐 멈추고 기미를 엿보는 수도 없지 않다. 이런 엽기심을 끌고 골프장을 다다라서 잔디 풀 많은 곳으로만 따라서 반 순쯤 하고는 북쪽 솔밭 속으로 들어가기를 시작하였는데 아침 햇발이 벌써 갈마 반도 산을 넘어서 골프장 이슬을 빛낼 때이다. 그 솔밭 초입에 혹시나 골프공이 하나 떨어져 있지 않을까 하고 땅을 내려다보며 핑퐁 공 만한 것이 무어 조각돌이라도 있으면 단장 끝으로 건드려본다.

그렇게 가기를 발길 가는 대로 얼마를 갔는데 사오 간 밖에 이상한 것이 보이자 발이 멎고 딱 버티어 섰다. 그것은 유카타 입은 삼십 내외 된 남자 하나와 원피스 잠옷 같은 양복을 입은 이십이삼 세나 된 여자 하나인데 그들이 무엇을 하였는지는 모르지만 서로 맨땅에 마주 앉았는데 옷에 이슬 맞은 폭이 나온 지 벌써 오래되어 보이고 여자의 얼굴은 이상히 흥분의 빛이 보이는데 그는 해수욕장에서 몇 번 보던 여자인데… 골프공을 찾다가 뜻밖에 사람들을 찾은 나는 놀라는 모양으로 뻗쳐 섰고 발견된 그 두 사람은 부끄러운 듯이 괴심스러운 듯이 둘이 약속한 것 같이 시선이 땅에 붙어서 떨어지지 않는다. 누구냐고, 무엇하느냐고, 언제 왔느냐고, 왜 왔느냐고 물어볼 수도 없고 속히 그 자리에서 물러가는 것이 좋을 줄을 알고 오던 길을 도로 찾아 발길을 돌리면서 그들이 조선 사람은 아니고 정사를 하러 그곳에 왔을까, 무슨 계획을 말하려고 왔을까, 꿀 같은 밀회를 하러 왔을까…

하루는 바람도 그다지 불지 않고 더운 날인데 야영에서 점심을 먹고 바다를 바라보며 숭늉을 마시고 앉아서 언제부터 물에 들어갈 생각을 하노라니 이삼 미터 되는 거리의 바다 위에 무엇이 희끄무레한 것이 떠온다. 근해에는 그런 것이 떠지기가 일쑤니까 무엇인지 엽기심도 일으키지 않고 심상하게 보면서 다만 차차 가까이 올수록 조금씩 크게 보이는 것이 다소간 시선이 떠나가지 않은 이유다. 얼마를 바라보노라니 사람의 머리가 꺼먼 것이 보이고 차차로는 손들이 반쯤 위로 뻗친 것이 보인다. 나는 직각적으로 수영 잘하는 사람이 먼 데까지 나아갔다가 우키미[1]를 하여 가지고 해안으로 바람에 밀려 들어오나 보다 했는데 차차 가까워 오니까 해수욕꾼이 남자, 여자, 어른, 아이가 그 떠들어오는 방향을 따라 올라온다. 그러기에 정녕코 우키미 구경이 분명할 줄만 알고 나아가서 구경할까 하는 때에 바람에 휘 날아오는 냄새가 보통 맡아보지 못하는 이상한 것이다. "응, 송장"하고 벌떡 일어나서 더운 모래를 밟으며 나아가 보니 사람들은 모두 코를 불어 쥐고 모여드는데 여자들은 한 번 보고는 모두 달아난다.

가까이 가서 보니 어부의 송장인데 삼사십 내외 사람이다. 피부는 물에 씻기여 전신에 혈맥 줄이 손가락같이 더 검게 보이고 나체에다가 적삼 하나만 걸치고 연한 살은 고기가 뜯어먹었고 모습은 알아볼 수 없이 되었으며 면부面部에는 더욱 무서운 상처가 있었다. 이 송장이 떠 들어왔다는 소문이 나니까 고기 잡으러 나아갔다가 풍랑에 돌아오지 못한 사람의 가족은 수십 명이 와서 보았으나 필경은 임자 없는 송장이 되고 말았다. 그런데 그 송장이 그냥 해수욕장 가까이 놓여서 들어내 놓인 것이 재미가 없던지 순사가 청국 돗자리조각 웬만치 큰 것을 덮어 놓았다가 해질녘 송장은 가져가고 그 돗자리는 그냥 거기에 내버려졌는데 바로 그 이튿날 해수욕꾼 중에 젊은 일본 사람 내외가 좀 조용한 곳을 찾노라고 거기 와서 그 돗자리 위에 정답게 앉아서 여자가 파라솔을 받아서 두 사람을 끌어트려 놓고 맛있는 과자를 두 사이에 놓고 의좋게 먹으며 이야기하였다.

1 움직이지 않고 물 위에 가만히 드러누워 있는 것

여름 행락지-송도원과 해금강

동방청

● 동방청(東方淸), 「여름 행락지(行樂地)-송도원과 해금강」, 『신여성』 7권 7호, 개벽사, 1933.7

송도원松濤園을 모르는 이는 아마 업슬 것이외다. 경성에서 갓갑고 또 유리한 자연의 조화를 가진 해수욕장으로 너무도 원산 송도원은 유명함으로서이외다.

교통이 편리하지요, 동북東北의 대도시 원산에 연접連接되여 잇지요, 해변은 백사白沙 창송蒼松으로 둘려 잇서 서늘한 그늘 깨끗한 자리를 얼마든지 차지할 수가 잇지요, 물은 맑고 또 여터서(소위 원천遠淺) 서투른 수영가水泳家라도 위험 업고 기분조케 놀 수 잇지요, 게다가 조석의 간만이 적으니 아모 때나 휘염을 치고 놀 수 잇지요-무어 이루이루 해수욕장으로서의 유리한 조건을 셈길 수 업슬 만큼 송도원은 혜택을 가지고 잇는 곳이외다.

송도원-그곳은 청춘의 여름 행락지외다. 늙은이 어린애들의 노리터가 아니라 청춘과 건강이 어울려서 뛰여 노는 싱싱한 기운 넘치는 행락지외다. 그 넓은 물 우에 머리들이 동동 써돌아단니고 해변에서 터저 나오는 홍소哄笑와 외마듸 소리가 쓸어나오는 그곳 텀부덩텀부덩 물속으로 뛰여드는 도약의 아름다움-모다가 움직이는 것이요모다가 기운 넘치는 청춘의 자랑밧게는 업소이다.

그러니까 송도원의 여름은 훤화喧譁합니다. 정적靜的이 아니라 동적動的의 행락지외다. 그래서 그 어썬 사람들은 그것을 가지고 송도원을 남을하기도 합니다. 샌님이라는 것을 자랑하는 드시 그네들은 입을 삣죽댑니다.

그러나 나는 생각합니다. 젊어서 고요한 곳을 찻는 인간은 활동성 업고 염세증厭世症을 가진 비트러진 인간들이라고. 좀 더 씩씩하고 좀 더 자유로운 기상氣象을 갓자면 은성殷盛한 곳에서 대담하다고 할 만큼 뛰여단이고 써들고 노는 것이 아조 필요한 영양소가 될 것이라고 생각하는 것입니다.

송도원을 차자가는 길은 아주 쉽습니다. 역에서 나려 십전十錢 쌔-스를 타면 곱다케 당신을 그곳까지 실어다 주는 것입니다. 그리고 그곳과 그 이웃 동리에 잇는 여관과 여염집들은 그댈들을 '웨르컴' 합니다.

언제나 텀텀한 옷속에다 감추어만 두든 육체에 수영복 한겹을 덥고 뜨거운 태양 아래에서 뛰여놀고 푸른 물속에 단련을 식힘으로 여름을 닛는다는 것은 신시대 여성들의 영광이요 또 자랑일 것입니다. 세 동무 또는 다섯 동무가 손을 잡고 그곳으로 가서 넉넉한 자본이면 여관에 그러치 안으면 넘어동리 송하리松下里나 송중리松中里에 방 한 간을 엇고 자취自炊를 해가면서 얼마든지 여름과 청춘을 향락할 수 잇습니다.

저녁에는 송림에서 달빗과 노닐 수 잇스며 논두렁 밧뚝길로의 산책도 또한 조흐며 좀 더 거름을 내처서 원산 시가市街를 만보漫步해 보는 것도 심심치 안코 자미잇슬 것이외다. 골푸장까지는 몰나도 공설운동장에서 나켓을 쥐고 쏠을 처보는 것도 유쾌할 것이요, 모래 바테 드러누어 포-타불을 트러노코 귀를 기우리는 것도 역시 정취잇는 것이겟습니다. 저녁 기슭에 고기잽이 그물 쓰는 데 가서 생선 몃 마리 사들고 들어와서 저녁 반찬 맨드는 것도 자미잇는 것이외다.

해금강은 여름 행락지로는 조용한 곳입니다. 그러나 이름 업는 곳은 아니외다만은 아직까지 한가한 어촌이 잇슬싸름 싸로 그러한 행락지다운 시설은 갓지 안은 곳입니다. 그러나 이곳 역시 충분한 소질을 가진 곳이라고 생각합니다. 수영장도 넓지는 못하나 훌늉한 것이 잇고 고기낙기 자개줍기 등 해변으로는 자미나는 행락이 모다 가추어 잇는 곳입니다. 하숙여관의 시설은 업스나 고성이나 온정리에 머물면서 여름의 하로 낫을 보내기에는 더우에 갈 곳이 업슬 것입니다.

적벽강으로 배타고 오르나리는 것도 또는 해금강 바위섬 사이에서 배노리하는 것도 행락 중에 닛지 못할 것이며 아울러 각금 외금강 골짝이를 더듬어 놀 수도 잇스니 여름 행락지로서는 아직 때뭇지 안은 늣김을 가지고 고요히 지낼 수 잇슬 것입니다. 가족이 동반하야서 또는 여러 동무가 손을 연連하야 차자가 질겁게 여름을 보낼 수 잇는 곳이외다. 다만 송도원처럼 인위人爲의 편리가 적은 것이 험이라면 험이 될는지 모르겟습니다. 단시일에 단여오기로 한다드라도 두 곳이 모다 교통과 연락이 편하니까 왕복 삼일로 충분한 해변 정조情操를 만끽할 수도 잇슬 것입니다.

압호로 해금강은 동해선은 개통되엿스니까 장족長足의 발전이 눈 압헤 잇슬 것입니다.

해금강 입석 풍경, 『半島の翠綠』, 朝鮮山林會, 1926, 출처 : 서울역사박물관

해당화 필 때, 명사십리에서

초사

● 초사(草士), 「해당화 필 때, 명사십리에서」, 『삼천리』 3권 9호, 1931.9; 방민호 편, 『경원선 따라 산문여행』, 예옥, 2020, 305~312쪽

피었다 피었다
해당화 피었다
명사십리 저 너른 벌에
피발 같은 꽃이 잘도 피었다
함경도라 큰 아기네
명태 바루 나갈 때

꽃 한 아름 뜯어다
한 바다에 뿌린다
한 바다에 뿌린 꽃이
파도 위에 어찌 피리
젊은 사공 저 셋째야
날 본 듯이 주워 가소

지금 저 모랫벌에서 핏빛 같은 해당화 꽃 따는 함경도 색시를 여러분은 보십니까. 어찌하여 그는 내가 곁에 가는 줄도 모르게 꽃따기에만 넋을 잃고 있습니까.

아마 오늘 아침 내가 해안을 산보하다가 고깃배와 닿는 갈마나루 갈마에서 만나던 그 여인네가 저 색시인 듯 그렇다면 꽃 따는 이유를 나는 알겠습니다. 아까 저 색시는 분명히 싸리로 만든 바구니를 안고 바위구비에서 미역을 줍고 있었습니다. 그럴 때에 먼 바다로 고깃배 한 척이 들어 왔습니다. 그 배에서 골보 질끈 동인

콧날이 태백산맥같이 꼿꼿이 선 젊은 사공 하나가 뛰어내리자 저 색시는 얼굴을 붉히고 바위 그늘로 이내 몸을 감췄고 사나이는 색시를 보았는지 말았는지 휘파람 휙휙 불며 아침밥 연기에 싸여 오르는 솔밭 어촌으로 성큼성큼 기어가더이다.

사내는 아마 석양녘에 먼 바다에 그물치기로 또 나오겠지요. 색시는 차마 말붙일 기회라곤 없어서 혼자서 애태우다가 주웠던 미역을 도로 바닷물에 처넣고 그 길로 이 해당화 밭에 와서 꽃 따는 것이 아니오리까. 이 꽃 따서 배 떠날 임시에 바닷가에 띄우고 그 젊은 사공이 행여 주워 주기를 기다리는 것이 아니오리까. 주워는 아니 준대도 그가 젓는 놀대 끝에 다쳐 보기라도 원하는 것이 아니오리까.

그 마음은 순박하고도 몹시 애처롭습니다. 사랑을 찾는 젊은 색시의 가슴이 저렇게 그칠 줄 모르게 외롭게 외롭게 자꾸 타다가 그 사공이 본 체 만 체 한다면 얼마나 외로우리까. 그가 놀대 젓고 가버린 바다를 어떻게나 원망하며 해당화 꽃인들 어떻게나 한숨으로 대할 것입니까. 아마 한숨뿐 아니고 일 년 열두 달 비 오거나 바람 불거나 이 꽃밭에 나앉아 먼 만경창파를 흘겨보다 가는 아침에 해당화 한 떨기를 짓밟고 저녁에 또 한 떨기를 꺾어 버리어 나중에는 그리 좋던 꽃밭을 맹숭맹숭한 백사 벌로 만들지 아니하리라고 누가 하오리까.

그의 심정을 나는 잘 압니다. 내게도 그렇게 슬픈 기억이 있지 않습니까. 아무리 하하하 하고 크게 웃자 하여도 어느 한 구석인가 늘 빈 웃음이 흘러나오는 그런 모퉁이 있고 모든 일에 돌격을 준비하다가도 그만 주저앉게 되는 한 가닥의 슬픔이 있지 않습니까.

그가 따던 꽃이 어느 옛날 내가 따던 꽃이 아니라 하오리까. 아니라면 그는 남도의 해당화를 땄고 나는 북도의 도라지꽃을 딴 구별뿐이었을 것이외다.

나는 그의 곁에 갔습니다. 가서 꽃 한 가지 꺾어 그가 바다에 뿌리려는 꽃다발 속에 끼워 주기를 청하였습니다. 그도 외로운 사랑에 울고 있고 내 또한 그러한 시절이 있었다 할진대 우리는 실로 동포요 형제요 동지요 또한 오빠와 누이 사이가 아니오리까.

그럴 때에 그 색시는 비로소 외간남자가 곁에 온 것을 처음 알았던 듯 입을 공과 같이 둥글게 벌리고 눈을 영채 있게 떠서 분명히 놀라는 표정을 보이더니 가볍게,

"아이 숭해라"

한마디를 남기고 치맛자락에 담았던 꽃을 와락 흐트러트리더니 세발 네 발 저리로 뛰어 달아나더이다. 나는,

"아뿔싸"

하면서도 그의 뒷모양을 바라보았습니다. 까맣고 긴 머리 태가 우불구불 치맛자락 위로 물결 지으며 흘렀고 버선도 아니 신은 하얀 두 발 뿌리가 백사 벌을 밟기에 사박사박 하는 소리를 남겨줄 뿐.

한참 닫던 그는 우뚝 서더니 빙그르르 돌아서 이쪽을 보더이다. 그는 '카추샤'와 같이 버들잎같이 가늘게 흐른 고개를 왼쪽으로 조그만치 기울이고 가련하게도 섰더이다그려.

나는 그제야 그가 광주리를 잊고 저러는구나 하여서 얼른 해당화 담긴 광주리를 치켜들었나이다. 그때 그의 입에서 미소가 흘렀는지는 채보지 못하였습니다만 고개를 가볍게 아래위로 마치 시계태엽이 소리 없이 진동하더니 흔드는 것을 분명히 보았습니다.

나는 얼른 그 자리를 피하여 바닷가로 가서 물결에 오금을 적시다가 얼른 돌아다보니 그 색시는 제비 날음 해 와서 그 바구니를 얼른 안고는 그제는 뒤도 돌아보지 않고 아까 가던 방향으로 뛰어가더이다. 그렇게 보니 그런지 그의 다홍치마에는 물결이 튄 자국이 있습디다. 아침 바위구비에서 미역 주울 때 젊은 사공을 정신없이 바라보느라고 파도치는 줄도 몰랐던 게지요.

나는 그 사내의 이름을 셋째라고 지어보고 그러고 혼자서 이런 노래를 부르면서 명사십리 해안을 자꾸 걸어가나이다. 어느 한때 실신한 내 추억의 그림자를 발견하고 적막해 하면서.

나는 동경유학시대에 니체를 알고 그의 사상에 온몸이 불덩이 되는 때가 있었

습니다. 더구나 그가 청년시대에 이태리로 가느라고 알프스 산을 넘다가 억만 년 억십만 년을 두고 쌓이고 쌓인 흰 눈이 적막강산을 덮고 그러고는 하늘도 땅도 죽은 듯이 조용해진 것을 볼 때 천지만유의 끝없는 적멸에 이 유명한 독일 염세철학자는 자살하려고 얼마나 눈발 속을 헤매어 다녔던 것입니까.

자살하고 싶은 충동! 이것은 내 가슴 속 깊이 깊이 저 먼 한 구석에 감추어진 불멸의 감정이로소이다. 이것을 '니체'가 끌어내고 그의 심지에 불을 달아 주었던 것이로소이다. 이 때문에 요요기代代木의 솔밭 속을 얼마나 헤매었던가. 그러다가 북해도 수도원으로 달려 일생을 막달라 마리아나 부르며 수도승이 되려고 야반 삼경에 서양인 선교사의 문을 남 몰래 몇 번이나 두드렸사오리까. 진재 통에 모든 재산과 정신이 잿가루 된 속에서 실낱 같은 찢어진 생명을 주워 가지고 조선에 도로 나온 뒤로도 나는 어떻게나 정답게 무인지경의 금강산 속 암자를 그리어 보았던 것입니까.

그러나 내게 딸린 모든 현실은 내 생명 속에서 몇 알갱이 쌀을 더 요구하고 몇 자 몇 치의 옷감을 더 구하고 있었습니다, 그래서 나는 아침부터 밤까지 황소와 같이 돌아다니고 일하는 사람이 되었습니다. 이것을 내 주위 사람들은 용감하다고도 하고 좋은 경향이라고도 합니다.

이대로 가면 확실히 내 자신도 광명을 발견할 것 같은 유혹을 느낍니다. 어둠 속에서 빛! 그 빛이 이제 조금만 내 앞을 가린 이 벽을 파내면 비춰질 것 같습니다.

이 빛을 얻는 날이면 나는 생의 절정에서 네 활개 치며 크게 크게 그렇지요. 한두루마리의 울음도 부족하고 심산벽곡 곰의 울음도 부족하고 하늘의 천둥도 부족하게 그렇게 크게 크게 웃고 지낼 것이요 그 빛을 발견하지 못하면 나는 다시 옛날의 염세사상에 잡혀 수도원으로 닫든지 양양한 푸른 물결 속 구곡험로의 바위 속에 이 육신을 버릴 것이 아니오리까. 어느 한때는 확실히 인세의 모든 생물들이 몸부림치는 그 바닷속과 산속이나 수도원이 모두 제가 항상 가고 싶어 그리운 고향 같은 느낌을 주던 때가 있었으니까요.

나는 지금 내 자신이 크나큰 위기에 앉혀져 있는 것을 느낍니다. 빛과 어둠! 빛과 어둠!

빛을 발견하기 위해서는 내 자신이 악마가 되어야 옳겠지요. 그러나 약한 내 성질에 그러할 용기와 결심이 있사오리까. 칠판 년을 악마가 되려고 되려고 노력하다가 실패하고 만 내 성격이 어느 날 굳세어질 것이오리까.

나는 근래에 조용한 곳을 혼자 거닐기를 즐겨하고 또 혼자 거닐 때마다 늘 내 앞에 가로놓인 빛과 어둠을 생각하기에 여념이 없어집니다.

지금도 그 색시가 해당화 광주리를 가지고 달아난 뒤 외로이 바다 물결과 벗하여 끝없는 명사십리의 막바지를 걸어가는 내 가슴 속에는 이 생각에 가득하여 어쩔 줄을 모릅니다.

저기 백구가 납니다. 백구를 보아도 나와 비교하게 되고 저리 멀리 쭉 하니 물러서 있는 섬들을 보아도 내 마음은 고요해지지 못합니다.

모랫벌 위에 가로 비낀 고개 숙인 내 그림자를 볼 때마다 내 가슴은 아파지나 그러나 이 아픔을 구할 길이란 없는 듯 합니다. 가도 가도 작고 가도 없는 듯합니다. 정녕코 없을 것이리까.

어허야, 가자, 가자
갈 데 없어도 가야지요
걸아 온 곳 모두 적막하니
갈 데 없어도 가야지요
어허야, 가자, 가자
산 넘으면 바다 있겠지
바다 넘으면 또 산 있겠지
산과 바다로 일생 벗 삼으면 어떠리
어허야, 가자, 가자

갑은 물 흘러가면

또 새 물이 갑겠지요.

이 몸이 간들 뒤에 올 이 없으리

그러나 명사십리는 유쾌합니다. 저 푸른 바다를 보십시오, 저 활기 있게 너울너울 쳐들어 오는 물결들을 보십시오, 저 파도 속에는 미주美洲의 형제들이 태평양 안에 앉아 고국이 그리워 편지 띄우던 그 물건인들 없으리까. 새 세상 건설에 돌격에 또 돌격하는 연해주의 콤소몰 피오넬들의 정열의 눈물인 듯 없으리까. 또 물결을 차고 오는 동서남북의 바람 속에는 제주도 해녀의 시원시원한 민요 가락과 건기스럽게 노래 부르며 산과 산을 넘어 다니는 반도 각처의 중학생들 노래 소리도 들여 오는 듯합니다.

여기에는 오직 개방이 있습니다. 오직 기쁨과 자유만이 있습니다. 이 섬에 앉으려면 앉고 저 바위 위에 앉으려면 앉는 갈매기 떼와 같은 그렇게 거리낌 없는 자유가 있을 뿐입니다. 나도 밀폐된 이 인생에서 뛰어나와야 하겠습니다.

옳지 옳지 어서 밀실에서 나와서 저 모랫벌에 서서 바다 바람에 잉잉 우는 전봇대 보고도 "내 매부를 잡아라", "여운형이고 김찬이고 잡아라" 하는 암호 전보가 흐르는 전봇대거니 하던 어제 날까지의 우울스러운 생각을 다 씻어 버리고, "김 모의 따님과 이 모의 아들이 결혼하게 되니 반갑습니다" 하는 축전 보내는 전봇대거니 생각해야 하겠습니다,

저 검은 땅 저것이 모두 빼앗기기를 기다리는 땅이구나 하던 슬픈 생각을 쫓아버리고 우리의 노력으로 더욱 더욱 옥토 양전을 만들자고 생각해야 하겠습니다.

솔밭 속에 비스듬이 내민 저 솔가지를 보고도 허리끈으로 매어 저 위에 걸치고 액사縊死하자면 부러지지 않을까 하던 생각을 저버리고 저 나무 위에 그네를 매고 추천을 뛰어도 든든할 것 같다 하게 생각하여야 하겠습니다. 이러한 생각을 하면서 나는 먼 바다를 향해 크게 숨을 쉬어 봅니다. 목이 쉬도록 높게 군대의 호령도

불러 보고 그저 워이 워이 하고 선소리도 쳐 봅니다. 그러니까 정말 원산 앞바다와 같이 내 가슴은 넓어지고 해당화 꽃밭같이 아름다운 풍경과 향기가 전신을 싸고 도는 것 같습니다. 결국 나는 수도원으로도 가지 말고 죽지도 말고 이 대지 위에서 유쾌하게 살아야 하겠다는 생각이 도는 듯합니다. 그것이 옳지 않으리까. 옳다고 생각하여야 하겠지요.

세 처녀와 물싸움

노자영

● 노자영, 「세 처녀와 물싸움」, 『동아일보』, 1934.7.7; 방민호 편, 『경원선 따라 산문여행』, 예옥, 2020, 287~289쪽

여름이 되면 반드시 바다를 한 번 다녀와야 마음이 풀리던 그때였습니다.

원산 송도원을 가서 어울리지 않는 해수욕복을 입고 깡충다리가 되어 물로 뛰어 들어갔습니다. 은분銀粉 같은 모래와 찰싹찰싹 하는 물결은 나의 몸 위에 간지러운 촉감을 줍니다. 좋다고 남들이 뛰니까 나도 역시 좋은 듯하여 물장난을 치고 헤엄을 치고 조개를 잡고 오리같이 놀았습니다. 이처럼 혼자 장난을 치노라니까 몇 쌍의 고운 인어가 내 옆으로 찾아옵니다.

"누구요?"

"에그, R 선생이시네."

그들은 경성 모 학교에 다니는 K와 그의 동무들이었습니다. K는 경성에서도 상당히 미인이라는 평판이었지만 이러한 자리에서 그의 온갖 설부雪膚를 내어놓고 채색의 해수욕복을 입으니 지중해의 달밤을 혼자 즐기는 고운 인어같이 어여뻤습니다.

나는 어느덧 그들과 어울리어 헤엄을 치고 물장난을 치기 시작하였지요. K는 한참이나 헤엄을 치더니 무슨 생각을 하였는지 동무들과 몇 마디 귓속말을 하고는 다짜고짜로 나에게 물을 끼얹는구려. 그러나 그 3인의 처녀는 일제히 나를 향하여 맹렬한 집중 폭격을 하였습니다. 나는 온갖 용기를 다하여 소위 고군분투를 하였으나 물만 실컷 먹고 무참한 패배를 당하였습니다. 나는 웃으며 그만 도망을 빼지요. 그러나 다른 처녀들은 나의 도망하는 꼴을 보고 웃기만 하지만 K는 도리어 추격을 멈추지 않고 나를 따라옵니다. 나는 맹렬한 반격을 가하여 그에게 물을 폭포같이 끼얹었습니다. 그가 주저하는 틈을 타서 그를 물속에 집어넣었지요.

"아이고, 푸푸."

나는 개가를 불렀습니다. 그러자 K편에서는 어느덧 응원군이 쇄도하여 나를 물속에 잡아 넣습니다.

"아이고, 푸푸. 죽겠소. 숨 막혀요."

그들은 그래도 듣지 않고 나를 물속으로 잡아끄는구려.

"여보, 항복했소. 내가 졌소."

"그럼 한턱을 내야지."

나는 한턱을 낸다는 서약을 하고야 비로소 물에서 나왔습니다. 네 사람은 해변으로 나와 의복을 갈아입고 송도원 호텔로 나가서 양식을 먹었습니다.

점심을 먹고 우리는 다시 물로 뛰어들어갔습니다. 배를 타고 노를 저어 바다 중턱까지 흘러갔지요. 하늘도 푸르고 바다도 푸르고 우리의 마음까지 푸르러지는 듯합니다.

하늘이 바다에 내려 송이송이 구름 피네
하늘 바다 바다 하늘 어느 것이 바다런가
구름은 물에 잠기고 물새는 하늘에 가네

갈매기들이 공중에 윤輪을 그리며 날아다니다가는 물속으로 풍덩 빠지며 물결을 따라 흘러갑니다. 나는 어떤 시인의,

바다를 못 잊는 이는 갈매기 새
그대를 그리는 이는 나의 마음
아, 나는 당신의 바다 같은 마음을 그리워하여
애달프게 떠돌고 헤매는
한 마리 작은 갈매기 새외다.

하는 시를 생각하고 여름바다는 청춘의 상징이라고 생각하였습니다. 바다로 가자. 이러한 슬로건이 신문에 나타나기 시작하는 이때 나는 그때의 바다를 다시금 추억합니다.

외인 별장 풍경－이국풍경 명사십리의 금발랑

해당화

● 해당화(海棠花), 「외인 별장 풍경(外人別荘風景)－이국풍경 명사십리의 금발랑(金髮娘)」, 『삼천리』 6권 9호, 삼천리사, 1934.9

명사십리
해당화야
꼿진다고
설워마라

이 민요를 눈이 노랏코 코이 큰 금발 아가씨가 부른다면 좀 놀라운 일이지요. 그런데 명사십리에만 가보면 열칠팔 나는 '갓쥬샤' 가튼 서양 아가씨들이 잘 도라가지 안는 혜를 돌려가며 이것을 곳잘 불너요. 아마 서양 사람 사는 곳이 만치만은 원산 명사십리만치 조선 냄새나는 서양 사람 별장 지대가 업슬 걸요.

이박게도 저녁 바람을 쏘이면서 백사불을 거니느라면 달아 달아 밝은 달아 이태백이 노든 달아 하고 달노래도 부르는 소리가 들녀요. 아마 어느 녀학교의 교사로 잇스면서 녀학생들에게서 달노래를 배워 두엇든 것이 팔월 추석 갓기운 절긔가 되어 원산 바다에 둥두럿한 대보름달이 솟자 에게조틱exotic한 이국정서異國情緖를 풀길 업서 무심중 노래를 부른다는 것이 이런 것이엇든 모양이지요.

엇재든 진주알 가튼 힌 모래가 수억만 수십억만 알이 쪽 갈녓고 그 우으로 여러 백주 여러 천주되는 해당화 꼿이 십 리나 쫙－느러선 것이 명사십리인데 그 해안 풍경은 참으로 꿈속에서 보는 듯해요. 한쪽에는 푸른 물결이 동해바다에서 굽실굽실 기어드러 오다가는 쏴－하고 백사불에 쏘다지지요. 일엽편주一葉片舟가 달 싯고 소리 업시 강원도 장전長箭 쪽으로 흘너가지요.

이런 절경이매 서양 사람 아니라도 누구나 와서 한 해 여름 류하고 십지요. 놀고 십지요.

명사십리의 서양인 별장촌은 아마 전 조선에 화려하기로 우뜸일걸요. 갈마葛麻 정거장에다 차를 던지고 한참 거러서 어촌 잇는 곳을 지나가노라면 솔밧이 잇고, 그 솔밧 지나면 어느 미국 가서 공부하고 온 사람이 경영한다는 크다란 포도원이 양지 쪽에 쫙—느러서 잇고, 그리고 한 쪽 엽헤 갈메기 둥기둥기 나는 푸른 바다를 끼고 해안선을 한참 가노라면 그제는 키느 느리 크지 안치만 탐스러운 바닷솔바치 海松田 잇지요. 거기서 자동차를 나리면 파란 단청칠 한 물이 보이는데, 그 안에서 드러서면 좌우쪽으로 세서瑞西에서나 보는 것 가튼 아담한 서양집이 세 줄로 쑥 버더 잇지요.

집들은 모다 빨간 기와 파란 기와를 인 사치스러운 문화 주택식이요, 간혹 째락식으로 나무로 지은 집이 잇스나 그도 역시 모형이 우습게 이상하게 되어 잇지요. 대개 이층인데 단층집도 석기기야 하엿지. 그중에 엇든 집 문깐에는 말을 매는 말뚝도 잇고 건네 뛰는 추천장도 잇스며 더구나 포도넝클을 곱게 기둥에 올닌 곳도 잇서요. 가운데 큰 집은 공동오락장으로 너르다란 광간으로 된 이층인데 여기서 월명야 달 밝은 밤 삼펜 술잔을 기우리며 딴스와 노래로 긴긴밤 써르게 지내지요.

전성시대에는 이 별장촌에만 약 삼사백 명의 서양 사람이 모아드는데 그중에 십분지팔구까지는 꼿 가튼 여자들이엇지요. 서양 남자들은 저는 '비지네스' 째문이나 돈 째문에 피서로 못 와서 제 녀편네나 쌀들만은 거개다 보낸다 해요.

그러기에 남편 여윈 여자들이 각금 가다가 여기에서 일시적 로—만스를 만히 만들어 가지고 도라갈 째는 붉은 눈물을 흘니며 헤어진대요.

'갓주사' 내 사랑아.

이 이별을 어이해.

오늘밤 밤새도록…….

하는 소래를 실제로 부르니까요. 지독야至毒也지오. 더러는 애인 어드려고 일부러 오는 년석도 잇고 가시내도 잇대요. 임신긔姙娠期에 속한 열팔구세 처녀가 맹렬한 성욕을 새밀 곳 업서 이런 호화로운 곳으로도 차저 온다 하구요. 여기서 연인이 되어 결혼까지 하는 일이 만타 합니다.

그리고 여기 모이는 서양인들은 삼사월 눈이 풀니면서부터 오기 시작하여 칠팔월 삼복철에 전성이 되다가 다시 가을바람에 오동입 써러지는 십월 느진 가을철이 되면 하나씩 둘씩 흐터저 백설이 하늘까를 덥는 엄동설한에는 이 너른 촌에 파수 보는 서양 사람만 남고 다 집이 비어 버리지요. 오는 사람은 아메리까 사람이 대부분이고 영국, 아일랜드, 카나다, 스페인, 로서아 등 각국인이 다 잇지요. 직업은 역시 선교사가 대부분이고 그 다음이 학교 교사요. 그러고는 병원 원장 무슨 석유회사 지배인 하는 축이지요.

금년에는 명사십리가 하도 좃탄 말 듯고 멀니 상해, 신갈파新乫坡, 할빈哈爾賓 등지에서 다 온대요. 에그 저기 해수욕복을 벗지도 안은 서양녀자 둘이 젓가슴을 활활 헤처노코 백사불에서 딩글면서 해당화 노래를 부르는구려. 먼 고향 생각하는 게지. 이 노래 부르면서 이 긴긴 밤을 새이려는 게지.

명사십리
해당화야.
쏫진다고서
서로마라.

명사십리의 정혼

송금숙

● 송금숙, 「명사십리의 정혼(精魂)」, 『삼천리』 8권 8호, 1936.8; 방민호 편, 『경원선 따라 산문여행』, 예옥, 2020, 316~319쪽

지금 내가 쓰려는 '그'는 벌써 어느 곳에서 재미있는 살림을 하며 아들딸 많이 낳고 살 줄 믿는다. 십 년이란 오랜 세월을 지난 오늘에도, 나에게는 어제 일같이 그의 환영이 때때로 나의 가슴을 뛰게 하고 나의 머릿속 전체를 차지하고 있다.

내가 스무 살 적이다. 그때 나는 경성 가까운 어느 시골 보통학교에서 교편을 잡았던 때이니 꼭 십 년이나 되었다. 나는 어린애들과 싸우느라고 심신이 퍽 피로하여 그해 여름방학에는 기어이 원산 해수욕장으로 피서 겸 정양의 길을 떠났다. 고달픈 몸을 경원선에 던지기는 그해 팔월초 2일이었다고 기억한다. 밤차를 타고 간지라, 원산에 도착되기는 3일 오전 7시 30분이었다. 차에서 내려 바로 미리 부탁하였던 여사명심관로 가서 행장을 풀다 그날 오후에서야 송도원 해수욕장에 나는 나타났었다.

동해 맑은 물, 굽이쳐 몰며 오는 바닷물 저 천애일방天涯一方에서 끊임없이 닥쳐오는 장엄한 파도의 웅장한 것은 나로 하여금 해양의 신비를 느끼게 하였다. 삼삼오오 떼를 지어 청춘의 끓는 피를 동해 맑은 물에나 식혀 보려는 듯이 뛰노는 젊은 남녀학생들과 뒤섞여 한참 맑은 하늘 아래에 나부껴 있는 백파白波에 몸을 잠그고 떠있을 때이다.

한 마장이나 멀리 떨어져 있는 해중에서 나 있는 곳을 바라고 일직선으로 헤여오는 한 개의 남자가 내 시야를 점령하지 않는가. 두 팔로 벽파碧波를 힘 있게 끌어당기며 뒤발로 창랑滄浪을 박차고 전진하는 그 수영의 장쾌한 포즈도 포즈려니와 팔월 태양에 약간 검어지기는 하였으나 옥 같은 얼굴빛과 휘젓는 백설 같은 팔다리 빛은, 흰 물결과 어우러져 싸우는 듯 내 눈에는 어느 것이 물빛이고, 어느 것이

그의 살빛임을 분간하여 내기에는 색맹이 아닌 나이건만 퍽 힘들었던 것이다.

나는 여기에 황홀하였다. 부끄러운 일이지만. 씩씩하고, 어딘지 범할 수 없는 남자 중의 남자다운 그 기상에 내가 완전히 기압氣壓을 당한 것이다.

그가 나에게 주는 사모의 마음은 애틋한 전율이 아니라 장엄하고 묵직한 위압의 사모이었다. 그를 첫눈에 보고, '이 같은 마음자리'를 갖게 되는 자신을 야릇하게 생각하였지만 나로서는 어쩔 수 없다. 좌우간 나는 그의 일동일정을 살피느라고 해수욕은 그야말로 염불에는 마음 없고 잿밥에만 정신이 키운다는 격이 되고 말았다.

그는 내 앞에까지 한달음에 헤여 오더니 쓱 방향을 돌려 다시 한 마장이나 더 헤여 가더니 그는 무엇을 생각하였는지 툭툭 털고 송림 속으로 자취를 감춘다. 나도 알 수 없는 힘에 끌려 바다에서 몸을 빼어 탈의장으로 가서 옷을 갈아입고 서서히 그가 간 곳으로 발을 옮겨갔다.

그는 모 전문학교 정복을 입고 소나무 뿌리를 의지하며 비스듬히 기대고 눈을 감고 대리석 초상같이 앉아서 무엇을 생각하지 않던가? 갸름한 얼굴, 수려한 미목, 균형 잡힌 높직한 코, 정열적이면서도 곱게 담은 입, 씩씩하고 맑은 이마, 그는 남자 중의 남자요, 미남중의 미남이었다.

나는 이 미지의 남자, 그에게 대하여 어떤 야릇한 심정을 억제할 길이 없어 그날 밤을 뜬 눈으로 새고 그 이튿날 다시 송도원에 갔으나 그는 온종일 만나지 못했다. 나는 무엇을 잃은 사람만이 가질 수 있는 실망과 안타까움을 품고, 여사로 돌아와 공연히 그를 그리워하는 마음으로 역시 그 날을 지내고 3일이 되던 날 그곳 동무 S양과 명사십리를 갔었다.

우리들이 서양 사람들의 별장지를 지나서 해수욕장에 다다랐을 때, 그는 바로 어떤 서양인 집 살롱에 서서 굽이쳐 흐르는 동해 물결을 바라보고 섰지 않는가? 나는 나도 모르게 얼굴을 붉히며 반갑고 그리던 나머지 눈물이 금방 쏟아질 것 같았으나, 그는 매정하게도 우리들의 존재 같은 것은 잊은 듯이 한 곳만 바라다보고

셨지 않던가?

수일 동안 그를 찾는 줄 모르게 찾아 다녔으나 영영 그 미지의 남자는 만날 길이 없어, 실망과 비탄으로 서울로 돌아오고 말았다. 이것이 십 년 전 나의 기억이다 지금도 길에 가다가 그와 비슷한 남자를 보면 나의 가슴은 공연히 뛰고 신경은 날카로워지다가도, 그가 아님을 발견할 때는 적이 실망을 느낀다.

나는 그의 환영을 내 가슴 속에 고이고이 간직한 채로 출가하여야 할 처지이었다. 현재 나의 남편을 그로 바꾸어 보기를 몇 번이나 하였던가? 나는 나의 남편에게는 죄 되는 줄을 알면서도 때때로 그의 환영을 내 눈 앞에 내세우곤 하였다. 십 년이 지난 오늘에도 뚜렷한 그의 그리운 환영은 쇠잔할 줄을 모른다.

그때 그 항구의 맘—원산항에 남긴 약속

모윤숙

● 모윤숙, 「그때 그 항구의 맘 - 원산항에 남긴 약속」, 『조광』 2권 8호, 조선일보사, 1936.8

바다 기슭이 우윳빛으로 감실거리고 애기눈 같은 영롱한 어린 별이 그물 우에 나려 빛이든 그때의 저녁 풍경은 애틋한 그리움으로 지금도 내 가슴에 남어 있다. 여름이 되면 나는 항상 원산 C우友에 집에 얼마 동안 휴양하는 일 보통이였다. C우友의 집은 바로 원산 시외 명사십리 근방이엿다. 그 집 널바재가 바로 바다를 향해 있어 방에 앉어서도 유심이 해경海景을 바라볼 수 있도록 되어 있었다.

지금은 생활의 구속으로 동경하면서도 못가는 곧이메 자연이 지나간 때 아름다운 기억들을 들추어 더운 여름을 예상으로 여행하는 것이다. 그중에도 가장 맘에 잊지 않게 남어 있는 것은 C우友의 집에서 저녁을 먹고 앉어 부채질을 해가며 모래 사장에서 몇 시간식 보내든 일이다. 하얀 백금 모래 우에 아모렇게나 앉어 해진 후 굴너오는 파도의 형상을 바라보노라면 즐거운 우리들의 장래가 그 속에 품겨 가치 웃는 듯싶었다. 곁에 앉은 C우友가 애수에 잠긴 멜노듸를 고요히 부르면 그 노래는 멀니 갓가히 바다의 음파音波를 반주伴奏로 거륵한 감회를 이르켜 주었든 것이다.

해가 아조 저버리고 사면四面이 검회색으로 원ㅅ기를 잃어버릴 때 우리는 멀니 원산항의 불빛을 만날 수가 있다. 바다 기슭으로 타원의 지형을 갖인 원산항의 야경이 물쌀 우에 한 폭 수를 그린다. 사람들은 서늘함을 찾어 바다로 나오고 시는 원통 낮에 병곤病困을 담은 채 쉬고 있는 것이다. 적은 섬 뒤으로 한 척의 배! 고독과 슬픔의 액체를 담고 오는 듯이 우리는 그믈 거리는 물 위로 밋그러저 오는 체적體積에 대하여 이유 없는 비悲의 동요動搖를 감感한다. 큰 배의 고동소래가 뛰—하고 바다 어느 구통이에선가 들여오는 것이다. 가슴에 잠겨있는 그리운 이가 그 속에 있어 그 향방을 천국의 연깃 속 같은 바다의 밤 아지랑이 가운데로 떠오르는 듯한 막연한 소망! 서름과 깃거움을 한꺼번에 이르켜 주든 그 소리! 지튼 황씨세계黃氏世界로 사라져가든 그때의 고통소리를 지금도 생각하면 앗질하게 맘에 사못친다. 모래 우에 주저 앉어 천천히 왕래하는 배들을 바라보다가 가슴에 용소슴치는 무언한 희망에 취하여 시원의 세계에 도도하는 듯하였다. 그때 나는 R학교 영문과 졸업한 때라 세상 풍정 모르는 순진한 쾌락만 가슴에 담고 있어 향학열에 불타고 있었든 때였다. 졸업하면 문학적 생명을 보양保養하기 위하여 바라든 나라로 건너가리라. 그래서 진정한 연구를 쌓인 후 모국문단母國文壇에 도움이 되어 보리라고 결심하였든 것이다.

몇 개의 바다를 건너 수많은 항구의 황혼을 지나치며 한없는 깃거움을 맛보리라 하여 C우友와 함께 외국 유학에 대한 토론으로 몇 분을 보냈다. C우友도 그때 말이 미국은 싫고 과학방면에 대한 것을 연구하겠다고 굿세게 말하였다.

C우友는 '윤允은 어찌되든지 갈 희망이 많지만 내야 말이 그렇지 어대를 가?'하고 자기의 장래를 한탄하였다. 밤이 와서 별들이 바다에 쏘다지고 원산항의 밤 광채가 휘황이 장식되여 있을 때 우리는 적은 뽀－트 하나를 얻어 가지고 물 가운데로 노 저어갔다. 순진한 가슴과 가슴을 햇처 놓고 밤이 깊도록 주고밧고 한 이야기는 항구의 조요한 물결만이 드렀을 뿐이다. 잔잔한 물결 우에서 노를 젓고 노래를 뽑고 무한한 환희에 취했든 그해 여름도 벌서 오년 전 과거! C우友 미국 유학의 길에 오른지 1년一年 반半! 때캐한 생활고에서 해탈되지 못한 체 나는 여전히 제자리에 서 있다. 그 밤에 속삭인 나의 풀낸은 죽어버리고 C우友의 소망만은 산체로 지금도 뻗어가고 있다. C우友 지금 조선에 없으니 그의 집 앞 물결도 나를 반겨할 듯싶지 않고 그렇게 그립게 보이든 원산항의 저녁 풍채도 가버린 꿈 안에 담겨 있을 뿐이다. 저므럼 항구의 외로운 고둥소리! 그 무슨 수심에 나를 그다지 유혹하였든고? 지금은 누구의 앞날을 점처 주고 있는고? 나래 찬란튼 공상의 한 폭이 파묻긴 채 그 항구는 영원히 다시 나를 부르지 않는다.

항구의 길손으로 유랑流浪하려든 나는 지금 어둠컴컴한 대륙의 여성으로 가슴

속 창틈으로 지나간 날을 사랑하는 것이다. 이 황혼黃昏! C우友는 머–ㄴ 오트잰주州에서 나를 생각이나 하고 있을가? 서재에서 생명의 높음을 공부하고 있는 C우友의 눈! 그는 진실노 나의 존경하는 인격을 갖이고 도라 오리라. 낡은 지식 속에서 구원 받지 못하는 나! 항구의 고적한 고동소리가치 떠서 끝없는 고적이 내 혼을 사로잡는다. 젊은 항구의 가지가지 긔억이 쇠잔해진 현실을 풍부히 안위 식혀 주기도 하나 그 밤 그 물 그 하늘의 영원성 속에 나의 젊음은 길게 머물느지 못한다.

R. 그 항구의 배는 인제 한 번 이 몬지 쓴 머리를 다른 항구에 옴겨 주지 않으려는지? 창공의 유리빛 별들이 벌서 반짝어리고. 바람의 향기로움으로 보아 밤이 깊었나 보다. 바다 그리고 그 맑은 물 담긴 물이 그리워서 꿈은 길다.

C우友가 도라오는 날 그 항구를 찾기로 하자.

제이로 피서지–원산 석왕사 삼방약수포를 두르 도라, 변장어사의 수기

D생

● D생, 「제이로(第二路) 피서지(避暑地) – 원산 석왕사 삼방약수포(三防藥水浦)를 두르 도라, 변장어사(變裝御史)의 수기(手記)」, 『조광』 2권 9호, 조선일보사, 1936.9

여름이 되니 사람들은 더위를 피하야 산으로 바다로 짐을 싸가지고 각기 고단한 몸을 쉬일량 가는 길이 바쁘다. 그러나 그들은 과연 참된 피서와 수양을 목적으로 한여름 심신의 단련을 위하야 떠나가는 길일가. 혹은 등산임수登山臨水란 미명 하에 향락만을 위한 것이나 않일까? 암행어사暗行御史의 직을 갖게 된 나는 그것이 궁금하였다. 이리하여 긴급회의를 열고 그들의 행속行績을 탐방探訪하려고 떠나가게 된 곧이 피서지 순례의 길이였다.

흔이 사람들은 바다로는 원산, 산곡山谷으로는 석왕사 삼방 등지를 피서지로 택한다. 이리하여 그들의 뒷그림자를 찾어 나는 칠월 이십일 작열灼熱하는 도심의 작열灼熱 지옥地獄을 버서나 북행 함경선에 몸을 실었다. 경성역은 오늘 방학된 학생들 때문에 대혼잡하다. 고향산천을 그리는 어린 생도生徒들이 타는 가슴으로 차에 오르는 천진天眞한 표정. 홈씩에 불타는 가슴을 안고 눈을 껌벅이는 키 큰 학생. 잘 가라 잘 있거라의 소리와 흔드는 손수건을 뒤로 두고 차는 서남西南으로 휘돈다.

캄캄한 밤하늘엔 별들만 조으는데 차창으로 드리치는 바람은 쉬원타. 그러나 이등실 안도 여행객의 범람으로 대만원이다. 고단한 몸을 쪼그리고 누었으니 지나간 학생시절이 이상히도 그립다. 풀향옥긔 그윽한 마을에 실개천이 흐르고 한가한 목동의 노래 새소리 농부들의 길 군악 지나간 평화로운 꿈을 그리며 나는 잠을 들랴 하였다.

"이것 참 이등二等도 빽국이야……."

연갑年甲 이태○李泰○군君이 원산서 포항浦項까지의 항해기航海記를 쓴다고 차에 올라 내 자리 옆을 점령하고 한 마듸 터뜨리는 소리. 나는 곤한 몸에 듯는 둥 마는 둥 하고 꼬부리고 잠을 들랴 하였다.

오전 다섯 시 반! 선잠 깬 눈을 부비며 나는 이군李君과 원산역에 나리었다. 이군李君은 바로 선편船便으로 떠난다 하여 요기療飢하러 딴 곧으로 가고 나는 암행을 목적한지라 원산지국元山支局도 찾지 않고 해수욕장지인 송도원으로 발길을 바로 옮기었다.

송하리松下里 30호三十戶가 전부全部 33번지三十三番地

불행히 나는 원산이 처음 길이라 송도원 있는 송하리를 찾기에 한참 동안의 수고를 하지 않을 수 없었다. 겨우 길을 물어 만화가 최영수崔永秀 군이 묵고 있다는 송하리 삼삼번지를 찾었으니 그 집에는 있지 않는다고 한다. 맨 처음 집 번지番地가 33三三이라기에 나는 거긔서 최군이 묵고 있는 줄만 알고 최군 있느냐고 물었드니

"우리는 손님 안 처요"

하고 열댓 되어 보히는 처녀가 대답을 한다. 나는 하도 이상한 생각이 나서

"그럼 삼십삼 번지가 여긔 안이오"

하고 문패를 처다보며 물었드니

"송하리는 전부가 삼십삼 번지야요……" 한다.

'이런 비문명적인 번지가 어듸 있담' 하고 나는 다시 허둥지둥 이집 저집을 찾었으나 알 길이 없다. 아즉도 아츰 잠이 깁피든 이 마을엔 아츰 짓는 연기만이 몽몽濛濛히 하늘로 올라갈 뿐 알 길이 없다. 그러나 이십분을 허비하여 찾은 결과 여긔는 뜻밖에 최군 외에 수인의 지우知友가 있다. 연구사진관研究寫眞館의 박필호朴弼浩, 동아일보 사진부 주임 신낙균申樂均, 극연劇硏 이웅李雄 등 제군諸君이 있다.

수낙박水樂泊의 표어標語 먹어 자 놀자

이분들은 집 한 채를 빌려 가지고 '수낙박水樂泊'이란 여숙旅宿 이름을 부치고서 반자취 생활들을 하고 있다. '수낙박水樂泊'의 유래는 최영수崔永秀에서 '수' 자字를 떼

고 신낙균申樂均에서 낙자樂字를 떼고 박필호朴弼浩에서 '박'을 떼어 이런 괴상한 간판을 부칫다 한다. 또한 그 표어가 굉장하여 '먹어……. 놀아! 자!' 이 세 가지다.

처음으로 이런 집씨 일풍一風을 보고 나는 퍽 인상이 좋았으나 그들의 행복된 생활을 해칠가 하야 딴 숙소를 찾었드니 여러분들 구지 만류하여 그 호의로 나는 거긔서 하로를 묵게 되었다.

일기청명日氣晴明!

나는 내가 온 뜻을 알리진 않고 그것을 암암리에 조사하려고 엽 숙소를 두루 찾었다. 맨 처음에 눈에 띄인 것이 그 안채에 연전교수延傳敎授 최규남崔圭南 씨氏 가족이 두류逗留하고 있는 것이다. 키 크고 말라공이 최 씨를 만나 간단한 인사를 건늬고 그들의 생활상태를 조사하기로 했다. 방안은 어린이 침대! 축음기 ○○○크 등이 놓이었는데 부인 채선엽蔡善葉 여사의 아츰 소제掃除가 밧브다.

'채 여사 참 부즈런한 소제부掃除夫야…….'

누군지 내 귀에 이렇게 말하는 것을 보니 음악가로써 드물게 보는 근면한 주부인 양, 툇마루에는 세파트가 혀를 빼물고 숨 높게 헐떡 그리고 있는데 이따금 최 씨 이 개의 등을 만즈고 있는 양이 퍽 양풍洋風이다.

이동무대移動舞臺처럼 집 한 간을 빌어 거긔서 가정생활이 전개되였으니 누구나 이 이동식 가정풍경을 부러워하지 않을 사람이 없을 것이다. 그러나 저녁 산보散步를 내외분이 나가섯는데 어린이를 혼자 두고 나기기 때문에 온 방안을 기어단이며 울고 떠들었다고 수낙박水樂泊 모某 험○가險○家가 슬그머니 중상中傷. 비록 어린이는 울렸지만 밀월시대密月時代 않인 그들이 아즉도 신혼의 감몽甘夢 그대로의 기분으로 사는 그들의 가정이 부럽기 끝이 없다.

이 풍경만 보고 있을 수 없어 다시 해변가로 갓다. 해변에 나가 무슨 재료를 얻을가고 뜨거운 모래사장 위를 것기도 하고 깊은 물속으로 헤엄처 나가기도 했지만 앞사람의 그림자는 찾을 길이 없고 오리 떼처럼 헤엄치는 바다의 인어들이 이리저리 날뛰고 있을 뿐이다.

원래 암행어사는 탐관오리貪官汚吏의 주구誅求를 통찰洞察하고 민원民怨을 듯자 함이 그 목적이지만 기실其實은 그런 일 저런 일 없는 것이 선정善政의 근본정신이다. 한편 섭섭은 하지만은 그래도 이 해수욕장이 참되게 수양하러 온 사람만이 있는 것 같아서 한편 유쾌愉快하였다. 그러나 송림松林을 헤매이다가 나는 이전梨傳 모某 학생을 둘러싸고 대난투大亂鬪가 일어난 참경慘景을 눈물 없이 바라보지 않을 수가 없었다.

그의 본명은 사정상 발표치는 않지만 잘생긴 얼골과 풍염豊艶한 육체로 이상한 눈초리를 마음대로 이 남자 저 남자게로 보내니 이리 같은 남성들 그 여자를 따라단이지 않을 수가 없는 것이다. 이리하여 그 여성을 따르는 남성군男性群 그 여자게로 돌격突擊하자 그 여자편을 옹호하는 남성측이 이에 응전應戰, 전투는 양군兩軍 대치對峙로 상당히 계속!

'결투는 계속된다!'

하도 문란紊亂된 학생풍기學生風紀에 나는 혀를 채고 다시 해변을 도온다. 평론가 백철白鐵 군君과 본사 비판지국장批判支局長 정단죽鄭端竹 군君를 뜻밖에 만나다. 물론 그들도 송하리松下里 33번지三三番地! 그들은 한 방에 4, 5四五 인人이 모여 흥미 있는 문예이론도 전개하고 또한 조선 문단의 현상도 논한다.

백군 왈, '갑프 파派의 몇 친구 나를 반동자로 모라세우니……. 대체 그이들 얼마나 나보다 좌경左傾했기에……. 참 슲은 일이야……. 의리 없는 사람들 어쩌문 그럴고!'

장탄식長歎息…… 사실에 있어서 조선 문단에 파派도 많거니와 소리小利로 위爲해 이합離合이 빈번…… 문학발전으로 위해 슲은 일!

동아東亞의 이운곡李雲谷 군을 만나 연극 이야기로 꽃을 피우고 송도원松濤園 호텔에서 화가 구본웅具本雄 씨를 만나다. 부전고원赴戰高原을 단여 오는 길이란다. 인크라인 탓든 이야기, 호수를 끼고 돌든 장쾌담壯快談, 이런 저런 이야기를 하다가 영화계를 위해 노력하고 있는 심영찬沈英燦 군을 노상路上에서 만나 열심히 또 영화 이야기다. 밤에 숙소로 오라는 걸 못가서 미안천만未安千萬! 연전교수延傳敎授 이순택李順澤 씨氏 싸쯔 바람으로 지나가는 양으로 멀리 바라보고 병을 정양靜養 왔다는 노동규盧東奎

도 못 만나고 그만 원산해수욕장을 떠나기로 하였다. 그러나 원산의 밤 풍경을 안 보고 갈 수는 없어 하로 태양에 걸린 쓰린 몸에 양복을 다시 주서 입고 시내로 드러가기로 하였다.

때마츰 조택원趙澤元 군君의 도구고별무용渡毆告別舞踊을 원산극장元山劇場에서 개최한다고 동행하자는 몇 분의 호의好意를 저바릴 수 없이 입장. 그리 크지 않은 장내場內가 엉성 드뭇하다.

개연시간開演時間이 한 시간이나 늦다. 웬 활발活潑(?)한 기생은…… '이 자식 속히 해라……' 하고 고함치는 소리에 깜짝 놀라 그 편을 바라보니 자기도 부그러운지 얼골을 숙인다. 한 시간식 개연시간을 에누리하는 것도 안됐지만 기생 아씨 넘우 그런 홍기염紅氣焰을 토하는 건 넘우도 불근신不謹愼한 태도. 장내場內에서 김장석金長石 군을 만나다. 김군은 4년四年 전前 내가 연예부演藝部에 있을 때 현상희곡懸賞戲曲에 당선했던 숨은 문학도. 지금도 꾸준히 직업의 여가를 하타서 노력하고 있는데 군은 좀더 희곡적 수업이 부족. 그러나 장래가 촉망. 희곡에 대한 수법에 대한 이야기를 한참이나 하다가 중간에 나와서 하숙으로 도라오다. 시외市外 송흥리松興里 다무로리 집엘 끌려가다. 다무로리는 한잔에 5전식五錢式 받고 앉어서 먹는 술집! 밖알 방에서는 '다무로리!' 안방에서는 그대로 상床술을 판다. 열일곱 살 됏다는 주모酒母의 능난한 수완에 취흥이 도도滔滔! 이집 저집 오육헌五六軒을 뒤지다 도라오니 밤은 오전 1시 반.

생각하니 암행어사의 직을 갖고 와서 이렇다 할 사건을 조사 못한 게 한이다. 그러면 원산에 이 여름 오신 인사들의 이름이나 참고하기로 하자.

채필근蔡弼近 씨氏 부인夫人 이혜봉李惠鋒 여사, 만국滿國의 중역重役 이창익李昌翼 씨氏 가족은 이동식移動式으로 별장에 계시고 장발張勃, 이헌구李軒求, 서상천徐相天 3씨三氏는 미문微文 텐트진陣을 치고 있고 체연體硏, 교동공보校洞公普 중앙고보中央高普 텐트진陣은 나종 와서 비에 몰려 자미滋味를 못보고 여女 수영선수 김옥체金玉體 씨氏의 얼골도 해변가에서 보힌다. 유진오兪鎭午 씨氏는 가족을 더리고 오고 차상달車相達 씨氏도 가족 동반으로 내임來臨하다. 신가정의 황신덕黃信德 여사, 여상女商의 임효정林孝貞 여사는 부군夫君을 서울에 두시고 단독 내임來臨하시었다.

춘원春園 이광수李光洙 씨는 영식令息 영근永根 군만 다리고 오서서 뚱뚱한 몸으로 해변에 거니시고 송진우宋鎭禹 씨 또한 별장에서 한일월閑日月을 보내신다.

이제 어사는 여긔서 더 두류逗留할 필요를 느끼지 않어 홀홀忽忽한 길을 석왕사로 돌리었다.

석왕사 편

아츰 나는 수낙박水樂泊 등모들을 작별하고 다시 차에 올랏다. 귀로歸路에 석왕사釋王寺 삼방三防을 들르자는 것이다. 세우細雨 차창車窓에 흣부리는 안타가운 날세에 약수藥水 먹으러 가는 몇몇 미지未知의 기생들과 우연히 차를 같이하야 나는 지금 이등실 한 구석에 자리를 잡었다. 함흥 갓다 온다는 법정신문法政新聞 참사參事 김모 씨와 알게 되어 동해안을 중심한 가지가지 풍경이며 산물이며 금후今後 발전상 등에 대對케 이야기를 하는 동안 어느듯 차는 석왕사역에 닷는다. 여관 뽀이의 안내로 봉래여관에 여장을 푸르니 거긔는 영화감독 서광제徐光霽 군이 묵고 있다.

먼저 이 약수포에 근정近情을 물으니 별로 알 만한 사람이라곤 오질 않었다는 것이다. 다소 절망은 되었으나 기왕 온 길이라 이곳 구경이나 할가 하고 하로를 두류逗留키로 했다. 석왕사는 약수포 때문에 수양지修養地로 더 유명하여 여름철 피서객이 연락부절連絡不絶하지만은 아모래도 석왕사는 그 송림松林 욱어진 넓은 길을 더듬어 오백여 년 된 고찰 석왕사를 빼놓을 수는 도저히 없는 것이다. 원래 석왕사는 고려高麗 신우왕神禑王 12十二 년年에 이태조 잠저시潛邸時 염원으로 무학無學, 설오雪悟 양사兩師를 명하야 일대一大 가람伽藍을 재창再創한 것으로 오백여 년의 역사를 가지었다. 이제 석왕사 약지略誌에 의하면 그 건사建寺 유래에는 이런 에피소－드가 있다.

'고려高麗 신우왕神禑王 12년十二年 갑자甲子에 이태조李太祖께서 멀리 금마도金馬島로 붙어 학성鶴城(안변安邊 구호舊號)에 내주來住이드니 일석一夕은 가매假寐타가 몽중夢中 만가추천가침萬家雖千家砧이 일시에 화명和鳴함을 듯고 또 파압중破壓中에 드러 삼연三椽을 부출負出하고 다시 낙화낙경落花落鏡을 보니 몽조여하夢兆如何를 알 수 없어 울울대조鬱鬱待朝이다가 이승異僧에게 물었드니 그것이 군왕위君王位에 나아갈 대몽大夢이라고 하였다. 즉 계성鷄聲은 고귀위高貴位(계성모鷄聲貌)를 하賀함이오, 침砧은 향근당響近當(침성모砧聲貌)을 보報함이오. 화경花鏡이 떠러짐은 모두 왕업王業을 촉성促成함이라' 하여 일 년 내에 석왕사를 건建하고 삼년 내에 오백재五百齋를 설設하엿다 한다.

이것의 사실유무는 막론하고 어떠튼 옛날에는 꿈과 종교의 세계가 그만치 일반에게 굳은 신념을 갖게 하였다.

나는 석왕사를 구경하고 서군徐君과 때마츰 그 곧에 온 화가 구본웅 씨와 함께 여관을 나서서 송림 욱어진 넓딴 길로 자동차를 몰었다. 비가 온 뒤라 구슬인 듯 영롱한 빗방울이 흔들리는 나뭇가지에서 있다금 떨어저 차창을 따린다.

차는 이 태조 삼 년甲戌에 신조대사神照大師가 초창初創했다는 단속문斷俗門을 지나 등안각登岸閣을 께뚜러 다름질친다. 그러나 차는 경내境內까지는 드러갈 수가 없다 하여 그만 중턱에서 나려 나는 설봉산雪峰山 봉우리 구름이 몽몽濛濛한 걸 바라보며 취만翠巒 빽 둘린 곧에 물소리 요란한 걸 들으면서 불이문不二門을 휠신 지나 설성동루雪城東樓라는 현판懸板과 석왕사釋王寺란 커-다란 현판 달린 누하樓下로 발길을 옴겻다. 잠간 누상樓上에 올라가 쉬인 후 사무소의 안내를 청하여 사내寺內 건물을 구경하였다.

안내인의 친절한 설명으로 일일이 그 사찰의 유래며 에피소-드를 들으며 2시간여를 구경하고 다시 우리는 여관으로 도라 왔다(나는 여긔 좀 더 석왕사에 대한 기록을 쓰랴 했스나 이 글이 원래 그런 것을 쓸 목적이 않이기 때문에 지중止中한다).

귀로歸路는 보행步行으로 하기로 하였다. 우리 3인三人은 불이문不二門 문턱을 넘어섯다.

뜻 않인 석양 노을에 청초淸楚하게 차린 처녀! 풀 한 대를 꺽거 들고 고요히 솔베이치쏭을 부르며 거름발도 가볍게 옴기는 처녀! 그 처녀는 문득 내 앞으로 오자마-치 어린 생도가 선생님에게나 하는 듯이 허리를 굽혀 인사를 한다. 누군가고 보니 그것은 확실히 내 아는 여자였다.

누구라고 밝힐 것은 없지만 짓구즌 운명에 시달림을 받어 그 여자는 지금 원산항에 가서 화류계에 몸을 던젓다든가?

인생의 운명! 특히 가엽은 여자의 운명이란 이리도 기구崎驅한가를 생각하니 이것도 인생의 형로荊路를 것는 가엽은 존재라고나 할가?

그날 저녁으로 나는 다시 석왕사를 떠낫다. 프른 수림樹林이라든지 맑은 공기라든지 한적閑寂한 것이라던지가 여긔를 떠나고 싶지 않었지만 원래 어사의 고닯픈 신세가 되다 보니 떠나지 않을 수가 없다. 이리하여 삼방역에 잠간 들러 삼방의 유치랑遊治郎들을 찾어보려고 다시 삼방협역에 나리었다.

경성관京城館에 여장을 글으고 나는 약수터로 발길을 옴기었다. 약수를 얻어먹으

석왕사 전경, 출처 : 『조선고적도보』 제12책, 1932, 김상헌 소장본

려는 남녀노유男女老幼가 제각기 그릇 하나식式을 들고 장사진長蛇陣이다.

'오? 생명을 앗기는 무리여' 하고 혼자 중얼거리며 나도 한 잔 얻어먹고 다시 여사旅舍로 도라오니 개성 박재◯朴在◯ 씨 동경상대東京商大의 모군某君 모-두 부인夫人인가 연인인가를 더리고 핑퐁을 친다.

'여긔도 환락장歡樂場이구나!'

이렇게 혼자 생각하며 기웃기웃 여긔저긔로 도라 다니며 재료를 구했으나 홀홀忽忽한 길이라 더 얻을 수가 없다. 예정한 시일도 되고 하여 나는 그날 새벽 2시 캄캄한 길을 더듬어 삼방협역에서 경성행 기차를 잡아타고 다시 귀로에 올랐다.

이야기는 다시 삼방협으로 도라 가거니와 여긔는 수양지修養地가 않이오 환락향歡樂鄕이엿다. 기생妓生을 끼고 온 유치랑遊治郞의 흥겨운 노래ㅅ가락에 잠을 들 수가 없었다.

숙박부宿泊簿를 갓다 누구누구가 왓나 하고 조사해서 그 어떤 인물들임을 알엇으나 그것을 공표公表까지 할 필요가 없어 내년 다시 기회를 보려하거니와 이 아름다운 산수 속에 추악醜惡한 인간의 퇴폐적頹廢的 생활이 전개되고 잇다는 것은 넘우도 슲은 일이다. 비는 차창을 여전히 따린다. 이 비가 끈치지 않아 범람氾濫한 탁랑濁浪이 다시 가난한 땅 사람들을 얼마나 울리려는지 행幸히 큰 물난리가 없어젓스면!

경성역京城驛에 익조翌朝 6시六時 반半 착着! 비는 여전히 나리고 있다.

항구의 로맨쓰—돼지순대와 원산항

이선희

● 이선희(李善熙), 「항구의 로맨쓰－돼지순대와 원산항」, 『조광』 4권 7호, 조선일보사, 1938.8

원산항의 이약이를 쓰라구요? 나는 원산서 자라기는 했지만 항구의 생활이란 도시 모르는 편이죠. 웨 그러냐구요? 그야 우리들은 저－쪽 산 밑에 모여 살고 정말 부두埠頭를 끼고 기선汽船을 부리는 것은 죄다 다른 사람들이 하니까요. 우리야 무슨 항구생활에 관계가 있나요.

차라리 날더러 명사십리로 가는 길옆에 그 과수원 이야기를 하라 하고 그리고 바닷물이 뒤겻 울타리 밑을 철석거리는 어부도 아니요 농부도 아닌 흙마루를 싸고 방바닥엔 멍석자리를 깐 그러한 집들의 가난한 정경을 쓰라면 좋을 번 했읍죠.

더구나 명사십리—거기엔 바위로 된 섬이 있고 힌 모래가 있고 그리고 곳 없이 넓은 바다가 있고—그러나 아모도 보아주는 이가 없어요. 하로 종일 다가다가 간혹 궤잡이를 갔거나 조개 파러갔든 여편네들이 목이 부러지게 머리에 임을 이고 아랫두리가 죄다 물에 젖은 낡은 치마들을 다 축여들고 떼를 지여가는 것을 볼 수 있지요. 그러면 여편네들이 지어놓고 간 발자죽이 물새들의 꽃문의처럼 된 발자죽과 함게 그 밀어놓은 듯한 백사장에 덤숭덤숭 박히여 있지요.

나는 지금 그 바다의 물결소리를 생각만 해도 이렇게 가슴이 울넉울넉하고 눈물이 핑－도는구만요. 참 나는 어려서 늘 힌 운동화를 신고 아버지 몰내 그 섬 뒤에 가서 혼저 놀곤 했서요. 그런데 기어히 날더러 항구의 이약이를 쓰라구요? 그럼 할 수 없이 몇 마듸 내가 보아었든 것이나 쓰겠어요.

뛰－뛰－앙－앙

뱃고동소리는 천연 승냥이 우름소리와 갈음넨다. 부두埠頭의 잔교棧橋는 그다지 크지 못해서 내가 어렸을 때 한 다름에 뛰여가서 그 끝에 두 다리를 걸치고 안질만치 짧은 것이애요.

이 항구의 드나드는 기선들은 사람을 태우는 것보다 화물선이 많어서 배들이 적고 게다가 꼴이 말이 아니게 구지레하지요. 여게선 이별離別을 짓는 사람들의 슬픈 테입도 볼 수 업고 다만 그 배들의 옆구리로 뚤닌 창 사이로 지극히 불량해 보히는 어숭덜숭한 샤쓰 입은 선원들의 얼굴이 유난스레 여드름 밖아지고 개기름이 흐름넨다.

그런데 나는 꼭 한 번 이 부두로 배웅을 나왔다가 운 일이 있습니다. 그는 그때 몹시 얼굴이 힌 처녀－, 그리고 내 사랑하는 언늬義妹였어요. 그 언늬는 서울 가서 공부하고 지금 바로 저－북에 있는 자기 집으로 가는 길입니다.

"야 잘 있어라. 내 곳 편지할끼."

그리고 그는 콧등 옆으로 줄을 지여 내려오는 눈물을 하이얀 수건으로 씿첬습니다. 지금 생각해도 그때 언늬는 날을 생각해 운 것이 아니요. 자기 약혼한 사람 때문에 여러 가지로 말성이 많어 그런 것이 슬퍼서 울었어요. 그래 나도 딸아 울어지요.

"야! －저 입분 색씨 운다. 엉－엉."

부두에 몷이는 사내들이란 참말 개고기보다도 더 상스러워서 여자들을 막우 놀니는 것쯤은 아무 것도 아니애요. 언늬는 그만 부끄러워서 돌아섰어요.

이 바다는 축항築港을 해 노았기 때문에 돌과 세멘 콩크리트로 싸하 놓은 축대까지 배가 드레닫고 또 물이 무척 깊지요. 그래도 물은 깨끗지 못해요. 물빛이 누르고 물 우엔 언제나 배에서 나온 기름이 둥둥 뜨고 비루병 사이다병 미깡 껍데기 빠나나 껍데기 이런 것들이 물 우에 떠서 세지안후 물결을 따러 출넝거리지요.

그리고 부두 바로 옆에 큰 어시장이 있어요. 동해안에서 나는 생선은 전부 여기에 몷이는 모양이드군요. 이 어시장에선 아무 때나 고기를 흥정하지 못하지요. 하루 두 번 '깡'이란 것을 불너야 비로소 팔기를 시작합니다. '깡'을 불느면 벌거벗고 들뿌리만 찬 곰 같은 일본 내지 오지상이 이리 뛰고 저리 뛰면 펄펄뛰는 좋은 생선을 가운데 두고 무에라고 떠들어내지요. 도미, 송어, 전복, 장치—맛있고 큰 생선은 하나도 그대로 팔지 않고 죄다 궤짝에 넣어 어름을 채여서 서울노 가저와요.

조선 여편네들은 함지밧을 들너 이고 손에 돈 삼십 전 사십 전을 쥐고는 이 어시장에 가서 한 목 봅니다.

"영감 여게 좀 더 줘."

"이거 많았소자 나이까?"

행세하는 부인婦人네들은 상상도 할 수 없을 만치 사내들하고 악구다툼을 하면서 고기를 사거 이고 단니는 것은 이 항구 가난한 부녀들의 유들유들한 뱃심이라고 할까요. 나는 어려서 이 항구 이 근처를 돌아다니면 늘 이국異國의 풍정風情을 생각했고 바다의 느긋한 냄새가 풍기여 오면 축대 우에 걸터 앉어 바다의 흘너 다니는 과실 껍질을 언제까지고 바라보고 있었죠.

그러데 참 하나 잊었어요. 돼지순대 이약이—나는 이 돼지순대는 퍽 먹음직한 것이라고 생각했고 또 이 근처의 돼지순대 장수 할머니들은 우동과 함게 잘도 팔드군요. 바로 창고 뒤로 늙은이들이 느러 앉어 떡도 팔고 국수도 파는데 특히 이 돼지순대는 인기엿어요.

아니 나야 좋은지 언잔은지 사 먹어보지 못했으니 모르지만 거게 창고에서 일하는 노동자들이 몰여 와서 사먹고 앉었든 모양이 그때 퍽 흥미를 가지게 했든 모양인지 그 후 나는 오랫동안 그 광경을 기억하고 있어요. 지금도 그 자리에서 그 맛난 돼지순대를 파는지—웬걸요. 아마 순사가 와서 불결하다고 쫓아버렸을껄요.

원산행 소감

이기영

● 이기영(李箕永), 「원산행 소감(元山行小感)」, 『청색지』 2권 3호, 청색지사, 1939.12

7월 30일 — 나는 M형과 함께 오래 전부터 벼르는 원산으로 다러났다. 송도원松濤園이 해수욕장으로 조타은 말은 전부터 드른 지가 오래다. 그러나 나는 아직 한 번도 거기를 못 가 보았다. 그러타고 벼르든 것은 아니다. 금년의 더위란 근년近年에 쳐음이라 하거니와 나는 병세병病勢病에도 해수욕이 조타함으로 시험 삼아 H군이 먼저 간 뒤를 따러간 것이였다. 그 전날 밤 차로 간다는 것이 밤차는 분비여서 욕본다고 읻은날 낮차를 잡어 탓다.

오후 3시 10분의 급행에도 과연 승객이 만허서 우리는 침대차로 밀리여 갔다. 백도를 오르내리는 더위는 달리는 차중도 마찬가지로 심하였다. 그런데 나는 우연히 관동대진재關東大震災를 같이 격든 옛날의 학우를 차중次中에서 만낫다. 그는 지금 황해도 모군某郡에 봉직하는 관리로서 내금강에서 개최하는 강습회에 참석할 차次로 오는 길에 원산을 거처서 외금강으로 도라 가겠다는 것이였다.

나는 의외에 그 친구와의 해후를 못내 반가워했다. 근 20년만에 만나는 그를, 나는 처음에 잘 몰나 보았다. 나는 그때 동고同苦하는 친구들의 안부를 뭇고 담화를 계속하는 중에 정히 차중車中의 무료를 잊고 지리한 감을 감살減殺할 수 있었다. 차가 어느듯 삼방 유협을 접어들자 우리들의 담소도 정복되고 마렀다. 금년은 한재旱災가 심하다지만 위대한 자연은 언제나 오인吾人을 놀내게 하고 탄복하게 하지 안는가!

비교적 한재旱災를 들 입은 경기 강원의 철도 연변에도 비를 기다리는 곡식이 누러케 들떠 보인다. 넓은 들이 다— 심긴 수답水畓에도 물이 흥건한 데는 별로 보이지 안는다. 따라서 큰 하천을 제하고는 건천乾川밖에 없었는데 삼방三防 협중峽中을 드러서니 녹음이 욱어선 골작이에는 시원한 폭포가 더러진다. 계곡이 유수幽邃할 수록 차차 수량이 풍부한 것은 보기만 하야도 량미만곡凉味萬斛의 냉기를 늑기게 한다. 나는 십여 년 전에 '조광朝光'의 사무를 띄고 이곳을 통과해 보든 어느 해 봄철이 문득 생각난다.

—그때는 첫봄이요, 마침 세우細雨가 나리는 중이였다. 비에 젖은 협중峽中은 청송흑암靑松黑巖이 띄끌을 씻고 청신淸新하게 윤색된 밑으로 한 줄기의 벽계碧溪가 흐른다. 계곡 양안兩岸이 바위틈으로 점점點點히 있어 되는 진달내꽃의 아리따운 양자樣姿라니 참으로 그것은 무엇이라 형용할 수가 없었다. 그런데 차가 굴 하나를 지나면, 새로운 계곡이 나오고 거기를 도라 가면 또 다시 굴이 닥친다. 그래서 나는 어느 편을 보아야 할는지 정신이 빠저서 차중車中을 이리 닷고 저리 닷고 하며 굴이 지나기가 무섭게 새 계곡을 스처가 보기에 무아몽중無我夢中이였다.

지금은 나를 흘리는 그런 진달내는 없으나 그 대신 천수만지千樹萬枝의 욱어진 녹음 속으로 녹수綠水가 흐른다. 황진도회黃塵都會에 있든 나로서는 이 또한 선경仙境을 임한 듯 자못 심신의 병세를 잊게 하였다.

급행차는 삼방 석왕사역에서도 정차를 하지 않고 속력을 내였다. 우리가 원산에 당도하기는 오후 7시 48분— 정히 일후日後이 갓가운 항구의 하늘에서는 저녁노을에 채운이 어리였었다.

나는 원산을 수차 지나보았으나 역에서 내려 본 일은 없었다. 따라서 송도원이 어듸 부텃는 지도 모른다. 우리는 차중車中에서 만난 친구를 역두驛頭에서 분수分手하고 송도원을 무러서 뻐쓰를 잡어 탓다. 역에서 송도원까지는 뻐쓰로 두 구역인 모양인 듯 우리는 본정本町에서 다른 차를 승환乘換하고 차삯을 다시 냈다.

오래간만에 나그네가 되어보니, 공연히 마음이 설고 분분忿忿해진다. 이 역시 객지인데 또한 날이 저물기 때문인가? 그러나 뻐쓰가 한 고개를 넘어서자 푸른 물결이 굼실거니는 동해바다가 내다보인다. 우리는 그 순간

'아!'

무의식중에 소리를 지르는 홀린 듯이 바다를 내다보았다. 바다— 바다는 언제 보

아도 장엄한 바다였다. 뻐쓰가 종점인 송도원에 다엇을 때는 벌서 날이 저물고 전등불이 송림松林 속에서 조요照耀한다. 우리는 송흥리를 차저 가기에 한참을 허매였다. 다행히 H군을 수월하게 만나게 되어서 우리는 집을 찾기에는 그리 고생을 하지 않았다. 길까 집이였든 관계로 마침 방문 앞에 않인 H군을 우리는 지나다가 발견할 수 있었든 것이다.

그 길로 3인은 송도원 식당으로 나갓다. 우리는 저녁을 사먹고 H군은 찬 것을 마시였다. 그동안에 군은 몸이 까마케 탓다 한다. 그리고 여기는 언제나 시원하기 때문에 어름 생각이 도모지 안 난다는 것이었다. 미상불 파도 소리만 드러 봐도 그럴 뜻하다. 우리는 식당을 나와서 해변으로 걸었다.

해수욕장에는 저녁에도 수영하는 사람들이 많었다. 잔교棧橋에는 전등이 당황熿煌한데 저녁바람을 쏘이러 나온 사람들이 드러 가고 나오고 다리가 좁을 만치 복잡하다. 우리는 H군의 안내로 잔교의 끗까지 나가 보았다. '훈도시'를 찬 나체인裸體人들이 인어처럼 바다 속에서 뛰논다.

때마침 만월滿月이라 교교皎皎한 월색月色이 넓은 해안을 둘너 쌋다. 멀리 희미한 박명薄明 속으로 보이는 섬嶼이라돈가 이따금 꿈벅이는 등대라든가 육지에서만 살든 초래객初來客에게는 모든 것이 신비경神秘境처럼 뵈일 뿐이다. 그런데 송간명월松間明月과 해상청풍海上淸風은 참으로 오복五腹까지 시원치 않은가!

우리들도 옷을 벗고 바다 속으로 뛰여 들었다. 나는 해수욕도 처음이거니와 수영을 배우지 못한 탓으로 물가에서 아이들처럼 텀벙거렸다. 그러나 너무 선선해서 오래 드러서 있을 수 없었다. 더욱 나의 피부병은 수족이 저려 올른다. 우리는 다시 나가서 월하月下의 백사장을 건일다가 여시旅舍로 도라와서 하루의 피곤한 몸을 쉬였다.

이튼날 낮에 보는 송도원은 더 한층 황홀해 보이였다. 송문松問의 캠핑촌 백사장의 나체군裸體群, 파도 속에서 헤염치는 수많은 남녀노소들—그리고 원경遠景으로는 부두埠頭의 선척船隻과 화면 같은 풍범선風帆船이 점점點點히 더 있다. 그리하야 나도 일주일간 그들과 같이 나체裸體가 되어서 더위를 모르고 지나갔다.

내 지방 현장보고–어항 원산의 편모

유동민

● 유동민(劉東敏), 「내 지방 현장보고 - 어항(漁港) 원산(元山)의 편모(片貌)」, 『조광』 6권 5호, 조선일보사, 1940.5

원산두 항구에 돈바람 이렀다.

장작대 기둥에 기왓짱 올으네.

어항漁港

동해바다의 고기각땀인 원산 어항은 작금昨今 살이 도슬도슬 쩌가고 있다. 갈림도葛林島 머리로 몰아드는 배들은 모다 배가 불럿다. 명태 등 고등어배, 정어리배, 청어배, 너도 나도 모다 상자기上字旗를 높이 달고 대어기大漁旗를 슬슬 날니며 연蓮달어 몰어든다. 통통거리느니 발동선發動船 쌍돛을 벌니고 세 돛을 달아맨 범선, 어항漁港이 좁다.

감벽색紺碧色 바다로 분주히 밋끄러저 돌아 단닌다. 부두埠頭에는 즐비櫛比한 어선하역장漁船荷役場에 잡답雜踏한 인파人波 '하나이오, 둘이오, 셋' 들엄수 세이는 소리, 함지박을 이고 활개를 치고 단니는 안악네, 뒤짐을 지고 바다를 내다보며 속우슴을 짓는 해업자海業者, 이것이 풍어혜택豊漁惠澤을 받은 작금昨今 원산어항의 활풍경活風景이다. 그래 사랑집客主 문고리가 분주한가 하면 철도화물역은 수송에 골머리를 앓고 요정料亭이 번창繁昌한가 하면 노동자들은 임금인상을 요구하고 있다. 이리하여 원산의 어항은 다번多煩한 속에서 번성을 비저 내여 수산업자의 주머니가 불너가고 시정市井이 번창繁昌해 가며 문화 주택들이 또한 늘어가고 있다. 작년 중 원산어항의 어수양고漁水揚高를 보면 4백 4십 1만 7천 3백 5십 원이라 한다. 이것을 전년중에 비하여 보면 실로 2백 5십만 5천 6백 50원의 대증가를 제시하고 있는 중 명태 어획분만 도드라도 2백 2십만 4천여 원으로서 전년보다 백 18만 7천여 원의 격증激增이다. 이것을 수조망업자手操網業者의 1인당 어획을 따저 보면 평균 17만원으로부터 20여 만원식이나 굴너 들어왔다 하니 사뭇 바다의 '노다지'가 안닐 수 없다. 이와 같이 원산 수산업계는 순풍에 호운好運을 맛나 가일층 비약적 발전을 수遂하여 동해안 일각에 찬란호화燦爛豪華한 황금탑의 아성牙城을 쌓어 올니고 있다. 그러한 중 또한 이에 화려 안전한 준선장準船場 등 즉 대어항大漁港 수축계획修築計劃이 진전되여 조선 제일의 어도漁都의 면목을 가출 날이 불원하였으니 즉 금년도로부터 해안통海岸通 육정목六丁目에 삼십만 원의 방대尨大한 공비公費를 드리어 4천 4백 8평의 해면海面을 매축埋築하고 화려한 호안시설護岸施設을 정비하려는 것으로 사실 3년 후 이것이 준공되는 날에는 불편한 현재의 어항시설이 대폭적으로 완화緩和될 터이며 또한 약 1천만원의 방대한 예산을 던지어 장덕도長德島로부터 두산리斗山里에 일으기까지 대방파제를 축조하려는 원산부 계획이 실시를 보는 날에는 명실상부한 대어항大漁港으로서 과시果是 수산도시水産都市 원산元山은 괄목할 만한 터이다.

그러나 이와 같이 야단스럽고 거드러지게 흥청거리는 어항 경기 속에서도 비눌 투성이를 하고 있는 어업漁業 급及 부두노동자埠頭勞動者들의 생활상은 여전히 잠수부가 해저로 해삼海蔘 잡으러 들어가듯 수평선으로부터 미끄러저만 나가는 형태이니 그들의 '생활고향'인 바다도 그들에게는 행복을 못 주는 몽중夢中의 용왕국龍王國이 아닐 수 없다.

공장工場

해오래비 한 발 것고 잠을 자든 진털 밭에 꿈에도 생각지 않든 크나큰 공장들이 척척 들어앉고 있다. 하원산리下元山里에 조선석유대공장朝鮮石油大工場, 문평文坪에 주우대제련소住友大製錬所와 라이씽선 석유공장, 그리고 지금 공사 중에 있는 갈마에 철도대차량공장鐵道大車輛工場과 공사 준비 중인 관상리關上里의 대동광업액화공장大東鑛業液化工場, 그리고 또한 하촌동下村洞에 건설할 조선철공대조선소朝鮮鐵工大造船所 등등 이리하여 원산은 지금 대공업 도시건설에로의 일대 전환기에 서 있으며 또한 거보巨步를 움지기고 있다. 사실 대륙전진기지로서의 원산항의 존재는 철도해운 등 지리적으로 교통망이 발달한 데다가 광활한 평야 등 기타 공장지대로서의 제반 조건이 구비具備 서리書利함으로 장래에 대공장大工場 연돌煙突이 임립林立하여 원산의 천공天空을 장엄하게 덮을 것을 시국하時局下 국책적 관점으로나 기업적 견지로나 제반 정세가 가히 예상을 허許할 수 있는 것이다. 이와 같은 계제階梯임으로 원산도시계획의 중추핵심도 또한 출발의 중점을 이곳에 두고 점차 면모를 변할 대공업도시 원산에 대비하고 있음은 추세에 당연한 바라 할 수 있다. 즉 공업비 약 100만 원의 양일천대운하계획陽日川大運河計劃, 갈마급송중리葛麻及松中里 일대 대공장지구설정, 적전천赤田川의 개폐改廢, 공업용 대수원지大水原地의 건설, 공업도로의 부설 등등은 사실 대공업왕국 건설에 이상적 방안임과 아울너 공도취진工都就進에 대한 주마가편走馬加鞭의 대박사大拍事가 안닐 수 없다.

그러나 일편一便 원산에는 작금昨今 이 '공장工場이라'는 바람에 큰 수나 생길 듯이 어중이떠중이들이 수두룩 모여들어 작년 말 현재로 인구 7만을 초과케 하였으며 이 때문에 원산의 주택난은 더욱 심각해지고 또한 중청리中清里 특정 세민부락細民部落에 호수戶數만 작고 늘어가고 있는 형편은 웃지 못할 사탄事呑이 안닐 수 없다.

평원선平元線

'금년에 평원선이 개통된단다.' 원산 사람들은 이 말을 지금 꿈을 꾸는 것같이 되푸리하고 있다. 삼십 년 동안이나 장기간 눈이 빠지게 기다리든 원산의 명맥命脈인 평원선은 지금 성내리城內里와 양덕간陽德間 60六十키로 장벽을 양편에서 서로 부즈런히 맛조이고 있다. 이것이 탁 터저 염니고 평안도 사투리를 실은 철마가 우렁차게 원산 플랫홈에 들어서는 날, 과거 함경선 개통으로만 잃어버렸든 모든 지위를 보기 좋게 회복할 것이다. 그리하여 평원선은 물론 그 접속선接續線인 만포진선滿浦鎭線과 동선仝線의 '힌다랜드'인 중만관통中滿貫通 철도연일선대鐵道沿一線帶에까지 그 장藏한 자원과 산물을 상대로 대폭적 무역교환에 나아가서 원산의 상권을 확대 강화 신장하게 될 터로 이에 원산의 산업계와 경제계 상업계 기타 여러 부면을 물론

하고 모다 속속드리 백오십도로 대활기의 전환을 하게 될 터인 것은 의심할 여지도 없는 사체事體이다. 그리고 또한 이 평원선 개통으로 말미암어 원산의 교통망은 동으로 경원선, 남으로 동해선, 서으로 평원선, 북으로 함경선 등 동서남북으로 사통오달四通五達의 방사선적 지위를 획득케 되어 군사 산업 무역을 물론하고 북방의 요충을 독점하게 되었으며 내지內地와는 바다와 한 옷을 입고 있는 관계상 해운을 이용하여 평원선의 종단항終端港으로서 중요기능을 발휘하게 되었다.

그러나 원산은 개통이 초미焦眉에 떨어지고 있는 금일, 평원선의 전통설全通說을 안즉도 믿지 못하고 있음은 한 개의 민착憫着할 현상이 아닐 수 없으며 그리고 개통에 대비하여야 할 상권획득 등 제반 준비공작의 동정動靜이 과시果是 굼뜨고 있음은 서부 대 진출에 대한 원산의 발전 촉진을 위하여 연민을 느끼지 않을 수 없다. 하기는 평원선 자체의 개통開通 만성증慢性症이 원산인으로 하여곰 기다리다 못해 시들해저서 도리어 평원선 인식의 만성증으로 재래하였음은 괴이怪異할 배도 안닌 것 같다. '뚜-' 하고 평원선 철마의 기적汽笛이 실상實相으로 원산인의 이막耳膜을 따리기 전에는 내 못믿겠다는 태도, 그것이 평원선 개통사의 이면을 저윽이 말해주고도 남음이 있으며 원산의 유방乳房 평원선의 존재가 얼마나 원산의 발전과 관련성이 결부되였음을 추찰推察할 수 있는 것이다. 그러나 흐린 날 태양계라도 배속은 짐작이 설 것이 안닐 것인가.

여하튼 양덕陽德 성내城內 읍간邑間 60六十키로 장벽은 지금 곡괭이 끝에 왈왈 허무러저서 오래지 않어 확 열니게 되었다. 개통된다는 말만으로도 얼마나 반가운 소식이랴.

항만港灣

원산항은 지금 감었든 눈을 크게 뜨고 직면한 일본해日本海 호수화湖水化의 찬란한 설계도에 꿈속같이 황홀하고 있다.

'저 배는 청림靑林서 온 배라네', '이 배 말인가, 그것은 신석新潟서 온 배-', '그 넘어 배는 돈하敦賀서 온 배, 그리고 대판大阪서 온 배.' 이렇게 선적船籍 쫓아 잘 세일 수 없으리 만치 호화수다豪華數多한 기선汽船들이 원산 부두에 총총이 들어서서 대번잡大煩雜을 일우울 날이 멀지 않었다.

사실 원산항은 개항된 지가 벌서 명년明年이 환갑이다. 그러나 안즉까지 이 사적史跡이 오랜 량항良港은 제 기능을 본격적으로 발휘해 본 적이 없었다. 그러나 시운이 도래하여 그 역사적 족적이 미루어준 유서由緖와 지리적으로 내색한 주체적 조건과 신동아新東亞 새 질서 건설에 반伴한 국제적 객관정세의 급변동으로 지금 새로히 다색다채多色多彩한 수繡를 노으려고 웅비의 보무步武를 드디고 있다. 그것은 일만지경제日滿支經濟 뿔럭의 적극적 강화확대에 의하여 지금 활발히 전개되고 있는 일본해 호수화운동이 지어주는 중요한 지위의 획득인 것이다. 지금 일본해 호수화에 있어서 이표裏表 일본 제항諸港과의 물자수급의 중계항으로서 역할을 다할 일반항만의 지대적地帶的 분류를 본다면 대개 남만南滿은 대련항大連港, 동북만東北滿은 청진, 웅기雄基 나진羅津 소위 북선삼항北鮮三港, 그리고 중부中部 만주滿洲는 평원선을 통하여 원산항이 중계매개역할을 담당하기로 되었다. 그것은 진남포 등 타항他港에 비해서 원산항은 부동항不凍港이며 간만의 차가 없고 또한 리표裏表 일본 제항諸港과의 해면거리海面距離가 철도의 배치 등으로 보아 그 수송거리가 단축되여 있는 점 등 원산항의 지위는 일본해 호수화 주축에 가장 그 성능의 발휘가 우위를 가지지 않을 수 없는 것이다. 그리하여 평원선이 개통되는 날 만포진선滿浦鎭線을 것처 중만관통철도연선일대中滿貫通鐵道沿線一帶와 그 배후지 등 중부 만주와의 내지물화수급교역內地物貨需給交易을 중계하게 되어 원산항은 금후今後 돈하敦賀, 신석新潟, 복대伏大, 기타 리표裏表 일본 제항諸港과의 횡단 항로는 물론 관문關門, 판신阪神, 경빈京濱, 기타 주요지主要地와의 정기 항로를 가지게 될 터로 일만日滿 교통연락과 화물수급의 탄토항呑吐港으로서의 주요역할을 다하게 되었다. 그리하여 원산항 자체의 경제적 가치는 물론 연래年來로 보지保持하여 오든 제일 관문의 영예의 각광을 더욱 욕浴할 것이다. 이리하여 항만으로서의 원산항의 무역은 대팽창을 나의 큼직큼직한 대기선大汽船

들이 압도적으로 다닥드리게 될 터로 이에 또한 항만 시설에 대한 문제가 원산항 현재의 처지로는 지금 초미焦眉의 급急을 고하고 있다. 그러나 당국은 이 항만시설에 관한 근본 대책이 수립되지 않어서 장차 홍수와 같이 폭주할 화물사태의 처분감당을 여하히 탄토呑吐 소화消化할 수 있을 것인지 부지럽시 부회 의원의 입설만 달케 하고 있는데 그러나 항만시설이라고 하는 자체가 기원으로 좌우될 성질의 것이 안니오, 방대한 예산을 요하는 것임으로 당국자도 부득이 추세를 관망하지 않을 수 없는 터이나 그러나 벌서 원산항의 작금昨今 무역액을 보면 작년 중 1억 4천만 원으로 비전년比前年 3천만 원의 대격증을 보이고 있어 일증월가日增月加의 태세인 바이에 항만시설 방임주의는 비과학적 위험성도 지극한 것이 안닐 수 없다. 장차 일본해호수화운동의 적극화와 더부러 평원선 낙단항絡端港으로서의 원산항의 탄토능력呑吐能力의 완비를 위하여 '타도항만시설방임주의'의 싸홈이 승리를 얻어 항두港頭 높이 기旗발이 날닐 날을 하로바삐 하여야 될 것이다.

도시계획都市計劃

원산의 시가지계획은 사실 부민府民이 바래는 이상향 건설을 목표로 금년도로부터 손을 대기로 되어 차츰차츰 설계면을 화려하게 조각할 터이다. 그 계획계속사업 연한이 장장 28개년, 그 총예산건설공비가 실로 2천7백3십9만3천 원이라는 방대한 거액이라 하여 원산의 면모를 근본적으로 일신一新케 하여 하이카다 현대도시를 조작할 작정이다. 이 계획의 진보이야말로 유구한 개항사상開港史上에 역사적 신기원을 마지할 대원산건설공작大元山建設工作에 결정적 '모멘트'를 지어주는 활력소가 안닐 수 없다. 원산역을 모체로 동서남북으로 버더질 폭원幅員 35미米의 대간선大幹線, 그리고 이를 딸아 지주망蜘蛛網 가치 놓여질 중소간선유원지구中小幹線遊園地區, 공장지구, 상업지구, 공업지구, 주택지구, 무역지구 등 설정으로 지금까지 조잡한 시가미市街美를 정돈하고 하수구개수, 도로포장, 로타리 전설 등 보건 급 교통의 완벽을 기하려는 등 일일이 매거枚擧키 곤란困難한 도시 시설은 지금 초라한 원산의 리

표裏表을 오색五色의 주보紬褓로 고이 씌우려는 결정적 호화판이 안닐 수 없다. 이 계획이 28년 후 소화 42년도에 끝을 막는 날 사실 원산의 울타리 안에는 20만 명의 인구가 한데 붙어살게 될 터이고 호화찬란한 불야성 령난등鈴蘭燈 거리 속에서 전차를 타고 산책을 하게 될 터이니 금석지감今昔之感을 일으키지 않을 수 없을 것이다. 그러나 이것은 한낮 몽중夢中에 '유토피아'가 안니오, 해를 딸아 우리의 눈 앞에 점차 출현될 것이니 도시계획 실시연도인 금년도를 일반은 축복하는 잔을 들어 마지할 것이다.

그러나 여기에 경계를 요하고 저어하여 두어야 할 것은 그 방대한 도시계획의 예산지출은 도대체 어떻게 되는 것이냐 하면 4백만2천 원의 국고보조와 시가지계획실시로 인한 수익자 부담 5백11만 원을 가지고 전全 공사비의 삼분의 일에 충당하고 일반 경제부담 1백43만9천4백43 원 시계특별세市計特別稅 1백구십6만4천1백30 원, 그리고 부채로 1천1백십만3천 원을 만들어 쓸 작정이니 도계실시都計實施는 좋으나 부담이 과중過重타고 부민府民들이 혀를 차고 있는 것도 또한 무리가 아니다.

여하튼 작금昨今 원산은 이러나저러나 호경기가 구을고 있는 판이다. 시국을 들추고 어쩌고저쩌고 하여도 자본 양이나 놀닐 줄을 아는 사람들은 모다 착실히 돈 양을 잡고 수염을 쓸고 있다. 그리하여 사변事變 이후 원산에서 10만원대十萬圓臺에 올은 사람이 적어도 6, 7六七 명名에 달하는 터이라 하니 백 원짜리 등살에 골머리가 쏜다는 싸라리맨의 타탄唾歎도 적이 동정同情할 여지가 있는 것이다. 이런 중 이 경기景氣의 영구 연장을 위하여 안으로 밖으로 수산도시건설 공업도시건설 무역도시건설 등 삼위일체의 대원산 건설 공작이 또한 평면적으로 입체적으로 진출을 도모하여 지금 진군 전야와 같이 만반 준비를 정돈하고 무장을 갖추며 일부 전진을 보고 있음은 과시果是 괄목할 만한 터이다. 그러나 이 반면에 문화도시건설과 교육도시건설에 있어서는 보잘 것 없음은 연민을 불금不禁케 한다. 하기는 원산은 토착민으로 부호인 독지가가 적은 반면反面에 항구지대인 관계로 평안도 사람 내지內地 사람 경기도 사람 삼남三南 사람들이 뫃여 들어 축재蓄財하여 가지고는 뿔뿔이 헤여저 가고 또한 자기 고향에 가저다가 문화, 교육기관 등에 쓰는 터이다. 그러나 이 사태를 어찌 '애향심愛鄕心'에만 허물을 돌니랴. 원산은 본래 항구라 '객향客鄕'임을 탓하지 않을 수 없다.

지방논단-무역도의 건설

조태일

● 조태일, 「지방논단-무역도(貿易都)의 건설(建設)」, 『조광』 6권 10호, 조선일보사, 1940.10

원산의 모든 정무情務는 현재를 출발점으로 하여 일즉이 보지 못하든 약진躍進의 나래를 펴려고 무장武裝을 도두고 있다.

신흥 만주국의 출현과 아울너 원圓뿔넉선線의 강화强化 등 객시정세客視情勢의 호전好轉과 숙망宿望의 평원선平元線 개통에 반伴한 산업 경제 기타 대륙전진기지로서의 지리적 조건은 오래 동안 서자적庶子的 우울憂鬱 속에 차 있든 노항老港 원산을 시대적 총아寵兒로서 진면목을 여실히 약기躍起시키고 있다. 그리하여 이제 대원산건설大元山建設의 대이상大理想은 제반諸般 부면部面에서 현실적으로 착착 거대한 보무步武를 내여 드듸고 있다.

그런데 여기에서 아등我等의 관심을 오로지 집중하고 있는 것은 이와 같은 비당시적非當時的 역사선歷史線에 직면한 원산항은 과연 이 모멘트에 서서 여하한 건설적인 또는 이상적인 설계도를 가저야 될 것인냐? 이것은 현실적으로 부여된 원산항의 당면 과제인 것이다.

사실 원산항의 발전적 족적을 추구해 보면 전혀 그것은 동해의 중앙지대로서 수산물의 집산지 또는 관동지방 등을 상대로 한 산업도시로서 명맥을 의존해 왔든 사실과 시국의 변전變轉과 아울너 지금에 일으러 공업도시로서 발전적 도정途程을 달음질치고 있는 형상을 역연歷然히 볼 수 있다. 그런 중 또한 다시금 나아가서 일본해 호수화 운동의 급急 템포의 진전과 평원연선급동선平元沿線及仝線 힌다랜드인 중부 만주의 무진장한 자원개발의 종단항終端港의 병참요가兵站要街로서 내지內地와 중만中滿과의 물화교역物貨交易의 중단 역할을 하게 되었음은 사실 괄목刮目에 치値할 사태이다.

이에 제際하여 원산항은 그 과분한 현상을 유효적절有效適切히 저어포착齟齬捕捉하여 그 복리증산福利增産에 만전을 기하여야 할 것은 가장 명확한 요체要諦인 바 이에 있어서 오등은 원산항의 실질적 발전을 위하여서는 단지 화물 탄토呑吐에만 만족하지 말고 내지內地와 만주滿洲와의 중간적 지위를 적극강화하여 무역로 개척에 진전 또 매진-그리하여 원산으로 하여금 무역도시로서의 찬란한 건설을 도모할 것을 희구希求한다. 이것이 또한 대원산大元山 건설建設의 한낫 설계도의 요要가 안닐 수 업다.

바다의 명상

김형규

● 김형규, 「바다의 명상(瞑想)」, 『조광』 7권 9호, 조선일보사, 1941.9

바닷가에서 나서 바닷가에서 자라난 나는 언제든지 바다가 그립다. 더구나 녹음의 시절도 지나고 여름 더위가 땀으로 몸을 적실 때가 오면 마음속으로 숨여드는 바다 그리운 마음을 것잡을 수가 없다. 예로부터 백사청송白沙靑松으로 이름난 명사십리와 해수욕장으로 사람을 끄는 송도원松濤園을 양쪽에 가진 원산이 내 고향이다. 그러나 버리 좋다고 보따리 하나 질머지고 모여들고 또 보따리 하나로 떠나가는 정착성 없는 항구의 살림사리와 아침저녁으로 변하여 옛 모습은 찾을 수가 없이 근대화해 가는 도시라 내게 고향으로서 알들한 애착심을 주는 것은 그리 없다. 다만 찰랑거리던 물결 소리와 파란 거울같이 맑고 잔잔한 물 우에 떠돌던 흰 돗대 그림자가 언재든지 내 마음 한구석에 자리 잡아 떠날 줄을 모르니 지금까지 고향에 대한 애정의 끈을 맺어주는 것은 오직 이것뿐인가 생각한다.

바닷가에서 자랏다기보다 어렸을 때는 일시一時의 삼분지일三分之一은 바닷물 속에서 지냈다. 단오가 지나 첫 여름이 되면 발서 바닷물 속에 뛰여들기 시작하고 선들선들 가을바람이 불어 추석이 될 때까지 물속에서 나올 줄을 몰랐다. 그뿐 아니라 아침부터 저녁까지 놓는 곳이 물속이요, 하필 비 오는 날까지도 양산을 밭지고 몸은 물속으로 개고락지같이 히염치고 돌아다니는 것이다. 또 이상하게 비오는 날이면 물속은 따뜻하고 밖에 나오면 떨리던 것이 지금가지 잊어지지 안는다. 요지간 학생들은 신식교육을 바다슴인지 아나 이런 무리한 모험은 아니하는 모양이지만 우리들 어렸을 때도 일 년 중 사 개월은 완전히 물속에서 지냈든 것이다.

그러나 중학을 지나 서울 와서 공부하기를 시작한 후부터는 물속에 뛰여드는 것보다 바닷가에서 무엇을 느끼는 것을 추구하게 되었다. 방학이 되어 고향에 내려가면 남들은 교통도 편리하고 설비도 완전하고 또 아름다운 여인내도 많이 모여드는 송도원으로 가지만 나는 어쩐지 그것이 실여 아침이면 수건 하나를 들고 십여 리를 걸어 명사십리를 찾어가 온 종일 백사 우에 몸을 던지고 수평선 우으로 떠도는 범선에 공상을 싫었고 발아래 찰랑거리는 물결소리에서 꿈속에 실마리를 찾는 것이 나의 일과이였다. 그러자 어떻게 송도원에 가면 서울서 온 동모들에게 '이 사람아 서울서 이곳까지 찾어 왔는데 어데로 도망만 단이나' 하고 원망을 들은 적도 한두 번이 아니다. 그럴 때마다 동모를 끌고 명사십리 한가한 곳에 다리고가서 고요한 바다의 아름다움을 알리려고 애를 썼으나 더위에 쫒겨 바닷물을 찾어 온 그들, 또 단 몇 일 동안 바다의 얼골만 바라보고 돌아가는 그들에게 얼마나 바다의 참마음을 느끼고 갔는지는 지금가지 의문이다.

조선은 반도라 삼방이 바다로 둘려 있다. 그러나 바다 구경을 못한 사람이 얼마나 있을넌지, 수 년 전 호남지방에 가서 교원 노릇을 할 때 학생들의 태반이 바다를 몰음에 놀랐다. 그러자 군산으로 여행을 다리고가 금강 하류에 흐르는 그 시컴언 물을 보고 '아, 바다 바다'하고 경이驚異함에 뛰는 것을 볼 때 저들에게 바다의 아름다움을 그린 글이나 시를 알으킬 때 얼마나 그것을 이해할가 의심했다. 그뿐 아니라 일반으로 서해에서 자란 분은 동해ㅅ가 맑은 물을 보고서 바다에 대한 관념을 부화浮化시킬 필요가 있지 않을가 생각한다.

옛 문자에서는 정송강의 「관동별곡」이 바다를 읊은 조선 노래의 유일한 것이겠지만, 근래 와서도 향토문학이니 농촌문학이니 하여 농촌을 그린 소설은 많다. 그러나 어촌의 생활을 쓴 소설은 그리 구할 수 없으니 좀 더 이 땅에도 해양의 문학이 생겼으면 한다. 발서 십년이 가까운 옛날이지만 어느 극장에서 '동백꽃 필 때'니 하는 제목으로 청루靑樓로 팔려가는 섬 색시의 눈물 흘리든 비극이 지금까지 인상에 남아 있다. 요지간 와서 항구나 바다를 불르는 노래가 많이 유행하는 모양이다. 기중其中에도 제일 인기 있다는 '마도로스의 꿈'이니 하는 노래를 들을 때마다 서양영화에 나오는 '마도로스 파이프'를 입에 물고 모자는 뒤로 잿겨 쓰고 어깨에 웃조고리를 언즌 서양선부西洋船夫밖에 연상되지 안는다. 그것이 인심人心의 동향인지 몰으겠지만 얼마나 이 땅의 바다와 사공 생활에 가까울가 의문이다. 어떻든 바다를 보지 못한 사람은 말할 것 없고 바다를 보앗자 그것을 이해할 사람이 얼마나 될런지가 문제다. 바다라고 하지마는 일 년의 사시절을 따라 봄의 바다와 여름의 바다는 다르고 가을의 바다는 또 다른 정취를 갖었다. 그뿐 아니라 하로에도 아침과 낮 저녁과 밤으로 때를 따라 다른 자태를 나타낸다. 아침 안개가 개이고 갈매기 날기 시작하면 바다는 잠을 깨는 것이다. 낮을 지나 저녁 해 서산에 기우러지면 노을은 바다까지 발가케 물들이고 돌아오는 고기잡이배들의 흰 돛이 하나 둘 아물거리면 물새들의 우름도 구슬프게 들려온다. 저녁 후에 해안가의 산보가 지금까지 못 잊어하는 고향에 대한 욕정의 유일한 것이겠다. 그렇게 난잡하고 소연騷然하든 해안통海岸通도 검은 장막에 쌓여 희미하고 바다의 숨소리도 고요히 들릴락말락 먼 곳에 등대만 반짝거릴 때 어데로 가는지 떠나가는 기선의 굵은 소리가 길게 우－ㅇ하고 울려오면 울렁거리는 심정을 것잡을 수가 없다. 에미 일은 갈매기인지 밤새도록 울건만 바다는 모르는 척 고요히 잠이 든다.

나는 가을바다를 좋아한다. 한여름 모여들어 벅저거리던 해수욕장에도 이제는 사람 그림자를 찾을 수가 없고 여기저기 흩어진 종이조각이 적막의 감을 돋아내다. 하눌도 맑고 바다는 더욱 맑다. 물새도 마음 놓고 날아 단이고 떠도는 배 좇자 한가한 것 같다. 모래밭에 시들어가는 풀잎 밑에서 버레소리 들려오고 밀려오는 물결의 찰랑거리는 소리도 영원히 전해 주는 바다의 신비곡인가 한다.

어떻든 바다도 찾어 못간 지가 발서 삼 년 채 된다. '해당화야 꽃 진다고 설어마라 너는 내년 춘삼월이면 다시 피련마는 우리네 인생은 한 번 가면 다시 못 온다.' 이것은 학생 시대 때 모집한 민요의 한 구절이다. 해당화 꽃은 금년도 피련마는 찾어 못 가는 이 마음 더욱 안타갑다. 더구나 내가 즐기든 그곳은 찾어 갈 길 막연하니 오직 내 명상 속에서 출렁거리는 바다여! 바다여 그리워.

대두 특산지 안변군

차상찬

● 차상찬(車相瓚), 「대두 특산지(大豆特産地) 안변군(安邊郡)」, 『개벽』 54호, 개벽사, 1924.12

원산 이남에 한계가 활연豁然한 것은 안변평야이다.(함남평야咸南平野 중 제3위에 거居함) 그러나 안변 일군一郡은 산읍山邑이라 안니할 수 업다. 동서남 3면이 강원의 통천, 회양, 이천, 평강의 4군과 계界하야 경상境上에 설수雪水, 황룡黃龍, 풍류風流, 마상麻桑 등等 거산巨山과 분수分水, 동사東莎, 철령鐵嶺, 청학靑鶴, 추가楸柯, 설음雪陰, 박달朴達 등 준령이 환치環峙하야 천연의 대성곽을 이루엇다.

고구려의 비열홀比列忽, 천성淺城으로 신라의 비열주比列州, 삭정현朔庭縣으로 벌서 오랜 역사를 가젓스며 고려 현종 시부터 안변도호부가 된 것은 문듯 국방의 요지임을 알 수 잇다.

행정구역은 7면 2백 3동 리에 1만 5백 13호의, 인구수 6만 천 3백 70이 잇스며 총면적은 68방 리다.(일인 473, 지나인 24, 외국인 2)

교육기관으로는 공립보통학교 3, 사립학교 8, 일본인소학교 2가 잇고 종교로 불교, 야소교, 천주교, 시천교侍天敎 등이 잇스나 기중其中 불교가 만흔 신도를 가짐은 저 유명한 석왕사의 여풍餘風인 듯하다. 그 다음은 야소교인이 5백여 명, 천주교도가 2백70여 인이다. 시천교는 유야무야 중에서 겨우 명의名義만을 유지할 샌이다. 실지로는 향교를 중심으로 한 유림 일파가 중심세력을 가진 모양이다.

사회라고는 아무리 산읍山邑이지마는 넘우나 한심하다. 전조선全朝鮮이 뒤끌어 풍미하는 기미운동 당시에도 쑴적한 일이 업는 것을 보아서도 인심人心을 짐작할 수 잇지마는 340여 호의 읍내에는 비위 좃케 청년회 간판을 4년 동안이나 그냥 붓처둔 것도 가증하거이와 취생몽사醉生夢死로 그냥 마치랴는 셈인지 노소를 물을 것 업시 노상에 방황하는 자는 반수 이상이 홍면아紅面兒이다. 그 바람에 양주회사釀酒會社

(읍내 2개소)의 경기는 매우 조타. 그 우에 남들이 신문, 잡지 보는 대신으로 기박碁博을 일삼는 것이 상례가 된 모양이다. 안변인사 그대들의 사회가 그러케 위미萎靡 부패한 결과로 저 일군一郡의 마물魔物 최달빈崔達斌이가 횡행 유린蹂躪함이 아니냐(최달빈崔達斌 사事는 이하에)

생활 상태는 산야의 산물이 비교적 질소質素한 생활의 수지收支 상쇄相殺는 되어 왓다. 그러나 만근挽近 10년래로 동척東拓의 흑수黑手와 일선인日鮮人 지주가 늘어가는 서슬에 전도前途를 낙관할 수 업다. 삼방三防, 석왕사 가튼 명승을 가지고 일 년에 3, 4만의 탐승객을 영송迎送하지마는 무슨 토산물 한 가지로 안변 경제에 비익裨益될 것이 아즉 업다(오즉 주식영업자酒食營業者가 그 덕에 호구糊口는 하는 모양이나 그것도 리利 먹을만한 것은 일인日人의 차지).

군내郡內에서는 신고산新高山이 오즉 압호로 발전할 희망이 보인다. 철도 개통 전은 수삼數三 호戶의 고촌孤村과 일대의 황무지이든 것이 금今에는 400여 호의 대촌락이 되얏다. 회양, 이천, 평강 일부의 물산이(백자柏子, 마포麻布, 대두大豆, 목재木材은) 고산高山을 중심으로 집산하야 상업의 전도유망은 물론이오, 거리에 부화浮華의 풍風이 적고 청년들이 근험하야 향상向上의 기분이 만타. 지방 청년회에서는 야학을 개설하여 회관을 건축하야(방금 공사 중) 압흐로 만흔 발전을 기도企圖하는 중이다.

인물은 내가 일일이 차자보지 못한 유감도 잇지마는 방향芳香을 토吐하는 유곡幽谷의 난蘭이 적음도 유감이다. 읍에서는 장찬규張燦圭 군이 혼자 허덕허덕 애를 쓰는 모양이다. 환경이 원체 냉락冷落함으로 하로에도 장우단탄長吁短歎을 몃 번식이나 하는 것이 동정同情할 만하다. 순실淳實하고 자선심이 잇기로는 김원섭金元燮을 말한다(씨氏는 거去 임술壬戌에 흉작으로 기아에 빈瀕한 동포에게 천여 원의 안남미安南米를 배부하엿다. 원래 재산가가 아닌데 그러케 자선사업을 한 것이 특별하다가 피구자측被救者側에서 송덕비를 세웟다). 그러나 소위 송덕비 그것을 방지하지 못한 것은 씨氏의 적은 수치가 아니냐. 고산高山의 이대용李大用 군은 침중沈重하고 무실적務實的인 실업가로서 청년 사회를 위하야 노력하는 것이 가상한 일이며 강영균姜英均 군도 장래가 매우 유망한 청년이다. 지방의 장래와 농촌 자제의 전도를 위해서 교육기관에 대한 노력을 만히 하는 위익면衛益面 이재조李載朝, 안도면安道面 이병재李炳宰, 문산면文山面 이춘재李春載 가튼 이들이 매우 고마운 인물이다.

안변이라면 뉘나 맛찬가지로 삼방약수와 석왕사를 연상하리라. 해발 천척千尺의 산중에서 비폭飛瀑은 고공高空에 현懸하고 창울한 임목林木이 유수幽邃[1]의 치致를 극極한 그중에 또 유명한 약수藥水가 잇슴은 장하長夏의 인산人山을 이름이 고이치 아니하다. 그러나 별장이니 무엇이니 하는 동취銅臭[2]에는 비위가 적이 상한다.

무학無學이 이태조의 선몽鮮夢 잘한 덕으로 설봉산 하에 굉대한 석왕사釋王寺가 생기고 5백년 간 잘 울여먹은 것을 생각하면 창상滄桑의 감感이 업슬 수 업다. 창연한 노송老松이 천天을 참叅하고 검봉劍峰 단풍이 눈을 부시는 것은 과연 인人으로 하여금 단속의 념念을 가지게 하며 백석白石에 굴러 떨어지는 물과 화각畵閣에 차게 어린 달은 제천諸天 소식을 적조寂照함이 아닌가 할만하다. 더욱이 내원內院, 향적香積, 백련안양白蓮安養, 보문普門 등 암庵의 유수幽邃함은 진념塵念을 돈망頓忘케 한다. 광천鑛泉에 배를 불리고 특산인 송이松栮를 맛봄도 신선을 부럽잔을 만하다. 영월루暎月樓에 뭉텅이진 명패와 동구에 즐비한 객관客館은 오히려 명구名區를 속되게 함이라 할 만하다. 그러나 쌀하서 관람객의 여하히 다수임도 짐작하겟다.

읍내의 가학루駕鶴樓는 신라 효성왕 시대의 건물이며 학성산鶴城山의 학성산성은 신라 효소왕 시대의 축조로서 안변의 굴지屈指하는 고적이다.

그 다음은 군내에 굴지하는 부호청년 김창준金昌濬의 이약이를 좀 쓰겟다. 피彼는 내조내부乃祖乃父의 군수 시대에 민간에서 착취한 재산을 옹호해 가지고其父 金鴻稷 尙在 인류사회를 돌아보기는 컨녕 소작인에 대한 착취는 연복연심年復年 甚하고(닭 마리 청어靑魚뭇이나 가지고 아른대는 자가 잇스면 소작권 이동異動은 제 마음대로) 내지 그 친족의 무산자까지 압박 구축을 기탄 업시 하며 근일은 제집 보호책으로 소위 자위단

1 깊고 깊다.
2 동전에서 나는 냄새. 재물을 자랑하거나 돈으로 출세한 사람을 비웃는 말.

이란 명의 하에 80여 호의 농민을 제집의 수문견守門犬을 만들엇다. 가련아可憐兒여! 귀를 기우려 조종弔鐘의 소리를 들을지어다. 송도 망할 때 '불가살이', 안변 망할 때 최달빈이 이것은 안변 동요다. 그자는 무복巫卜출신으로 권문權門에 아첨阿諂하며 일진회를 이용하야 북청군수, 안변군수를 지냇다. 그러나 은사금恩賜金(구舊 한국韓國) 횡령사건으로 6년 감옥살이를 하고도 아즉 미족未足한 지 유도진흥, 국민협회의 회장이란 간판을 붓치고 사악이 날로 심하다. 근일은 장찬규 군이 유림회와 합력하야 성토문을 선전한 것이 일거리가 되어서 출판법 위반이니 명예훼손이니 하야 공판에 붓치엇다나.

그리고 안학수리조합案鶴水利組合에서 물만 좀 불으면 소위 공사한 것이 그만 오유烏有에 몰아가고 만다니 그러면 준공은 언제나 될가.

(대정大正 11년 수재水災에 상갑上甲이가 도주하고 12년 8월 물에 또 붕괴하야 약 10만원 손해를 내이고 금년에 양류壤流하얏다.)

설중 설봉산행

춘파

● 춘파(春坡), 「설중(雪中) 설봉산행(雪峰山行)」, 『신여성』 4권 2호, 1926.2

눈이 풋득풋득 내린다. 쌀악눈이 변하야 함박눈이 된다. 펄펄펄 잘도 내린다. 왼 세계는 금시 곳 은세게로 되고 만다.

야! ᄯᅢ야말로 조흔 ᄯᅢ다. 사랑문을 여러 놋코 설경雪景을 구경하며 멧멧 친구와 마조안저 갈비추념을 해도 조켓고, 총이 업스면 막대이라도 쓸고 산으로 들로 짐승 산양을 가도 조켓다. 그러나 나에게는 그것이 모도 업다. 돈도 업고, 총도 업고, 막대이조차 업다. 아! 엇지할고? 그러타고 삽살 수캐모양으로 맨몸으로라도 ᄯᅳᆯ에 나아가 가로 ᄯᅱ고 세로 ᄯᅱ고 질랄발광을 할 수도 업고, 그러타고 방구석에 쭈구리고 안저 녀편네 잔소리만 들을 수도 업고, ᄯᅩ 그러타고 락심천만하야 잣바저 잠을 잘 수도 업는 일이다. 아－엇지할거냐!

눈이 내린다. 펄펄－펄 잘도 내린다. 설중행보雪中行步가 몹시도 하고 십다. ᄭᅩᆺ아레 산보하든 그ᄯᅢ보다도, 단풍 미테 한 잔 마시든 그ᄯᅢ보다도, 백설이 풀풀 날니는 이날 이ᄯᅢ가 무엇보다 좃타. 못견디리만치 마음과 몸이 ᄯᅱ논다. 안이 나서지는 도저히 못하겟다. 그러나 주머니가 말을 안이 듯는다. 속살 맛는 동무좃차 업다. 삽살강아지 모양으로 무의식하게 무작정하게 함부로 나서기도 ᄭᅩᆨ 실타. 아－엇지할고?

남산 설경도 안조흔 바 안이요, 북악산 설경도 안조흔 바 안이나, 그러나 좀 멀즉이 관약산 설경冠岳雪景이나 소요산逍遙山 설경이 보고 십다. 그보다도 좀 더 멀즉이 설봉산雪峰山 설경이나 금강산 설경이 더 보고 십다. 더 멀즉이 백두산 상상봉에 올나가 흰곰白熊과 가티 눈속에 슬컷 뒹구럿스면 조켓다. 그러나 이것이 모다 공상이다. 당장 문밧 한 거름이 문제이다. 아-엇지할고?

궁한즉 달한다窮則達는 말이 잇것다. 엇지면 요러케도 마저 써러지는지? 마츰 북방으로 가는 동무 한 분이 차저주니 그는 천리마千里馬라고 볼 수 잇는 친구이다. 쏘리에 붓터도 쎄여버리지는 안켓고 머리에 붓는다 해도 성 낼 친구는 안이다. 렴치 조케도 동행 설봉산을 청하니 그는 서슴지 안코서 쾌쾌히 허락을 한다. 그는 원산의 리상은李相殷 형이엿다.

방랑放浪이라 할가? 설광雪狂이라 할가? 보든 일 집어치우고 사원들도 모르게 하고 제 힘도 안이요 남의 힘 비러가지고 설중에 이게 무슨 짓이냐. 그러나 이런 째에 생각이 만하서는 안된다. 가고 십호면 가는 것만 상책이다. 누구에게 알릴 필요도 업다. 알게 되면 장애가 생긴다. 불평아不平兒의 행세는 이런 째도 잇다. 가자-눈 싹 감고 나서 보자-

안동에서 한 잔 마시고 종로에서 쏘 한 잔 마시고 열시 씀하야 경성역에 이르럿다. 무론 밤중이다. 새로 장식한 경성역의 뎐긔불은 도망군이나 감시하는 듯 별로히 눈이 쏘렷쏘렷하다. 겻테 사람이야 웃거나 말거나 주정군 행세로 이리 비틀 저리 비틀 사람사람을 모다 검시해섯다.

쇠쏭머리에 도야지 발톱 구두에 털 외투에 양피 목도리에 아주 느러지게 몸 맵씨 낸 친구도 잇고, 누덕 저고리에 행주치마에 집석이에다가 올망졸망 보싸리 든 여자도 보인다. 직행차 써날 째의 정거장의 사람의 꼴을 엇지 그대로 다 그려낼 수 잇스랴.

10시 50분 속후俗厚 행렬차에 몸을 실엇다. 차는 굴기 시작한다. 씩쇅-씩쇅- 숨결이 자저진다. 구은다, 구은다, 잘도 구은다. 어느듯 룡산을 지내고 청량리를 지내고 의정부를 지낸다. 잠이 온다. 하두 캄캄한 밤중이니 안자 잘 것도 업다. 쿨쿨쿨 슬컷 잘밧게 업다. 철원을 지내는지 복게를 지내는지 삼방을 지내는지 도무지 모르고 콜콜콜 잠만 자것다.

"여보게, 니러나게. 다음이 석왕사일세."

하는 바람에 눈을 비비고 부스스 니러나니 발서 룡지원龍池院이다.

석왕사역에 내리니 야—좃키도 하다. 눈이 펄펄 잘도 내린다. 엇지면 요러케도 잘 마저 써러지는지? 달빗인지 눈빗인지 또는 아츰해ㅅ빗인지 분별할 수도 업시 왼 텬지가 보—얏타. 장부가 뜻만 두면 텬지도 응해준다고 스스로 거만한 생각에 억개가 읏슥읏슥해진다.

넘우 일너 그런지 인력거도 업고 자동차도 업다. 업는 것이 도리여 좃타. 잇다한들 이처럼 눈 오는 조흔 아츰에 그것 탈 후려자식이 잇드란 말가. 거러가면서 눈슬컷 마져보자. 이러기 위해서 온 것이다. 눈이 내리고 내려서 이 몸을 함박 무더주엇스면 조켓다. 안인게 안이라 본대잇게 잘도 내린다.

설봉산을 바라보며 석왕사로 통한 길에 낫서다. 쌔는 마츰 밝을낙 말낙한 쌔인데, 눈은 폭폭 잘도 쏫아진다. 인가人家의 쉼자리는 아직도 흡족지 못한 모양인데 문압헤 지내는 손은 공연한 심술을 피이것다. 요놈의 집은 돈푼이나 잇것다, 요놈의 집은 아조 가난뱅이것다. 반작이는 저 불빗은 의레 석유 안이면 들쌔기름이엿다. 드르릉드르릉 저 맷돌소리는 비지 안이면 강낭죽이것다. 강아지 소리도 콩콩나고 어린애 소리도 쌔극쌔극 난다. 엇잿든 돈푼이나 잇서 뵈는 집은 아직도 죽은듯 고요한데 쓸어저가는 오막살이집은 팟알불이나마 반작거리고 매ㅅ돌소리, 애기소리, 강아지소리가 들니는 것을 볼 쌔에 여러 가지 감상이 만히 난다.

부자의 생활현상, 가난쟁이 생활현상을 니약이해가며 산 경치 눈경치도 말해가며 눈을 폭폭 마즈며 간혹 넘어지기도 하며 이령저령 사긔리砂器里에 드러서니 부지런한 자는 니러나 눈을 쓸고 게으른 자는 아직도 이불 속에서 코를 고는 모양이더라.

일홈 조흔 봉래관蓬萊館을 차저 이러 오너라 주인을 차즈니 이팔二八 소년이 나와 친절히 마저 준다. 방을 정하고 압 뒷문을 탁 여러 놋코 좌우 솔밧흘 내다보니 참말 좃키도 하다. 소나무가지에는 설화雪花가 만개하고 공중에는 흰 나븨가 쌍쌍히 춤을 춘다. 조와라고 니러낫다 안젓다 하며 그 엇지 할 바를 모르다가 한 병 술을 사다가 두 석 잔 마시고 안즈니 신선인 듯 세상에 나밧게 업서 보이더라.

아츰을 먹고 나서 또 함박눈을 마저가며 석왕사 속으로 드러서니, 나는 새 기는 쥐 하나도 뵈지 안코 눈과 솔과 물과 우리 두 사람 쁜이엿다.

'천산조비절 만경인종멸千山鳥飛絶, 萬逕人踪滅[1]'이란 녯 사람의 말이 생각난다. 단속문斷俗門을 드러설 쌔 불가佛家의 새탈한 명구名句를 다시 한 번 찬탄하고 등안각登岸閣을 드러설 쌔 이 몸이 이제부터 속게俗界에 사람이 안인 듯하다. 약수에 들녀 서너 곱부 드리마시니, 다른 쌔보다 그 맛이 더 상쾌하다.

다시 거름을 옴겨 석왕사에 드러가니 화상들이 이방 저방에서 날낙들낙 하더라. 두 번 세 번 본 절이라 집 구경이야 또 다시 할 것 잇스랴, 다만 설봉산 설경, 그것을 위하야 드러온 것 쁜이다. 그러나 새삼스럽게 한 가지 불쾌한 생각이 난다. 탁 터노코 말하면 '밋친 놈들-'하고 욕댁이가 나드란 말이다. 저러틋 크다란 집은 무엇에 리익이 잇스며, 불경佛經을 삼만三萬독하면 무엇에 소용이 잇드란 말이냐. 인간의 실생활과 그 손익이 엇더한가 말이다.

화상들과 말도 안붓처보고 삽살 강아지 모양으로 눈밧헤 한바탕 싸다니며 넘어저도 보고 잣바저도 보고 또 눈을 한바탕 집어먹고 나서 거름을 돌녀 내려오니 이제는 승겁다는 생각이 왈칵 난다. 승겁다는 김에 눈을 또 한박아지 집어먹고 약수라는 김에 물을 또 세 그릇이나 써 생키고 또 부족하야 이번은 미인의 집을 위해 차저 또 오륙배 하고 나니 이렁저렁 설봉산행이 만족하더라.

내다른 거름에 좀 더 자고 원산싸지 가셔 생굴이며 동태冬太며 슬컷 어더먹고 사흘만에 서울에 오니 동무들은 아직도 알낙 몰을낙 하더라. 한 말슴 붓침니다.

---

1 당나라 시인인 유종원의 5언 절구시 「강설(江雪)」의 일부다. "산 어디에도 새 한 마리 날지 않고, 좁은 길 어디에도 사람 자취 하나 없네"라는 뜻이다.

설봉산은 함경도 안변安邊 짱에 잇는 유명한 산입니다. 석왕사는 설봉산 속에 잇는 유명한 절입니다. 고려 쌔에 도선국사道詵國師가 창건한 절인데, 리태조 성계李太祖成桂 씨가 이 절에서 왕 될 쑴을 해석하얏다 하야 석왕사釋王寺라고 일홈하얏다 합니다. 이 석왕사에는 솔나무가 유명하고 송이松栮가 유명하고 약수가 유명하고 물이 유명하야 경치 좃키로는 조선에 멧재가 안 가는 곳입니다. 교통도 편리하고 려관들도 깨긋하야 춘하사철 손님이 끈일 째가 업습니다. 한 번식 가 보십시오. 말만 듯고는 그 얼마나 조흔 것을 모릅니다.

안변 이야기

차천자

● 차천자(車賤者), 「안변 이야기」, 『개벽』 70호, 개벽사, 1926.6

함흥차사咸興差使

방석芳碩 방번芳蕃 등 두 사랑하는 아들이 비명에 죽고 또 계속해서 방간芳幹이 죽으매 태조의 태종에 대한 악감은 실로 극도에 달하여 하루라도 평안히 지내기 어려웠다. 또 방석의 동복 누이 경순공주慶順公主의 부흥안군夫興安君 이제李濟가 방석의 난에 연좌되어 피살되었으므로 태조가 친히 공주의 머리를 깎고 잠연潛淵히 유체流涕하였다. 태조는 왕위를 선양하는 즉시에 금강산으로 가고자 하다가 이루지 못하고 그 후 태종 원년 3월에 새 도읍 한양에 머무른다 칭하고(태조3년에 한양에 천도하였다가 태종 원년에 구舊 도읍 개성으로 돌아왔다) 금강산에 갔다가 마침내 안변에서 머물러 누월이 되도록 환궁치 아니하니 태종이 도승지 박석명朴錫命을 보내어 환궁을 청하되 듣지 아니하다가 제신의 극권에 의하여 굳이 귀궁歸宮하였다. 그러나 평생의 원한을 품은 태조는 항상 울읍鬱悒 불평하더니 태종 2년 11월 밤에 표연히 왕궁을 떠나 양주 소요산에 가서 별전別殿을 세우고 거류하다가 다시 함흥 본궁으로 갔다. 그때에 태종은 태조의 문안사를 누차 보내었으나 다 태조에게 피살당하고 생환치 못하니 이에 세상에 '함흥차사'라는 말이 생겨서 지금까지 소식 없는 사람을 가리켜서 함흥차사라고 한다. 그때 문안사로 간 사람 중 저명한 이는 성독곡成獨谷 린璘과 박충민朴忠愍 순淳과 신승神僧 무학無學 등이니 성린은 백마포삼白馬布衫으로 과객의 행색을 하고 본궁 부근에 가서 밥을 지었더니 태조가 멀리서 보고 환관을 보내 이유를 물으니 린이 답하되 개인적인 일이 있어 왔다가 날이 저물어 체숙滯宿한다 하였더니 태조가 의심치 아니하고 불러 보니 린이 조용히 인륜 처변處變의 길을 아뢰므로 태조가 변색變色하고 노하여 말하기를 네가 네 주인을 두호杜護함이 아니냐고 하니 린이 가로되, "신이 만일 그러하면 신의 자손이 반드시 눈이 멀 것이옵니다" 하니 태조가 믿고 그 말을 들어 뜻을 돌렸다. 독곡 이후 린의 장자 지도至道가 눈이 멀고 지도의 아들 구수龜壽 및 그 손자가 다 눈이 멀고 둘째 아들 차도次道는 또한 무자無子하니 세인이 언참言讖이라 칭하였다.

모든 집의 닭이 일시에 울다

이것도 역시 태조의 미시微時의 일이었다. 태조는 안변 어떤 촌가에서 유숙하는데 꿈에 인가에 들어가 세 개의 서까래를 지고 나오고 또 모든 집의 닭이 일시에 울며 다듬이 소리가 시사위를 움직이고 거울이 깨지고 꽃이 떨어지는 것을 보고 주인 노파에게 말하니 주인 노파가 말하되 이것은 극히 귀한 꿈인즉 비밀에 붙이고 설봉산雪峯山에 가서 이승異僧에게 물으라 하니 태조가 그 말과 같이 설봉산에 가서 승려 무학에게 물은즉 승려 답하되, "세 서까래를 짊어짐은 왕王 자요, 닭 울음소리는 고귀한 곳이니 왕위에 오를 것이요, 다듬이 소리는 '덕가동德加東'이니 덕을 동방에 펼 것이며 꽃이 떨어져 열매를 이루고 거울이 깨지면 소리가 남이니 당연히 조선의 군왕이 될 몽조라" 하니 태조가 마음이 홀로 기뻐 자부하여 이로부터 무학을 스승으로 섬기고 후일 등극 후에 그 기념으로 설봉산에 석왕사를 창건하였다 한다.

흐르는 인생

금릉인

● 금릉인, 「흐르는 인생」, 『별건곤』 73호, 1934.6; 방민호 편, 『경원선 따라 산문여행』, 예옥, 2020, 278~283쪽

인생은 본시 흐르는 것이런가! 하늘에 떠가는 방랑의 구름과 같이 향방도 없이 표박하는 것이런가! 오늘도 창 앞에 기대어 서서 먼 하늘을 바라보며 한숨지으니, 오! 괴로운 인생의 자취여!

내가 영애令愛를 알게 된 것이 우연이 아니라 하고 내가 영애의 사랑을 받게 됨이 분에 넘치도록 감사하다 할 때, 내가 영애에 대한 진정은 결코 이만저만한 것이 아니었다.

젊은 여자의 순정이 귀엽고 중하다 할진대 젊은 남자의 진정은 그만 못하란 법이 어이 있더냐! 내가 영애를 좋아함이 그의 아름다움이 아니었다. 학식이 아니었고 재산이 아니었다. 문벌이 아니었고 명예가 아니었다.

가을물 같이 깨끗한 그의 마음이 아니었더냐. 구슬같이 곱게 맺힌 그의 인격이 아니었더냐! 영애 역시 나에 대한 태도가 나와 일반이었다. 적어도 나는 이렇게 믿었다.

순한 인격과 인격이 맑은 마음과 마음이 합치되는 곳에 양귀비 꽃보다 더 붉은 사랑이 피어났던 것이다. 광망한 세상에 오직 두 사람 뿐이라고 굳게굳게 믿고 살아가면 세상 사람이 다 우리를 버릴지라도 결코 외롭지 않을 것이 아니냐! 오! 하늘아 우슴 짓고, 땅아 춤을 추어라! 무릇 천지가 개벽한 이후로 젊은 남녀가 마음껏 사랑하는 것보다 더 감격된 '씬'은 없었을 것이다.

그러나 세월은 흐른다. 세월이 흐르매 인생은 변한다. 천지의 공도도 더운 여름이 차디찬 가을이 되거늘 사랑의 열정이 언제까지든지 계속되리라고 믿는 어리석음이여! 차디찬 웃음을 던지고 돌아서는 영애! 손을 떨치고 가버리는 영애! 나는 미칠 듯하였다. 너무 기가 막혀서 눈앞이 캄캄하였다. 아무리 세상이 허무하다 하

나 이럴 수가 있단 말인가! 그러나 다시 생각하면 나는 본래 영애를 사랑할 아무 자격이 없었던 것이다.

명문의 딸이고 얼굴 어여쁘고 교양 있고 모던한 영애를 사랑하려면 그의 뒤처리를 해주려면 그의 애욕을 만족시키려면 첫째 돈이 많아야 하였고, 둘째 건강이 100%로 완전하여야 하였고, 셋째 시간의 여유가 많아야 하였다. 그러나 나는 이 모든 점이 모두 결핍되었다. 영애는 갔다. 깨끗하게 나를 버렸다. 나는 영애를 원망하면서도 참맘으로 영애의 행복을 빌었다.

세월이 흐른다. 한 해가 지났다. 영애는 이 봄에 여학교를 졸업하고 어느 돈 많은 의학사와 결혼하게 되었다. 나는 청첩 한 장을 받았다. 그날 나는 축전 한 장을 보내고 어둠침침한 하숙방에 앉아서 영애의 결혼식장의 번화한 광경을 눈앞에 그려보며 있었다. 무어라 형언할 수 없는 마음! 그러나 나는 입술을 깨물며 참았다. 다시 영애의 행복을 빌었다.

흐르는 세월은 다시 2, 3년이 훌훌 지나갔다.

나는 거친 세상을 외롭게 걸어오느라고 거울 속에 비친 내 얼굴은 내가 보기에도 몹시 초췌하였다. 그러나 이때 내 몸은 어찌 되었든지 행복되리라고 믿고 있던 영애의 결혼생활에 파탄이 났다는 말을 듣고 몹시 우울해졌다. 어찌하여 그 결혼생활은 깨지지 않으면 안 되었나!그러면 영애는 장차 어찌 될 것인가!

모든 것을 풀 수 없는 수수께끼로 남기고 세월과 인생은 자꾸자꾸 흐른다. 한 해 두 해 지남에 차차 망각이 오고 있었다.

그런데 바로 지난 여름! 나는 내가 일을 보는 어떤 레코드 회사의 공무를 띠고 금강산까지 출장을 다녀오게 되었다.

세계적 영산 금강산을 고루고루 탐사한 다음 약 일 주일 간 온정리에 머물러 원고 정리를 마치고 비 오고 갠 날 아침 외금강역에서 고성방면으로부터 오는 기차를 기다리고 있을 때 저편 여러 사람 틈에 끼인 모양 초췌한 젊은 여인! 어린애를 안고 있는 그 여인! 아! 그는 확실히 영애가 아니냐.

놀라운지 반가운지 구별할 수 없는 마음으로 영애 있는 쪽으로 발걸음을 옮겨 놓으려 할 때 얼른 외면하는 영애! 그럼 다른 사람을 잘못 봄이런가!

나는 그제야 내 눈이 착각이었음을 깨달았다. 그리고 하마터면 모르는 여인에게 망신당할 뻔한 일을 생각하고 몸서리를 쳤다.

그렇다. 영애 같이 건강하던 여인이 저같이 초췌할 리가 없다. 운동가인 영애! 그는 톡 튀기면 피가 쏟아질 것 같이 동락하고 연한 육체의 소유자였다. 저 여인같이 창백한 얼굴의 소유자가 아니었다. 그리고 영애의 표정은 똑똑하고 생기에 차 있었다. 저 여인 같이 소심하고 남의 눈을 무서워하여 쩔쩔매는 이가 아니었다.

나는 이러한 생각을 하며 차에 올랐다. 차는 바로 손밑에 창망한 동해바다를 끼고 안변역을 향하여 줄달음질을 쳐 간다.

나는 상상도 못하였던 기이한 경치에 바깥만 눈이 뚫어지게 내다보고 있었다. 기차는 송전역도 어느 사이에 지나고 동으로 동으로 달리는 모양이나 그것조차 나의 알 바가 아니다.

"선생님!"

나는 별안간 등 뒤에서 부르는 소리에 홱, 돌아 앉았다. 그는 아까 보던 초췌한 여인 그이였다. 나는 어치된 영문을 몰라 눈만 두리번두리번 하였다.

"영애야요!"

나는 몰랐다. 그러면 이 여인이 차말 영애던가?

"아까 선생님이 나를 알아차리는 것을 보고 나는 부러 모르는 사람 같이 외면을 하였지요! 그러니까 선생님은 감쪽같이 다른 사람으로 속았지요."

나는 아직 아무 말도 못했다.

"그러나 이렇게 우연히 뵈옵게 된 때에 그냥 뵈옵지 않고 지나치면 언제 또 뵈올지도 모르고… 아마 영원히 다시 뵈올 수 없을는지 누가 알어요…."

나는 오직 만감이 교집하여 역시 말을 못했다.

"온정리에서 나는 여러 번 선생님 낯을 뵈었어요. 그래서 선생님이 무슨 일로 이곳에 오신 것까지 다 알게 되었어요. 그러나 끝끝내 모른 척 하고 있었어요!"

"좀 이리 앉으시지요."

나는 비로소 입을 열고 자리를 비키었다.

"아녜요."

"왜 그러셔요?"

"곧 저편 차 칸으로 가야지요."

"왜요?"

영애는 쓸쓸히 웃으며 대답이 없다. 아! 이 쓸쓸한 표정! 옛날의 영애가 아니었다.

"금강산엔 웬일로?"

"묻지 말아 주셔요."

"참 어디까지 가시는 길이지요?"

"그것은 묻지 말아 주셔요."

"왜 그러세요?"

"그것도 묻지 말아 주셔요."

나는 영애의 이 태도에 기가 막혀 멍멍하였다.

"선생님! 퍽 상하셨어요."

영애는 간회 깊은 듯이 내 얼굴을 건너다보며 눈에는 눈물까지 넘쳐지는 듯하였다.

"영애씨도!"

"저야 당연한 일이겠지만!"

영애는 이리 대답하며 가만히 한숨을 쉬인다. 나도 울고 싶은 감회가 자꾸 가슴에서 솟아난다. 영애를 원망하던 마음이 내 가슴속에 잠겨 있었다 할지라도 이 말할 수 없는 천 가지 사정을 품은 듯한 영애의 적막한 얼굴을 보고는 그 원망이 봄눈스러지는 듯하였다.

"앉아 계셔요!"

영애가 옆을 떠나는 것을 보고도 나는 말리지도 못했다. 울고 싶은 가슴을 손으로 누르면서 차가 안변역에 닿았을 때다.

"나는 이곳서 내려요."

영애는 다시 내 옆에 와서 간단한 이 말을 남기고 차에서 내리려 한다.

"그러면 경성으로 바로 가시지 않던가요? 원산이 고향이시던가요?"

"글쎄, 그런 것은 묻지 말아 달라니까요."

영애는 차에서 내였다. 차는 다시 떠났다.

차가 산모퉁이를 돌 때 멀리 플랫폼에서 이곳을 바라보는 영애의 모양이 아련하게 보였다. 나는 차창 밖을 멍하니 내다 보았다.

저물어 오는 서쪽 하늘로 구름이 둥둥 떠간다. 아, 인생도 저 구름과 같이 끝없이 흐르는 것이런가. 수수께끼! 그렇다. 모든 것을 풀 수 없는 수수께끼가 아니냐!

영애의 모양이 왜 저리 변했을까? 영애는 대관절 지금 무엇을 하고 있는 모양인가? 그 어린애는 누구의 애일까? 영애는 다시 다른 남자와 생활을 꾸렸는가? 금강산엔 어찌 왔던가? 모두 알 수 없는 일이다. 누구에게 물을 수가 없는 일이다. 그러나 물을 필요조차 없는 일이다.

그것 역시 흐르는 세월은 다시 일 년을 지나 왔다. 오늘은 아스팔트 위에 늦은 봄날 궂은 비조차 촉촉하게 내리고 있다. 슬픔을 가진 인생의 가슴속에 속속들이 스며드는 봄비 소리! 듣지를 않으려고 귀를 막아도 아득히 속삭이는 봄비 소리! 듣지를 않으려고 귀를 막아도 아득히 속삭이는 봄비 소리! 이상하게도 봄비소리는 한 가닥 두 가닥 추억의 실마리를 끄집어낸다.

그러나 생각하면 무엇하리! 원래가 변하고 흐르는 인생인 것을.

우울 열차

이무영

● 이무영, 「우울 열차」, 『동아일보』, 1938.6.12; 방민호 편, 『경원선 따라 산문여행』, 예옥, 2020, 273~275쪽

"13세의 소학생", 이렇게 한번 자신을 웃어 본다. 삼십 고개를 넘었으니 그만하면 철 날 때도 됐으련만 그날로 되돌아오는 짧은 여행에도 마치 원족을 앞둔 소학생처럼 흥분하고 초조해 했다. 일을 하다 말고 캘린더를 쳐다보았다든가 꿈까지 꾸었다면 모두들 웃을 것이다. 어째서 이리도 저리 못날까?

그러나 이번의 여정만은 흥분할 만도 하다. 작년 여름 화씨 100도를 오르내리는 폭염을 무릅쓰고 '동해 기행'이니 '송전유기松田留記'니 하는 문우들이 피서지 통신 편집하던 비애를 회상하고 아직 한 사람의 문우도 발을 들여놓지 않은 동해안을 답습하는 것은 통쾌하려니와 동해 북부선은 내게 있어서 처녀지다. 강릉 농악대회 참석이라는 가벼운 짐을 지기는 했으나 어깨에 개갤 정도의 중임은 아니다. 보이는 그대로를 보고 느끼고 오랫동안 응어리처럼 가슴 속애 엉켰던 우울을 창망한 동해 위에다 내뿜는다면 이 어찌 즐거운 일이 아닐까 보냐.

옷도 입은 채 모자도 쓴 채 창밖의 희미한 점경을 즐기노라니 동두천역을 지나서 차장이 검은 커튼으로 객차의 눈을 가린다. 출발 직전에 돌발한 불쾌한 사건의 여운이 아직도 머리를 떠나지 않았음인지 머리가 무겁고 덮다. 유리창에 이마를 대고 얼마동안 머리를 식한 뒤에 요새 구성 중에 있는 장편 스토리를 얽어 보리라고 정신을 그리고 집중시켜 보았으나 얻은 것은 역시 우울뿐이다. 우울은 젊은이의 양식이라고 어떤 철학자가 말을 했다지만 이런 양식일질댄 차라리 기아만도 못하지 않을까.

돌이켜 보면 나도 한때는 우울을 양식 삼은 때가 있었다. 16,7세부터 27,8세까지의 10년간 나는 밥보다도 우울로써 양식을 삼았다. 그러나 우울을 양식 삼은 시

절은 갔나 보다. 그때의 우울은 명랑을 전제로 한 우울이었다. 명랑의 전주곡은 못 된다 3치더라도 적어도 그때의 우울은 의식은 못하나마 명랑과의 반주곡이었다. 그때의 우울이 정열적이요 적극적이요 생에의 도전이라면 오늘날의 그것은 퇴폐성을 다분히 띤, 생활상으로나 정신적으로나 패배한 부류에 속하는 사람의 우울일 것이다. 천에 가까운 사람을 싣고 어둠을 달리는 이 현대문명의 괴물을 가리켜 '우울열차'라고 한다면 불평할 사람이 혹 있을까?

차가 눈꼽 낀 눈을 부빈 것은 석왕사 근방이리라. 남산역을 지나서 나도 눈꼽을 뜯고 부리나케 행장을 수습했다. 행장이라야 보다 둔 화문 잡지 두 권에 담배, 파이프, 이것뿐이다.

안변역에 내린 것은 5시 30분경, 동해 북부선까지의 30분간도 그렇게 지루하지 않다. 작야의 불쾌한 일로 해서 저녁을 궐한 탓인지 공복이라기보다는 속이 쓰리다. 머리도 무겁다. 학생시대에 한 것처럼 발뒤꿈치를 들고 심호흡을 십여 차례 하고 나니 그래도 기분만은 홀가분하다.

뻬! 이윽고 앳된 기적을 울리고 차체가 건드렁 한다.

양미만곡-삼방폭포와 약수

무명씨

● 무명씨, 「양미만곡(凉味萬斛) - 삼방폭포와 약수」, 『신민』 16호, 신민사, 1926.8

삼방폭포와 약수

경원선 삼방정거장에서 하차하여 기구한 석경소로石經小路를 밟아 올나 가노라면 갈래산乫來山 투뢰곡鬪雷谷에 암벽 직하直下 백오십 여 척의 비폭飛瀑이 이것이다. 수세가 자못 장쾌하여 비말사산飛沫四散, 절벽에 위립圍立한 울창한 수목을 썰게 한다. 성하복염盛夏伏炎에도 덥기는 고사하고 추어서 오래 폭전瀑前에 머물기 어렵다.

삼방역에서 계곡으로 약 십리를 올나 가면 약수동이 잇다. 투명 무색한 냉천冷泉은 철분과 탄산을 함유하여 일종 이미異味가 잇다. 유거幽遽한 청류淸流, 분방한 벽담碧潭, 녹음심천綠陰深川에 솟는 영천靈泉은 피서의 선경이라 하나 팔도에서 운집하는 병객病客 째문에 병객이 안이고는 좀 불쾌하다 한다.

조선각지 폭포관–삼방폭포

무명씨

● 무명씨, 「조선각지 폭포관–삼방폭포」, 『별건곤』 31호, 개벽사, 1930.8

경원선으로 고산대인 검불랑, 세포 등지를 간신히 지나면 삼방역이 산중에 잇고, 그 역에서 서북으로 약 십리 되는 곳에 마상산麻桑山이 잇스니 그 산속을 밤이나 낮이나 봄, 녀름, 가을 할 것 업시 한 결 가튼 소리로 울리고 잇는 것이 이 삼방폭포다. 내려 쩌러지는 기리가 일백사십 여 척! 그것을 쳐다보면 백련百練의 견사絹絲가 유림幽林 간에 느리운 듯 골작이에 은은히 들리는 것은 비 아니 오는 한울의 뇌성雷聲이다. 바름벽 가튼 절정 올나 갈 수 업는 곳에 다시 현류懸流가 잇는 것은 웅폭雄瀑이란다.

조선각지 폭포관-고음폭포

무명씨

● 무명씨, 「조선각지 폭포관-고음(皷音)폭포」, 『별건곤』 31호, 개벽사, 1930.8

이것도 역시 경원선 고대산高臺山 역에서 내리어 남으로 이십 리에 재천동載天洞이 잇스니 삼방 골작이 물이 모다 이곳으로 모여와서는 바위에 부듸처 여울이 되고 다시 써러저 못이 되야 가지고는 분류奔流하기 한 십리 채 못 가서 굽이굽이 구부러저 도라 가는 청계는 차차 깁허가고 노송고풍老松古楓이 암벽을 덥고 청냉한 긔운이 사람을 음습하야 오는 폭포는 시내가 거의 긋난 곳에 잇서서 그 경승이 실로 기발하나 그것은 오래 숨기어 세상에 그러케 이름이 알려지지를 못하엿섯스나 경원선 철도가 생기면서부터 삼방폭포와 갓치 탐승객의 발자최가 들여 노키 시작한 것이 이 고음폭포이란다.

세포의 당면 문제

세포의 한 기자

● 세포의 한 기자, 「세포의 당면 문제」, 『동아일보』, 1931.3.25; 방민호 편, 『경원선 따라 산문여행』, 예옥, 2020, 197~199쪽

고원 황야에 쓸쓸히 앉은 세포洗浦가 경원선의 역참驛站의 하나로서 세상 사람들에게 알려진 지는 최근의 일이다. 칠팔 년 전까지도 수십 호에 불과하는 한적한 한 마을이던 것이 지금은 십여 배나 팽창되어 제법한 거리가 되었다. 그러나 속을 들춰보면 아직 나아갈 길은 암담하다.

첫째는 교육문제이니 고삽면 일원에 미취학아동이 일천에 가까운 숫자이다. 그런데 개량 사숙私塾 하나 변변한 것이 없이 세포와 검불랑 등지의 학동이 멀리 타도 타군에 통학을 하고 있다. 몇 해 전에 보교기성회普校期成會가 생기었으나 고식姑息 상태에 있다. 이제 겨우 군의 지시에 의하여 기성회가 부활되어 다시금 교육문제의 급을 논하게 되었으나 일부 인사의 의견은 불경기만 빙자하고 사건의 보류를 강요하는 사실을 본다. 어찌 한심치 않으랴. 세상이 다 가난해 간다는 것은 항상 신문지상에서 보는 바이지만, 초등교육은 공민이 받을 권리라 이것을 하지 않고 문맹으로 일생을 두는 것은 부형의 수치와 사회의 수치다. 무엇을 하여서라도 보교普校 하나는 세워야 한다.

둘째는 도로개수 정비문제다. 세포가 강원북부의 관문이니만치 세포 회양 간 도로문제는 긴급하다. 경제적 가치로는 미약하다 할지라도 정비된 도로를 완성치 않으면 세포의 퇴폐는 필연한 사실이다. 어찌 우리가 일시나 경솔히 취급할 수 있는 일이랴. 면민 전부가 다 같은 목적을 위하여 하루바삐 교통문화의 촉진을 바라고 있는 것이니 당국은 속히 이것을 실현치 않으면 안 된다.

셋째는 조선인 상계商界의 위축 그것이다. 조선인 상계가 몰락되는 반면 현재 세포의 상권이 전혀 중국 상인의 장악한 바 되어 몽매한 농민을 별별 방법으로 착취하는 것은 우리가 모두 아는 문제가 아니던가. 그들이 결코 자본을 많이 가지고 하

는 까닭도 아니다. 경영방법이 충실한 것도 물론 아니다. 그들에게 근검 소박한 기풍은 있다고 하지만 첫째로 그들이 우월한 성적을 내는 것은 단지 농민을 상대로 하는 그 수단이 족히 고객을 끄는 힘이 있다. 혹은 희롱 섞인 언어로 혹은 악소지심惡疎至甚한 상략으로 상업도덕을 벗어난 수단방법이 도리어 우매한 고객을 끌어드는 것이다. 조선인 상인은 모름지기 상업도덕을 기초로 한 상략으로 고객을 끌 방책이 없는가. 물론 조선인대 조선인 상업이 조선인 대외인에게 떨어질 이유는 없는 것이다. 다만 박리로써 끌지 않고도 능히 고객을 끌만한 방법은 얼마든지 있다. 객에게 응대하는 방법 여하로 족히 성공을 기할 수 있다. 상인에게뿐 아니라 그러나 일방 소비자도 각오가 있어야 할 것이다. 서로서로 부조하여 나가는 것이 미덕이 되며 이익이 된다. 이조를 일석으로 잡기를 꾀하는 것이 곤란한 것이 아니다.

넷째는 농업방법에 대한 문제다. 세포가 고원지대로서 한랭의 도와 풍세風勢의 심함이 강원도에도 드물게 있는 곳이니만치 이 지방에 적당한 농경 방법이 필요할 것이며 종자도 보통 강원도 산으로는 부적당하여 평북, 함북의 농산물이 이 땅에 적의適宜할 것을 간파한 자도 있거니와 토질까지 특이하여 시비 방법도 유달리 할 필요가 있는데 농장 혹은 면에서는 이에 적당하도록 연구를 가하여 일반에게 지도하는 것도 긴요한 방법일 것인데, 전혀 이를 등한시하여 넓은 지면을 버려두며 너무도 조방적粗放的 농경방법을 행하여 생산량이 과소함은 극기 한심한 사실인 중 여하한 방법으로든지 기어이 연구 지도기관의 설비를 바라는 바이다.

다시 한 가지 쓰려는 것은 시가市街의 정리이다. 위생 사상이 철저히 보급되지 못하여 하는 수 없다고 하지만 관민이 좀 더 착목하여 남의 눈에 더러운 시가를 보이지 않도록 하여야겠다. 간선 대로에 건축되는 가옥도 장래를 생각하여 너무 꼴 흉한 것은 짓지 않도록 어느 정도의 제한이 필요할지며, 변소의 설비, 퇴비사堆肥舍의 설비가 필요하다. 경찰당국으로서 춘추 청결을 좀 더 엄중히 할 필요를 느낀다.

지방색-단풍노리

신고산 남석종

● 신고산(新高山) 남석종(南夕鐘), 「지방색-단풍(丹楓)노리」, 『별건곤』 32호, 개벽사, 1930.9

우주의 삼라만상이 붉은 물드린 옷을 환착換着할 때 서늘한 바람이 얼골을 씻고 흐르는 냇물이 자연의 음악을 알외는 가을은 단풍의 세계이다.

만산滿山의 홍엽紅葉들이 너펄너펄 춤추며 가을를 즐기는 때는 우리 함경도 지방 사람들은 하루를 질거히 노는 일이 잇스니 이는 곳 단풍노리날이다.

동내 영감님들에게 조흔 날을 선택하야 화창한 일기를 벗 삼아 홍엽紅葉이 욱어진 단풍의 세계 동산을 차저 오른다. 매일매일 일에 시달닌 우리 농군들은 제 각긔 꽹매기 장구 북을 둘너멘다. 음식이라고는 술과 안주 몃 가지를 지게에 잔득 지고 가서 노래를 부르며 흥에 게워 춤도 추며 즐겁게 논다.

이가티 동내가 들석하게 뛰며 놀다가 각각 술의 취한 붉은 얼골도 단풍을 한 아름 썩거 들고 해가 서산에 가우는 것을 원망하며 집으로 돌아와서 내일 할 일을 생각해 보고는 일즉이 꿈나라를 차저 들어간다.

나는 항상 단풍丹楓노리를 할 때마다 이런 감感을 늣기게 된다. '우리가 단풍노리를 하는 목적은 단풍닙보다도 더 아름다웁고 놀기 조흔 시절이라 하야 하루를 쉬기 위하야 하는 것이다.'

그러면 우리 농군으로 말하면 소론甦論의 필요가 업겟지만 벽량시인僻量詩人 견지見地에서 가을 동산을 골나 쓴다면 애상함을 못 니기여 눈물 질 것이다.

농촌에 파뭇친 농부들이여.

한 가지 의식 조건 업시 단풍노리로 중대한 시간을 허비함을 애석한 일인 줄 아노라.

여름 행락지-삼방약수와 석왕사

사우춘

● 사우춘(史又春), 「여름 행락지-삼방약수와 석왕사」, 『신여성』 7권 7호, 1933.7

그 유명한 검불랑劍佛浪을 넘어서서 세포洗浦 고원高原을 다름질치고 그리고 나서 삼방유협三防幽峽으로 철려鐵驢는 쒸어 들어가 삼방협이라는 정거장에서 거름을 머물러 준다. 턴넬-또 턴넬, 산 또 산으로 휘여 감긴 깁은 산속 여긔가 소위 삼방 약수포니 경성에서 162키로 즉 400리로 청진행 야행열차는 여섯 시간만에 몸을 실어다 준다.

이 깁흔 산속에 용솟음해 나는 제개의 탄산수는 여름마다 수천의 피서객을 담엇다 쏘다버려 주고 그들로 그 다음 여름을 또 기다리게 하야 주는 것이다. 수백 척 단애斷崖와 수천 척 봉만峰巒으로 쎙쎙 둘린 그릇 바구니 모다 합하야 오육천 평도 못 될 손바닥만한 좁듸 좁은 터전에 대소 40여 개의 여관이 드러서 잇고 그리고 갈대로 지붕 더푼 조고만큼식한 세ㅅ집이 50여 개가 드러서서 가모를 무인 고원을 다 집어버리고 이 골짝에 이러케 엉켜다 부튼 것이 유난하게 갑갑해 보이는 곳이다.

그러나 이곳에는 약수가 무한량으로 소사 나오고 또 고지高地라 언제나 서늘한 바람이 서성거리지 안는 쌔가 업슴으로 여름마다 갑갑해 보이고 좁듸 좁은 이곳으로 사람들은 모혀든다. 모혀드는 사람은 천층만층으로 늙은이 내외 젊은이 쌍쌍들은 물론 상인 학자 노름꾼 매음녀 학생 관리 신문기자 건달 할 것 업시 그 어쩐 계급의 사람이고 이곳에서 못 볼 수는 업다. 게다가 약수터라 병고를 몸에 지닌 사람도 업지 안코 빈곤한 병자로 생명을 걸고서 차자온 사람도 업지 아니하다.

이곳의 소일消日은 일본인一本人은 여자가 아님으로 여자의 소일消日은 아지 못합니다-대개가 마작 화투 장기 바둑 싸위로 약간의 도박은 거지반 공인해 주는 형편이다. 그것은 깁흔 산속이니 놀너갈 곳도 맛당치 못하고 쉴 새 업시 약물만 먹을 수도 업는 일 자연히 근엄한 신사 선생들도 심심푸리라고 하야서 붓잡지 안코는 못 견듸는 모양이다.

그러나 약수만은 본인의 경험으로도 단연 효과 잇는 청량수라고 할 것이 식욕 부진하든 본인이 매일 세 그릇 밥을 다 먹고도 오히려 부족하야 간식을 궐할 수 업섯스며 1개월 유악遊樂에 체중 3키로그람의 증가를 어든 것으로 증명할 수가 잇는 것이다.

근처의 산책지로는 약수포藥水浦 뒤에 기각봉奇角峰과 삼방 목장 조곰 ᄯᅥ러진 곳으로는 삼방협 궁예왕릉 삼방폭포 등이 잇스며 세심천洗心川 냇물의 고기잽이와 수욕水浴도 셀 수 업는 이곳 정취 가진 것으로 손꼽아 둘 수가 잇다.

여관은 대개가 친절하고 음식 솜씨는 경성보다 낫다고ᄭᅡ지 할 수가 잇스며 식비는 보통 일식一食에 50전 가량으로 1개월 하숙에 30원 내외면 적넉하다고 할 수가 잇다. 지명知名한 여관은 백수관白水館, 한성여관漢城旅館, 삼산여관三山旅館, 동양여관東洋旅館 등등이요 역에서 약수포ᄭᅡ지는 불과 2정町 내외의 거리를 가지고 잇다. 그리고 각 여관에서 ᄲᅩ이가 나와서 손님을 기다림으로 짐 가튼 것은 그들 편便에 보낼 수가 잇스며 되도록은 미리 여관을 지정해 가지고 가는 것이 편리가 만타.

석왕사는 삼방협에서 넷재 정거장 되는 곳이니 경성에서 195키로메돌, 기차로 약 한 시간을 더 가면 된다. 자미다란 이태조의 전설보담도 ᄯᅩ 석왕사 그 절간보담도 송림松林과 약수와 청계淸溪가 사람을 잡아 끄는 곳이다. 전일에는 석왕사 압헤 삼방이 무색無色하얏섯스나 이제는 석왕사는 삼방약수의 환락장歡樂場으로 손꼽든 것이 이제는 삼방과 뒤박귀는 지위에 잇는 것이다.

자연은 삼방보다 단연 상세상위上世上位에 처할 곳이나 지대가 삼방보다 훨신 야튼 만큼 더위가 삼방보다 훨신 더웁다. 그러나 삼방보다 조용하다고 차자가는 선남선녀가 적지 안은 만큼 한여름이 지나가면 서울 거리에서ᄭᅡ지 그곳에 ᄯᅥ러진 로―맨스의 풍설이 흘러저 드러오기를 곳잘 한다. 여관의 설비와 음식과 식비는 삼방과 별차이 업스며 여관으로는 석왕사 바로 미테 잇는 금택여관金澤旅館과 봉래관蓬萊館 등이 손꼽히는 곳이다.

기차는 밤차 타는 것이 편하나 복잡한 폐가 잇스면 아침에 함흥행 차로 오후 두 시 가량에 삼방 세시 가량에는 석왕사에 나릴 수가 잇스며 왕복표를 사면 할인이 잇다. 이 왕복표를 사가지고 가서 저곳에 기한 이상 잇스랴면 할인한 갑스로 유지에게 얼마든지 양여讓與할 도리가 잇슴으로 대개가 할인 왕복권들을 이용한다.

장단시간長短時間의 행정行程은 밤 10시 40분에 서울을 써나 그 이튼날 새벽 삼방에 나려서 반나절을 놀고 점심 먹은 뒤에 석왕사로 가서 오후를 보낸 다음에 밤차로 써나오면 그 이튼날 아침 여섯시에는 서울로 다시 올 수가 잇스며 그 총비용 5원 내외로 될 수가 잇는 것이다.

삼방에는 자취하는 사람이 만코 가족으로 와서 유留하는 이도 만타. 그것은 오로지 약수를 먹고저 함이며 행락의 의미는 적다고 할 수 잇겟스나 그 역시 행락이 아니랄 수는 업다. 해수욕이 주저로운 분네에게는 이곳이 경성 갓가운 곳에서는 제일 가는 행락지라고 할는지 혹은 금강산을 가리칠는지 그것을 본인이 말할 과제가 아님으로 횡설수설 이만 붓을 쓰친다.

태평양과 삼방 유협

이기영

● 이기영, 「태평양과 삼방 유협(幽峽)」, 『동아일보』, 1934.7.20; 방민호 편, 『경원선 따라 산문여행』, 예옥, 2020, 208~212쪽

강산의 승경勝景을 말하자면 천하의 명승을 두루 돌아다니며 놀고 난 후라야 말할 자격이 있다 할는지 모르나, 그리운 산, 그리운 물이라면, 반드시 그런 것도 아닐 것 같다. 비록 명승은 아니라도 자기의 주관으로 인상 깊게 잊지 못할 곳이라면, 우리는 어디든지 거기를 동경할 수 있는 것이다.

이런 의미에서 나는 보지 않은 금강산을 말할 수도 없고, 관동팔경이나, 명사십리를 말하고 싶지도 않다. 나는 나의 족적이 미친 바로서 가장 인상 깊고, 그리워하는 두어 곳을 적어보기로 하겠다.

그러나 솔직히 말하면 조선의 산천은 빈약하다. 산에는 나무와 물을 껴야 하고 물은 또한 청산과 무림을 배경해야 이에 있어 강산의 아름다움을 드러낼 수 있다. 그런데 조선의 산에는 나무가 없고, 내에는 물이 없다. 사람들이 수척하니만치 산천도 수척하고 벌거벗었다.

실로 이 어찌 우연한 일이랴?

나는 더구나 메마르기로 유명한 천직산天稷山에서 자라나다가 왕년에 비로소 현해탄을 건너서 그곳의 울창한 삼림과 창일漲溢한 녹수를 볼 때 과연 감탄하기 마지않았다. 밥이 물론 첫째 조건이지만 사람은 밥만 먹고도 못 한다.

동물은 산소를 흡수하여 산다 하지 않는가? 그리고 산소는 초목에서 발산된다 하지 않는가? 소위 호연지기浩然之氣를 기른다거나 대기를 깊이 마신다는 것도 산하가 풍요한 곳이라야 말할 나위가 있지, 척박한 토지에서 무엇을 기를 수 있으랴? '인걸은 지령地靈'까지는 몰라도 마실 것은 먼지밖에 없을 것이다.

그런데 거기는 도처에 청산이요, 녹수가 흐른다. 나는 세토나이카이[瀨戶內海]를

밤에 지났기 때문에 명석明石, 수마須磨의 절경을 못 보았거니와 차창 밖으로 내다보이는 도국島國의 기름진 풍광이 명미한 산과 바다를 조망하던 것은 지금도 오히려 심안을 황홀케 한다.

그러나 나는 동경에 건너간 그 이듬해 여름에 저 관동대마재關東大馬災의 어마어마한 관경을 겪고 나서 『동아』에서 제1회 구조선으로 보낸 홍제환弘濟丸을 지포芝浦에서 잡아타고, 진원지인 이두반도伊豆半島의 몽몽한 흑연을 토하는 활화산을 쳐다보며 태평양 연안을 돌아나올 때 대양의 장엄한 관경을 평생 처음으로 느끼었다. 그때 폭풍우를 만나서 경혼낙백驚魂落魄하기도 하였으되, 그 중에서도 오직 물빛이 하늘에 접하는 무변無邊 대양에서 산같이 몰려오는 파도와 싸우던 것은 육지 사람으로는 보기 어려운 장쾌하기 짝이 없는 장면이었다. 그때 같은 배를 탄 동포 중에서 혹시 이 신문을 보는 이가 있다면 나의 이 말에 누구나 공명할 줄 믿는다. 일주일의 그 항해는 그야말로 청산만리일고주靑山萬里一孤舟의 느낌이 있었다.

태평양이 그리운 물이라면 나의 그리운 산은 아마도 삼방 유협을 쳐들 수밖에 없다. 태평양을 말하다가 삼방 유협으로 옮기는 것은 너무도 엉뚱한 것 같으나 대양에서 장엄한 위대를 느낄 수 있다면 유협에서는 정교한 자연미를 맛볼 수 있다. 실로 삼방유협은 일폭의 천작天作 예술뿐이었다.

그때는 봄철이었다. 나는 그때도 잡지사 일로 함흥을 갈 적이다. '패스' 덕분에 이등차를 탔다. 그전에는 늘 저녁 차를 탔었는데 그날은 전날 밤 차를 놓쳤기 때문에 아침 차를 타고 갔다.

차가 철원역을 지나서 차차 고원지대로 올라가며, 숨이 차서 헐떡이는 창밖으로는 여전히 가는 비가 시름없이 뿌리었다. 새봄을 만나서 푸른 싹은 비를 맞아 더욱 푸르고 나무마다 파릇파릇 연두 잎새가 돋아 나오고 있다. 그러나 고원지대라 절기가 늦어서 그런지, 경성보다 나무순이 덜 자란 것 같다.

그동안 차는 삼방 깊은 산골짜기로 들어섰다. 별안간, 조그만 터널을 뚫고 나가서는 기암괴석이 중첩한 골짜기의 철교를 건넌다. 철교를 건너서는 다시 터널을 지나고, 터널을 지나서는 다시 계곡의 철교를 건너는데 그 가운데 청정한 녹수는 양 기슭의 절벽을 뚫고 굽이쳐 흐른다. 거기에 점점이 붉게 핀 진달래꽃, 푸른 솔, 검은 바위……, 그 순간 왼편으로 흐르는 물이 바른쪽으로 흘러가고 가로로 비껴난 물은 다시 철교를 뚫고 왼쪽으로 흐른다.

한 줄기 시내는 이렇게 감돌고 풀돌아서 유수한 깊고 큰 골짜기를 뚫고 나가는데 나는 이등차 안의 자리가 텅 빈 것을 기회로 동에 번쩍 서에 번쩍 하는 이 시내를 붙잡으려고 이리 닫고 저리 닫기를 수없이 하였다. 더구나 가랑비가 가리는 속에 진애塵埃를 씻어 내린 산의 생김새가 새로움을 따라, 진달래꽃은 푸른 솔과 대조되어 더욱 연연히 붉게 되었다.

어린 가지에 점점이 붉은 놈! 수풀을 이루어서 떨기로 우거진 놈. 청류가 굽이쳐 흐르는 대로 기암과 절벽에 수를 놓아 나간 진달래꽃이 가랑비를 무릅쓰고 피어난 경치야말로 참으로 무엇이라고 형언할 수 없이 선연하였다.

그러나 삼방 유협은 두견화뿐만 아니다. 유수한 골짜기 속으로 완연히 둘러있는 뾰족한 산봉우리에는 군데군데 폭포가 떨어지고 무림茂林이 울창하여 여름에는 녹음, 가을에는 단풍, 겨울에는 백설의 승경이 나그네의 발길을 멈추게 한다. 속칭 삼방의 명명은 여름에는 장마에 막히고, 가을에는 도적에 막히고, 겨울에는 눈에 막히기 때문에 '삼방三防'이라 한다는 말과 같이, 삼방은 지리가 극험함에 따라서 기후도 비상한 모양이었다.

내려다보면 곡곡 잔잔한 석계石溪! 치어다보면, 중중한 산형에 수목이 삼삼하다. 그때는 봄철이다. 밀림이 우거진 속에, 새순이 퍼렇게 피어나는 것은, 마치 천병만마千兵萬馬가 진을 친 것처럼 새로 약동하는 것 같았다. 산봉우리 위에는 늦은 안개가 어리고, 가랑비는 여전히 계곡에 뿌리었다. 나는 그때 어떻게도 이 황홀한 풍경에 감격했던지 석왕사역에서 엽서를 사가지고 나의 친척 형 되는 L씨에게 일부러 자연의 경치를 담은 글을 써 보낸 일까지 있었다.

여름 삼방도 또한 절승

현상윤

● 현상윤, 「여름 삼방도 또한 절승」, 『동아일보』, 1934.8.22; 방민호 편, 『경원선 따라 산문여행』, 예옥, 2020, 301~304쪽

30일 월요일

주을朱乙 여관에서 전주 유기현柳琪賢 군을 만나니 역시 북선北鮮 여행을 하다가 회로에 들렀노라고 한다. 동행하기로 하였다. 여관을 떠나 역으로 가는 승합 자동차를 타니 차중에는 노서아露西亞 사람 3인이 탔는데 그 중에는 여자가 둘이 있다. 차창 밖에는 남자 한 사람이 서 있다. 아마 송별을 하는 모양이다. 차가 방금 출발하려고 할 때에 밖에 어떤 남자가 돌연히 차 안으로 머리를 들이밀고 입을 모아 가지고 무엇을 구하는 듯 기다리는 듯하였다. 그러노라니까 차 안에서 자기네들끼리 무슨 담화를 하고 있던 여자 한 사람이 그 남자를 향하여 무엇을 던져주는 것 같이 자기의 주먹을 내어 맡긴다. 그런즉 그 남자가 그 주먹에 키스를 한다. 그리고서는 그 남자가 창문을 닫는다. 서양 사람들이 송영에 서로 키스한다는 것을 말로만 듣던 나에게는 기이한 느낌이 없지 않았다.

전번 왕로往路에는 강우로 인하여 잘 보지 못하던 연로沿路 풍물을 이번 회로에는 잘 보면서 함흥에 오니 날이 어두워진다. 원산에 오니 비가 또 내린다. 유 군은 경성으로 직행하고 나는 원산에 내렸다.

31일 화요일

원산 송도원에는 중앙고보 수영대水泳隊가 캠핑을 하고 있으므로 여관에서 조반을 마친 후에 나는 곧 송도원으로 향하였다. 택시가 천막촌에 닿으니 '중앙고보 수영대'라고 쓴 천막들이 호기롭게 송림 사이에 나열하여 있다. 막문幕門을 여니 인솔하시는 박창하朴昌夏, 한진희韓軫熙 양 선생을 위시하여 사십여 명 대원들이 반갑게

맞아준다.

원래 원산은 해수욕장으로 유명한데 남편 갈마반도의 외측인 명사십리에는 서양 선교사들의 해수욕장이 있고 북편 송도원에는 일반용의 해수욕장이 있다. 규모나 욕객의 수로 보아 송도원은 전 조선을 통하여 제일 되는 해수욕장이다.

임간林間에는 개인과 단체의 대소 천막이 촌락을 이루어 있으며 건평 10평 내외의 미려한 세 놓는 별장들이 다수히 산재해 있다. 매년 7, 8년경이 되면 경성 등지에서 혹은 개인으로 혹은 가족 동반으로 혹은 단체로 이곳을 향하여 해수욕 오는 사람들이 무려 사오백, 칠팔백 명이 된다고 한다. 그러기에 삼중정三中井 같은 큰 백화점에서도 출장소를 두었으며, 음식점, 사진옥, 여관, 식료품점, 잡화상들이 나열하여 있고 정구장, 당구장, 아동 골프장 등의 설비가 있다.

주간이면 남녀 욕객들이 마치 물오리 떼 모양으로 물속과 백사장에서 옥실복실하고 야간이면 별장마다 천막마다 각종의 악기 소리가 한참 들을 만하다고 한다. 더구나 달이나 뜨면 위에는 명월이요 아래는 창파滄波이어서 그 연광烟光과 풍경은 무어라고 형언할 수 없으리만큼 좋다고 한다.

그런데 금년은 연일 음천陰天이 되어 욕객도 많이 오지 아니하고 온 사람들도 별로 수영을 하여보지 못하였다고 한다.

박, 한 양 선생의 인도로 숲 사이의 산보 도로를 통과하여 수영용으로 설치하여 둔 잔교 위로 걸음을 옮기니 멀리 운제雲際에 갈마, 호도, 두 반도가 마치 무엇을 포옹하려는 형상으로 남북에 대항對向하여 있는데 그 안은 한 평평한 벽해가 너울거리고 있다. 이날 아침도 비가 오던 끝이라 비록 청천晴天과 같이 명랑한 기분은 없으나 하늘에 가득한 운연雲煙이 회백색으로 상하 사방을 휩싸고 있는 멋은 도리어 일종의 별 취미가 있다.

발 앞에는 그리 높지도 않고 노하지도 아니한 물결이 백사의 해변을 힘 없이 부딪히는 것이며 건너편의 명사십리에는 조고막 조고막한 서양 사람의 뱅갈로들이 안개에 졸고 있는 것이며 머릴 영흥만 쪽에는 두셋의 포범布帆이 수평선 위에서 감실거리는 것이 모두 다 그림 속 같다. 잠깐 서 있기만 하여도 흉회胸懷가 열리는 듯하다. 일음一吟을 시험하니 앞에는 벽파요 뒤에는 창송蒼松이로다. 벽파와 창송이 한 곳에 이어져 있으니 가운데 서 있는 내 마음도 동일색同一色 푸른 듯하다.

대원 일동과 사진을 박은 후에 오후 세 시에 서로 작별하고 역으로 나와 다시 경성으로 오는 차 중의 승객이 되었다.

삼방협三防峽은 언제 보아도 좋다. 가을 단풍 시절이 좋다고 하지만 여름의 삼방도 역시 절승이다. 좌우에 중첩하여 깎은 듯이 솟아 있는 봉만峯巒에는 이름 모를 넝쿨과 관목이 우거지게 덮여 있고 그 위에는 비단결 같은 운연雲煙이 마음대로 비등하며 간간히 녹음 사이로 백운같은 폭포가 달리는 것이라든지 발밑으로 계곡을 흘러가는 청류淸流는 남빛같이 푸른 것이 본색이나 연속하여 암석에 부딪히는 까닭으로 한 조각 흰 명주로 변하는 것이라든지가 어느 것이나 화경畫境 아닌 것이 없다.

기차가 천류川流를 연하여 가는 관계로 물이 직류면 차도 직행하고 물이 회전하면 차도 회전하여 혹서 혹남或西或南하면서 물이 하자는 대로 차도 방향을 변하게 된다. 그동안에 좌우로 송영하는 절벽과 봉만은 여러 가지 형상으로 신기를 서로 다투는 듯하다. 그러므로 승객의 눈에는 협중峽中의 풍물이 기차의 진행을 따라서 마치 수병繡屛을 펴보는 감이 있다.

내려서 폭포를 찾고 약수를 찾을 마음도 없음이 아니나 예정한 시간이 있어서 차로만 지나게 된 것은 자못 유감이다.

삼방의 추색–약수포와 폭포의 소묘

홍효민

● 홍효민(洪曉民), 「삼방(三防)의 추색(秋色) – 약수포(藥水浦)와 폭포의 소묘(素描)」, 『신동아』 48호, 1935.10

8월 25일 오전 3시 18분 나는 삼방협역에 나리니 아즉도 밝을 날은 머렀다. 역에 나리어 방향을 몰라서 한참 둔전둔전하는 차에 예例의 인객군引客群이 무슨 관館 무슨 관館하는 등燈불을 내어민다. 나는 근화여관槿花旅館을 지정해 주었다. 근화여관 사람을 딸아 어둠길을 것기 시작하였다. 산모퉁이마다 예의 어중씨 떠중씨의 명예스러운 성함姓啣이 허여케 쓰여 있다. 가벼운 불쾌를 느끼며 한 1리가를 드러가니 차츰 인가들이 보인다. 여관에 들어 행장을 푸니 어디서 닭들이 새벽을 알윈다.

"선생님! 약수 잡수싶쇼."

이 소리에 깜작 놀래어 돌아다보니 여관 사동使童이 벌서 주전자酒傳子로 약수를 떠 온 모양이다. 나는 호기심과 함께 약수를 한 컾 딸하서 드리켰다.

"원 이런 물맛이 어디 있을고?"

시고 떨고 싸–하고 마치 썩은 사이더를 먹는 것 같다.

"선생님 웨 그리 찡그리십시오?"

하는 바람에 나도 몰으게 내 얼골이 찡그려젓든 것을 느꼈다.

"몰이 하도 이상하구먼!"

하고 대답하였다.

"그래서 약수랍니다"

하고 그는 내가 이곳에 처음인 것을 직각直覺하는 모양이다. 나는 조름이 쏘다저서 그대로 쓸어젓다 깨니 해가 동창東窓에 높고 밖어서 말소리가 두런두런 난다.

때는 벌서 오전 9시!

서울에는 아즉도 폭양曝陽이 내리쪼이고 노염老炎이 그 기세를 올리건마는 이곳은 서늘하기 그지 없다. 과연 피서지로다! 하는 생각이 머리를 스치고 지나간다. 세수와 조식을 필畢하고 약수터로 내려갔다. 그곳에는 여러 사람이 정거장에서 차표 사듯이 일자로 열을 지어 있다.

나도 그 행렬에 끼어 약수 나오는 곳에까지 가니 약수는 마치 수도에서 나오듯이 철관鐵管으로 덮어 씌운 좌우로 맑안 물이 흘러 나린다. 한 컾을 먹고 나니 어제 처음 먹을 때와는 달러 마치 생생한 사이더를 먹는 것 같앳다. 물을 두어 박아지나 먹고 개울을 끼고 철로 뚝을 내려가면서 삼방의 지세를 보앗다.

삼방三防은 문자 그대로 삼방三防이다. 삼면이 죄다 산으로 막키고 오즉 북쪽만이 뚤려 있었다. 그리고 산이 깍가 질린 듯이 높다. 그 밑으로는 한 길이 될 만한 시냇물이 콸콸 흐르고 있다. 시내를 좇차 차차 아래로 내려가니 인가들이 조밀하게 붙어 있는 곳에 '제2등실'이니 '제3등실'이니 하는 작은 목패가 붙어 있다. 주민들에게 물으니 그것은 세방貰房들로서 당국에서 아주 지정해 준 것이라 한다.

그래서 1등으로부터 5등까지 있는데 1등은 1개월 1원이오, 2등은 8원, 3등은 6원, 4등은 5원, 5등은 3원이나 4원이라고 한다. 딴은 그곳에서 말쑥말쑥한 신사숙녀가 나오는 것이 그럴 뜻하다.

삼방은 벌서 추색秋色이 깊었다.

약수 먹으러 온 손들도 가고 피서객도 가고 아즉도 남은 사람들은 위장병 알는 사람들 뿐이었다. 삼방 주민의 주요한 식물인 옥촉서玉蜀黍[1]는 욱어지게 잘 되었고 산 우에 있는 화전火田들도 어느 곳은 누른 이삭이 매달린 곳도 있었다. 나는 철교 밑에 이르러 발을 빼고 그야말로 탁족濯足을 하면서 옆에 있는 '낙수꾼'과 이야기를 건넛다.

이곳에도 물고기는 있으나 적고 비눌이 광채 없는 북어北魚 색기 같은 것을 몇 마리 잡고들 있다. 삼방의 경색景色은 그리 취取할 것이 없었다. 석왕사라는 절도 그러케 신통할 것이 없고 산들도 거巨하고 고高하기만 하다. 이에 승지勝地를 물으니

---

1 촉서(蜀黍)는 수수. 옥촉서(玉蜀黍)는 옥수수를 뜻한다.

삼방폭포가 볼만하다고 한다. 그래서 그날은 다만 삼방의 지리와 풍속과 인물을 두루두루 보앗다. 그리고 결론을 지은 것은 구경 도회인의 피서지, 또는 병객의 치료지 밖에 못 된다는 단언을 해 버리었다.

익일翌日은 삼방의 유일한 명승名勝인 폭포를 찾어서 나섰다. 삼방협역에서 삼방역까지 다시 기차를 타고 조선리수朝鮮里數로 10리 가량이나 되는 곳을 올르고 또 올랏다. 진실로 험한 길이었다. 개울 우에 노인 외나무다리를 몇 번 건넌는지 몰은다. 그리고 발을 빼기도 두어 번을 한 후에 깍가 질린 듯한 폭포를 만낫다. 나는 이것이 삼방폭포이냐 하고 인도자에게 물엇다. 이것은 적은 폭포이엇다. 이 적은 폭포는 비스듬이 된 것으로서 급류이요 격류인 것은 물론이다.

그러나 아즉도 더 있다고 하야 더 용기를 내어 기어오르니 장재壯哉라! 그곳에는 약 5장五丈이나 되는 긴 폭포가 물을 튀면서 허여케 나려오고 있다. 박연폭포와 비교하야 못지 아니한 것이라 한다. 그곳은 치웟다. 등에 배엿든 땀이 어느듯 슬어지고 선선한 느낌이 온몸을 엄습한다. 다시 적은 폭포로 내려와 발을 빼고 낯을 씻고 손을 씻고 점심을 먹었다.

삼방의 폭포, 그것은 명승이었다. 이것이야말로 은하낙구천銀河落九天이라고 쓰드래도 그리 과장은 아닐 것이다. 나는 일행에게 이러한 이야기는 하면서 돌아갈 길을 생각하니 까마아득하였다. 삼방에 온 오즉 한 개의 기념인 이 폭포를 그대로 두고 가기가 서운하였다. 그래서 다시 한 번 올라가 폭포를 물그럼이 보앗다.

무언중에 자연의 위대함을 다시 느꼈다. 그래서 천애절벽天涯絶壁에서 나리는 물이 펑펑 쏟아지건마는 그 밑에는 돌부처 일좌一座가 유유히 서 있다. 과연 돌부처이다. 우리 일행은 차 시간이 느질가 하야 하산을 최촉催促하야 회로回路에 올랐으나 원악 노인과 부녀자가 석인 터이라 그여코 기차는 놓고 말엇다. 다시금 거기서 걸어서 삼방협 약수포를 오니 오후 8시 30분이 되었다.

그러나 이날과 같이 유쾌하고 장엄한 것을 본 것은 내 일생에 처음이 되리라고 생각된다.

삼방폭포행

박승극

● 박승극, 「삼방폭포행」, 『다여집』, 금성서원, 1938.7; 방민호 편, 『경원선 따라 산문여행』, 예옥, 2020, 223~227쪽

나는 여기 오면서부터 삼방 팔경의 하나인 삼방 폭포가 좋은 곳이란 말을 들었으나 이 짧은 시일에 될 수 있는 대로 많이 마셔야 할 약수가 축이 날까봐서 구경을 가지 못하고 있었다. 또 며칠 전, ○○일보 지국 주최의 관폭觀爆 대회에도 동방의 권유를 받았으나, 각 층 잡인과 어울리기가 싫어서 그대로 거절하였다.

오늘은 내 이곳을 떠날 날도 사격紗隔하였고, 삼방의 명물인 궂은비도 개어서 날이 좀 더운 편임으로, 5인 남짓이 한 그룹이 되어 삼방 폭포를 볼 숙원을 성취하게 된 것이다.

이 약수포에서도 여름 한철의 더위를 모르고 지내는 것이지만, 삼방 폭포는 끓는 날에도 도리어 신선해서 특별히 더운 날을 택하여 가지 않으면 안 된다는 것이다.

○○일보 지국을 중심하고 모인 우리 4,5인은 약수 먹으러 와서 어쩌다 만나 인간적으로 친근하게 되어 서로 놀기도 하고 물도 같이 먹으러 다니고 하지만, 따지고 보면 계절조季節鳥보다도 더 못한 비조직 생활을 하고 있는 것이다. 우리는 제각기 헤어져 갈 운명을 올 때부터 가지고 있는 때문이다.

그러나 오늘만은 삼방폭포 구경이라는 동일한 목표를 앞세우고 모두들 마음에서 우러나오는 친근미가 있는 행동을 했다.

우선 점심거리도 논의껏 해서 조선다운 떡인 '징편'을 장만하고 화락한 말소리도 떠들어대며 준비를 마친 후 약수포 입구를 나서서 쉬엄쉬엄 걸었다.

삼방의 북촌! 서울의 북촌과 마찬가지로 빈궁한 사람들만 모인 곳!

이들은 정말 병자로서 약수를 먹으러 왔지만, 돈이 없는 탓에 이 깨끗하지 못한 곳에 있게 된 것이다.

여기를 지날 때에 무슨 이상한 냄새가 코를 찌른다. 동구를 나서면 왼편으로 궁예의 능이 있는데, 참으로 빈약해 보였다. 늙은 전나무가 서 있고 다 헐어진 돌담이 둘러 있으니, 그 안에 두어 칸 되는 와가—이것이 궁예의 능이다.

일시는 왕! 최후의 전사를 하게 된 이곳에, 저것만이 최대의 유적으로 남아 있을 줄이야 어찌 예측하였을까?

문 위에는 '존경각'이라고 쓴 조그만 현판이 걸려 있으며, 내실에는 궁예—태봉왕—의 아주 무섭게 생긴 초상이 붙어 있다.

이 구석 저 구석 검은 현판에 흰 글씨로 추억의 한시와 장문이 씌어 있으며 그중에는 '병오 오월 태봉 전우 중건丙午五月泰封殿宇重建'이니 하는 것들이 눈에 띄었다.

우리는 이 능을 나와서 원삼방元三防을 향하여 걸었다. 삼방까지 오는 길은 퍽이나 험했다.

삼방폭포인 '삼방협'역이 생기기 전에는 여기도 좀 번화했다고 하나, 지금에는 퍽 쓸쓸하다.

요새 신간 잡지 하나 똑똑히 볼 수가 없어서 너무 심심하기에 삼방 역전 신문취급소에 들러 『주간조일週刊朝日, 주간 아사히』 혹은 『아사히 그라브』나 『썬데이 매일』을 찾으니까 젊은 여인이 한참 쳐다보더니 "아리마셍"하고 생끗 웃는다. 그러면 신문도 없느냐고 하니까, 그것도 마침 없다고 하며 불안한 표정을 한다.

무료하기 짝이 없어서, 걸음을 빨리하여 폭포 입구라고 한 표목이 서 있는 길로 올라갔다.

맑은 물이 골짜구니에서 흘러 내린다.

물소리가 짤짤…… 난다.

나무가 우거진 속에서 매미의 소리가 들려온다.

시원한 바람이 부딪쳐 온다.

어디쯤 올라갔는지, 나무 사이를 통해서 동편을 바라보니 훤한 바다가 눈에 띈다.

"저—, 어떤 바다인가?" 하고 나는 부르짖었다.

그러나 좀 더 가서 다시 내려다보니, 그것은 바다가 아니라 맑게 갠 하늘의 한 폭이 눈을 희롱한 것이다.

큰 나무에는 굵다란 칡넝쿨들이 마치 큰 뱀 모양으로 휘휘 감겨 있다.

돌로 싼 움집이 나선다.

이것이 아마 폭포 어귀의 '길 가리킴 집'이나 아닌가 하고 생각했다. 집의 생김생김, 늘어놓은 것이 모두가 원시인의 원시적 생활을 상상케 한다.

어찌된 셈인지, 그 돌움집 방속에서 비교적 반반한 젊은 여자가 옷도 깨끗이 입고 점잔을 빼고 앉아서 바느질을 한다.

나는 퍽 이상한 호기심에 끌렸다. 이런 깊은 산 속에서 저런 여자가 홀로 있어 생활하는 것이 무슨 곡절이 있는 일이다, 하고.

그러나 우리들은 한참 서서 둘레둘레 보기만 하고 그대로 올라갔다. 폭포가 바로 이 앞에 있는 모양으로 쩡, 쩡, 하는 물소리가 들린다.

산비탈에는 목탄 굽는 굴이 띄엄띄엄 있다.

커다란 나무 넝쿨이 우거져 있다.

늙은 나무 옆구리에 작은 풀들이 났다.

맑은 물이 발 아래로 흘러내린다.

오른편 산은 자꾸 높아간다.

처음 듣는 새 울음소리가 산속을 울린다.

초동이 지게를 지고 부리나케 우리를 따라서 올라온다. 늙은 사내와 여인이 숯목탄 섬을 지고 천천히 내려온다. 이 위에서도 사람이 사는 모양! 오! 사람의 생은 이같이 가지각색일까?

나는 이것저것을 보고 이것저것을 생각하며 물소리 가까운 것도 정신 차리지 않고 올라갔다.

눈앞에 몇 백 척 되는 흰 폭포를 걸쳐 놓은 것 같은 물줄기가 번쩍 띄어 그제서야 폭포인 줄 알았다. 힘 있는 물줄기!

맑다 못해 흰 깨끗한 물줄기! 쉴 새 없이 흘러내린다. 신선한 기운이 몸을 감촉하게 한다.

우리는 우선 다리를 쉴 겸 폭포 옆 바윗돌에 늘어앉았다.

물 흘러내리는 것을 바라보는 것이 퍽이나 재미난다. 저 위에서도 또 쩡,쩡……소리가 난다. 그것이 정말의 삼방폭포인 것을 우리는 나중에야 알았다. 옛날 한시에 '비류직하 삼천척飛流直下三千尺'이라더니, 그만은 못해도 꽤 높은 곳에서 물이 떨어진다.

찬바람이 휘, 돈다. 비말이 옷깃을 적신다. 내객들의 성명이 암벽에 허옇게 지저분하게 써 있다.

찬 것을 용기를 다하여 참고 목욕을 한 후에 폭포 위로 기어 올라갔다. 그러나 폭포 맨 꼭대기에는 갈 수가 없어서 작은 댓잎을 쥐고 도로 내려오느라 힘만 들었다.

우리는 물 떨어지는 데서 한동안 놀다가 먼저 폭포로 내려와서 가지고 간 '징편'을 맛있게 먹고 물 가운데 바위에서 장난을 했다.

물 위로 돌을 던지면 어느 틈에 벌써 저 아래로 떨어져 버린다. 누구나 죽고 싶으면 여기 오는 것이 가장 장쾌할 것이라고 생각했다. 한번 떨어지면 그만 죽고 말 것이 아닌가?

나는 부지중에 몸을 부르르 떨었다.

일행이 돌아올 때는 해가 서편에 걸쳐 있는 퍽 쓸쓸한 마음이 날 적이다. 그 돌움집 수상한 여인이 있는 곳에 다다르니 난 데 없는 남자 두엇이 떠들고 앉았다.

나는 그들의 생활 형편을 물어보고 이런 곳에서 사는 취미도 들어 보았다. 더욱이나 그 여자의 일이 궁금해서 실례 안 되도록 이리저리 돌려 물어보니 목탄 대상大商이 임시로 데리고 온 것이라 한다.

우스운 말을 섞어가면서 말대답을 하는 그 사람의 쾌락성이 나의 우울한 마음을 찔렀다. 이번 회로廻路에는 삼방역에서 원산에서 오는 기차를 탔다. '삼방협'에 내려 약수포에 오니 그만 해도 우리집에 온 것 같은 감상이 났다. 나는 무엇보다도 먼저 녹슨 약수 그릇을 들고 약수터로 향했다.

삼방과 물

노자영

● 노자영, 「삼방(三防)과 물」, 『조광』 4권 9호, 1938.9

삼방三防은 물이 많은 곳이다. 삼방을 왜 가느냐 물우면

"첫재 삼방은 약수藥水가 좋아서"

"둘재 삼방은 하천河川이 좋아서"

"셋재 삼방은 폭포瀑布가 좋아서"

하고 대답한다. 그 다음엔 하고 물으면

"어쨌든 삼방은 서늘하고 놀기 좋은 까닭에……"

하고 대답하는 것이다. 과연 삼방역임시 역에 나리면 누구나 삼방천三防川이 암석을 핥으면 요란擾亂스럽게 흘러가는 물소리를 들을 수가 있다. 이 물소리를 들으며 삼방약수포三防藥水浦로 향하여 가느라면 조선 처처에 그 많은 소나무가 여기는 한 나무도 없고 다못 고산성高山性의 다래넝쿨 싸리나무 엄나무 등을 볼 수가 있다. 삼방은 경승이 좋은 곳이 아니오, 물이 많고 물이 좋은 곳이다.

우리는 삼방 임시 역에서 5분 동안이면 삼방 약수포에 도달하게 된다. 그러나 삼방이란 얼마나 무표정한 곳임을 알 수가 있다. 다못 기각봉奇角峰 아레 산협山峽 언덕을 토호土豪로 제비집같이 오롱조롱 7, 80호의 집들이 달려 매여 있다. 이 중앙에 약수藥水가 있어서, 모던 뽀이 모던아씨 늙은 할머니 젊은 아저머니 늙은 영감 어린애 할 것 없이 언제나 3, 40명식式 이 약수를 둘러싸고 장보듯이 야단이다.

"여보시우. 난, 벌서 5분 동안이나 기달렸시우?"

하고 온건한 항의를 하는 모시치마에 수건을 질끈 맨 젊은 아저머니도 있고,

"여부 이 양반 혼자만 먹을량기우! 용심 대단하이구려"

하고 좀 빳빳이 대드는 사람도 있거니와 어떤 이는

"이거 웨 이 모양이랑! 약수포藥水浦 혼자 삿드랑교!" 하고 싸움을 한판 걸랴는 친구도 있다. 물물－물 마시기에 야단이다. 모다 허리에 '물구기'를 하나식式 차고 약수 퍼먹기에 눈이 벌갯다.

"난 오눌 일백一百, 수무 곱부를 퍼 먹었어…… 어이 배야……,"

하고 약수 만이 퍼먹은 자랑을 하는 친구도 있다. 과연 삼방약수는 라디움이 많고 위병胃病에 좋고 신경쇠약에 좋고 빈혈증에 좋고－어찌니 어찌니 하는 그 약수 분석표를 보고 무지한 친구들은 그 물 퍼먹기에 필사적이다. 그들은 이 물만 먹으면 몸이 무쇠같이 튼튼해지고 기운이 태산을 문힐 듯이 커저서 2백 년 3백 년을 살 줄만 알고 배가 '올창이' 배같이 뚱뚱하도록 물을 퍼먹고 위胃 확대擴大 설사泄瀉 등 예기치 안은 병을 얻어 가지고 집으로 도라 가는 친구가 많다. 이 약수는 삼방 뒤에도 두 곳이나 있어서 피서객들은 앞뒤로 번가라 드나들며 자기는 물이나 먹으러 이 세상에 온 듯이 아주 야단법석이다.

그리고 삼방약수포의 발목을 뒤흝으며 삼방천三防川이 구렁이같이 아우성을 치고 흘러간다. 이리하여 물이 많으니, 삼방은 서늘하고 또는 고원지대라 더욱이 서늘하다.

그러나 삼방은 물만이 아니오, 사람의 모형 전람회라고 할 만치 별의별 사람이 다 모혀들었다.

첫째 얼굴이 누루퉁퉁하여 황黃뱀의 배때기 같은 모양을 해가지고 바람만 불어도 넘어질 듯이 기우청기우청거리며 그래도 약수藥水의 덕을 볼가 하고 거러 다니는 폐병肺病 환자도 있고, 또는 위병胃病으로 모기각다귀같이 밧작 말라붙은 말라꽁이 친구도 있고, 또는 헐덕헐덕 늘 풀모질을 하고 다니는 천식喘息 환자도 있다. 그리고 서양 사람이면 제일이든지 머리에 빨강물을 드려서 꼬불꼬불하게 지저가지고 서양 사람의 종자나 된 듯이 의기양양하여 양서洋書를 거구로 들고 활보횡보活步橫步하는 친구도 있으며 또는 밤낮 술병甁만 놓고 아침이나 저녁이나 밤이나 만년장취萬年長醉로 눈이 원숭이 눈같이 되어가지고 거들거리는 친구도 있거니와 음악이란 문외한으로써 어데서 배웠는지 '유모레스크' 하나를 배워가지고 밤낮 왱왱거리고 지알하는 친구도 있다. 더구나 예의염치와는 담을 싸없든지 남자는 자진 밤중에 세월이니 네월이니 하며 또는 누가 잡아나 다리는 듯이 노아라 못 노켓다하며 안안安眠 방해를 하는 몰상식한도 있다. 그리고 키다리 깜둥이 말라꽁이 데부장이 새침덕이 능구렁이 온갖 친구들이 모여서 별別의별別 지알을 하고 단인다.

그러나 삼방이란 이렇게 추악면醜惡面만 있느냐하면 그러치 않다. 저녁이 되면 삼방천에 달이 나리고 물빛은 옥玉이 되어 방울마다 진주를 뿌린 듯한데 하반河畔에는 고흔 단장을 한 선남선녀가 모다 물결을 바라보며 즐거운 환상에 잠기고 있다. 여름 달을 못 잊어 울고 가는 백학白鶴의 떼가 여기 나려온 듯 이야말로 삼방의 시詩이오 그림이다.

더구나 낮이면 단의경장單衣輕裝으로 기각봉奇角峰 뒤의 고원 지대를 헤매여 식물채집과 온갖 야화野花를 꺾는 것두 좋고 또는 삼방천 하류로 가서 목욕을 하거나 낙시질로 유유하게 그날을 지내는 것도 퍽이나 고상한 그날의 과목課目이다. 그리고 때로는 '벤또'를 싸가지고 임시 역에서 삼방 본선本線까지 10분간 기차여행을 하고 심수深邃한 산협山峽의 맛을 만끽하며 삼방폭포를 구경하고 귀로歸路에는 궁예弓裔의 고적古蹟을 찾어 보는 것은 퍽이나 좋다. 이렇게 한여름을 삼방에서 지내면 몸이 두 관貫 이상이 늘고 퍽이나 튼튼하여진다고 한다.

삼방은 여관의 설비도 완전하다. 동양여관東洋旅館이니 한성여관漢城旅館이니 백수관白水館이니하는 여관들은 모다 깨끗하고 식찬食饌도 훌륭하다. 그 외에 요리집 국수집 떡집 닭탕집 등 온갖 음식집이 버려 있어서 좀 풍기상風紀上에 덜 된 점도 있지마는 이것이 없으면 살 자미滋味가 없어하는 일반인사에게는 적지 아니한 도움이 될 것이다.

삼방협

오종익

● 오종익, 「삼방협」, 『조선의 명승』, 평양 : 군중문화사, 1960, 107~108쪽

우리나라의 대표적인 산협의 명소로 치는 경원선의 삼방협三防峽과 석왕사釋王寺는 이 지대의 특수한 협곡 풍경과 유서 깊은 고적들로 인하여 일찍부터 널리 세상에 알려져 왔다.

강원도의 복계福溪 검불랑劍佛浪 지대의 동쪽 장암산長巖山 · 백암산白巖山의 연봉과 서쪽 범북산凡北山 · 장지문산長旨門山 등의 연산은 우리나라 척량산맥에서 안부鞍部를 이룬 곳이고 검불랑 세포洗浦 사이의 현무암 대지(해발 500~600미터)는 동해와 서해의 분수령으로 되고 있는 고대高臺이다.

세포로부터 삼방을 거쳐서 고산에 이르는 구간은 단애斷崖와 단풍으로 이름난 국사봉國師峯을 비롯해 동쪽의 적목산赤木山, 연대봉淵臺峯, 풍류산風流山, 철산령鐵山嶺, 장수봉將帥峯과 서쪽의 마상산麻桑山, 두적봉豆積峯, 추애산楸愛山 등 1,000 내지 1,200미터의 고봉 준령이 톱날처럼 솟아 두 줄기로 남 · 북을 달리여 깊고 좁은 골짜기를 이루었는바, 여기가 바로 이름 높은 강원도 세포군의 삼방협이다.

삼방 협곡은 서울과 원산을 연결하는 길이 약 200킬로미터, 너비 약 4~12킬로미터에 달하는 추가령지구대의 북쪽 부분이다. 추가령 지구대는 조선을 남 · 북으로 나누는 자연 지리적 구분선으로서 동서 해안을 연결하는 유일한 자연적 통로이다. 이 지구대는 양측이 단층斷層에 의하여 함락된 것은 아니고 충동선상에 충동 운동이 끝난 후 붕괴된 화강암이 침식된 곡지谷地이다. 양안兩岸보다 낮아진 것은 화강암보다 침식에 대한 저항력이 강한 편마암류와 화강암이 서로 침식의 정도가 달라져서 이루어진 것이다.

삼방 협곡은 세포 부근에서 발원한 실 날 같은 계류가 좌우 경사면에서 흘러내

리는 무수한 지류를 합치면서 북으로 달리어 안변安邊의 남대천南大川을 이루었는데 오랜 세월을 두고 계류의 침식을 받은 좌우의 가파른 경사면과 수없이 주름 잡힌 골짜기들에는 깎아지른 단애 절벽에 기암이 쭈그리고 로송이 매여 달리여 있다. 그 우에 단풍나무, 가래나무가 우거져 골 안을 뒤덮었다. 이리하여 안팎 20키로미터 남짓한 오르막 내리막에 무려 십여 차에 걸쳐서 턴넬을 지나고 철교를 건너며 그 때마다 갈마드는 산굽이에 여울이 뛰고 폭포가 나르는 기절하고 성그럽고 소란스러운 풍경을 이루고 있다. 그러므로 마치 주마등을 보는 듯하여 기차를 타고 달리는 려객들의 이목이 사뭇 현황할 정도로 복잡 다양한 경관을 나타낸다.

삼방협은 일찍이 송도에 도읍을 정한 고려 시대에 녀진족女眞族의 반거磻居 지역이었던 함경남·북도로부터 오고 가는 사람들을 조사하기 위해 3개소의 관關을 두었기 때문에 일찍부터 삼관방三關防이라고 부르는 교통의 관문이다.

3개의 관방이란 남쪽 추가령 아래에 제1의 관을 두고, 오늘의 삼방역 남쪽 2키로미터 지점에 제2의 관을 두고, 북쪽 풍류산 서쪽 기슭에 제3의 관을 두고 련 3차에 걸쳐 통행인을 규찰하던 요지要地로서 지금도 그 옛터가 남아 있다.

삼방은 예로부터 폭포와 단풍과 약수의 3명물로 유명하다. 폭포로서는 삼방폭포와 고산에서 가까운 고음폭포鼓音瀑布가 가장 이름 높다. 삼방폭포는 마상산의 투뢰곡鬪雷谷, 역에서 서남 4키로미터 지점에 있는데 높이 50미터의 절벽으로 우거진 수림 사이로 도도히 떨어지는 품이 마치 하늘에서 떨어지는 은하수인가 의심하리만큼 기절 장쾌한 폭포이다. 고음폭포는 옛날의 청학산 고음동鼓音洞에 있는데 높이 20미터의 비폭飛瀑으로서 웅대하고 상쾌한 맛은 삼방폭포에 미치지 못하나 붉게 물든 단풍으로 수놓아진 가을의 풍경은 또한 그만 못지않은 승지이다.

바다의 금강 '동해의 송전'

이헌구

● 이헌구, 「바다의 금강(金剛) '동해의 송전(松田)'」, 『신동아』 33호, 동아일보사, 1934.7

호지胡地에는 영원永遠히 봄이 없다고 합니다. 봄 없는 나라의 황막荒漠한 생활生活도 때로는 경험經驗하고 싶은 충동衝動을 느끼는데 인간정의人間情意의 무궤도적無軌道的 발현發現이 있습니다. 그러나 때로는 여름만을 기달리기 위하야 일 년一年을 희생犧牲하는 분이 있습니다. 그이의 말을 빌면 오직 여름의 단 한 달 동안 이 현실現實의 모든 것을 저바리고 오로지 바다와 싸호고 바다를 사랑하며 바다와 노래하는 그것이 자기생활自己生活의 가장 갈망渴望하고 동경憧憬하는 유일唯一의 인간적人間的 생활生活이요 예술창조藝術創造의 별세계別世界라고 합니다.

나는 그이와 같이 여름의 바다를 자기自己의 모든 생명生命 애인愛人 예술藝術 이상以上으로 애모愛慕한다고 자긍自矜할 수는 없읍니다마는 내 감정感情만은 그이에지지 않을만한 바다의 예찬자禮讚者입니다. 예찬禮讚이라는 말이 내가 바다에 대對해서 가지는 모든 감정感情을 표현表現하기에는 너무도 형식적形式的 과장誇張같이 느껴집니다.

나는 여름의 바다를 꽤 많이 친親해 보읍니다. 부산釜山, 마산馬山, 청진淸津 등지等地의 잠체暫滯는 물론勿論이요 원산元山의 명사십리明沙十里와 함남咸南 문평文坪의 바다는 한 해 여름식 지낸 곳입니다. 그러나 나의 가장 좋와하는 장소場所의 결정적決定的 찬사讚辭는 드디여 '동해東海의 송전松田'으로 다름질치지 않을 수 없는 한 운명運命에 조우遭遇되고 있습니다.

나는 여기서 송전松田이 어떻게 좋으냐? 하는 공식적公式的 문구文句를 쓸 수는 없습니다. 맞이 누구더러 어머님 사랑이 어떠트냐? 하는 설명說明, 네가 생명生命을 바처 사랑하는 애인愛人의 감정感情이 어떠트냐? 하는 해답解答이 실實로 위대偉大한 예술적藝術的 창조創造 이상以上으로 곤란困難을 느끼는 것과 동일同一합니다. 공자孔子의 덕德은 바다와 같이 측량測量할 수 없다는 것은 그의 고제高弟의 스승에 대對한 정평定評입니다.

송전松田은 가장 좋은 지역地域에 놓여 있습니다. 어찌 보면 산山으로서 가지는 금강산金剛山의 지위地位를 송전松田은 바다로서 가져도 부끄러움이 없을 줄 압니다. 송전松田 독자獨自가 가지는 지역적地域的 우월성優越性은 바닷물의 멀리 푸르고 맑다는 것이라거나 그보담도 바다까로 느러선 송림松林이라거나 좀더 들어가 욱어진 노송老松의 울창鬱蒼은 오히려 송도원松濤園의 송림松林 이상以上으로 청아淸雅하고도 유아幽雅한 시취詩趣가 있는 것 같습니다. 더욱 서편西便의 칠성암七星岩에 부디치는 파도波濤 동편東便의 오미리五味里라는 적은 어촌漁村 그러나 이 송전松田에는 어촌漁村이 가지는 그러한 추잡醜雜이 없다는 것은 명사십리明沙十里와 같이 한 개의 자랑일 것입니다.

그러나 이 송전松田만이 가지는 또 한 개個의 우월優越은 저 유명有名한 통천通川의 총석정叢石亭이 이십 리二十里밖에 안 되어 해변海邊을 끼고 거러도 갈 수 있지만 기차汽車라도 부족不足 이십 분二十分입니다. 그리고 이 바다의 나날이 해풍海風이 실증이 나면 외금강外金剛 해금강海金剛은 두 시간時間에 갈 수 있고 원산元山의 번창繁昌도 이삼 시간二三時間에 직행直行할 수 있습니다.

나는 다시 송전松田의 해변海邊 거긔에서 나날이 느낄 수 있는 실감實感–송림松林 사이의 소요逍遙, 월야月夜의 해변海邊 산보散步, 동해東海의 욱일旭日 폭풍暴風 전후前後의 광란狂亂하는 노도怒濤! 이렇게 쓰는 내 붓끝은 다시 총석정叢石亭의 달밤도 한 대 쓰지 않고는 못 견디게 합니다. 그러나 나의 「해변잡기海邊雜記」에 쓰일 수상隨想은 끝없이 길어질 것 같어서 오직 이만한 정도程度의 송전松田을 추억하고 다시 이 여름을 송전松田과 더브러 지낼 수 있기를 그 기회機會의 재래再來를 마음 깊이 기다리고 있겠습니다.

1934년一九三四年 6월六月 1일一日

장천통신초

정태양

● 정태양, 「장전통신초(長箭通信抄)」, 『신동아』 35호, 신동아사, 1934.9, 37~38쪽

제일신第一信

어제 아침 차로 무사히 장전長箭에 나리였나이다.

시골답지 아는 조고마한 어촌－바다가에 궤딱지 같은 집이 호弧를 거린 갸름한 거리에는 축음기 소리와 술내와 정어리 썩는 내가 한 뭉치로 엉키여 무럭무럭 피여 올르나이다.

그 새를 뚫고 배 사람들의 시커먼 얼굴이 우왕좌왕右往左往－. 이 도회都會의 일각一角 같은 어색한 잡울雜鬱 속에서 나는 이유없는 불안을 늦기엿나이다.

그러나 －꾹 참고 한 일 년一年 ◯3이나 마시며 이곳에 숨어있을 예정이외다. 그것이 무엇보다 파리한 내 몸에게 건강을 주겠고, 바눌 끗 같은 신경을 둔화시킬 것인 고로－

위선, 이만 틈 있는 대로 소식이나 알니소서.

제이신第二信

벌서 장전長箭 온 지 한 달이외다.

으슴푸레하게 장전의 윤곽輪廓을 짐작쯤은 하겠으나, 이 적은 어촌은 의외에 복잡한 것을 가진 것 같소이다. 그러나 별로 알려고도 않고 모든 것이 부지러워 종시終始 눈을 감고 지내나이다.

온정리로 통하는 신작로의 첫 고개가 만리성 고개를 넘어스면 성직(성북城北－직이라 관음慣音하나이다)의 해안, 동해북부선이 남행南行하다 외금강을 항하여 활 휘듯 구분 곳, 만물상의 냄새와 해금강의 향기는 온정리도 채 못간 이곳부터 피여 오르나이다.

무슨 설비가 잇는 것은 아니오나 이 성북城北의 해안이 장전長箭의 유일한 해수욕장이외다. 명사십리明沙十里에도 비할 백사白砂, 청송靑松, 만발한 해당화, 기암—혜염 못 치는 나는 매일같이 이곳에서 조개를 캐고 소일하나이다.

해안의 돌단突端, 종유동鐘乳洞같이 구녕 뚤닌 바위를 이름지여 굴 바위—저녁을 먹고 나면 이곳에 나 앉어 모여드는 갈마귀의 떼를 벗 삼고 조용히 그대를 생각하고 허심히 바다의 푸른 물을 바라보나이다.

전복 따는 해녀들의 무리, 제주 사람들이라 하오나 그 속에 머리 따느린 처녀가 석긴 것을 나는 무엇보다도 기이하게 바라보고 있나이다.

이런 것들이 장전에서 볼 수 있는 풍물—정어리 시계時季가 지나기 때문에 거리는 좀 적적하오나 그것이 도리여 나에게는 명상瞑想을 주나이다.

뚜—뚜—뚜—. 붓을 놀라니 기적소리가 세 번 연거푸 들리나이다. 고래가 잡힌 모양이외다. 창 앞으로 동리洞里 사람들이 포경회사捕鯨會社를 향하야 와르르 몰려가나이다 그려.

고래잡이 관한 이야기는 다음으로 밀고 오늘은 이만.

피서지 찬—송전상찬기

이헌구

● 이헌구, 「피서지(避暑地) 찬(讚) – 송전상찬기(松田常讚記)」, 『조광』 3권 8호, 조광사, 1937.8

'몸은 바다로 가고 싶고 마음은 산으로 가고 싶다.'

이 일구一句는 오 년 전 어느 잡지사에서 올 여름 피서는 산으로 가시렵니까, 바다로 가시렵니까 하는 설문에 대하여 막연하게 적어 보낸 회답이었다. 그때 생각에는 피서와 같은 한산한 시간이 있을 것 같지도 않어 일一의 향수의 심정으로써 써 보내였으나 결국 그해 여름 나는 문평文坪에 가서 지내였고 그 다음해는 송전松田에 가서 지내였다. 나의 피서 생활이란 학생 시대에 원산 명사십리明沙十里의 한 해 여름까지 합처 전후 3회였다. 인제 또 낮잠이 파리 떼와 더부러 찾어오고 문군蚊群의 야간공습夜間空襲을 당하게 되면 소등방공消燈防空의 필요.

여리 내가 쓸 수 있는 피서지 예찬에 있어서는 바다가 아닐 수 없게 되고 바다 중에도 동해안을 들게 되며 동해안에서는 서슴없이 송전松田을 제일第一로 추천하는 순서를 밟게 된다. 해마다 이 송전松田 예찬을 써 오기가 어느듯 오 년이라는 세월을 거듭하여 왔다. 생각건대 오늘의 송전松田은 사년 전 송전松田에 비하여 놀랠만한 발전과 번화가 있을 것이다. 작년 단녀온 분의 이야기를 드르면 여기로 찾어 오는 피서객이 굉장히 늘었고 차차 유흥적 기분이 지터저 간다고 한다.

너무나 한적한 지대의 피서란 역시 쓸쓸하다. 내가 송전松田을 좋아하고 거기에 대하여 일종의 향수를 느끼는 것은 이 한적閑寂한 데 있었을 것이다. 더군다나 송도원松濤園과 같은 열락탐일悅樂耽逸의 번쇄煩鎖를 본 나로서는 비록 그러한 노송老松의 울창까지가 절박해와 다시 피서에 대한 심경보다도 이 도시를 떠날려는 마음의 중압을 느끼게 된다. 은없어도 나직하게 가즈런히 커가는 송전해안松田海岸의 청송青松. 그 일대에 소박하게 느러선 비와 같이 그리 굵지도 않고 기세 높이 빼더 올는 노송들이 여간 정다운 게 아니다.

송전松田의 백사白砂! 명사십리明沙十里나 몽금포(아직 보지는 못했으나)의 세사細沙에 다소 손색이 일을넌지는 몰나하되 해볕을 바다 반짝이는 이 금모래의 알알은 유달리 정이 붓소 그를 만짐으로 보드러운 미소를 느낄 수 있으며 그 우에 버슨 몸을 누이면 말할 수 없이 향그러운 촉감을 전신에 느낄 수 있다. 일즉이 내가 이 모래를 모와 커다란 무덤을 맹글고 명명命名하야 '금사탑金砂塔'이라는 목패木牌까지 세운 일이 있거니와 밤마다 이 금사탑 우으로 울고 헤매이는 야구夜鷗의 저어취는 또한 송전松田의 특수한 정경이다.

송전松田 바다의 서편에 있는 칠성암. 이 바다 위는 송전松田의 날개와도 같다. 날개란 반드시 날는다는 의미가 아니요, 이것이 떨어지면 새의 형체와 생명의 일부를 절단 당하는 정도의 말이다. 이 바위는 바다와의 향락에 싫증난 때 잠시 그리로 산책하거나 그렇지 않더래도 긴 사장沙場을 지나 이 바위 우에-더욱 달밤-앉으면 심회유창心懷悠暢하야 옛 사람이면 한시 한 수가 있을 것이요, 오늘은 노래 한 곡이 저절로 나올 것이다. 그러나 이 바위에는 일종의 괴기로운 감, 공포의 정도 가지게 하는 바 있으니, 이것이 이 바위의 신비로운 점이다. 언젠가 나 홀로 이 바다 우에 서서 바닷가를 거니는 지인을 소리처 손짓해 불렀건만 그들은 이 소리를 듣기에는 너무도 청각이 불완전했고 내 인상을 판별하기에는 현야現野의 거리가 좀 더 멀었든 모양이다. 이렇게 멀지도 않고 가까웁지도 않은 위치에 이 바위가 놓여 있다는 것은 이 바다의 단조單調를 도와 훨씬 정취를 도읍는 바가 있다.

나는 길게 송전松田 예찬을 쓰고 싶지 않다. 이 글을 쓰는 중 가슴을 치밀고 이러나는 이 바다에 대한 동경과 애수가 한가지로 강렬해지기 때문이다. 이 이삼 년래로 해마다 많은 지우들이 여름이면 이 송전松田에 모여드는 모양이요, 또 그들의 소식도 가끔 책상 우에 파리를 날리면서 듣기도 했다. 지금은 감히 해수욕객의 기분이 농도에 이르러 가지가지의 우슴이야기와 로만쓰도 이따금씩 튀여 오는 걸 보면 내가 보고 느끼고 놀고 안기였던 송전松田의 정취도 훨씬 현실화, 속화라고도 불너

질까? 된 세음이다. 농가의 한 칸 방을 빌어있던 때와는 판연히 달라 여객의 포켙에 대한 계량이 훨씬 예민해졌다는 것은 그에 따르는 편리도 있으려니와 어쩐지 아숩고 애석해지는 감이 있다.

내가 '해변통신海邊通信'이라는 편신片信을 쓰든 그 때의 송전松田의 면모는 많이 달러도 졌으리라. 그러나 그 바다, 그 바위, 그 송림, 그 모래가 그대로 남았으리라. 애급埃及의 금자탑에 지지 않는 금사탑金砂塔을 쌓는다고 여러 날 두고 애써 맹그러 놓은 그 탑이 그 다음해에 가보니 자최도 없이 허무러졌더라는 정 형鄭兄의 바다에서 부친 글월을 읽을 때 나는 마음 한 구석에 일종의 허무하고도 허졌한 애수를 느끼였다. 옛 사람의 말이 아니거니와 모래성, 모래 터, 모래 탑, 그는 그렇게도 믿을 수 없는 일조一朝의 영화와 같이 허무맹랑한 것일까? 그러나 나는 다시 그 모래 알알이 도루 문허지고 허물어저 다른 모래와 더부러 한아의 평탄한 사장砂場을 이루고만 것을 믿음성 있게 친밀한 감을 느끼다. 그리하야 나는 다시 금사탑을 쌓으며 한 해 여름을 보낼 그때가 있기를 정성으로 빌어 마지 안는다.

그리고 송전松田에 대한 따로운 하나의 적은 추상追想과 찬사가 있다. 고래로 명사십리 해당화라고 불러저 오거니와 우리는 흔히 명사십리라면 원산을 생각하고 해당화를 연상한다. 그러나 실제의 원산 명사십리에서는 한송이의 해당화를 찾을 수 없지만, 이 송전松田에는 송림에 연달아 넓고도 큼직한 해당화 밭이 있다. 팔월이 되면 여기에 새밝안 열매가 가시 돋은 넝쿨 사이사이 그 홍조를 부끄리고 있어 이슬 먹음은 아츰 이곳을 산책하면 실로 말할 수 없는 시정이 청량하게 생동한다. 빩안 이 열매를 한뽁 따서 M여사의 어린 딸에게 선물하야 백팔염주와 같이 실오리에 꾀여 목에 걸고 방긋 웃든 천사와 같은 그 아가씨도 인제는 학령學齡에 이르렀으리라.

동편의 적은 포구! 밤이면 조으는 듯 깜박이는 산협사간山峽似間 어촌의 불빛도 잊을 수 없는 송전의 그리운 풍경! 서편의 어둡고 검은 칠성암과 아울러 또한 송전松田의 양익兩翼을 이루고 있다. 걸어서 두 시간이면 고저庫底의 총석정에 이를 수 있고 또는 편주로 알섬이나, 이 총석정에까지 주유하는 흥취도 여기 점록點錄하지 않을 수 없다. 더욱 이 송림 속에 집씨 일一의 유랑민과 같이 나즉히 가즈런하게 처놓은 천막촌의 풍경도 저 송도원의 그것이 비하야 훨씬 시취詩趣가 있고 소박성이 있으며 여운이 있다.

끝으로 하나의 희원希願이 있으니 다시 바다로 가자! 하는 억누를 수 없는 충격의 반면에 잠시 심산유곡에 청계사천淸溪糸川 흘르는 곳에 선인은 못 되어도 은사隱士의 심경에 가까울 수 있는 산의 피서, 산에의 은둔을 이 여름에 맛볼 수 없을 것인가. 일즉이 풍류를 사랑한 일 없는 사람이 옛사람의 심행心行을 본받으려는 것보다도 고독과 자연과 니웃할 수 있는 그 순간이 그리웁다. 이 번뇌스러운 현실 속에서 맛보는 고독은 너무나 악착齷齪스럽고 험악險惡하고 잔인殘忍스러웁다. 부질없이 '몸은 바다로 가고 싶고 마음은 산으로 가고 싶다'든 몇 해 전 그 한 마듸가 더욱 절실히 여름을 마지하는 내 마음 우에 육박해온다.

여백에 하나 더 쓰고 싶은 슬픈 초상—내가 송전松田 있을 때 개천을 사이에 두고 바로 앞집에 육인六人 자매姉妹가 있었고 그중 큰 따님이 원산元山 루씨여고樓氏女高를 졸업한 처녀였다. 그 처녀가 작년 다녀온 정 형鄭兄의 말을 드르면 행복되어야 할 결혼생활이 일 년 남짓해서 귀여운 한 생명 대신에 희생되였다고 한다. 나는 눈 감고 다시 송전松田을 싸고도는 가지가지의 슬프고도 놀나운 이야기가 이 외에도 있을 듯 올여름도 이러한 해변의 비극을 '이노크 아덴'이나 '낸의 비극'으로 더부러 기달리랴는 체념도 가져본다.

항구의 로맨쓰–여름바다의 애수 백일의 장전항

이헌구

● 이헌구, 「항구(港口)의 로맨쓰 – 여름바다의 애수(哀愁) 백일(白日)의 장전항」, 『조광』 4권 7호, 조광사, 1938.7

오 년 전 여름 7월!

나는 그때 한연閑然한 세월을 보낼 수밖에 없시 된 한 사람으로 유치진 형이 간곡한 우정으로의 부름도 있어 그해 여름을 송전松田 해수욕장에서 지내기로 되었다. 동행한 동同 모의 정 형鄭兄과 지금은 유 형柳兄 부인이 되신 심재순 여사 외 이삼 지기知己와 날마다 바다로 더부러 소일하고 지내였다. 그때만 해도 송전松田에는 하나의 로맨쓰를 비저 낼 것같이 않었으나 여기서 의외로 S라는 여성의 등장으로 다소 화제는 풍부해지기도 했으나 그러나 그러한 이야기도 그들의 자최를 감춤과 함께 곧 우리들 입에서도 흘너 가고 마렀다.

비가 멫 일식 오면 낮잠에 지처 우울하게 하늘만 쳐다보군 했다. 적든 앞 개천 물이 너머 나서 우리가 묵고 있는 뜰 앞까지 넘처 드러 오면 더욱 마음이 편안치 못했다.

하도 갑갑하야 어느 날 나는 혼자서 해변을 거닐다가 그냥 도보로 삼십 리 가까이 되는 고저庫底 총석정 갈 생각을 먹었다. 실로 불연 듯 일어난 호기심이였다. 가다가 비를 맞나 다 숨넘어가는 페병 환자가 드러 누은 길가 오막사리 집 앞에 허리를 굽히고 비를 머젔다. 마침 고저 장터로 참외 팔너 간다는 할머니와 한찬 훤담喧談을 주고받다가 나는 나대로 바다ㅅ가를 끼고 고저庫底로 차저 간다.

그때 송전松田은 우편배달이 늦기 때문에 도로혀 우편소 고저庫底에 가서 차저 오는 것이 편한 경우가 많어서 그때 송전松田에 있는 별장 양반들은 날마다 식료품 배달하는 사람에게 맥겨 가지고 편지를 배달 식히군 하엿섯다. 그랬는지라 총석정 가는 길에 나는 우편소에 들러 송전松田 가는 편지를 차젓다. 아니나 다를까 거기는 나 외에 딴 사람에게 오든 것도 있고 해서 모두 차저 내였다.

그중에는 함대훈 형께서 오는 결혼청장이 드러 있었다. 송전松田에 도라오니 내가 어듸 행방불명이 되었다고 야단들 하면서 차저 단이는 판이다. 정 형鄭兄은 휘둥그래 가지고 아니 그렇게 말 한 마듸 없이 가는 법이 있느냐? 고 원망이 아니라 놀낸 마음을 도리키며 진정으로 이약이한다. 나도 사실 몇 일 재 낮잠만 자다가 하도 갑갑해 내친 거름이라 결과로 보아서는 매우 미안하게 되었지만 내 본의가 먼 데까지 단녀 오랴는데 있든 것이 아니였고 일시적 발작發作된 방랑 심리가 나를 그렇게 맨든 것이다.

그보다도 나는 내가 차저 온 편지를 끄내서 돌녀 두고 이야기는 함군 결혼식으로 도라갔다. 그러자 그 이튼날 함형께서 기어히 결혼식에 참여해 달나는 전보가 왔다.

일월 이십구일 일은 아츰 우리는 얼굴도 씻지 못하고 정거장엘 나갔다. 틀림없이 이등차실에 함 군 형제와 신부 김정순金禎洵 씨의 화용華容도 보이였다. 잠시 밖에 안 되는 정거 시간이라 자세한 이야기를 주고받을 새 없섰으나 기어히 결혼식장에 참가해 주기를 간청하고 차는 떠났다.

다시 객사에 도라와 유형柳兄과 상의한 결과, 그날 오전 차로 온정리 행을 결정하였다. 차중에서 후일 유형柳兄의 작품 '풍년기豊年記'에 나오는 '유자나무집 셋째 딸'의 주인공이 불행이라거나 박행薄倖이라는 정도에 끈칠 수 없는 너무도 참혹한 학대를 바더 불과 십구十九의 묘령妙齡에 정신엔 이상이 생기고 이는 부러지고 전신엔 멍이 든 극악한 사형의 희생자를 발견하였다.

이러한 눈물겨운 에피-소드를 격그면서 그날 결혼식장에 참석하였다가 유형柳兄과 둘이서 비오는 하로밤을 온정리에서 지냈다. 이상한 역방에 양녀의 기적에 유군柳君의 '흐흐흐!'하는 우숨 소리가 홋이불 속에 몇 번이고 죽어졌다. 이튼날 깨여나니 날은 다시 개이고 바람 한 점 없이 무덥다. 함咸 일행一行은 외금강으로 떠나고 나와 유형柳兄은 도루 송전松田을 향하여 떠났다. 외금강 산령 우에는 흰 구름이 무겁게 떠돌고 울창한 송백松柏은 비에 씾겨 너한층 푸르다.

외금강역에서 유형과 한참 어린애 가튼 작난을 치면서 차를 기달려 탓다. 차를 타기는 탓는대 이 거름이 너무나 단조로웟든지라 어듸서든지 좀 행락行樂을 해 보리라는 마음이 둘 사이에 오락가락하였다.

이리하야 유형과 둘이서 짜낸 안이 무엇인고 하니 한번 장전역長箭驛에 내려보자는 것이다. 여기 특별한 이의가 있을 리 없고 무인종과 가이 쌔깜안 얼굴을 해가지고 인도나 남양지대의 외인과 같이 키는 큼직한 데다가 힌 양복을 입은 두 '에트랑제'가 헤적헤적하고 장전역에 내렷것다.

인제부터 편집자의 부탁인 장전항 로맨쓰를 써야할 데로 왔다. 유형이나 나나 장전항에 내리기는 처음이다. 나도 몇 번 이 앞을 지내기는 했지만… 적은 어항이였다. 둥그러케 맥혀진 큰 못이 있엇다. 장마비 오고 난 뒤라 길은 질퍽거리고 어듼지 생선 썩는 냄새까지 합처 독특獨特한 어항의 취기를 발산하고 있다.

부두埠頭로도 거닐어 보았다. 행혀 눈에 반기는 향토鄕土의 미인이라도 또는 의외의 지기라도 맛낫으면 하고 우리의 발거름은 정처없이 헤매다녓다. 담배 몇 개를 피여 물었고 인제 왼만한 골목골목은 다 도랏스니 갈 곳이 없다. 다리도 지첬고 다소 시장하기도 하니 어듸 음식점이라도 가보자고 하야 무슨 식당인가? 한는 싀골 독특한 간판을 붙인 집으로 드러갔다. 심심하고 곰팡냄새도 나는 어두운 방안! 여기서는 고급에 속할넌지도 모르는 집이다.

둘이 이 식당을 나서서 인제 더듸로 가야할까? 하고 장히 딱해할 때 저 편에서 비교적 청초하게 힌 저고리에 껌정 보이루 치마를 입은 이십 가량의 여성이 나타났다. 마치 항구의 여왕이나 맛난드시 반겨할 새도 없이 저 편서 놀나 반가워하며 유 형柳兄에게 인사를 한다.

"선생님, 왼일이서요? 여긴 언제 오섯서요."

"아, 아까 처음으로 여기 내렸는데 아는 사람이라고 있어야지 XX집이 여기든가?"

"네, 제 집이 여깁니다. 선생님. 몇일 여기 묵으시겠어요?"

"왼걸. 이따가 다음 차로 송전松田으로 갈려는데…"

"웨 놀다가 가시지. 저의 집에두 한 번 와 보시구…."

이런 애기가 오고가는데 유 형柳兄은 집을 무르니 어느 큰 자전거포自轉車舖하는 집 근방인가 하고 가르켜준다. 나는 나대로 아까 도라 다니든 길가에서 본 자전거포를 머릿속에 그려보았다! 그 녀는 유형이 여자미술에 있을 때 가르치든 학생이였다. 그렇게 이쁜 얼굴은 아니여도 처녀로서 가지는 건전한 육체와 해풍에 닥겨진 반득이는 얼굴에 빛나는 눈이 퍽 시언해 보였다. 원래 유형은 이야기를 조와하는지라 그 여자의 동무 이야기도 묻고 그러면 저 편에 서는 누구는 싀집을 가고, 누구는 어딜 가고 하는 문답이 대로상에서 오고가고 한다.

드듸여 이야기는 끝나고 서로 작별 인사를 주고 받었다. 다시 두 사람은 미지의 땅의 '에트랑제'가 되고 말았다. 두 사람은 큰 못가에 가서 주저 앉었다.

예저기 고기 낙그는 사람도 보이기에 이 속에는 굉장히 큰 생선이 있으려니 또 장전 여기는 고래가 많이 나니까 이리로 고래가 밀녀 왔으려니 또 이 물을 모조리 뽑아내면 그 속엔 별별 생선이 다 있으렸나! 하는 등 그러면서 인제는 시간이 지리해지기 시작했다. 두 사람은 철로를 지나 바위로 올나 갔다. 거기서 여러 가지 청춘의 화제를 들추어 서로 웃고 떠들고 한다. 해는 차차 서으로 기우러지고 오후 삼시 ××분인가? 하는 우리가 탈 기차가 저편에서 오기 시작한다. 두 사람은 이 바다에 하—얀 모래사장이 없는 것을 무한 애석하면서 차에 올났다. 얼뜬 머리에 김기림金起林 형兄의 시 한 줄이 지나갔다. 내 마음이 서글프고 외롭고 어딘지 모르는 바다에 대한 향수의 한 페지를 찌저 바리고 시픈 마음!

(…중략…)

나는 차창에서 마조막의 장전항을 내다보았다. 그야말로 표박漂迫된 인상밖에 없을 이 적은 항구에 퍼덕이는 바다의 찌저진 한 토막…!

장전長箭! 그 일홈은 오히려 여정이 있을 듯하건만 옛날엔 금강산 가는 손님이 배 타든 곳이요, 원산으로 직행하는 화륜선도 있었으련만 그때의 장전에는 더 소박하고 아름다운 예기나 로맨쓰도 많었스련만! 5월五月 24일二十四日

송전의 훌라딴스

함대훈

● 함대훈, 「송전(松田)의 훌라딴스」, 『조광』 5권 8호, 조광사, 1939.8

원산의 송도원이라 하면 해수욕장지로는 넘우도 유명하기 때문에 나는 오히려 이런 번화하고 시끄러운 곳을 버리고 무명한 송전松田의 처녀 물결을 찾어 여기서 몇 번을 놀은 일이 있다. 송전松田엔 일즉 지우知友도 있고 또 거기서 여름을 난다는 몇 동무도 있어 수년 전 기어期於코 거기로 찾었드니 지금은 동경학창東京學窓에 다시 적을 둔 작곡가 C씨가 여흥부장으로 전全 해수욕장海水浴場을 풍미風靡하고 있었다.

"대체 그이가 언제 저랬든고?"

나는 재삼 그를 바라보고 놀래리만큼 그의 성격은 변했기 때문이다. 참으로 그는 오래 사괴여도 별로 반가히 말도 안는 이다. 그런 이가 대체 이렇게 자미있게 이렇게 멋들어지게 논다는 것은 기이한 일이 않일까?

그 어느 날 그건 바로 폭풍우가 몹시도 이 해수욕장을 설레인 뒤 날이 맑어지고 비 뒤에 나려쪼히는 볕이 유난스러히 따거운 오후였다. 우리들은 동해 프른 바다 물결 속에 잠겼다 나아오니 그는 바다 초입에서 물을 끼언저 겨우 목욕하고 있다.

"물엔 웨 못 드러오우?" 했드니 "깊은 곳에 드러갓단 어룡魚龍의 밥이 될지 아우?" 하고 물을 겁낸다.

우리 몇 사람은 힘을 모아 그를 깊은 물속으로 잡아 끄닉까, 그는 질겁을 하여 손을 뿌리치고 바다ㅅ가로 나아간다. 우리도 따라 나아갔다.

그러곤 보드러운 모래가 따거웁게 다러올른 해변 백사장에 우리는 나란히 누웠다. 프른 물이 수평선으로 하늘 끝에 다었고 멀리 흰 돗단배가 한가로히 떠가는 일화폭에 이따금 해연海燕의 떼가 날새게 지지재재 날르는 이 바다. 여기는 생동하는 바다의 들고나는 물이랑이 우리의 자유로운 생의 부르지즘을 여실히 반영한 분위기였다.

송도원 해수욕장, 1930년경, 출처 : 서울 역사아카이브

"자아, 시작해 볼까?" 우리는 하와이의 민요조를 입으로 불렀다.

"그럼 해 봐야지" 하고 썩 나서는 것은 예例의 C씨다.

색씨같이 얌전한 그. 음악가로서도 번화한 꿈을 꾸지 않고 오즉 작곡의 세계에서 슯은 인생을 노－트 우에 적든 그가 이 세계적 화려한 째스곡에 마처 훌라딴스를 한다는 것은 얼마나 기이, 기상천외의 일인가? 해초로 허리를 감고 그리고는 너출너출 또 그 허리에 해초에다 길직질직하게 드문드문 해초를 느루고 마－치 사인土人의 차림을 하고 나서 우리가 부르는 딴스곡에 조調를 마처 춤을 추는 것이 않인가? 이러면 해수욕장 일판이 구경꾼이 되어 손벽을 치고 웃고 떠드는 것이 일일一日 수삼 차數三次의 행사였다. 이것이 얼마나 자미滋味있고 유쾌한 시조이였든가?

5, 6년五六年의 세월이 그리 긴 것은 안이지만 그는 지금 중학교원의 직을 버리고 동경서 음악연구에 더 몰두하고 나도 이젠 나히가 들어 그런 꿈만을 꾸게 되었으니 인생은 끝없이 아름답든 과거에만 동경을 갖이고 있을 것인가?

여름이 와서 더위가 아스팔트를 녹이게 될 때면 바다의 오존 향기 섞인 바람이 그리워지고 이에 따라 또 옛 벗들의 생각이 다시 일어나면 나는 한 해 두 해 인생의 가는 자최에 남긴 것이 없어짐을 슲어한다. 이 여름도 거기는 여전히 시언한 바람이 불겠고 또 해수욕객들이 모히련만 거기 모였든 옛 벗들을 거기서 다시 만나기 어려울 것이다. 써나갓든 바다ㅅ 물은 다시 그 해안을 따릴 것이나 그러나 흘러간 강물은 다시 올 수 없드시 가버린 벗들은 언제 다시 만날 수가 있을가. 송전松田의 해당화의 빠알간 꽃이 그리고 프르른 송림松林이 다시 그립다. 금년엔 석왕사의 송림 속이나 건일어 볼가? 석양 빛긴 석왕사의 송림 사이를 걸으며 휘파람 치는 것도 심신을 수이는 한 행복된 시간이리라.

총석정에서 부른 노래

리정하

● 리정하, 「총석정에서 부른 노래」, 『조선문학』 10월호, 평양 : 조선작가동맹출판사, 1956, 117~118쪽

기암 절경을 한 몸에 지녔구나!
푸른 송백을 머리마다 떠이고
바위 옆에 또 바위
우줄우줄 줄지어 선 수정 돌기둥.

훈풍에 이 바다 넘실넘실 춤추면
더덩실 창파 우에 떴는가, 솟았는가?
한 팔로 형제의 어깨를 걸고
또 한 팔로 갈매기떼 손저어 부르며.

수심 깊이 뿌리박고 거연히 고개 들어
거인의 활개로 물안개를 헤치며
수평선 저 멀리 흰 돛을 바래는
총석정이여! 너는 평화의 화신

구조개 꽃무늬 새겨 무지개 비꼈음은
옥루각을 세우려고 천신이 다듬어서인가?
못다 핀 청춘을 네 품에 던지고 간
전사들의 꽃다운 사랑을 안아서인가?

처절썩 콱콱 석벽을 치는 파도
소리야 그 옛날도 이랬으련만.
그 소리 전사는 무심히 들을 수 없구나!
정다운 벗들의 숨결소리 담겼으려니.

그렇다, 바로 여기 이 물결 속에
그들은 지금도 숨 쉬고 있다!
한 손에 총창 쥐고, 또 한 손으로 바위를 잡으며
지금도 명승을 지키고 있구나!

독아의 파편이 살판을 치며
온 바닷가에 흩날던 세월-
—차라리 내 살점을 에여 가거라!
그러나 너만은,

아, 너 인민의 노래 스민 총석정만은
한 쪼박도 못 떼여 간다!
목숨 바처 싸워 지킨 용감한 전사들.
적탄에 쓰러지면서도 다시 더 한번

다시 더 한번 고개 들어 너를 우러르며
—내 청춘과 함께 길이 솟으라!
이끼 쓰다듬어 더운 볼 비비던
그들의 마음! 그들의 념원!

총석정이여! 너도 그때 사랑에 목메여
전사를 얼싸안고 가슴 찢지 않았느냐!
이 나라 련봉 대해를 소리쳐 부르며
보복의 싸움에로 일떠서지 않았느냐!

포연 가신 영웅의 땅에 솟아, 너는
영광의 탑으로 자랑도 드높아라!
물결을 타고 지구의 모든 땅에서
찬미와 축복의 노래 파도쳐 오는데,

갈매기도 네 품이 하그리 정다와
초연 털며 날아들어 새 알을 까고,
해초 팔 벌려 휘감긴 네 발 뿌리엔
섭조개 입맞추며 새 깃을 틀었구나!

－다시야 어찌 네 몸이 상처 받게 하랴!
평화의 전사가 너를 지켜 섰거니,
총석정, 이 나라의 명승이여!
충절의 기념비로 길이 아름답게 솟으라!

너를 불러 인민의 노래 끊임없으리니
기암 에돌아 풍선 타고 기꺼울 휴양객들도
갈피갈피 더듬어 불멸의 뜻 읽으며
뜨거운 가슴에 새 힘의 날개 돋치리!

총석정 거암(叢石亭巨巖), 사진엽서, 일제강점기, 출처 : 부산광역시 시립박물관

세포에서 석왕사로

일 공민

● 일 공민(公民), 「세포에서 석왕사로」, 『동아일보』, 1920.6.12・6.14; 방민호 편, 『경원선 따라 산문여행』, 예옥, 2020, 201~205쪽

세포는 경원선의 보헤미아라고 하고 싶다. 나는 보헤미아를 본 적이 없소. 그러나 우리로 하여금 보헤미아를 보이면 세포를 연상케 하오리다.

기차가 철원에서 검불랑을 지나 올 때 한편 터널에서 꼬리가 빠지기 전에 머리가 또 다른 터널을 찾아 들어가서 한 골을 지나면 다음 골은 점점 더 깊고 한 산을 지나면 다른 산은 점점 더 높아진다. 순간의 암흑에서 찰나의 명계를 통과할 때에 나의 의식은 더욱 명민하더이다. 심곡에서 천고의 불평을 품은 유수는 층암에서 뛰어내리고 조약돌에 부딪혀 부서지며 깨지면서 자유의 대해로 질주하고 침묵과 적요를 생명삼아 우뚝우뚝 허울 좋게 일어선 녹수는 바람을 만날 때마다 노호하고 질타하여 공기의 유동하는 폭력을 대항하니 자연과 자연의 무의식한 전투는 영원에 긍亘하여 평등을 요구하는 것이다.

기차가 터널을 다 지나놓고 씩씩 헐떡헐떡 하면서 경사지를 반상攀上하는 것이 마치 여름 폭양에 무거운 짐 실은 황소 모양이다. 나의 안전眼前에는 별세계가 전개되었다. 양편을 돌아보니 지질 번한 땅이 산으로는 너무 얕고 언덕으로는 너무 광대한 것이라 별로 넓지도 아니하고 지세 상 얕지도 아니 한 평평한 산이 반공에 부출浮出하였는데 큰 나무는 하나도 볼 수가 없고 짤막짤막한 나무와 풀이 가지런히 덮여 있는데 젖은 안개가 무겁게 산 중복에 은색으로 끼었고 만학십봉의 산을 흉내 낸 구름은 허리를 굽혀 나직이 넘겨다본다. 오후의 일광은 훨씬 피곤한데 찬바람이 선들선들하더이다. 고원 지방 안에 홍치와 기분에 서 있는 동안에 세포역에 다다랐다. 이를 좇아 기차는 원기를 회복하여 훅훅 달아나는 것이 빙상에 철구를 굴리는 것 같더이다.

나로 하여금 보헤미아 고원을 연상케 한 것이 무리가 아닌 줄 알아주시오. 차중에서 로서아露西亞 사람을 하나 만나서 아까부터 무슨 말을 하여 보려 하였으나 다음 어구의 대답이 딱 막힐 듯하여 겁내고 있다가 고원 흥취에 무젖은 나는 대담히 개구開口하였다.

"어떻소?"

부득이 한 침묵을 고수하고 눈만 껌쩍껌쩍하고 있던 작자가 별안간 벌떡 일어서면서 두 손을 쩍 벌리고 감동이 격절한 표정으로,

"참 좋소."

그 뒤의 어구는 슬라브의 독특한 풍부한 형용사로 흉중에 정체하였던 감상을 진술하는 모양이나 새 꼬리만 한 나의 노어는 이를 이해하기에 너무 저급이었다. 졸지에 어학력이 부족한 것을 한탄하나 할 수 없는 일, 기왕 무식이 폭로되기는 일반이라, 닿는 대로 나가는 대로 성명도 묻고, "왜 왔느냐?" "어디로 가느냐?" 한즉, 자기는 원래 반과격파로 합이빈哈爾賓에 있는 세묘노프 휘하의 장교로 해삼위 과격파를 토벌하러 갔다가 패전한 후 노함露艦을 타고 도망하여 원산에 상륙하여 경성 노국 영사관에 있다가 지금 다시 본국으로 간다 하더이다. 그 말을 듣는 동안에 나는 몇 번 노어 사전을 폈는지 알 수가 없소. 그리 하는 동안에 석왕사역에 도착하였소. 그대로 원산까지 갔다가 익조翌朝에 다시 석왕사에 내렸소.

때는 오후 두 점쯤 되었소. 대지에 질펀히 내버려 둔 길은 정면으로 폭양을 받아 반사하는 백사에 눈이 부시고 길 양편에서 구부러져 들어온 소나무와 낱낱이 늘어진 버들 아래에 들어서니 별안간 딴 세상에 온 듯합디다. 나무 그늘을 다 지나니 사정없이 두상에 내리쬐는 일광은 만유를 다 홍거烘去하고야 말 형세입디다. 논바닥이 쩍쩍 갈라진 둑에 한 농부가 서서 다 말라가는 도랑물을 들여다보고 있는 것은 산중의 활비극活悲劇입디다.

그럭저럭 여관에 도착하였소. 시간이 가지 아니하여 3인의 친구가 생겼소. 도시생활이 성습成習된 사람은 무슨 욕심을 충만할 만한 사람의 약점을 발견할 때에만

필요 이상의 은근한 태도를 뵈이려 하지만 우리 사람들이 여기 와서는 호대浩大한 자연에 속진의 악덕을 소거하여 버리고 잠시라도 일부분이라도 이해에서 뛰어나와서 천연한 본성에 돌아가는 모양인가 봅디다. 서로 미묘한 정서가 전속纏束되고 미온의 애열이 폭사하여 접근치 아니하면 견디지 못하는 듯합디다. 극히 간단한 서정이 허위가 없고 간격이 없이, "우리 목욕 가세", "우리 물 먹으러 갑시다" 하는데 인생의 본연한 진미가 있소. 물병을 하나씩 둘씩 가진 자 연인의 한 떼가 영천靈泉을 향하여 가오.

여관에서 나와서 '상원주장군上元周將軍'이라고 대서특필한 장승문을 들어가서 삼십 간쯤 가면 우편 노방에 무지러진 나무 한 개를 중심 삼아 목책을 방형체로 둘러싼 그 안에 '아태조어수식송我太祖御手植松'이라는 표목이 있소. 바로 그 곁에 비각이 있는데 비석이 대소 두 개가 있소. 소비석에 '태조대왕수식송太祖大王手植松'이라는 것은 지난 시절에 부사가 세운 것이고, 큰 비석에 '태조고황제어수식송太祖高皇帝御手植松'이라는 것은 광부 시대에 세운 것입니다. 그 나무가 속속들이 썩어서 비스듬히 서 있소. 실로 감개무량하옵디다.

이 나무가 이조 오백 년을 가리켜 말하는 듯 속속들이 썩었소. 단속문을 통과하여 수선교를 건너서 약수에 다다르니 일본식 오처吾妻 소옥에 때 묻은 중 한 놈이 상건을 쓰고 앉았소. 무엇인가 했더니 들어본즉 신화족新華族 송宋 자작이 이 약수를 수축修築하고 또 청결을 보존하기 위하여 수세를 매인에게 1전씩 받는다 하오. 사람이 창조하지 못한 인공을 가하지 아니한 자연의 단편을, 천연수의 한 잔을 1전에 방매함을 명령한 자가 그 누구뇨. 전前 대한국 농상공부 대신 신화족 자작 대감이 곧 그 작자라. 무한히 발산하는 타난와사를 밀폐하게 연와煉瓦, 시멘트로 콘크리트를 박아 외기外氣를 차단하는 위생학은 누가 발견하였느냐. 일본 오처옥五妻屋에 조선 중놈을 앉혀서 자연과 공예와 인물의 대조를 억지로 부조화하게 하는 예술을 누가 창작하였느냐. 천연에 임하여 용출하는 약수에게 자연인을 거절하고 1전에 방매하는 경제학, 누구의 학설이 기초된 것인가.

돌아오는 길에 감천정이란 욕장浴場에 들어서니 산 밑 언덕 어귀에 일본식 건축 4, 5개 있소. 일본식 초옥에 현관, 우호雨戶, 다다미, 초자창硝子窓으로 들여다보니 가구와 음식 제구諸具까지 다 현해탄 건너온 것인데 그 가옥 그 가구 일습을 가지고는 정경부인이나 대감마마는 살림을 할 수 없고 옛날 기생조합장 조趙 자작의 우부인인가 좌부인이라야 딱 들어맞겠디다. 그 4, 5개의 건축이 신화족 모모의 별장이라 하니 더욱 전율함을 금치 못하였소. 그 포부와 그 경륜과 그 취미를 가지고 국정을 처리하여 필경은 그 사회를 타락케 하더니 금일 우리 목전에 그 횡포와 그 잔인과 그 무식을 유감없이 전개하여 자연의 신성한 풍치를 또 파괴하였소.

여관에 돌아와 석반夕飯을 마치고 황혼에 신선한 바람에 깨어서 산보를 하노라니 근처에서 들리는 것은 물소리, 형용할 수 없이 와각와각하는 것은 개구리 소리요 궁중에서 무겁게 멀리 쏴, 하는 것은 밤바람에 춤추는 나뭇잎 소리인 듯, 시인으로 하여금 이것을 듣게 하면 자연의 음악이 미묘하다 하겠으나 허다한 조음譟音은 결코 우리의 쾌감을 휴기休棄치 아니한다. 인류의 과학과 음악이 더욱 진경에 들어가면 이 허다한 부조화한 음성을 조화하도록 물체나 생물을 배치하고 또는 자연의 음성을 가미하여 고창苦唱과 간음間音으로 충분히 조화한 일대 음률을 사람의 청각이 있는 곳마다 장치할 시기가 있겠소? 이런 것을 몽상하면…….

6월 9일 영월여관暎月旅館 한 방에서

석왕사

무명씨

● 무명씨, 〈석왕사(釋王寺)〉, 「양미만곡(凉味萬斛)」, 『신민』 16호, 신민사, 1926.8

하夏의 피서의 승지로 추秋의 관풍觀楓의 명소로 석왕사를 손곱지 안을 수 업다. 이태조 대몽大夢을 깨여 천하를 엇기 전에 세운 여부는 모르거니와 윤환장려輪煥壯麗한 전당 가람 경내에는 정정亭亭 수립樹立한 노송의 울창, 거거渠渠 임천林泉의 청향淸響 아울너 피서에 족하다.

석왕사 가는 길

C. K. 생

● C. K. 생, 「석왕사 가는 길」, 『동아일보』, 1926.9.1~13; 방민호 편, 『경원선 따라 산문여행』, 예옥, 2020, 235~256쪽

1.

나는 일주일 동안 휴가를 이용하여 석왕사를 중심으로 경원선 방면 기행문을 써보기로 하였습니다. 나는 일찍이 한 번도 기행문이라는 것을 써본 일이 없고 남편의 말을 들을진대 기행문이란 썩 쓰기 어려운 것이라고 합니다.

뿐만 아니라 나는 본래 티끌만 한 도회지에서 자라나서 자연과 인연이 퍽 멉니다. 아스팔트나 시멘트로 꽁꽁 다져 놓은 길거리의 와벽 돌집은 내 눈에 익지만 산과 들, 바다와 시내는 내 눈에 서투릅니다.

나는 칠팔 년 전에 금강산을 간 적이 있었으나 시골 사람이 서울에 왔다가 대궐을 한 번 삥 돌아 나온 것 모양으로 정신이 띵 하고 얼떨떨하여 갈피를 잡을 수가 없었습니다. 그러한 내가 관북 제일강산의 경치를 그려야 할 기행문을 쓴다는 것은 내 스스로 생각하여도 망발입니다. 대담스럽게 쓰겠노라고 편집 당국에 말씀을 드리고 여비까지 타가지고 나섰지만 속으로 퍽 근심이 되더이다. 떠나기 전날 밤에 남편에게 기행문이란 이렇게 이렇게 쓴 것이라는 강의를 한참 듣고 나니 더욱더욱 내 수로는 써지지 아니할 것 같아서 근심이 되어 잠이 잘 안 오더이다.

그러나 처음부터 잘하는 것이 어디 있사오리까. 이번에는 실패하여 남의 웃음거리가 된다 하더라도 그것이 동기가 되어 다음번에는 잘 쓰게 될 지도 모를 것이올시다. 이번에는 소학교 생도 모양으로 자연을 배우고 사귀며 그것을 붓으로 나타내는 법을 배우려 하나이다. 다행히 남편이 동행이니 그는 이번 길에 나에게 좋은 선생이 되리라고 믿습니다.

일주일이나 내리퍼붓던 비가 아직도 그칠 줄 모르고 비가 부슬부슬 오는 28일

아침 원산행 기차를 탔나이다. 북쪽 하늘이 먹장 갈아 부은 듯이 캄캄하고 서빙고에서 보이는 한강의 물결이 무섭게도 늠실늠실하며 병정들이 배를 대고 만일을 예비하고 있는 것이 분명히 지금 우리가 향하여 가는 강원도 방면 한강 상류에서 비가 오는 것을 짐작할 수가 있습니다.

기차가 용산에서 궁둥이를 빼어 왕십리로 머리를 들이밀 때에 안개가 자욱한 서쪽 하늘에 높이 솟은 종현鍾峴 천주교당 뾰족집을 보았나이다. 장안 만호가 연무에 묻혔는데 신기루 모양으로 공중에 홀라나 뜬 것이 말할 수 없이 아름답고 거룩해 보입니다. 저 집을 지은 건축가의 정신이 여기 있다고 하면 그는 대성공일까 하나이다.

산들은 비의 안개에 가렸으며 백운대는 어디에 붙었는지 그림자조차 찾을 수 없나이다. 동두천에서부터는 소낙비로 쏟아지는데 냇물이 분 것을 보니 아마 이 모양으로 여러 시간 비가 계속된 것 같습니다. 골짜기에 물 흐르는 소리만 요란하여 어떤 것이 바퀴 소리인지 물소리인지 분간할 수 없나이다.

2.

세포역을 떠나 평평한 고원 길로 찾아 오륙 분을 더 가면 머리가 뭉특한 산이 앞을 막는구나 하자마자 물소리가 요란한 협곡으로 달려 들어갑니다. 내려다보면 철철 흐르는 물굽이요 치어다보면 석벽입니다. 우루루, 하면 철교요 캄캄하여지면 굴입니다. 열두 철교 열두 굴이라더니 대체 굴도 많고 다리도 많습니다. 톱날 두 개의 이를 어긋 맡겨 놓은 듯한 좁은 골짜기 석벽 중턱에다가 돌을 쌓아 좁은 길을 내고 건넌 물을 또 건너고 또 건너 차는 바위에 부딪칠 듯 격류에 떨어질 뻔하면서 황망히 달아나나이다. 이렇게 꼬부랑길을 가는 동안에 우리의 차를 뒤따르는 것은 무서운 삼방천의 급류이외다. 와, 하고 대드는 한 물굽이를 피하여 굴속으로 들어가면 어느새 따라와서 소리를 치고 덤빕니다.

물굽이와 숨바꼭질을 하면서 가노라면 점점 석벽은 없어지고 초원이 넓어지며 철교와 굴도 띄엄띄엄해지다가 차가 긴 철교를 건너면 삼방역입니다. 예서 몇 굴을 뚫고 나아오면 고산 평야인 고산역에 닿습니다. 세포에서 고산까지 팔십여 리, 이 사이의 협곡을 삼방 유협이라고 합니다. 옛날 같으면 주막에서 2, 3일을 두류하여 수십 명의 동행을 얻어가지고야 이 팔십 리 장협長鋏을 넘었다고 합니다.

> 길주 명천 가는 베 장수야 첫닭이 운다고 가지를 마소 저 닭이 정닭이 아니라 야산 밑에 인人닭이라네

라는 노래가 있습니다. 이것은 길주 명천 가는 베 장사가 서울 가서 베를 팔고 돈을 많이 지고 오다가 주막에 들어 잘 때에 그 주인이 밤중에 닭 우는 흉내를 내어 객을 떠나게 하여 놓고 야산에 지키고 있다가 죽이고 돈을 빼앗으려는 것을 그 집 며느리가 부엌에서 부지깽이로 부뚜막을 치면서 이 노래를 불러 그 뜻을 알려 주었다고 합니다. 아무려나 이 노래는 그 때의 정서를 전하는 듯합니다.

3.

삼방역에서 내려서 약수포까지가 32정이라 합니다. 역에서 우리가 서울서 올 때에 건너온 철교를 건너 육성봉六聖峯 밑을 뚫고 낸 굴을 지나 기찻길로 오면 5리이고 산비탈 험한 길로 오면 10리라고 합니다. 그러나 5리쯤 더 걷더라도 산길로 오는 것이 경치가 좋습니다. 팔십 리 삼방협을 다는 못 걸어도 약수 10리는 산길로 걷는 것이 운치일까 합니다.

하폭이 자못 넓어서 거의 대하의 풍도를 가진 삼방천을 왼편으로 굽어보고 앞으로는 층만첩장層巒疊嶂을 바라보면서 한 고개 두 고개 넘어오노라면 길가에는 칡꽃이 붉고 물소리 그치는 곳에는 벌레 소리가 요란합니다. 오랜 장마에 조그마한 웅덩이에는 맑은 물이 고이고 조그마한 골짜기에도 애기 폭포와 새끼 시내가 즐거운 듯이 졸졸 흐릅니다. 우리는 오후 일곱 시 반에 삼방역에 내렸기 때문에 이 길을 걸을 때에는 마침 석양이었습니다.

구름 사이로 스며나오는 낙조가 산머리에 엉킨 구름을 붉게 물들인 것이 푸른 산과 대조하여 말할 수 없이 아름답습니다.

산머리에 붉던 구름은 침침한 자줏빛으로 변하고 먼 골짜기에 황혼의 기운이 어렸을 때에 우리는 유난히도 비장하게 보이는 전나무 하나를 보았습니다. 한 고개를 넘어오니 길이 갑자기 넓어져서 이런 산중에는 평원이라고 할 만한 거치른 들판에, 더구나 어둠침침한 황혼에, 우뚝이 하늘에 솟은 듯한 외나무는 천 층 만 층이나 높아 보이고 천 년 만 년이나 늙어 보이며, 혼이 있어 금방이라도 말을 할 듯해 보이며, 그 앞을 지나갈 때에 무시무시합니다.

멀리 보면 모르겠고 가까이 보면 머루 넝쿨 우거진 속에 기와 지붕이 보이니 이것이 태봉당泰封堂이라 하여 궁예의 혼을 제사하는 신당神堂이요 그 신당 있는 곳을 태봉궁 옛터라 하옵니다. 궁예도 간 지 이미 천 년이 지났으니 영웅의 자취가 푸른 풀뿐이외다. 저 우뚝이 선 전나문들 천 년이나 살았을 리는 만무하지만 그래도 영웅의 펴다 못 편 뜻이 아닌가 하여 슬픕니다.

거기서부터 냇물은 깊은 소가 치며 뾰족하게 우뚝이 솟은 산봉우리를 싸고 급각도로 휩니다. 육성봉을 정면으로 바라보고 철교 밑을 지나 서면 불도 아니 켠 2, 3 인가 앞에 아이들이 모여서 행인을 보고 떠들며 캄캄한 방 안에서 이야기하는 소리가 들립니다. 벌써 우리의 길은 늦었습니다. 먼 길이 아니 보이고 하늘에는 터진 구름 틈으로 별이 반짝거립니다.

거기서 노적봉露積峯을 싸고도는 물굽이를 끼고 석벽 길을 도니 약수포이 등불이 반짝반짝 보입니다. 노적봉을 싸고도는 물굽이를 누가 지었는지 세심천洗心川이라고 부릅니다.

역에서 약수포까지 천천히 걸어가더라도 한 시간이면 넉넉하다는데 우리는 안내자의 재촉 소리를 귀가 아프게 들으면서도 경치에 팔려 어두운 길을 과연 두 시간이나 왔나이다. 여관에 짐을 풀어놓은 때에 꼭 아홉 시였습니다.

4.

삼방 약수포는 천진봉(기각봉) 무르팍인 평지에 삼방천 급류에 임하여 지은 수십 호의 초가집이니 대개 약수에 오는 손님의 여관이외다. 여관이라야 낮고 좁은 방과 밥뿐이요, 책상도 금침도 없고 반찬이란 것은 한 번 그릇에 담기면 열 밥상 스무 밥상으로 돌아다닐 만한 것들이외다. 피서객이 사백 명에 달한다 하여도 목욕탕이 있을까 모여 노는 구락부 하나가 있을까. 어디로 보든지 정떨어지는 원시적 생활입니다. 그러나 알뜰히도 빈틈없이 잘도 따라다니는 청요리집은 이곳에도 두 군데나 됩니다. 자연은 좋건만, 주인이 어리구나하는 한탄을 금할 수가 없습니다.

삼방 약수의 자연의 주인은 산이외다. 민틋하고 푸른 풀 반으로 덮인 산등성이가 살찐 말 잔등이 모양으로 빤드르르하게 하늘에 접한 것이 매우 아름답습니다. 그러나 웅대한 맛도 없고 기이한 맛도 없고 골짜기는 좁디좁고 삼림도 볼 것 없고 만일 푸른 물결이 줄줄 흐르는 삼방천까지 없었다면 갑갑한 골짜기에 지나지 못할 것입니다. 다만 기후가 심히 청량하여 한더위에도 아침저녁으로 겹옷을 생각하게 하는 것과 무한히 솟아오르는 탄산천과 아울러 피서에 합당한 곳일까 합니다.

약물은 탄산이 퍽 많은 모양입니다. 물을 그릇에 뜨면 사이다병을 빼서 따라놓은 것 모양으로 탄산 방울이 톡톡 튀어오릅니다. 입을 내면 혀끝이 찌르르하여 처음 먹는 사람은 깜짝 놀랍니다. 조그만 구멍에서 솟는 물이 어찌도 많은지 사백여 명 식구가 하루에 평균 맥주병으로 하나씩은 먹을 터이오 낮에는 쉴 새 없이 쉬지 않고 연방 퍼먹지만 밤에 사람들 자는 동안에는 철철 흘러 넘어 내려갑니다. 어느 일본 사람이 물을 병에 밀봉하여 탄산수나 평야수 모양으로 도시로 내다 팔려고 다 계획을 세웠다가 교통이 너무 불편하여 이익이 적을 듯하여 그만 두었다고 합니다.

이곳에 모여드는 사람은 병자가 많습니다. 뒷간에 가보면 피 섞인 가래침을 여기저기 뱉어놓은 것과 물터에 둘러선 사람들이 대개는 빼빼 마르고 핼쑥한 것을 보아 폐병 환자가 많이 모여드는 것을 짐작할 수가 있습니다. 여관방에 들어앉아 있으면 여기저기서 밭은기침 소리 가래 뱉는 소리가 요란합니다. 아니나 다를까 내가 닷새 머물러 있는 동안에 사람이 둘이나 죽어 나가고 절 맞은 편 셋집에서는 스물두 살 먹은 젊은 부인네가 요강으로 피를 하나씩 쏟기를 사흘이나 하다가 몸에 있는 피가 다 빠져 백지장 같은 몸을 교군에 싣고 나아가는 것을 보았습니다. 듣기만 하여도 끔찍끔찍한데 실려 가는 것을 본 사람들은 얼마나 송구하오리까.

비는 가는 곳마다 따라다닙니다. 여관에 짐을 풀어놓을 때부터 비가 오기 시작하여 사흘을 그칠 줄 모릅니다. 삼방폭포가 볼 만하다 하여 비 개기를 기다렸으나 비 개는 날은 동무가 없어 못 갔습니다. 약수에서 이십 리라고 합니다.

5.

석왕사역은 석왕사 때문에 생긴 역이외다. 이태조가 아니더면 석왕사도 아니 생겼을 것이요, 석왕사가 아니더면 석왕사역도 없을 것이올시다. 저리 생기고 여기 생기여 호랑이의 소굴이던 무인공산無人空山이 사방 인사人士가 즐겨 모여드는 놀이터가 된 것도 이상한 인연이외다.

역을 나서면 곧 석왕사의 특색인 노송이 보입니다. 조선에 어느 곳엔들 노송이 없사오리까만 이렇게 줄기가 밋밋하고 가지가 여러 가지요, 굵기가 몇 아름이나 되는 것이 혹은 둘씩 혹은 셋씩 혹은 혼자 수풀을 이루고 서 있는 양이 심히 웅장합니다. 석왕사의 주인은 아무리 하여도 이 송림이요, 송림 중에도 이 수없는 노송들입니다. 인력거에 흔들려 물 먹은 진흙 길로 가노라면 멀리선 혹 가까이선 노송들이 바람에 불려 흔들릴 때 우수수하는 웅숭깊고도 처량한 소리가 들려옵니다.

역에서 단속문 밖 여관촌까지 23정인데 자동차로 가면 5, 6분에 갈 수 있으나 인력거로 보면 20분은 걸립니다. 우리는 천천히 경치를 보기 위하여 인력거를 탔습니다. 역과 단속문의 거의 중간쯤 하여 '오산'이라는 장터가 있는데 납작한 초가집이 30여 호 가량 길가 좌우에 늘어 있습니다. 그곳을 지나 북으로 오다가 길이 서로 꺾일 때에 또 한 작은 촌락이 있으니 이것이 사기리라는 동네입니다. 이곳에서 인력거를 한 3, 4분 달리면 깊은 송림 속으로 여관촌이 보입니다. 사기리에서 여관촌에 이르는 동안 4, 5정은 순전히 노송장림 속입니다.

수많은 여관 가운데 유일한 기와집인 송선각松仙閣이라는 여관이 있습니다. 이 집이야말로 산문山門 밖에서 귀빈을 영접하던 휴게소였습니다. 석왕사가 본시 오백 년 이조에 인연이 깊은 절이기 때문에 매년 수차 궁중에서 내시나 상궁이 재를 올리러 왔고 더욱이 나라의 대사가 있을 때에는 궁중에서 봉명신奉命臣들이 와서 이 송선각에서 묵으면서 부처님께 재를 올렸던 것입니다.

송선각을 지나면 곧 '상원上元 주장군周將軍', '하원 주장군'이라는 서너 길이나 높은 큰 장승이 좌우에 무서운 형상을 보이고 섰습니다. 이부터는 모든 부정한 것이 한 걸음도 못 들어오리라는 것 같습니다. 여기서부터는 인가가 없습니다. 다시 수십 걸음을 가면 앞에 문 하나가 보입니다. 기왓골에는 수백 년 썩은 낙엽에 풀이 났으나 조금도 찌그러진 곳은 없고 세 개의 문 중 가운데 칸은 통로로 좌우에는 마루를 놓아 행인이 자유로이 쉬게 하였습니다. 이것이 단속문입니다. 송선각에서 떨고 남은 속진을 여기서 마자 떨어버리고 골수와 심중에까지 박힌 속기俗氣까지도 똑 끊어버리고 오직 깨끗한 몸과 마음을 가지고야 이 앞을 들어가라는 옛 사람의 뜻이 보입니다. 단속문을 나서서 하늘이 환히 열리는 곳에 고개를 들어 서쪽을 바라보면 푸르다 못해 검은빛을 띤 하늘에 닿은 병풍 같은 설악 석왕사의 서산西山이 보입니다. 병풍 한가운데 유난히 뾰족한 곳을 취봉鷲峰이라 하니 수리가 웅숭구리고 앉은 모양과 같다하여, 또 불교의 무슨 전설에 의지하여 지은 것이라 합니다.

6.

단속문을 들어가기 바로 전, 왼편에는 한 비각이 있습니다. 이강공李堈公이 서명한 만춘각萬春閣이라는 액額이 붙고 홍살을 두른 안에는 큰 석비石碑 하나 작은 석비 하나가 가지런히 서 있습니다. 큰 석비에는 '고종태황제수식송高宗太皇帝手植松'이라고 새기고 작은 석비에는 '태조대왕수식송太祖大王手植松'이라고 새겼습니다. 큰 석비는 물론 대한제국이 된 뒤에 세운 것입니다.

그러면 태조의 수식송은 어디 있나, 비각에서 온 길로 두어 걸음 물러나오면 목책을 둘러놓은 썩은 나무 한 그루가 있습니다. 아직 넘어지지는 아니하였으나 말못되게 다 썩어서 가지도 없고 껍데기도 없고 무슨 나무인지도 분간할 수 없게 되었나이다. 그래도 오백여 년 풍상에 아직 모양은 남았습니다. 몇 해를 안 지나면 석비만 노방路傍에 남겠지만 그것인들 얼마나 가겠습니까.

단속문을 나서면 곧 장마에 불은 폭넓은 냇물이 돌에 부딪혀 물보라를 내고 소리를 치며 흘러가고 그 위에 승선교升仙橋라는 돌다리가 있습니다. 이것은 임술에 놓은 것이라고 썼으니 5년밖에 안 되는 것입니다.

위에도 말하였거니와 여기서 서편으로 설악을 바라보기를 잊어서는 안 됩니다. 석왕사의 산옥미와 삼림미는 승선교두에 서서 서쪽 하늘을 바라보는 데 있다고 믿습니다. 만일 달밤에 여기 나선다 하면 산에 비친 달, 송림에 비친 달, 물에 비친 달을 함께 볼 것이올시다. 우리가 여기 나서기는 가는 비가 부슬부슬 오는 초저녁이었습니다. 청승스러운 반딧불이 캄캄한 밤 속으로 반짝반짝 영원히 찾지 못할 무엇을 찾노라고 두루두루 돌아다니는 혼 모양으로 청승스럽게도 뱅뱅 돕니다.

승선교를 건너 송림길로 4, 5정이나 더 올라가면 길이 둘로 갈라집니다. 오른편은 약수와 석왕사 큰 절로 올라가는 길이요, 왼편은 여승들이 사는 절인 백화암白華庵으로 가는 길입니다. 길을 오른편으로 취하여 다시 4, 5정을 가면 사람들이 표주박을 들고 장거리 모양으로 모여 선 곳이 약수터입니다.

석왕사의 산도 좋고 송림도 좋고 기후도 좋고 사찰도 좋지만 이 중에 약수를 겸하였으니 더욱 좋을까 합니다. 약수터가 여관에서 7, 8정쯤 되니 밥 먹고 나서 산보 겸 물 먹으러 다니기에 똑 알맞습니다. 아무 때 가보아도 사람 빌 때가 없습니다. 더구나 석반 후가 심합니다. 일찍이 저녁을 먹고 곧 떠나야지 좀 늦장 피우다가는 사람에 밀려서 한 시간이나 두 시간을 기다려도 물을 못 얻어먹는 수가 많습니다.

일찍이 저녁을 먹고 올라가서 약수터에 앉아 사람들 모여드는 양을 보는 것은 썩 재미있는 구경거리입니다. 헐레헐레 하는 일본 옷에 구두를 신은 사람, 바지춤 옷에 게다짝을 끄는 사람, 머리를 질끈 동인 사람, 기생, 여학생, 단발 미인, 색주가 같은 것, 가짜 여학생, 병이 들어 얼굴이 노랗고 헐떡이는 사람, 기운이 너무 넘쳐서 얼굴이 시뻘겋고 뚱뚱한 사람, 별별 가지각색 인물이 다 모여듭니다. 산으로 가면 사람이 그립고 사람만 있는 데는 산이 그립건만 이곳에는 산과 사람이 다 있으니 그리울 것이 하나도 없나이다.

약수터에 모여서는 흔히 물 많이 먹는 자랑을 합니다. 어떤 무인 하나는 한 번에 알루미늄 표주박으로 열둘씩 하루에 여섯 번을 먹는다고 합니다. 그러면 하루에 일흔 두 컵, 웬만히 큰 동이로 하나는 됩니다. 이것은 내가 들은 바 가운데 가장 놀라운 만한 예이지만 하루에 4, 50컵씩 먹는다는 이는 수두룩합니다. 물맛이 삼방 물보다 더 비리고 떫습니다. 처음 먹는 이는 비위가 역하여 먹을 수 없으나 맛만 들여놓으면 끊을 수가 없다고 합니다.

7.

약수터에서 좔좔 흐르는 물소리를 왼편에 끼고 물굽이 휘는 대로 좇아 올라갈수록 송립의 아름다움은 더욱 그 특색을 나타내나이다. 그 윤택하고 불그레한 몸뚱이며 그의 완완한 곡선의 아름다움이며 가지의 굴곡이며 바람을 맞아 우수수하고 한가롭고 웅숭깊은 소리를 하고 우뚝하니 서 있는 것이 말할 수 없이 사람의 마음을 끄나이다. 물소리와 소나무 소리처럼 사람의 마음을 안정케 하고 유한케 하는 것은 다시 없을까 하나이다.

이 모양으로 7, 8정을 오르노라면 등안각登岸閣이라는 문이 있습니다. 문은 아까 지나온 단속문과 똑같이 가운데가 통로요, 좌우에는 마루인데 절에서 심부름하는 노인들이 무슨 짐을 벗어놓고는 앉아서 때 가는 줄 모르게 쉬고 있습니다. 물어보면 혹은 이 산 중에 온지 40년이 되었다고 혹은 50년이 되었다고 합니다. 새파란 청춘이 산중에 들어와 절 심부름하는 동안에 집도 없이 처자도 없이 팔십 평생을 다 보낸 이들입니다.

석왕사 용비루 전면, 출처 : 『조선고적도보』 제12책, 1932, 김상헌 소장본

"영감님 무슨 낙으로 사시우?"

하고 우리가 물으면 웃지도 아니하고 노여워하지도 아니하고

"그저 죽지 못하니 살지요"

합니다. 등안각에서 잠깐 쉬어서 큰 바위 모퉁이를 돌 때에 우리는 지금껏 왼편에 끼고 오던 냇물을 건너야만 되게 됩니다. 이 다리를 적조교寂照橋라 합니다. 이 다리에 서면 석왕사의 앞산인 응왕봉膺王峰이 동편 끝에 보이고 지금 우리가 뚫고 올라온 송림이 눈 아래로 보이어 송림을 위에서 보는 맛이 더욱 아름답습니다. 석왕사 달의 진면목은 이 다리에서 볼 수 있다고 생각합니다.

적조교에서 건너면 활엽수의 수풀 속으로 길이 열립니다. 이곳으로 3정쯤 올라가면 불이문不二門이라 하는 재미있는 문이 있습니다. 이것은 냇물을 타고 건너 놓은 홍예석교虹蜺石橋를 밑바닥으로 하고 지은 삼간三間 집인데 우리는 이편 박궁으로 들어가 저편 박궁으로 나오게 됩니다. 기둥에다 서까래에다 도리에다 변변치 못한 사람들의 이름이 다닥이다닥이 붙은 가운데 오직 육군 참위로 북청대北靑隊로 가던 이동휘 선생의 이름이 우리의 주의와 감개를 끕니다. 이 열정적 애국자인 청년 사관은 지금은 백발이 성성한 망명 국사國士가 되어 시베리아로 유리流離하십니다.

불이문을 나서면 석왕사의 웅장한 거찰이 동천洞天을 압壓하고 서 있는 웅장한 모습이 보입니다. 불이문에서 수십 보를 가면 두 기둥으로 세운 조계문이 있으니 매우 아름답습니다. 거기서 수십 보를 가면 운성동루雲城東樓라는 극히 속된 이 층 누문樓門이 있고 거기서 눈을 북으로 돌리면 속악한 줄행랑 같은 것과 높다란 변소가 보입니다. 그 웅장한 선인先人들의 정신을 표현한 건축을 이런 속악한 것으로 가려 놓은 것이 섧습니다.

게다가 때마침 순종 형제의 국재일國齋日이라 하여 국수집, 술집, 맥주, 사이다, 소주, 과자 등을 파는 가게들이 늘어서니 모처럼 좋은 자연에 깨끗해진 가슴에 구역이 북받쳐 오름을 금할 수 없습니다.

다시 못 볼 국재라 하여 원근 사방에서 사람이 물밀 듯 들어오고 어느 신문사에서는 이재를 구경시키기 위하여 천우신조를 다해가면서 4백여 명의 남녀를 데리고 내려왔다 하므로 퍽 볼만한 것으로 알고 얻기 어려운 자동차를 두 시간이나 기다려 타고 올라갔더니 때 묻은 양말에 때 묻은 장삼을 입은 중들이 목탁과 제금 치고 돌아가는 것이 구경이라고 할까. 엄숙한 맛도 깨끗한 맛도 신통한 맛도 아무것도 없더이다.

8.

석왕사 앞내에 임한 영월루暎月樓는 자못 웅장해 보입니다. 그 서쪽에 있는 용비루龍飛樓는 이태조의 기념전으로 결구結構와 단청이 모두 아름답습니다. 이 속에는 태조의 유물 몇 가지를 봉안하여 특별한 참관자에게만 관람을 시킨다고 합니다. 작년까지도 큰절 객실이던 연빈관延賓館은 사무소가 되어버리고 연빈관은 불이문

밖 북편에 새로 짓고 여관이 되어 손님을 칩니다.

바로 법당 정문인 범종은 540년이나 되는 옛 건축으로 소박한 고풍을 보이는 이층루二層樓인데 누상에는 한 길이나 되는 큰 종이 달렸습니다. 새벽마다 이 종을 울려 중들의 깊이 든 잠을 깨우는 것입니다.

사寺의 서쪽에는 응진당應眞堂이라는 오백나한을 모신 집이 있습니다. 이 오백나한은 전부 곱돌로 만들었는데 키는 한 자 가량 되고 별로 미술적 가치가 있는 것으로 보이지 아니하나 오백 개를 같은 모양으로 새긴 이의 정성을 탄복하옵니다.

오백나한에 대하여는 흥미로운 이야기가 있습니다. 이태조께서 길주 어느 폐사에서 오백나한을 한 분씩 한 분씩 꼭 몸소 업어 모셔오셨는데 맨 나중 두 분을 한꺼번에 모셔오셨다고 합니다. 맨 나중 분 독성존자獨聖尊者는 이것을 노하여 묘향산으로 달아나고 이곳에는 499분만 있습니다. 빈자리 하나에 방석만 깔아 놓았으니 그것이 독성존자가 오셨다 가신 자리라 합니다. 나한들은 모두 장삼을 입고 방석을 깔았으니 이 장삼과 방석은 모두 불교를 믿는 신도들에게서 들어온 것이라고 합니다. 응진당 서쪽에는 무학대사를 사事하는 석왕사라는 것이 있고 또 동쪽에는 신한각宸翰閣이 있습니다.

큰 절에서 서쪽으로 냇물을 끼고 한참 올라가노라면 산모퉁이를 돌아 자못 깊숙한 곳에 내원內院이라는 절이 있으니 이것은 예전에 참선하던 곳입니다. 거기서 더욱 서쪽으로 물을 따라 올라가면 물이 끝나는 곳에 향적암香積庵이 있는데 설악의 거의 꼭대기에 있어서 동해가 환하게 내려다보입니다. 암庵의 북쪽 벽송대碧松臺라는 데는 절벽을 부여잡고 올라가는 곳인데 거기 조그마한 암자가 있어 수도객, 기도객들이 숨어있는 곳입니다.

나는 지금 원산 송도원 해수욕장에 있습니다. 시퍼런 바닷물이 몹시 차가울 것 같지만 건장한 젊은 남녀들은 물결을 즐기며 떴다 잠겼다 왔다갔다 합니다. 이에 따라 바닷물은 솨솨, 하고 그들에게 노래를 불러줍니다. 그렇습니다. 푸른 바다는 물결 위에 떠오는 젊은 남녀들을 위하여 노래를 불러줍니다. 마치 아기를 안고 부르는 어머니의 노래가 곧 그 아기의 노래인 것과 같이 젊은 남녀를 안고 솨솨, 노래를 치는 바다의 노래는 곧 젊은 남녀의 노래올시다. 우리는 물속에 몸을 잠금이 어머니 품에 깊이 안기는 것 같습니다.

불결은 다투어 몰려와서 오래간만에 외가에 온 어린 손자를 귀애하는 외조모의 손가락 모양으로 따뜻한 젊은이들의 몸을 샅샅이 만져주고, 그리고는 잠깐 물러갔다가 또 만져주고 씻어주고 끊임없는 노래를 불러줍니다. 그들이 어머니의 젖을 실컷 먹고 무릎 위에서 기어 내려오는 아기들 모양으로 물에서 뛰어 나올 때에 물결은 그들을 안 놓치려는 듯이 따라 나와서 그들의 발뒤꿈치를 만지고 물러갑니다.

어떤 건장한 남자는 "내 힘 보라! 육체미를 보라!" 하는 듯이 두 다리를 쩍 벌려 대지를 밟고 두 팔을 번쩍 들고 몸을 쭉 폅니다. 그 볕에 걸고 기름이 흐르는 젊은 몸이 천지에 꽉 차는 듯합니다. 어떤 여자는 한 팔을 세워 베개를 삼고 풍후한 육체를 모로 뉘어 그의 동그레한 곡선미와 대국민을 속에 품었노라 하는 육체미를 자랑합니다. 머리맡에 파라솔을 세웠으나 그것은 사람의 눈을 가리려 함도 아니요, 해의 눈을 가리려 함도 아니요, 오직 여성의 수치심만을 표하는 것입니다. 젊음도 좋고 건강도 좋거니와 젊음과 건강은 바다에 와서야 그 진면목을 발하는 것 같습니다. 만일 피부가 쭈글쭈글하고 뼈만 남은 사람이 저렇게 나체로 나선다 하면 얼마나 추할까, 비참할까. 미와 애의 환희는 청춘의 것이요, 건장한 자의 것이외다.

바다는 움직입니다. 운동과 음향과 색채가 쉴 새 없이 변동하는 영원한 변동이 바다입니다. 그러므로 우리는 바다를 대할 때에 신경이 흥분됩니다. 약한 사람은 곧 피로를 느낄 만치 흥분됩니다. 바닷속에 들어선 때 우리와 바다는 함께 승강하고 진퇴하고 운동합니다. 그러나 백사장은 정지합니다. 백사장은 바다의 격동 속에 지친 우리의 신경을 안정하게 하는 진정제입니다.

따뜻하고 부드러운 가는 모래 속에 몸을 파묻고 누웠으면 마치 무슨 감정에 격동을 치르고 돌아온 사람과 같이 스르르 잠이 들려 합니다. 그럴 때에 고개를 번쩍 들어 바다를 바라보면 진정되었던 신경이 다시 흥분되어 벌떡 일어나 바닷속에 아니 뛰어들지 못하게 합니다.

서늘한 바다, 움직이는 바다에 푹 앉았다가 따뜻한 모래, 안정한 모래에 다리를 뻗고 눕는 것이 해수욕의 쾌미외다. 젊고 건장한 인생의 큰 쾌락입니다. 그러나 이 맛을 아는 사람은 아직 조선 사람 가운데 적습니다. 더구나 여자는 없습니다. 벌판에 누워 지껄이는 소리, 바다 속에서 외치는 소리 들리느니 일본말이요, 반가운 우리말은 어찌하여 없습니까.

9.

바다 속에서 어지간히 피곤해지거나 시장해지면 그들은 나와서 맑은 물에 목욕을 하고 바람 소리 우수수, 하는 송림 사이에 있는 여관으로 돌아옵니다. 송림의 바람 소리는 우리의 신경을 안정케 하고 또 세속을 잊게 합니다. 그러므로 백사와 청송이 없는 바다는 병신 바다입니다. 이 세 가지를 겸한 곳에 원산 해수욕장의 묘미가 있습니다.

그러나 여관이 젬병입니다. 자연은 좋다만 주인이 없구나 하는 한탄이 여기서도 나옵니다. 아무리 천하절경이라도 밥 못 먹고 파리, 빈대, 모기, 뒷간 냄새에 부대끼는 지옥이 되어버립니다. 송도원 호텔도 있고 빌리는 별장도 있지만 이것은 생활이 유여한 저 사람들의 것이요, 우리와는 아무 상관이 없습니다.

저녁 밥상을 받아놓고 무수히 한탄하면서 가까스로 밥 몇 보시기와 냉수에 간장 쳐서 담가놓은 오이 몇 쪽을 입에 집어넣고는 뒷간 냄새와 파리를 피하여서라도 바닷가로 아니 나올 수가 없었습니다. 바닷가로만 나오면 이것저것 다 잊어버리고 "참 좋구나" 소리를 아니 말할 수가 없습니다.

그동안 연일 비가 왔으므로 해수욕 하러 왔던 손님은 비 개기를 기다리다 못해서 다들 돌아가고 해수욕장은 퍽 쓸쓸합니다. 그러나 비만 잠깐 개면 날이 비교적 서늘하건만 바닷가에는 해수욕하는 남녀가 끊이지 아니합니다. 우리가 도착한 이튿날부터 날이 말짱하게 개고 볕이 쨍쨍히 나기 시작하니 갑자기 바닷가로 수백 명의 해수욕꾼이 모여듭니다. 남녀를 좌우편으로 갈라놓아 옷 벗는 데, 헤엄치는 데가 다릅니다. 그러나 바닷가에 웬만큼 나아가면 남녀가 혼합해 버립니다. 남자들 가운데는 조선 사람이 더러 있는 모양이나 여자들 가운데는 하나를 찾아볼 수 없습니다.

나도 해수욕의海水浴衣를 옆에 끼고 여러 번 바닷속으로 들어가려고 하였으나 콩나물 나듯이 섞인 조선 남자들이 나를 유심히 보는 것 같아서 옷을 벗으려다가는 고만두고 고만두기를 여러 번 하다가 낮에는 차마 부끄러워 못 들어가고 밤에 들어갔다가 너무 추워서 벌벌 떨고는 기어 나오기만 몇 차례 하였습니다.

10.

오래간만에 볕이 났습니다. 우리는 오후 네 시쯤 하여 작은 배 하나를 빌려 타고 명사십리를 향하여 떠났습니다. 일행이 여섯 사람, 배 젓는 사람까지 일곱입니다. 바다는 무시무시하게 푸르고 물결은 없습니다. 없으되 하나도 없습니다. 평양 사투리 쓰는 사공은 힘도 안 들이게 슬슬 배를 저어줍니다.

일행 중에 여자가 나까지 세 사람인데 나는 바다라는 '바'자만 들어도 멀미가 나는 사람이어서 일본 다닐 때는 아무리 풍랑 없는 때라도 겨우 빈 창자만 토해버리기를 면하고 가지고 다니는 못난이요, 또 한 분은 서울에 생장하면서도 한강 구경을 이번에 원산 오는 길에 처음 구경하고 "에구머니"하고 놀랐다는 분이요, 또 한 분은 "그까짓 바다가 무얼"하고 큰 소리를 하지만 배탄 지 5, 6분이 못 되어서 얼굴이 발갛게 상기가 되고 어지러워 어쩔 줄 모릅니다.

삼면 환해국環海國이라는 조선의 여성으로 심히 부끄러운 모양입니다.

"여기는 몇 길이나 치오?"

하고 우리들이 물으면

"댓길 되지요" 하고 사공은 웃고 대답합니다.

"여기서 빠져도 죽나요?"

하고 물으면

"살기 어렵지요" 하고 숭굴숭굴하게 잘 대답을 하게 해줍니다.

"이렇게 잔잔하다가도 갑자기 풍랑이 일어나는 수가 있어요?"

"있고 말고요. 별안간에 일어나는 일이 많지요."

"에그머니, 그러면 어떻게 해"

하고 우리는 깜짝 놀랐습니다.

"파선해 죽지요."

뱃사공이 이렇게 대답할 때에 우리 세 여자는 소리를 모아

"에그머니, 저를 어째"

하였습니다. 뱃사공의 이 말을 듣고 보니 하늘에 뜬 구름장이 모두 폭풍우 같고 퍼런 바닷물이 금시에 늠실늠실하는 풍랑이 되어 덤비는 것 같습니다. 그래도 무서운 줄 모르는 남자들은 우리를 더 놀라게 하느라고 이편에서 저편으로 왔다갔다 하면 배는 무서운 걸음을 따라 이리 쏠리고 저리 쏠리어 금방에 한편으로 기울어져 우리가 모두 물속으로 들어갈 듯합니다.

그럴 때마다 우리는

"에그머니, 배 기울어지네. 이를 어째"

하고 배 가장자리를 꼭 붙잡고 쩔쩔매나이다.

이런 때는 우리 여성은 너무나 약합니다. 끝없이 넓고 깊은 바다는 안방구석에만 앉아 있던 우리 여성에게는 너무 크고 외람합니다. 그러나 우리 여성에게는 여자 특유의 무서운 용기가 있습니다. 바다보다도 산보다도 더 무섭고 위험한 가정의 모든 고락을 눈을 깜짝 아니하고 참고 견디고 또는 모성의 모든 고통과 우수와 위험을 사랑의 웃음으로 깜짝 아니하고 참고 견디고 배기는 무서운 용기가 있습니다.

11.

배는 점점 멀리 나와 인제 원산의 전경을 해상에서 바라보는 위치에 있습니다.

원산은 해상에서 바라보아야만 좋습니다. 거진 원형으로 보이는 영홍만의 서쪽 모퉁이 첩첩한 노인치老人峙 제봉을 뒤에 두고 신월형新月形으로 앉은 것이 원산 시가입니다. 노인치에서는 운무가 자욱한데 지금도 번깨 번쩍거리고 우레소리도 들리는 듯하고 아마 한바탕 큰 천둥과 비가 있는 모양인데 그 대뇌우 있는 운무 위로부터 천조만조 비낀 햇발이 우리 두상을 통과하여 갈마반도와 명사십리라는 띠 같은 장제長堤를 비칩니다.

"저기 저 파랗고 기다란 것이 무엇이오?"

"그게 명사십리라오."

"어디 모래 있나, 파란 풀만 있는 것 같은데."

과연 명사십리의 서쪽 원산으로 향한 쪽에는 파랗게 풀이 보일 뿐입니다.

"모래는 저쪽에 있지요."

"또 명사십리 끝에 이는 저 산은 무엇이오?"

"그거요? 뛰임섬이오"

하는 것은 사공의 말이나 나중에 알고 보니 그것이 갈마도라는데 아마 명사십리라는 긴 모래장 등이 생기기 전에는 섬이었던 것은 분명하고 또 지금도 명사십리에 있는 동네를 두남斗南이라고 한다니 '뛰임섬'이라는 것이 우리 조상 적부터 불러오던 본명인 듯합니다.

"뛰임섬 다음에 저기 멀리 있는 것은 무엇이오?"

"섭섬이오."

"또 섭섬 더 가서 저 까맣게 보이는 섬은 무슨 섬이오?"

"어느 거요? 그건 섬이 아니라 영홍 땅이오."

"꼭 섬 같은데."

"그래도 섬 아니라오—섬 같기만 하지요."

섬 같기만 하다는 섬에는 산과 백운이 피어올라 보랏빛으로 보이는 봉오리가 숨었다 나왔다 합니다.

"그다음에 있는 저 산은 어디요?"

"그것 문천文川이오."

문천산은 영홍산보다 푸른빛이 많으니 거리가 좀 더 가까운 표인 듯합니다.

"도 저기서 해 올라앉고 비 오는 저 산은 무슨 산이요?"

"그거요? 노인치요, 양덕陽德 맹산孟山으로 넘어가는 데입니다"

하고 뱃사공은 5년 전에 떠났다는 평양이 그리운 듯이 물끄러미 비오는 노인치를 바라봅니다.

"양덕 맹산 흐르는 물은 대동강으로 돌아든다 하는 양덕 맹산이로구려" 하고 남자 중에 한 분이 말합니다.

12.

짬째리 짬째리 요눔에 짬재리 무슨 일로 그렇게 째륵 그리니 여보게 그건 알어 무엇하나 챙견두 경치게 많이 하네. 엄마야 아빠야 다 돌아가고 눈물이 흘러 눕히 되고 도래팽팽 죽어지는데.

이것은 우스운듯하나 퍽 그럴듯한 동요올시다. 사실 해가 뒷산으로 넘어갈 때쯤 해서는 이 메뚜기 같은 벌레가 째르륵 거리면서 길 가는 사람을 훼방 칩니다.

새로 지은 것 농구꽃이 피었네. 서울 계신 나라님 돌아가셨는데, 엄마야 저 꽃이 떨어져 돌아갔나요. 우리나라 금상님 보고나지고.

농구라는 말은 왜지倭地 이화李花란 말이외다. 또 하나 문제는,

네 어깨에 손 놓고 내 어깨에 손 놓아 쌍가마 손가마 아기 태우고서

홍청홍청 걸어가세. 서울 임금께 한 바퀴 돌고 돌아 개울 건너고 두 바퀴 돌고 돌아 산을 넘어서 어머니 보고 싶어 울음 울었네.

배가 닿은 곳은 조그마한 어촌입니다. 옛날 조선 그대로의 가난하고 납작한 어촌입니다. 언제나 그들이 다 부요하게 문명하게 살아볼까.

까맣게 볕과 해풍에 거른 벌거숭이 아이들이 조그마한 그물을 가지고 바닷가에서 고기를 잡습니다. 그물을 한 번씩 끌어내릴 때마다 도미 새끼 같은 한 치나 되는 고기들이 한 줌씩 팔딱팔딱 그물에 깔립니다.

그것을 용하게 빠르게 주워 담고는 또 다른 데로 그물을 끌고 갑니다.

"너희들 학교에 가니?"

하고 물으면

"네, 학교요? 여기는 학교 없어요"

하고 그러한 한가한 소리는 들을 새 없다는 듯이 고기 있을 만한 데를 고르느라고 물속을 들여다봅니다. 물결은 파란 모래미역을 밀어 찰싹찰싹 하고 아이들의 다리를 치고 굴 조개와 홍합 껍데기로 된 바닷가를 툭툭 칩니다.

"그럼 글은 안 배우니?"

"글이요?… 애, 저기 망둥이 있다 저리로 돌아. 이 주릴 할 녀석아, 에, 아까운 것 놓쳐버렸다"

하고 망둥이 쫓느라고 대답할 것은 잊어버렸다가 그물을 툭툭 떨면 다른 아이가

"우리는 이것만 합니다"

하고 아주 어른스럽게 그물을 가리키면서 자기의 재주 있는 대답에 만족하는 듯이 웃습니다.

과연 그물질하는 것이나 고기 주워 담는 것이나 여간 익숙하지를 아니합니다. 그것이 그네들의 글이니까요.

"이 바람이 북풍이지"

하고 동행중에 한 사람이 돌아가는 뱃길에 바람이나 안 일어날까 하여 말하는 것을 듣고 아이들은 깔깔 웃으며

"이 바람이 북풍이야요? 하하 그러면 서울 해는 북으로 지오?"

하고 서울 사람이 동서 분변 못하는 것을 비웃고 깔깔댑니다. 인제 겨우 12, 13세 된 아이들이 바람의 방향을 환하게 알고 있습니다. 어느 바람이 불면 아버지 탄 배가 돛달고 들어오기에 편한 것을 다 알고 있습니다. 우리들은 조개껍질 위에서 동네를 지나 명사십리로 행하였습니다. 허리띠와 같이 긴 땅은 전부가 세모래로 되었는데 거기는 키 작은 소나무가 있고 빨간 석죽이 피고 높다란 원두막이 있고 뱀장어 등심뼈와 같은 풀 덮인 큰 길이 있습니다.

정말 명사십리라는 곳은 이 뱀장어같이 긴 땅의 동남쪽입니다. 거기 진한 일자로 10리나 되는 긴 해안이 모두 옥가루 같은 백사로 되고 거기는 다북다북 해당화가 여기저기 피어있습니다.

이 명사십리 서단西端에는 서양인의 피서지 부락이 있어 금발 벽안의 남녀가 물결에 뜨락 잠기락 하나 이곳에는 조선 사람은 하나도 없습니다.

우리 일행은 안내자도 없이 오다가 길을 잘못 들어 헤매는 사이에 날은 벌써 저물었답니다. 금발 남녀의 물속에서 노는 모양도 한가히 보지 못하고 급해 배를 몰아 여관으로 돌아오니 8시가 넘었더이다.

석왕사

이광수

● 이광수, 「석왕사」, 『동아일보』, 1928.10.30; 방민호 편, 『경원선 따라 산문여행』, 예옥, 2020, 257~258쪽

석왕사의 송림은 언제 보아도 좋다. 사기리沙器里에서 단속문斷俗門까지의 평원성平原性 송림도 특색이 있거니와 단속문에서 등안각登岸閣에 이르는 약 5리 간의 계곡성溪谷性 송림이 더욱 좋다.

송림의 미는 단순한 소나무의 집합이라는 하나의 조건만으로만 되는 것이 아니다. 첫째는 소나무 개개의 생김생김, 둘째는 어린 솔, 젊은 솔, 늙은 솔, 큰 나무, 작은 나무의 포치布置된 위치, 셋째는 송림이 놓여있는 환경, 넷째는 전송림全松林을 통일하는 어떤 원리, 이런 것들이 어떤 송림의 미적 가치를 결정하는 것이다.

그런데 석왕사 어귀의 소나무 종류로 말하면 우미전아優美典雅한 적송인 데다가 노소, 대소의 포치와 설봉산의 웅대를 배경으로 하고 고저와 구배句配의 곡선이 불험불이不險不夷한 구릉의 형세가 다 그 알맞음을 득하였고, 또 물 맑고 소리 맑고 굴곡과 형상 아름다운 일조一條 계류溪流가 전폭의 풍경을 통일하여 주었고 이 시내를 따라 낸 도로가 또 우리에게 완상하는 변화 많은 위치를 제공하는 외에 완연한 도로 자신이 자연의 미관을 돕는 하나의 요소를 이루었다. 단속문, 등안각, 불이문不二門, 조계문曹溪門 등의 길 목목이 세운 우아한 고대 건축이 자연의 미에다 인류의 심미감의 고상한 일 교정, 일 보첨補添을 더한 것은 물론이다.

나는 음력 9월 9일 밤의 상현上弦 월하月下에 단속문 안 시냇가에 올연히 홀로 섰다. 얼음같이 찬 대기는 엉키어서 움직이지 아니하건만 달빛과 별빛을 이고 선 노송의 가지 끝에서는 그침 없는 읊조림이 우수수수, 하고 울어 나온다. 이 무슨 삼엄森嚴인고. 이 무슨 정적인고. 돌 위로 어둠 속으로 굴러오는 시냇물 소리조차도 멀고 깊은 신비의 나라에서 울어오는 듯하다. 반쪽보다도 약간 더 큰 달은 수양버

들 모양으로 가지 축축 늘어진 키 큰 늙은 소나무 위에 배회한다. 수풀 속으로부터는 송지松枝 향기가 있는 듯 마는 듯 떠나온다.

> 평생에 솔이 조희 곧음도 좋거니와 굽음도 멋있거니 애솔인들 궂으려만 늦도록 더 아름다움을 못내 부러워하노라.

소나무는 늙을수록 몸이 붉어지고 가지가 축축 늘어지고 살이 윤택해지고 속태俗態를 벗어 신선의 풍채를 갖추게 되는 것이다. 세계에 조선 사람처럼 솔을 애호하는 이가 있으랴. 소나무집에 소나무 때고 살다가 소나무 관에 담겨 솔밭 속에 묻히는 이는 조선인밖에 없을 것이다. 소나무의 탈속하고 숭고하고 한아閑雅한 기상을 사랑함이다.

> 별과 달, 솔과 나와 울어대는 저 물소리, 향기로운 찬바람이 더운 볼을 스쳐가네 수풀이 어둡사오니 더욱 거룩하여라.
>
> 어렴풋 아는 듯하고 모르는 우주신비 경경耿耿한 작은 혼이 그 앞에 서 있사오니 이 밤을 어이 잘까나 잠 못 이룰까 하노라.

그해 그 여름 연인의 무릎을 베고 이를 잡히다 들켜

박순천

● 박순천, 「그해 그 여름 연인의 무릎을 베고 이를 잡히다 들켜」, 『동아일보』, 1938.8.16; 방민호 편, 『경원선 따라 산문여행』, 예옥, 2020, 259~261쪽

이십 년 전 하기 휴가에 연인과 같이 석왕사 보문암에서 한여름을 지난 일이 있다. 여름의 피서객을 부르는 곳이 경원선에서 삼방, 석왕, 원산에 있는 것은 누구나 다 아는 일이고 또 석왕사가 어떠하다는 것을 이제 내가 이십년 전 소견을 말할 자격이 없는 줄로 안다.

그러면 한여름 그곳에서 자유스럽게 시원하게 지내던 것이나 말하여볼까. 그곳을 가기는 친구의 형님이 당신의 찬구를 데리고 가 계시면사 우리들을 청한 셈인데, 형님들이니 다소간 조심스럽다가 며칠 후 두 형님이 떠나고 나니 우리는 껑충껑충 뛸 만큼 시원섭섭하였다.

단 둘이만 있게 된 우리는 설봉산 일원이 독무대나 된 것 같았다. 공양주가 갖다 주는 향기로운 산채의 맛도 좋거니와 식사만 끝나면 목욕옷 한 벌로 그저 숲속에서 흘러내리는 냇물에 '풍덩실풍덩실' 발버둥 치는 맛이 더 좋았다. 더구나 나중은 입술이 쪽빛이 되고 동지섣달에 빙판에 눕는 것처럼 달달 떨리는 그 맛, 그저 말로 졸필로 형용키는 어려우나 아무튼 한여름을 부들부들 떨고 지낸 것만은 사실이다. 그렇게 한참 떨다가 물밖에 나오면 또 폭포에 들어가 머리 위에서 발끝까지 찬물을 뒤집어쓰고 이것 또 염증이 나면 법얼 가지고 개울 고기를 몰고 가재를 붙들었다 놓아주기를 한여름 하노라니 고기도 얼마 후에는 우리를 용궁선녀로 알았던지 제법 사귀어서 곧잘 동무가 되어주었다.

그런 중 또 한 가지 점심시간에 잠깐씩 극락에 산보를 하는데 극락산보는 다른 것이 아니고 추위를 녹이기 위해서 한참 자기도 하고 혹은 연인의 무릎을 베고 머리 이도 잡는 것이다.

말이 났으니 말이지, 이 머리 이 잡는 맛이라니, 아무 때이고 사지가 녹는 듯하지만 절간에서 연인의 무릎을 베고 연인의 손으로 꾹꾹 찍어주는 맛은 경험자 아니고는 여간 설명쯤으로는 그 맛을 훼손할까 두려워 그만두거니와, 하루는 이를 잡다가 유람객에게 발각된 일이 있는데, 나중에 중이 전하는 말이 조금 전에 오신 손님들이 저 방에 계신 이들이 누구누구 아니냐고 하였단 말을 듣고, 이십 처녀의 이 잡는 꼴을 외간 남자에게 들킨 것만은 아무리 시원한 석왕사 개울물이라도 화끈한 얼굴을 식혀줄 수 없었다. 그 손님들이 점잖게 체모를 지켰기 다행이지 나 같은 험구이었더라면 저 방에 이 잡는 이라고 했을 것이다. 시원하던 맛도 잊혀지지 않거니와 이 잡다 들킨 일도 잊을 수 없는 알이다.

그때의 보문암은 심지어 변소까지 그저 모두가 맘속까지 시원하게 좋은 것뿐이었다. 이러다가 절을 떠나올 때 백연암 노승을 보고 후일 상자 중으로 입산할 것을 언약하고 동구까지 나온 우리는, 먼저 눈에 보인 것이 닭 잡는 여인이니 한여름 가라앉은 비위가 일시에 뒤집혀 닭 두놈을 단숨에 집어먹었다. 우리는 고기 맛이 그렇게 좋은 것도 그 여름에 처음 맛보았다.

일생을 통해서 가장 자유스럽고 걱정 없고 희망, 이상, 동경을 가슴에 듬뿍 안고 생의 진리를 발견하려던 그 아름답던 시절, 그 여름은 어찌 그렇게 시원하고 좋았던지, 이제 비린고기 '사파망'에 걸려 벗어나지 못하고 발버둥 침이여! 그 옛날 보문암 개울에서 발버둥 침과 이렇게 다름을 서러워할 뿐이다. 잊혀지지 않는 것은 그해 그 여름의 그 산간 생활이랄까?!

그해 그 여름에 이 잡아주던 우리 연인은 현재 모 신문사 부인기자로 활약하고 있다.

향토 정서 넘노는 곳

기자

● 기자, 「향토 정서 넘노는 곳」, 『동아일보』, 1938.8.21

신흥의 패기 속에 날로 채금고를 높이고 있는 학소 광산의 교통은 지극히 편리하며 또한 절승이다. 여기는 실로 '별유천지비인간別有天地非人間'이란 옛 시구를 연상케 하는 선경의 감이 있는 곳이다.

경성서 오전 8시 경원선 열차에 몸을 실게 되면 오후 1시반 신고산역에 내리게 된다.

이 신고산역은 조선민요 중 가장 아름다운 향토적 향기가 무르익은 '신고산타령'이 이곳 처녀들의 주홍빛 입술에서 흘러나오나니 장거리 여행의 지친 몸에 지극히 반가운 선물을 받으며 역에 내려 자동차가 통할 수 있는 대로로 이십여 리 조선리수를 도보나 혹은 필마로 가면 바로 안변군 위익면 학소리 학소 광산에 이르게 된다.

이 신고산에서 서방으로 얼마 가지 아니하여 역지현域址峴 마루에 올라서 고개를 들면 안전에 전개되는 소리쳐 흐르는 백사白砂의 내평천內坪川, 배산임수의 조선적 마음을 형성한 내평촌內坪村, 그리고 그 앞으로는 푸른 논이 있고 푸른 곡식이 훈풍에 흔들리고 있는데 내평천 맑은 물소리를 헤치고 건너서 얼마를 가노라면 수양버드나무 가지가 휘늘어져 맑은 물소리에 춤을 추고 있어 가는 연로沿路야말로 선경을 보이고 있다.

이렇게 선경 속에 가는 줄도 모르고 창평리를 지나고 종자리도 지나 학소리 돌목골의 계류溪流를 끼고 이 리 가량 올라가면 거기 험산지대에 70여 호의 안개 어린 마을이 있으니 여기가 바로 학소광산이다.

여기는 험한 산이나 교통은 지극히 편하고 또한 선경이다. 일의 고苦를 알지 못하고 일을 할 수 있는 곳이다.

석왕사

오종의

● 오종익, 「석왕사」, 『조선의 명승』, 평양 : 군중문화사, 1960, 110~111쪽

경원선 연도에서 제일의 명소로 손꼽히는 석왕사는 삼방에서 16킬로미터, 원산에서 28킬로미터, 안변에서 16킬로미터, 석왕사역에서 4킬로미터 거리에 있다.

삼방 협곡에서 그렇듯 성급하게 달리던 계류가 이곳에 이르러서는 유유히 흐르는 큰 강으로 변하여 남대천을 이루었는바, 이 남대천의 흐름을 동쪽에 바라보면서 시원히 열린 안변 평야를 남으로 거슬러 달리는 렬차에서 내다보면 오른편 멀리 서남쪽에 마치 비단 병풍을 겹겹이 펼쳐 세운 듯한 푸른 산이 나타나는 바, 이것이 바로 유명한 설봉산이다.

설봉산 기슭에 자리 잡은 석왕사는 14세기 후반기에 무학대사無學大師가 리성계의 지시를 받아 창건한 절로서 그 후 5백여 년 간 한양 궁정宮廷으로부터 각별한 관심과 배려를 베풀어 온 리씨 왕가의 원찰願刹이다.

석왕사는 고구려, 신라 이래의 고찰古刹들에 비하여 비록 력사는 짧지만 산세 수려한 설봉산 풍치 속에 전제 왕가의 권세와 재력을 기울려 가꾼 것으로서 청정 유수한 자연 풍경에 장엄 현란한 인공 시설이 조화되어 유서 깊은 승지를 이루고 있었다.

리씨 왕가의 원찰로서 석왕사가 창건된 데에는 흥미 있는 전설이 있다.

전하여 오는 말에 의하면 리성계가 아직 왕이 되기 이전 학성검사로 학성鶴城=안변에 있을 때, 어느 날 꿈에 어떤 묵은 집에 들어갔다가 집이 무너지면서 서까래 세 개가 등에 얹힌 꿈을 꾸고 그만 잠이 깬 일이 있었다. 또한 여러 집닭이 이른 아침 "꼬꾜"하고 우는 소리를 듣고 꿈을 깬 일이 있어서 길흉을 몰라 이곳 설봉산에 있던 무학대사에서 해몽을 청하였다. 무학대사는 해몽하기를 "헌 집이 무너진 것은

장차 고려가 망할 징조이고 등 우에 서까래 셋이 얹힌 것은 한자漢字로 왕王이란 글자를 이룬 것이므로 앞으로 당신이 왕이 될 징조다. 그리고 여러 집닭이 꼬꾜-하고 운 것도 고귀위高貴位라는 의미인즉 당신이 고귀한 지위에 오를 것이다. 다시 말해서 왕이 될 것이다"라고 이야기하였다. 이리하여 절 이름을 석왕사釋王寺, 왕이 될 것을 해석한 절라고 명명하게 되었다.

석왕사역에서 하차하여 서쪽으로 설봉산 기슭을 찾아 들어가는 길은 탄탄한 자동차 길이지만 갈수록 계곡은 깊어간다. 거리를 벗어나서 백과 무르익어 향기 그윽한 과수원을 지나면 절로 가는 길에 들어선다. 동북쪽에 바라보이는 마을은 리조 시대에 사기沙器를 굽던 사기동沙器洞이다.

고향예찬 : 그 강산과 그 문자—용담 이야기

이태준

- 이태준, 「고향예찬 : 그 강산과 그 문자-용담 이야기」, 『신동아』 11호, 신동아사, 1932.9; 방민호 편, 『경원선 따라 산문여행』, 예옥, 2020, 259~261쪽

내 고향 용담龍潭은 산 많은 강원도에 잇다. 철원[1] 따이지만 세상에 알려진 금강산 전철과는 아모런 상관없이 고요히 정거장도 없는 경원선 한 모퉁이에 산을 지고 산을 바라보고 그리고 사라지는 연기만 남기고 지나다니는 기차들이나 물끄럼이 바라보고 앉엇는 조고만 산촌이다.

서울서 차를 타고나면 세 시간이 다 못 되여 이 동내 앒을 지난다. 차가 지날 때마다 채마밭머리에서 장독대에서 사람들이 내어다 본다. '내다, 오오' 하고 소리는 못 질러도 수건을 내어 흔들면 모다 알어보고 형님ㅅ벌 되는 사람 동생ㅅ벌 되는 사람들, 흔히 십리나 되는 정거장 길에 마중 나온다.

용담龍潭은 아름다운 촌이다. 금강산과는 먼 곳이지만 그와 한 계통인 듯하게 수려한 산수는 처처에 승경勝景을 이루어 잇다. 뒤에는 나지막한 두매봉ㅅ재가 조석으로 올으기 좋은 조고만 잔띄밭길을 가지고 잇으며 앞에는 언제든지 구름을 인 금학산金鶴山이 창공에 우뚝하니 솟아 잇다. 손을 씻으려면 옷골과 백학골에서 흘러나오는 옥수천이 잇고 수욕水浴이나 철엽이나 낙수질이 하고 싶으면 선비소 한내다리 쇠치망 진소 칠송정七松亭 모다 일취일경一趣一景이 잇는 곧이다.

나는 여름마다 용담에 간다. 용담 가면 흔히 한내다리 아래에 가서 긴 여름날을

1 이태준의 고향인 용담마을이 있는 철원은 현재 남쪽에 위치한 철원군이 아니라 현 북한 철원군 철원읍에 해당한다. 이태준은 철원군 안협이 아닌 이천군 안협이 고향이다. 안협군(安峽郡)은 조선시대에 강원도에 속했다. 안협군에는 서면, 군내면, 동면, 이렇게 3개면이 있었는데, 1914년에 안협군이 이천군에 편입되면서 군내면을 안협면으로 개칭했다. 한국 전쟁 이후 북한군이 관할하던 철원군 지역의 상당 지역이 대한민국으로 편입되었는데, 나머지 지역 중 이천군 안협면을 북한이 철원읍으로 개편했다. 따라서 현재 북한의 철원읍은 과거 이천군 안협면이었고, 그곳에 이태준의 고향이 있었던 것이다. 철원군 안협이 아닌 이천군 안협이 이태준의 고향이라 말하는 것이 정확하다.

지운다. 딸기을 따먹고 차미를 사먹고 낙수질을 하고 하늘에 뜬 청산을 바라보며 다시 물속에 잠긴 청산 우를 헤엄치며 뻑꾹이 소리 매아미 쓰르라미 소리를 드르며 나도 코소리로 '학도야'를 부르며… 그리고 이따금 우르르 하고 기차가 도시풍경을 가득가득 담은 차창車窓들을 끄을고 지나갈 때 나는 꽃이면 꽃을 들고 고기꾸럼지면 고기꾸럼지를 들고 높이 휘들러 원산 금강산으로 가는 아름다운 아가씨들의 일빈一嚬을 낙구어보는 것도 한내다리에서나 할 수 잇는 낙시질이다.

올여름에도 어서 용담 가야 한다. 어서 차미가 낫으면…. 그러나 용담은 슬픈 곳이다. 내 옛집이 없고 내 부모가 않게시어서만 슬픈 것은 아니다. 어려서 이만 글자라도 나에게 가르쳐준 봉명학교鳳鳴學校는 망해 없어지고 천진스럽게 작난할 궁리밖에 몰으든 모-든 죽마들은 대개는 생업을 찾어 동으로 서으로 흩어젓다. 몇 사람의 남어 잇는 친구도 잇지만은 황폐해 가는 동네를 직힐 길이 없어 파라먹은 조상의 무덤이나 바라보고 한숨 지는 그네뿐이다.

오오 즐거운 고향이어! 그리고 슬픈 고향이어!

고향예찬 : 그 강산과 그 문자—이천으로 왓소

이하윤

● 이하윤, 「고향예찬 : 그 강산과 그 문자 – 이천(伊川)으로 왓소」, 『신동아』 11호, 동아일보사, 1932.9

주형朱兄

날더러 고향예찬기故鄕禮讚記를 써보라고요. 그전前 가트면 조타구나 하고 업는 자랑이라도 일부러 맨드러 내려고 애를 쓸 것이외다만 사실事實에 잇서서 아무런 자랑꺼리도 가지지 못한 것은 고사姑捨하고 고향故鄕다운 매력魅力조차 거이 늣길 수 업시 된 오늘 내게 고향예찬故鄕禮讚이란 제題를 주시며 글을 쓰라 하심은 오히려 당치 안은 일인 듯이 생각이 듭니다.

벌서 내 고향故鄕인 이천伊川에 와서 잇는지도 보름이 훨신 넘엇습니다. 그리고 지그 내가 묵고 잇는 집 문이 바로 내가 십사 년十四年 전前 고향故鄕을 써날 째 나서든 그곳이며 바라뵈는 남산南山의 울울한 송림松林도 요란하게 들녀오는 압 냇가의 맑은 물소리도 녜나 다른 배 업시 낡은 기억記憶을 이제 다시 눈물다웁게 해줍니다마는 이것이 내가 이째까지 끈님업시 사모思慕해 오든 그립고 아름다운 구求원의 보금자리라고 하기엔 너무도 그 심心장의 고동이 미약하며 그 자연自然의 경개가 피페하여 젓습니다.

주형

그러나 이제 나는 심한 탈선脫線을 하아 귀향잡감歸鄕雜感에 붓을 물드리고 십지는 안사외다. 세상世相의 변천이 이곳인들 엇지 적다고 하겟습닛가. 오늘날 우리 눈압헤 나날이 심각深刻해 가는 여러 가지 현상現象은 일일一히 서술敍述해보려 하는 것이 도리혀 평범平凡한 일이오, 쏘 감상感傷에 흐르기 쉬운 용만冗漫한 글을 맨드러 노흘까 하는 염念려도 만히 잇습니다.

객지客地에서 객지客地로 써도라 다니는 나그내의 심사心事에서인지도 모르겟사오나 결국結局 향수鄕愁라는 고결高潔한 정서情緖 즉卽 타향이도他鄕異都에 멀니 써러저 오직 그리워하며 련모하는 마음만으로써 고향故鄕에 대對한 우리의 임무任務는 다하는 것이온즉 찰하리 거기에서만 우리는 신기루蜃氣樓가치 긔이한 희열喜悅을 맛볼 것이라 밋습니다. 그럼으로 나는 이 글을 서울서 초草하엿드라면 하는 후회後悔조차 이러나는 터입니다. 오직 저— 마음 속 한 구통이에 고히 버려진 아름다운 고향故鄕과 그에 대한 추억追憶 그것만이 나를 울니고 웃기고 그리고 삶 가튼 경지境地에까지 이끌고 가주는 귀貴한 보배라 할 것이니까요.

주형

긔어코 이 글은 처음서 끗까지 탈선脫線이 되고 말겟소이다. 그러면 억지로라도 내 고향故鄕의 자랑써리를 들추어내다가 찬사讚辭를 느러노아 보아야 하겟슴닛가. 그 일홈부터가 자기自己의 내력을 말하고 잇는 갈산온천葛山溫泉이 읍邑에서 백 리百里쯤 써러진 곳에 잇스며 보사재라 만경사萬景寺라 이밧게도 그 유래由來와 경개景槪가 이천伊川을 위爲해서는 그저 못 지나게 할 것이 만흠은 물론勿論 수온守溫 선생先生이 열운정기悅雲亭記에서 이천伊川의 산천山川을 칭송稱頌한 것은 자기自己 고향을 영세永世에 소개紹介해 주엇다는 의미意味에서 우리 동향인同鄕人의 한 가지 영광榮光으로도 생각할 수 잇는 일이라 밋습니다만 이 열운정悅雲亭이 적확的確히 어듸 잇는지는 본시本是 애향열愛鄕熱이 희박稀薄한 곳이라 그런지 전傳해 오는 말조차 거의 업다 해도 과언過言이 아니외다. 다만 노송정老松亭 압헤 노힌 와룡암臥龍岩에 금수온金守溫이란 삼자三字가 색여진 것으로 여기나 아닌가 하는 나 한 개인個人의 추측推測을 세웟슴에 불과不過함니다.

이 노송정老松亭이란 그 앞으로 맑은 시내가 와룡암臥龍岩을 비최어 주며 흘너 가는데 오직 한 대 외로히 슨 늙은 소나무가 마치 우雨산을 편 것도 갓고 푸른 자리를 싸라논 듯도 십게 가지와 가지가 서로 엉켜서 한 갈가치 펴저나간 괴송怪松을 이름이외다. 실實로 그 알에서 우리는 즐거운 날을 보내든 시절이 잇섯습니다. 그러나 오늘은 이 나무도 늙어 병들어가니 그만 다시는 녯 모습을 소생케 하기도 어렵게 된 상 십흡니다.

그리고 보면 바로 우리 동네 압헤는 어느 쌔 싸은 것인지 야즈막하나 아담성스러운 탑塔 하나이 그 그림자를 냇가에 던지고 잇섯스며 그 엽헤는 나히 만흔 수양버들이 그 격을 맞추어 주엇습니다마는 그리고 이야기의 곳흐로 여름밤이 깁허가는 줄도 모르든 이곳을 나는 어듸보다도 자랑해 왓습니다만 아-몃 야기 전 장마 쌔 그만 물에 휩쓸려 이 탑塔을 문허버린채 다시는 수축修築되지 안엇고 노래를 부르면서 반딋불을 쏫차 이 아래 머혀들은 고우故友들도 이제는 어듸론지 모다 흐터지고 말엇습니다.

쏘 뒷동산 밋 화산관花山舘이라는 현판이 부튼 객사집 큰 문 아래로 책보冊褓를 씨고 드나들던 그 시절에는 가장 위세偉勢잇게 자애慈愛로운 낫흐로 마당 한 모퉁이에서 잇든 크나큰 은행나무는 오늘도 여전如前히 잇기는 함니다만 우리들의 그리운 교사校舍도 헐닌지 오랫고 우리를 붓도다준 이 나무는 어린 동모를 멀니 뵈버리고 좁듸좁은 철망 속에 외로히 가처잇게 되고 말엇습니다.

귀에 익은 예배당의 은은한 종소리만이 하날 놉히 울어 우리 가슴을 설네여 줄 싸름 그러나 이 종이 오래 달녀 잇든 낡은 예배당 터엔 감자이랑이 거칠게 갈녀진 것을 보고는 한숨 짓지 안흘 수 업섯나이다.

미워도 내 고향 실혀도 내 집에 틀님 없사외다. 여기가 내 난 곳이오 쏘한 자란 곳이매 엇지 우리의 인연因緣을 얏게 부처두고 말 것입닛가. 삿삿내 머리에서 써나지 안코, 그리고 어듸를 가던지 가삼을 치밀어오는 향수鄕愁의 근원根源일 이곳을 어듸보다도 사랑해야 할 의무義務가 잇기도 하는 것이니까요. 그래도 도라오기만 하면 산山도 보고 물도 보고 이웃도 보니 그 감개感慨야말로 무량無量하다 하겟습니다. 산읍山邑이라 산山이 조흔 것은 말할 것도 엄스려니와 비교적比較的 벌이 넓고 물이 조흔 것이 쏘한 금상錦上의 첨화添花가 아니면 아니외다. 저녁만 먹으면 쌈에 시달닌 몸을 맑은 물에 담거 내고는 동구 박게 새로 노흔 다리 우이를 거닐면서 산山에 써 오르는 달을 바라보기도 하고 고요한 수면水面을 물끌어미 들여다보기도 합니다. 이 물은 얼마 안가서 고성진古城津 나루를 구비처 도라온 임진강臨津江과 합류合流가 되는 한 조고만 지류支流이지만 그 수량水量이 매우 풍부豊富하야 군민郡民의 입는 혜택惠澤이 매우 큼니다. 장마비 나리는 이 밤에 나는 도라가신 할머니와 함씌 서울과 바다와 그리고 아지 못한 무엇을 그리워하고 안젓기는 합니다만 내 어린 시절을 가질 수 잇섯든 이 고향故鄕의 산천山川만은 내 머리를 영원永遠히 써날 수 업는 한 가지 보배라고 생각합니다. 이런 이미에서 나는 일허버릴 고향故鄕이나마 가질 수 잇는 도시都市이라는 것을 자랑삼고저 합니다.

1932년一九三二年 7월七月

조선팔도민속개관-김화의 성황신양

송석하

● 송석하, 「조선팔도민속개관 – 김화(金化)의 성황(城隍)신앙」, 『신동아』 53호, 신동아사, 1936.3

조선의 성황 신앙의 형태는 대략은 유사하나 여기에 특색 있고 비교적 정연한 것은 김화의 그것이라고 하겠다. 이 기회에 그 자료를 될수록 상세히 진록陳錄하야 통속적이라기보다 진지한 학도의 연구 자료로 공供하는 일방一方 주관을 가미하지 않이 한 문헌으로 남기고저 하는 방법을 취한다.

위치는 김화읍 서부에 있으며 육지측량부 오만분지일도의 ◯제산정부◯濟山頂部(동국여지승람 김화 조에 있는 삼신산 또는 성산인 듯하며 혹설의 삼산三山인 듯도 하다). 이것은 이진정李鎭楨의 평읍지評邑誌에 있는 삼산 운림이란 구에서 추측한 것이라 한다. 현재 전철이 넘어가는 이현梨峴의 신작로 옆과 이 양자의 중간에 있는 산사山査 노수부老樹附의 삼개소가 일련 성황이 된다.

구조는 큰 성황(산상山上에 있는 것)은 와가瓦家 삼 칸三間으로 되어 있고 '할미당堂'은 자최가 없어지고 '애기 성황'은 초가 단칸으로 당내 벽의 중허리에 선반이 각각 있다.

건립은 '큰 성황'은 상량문에 의하면 고종 이십이 년 을유1885이고 그 생진生辰은 방주傍註에 의하면 건륭 삼십칠 년 삼 월 십칠 일이다. '애기 성황'은 최근의 건립이다. 생진이라 함은 무엇을 의미함인지 불명하나 아마 이 신앙이 발생한 대를 말함인 것 같은데 만약 그것이 정당하다고 할 것 같으면 영조 사십팔 년부터라고 하겠다.

이제 이 성황당의 연기緣起 전설을 말하면 다음과 같다. 어느 날 밤에 김화 관노官奴의 꿈에 한 여자가 나타나서 하는 말이 나를 도와 달라 하면서 건당建堂할 일을 부탁하고 사라졌다. 기其 익일翌日 그 관노官奴가 '할미당堂' 자리에 입주立柱 상량하였드니 익야翌夜 다시 와서 그곳은 아니니 산상山上에 세워 달라 하였다. 그 이튿날 아침에 산상에 가서 보니 상량목이 스스로 노여 있고 그 상량목 밋에 무쇠로 만든 여상이 하나 있기로 그곳에 건당하고 그 철상鐵像으로 신위로 정하였다 한다(철상은 현재에는 없다). 그 후 모 현감 때에 황탄괴설荒誕怪說이라 하야 신사神事를 금하였더니 그 아들을 범에게 잃어버렸다. 그러므로 그 다음 현감 때부터는 부활하였다 한다. 그 뿐 아니라 죽은 전 현감의 아들 망자를 위한 제사까지 지내게 되었다 한다.

제항祭享은 가장 특색이 있는 것으로 그 절차는 사월 회일晦日에 역노를 시켜 대성산에 소를 끌고 가서 참나무 약 삼사십 척 되는 것을 벌채하야 그것을 사각형으로 결박한야 실고 와서 군아문郡衙門 앞에 임시 당집을 구構하다. 오월 초이일에 무녀가 군노사령으로 하여금 백마를 걸고 등산하야 철야토록 강신제를 지낸다. 오월 초일에 특수한 길마鞍에 신나무 섬 바리를 실고(여기에 강신한다) 선두에는 성황선명기城隍宣明旗가 선행하고 그 다음에는 무녀가 소악素樂에 따라 춤추면서 따르고 최후에 빈마牝馬가 진한다. 그리하야 도중에서 '할미당' '애기 성황'에서 '참굿'을 하고 신도의 청에 의하야 노상에서 '노구매'를 하는 일도 있다. 빈마가 삼문 앞에 오면 무녀가 말을 향하야 '그믄날 모신 참나무 당집에 덥시사'고 하면서 다시 굿을 한다. 이리하야 굿이 끝난 후에 빈마가 급거하게 삼문 내에 돌진하야 참나무 당집에 오면 기다리든 사람이 받어서 당집 우에다 언저둔다. 만약 빈마가 삼문에 입하지 않이 하면 다시 택일하야 굿을 한다. 그리하야 초삼일, 초사일, 초오일의 연 삼 일간 굿을 하고 단오일 하오에 산상에 귀환하는데 도중에서 고별제를 지내고 무녀는 도라 가고 기수旗手만이 향상 선발한다. 빈마가 한숨에 산상까지 올나 와야 비로소 이 새신賽神의 전 절차가 종료된다. 만일 빈마가 단숨에 등산치 못할 때에는 택일하야 재행再行한다. 그리고 무무巫舞의 반주악기는 대금, 주라, 장기, 꽹매기, 해금 등이다.

이상과 같이 대체로 규모가 정연한 것도 특색이지마는 그보다 가장 주목할 것은 참나무로 임시 제단을 만드는 것, 풍목楓木에 강신하는 것, 백빈마가 봉신封神하는 것, 성황이 삼위일련三位一聯 되는 것, 무무巫舞가 수평적(샤머니즘에 의한 무용은 그것이 보통 도약적이다. 단오일 김화 삼문에서 귀산할 때에 무녀는 반드시 수평적 무, 즉 팔만 흔든다), 이 신의 생일인 삼월 십칠일에는 간단한 굿이 있는데 반하야 단오일에는 수일을 두고 성대히 하는 것들이다.

영서의 소금강
평강소금강원선전회

● 평강소금강원선전회, 「영서(嶺西)의 소금강(小金剛)」, 『신민』 17호, 신민사, 1926.9

영서嶺西의 소금강小金剛

一. 서언序言

승지勝地 강산은 각국 도처에 잇스나 조선의 금강산은 세계 무비無比의 절승지로 어느 나라 사람이나 한 번 보기를 원치 안는 이가 업는 곳이오, 지금 소개하고자 하는 이 소금강小金剛은 조선 무이無二의 영경靈境으로 아즉까지 세인의 이목으로부터 멀니 숨어 잇스나 반도 명승의 하나임에는 틀님이 업다. 아-필자 금일에야 차此 소금강산을 비롯오 소개하게 되는 것을 적지 아니한 유감으로 생각한다. 향자向者 동아일보 향토예찬에 개괄적 대체만을 간단히 소개하얏스나 오날까지 이 소금강산 사자四字는 오즉 평강平康 일군一郡의 명승쁜이엿섯고 전선적全鮮的으로 그 성가聲價를 낫타내지 못하였다. 이는 적어도 조선적으로 자랑할 만한 명소요 영경靈境이니 차此의 진상은 언어로 형용키 도저히 불능하며 필봉으로 표현할 수 도모지 업다. 이 산수의 왼갓 무한경을 유루遺漏업시 쏙 그대로 그려낸다는 것은 어리석은 수작이다. 대개 그저 장관壯觀, 위관偉觀, 기관奇觀, 미관美觀, 묘관妙觀이라는 형용을 함부로 붓치고 다시 일언一言으로써 말한다면 축도縮圖된 금강산이라고 할 밧게 업다.

(…중략…)

五. 비룡폭포飛龍瀑布

소금강산은 육금강陸金剛, 해금강海金剛으로 분分하야 되어 잇는데 육금강산을 포위 장류長流하는 한강의 상류인 고미탄천古未呑川은 유진면楡津面 유연리楡淵里 하방下方에서 합수合水하야 영우이류縈紆而流하는데 능능한 암골 절벽이 전후 좌우에 임립林立

하고 기암괴석이 층층 나열한 사이로 흐르는 물은 뛰고 날고 떠러저 수십 장이나 되는 석벽에 부드처서는 연무烟霧를 일우고 다시 구비 틀어 반석 상에 헛터저서는 방계한 옥류玉流가 된다. 은하수 구천九天에서 낙하는 듯 만장 절벽을 뛰어 넘는 용용한 물소래 청천벽력이 나리는 듯한 가운데 이른 아참 해 뜰 때와 서산낙조 해질 때면 섬홀閃忽한 무지게 빗치 광채 잇는 오색운이 영롱한데 수 천백으로 헤일 수 업서 수면 전체를 숫밧으로 수 늣는다. 그리고 남안석벽南岸石壁 및 목전木田, 유진남면 교통하는 석경 엽 반석 상에는 관람자의 방명芳名을 뒤렷뒤렷이 색여서 폭서화병을 둘너친 듯한 것도 한 가지 장관이다. 이 해금강 적벽강상에 일엽편주를 경쾌하게 씌워 노코 육금강陸金剛의 전경이 그림갓치 빗치운 절승 경개를 굽어보며 은린옥척銀鱗玉尺을 낙가 보는 것도 상쾌爽快 무비無比 신선神仙의 노름인 듯 다시 세상에 나오기를 이저바리게 된다. 그럼으로 왕고往古에 경성인으로 평강에 왓다가 이곳을 한 번 본 후 부귀공명을 다 바리고 이 산중에 처사로 은거하야 한운야학閑雲野鶴으로 일생을 맛친 이가 잇스니 그 기其 자손子孫이 곳 지금의 기산箕山 권씨權氏 일문一門이라 한다.

(…중략…)

七. 통로通路

이 소금강산을 가자면 경원선의 검불랑, 세포에서도 갈 수는 잇느나 도로가 준험한 관계로 극히 어려웁고 오즉 복계福溪에서 나리여 도보로 서행함이 제일 경편輕便하다. 명산을 차자가는 것이라 도로는 그리 험하다 할 수 업스나 거마車馬는 불능하고 완완 보행하는 것이 쏘한 격格이라 할 수 잇다. 아모리 귀골貴骨이라도 차此 금강金剛 명승名勝이 목전에 낫타나게 되면 다소 피곤한 다리라도 신비한 산수에 심취하야 보고 쏘 보는 사이에 어느 듯 산정山頂에 도달할 것이다. 복계역에서 육리니 약 육 시간六時間이면 넉넉히 득달할 수 잇다.

부기附記 필자 일즉이 방랑하야 전선全鮮을 역유歷遊할 세 도처에 다수한 소금강의 칭稱을 듯는 명산 승지를 대개 아니 본 곳이 업스나 이만큼 쒸여난 곳을 아즉 보지 못하얏다. 아마 소금강산으로는 왕이라 하기보다 금강산을 제하고는 둘이 업스리라고 밋는다.

조선팔도민속개관—평강 전대감신앙

송석하

● 송석하, 「조선팔도민속개관-평강(平康) 전대감신앙(全大監信仰)」, 『신동아』 53호, 신동아사, 1936.3

이것은 신앙의 전파를 관찰한 데 필요가 있을까 해서 거례擧例하는 것인데 전북의 정읍과 강원도의 평강의 양 지방에 같은 형태로 병존하는 것으로 그에 대한 속전俗傳은 대략 다음과 같은 것이다.

그 전설을 말하기 전에 전대감 신앙이 무엇인지를 말하면 그것은 대감복을 제작하야 상자 속에 넣어서 비인 방에 모서 두는 것인데 가중家中에 불길한 일이 있든지 또는 소아배小兒輩에 불행한 일이 있으면 떡을 해서 차려놓고 기도하는 것이다. 그래서 만약 평강平康의 처녀가 타지방으로 출부出婦하더레도 반다시 이 신앙만은 기각치 아니 한다고 하며 보통은 전씨 문중의 처녀에 성하다고 한다.

이 전대감신앙의 발생 전설은 어느 시대인지는 모르나 평강 이방吏房에 전모全某라는 사람이 있었다. 그는 평생에 자주 행전을 치는데 이 일로 인하여 '전全 자주' 하면 어떠한 사람인지 모르는 이가 없을 만치 유명하였다. 그러한대 어느 때 당시의 현감이 이것을 무척 기악忌惡하야 자색紫色 행전 치는 것을 엄금하였다.

그러나 종시 불긍不肯한 까닭으로 사형에 처했다. 그 후 그 현감도 내직으로 귀경하였는대 하로는 하인이 자주 행전 친 사람이 내방來訪하였다 함으로 의이疑訝는 하나 청해 방에 불러드리니 전일의 전 이방全吏房이다. 방문을 다친 후에 오랫동안 기다려도 소식이 없음으로 하인이 방에 드러가서 본즉 주인이 죽어 있었다. 그리고 사체를 보니 목에 손까락 자욱이 있고 교살한 것이 분명하였다. 그 후 평강 전 씨 문중에 소아의 병이 있을 때는 언제든지 몽중夢中에 전全자주가 치료하는 법을 지시하더니 그의 조카 모某가 이방吏房으로 되어 있다가 어느 때 신임 현감의 신연新筵마지를 전북 정읍에서 하게 되어 내일이면 정읍에 도착할 앞날 밤에 여관에 투숙하고 있노라니 전全자주가 현몽하되, 만일 내일 돈 천 냥이 없으면 너는 죽이니 나의 시키는 대로만 하여야 면사免死한다고 하고 내일 네가 이 집을 떠나서 우편으로 가면 와가瓦家가 있는데 그 집에서 곡성이 날 터이니 그러거든 주인을 차저라. 그 뒤에 방법은 내일 알이키마 하고 사라졌다.

그리하야 그 익일翌日 이방이 그대로 가서 본즉 와가瓦家가 있고 곡성이 났다. 이방이 주인을 보고 부르니 손아孫兒가 급사急死하였다고 하므로 자기가 진찰하겠다고 청해서 입실하니 전全자주가 두 손으로 유아의 목을 눌으고 있으면서 영 보라는 형용을 한다. 그는 그대로 하고 또 약도 쓰니 즉시 소생하였다. 그 노인이 치사하고 정읍으로 가는 어음於音 천 냥을 줌으로 그것을 가자고 가니 신임 현감이 돈 천 양을 요구하였다. 이방은 그것을 주고 면사免死하였다는 것이다. 이 말이 정읍에도 전하야 전대감 신앙을 하게 된 까닭으로 그 후부터는 평강서는 전날과 같이 영험이 없다고 한다.

이것은 그 유형이 조선 민간설화에 많은 것인데 가장 유명한 것은 남이장군 결혼 설화라고 하겠다. 그리고 이와 같이 이로정연理路整然한 설화는 이 전대감 신앙 전설이라고 하겠다.

금강산유기

이광수

● 이광수, 「금강산유기(金剛山遊記)」, 『신생활』 창간호·3·5·6호, 신생활사, 1922.3~6[1]

남대문역에서 고산高山에

8월 3일 맑음

아침 8시 15분 원산행 기차를 타다. 날은 더구나 청명하여 한강의 물빛이 더없이 좋고 올해는 풍년인 듯 논에 벼들도 충실하다.

서빙고, 왕십리, 청량리를 지나 우리의 차는 동북으로 질주합니다.

북한, 삼각, 도봉의 산들도 아름답지만, 금강산을 보러 가는 우리의 눈은 거기 주의할 여유가 없이, 소요산은 가을에나 보리라 하면서 동두천의 맑은 물을 끼고 올라 고원 지대의 들머리인 전곡全谷에 오다. 전곡역 앞에는 언제나 장작이 산더미 같이 쌓였다. 서울로 올라가는 것인가. 조, 콩 같은 밭작물이 많고 손바닥만한 논들에는 이제 겨우 모를 내었을 뿐, 여기서부터 산에는 푸른 삼림이 있고(잣나무, 전나무가 많다) 강에는 맑은 물이 흘러, 송충이와 같은 근대 조선인의 손독에 빨갛게 털이 뽑히고 껍질이 벗겨져서 쓰린 살에 피가 흐르도록 늙고 병들지 않은 젊은 땅의 반가운 모습을 볼 수가 있다. 땅 기운도 자못 비옥한 듯해 벼도 잘되고 밭곡식도 잘되었다. 이 근방의 조짚과 콩짚 많은 것을 이용하고 또 황무지에 목초를 심었으면 소와

---

* 금강산은 금강군뿐 아니라 고성군, 통천군, 회양군에 두루 걸쳐 있다. 이 중 가장 많은 비중을 차지하는 금강군 편에 금강산 관련 기록을 정리해 놓았다.

1 이광수는 1921년 8월과 1923년 여름방학, 이렇게 두 차례 금강산을 여행했다. 1차 여행 후 이광수의 여행기인 「금강산유기」는 『신생활』 창간호부터 4차례에 걸쳐 연재되었다.(창간호(1922.3), 제3호(1922.4), 제5호(1922.5), 제6호(1922.6)) 그 후 2차 여행 후 두 차례의 여행기를 모아 여러 차례 단행본으로 출간되었다. 「금강산유기」 전문을 실었다. 2차례에 걸친 금강산 여행 여정은 다음과 같다.

① 1차 여행(1921년 8월 3일)
서울역 → 철원 → 고산역(하차) → 장안사 → 망군대(8월8일) → 만폭동(8월10일) → 비로봉(8월11일) → 장안사 → (자동차로) 세동 → 온정령 → 만물초 → 구룡연(8월15일)
② 2차 여행(1923년 여름방학)
서울역 → 원산 → 장전 → 신음사 보광암 → 유점사 → 은선대 → 미륵봉 → 안무재 → 비로봉 → 장안사 → 백탑동

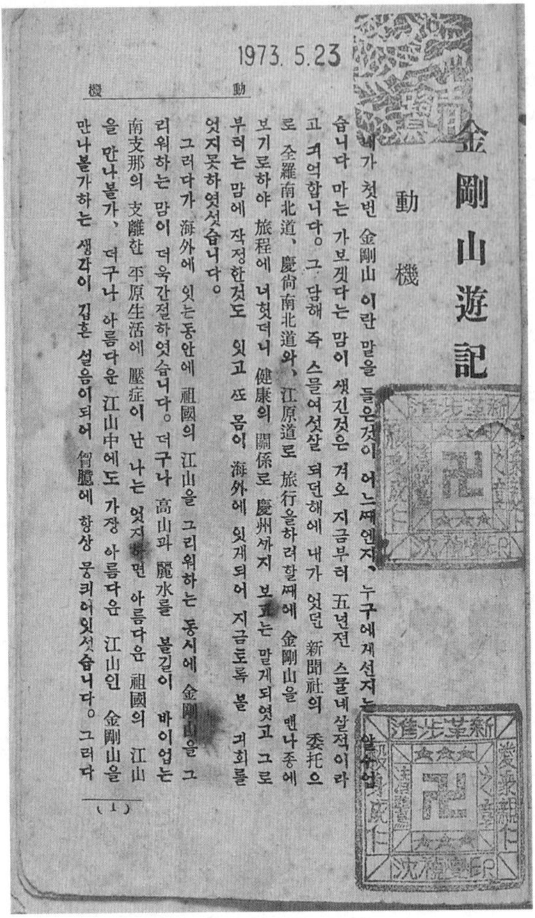
1973. 5.23

動機

金剛山遊記

動機

내가 첫번 金剛山 이란 말을 들은것이 어느때엔지、누구에게서 인지는 알수업습니다 마는 가보겟다는 맘이 생긴것은 겨오 지금부터 五년전 스물네살적이라고 긔억합니다。그 담해 즉 스물여섯살 되던해에 내가 엇던 新聞社의 委託으로 全羅南北道、慶尙南北道와、江原道로 旅行을하려할때에 金剛山을 맨나종에 보기로하야 旅程에 너헛더니 健康의 關係로 慶州까지 보고는 말게되엿고 그로부터는 맘에 작정한것도 잇고 또 몸이 海外에 잇게되어 지금토록 볼 긔회를 엇지못하엿섯습니다。

그러다가 海外에 잇는동안에 祖國의 江山을 그리워하는 동시에 金剛山을 그리워하는 맘이 더욱간절하엿습니다。더구나 高山과 麗水를 볼길이 바이업는 南支那의 支離한 平原生活에 厭症이 난 나는 엇지하면 아름다운 祖國의 江山을 만나볼가、더구나 아름다운 江山中에도 가장 아름다운 江山인 金剛山을 만나볼가하는 생각이 깁흔 설음이되어 胷臆에 항상 뭉킈어잇섯습니다。그러다

(1)

이광수, 『금강산유기』, 시문사, 1924
출처 : 국립 한글박물관

말의 목축이 잘될 것 같다.

연천을 지나 5~6분이나 가니 밭 가운데에 나무 작지바리를 세우고 붉은 선을 두른 길이 7, 8척, 폭이 2척쯤 되는 흰 천에 크게 '농자천하지대본야農者天下之大本也'라 쓴 기旗가 날고 그 곁에서 머리에 수건 동인 농부가 누런 소로 조밭을 후치고 있다.

기차는 협곡을 따라 내려오는 맑은 물과 만났다 떠났다 하면서 거슬러 올라간다. 산들이 모두 제 모양을 가지고 있다. 죽어 가는 노인의 주름살 잡히고 뼈마디 내민 몸뚱이와 같은 산들이 아니고 청춘 혈기에 지방脂肪이 풍부하여 어디를 보든지 처녀의 어깨와 같이 동그래한 산들이다.

대광리大光里라는 마을의 작은 역에 다다랐다. 나는 이 일망무제한 고원을 보고, 또 그것이 대부분 처녀지의 초원인 것을 보고, 여기서 소를 많이 길러서 경성 인사에게 맛나고 영양 많은 쇠고기와 우유를 공급할 것을 공상하고, 신문에 낼 광고문까지 지어 보았다.

'재래의 쇠고기는 질기고 양분이 적습니다. 그것은 그 소들이 자양 없는 풀만 먹고 일생을 노역에만 종사한 까닭이외다. 전곡(또는 연천)의 쇠고기는 만만하고 기름집니다. 그것은 콩을 많이 먹이고 노역을 아니 시켜 전혀 고기소와 젖소로 기른 까닭이외다. 우리 목장에는 수천 두의 살찐 소가 있고, 또 해마다 수천의 살찐 송

아지가 납니다. 이래서 값싸고 만만하고 맛나고 자양 있는 쇠고기와 우유를 우리 조선의 뇌수腦髓면서도 혈분과 지방이 부족하신 경성 동포에게 공급합니다.'

과연 조선 동포는 혈분과 지방이 부족합니다. 소위 기氣 부족, 혈血 부족입니다. 의학과 법학을 배운 이가 각각 천千에 가깝지만, 아직 저서 한 권도 없고, 박사 논문 한 편 쓰는 자도 없을 만큼 학리學理를 탐구하는 두뇌의 명석과 야심과 용기도 없고, 그 넓으나 넓은 태평양, 대서양 바다에 화륜선기선(汽船) 하나 띄워 놓을 생각도 없고, 그 빈대, 벼룩, 노래기, 모기 끓는 구린내 나는, 쓰러져 가는 초가집을 모두 다 헐어 버리고 벽돌, 화강석, 대리석으로 시원한 이삼 층 높고 큰 누각을 지어 보리라는 기운도 없습니다. 그냥 오무작거리고 꾸물거립니다. 손바닥에 침을 탁 뱉어 쇠뭉치 같은 주먹을 불끈 쥐고 민족 만년의 앞길을 뚫어 열리라는 의기도 없습니다. 이러한 부족증 들린 이들에게 처녀지의 신령스런 풀과 물을 먹고 자란 쇠고기와 우유를 장복長服시킬 필요가 있습니까, 없습니까.

(…중략…)

좌우로 평행하는 연산에 소나무는 푸른 하늘을 토하고, 잣나무와 낙엽송은 뽀얀 안개를 토합니다. 길가 처녀지의 고원성 풀밭에는 도라지꽃의 자줏빛, 범부채꽃의 누른빛, 벌국화의 흰빛이 그 소박한 빛으로 소박한 자연을 장식하였습니다. 산 개천의 여울을 넘어가는 점잖은 소리, 귀뚜라미의 찰찰하는 성당 합창의 베이스 같은 아늑한 소리를 듣노라면 여기저기 쇠똥덩어리 같은 화산암이 풀 속에 비죽거리는 철원 벌판이외다. 산들은 지평선 밑에 숨어 앉아서 머리만 뾰족뾰족 내밀고, 개천은 땅속으로 스미어 여울여울 울음소리만 냅니다. 우묵어리에 수두룩이 모여 앉아 조는 촌락을 아름답게, 슬프게도 보는 동안에 철원역에 왔습니다.

철원은 본 고구려 모을동비현으로서 고구려 말엽 당대의 영웅 궁예의 나라 태봉의 수도였던 곳이외다. 읍에서 북으로 27리쯤 태봉의 서울인 풍천원의 토성 터가 있다 하나 차에서는 어딘지 알 수 없습니다만 저 망망한 초원 중에 있을 것은 분명하외다.

(…중략…)

궁예는 당시, 강원, 함경, 경기, 황해, 평안의 거의 전부를 점유하여 후고구려라 칭할 만큼 위세가 융융하였습니다. 지금 눈앞에 전개된 망망한 평원은 실로 그의 말 달리고 활 익히던 터요, 삼군의 병마를 몰아 눈보라 치던 터외다.

(…중략…)

전곡에서 검불랑, 세포에 이르기까지 근 이백 리의 대고원은 실로 남성적이외다. 더욱이 누렇게 서리쳐 마른 풀에 갈바람이 지나는 석양, 삭풍에 날리는 눈보라에 차가운 달이 비치는 야경은 상상만 해도 비장극의 무대외다. 첩목아홀필열帖木兒忽必烈=테무아 쿠빌라이이 만군을 휘몰던 몽골의 고원에 비해 규모는 작으나 그 맛은 거의 비슷합니다. 여기 궁예가 말 달리던 천 년 전의 옛날을 생각하면 감격스러움을 금치 못합니다. "산천은 의구컨만 인걸이 간 데 없네"하고 탄식을 금치 못합니다.

철원역을 지나서 차는 크게 나선을 그리며 앞길을 마주 보고 온 길을 돌아보면서 활처럼 휘굽어 가노라면 이 고원의 편평한 고개라 할 만한 마루터기에 오릅니다. 여기서부터 고원 지대의 우람하고 훌륭한 특색이 더욱 발휘되어 키 작은 으악새[2]가 바람에 나불거리는 속에 청승스러운 도라지꽃과 으악새 뜯는 소가 희박한 햇살 밑에 호젓하고 쓸쓸한 변방의 맛을 보입니다.

다음에 닿는 곳이 평강역. 육군용 범포로 덮인 말꼴이 산같이 쌓였습니다. 이 고원에 나는 풀은 대개 으악새, 밀풀 같은 벼과에 속한 것인데, 모두 목축에 적당한 것이외다. 들은즉, 이 땅의 대부분은 모 귀족의 소유라 하며, 세포에는 관영 모범 목장이 있고, 장차 대규모로 목축을 경영한다 합니다.

역의 북 이삼 정町, 약 3천 평쯤에 궁예가 사격을 익혔을 듯한 묘하게 생긴 작은 부락이 너댓개 둘러서고 그 밑에는 가슴에 기운이 넘치는 그가 눈 내린 달밤에 철마를 채치는 모습이 보이는 듯합니다.

---

2 억새.

평강은 고구려의 어사내於斯內=부양현인데, 역시 궁예의 노닐던 땅이라. 그가 사냥하며 노닐다가 쉰 데라 하여 쉼고개라는 데가 있고, 그가 패하여 달아나다가 갑옷을 벗어 버렸다 하여 갑천甲川이라는 내가 있고, 그가 숨어서 굶으며 밀 이삭을 비비다가 살해를 당하였다는 암곡岩谷이 다 평강에 있습니다.

성현의 시에

뭇 산들이 비껴 지나가고 광야에는 슬픈 바람소리만 이네
동주로 가는 길에 눈발 가득하고 궁예의 옛 성은 눈에 덮였네
갑계에는 사슴 떼가 목을 축이나 게령 거친 땅에는 개암나무와 모령나무가 우거져 있네
옛 생각이 그치질 않으니 안타까운 마음 감개에 젖네"

이라 한 것은 이 땅의 비장한 경치를 읊조리고 궁예의 비장한 일생을 슬퍼한 것이외다. 나도 한 노래를 읊조리니,

갑계甲溪의 내린 물이 어느 제나 끊일 것고
영웅의 천고 한을 풀 길이 없사오니
밤낮에 울어 예어도 끊일 줄을 몰라라

삼군이 흩어지니 갈 길이 어디런고
암곡에 주린 몸이 밀 이삭을 비비올 제
아무리 무심한 백성이기로 해할 줄이 있으랴

너마저 가 버리니 강산이 적막해라
옛날의 빛난 일을 뉘 있어 이을 것가
지하에 부르짖는 소리를 듣잡는 듯하여라

평지에 볏잎이 나부끼는 것을 한참이나 보노라면, 경원선의 중간인 복계역福溪驛, 다음 차선은 가장 높은 곳인 해발 2,000여 척(약 600여 미터)의 검불랑劍佛浪이외다. 이로부터 대양의 금실금실하는 파도와 같은 수십 줄기의 느릿느릿한 평행곡선의 높낮이가 있습니다. 소나무 우뚝우뚝 서고 컴컴한 바위 뭉툴뭉툴 박힌 산 같은 것을 넘으면 크고 작은 물결의 굴곡이 더욱 웅혼하고 복잡하게 되어 툭 불거진 언덕, 움쑥 우거진 골짜기. 차를 타고 앉았어도 배 멀미가 날 듯한 여기가 나의 이른바 검불랑 요철 고지외다. 차는 파도치는 봉우리를 헤어 건너기도 하고, 이따금 한 파봉 마루터기를 타고 미끄러지기도 합니다. 멀리 동남쪽을 향하여 여기보다 4,500척이나 낮은 듯한 대패로 밀어놓은 평지, 파란 풀밭에는 100척, 200척, 300척 높이나 될락말락한 십 수 개 작은 봉우리들이 한 줌씩 되는 삼림을 이고 지고 아이들 모양으로 술래잡기를 합니다.

(…중략…)

검불랑을 지나 굴들을 지나니 벌써 소슬한 바람이 가을 기운 을 머금었는데 차는 낭떠러지에서 낭떠러지로 건너뜁니다. 해발 2,700척의 고개를 넘어서니 풀 속

세계의명승조선금강산교통대조감도, 출처 : 소명출판

에 커다란 백합 한 송이가 고개를 수그리고 있습니다. 이로부터 여기저기 혹 한 송이, 혹 두 송이 백합이 핀 것이 보입니다. 이 회색의 아무도 없는 황야에 가냘프고 단정한 백합의 모습은 참 가련합니다.

세포역을 지나서 골짜기에 한두 집 쓰러져 가는 띠 집이 있습니다. 김예몽金禮蒙의 소위 '봉필여잔호蓬蓽餘殘戶, 가난한 사람의 집만 남았구나' 외다.

세포서 몇 분을 가면 물소리 점점 소란스럽고 계곡이 점점 복잡하여서 깊은 산의 기운이 가득하기 시작하니 곧 삼방의 깊은 골짜기라는 분수령이외다. 톱니바퀴처럼 마주 물린 계곡으로 한 무리의 격류가 암석에 마주치고 뛰어오르고 타고 넘어, 눈을 날리고 구슬을 바수며 소리를 지르고 노래를 불러 꼬불통꼬불통 달려 내려오고, 양쪽 낭떠러지의 깎아지른 듯한 절벽에는 기암이 쭈그리고 노송이 매달려 '어허호위호위재於噓乎危乎危哉, 위험하기 그지없구나' 라는 촉도난의 탄성을 자아낼 만합니다. 차는 굴을 지나 철교를 건너고, 굴을 지나 철교를 건너 지나면 하늘과 물이 번쩍하고 들어서면 지축이 울리는 암흑세계, 이러기를 거의 십여 차례에 삼십 리나 되는 산골짝을 지나 삼방이라는 산간의 추운 역에 옵니다.

삼방의 깊은 골짜기는 절승의 하나에 들 만한 경치외다. 나는 지난해에 처음 여기를 지날 때에 "아아, 금강산이란 이런 것인가" 한 일이 있습니다.

삼방역 부근에는 폭포도 있고 약수도 있다 하나 그냥 지나 정오에 고산역에 내렸습니다.

고산역-철령관-장안사

고산역高山驛 앞에는 장안사長安寺에 갈 자동차가 우리 일행을 기다리고 있습니다. 마침 다른 손님이 없어 승객 네 명을 실을 자동차를 두 명이 차지하여 가지고 뭉게뭉게 몰리는 구름과 으스스한 동남풍에 비 만날 것을 근심하면서 고산역을 떠났습니다. 어디를 가든지 말씀 아니게 초라한 조선 시가市街를 지나 차는 아직 다져지지 않은 신작로의 주먹 같은 자갯돌 위로 춤을 추면서 달아납니다. 가까스로 자동차 하나가 통할 만한 신작로, 게다가 휘굽고 경사가 심하고, 자개 돌판에는 껑충껑충 뛰고 진흙 판에 푹푹 박히는 자동차 여행은 참말 못해 먹을 일이외다. 이러기를 약 이십 분 만에 까맣게 하늘에 닿은 듯한 철령鐵嶺 밑에 다다랐습니다. 여기서부터 자동차는 급경사, 심하게 휘굽은 불규칙한 나선상의 산길을 개미처럼 기어오릅니다. 한갓 푸푸 하는 숨소리만 크고 가솔린 타는 냄새만 피워 부득부득 애만 태울 뿐이요, 좀처럼 길은 걸어지지 않습니다.

(…중략…)

아무려나 철령은 꽤 깎아 세운 산이외다. 산이라기보다 벽이외다. 천여 척약 300미터 높이의 무서운 벽이외다. 거기를 우리 자동차는 우리를 담아 가지고 개미 모양으로 기어 올라온 것입니다.

김극기 시에 '마제현수소 인영섬운중馬啼懸樹梢人影閃雲中 = 말발굽이 나무 끝에 걸려 있고 구름 속에 문득 사람 그림자가 번득이네'이라는 구절이 있으니, 앞서 올라가는 사람과 말이 이렇게 보일 것은 사실이외다. 그중에도 '인영섬운중'은 참 묘합니다.

(…중략…)

옛날 철령에 관이 있어 관동關東, 영동, 관북, 영북 같은 말이 생겼고, 관에는 수비하는 군사가 있어 우리와 같은 행인의 여행권도 행장도 조사하고 의심스러운 자가 있으면 포박도 하였을 것이외다. 일찍 여기서 원병을 막던 나유羅裕가 장정 하나가 버티고 서서 막으면 만 명이 뚫지 못한다고 할 이 철령관을 버리고 도망하여 이곳으로 하여금 '나공은 정말 담력이 없구나'라는 감탄을 불러일으키게 하였습니다.

나는 당시의 장소가 어딘지도 모를 뿐만 아니라 자동차로 달아나는 길이므로 물어보거나 찾아볼 수도 없지만 고인의 '나그네가 관문에서 잠시 눈을 뜨니 붉은 깃발과 검은 창이 어른거리는구나'李穀라든지 '구름 가득한 관산에 새들 날갯짓 끊어지니 황혼 빛에 닫힌 황성을 향해 화각을 부노라'이라든지, 그중에도 국가의 방비가 해이하여 원나라를 방어해야 할 중요한 땅인 철령관 퇴폐를 통한한 "전쟁 통에 마을은 텅 비어 적막하고 잡초 우거진 관은 무너진 지 오래네. 그래도 모였다 흩어지는 불쌍한 변방의 벼슬아치들은 오히려 의관과 예를 갖추어 오고 가네" 같은 것으로 당시 철령관의 맛을 대강 짐작할 것이외다. 어째 옛날 모양이 그리워집니다.

(…중략…)

진실로 빈궁한 농민은 반드시 나태한 자가 아니외다. 그들의 대부분은 일생을 두고 —7, 8세의 어릴 때 아이를 업고 소를 먹일 때로부터 6, 70 노령에 다시 아이 업고 소를 먹일 때까지— 나태는커녕 하루하루 한가로운 여유도 맛보지 못하고 그들이 흔히 말하는 바와 같이 뼈가 휘도록 일하고 벌었습니다. 그러면서도 그들은 일생에 배부른 날 하루도 보지 못하고 누더기 속에서 배고파 우는 자녀들을 보면서 마지막 눈을 감아야 합니다.

어디 가 살찐 땅을 한 만 리限萬里나 얻어 놓고
주리는 저 동포를 다 데려다 주옵고자
창천아 말씀하소라 새 복지가 어디뇨.

이러한 골목을 쳐 나가면 다시 고개가 있고 고개가 있으면 다시 골목이 있어 지친 몸을 자동차에 맡기고서 100여 리를 달리니 잔잔한 맑은 물에 긴 다리 비낀 곳이 고구려 때 가혜아加兮牙, 조선 초 회양도호부이던 회양읍이외다. 고산서 여기까지 140리, 여기서 상안사가 120리.

읍이라 하여도 산간의 작은 마을에 불과합니다. 집들은 사십이나 될까. 그것도 모두 다 초가요, 군청, 경찰서, 면소가 기와를 덮었으니 기와집이외다. 자동차가 어떤 일본인 상점 앞에 서자 5, 6세에서 14, 15세까지의 아이놈들이 15, 6명이나 모여들어 자동차를 에워싸고 그 위에 앉은 우리의 얼굴을 들여다보고 지껄입니다. 어떤 놈은 머리를 깎고 어떤 놈은 꼬리를 땋고, 어떤 놈은 희고 어떤 놈은 검고, 용모와 차림차림은 가지각색이라도 심술 사나운 장난꾼인 것과 얼빠진 세계적 시골뜨기인 것은 공통입니다. 그러나 도회에서 자란 간사함과 교활함에 반들반들 닳아진 것보다는 훨씬 장래성이 많습니다. 진실한 분량이 그중에는 고작이기 때문에.

회양서부터 도로는 지금까지보다 훨씬 낫습니다. 그렇다고 평지는 아니라 수없는 작은 고개와 계곡, 골을 오르고 내리고 돌고 하지만. 거의 한 시간여쯤 하여 꽤 높은 고개에 기어오르니 이것이 금강산의 중문中門이라 할 만한 말휘령末輝嶺이외다. 마침 황혼이 가까운 높은 고개라 한랭한 산기운이 사람을 엄습하고 검푸른 산의 몸이 문득 보이다가 문득 스러지고 문득 오르다가 문득 내리는 안개도 몸에 쭉쭉 소름이 끼칠 만큼 신비하고 삼엄합니다. 고갯마루에 오르자 남으로 향해 짙은 청색 반투명의 웅장하고도 속세를 벗어난 산마루가 흰 구름 중에 머리를 감추고 내려다봅니다. 옳지 이것이 금강산이로구나 하는 생각이 곧바로 납니다. 그것은 그 영롱하고 웅장한 산의 생김새가 이승에서 처음 보는 것이기 때문이외다. 후에 생각하여 본즉 이것이 저 비로, 영랑, 능허의 삼봉을 연한 금강의 북산인가 봅니다. 그 산은 마치 "너희는 이 성지에 못 들어와" 하고 속인을 위협하는 것 같습니다.

산 중턱 가난한 마을의 스러지는 밥 짓는 연기가 안개에 들어 어우러짐을 보면서 노송림 중의 구불구불한 길을 나서면 계곡 가에 긴 다리를 마주하고 앉은 작은 마을이 말휘리외다. 여기서 장안사가 25리, 30분이면 간다 합니다.

말휘교를 건너 한 작은 고개를 넘으면 만폭 하류인 만천강이란 개천에 번쩍이는 물이 보이고 그 왼쪽 가에 앉은 촌락이 있으니 이것이 탑거리塔巨里외다. 이는 옛날 장연사長淵寺의 터라는데, 마을 중 동북 산기슭에 있는 이 장二丈, 약 6미터 높이의 오층사탑과 아울러 금강의 삼고탑의 하나외다. 취향이 사랑할 만하고 수법이 정교하다 하나 날이 저물어 멀리서 바라만 보고 말았습니다.

일소교一小橋를 지나면 노송의 긴 숲속으로 화살같이 곧은길이 뚫렸습니다. 천지의 황혼빛은 금강영지의 동구를 잠그고, 노송에 우는 저녁 바람소리, 숲속에 흐르는 시내 소리는 먼 데서 오는 순례인의 가슴에 하염없는 적막과 슬픔을 자아냅니다. 이태조의 괘궁정掛弓亭도 꿈결같이 번뜻 보고 꼬어돈 부인의 대리석비도 밝은 날에 보기로 하고 내금강의 덕관문인 만천교를 건너 '임제제일가람臨濟第一伽藍' 앞에서 자동차를 내리니, 이름만으로 들어오던 장안사가 여기외다.

영원동靈源洞-망군대望軍臺

내금강 만천의 물이 다 합쳐진다는 만천 계곡을 건너 잣나무 숲으로 십 수정町, 1정에 약 109미터을 올라가니 벌써 속객의 등과 이마에는 구슬땀이 흐르는데 지장봉 중턱의 지장암이 있다. 신라 법흥왕 때 창건, 오늘날 여러 승려들이 모여 기도하는 중이라는 것밖에 별 감상도 없이 거기서 발을 돌려 망군대, 영원암, 백탑동의 물을 모아 오는 황천강을 연沿하여 천 길이나 될 듯한 절벽 틈바구니로 W자를 무수히 옆으로 잇닿은 듯하게 깊이깊이 들어갑니다. 단 20보를 일직선으로 가는 데가 없고, 한참 가면 앞에 절벽이 가로막히고 물길을 따라 그 산 끝을 꺾어 들면 또 앞에 절벽이 막힙니다. 동구에 명경대까지가 5리가 못 되건만 이리저리 굽어 꺾인 수효는 20은 될 것입니다.

한 번 꺾어질 때마다 한 번 개천을 건너니, 한 골짜기를 스무 번 돌고 한 개천을 스무 번 건너 앞에 가로막힌 절벽이 명경대외다. 명경대 조금 못 미처 황천강과 절벽 사이의 7, 8칸 폭이나 되는 평지에 높이 일 장丈이 되는 석축성이 있으니 이것이 마의태자의 고려 추격군을 방비하던 태자성이외다. 신라 말에 경순왕은 고려에 항복하기를 말하고 태자는 천년사직을 위하여 싸움으로써 사수하기를 간청하다가 마침내 대사大事가 그르매, 표연히 수삼의 충용忠勇한 신하를 데리고 금강산에 들어가 망국 죄인으로 자처하여 마의麻衣로 일생을 마치니, 여기서부터 망군대에 이르는 20리 계곡은 태자의 망명초년의 은신지외다. 아마 이 석축성은 태자가 몸소 그 소수의 부하를 데리고 쌓으신 것이리다. 어느 돌인지 모르나 그중에는 태자의 등에 흐른 귀한 땀이 묻은 것이 있을 것이다.

(…중략…)

아마 태자는 여기 숨어 갖은 고초를 다 겪으며 하늘의 큰 기회와 운을 밤낮으로 기다리셨을 것이었다. 혈혈한 외몸으로 돌아 모아 성을 쌓고 대군에 저항하던 비장한, 아름다운 용모가 눈에 보이는 듯, 천 년 후에 남아 있는 신하로 하여금 몰래 흘리는 눈물을 금치 못하게 합니다.

만승의 보위를 그 누구에게 내어 주고
구오九五의 나는 용이 황천강에 드단 말가
천 년에 지나는 유신 눈물 겨워 하노라

태자성에서 한 번 물을 건너면 큰 바위가 있고 바위 위에 무릎자리라 일컫는 것이 있으니, 마치 남쪽을 향하여 꿇어앉았던 거인의 무릎자리 같습니다. 이 바위에 올라서서 동으로 우러러 보면 높이 100척약 30미터, 넓이 30척약 9미터이나 되고, 넓적하고 머리는 호랑이 모습을 띤 누른 바위로 된 기이한 봉우리가 하늘에 닿았으니 이것이 명경대요, 그 밑에는 커다란 담潭이 있어 밑에 깔린 누른 바위에 비쳐 물빛이 누르니 이것이 황천강, 일명 황류담이며 고개를 돌려 서쪽을 우러르면 깎아 세운 절벽이 흰 구름을 찌른 절정에 하나의 석문이 있으니 이것이 지옥문이외다. 하늘의 기운은 맑고 좋으나 층밀첩장層密疊嶂에 골과 골이 그윽하고 깊어 햇빛이 들지 않고 바위 위에 찬 이슬과 노송 끝에 푸른 안개, 황천강의 여울 소리, 진실로 음침함이 귀신 울음소리가 들릴 듯합니다. 지옥문이라, 황천강이라, 명경대라 하여 이 골짜기를 지옥에 비함은 그럴 듯한 일이외다.

(…중략…)

황천강에는 예로부터 저승 가는 이들의 일로 평안을 비노라고, 엽전 때엔 엽전, 동전 때엔 동전, 은전 때엔 은전, 지전 때엔 지전이 수천 년간에 합계 몇 백 만 냥이 빠졌는지 모른다 합니다. 지금도 여기서 재를 올리고 강 가운데에 돈을 던져 사자에게 인정을 쓰는 이가 있다고 합니다. 일본 속담에 '지옥 처분도 돈 주면 변한다'는 말이 있거니와 염라국에서도 뇌물을 받도록 정치가 부패하였다 하면 명경대도 큰 영험은 없을 모양이외다.

(…중략…)

명경대 밑에 황사굴黃蛇窟이라는 조그마한 굴 둘이 있으니, 황사굴은 일명 극락굴이라, 극락으로 가는 자는 잠깐 황사굴을 통하여 명경대의 머리로 빠져 극락으로 오르고 흑사굴黑蛇窟은 일명 지옥굴이라. 악업을 지어 지옥으로 가는 자는 일단 흑사가 되어 명경대의 둔부를 통하여 지옥으로 내린다 합니다. 그래서 황사굴에는 불을 때면 연기가 명경대 끝으로 올라가되 흑사굴에 불을 때면 연기 가는 데를 모른다 하니, 아마 염라대왕 대궐 굴뚝으로 나가는 모양입니다.

명경대에서 다시 몇 굽이를 돌아가면 노송, 오래된 잣나무와 기타의 잡목으로 하늘의 해가 안 보이게 음침한 곳에 서편의 큰 바위를 의지하여 집터 같은 것이 있으니 이것이 이른바 태자궁이라. 마의태자가 계시던 궁터라 합니다. 길이가 네 칸, 너비가 두 칸이나 될 만한데 석축의 집터가 그냥 남아 있고, 서벽 쪽에 났던 나무가 저절로 늙어 정면의 섬돌을 베고 누워 죽어, 푸른 이끼와 누른 버섯이 온몸을 싸고 섬돌도 우단같이 부드러운 파란 이끼에 푸근푸근하게 쌓였습니다. 마치 불우한 태자의 입김과 손 김을 꽁꽁 싸두려는 것 같습니다. 그리고 방이 있던 곳에는 천여 년 동안 떨어져 썩은 나뭇잎과 풀에 발이 빠집니다.

사람이 거처할 방이 셋, 부엌 한 칸－만일 당시의 건축법이 지금과 같다 하면 이러한 집이었을 듯합니다. 거기 태자와 종자 수 명이 숨어 있었던 모양입니다. 이것이 '아래 대궐'이외다.

여기서부터는 점점 깊은 산 맛이 있습니다. 영천암, 도솔암에 가는 중들과 망군대 가는 구경꾼들밖에 사람이라고는 다녀 보지 못한 곳이외다. 돌과 나무에는 파란 이끼가 앉고 선태류에 속한 잎, 큰 풀이 길게 자라고 하늘에 닿은 늙은 소나무와 잣나무, 거기 엉클어져 매달린 다래 덩굴, 이따금 늙어서 죽어 넘어진 큰 나뭇잎은 배잎 같고, 나무는 다래덩굴 같은 목련, 과연 엄청나게 큰, 푸른 털에 식은땀을 흘리는 바위들, 모두 다 평지 사람이 보지 못하던 것이외다. 과연 음침하고 신비합니다. 이런 속으로 얼마를 가노라면 아래 대궐보다 조금 넓은 듯한 집터가 있으니 이것이 '윗 대궐'이외다. 위 대궐은 뒤에 계곡물을 지고 남향하여 앉았습니다.

(…중략…)

옥초대는 암자 뒷산인 관음봉의 무릎이라 할 만한 소봉이니, 봉우리 서편에 높이 삼십 척이나 되는 원주형의 큰 바위가 있고 머리가 평탄하여 족히 3, 4인이 앉을 만하외다. 이는 금강산에 처음 절을 세운 이후의 승명僧名이요 영원암을 처음 세운 영원조사(신라)가 참선 득도하던 데라 합니다. 험한 데 행하기를 원숭이와 같이 하는 보월화상이 성큼성큼 기어 올라가는 것이 부러워 나도 바위 곁에선 소나무를 더위잡고 보월화상이 내려 보내는 원숭이 같은 팔에 끌려 바위 정상에 오르기는 하였으나 일어서니 저절로 목이 오무라지고 허리가 굽어 1분이 못 되어 펄썩 앉았습니다. 서쪽으로 향하면 멀리 장안사 골목을 지나 수없는 산골짜기가 각각 농담濃淡을 달라하여 구름 속에 녹아 들어갔습니다. 과연 여기 날마다 가만히 앉았으면 무슨 큰 깨달음이 생길 듯도 합니다.

(…중략…)

대에서 북쪽을 향하면 관음, 마면馬面, 우두牛頭의 봉우리들이요, 남쪽에는 병풍

같이 둘러선 시왕봉, 그 서쪽에 고개를 숙이고 기어드는 것이 죄인봉, 또 그 서편에 고개를 번쩍 들고 휘몰아오는 것이 사자봉, 또 시왕봉의 중턱에 우뚝 선 일석대가 인암, 인암의 동족 위에 앉은 하나의 봉우리가 판관봉인데, 지금도 적막하고 캄캄한 밤중에는 가끔 십왕十王이 죄인을 국문하는 호령 소리와 죄인의 후회하는 소리, 높여 우는 소리가 들린다 하니, 아마 십왕의 호령이란 호랑이 소리요, 죄인의 우는 소리란 산골짜기의 메아리일는지 모르나 이야기대로 들어 두는 것이 재미있을 것이외다. 이 전설의 원인은 처음 영원동에 들어와 영원암을 개척한 영원조사가 여기서 수도한 지 십 년에 그 스님 명학법사가 십왕 앞에서 국문을 당하는 소리를 들었다는 데서 나온 것이외다.

(…중략…)

60여 척이나 높은 거울 같은 암벽에 10척 넓이나 되는 엷다란 물이 비단결을 지면서 '한데 모이지도 아니하고 여러 갈래로 쫓기지도 아니하고' 내려 드리우니, 수렴水簾동이란 이름이 과연 가장 적당합니다. 대수렴에서 수십 보나 위에 그 삼분의 일이나 될 만한 소수렴이 있으니, 작기는 작으나 수렴이기는 마찬가지외다. 대수렴 외에 얕은 소沼가 지고 소에 모였던 물이 삼 척 너비나 되는 턱을 넘어 수렴이 되어 떨어지니, 얼른 보기에 거기를 뛰어 건너갈 듯하나 물이 갈리고 닦인 바위가 유리와 같이 미끄럽고, 게다가 물때가 앉아 한 걸음만 잘못 디디면 몸은 수렴에 미끄러져 순식간에 가루가 되고 말 것이외다.

그러나 그것을 건너가 저편 언덕에 가면, 서북쪽으로 울창한 삼림을 사이에 두고 바로 도솔암 서봉의 백옥으로 깎은 듯한 모습이 머리에 눈 같은 흰 구름을 이고 햇살이 넘치는 밝고 푸른 하늘을 뚫고 서 있는 것을 볼 수가 있습니다. 우리가 가려는 망군대는 바로 저 백옥 같은 절벽에서 다시 위로 한 층 올라간 곳이지만, 여기서는 보이지 않고 또 저 절벽을 오를 길이 없으므로 계곡물을 따라 이 산의 동편 골짜기로 돌아 올라가야만 한답니다.

(…중략…)

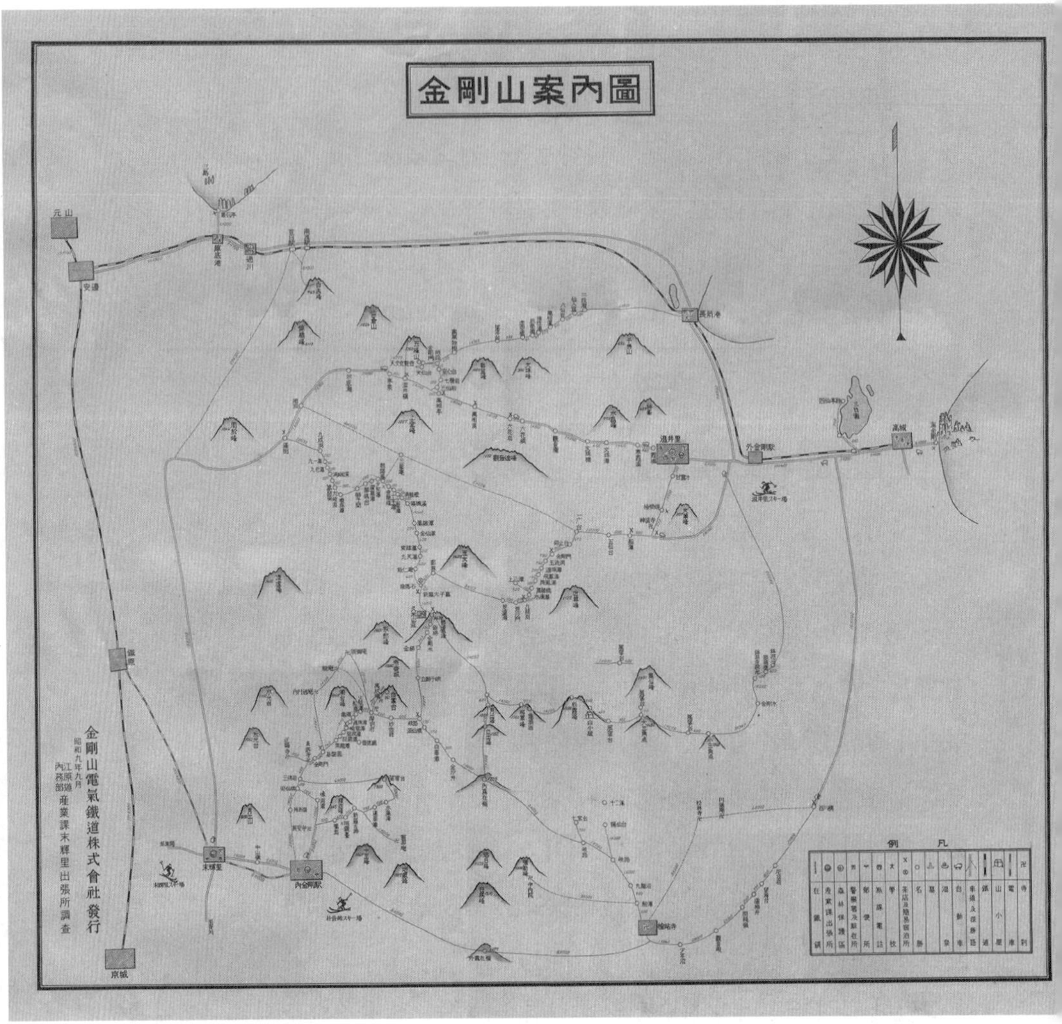

금강산 안내도, 출처 : 소명출판

늘 앞서서 땀 한 방울 안 흘리고 펄펄 날아다니는 듯한 윤하화상은 여기서부터가 정말 험한 길이 15리라고 경계를 합니다. 부인네 일행에게 갈 것인지 말 것인지를 결정하라는 뜻이외다. 흔히 여기서 앞길이 온 길보다 더 험하다는 말에 피하여 '본 줄 알고 가지요'하고 돌아들 선다고 합니다.

과연 험합니다. 계곡물을 따라 가다가 막히거든 기어오르고, 비탈길로 비스듬히 붙어 가다가 막히거든 바위벽을 간신히 기어오르거나 혹 심한 데는 다래덩굴에 매달려 오릅니다. 십 수 걸음 앞에 가는 사람도 소리만 들리고 모양은 안 보이며, 훨씬 앞에 가는 사람이 '웨이' 하고 외치는 소리가 머리 위에서 내려옵니다. 혹시 4, 5인이 일렬에 서서 담벼락을 기어오를 때에는 앞사람의 발뒤꿈치가 뒷사람의 코에 닿습니다. 게다가 지난밤에 비를 맞은 길이라, 가다가도 미끄러지고, 섰다가도 미끄러지고, 앉았다가도 미끄러질 지경이외다. 우거진 잡목 숲에서는 매미 소리가 납니다. 이제는 저 천길만길 밑에 흐르는 물소리도 안 들리고 얌전한 다람쥐가 겁도 없이 길로 뛰어 지납니다. 참말 험난하고 위태로운 길이외다. 인생의 행로난을 생각하게 합니다. 새의 길, 원숭이 길, 다람쥐 길을 다 기어올라 '다 왔소' 하는 머리 위에서 나는 소리에 기운을 얻어 마지막 담벼락을 기어오르니, '에구, 시원해!' 도솔암 앞 봉우리에 올라서니 '천산일동중千山一洞中, 하나의 골을 중심으로 무수한 산이 자리한 모양'이라 할 만한 복잡하고 깊숙이 감춰진 계곡이 눈앞에 보이건만, 우리가 온 길이 어느 것인지는 알아볼 수도 없습니다. 단숨에 도솔암에 내려가 쓰러져 가는 암자의 툇마루에 펄썩 앉으니 절로 '에구, 살아났다!'외다.

도솔암은 장안사에서 삼십 리, 영원암서 이십 리, 해발 사천 척약 1,212미터이나 넘는 망군대 빼어난 봉우리의 바로 밑에 앉은 깊은 암자이니 수미암, 선암과 더불어 금강산의 한적하고 외진 암자 중에 하나외다. 도솔봉의 동쪽에 동향으로 앉아, 하늘에 닿은 망군대를 좌편으로 쳐다보는 세 칸이나 될 너와집이외다. 집은 쓰러져 가고 방 뒷벽에 모셨던 불화도 누가 찢어 버려 부처님의 한 편 발과 옷자락만 남아 있고 드는 사람 없으니, 툇마루 밑까지 잡초가 무성하였습니다. 앞서 온 일본 학생 5, 6인 일행이 망군대 위에서 모자와 수건을 두르며 우리를 향하여 외치는 소리가 분명히 들립니다.

(…중략…)

한참 다리를 쉬어 다시 망군대를 향해 올라가니, 하늘이 보이지 않는 관목 숲이라, 이슬을 헤치고 물 먹은 묵은 낙엽을 밟아, 숨이 턱에 닿고 온몸이 땀에 젖을 만한 때에 수풀을 벗어나니, 울퉁불퉁하고 뾰족뾰족한 바위봉이라, 흙 한 줌을 볼 수가 없는 바위와 바위 틈바구니에 비가 올 때에는 물이 내려오는 길인 듯한, 한 사람이나 겨우 지나갈 만한 좁은 틈으로 한 줄 철삭이 검은 뱀 모양으로 늘어졌는데, 고개를 번쩍 뒤로 젖혀 우러러보니, 철삭의 끝 간 데를 모르겠습니다. 텁석부리 일본 화가는 벌써 그 철삭에 매달려 중턱쯤 올라가 어물거리니, 마치 동그란 사람이 반공중에 달린 듯합니다.

여기까지 왔다가 이 광경에 사지가 저려서 돌아서는 사람도 있다 합니다. 보월화상이 먼저 철삭을 잡고 성큼성큼 뛰어오르는 것이 매우 수월하게 보이는데, 기운을 얻어 우리도 그의 뒤를 따랐습니다. 쇠줄에 한 손을 움켜잡고는 바위에 한 발을 옮겨 놓고 하여 너댓 걸음 올라서는 팔꿈치로 이마의 땀을 씻으며 바위에 기대어 쉬고, 쉬고는 또 그 모양으로 올라가고, 혹 발 디딜 자리를 찾노라고 떨리는 발을 누에머리 모양으로 내둘러도 보고, 그러다가는 무릎을 발삼아 바위에 붙이기도 하고, 이렇게 오르노라면 혹 일 척 평방이 될 만한 평지를 만나 거기다가 무거운 엉덩이를 놓고 휘 한숨을 쉬며, 이리하여 겨우 육십여 척 쇠줄을 십여 분이나 걸려 다 기어올라 발을 땅에 짚고 오래간만에 사람다운 직립의 자세를 취하면 '에구, 살아났다!' 하는 탄성과 함께 반공중에 오른 듯이 시계視界가 넓어집니다. 너댓 개의 큰 바위가 혹은 눕고, 혹은 서서 망군대의 절정을 이루었습니다. 누운 바위의 배와 앉은 바위의 어깨와 바위와 바위 틈바구니에 빈틈없이 올라서면 이십 명쯤은 용납할 듯합니다. 그중에 제일 키 큰 바위의 머리에 오르면 그곳은 망군대의 최고처이니, 보월화상이 거기에 먼저 기어올라 우리를 부르나 다들 올라갈 용기가 없었고, 부끄러운 말이지만, 나도 무서워 오르지 못하였습니다.

세 길도 못 되는 바위 끝이 삼십 리 두고 어려워라
삼십 리 길을 다 올라서 세 길 두고 못 보단 말가
세 길은 세 길이라마는 못 오름을 어이료

거기를 오르지 않아도 내금강의 전경이 한눈에 보입니다. 한눈에 보인다기보다 발로 원의 중심을 삼아 몸을 한 바퀴 돌린다고 함이 더욱 적당할까 합니다. 먼저 서북간을 향하고 서면, 바위 하나 없고 잔디 같은 풀로 덮인 듯한 궁륭형의 능허봉, 거기서 북쪽을 향하고 눈자위를 돌리면 영랑봉, 또 돌리면 아아! 라고 밖에 조선말로 형용키 어려운 백옥봉이 금강 만이천봉의 주봉이요 최고봉인 비로봉, 이렇게 능허, 영랑, 비로의 삼봉이 일직선의 맥을 이루어 금강의 북방 성벽을 지어 그 이북의 산과 바람이 감히 중향성衆香城 안을 엿보지 못하게 하였습니다. 비로와 영랑의 중간쯤에 억만의 창칼을 벌인 듯이 둘러선 모습이 중향성이니, 금강산 중의 가장 신비하고 그윽한 곳이라, 흰 구름과 나는 새밖에 그 속을 엿볼 수가 없었으니, 금강산의 법당이라 할 만한 곳이외다.

비로봉에서 눈을 동으로 돌리면 끝이 뾰족한 형제봉이 있으니 그중에 십자가를 이고 선 것이 일출봉, 꼭대기에 동자가 앉은 듯한 것이 월출봉, 거기서 정동正東으로 눈을 돌려 민틋이 동남을 향하여 길게 뻗은 것이 무재, 그러다가 동남에 우뚝 솟아 서쪽 하늘을 향하고 번쩍 고개를 든 것이 백마봉, 백마봉의 턱 밑에서부터 서남으로 달아난 것이 십왕봉, 죄인봉, 사자봉, 거기서 다시 눈을 서편으로 돌리면, 드넓게 펼쳐진 푸른 산들이 몽환같이 석양의 빛을 따라 눈앞으로 모여드는 듯합니다.

이렇게 내금강의 북, 동, 남 삼면이 거의 정방형의 삼변과 같이 둘러 막히고 서편 한쪽이 툭 터졌습니다. 서편이 터졌다 함은 그 편이 평야라 함이 아니요, 금강과 비금강을 나누는 성벽 같은 뾰족한 봉우리가 없다 함이외다.

이러한 속에 몇천 몇만인지 모르는 창칼과도 같고 살촉과도 같은 봉들이 쌍륙말벌이듯이 빈틈없이 들어섰습니다. 망군대에서 사면을 바라보면 마치 나무들처럼 죽 늘어선 창칼을 보는 듯합니다. 평지라고는 하나도 안 보이고, 삼십 리 평방이 온통 뾰족뾰족 봉우리로 찼습니다. 참말 훌륭하고 아름다운 경치외다.

금강의 모든 봉우리들은 키 큰 놈은 허리까지, 좀 작은 놈은 가슴까지, 더 작은 놈은 목덜미까지밖에 소나무와 잣나무 숲의 털이 나지 않고 그 나머지는 전혀 끝이 뾰족한 흰 바위로 되었으며, 그 바위 끝은 개벽 이래 몇천만 년의 비바람에 아로 새겨져서 사람 모양, 혹은 짐승 모양, 혹은 창칼 모양, 혹은 새 모양의 가지각색 물상으로 되었으니, 금강산 봉우리들의 모형을 만들려거든 원추형을 만들고 그 중간이나 가슴께까지 삼림을 그리고, 거기서부터 무수한 세로 선을 가진 안티모니 형의 암석을 만들고, 최후에 원추의 끝에 무슨 기괴한 물상을 만들어 앉힐 것이외다. 크고 작은 무수한 원추형을 만들어 그 정점이 무수한 곡선을 그리도록 첩첩이 벌여 놓으면 그것이 내금강이 될 것이외다.

해발 2,000척약 606미터에서 6,000척약 1,818미터에 이르는 동안의 모든 종류의 높이를 가진 봉우리들이 수천이나 30리 평방 내에 벌여 있다 하면, 그 기묘한 경치를 상상할 것이 아닙니까? 게다가 그 봉우리들의 배치가 결코 되는 대로가 아니요 여러 종류의 매우 수려하고 복잡함을 가진 계곡을 형성하도록 되었으며, 각 계곡은 좌우로 키 차례로 비늘 달듯이 늘어선 무수한 봉우리로 되어 저보다 더 큰 계곡으로 조종합니다. 여기서 내려다보면 장안사에서 망군대까지 삼십 리를 서북동으로 세로로 꿰뚫은 대 계곡이 있고 이 두 대 계곡을 향하고 내원통동內圓通洞이라는 이십 리 긴 계곡, 비로봉 가는 이십 리 긴 골을 머리로 크고 작은 무수한 계곡이 거의 평행으로 조종합니다. 그래서 얼른 보면 착잡한 듯하되 자세히 보면 계통과 질서가 있고, 더욱 자세히 보면 무수한 작은 통일을 합하여 보다더 큰 몇 통일을 만들고, 또 그것이 합하여 내금강 전체가 일대 통일을 이뤘습니다. 이 복잡과 통일의 조화가 금강의 미의 주요소인가 합니다.

실로 망군대는 내금강의 훌륭하고 아름다운 경치를 가장 완전히 보게 하기 위하여 만들어 놓은 조망대외다. 만일 내금강을 다 만들어 놓고 망군대를 빠뜨렸던들 그 훌륭하고 아름다운 경치는 헛된 것이 되었을 것입니다. 내금강을 조각할 때에 천옹天翁이 앉아 지휘한 곳도 망군대요, 조각이 끝난 뒤에 선관 선녀를 데리고 낙성 잔치를 베푼 곳도 망군대요 때때로 선녀들이 금강산 구경을 내려올 곳도 망군대일 것이외다.

(…중략…)

망군대라는 명칭의 유래는 신라 태자가 여기 올라 장안사 저편 탑거리로 들어오는 추격군을 바라보았다는 전설에서 나온 것이외다. 그뿐 아니라, 그의 모후 되는 경순왕후가 여기서 서북쪽으로 보이는 둔도봉 아래 둔도암에 계셨다 하니, 아마 자애로운 어머니를 사모하는 마음으로도 여기 올랐을 것이요, 무한한 회포를 풀 길이 없어서도 올랐을 것이외다. 여기 서서 이 경치를 보면 그의 흉중이 과연 어떠하였으리까.

여기서 북쪽을 향하여 보면 병풍같이 둘린 바위 산마루에 네모난 구멍이 보이니 이것이 혈망봉이외다. 어떤 사람이 이 구멍을 뚫은 이유를 설명하기를 지구가 부서지는 날에 이 아까운 그 금강산만은 그 구멍에 쇠갈고리를 꿰어 하늘에 매어 달기 위함이라 합니다. 나는 구멍에 새로운 설명을 붙입니다. 금강산은 본디 옥경에 있던 것인데 홍길동이가 올라갔다가 조국을 꾸미려고 그 구멍에 허리띠를 끼어 둘러메고 훔쳐 온 것이라 함이외다.

(…중략…)

오늘 왕복이 육십여 리. 내일 하루를 쉬고 모레는 금강산의 심장이라는 만폭동으로 가렵니다.

만폭동

8월 10일. 맑음.

장안사를 출발하여 백화암, 표훈사, 정양사, 만폭동을 지나 마하연 다시 마하연에서 백운대, 선암, 수미암, 가엽동을 지나 마하연. 이날 여정 육십여 리.

장안사에서 동쪽으로 계곡을 거슬러 오르기 약 7, 8정약 763~873미터에 한습한 기운이 몸을 스며드는 잔도棧道를 건너노라면 발밑에 4, 5장丈, 약 12~15미터이나 되는 비스듬한 너럭바위 끝에 아주 음침한 못이 있음을 볼 것이니 이것이 우는 소沼, 즉 명연담이요 내산팔담의 하나외다. 아주 물빛이 컴컴하여 그 밑을 볼 수가 없으며,

그 소에서 십여 걸음쯤 나오면 길이 20척약 6미터이나 될 만한 사각기둥의 와석이 있습니다.

머리는 굵고 소로 향한 발은 좀 가늘어 마치 거인의 관같이 보이니, 이것이 전설에 말하는 금동거사의 시석이요, 그 시석의 머리에서 다시 7, 8걸음이나 나아가 세 사람이 가지런히 엎드린 것 같은 바위 하나가 있으니, 이것이 그 아버지 금동거사의 영전에 부곡俯哭하는 삼형제 바위외다. 전설에 이르기를 여말에 나옹화상과 금동거사가 서로 재주를 겨룰 때 금동거사가 나옹화상을 죽이려 하여 불상 조각하기 내기를 청하고 지는 자는 이 소에 빠져 죽기로 약속하였는데 나옹화상은 지금 삼불암이라 일컫는 큰 바위에 삼불상을 새기고 금동거사는 그 바위의 뒷면에 오십삼불을 새겼으나, 그 오십삼불의 품品이 도저히 나옹의 삼불을 당할 수 없으므로, 마침내 남잡이 제잡이가 되어 금동은 약속대로 명연담에 빠져 죽어 그 시석屍石이 되고, 그 아들 삼형제는 애통이 끊일 시각이 없이 울다 울다가 저렇게 삼형제 바위로 변했다 합니다.

나옹화상이 새긴 것으로 전해지는 삼불상
출처 : 『金剛山寫眞帖』, 德田寫眞館, 1922
서울역사박물관 제공

그러므로 죽은 금동의 시석은 천 년이 지나도록 소리가 없으되, 산 삼 형제의 화석은 지금 비오는 밤과 어스름 달밤에는 우는 소리를 낸다 합니다. 울음소 또는 명연담이라는 이름이 이렇게 생긴 것이라 합니다.

(…중략…)

떨리는 다리를 겨우 진정하여 통나무에 도끼로 발자국 낸 사닥다리를 더듬어 올라 산만한 큰 바위를 안으로 돌아 넘어가니, 다소 시계가 열리는 골짜기요, 그 골짜기를 오르고 오른 끝에 구름에 가린 하얀 봉머리들이 보입니다. 저기서 물소리를 따라 십 수 정1정은 약 109미터을 가노라면 조그마한 인가가 있고, 거기서 좀 더 가면 일본식으로 놓인 속된 나무다리가 있으니, 이름은 좋게 영선교迎仙橋외다. 아마 본래는 통나무 두어 개를 다래 덩굴로 매어 놓았던 다리겠지요. 그대로 두었던 편이 얼마나 운치가 많았을까. 만일 인공으로 다리를 놓으려거든 좀 더 모양이나 빛깔이 자연과 조화롭게 만들었어야 할 것인데, 불행히 그 자연이 그만한 정신력과 금력金力을 가진 주인을 못 만나서 이런 속악한 꼴을 보게 된 것을 생각하면 자연을 대신하여 내 가슴이 아픕니다. 이 다리를 건너가 약 일 정町 만에 삼불암이 있는데, 길가에 타원형 반쪽 같은 암면에 높이 이 장약 6미터이나 될 만한 삼불을 양각으로 한 것이라.

이것이 전설에 이르는 바, 나옹화상이 만든 거시오, 그 뒤쪽에 대불 둘과 소불

삼불암, 1938, 출처 : 임병목, 『금강산』(下), 48

서산대사비, 비석 뒤 건물이 백화암이다. 1912
출처 : 임병목, 『금강산』(下), 49쪽

육십을 새겼으니, 이것이 금동거사金同居士의 오십삼불이라 합니다.

육십인데 왜 오십삼불이라는지 동행하는 화상에게 물어도 알지 못하였습니다. 옛날에는 삼불암을 벽으로 일전각이 있었다 하나 지금은 없고, 거기서 다시 수십 보를 가면 서산대사가 계셨다는 백화암이니, 꽤 웅장한 집이 있었던 것이 6, 7년 전에 불에 탔다 하여 거친 풀밭에 서산대사기적비와 뉘 것인지 모르는 4, 5개 사리탑이 남았을 뿐이요, 암자 언덕의 서편에는 지공, 무학, 나옹 등 이 태조 등극 초에 공이 있던 자와 서산, 사명 등 임란에 공이 있는 중들의 탱을 모신 충령사가 있습니다. 신발을 벗고 전내에 들어가 보니 정면 중앙에 지공대화상이 있고, 그 좌우에 서산, 무학, 이러한 순서로 십 수의 영정이 걸렸습니다.

(…중략…)

백화암을 지나 평탄한 도로로 백여 걸음을 가면 몇 개천 소리치는 곳에 긴 다리가 놓였으니 이것이 함영교涵影橋요, 다리 건너 꽤 웅장한 절이 있으니, 이곳 금강 4대 사찰의 하나인 표훈사외다. 정문 우측에 어향문이 있으니, 불법을 독실하게 믿어 금강산을 두루 다니신 선조대왕이 머물다 가신 표적이외다. 그 밖에도 선조가 하사하신 동으로 만든 큰 시루가 표훈사의 고물古物로 남아 있습니다.

(…중략…)

표훈사 주지에게 과자와 꿀물 대접을 바다고 점심을 시킨 뒤에 정양사正陽寺로 오르다. 정양사는 여기서 십칠 정이라고 썼지마는, 길이 바람벽인 데다가 여러 가지 덩굴에 감긴 관목이 무성하여 바람 한 점 구경할 수 없으니, 온몸에 땀이 흐르고 숨이 찹니다. 길가에 우거진 풀 속에 조는 듯이 피어 있는 이름 모를 꽃들과 가끔 만나는 귀여운 다람쥐에 겨우 피로함을 잊으면서 한 시간이나 허비하여 겨우 정양사에 이르렀습니다. 바로 정양사 마당까지 가도록 집은 안 보이고 관목 숲을 턱 나서니 정양사외다. 여름 햇빛이 차고 넘치는 곳에 단청이 새로운 전각에 조용히 앉았으니, 과연 영지 같아서 속진俗塵의 기운을 벗어난 듯합니다. 그 이름이 정양인 것같이 방광대放光臺의 정남正南 배꼽 위에 앉은 정양사는 남향이라 과연 정양이외다. 모든 햇빛이 다 이곳으로 모여드는 듯이 밝습니다. 고려 태조가 이곳에 오실 때 영묘한 빛이 밝게 비추었다 하여 방광대란 이름을 얻었거니와, 음침한 관목 숲에서 쑥 나서며 여름 햇빛이 차고 넘치는 것을 보면 과연 영묘한 빛이 비춰질 만합니다. 정양사는 여름 별 속에 볼 것입니다.

들어가는 좌편이 이름난 헐성루歇惺樓니, 집은 그리 좋지 못하여도 거기서 보이는 경치는 아마 천하 모든 누각에서 제일일까 합니다. 누각의 남쪽 난간에 서서 동남서 삼면을 바라보면 바로 다리 밑에서부터 저 푸른 하늘에 이르기까지 크고 작고, 높고 낮은 무수한 봉우리들이 한눈에 들어옵니다. 그 봉우리들을 보건대, 여기서 보이는 것이 이름 있는 것으로만 47봉이니, 한 누각에 서서 삼십 리 거리 이내의 47봉을 한눈에 본다 하니 그 경치가 가관일 것이외다. 알기 쉽게 말하면, 망군대에서 보이던 봉들 중에 능허봉 하나를 제하고는 거의 전부가 다 보이는 셈이외다. 위치가 망군대와 같이 높아서 그런 것이 아니라, 높이는 그 반에 지나지 않지만 모든 봉이 다만 조금씩이라도 그 꼭대기만은 여기서 보이도록 배치가 된 것이니 참으로 신통합니다. 절묘합니다. 망군대는 높은지라 봉우리와 골짜기를 발아래 내려다보게 되었지만 헐성루에서는 돈도頓道, 송라연봉松蘿連峰 전체와 그 밑에 흐르는 만폭동 하류의 깊고 그윽한 계곡을 보는 외에는 모든 봉우리의 꽃만을 보게 되었으니, 마치 헐성루歇惺樓를 중심으로 한 우호상優弧上에 일만이천봉이 일렬로 늘어선 것 같습니다. 오직 색채의 농담과 윤곽의 정조로 그 거리를 짐작할 뿐이외다. 혹은 앞에 있는 봉우리의 머리로 넘겨보고, 혹은 어깨 위로 엿보며, 혹은 고개를 잠깐 기울이고 두 봉우리의 머리 틈으로 엿봅니다. 봉우리의 키도 천태만상이요, 봉우리 모양도 천태만상이니, 혹 톱날을 휘어 세운 듯도 하고, 혹 창칼을 벌여 세운 듯합니다. 층만첩장層巒疊嶂=겹겹이 에워 싼 봉우리이란 말이 여기 와서는 꼭 그대로 제 뜻대로외다.

망군대에서는 내금강의 조감도를 볼 것이요, 헐성루에서는 그 측면도를 볼 것이외다. 망군대의 전경과 헐성루의 전경이 다 각기 특색이 있어 금강 전체의 아름다움을 보려는 자는 불가불 두 가지를 다 보고 비교할 필요가 있습니다. 고인古人의 헐성루를 읊은 시 중에 '욕식금강진면목, 석양수상헐성루欲識金剛眞面目, 夕陽須上歇惺樓=금강산의 진면목을 알려면 해질녘에 헐성루에 올라보아야 한다라는 구절이 있습니다. 특히 석양을 적당한 시각으로 정한 것은 까닭이 있다 합니다. 단풍철에 석양이 천봉만만을 비추는 경치는 참 아름답다 합니다. 그래서 금강의 진면목은 단풍철에 있고 단풍철의 진면목은 석양에 있다 합니다.

(…중략…)

표훈사의 동쪽 옆문으로 수 채를 끼고 나서서 십 수 걸음을 가면 금강문이외다. 칼로 쪼갠 듯한 큰 바위 둘이 이마만 마주대고 마주앉아 문이 된 것이니, 이렇게 생긴 것을 다 금강문이라 부릅니다. 만물초萬物草, 천선대天仙臺와 외금강外金剛, 구룡연九龍淵 가는 길에도 금강문이 있거니와, 만폭동의 금강문이 그중에 가장 속됩니다.

금강문을 나서서 소나무숲속으로 청학대를 왼편에 물소리를 멀리 오른편에 두고 한 마장이나 가노라면 길가의 반석 위에 '금강산金剛山' 세 자를 가로 새긴 것이 있으니, 전설에 일곱 살 아이가 '금강金剛' 두 자를 쓰고는 정력이 다하여 죽으면서 유언하기를, 후일에 '산山' 자를 채우는 자가 있거든 자기의 후신으로 알아 달라 하였답니다. 그런데 몇 해 전에 김해강金海岡이 자기의 아들로 하여금 그 산山 자를 채우게 하고 그 끝에 일곱 살 아이가 재생하여 이것을 썼다는 연유를 기록하였다 합니다. '산山'자를 새길 때에 '금강金剛' 두 자까지 가획을 하여 고색古色을 깨뜨린 것은 실로 무지한 짓이외다.

표훈사, 출처 : 『북한의 사찰』, 49쪽

거기를 지나 수 걸음에 흑철로 싼 듯한 향로봉을 사이에 두고 계곡이 둘로 갈렸으니 북으로 뚫린 것이 내원통동內圓通洞이라. 내원암, 태상동, 선암을 지나 수미암에 이르러 능허, 영랑 두 봉의 사이를 연한 산에 이르는 이십 리 긴 계곡이라, 그 유수함이 영원동 이상이라 하며, 거기서 동쪽으로 뚫린 것이 만폭동이니, 마하연을 지나서 다시 동과 북으로 갈려, 하나는 무재로 하나는 비로봉으로 통하는 이십 리, 삼십 리에 달하는 긴 계곡이니, 실로 내금강의 중앙을 동서로 종단하는 계곡이외다. 동쪽으로부터 오는 만폭동의 물과 북쪽으로부터 오는 내원통동의 물이 합하는 서쪽으로 장안사를 향해 가는, 만천강이 되는 삼거리에 큰 반석이 깔렸으니, 그 위에 '양봉래서'라 한 '봉래풍악원화동천蓬萊楓岳元化洞天'이라는 여덟 자가 새겨 있고, 바로 그 곁에 '만폭동萬瀑洞'의 세 자가 있습니다. 다 초서로 썼는데 매우 잘 쓴 글씨라 합니다. 여기 앉아보면 세 계곡을 다 들여다볼 수가 있으나, 과연 동천이 열렸다 하겠고, 육면이 모두 천인절벽에 노송이 거꾸로 달렸고 노송의 가지 끝에 흰 구름이 걸렸으며, 흰 구름이 피어오르는 끝에 맑고 파란 하늘이 덮였습니다.

게다가 절벽은 대개 갈아 놓은 듯한 흑색 암석이니, 마치 철갑을 입힌 듯하여 사람은커녕 원숭이도 발을 붙일 곳이 없으며, 발아래를 보면 옥같이 흰 바위 위에 수정 같은 물이 소리를 치고 달려옵니다. 가끔 청풍이 불어 절벽과 노송을 울리니, 물소리가 바람 소린지 바람 소리가 물소린지 분간할 수가 없습니다.

(…중략…)

만폭동이라고 쓴 곁에 바위에 새긴 바둑판이 있으니, 이것이 양봉래가 놀던 곳이라 합니다. 전설에, 신라의 사선이 금강산과 관동 각지에서 놀았다 하여 그 유적이 많고, 특히 영랑선인이 그중에 유명하였던지 영랑이 숨어 있었다는 영랑봉이 있고 고성에는 영랑호가 있습니다. 아마 그네들이 놀고 간 뒤에는 명종 조 초 양봉래가 금강산에 노닌 풍류객 중에 제일인 모양이외다. 그는 청주 사람으로서 등과하여 수령도 지내고 하다가 표연히 속세를 버리고 금강산에 들어 처사로 날을 마치니, 외금강 신계시新溪寺의 동석동動石洞과 이 만폭동에 그의 유적이 있습니다.

(…중략…)

참말 금강산 바윗돌은 행복이외다. 석수가 들어와 때려낼 근심도 없고 천공天公이 만들어 놓은 그대로 오직 맑은 물과 맑은 바람에 천공의 자애로운 조탁을 받아 날로날로 모양을 변하며 날로날로 아름다워지면서 천국에 임하기를 기다릴 뿐이외다. 오직 사람의 발이 갈 수 있는 바위가 수없는 추한 자들 이름자에 더럽혀진 것이 한이외다. 그것도 썩 잘 쓰는 글씨로 썩 훌륭한 시구나 새겨 붙였든지 아름다운 맘을 가진 미술가의 손으로 아름다운 조각이라도 되었다 하면 도리어 사람의 정신의 미와 자연의 미가 한데 조화가 되어 더욱 금강의 미를 증진시키기도 하련만, 탐관오리와 이름 없는 속인들의 성명 세 자로 이 아름다운 바위들을 더럽힌 것은 참말 원통하고 부끄러운 일이외다. 더욱 만폭동 일대가 심하니, 이 추함을 씻어버리려면 몇백 년, 내지 몇천 년의 시일을 허비해야 할 것이외다. 아아, 생각할수록 철없는 사람들이외다. 양봉래의 바둑판을 지나서부터 마하연 조금 못 미쳐 화룡담火龍潭에 이르기까지 약 십 리 동안이 만폭동이외다. 우리는 이제부터 만폭동의 사람이 되는 것이외다.

바둑판에서 얼마를 가면 비스듬히 폭포 바로 위에 통나무 두 개를 건네 놓은 다리가 있으니, 길이는 7, 8보에 지나지 않되, 발 한 번만 잘못 디디면 생명이 위태한 곳이라 건너가기가 무시무시합니다. 그 다리를 건너 큰 바위 몇 개를 넘어 다시 그와 같은 다리가 있으니 이것이 방선교訪仙橋외다. 다리를 건너 산기슭으로부터 가노라면 길가 이끼 앉은 바위에 매월당의 '요산요수樂山樂水 인지상정人之常情 이아즉등산이곡而我則登山而哭 임수이곡臨水而哭 운운云云=산과 물을 즐기는 것은 인지상정인데 나는 산에 올라 울고 물가를 찾아 운다 운운' 한 획 자가 당시 선생의 비화를 행인에게 말합니다.

다시 한참 가서 바위를 더듬어 개천을 건너면 사선대四仙臺라고 새긴 큰 바위가 있고, 그 바위 윗부분에 '영아지映娥池'라는 세 자가 새겨져 있으니, 거기서 내려다보면 바로 그 바위 밑에 거의 네모반듯한 연못이 있습니다. 못은 계곡물의 한 줄기에 불과하지만, 그 삼면을 두른 벽이 마치 붉은 벽돌로 쌓은 듯하고 물밑도 인공으로 네모반듯하게 판 듯하며, 적색을 띤 맑은 물이 거울처럼 고요합니다. 이것이 영아지라는 것이니, 영아映娥라는 이름에는 전설이 있습니다.

여기서 동으로 보면 법기봉法起峯의 서남쪽 기슭 석벽에 기다란 구리기둥 하나에 버티어서 훅 불면 날아갈 듯한 조그마한 임자가 있으니, 이것이 보덕굴普德窟이외다.

고려 말에 회정법사라는 중이 있더랍니다. 그이가 석장을 끌고 만폭동으로 올라오다가 여기 와서 날이 저물어 이 바위 위에서 밤을 새우는데, 마침 이 영아지에 어떤 등불이 비치고 그 등불 곁에 어떤 얇게 화장한 미인이 바느질을 하고 있더랍니다. 날이 밝기를 기다려 법사는 불 있는 데를 찾아 올라갔으나 집도 없고 사람도 없고 한 석굴 속에 오직 촉대 하나와 향로 하나만이 있을 뿐입니다. 이에 법사는 그 석굴에 의지하여 암자를 짓고 관음보살의 상을 모셨다 합니다. 이것이 보덕굴이니, 그때 보이던 미인이 보덕 각씨요 그는 관음의 현신이라 합니다.

여기서 바위 몇 개를 넘어 개천을 건너면 끝없이 넓은 듯 커다란 반석이 있고 그곳으로 굴러 내리는 푸른 옥 같은 물이 나는 물이 되고 심연이 되어 소리와 빛이 무한히 변화합니다. 만폭동의 만폭이라는 특색이 여기서부터 시작되니, 지금 보이는 푸른 소가 청룡담青龍潭, 거기서 반석으로 이십 보나 올라가면 이름과 같이 짙푸른 색을 띠는 벽파담碧波潭, 거기서 북으로 몇 걸음 올라가면 흰 구름 같은 물보라를 치는 분설담噴雪潭이외다. 그 물보라를 무릅쓰고 담의 서편 물가에 위치한 큰 바위 밑에 들어가 허리를 꾸부리고 서면, 바로 나를 향하고 달려드는 듯한 분설폭의 시원하고 기운찬 모양에 뼛속까지 식어 들어가는 것 같습니다. 더욱이 암굴에 울리는 그 우렁찬 소리, 바위 처마 끝으로 보이는 맑은 하늘과 흰 구름의 조그마한 조각, 말할 수 없이 웅장하고 상쾌한 경치외다.

(…중략…)

보덕굴에서 내려와 다시 한참 동안이나 분설담의 경치에 취하였다가 거기서 층암을 기어올라 위태로운 사다리를 더듬어 십 수 걸음을 가노라면 온통 한 장 돌로 된 훤칠한 큰 소沼가 있으니, 이것이 진주담眞珠潭이외다. 진주라는 뜻은 폭포가 담에 내려 찧는 서슬에 무수한 물방울이 물속에서 솟아 나오니 그 모양이 진주 같다 함이외다.

(…중략…)

진주담은 바로 파륜봉波輪峯과 법기봉의 사이에 있어 수석의 아름다움이 만폭동의 으뜸이라 하겠습니다. 담 동편의 반석 위에 우암 친필의 율시 한 수가 새겨 있습니다. 그리고 담의 서쪽, 즉 파륜봉의 산허리 크고 넓은 수백 척의 대반석에 김해강의 법기보살이라는 한 자가 한 칸 통이나 되는 큰 글씨를 새기고 그 곁에 좀 작게 천하기절이라는 초서로 새겼습니다. 자연의 풍치를 해함이 적지 않습니다.

(…중략…)

만폭동은 수없는 봉들과 기괴하고도 청아한 빛깔과 모양을 가진 바위와 제 맘대로 자란 늙은 소나무와 맑고 변화 많은 물과 봉머리로 나는 흰 구름, 계곡으로 부는 청풍, 이 모든 재료를 가장 운치 있게, 그윽하고 깊게, 변화 많게 배치한 것이외다. 골 이름은 만폭이라 하였으니, 이 뛰어난 경치의 주인을 물로 잡은 고인의 뜻이외다. 과연 물의 모양과 소리에 한이 없겠지요. 빗물, 시냇물, 강물, 바닷물, 폭포물. 그러나 물의 흐르는 모양과 소리가 만폭동같이 다취다양한 데는 천하에 없을 것이외다. 평평한 반석 길로 소리 없이 흐를 때에 큰 강의 맛이 있고, 옥 같은 자갯돌 위로 달달달 굴러 내릴 때에는 시내의 맛이 있고, 좁은 길에 한데 모여 굵은 폭포가 될 때에는 뇌정벽력雷霆霹靂이 지축을 흔드는 듯하다가 넓은 길에 벌려서서 비스듬히 내려 달릴 때에 주렴을 드리운 듯, 패옥이 우는 듯하다가 더욱 넓은 길에 더욱 잔잔히 내려갈 때에는 엷은 비단을 풀어 헤친 듯합니다. 청룡담으로 흐르는 물을 완사폭浣紗瀑이라 함은 참 잘 지은 이름이외다. 큰 폭포가 좁은 담에 떨어질 때에 깨어져 진주가 되고, 흩어지는 비가 되고, 작은 폭포가 넓은 담에 내려올 때에 청룡 흑룡이 조는 듯한 고요한 담이 됩니다. 깊은 길로 달릴 때는 쿵쿵쿵 울리고, 얕은 데로 흐를 땐 재갈재갈 지저귑니다. 작은 물소리 큰 물소리, 떨어지는 소리, 솟아오르는 소리, 바위에 부딪는 소리, 자갯돌을 차고 넘는 소리, 그 소리를 되울려 오는 바위소리, 산의 소리, 모든 것이 합하여 웅대한 오케스트라를 이룹니다. 하필 만 폭이리오. 십만 폭도 옳고 백만 폭도 옳을진대, 일폭이 있으므로 반드시 일담이 있으니, 만폭이 있으면 만담이 있을 것이외다. 일폭이 있으려면 반드시 큰 바위 하나가 있어야 하니, 만폭이 있으려면 만암萬岩이 있을 것이외다. 일폭이 떨어지면 반드시 한 소리가 나니 만폭이 떨어지면 반드시 한 소리가 나니 만폭이 떨어지면 만 소리가 날 것이외다. 불과 십 리 거리에 그중에도 흑룡담과 화룡담에 이르는 팔 담 사이 불과 오 리 정도 거리에 이러한 변화가 있다 함은 과연 놀랍지 않습니까. 게다가 굽이굽이 돌아설 때마다 산의 생김과 물빛과 구름의 모습과 바위의 자태가 각각으로 변하니 진실로 천하절승이 빈 말이 아니외다.

수미암

수미동, 능허봉, 영랑봉, 수미궁, 수미탑, 사미탑, 관음암, 수미암 다 좋습니다만 좋다고 오래 볼 수 없어 수미암의 영험한 물에 목을 축이고 바위의 뒤 고개를 배를 대고 기어올라 향나무 가지를 더위잡고 큰 바위 위에 기어오르니, 이것이 수미봉이외다. 강선대만한 자망眥望이 있습니다. 거기서 내려와 늙고 오래된 잣나무 사이로 십 수 분을 내려오니 좌우에 천인절벽의 찌부러진 골짜기가 가섭동이외다. 허리띠만 푸른 하늘이 구불구불 흘러내린 밑에는 소리도 잘 안 들리는 돌 계곡이 두 걸음에 한 길, 세 걸음에 두 길씩 뛰어내립니다. 중향성 서쪽 흰 석벽이 하늘에 닿았는데 그 중간쯤에 굴 셋이 거의 일렬로 매어달려 보입니다. 이것이 가섭굴迦葉窟이라 합니다. 천축국에서 가섭존자가 수도하던 굴과 모양이 같다 하여 가섭굴이라 한다 합니다.

거기서부터 계곡은 더욱 깊어집니다. 좌우에 선 절벽은 정말 천인은 될 것이요, 골짜기의 넓이는 밑과 위가 거의 같은데 이, 삼십 척 가량이나 될까. 우리는 그 골짜기의 맨 밑바닥물이 흘러내려가는 길로 내려갑니다. 얼마를 가다가 서서 뒤를 돌아보면 푸른 하늘과 흰 구름과 옥으로 깎은 듯한 봉머리들이 좁은 절벽과 절벽의 틈으로 내려다봅니다. 이 모양으로 내가 위치를 바꿀수록 돌아서서 보이는 하늘과 흰 구름과 봉머리의 모양이 변합니다. 아마도 딴 하늘, 딴 구름, 딴 봉머리이기 쉽습니다. 이런 길로 오, 륙 정을 내려가노라면 옛날 남자 터라는 크고 넓적한 바위가 있습니다. 한편을 산에 붙이고 삼면은 지심地心에 통한 듯한 계곡인데, 불규칙한 방형方形이요, 면적은 오륙 칸 통이나 될 듯합니다. 만일 장마에 계곡물이 내려 쬘을 때에 이 암자 위에 앉았으면 썩 좋을 것 같습니다. 더구나 달은 어디어디 있는지 모르면서 그 빛 한 줄기가 맞은편 절벽에 비추었을 밤중이나 새벽에 홀로 난간에 의지하여 앉으면 도심道心이 움직일 듯합니다.

몇 번 위태한 곳을 지나 다시 사오 정을 내려오면 호랑이 덫이 있습니다. 통나무로 돼지우리처럼 집을 지었는데, 바닥을 깊이 파고 그 위를 무엇으로 엷게 덮고 거기다가 개나 돼지를 놓아 둔다 합니다. 마하연에 돌아오니 날이 저물었습니다.

비로봉

새벽 재 울리는 염불 소리에 잠을 깨어 조반을 마치고 표훈사에서 특별히 주문해 온 안내자에게 점심을 지우고 마하연을 떠난 것이 오전 일곱 시. 날씨는 청명한 편이나 스님들은 칠월 일기의 믿지 못할 것과, 더욱이 금강산의 청우晴雨는 골짜기를 따라 다른 것과, 어제도 평지에는 청명하였으나 비로봉 위에는 운무가 끼어 아무것도 보지 못한 것을 말하고 우리 일행의 앞길을 비관합니다. 나는, '내가 올라가면 반드시 운산무소雲散霧消하여 비로봉의 승경을 보고야 말리라' 하는 말로 승니들을 웃기고 떠났습니다. 밤과 새벽은 깊은 가을처럼 찼으나 햇발이 점점 오르면서 땀이 흐르려 합니다. 동쪽을 향하여 두어 굽이 시내를 건너면 묘길상의 대석불이니, 거대한 천연 바위의 남으로 향한 반면半面을 깎아 내고 부조로 커다랗게 부처를 새겼는데, 어른이 그 밑에 가서 팔을 활짝 들어야 결가結跏한 그 무릎이 만져질 만하고 발바닥 길이가 열두 뼘이나 되니 이 부처에게 신겨줄 버선이 있다 하면 그 속에 두 사람은 들어가 누울 것이외다. 과연 어마어마하게도 큽니다.

이것은 저 삼불암에 삼불을 새긴 나옹 대화상이 만든 것이라 하니 오백 년 풍상을 겪은 것이외다. 그 착상이나 수법에 별로 신기한 점은 없는 듯하나 그렇게 만들어진 웅대함이 또한 당시 선인先人의 기백을 보이는 듯합니다.

(…중략…)

거기서 수백 미터를 가면 사선교四仙橋 좀 못 미쳐서 갈림길이 있으니, 오른쪽은 안무재를 통하여 유점사楡岾寺로 가는 길이요, 왼쪽은 우리가 목적하는 비로봉으로 가는 길이외다. 비로봉 길에 들어서면 겨우 발자취가 보일만한 좁은 길이니, 좁은 길은 좁은 길이로되 천 수백 년 옛길이요, 이름난 승려와 지식인이 한 번씩은 다니던 길이외다. 계곡물을 끼고 오 리나 올라가노라면 거기서부터는 길이라 할 만한 길이 없고, 마주 붙은 협곡, 물에 닳아져 둥그렇게 돌로 된 시내 바닥으로 이 돌에서 저 돌로 성큼성큼 건너 뛰어가게 되었는데, 가다가다 바윗등에 돌무더기가 유일한 길이외다. 성큼성큼 가다가는 두리번두리번 돌무더기를 찾고 이렇게 양장羊

腸 같은 골짜기를 추어 오릅니다. 이 돌무더기는 금강산 길 도처에 있는 것이니, 이 역시 누군지 모르는 먼저 간 사람이 누군지 모르는 후에 오는 사람을 위하여 '이리 가면 갈 수 있다' 하는 지로표指路標로 쌓은 것이외다.

(…중략…)

우리는 점심을 먹고 이럭저럭 한 시간이나 넘게 기다렸으나 이내 운무가 걷히지 않습니다. 나는 새로 두 시가 되면 운무가 걷히리라고 단언하고, 그러나 운무 중의 비로봉도 또한 일경一景이리라 하여 다시 올라가기 시작했습니다. 동으로 산꼭대기를 밟아 줄 타는 광대 모양으로 수십 보를 올라가면 산이 뚝 끊어져 발아래 천인절벽이 있고, 거기서 북으로 꺾여 성루 같은 길로 몸을 서편으로 기울이고 다시 수십 보를 가면 뭉툭한 봉머리에 이르니, 이것이 금강 일만이천봉의 최고봉인 비로봉 머리외다. 역시 운무가 사방에 둘러싸여 있어 봉머리의 바위들밖에 아무것도 보이지 않습니다. 그 바위들 중에 중앙에 있는 큰 바위는 배 바위라는데, 배 바위라 함은 그 모양이 배와 같다는 말이 아니라 동해에 다니는 배들이 그 바위를 표준으로 방향을 찾는다는 뜻이라고 안내자가 설명을 합니다. 이 바위 때문에 해마다 천 명의 생명이 살아난다고. 그러므로 뱃사람들은 멀리서 이 바위를 향하고 제를 지낸다고 합니다.

(…중략…)

이윽고 두 시가 되니, 문득 바람이 방향이 변하며 운무가 걷히기 시작하여 동에 번쩍 일월출봉이 나서고, 서에 번쩍 영랑봉의 웅혼한 모양이 나오며, 다시 구룡연 골짜기의 봉머리들이 흰 구름 위에 드러나더니 문득 멀리 동쪽에 질푸른 동해의 파편이 번뜻번뜻 보입니다. 그러다가 영랑봉 머리로 고고한 칠월의 태양이 번쩍 보이자, 운무의 스러짐이 더욱 빨라져 그러기 시작한 지 불과 사오 분 사이에 천지는 물로 씻은 듯한 적나라赤裸裸가 아니라, 청나라青裸裸한 모양을 드러내었습니다. 아아, 그 장쾌함이야 무엇에 비기겠습니까. 마치 물바람 속에서 새로 천지를 지어내는 것 같습니다.

금강산 마애아미타여래좌상석불(일명 묘길상)
출처 : 『조선고적도보』 제7책, 1920, 김상헌 소장본

'나는 천지창조를 목격하였다' 또는 '나는 신천지의 제막식을 보았다' 하고 외쳤습니다. 이 마음은 오직 지내 본 사람만이 알 것이외다. 몹시 어두운 물바람 속에 난데없는 한 줄기 광선이 비치어 거기 새로운 봉머리가 드러날 때 우리가 가지는 감정이 창조의 기쁨이 아니면 무엇입니까. '나는 창조의 기쁨에 참여하였다' 하고 싶습니다.

(…중략…)

참말 비로봉 머리에 서서 사면을 돌아보면 대자연의 웅대 숭엄한 모양에 탄복하지 않을 수 없습니다. 봉의 높이는 겨우 6,009척약 1,820미터에 불과하니, 내 키 5척 6촌약 169~170센티미터에서 이마 두 치약 6센티미터를 감하면 내 눈이 해발 6,004척 4촌에 불과하지만, 첫째는 이 봉우리가 만이천봉 중에 최고봉인 것과, 둘째 이봉이 바로 동해가에 선 것 두 가지 이유로 심히 높은 감상을 줄 뿐더러, 그리도 아이峨峨하던 내금강의 봉우리들이 저 아래 2,000척 내지 2~4,000척 밑에 모형지도 모양으로 보이고, 동으로는 창해가 거기는 40리는 넘겠지만 뛰면 빠질 듯이 바로 발아래 들어와 보이는 것만 해도 그 광경의 웅장함은 사방에 이 봉 높이를 당할 자 없으므로, 시계가 무한히 넓어 직경 수백 리의 일원을 한눈에 내려다보니, 그 웅대하고 장쾌하고 숭엄한 맛은 실로 비길 데가 없습니다.

(…중략…)

아아, 아무리 하여도 비로봉의 절경을 글로 그릴 수는 없습니다. 아마 그림으로 그릴 수도 없을 것이외다. 꿈과 같은 광경을 당하니 다만 경이와 탄미의 소리가 나올 뿐이라, 내 붓은 아직 이것을 그릴 공부가 차지 못하였습니다. 다만 볼 만하고 남에게도 말할 만하지 않으니 내가 할 말은,

비로봉 대자연을
사람아 묻지 마소
눈도 미처 못 보거니

입이 능히 말할손가
비로봉 알려 하옵거든
가보소서 하노라

과연 그렇습니다. 비로봉 경치는 상상해도 상상할 수 없는 것이니, 하물며 말로 들어 알 줄이 있으리오. 오직 가 보아야 그 사람의 천품을 따라 볼 만큼 보고, 알 만큼 알 것이외다.

세시가 되자마자 저 서편 능허봉 머리에 뭉키어 있던 한 덩어리 검은 구름이 슬슬 풀리기를 시작하고, 방향 잃은 바람이 정신없이 불어오더니 구룡연으로서 한 줄기 실안개 일어나 옥녀봉 고운 머리를 싸고돌더니 문득 골짜기마다 햇솜 같은 구름이 뭉클뭉클 일어나며 미처 바라볼 새 없이 구룡연 골목을 감추고, 동해를 감추고, 3, 4분이 못 되어 운무가 사방으로 둘러싸이고 음산한 바람이 세차게 불어 아까 올라올 때와 똑같이 되고 말았습니다. 진실로 헤아릴 수 없는 자연계의 변환이외다. 우리는 아직도 다 타지 않은 불을 다시금 보고 은사다리를 밟았습니다. 한 층 한 층 올라올 때에 밟던 사다리를 밟아 내려 갈 때에는 마치 무슨 영광에 찬 큰 잔치를 치르고 돌아오는 손님 같은 생각이 납니다. 1921년 8월 11일 오후 2시부터 3시, 이것은 우리가 창세주 초대의 특전을 받아 그 창조의 광경을 보던 기념할 날이요, 시간이외다.

만물초

삼선암에서 서, 북, 동으로 눈을 굴려 보면 과연 만물초라 할 만큼 온 산이 모두 물상物象으로 된 기암과 괴석으로 되었는데, 삼선암을 자루로 하고 주위 이십 리나 될 듯한 부채꼴로 된 산곡 내에는 무수한 봉우리와 무수한 골짜기와 그중에 무수무수무수의 물상으로 생긴 기암이 있습니다.

삼선암에서 북쪽을 향하고 위태한 비탈길을 내려가면 깊은 동학洞壑에 들어서는

데 동학의 물 내려오던 길로 한 걸음 한 걸음 올라서 삼 정쯤 가면 눈앞에는 옥녀봉의 날씬한 모양이 보이고 동학이 끝난 곳에 서쪽 절벽을 오르게 되는데, 안내자가 앞서 올라가니 아마 길인가 보다 할 만하고 당초에 사람은 오르지 못할 듯한 절벽이외다. 반은 기고 반은 매달려 십수 분이나 올라가면 키 작은 관목들이 있고 흙도 좀 있어서 사람 다니던 발자국이 보입니다. 이 모양으로 오르기를 사오 정 만에 한 고개턱에 오르고 거기서 다시 서쪽으로 성벽 같은 절전絶巓=산의 꼭대기 위에 바늘구멍 같은 석문이 보이니, 이것이 우리가 올라가야 할 금강제일관이라는 금강문金剛門이니, 이것을 통하여 신만물초의 최고봉인 천선대天仙臺에 오른다 합니다. 안내자의 말에 구경꾼들이 흔히 여기까지 와서 저 금강문을 바라보고는 그만 올라갈 용기가 없어 도로 내려간다 합니다.

과연 금강문에 오르는 절벽은 험합니다. 앞서가는 이가 없으면 암만해도 올라갈 생각이 날 것 같지 않습니다. 여기 한 사십 척 가량은 온통 기어오르는 곳인데, 기는 것도 거의 발가락과 손가락 끝으로 가게 되었습니다. 그중에도 거의 다 올라가서 한 길이나 넘을, 손도 발도 붙일 수 없는 석벽이 있으니, 이것은 저 꼭대기에 여덟 손가락을 걸고 철봉에 오르듯이 오를 수밖에 없이 되었는데, 오르기는 하였지만 내려올 생각을 하면 기가 막힙니다. 그것을 다 기어오르면 곧 석문인데, 석문 이쪽에 서서 저쪽을 내다보면 건너편 산밖에 안 보이는 허공이외다.

석문을 나서면 겨우 발을 놓을 만한 바위 턱이 있어, 남으로 천선대에 가게 되었으나, 여기서 천선대까지 십 수 걸음 동안 바람만 불어도 몸이 날아가지 않나 하여 소름이 쭉쭉 끼치는 바위 면에 손바닥을 딱 붙여 두족류頭足類의 흡반吸盤 대신 쓰면서 바위를 안고 돌고 지고 돌 데 뿐이외다.

석문을 나서서 북쪽 암면에는 '금강제일관金剛第一關'이라고 큰 글씨로 새겼는데, 거기는 쓴 사람의 이름도, 새긴 사람의 이름도 없는 모양입니다. 천신대에 오르니 몸을 날려 반공중에 솟은 듯한데, 대臺가 바로 만물초의 중심을 차지하였으므로 그 전경을 지적할 수가 있습니다.

눈을 남에서부터 우로 굴려 돌아오면 서남쪽으로 석양의 구름 빛을 이고 선 것이 구룡연 골목의 옥녀봉, 그 줄기가 온정령을 지나 북으로 향하여 우뚝 솟아 만물초의 주봉이 된 오봉산. 오봉산에서 다시 북동으로 흘러 만물초의 북벽을 만든 세지봉勢至峯, 거기서 동남으로 흘러 만물초의 동벽을 이룬 문수봉, 거기서 다시 남으로 흘러내려 수정봉이 되고, 온정령에서 수정봉 남쪽 기슭에 이르는, 관음연봉과 만물초 중간에 푸른 아지랑이에 묻힌 산골짝이 한하계寒霞溪, 이렇게 둘러 막힌 천지 안에 울룩불룩하고 뾰족뾰족한 대소 천만 봉의 대소 억만 암이 창세주가 만물을 창조하기 전에 만물의 온갖 형태를 초草=초본 잡아보던 만물초외다.

구룡연

온정리에서 사흘이나 묵어 8월 15일 아침 여덟 시에 구룡연을 향하여 떠났습니다. 이날은 심히 더워 떠난 지 불과 수십 보에 벌써 땀이 흐르기 시작합니다.

일행은 우리 부부와 안내자 한 명, 온정리 호텔이라는 바로크식 여관 앞을 지나 수십 보를 산 밑으로 들어가면 감로수라는 샘이 있는데, 진실로 맛이 차고 달아 감로甘露란 이름이 헛말이 아니외다. 이것은 온정리의 온정溫井과 함께 불쌍한 마의태자가 발견한 것이라고 전합니다. 아마 그가 이 근방에 집을 잡고 감로수로 타는 가슴의 불을 끄고 온정에 늙어가는 몸을 씻으면서 남은 생을 보낸 듯합니다. 한하계의 석양이 아마 탐나도록 사랑하던 것일까 합니다.

(…중략…)

관음봉 바로 밑에 사선암四仙巖이란 것이 있는데 바위들이 비범은 하지만 어디가 선인 같은지는 알 수 없고, 그중에 하나는 이리 보면 머리가 둘도 되며 저리 가서 보면 머리가 하나도 되는 부처 같은 것이 있는데, 매우 재미롭게 생겼습니다. 사선암 앞에 구룡연 물 하류인 집계集溪가 흐르고 그 계곡물이 집선현을 돌아 내려가는 굽이에 담潭 두 개가 있습니다. 그중에 집선현 바로 밑에 있는 것은 물빛이 검푸르고 또 집선현의 뼈라 할 만한 돌뿌다귀[3]가 담으로 쑥 내민 것이 마치 용이 물을 마시려는 듯하므로 흑룡담이라 하고, 사선암 앞에 있는 것은 담의 주위에 허연 바위들이 6, 7개 둘러앉았기에 신선들이 모여 앉아 술 먹는 것으로 상상하고 그 담을 주천酒泉으로 보아 선주담仙酒潭이라 하였습니다.

원래 집선계란 것이 내가 지은 이름인데, 이는 구룡연 갔다가 돌아오는 길에 한 것이지만 지형의 순서를 따라 그 연유를 먼저 말해야 하겠습니다. 일청대一廳臺에서 집선현에 이르는 계곡의, 집선현으로 치우친 일부분은 진실로 맑고 수려하며 한가롭게 아담한 하나의 수려한 계곡이거늘, 예부터 이것을 돌아보는 자가 없어서 이름조차 없고, 옥류동, 구룡연 가는 행인의 지리한 길이 되고 말았습니다.

나는 갈 때나 올 때나 그곳 경치가 하도 비범하기로 안내자더러 물었으나, 이름이 없다 합니다. 금강산같이 절경이 많은 곳에서는 여간해서 승경이란 칭호를 얻기가 어렵지만 그래도 이 집선계는 그 아름다움이 결코 금강의 승경 중에도 한 지위를 차지할 만합니다.

위에도 말했거니와 집선계는 집선연봉과 석가, 관음 연봉의 사이에 있어 옥류동과 삼성동의 물을 합해 받는 곳으로, 그 골짜기의 생김이 평탄한 듯 요철이 있는데, 성긋성긋한 소나무숲속으로 전부 백옥 같은 바위와 자갯돌로만 된 시내에 녹옥색 맑은 물이 소리 없이 원원 잔잔히 흘러 내려가다가 거울 같은 담이 되고 주렴 같은 여울이 되니, 계곡에 앉은 바위들이 모두 흰 옷 입은 노인이나 동자들이 고개를 기울이고 떼를 지어 띄엄띄엄 앉은 듯하여 마치 옥경의 선인들이 여기에 일대 집회를 한 것 같습니다. 또 계곡가의 노송들이 다 속세의 기운을 벗어나 마치 무슨 신선의 음악을 아뢰는 듯합니다. 집선계에는 소리 큰 폭포도 없고 기교하고 날카로운 산봉우리도 없고 아주 평화롭고 광명하고 담백하고, 얼른 보기에 평범한 듯한 중에도 기이함과 변화를 품었으니, 아마 '선仙'자가 가장 그 뜻을 잘 표현할까 합니다.

(…중략…)

---

3 '돌 뿌리'의 북한말.

옥류동의 특색은 그 복판 바위 위에 서서 사면의 무리 진 봉우리를 바라봄에 있고, 특히 천화대의 숭고하고 우아한 자태를 바라봄에 있습니다. 그 경치는 봉우리들을 바라보는 점으로 내금강의 헐성루歇惺樓에 비길 것이요, 계곡의 미로 만폭동 분설담 근방에 비길 것이외다. 헐성루歇惺樓는 난간에 기대어 한편으로 바라볼 것이나, 옥류동은 복판에 서서 고개를 번쩍 들고 몸을 돌려가며 볼 것이외다.

옥류동, 1930. 출처 : 임병목, 『금강산』(下), 95쪽

옥류동의 시내를 건너 비탈로 수십 보를 올라가면 발아래 선담船潭이란 것이 보입니다. 만폭동의 선담보다 배 이상이나 큽니다. 이 역시 큰 바위가 물에 패여 선형船型을 이룬 것이니 주수관음이 천화대의 살정화撒井花를 보러 타고 왔다가 돌아가기를 잊은 배외다.

여기서부터 길은 더욱 험해져서 위태할 지경이 되다가, 마침내 구룡연 제일가는 어려운 길에 이릅니다.

대단히 위태한 비탈길로 수십 보를 가면 보기만 해도 진저리를 칠 만한 검은 바위 절벽이 있는데, 높이는 30척, 건너갈 넓이가 30여 보는 넘을 것이외다. 산 중턱에서 저기 저 물살이 센 여울까지 비스듬히 철판 모양으로 깔렸는데 도저히 발을 붙일 곳이 없습니다. 어느 시주가 쇠말뚝을 박고 둥근 나무로 4, 50의 층계를 만들고 그도 부족한지 철봉으로 난간을 만들었는데, 그래도 지나가기에 찬 땀이 부쩍부쩍 나고 썩은 층계 나무가 뒤뚝할 때에는 몸에 소름이 쪽 끼칩니다. 가까스로 중간까지 내려

난간에 몸을 기대고 깊은 계곡을 내려다보면 큰 돌그릇 같은 것에 맑은 물을 담아 놓은 것이 둘이 있으니, 위의 것이 연주담連珠潭, 밑의 것이 진주담이외다. 물이 푸르고 깊어 그 밑을 볼 수가 없는데, 우리가 한 발만 난간 밖으로 내어놓은즉 곤두박질 쳐 그 담 중에 들어갈 것이요, 들어간 뒤에 그 무서운 소용돌이 속에 영원히 팽이 모양으로 빙글빙글 돌아 다시 떠오를 가망이 없을 것이외다.

(…중략…)

무봉폭을 지나 계곡물을 한 번 건너고 비탈을 한 번 돌아 위태한 석벽을 내리면 용정봉 북으로 내리는 작은 협곡이 있습니다. 거기 놓인 다리가 연담교인데, 옛날은 한 장이 자연석으로 천연적인 돌다리가 있었다 하나 지금은 돌다리의 한편 머리가 떨어져 통행할 수가 없고 소나무 서너 개를 철사로 묶어 그것을 대신하였습니다. 그것을 건너 비탈을 돌면 어디선지 모르나 콰콰 하는 소리가 산골짝을 울리는 한 굽이 계곡물을 다시 건너 돌비탈로 수십 보를 돌아가노라면 서북 편에 허옇고 긴 폭포가 걸린 것이 보이니, 이것이 구룡폭이외다. 아아, 너를 찾아서 30리 험하디 험한 길을 왔다. 병甁목 같은 골 입구로 들어와 직경 삼십 보나 될 만한 병 속 같은 둥그런 천지를 이루었는데, 삼면이 온통 푸른 나무로 꾸며진 절벽인데 서북쪽으로 검은 바위 절벽이 있고 서쪽 끝에 260여 척약 79미터의 구룡폭이 하늘에서 내리달렸습니다.

미끄러운 반석을 조심조심히 걸어 폭포 떨어지는 바로 밑, 즉 구룡연 가에 날아 흩어지는 물방울 냉기의 깊은 못과 폭포 소리의 무서움에 몸을 움츠리고 앉았으니, 일종 딴 세계에 온 것 같습니다.

폭포의 굵기는 한 아름이나 될까. 그 내려오는 길이 우묵하게 패여서 거의 위나 아래나 굵기가 같습니다. 한 아름이나 되는 물기둥이 260여 척이나 높게 매달렸으니, 그 뛰어난 경관도 상상할 만하거니와, 그 무거운 물기둥이 개벽 이래 밤낮으로 내리찧어 그 굳은 반석에 주위 40여 척약 12미터, 길이 37여 척약 11미터이나 되는 둥근 소를 팠으니, 이것이 구룡연이외다. 연못은 짙푸른 색인데 연이어 내려 찧는 물기둥의 울림에 항상 굼실굼실 물결이 쳐서 고여 있고, 또 폭포가 수면에 내려 찧는 서슬에 물보라가 일어 뽀얀 안개가 수면을 덮었다가는 이 역시 폭포에서 나는 찬 바람에 가끔 가다 그 안개가 반짝 걷히고 아까보다 더욱 짙푸른 수면이 드러날 때에는 참 전신에 소름이 끼칩니다. 이 밑이 안 보이는 깊은 소, 영원히 거둘 수 없는 뽀얀 안개, 영원히 쉴 수 없는 물결, 영원히 끊일 수 없는 쿵쿵쿵 울리는 소리, 진실로 장엄하고 신비합니다. 이것을 구룡폭이라고 부르지 않고 구룡연이라고 부르는 것은 이유가 있으니, 대개 연이 폭보다도 더욱 신비한 까닭이외다.

구룡연이라는 명칭에는 전설이 있습니다.(아홉 용에 대한 자세한 이야기는 유점사를 구경할 시기에 하게 되겠지만). 유점사 자리가 원래 구룡연인데, 거기 부처님이 들어와 절을 창건하시게 되어, 아홉 용은 거기서 쫓겨나서 아마 구름을 타고 일출, 월출의 험한 봉우리를 넘어 이 골목으로 들어와서 팔룡은 팔담에 들고 일룡은 이 연에 들었다 합니다. 그러면 구룡연이란 구룡 중에 아홉 번째 용이 들었다는 뜻인지, 비록 팔담일연八潭一淵에 갈라 있지만 구룡이란 이름을 붙일 곳이 없어서 이것을 구룡연이라고 지었는지 자세한 것은 구룡이 숨어 말이 없으니, 알 길이 바이 없습니다.

은선대

은선대隱仙臺는 유점楡岾에서 약 오 리, 안무재를 넘어가는 길가에서 북으로 몹시 가파른 언덕을 올라간 데외다. 미륵봉의 왼 어깨 쪽이 동으로 흘러내려 8, 9의 기이한 봉우리를 연속으로 이루어 오는 중에 칠보대, 은선대가 되고, 은선대에서 다시 동으로 흘러서는 석봉이 그치고 토산이 되어 외원통外圓通과 유점의 간격을 만드는 작소대가 되고, 거기서 다시 남으로 휘어 흘러 개재를 이루었습니다. 은선대는 봉머리에 놓인 거대한 기암이니, 정상에 오르면 천만년 풍마우세風磨雨洗에 파이고 닳아진 바위가 의자의 모양을 이루고 혹은 병풍의 모양을 이루어 고붓이 십 여의 사람을 용납하게 되었습니다.

그러나 은선대는 대臺 자신이 좋은 것이 아니라 여기서 바라보는 경치가 좋은 것이외다. 대에 올라서서 북을 바라보면 하늘 끝에 깎아지른 듯 높이 치솟은 웅장한 자태가 비로의 성봉이요, 그곳으로부터 동으로 일출봉, 월출봉, 적멸봉 등이 난형난제하게 흰 구름으로 목을 감고 연이어 서 있어 동해를 덮은 흰 구름바다에 닿아 있습니다. 은선에서도 우러러보이는 적멸에는 같은 이름의 암자가 있었으나 지금은 사라지고 다만 암암한 바위와 무엇인지 멀어서 분간할 수 없는 수목이 무더기무더기 보일 뿐, 거기를 바라보면 진실로 인간 같지 않은 생각이 납니다. 불정대佛頂臺 중허리에 하얀 비단 폭을 늘인 듯한 것이 유명한 십이 폭포인데, 가만히 보면 폭포가 떨어지는 것이 아물아물 보이며, 또 귀를 기울이면 먼 우레 같은 소리가 은은히 들려옵니다. 장단의 차이는 있으나 십이라고 말할 만한 폭포가 수직으로 나란히 드리운 모양은 실로 천하의 기이한 광경이라 할 것이요, 또 그것을 바라보기 위하여 은선대가 생긴 것도 신묘한 일입니다. 다시 고개를 서로 돌리면 정말 천인절벽이 이마를 마주 댄 계곡이 한없이 깊을 듯이 뚫리고 그 밑으로 은銀분한 띠 같은 맑은 계곡물이 흐르는 모양은 안 보이고 소리도 안 들리게 흘러내려가 외원통에 접하였으니 이것이 일본인의 이른바 신금강新金剛이외다. 신금강이라 하면 새로 발견된 것 같거니와, 여기서 예부터 성문동이라는 이름이 있고 그 속에 성문폭이라는 폭포가 있는 줄도 알았던 것입니다.

은선대에서 북으로 조금 내려가 한 바위가 있으니, 이 바위에 엎드려 고개만을 쑥 내밀면 성문동의 깊은 골짜기가 나락 밑같이 내려다보입니다. 그 깊숙함, 그 위태함, 그 신기함, 진실로 비할 데가 없으니 금강의 절경 중에 기이하고 신비하기로 독특한 절경입니다. 은선대에서 석벽을 더위잡고 내려가면서 저 나락 밑 같은 골 깊은 곳에 갈 수가 있고, 또 거기서 비로봉 밑을 향하고 십여 리를 더 들어갈 수가 있다 하면 그 가는 길의 승경은 실로 글이나 말로 형용할 수 없다 하나, 여기서 내려다보고는 정말 거기를 내려갈 용기가 나지 않습니다. 한번 내려가면 당장에 좌우 벽이 무너져 내려와서 억 천겁을 지내도 다시 오를 길이 없을 것 같은 것을 어찌합니까. 반드시 그 때문에 못 간 것도 아니거니와, 이럭저럭 그 좋은 데를 못 보고 온 것이 한입니다. 그러나 한 되는 것을 하나는 남겨 두어야 다시 갈 기회가 생길 것이니, 매월당께서 금강에 여덟 번 들었다는 것도 이 때문이 아닌가 합니다. 나는 이제 겨우 금강에 두 번째이니 아직도 여섯 번이나 남았은즉, 지금의 미진한 구경을 하려면 아직 멀었습니다.

안무재

큰 못의 구룡이 오십삼불에게 쫓겨 구룡연으로 달아날 때에 뚫고 갔다는 돌구멍이 있는 구룡연을 지나 이름도 아름다운 효운동曉雲洞을 지나 관목림 속으로 끝없는 길을 올라가니 숨이 막히고 땀이 흐릅니다. 저기만 가면 마루터기일 듯, 또 저기만 가면 마루터기일 듯, 아무리 가도 끝이 없습니다. 대관절 유점서 마하연을 어떤 미친놈이 20리라고 하였던고. 안무재 이쪽만 하여도 50리는 될 것 같습니다.

관목림을 벗어나 상록림 지대에 들어서부터는 삼림미와 간간이 번뜩번뜩 보이는 내외금강의 봉우리들의 조망이 꽤 좋습니다.

이러한 평평한 곳을 얼마쯤 더 가면 이제야 겨우 안무재의 정상에 달합니다. 정상에는 해발 1,275미터의 푯말이 있고 수목은 없이 오직 봉봉蓬蓬한 풀뿐인데, 조망이 꽤 넓습니다. 유점에 올라오는 데는 경사가 완만하더니 여기서부터는 바람벽과 급경사인 데다가 길이 온통 개천으로 변해 버려서 물과 돌 위를 껑충껑충 뛰어내리게 되었습니다. 가끔 커다란 전나무가 뿌리째 뽑혀서 길을 가로막은 것이 내금강에 비가 얼마나 심하였는지를 말합니다. 함지박을 만드는 사람들도 비가 오는 통에 다 쫓겨나가고 헛가게만 반쯤 쓰러져 있습니다.

이렇게 길이 지리한 지, 어떻게도 배가 고픈지 정오 때나 되어 마하연에 다다라서는 그만 곯아떨어지고 말았습니다. 유점서 마하연이 분명 40리는 되는 것 같습니다.

이튿날 아침 여덟 시에 내가 안내자가 되어 비로봉에 오르니 다시 만나는 봉우리라 이번에는 더할 수 없이 청명하여 도리어 은근한 맛은 없으나 몇 번 보아도 싫어질 듯싶지 않은 비로의 뛰어난 경관입니다.

비로에서 내려오니 오전 11시, 왕복 40~60리라 칭하는 40리를 세 시간에 왕복하였으니 건각들이 아닙니까. 모두 한번 뛰면 4, 5보를 내려오니, 껑충껑충 뛰는 모양들이 실로 용감하고 장하였습니다.

점심을 기다리는 동안에 우리는 마하연 보물인 호봉虎峯의 『법화경』 62권과 비구만허신운比丘滿虛辛芸의 혈서인 『화엄경』 7권을 보았습니다. 주장승은 우리더러 이 실물을 보기 위하여 손을 씻고 양치하기를 청하므로 우리는 그대로 하고 꿇어앉아 먼저 호봉의 화엄경을 보았습니다. 다듬은 백지에 해서체로 작은 주까지를 베낀 것인데, 일점일획도 힘 안 들인 것이 없으며, 호봉이 이것을 쓸 때에는 일자일배一字一拜로 한 자를 쓰고는 절 한 번을 하였다 하며, 이것을 다 베껴 내기에 육년의 긴 세월을 허비하였다 합니다. 육 년의 장長 세월을 허비하면 공덕될 말이 더 많으련만, 아무려나 그의 정성과 의지력과 경건한 신앙심은 반드시 그를 제도濟度하였으리라고 믿습니다. 어째 요새 양복 입고 아내를 끼고 육식하고 더러운 세력 다툼으로 일을 삼는 분대화상배가 괴사참사할 바가 아니겠습니까?

하물며 만허비구의 혈서 『화엄경』을 대할 대에 종이 위에 떨어져 쌓인 혈흔이 오히려 새로운 것을 볼 때에 우리는 모골이 송연하였고, 맨 끝 장에 역시 혈서로, '비구만허행운위현재부모형제일체친척혈서比丘滿虛幸芸爲現在父母兄弟一切親戚血書 =비구만허가 현재의 부모 형제 친척 모두를 위해 혈서를 쓰다'라 한 것을 볼 때에 마음속 깊이 뜨거운 눈물이 흐름을 금할 수가 없었습니다.

생각하면 내게도 부모와 형제와 자매와 일체 친척이 있고 또 함께 웃고 우는 동족이 있다. 나는 무엇으로 그네 삼생의 제도濟度와 안락을 위하여 축원할 것인가 하고 생각하니 자기의 무위한 반생이 부끄럽기도 그지없고 슬프기도 그지없습니다.

만일 내가 그들을 도탄의 고통 속에서 제도할 능력이 없을진대 차라리 출가 입산하여 천지와 신불에게 그들을 위한 읍혈의 기도를 드리기로 이 값없는 일생을 바치고 싶습니다.

점심을 마치고 만폭동과 표훈, 정양을 거쳐 장안사로 향하였습니다. 이번 비로 만폭동은 말이 못 되게 퇴락하였습니다. 바위가 굴러 내려와 그 아름다운 모습을 크게 잃은 중에도 귀담龜潭은 아주 말도 못하게 되었습니다. 거북의 등에 보기 흉한 커다란 바위가 올라 앉아 겨우 거북의 대가리만이 남아 있습니다. 기왕이면 김 모某가 더럽혀 놓은 법기보살이라는 글자나 깨뜨려 버렸다면 좋았을 것을 아무리 하여도 만폭동과 구룡연을 더럽힌 김 모의 허영심에서 온 죄악은 수백 수만 년의 풍마우세의 공으로나 겨우 씻어 버릴 듯하옵니다. 되지 못한 것에게는 오랜 세월 그 추함이 그치지 않게 된 것이 영광일는지 모릅니다.

백탑동

백탑동에서 내려오는 길에 성군대聖軍臺를 올라가 3년 전에 보던 경치를 한 번 다시 보고 장안사에 되돌아오니 거의 황혼이라, 이날 걸은 길이 백 리쯤 된다고 합니다. 그러나 수렴동에서 다보탑까지가 20리는 다 될 것 같지 않습니다. 비록 오늘 왕복이 80리라 하더라도 어제의 100리 정도와 합하여 어지간히 걸은 셈이라 심히 몸이 피곤하나 남이 못 보는 백탑동을 본 것을 매우 기뻐하였습니다.

백탑동 구경으로 다시 금강에 든 목적도 다 달성하였습니다. 아직도 남은 것이 비로봉의 일출과 월출을 보는 것과 발연鉢淵의 달님 목욕을 하는 것과 성문동에 들어가는 것이거니와, 이보다도 금강의 봄 풍경과 가을철 단풍과 겨울철 구름 풍경을 봄이니, 두 번씩이나 금강에 들었건만 이제 겨우 금강 전경의 삼분 내지 사분의 일을 보았음에 불과합니다. 이것을 다 보려면 세 번, 네 번 오고 일곱 번, 여덟 번이나 와야 할 것 같습니다.

그러나 이만하여도 지구의 자랑인 금강산의 개략은 보았으니 고려국에서 탄생한 보람은 되었는가 합니다. 나의 졸렬한 감상력과 필력으로 나의 사랑하는 조국의 자랑인 금강의 아름다움을 그리게 된 것은 크게 영광으로 아는 바이거니와, 비록 나의 졸렬함이 금강의 아름다움을 잘못 전하였다 하더라도 금강산은 엄연히 실재하여 누구든지 친히 보려면 언제나 볼 수 있으니 그리 큰 죄는 안 될까 하옵니다.

『동아일보』 1924년 9월 11일 자

● 『동아일보』, 1924. 9.11

삼불암三佛岩 지척에 있는 수충영각酬忠影閣에 자작 민영휘子爵 閔泳徽의 대판사진大版寫眞이 역대 고승들의 화상畵像 가운데에 버젓이 함께 걸려 있음은 대 망발大妄發이다.

부사산과 금강산

조선총독부

● 조선총독부 편, 「부사산(富士山)과 금강산(金剛山)」, 『보통학교 조선어독본』 5, 조선총독부, 1924, 55~63쪽

제第16과課 부사산富士山과 금강산金剛山

부사산富士山은 아국我國 본주本州의 중부中部에 돌립突立하얏스니, 그 놉히는 일만이천척一萬二千尺이나 되고, 그 형상形狀은 맛치 붓채를 펴서 거구로 세워 노은 것과 흡사恰似하며, 산세山勢가 심히 수려秀麗하고 웅장雄壯하야 아국我國 고래古來의 명산名山이오.

봉두峯頭는 운소雲霄에 용출聳出하얏고 산정山頂에는 백설白雪이 싸여서 사시장동四時長冬의 경치景致를 씌고 잇슬 쑨아니라, 하기夏期에도 청량淸涼하고 경개景槪가 절승絶勝한 고故로, 삼복중三伏中이 되면 피서避暑를 겸兼하야 등람登覽하는 사람이 만으니, 산정山頂에 등림登臨하면 원근遠近 산천山川이 눈에 가득히 보이며, 운하雲霞는 항상恒常 하계下界에 두고, 벽공碧空을 손으로 만질 듯하오. 또 산복山腹에는 팔개소八箇所의 호수湖水가 잇서서 천만千萬 년年 이래以來의 심벽深碧을 유출流出하야, 곡곡잔잔曲曲潺潺한 수성水聲과 옥쇄화산玉碎花散하는 폭류瀑流는 별천지別天地를 작作하야, 유객遊客으로 하야금 진세塵世를 써나서, 선경仙境에서 노는 감상感想이 들게 하오.

금강산金剛山은 조선朝鮮의 명산名山으로, 강원도江原道의 동북부東北部에 용립聳立하얏스니, 산자山姿가 우미기묘優美奇妙하고 석골石骨의 봉만峯巒이 중첩重疊한 고故로, 세상世上에서 일만이천봉一萬二千峯이 잇다고 말하며, 기중其中에 비로봉毗盧峯은 차산此山의 최고봉最高峰이니, 놉히가 육천六千 척尺이나 되오.

산중山中에는 기암괴석奇巖怪石이 천태만상千態萬象을 정하야, 형유形喩하기 어려운대, 취중就中 만물상萬物相의 경개景槪는 관광자觀光者의 눈을 황홀恍惚케 하며, 석벽石壁과 곡간谷澗에 굽이굽이 분류奔流하는 비폭징류飛瀑澄流는 사람의 흉금胸襟을 상쾌爽快케 하는대, 특히 구룡폭九龍瀑의 장관壯觀은 필설筆舌로 형사形寫하기 어렵소. 차산此山

은 산골山骨이 노출露出한 고故로, 개골산皆骨山이라는 별명別名도 잇스나, 그 암석巖石은 거의 다 수목樹木에 갈여 잇는 고로, 또 봉래산蓬萊山이라는 명칭名稱도 잇고, 가을이 되면 만산수엽滿山樹葉이 전혀 홍엽紅葉으로 변變하야, 금수병풍錦繡屛風을 둘너친 듯한 고로, 또 일명一名을 풍악楓嶽이라 하오, 또 산중山中에 고사古寺가 만아서, 산수山水의 자연미自然美를 도으며, 유람자遊覽者의 숙박宿泊을 편便하게 하오. 녜로부터 '금강산金剛山을 보기 전前에는 산山 이약이를 하지도 말라'는 속담俗談이 생긴 것도 당연當然한 일이오.

부사산富士山은 그 산용山容의 웅장수려雄壯秀麗함으로, 금강산金剛山은 그 산자山姿의 우미유수優美幽邃함으로, 공共히 세계世界의 굴지屈指하는 명산名山이오.

금강송가

이상화

● 이상화, 「금강송가(金剛頌歌)」, 『여명(黎明)』 2호, 1925.9[1]

중향성衆香城 향나무를 더우잡고

금강金剛! 너는 보고 있도다— 너의 쟁위爭偉로운 목숨이 엎디어 있는 가슴— 중향성衆香城 품속에서 생각의 용솟음에 끄을려 참회懺悔하는 벙어리처럼 침묵沈黙의 예배禮拜만 하는 나를!

금강金剛! 아, 조선朝鮮이란 이름과 얼마나 융화融和된 네 이름이냐. 이 표현表現의 배경 의식背景 意識은 오직 마음의 눈으로만 읽을 수 있도다. 모—든 것이 어둠에 질식窒息되었다가 웃으며 놀라 깨는 서색曙色의 영화榮華와 여일麗日의 신수新粹를 묘사描寫함에서— 게서 비로소 열정熱情과 미美의 원천源泉인 청춘靑春—광명光明과 지혜智慧의 자모慈母인 자유自由— 생명生命과 영원永遠의 고향故鄕인 묵동默動을 볼 수 있느니 조선朝鮮이란 지오의指奧義가 여기 숨었고 금강金剛이란 너는 이 오의奧義의 집중集中 통각統覺에서 상징화象徵化한 존재存在이여라.

금강金剛! 나는 꿈속에서 몇 번이나 보았노라. 자연自然 가운데의 한 성전聖殿인 너를— 나는 눈으로도 몇 번이나 보았노라. 시인詩人의 노래에서 또는 그림에서 너를— 하나, 오늘에야 나의 눈앞에 솟아 있는 것은 조선朝鮮의 정령精靈이 공간空間으론 우주宇宙 마음에 촉각觸角이 되고 시간時間으론 무한無限의 마음에 영상映像이 되어 경이驚異의 창조創造로 현현顯現된 너의 실체實體이어라.

---

1 시인 이상화가 조국 상실의 슬픔을 자연, 그중에서도 들과 산을 통해 드러낸 대표작이 각각 「빼앗긴 들에도 봄은 오는가」와 「금강송가」다. 「금강송가」는 금강산을 예찬한 산문시로 대구에서 창간한 월간 종합지 『黎明』에 발표되었다.

금강金剛! 너는 너의 관미寬美로운 미소微笑로써 나를 보고 있는 듯 나의 가슴엔 말래야 말 수 없는 야릇한 친애親愛와 까닭도 모르는 경건敬虔한 감사感謝로 언젠지 어느덧 채워지고 채워져 넘치도다. 어제까지 어둔 살이에 울음을 우노라— 때아닌 늙음에 쭈그러진 나의 가슴이 너의 자안慈顔과 너의 애무愛撫로 다리미질한 듯 자그마한 주름조차 볼 수 없도다.

금강金剛! 벌거벗은 조선朝鮮—물이 마른 조선朝鮮에도 자연自然의 은총恩寵이 별달리 있음을 보고 애틋한 생각— 보배로운 생각으로 입술이 달거라—노래 부르노라.

금강金剛! 오늘의 역사歷史가 보인 바와 같이 조선朝鮮이 죽었고 석가釋迦가 죽었고 지장미륵地藏彌勒 모든 보살菩薩이 죽었다. 그러나 우주宇宙 생성生成의 노정路程을 밟노라— 때로 변화變化되는 이 과도현상過度現象을 보고 묵은 그 시절時節의 조선朝鮮 얼굴을 찾을 수 없어 조선朝鮮이란 그 생성生成 전체가 죽고 말았다— 어리석은 말을 못하리라. 없어진 것이란 다만 묵은 조선朝鮮이 죽었고 묵은 조선朝鮮의 사람이 죽었고 묵은 네 목숨에서 곁방살이하던 인도印度의 모든 신상神像이 죽었을 따름이다. 항구恒久한 청춘靑春— 무한無限의 자유自由— 조선朝鮮의 생명生命이 종합綜合된 너의 존재存在는 영원永遠한 자연自然과 미래未來의 조선朝鮮과 함께 길이 누릴 것이다.

금강金剛! 너는 사천여 년四千餘年의 오랜 옛적부터 퍼붓는 빗발과 몰아치는 바람에 갖은 위협威脅을 받으면서 황량荒凉하다. 오는 이조차 없던 강원江原의 적막寂寞 속에서 망각忘却 속에 있는 듯한 고독孤獨의 설움을 오직 동해東海의 푸른 노래와 마주 읊조려 잊어버림으로 서러운 자족自足을 하지 않고 도리어 그 고독孤獨으로 너의 정열情熱을 더욱 가다듬었으며 너의 생명生命을 갑절 북돋우었도다.

금강金剛! 하루 일찍 너를 찾지 못한 나의 게으름— 나의 둔각鈍覺이 얼마만치나 부끄러워, 죄스러워 붉은 얼굴로 너를 바라보지 못하고 벙어리 입으로 너를 바로 읊조리지 못하노라.

금강金剛! 너는 완미頑迷한 물物도 허환虛幻한 정精도 아닌— 물物과 정精의 혼융체混融體 그것이며, 허수아비의 정精도 미쳐 다니는 동動도 아닌— 정靜과 동動의 화해기和諧氣 그것이다. 너의 자신自身이야말로 천변만화千變萬化의 영혜靈慧 가득 찬 계시啓示이여라. 억대조겁億代兆劫의 원각圓覺 덩어리인 시편詩篇이여라. 만물상萬物相이 너의 운융運融에서 난 예지睿知가 아니냐 만폭동萬瀑洞이 너의 화해和諧에서 난 선율旋律이 아니냐. 하늘을 어루만질 수 있는 곤려昆廬— 미륵彌勒 네 생명生命의 승앙昇昂을 쏘이며 바다 밑까지 꿰뚫은 입담入潭, 구룡九龍이 네 생명生命의 심삼深渗을 말하도다.

금강金剛! 아 너 같은 극치極致의 미美가 꼭 조선朝鮮에 있게 되었음이 야릇한 기적奇蹟이고 자그마한 내 생명生命이 어찌 네 애훈愛熏을 받잡게 되었음이 못 잊을 기적奇蹟이다. 너를 예배禮拜하려 온 이 가운데는 시인詩人도 있었으며 도사道師도 있었다. 그러나 그 시인詩人들은 네 외포미外包美의 반쯤도 부르지 못하였고 그 도사道師들은 네 내재상內在想의 첫 길에 헤매다가 말았다.

금강金剛! 조선朝鮮이 너를 뫼신 자랑— 네가 조선朝鮮에 있는 자랑— 자연自然이 너를 낳은 자랑— 이 모든 자랑을 속 깊이 깨치고 그를 깨친 때의 경이驚異 속에서 집을 얽매고 노래를 부를 보배로운 한 정령精靈이 미래未來의 조선朝鮮에서 나오리라. 나오리라.

금강金剛! 이제 내게는 너를 읊조릴 말씨가 적어졌고 너를 기려줄 가락이 거칠어져 다만 내 가슴속에 있는 눈으로 내 마음의 발자국 소리를 내 귀가 헤아려 듣지 못할 것처럼—나는 고요로운 황홀恍惚 속에서— 할아버지의 무릎 위에 앉은 손㉶와 같이 예절禮節과 자중自重을 못 차릴 네 웃음의 황홀恍惚 속에서— 나의 생명生命 너의 생명生命 조선朝鮮의 생명生命이 서로 묵계默契되었음을 보았노라 노래를 부르며 가벼우나마 이로써 사례를 아뢰노라. 아 자연自然의 성전聖殿이여! 조선朝鮮의 영대靈臺여!

백련과 홍련

늘봄

● 늘봄, 「백련(白蓮)과 홍련(紅蓮)」, 『조선문단』 12호, 조선문단사, 1925.10

一

금강산에도 가을이 차자왓다.

첫가을 구슬픈 비가 쭈룩쭈룩 근침업시 내려붓는다. 도솔암 압뜰 쏫밧의 쑥국화는 그 깨끗하게도 파란 닙헤서 비ㅅ방울을 뚝뚝 써러터리고 잇고 갓피인 흰 쏫 불근 쏫은 어엽브게 고개를 숙으리고 잇스며 마즌 편 산소나무 숩헤는 허여연 안개구름이 뭉게뭉게 기어 올나간다.

비는 그냥 내리고 뎔 밋헤 흐르는 개울물 소리 점점 놉하 가는데 락락장송 느러진 가지에 안젓든 가마귀 한 마리 뒷산으로 나가라면서 까우까우 우는 소리에 압뒤ㅅ산을 울닌다.

큰 뎔에서 쩽－쩽 쩽－쩽 은은히 울녀오는 저녁 죵소리에 잠시 고요하든 산중의 공긔가 느리게 흔들녓다. 큰 뎔의 저녁 종소리에 마처서 도솔암의 자근죵도 쩽쩽쩽쩽 요란스럽게 울기를 시작하고 그 뒤를 니어 징소리가 밧분듯이 나면서 법당의 부처님 보살님 뫼신 불단 압헤는 회색 장삼을 닙은 졂은이 녀승 두 사람이 나타나서 일심으로 주문을 외으면서 정성스럽게 예배를 드린다. 두 손을 합하고 공순이 무릅을 쑬고 머리를 쌍에 대고 그리고는 니러나서 다시 합장을 하고 또다시 무릅을 쑬고 이러케 하기를 몃 번인지 알 수 업시 한참이나 게속한다.

저녁 예배를 마친 두 사람은 법당 마루에 나안저서 늘 보는 단조單調로운 마즌산 송림에 어실어실 어두어가는 황혼의 가아는 바알이 드리우는 것을 말업시 바라보고 잇다. 철철 내리는 비는 어느새 쓰치고 물소리만 더욱 요란하게 들닌다. 비에 저즌 나래를 힘업시 너풀거리면서 가마귀 두어쌍이 소리도 업시 제깃을 차자서 나라든다.

二

금강산 오정리에서 서남쪽에서 조곰 가노라면 극락현이란 조고만 고개가 하나 잇고, 그 고개를 넘어서면 신게사라는 큰 뎔이 잇는데 신게사에서 다시 동석동이라는 데를 향하야 한 오리쯤 가노라면 바른편 산골작이에 도솔암이라는 조고마한 암자가 잇다. 이 암자에는 륙십이 훨신 넘은 로승 주장이 잇고 젊은이 두 사람과 그리고 어린애 하나와 석왕사 백화암에서 온 손님 로승이 한 사람이 잇다. 주장 로승은 볼 일이 잇서서 큰 뎔(신계사)에 어린 손녀 중을 더리고 가고 백화암에서 온 손님 로승은 병이 더처서 안에 누어 잇다. 그래서 젊은이 두 사람만 예배를 드린 것이다.

젊은이 두 사람 가온데 한 사람은 일흠이 백련이오, 나희 겨우 열여듧인데 어려서(여덟 살에) 부모를 다 여이고 이 뎔에 와서 자라난 사람이오, 한 사람은 일흠이 홍련인데 나희는 수물네 살(다섯 살 마듸)요 삼 년 전 수물 한 살 째에 이리로 왓다. 그 본명은 Y.M.S이엇스나 이 암자에 와서 본래부터 잇는 백련의 형이 되고 그 일흠을 짜라 홍련이라 부르게 된 것이다.

홍련은 지금으로부터 사 년 전 녀름에 서울서 석왕사 백화암에 와서 한 녀름 지내다가 중이 되기로 결심하고 머리를 싹고 중이 되어 다시 자긔집으로 도라가지 안코 한 일 년ㅅ 동안 그대로 눌너 잇다가 다음 해에는 그 주장을 짜라 금강산 도솔암으로 온 것이다.

三

"형님, 무슨 생각을 그러케 하세요"

"생각은 무슨 생각, 아모 생각도 안 한다."

두 사람은 이러케 서로 말이 시작되엿다. 백련은 홍련의 손을 잡으며 몸을 약간 기대는 듯 하면서—

"왜 그래요. 말슴하세요."

이러케 졸으는 듯이 말하엿다.

"글세, 무슨 말을 하란 말이야."

홍련은 빙긋이 우스면서 어린 백련을 도라 보고 이러케 말하엿다.

"왜 형님 집 생각 나서 그러우?"

"흥, 기애도 참 나 웬 집 잇니? 이게 우리집 아니냐?"

"그럼 녯날 동모들 생각!"

"인전 다 이저 버렷다. 얘."

"그래도 인간 생각이 나서 그리시지. 내 알어요. 아참부터……."

"너는 어린 거시 별소리를 다 하는구나. 사람을 엇더케 보고 그리니?"

"아니 그러케 노하실 거야 무어 잇소. 나 갓흔 것은 아모 철도 업거니와 세상이 무어신지 알지도 못하닛가 말할 것 업지만 형님 갓흔 이야 나이도 만코 그리고 사람이 이십여 년이나 정드린 세상이 생각이 도모지 안나겟소. 인제야 나한테 숨길 게 무어 잇소. 니애기 좀 하구려."

"너는 쏘 그런 소리를 하니. 정드리는 것이 다 무어시가. 정 드렷스면 세상을 버리고 여긔 와서 너하고 살겟니? 세상 사람들은 다 전생의 죄로 괴로운 세상에 사람으로 태여 낫스닛가 모도 죽지 못해 살지 무슨 재미가 잇서서 사는 사람은 하나도 업단다. 그저 마지못해 살고 이럭저럭 속아 살지. 모도 나처럼 이런데 와서 이러케 살고 십흔 마음이 하로에도 몃 번식 니러나지만 어듸 그러케 쉽게 써나게 되니? 그러닛가 하로 잇틀 마치 목매 쓸녀가는 즘생처럼 살아가는 것이지. 그저 인간 세상이 곳 지옥이란다. 너갓흔 사람은 참 복이다, 이런 것 저런 것 보지 못하고 첨부터……."

"글세, 내가 복일싸요? 아모려문 세상이 그러케 재미가 업슬ㅅ가?"

"그럼 복이지. 재미가 무슨 재미냐. 어서 드러가 자기나 하자"

하고 홍련은 백련의 손을 잡고 니러섯다.

홍련이 이 도솔암에 드러온 지가 벌서 삼 년이 되엿고 그리고 가치 잇는 백련의 성품과 용모가 씀직이 아름답고 브드러우며 사람을 잘 싸르는 맛이 잇는 데다가 자긔를 몹시 사랑하야 지성ㅅ것 섬길 쑨 아니라 여기 온 후에는 하나밧긔 업는 조흔 동모가 되기 때문에 자긔도 그를 퍽 사랑하여 주건마는 삼년이 넘은 그 동안에 일즉 한 번도 세상이란 엇던 거시오. 자긔가 엇더케 지내다가 엇더케 세상을 버리고 산에 드러와 중이 된 래력을 말한 일이 업섯다. 그거슨 첫재 자긔를 위하야-그런 이야기를 함으로 구태여 임이 등지고 써나온 세상일을 다시 생각하야 마음을 어지럽게 할 까닭이 업다 함으로, 둘재는 철모르고 어린 백련을 위하야 – 모처럼 세상맛을 모르고 곱게 자라난 사람의게 공연이 쓸 데 업는 니애기를 해서 깨끗하고 맑은 령을 흔들어 주어서 조곰이라도 아득이게 할ㅅ가 렴례함이엇다. 그러닛가 다른 사람에게는 더구나 니야기한 일이 업섯다. 그러나 세상에서 너머도 복스럽게 살고 너머도 깁흔 잠을 들어서 너무도 단 쑴을 쑤다가 쏘 너머도 참혹하세 설고 원통하고 억울한 일을 당하고 너머도 고생을 하엿기 때문에 비록 자긔는 니저버리랴고 아모리 힘벗슬지라도 일즉 하로도 세상을 니즌 일은 업섯다.

백련은 홍련의 녯일의 알고 십허서 잇다금 간곡히 무럿것마는 자세한 말은 아니하고 대강 이런 말만 드럿다. 자긔는 서울서 쐐 잘 살든 집의 쌀로서 어려서는 퍽 귀염을 밧고 자랏고 보통학교를 졸업하고 관립고등학교를 졸업하고 그리고 어데가서 교사 노릇도 좀 하엿고 그리고 어머니는 세상을 써나서 업다. 백련이 홍련에 대해서 아는 거슨 이것밧긔 업다.

홍련은 세상 이애기가 날 째마다 백현더러 그저 "세상이 곳 지옥이니라. 사람은 모주 악마니라. 그중에 사나희라는 거슨 무서운 악마니라" 이러케 말하엿다. 그래서 백련도 처음에는 잇다그 구경왓다가 듸려다보는 사나희를 보면 '저게 악마거니'할 섄이엇다. 그러나 차차 나이를 먹은 요새 와서는 젊은 사나희들을 보면 빙긋빙긋 웃는 거시 퍽 정다워 보이고 대개 키가 크고 튼튼해 보이는 거시 엇재 의지함즉 하야 흠모하는 생각이 난 일도 잇섯다. 그래서 지난 녀름엔 젊은 남자들이 몃 사람 온 거슬 안마당에서 법당 안문 열닌대로 내다보고 속으로 '엇저면 저러케 잘 생겻슬ㅅ가. 우리 아버지도 저러케 생겨섯슬ㅅ가? 우리 옵바도 저러케 생겻섯슬가' 하고 죽은 자긔 아버지와 옵바를 생각하고 그리고 '우리 아버지 우리 옵바도 무서운 악마엿슬ㅅ가' 이러케 의심을 니르켜 본 일이 잇섯다.

四

그런지 얼마 지나 팔월 추석이 니르럿다. 금강산의 가을은 깁허서 과연 몹시 아름다웟다. 일긔조차 맑아서 하날은 구름 한 뎜 업시 한업시 놉고 넓어 보엿다. 풍악楓岳이라는 일홈을 조차 왼통 단풍의 텬디를 일우엇다. 송백의 프른 바탕에 타는 듯 불근 단풍으로 뎜뎜이 수를 놋코 거긔에 누럿코 흰 문의가 석긴 비단이 긔이한 봉어리와 괴상한 바위에 왼통 덥히고 그것이 거울갓치 맑고 구슬가치 아름다운 옥류동 련주담 갓흔 물속에 고요히 드려 비치인 경치는 말할 수 업시 조왓다.

추석날 밤 큰 뎔에서 쩽-쩽 쩽-쩽 사시 죵소리가 울녀올 때에 홍련과 백년을 죵일 추석날 불공과 제사드리기에 고달픈 몸을 누엿다. 추석날 보름달이 환하게 밝아서 창으로 드려비친다. 홍련은 아모리 자려고 하여고 잠을 일우지 못하엿다. 백련은 고달픔을 이기지 못하야 발서 잠이 든 모양이엇다.

홍련은 죵내 니러나서 소변도 볼겸 밧갓흐로 나갓다. 몃 시나 되엿든지 밤은 개 짓는 소리하나 없시 죽은 듯이 고요한데 명랑한 달빗츤 억만 오리 은실을 는린 듯시 쇄쇄 흘너서 법당 압들에 둘너 잇는 송림을 뷘틈업시 비최여 낫보다도 밝고 아름다온데 다만 수채를 흐르는 소리만 졸졸하고 잇다곰 거긔에 마처서 귀또라미 우는 소리가 애원하는 듯 끈닐낙 끈닐낙 가늘게 들닌다.

쓸쓸하고 적막하고 울적한 회포로 마음이 하도 산란하야 변소 못퉁이 수채동 압헤 우득허니 정신업시 서 잇든 그의게는 알 수 업는 설음이 북바처 올나와 한숨을 깁히 내쉬엿다. 잇대에 어데서 난데없는 일진광풍이 부러와서 우슬넝우슬넝 뜰압헤 오동나무와 포도나무의 마른 닙을 흔들어 그중 두어 닙사귀가 굴어서 자긔의 발 압흐로 온다. 홍련은 그만 견댈 수 업서서 짱바닥에 그냥 주저안저서 녑헤 잇는 바위를 붓잡고 쓰러젓다. 그리고 흣큭 늣겨 울기를 시작하엿다.

홍련은 이번 가을에는 마음이 늘 편치 못한데다가 더군다나 요새는 더욱 마음이 살란하엿다. 그런데 지난 열나흔 날은 일긔가 하도 조와서 백련을 더리고 구룡연 구경을 갓다 왓다. 주장은 마지 못하야 허락은 하엿스나 일 밧분 째 절문거시 구경나간다는 거슬 퍽 못맛당하게 생각하엿다. 더구나 백련을 더리고 갓다가 오대든 시간보다 늣게 도라왓다. 그래서 주쟝은 무어슬 하면서 도라보지도 안코 잇다가 '너도 인제 다 살앗다' 한 마듸를 하여슬 쌘이엇다. 홍련의게는 이 말 한 마디가 날센 칼노 가삼을 욱여내는 것 갓핫다. 그러케도 조흔 구룡연의 단풍경치를 보아야 별 신긔한 맛고 업고 백련을 동모라고 더리고 갓서야 속만 더 답답할 쌘이오, 아모 위로도 되지 아니한 거슬 둉연이 주장 어머니의게 듯기 실흔 말만 또 들엇다.

고요한 달밤에 혼자 나섯든 홍련의 머리에는 구룡련에서 보든 풍류 남아들의 질거온 모양과 그 배경의 아름다온 경치가 써나오다가 금시에 무서운 늘근이가 '너도 인전 다 설엇다, 하든 말이 귀에 쟁쟁 울니운다. 그리다가 녯날에 자긔 집에서 달 밝은 밤 후원에 안저서 어머니의게 녯날 니애기듯든 생각이며 다시 긔숙사에서 동모들과 놀든 거시며 엇든 곳에 가서 그 애인으로 더브러 월하에 손을 잡고 산보하든 생각이 나서 또 쌍바닥처럼 밋엇든 어머니가 죽고 하날처럼 밋엇든 애인의게 속아서 버림을 밧고 구박을 밧든 생각이 나서 홍년은 혼자서 실컷 운 거시다. 얼마만에 홍련이 드러오는 문소리에 한잠을 자고난 백련을 비로소 잠을 쌔엇다.

"아이구, 형님은 엿태 잠이 안들엇소."

"달이 하도 밝고 조키에 나가서 달구경을 하다 드러왓다."

"엇저문 형님 혼자만."

"그럼 곤하게 자는 거슬 쌔우겟니."

"나는 어늬새 잠이 들엇섯서."

백련은 이러케 혼잣소리를 하면서 홍련의 거동과 얼골을 뉴심이 보앗다.

"형님, 우럿구려."

"기애는 별소리를 다 한다. 울기는 왜 울어."

"울엇지. 울엇서."

그런 소리 하지 말고 어서 자기나 하자."

"나는 한단 자고 낫더니 엇재 잠이 안 와요."

"너도 잠이 안 올 때가 잇니? 너갓흔 애야 그저 자기만하면 누가 묵거가도 몰느지."

"형님두 사람을 그러케 업수히 녀김닛가? 참말 조럼이 올 것 갓지 안어요. 니야기나 하세요."

이리하야 홍련은 삼년이나 감초고 숨겨 주엇든 녯 일을 밤을 새여가면서 어린 백련의게 낫낫치 쏘다 니애기해 버렷다. 그거슨 대개 어려서 그 부모의세 귀염밧든 니애기며 자라서 학교에서 동모들과 재미잇게 놀고 선생들의게(특히 남선생의게) 매달녀서 귀염밧든 니야기며 더 커서는 남자친구와 가치 노는 거시 엇더케 재미잇든 니야기며 나죵에는 엇던 남자와 피차 몹시 사랑하야 자긔의 마음과 몸과 왼 평생을 다바치고 정신업시 지내든 니야기까지 하고 그리고 그 사나희의게 엇더케 속고 자긔가 엇더케 야단친 니야기며 마참내 버림을 밧고 한강에 빠저서 죽으랴고 하든 니야기까지 하엿다. 그리고 또 세상은 지옥이오 남자는 다 악마라는 말을 하엿다. 홍련은 이날밤에 실컷 울고 그리고 이러케 니야기를 하고 나닛가 속이 얼만큼 시언한 것 갓햇다. 그러나 한 가지 거리끼는 거슨 백련의 일이다. 백련이 자긔의 이야기를 미친듯 재미잇게 들은 거시다.

五

그 이튼날 도솔암에는 야단이 낫다. 주장로승이 그러케 사랑하든 백련이 업서젓다. 웃뎔 아랫뎔노 큰 뎔로 왼 산중으로 다 차자도 업다. 소년 과부로 (열아홉 살에) 중이 되여 늘거 한갑이 훨신 넘은 오늘날까지 혈육이라고 도모지 업는 늘근이가 불상한 백련을 울고 코흘리고 오좀 쌀 때브터 앨써 길너서 거긔에다 마음을 다 주고 잇는 정을 다 부치고 내 친딸보다 더 사랑하고 지내온 거시다. 로승은 이 암자에 상당한 재산도 만들어 노코 그거슬 백련의게 물녀 줄랴고 한 거시다. 그는 오직 그거스로 락을 삼아 사라왓다.

백련도 성품이 퍽 곱고 부드러워서 그 로승의 니르는 말을 잘 드를 쑨 아니라 쏘한 친어머니와 가치 효성을 다하야 섬겻다. 그러나 로승을 백련의 자라남을 싸라서 만일을 렴려하야 엄하게 감독을 하얏다. 물론 혼자서 어데 자가지는 못하게 하고 남자는 불론이오 녀자라도 밧게서 온 손님으로 더브러 니야기도 못하게 하엿다. 처음에는 홍련의 드러옴을 퍽 써렷스나 그의 의형데 되는 백화암의 로승의 단단한 보증으로 안심을 한 거시다. 그리고 백련이 자라서 큰 처녀가 된 다음에고 한 번도 로승의 말을 거역하거나 그 맘을 압흐게 한 일이 업섯다. 손님이 늘 와도 구태여 마조 안저 니야기를 하랴고도 아니하엿다. 최근에 니르러서는 니야기는 좀 하고 십흔 생각이 잇섯지만 로승을 써려서 참고 로승의게는 그런 체를 보이지 아니하엿다. 지난 녀름에 신게사에 내외와 잇는 손님의 그 부인과 다른 여자 한 사람이 두어번 와서 니야기하고 놀은 일이 잇섯다. 그러나 그거슨 두 번 다 마침 로장이 어데가고 업슬 쌔이엿다. 그래서 로승은 백련을 썩 믿어다. 그럼으로 이번에 백련이 업서진 것슨 썩 홍련의 탓이라고 홍련을 단단히 의심하엿다. 그날 저녁에 중이 된지 사십여 년 만에 처음으로 몹시 설ㅅ게 울엇다. '애가 그럴 싸닭이 잇지……. 내가 밋친 년이지. 내가 속앗지…….' 로승은 울면서 하소연처럼 하는 말 가온데 번번히 이런 말을 하엿다. 썩 홍련을 원망하는 말이다.

그러나 홍련은 요새 백련의 형편을 잘 알앗다. 백련은 '나도 죽기 전에 형님과 가치 공부를 좀 햇으면 좃켓서' 이런 말을 늘 하엿다. 긔왕에는 로승을 몹시 사랑하엿스나 자긔가 와서 얼마 지낸 후로브터는 그 어머니 로승을 사랑하는 것보다 자긔를 더 사랑하엿다. 긔왕에는 로승과 가치 잣스나 요새는 썩 자긔와 가치 잣다. 그래서 백련의 몸의 변화가 니러난 것도 보앗다. 청춘긔의 그 몸은 긋싸지 발달되엿다. 그리고 손님들이 오면 특히 남자가 오면 할 수 잇는대로 각가히 접할냐고 하고 엿볼냐고 하는 거슬 자긔는 분명이 안다, 이왕에는 '세상은 지옥이오, 남자는 악마라'는 말을 밋엇스나 지금은 의심을 니러켜 아니 밋는 줄도 안다. 쏘 이왕에는 그 어머니의 말을 진심으로 순종하엿스나 지금은 마지못해서 듯는 것도 잘 안다. 그리고 요새 와서는 공연이 마음이 편안치 아너서 지내고 메츨 전에 구룡연에 갓슬 쌔에 구경온 사람들을 정신업시 보고 잇든 생각도 나고 한 번 세상 구경을 하고 십다는 말싸지 한 생각이 낫다. 그 보다도 자그이 니야기의 처음ㅅ부분 특이 남자친구와 놀든 니야기 사랑하든 니야기에만 정신업시 주의해 듯고 나죵 니야기는 귀담아 듯지 아니함이다. 이런 생각이 날 쌔에는 '내 죄로구나'하는 거시 가삼을 쑤셧다.

六

홍련은 그날 밤에 일즉 드러가 눕기는 하엿스나 이 생각 저 생각에 잠을 들지 못하엿다.

'기애가 어두로 갓슬ㅅ가?' 백련이 어데로 가더래도 자긔에는 말을 할듯한데 아모 말도 업시 별안간 업서진 거슨 참 뜻밧긔이엇다. 그리고 다른 사람은 모른다 하여도 자긔는 알뜻한데 도모지 짐작도 할 수 업는 거슨 과연 이상한 일이엇다.

'기애가 왼 일일싸. 어두고 갓슬싸.' 아모리 생각해보아야 알 수 업섯다. 다만 마음에 걸니는 것은 지난 녀름에 녀학생 갓흔 사람이 몃 번 차자 와서 니야기한 일과 쏘 온정리에 아는 집이 잇다고 몃 번 갓든 일이다.

'웬일일싸. 웨 나가슬ㅅ가.' 홍련은 혼자 누워서 이러케 곰곰히 생각한다. 물론 백련은 근래에 와서 남과 갓치 공부를 좀 해 보앗스면 죽어도 한이 업겟다는 말을 자조 하엿고 그리고 차차 세상 철이 나서 녯날에 듯고 생각하든 일에 대하야 의심도 품고 신톄상 변화도 니러나고 함을 싸라서 한 번 세상 구경을 헤보고 십다는 생각을 잔득 품게 된 것은 사실이어니와 그러타고 어려서부터 평안히 기러난 곳, 그보다도 아모 철모를 쌔부터 자긔를 씀직이 사랑하야 길너준 로장을 버리고 알지 못하는 세상을 향하야 다라날 수가 잇슬ㅅ가.

'올타, 로장의 성미 싸닭이다.' 홍련은 마참내 이러케 생각하게 되엿다. 로장의 성미는 과연 괴상망칙하엿다. 홍련이 드러온지 삼 년이 넘엇스나 한 번도 웃는 낫츨 본 일이 업섯다. 밤낫 니마ㅅ살을 씹흐리고 잇섯다. 남의게 한 번도 조흔 말을 한 일이 업섯고 늘 마음이 불평하게 지내엿다. 늘 남을 의심하고 시기하고 하야 조와하는 사람, 친한 친구라도 도모지 업섯다. 못처럼 자긔 생각을 하고 정답게 하는 것도 도로혀 불쾨히 녁이고 배척을 하엿다. 그리하고 또 대범무심하게 하여도 남으럼하고 욕하엿다. 세상에는 그의 비위를 마칠 사람이 업섯다. 백련이 그러케 지성으로 섬기건마는 '망할년, 어서 나 죽기를 축원이지.' 이런 욕을 아니 먹을 째가 업섯다. 그동안 두 사람은 하로도 마음을 놋치 못하고 쩔쩔 맷다. '백련은 어제 단단히 욕을 먹엇거나 매를 마젓거나 하엿다.' 이러케 생각하고 보닛가 지난날 저녁에 로장과 백련이 한참동안 보이지 아니한 일이 잇섯다.

'그러면 나는 엇더커나.' 홍련은 생각의 머리를 들녀서 이러케 자긔의 일을 생각하게 되엿다. 이 로장이 요새에 그러치 아너도 백련이 마음이 변하야 자긔(홍련)의게로 도라간 눈치를 챈 듯한 데다가 구룡연 갓다 온 후에는 자긔를 더욱 미워하기를 시작하엿고 이번 백련이 업서진 사건에 대하여는 쏙 자긔의게 혐의를 두고 아모 말은 업서도 자긔를 보면 몹시도 무서운 눈으로 노려보는 거시 마치 불공대텬지원수를 대하는 것 갓고 자긔를 잡아가고 세상을 멸망식힐 악마를 보는 것 갓치 하엿다. 그러나 실상은 근일의 로장의 자긔의게 대한 태도와 그 눈쓰는 양은 그것이 도로혀 악마와 갓치 보엿다.

'저 악마와 엇더케 사나.' '저 악마가 언제 나를 잡아 먹을ㅅ가.' 홍련은 이러케 생각하고 치를 써럿다. 그리고 그러케 아름답다는 금강산이 그러케 죵용하고 조튼 암자가 도로혀 지옥갓치 생각이 되엿다. 어린 백련의게 늘 닐너 주든 자긔의 생각이 도로혀 오해인 듯한 생각이 낫다.

'세상이 웨 지옥이랴. 남자가 웨 악마랴. 모도 내가 잘못이고 내가 잘못 생각한 것이지.' 그는 이러케 생각하기를 시작하엿다. '그러면 나는 엇지하나?' 홍련은 이날 밤도 밤이 깁히 들도록 이러케 이리 생각 저리 생각하고 한 업시 애를 쓰다가 죵내 벌덕 니러낫다. 그리고 나가서 수채통에 가서 세수를 하고 다시 드러 와서 장삼을 닙고 별당으로 가서 수 업시 배례를 하고 무어라고 길게길게 축원을 하고 그도를 하엿다.

다음날부터는 홍련도 도솔암에서 자최가 업서지고 석왕사 백화암에서 온 손님 로승도 가고 로승과 여덜 살 먹은 어린 처녀만 남어서 마가을 쓸쓸하든 도솔암은 더욱 쓸쓸하야 아침저녁 목탁 소리 종소리 송주성은 더 한층 처량하게 들녓다.

七

다음해 봄(사월)이다. 저녁째가 저물어서 백련이 도솔암에 돌아왓다. 그러케 입브고 화평하고 충실하든 얼골과 몸은 몰나보리만큼 초최하고 수척하엿다. 공부도 좀 해보고 일도 좀 해보고 살님까지도 해본 모양이오, 대톄 고생을 퍽 만히 한 모양이엿다. 로장은 일헛든 자식을 차젓다고 퍽 깁허하엿다.

홍련의 소식은 몃 해가 지나도록 이내 물낫다. 백련이 서울 가서 잇는 동안에 도모지 만나지 못하엿다. 어데서 간호부 노릇한다 혹은 엇던 극장에서 배우 노릇을 한다는 소식을 서울서 온 손님에게 들을 쌘이엿다.

일견금강산

창은

● 창은(滄隱), 「일견금강산(一見金剛山)」, 『청년』 7권10호, 조선중앙기독교청년회, 1927.11

'원생고려국願生高麗國하야 일견금강산一見金剛山'이라 함은 일즉이 중국인中國人의 부르지진 바어니와 우리들 중中에도 이를 노래하고 그리워하는 사람은 그 얼마일가? 한 번 금강산金剛山을 본 사람은 평생平生의 원願을 푼 듯이 금강산金剛山을 노래하고 이를 자랑합니다. 엇던 이는 금강산金剛山을 보지 못하는 것은 무엇보다도 가여운 일이다. '금강산金剛山을 보지 못하고는 천하天下에 경치景致를 말하지 마러라. 무어라 입을 열어 말하지 못할 것은 금강산金剛山이다. "아-" 소리 밧게 아- 자연自然의 그 경치景致 기묘奇妙하고 화려華麗한 선경仙境 자연自然히 자아自我를 일코 입을 버리여 무심중無心中 아- 소리와 함씌 조물주造物主를 부르짓지 아니할 수 업는 것은 금강산金剛山이다. 천하天下에 제일第一 아름다운 곳, 하나님은 우리를 사랑하사 이 산山을 주셧다' 하는 소리를 우리는 귀가 져릴 만큼 듯고 또 보앗습니다.

대체大體 금강산金剛山이 엇더한 산山이관대 그다지 탄상嘆賞하기를 마지 아니할가? 그야말노 산山이 조화造化를 부리여 사람을 밋치게 함일가? 그러치 아니하면 져들이 공연空然히 과장誇張하여 사람을 늣기게 함일가? 아모케나 금강산金剛山을 한 번 본 후後에야 나의 원願을 풀니라 하고 기다리고 바라기를 마지 안엇습니다. 그러나 자연自然히 ××의 구속拘束을 밧는 우리는 여러 번 됴흔 기회機會를 다 일코 말엇습니다.

이리하기를 수년數年이 지난 오날에 우리는 긔여코 기대企待하든 숙원宿怨을 풀게 되엿습니다. 째는 9월九月 하순下旬(26일二十六日) 정正히 단풍丹楓이 무르녹을 째를 당하야 일행一行 14十四 인人이 경성京城역驛을 써나게 되엿습니다(그 중中에는 우리의 사모하는 선생先生님 두 분도 게시엿습니다). (오후午後 5시五時 50분차五十分車) 컴컴한 밤길을 통通하야 달니는 기차汽車는 우리들이 모혀 안져 웃고 써들고 노래하고 혹或은 졸고 쓰러지고 절을 하는 동안에 훤한 새벽이 되어 창窓밧게 재재거리는 새 소리, 멀니 낫하나는 뫼와 수풀, 그보다 고요한 농촌農村의 색채色彩, 산山골에 흐르는 맑은 시내 오곡五穀이 고개를 숙인 너른 벌, 이는 다 우리들이 손을 들며 동모同伴와 함씌 바라보든 창외窓外에 경치景致엿습니다. 오전午前 7시七時에 원산元山에 이른 우리는 신의여관信義旅館에서 아참을 요긔하고 다시 8시八時 30분三十分 기선카모환汽船かも丸으로 장전長箭을 향向하엿습니다. 해빗은 쨍쨍이 빗죄이고 일기日氣는 한긋 고요한대 잔물결에 해빗이 반사反射되여 반짝일 뿐이엿습니다. 어느듯 기적汽笛 소리와 함씌 원산元山을 발發하니 우리를 시른 죠그만 배는 넓고넓은 푸른 바다 우에 풍풍 소리를 치며 다러남니다. 우리들은 모혀 안져 멀니 낫하나는 메쑤리와 셤들을 바라보다가 기웃둥거리고 싸불너대는 바람에 머리를 싸고 누엇습니다. 이러하기를 다셧 시가 지나 오후午後 세 시에 장전長箭에 이르니 얼마 안 되는 시간도 우리에게는 쐐－지리한 모잉貌樣이엿습니다. 혹或은 토吐하엿스니 어질병病이 낫느니, 우리 일행一行 중中에는 졔각금 써들엇습니다. 배가 포구浦口에 닷자마자 어대에서든지 볼 수 잇는 바와 갓치 여관旅舘 색이들은 나아와 짐을 쌔아스며 가기를 청請하엿습니다. 일편一便으로 양복洋服입은 사람들이 나아와 오만물奧萬物의 장관壯觀임을 말하엿습니다. '오만물奧萬物을 보지 못하고는 금강산金剛山의 경치景致를 말할 수 업소. 오만물奧萬物은 장전長箭으로부터…….' 이러한 것이 그들의 선전문宣傳文이엿습니다.

그러나 우리는 임의 배정配定한 일정日程이 잇는지라, 그곳에 류留하지 안코 국수로셔 점심點心을 한 후後에 도보徒步로 30三十 리里나 되는 온정리溫井里에 이르러습니다. 온정리溫井里 금강려관주金剛旅舘主 윤성렬씨尹聲烈氏의 반가운 마짐을 밧고 하로밤을 편便히 쉬엿습니다.

나는 쳐음부터 뒤숭숭한 생각의 실머리가 맛치 금강산金剛山 허리에 구름이 어리여 잇는 듯이 나의 머리에 셔리여 잇셧습니다. 대체大體 금강산金剛山은 엇더한 산山일가? 엇더한 산山이길네 사람들은 그다지 탄嘆하고 상賞하기를 마지 아니할가? 조선朝鮮은 기려奇麗한 국國이라. 고래古來로 산고수려山高水麗의 명名이 잇고 기후氣候가 화창和暢하야 "Korea is Beautiful"이라 함은 외국인外國人의 져마다 부르짓는 바이어니와 이에 나고 먹고 놀고 하는 우리들은 그다지 아름다움을 감탄感歎할 줄 아지 못한다. 그보다 경제經濟의 파멸破滅을 당當하고 져마다 먹고 살기에 눈이 둥그린 우리들은 무순 경색景色이니 탐승探勝이니 하야 집행이를 들고 나서는 것은 어리석은 일이오, 맑은 해쌀을 보아도 아름다운 구름을 보아도 우슴을 씌울 줄 아지 못하는 것은 우리들의 살님이 다 쓸쓸한 가정家庭, 먹고 입을 것이 업서 서로 붓들고 우는 우리들이 어는 해가奚暇에 경색景色이니 하고 마암 놋코 도라 단일 것인가? 구경求景도 먹어야 구경求景이라고 굴머가지고는 구경求景이 구경求景되지 못할 것이다. 속에 근심과 걱정이 잇는 사람은 외위外圍에 무엇으로 위안慰安을 주지 못할 것이다. 업는 돈을 쥬션하여 가지고 부모처자父母妻子를 써나 홀노 깃븜을 엇으려 먼 길에 돈 색림보다는 싸뜻한 가정家庭에서 서로 우슴을 밧구고 사랑하는 자녀子女의 옷이라도 한 벌 깨긋이 하여 입힘이 엇더할가? 무형無形한 무엇을 구求하러 도라단임보다는 유형有形한 무엇을 일치 안으려 노력努力할 것이다. 일이 업고 걱졍이 업는 이에게는 무심無心한 달빗도 한限업는 구경求景이 되러니와 일이 만코 걱졍에 싸인 우리에게는 금강산金剛山도 일이 업다! 금강산金剛山을 차지러 먼 길을 감보다는 너의 마암에 금강산金剛山을 지여라. 너의 조그마한 뜰 압헤 금강산金剛山을 짓고 즐기고 노래하여라! 나 혼자 금강산金剛山을 즐겨 함보다는 나의 사랑하는 안해 어린 아해로 더브러 즐겨하자!

금강산金剛山 금강산이 어대 싸로 잇느냐?
너의 마암이 정定하고 보면
너의 이르는 곳마다
금강산金剛山은 노여 잇느니라.

우리는 할 수 잇는 대로 금강산金剛山을 노래하자! 금강산金剛山을 자랑하자! 할 수 잇는 대로 남에게 자랑하자! 그러나 나마는 몬저 소금강小金剛을 찾자! 소금강小金剛은 우리의 일르는 곳마다 우리의 뜰 압 방내房內에서도 바라볼 수 잇는 것이다. 근심 걱정이 업는 남에게는 금강金剛이 참 금강金剛이 되러니와 걱정에 싸인 우리에게는 금강金剛이 참 금강金剛이 되지 못하고 도리여 금강金剛을 욕辱되게 할가하다. 아— 우리는 너무나 구경求景을 됴하한다. 생활生活의 안정安定을 엇지 못하고 ᄲᅧ리를 잡지 못한 우리들은 거저 바람 부는 대로 여긔저긔 모혀들고 서로 도라단이는 것이 안이냐? 오악娛樂이 업고 취미趣味가 업는 그들! 금강金剛을 보는 우리들은 다 금강金剛을 볼 만한 자격資格이 잇는가? '돈이 잇서야 구경求景이지 돈이 업스니가 구경求景이 구경求景인 줄 모르겟습되다.' '무식無識하니 별別노 모르겟서요' 하는 소리가 나지 안키를 바라는 바이다. 금강金剛은 누구에게나 금강金剛일 것이다. 그러나 사람을 ᄯᅡ라 금강金剛은 변變하는 것이다. 이는 금강金剛 이상以上의 힘이 잇서 금강金剛을 막어내는 ᄭᅡ닭이다. 나라는 정체正體를 일코는 무엇이든지 정체正體로 낫하나지 안는 것이다. 친이불견親而不見 식이부지食而不知 기미其味가 이를 일음일가? 아— 사람들이여 몬저 나를 찻기에 노력努力하여라. 나는 혼자 브르지젓다. 그러면 우리가 적지 안은 금전金錢을 허비하여 이를 차저옴은 무삼 ᄭᅡᄃᆞᆰ일가? 그 필요必要가 무엇일가? 나는 혼자 주고밧고 하엿다. 그보다는 금강산金剛山이 우리 기대期待의 하는 바와 갓치 참으로 기묘奇妙하고 아름다울가? 사람의 말은 밋을 수 업는 것이다. 셔로 됴타 아름답다 허풍虛風으로 전傳함이 아닐가? 몬저 남의 말을 듯지 말어야지 이는 취미趣味를 감減하고 기대期待를 채울 수 업는 것이다. 이번 기대期待야말노 너무 큰 ᄭᅡᄃᆞᆰ에 도리여 실망失望에 도라가지 안을가? 과연果然 그만한 늣김을 엇을가? 하고 혼저 방황하며 숙은거리엿다. 그보다 삶은 감정적感情的이라 감정感情의 지배支配를 밧는 것은 분명分明한 사실事實이다. 사람이 깃붐과 즐검을 엇으랴면 서로 사랑하고 마암과 마암이 서로 빗최여 대할 수 잇는 것이다. 그러한 우리들이 인간人間을 ᄯᅥ나 놉흔 산山 깁흔 골을 차저 손 한 번 들어 반가운 ᄯᅳᆺ을 표表하지 못하고 고개를 숙여 잘 가라는

외금강 옥류동, 출처 : 소명출판

말 한마듸 할 줄 모르는 쓸쓸한들 산山을 필요必要가 무엇일가?

잇흔날 아참이 되여 우리는 일즉이 시내에 나아가 세면洗面을 하고 주인主人 윤성렬尹聲烈氏에게 압헤 보이는 산을 가라치며 "금강산金剛山이 다 저러함니가? 별別노 나을 것이 업지요. 그러면 금강산金剛山을 그다지 써들 것이 무엇 잇습니가?" 어졔 저녁에 거러오며 바라보다가 금강산金剛山은 다 저러하리라 하고 실망失望에 써러졋든 나는 다시금 부르짓게 되엿습니다. 주인主人은 침착한 목소리로 "네-. 그러치 안습니다. 가보서야 알지요."

이에 조금 희망希望을 붓친 나는 일행一行과 갓치 몬져 탐승探勝의 길을 써나기 전前에 온정溫井에 이르러 목욕沐浴을 하엿습니다. 자연自然히 바위 속에서 소사 나오는 쓰거운 물 신기神奇하고 유쾌愉快함을 마지 안엇습니다. 거의 8시八時가 지나 우리 일행一行은 극악현極樂峴이라는 고개를 넘고 골을 지나 신계사神溪寺에 이르러 일천육백년一千六百年 전前 고석탑古石塔과 건물建物을 구경求景하고 다시 길을 돌녀 옥류동玉流洞에 이르럿습니다. 일흠과 갓치 옥玉 갓흔 물이 바위 아래 흐르고 칼날 갓치 기괴奇怪한 바위 금강석金剛石 갓치 빗나는 봉峯오리 아래에 평풍과 갓치 욱어진 단풍丹楓은 참으로 아름다운 배경背景이엿습니다. 우리들은 바위 우에 모혀 안져 물 소래와 함씌 노래를 브르고 일동一同이 사진을 박힌 후에 련주담連珠潭 비봉폭飛鳳瀑를 지나 구룡연九龍淵에 이르럿습니다. 40

四十 여餘 길이나 넘는 산山 벼랑에 나리질니는 물결 비단결이 날니는 듯 힌 무지개가 빗나는 듯 우렁찬 물결 소래 그야말노 장관壯觀이엿습니다. 좌우左右 절벽絶壁에는 단풍丹楓이 장식粧飾을 하엿고 구룡연九龍淵에는 시퍼란 물이 용소슴하며 백운白雲갓흔 거품이 쒸여 올너습니다. 우리들은 이곳에셔 점심點心을 맛치고 혹或은 바위 우에서 노래도 브르며 송宋 우암尤菴의 자필自筆인

천장백련千丈白練이오 만곡진주萬斛眞珠로다

노폭중시怒瀑中瀉하니 사인현전使人眩戰이라[1]

하는 글을 읇흐고 배화학생培花學生들과 함씌 팔담八潭으로 올나갓습니다. 반양식半洋式으로 힌 사스에 검은 치마를 입은 그들 순박淳朴하고도 아름다워 보엿습니다. 연령年齡에 비比하여 어리고 약弱한 그들은 우리들보다도 더 활발活潑스럽게 몬저 그 험險한 절벽絶壁에 기여 올나갓습니다. 우리들은 그곳에서 안내자案內者의 구룡연九龍淵에 대對한 전설傳說을 듯고 나려다보이는 푸른 못들을 바라보며 멀니 보이는 바다와 벌산山벼랑에 풍경風景을 바라보다가 어느덧 무심중無心中 우리 중中에는 찬송 소리가 터저 나와습니다.

"만입이 내게 잇스면 그 입 다가지고 쥬를 찬송하겟네." 고은 시악시들이 청아淸雅한 목소래는 산중山中에 선녀仙女들이 놀내이는 듯 하엿습니다. 삼절三節을 합창合唱한 후後에 우리 일행一行 중中 김강현金剛鉉 목사牧師의 긔도로서 예배禮拜를 드리엿습니다. 우리들은 하나님씌 감사를 드리는 동시同時에 우리 민족民族의 장래將來를 위爲하야 복福을 빌고 우리의 어린 누님들을 위爲하야 축복祝福을 드리엿습니다.

해가 써러져 여관旅館에 이른 우리들은 다시 온정리溫井里에서 하로밤을 지내고 잇흔날 아참이 되어 신만물상新萬物相을 보러 새 길을 써나게 되엿습니다. 길을 써나기

---

1 글쓴이는 이 문장을 우암 송시열의 자필로 소개했으나, 앞의 시구 "千丈白練이오 萬斛眞珠로다(천 길 흰 비단 드리웠고 만 섬 진주알 흩뿌렸네)"는 원래 최치원의 시이고, 뒤의 시구 "怒瀑中瀉하니 使人眩戰이라(가운데로 곧장 쏟아지는 성난 폭포, 사람들의 눈을 어지럽히네)"가 송시열의 시이다.

전前에 우리들은 기도회祈禱會를 열어습니다. 감사感謝하기는 이때에 주인主人 윤성렬씨尹聲烈氏가 나아와 자기自己의 경험經驗으로서 간증을 하엿습니다.

간단히 그의 말을 소개紹介하자면

"여러분, 나는 이상異常한 동기動機로서 이곳에 오게 되엿습니다. 나는 경성京城에 교역자敎役者로서 일을 보다가 우연偶然히 심甚한 병마病魔에 걸니여 위태危殆한 지경地境에 잇섯습니다. 3개월三個月 후後에는 죽으리라는 무서운 의사醫師의 선고宣告를 밧고 절망絶望 긋헤 이곳에 이르럿습니다. 혹或이나 산수명료山水明瞭한 곳에서 회생回生의 길을 엇을가 함이엿습니다! 과연果然 이때야말노 나의 압길이 망연하엿습니다. 수중手中에는 분전分錢이 업고 몸은 기지사경幾至死境에 안해와 자녀子女들이 달녀 잇셔습니다. 이때야말노 나의 압헤는 일점一點의 광명光明이란 차즐 수 업고 다만 눈물 암흑暗黑 뿐이엿습니다. 그러나 다만 확실確實히 밋기는 하나님을 밋고 그를 의지依支할 뿐이엿습니다. 처음에 와서 할 수 업시 손수 산에 가서 나무를 하고 노동勞働을 하엿습니다. 감사感謝하기는 예수를 밋는 가운데 노동勞働이 신성神聖한 줄 깨닷고 조금도 붓그럼 업시 브지런이 일하엿습니다. 그럴 적마다 나의 온 몸에는 땀이 흐르고 나의 가슴은 시원하엿습니다. 점점漸漸 몸을 동動함으로 인因하야 힘줄에 힘도 생기고 차차次次 몸이 가비워졋습니다. 나종에는 성한 몸이 되엿습니다. 이때에 나는 하나님께 감사하엿습니다. 하나님을 밋음으로 말매암아 나는 완전完全한 몸이 된 것입니다. 그 후後로 브지런이 또 신실信實히 하므로 말매암아 오날날 이만한 집을 짖이게 되거 또 여러분을 반가히 맛게 된 것입니다!

여러분! 우리의 압길을 위하야 낙망落望하지 마세요. 다만 하나님을 밋고 바라고 나아갈 것엄니다. 여러분 중中에 아실 이도 게시겟지마는 4년四年 전前에 나의 집은 다 불에 태워 버리엿습니다. 이 째에 나의 압길을 또 한심寒心하엿습니다. 그러나 나는 또다시 나의 소망所望과 밋음을 가지고 하나님께 찬송하엿습니다. 불과不過 4년四年이 못된 오날에 또다시 전前과 갓치 회복回復하게 되엿습니다. 나는 밋기는 나의 모든 것은 업서질지언정 나의 밋음과 소망所望은 업서지지 안을 줄 암니다. 이로 말매암아 복福을 밧고 즐검을 엇으리라 합니다. 처음에 내가 여관旅館을 시작始作할 째부터 주초酒草를 드리지 안코 할 수 잇는 대로 이에 대하야 반대反對하엿습니다. 여러분 생각하기는 그리함으로 손님이 줄 것 갓지마는 손이 줄지 아니하고 더욱 더욱 손님은 늘어갓습니다. 나는 나의 모든 것이 업서질지라도 낙망落望하지 안켓습니다. 하나님을 밋고 나아가는 가운데 복福을 밧을 줄 압니다. 마암과 아울너 육체肉體의 생활生活도 – 여러분은 아모조록 이 귀貴한 복음福音을 우리 불상不祥한 동포同胞에게 힘써 전傳하여 주시기를 바람니다. 나도 여러분과 갓치 나아가려 하지마는 이러한 곳에 잇서 이러한 일을 하는 것도 결決코 무익無益한 것으로 생각지 안흠니다. 기회機會 잇는대로 복음福音을 전傳하고 조선朝鮮의 금강산金剛山을 조선朝鮮사람으로 소개紹介하는 것도 필요必要한 줄노 쌔다럿습니다!"

우리는 그의 말하는 가운대 자연自然히 감동感動함을 쌔다럿습니다. 새로운 생활生活의 일면一面이 보이는 듯하엿습니다. 거의 아홉 시가 되어 우리는 주인主人을 작별作別하고 험險한 길 산山길에 올나 만물상萬物相에 이르럿습니다. 기기묘묘奇奇妙妙한 봉峯오리 이상한 바위들은 여러 모양으로 제각금 만상萬相을 그리고 사이에 피여 잇는 단풍丹楓들 모도 다 선경仙境이 아니면 볼 수 업는 것이엿습니다. 다시 험險한 고개 산절벽山絶壁에 혹或은 쇠줄노 세발 혹或 네발노 신만물상新萬物相에 올나갓습니다. 아! 기암괴석奇岩怪石 오색五色이 영롱玲瓏한 단풍丹楓 참으로 상상像想에 지나치는 절경絶景이엿습니다. 나는 비로소 입을 버리여 무심중無心中 아! 부르지젓습니다. 그러나 그러나 무어라 그 만상萬相을 그리여 말할 수는 업섯습니다. 거저 아! 아! 소리는 모든 것을 다 포함包含한 듯하엿습니다.

돌과 봉오리 바위와 단풍
해빗에 빗최이는 영롱한 빗

금강金剛이 아니고는 상상像想치 못할 것이엿습니다. 우리는 발을 쉬이지 아니하고 천선대天仙坮에 올나갓슴니다. 풍운風雲이 어린 듯한 봉峯오리 우에 안저 바라보는 모양 신선神仙으로 화化한 듯한 감感이 이러낫슴니다. 이른바 이 백옥봉白玉峯이니 이곳에 선녀화장수仙女化粧水가 잇고 우리들은 선녀仙女가 되어 백옥대白玉坮에 노래를 부르는 듯하엿슴니다. 사방四方에 바라뵈는 봉오리와 뫼 그 우에 서리여 잇는 힌 구름 만질 듯 만질 듯한 푸른 하날 맑은 해ㅅ발, 이 모든 것은 다 그 뉘의 조화造化의 무궁無窮함을 자랑하는 듯하엿슴니다. 골골이 피여 잇는 단풍丹楓들 누가 보든 마든 저들의 빗을 자랑할 쌘이엿슴니다. 보아도 쏘 보고 십고 보고 십은 맛 오색五色의 영롱玲瓏한 비단의 이불을 싸라 노은 듯 맑은 해ㅅ발 가는 바람에 흔들거리는 단풍丹楓 가지는 눈이 부실 듯한 보석대寶石臺 아래에 하날의 선녀仙女들이 모여 안저 비단 평풍 진구眞球의 발을 느리고 우슴을 씌우며 춤을 추는 듯 우리는 고객高客의 청請함을 밧어 취醉하야 바라보는 듯하엿슴니다. 우리는 얼 업시 마라보다가 이곳에서 간단히 노래를 부르고 긔도를 올닌 후後 나려왓슴니다. 엇잔지 섭섭한 듯 뒤를 도라보지 안흘 수 업섯슴니다. 그러나 갈 길이 밧분 우리는 다시 신만물新萬物 고만물古萬物을 도라 점심點心을 맛치고 온정령溫井嶺 놉흔 고개를 올나섯슴니다. 령嶺을 넘어 신풍리新豊里에 이르는 동안 골골이 욱어진 찬란한 풍단楓丹이 바위 우에 흘너 나리는 맑은 시내 바위 우에 웃둑 웃둑 선 고송孤松들 무어라 말할 길이 업시 묘妙하고 아름답고 신기神奇하고 유쾌愉快하엿슴니다. 아— 사람들은 이 갓흔 아름다움 쌔긋함을 버리고 몬지속에 들어 안저 싸호고 써들고 하는고나! 왜— 이다지도 인간人間은 곱고 아름답지 못할가! 나는 부르지젓슴니다.

거의 오후午後 네 시가 지나 신풍리新豊里에 이르러 병곤病困한 몸을 자동차自動車에 싯고 장안사長安寺에 향向하엿슴니다. 구경求景에 취醉하여 다리 압흔 줄을 이젓든 우리들은 바람갓치 날니는 자동차自働車 안에서 바라보는 경치景致 유쾌愉快하고 시원스럽기 금방 하날에 오르는 듯하엿슴니다. 장안사長安寺에 이르러 하로밤을 지내고 잇흔날 쏘다시 명경대明鏡臺, 수렴동水簾洞 망군대望軍臺 모조리 보기를 시작하엿슴니다. 장안사長安寺에서 북北으로 얼마 아니 가 명경대明鏡臺 과연果然 명경明鏡과 갓치 큰 바위가 산山봉오리에 정면正面으로 낫하나섯습니다. 그 밋헤는 황천강黃泉江이란 푸른 연못이 잇고 이것은 이상異常하게도 나의 감상感想을 일으키엿습니다. 사람은 저마다 죄罪가 잇다. 그 무서운 죄罪를 짓고 그대로 지내다가 명경대明鏡臺라는 밝은 거울에 빗최여 비로소 붓그럽고 두려움을 금禁치 못하야 황천강黃泉江이란 무서운 못에 몸을 던지는 것이다. 이상하게도 강江어구에는 무서운 사자使者가 눈을 쑈릅쓰고 서 잇는 듯하엿습니다. 아― 그리면서도 사람은 웨― 죄罪를 짓고 또 짓고 하는가? 양심良心이라는 귀貴한 거울을 주지 안엇는가? 이러한 생각을 하며 음침陰沈한 지옥문地獄門 마의태지麻衣太子의 눈물 흘니시는 성지城趾를 도라 망군대望軍坮로 올나갓습니다. 엇잔지 우리의 마암은 비창悲愴하엿습니다. 얼마 아니 가 수렴동水簾洞 과연果然 일흠고 갓치 너른 바위 우에 물이 흘너나리는 것이엇습니다. 천신만고千辛萬苦로 절벽絶壁과 수풀을 지나 쇠줄을 잡고 망군대望軍臺에 올나갓습니다. 과연果然 일흠과 갓치 뭇봉오리들이(내금강일폭內金剛一幅) 일목요연一目瞭然하게 낫하낫습니다. 뫼와 뫼쑤리 단풍丹楓과 수풀은 백옥봉白玉峯과 못하지 안케 널녀 잇고 신라新羅 경순왕敬順王께서 이곳에 적군敵軍의 허실虛實을 망望할 맘큼 뭇봉오리가 서로 바라보는 듯한 웅장雄壯하고 시원한 기분氣分이 낫하낫습니다.

천만고千萬苦 무릅쓰고 망군대望軍臺을 나옴은
군軍의 허실虛實 알미여늘
쓸쓸이 부는 바람 허공虛空부다치니
알괘라네 적敵 어대 잇슴을

이곳에서 점심點心을 맛치고 우리 일행一行은 병곤病困을 못 이기여 장안사長安寺에 도라가고 나 혼자만이 장안사長安寺에서 얼마 아니되는 영원암靈源庵을 차저 갓습니다. 산곡山谷에 맑은 시내를 씨고 도라 단풍丹楓이 욱어진 벼랑을 바라보면서 자코자코 올나갓습니다. 엇잔지 나의 마암은 이상異常하게도 누가 기다리는 듯이 사람이 그리엿습니다. 내가 홀노이 산길을 무엇하러 거나? 올치 그곳에는 볼만한 것이 잇스리라. 그러치 안흐면 배울만한 것이 잇스리라. 사람들은 반가히 마저 줄 터이지! 이러한 생각을 하며 올나간 나는 과연果然 그 경치景致에 대對하여 놀나지 안흘 수 업섯습니다. 전후좌우前後左右에 비단 병풍屛風이나 드린 듯이 단풍丹楓이 욱어신 벼랑이 노여 잇고 압흐로 시내 그 우에 십왕봉十王峯이 느러선 고요한 암자庵子엿습니다. 그러나 나의 상상想像하든 누가 반기거나 그리워하는 이는 업고 다만 무심無心한 봉오리가 서 잇슬 샏이엿습니다.

영원암靈源庵 차저옴은 영원조사靈源祖師 뵈옴임을
조사祖師는 간 곳 업고 속인俗人이 잣을 싸니
배석拜石에 쉴어 안저 선사先師를 그리노라.

나는 배석대拜石臺라는 큰 돌 우에 올나(거금距今 칠백七百 년年 전前 신라말新羅末) 영원조사靈源祖師가 돌우에 올나 절을 하며 수도修道를 하엿다는 이야기를 그 절 노승老僧에게 듯고 그의 지극至極한 정성精誠을 무심중無心中 감격感激하지 안을 수 업섯습니다. 나는 노승老僧에게 사의謝意를 표表하고 장안사長安寺에 향向하엿습니다. 그 암자에는 승僧 이외以外에 잣짜는 노동자勞働者가 잇섯스나 별別노 반기는 빗이 업고 머뭇 머뭇 바라볼 샏이엿습니다. 사람들은 서로 반기고 친절親切히 하엿스면! 하고 여관旅館에 도라와 그 밤을 지내엿습니다.

산수자랑 우리의 산수미–세계 명승을 주유하고 와서

박석윤

● 박석윤, 「산수자랑 우리의 산수미–세계 명승을 주유하고 와서」, 『별건곤』 12호, 13호, 개벽사, 1928.5

금강산은 내외금강 해금강의 모든 것을 합처 보아도 '남화南畵'의 기분을 써날 수가 엄습니다. 그 산이나 골작이나 물이나 들의 생김생김이 외나무다리에 동자 다리고 나귀 탄 처사處士의 감을 예기豫期 아니할 수가 업게 되엇습니다. 그러나 '알푸스'의 경치는 금강산에서 보는 처녀적 늣김이 '쌔타' 냄새로 대용되어 잇슴니다. 금강산이 송과松果를 잡수시고 세진世塵을 멀리하는 동양적 혹은 남화적 도사道士라 하면 '알푸스'는 우유와 '쌔타'에 힘 잇게 살진 등에 '룩쌕'을 지고 손에 '알파인 슈톡'을 든 서양적 혹은 물질적 실용實用의 남자입니다.

이것은 내가 단서端西에서 '아어가–', '매터혼', '융푸라우' 등 알푸스 연산連山 중 가장 수려한 봉들을 보고 삼년 전에 평한 말이다. 지금 인상도 이에서 다름이 업다. 더욱 작하昨夏, 몽불랑 오른 후에 차라리 이 늣김을 강하게 하얏다. 아닌 게 아니라 사시四時 눈에 싸인 그 연봉連峰들이 몹시 아름답기는 하다. 물론 금강산보다는 그 규모가 말할 수 업시 크다. 그러나 금강산에서 보는 서기瑞氣가 업다. 선의 미가 적다. 더구나 돌의 미가 업다. 일시 보기에 환할 뿐이오, 다시 보고 보고 하면 금강산처럼 살과 쌔안까지 쎠려드러오는 맛이 업다. 덕부소봉德富蘇峯은 일즉히 백百의 양마계兩馬溪로도 금강산의 일계곡一溪谷을 말할 수가 업다고 한 것이 지언至言이라 하면 규모의 대소는 별문제이지마는 백百의 '알푸스'도 금강에 특유한 동양미의 극치를 말할 수 업다고 나는 단언하고 십다.

나는 금강산을 두 번 보왓다. '알푸스'에는 세 번 갓다. 강선대降仙臺에서 좌우로 보는 제봉諸峯들이 눈 업는 '알푸스' 비슷한 기억이 지금도 잇다. 금강산은 세계적이다. 동양미의 극치다. 나는 세계를 널리 보면 볼사록 더 만히 금강산을 자랑하고 십다.

금강산서회

아그노엘

● 아그노엘(Haguenauer),[1] 「금강산서회(金剛山書懷)」, 『신민』 42호, 신민사, 1928.10

아 씨氏는 강국정부强國政府 파견派遣 동양연구원東洋研究員으로 북경北京을 것처 목하目下 동경東京에 체류滯留하야 조선朝鮮도 수차數次 시찰視察하엿스며 조선문朝鮮文, 한문漢文 급及 일문日文을 통通한다. 이 글은 과반過般에 그가 금강산金剛山을 탐승探勝하고 그 감상感想을 써서 본사本社로 보낸 것이니 독자讀者의 참고參考가 될가 하야 이에 이것을 소개紹介한다.

하산霞山 선생先生, 나는 금하今夏에 오래 동경憧憬하든 금강산金剛山을 보고 거륵한 조선朝鮮 감격感激을 더한층層 다량多量으로 가지게 되엿습니다. 그리고 부지럽시 니러나는 회사懷思 몃 가지를 써서 선생先生에게 보내며 고교高教를 걸乞코져 함니다.

외금강外金剛으로 보내 주신 귀저貴著 『금강승람金剛勝覽』은 반갑게 바다보왓습니다. 그리고 나는 아즉 조선문朝鮮文과 한문漢文을 보기에 숙달熟達치는 뭇하나 써듬써듬 쓰더보는 맛이란 쏘한 남모를 재미가 잇습니다. 이것은 내가 지금 가지고 잇는 북경北京에서 독일인獨逸人이 발행發行한 영문英文 금강산유람기金剛山遊覽記와 총독부總督府 철도국鐵道局에서 발행發行한 일본문日本文 금강산안내金剛山案內들과 비교比較하여 보면 그 간間에 말할 수 업는 차이差異가 낫타남니다. 그 풍부豊富한 내객內客이라든지 어듸까지 조선적朝鮮的 표현表現이 나의 마음에 듬니다.

나는 비로소 조선朝鮮에 이러한 심원深遠한 대문장大文章이 만히 잇섯든 것을 알앗습니다.

---

1 샤를르 아그노엘(Charles Haguenauer, 1896~1976)은 일본 고고인류학 및 언어학 분야의 석학으로 파리 국립동양어학교(INALCO : Institute National des Langues et Civilisation Orientales) 일본어학과 정교수로 재직했다(1932~53). 1944~45년부터 파리 동양어학교에서 한국어와 한국문화를 처음 강의했으며, 소르본느대학에서도 한국어문화 강의를 처음 시작했다. 그는 한국어, 중국어, 일본어를 모두 할 줄 알았던 프랑스인 동양연구원이었다. 「금강산서회」는 아그노엘이 금강산 여행을 다녀온 후 소감을 한글로 써서 1928년 『신민』 잡지에 투고한 글이다.

금강예찬

최남선

● 최남선, 『금강예찬』, 한성도서, 1928; 문성환 역, 『금강예찬』, 경인문화사, 2013, 3~271쪽[1]

예찬禮讚의 권두卷頭에

금강산은 보고 느낄 대상이지 말로 꾸미거나 본떠 낼 것이 아닙니다. 하느님의 솜씨가 펼쳐진 것들 중에서도 지극히 정교하고 신묘한 것이거늘, 사람의 변변치 못한 재주로 어디에 감히 시험해 볼 수조차 있겠습니까? 그러나 보도록 권유하고 또 길을 잡아 이끌어 주는 데에는 의연히 문자의 힘을 빌지 않을 수 없습니다. 하여 금강산의 냄새와 그림자라도 전하는 일은 금강산 맡은 나라의 붓대 잡은 이들이 가져야 할 고귀한 임무가 아닐 수 없습니다. 금강산은 역시 기록되어야 할 것이며 그려져야 할 것입니다.

나는 금강산에 대하여 세 가지 기록의 작성을 기획하고 있습니다. 첫째는 금강산의 학적學的 검토입니다. 금강산을 네 부분으로 나누어 네 가지 학리적 견해를 시험코자 하는 것으로 작년에 『시대일보』에 연재한 「풍악기유」는 그 일부에 해당됩니다. 두 번째는 금강산 유람의 향도기嚮度記를 제공하는 것입니다. 금강산 각종 경승지역의 배치, 구성, 요소, 특질, 역사적 의의, 여행 요건 등을 서술하여 일반 탐승객

1 최남선의 『금강예찬』은 1924년부터 1927년까지 3년에 걸친 집필로 탄생했다. 여기서는 『금강예찬』 중 일부를 발췌 소개한다. 중간에 금강산 기행과 직접적인 관련이 적다 판단되는 내용은 제외했다. 최남선은 또 다른 금강산 기행문 『풍악기유(楓嶽記遊)』를 남겼다. 『풍악기유』는 1924년 『시대일보』에 연재한 금강산 기행문이다. 그러나 『풍악기유』는 정통적인 기행문이라기보다 붉 사상 여행의 보고서라 할 만큼 금강산을 매개로 붉 사상을 설명하는 데 많은 지면을 할애하고 있다는 특징이 있다.(최남선, 문성환 역, 『풍악기유』(최남선 한국학총서 3), 경인문화사, 2013, 3~237쪽.) 최남선의 금강산 여행 여정은 다음과 같다.

[내금강] 장안사 → 업경대 → 태자성 → 영원동 → 옥초대 → 시왕백천동 → 수렴동 → 백탑동 → 다보탑 → 도솔암 → 망군대 → 명연 → 백화암 → 표훈사 → 정양사 → 헐성루 → 만폭동 → 태상동 → 수미탑 → 내팔담 → 영아지 → 분설담 → 보덕굴 → 법기봉 → 진주담 → 사자암 → 촉대봉 → 마하연 → 가섭동 → 수미암 → 강선대 → 선암 → 백운대 → 영랑동 → 비로봉 → 비로정 → 묘길상 → 내수정
[외금강] → 칠보대 → 은선대 → 효운동 → 유점사 → 오삼불 → 만경동 → 미륵봉 → 만상동 → 발연 → 발연사 → 봉래도 → 영신동 → 신계사 → 동석동 → 보광암 → 군선협 → 금강문 → 옥류동 → 비봉폭 → 구룡연 → 상팔담 → 옥녀 세두분 → 온정리 → 한하계 → 만물초 → 신만물초 → 옥녀봉
[해금강] → 삼일포 → 해금강 → 동해

의 반려로 삼게 하려는 것이니, 본서는 실로 이 사명을 위하여 편찬된 것입니다. 세 번째는 가까운 장래에 기어이 만들어 보려 하는 것인데, 금강산에 관한 고문헌의 휘찬彙纂, 즉 총체적 감수 작업입니다. 이것은 금강산의 도로 및 이름의 변천 과정은 물론 각종 생활상의 투영과 감각 측면의 실증 등을 고찰하려는 것입니다.

아마도 금강산이 다른 나라에 있었다면, 그에 관한 문적文籍은 따로 도서관을 지을 정도였을 것이고, 예술 면에서는 특별 미술원을 만들 정도였을 것입니다. 아무리 해도 알프스 산만 못하였겠습니까. 그런데 이만한 실질을 가진 금강산이 아직까지 구체적이고 실질적인 지침서 하나 갖지 못할 만큼 문자 방면에서 빈약한 것은, 금강산 자신에게는 물론 아무 상관이 없을 일입니다만, 그 임자인 우리 조선인에게 그리 번듯한 일이 아닐 것입니다.

진실로 이 『금강예찬』은 되지 못한 작은 기술입니다마는 어쩌면 금강산 전체의 현황 실정을 소개하는 글로는 처음 탄생하는 것일지 모르겠습니다. 이런 대로 금강산에 대한 저의 지극한 정성을 담은 제사 공물인 동시에 금강산을 알고 보려 하는 분들에게는 작으나마 나침반의 역할이 된다면 큰 영광과 행운이겠습니다. 미비하고 부족한 점은 대방가들의 질정을 기다려 증정해 가겠습니다.

—기고한 지 만 삼 년 되는 정묘년1927 오월 중순 붉은 등나무 그림자가 유리창을 반쯤 가린 일람각一覽閣 남창南窓 아래에서 백운향도白雲香徒

서사序詞 – 금강산은 세계의 산왕

장소 수미산 제석천궁의 광활한 정원. 인간 세계 산왕山王을 선발하는 어느 곳.

때 양, 투표가 다 끝나고 투표함 개봉이 시작되려 하여 저절로 긴장한 기운이 전체에 서리는 순간.

참석자 중국의 곤륜산, 인도의 설산(히말라야), 유럽의 알프스 산, 아메리카의 로키산 등 세계 각처에서 참석해 모인 득실득실하는 모든 명산. 다 각기 '산이라면 내가 최고지!' 하는 얼굴빛이 그득하다가, 눈결에 금강산만 보면 고개들이 금세 움츠러드는 꼴.

(턱을 괴고 무엇인지 생각에 잠겨 있는 곤륜산에게로, 키도 크거니와 몸집도 뚱뚱한 설산 히말라야가 다가와서 몸집에 비해서는 가벼운 목소리로)

히말라야 무슨 생각을 골똘히 하나? 왕관을 꿈꾸는 걸세 그려?

곤륜 그럴 기운이 있어 보이니 고마우이. 인제는 오래오래 우려먹던 '산의 시조'라는 말도 쓰레기통에 넣고, 안 하던 절까지 무릎이 닳도록 해야 할 걸 생각하니 먹지 않은 밥까지도 체하는 듯하이.

히말라야 옳지. 금강산이 산들의 제왕이 된다 하여 자네 얼굴까지 상하게 되었네그려. 그러나 금강산으로 말하면 자네의 한집안 식구니 집안에서 왕이 난 것을 도리어 경축할 일이 아닌가?

곤륜 그렇기도 하지마는, 그저 어린 것으로만 치던 것에게 금세 고패를 떼이게 되니까 자연 심사가 편안하지 못하이.

히말라야 그야 세상이 예전 같으면 낸들 이렇게 주먹 맞은 감투처럼 그냥 있겠는가마는, 지체나 뼈다귀는 소용없고 맨몸 맨주먹으로 경쟁하는 마당에야 실질적으로 우월한 놈이 우뚝해지는 것을 무슨 재주로 막나?

곤륜 그래. 바로 말하면 금강산이 이제야 드러나서 세계에 제일이니 쌍이 없니 하기가 몹시 늦은 것이니, 오래 억울도 퍽 당했지.

히말라야 아무렴. 중국, 인도, 유럽 할 것 없이 다 각기 저 사는 데를 전 세계로 알고, 또 제 것이면 언청이도 일색이라던 시절에야말로 자네가 어떠니 내가 어떠니 알프스 로키가 어떠니 하고 이불 속에서 활개를 쳤지마는, 자 이렇게 전 세계가 한통을 치고 많은 눈들이 보는 바에 따라 실질을 비교하는 마당에야 바른 입으로 비뚠 말을 하라 한들 금강산 이상의 산악미가 있다 할 용기를 누가 가졌겠나?

곤륜 누구누구하고 명산이니 빼어난 승경이니 하는 것이, 흔히 말하면 허우대가 좋다든지, 주름살이 잘 잡혔다든지, 살이 쪘다든지, 나룻이 아름답다든지, 어느 무엇 한 가지가 남보다 뛰어난대서 곤댓짓을 하던 것이요, 그중에 두서너 가지만 겸하면, 천하에 쌍이 없다 자처하던 것인데, 지금 금강산이야말로 산악미의 조건치고 어느 무엇이 빠진 게 있나? 부분으로나 전체로나 조물주의 완전한 정성이라고 할 금강산하고 겨루는 장사가 누군가? 가령 말하면 계곡은 오세미티가 세계 제일이라 하던 것이지만 금강산의 그것에 비하면 기가 질리지 아니하나? 구름 낀 풍경은 어디, 바위 모양은 어디 등등 하여도, 무엇이고 금강보다 나은 데는 아직 없는 것을 어찌하나. 기막히니까, 엄청나니까.

히말라야 금강산 광고라도 맡은 것 같으이. 자네니까 말일세만. 나 또한 앙칼진 생각이 없지 아니하여, 금강산에서 무슨 흠이라도 하나 찾으려고 미학 책을 뒤져가며 아직 완전치 않다고 주장할 조건을 성립시키려 퍽 애를 썼네만. 젠장, 그 결과는 오히려 금강산을 표준으로 하고 보면 지금까지 성립되어 있는 아름다움에 관한 조건들이 거꾸로 불완전하다는 걸 증명하고 말았네그려. 기막혀. 또 자네만 들어 두게마는, 알프스란 염치없는 친구도 남모르게 러스킨, 라복 등의 논설을 방패로 삼아 금강산에 대항해 보려 했는데, 알고 보니 금강산이 그들의 논설 범주에 들어가기는커녕, 풍경에 관해 그들이 말했던 관점들이 도리어 금강산 원리에 의해 수도 없이 정정되고 보완되어 충족되어야 하는 것임을 깨닫고는, 유럽의 큰 코가 그야말로 민폐가 된 일도 있느니.

곤륜 그래. 금강산을 못 본 러스킨은 풍경에 대하여 애꾸밖에 못되느니. 만일 금강산으로 그 이론의 기준을 삼았던들 반딧불인 그 논설이 태양일 뻔하였을 것이니. 자연미의 궁극적 저울추도 필경은 금강산에서 나올 것이니.

히말라야 개표한 결과야 물을 것 없이 금강산 왕의 출현이지만, 지난 일을 생각하면 우리 얼굴이 번듯할 것은 없어. 자네가 산들의 조상된다는 사실을 내놓고 얼굴이 빠진 것이나. 알프스 군이 생각 없이 금강산을 누르겠다는 외람된 마음을 내는 것도 생각하면 다 그럴 만하여 괴이할 것도 없는 일이야.

곤륜 그러니 범강. 장달이가 나선 다음에야 난장이가 키 자랑을 하는 재주가 무엇인가?

히말라야 원체 푯나물 한두 가지와 산해진미 진수성찬이 겨루는 형국이니까. 우리네가 금강산 밑에 들어야 창피하다 할 건 없어. 우리가 남들보다 자부심을 가졌다 하지만 금강산 앞에서는 고개를 들 수가 있어야지.

(요령이 뎅뎅 울리더니 개표가 시작된다 하여 장내가 와글와글. 이름 부르는 것을 들으매 맨 금강이라는 소리뿐. 혹시 다른 이름이 나오면 비웃는 웃음이 이 구석 저 구석에서 히히히…)

히말라야 투표라고는 해도 죄는 맛, 당기는 재미가 없으니 싱겁기는 그만일세. 마치 세도 당년에 작정된 급제님을 부축하고 있는 셈일세.

곤륜 옳은 말일세. 이왕이니 시상하는 것까지만 구경하세.

히말라야 그런데 말 탄 신랑인 금강산 군은 어디 있누.

곤륜 물을 것 있나. 아무 데고 오색구름 서린 곳이면 그가 있는 곳이겠지. 점잖다, 점잖다 해도 금강산 군 같은 이는 보다가 처음이야. 그 자격을 가지고, 그렇게 오래도록 깊이 닫아 두었는데도 억울한 뜻을 둔 적이 있는가 말이야. 지금 이렇게 갑자기 확 드러나게 되었다 해서 득의양양하길 하는가 말이야. 오늘만 하여도 다른 이들은 갖은 단장을 다 하고 갖은 맵시를 다 내었는데, 금강산 군만은 수수한 제 본색대로 와서 저기 가만히 앉아 있네그려.

히말라야 그것이 바로 다른 무엇을 기다리지 않고 스스로 충분하다는 것일세. 기름 한 방울 바르지 않고, 명주실 한 오리 걸지 않아도, 바로 메추라기 틈에 선학이 끼인 것 같으니. 좀 건너다보아! 나는 벌써부터 금강산 왕 폐하 만세 소리가 목구멍 속에서 갈강거린다네.

곤륜 금강산은 왕이 되니까 좋겠지만. 그럼 우리는 어찌 되는 거지?

히말라야 팔만 사천 털끝까지 꼴딱 집어삼키게 생긴 이도 미인이겠지마는, 눈 하나 코 하나로도 미인 못될 것은 아니니까. 금강산이 아무리 온천지를 떨게 할 미인이라 한들 우리더러 길가 술청도 보지 말라 할 리야 있나. 세계적인 존경과 영광은 마땅히 금강산에게 돌아가겠지만, 우리는 우리 깜냥대로 인도 읍내, 중국 거리, 유럽 면, 아메리카 촌락에서 호랑이 없는 동네 토끼 노릇이나 하세 그려.

곤륜 이런 제기. 인제는 우리가 산중에서나 귀한 물건이란 말인가?

(어느덧 검표가 끝나고 금강이 거의 만장일치로 산 왕에 추대되었다는 보고가 들린다. '금강산 왕 만세' 소리가 시키는 이 없이 우레와 같다. 곤륜이 머리를 긁적거리면서)

곤륜 나는 부르려 하지 않았는데, 금강산 당선이라는 소리를 듣자마자 저절로 만세 소리가 북받쳐 나오니 그 아니 괴상한가?

히말라야 글쎄, 내가 할 말일세. 그러고 본즉 겉으로는 이러니저러니 해도 다 각기 본심, 진심으로는 금강산이 산들의 제왕인 것을 작정하고 있었던 것이야. 소원대로 되니까 경축하는 소리가 저절로 나오는 것이지.

곤륜 그래그래. 공적인 마음은 다 있는 법이니까.

(하고 곤륜과 히말라야가 천천히 일어나고, 다른 산도 앞서거니 뒤서거니 퇴장. 한쪽에는

알프스와 로키가, 산도 이제는 유색인을 못 따르겠음을 슬퍼하는 표정으로 둘이 손을 힘없이 잡고 곤륜, 히말라야의 뒤를 멀리 따르면서)

로키 자네도 불렀나?

알프스 만세 소리가 저절로 나오데.

로키 지지는 않았어도 이기지는 못한 셈인가.

알프스 복 나니 금강산이 제왕인 것은 당연 이상의 당연이야. 이름도 못 들어보던 조선이란 나라에 있다 길래, 이전에 턱없이 반감 가졌던 일이 생각하면 부끄럽네. 우리쯤은 금강산의 신발 끈 풀어 주는 것은 고사하고 밑이라도 열 번 씻어 드려야 원통하다 못하겠데.

로키 자네도 이제 퍽 겸손해졌네 그려. 그러니 말이거니와 벌써 아무개한테 들으니까, 원래 금강산은 하느님께서 당신의 뜨락 삼아 지으신 것인데, 일체의 지혜와 모든 솜씨를 다하여 만드신 특별 작품인데, 중간에 무슨 관계로 조선에게 내어준 것이라네. 지금도 천국에서는 금강산을 산이라 부르지 않고 만미보萬美譜, 즉 모든 미의 족보라 일컬으며, 무슨 솜씨를 부려 보려 할 때면 금강산에서 본새를 찾아 쓴다 하데.

알프스 그럼. 별 수 없이 아름다움의 목록, 색인, 자전 아니 백과전서일세 그려.

로키 또 들으니까. 금강산 이상의 다른 이름난 산과 경치 좋은 땅이란 것들은 즉 불과 금강산의 모든 요소, 조건 중에서 한두 가지씩을 떼어서 다만 덩어리만 크게 하여 여기저기 헤쳐 주신 것인데, 그것은 실상 불시에 금강산이 세계에 나오게 되면 아름다움을 곧장 돌진하며 뚫고 나와 분출하는 위력에 놀라, 보는 이들이 정신을 잃을까 보아서 아름다움의 안목을 조절해 길러 두도록 견본품을 보내 두신 것이라대. 이런 말은 인간에 전하는 『창세기』에는 무슨 까닭이 있어 빼었지마는, 천국의 정원일기政院日記, 궁정에서 일어난 모든 사건 등을 기록하는 일지에 뚜렷하게 적혀 있다 하데.

알프스 옳구먼 옳구먼. 어쩐지 세계 명산의 요소 치고 금강산에 빠진 것이 없으며, 그뿐 아니라 세계 명산을 전부 합친 것 외에도 허다한 인류를 초월한 욕구의 미적 소용돌이가 금강산에 들어 있는 까닭을 야릇하게 여겼더니, 본디가 금강산은 하느님이 쓸 것으로 만드신 것이더란 말이야. 옳거니, 그러나 그것을 어째 이스라엘 무리들에게 주시지 않고 조선 사람에게 맡기셨다던가?

로키 그것은 나도 몰라. 에덴 낙원도 못 지키는 꼴을 보시고 정이 떨어지신 게지. 그렇지 않으면 진정한 선민選民은 조선인인 까닭인지도 몰라. 조선이 음부터 'Chosen' 즉 '초선抄選, 선택해 뽑아낸다. 여기서는 조선이라는 나라가 하느님이 특별히 선택해 뽑아낸 민족이라는 의미로 사용' 비슷한 것도 특이하다면 특이하여. 허허허.

(멀리서 울연히 들리던 선악仙樂이 점점 가까워지고 모든 하늘 대중들의 산 왕 금강 찬송가가 호수처럼 밀려 들어온다)

숨기었던 색시가
너울에서 나오매
거룩하신 화관花冠이
절로 와서 얹혔네.

구원久遠의 빛 넘치는
임의 눈을 보아라
해가 아니 뜬대도
어둠 다시 없겠네

(이름도 모를 온갖 향기로운 꽃들이 비처럼 눈처럼 십방十方으로서 금강산에 와서 덮인다)

조선 정신의 표치標幟

조선인으로서 조선의 제일이 무엇임을 모른다면, 어찌 됐든 커다란 수치입니다. 그것이 세계의 제일을 겸하는 것이라면, 그를 모르는 수치는 그만큼 더 클 것입니다. 금강산은 어떠한 의미로든지 조선의 제일이요, 또한 세계의 제일입니다. 조선뿐 아니라 세계를 통틀어 다시는 짝이 없고 견줄 데 없는 오직 하나뿐이고 특별하게 아름다운 천지간 기적입니다.

세상에는 산도 많고 명산도 많습니다. 그러나 금강산처럼 온갖 조건이 구비하고, 또한 인류의 바람과 기대감의 한계까지를 미리 펼쳐놓은 경치란 과연 세계에 둘도 없는 것이어서, 이 하나밖에 없는 조화의 기적이 조선에 있게 된 것은 생각하면 아슬아슬한 우리의 행복인 동시에 알뜰살뜰한 하늘의 은총입니다.

한편 조선인에게 금강산은 그저 풍경이 아름답고 수려할 뿐인 지상의 현상만이 아닙니다. 사실상 조선심朝鮮心의 실물적인 표상이자 조선 정신의 구체적인 표상이며 조선인들의 생활, 문화, 역사에 장구하게 긴밀한 관계를 갖는 성스러운 존재입니다. 예전에는 생명의 본원이자 영혼이 돌아가 그치는 곳으로까지 생각되었고, 근세까지도 허다한 예언자들의 전당이 되는 곳입니다.

(…중략…)

지금 우리는 온갖 방면으로 옛 생명의 새로운 발휘, 옛 정신의 새로운 소생을 꾀하여야 할 때이거니와, 금강산 순례 같은 것도 그중의 중요한 한 건이 아닐 수 없습니다. 그것이 종교적, 철학적 이치의 얕고 깊음에 어떠한 내용적 차별이 있든지, 금강산의 조선 그것, 조선심 그것의 표상인 점에 있어서는 옛날과 지금, 현생과 내생 할 것 없이 일관적으로 항상 같은 것입니다.

조선으로 하여금 금강산이게 하자. 아무 다른 이론, 다른 목표 할 것 없이 자연계에서의 금강산 정도로 인문상의 표현도 그렇게 될 수 있도록 하는 것이야말로 조선인에게 가장 명쾌하고 적절하며 구체적인 가르침입니다. 이 의미에 있어서 조선인처럼 신기 미묘한 생활 철학 및 지도 원리를 가진 이는 또 없습니다. 가장 또렷한 기호와 힘찬 표현의 모범적 경전인 금강산이 우리에게 있음을 자랑합시다.

홑으로 지식욕만으로 말하든지, 향토심 만으로 말하든지, 역사 양심상으로든지, 진리 갈구하는 것으로든지, 아주 줄여서 자연 애호, 미적 충동으로든지, 어떻게 쳐서나 금강산은 마땅히 조선인의 생활의 중요한 한 부분, 상식의 한 조건이 되어야 할 것입니다. 아니 확실히 그 의무의 하나일 것입니다. 조선인으로서 조선 국토의 정수, 조선 정신의 표지를 인식하는 것보다 더 긴요한 자기의식이 또 무엇이라 하겠습니까?

천제의 석가산

금강산은 백두산의 큰 줄기가 반도의 동쪽 측면에서 바다를 기고 내려가는 곳, 요컨대 조선의 척추에 해당하는 태백산맥의 허리에 어쩌다가 생긴 위대한 조화의 흔적입니다. 기운차게 천리를 뻗어 내려온 멀고 먼 산맥들이 철령鐵嶺과 설악雪岳 사이에서 허리를 한번 꿈틀하는 토에, 두 개의 단층이 좌우로 생기고, 그 등골 부분되는 중앙의 봉우리 능선이 이 단층선을 끼고 계단 모양의 거대한 함몰 형상을 이루는 통에 기기, 괴괴하고 울퉁불퉁 뾰족뾰족한 일만이천 봉우리가 서로 뒤섞여 생성되었습니다. 그런데 다시 아마득한 억겁의 세월을 통해 바람과 물결 등이 줄곧 잔 칼질과 잔 끌질을 하여 갈수록 더욱 기이하게 다듬어낸 것이 금강이라는 천제의 석가산石假山, 즉 돌로 쌓아 올린 산입니다.

금강산은 흔히 세 부류로 나눕니다. 이 중앙 봉우리 능선들을 기준으로 서쪽을 내금강이라 하고, 동쪽을 외금강이라 하며, 남쪽으로 산맥이 다시 고성 지역의 앞바다로 몰입하여 수많은 괴이하고 기이한 섬과 암초들로 이루어진 곳을 따로 바다의 금강 해금강이라 합니다.

예濊 이래의 영험한 터

금강산이 언제부터 알려졌는가? 다만 역사 이전 아득한 옛날이라는 것밖에 더 자세한 것을 알 수 없습니다. 문헌으로 말하면 『삼국사기』 신라 제사지에 고성군의 상악霜岳이라고 보이는 것이 처음이나, 영동의 땅이 신라 이전에는 예濊 또 그 이전부터 주민의 마음을 쥐던 명산이었을 것은 얼른 짐작할 일입니다.

조선에는 오랜 옛날부터 산악 중심의 자연숭배가 가장 성행하였습니다. 그것이 뒤에 자연교로 혹은 인문교人文敎로 진화하여 체계를 갖춘 일대 신앙을 성립할 때에도 산악은 신의 성스런 자리 내지는 신의 본래 모습 자체로서 일상을 초월한 존경과 믿음을 받았습니다. 산신 신앙이 특히 두드러졌던 예濊의 국토에 있어, 그 생김새부터 영묘한 금강산은 진작부터 최고 신격의 대접을 받음이 대개 오래된 약조였습니다.

조선의 모든 민족 및 동북아시아 모든 종족을 정신적으로 지배하던 고대 종교는 'ᄇᆞᆰᄋᆞᆫ'(간략히 하여 '박' 혹은 '불')입니다. 그 종교적 의미는 하늘을 최고 존재를 삼고, 태양을 최고 표현으로 알며, 산악을 인간들이 깃들어 사는 곳으로 생각하는 것입니다. 그리하여 한 지역에 있는 최대, 최고의 산악이나 혹은 산악 중 최대, 최고의 뾰족한 봉우리를 한없이 신성하게 대접했습니다.

이렇게 신성시되는 산악을 'ᄇᆞᆰᄋᆞᆫ'이라 일컫습니다. 또 다른 말로는 'ᄉᆞᆯᄋᆞᆫ', 'ᄃᆞᆯ' 등이라고도 합니다. 그러므로 이 종교적 의미가 행하여지는 지역에는 반드시 'ᄇᆞᆰᄋᆞᆫ', 혹은 'ᄉᆞᆯᄋᆞᆫ'이란 명칭의 산이 있었으며, 또한 마을에는 마을의 그것, 읍에는 읍의 그것, 나라에는 나라의 그것, 우주 안에는 우주 안의 그것이 있어 마치 행정 계통과 같은 계급과 연관을 가졌습니다.

금강산은 실로 예濊 이래로 한 지방 또는 한 나라의 신령한 산인 것입니다. 그 숭배가 신라, 고려로 내려오면서 형식으로는 차차 교체되고 가려진 혐의가 있으나, 그 실질은 지금까지도 변함이 없습니다. 신라 시절 국선國仙의 단체 순례 내지 일반 서민들의 종교적 참관을 지금은 구경이라는 별개 의식의 아래에서 계속하여 갈 따름입니다.

금강산은 옛날에는 'ᄇᆞᆰᄋᆞᆫ' 산이라 하고, 바뀌어 '불', '박' 등의 음이 되었으며,

또 다르게는 '솔은', '드골' 기타의 다른 명칭이 있었습니다. '불'산은 신령한 산이라는 뜻이고, '술'산은 성스러운 땅이라는 뜻이며, '드골'산은 하늘의 구역이란 뜻입니다. 세 가지로 불리던 이러한 이름들이 훗날 한자로 교체되어 각각의 글자 형태를 무릅쓰게 되고, 혹은 불교적으로 번역되어 마침내 불교와 특별한 인연이 있는 땅으로까지 생각하게 되었습니다.

삼면, 삼중, 삼태

금강산 인식에는 삼면三面, 삼중三重, 삼태三態가 있습니다. 자연, 전설, 역사 이것은 평면적으로 금강산의 미를 알아보는 세 방면입니다. 특별한 자연은 양편으로 신비한 전설과 감개한 역사를 지팡이하여 더욱더욱 자기의 미를 가치 있게 하려 하였습니다. 이 세 부류가 맞아서 금강산의 미는 홑미가 아니라 겹미, 아니 솜 둔 미가 되고 아름다운 구슬을 비단 보자기에 싸서 화류 갑에 넣은 듯한 미가 되었습니다.

금강산에는 여러 종류와 여러 형식의 아름다운 전설이 있습니다. 뒤에 와서는 많이 종교의 탈을 쓰게 되었지마는, 그 진면목을 헤쳐 보면 이름 없는 원시 시인들의 아름다운 시정詩情과 뜨거운 애국심을 드러내는 불구슬이 눈앞에서 바로 댕글댕글 뛰는 듯합니다. 본디가 시인 금강산은 이 전설로 인하여 시중의 시, 만화경 같은 중중무진한 시가 되었습니다. 금강산과 관련된 한 무리의 전설은 마땅히 조선 전설학 안에서 중요한 부류가 될 것입니다.

금강산은 처음에는 고대 신도神道의 영험한 현장으로서, 이후에는 선도의 손을 거쳐 마침내 불교의 차지가 된 곳입니다. 지금 와서 보면 금강산이 본디부터 불교를 위하여 생겼고, 불교로 인해 보존, 유지하여 가는 것 같이 되었지만, 실상은 그런 것이 아닙니다. 불교는 겉껍질을 벗기면 그 속에는 선도가 들어 있고, 다시 선도의 속 허물을 젖히면 그 밑에는 고대의 신령한 가르침인 고대 신도神道의 본연한 꼴이 곱다랗게 들어 있음을 봅니다.

탐승의 이상로

서울서 금강산 구경 가는데 지금 흔히 이용되는 여정은 일단 경원선京元線으로 철원까지 가고, 다시 전차로 창도昌道까지 간 다음, 산의 입구까지는 자동차로 가서, 내금강·외금강·해금강을 차례로 본 다음, 배편을 이용해 장전長箭에서 원산을 경유해 돌아오는 육왕해귀陸往海歸, 즉 육지로 갔다가 바라도 돌아오는 경로와 이것을, 거꾸로 도는 해왕육귀海往陸歸, 즉 바다 쪽으로 시작해 육지로 돌아오는 경로가 있습니다. 그 밖에 원산과 장전으로 하여 온정리에서 금강산의 덜미인 온정령을 끼고 돌아 내외 금강을 더듬고 다시 돌아 나오는 해왕해귀海往海歸, 즉 바다에서 시작해 바닷길로 다시 돌아오는 경로까지 합하면 크게 세 가지 정도가 있습니다.

세 가지 종류의 길에는 각기 장단점이 있습니다. 경비와 시일을 절약하려면 바닷길, 즉 해왕해귀가 편리합니다. 하지만 이 길은 유람하며 감상하는 맛은 가장 적은 것 같습니다. 육왕해귀나 해왕육귀 코스는 똑같은 구경을 순서만 바꾼 것 같지만 실상 양쪽 간에는 펼쳐지는 경관의 본질을 순행하고 역행하는 구별이 있어, 감상하는 재미에는 퍽 큰 차이가 있습니다. 만일 여정을 자유롭게 선택하여 정한다하면, 우리는 육지로 갔다 바다로 돌아오는 육왕해귀를 권하겠습니다. 부드럽고 아늑한 내금강을 보고, 웅장하고 헤벌어진 외금강을 거쳐서, 그래도 남아 있는 세속의 찌든 때는 동해 먼 바다 끝의 만리 파도에 씻고 돌아옴이 심리적으로 정당하고 지세 상으로도 순리에 따르는 것 같기 때문입니다.

이래야 앞으로 나아갈수록 눈이 굵어 가슴이 열려가는 동시에, 길도 오르는 것보다 내려가는 분수가 많아서 다리 수고가 적습니다. 더 한층 이상적으로 하자면 배를 그만두고 온정리에서 자동차로 동해를 끼고 육로로 올라가면서 총석정, 시중대侍中臺 등의 절경을 자세히 씹으면서 산과 계곡, 바다와 호수 등의 모든 경관을 한눈에 배불린다면 쩍 말이 없을 것입니다.

장연사 고탑

금강산 전철은 아직 창도까지밖에 개통되지 못하였습니다. 여기서부터는 자동차로 갈아타고, 갈수록 협곡이 깊어지고 고갯마루가 높아지는 깊숙한 속으로 무릇 백여 리를 달려 묵파령墨坡嶺 높은 고개를 넘습니다. 묵파령 고개를 올라서면 기기묘묘한 금강산이 마치 얼마 멀지 않은 앞에서 둘러서서 있음을 봅니다.

그러나 보행하는 이는 창도에서 통구通口를 거쳐 단발령斷髮嶺 고개를 넘는 것이 빠릅니다.(묵파령 길은 신작로를 만들면서 90리나 돌아가게 되어 있습니다) 단발령은 속세의 인간이 봉우리에 올라 처음으로 금강산을 바라보게 되면 그 경관에 머리를 깎고 속세를 떠날 생각을 갖게 된다 하여 생긴 이름입니다. 지명의 출처는 어떻든지 보행이면 단발령, 자동차면 묵파령의 꼭대기에서 처음 옥순玉筍을 묶어세운 듯한 금강산의 성스러운 모습을 바라볼 때에는, 미의 위력을 맞아서 일종 이상한 감격이 치밀어 오름을 깨닫지 못함은 사실입니다.

이 두 길과 온정령 넘어오는 길은 다 말휘리末輝里라는 곳에서 합쳐지는데 이후 금강천을 건너면서부터 금강산의 승경 관람은 말을 붙이게 됩니다. 금강천은 금강산 북부의 여러 골짜기 물들이 몰려나오는 것으로, 만폭동 물과 어우러져 명연鳴淵, 송평천松坪川, 그리고 신연강新淵江이 되어 춘천으로 나아가 소양강물과 합하여 한강의 상류가 되는 것입니다.

불과 몇 리 못 가서 철이현鐵伊峴을 넘는데, 이 위에서 오는 길을 둘러보면 철령으로부터 뻗쳐 나오는 금강산 서쪽 웅장하게 호위하며 선 산봉우리들이 중첩되어 합해진 모양이 또한 크게 볼만합니다. 긴 골짜기로 하여 이 봉우리를 내려서면, 만폭동에서 나오는 동금강천을 끼고 소나무 숲 안으로 들어가면서 금강산의 기세가 주는 맛을 걸음걸음 진하게 맛보게 됩니다. 마수걸이로 눈에 들어오는 소나무들 사이의 작은 글자 하나는 조선의 이 태조께서 왜구를 토벌하여 평정하고 가시는 길에 활과 화살을 걸고 전쟁의 노고를 푸신 곳이라는 괘궁정掛弓亭입니다.

조금 가서 '탑의 거리'가 시작되면 몸이 금강 분위기에 둘러싸이기 시작하는 걸

앙탈할 수 없고, 눈을 들어 관음봉이 엄전하게 앞장 나서신 것을 뵈올 때에는, 길의 지리함과 다리의 고달픔이 단번에 잊어버려집니다. 신라의 옛 사찰인 장연사長淵寺는 오른쪽 방면 작은 언덕에 겨우 정교한 조각으로 새긴 석탑 한 기를 남겨서, 당시의 성대함을 말하게 합니다. 장연사 탑은 이성단二成壇 위에 얹은 대리석 삼층탑입니다. 높이는 약 15척 정도이고, 상단부의 네 면에는 각각 좌우 양 모서리에 불법을 수호하는 신상을 새겼는데 수법이 자못 우수합니다. 탑의 전체도 능히 장중한 균형을 발휘하여, 규모는 작으나마 통일기 신라 석조 기술의 풍취와 운치를 푼푼히 표현하였습니다. 아마도 금강산에 있는 돌로 된 물건 중에서는 갑, 즉 으뜸에 속한다는 말이 옳을 것입니다.

신비한 초입 정취

고려 시절에는 금강산의 초입 어귀인 탑거리 안에 도산사都山寺란 절이 있어, 안으로는 전체적으로 금강산의 시원을 총괄해 감독하고, 밖으로는 금강산 순례자들의 보호 지도를 이끌었다 하는데, 지금은 그 유적으로 깨진 기왓장과 주춧돌 잔해가 남았을 뿐입니다. 이곡李穀에 의하면, 당시에는 금강산을 인간정토라 하여 사방천지의 남녀가 먼 길을 마다하지 않고 우마에 짐을 싣거나 들쳐 매거나 머리에 이거나 하면서 끊임없이 찾아 들어왔다고 합니다. 심지어 중국 황실에서도 극진하게 제사를 받들어서 천자께서 하사한 향과 폐백 물품 등을 실은 수레가 길 위에 끊이지 않았다고 할 만큼 성대했는데, 도산사는 이 당시 이네들의 숙식을 편케 하기 위하여 특별히 대비해 건설한 곳이었습니다.

소나무 숲이 끝나고 대신 오래된 전나무들이 가로수를 지을 무렵이면 그윽하면서도 웅장하고 깊은 맛이 갑자기 늘면서, 그 사이로 길다랗게 뚫린 길이 마치 거물의 목구멍처럼 사람을 금강산으로 집어삼킵니다. 향선교이니 남천교이니 하는 다리로 금강천을 건너고 되건너 산은 수려하고 역동적인 면모를 더하고 물은 맑디맑고 깨끗한 면모를 더한 골짜기 입구로 들어갑니다.

그러면 어느 순간 자신도 모르는 동안에 육관과 칠정이 함빡 금강산하고만 반응하게 됩니다. 이로부터는 상어 뱃속에 들어간 뮌 하우젠처럼 머리에 이고 발로 밟고, 눈이 닿고 손으로 어루만지는 모든 것이 오직 금강산의 위장 속 길을 뚫고 뱃속 절벽을 헤쳐 나아가는 씨름입니다.

장경봉 이하의 초입 몇 봉우리가 우뚝우뚝 웅장히 솟아오른 모양들을 내어놓습니다. 잎 새마다 태고의 기운을 드리운 거무충충한 전나무들이 짓궂게 가리고 싸건마는, 그대로 비어져 나오는 금강의 향기와 자취는 사람을 취하게 합니다. 못 보던 산 모양, 처음 보는 바위 자태, 다른 데 없는 계곡 물소리, 여기서만 듣는 시내물의 음향 등 금강산만의 것이라 할 '아름다움의 떼거리'가 부쩍부쩍 사람에게로 달려들 적에는, 어떻게 주체해야 옳을지를 모릅니다.

들리는 것, 보이는 것이 단순한 경치가 아님을 짐작하여, 들어가는 대로 육체의 눈과 귀 외에 다른 눈 다른 귀가 열리는 줄 모르게 조금씩 열려 나갑니다. 이 눈이 귀의 열림을 따라 금강산의 인식이 그만큼씩 참되고 확실한 정도를 더하여, 마침내 우뚝우뚝한 산색과 졸졸 흐르는 계곡 소리가 그대로 여래의 살아 있는 설법인 줄을 명료하게 알아보게 되는 곳에 금강산의 속맛이 다시 한 겹을 더하게 됩니다. 금강산이 심상히 생긴 것 아님은 여기서부터 이미 아무에게든지 밝히 인식됩니다. 금강산이 수석의 선율로 표현된 조화로움의 일대 계시, 일대 전갈임은 누구라도 언뜻 산을 대하는 순간 문득 생각하게 되는 일입니다. 그 '짓거리'와 그 '사설'이 무엇 무엇이라고 꼬집어 말을 못하여도, 무어랄 수 없이 그럴싸한 감동이 우리의 심금을 울리는 신비극을 대하는 듯합니다.

장안사

길을 따라 들어가다 보면 왼쪽 계곡 언덕에 서양식으로 지어진 장안사 호텔과 거기 딸린 건물들이 보입니다. 조금 더 가면 장안사의 산문이 나부죽하게 길을 가로막습니다. 기둥에 쓰인 '한 번 산문에 이르러 만 가지 세상일을 내려놓는다일도산문만사휴(一到山門萬事休)'는 한 구절이 마치 거대한 끌처럼 유람객들의 가슴에 붙어 있는 속세의 티끌들을 긁어냅니다. 산문 앞 부도탑들이 한데 모인 곳에는 작년에 영국인 고든 부인이 모각模刻하여 세운 대진경교유행중국비大秦景教流行中國碑가 있습니다.

1918년 장안사 입구에 문을 연 장안사 호텔, 출처 : 우리역사넷

백천동 계곡의 장안사 턱 밑에 놓인 다리는 만천萬川이라 부릅니다. 그곳에서 자갈 돌무더기들이 있는 개울 바닥에 우렁차게 지껄이는 격류를 밟고 서서 아늑한 삼림 속에 은근히 모습을 숨기며 들어앉은 황금빛 전각 건물과 푸른 단청 건물들을 들여다봄은 마치 한 폭의 그림 같습니다만 사실상 그림으로는 따를 수 없는 미의 경관입니다. 떠들썩한 가운데서의 고요한 맛, 바로 앞에 있는 것임에도 그대로 퍽 깊어 보이는 뜻, 웅대한 윤곽에 싸인 섬세한 짜임새, 자연과 인공의 어긋한 채로 찰싹 들어맞음 등은 얼마를 보아도 염증나지 아니하는 경관입니다.

장안사는 신라 법흥왕 시대에 창건된 오래된 사찰입니다. 그러나 장안사의 황금시대는 그보다 8세기나 이후인 고려 충혜왕 시대입니다. 당시 고려 여자로 원나라 순제의 황후가 된 기 씨奇氏는 황제와 태자를 위하여 복리를 기원하는 데 가장 존신 숭봉한 것이 금강산, 그중에서도 장안사이어서, 여러 해를 두고 거액의 내탕금과 다수한 공인工人들을 보내어 법당과 불전, 기타 불상 들을 새로 조성하니 오랫동안 사찰의 규모나 배치의 아름다움 및 제작의 정성 등에서 거의 역내에 가장 뛰어났습니다.

하지만 임진왜란은 금강산에까지 찾아 들어와서, 이 잘나고 거대한 건축과 큰 건물들을 찬 재로 만들었습니다. 지금 있는 육전칠각, 사루 일문은 그 뒤 오랜 동안에 조금씩 중흥한 것이요 그나마 여러 번 성훼成毁의 번복을 치른 것들입니다. 만세루 안으로 우뚝하게 보이는 2층 대웅보전은 오히려 금강산 4대 사찰의 하나요 산내의 수반인 권위를 표시하기에 부족하지 않습니다.

기황후가 중창할 당시에는 비로자나 이하로 오삼불, 만오천불 등 어마어마한 많은 불상을 설치해 만들었으나 이럭저럭 없어지고 바뀌어서, 지금은 어느 것이 그때의 유물인지를 변별하기 어렵습니다.

대법당 왼쪽의 지성지전에 봉안한 제위 나한상은 크기도 하려니와 원체 수법이 범상치 않아서 자유자재한 변화와 활동하는 신령스런 뜻이 자못 경탄할 값이 있으니, 필시 명공의 고심에서 나왔을 것입니다.

장경, 관음. 지장 등 여러 봉우리가 죽순처럼 앞에 빼어나고, 그 봉우리마다 봉우리 이름을 그대로 따라 이름 지은 암자가 있어 유람하는 정취를 도우니, 대개 조금만 자리를 바꾸고 조금만 시간을 드티어도, 그대로 눈에 들어오는 광경이 달라지는 금강산에서는, 동일한 장안사 구경도 장경암長慶庵에서 보는 것과 관음암, 지장암에서 보는 것이 각각 다른 경관이어서 여러 가지로 장안사 맛을 보입니다.

업경대

불교에서 금강산을 네 개 구역으로 말할 때, 영원동은 '시왕원내十王垣內', 즉 명부 소속이라 하는 것이 있습니다. 이런 이유로 영원동 안에 있는 일체의 것들은 모두 명부에 인연 있는 이름들을 쓰게 됩니다. 지금 이곳은 그 초입이 되는 곳이라 하여 이 연못을 황천강이라 하고 이 바위를 업경대業鏡臺라고 부릅니다. 업경은 저승 초입에 걸려 있어 지나는 이들이 생전에 지은 선악 양 업을 여실하게 비추어낸다는 검사국檢事局 대용물입니다.

소沼 옆에 너부죽한 돌이 재치 있게 놓여서 이 국면 내의 경관을 마음대로 즐기며 감상하게 되었습니다. 앞에 보이는 천진봉 위로 질록하게 놓인 두 개의 깎아지른 듯한 절벽 틈이 지옥문입니다. 그리로부터 뻗어 올라가는 중긋중긋한 봉우리에는 죄인, 사자저승사자, 판관, 시왕 등의 이름을 붙여서, 거기만 보면 미상불 머리끝이

영원암 전경, 『金剛山寫眞帖』, 德田寫眞館, 1922, 출처 : 서울역사박물관

쭈뼛쭈뼛해집니다. 하지만 또 한쪽에서는 미혹된 어리석음을 깨우쳐주는 석가봉, 고난을 제거해 구해주는 관음봉, 현재와 미래의 사람 및 하늘의 무리들이 온갖 악취에 떨어지지 않게 하는 지장봉이 늘어 계심을 보면, 가슴이 문득 시원하여집니다.

태자성

대臺를 끼고 돌아가면, 고목과 푸른 등나무로 뒤얽힌 돌로 쌓은 성곽이 골짜기 입구를 가로막습니다. 지금은 무너져 없어졌지만 드나드는 길목에 문이 있던 자리가 오히려 남겨져 있음을 봅니다. 이것을 태자성이라고 일컫습니다. 신라가 망하자 경순왕의 태자마의태자가 한편으로는 새 왕조에 대한 치욕감을 안고 다른 한편으론 옛 국가에 대한 부흥 계획을 품고 금강산에 몸을 숨겼다는 사실은 오랜 문헌에도 적힌 바입니다. 지금 이 성은 그때 그가 외간의 통섭을 끊기 위하여 쌓은 것이라 합니다.

성을 지나 우두봉 협곡을 바라보면, 문득 업경대의 덜미가 됩니다. 그중턱쯤 되는 곳에 대문만큼 구멍이 뚫린 곳을 황사굴이라 하고 그 옆으로 보이는 그보다 좀 작은 또 하나의 구멍을 흑사굴이라 하는데, 황사굴은 극락으로 통하고, 흑사골은 지옥으로 통합니다. 이르기를 지옥문으로 죄인을 잡아들여서 명경대 앞에서 심사를 마치고, 선악을 따라서 이 두 구멍으로 데민다 하는 것입니다.

여기서 단풍나무 위주의 활엽 처녀림 속으로 개울을 두어 번 건너면 길옆에 동쪽을 향한 네다섯 칸 되는 석대가 있는데 이곳을 태자의 대궐 터라 합니다. 그 앞의 개울목 돌 위에는 누가 지은 글인지 '동경의열 북지영풍東京義烈北地英風'이라 쓰인 태자의 송찬頌讚이 새겨 있고, 그 건너에는 태자의 계마석繫馬石, 마구馬廐 터, 위 대궐 터란 것들이 고기고기 늘어 있습니다. 이 근처 한참은 신라 태자의 전설로 한 판을 짰습니다.

물론 태자의 유적이 전설적 감흥을 깊게 해주기는 합니다만, 그것과 역사적 진실은 다른 것입니다. 첫째 세간 만사를 다 끊고, 이 깊은 골짜구니에 들어온 그에게는 성이니 대궐이니 하는 것이 다 소용 있었을 리 없습니다. 대개 영원동은 금강산에서도 오랜 옛날부터 종교적 근본 지역이던 곳입니다. 그러므로 위 대궐이니 아래 대궐이니 하는 것은 그 어느 시절의 제단이던 것일 뿐입니다. 계마석이니 마구 터니 하는 것은 그 희생과 관련된 유적들이고, 성城이라 하는 것도 영역 구획의 표시물이던 것을 태자 전설에 갖다 붙여 이렇다 저렇다 하게 된 모양입니다.

영원동

업경대로부터 10리쯤 올라가면 적막하고 고요한 영원암靈源庵이 지장봉 밑에 나섭니다. 영원동은 금강산 중에서 가장 깊디깊은 곳이며 영원암은 영원동 중에서 가장 깊디깊은 곳이라 합니다. 그런 까닭에 이 땅이 태고 이래로 특수한 종교적 사명을 띠면서 오래토록 국선國仙들이 순례하는 이름난 유적지가 되었고, 최근까지도 신교나 선교仙敎의 기도처로 혹은 수련의 영지로 쓰였습니다. 불교에서는 고래로 참선 수행의 명소라 하여 선승들의 결가부좌가 끊이지 아니합니다.

한편 영원암은 영원동을 명부冥府, 즉 저승으로 비유하는 전설적 지주支柱로 유명합니다. 이르기를 신라 시절에 영원 조사란 이가 여기서 초당을 짓고 수행을 하여 묘리妙理와 신통력을 얻었는데, 하루는 앉아 듣자니 그 은사인 명학明學이란 이가 이리로 잡혀 들어와서, 생전의 인색함에 대한 업보로 인해 이무기의 몸이 되어 흑사굴에 갇힌 것을 알게 되었습니다. 이에 영원 조사가 스승에 대한 의리로 달려가 구제할 도리를 베풀었다 하는데, 이것이 아마도 영원동이 불교의 지옥으로 수렴된 발단일 것입니다. 지금도 하늘에서 비가 내리고 음습한 한밤중에는 명부의 죄인 닦달하는 소리가 들린다 합니다.

하지만 영원동을 명부라 일컫는 것은 불교에서 비롯된 것이 아닙니다. 이것은 사실상 고대로부터 이어진 신도神道의 오랜 전승을 불교 역시 물려받은 것에 불과합니다. 조선과 아울러 동북아시아 제 민족을 연결하는 불함문화 계통의 고대 신도에서는 사람이 죽으면 혼령이 났던 본래 자리로 돌아간다는 신앙이 있었는데, 그 지점은 대개 동방 해변의 높고 거대한 산악이라 하였습니다. 오환인烏丸人의 적산赤山, 중국인의 태산처럼 조선에서는 금강산이 그것이 되니, 영원동은 실로 이 생명의 주권자의 신령한 자리라 하여, 예로부터 끔찍한 숭앙과 받듦을 받던 곳입니다. 이것이 도교를 끼고 불교로 들어가, 오늘날 보는 것 같은 지옥 배치를 이룬 것입니다.

옥초대

영원암에서 오른쪽 방면으로 뻗은 등성이에 수십 척 우뚝한 석대가 있어, 영원암의 전경을 모조리 봅니다. 아울러 여기를 중심으로 뒤로는 지장, 관음, 우두, 석가와 앞으로는 죄인, 사자, 시왕, 판관 등의 봉우리들이 이루는 용의 행렬 같은 형세를 꼬박이 살피게 되니 이것을 옥초대玉焦臺라 일컫습니다. 옥초 역시 지옥에 관계된 명칭입니다. 이르기를, 영원 조사가 좌선 참구하던 곳이라 하며, 앞에 놓인 반듯한 돌은 그가 경전을 놓고 보던 책상 바위라 합니다.

옥초대에서 내려다보는 영원동의 경관은 또한 무어랄 수 없는 일종의 특별한 아름다움입니다. 그 기분의 작은 한 모서리를 잡아 말하면, '그윽한 시원함'의 극치라고나 하겠습니다. 앞에 보이는 한 폭 경계가 꽃과 구름과 눈으로 다 희한한 구경을 이루는 것이지마는, 단풍 한철의 오색 금수 바다는 더욱 신묘 황홀하여 에누리 없는 천하일품의 장관입니다. 단풍으로써 표현되는 풍광미의 극치는 금강산, 그중에서도 영원동, 그중에서도 옥초대에서 보는 그것입니다.

백탑동

얼마 들어가면 물이 굽이를 칩니다. 어마어마하게 유착한 전탑塼塔 형태의 바위벽이 좌우로 우뚝 솟아서 위엄 있는 골짜기 대문을 이루었는데, 여기서부터는 군데군데 곧장 하늘을 향해 뻗은 많은 적석積石들이 탑의 체제를 갖추고 있어서 백탑동 이름이 헛되지 아니함을 알게 합니다. 그러나 무심한 비바람이 유심한 인간의 손길보다 놀라운 기교를 드러내 보였으니, 문탑門塔이라는 것에서부터 더욱 찬탄하게 됩니다.

아무리 보아도 일부러 만든 듯한 탑 모양의 바위기둥이 쌍으로 섰음도 기이하거니와, 줄기차게 뻗어 나오는 석상石床, 맵시 있게 드리운 폭포, 울창하고 빽빽한 삼림, 이 온 국면을 온통으로 덮고 서리어 있는 강렬하고도 유연한 측백의 향기, 이 모든 구성 분자들을 뭉쳐서 뭉싯한 채로 뚜렷하게 성립된 백탑동 특유의 풍광미는 이쯤서부터 더욱 두드러지게 솜씨를 부립니다. 돌로만 이루어진 개울 바닥은 천 번 만 번 이리저리 뒤채이고 깎인 탓에 나아갈수록 더욱 기이합니다. 그리로 흘러나오는 물을 가지고 그대로 갖가지 굵고 자잘한 재주를 부리는 것이 백탑동 정취의 핵심이라 할 것입니다. 만폭동, 옥류동을 어울려서 금강산의 대표적인 삼대바위 연못이라 하고 싶습니다. 셋 중에서도 앙바틈하고 가스러진 백탑동에서는 저절로 다른 어떤 것들의 추종도 허락하지 않는 별미가 있습니다.

고우려고만 한 만폭동, 기걸奇傑스러우려거든 옥류동은 물론 누가 보든지 갸륵하다 할 것입니다. 그러나 맵시도 내려 하지 아니하고 잘난 체도 하지 아니하고, 소복 같은 담백한 치장으로 수수하기만 할 듯하여도 청초함과 유한함이 지극한 백탑동입니다. 이곳에서 만폭동이나 옥류동과는 다른 어떠한 재미를 깊이 맛보지 못하는 이는 바위 연못의 심오한 경지에 들었다고 할 수가 없습니다.

망군대

도솔암에서 북쪽으로 쳐다보는 높다란 흰 바위 절벽이 망군대望軍臺입니다. 엉클어진 나무숲을 헤치고 그 밑까지 올라가면, 까마아득한 석벽이 이마에 맞닿는 곳에 100여 척 쇠사슬이 바위틈에 늘어졌음을 봅니다. 마치 길을 일러주는 듯한 나무뿌리에게 끌려서 여기까지 와서는 다시 쇠사슬 구세주를 믿고 정상으로 올라가는 판입니다. 이놈을 매달려 맞추고도 다시 쇠줄 30척을 붙들고 올라가야 5천 척 망군대의 정상입니다.

정상에는 천만년 비바람에 다듬어져서 울툭불툭한 채 수십 명이 앉을 만한 바닥이 생겼습니다. 둘러 있는 수두룩한 바위 뾰두라지에는 고강한 바람에 앙당그러진 전나무, 측백나무들이 틈을 메웠으며, 또 그 사이사이에는 두견화와 단풍이 섞여 봄가을에는 비단 말하기 쓰기를 잊어버리지 아니합니다.

그러나 망군대가 망군대인 까닭은 꽃가지나 단풍 포기 등의 바깥에 있습니다. 첫째 시원합니다. 인생의 밀린 체증이 단번에 쑥 내려갑니다. 금강산 내 전부를 한눈에 바라보며 그 참모습을 살피고 그 참가치를 따지는 자리입니다. 단발령에서 멀리 바라보던 것, 가로 건너다보던 것을 망군대에서 가까이 보고 위에서 내려다보는 것입니다. 이루 헤아릴 수 없이 불가시의한 선의 변화를 손으로 만지듯 참된 맛을 느끼며 감상하고, 금강산의 예술적 성립에 감격의 눈물이 펑펑 쏟아지는 곳입니다. 지긋지긋하도록 용하게 된 금강산을 발가벗겨 놓고 꼭뒤로부터 참빗질식

정선, 〈단발령망금강산(斷髮嶺望金剛山)〉(단발령에서 바라본 금강산), 출처 : 국립중앙박물관 소장본

으로 구경하는 곳이 이 망군대입니다.

멀리로는 비로봉의 불쑥 내민 팔뚝이 월출, 일출, 차일, 백마 등 허다히 크고 작은 힘줄들이 되어 벌떡거리는 근육적 남성미를 드러내는 걸 보거나. 가깝게는 국망, 오선, 법기, 향로 내지 마면, 세존 등 여러 봉우리들 사이사이로 삼림 골짜기와 온갖 샘 및 바위들을 누각마루에서 석가산 내려다보듯 하는 그 맛은 또 한 번 기나 막힌다 할 뿐이지, 과연 말로 표현 못할 것 중에 더욱 말로 표현 못할 것입니다. 웅대함 속에 섬세한 기교가 들고, 깊고 미세한 것 안에 광활하고 아득한 것이 풍기고, 이것저것 할 것 없이 모든 것이 그것 하나가 된 일대의 시계視界는 비록 장님일지라도 그 기운만으로 쾌재를 부르게 할 정도입니다.

이곳에는 가로타고 앉아서 양편 계곡의 미관을 한꺼번에 껴안은 사자목, 천연하게도 고개를 숙이고 날개를 벌리고 발을 굴러 금세 아홉 겹 깊은 하늘로 비상할 듯한 봉황대, 자라바위, 매 바위 등 하늘이 만든 기괴한 바위들이 적지 아니합니다. 또 동쪽 끝 턱밑의 불쑥 솟은 장군봉 같은 것도 장관이 아니랄 수 없습니다만,

망군대 같은 데서는 이 따위 조각 구경은 원체 수에도 들지 아닙니다.

이르기를 신라의 경순왕 아들이 조국을 다시 일으키려 하여, 본영은 영원도에 두고, 군사는 산 바깥의 한 골짜기에 주둔시켜, 척후병을 이 위에 두어 항상 적군의 동정을 살피게 하니, 삼억동三億洞 골짜기와 망군대란 이름이 다 이 때문에 생긴 것이라 합니다. 그러나 사실 망望자를 '발'로 훈독하면 망군이 곧 'ᄇᆞᆰ은'의 번역된 문자인 것이니, 망군대도 또한 고대 신도의 한 신령한 장소인 곳을 후에 망군이라는 문자의 의미를 더듬어서 이러쿵저러쿵 설들이 생긴 것입니다. 예전에는 문자 또한 달라서 망고대라 하였습니다. 장군봉과 송라암 쪽으로 있는 또 하나의 태자성도 다 고대 신도와 관계된 유적의 일부입니다.

백화암

삼선암 갈라진 쪽이 마치 돌문처럼 양측에 대립하여 서 있는 속으로 빠져 나가면, 곧 백화암白華庵입니다. 수려한 봉우리와 깎아지른 산악이 에두른 가운데 비교적 평평한 지면을 획득하여 얼마라도 큰 절이 들어앉을 만합니다. 예로부터 꽤 굉장한 당우를 가진 암자이지만, 무슨 까닭인지 화재가 잦아서 십 수 년 전에 새로 지은 집도 채 몇 해가 지나기도 전에 또 화재를 당하고, 지금은 수충영각酬忠影閣 한 채만 우뚝하게 남아 있습니다. 이 건물은 서산, 사명 등 임진왜란 때 공훈이 있는 스님들과 지공, 나옹 등 이 산과 큰 인연이 있는 스님들을 배향한 곳입니다.

백화암은 서산 대사의 수행처이던 것을 스님의 열반 이후 그 제자인 편양당 언기彦機 스님이 확장 조성한 것입니다. 지금 풀 거친 뜰에 우뚝우뚝한 비석은 이정구李廷龜가 짓고 신익성申翊聖이 쓴 휴정 대사비입니다. 이를 위시하여, 이명한이 짓고 의창군이 쓴 편양당비, 이경석이 짓고 오준이 쓴 허백당비, 이단상이 짓고 윤 아무개가 쓴 풍담당비 등은 모두 서산 대사 계통 명승들의 것입니다. 비를 둘러서 석종石鐘 두 개와 난탑卵塔 다섯 개가 있어, 그 진기한 형상이 외지인들에게 많이 칭송되어 전해집니다.

조선 왕조 오백 년을 통틀어 무엇으로든 대표될 만한 승려는 서산 대사 휴정입니다. 그런데 서산으로 하여금 서산이 되게 한 것이 바로 금강산 법기보살의 진신설법이었습니다. 서산 대사도 30세까지는 출가한 몸이면서도 오히려 속세의 때를 벗지 못하여 선과禪科를 본다느니, 선계禪階를 받는다느니 하였었습니다. 하지만 금강의 벼락같은 기운을 쏘이고서야 비로소 신묘한 공空의 이치를 여실하게 깨달아 「삼몽사」를 잠꼬대하고, "만국의 도성은 개미집 같고, 천가千家의 호걸들은 초파리들 같은데, 창문 하나에 들이닥치는 밝은 달빛은 청허한 베개가 되고, 소나무를 스치는 바람소리는 다양한 운치로 끝없이 불어오는구나"라며 유유자적하는 도인이 되었는데, 백화암은 실로 그가 이 신묘한 선기禪機를 주무르던 자리입니다.

표훈사

이어서 4대 사찰의 하나인 표훈사입니다. 표훈사는 신라 승려 능인, 신림, 표훈 스님 등이 개창했다 합니다. 금강산의 안 가슴이요 산야의 정취를 둘 다 가진 이곳에 청학봉을 등에 지고 법기봉을 곁에 끼고 태상동, 만폭동의 모든 승경을 한 손아귀에 휘어잡은 것을 보면, 그네들이 불법에 대한 안목뿐 아니라 산수에 대한 안목도 갸륵하심을 알겠습니다. 특별히 뛰어나지도 않고 그렇다고 평범하지도 않으며, 치우친 곳에 있는 것도 아니면서 한눈에 띄는 것도 아닌 중도적 도량 터를 말한다면, 아무라도 금강산에서는 표훈사를 들 것입니다.

다리를 건너면 능파루. 능파루 들어서면 개풍영빈관, 본당은 반야보전이라 하여 그 뒤에 있는데, 법기보살의 장륙상을 모셨습니다. 『화엄경』에는 "동북방 해중海中에 금강산이 있는데, 예로부터 여러 보살들이 그곳에 거주했다. 지금은 법기法起라는 보살이 있는데 그 무리 1,200인과 함께 상주하면서 설법을 펴고 있다"고 했습니다. 불가에서 금강산은 부처님의 입으로 법기보살이 머무는 곳이라 증언하신 곳이라 하여 법기보살에 대한 존숭이 대단합니다. 표훈사에서는 동북으로 가장 우뚝하게 보이는 사람 형상의 봉우리를 법기의 진신이라 하여, 여러 가지 종교적

표훈사 전경, 출처 : 국립문화재연구소

설화가 그 둘레에 얽혀 있습니다. 그런데 표훈사는 지세 때문이기도 하지마는, 역사적 인연도 겸한 듯하여, 예로부터 이 신앙의 대표로 법기보살을 주벽周壁으로 하는 본당을 가지고 있습니다. 이것은 이 절에만 있는 특수한 사태로, 자못 주의할 가치가 있습니다.

정양사

불교가 금강산을 섭화攝化한 근본점은 법기보살이니, 금강산의 모든 불교적 명상名相은 모두 이것으로서 우러나왔습니다. 그런데 이 법기法起는 무슨 인연으로 끌어온 것이냐 하면, 고대 신도의 '볽'(혹'벌그')과 소리가 비슷한 데서 말미암습니다. 금강산이 고대 신도 시절에는 전체로도 '볽' 산이었지마는, 동시에 그 주요한 봉우리들이 또한 '볽' 계통에서 파생된 이름들을 가졌었습니다. '볽'의 와전된 형태인 '벌그' 혹 '벅'은 첫째 소리가 유사하기 때문에 화엄경의 법기와 결탁하여 고대 신도의 '붉' 봉우리는 불교에서는 법기봉(기타 종종)이 되었습니다.

법기봉은 금강산에 있는 여러 신악 중에서도 무슨 특수한 지위를 가졌었는데, 그에 대한 제사 의례를 이전에는 아마 시방 표훈사 터에서 거행하였던 모양입니다. 그런데 아무리 신교가 구신앙을 삼켰다 해도 오랜 관념과 의식은 어떠한 형식으로든지 변환되어 새로운 대리자에게 이어지는 것이 통례입니다. 지금 표훈사에서처럼 동쪽 방면에 불상을 안치한 것은 사실 불교에 근거가 없습니다. 이것은 태양을 거룩한 무엇으로 삼아 동쪽 방면을 존숭했던 고신도古神道에서 중시하던 것이 모르는 중에 표훈사에서 전승되어 내려온 것입니다.

표훈사는 부근에 여러 말사를 가졌습니다. 그중 경순왕 비가 개창했다는 돈도암頓道庵과 신라의 옛 탑들로 주위를 둘러싼 신림암神林庵 등은 다 유명한 곳입니다. 하지만 아무 데보다도 드러난 곳은 정양사正陽寺입니다. 정양사는 정양사 그것으로 드러났다기보다는 헐성루歇惺樓가 있는 곳으로 더욱 이름이 드러나게 된 곳입니다.

헐성루

헐성루는 절의 구역 내에 들어서면 맨 먼저 오른쪽으로 보이는 작은 누각입니다. 헐성루는 금강산 만 이천 봉우리를 한꺼번에 구경한다 하여, 어느 의미로는 금강산보다도 이름난 집입니다. 정양사는 비록 해발 2,700척밖에 아니 되는 비교적 낮은 곳이지만, 위치 하나를 마땅하게 차지한 까닭에 천하의 독특한 경승을 주관하는 관령자管領者가 되었으니, 이는 인간 세계를 비추는 일종의 암시인 것 같습니다. 요새는 난간 밖에 지봉대란 것을 만들어서 여기 놓은 원추형의 목제 모형 끝에 가늠을 대고 그리고 똑바로 내다보이는 것이 무슨 봉우리임을 얼른 알게 하였습니다.

지봉대에는 적힌 이름만 40여 가지가 됩니다. 여하간 내금강 쪽의 주요한 봉우리들치고 다만 어깨 너머로라도 고개를 내어놓지 않은 것이 하나도 없습니다. 혹은 전신, 혹은 반신, 정면, 측면, 칠분, 삼분 등등 가지각색으로 동, 남, 서 삼방에 둘러선 것이 마치 헐성루 점고點考에 빠졌다가는 큰 낭패라는 것 같습니다. 금강산이 왜 생겼느냐 하면, 헐성루의 장관 하나를 만들기 위함이라 하고 싶을 정도의 광경입니다. 조화가 금강산을 구경으로도 최대 완전을 만드시려 하여 주도한 용의가 여기까지 미친 것을 위연히 탄식하지 않을 수 없습니다.

천하의 산이 만 개라 하면, 산의 경관도 물론 만 가지 혹은 그 이상일 것입니다. 그런데 산의 온갖 전형물색을 앉은 자리에 말끔히 볼 수 있는 것이 헐성루가 가진 특권입니다. 아마도 헐성루 밖에서는 다시 얻을 수 없는 일일 것입니다. 왜 그러냐 하면, 금강산 같은 산이 본디 둘이 없는데, 금강산에서는 헐성루 같은 위치가 다시 있지 아니하기 때문입니다.

하나하나의 신령한 수려함, 만 가지 각각의 신령한 수려함을 한 가지 신령한 수려함, 전적인 신령한 수려함으로 일람하는 헐성루의 홍치는 태산의 공자, 남악의 주문공도 채 몰랐을 것입니다. 러스킨의 눈과 두보의 입도 여기서는 다물어질 수밖에 없을 것입니다.

큰 것은 큰 대로, 작은 것은 작은 대로, 먼 것은 먼 대로, 가까운 것은 가까운 대로, 아침에는 아침, 낮 저녁에는 낮 저녁, 봄에는 봄, 여름 가을 겨울에는 여름 가을 겨울, 개어서는 갠 채, 흐려서는 흐린 채, 온통은 온통 대로, 하나는 하나만큼 언제 아무렇게 보아도 완전히 참되게 충족한 산악 경관의 집성인 헐성루의 구경은 무슨 최고급의 형용어를 쓴다 해도 역시 부족합니다. 더욱 시시각각으로 변화하는 광선의 조화와 주름들마다 독립한 선의 활동은 인류의 말이 생긴 뒤에 이것을 형언할 명구는 아직 씨도 품기지 않았습니다.

망군대에서 내려다보던 것을 헐성루에서는 건너다보는 것뿐이라 하면 그도 되지 않는 말은 아니지마는, 원체 여기저기하고 이리저리 비교해 말할 것이 아닙니다. 헐성루의 대장관은 오직 헐성루만의 대장관이라 할 따름이리니, 그 무엇이 어떠한 것은 말로 들을 것이 아니라, 가서 보시라 하겠습니다. 만일 그와 흡사한 무엇이 있다 하면 또 하나 누에서 조금 앞으로 나와 있는 천일대天一臺에서 좀 다른 정취로써 같은 화면을 대하는 그것이라고나 하겠습니다.

정양사 헐성루, 1935, 출처 : 임병목, 『금강산』(下), 57쪽

만폭동

표훈사로 돌아와 동쪽 문으로 나가면, 즉시 금강문으로 빠져나갑니다. 오륙 길이 되는 모과 덩어리 같은 자연석 돌이 이마를 마주대고 서 있는데 그 밑으로 구멍이 난 것을 금강문이라 합니다. 무릇 여기서 부터를 알짜배기 금강산의 시작이라 합니다. 금강산에는 이러한 돌구멍을 금강문이라 일컫는 곳이 세 곳인데, 그중 이곳이 가장 풍치 없게 생겼습니다.

그러나 대문이야 어쨌든 간에 속집이 좋지 않아야 걱정이겠는데, 실상 금강문이라 터울에서 지극히 사치, 화려, 수려, 장엄한 집채가 바로 이 무미한 문 안에 들어가 있습니다. 바라보는 방향부터 씩씩한 청학대靑鶴臺 밑으로 소나무 숲을 헤치고 나가다 보면, 경상도의 어느 아홉 살 난 아이가 기운을 다해 새겼다는 '금강' 두 글자가 길가에 있습니다. 고개를 들면 시야가 번쩍 열리면서 우뚝한 봉우리와 주춤한 바위, 길길이 늘어진 석벽과 야단야단 소리 지르는 폭포수가 한데 어우러집니다. 누구를 꺼리겠는가 라는 듯 모양, 소리, 동작 셋이 합쳐진 아름다움 열두

거리를 한 고작 노는 것이 만폭동 어귀입니다.

보이고 들리는 것마다 기걸奇傑하고 기승氣勝스러우며 활발하고 세찹니다. 가득가득 생기가 도는 것이 만폭동 어귀의 기분입니다. 세상에 난 듯하고, 사는 듯하고, 사바세계 그대로가 극락인 듯한 생각이 슬며시 머릿속에 도는 것이 만폭동의 정조입니다. 노래만의 세계일 뿐, 신음이니 탄식이니 울음이니 하는 것들은 애당초 있을 리 없을 것 같은 만폭동 어귀는 진실로진실로 나른한 인생을 단번에 일으켜 세우는 아득히 오래된 묘약입니다.

온 국면의 매니저처럼 정중앙에 우뚝 선 것은 향로봉입니다. 서산 대사가 만국의 도성을 개미집으로 보던 호기 또한 실로 이 위에서 생긴 것입니다. 향로봉을 쐐기 삼아 골짜기를 둘로 나누어 멀리서부터 각각 벼르고 나온 험한 바위와 급한 여울이 경쟁적으로 우레 같은 방아를 찧으니, 제아무리 귀머거리라도 소리 세계를 알아볼 수밖에 없습니다.

북으로 뚫린 것은 태상동太上洞인데, 만폭동을 향하여 영랑봉까지 들어가는 30리 긴 골짜기입니다. 동으로 뚫린 것은 금강산의 심장을 뚫고 나가는 동맥 같은 간선幹線인 만폭동입니다.

이 두 골짜기의 물들이 모여 장안사 앞으로 나가는 것을 만천강이라 합니다.

양쪽의 깎아지른 듯한 벼랑이 서로 덤비고 양 골짜기의 세찬 물살이 마주 떼밀면서, 도리어 서글픈 기운이 사람을 엄습하는 곳에는 늘 달 밝고 바람 시원한 때가 되면 이웃한 오선봉에서 신선들이 내려와 노니는 곳이라 하여 강선대라고 일컫습니다. 맞은편 학서대鶴棲臺 아래의 반석 위에는 그들이 졸음을 깨고자 두었던 삼선국三仙局이라는 바둑판이 새겨져 있습니다. 그 옆에는 양사언의 '봉래풍악원화동천蓬萊楓岳元化洞天'이 새겨져 있는데, 마치 용이 꿈틀꿈틀거리는 듯 날아갈 듯합니다. 또 그 옆에는 양사언의 글씨를 모방하여 만폭동이라 새긴 것이 있고, 또 그 앞으로 나아가면 나옹화상이 새겼다는 '천하제일강산'이란 여섯 자도 있습니다.

태상동

향로봉과 청학대 사이로 만천강의 서북쪽 수원을 더듬어 들어가는 것이 태상동이니, 골짜기 입구로부터 내원통암에 이르는 길에는 별도로 원통동이라는 속칭이 있습니다. 억만 마력이나 내는 큰 발동기가 도는 듯한 만폭동의 물방아 소리를 뒤로 두고, 자칫하면 미끄러질 듯한 돌비탈을 더위 삼아 올라가면, 바위틈을 가로 건너 놓은 쪽나무 다리가 우리를 서슬 있는 천석미泉石美로 당기어 들입니다.

맨 먼저 통쾌함을 부르짖게 하는 것은 청호연靑壺淵입니다. 넓적한 바위로 흘러가기가 재미없다는 듯이, 연방 바위틈을 빼갤 양으로 여러 번 기를 씁니다. 그러다 마침내 낭떠러지를 만나는 사품에 큰물이 좌우로 버쩍 쪼개지고, 이어 밑이 보이지 않는 갸름한 소가 되어 쪽빛보다도 더 파란 물을 담고 있습니다. 빠르게 시작하여 기다랗게 널브러졌으니 다른 병이라고 하기보다는 브랜디 병이라고 하고 싶습니다.

덮어놓고 신룡이 사는 굴인 듯한 용곡담, 담보다 폭포, 폭포보다는 암석이 더 좋아 보이는 용상담. 그리고 또 용추龍湫와 구룡연九龍淵 등은 층층마다 기이한 절경이고 굽이마다 장관입니다. 깔린 돌만이 아니라 쌓인 돌, 몸부림치는 물뿐이 아니라 가만히 누워 있는 물, 이것들이 생각나는 대로 제멋을 부렸는데, 만상萬象을 온통 기쁨으로 물들이는 새파란 활엽 숲이 아늑하게 그 위를 덮으면서 드러내는 태고의 정적과 처녀다운 단정함은 진실로 금강산에서도 제일입니다. 높은 산의 평야미, 석간石間의 진흙미를 겸한 태상동은 과연 또 하나의 특별한 경계입니다.

수미탑

언제 보아도 눈이 덮인 듯한 수미봉須彌峰 쪽으로 골짜기가 북쪽을 향해 더욱 그윽해집니다. 급격한 경사의 바위벽은 폭포를 만드느라 바쁘고, 폭포수 떨어지는 밑에는 실컷 두드려 패여진 연못이 생겨나 아름답고 빼어나고 특별한 경관이 고속 필름처럼 돌아갑니다. 온갖 형상의 늙은 나무들, 천년 쌓인 이끼들, 가는 곳마다 "수풀 사이 술을 데우려 붉은 단풍잎을 태우고, 돌 위에 시를 쓰려고 푸른 이끼를 쓸어낸다"라고 읊을 만한 이상경입니다.

여기서부터 북쪽을 따로 수미동이라 부릅니다. 올라가면서 기이하게 빼어난 경관 중에서도 더욱 기이한 곳에는 반드시 바위 위에 새겨 놓은 글자들이 있습니다. 이른바 만절동, 이른바 태상동, 이른바 청냉뢰清冷瀨, 이른바 우의동, 이른바 자운담, 이른바 적룡담, 이른바 강선대 등은 수미동의 칠곡담입니다. 하나의 굽이 중에 다시 무수한 작은 굽이가 있고, 매 굽이마다 제각각 무수한 활동을 보인 것은 진실로 필설로 흉내 낼 바가 아닙니다. 청냉뢰를 지나서 선암으로 향하는 길이 갈립니다.

내팔담

금강산 안에서 금강산의 아름다움이 충분하게 드러나고 또한 극도로 발휘된 곳이 어디냐 묻는다면, 이구동성으로 만폭동이라는 대답이 나올 것입니다. 금강산은 얼른 말하면 산악미입니다. 산악을 만든 암석의 미, 암석으로 생긴 협곡의 미, 협곡에서 나오는 샘, 연못, 계곡, 폭포의 미, 여기에 빛을 발하는 고목과 울창한 숲의 미, 또한 숨은 듯 드러난 듯 이어진 고요한 사찰의 미, 이 모든 것이 엉키고 설키고 어울리고 반죽된 대자연의 충족미, 이 모든 것에 얽히고설키고 심 박히고 선 둘린 신비하고 현묘한 전설의 미 등등 이와 같은 일체의 조화가 금강의 산악미란 것입니다. 만폭동 계곡은 이런 요소들을 최대한도로 구비해 가진 곳입니다.

태상동 막바지로부터 20리를 되돌아 나와, 다시 만폭동 어귀에 서면 별안간 눈앞이 딱 벌어지고 떠들썩한 것이 마치 뒷방에 들어앉았다가 큰 사거리에 나선 듯합니다. 오는 족족 다르고 볼수록 좋아서 두 번 아니라 열 번을 다시 봐도 싫증이 나지 않으니, "종일을 놀지라도 떠날 마음 전혀 없고, 열 번을 올지라도 싫은 생각 있을 쏘냐"던 옛 노래 자락이 진실로 헛말이 아님을 알 것입니다.

금강사 구경이란 어찌 보면 만폭동 계곡 하나를 뚫고 나가는 것이라고 할 수 있습니다. 장안사로부터 더듬더듬 들어와서 안무재를 넘고 효운동을 지나 개재로 나가는 핵심이 어디냐 하면, 자반의 가운데 토막 같은 만폭동입니다. 전체 약 1백

리쯤의 큰 줄기에 곁가지로 요리조리 돋친 것이 무엇 무엇하는 골짜기와 샘과 바위돌이요, 맨 끝에 몇 가지가 따로 머다랗게 뻗쳐 나간 것이 구룡연과 만물초 방면입니다. 그러므로 금강산의 다른 구경은 모두 만폭동 구경의 갈개발이고 부록이라고도 할 수 있습니다.

내금강 속 깊은 계곡과 샘과 시내가 으늑한 뒤뜰에서 실컷 숨바꼭질, 비석치기 등을 하다가 별안간 무슨 생각을 하였는지 차차 몰려서 외줄이 되어 법기봉과 사자암 틈에 좁다른 목쟁이를 만들고 높고 가파른 절벽의 사이로 10여 리를 휘몰려 빠져나가는 것이 만폭동이란 것입니다. 골짜기의 양 기슭 봉우리들은 모두 깎아 지른 듯한 기이함과 빼어남을 자랑합니다. 드문드문 홈 탱이와 층 걸이로 폭포는 눈을 뿜고, 연못들은 쪽을 풀고, 평탄하게 흐르는 것도 수정 조각이 깔린 것처럼, 산과 골과 돌과 물이 부릴 수 있는 재주는 거의 다 여기에서 그쳤다고 할 만큼 온갖 기교와 변화를 보이는 곳이 만폭동입니다. 만폭이란 이름은 폭포 하나만을 들어 다른 모든 수석水石의 활동을 대표하게 한 것입니다.

만폭동 가운데서 대표적인 폭포는 여덟 개가 있는데, 그 형상대로 이름을 지어 흑룡, 비파, 벽파, 분설噴雪, 진주, 귀龜, 선船, 화룡이라 합니다. 외금강 옥류동의 팔폭과 구분하기 위하여 이것을 내금강 팔폭, 줄여 내팔폭이라고 부릅니다. 만폭동에는 이 밖에도 유명 무명의 여러 폭포들은 물론 폭포가 아니고도 다른 승경이 많습니다.

보덕굴

보덕굴은 모두 합하여 일고여덟 칸이 될락 말락한 작은 집입니다만, 그 지위나 가치로 말하면 금강산 팔만아홉 개 암자 중 가장 큰 경이입니다. 법기봉의 한 가운데를 서쪽 방향으로 나가면 한 칸 반 정도 길이의 작은 건물이 바위에 다붙어 있는데, 뜰에 나서면 대소 향로봉 이쪽으로 만폭동 계속의 모든 비밀을 꼭 뒤로서 내려다보게 됩니다. 급경사진 양쪽 고봉의 묵직함과 적막함은 물론 기승을 부리는 세찬 물결의 날고 내달리는 소리가 신이한 조화를 나타내며 가장 아껴 쓰는 의미로의 쉽지 않은 절경을 이루었습니다.

뜰에서 남으로 싹둑 저며낸 듯한 암벽에 3층 걸이 집이, 앞에는 구리 지팡이를 짚고 뒤에는 쇠사슬에 얽혀 매달린 것이 유명한 보덕암 관음굴. 줄여서 그저 보덕굴이라 하는 것이니, 분명 이 암자로 하여금 금강산에서만 중요한 이름을 띠게 할 뿐 아니라 내켜서는 천하에까지 그 훌륭한 소문이 퍼지게 할 명물입니다. 건축의 재료나 덩어리야 그리 대단하지 않지마는 이런 것 하나가 없을 수 없는 그 자리에 똑 알맞게 아주 맛깔스럽게 생기고 놓여서, 인공적인 대로 자연의 비기秘機를 건드린 점이 볼수록 생각할수록 아득 아슬하다 하겠습니다.

보덕암, 1924, 우측 상단에 흰 옷 입은 승려가 서 있다
출처 : 임병목, 『금강산』(下), 61쪽

덩그런 궁중에 매달렸다 하면 고인들은 혹 바위에 있는 제비둥지 같다고도 하고, 혹 "박쥐집이 천연하다"고도 한 이도 있고, 어느 외국인은 "요괴의 굴이냐, 신선의 집이냐? 저것을 어떻게 사람 사는 데라고 하랴"고도 했습니다. 그러나 우리는 어디까지든지 집 그것보다도 그 집 때문에 생긴 국면의 새로운 약동을 내세우고 싶습니다. 보덕굴이 갸륵한 점은 진실로 그의 형질적 위력 때문이 아니라, 정신적 순화에 있다 할 것입니다.

집 속의 층대로 내려가는 것은 보고 싶지 않은 천야만야한 절벽이 구태여 눈에 들어와서, 다리가 저절로 저리고 조심이 더럭더럭 됩니다. 이렇게 수십 급을 내려가서 삼층의 맨 밑이 이 암자의 법당인 관음굴입니다. 서쪽 귀퉁이에서 북쪽으로 뚫린 석굴에 관음의 백석상白石像을 봉안하고, 그 앞에 무수한 축원문을 놓았는데,

거기에 이르기를 이 관음이 금강산 중에서 특별히 영험하시어 기원이 항상 답 쌓인다 합니다. 남효온의 「유금강산기」에도 "관음상 앞에는 기문들이 많았다"라고 쓰여 있는 걸 보면 그 유래가 오래되고 꾸준했다는 걸 알 것입니다.

법기봉

만폭동은 아름다운 풍광과 더불어 한 가지 아름다운 설화의 소유자입니다. 그런데 그 설화는 옥녀玉女 세두분洗頭盆에서 비롯해 보덕굴에 와서 마치는 꽤 긴 필름입니다. 이르기를 만폭동은 보덕 각시의 집인데, 보씨普氏는 아마 희랍에서 말하면 '님프나 에코', 인도로 말하면 '사라스와티' 같은 하천 및 계곡의 선녀시던가 봅니다.

보덕암
출처 : H. B. Drake, *Korea of the Japanese,* 1930 수록
김상헌 소장본

이 양반이 사람을 기다리다 지루해지고 갑갑해지는 때라거나 사모하는 이를 그리워하다가 그 꿈이 훌쩍 깬 뒤에는, 그 대리석으로 쪼아낸 듯한 몸을 아낌없이 드러낸 채 만폭동 상하 팔담八潭 사이를 오르락내리락하며 "문밖까지 나아가 임을 기다리건만 청산은 만 겹이요 녹수는 천 굽이로다"라며 스러지게 노래를 하였던가 봅니다. 가다가 꽃도 한숨을 쉴 만큼 아리따운 모습이 연못에 비칠 때면, 나 같은 가인佳人을 이렇게 버려둔 채 어느 몹쓸 곳이나 미쳐 다니는 임에 대해 박정하다기보다는 사실 눈도 없고 요령도 없는 바사기사물에 어두워 아는 것이 없고 똑똑하지 못한 사람을 놀림조로 이르는 말 같다며 도리어 불쌍하게도 생각하였을 것입니다.

그가 옥 같은 얼굴과 한 가지 삼단 같은 까만 머리를 북북 씻고 감던 곳이 옥녀세두분이요, 그리하여 땀 훔친 수건 빨던 데가 수건암이니 수건천이니 하는 곳입니다. 당초에는 선인과 천녀 간의 신비한 일이었었겠지요마는, 긴 고삐가 필경 사람에게까지 밟혔습니다. 가만한 일을 들킨 보덕 각시는 부끄러워도 곧 몸을 숨겼지마는, 짓궂은 사람은 그 떨어뜨린 향기를 따라 들어가서, 각시의 안방이 시방의 관음굴임을 알았습니다. 그리하여 알고는 그대로 있을 수 없다 하여 거기 제단을 베푼다, 신궁을 짓는다 한 것이 대체 보덕 설화의 대강인 모양입니다.

마하연

만폭동을 나서면 물을 따라 땅의 기세가 동쪽으로 전환되면서 문득 평탄한 도국圖局을 이루었습니다. 전체 '금강산의 심장'이라 할 마하연이 여기입니다. 중향성, 백운대가 뒤에서 포위하고, 법기봉, 혈망봉, 관음봉은 앞에서 삼가 예를 취합니다. 위로는 촉대봉, 사자봉, 파륜봉이 있고, 왼쪽에는 칠성봉, 석가봉 등 수려한 봉우리들이 받들고 섰습니다. 높고 넓고 웅장하고 화려한 천국을 지은 가운데 숲이 깊고, 시내가 맑고, 푸른 절벽에는 덩굴이 기이한 정취를 더하고 비췻빛으로 이어진 능선에는 구름이 연기처럼 마음껏 변환하고 있습니다. 그런가 하면 이색적인 꽃들은 화려한 색으로, 진귀한 새들은 맑은 소리로 이 사이를 채우고 또 채우니, 여기야말로 신선들이나 사는 곳이거나 부처의 나라 불국토이지 도저히 인간들의 땅이라고는 할 수 없습니다.

길 따라 늘어선 늙은 나무들 틈으로 태고의 공기를 마시면서 들어가면 얼마 아니하여 높은 석대 위에서 마하연 암자를 발견합니다. 마하연은 범어로 대승大乘이란 뜻이니, 금강산을 네 구역으로 나눌 때, 이 근처를 보살 도량이라 합니다. 이르기를, 세조 대왕은 소승小乘, 즉 나한의 근기根機였던 까닭에 금강산을 오시고도 오른쪽 원통암에만 머무셨을 뿐 마하연에는 들리지 못하였다고 전합니다. 필시 당시 무슨 사정으로 인해 마하연에 기도와 축원을 베풀지 않으신 것을 아마도 승려

마하연 전경, 『金剛山寫眞帖』, 德田寫眞館, 1922, 출처: 서울역사박물관

들끼리 시샘하는 와중에 이러한 이야기가 생긴 듯합니다. 정수몽의 기記에 "마당가에 무너진 작은 단이 있는데, 바로 세조께서 행차하셨을 때 계시던 곳이다. 유적을 어루만지니 경애하는 마음이 일어난다"고 하였으니, 마하연에게 이만한 연분을 맺으신 것이 분명합니다.

마하연 창건자는 의상 스님입니다. 현재의 건물들은 순조 임금 31년에 월송 선사가 중건한 것이라 하는데 구조가 꽤 굉장합니다. 사찰 인근 구역이 그윽한 승경이어서 오래전부터 선방禪房으로 쓰였던 곳입니다.

가섭동

마하연은 금강산의 정신을 몰아가졌을 뿐 아니라, 차지한 자리부터 금강 전산全山의 한복판을 차지하고 있어서, 거의 교통의 관문입니다. 내외 금강을 연결할 때 이곳은 저절로 반드시 머무르게 되는 장소가 됩니다. 더욱이 수미암, 선암 방면, 중향, 백운 방면, 그리고 비로봉 방면의 탐승은 모두 여기를 중심으로 나갔다 돌아오거나 돌아왔다가 다시 나가게 되어 있습니다. 그리하여 금강산 탐승 중 가장 많이 머물게 되는 곳이 곧 마하연입니다.

아무쪼록 시간을 만들어서라도 수미암과 선암의 구경을 빼지 말아야 합니다. 여기까지 들어와서 다시 깊이 들어가고, 이마큼 올라와서 다시 높이 올라가는 선암까지의 그윽하면서도 시원한 구경은 못 보면 원통합니다. 약주를 하듯 가벼이 아름다움에 취하게 하는 것 같다가 이내 진한 술기운에 빠지는 것 같은 짙은 아름다움으로 이어지는 수미, 선암 쪽 승경은 과연 타의 추종을 허락지 않는 아름다움의 큰 술잔인 것입니다. 금강산이라는 술상을 받지 아니하였으면 그만이지만 이왕 받고서 이 잔을 잡지 아니한다 함은 과연 먹보의 짓이랄 밖에 없습니다.

백운 같이 눈이 부신 중향성衆香城을 바라보면서 마하연의 뒤로 하여 백운대의 기로를 내놓고 북서 방면으로 들어가면, 석가, 가섭, 아난 등등의 봉우리가 층층으로 빼어난 성문동聲聞洞, 세속에서는 가섭동迦葉洞이라 부르는 곳으로 들어섭니다. 길이 가팔라서 유유자적한 맛은 적구나 싶다가도, 걸음걸음마다 열리는 눈앞의 아름다움을 돌아다보면 이 비탈이 오히려 늘어짐을 느낍니다. 올라가면서 내리내다보는 만폭동 저편의 첩첩 쌓인 봉우리 능선이 주는 아름다움은 참으로 좋습니다. 한 걸음 동안이 얼마나 되랴 하여도 한두 걸음만큼씩 돌아다보면, 그대로 다른 배치가 열리고 다른 재미가 솟아나오는 까닭에 번번이 미칠 듯합니다.

돌을 낀다, 나무를 안는다 하면서 얼마를 올라가면 가섭암 터입니다. 유명한 가섭굴은 그 동쪽에 있습니다. 깊이 여덟아홉 칸쯤 될 듯한 동굴이 벼랑 위에 매달리듯 뚫려 있는데, 전면 높은 곳은 사람이 일어서는 게 자유로울 정도이며, 온돌 놓았던 자리도 아직까지 남아 있습니다. 신라의 자장 율사는 이 굴의 깊고 고요하고 밝고 신묘한 것이 서역 땅의 빈발굴 같다며 감탄했습니다. 빈발굴이란 가섭 존자께서 좌선하며 수도하던 곳이니, 이때부터 이곳을 가섭봉, 가섭굴이라 일컫게 되었다 합니다. 전에는 이 안에 수행하는 방이 있었는데, 전해오는 중에 어느 부족한 중이 신의 견책을 입어 쫓겨나가게 되면서 폐기되었다 합니다.

수미암

암석의 기괴한 미는 올라갈수록 늘어나다가 고갯마루 정상에 이르러서 극점에 이릅니다. 그 동안은 일부러 한 판씩 놀려 놓은 듯이 가끔가끔 평평하고 반듯한 마당이 지고, 형형색색의 총석叢石들과 독립적으로 놓인 돌들이 재치 있는 배치를 보였습니다. 특별히 수려하게 생긴 하얗고 뾰족한 두 개의 바위 봉우리를 지나면 즉시 마루턱이 되면서, 내금강 전체의 봉우리와 골짜기들이 모조리 펼친 부채처럼 눈앞에 전개됩니다. 망군대, 헐성루, 원통암의 그것과는 또 다른 모티프와 스타일과 배치로 산의 정취를 맛보이되, 여기서는 여기서 보는 파노라마가 가장 잘 금강적 기분을 펴 보인 듯합니다.

망군대에서는 서슬을, 헐성에서는 꼴을, 원통에서는 '맨들이'를 보았다면, 여기서는 금강의 '멋결이'를 보게 됩니다. 망군대에서 선별한 미인들을 헐성루에서 점검하며 보고, 원통암에서 단장시켰다가 수미봉에서 그 덩굴처럼 얽히는 노랫자락과 긴 소매의 무용을 감상하는 것입니다. 가스러진 그것을 망군대에서 보고, 함치르르한 그것을 헐성루에서 보며, 맵자한암전한 그것을 원통암에서 봅니다.

단점을 말해보면 망군대의 금강은 강마르고, 헐성루의 금강은 분답하고, 원통암의 금강은 자르르 흐르는데, 수미암에서 내다보는 금강은 티도 다 떨고, 때도 다 벗고, 무시무시한 기운 같은 것도 트인 둥글 훤칠 시원 씩씩한 그것입니다. 사람으로 치면 제1은 선승이나 남산골샌님, 제2는 기착호령氣着號令을 들은 학생이나 군대, 제3은 점고 맞으려 들어오는 기생인데, 제4의 이것은 아무 구기는 것 없는 사내대장부가 마음 놓고 담소하는 모양입니다.

금강산의 조감이 어디가 제일이더냐 할 것 같으면 우리는 서슴지 않고 수미암 마루턱에서 보는 그것이라 하겠습니다.(헐성루가 특별히 유명한 것은 큰 길 가에 놓여서 편하게 구경하는 이들이라도 대개 드나들 수 있었기 때문입니다.)

강선대

수미봉은 아닌 게 아니라 기이한 암석들의 일대 집합처입니다. 층층마다 면면마다 귀신같은 기교와 신령스러움을 자랑하는 것 아님이 없습니다. 암자 위의 날개를 펼 듯한 봉암. 암자 앞의 꼬리를 끄는 듯한 귀암龜巖, 귀암 옆으로 갑옷과 투구를 분명히 갖춘 장군암. 그리고 한 노승이 거울을 버티고 데미다 보는 듯한 노장암 같은 것만이 이상하게 생긴 게 아닙니다.

암자의 오른쪽으로 붙일 데 없는 발을 억지로 붙이고 괴석 떨기의 등성이를 올라서면, 남쪽 시내 아래로 수미탑군이 모조리 내려다보입니다. 이 등성이를 영랑선인이 내려와 놀던 데라 하여 영랑대라 하니, 태상동 막바지를 올라가지 아니하는 이는 간편하게 여기서 수미탑을 내려다보고 말기도 합니다,

수미암은 해발 1,270여 미터의 산지에 있는 작은 암자로, 길손이 거의 없고 길이 험하여 비교적 들리는 사람이 적지만 깊고 넓고 가파르면서도 관상과 조망을 함께 갖추기로는 아마 금강산에서도 짝이 드물 곳입니다. 이름을 지으려 했다면 봉우리 위아래로 재미있는 이름을 붙일 것이 열 스물만 아닙니다. 그러나 수미봉의 승경은 바위의 기이함에만 그치는 것이 아닙니다. 골짜기 건너로 발보는 '월명수좌月明首座 콩밭' 등에서 느낄 수 있는 고원적 육산미肉山味 같은 것도 고량만 먹다가 소순蘇筍을 씹는 것 같아서 퍽이나 정다운 생각이 나며, 서쪽으로 바라보는 능허봉의 점잖고도 아리따운 둥긋한 모양도 모서리 많은 금강산 구경에 날카로워진 신경을 눅여줌이 큽니다.

선암

언청이라고 한 바위벽 틈으로 나서면 그 밖은 낭떠러지 같은 바위 절벽입니다. 굵은 철사 한 가닥에 생명을 맡기고 발을 붙이는 둥 마는 둥 매달려 내려가는 것은, 말하자면 또 하나의 망군대입니다. 그러나 달리는 동안은 잠깐이요, 또한 붙잡을 줄이라도 있습니다만, 바닥에 내려서부터가 도리어 폐단이 많습니다. 수미암에서

선암까지는 예로부터 엉덩이길 7리라 하여 발로 더듬고 손으로 더위잡고 엉덩이로 밀어 나간다 하는 험로로 치는 곳입니다. 이제 좌우로부터 선암까지의 몇 리 간은 과연 무릎이 척척 휘고 발이 찍찍 미끄러지는 꽤 까다로운 길입니다. 한 번 넘어가기가 얼마나 어려운지 이곳을 극락 고개라 합니다.

강선대를 마주 보고 그 동녘에 거무 우뚝하게 솟아오른 기다란 바위 하나가 지장봉이라고도 하고 장군봉이라고 하는 것인데, 강선대와 지장봉 사이에 십여 길이 넘는 사람 형상의 바위가 있어 혹은 지장암이라고도 하고 혹은 장군암이라고도 합니다. 지장봉이니 장군봉이니 하는 봉우리 이름은 여기에서 연원한 것입니다.

비로봉

다른 풍경 형상들이 모두 사라진 대신 이 별천지의 특별한 장식이 되는 것은 서드리=돌이 많아 흐트러져 있는 비탈라고 하는 것입니다. 금강산이 비바람에 헐려서 산꼭대기의 봉우리들로부터 부스러져 내려온 것이 각각 다른 온갖 모양의 돌덩이가 되어 이 골짜기에 듬뿍 쌓인 것입니다. 달리 보면 이것은 곧 금강산이 생성된 내력을 설명하는 실물이라 할 것입니다. 대개 금강산이라는 기괴한 바위 봉우리들의 총림叢林은 실상 부스러지기 쉽고 쪽 떨어지기 잘 하는 이곳의 화강석이 바람에 스치고 비에 깎인 결과로 생긴 것인데, 지금 '서드리'라고 하는 이 돌무더기는 곧 금강산을 조각하고 남은 대팻밥과 까뀌 찌꺼기입니다.

서드리는 우리가 눈으로 볼 수 있는 금강산 제조의 근본 공장입니다. 여기서 세월이라는 기술자가 하느님의 설계서를 가지고 무서운 끈기와 부지런함으로 조성한 것이 지금의 금강산이요, 또 이 제조는 영원에서 영원까지의 끝없는 도급이므로, 물론 지금 현재도 한참 진행 중에 있습니다. 저리저리 보이는 비교적 누런 서슬을 띤 암벽들이 자주 까뀌 맛을 본 것이라면, 돌 중에도 아직 이끼가 얇은 것들은 깎인 지 얼마 되지 않았음을 말하는 것입니다. 이렇게 보면 금강산은 구원久遠의 미완성품이라 할 것입니다.

(…중략…)

발은 물론이거니와 손, 배, 엉덩이, 무릎, 온몸이 다 발이 되어서 이 서드리를 붙들고 기대고 달리고 디디며 올라갑니다. 조선의 오랜 신앙에는 높은 산을 하늘로 가는 사다리로 여긴 것이 있거니와, 한 층은 보다 더 은하수에 가까워짐을 보면서 아마 이것 끝나는 데가 곧 하늘님이 계시는 곳이겠지 하는 생각도 듭니다. 두 사다리를 다 지나서 절정까지 10리를 잡는데, 이것만 지나면 아까 본 분첩같은 암벽의 등성이 바로 영랑봉과 비로봉이 연결되는 곳으로 얼마 가지 않아서 정상이 됩니다.

비로毘盧는 비로자나毘盧遮那의 약칭으로 "일체를 두루 비춘다"라고 풀이되는 범어입니다. 부처의 진신, 곧 법신불의 존칭이며, 밀교에서는 대일여래大日如來라 하는 것입니다. 그러나 지금 이곳을 '비로'라고 쓰니까 마치 금강산 최상봉의 이 이름이 불교에서 나온 것 같지만, 실상은 불교가 이렇게 부르기 전에도 벌써부터 '불'이라고 부르던 것을 그 음이 서로 비슷하고 뜻이 서로 통하는 점을 취하여 '비로'라는 말로 대신하게 되었을 따름입니다. 불교적으로 짓자고 하여도 많고 많은 이름 중에서 특별히 '비로'를 택하고, 또 법기보살의 도량이라는 금강산의 주봉 이름에 그 보살님과는 직접 관계도 없는 이 칭호를 붙인 것은, 그 이름이 본래 불교에서 비롯된 것이 아니라 거꾸로 불교의 숙어를 통해 오랜 옛적부터 일컬어 내려오던 말을 대신한 것에 지나지 않는 것입니다. '불'은 '붉'의 변형 및 축약형이니, 추상적으로는 신성함을 뜻하고 구체적으로는 천주天主 즉 태양을 가리키는 옛말입니다.

(…중략…)

요컨대 비로봉이란 신성한 봉우리라는 뜻입니다.

비로정

장관이지요. 일만 이천 봉우리라는 금강산이 몇 개의 갈래로 나뉘어서 비로봉을 중심으로 하여 사방으로 뻗은 것만도 장관이지요. 첫째 남으로 뻗은 큰 줄기가 월출봉과 일출봉으로 안무재가 되었다가, 혈망봉에서 서쪽으로 찢겨서는 내산의 반이 되고, 미륵봉에서 찢긴 서쪽 갈래는 내산의 남쪽 반이 되었습니다. 안무재 동쪽 줄기는 외산의 남쪽 반을 이루고, 덜미로 옥녀봉으로 관음 연봉으로 퍼진 한 줄기는 외산의 북쪽 반이 이루는데, 오른쪽 어깨에 영랑봉, 능허봉의 한 갈래 나간 놈은 등에는 구성동, 배에는 수미동을 만들었습니다. 비로봉에서는 이런 전경이 샅샅이 다 내려다보이고 들여다보입니다. 거기다가 고개만 들면 동해의 동쪽 끝에 가없는 큰 바다가 이 신령한 구역을 장활하고 숭엄하게 호위하고 있지요. 해가 거기서 뜨지요. 거기서 구름과 안개가 일어나면 천지가 온통 삼켜지기까지 하지요.

칠보대

안무대 넘어서부터는 외금강입니다. 다만 고개의 이쪽저쪽으로 다른 것이 아니라, 경관을 이루는 형상들과 운치가 분명히 다른 배치를 이루었습니다. 글자 그대로 내적으로 아늑하고 얌전하고 반드레한 것이 이제까지의 내금강이라면, 거기에 대하여 외적으로 쭉 뻗고 기승스럽고 불뚝거린 것이 이제부터의 외금강입니다. 바위색만 보아도 내산의 그것은 분을 바른 것처럼 하얀 빛이 강한데, 외산의 그것은 볕에 그을린 대장부의 낯처럼 거무트름한 맛을 띠었습니다. 미인을 끼고 돌다가 안무재라는 발을 한 겹 들추며 나오면 근육과 골격이 굵은 장정들이 우뚝우뚝 둘러선 모양입니다.

지금은 안무재라 하면 유점사로 가는 유일한 길목이 되었습니다마는, 실상 유점사가 외금강 방면에서 반드시 거치는 구경터로 드러난 것은 훨씬 후대의 일입니다. 예전에는 이리로부터 산등성이를 타고 근래의, 이른바 신금강 쪽으로 대장, 적멸, 백전 등의 봉우리를 지나 발연 계곡으로 떨어졌었는데, 남효온 때부터 이쪽 여정을 취하였습니다. 그 사이에는 대장동, 계조굴, 개심대 등의 승지가 있습니다. 특히 대장동에 관해서는 남효온이 언급한 것이 있는데, 훗날 이쪽 길이 막히자 유점사가 비로소 이쪽 방면을 탐승하는 필수 경유지가 되었습니다.

은선대

칠보대七寶臺에서 다시 몇 리쯤 내려가면 『여지승람』이 말한 바 "귀로歸路는 점점 평평해지고, 바위는 적어지고 흙이 많아진다"는 특색이 더욱 현저해집니다. 계곡물을 한 번 건너자, 다시 왼편 갈림길로 들어서서 한 5리쯤 잡목 숲을 헤치고 들어가면 둥그런 큰 바위 벽이 앞을 가로막습니다. 이 벽을 끼고 돌아 올라가면 돌뿌다귀가 무더기로 생긴 길이 오를수록 험해지다가 한참 만에 육종용 약재 밭처럼 기암괴석들이 총총히 서 있는 높은 대에 올라서게 됩니다. 여기가 칠보대로부터 이어진 능선인 은선대입니다.

얼른 말하면 칠보대의 광경을 한번 크게 늘려 놓은 것이 이곳의 대략적인 경관입니다. 구정봉 이하 웅대한 봉우리들이 연이어 눈앞에 쭉 둘리어지고 그 중간에서 분명히 하늘로부터 떨어져 내린 수천 척 높이의 긴 폭포가 열두 개의 큰 층을 지어 펑펑펑 쏟쳐 내려오는 십이폭포를 내리 건너다보는 것은 바로 여기에서만 말할 수 있는 일대 장관입니다. 『여지승람』에 이르길, "불정대에 올라 멀리 바라보면, 푸르디푸른 벼랑과 절벽들이 병풍 그림처럼 둘러싸인 곳에 형체가 마치 하얀 무지개 같은 폭포가 무릇 열두 곳이다. 이런 까닭에 십이 폭포라 이름한다"고 되어 있는 걸 보면, 과거에는 여기에서도 수십 리 뒤에 있는 불정대에서 멀리 조망하였던 모양입니다. 거기 비하면 지금 은선대에서 보는 것은 바로 턱밑에 있는 것을 내려다보는 것과 같습니다.

효운동

은선대에서 큰길로 나와서 개울을 끼고 동쪽으로 하산하면, 외산의 육중한 맛이 걸음걸음 짙어짐을 깨닫습니다. 김창협의 기문인 「동유기東遊記」에 따르면, "내산은 돌이 많고 흙이 적으며, 외산은 흙이 많고 돌이 적다. 돌이 많기에 내산은 희고 가파르며, 흙이 많기에 외산은 푸르고 웅혼하다" 했습니다. 아닌 게 아니라 간명하게 내외 산을 가려 놓은 말임을 새삼스럽게 느끼게 됩니다.

그래도 금강산이라 암만 산은 볼이 뚱뚱하고 땅은 살이 두꺼워진다 해도 기이하고 험준한 석벽과 잔뜩 쌓아올려진 바위 무더기들은 일찍이 한 발자국 사이에도 끊이는 법이 없고 뾰족하게 튀어나온 뿌다구니와 사다리가 많은 석상石床 위에는 비상하듯 하늘로 날아오르는 폭포와 명징한 연못이 여전히 구슬 같은 연쇄로 흘러나가기를 마다하지 않습니다. 만폭동 같은 잔 맵시를 떨쳐내고 다만 굵직하고 다만 설명하게 또한 배포를 차려서 웅대한 계곡으로 비집고 나가는 이 일대 자연을 효운동曉雲洞이라 일컫습니다. 육중한 기운의 산치고는 이런 좋은 자연경관이 없을 듯한 것이 효운동으로 하여금 금강산의 유력한 식구이게 하는 점일 것입니다.

유점사

유점사楡岾寺는 금강 4대 사찰 중 가장 큰 곳으로 31본산에 드는 이 지역 일대의 큰절입니다. 뒤에는 청룡산, 앞에는 남산, 어디를 보든 푸근한 맛이 들이 쟁여서, 마치 볏가리에 둘린 큰 아들집 마당에 들어간 것 같으며, 오직 서쪽으로 미륵봉의 큰 주먹이 구름 사이에 툭 불거져 겨우 금강산의 기이하리 만큼 수려한 맛을 가졌

유점사, 1920년대, 출처 : 서울역사박물관

유점사 능인보전 내 53불상, 출처 : 『조선고적도보』 제5책, 1917, 김상헌 소장본

습니다. 시내를 눌러 지은 산문인 산영루에 오르면, 일본의 산수화 같은 동글뭉실한 사방의 경관이 한눈에 들어옵니다. 뾰족뾰족하여 날카로웠던 신경이 금세 고요히 가라앉는 것을 깨닫습니다.

김창협 기문에 이런 말이 있습니다. "이 절은 내외 금강 중 가장 웅대하여 요사채, 선방, 누각, 회랑, 욕실, 부엌 등이 끊임없이 늘어져 있다. 머무는 승려만도 천여 명인데 그럼에도 모두 여유가 있다" 이런 말에 비하면 지금의 규모는 매우 쇠퇴하여 축소된 것이 사실이지마는, 법당과 좌우 승방, 그리고 기타 모든 별전들을 합하면 2백 년 내에 이룩된 것으로는 자못 성대한 규모임을 일컬을 만합니다. 40여 차례 화재를 치렀다는데, 그래도 이만큼 지탱하기는 과연 불력이 아니고는 될 수 없는 일입니다.

유점사 능인보전과 구층석탑, 승려들이 석탑 주위를 돌며 염불을 외고 있다
ANNUAL REPORT, GOVERNMENT-GENERAL OF CHOSEN, 1915, 출처 : 서울역사박물관

법당인 능인보전能仁寶殿에는 이 절의 최대 자랑이자 신라 말기 미술의 일대 보배로 유명한 금강 오삼불이 느릅나무 등걸을 본떠 만든 향나무의 어수선한 가지 위에 봉안되어 있습니다. 여러 번 도난을 만나기도 하였지마는, 그대로 그악스럽게 찾아 들여놓아서 빈 자리가 두세 차례에 그쳤으나, 비교적 잘 수호된 편일 것입니다. 버릇 나쁜 이의 손을 막기 위하여 요새는 삼면에 철망을 둘러쳤는데, 도둑죄는 중생이 저지르는데 구금은 부처가 당하신 것이 황송하기 그지없지마는, 달리 생각해 보면 대자비를 내려 중생의 고통을 대신 받는 본래 면목을 실현하시는 것같이 보이기도 하여 도리어 못내 감격스럽습니다. 법당 앞에는 자못 전아하고 화려하게 보이는 화강석 구층탑이 서 있습니다.

이 절은 금강산에서도 오래된 사찰인 만큼 백 겁 치른 끝일망정 아무도 수많은 보물을 간직하고 있습니다. 그중에도 특기할 것은 첫째 고려 공민왕의 스승이었던 나옹 화상이 그 스승인 천축국의 지공 스님께 받은 보살계첩입니다. 종으로 3촌 2푼, 횡으로 2촌 2푼 정도의 감색 기름종이에 금박으로 적은 것을 첩으로 제작한 것입니다. 계율본 앞쪽은 약간 유실되었지만 계율 목록과 조목 이하로 마지막 부분에 '태정 4년 2월 제자 나옹에게 여래께서 제자들을 가르치며 전한 일승계법을 전수함. 서천 선사 지공'이라는 서명과 낙관까지 모두 완전하게 남아 있습니다. 훗날 정안 스님의 전법도와 발원문, 그리고 법문 네 쪽을 합쳤는데, 범문 외에는 지공 스님의 친필로 그가 항상 휴대하던 것이라 합니다. 계율에 관한 글의 말미에 서명한 지공 두 글자와 범문은 필시 지공의 자필인 듯하여 더욱 귀엽습니다. 6백 년 전 덕 높은 스승의 친필, 특별히 우러러 받들 만한 그것을 대할 때에는 아닌 게 아니라 느꺼운 생각이 치밀어 오르는 걸 깨닫지 못합니다.

그 다음 보물은 인목 왕후 친필인 은자 보문품입니다. 이는 실로 왕후께서 서궁에 유폐되셨을 때 영창대군은 참변을 당하고 겨우 슬하에 남겨둔 외동 따님을 위해 불보살의 가피를 입으려 하시던 처절한 마음의 고통스런 자취입니다.

사명당

임진란 당시 사명당께서 충성을 떨쳐 국난을 풀어갔던 노력이 민중들에게 얼마나 크게 감사함을 얻었던지 지금까지도 혹 충무공 이순신은 모르는 이가 있어도 무식한 사람일수록 사명당은 다 알게 되었습니다. 진실로 조선 오백 년의 불교를 민중을 통해 혼자 대표하는 이는 함허도, 서산도, 진묵도, 연담도 아닙니다. 그 주인공은 사실 중으로는 중답지 아니하다고도 할 사명당 대사입니다. 사람으로 말미암아 땅이 드러나는 것이요, 큰일에는 그 출발점을 잊지 못할 것이라 하면, 사명당이 우러러 추모되기까지 또 되는 만큼 우리 유점사도 오래 또 크게 기념되어야 할 것입니다.

대사가 금강으로 들어간 것은 경인년1590이니 3년이 지난 임진년 여름에 적병이 영동 지역으로 난입하여 유점사에 이르렀는데, 대사가 그때 중내원에 계시다가 이 기별을 듣고 내려와 고난을 헤칠 때, 글로 말로 의리를 설파하여 먼저 산문山門을 보존하고, 다음 전국 아홉 개 군의 생명을 구제한 것은 모두 이 유점사를 무대로 한 자비극입니다. 이로부터 서산 대신 각도의 승병들을 총괄하여 도처에서 전공을 세우고, 마침내 풍운을 좌우할 권한을 한 손에 잡고서 용과 호랑이의 소굴을 내 집처럼 들락거렸습니다. 한번은 일본의 장수였던 가토 기요마사가 "조선에 보물이 있는가?"라고 물었습니다. 대사가 응대해 말하기를 "없소, 보물은 일본에 있소"라고 대답했습니다. 무슨 말인지 다시 묻자 말씀하시길, "바야흐로 지금 우리 나라에선 당신들의 머리를 보물로 여기니, 이것이 일본에 있는 것 아니겠소"라고 하니 가토 기요마사가 깜짝 놀라며 탄복하였다고 합니다.

한번은 임금께서 대사를 대궐로 불러 "옛날 유병충과 요광효 같은 이는 모두 승려로서 특별한 공훈을 세웠고 이름을 후세에 남겼다. 지금 나라의 상황이 이와 같이 어려우니 만일 그대가 머리를 길러 환속한다면 바로 백 리의 땅을 내리고 삼군의 통수권을 수여하겠노라" 했습니다. 하지만 대사는 감당할 수 없다며 이를 사양하고 물러났고, 그러자 하는 수 없이 임금은 무기고를 열어 갑옷과 지팡이를 내 주었다고 합니다.

신계사

영신동을 나오면 선왕목에서 개재狗岾를 경유하는 '유점사－신계사' 간의 통로를 만납니다. 길은 신계천 곁으로 났습니다. 온정리 큰길로 나가는 술기넘이를 마주보는 곳에서 신계천을 건너니, 물의 가장 얕은 지점을 택하기 때문입니다.

여기서부터는 자동차 다니는 길이니, 금강산 들어온 뒤 오래간만에 평탄한 대로를 맛보는 것입니다. 겨우 벗어난 금강산이건만 아직 연연하여 다시 들어가 안길 듯 신계사를 찾아 들어가는 길입니다. 군선협과 옥류동의 두 계곡물이 관음봉과 세존봉 사이에서 합쳐져 신계천이 되어 흘러 나가면서 문필봉이 병풍처럼 펼쳐진 안에서 일종의 평야 같은 계곡을 이루는데, 이 국면을 주관하는 자리에 신계사가 앉아 있습니다. 신계神溪는 본래 신계新溪였으며 『여지승람』에도 신新 자로 적혀 있습니다.

전하는 말에 따르면 이전에는 신계천에 연어가 많이 거슬러 올라왔다고 합니

고성군 온정리 소재 신계사 대웅전, 1920, 출처 : 서울역사박물관

다. 이로 인해 어부들이 분주해졌고, 본의 아니게 사찰 인근에서 불교적 가르침을 크게 해치는 일이 되고 말았습니다. 동해 용왕의 아들에게 글을 가르쳤던 보운 조사는 용왕에서 간청하여 연어의 회귀 구역을 사찰 외곽으로 제한하게 하였고, 이후로 그 신이함을 나타내기 위하여 신계라고 일컫게 되었다고 합니다. 그 사실 여부는 어찌 됐든 간에 이로 인해 사찰 내에서 비릿하고 혼탁한 기운 및 생명을 해치는 인습 등을 없애게 된 것인데, 오늘날 구태여 강원 도립 양어장이 절이 있는 골짜기 안 길가에 새로 설치되었으니, 이는 무엇보다도 보운 조사께 대하여 미안스러운 일입니다. 그러나 어종보다도 더 금기할 더러운 물건들이 허다하게 있는 오늘날, 양어養魚만을 흠잡을 필요가 무엇이었겠느냐 하면 그도 그만일 것입니다.

나지막하게 아늑한 소나무 숲은, 시내 반, 길 반의 뚫린 골짜기로서 사람을 인도하여 신계사로 데려갑니다. 중간에는 창倉터라는 마을이 있어 산 사람들의 마실 살림을 포옹하고 있습니다. 신계사는 관음연봉이 군선軍仙과 한하寒霞의 두 협곡 사이로 줄기차게 뻗쳐 나오다가 문필봉을 깃발처럼 앞세우고 너부죽하게 열린 바닥에 있는 고찰입니다. 금강산 4대 사찰의 하나요, 세존봉을 끼고 있다 하여 사찰 주위를 세존 원내垣內라고 일컫는 곳입니다. 신라 법흥왕 때 보운 조사가 터를 닦아 개창했다고 하나 믿을 수 없는 말이며, 현재의 건물은 모두 수백 년 정도의 건물이요, 오직 법당 앞의 오층탑이 천 년 이상의 오래된 이끼를 입어서 얼마큼 신라의 풍치를 전합니다. 탑거리와 정양사의 그것을 아울러 금강산의 3대 고탑古塔이라 하는 것입니다.

구룡연

소리를 뒤쫓아 몸뚱이가 나옵니다! 막다른 골이 다시 한 번 접어들면서 대붕大鵬이 두 날개를 벌린 듯한 큰 바위가 우긋하게 둘리고, 두 날갯죽지 사이가 잘록하게 홈이 졌는데 그 틈으로 굵게 할 수 있는 한 한껏 굵게 깎은 듯한 수정 방앗공이가 무서운 형세로 펑펑펑펑 내리찧습니다! 이 큰 산골짜기가 순전히 기다란 한 개 바위인데, 이 큰 돌덩이가 들먹들먹하도록 방아확이 울립니다! 비로봉과 구정봉. 양대 봉우리의 물이 합류하여 이곳 벼랑으로 한꺼번에 쏟아 내리는 구룡연입니다. 구룡폭입니다. 귀는 터진 대로 먹어버리고, 눈은 뜬 대로 멀어 버리고, 얼은 말짱한 채로 빠져 버립니다. 어느 틈엔지 폭포가 그만 나에게 와서 들씌워지고 나는 그만 폭포 속으로 쏙 들어가 버립니다. 또 한 번 나도 모르게, "예, 하늘님!"하고 예배를 하였습니다. 재배, 사배, 구배를 하여도 직성이 잘 풀리지 아니합니다.

이 폭포 하나를 만드느라고, 골짜기를 이만큼 깊숙하게 하고, 바위 봉우리를 이만큼 웅장하게 하고, 이 막바지에서 저 신령스런 힘으로 하여금 팔을 벌려서 긴 소매를 늘어뜨리게 하고, 거기다가 저 부푼 은색 실로 테를 걸어 놓기까지, 조물주의 노력이 결코 심상치 않으셨을 것이니, 이에 못내 감격하였습니다.

(…중략…)

폭포도 좋고 소도 좋지만, 골짜기 전부가 하나의 돌덩이로 된 거석미巨石美와 이 경계 안에서는 돌 아니면 물이지 흙이라고는 한 고물도 붙이지 않은 순석미純石美,

이쪽에서 폭포를 건너다보면 폭포 쏟아지는, 말의 귀 같은 두 틈 너머로 덜미의 봉우리가 갸웃이 넘겨다 보이는 후옹미後擁美, 폭포에서 건너 쪽을 내다보면 울집 같은 돌벼랑이 철옹같이 돌아간 전위미前衛美가 세상에 비할 데 없는 절경입니다. 폭포 앞에 새삼스럽게 말 안장 모양의 웅덩이가 생겨서 매달아 놓고 보던 물을 펼쳐서 고쳐 놓고 구경하고, 다시 그것이 내려가서 둥근 거울도 이루고 푸른 물병도 만드는 등, 한 자리에서 여러 가지 변화를 보이되, 낱낱이 극히 기이하고 신비하여 진실로 여기밖에 다시 있을 것 같지 않습니다.

구룡연은 금강산 제일의 폭포일 뿐 아니라, 조선 제일 내지 동양 제일의 폭포임을 우리는 서슴지 않고 단언합니다. 그야 조선에서만 하여도 우선 개성의 박연폭포가 이보다 좀 더 긴 것도 사실이요, 일본인은 툭하면 화엄 폭포가 더 크다고 말하지만, 구룡연의 배경과 구조와 정조가 박연에 있다는 말입니까. 화엄에 있다는 말입니까? 박연, 화엄은 고사하고 산이 높아야만 쓰는 것이 아니요, 물이 깊어야만 갸륵한 것이 아니요, 폭포가 커야만 장한 것이 아니라는 의미에서는, 우리 구룡연이 세계의 제일이라 하여도 지나치지 않을 것입니다.

온정리

신계사에서 구룡연까지의 30리가 원체 거리상으로는 가까운 거리이고, 또 돌아오는 길은 내려오는 길이라 쉽기도 하여 20리 정도밖에는 안 됩니다. 신계사에 와서 하룻밤을 쉬어도 좋고, 바로 온정리로 나가도 무방합니다. 신계사에서 온정리까지를 10리라 하여도 극락재라는 고개 하나를 넘는 것일 뿐이므로 그리 멀지 않은 길입니다. 극락재란 것은 관음, 문필, 양 봉우리가 만나는 고갯길을 가리키는 것인데 험하지는 않으나 꽤 가팔라서 저편에서 들어오는 이에게는 첫밧에 다리 힘을 시험해 보는 곳이 된다고 합니다. 그러나 산전수전을 다 겪고 이 편에서 나가는 이에게는 비스듬히 올라가는 평지에 불과할 것입니다. 문필봉 아래는 유마암維摩庵이라는 작은 암자가 있습니다.

극락재의 마루턱에 올라서면 저쪽에서 오는 이들에게는 집선봉으로부터 채하봉과 비로봉을 지나 신선봉, 옥녀봉 등에 이르는 동안 빽빽하고 기이한 봉우리들이 우쩍 둘러섰는데, 뒤에는 비로의 고봉이 덜미를 누르고, 안으로는 관음봉, 세존봉 등이 무릎을 받치고 있는 그림 같은 한 폭의 광경이 극락세계를 들여다보는 듯한 생각이 들게 합니다. 이쪽에서 나가는 이들은 원체 험난한 길하고 악전고투하던 끝이라, 이 정도만 하여도 극락 가는 길인가 보다 하는 생각이 날 것이니, 여하간 극락이라는 고개 이름이 그다지 맹랑하지 않습니다. 마루턱에서 밖으로 내다보이는 발연봉鉢淵峯의 둥글 너부데데한 모습과 수정봉의 쫑긋 버스름한 모습이 또한 다 사람의 눈을 끄는 점이 있습니다.

재를 다 내려가서 산기슭 하나를 끼고 돌면, 돌로 울타리를 친 샘을 만납니다. 이름도 좋아서 감로수이기 때문에, 지나는 길손이 다 한 모금씩 먹게 됩니다. 철도국에서 설치한 호텔을 왼편으로 보고 온정리로 들어서면, 첫째 금강산 하나로 인하여 이미 이만한 큰 시가지가 생긴 것에 놀라게 되며, 다음으로 아무리 금강산 하나를 파는 곳이지만, 시가지의 대부분이 여관집뿐임을 보고 놀라게 됩니다. 마을 곳곳에 염류鹽類 온천이 솟아나서 온천장으로도 약간 손님을 끌지만, 금강산 탐승객으로 부지하는 것이 주입니다.

온정溫井은 예로부터 위장병, 신경통, 피부병 등에 특효가 있기로 유명하여, 세조 대왕의 동유東遊도 그 목적의 반은 여기에 와서 목욕하는 것이었다고 합니다. 하지만 신익성의 「유금강내외산제기遊金剛內外山諸記」에 "이 끓는 샘에서 목욕을 하다. 샘은 금강산 외면에 있는 것으로, 세조께서 목욕하셨던 행궁行宮의 옛터가 아직도 남아 있다"라고 한 곳도 지금은 어디인지 알 수가 없습니다.

온정리에서는 온정리만의 탁 트인 정취가 있고, 다른 한편 위협적이던 여정에서 벗어나 금강산을 조용히 관상하는 다른 재미도 있지만, 온정리가 온정리 되는 까닭은 사실 바닷길을 통해 동쪽에서 들어오는 금강산 탐승객들에게 외금강의 여러 방면을 구경할 수 있게 하는 구심점이 되는 데 있습니다. 첫째, 외금강이 대표적 승경인

구룡연까지가 35리, 둘째, 삼일포를 지나서 해금강까지가 40리, 셋째, 바로 옆의 한하계를 지나서 만물초까지가 20리, 넷째, 만물초에서 온정령을 넘어 내금강의 장안사로 들어가는 여정, 다섯째, 온정교, 화우리, 양고, 백천리로 하여 유점사 방면으로 들어가는 여정 등, 원산에서 장전을 거쳐 금강산에 들어오는 이에게는 물론이요, 내금강에서 나온 이라도 외금강의 외부를 밟는 데는 반드시 경유하는 요지입니다. 여비를 절약하기 위해서 흔히 원산에서 바닷길로 왔다가 바닷길로 돌아가는 길을 택하기 때문에, 온정리의 발전은 금강산 열기와 마찬가지로 해마다 괄목할 만합니다.

만물초

'히히!' 하는 소리가 먼저 나옵니다. 이것은 조화주가 다심스럽기도 하고 공교롭기도 하고 또 장난스럽기도 하고 좀 상스럽기도 하다는 뜻을 포함한 최대한의 기이함과 최대한의 경탄함을 표현하는 소리입니다. 깊고 울창하기도 하거니와, 굽이굽이 척척 꺾여 있기도 하고, 또 겹겹이 쌓이고 층층이 구획되었으니, 기기묘묘하고 환상적입니다. 히히! 저렇게까지 하실 것이 무엇이리! 조화주께서 기이함을 좋아하는 정도가 지나치다는 생각이 듭니다.

줄 잡고 줄잡아도 금강산 일만 이천 봉을 한눈에 모두 볼 수 있도록 한 장에 온통 조각해 놓은 것이 만물초입니다. 글쎄, 만물초는 첫째 금강산의 목록이라고 하겠습니다.

사자목의 오른쪽 날갯죽지는 닿으면 베일 듯한 날카로운 첨봉 세 개인데 비밀스런 궁전의 청정함을 지키는 항마검 같아서 과연 서슬이 푸릅니다. 이것을 요새 사람들은 삼선암이라고 하지만 적절치 못한 이름입니다. 여기와는 반대로 왼쪽 날갯죽지에 해당하는 둔중한 봉우리 하나는 머리 부분이 사람 모양과 흡사하고, 게다가 험상궂게까지 생겼기에 보면 볼수록 귀면암이란 이름이 제대로 된 이름이라 감탄할 수밖에 없습니다. 멀리 보나 가까이 보나 영락없는 귀신의 얼굴이니, 이것은 필시 신성한 지역을 수호하는 임무를 맡은 천연의 장승일 것입니다.

귀면암 뒤로 벌여 있는 겹겹의 봉우리 집단이 만물초란 것이니, 가만히 들여다 보면 어느 돌 하나, 어느 모 하나고 각종의 형상이 아닌 게 없고, 하나도 같은 것이 없으며, 없는 형상이 없다고 할 만합니다. 그러나 그뿐인가. 하나를 가지고도 아까 볼 때는 이렇던 것이 이따가는 저렇고, 이리 보면 이렇다가 저리 보면 저렇게 달라져서 한순간도 고정된 모습이 있지 않아서, 그 기괴한 변환을 이루 이를 길이 없습니다. 물론 아침에 보던 것이 저녁의 그것이 아닐 것이며, 맑은 햇살에 보던 것이 흐려서의 그것이 아닐 것이니, 이 모든 조건을 제곱하고 또 제곱한 대변화는 거의 사람의 상상 밖이라 할 것입니다.

아무리 단출함을 좋아하는 이라도 만물초를 이야기하자면 말이 저절로 번잡스러워질 수밖에 없습니다. 이것은 무엇 같고 저것은 무엇 비슷하다는 것을 엮자고 하면 저절로 만물을 죄다 들추어내게 되니, 한번 입을 떼기만 하면 유마힐維摩詰이라도 잔말쟁이 노릇을 할 수밖에 없는 것입니다. 옛날 물건으로 이름 있다는 것들은 옛사람들이 이미 몇 번씩 우려먹었거니와 요즘 말을 가지고 말할지라도 우선 뾰족뾰족하기는 봉마다 방송 안테나 같다고도 할 것이요 그것들이 모여서 한 폭의 살아 있는 그림을 이루는 것은 모두가 활동사진의 영사막과 같다고 할 것입니다. 그런데 쉴 새 없이 그것으로 방송되는 것은 우주의 신령스런 활기를 보여주는 거룩한 멜로디이며, 거기 상영되는 것은 세상의 진짜 아름다움의 아찔아찔한 빛깔과 모습들입니다.

만물초는 그 아는 물품의 종목이 많을수록 비유되는 범위도 점점 어수선해짐이 자연스런 일입니다. 어디 무엇에고 끌어다 대어지지 못할 것이 없을 만하기 때문입니다. 희랍 신화 한판도 거기서 구경할 것이며, 유대의 묵시록 한판도 거기서 구경할 것이며, 인도의 제천기諸天記와 중국의 『열선전列仙傳』 같은 것은 그 속에서도 작은 한 부분을 이루었다고 할 것입니다. 단테가 구경한 천상과 지하의 모든 광경과 『수호지』에 나오는 미인 협객의 모든 인물과 『춘향전』, 『홍길동전』, 『전우치전』, 『삼설기』의 모든 장면이 어느 것 하나도 빠질 것이 없습니다. 한마디로 잘라 말하면, 무릇 천지간 사물의 모든 형상과 또 그것으로 구성할 수 있는 모든 미적 관점은 만물초 속에 모조리 들어 있다고 할 것입니다.

오죽했으면 과장할 줄 모르는 옛사람들뿐 아니라 상징적인 확대와는 담을 쌓았다고 할 조선인도, 원체 엄청난 경계를 당했는지라 기껏 형언하여 만물초라는 소리를 하게 되었습니다. 조물주가 천지만물을 배포하실 적에 설계서와 모형으로 초안을 잡으신 것이 만물초라 합니다. 요즘 말로 하면 물형미物形美의 전량全量이요 총람總攬이라는 뜻일 것입니다. 대저 만물초는 진실로 금강산의 목록인 동시에, 산악미의 총목록이며 아울러 물체적 변화의 총목록입니다.

만물초를 근래 일본인들이 음이 서로 같다는 이유로 만물상萬物相이라 하는데, 이는 옛사람들 중에 혹 만물초萬物肖라고 쓴 이가 있었던 것과 마찬가지로 본래의 뜻을 해치는 일입니다. 상이 불교적으로는 우아한 이름이 될 법도 하지만, 만물의 초草라고 하는 분명하고 적절한 맛이 없음을 생각할 것입니다.

신만물초

금강산의 특색을 가장 단적으로 말하면 조각미의 총집합이라고 할 것입니다. 금강산의 이러한 특색을 가장 단적으로 표현한 곳이 어디냐 하면 곧 만물초라 할 것입니다. 만물초의 이러한 특색을 아주 극도로 발휘한 곳이 어느 쪽이냐 하면, 그것은 신만물초입니다.

사자목에서 데미다 보는 만물초는 실상 만물초의 외곽이요 현관이요 포장이요 상표 같은 것입니다. 만물초의 참모습과 참가치를 알려면 모름지기 그 안들을 보아야 할 것이며 그 집안을 보아야 할 것이며 또 그 내용을 살피고 실질을 더듬어야 할 것입니다. 구만물초, 즉 외만물초가 좋기는 하지만, 문간에서만 어정거리다가 그만 둘 것이 아니라, 안뜰로 우쩍 들어와서 신만물초의 비밀스런 안쪽을 더듬어 본 뒤가 아니면 만물초의 참맛을 말할 수 없을 것입니다. 잣을 송이째 핥고서야 고소한 참맛을 누가 알 수 있겠습니까?

정선, 〈원망금강산(遠望金剛山)〉(멀리서 바라본 금강산), 국립중앙박물관 소장본

구경하는 이가 흔히 사자목에서 건너다보이는 것만을 보고 만물초 구경을 다 하였다 하며, 혹 이것만으로 구만물초는 요컨대 진짜 만물초가 아니며, 아무리 너그럽게 말하여도 구만물초란 것은 거대한 만물초 중의 비교적 변변치 않은 작은 일부분일 따름입니다. 구만물초로부터 신만물초까지의 10리 동안이 길은 좀 까다롭지만, 만물초 구경을 왔다가는 신만물초를 반드시 보아야 할 것이, 금강산 구경을 왔다가는 만물초를 구경하지 않을 수 없는 것 이상으로 필요 당연한 일입니다. 구만물초에 놀란 이는 참으로 한번 놀라 보기 위하여, 또 구만물초에 재미 들이지 못한 이는 기어이 만물초 맛을 알기 위하여, 누구나 기어이 신만물초까지의 걸음을 아끼지 말 것입니다.

옥녀봉

옥녀봉은 진실로 왕자입니다. 동해의 큰 파도가 멀리로부터 호위하고, 비로봉이 갑옷을 갖춰 입은 대장군처럼 덜미를 진압하며 수호하였는데, 그 한 줄기가 완연히 동북 방면으로 달아나서, 서남쪽으로는 상등봉에, 북쪽으로는 오봉산에, 동쪽으로는 세지봉과 문수봉 두 봉우리가 둥그렇게 병풍 둘린 가운데에, 만물초라는 옥경玉京이 배포되고, 옥녀봉이라는 옥황玉皇이 높이 앉으셨는데, 수억 수천의 선관과 수백 수만의 천녀들 및 구류백가九流百家, 사이팔만四夷八蠻, 삼도육취三道六趣, 사생조품四生粗品 등이 다 각기 한 자리 안 소임씩을 가지고 삼가 조회하고는 옹위하며 둘러서 있습니다. 물론 인간의 제왕에는 이러한 영화로움이 있을 리 없습니다. 카이사르의 궁전에도, 당 태종의 조정에도, 이러한 조회朝會의 큰 반열은 있었을 리 없으며, 오직 하나 신들과 인간, 양쪽 대중들이 귀의하여 함께 모여든 태백산 신시에서 있었던 환웅왕의 조회 광경이 거의 이만하였을까 하는 생각이 날 뿐입니다.

어떤 쪽은 천하의 인간들이 삼재三災의 도탄에 빠진 것을 비탄하게 여겨, 천재의 아들 환웅이 세상 구제하려는 소원을 천제인 아버지께 지성으로 아뢰는 모양임이 분명합니다. 또 어떤 족은 지상 천국의 대설계를 세우신 천제와 천자가 인간 세상을 굽어보시면서 어느 지점에 이 영광의 표목을 박을까 하시다가, 대조선 태백산을 특별히 간택하는 모양이 분명합니다. 또 어떤 쪽은 이미 각본이 마련되고 무대가 설비되어 '홍익인간'이라는 대 희곡을 실제 연출하시는 환웅천왕이 천부삼인과 풍백, 우사, 운사 등 3천 신도를 데리고, 태백산 신단수 아래로 강림하여 360여 가지 신국神國의 정치를 차례로 펼치시는 모양이 분명합니다.

(…중략…)

만물초를 읊은 시가 예로부터 적지 않습니다만, 물론 수미산에 모깃소리만한 울림도 주지 못했습니다. 이상수李象秀의 "봉우리는 놀라 지축을 울리며 노려보고, 바위는 성을 내어 허공을 밀치며 날려 하네"[2]라는 시구가 사람들 사이에 회자되는 명구입니다만, 혼연히 일대 돌덩어리를 바늘 끝으로 살짝 따짝거리기나 할 정도가 될까 말까 한 표현입니다. 금강산 전체가 시인이든 미술가든 웅변가든 그 누구든 그 무엇으로도 사람의 손과 입으로 어쩔 수 없게 생긴 것이지만, 그중에서도 더

---

2 이와 유사한 내용을 이 책 수록 이상수, 「동행산수기」편 131쪽에서도 확인할 수 있다.

상팔담(上八潭), 좌측 끝이 폭포의 시작점. 나무꾼과 선녀의 전설이 전해온다, 1938,
출처 : 임병목, 『금강산』(下), 101쪽

욱 손톱 반만큼 한 자국도 낼 수 없게 된 곳이 이 만물초요, 특히 옥녀봉 위에서 보는 신만물초입니다. 이것을 만에 하나라도 시늉해 낼 만한 예술가는 앞으로도 언제까지든 나오지 못할 것입니다.

신만물초의 구성과 형태는 진실로 위엄 있고 통쾌한 남성적인 것입니다. 그런데 그중에 두 가지 여성적인 요소가 섞여 있습니다. 하나는, 7할의 순백 빛과 3할의 황색으로 된 이끼 옷이 험상스러운 바위 면들을 좇아다니면서 곱다랗게 단장시키고 옷을 입힌 점입니다. 또 하나는 상봉 바로 밑에 옥녀 세두분洗頭盆이라는 농염한 자취를 셋씩이나 머물러 가진 것입니다. 꼭대기의 바위를 안고 서쪽을 향하여 내려다보면 1백 척쯤 내리 뻗은 편편한 바위 면에 동그랗게 깊이 판 바위 병 셋이 나란히 놓였습니다. 큰 것은 직경 3척, 작은 것은 1척쯤 되며 아무리 가뭄이 크게 들어도 마르지 않고 물이 고이는데, 전하는 말에 따르면 이 옥녀봉에 사는 천녀들이 아래로 내려와 거기에서 머리를 감고 간다고 하여 옥녀 세두분이라 이름하였다 합니다. 원래 옥녀 세두분이라 하는 것은 중국에 출처를 두고 있는 것이요, 조선에도 명산 곳곳에 이것이 있으며, 또 금강산의 만폭동, 상팔담 및 기타 여러 군데에 이름도 같고 생김새도 비슷한 것이 있으니, 지금 그 확실한 본래의 의미를 말하기는 어려우나, 우리 생각으로는 대개 고대 제전의 유적인 듯합니다. 그것을 가서 보려면 금강문까지 내려와서 바위를 끼고 돌아가야 합니다.

골짜기 입구로부터 옥녀봉 정상까지 10리를 잡습니다만, 실상은 그 반쯤 되는 거리입니다. 길이 험해서 올라가기에는 두 시간이나 걸리지만, 내려오는 데는 30분이면 충분합니다. 금강문에서 조금 내려오다가 왼편으로 꺾어서 우의봉의 안부鞍部를 넘어서 가면 이른바 오만물초奧萬物草로 가게 되는데, 근래에는 이 방면의 탐승도 점점 성행하고 있습니다. 오만물초는 신구 양 만물초에서 보던 오봉산과 세지봉을 연결하는 산줄기인데, 좌우의 산봉우리가 마름질한 듯 깎고 새기며 기이하고 장엄한 경관이 거의 맞이하기에도 바쁠 지경으로 이어지며, 그 정상은 물론 신만물초보다도 높고 동해의 물이 거의 발끝에 챌 만큼 임박해 있습니다. 길은 좀 험하지만 이쪽으로 들어와 만물초 전체 골짜기를 두루 보고, 장전항으로 빠져 나가야 비로소 만물초 구경을 온전히 했다 할 것입니다.

삼일포

금강산 일만이천봉을 두루 유람하고 나면, 마치 미美의 창고에서 뒹굴다 나온 것 같아서, 눈과 마음이 느긋함을 지나서 흐뭇 실쭉할 지경이 됩니다. 하지만 따로 어느 구석엔지 좀 마땅찮은 듯한 생각이 들어서, 왜일까 생각해 보아도 얼른 떠오르지 않습니다. 그러다가 급기야 삼일포三日浦에 가 보고서야, 잊어버렸던 것이 금세 생각나는 듯, "옳지, 금강산이 모든 것을 갖추었지만 딱 한 가지 산간의 호수를 가지지 못한 것이 부족한 점이로구나" 하는 생각이 나고, 이로 인하여 비록 산의 바깥 둘레일망정 이 삼일포 있는 것이 금강산을 완전하게 하는 데 얼마나 중대한 의의가 있는지 깨닫습니다.

온정리에서 숫돌 바닥 같은 큰길로, 조롱에서 놓은 새처럼 시원한 하늘과 넓은 들을 향하여 30리를 활개 치면, 산수가 아름답기로 유명한 고성읍입니다. 읍에서 6~7리 못미처 동쪽으로 길 하나가 아늑히 뚫려 들어갔으니, 길가의 푯말에 '삼일포'라고 쓰인 것이 보입니다. 길을 따라 잠깐 들어가다가 삭은 바위들이 점점이 있는 나지막한 등성이를 올라서면 뜻하지 않은 광경이 눈앞에 벌어지면서 '이히' 소리가 입에서 튀어나옵니다. 한껏 은근하고 한껏 아름다운 무수한 언덕들과 봉우리들이 둘러싸인 가운데 천녀가 떨어뜨린 거울 같은 맑은 호수 하나가 곱다랗게, 아니 얌전하게, 아니 도리어 자는 듯하다고 형용할 만하게 가만히 놓여 있습니다. 물을 것도 없이 관동팔경의 하나로 꼽히는 삼일포입니다.

삼일포는 둘레가 10리면적 380정보인 작은 호수입니다. 그러나 수려한 봉우리들과 기이하고 예스런 암석이 사방으로 둘러싸고, 호수 중심엔 작은 섬이 있어서 맑은 물결이 만상을 희롱합니다. 호수 위쪽엔 오래된 절이 있어 그윽한 종소리가 진리의 운율을 헤뜨리며, 멀리는 금강산의 첩첩한 봉우리에 아련한 구름과 안개가 덜미를 짚어 오고, 가까이는 동해 일대의 망망한 구름 파도가 가슴을 헤치고 들며, 이 사이로 먼 포구의 돛대 그림자, 인근 마을의 밥 짓는 연기, 물 위에 굼실 떠 있는 백조들과 파닥거리는 물고기들의 비늘, 넓은 호수를 그득 채우는 달빛, 울창한 나무의 단풍 같은 것들이 계절에 따라 인연에 따라 갖가지 정취를 더합니다. 호수가 귀한 반도에서는 삼일포가 실로 한 지역을 대표하는 절경으로서 부끄러울 것이 없습니다. 금강산과 더불어 서로 붙어 있어 더욱 그러합니다.

해금강

삼일포로부터 동서 귀암龜岩의 기이한 경관을 배경으로 한 고성읍을 향해 들어가노라면, 동쪽의 산등성이 위에 날개를 펼쳐 놓은 것처럼 공중에 떠 보이는 집이 송시열의 시구로 유명한 해산정海山亭입니다. "풍악산의 아득한 기운 천년토록 쌓였고, 동해의 푸른 물결이 만 길이나 깊구나."

해만물초. 해금강에 위치한 기묘한 바위를 내금강의 만물초에 견주어 해만물초라 부른다, 1924
출처 : 임병목, 『금강산』(下), 137쪽

그런가 하면 이중환의 『택리지』에는 이런 말도 있습니다. "서쪽으로는 금강산 봉우리들이 천 겹으로 쌓여 섰고, 동쪽을 바라보면 푸른 바다가 만 리에 펼쳐졌으며, 남쪽으로는 긴 강줄기 일대에 임하니, 광활하고 멀고 웅장하고 장쾌하여 크고 작고 깊고 넓은 풍치를 겸하고 있다." 진실로 흔치 않은 명승구역입니다.

강은 발연鉢淵의 하류입니다. 이름을 남강 또는 적벽강이라 하는데, 험악한 절벽, 긴 물가, 오래된 강나루와 새로 들어선 마을이 푸른 단풍과 붉은 여뀌 사이로 숨었다 나왔다를 반복하니, 실로 금강 신령한 산악과 창해의 신택神宅을 연결해 놓은 끈으로, 일종의 신비한 임무를 가진 것입니다.

고성읍만 나서면 이미 호연하고 아득한 기운이 눈 주위, 발 밑, 몸 밖의 일체에 가득 차서, 그만 바다 기운, 바다 빛깔만의 세계가 됩니다. 읍에서 해변까지가 발로는 7~8리이지만, 눈으로는 바로 코 닿을 거리입니다. 길을 따라 나가면 눈이 천지사방 바깥으로 나간 듯이 아주 허전허전해지면서, 만경창파가 일체를 집어 삼키는 것은 바로 벽해라. 창해라, 동해라 하여, 반도의 역사상 가장 먼저 출현한 수

왕水王입니다.

문어, 자가사리 등 갓 잡아낸 생선을 널따란 사다리에 층층이 말리는 수십 호의 어촌을 지나면, 허연 모래 언덕 한 줄기가 푸른 소나무를 법당에 놓인 꽃다발 삼아 쓰고 동해로 달려 들어간 것이 있고, 그것의 끝머리 되는 곳에 성미 급한 한 부분이 따로 떨어져서 우뚝한 입석으로 해중海中에 들어선 것이 있습니다. 이것을 입석이라 하고, 이로 인하여 마을 이름도 입석리라고 합니다. 이 입석을 비롯하여 앞으로 내다보이는 약간의 섬들과, 왼쪽으로 올라가면서 바닷가에 퍼트려져 있는 수많은 암초를 합하여 해금강이라 부릅니다.

첫째는 금강산의 여세가 해중으로 들어간 것이니까 해금강海金剛이라고 하려니와, 둘째는 뭇 섬들과 바위 무리들이 각각 기괴한 형상으로 생겼습니다. 성글고 빽빽하고 집약되고 흐트러지고, 우뚝 솟아 흐르고 움푹 패여 드러나는 등, 전체의 배치가 또한 탁월한 뜻을 나타내어서, 금강 전체가 바다에 다시 펼쳐졌으니, 해금강이란 이름이 있을 만한 것입니다.

무릇 해금강이란 것은 금강산의 허물어진 기슭이 오랫동안 파도에 핥이고 씹혀서, 우선 모래가 씻겨 가고, 다음 돌이 석비레가 되고, 다시 석비레가 요모조모 깎이고 패어진 결과로 생긴 자연의 기형아입니다. 산의 희곡을 바다의 무대에 연출하신 곳에, 사람의 의표를 벗어나신 조화주의 의도가 보인다 할 것입니다.

해금강을 좀 더 아우러지게 구경하려 하면, 고성읍에서 남강으로 나가서, 대호정 남은 터 부근에서 배를 타고, 적벽 승경을 실컷 더듬은 뒤에, 고성포로 빠져 대봉도 기슭으로 나섭니다. 먼 바다와 가까운 포구를 차례로 찾아 살피는 것이 가장 절묘하지만, 편리한 길로는 입석포에서 배 하나를 얻어 타고 앞바다로 바로 나가서 별처럼 바둑알처럼 펼쳐진 해금강의 뭇 섬들을 요리조리 찾아다니면서 '바다를 보는 것이 곧 산을 유람하는 듯한' 기이한 정취를 마음껏 누리는 것입니다.

(…중략…)

배를 바다 밖으로 띄우면 먼저 사공암沙工岩을 봅니다. 이르기를 유점사의 오삼불을 모시고 오던 사공이 현종암 앞에서 배를 엎었다는 이유로 이 섬으로 귀양을 보내 두었다고 하는 곳입니다. 사공바위와 근처에 있는 육도六島를 합하여, 옛날에는 칠성봉이라 하였으니, 『고성읍지』에는 "칠성봉은 고성군 동쪽 10리 큰 바다에 있다. 옛 이름은 입석이다. 바위섬 일곱 개가 마치 칠성같이 생겼다고 해서 칠성봉이라고 이름하였다"라고 되어 있습니다. 근래 일본인들은 풍경의 아름다움이 그들의 송도松島와 같다고 하여 송도란 이름으로 지도에 싣기도 하였습니다.

월굴月窟은 어디인가. 성하星河를 찾았거나 하고 섬 하나 둘을 두루 탐승해 본 뒤에, 오삼불의 피난지였다는 불암佛岩을 거쳐서 해변을 끼고 가볍게 키를 북으로 놓으면, 석벽에 큰 글씨로 '해금강'이라고 새겨 놓은 것을 봅니다. 여기서부터 수원단水原端이란 데까지 가는 동안에 바닷물에 깎여서 괴이한 모양을 한 바위 숲을 이룬 것이 이른바 해금강 일만이천봉이란 것입니다.

금세 뛸 듯한 이어암鯉魚岩을 지나면, 달려들 듯 떨어져 있는 자마암自磨岩을 구경합니다. 자마암은 일명 부부암이라고도 합니다. 옛날에 어느 금슬 좋은 부부가 경치 좋은 곳에 가서 영원히 헤어지지 말자고 약속을 하고, 여기 와서 이 바위들이 되었는데, 밤이면 윗돌이 아랫돌로 내려와 누른다고 전해 옵니다. 옆에 있는 좀 갸쭉한 바위 하나를 구인암이라 하는데, 부부의 적적한 회포를 위로해 줄 양으로 곁에 있으면서 밤이면 아름다운 노랫가락을 읊어 드린다고 합니다. 천왕암이란 것, 나한암이란 것, 노승암에 상좌암, 향로봉에 촉대봉, 저마다 이름이 있고, 이름마다 출처가 있는 것이 산山 금강에서와 같습니다.

(…중략…)

금강문 안을 들어서서 얼마 안 되는 곳에 누룩바위란 것이 있고, 그 옆에 괴바위, 쥐바위란 것이 있는데, 이르기를 쥐가 누룩을 먹으려다가 괴에게 질려서 꼼짝 못하고 있는 모양이라 합니다. 이 하나하나의 실물에 부착되어 있는 닮은 형상 설화를 모으면 아마도 쵤만이나 이솝 이상의 일대 동물 설화집, 비유 문학집을 만들 수 있을 것입니다.

해금강 구경은 배를 타고 얼키설키한 물길을 좇아다니면서 샅샅이 더듬어 보아야 비로소 참모습과 참맛을 압니다. 만일 육지에서 어름어름 먼 곳을 바라보고 말거나, 발로 걸을 수 있는 한 부분, 한 구석만을 보고 말면, 해금강이란 별 볼 일 없는 곳이란 생각을 하게도 될 것입니다. 조각배를 흘려 저어 여기 가서 한참, 저기 가서 한참을 돌아다니면, 큰 섬에서는 삼도三島 십주十州의 생각이 나고, 작은 바위에서는 금대봉호金臺蓬壺의 뜻을 얻어서, 눈은 황홀히 『봉선서封禪書』 안의 광경에 어리둥절하고, 몸은 어렴풋이 『열선전』 중의 반열班列에 들어 있습니다. 더구나 저기를 가면 옥비 양귀비의 태진원에서 춤추는 소매가 보일 듯하고, 이리로 돌면 금모金母가 자미대 금모에서 노래하는 소리가 들릴 듯하니, 허다한 기대가 앞으로 환상적이고 기이한 욕심을 충동하여 가므로, 뼈가 여러 번 녹으려다가 마는 것을 깨닫습니다. 바다에서 신선처럼 노니는 이 독특한 맛은 산금강의 어디서든지 상상해 얻을 수 있는 것이 아닙니다.

동해

해금강까지를 보면 금강산 구경은 결론에 이른 셈입니다. 온정리로 돌아와서 금강산의 마지막 따뜻한 맛을 욕조 속에서 배불리 보고, 날이 새는 아침에 하릴없이 금강산을 등지고 다시 인간 세상으로 지팡이를 돌릴 때에는, 천하 절경과의 인연이 너무 엷다는 생각에 스스로 한탄하지 않을 수 없습니다.

온정교를 다시 건너 양진역 못미처서 길은 용암 밑을 지나 북쪽으로 꺾여 10리 만에 북쪽 경계 마을을 지납니다. 괴불주머니 같은 장전만이 남단의 성직으로부터 시작하여 보기 좋게 전개되고, 오긋한 부리 밖으로 푸르고 아득한 동해가 갸웃갸웃함이 몹시 사람의 마음을 잡아당깁니다. 다시 5리쯤에서 만리성 고개를 넘으면서 백암의 기이한 경관을 바다 위로 바라보며 한숨을 내뿜다 보면 장전항에 도착합니다. 온정리에서 장전항까지 20리라 하지만 가깝고, 자동차로는 단시간에 다다릅니다.

장전은 강원도 연안에서 유일하다고 할 정도로 좋은 항구이지만, 고종 기해년

장전항, 1924, 출처 : 임병목, 『금강산』(下), 133쪽

1899에 러시아인에게 포경 근거지를 베풀어 허락하기 전까지는 변변치 않은 어촌에 불과했던 곳입니다. 러일 전쟁 이후 러시아인의 포경 사업이 일본 사람들의 동양 포경회사로 넘어가면서, 일본 어민의 이주가 부쩍 늘기 시작하여, 지금은 동해안 최대의 어업지가 되었고, 더욱이 금강산 탐승의 해상 관문이 되면서부터는 시가지가 날로 번성하였습니다.

시가지 뒤에는 장전포長箭浦라는 쾌 큰 늪이 있어, 한참 동안 명상하며 걸을 만합니다. 서남쪽으로는 천불산을 거쳐 오만물초로 통하는 길이 보이니, 오만물초를 제대로 구경하려면 험하기는 해도 이 길을 취하는 것이 좋습니다. 장전에서 원산까지는 금강산 탐승객을 위하여 6월 1일부터 10월 31일까지 조선우선회사의 정기선이 매일 1회 왕복합니다. 오후 두 시쯤에 도착하여 세 시쯤 출발하며, 운항 시간은 약 일곱 시간입니다. 도중에 총석정, 금란굴 등 연안의 승경을 자세히 보려면 온정리에서 원산까지는 자동차로 가는 것이 좋습니다.

여러 날을 산비탈과 씨름하던 몸을 기선에 얹고서, 장전항을 동으로 끼고 봉수대 밑으로 잠깐 도는 듯하더니, 어느덧 대우주를 반이나 삼킨 듯 파르라니 아득한

사선봉, 1938, 20미터 높이의 총석 4개를 가리킨다
출처 : 임병목, 『금강산』(下), 140쪽

동해상으로 나섭니다. 그 시원함을 어찌 말로 그릴 수 있겠습니까. 천하의 모든 시간, 인간 세상의 온갖 가지 시름과 갖은 먼지와 갖은 때가 다 한꺼번에 씻은 듯이 없어지고, 고개를 들고 눈을 쳐드는 족족, 바늘구멍 같던 속이 남대문만큼 터지면서 성인聖人, 신인神人, 위인偉人, 철인哲人 등의 신령한 정기가 무장무장 그 속에서 자라나는 걸 깨달습니다.

(…중략…)

백정봉百鼎峯이며 옹천이며 송도 등을 멀리 보고 지나면서 약 세 시간쯤 가면, 통천읍의 해구인 고저庫底 항구를 지납니다. 보통은 배를 대지 않지만 멀리서 보아도 그 부근이 색다른 기운이 돌아서 평범한 지역이 아님을 직감하게 합니다. 고저항의 동쪽 방면에 돌출해 있는 반도의 두 언덕은 하늘이 신령스럽게 깎아 만든 뾰족뾰족 각진 거대한 기둥을 묶어 세운 듯한 현무암으로 이루어져 있습니다.

수 리를 걸쳐 높고 낮고, 길고 짧고, 성글고 빽빽하고, 드러났다 숨겼다 하고, 신비롭게 변화하고, 괴이하고, 불가사의한 일대 장벽을 짓습니다. 위로는 푸른 소나무로 신령한 깃발을 삼고 아래로는 큰 파도가 천상의 음악을 아뢰니, 이것이 관동 팔경의 하나인 총석정입니다. 경관을 감상할 중심이 되는 곳에는 예로부터 총석정이 있어 대대로 흥하기도 하고 폐하기도 하였습니다.

> 총석정은 통주通州 북쪽 20여 리에 있는데, 가로지른 봉우리가 바다에 불쑥 나온 것이 이것이다. 봉우리의 낭떠러지에는 조석條石이 네모난 기둥처럼 늘어서 있다. 돌의 둘레는 각각 한 자 정도 되고 높이가 5, 6장丈이 된다. 곧고 평평하여 먹줄로 깎아 세운 것과 같이 크고 작은 차이가 없다. 또 언덕에서 10여 자 떨어져서 네 그루의 돌이 물 가운데 떨어져서 서 있는데, 사선봉이라 칭한다. 모두 조석으로 몸을 삼아 수 십 조를 합하여 하나의 봉우리가 된다. 봉우리 위에는 작은 소나무 한 그루가 있는데, 뿌리와 줄기가 늙어서 쪼그라들고 나이를 알지 못한다. 사선봉에서 조금 북쪽으로는 바위 모양이 또 변하는데, 혹은 길고 혹은 짧으며, 혹은 기울고 혹은 가로지르며, 모여 있기도 하고 흩어져 있기도 한데, 실로 모두 기괴하고 이상하다. 이는 재주 있는 장인이 조각한 것이 아니라 천지가 개벽되기 시작할 때 원기가 모인 것이다. 그 지어진 모양의 공교로움이 이와같이 이채롭다. 아, 기묘하도다! 그것이 '총석'이라는 이름을 얻은 까닭이다. 옛적의 신라 시대의 네 선인이 늘 이 총석정에 노닐었는데, 다만 갈석碣石을 세워 기록하였다. 돌은 아직 남아 있지만, 글자는 닳아서 알 수 없다. 안축, 「관동와주」

고저항 일대는 제3기의 사암과 만암礬庵을 현무암이 덮고 있습니다. 그 북쪽에 있는 어수산과 만의 북쪽에 돌출한 이름 모를 산 하나와 남쪽 방면 금란굴의 동남쪽으로 솟아있는 연대봉, 그리고 서쪽으로 10리쯤에 위치한 미산 등에는 지금도 옛 분화구들의 유적이 있습니다. 부근 일대는 산과 바다, 숲과 바위의 풍경을 겸비하여, 서고 앉고 움직이고 머무는 어디서든 자연의 절대적 총애를 받지 않은 곳이 없으며, 특히 남쪽으로 10리쯤 내려가서 연대봉의 동쪽 금란산 기슭의 바다가 굽어 보이는 곳에 있는 현무암 동굴 금란굴과, 동쪽으로 해상 30리쯤 밖에 있는 난도라는 현무암 섬은 모두 총석의 영향 안에 있는 것들입니다. 고저만의 동쪽에도 현무암 절벽으로 된 삼도라는 작은 섬 세 개가 있습니다.

(…중략…)

고저를 지나면 얼마 안 가서 영동의 아홉 마을 중 가장 북쪽 끝인 옛 흡곡군이 경계인데, 흡곡군의 북쪽 고대에 시중호가 있고, 또 그 북쪽에는 금조호가 있습니다. 이 밖에도 명소와 승지가 곳곳에 이어졌건만, 고저 이후로는 햇발이 대개 저물어서 황혼빛이 모호한 가운데 그 형상을 가늠해 볼 따름입니다.

비운령의 야트막한 기슭에서 함경도와 강원도의 분기점을 넘고, 오른쪽 뱃머리 밖으로 여도가 보일 때에는, 뱃머리가 서쪽으로 굴러서 그만 서 조선만으로 흡입되고, 매의 부리 같은 갈마반도에 끌어당기어서 어느덧 원산항 입구에서 숨 쉬는 기적 소리를 듣게 됩니다. 잔교에 내려서서 봉악, 영주의 지나온 길을 생각하면, 기억이 바다 빛과 뒤섞여 꺼껌한 꿈 밖에서 아른아른할 따름이요, 원산역에서 기다리는 기차에게 덜미를 잡힌 듯 끌려갑니다.

금강잡기

김형원

● 김형원, 「금강잡기(金剛雜記)」, 『조선지광』 6권 86호, 조선지광사, 1929.8

무엇을 쓸가

내가 금강산을 구경하기는 발서 오 년 전의 일이다. 이제 나더러 금강산에 대하야 무엇을 쓰라고 함은 매우 무리한 일이다. 더욱히 나는 금강산 전폭을 다 보지 못하였고 외금강의 일부와 내금강의 일부를 보앗슬 뿐임으로 금강산을 소개할만한 자격부터 업다. 그러나 지금 세상에는 친히 가보지도 아니한 백두산이나 제주도를 덥허 놋코 명승이라고 추천하는 사람도 만흔 터이닛가 내가 금강산을 이야기한다고 시비할 사람도 업슬 거이다. 그러면 주문에 의하야 몃 마듸를 써보랴 한다.

그러나 나는 이제 책상을 대하야 과거의 기억을 억지로 불너 이르켜서 기행문을 쓰랴고 하지는 아니한다. 또 금강산이 명산이오, 승지勝地라 함은 조선 사람 치고는 삼척동자도 다 아는 일임으로 어찌 바른 미사여구로써 금강의 천연미를 더럽힐 용기는 업다. 그러면 무엇을 쓸가.

내가 본 금강산

나는 이제 되나 안 되나 내가 본 금강산을 쓰랴 한다. 다시 말하면 금강산이라는 현실적 대상이 나의 압헤 제공한 과제를 가지고 분석하여 보랴 하며 설명하여 보랴고 생각한다.

금강산은 첫째, 산악미를 갖추어 가진 산이다. 개골산의 이칭을 밧는 외금강의 기골한 암각석봉岩角石峯은 그야말로 장엄 이자二字로써 표현할 수 잇슬 것이오, 풍악산의 별명을 듯는 내금강의 창송노백蒼松老栢은 신비 일어一語로써 설명할 수 잇슬 것이다. 산이 놉흐면 골이 깁다 하거니와 외산의 구룡연과 내산의 만폭동은 수석미水

石美로써 쏘한 천하에 자랑할 수 잇스니 원생 고려국願生高麗國하야 일견一見 금강산을 부르지즌 중국인뿐 아니라 누구든지 한 번은 보암즉한 승경이라 할 것이다.

금강 중봉衆峰은 강원도의 고성, 김화, 회양 급 함경남도 통천의 사군四郡에 호互하야 도배가 실로 백여 방리方里에 달하고 중앙 연봉連峰을 한계로 동측을 외금강이라 하고 서측을 내금강이라 하며 멀리 동남으로 고성 부근을 해금강이라 하야 각기 특색 잇는 경치로써 내객을 영접한다. 금강산의 경치가 얼마나 조흔가 함은 나 가튼 둔필로써는 도저히 형용할 수 업는 일이다.

고인도 금강을 대한 때에는 서경敍景보다도 황홀恍惚에 급하엿다. 누구든지 시구 중에 고금시화야난공古今詩話也難工이라는 말로써 금강을 표현하랴 한 어리석은 이가 잇섯다. 나도 야난공也難工의 삼자三字로써 이 거룩한 천연미를 싸버리고 말가 한다.

개화한 금강산

옛날 금강산에는 팔백 가람이 잇서서 해동의 도장이라는 이름에 붓그럽지 아니하엿다. 그러나 지금의 금강산은 자동차가 다니고 양관왜관洋館倭館이 즐비하야 어대로 보든지 속화하엿다고 한 것이다. 그뿐 아니라 누구든지 등산자는 경험하는 바이지만 산상에는 처처에 다점茶店이 잇는데 그곳에서 파는 물건은 '송실양갱松實羊羹'과 일본차日本茶와 맥주麥酒 싸이다 등등이다. 녯날의 금강은 내가 본 적이 업스나 이리케 속도지는 아니하엿슬 것이다. 그뿐 아니라 녯날에는 금강산을 구경하랴면 죽장마혁단표자竹杖馬革單瓢子로 몃 날 몃 칠을 걸어야 하지만은 지금 세상에는 육로로든지 수로水路로든지 서울서 하루ㅅ길이오, 금추今秋에는 금강산 전기철도가 전통全通 된다 함으로 그야말로 누어서 금강산 구경을 할 수가 잇슬 것이다. 또 동해안 철도선이 원산을 기점으로 포항에 향하야 금년부터 공사에 착수한 이상 얼마 아니하야 내외금강의 정적을 깨트리는 기적소리가 산객의 곤한 잠을 깨우게 할 것이다. 이리하야 신역神域이오 영장靈場으로 일홈이 놉든 해동 조선국의 운무게보살의 상주처常住處는 기계 문명의 돌진과 자본주의의 침입으로 인하야 날마다 개화의 운명을 면치 못하게 되얏다.

금강산의 가치

승경을 대하여 가치를 논함은 내가 실수일는지도 모른다. 그러나 속화한 금강은 갑어치를 짜지지 아니할 수 업는 운명에 잇다. 그러면 금강산은 몃 만 원 엇치나 되는가. 몃 십 몃 백 몃 천 몃 만원어치나 되는가. 아니다. 시럽슨 수작이다. 이리케 돈으로 짜지는 것은 돈이 무엇인지 모르는 서생의 계산이다.

일천이백만 원의 자본으로 금강산을 위하여 전기철도를 놋코 이억 사천만 원으로 된 십이 개년 철도망 계획 중에 영동선이 가장 중대시되는 것만 보아도 금강산의 경제적 가치가 자본벌資本閥을 위하야 얼마나 큰 것을 짐작할 수 잇지 아니한가. 철원에 대수리 조합이 되고 삼척의 탄광이 해군의 손에 들어가게 되는 것도 금강산의 가치를 올니는 데는 유력한 재료가 될 것이다. 다시 말하면 금강산은 명승으로의 가치보다도 조선이라는 쌍에 자본가를 유인하는 일종의 간판으로서 더욱 가치가 잇는 것이다. 녯날의 금강산은 유심적唯心的으로 고명高名하엿스나 지금의 금강산은 유물적唯物的으로 유효하다.

조선인과 금강산

이와 가티 금강산은 경치보다도 경제적 의미로 조선인 손에서 ○○○되고 말앗다. 자본이 업고 처지가 이상한 조선인은 산하山下에서 밥상이나 파는 것도 연연年年히 등귀騰貴하는 지가地價로 인하야 몃칠 안가서 하지 못하게 될 것이다. 내가 오년 전에 온정리에 갓슬 쌔에 지가는 매평 오원五圓이 중립이엇슨즉 그간 얼마나 올낫는지 모르지만 사찰 경외境外의 지면은 점점 외래 자본벌資本閥의 수중으로 들어갈 것이오, 몃칠 아니하야 우리가 금강산 구경을 가면 '다구앙'이나 '우메보시'가 아니면 밥을 어더 먹지 못할 날이 올 것도 예측할 수 잇슬 것이다.

독자여 그대들은 나더러 정신 업는 사람이라고 하지마라. ○○의 전부가 그러한 ○ 잇는데 하필 금강산이냐고. 그러나 나는 나의 마튼 과제에 충실할 섇이오, 그대들의 논법대로 말하면 금강산은 경제적 운명으로 보아서 전 조선의 일대 상징이라고 할 것이다.

금강산에 대한 것을 쓰랴면 한이 업슬 것이다. 전설로 과학으로 또는 역사로 풍부한 재료가 데굴데굴한다. 그러나 이러한 것은 모다 전문가의 할 일이오 나의 상관할 바가 아니다. 씃흐로 유람노정 가튼 것을 소개하는 것도 조흘 듯하나 구경 가고 십흔 사람은 철도국이나 정거장에 가서 알어 보면 곳 알 것임으로 구태어 귀중한 지면을 낭비코자 아니한다.

반도팔경

김동인

● 김동인, 「반도팔경(半島八景)」, 『삼천리』 1권 3호, 삼천리사, 1929.11

삼천리사三千里社의 사업으로 금강산, 대동강, 부여, 경주, 명사십리, 해운대, 촉석루, 백두산 이러케 여덟 곳이 반도팔경으로 쏍히엇습니다.

그런데 그 가운데 당연하고도 기이한 현상으로서는 금강산을 추천치 안은 이는 하나도 업는 것이외다. 그만치 금강산은 우리의 자랑꺼리이며 출중한 경개에 다름 업습니다. 그러나 다시 도리켜 모든 다른 경치들과 금강산이 어듸가 엇더케 다른냐 할 쌔에는 머리를 기우려 보지 안을 수 업습니다. 산이면 온갖 산, 물이면 온갖 물에 몇 개의 기암과 몃 줄기의 청계가 업는 곳이 업습니다. 그러고 그 기암과 청계는 절경이라는 금강산을 구성한 요소로서 다만 금강산은 그 요소가 겹겹이 싸혀 잇는 것쌘이겟습니다. 다시 말하자면 승경이라는 것은 기암과 청계가 잇는 것이 아니고 크고 만흔 것이외다. 금강산이 제일위로 당선된 데 대해서는 아모 불만이 업습니다.

조선각지 폭포관–금강산 폭포

무명씨

● 무명씨, 「조선각지 폭포관 – 금강산 폭포」, 『별건곤』 31호, 개벽사, 1930.8

금강산이야말로 바위의 산, 나무의 산, 사찰의 산, 시내의 산인 동시에 폭포의 산이다. 아모리 조선은 폭포가 적은 나라라 싸라서 우리는 폭포와 그러케 친밀성이 만치 못한 백성이지만 옷짓을 쑬처 한 번 금강산에 들어가는 날이면 곳곳마다 '쿵쿵'하고 써러지는 폭포소리에 감격의 가슴을 울리지 아니할 자가 그 누구이랴? 일일이 이름만 들자 해도 한이 업거니와 내금강의 만폭동과 외금강의 구룡폭이야 누구라 칭찬 아니하며 누구라 보고저 아니하랴. 이것은 이미 세상에 나타난 바가 만흐니 그대로 넘어가자.

여름의 회상 예술가들의 여름 지난 이야기-금강산순례

안기영

● 안기영, 「여름의 회상 예술가들의 여름 지난 이야기-금강산순례(金剛山巡禮)」, 『신생』 3권 9호(통권 23호), 신생사, 1930.9

초입初入은 아니엇읍니다마는 이번 여름을 금강영산金剛靈山 속에서 지난 것이 무엇보다도 유쾌합니다. 나는 언제나 여름휴가 중에 보다 작곡할 수 잇는 시간의 여유가 잇음으로 이번에도 다른 때에 보담은 십여 곡의 새 작곡을 얻은 것이 수확으로 보아 의미잇게 지냇다 할까요. 춘원春園 이광수李光洙, 파인巴人 김동환金東煥, 노산鷺山 이은상李殷相 제 씨諸氏의 시에 작곡한 것 등 후일 발표할 기회도 잇겟습니다.

더구나 금강의 영기靈氣에 내 생활 급及 사상의 정리와 순화를 맛본 것은 나의 앞길에 새로운 힘을 주엇다고도 하겟습니다.

금강영

이은상

● 이은상, 「금강영(金剛影)」, 『신생』 3권 9호(통권 23호), 신생사, 1930.9

금강金剛 일악一岳은 영산靈山으로 하여 중외中外에 추대推戴를 받앗든 것이요, 승경勝景으로 하여 해륙海陸의 수반首班 노릇을 하고 잇읍니다.

굳하여 '동북해東北海 중中에 금강일만이천봉金剛一萬二千峯이 잇어 담무갈보살曇無渴菩薩이 상주常住한다'는 화엄경華嚴經의 일절一節을 빌려올 것이 없이 또한 '고려국高麗國에 태어나서 금강산金剛山을 보고지고'라 한 당인시唐人詩를 품 팔아 올 것이 없이 '상악霜岳'이란 고명古名으로 신라新羅의 국제國祭를 받든 곳이라는 삼국사三國史의 일문一文을 끌어올 것이 없이 우리 금강金剛은 동서東西에 그 이름이 빛나고 금고今古에 그 생명生命이 뛰는 것입니다.

운무雲霧와 천석泉石이 숨박굼질하는 곳에서 자연自然이 아무데보담도 자연自然 노릇을 하는 것이며 역사歷史와 전설傳說이 뱅돌이를 하는 곳에 조선朝鮮이 어데서보담도 조선朝鮮 행세를 하는 것이니 금강金剛은 이 진실로 절묘絶妙한 자연自然이며 이 과연果然 본색本色의 조선朝鮮입니다.

그 이름을 부르되 개골皆骨, 열반涅槃, 봉래蓬萊, 풍악楓岳이라 하니 이는 속칭俗稱이요, 또 말하되 금강金剛이라 기달怾怛이라 하니 이는 화엄경華嚴經에서 나온 말이어니와 이름이야 뉘가 와서 무엇이라 햇든지 산山은 산山대로 존엄尊嚴하며 물은 물대로 신성神聖하여 영원永遠히 내 것으로 보전保全될 것입니다.

고인古人이 유시有詩하되 '지공일일일봉등持笻一日一峯登 백세삼분시일주百歲三分是一週'라 하여 30년간三十年間을 비費하지 않고는 금강金剛의 진면목眞面目을 다 알기 어려운 줄로 말하엿지만 그렇게 보면 30년三十年도 불능不能일 것이며 40년四十年도 부족不足일 것이니 진실로 평생平生을 받혀 그 산山을 몸 받고 그 물에 배워야 할 것입니다.

그럼으로 외인外人이 보는 금강金剛과 우리가 보는 금강金剛이 다르지 않을 수가 없으려니와 과연 금강金剛은 볼 뿐이나 들을 뿐만도 아니며 느낄 뿐이나 배울 뿐만도 아니라 행行하여 내 자신自身을 삼는 속에까지 이를어야 할 것입니다. 그러면 우리가 다투어 금강金剛을 찾는 것이 그 의의意義－분명分明히 여긔에 나타낫습니다.

금강金剛 고은 님을 뵈올 제 어이할꼬.
뜨거운 그 품속에 이 얼굴 파묻고서
곱곱이 맺힌 설음을 울음으로 알외리라.

금강金剛 거륵한 물에 이 몸을 잠글 제
영혼靈魂에 앉은 무겁다 떨어 버리과저
그 뒤야 서방극락西方極樂이 고대된 줄 아오리라.

금강金剛 높은 봉峯우에 팔들고 서을적에
어리고 약한 뜻은 다 곧혀 품고라자
천병千兵을 앞나서 막기로 굳이 맹서盟誓 하오리라

— 우금강서사(右金剛序詞)

그렇습니다. 이 세 가지가 금강金剛의 자혜慈惠요 비민悲愍이요 은사恩賜요 권능權能입니다. 그럼으로 이 서사序詞는 서사誓詞로 불럿든 것이며 또 서사誓詞로 부르소서 합니다.

멀리서 금강산金剛山을 운표雲表에 띄워 놓고 볼 때에 혹은 그것을 노석老釋에 비比하고 혹은 그것을 구선癯仙에 비比하며 더러는 옥우玉宇라 더러는 옥경玉京이라 함이다. 한 가지 그 신비神秘함을 그리고저 한 것이니와 나는 오히려 그리운 옛 고향故鄕인 듯이 그리고 자애慈愛깊은 부모父母인 듯이만 생각되엇습니다. 그러나 그 화의畵意와 시취詩趣를 마음 시원히 표表할 길은 없고 다만 겨우 구호일송口號一頌하여 그때의

내 심경心境을 만일萬一이나마 기억記憶에 머물러 두되

금강金剛이 저긔로다 구름밖에 저긔로다.
꿈인지 상해(신眞)런지 그림인지 실상實相인지
알고도 모를 것일러 금강金剛이라 하더라.

밭븐 양 어정그려 몸은 아직 멀건마는
마음은 언제 벌서 금강중金剛中에 들엇노라.
만이천萬二千 구구층층區區層層이 낱닉은 듯 하여라.

—우금강요망(右金剛遙望)

그리고 가슴에 그득한 감격感激과 함께 비롯오 금강金剛 중中으로 들어갈 때에는 나의 온갖 우미愚味함, 더러움, 빈한貧寒함, 외로움, 이 모든 비천누추卑賤陋醜를 씻는 듯하엿읍니다.

'일주한산만사휴一住寒山萬事休 경무난념괘심두更無難念掛心頭' 이러한 장안사長安寺 산문山門의 일련一聯은 무엇보담도 진적기塵積氣로 찬 내 가슴에 큰 물결을 일으켜 주엇으며 보이는 것 들리는 것이 온통 감격感激 그것이엇읍니다. 밤이 깊은 때에 달을 띄어 만천교萬川橋 우에 홀로 서니 넘우나 적막寂寞함에 눈물을 지엇읍니다.

만천교萬川橋 지혀서니 맑은 물 소리로다.
고개를 우럴으니 달이 홀로 밝앗는데
사면四面에 검은 수림樹林은 염불성念佛聲에 잠들더라.

이물이 흘러흘러 한강漢江으로 간다 하네.
다 씻은 이 마음을 우리 님께 전傳하고저

진실로 전傳키곳 전傳할진대 예서 죽다 한恨하리.

물 같은 마음이어 달 같은 마음이어
나도 내가 곱삽거든 님이 보면 어떠시리
이 마음 이대로 지니고 백년百年 동주同住하오리라.

— 석만천상제(石萬川上題)

여긔에 와서는 밤만이 늣거을 뿐 아니요, 낮도 또한 그러합니다.

영원동靈源洞, 창태蒼苔의 길을 타고 선골仙骨도 아닌 몸이 신선神仙 부럽잖게 시원한 영기靈氣를 쏘이며 감기는 츩넝클은 풀어 넘고 누어 막는 나무가지는 타고 넘고 이러구러 가는 사이에 울림鬱林 속엔 새 잇어 짖어귀고 번음繁陰 알엔 시내가 자즐어저 별이別異한 정취情趣를 한 아름 안아 받을 때에도

영원동靈源洞 깊은 골에 짖어귀는 저 새들아.
이름은 무엇이며 무슨 곡조 알외는다.
선조仙鳥의 선곡仙曲을 모르니 그를 설워하노라.

힌새는 이 남에 앉고 파랑새는 저 남에 앉아
뛰거니 갈거니 네야 무삼 일잇으리.
맞추어 시냇물 잦을어지니 시름없어 하노라.

들도 마을도 말고 이산으로 날아들어
이산도 이 동부洞府 찾아 떠날 줄을 모르나니저
새야 진세塵世를 끄니 은사혼隱士魂인가 하노라.

— 우영원동산조(右靈源洞山鳥)

이러한 노래를 읊으며 다녓습니다.

자연自然도 자연自然인 우에 인공人工 또한 어긋함 없이 잘 맞는 곳은 금강金剛입니다. 그러나 사찰寺刹마다 흥興하고 쇠衰함이 부질없음을 보고는 탄식嘆息을 이기지 못햇으니 장안사長安寺에 들어서자 회고懷古의 늣김은 이를 바를 몰랏읍니다.

옛날 신라新羅, 고려高麗 시時의 장壯하든 불우佛宇들이 임란壬亂의 불꽃에 회진灰塵되엇다가 누백년累百年을 두고 다시 다시 혹은 윤사국尹師國의 손, 혹은 석담石潭의 손, 혹은 심공心空의 손들을 걷혀 오늘 보이는 이것이 되엇는가 하니 마음에 고이는 감루感淚를 어일 길이 없엇습니다.

장壯하든 금전벽우金殿碧宇 찬재되고 남은 터에
일우고 또 일우어 오늘이 되단 말가.
흥망興亡이 산중山中에도 잇다 하니 더욱 비감悲感하여라.

— 우과장안사(右過長安寺)

또한 금강일산金剛一山의 절이라는 것은 크면 큰 대로 적으면 적은대로 다 각기흥폐各其興廢의 긴 역사歷史를 가지엇거니와 그 중中에도 내산內山에서 수점水岾을 넘어 외산外山으로 가는 길에 길 좇아 묻혀진 칠보암七寶庵 같은 곳에서는 더한층 적막寂寞한 비회悲懷를 얻엇습니다.

한 경景, 한 고적古迹이라도 빼고 싶지 않은 욕심欲心에 길도 없는 곳을 기어期於히 찾아들어가니 속인俗人의 등에서는 땀만 흐르고 암자庵子에는 주인主人도 없이 석용石茸 따러온 장부壯夫 두엇이 뒤 칠보대七寶臺를 바라보고 이야기하고 섯을 뿐이엇습니다.

인세人世의 슬픈 정情이 하필何必 이러한 뷘 암자庵子를 기다려 나타날 게 없으련마는 어쩐지 죽은 듯한 적막寂寞에 스스로 탄식嘆息하기를 몇 번이나 하엿읍니다.

풀 버혀 길을 내며 깊은 곳 찾아드니
다쓸린 칠보암七寶庵이 임자 없이 뷔엇는데
한가閑暇한 관음보살觀音菩薩도 벽 기대고 놀더라.
창서蒼鼠 두세 마리 마음 놓고 오락가락
산山쥐라 그러한지 사람보고 반기나다.
주인主人을 그리는 정情이야 네오내오 다르랴.

—우칠보암(右七寶庵)

그 밖에도 송림사松林寺 깊은 절을 찾으니 기월대사箕月大師의 일이 생각되엇습니다. 이 절은 옛날의 송림사松林寺를 수십 년數十年 전前에 기월대사箕月大師가 중창重創한 것인데 대사大師는 그로 인因해 고성高城 민호民戶들의 손에서 비참悲慘한 최후最後를 당當하엿읍니다.

송림松林(사명寺名)이 쓸린 후에 몇 사람이 지내연고.
지난이 많을망정 사람마다 울엇으리.
울고도 몸 받힌이야 기월箕月인가 하노라.

이싀님 당當하온 일을 아는 이 누구누구
뜻을 일우려다 그 몸을 버리섯네.
기월사箕月師 거룩한 혼魂을 못내 그려 하노라.

—우모기월대사(右慕箕月大師)

그리고 산중山中으로 들어가고 들어갈스록 그 신비경神秘境을 향向하여 엄숙嚴肅한 마음으로 경배심敬拜心을 가지지 않을 수가 없엇읍니다. 배점拜岾이니 방광대放光臺에는 종교적宗敎的 경배전설敬拜傳說이 남아옵니다마는 하필何必 종교적宗敎的으로만 하지 않고라도 그 신산성용神山聖容에 꿇어 업대지 않을 수가 없을 것입니다. 나는 배석拜石에 올라설 때 절을 몇 번이나 거듭하엿습니다.

사람아 이 돌에 오르거든 절을 앗기지 말앗스라
앗기려 할지라도 절이절로 나올 것을
이 좋은 신비경神秘境 보고 절 안할 자者 누구뇨.
일배一拜에 속진俗塵을 떨고 재배再拜에 눈물을 지니
삼사三四 오배五拜에 마음 절로 트이나다.
경배심敬拜心 만배萬拜를 거듭한들 다할 줄이 잇으료.

— 우배석(右拜石)

이렇게 자연自然은 자연自然대로 역사歷史는 역사歷史대로 전설傳說은 전설傳說대로 객客의 마음을 흔드는 우에 이 민족民族이 사회社會를 돌아보며 생각함도 그지 없엇읍니다.

비로毘盧 최상두最上頭에 올라설 제 부상울도평여장扶桑鬱島平如掌인 경개景槪야 이를 곳이 없으며 금金서들 은銀서들(뢰磊의 뜻)을 긔어 올라 운무雲霧를 밟고 선만콤 황약신등백옥루恍若身登白玉樓의 심경心境을 얻엇습니다. 그 우에 중향렬장衆香列嶂을 바라볼 때 무한無限한 감회感懷로 노래하엿읍니다. 중항衆香이란 말은 본시本是 향적불국사香積佛國寺의 이름으로 유마거시維摩居士가 문법問法하러온 사녀士女들에게 식량食糧을 가저다 먹인 곳이 중항衆香인 만콤 더욱 마음이 늣거웟옵니다.(시詩 중中에 '부처님하'라는 '하'는 '이시어'란 고어古語)

구세救世의 부처님하 이 마음 알으소서.
중항衆香 저 성城은 언제 트려 하옵시오.
기아飢餓에 쓸어진 창생蒼生을 어서 불러 주소서.

이 목숨 보옵시오 실낫에나 비하리까.

실낫도 굵으이다. 어데맣여 비기리까.

풍우風雨가 잦은 이제니 어서 불러 주소서.

복지福地가 여긔오니 어데로 가리이까.

비나니 닫은 문門만 널리 열어 주옵시오.

향수香樹의 그늘 알에로 어서 불러 주소서.

나는 반상半晌이나 봉두峰頭를 거닐며 나무 알에서 눈물을 닦고 돌 우에서 눈물을 뿌렷읍니다.

이리하여 금강金剛은 내게 잇어서 골마다 봉峰마다 눈물과 또 눈물로 밖에는 보이지를 않앗습니다. 더구나 역사歷史의 고적古跡을 밟을 때에는 충심衷心에서 흐르는 애곡哀曲을 더한층 참을 길이 없엇습니다. 신리新羅가 망亡할 때에 경순왕敬順王의 태자太子는 이곳으로 피避하여와 그 귀貴한 몸을 마의초식麻衣草食으로 마치며 조고맣게 성城을 쌓고 바위 지혀 일간一間 두옥斗屋을 일우엇든 것은 더욱이 눈물없이 볼 수가 없엇습니다. 그날을 빙憑하여 오늘을 탄嘆함이지오.

큰 돌 작은 돌로 이 성城을 쌓으실 제

성城돌을 벼개하고 인困한 잠도 드셧으리.

얼마나 피 섞인 울음을 혼자 누어 우신고.

이 성城 어느 돌이 님의 눈물을 받앗나니

헐리고 깨어지고 다 부서질지라도

끝끝내 남는 돌 잇으드란 그 돌인 줄 알리라.

문어진 성城돌 앞에 꿇어 앉아 울인 말이
어데로 가신고 외로우신 우리 님이
공중空中에 소리 엇어 가로되 여귀 잇다 하시더라.

— 우태자성(右太子城)

마의麻衣, 초식草食하되 님이시니 님인 것이
님이 게오시니 막이라도 궁宮인 것이
높으신 그 뜻을 받들어 섬기올까 하노라.

풀이 절로 나고 나무가 절로 썩고
나고 썩고를 천년千年이 넘엇으니
유신遺臣의 뿌린 눈물이야 얼마인줄 알리오.

그 모른 외인外人들은 하하 웃고 지나가네
뜻 잇는 후손後孫도 해 만지면 가는 것을
대대代代로 예사는 새들만 직혀 앉아 우나니

오늘은 비 뿌리고 래일은 바람 불어
게 오신 대궐은 터 좇아 모를노다.
창태蒼苔를 헤치고 드니 눈물 먼저 흐르더라.

궁宮터를 홀로 찾아 손톱으로 흙을 파며
옛날을 그리어 오늘을 울어내니
뒷 시내 흐르는 여흘도 같이 울어 예더라.

— 우태자궁기(右太子宮基)

이밖에 태자대太子臺, 감노수甘露水도 그의 것입니다마는 하필何必 그의 유적遺迹뿐이리이까. 과연 등산이곡登山而哭 임수이곡臨水而哭을 체험體驗하엿습니다. 이 곡哭이 얼마나 가치價値잇는지 없는지는 나의 말할 바가 아니겟읍니다마는 나도 내 마음을 어찌할 수 없는 감격感激의 순례巡禮야말로 이번의 여행旅行이엇읍니다. 나는 15일간十五日間이나 두고 금강金剛의 영기靈氣에 내 마음의 순화醇化를 맛보앗읍니다마는 또다시 속연俗緣을 끊지 못하여 회환廻還하며 귀로歸路 삼장三章을 부른 것이 잇읍니다.

금강金剛이 무엇이요 그리운 님이로다.
맞날 제 눈물일러니 떠날 제도 눈물일러라.
만이천萬二千 눈물 에어리어 뷘동 만동 하여라.

금강金剛이 어떻드뇨 돌이요 물이로다.
돌이요 물일러니 안개요 구름일러라.
안개요 구름이어니 잇고 없고 하더라.

금강金剛이 어드메뇨 동해東海의 가이로다.
갈 제는 거길러니 올 제는 흉중胸中에 잇네.
라라리囉囉囉 이대로 직혀 함께 늙자 하노라.

금강영

팔대수

● 팔대수(八大叟), 「금강영(金剛影)」, 『신생』 3권 9호(통권 23호), 신생사, 1930.9

태종대왕太宗大王이 신하臣下더러 뭇되 중국사신中國使臣이 올 적마다 꼭 금강산金剛山을 보려 하니 무슨 곡절曲折이냐. 언諺에 가론 중국인中國人이 이르되 '원생고려국願生高麗國 친견금강산親見金剛山'이라 한다니 그러냐. 하륜河崙이 대답對答하되 금강산金剛山의 어語가 대장경大藏經에 잇는 때문이로소이다(실록實錄 4년四年 9월조九月條)한지라. 말하면 불교佛教가 세계적世界的으로 숭배崇拜받느니만콤 금강산金剛山의 명가名價도 천하天下에 왁작해진 바 그 성세聲勢가 녜로부터 펴진 것을 알겟다.

이러한 세계世界의 제일第一 가는 풍경지風景地를 차지한 우리 조선인朝鮮人은 금강산金剛山과 아울러 행복幸福스런 민족民族이다. 동시同時에 조선인朝鮮人은 금강金剛 같은 굳센 역량力量으로 이 행복지幸福地를 직혀 가야 한다. 고故로 고려시인高麗詩人 안축安軸의 관동별곡關東別曲(근재집謹齋集)에

江十里 壁千層 屛圍鏡澈
倚風岩 臨水穴 飛龍頂上
傾綠蟻 聳氷峯 六月淸風
爲避暑 景幾何如爲尼伊古
朱陳家世 武陵風物
爲傳子傳孫 景幾何如爲尼伊古[1]

---

1 안축이 지은 경기체가 〈관동별곡〉 제9장의 내용이다. 이두식 표기가 보인다. 번역은 다음과 같다.
"십리로 뻗은 강 따라 절벽은 천층으로 병풍 같이 에워싸고 물은 거울처럼 맑은데 / 풍암을 의지하고 수혈(水穴)에 다달아 비룡산을 올라서 / 좋은 술 기울이고 용빙봉(聳氷峯)으로부터 시원한 바람이 불어오면 / 더위를 피하는 광경, 그것이야말로 어떻습니까? / 중국의 주씨와 진씨가 혈통을 이으니 마치 무릉도원 같은 풍경 / 자손들에게 전하여 주는 광경, 그것이야말로 어떻습니까?"

라 한 노래도 전해 온 게 잇다.

그런데 금강산의 가치는 무엇에 잇는고 하면 용두호아龍頭虎牙, 금부옥녀金芙玉女, 자연의 예술품, 천공의 조각물 그 산형山形이 기기괴괴奇奇怪怪하야 말도 할 수 없고 글로 쓸 수 없이 불사의不思議로 된 때문이라 할 것이다.

그렇듯 경치의 황홀난측恍惚難測한 것은 도모지 유례가 없다. 오직 자연의 묘기를 송頌할 뿐이다. 이 경치를 노래하며 자랑하고 잇는 조선인의 흉중에는 금강산이 박혀 잇어 그의 심상心像이 되어젓다. 환언하면 금강산의 산격山格은 곳 조선 민족성의 반영이 되는 것이다.

(一) 금강산의 미는 복잡한 선線의 변동에 잇다. 그럼으로 묘描하면 형形보다 또 색色보다 선線의 묘술妙術이 주장主張된다. 동양 각국의 예술 특징은 일본은 색色, 중국은 형形, 조선은 선線, 즉 조선인의 예술은 선을 위주한다. 대저 선이란 것은 일점一點에서 타점他點에 향하는 피동적 불안정의 상태라. 고로 조선인은 부동성浮動性이 잇나니 그 부동성의 선線과 금강산의 다선적多線的 미美는 정正히 상합相合된다.

(二) 금강산의 형세는 양장羊腸 같은 굴곡세가 약하고 일각釖閣 같은 첨식尖削세가 많다. 이는 조선인의 방직方直한 성질과 같은 형상이라 조선인은 부동성浮動性에 잇어 간헐적의 행색行色이 잇는 반면에는 변통이 없이 순직純直하고 명정明正함을 호好하여 하何던지 교수膠守하는 태도가 잇다. 고로 조선의 문명양식은 천여 년 간에 일양一樣으로 나려온 일이 많다. 경언更言하면 부동浮動하다가도 정지하면 정지한 채로 멫 백년을 나가는 성미다.

(三) 산봉山峯은 다각형으로서 만이천봉이 둘러 잇다. 이는 독립성의 표상이라. 조선인은 단체적 독립심은 약하되 개인적 독립심은 매우 강하야 각자 대장大將의 심사心事가 종종 발휘된다. 또한 금강산이 세계에 유명하듯이 조선인은 독특한 창

작성이 잇다. 언문과 구함龜艦 같은 것을 지어 쓴 것이 그런 사례다.

요컨대 인걸人傑은 지령地靈이라 함은 상常없는 소리가 아니다. 민족의 심성은 그 정주定住한 지리地理의 감화感化를 받는 게 윈통이니 우에 말한 대로 조선 민족성은 금강산 정기로 태어진 게 방불하다. 이 성질의 발동이 사회생활을 지어낼 새 과거의 역사는 구금강적舊金剛的의 심상에 속한 게어니와 전도의 활동은 다시 신금강적新金剛的 심상으로 나타날지라 말하면 금일의 금강산이 세계적으로 칭송되듯이 금후의 조선인은 광명정대로 창작 독보로 세계적 활약을 떨치게 될 것이다.

석昔에 평민시인 최칠칠崔七七이 금강산에 올라 홀연히 소래 질으되 천하명사가 천하명산에서 죽는 게 족하다고 구룡연에 떨어저 버렷다.(호산외시壺山外史) 알쾌라, 금강산에 정 붙기는 최칠칠崔七七 일인만 아니라 조선인 일체의 본정本情이 이천만 인의 혈육이 무비금강산無非金剛山 기운일새 유명한 사업에 헌신코자 함은 조선인의 본분이오 천성이니 아 조선인의 장래! 아 조선인의 장래여!

의사금강유기

고유섭

● 고유섭, 「의사금강유기(擬似金剛遊記)」, 『신흥』 5호, 신흥사, 1931.7

필자는 인여지仁與智가 병무並無하니까 요산요수樂山樂水의 경치를 모른다. 편집자가 금강산유기金剛山遊記를 재삼 종용하나 용이하게 승낙할 용기 없다. 실로 건조한 독필禿筆로 훼예毁譽를 사기 싫은 까닭이다. 그러나 관점이 다르니 쓰라는 것이다. 무슨 별개의 자주적 입장에서 금강산을 보고 온 것 같으나 실은 능란한 편집자의 유치술誘致術에서 나온 말이다. 그러나 다시 생각건대, 유혹에 빠져 봄도 한 가지 소하법消夏法이 될는지도 모른다. 만사는 시험에 있다. 여행기 같기도 하고, 같지 않기도 하고, 고로 왈曰 의사금강유기擬似金剛遊記다.

5월 25일은 즉 관불절灌佛節이다. 철원읍 도피안사到彼岸寺에 이르려니까 동구에 방가고성放歌高聲이 훤소喧騷하다. 하여간 별무타심別無他心하고 사전寺前에서 삼중석탑을 촬영하려다가 그들 바쿠스Bacchus의 역노逆怒를 샀다. 이유는 자기네들 놀이하시는데 와서 사진 찍는 것이 괘씸타시는 것이다. 당신네들 놀이를 촬영하였다면 그 역시 용혹무괴容或無怪어니와 고적古跡을 촬영하였으니 관계없지 않느냐 하였다. 그러나 이유는 그들의 문제하는 바 아니다. 만용을 한번 부리고 싶은 모양이다. 중과부적이요 강약이 부동不同으로 그들과 계쟁係爭하였다가는 매우 이롭지 못하겠으므로, 그중에 양취佯醉한 자를 붙잡고 자못 여리박빙如履薄氷하는 심리로 설복說服하는 한편, 사진사는 우물쭈물 목적물을 촬영하고 황황히 수습하고 말았다.

그들은 거의가 열렬한 민족주의자요 발발勃勃한 사회 이상가들이다. 그러나 자기네의 주의主義와 이상理想을 준수 내지 실행하기에는 너무나 데카당decadent하다. 너무나 디오니소스Dionysos의 풍風이 있다. 모든 것 중에 수도Pseudo같이 죄악된 것은 없다. 진실한 사람들의 실천에 얼마나 그들이 훼방이 되는가를 생각할 때 잠시 암담하지 않을 수 없다. 하여튼, 임무는 개세慨世에 있지 않으니까 막설莫說하고, 조선의 과거 예술은 어떠하였던가.

미술은 철학이 아니요, 과학이 아니요, 시가詩歌가 아니다. 과거 미술을 논하자면 안전眼前에 제시할 수 있는 미술품이 필요한 것이다. 그러나 다만 미술품의 물질성만을 문제로 하는 것이 아니다. 거기서 정신을 수습할 수 있어야 한다. 미술사는 역사만이 아니다. 이러한 의미에서 조선미술사의 전제로 미술품의 수집을 필요로 한다. 이미 경성을 중심으로 경주, 부여, 평양 등 수삼지數三地에서 계획적 수집을 전위專爲하지만, 역시 지방에 산재한 유물은 일일이 편답遍踏하는 이외에 별도리가 없다.

그러면, 미술은 무엇을 문제로 삼느냐. 일왈一曰 건축, 이왈二曰 조각, 삼왈三曰 회화, 사왈四曰 공예, 총시總是 조형미술을 운위云謂함이다.

어느 예술이나 일종의 종교심이 없음은 없겠으나, 동양의 과거 예술은 도시都是 종교예술에서 시종하였다 하여도 과언이 아닐 만큼 종교의 기반에서 시종하고 말았다. 그리고 그 종교란 불교 하나에 있고 말았다. 그러므로 결국 동양의 과거 예술은 불교예술에서 시종하고 말았다. 이에 지방 사찰을 순례할 필요가 있는 것이다.

오늘날, 과거 건축미술을 운위할 만한 자료가 태무殆無하다 할 만큼 빈약함은 사실이다. 언간焉間에 약간 잔존한 것으로 분묘 형식墳墓形式이 다소 있고, 사찰 관계의 건축물, 예컨대 영주 태백산 부석사의 조사당祖師堂 같은 천축계天竺系 건축이 다소 점재點在할 뿐이다. 그러므로 비교적 다수히 잔존된 탑파塔婆가 과거 건축양식을 부흥resurrection시킴에 가장 유력한 유적이 아니 될 수 없는 것이다. 물론, 탑파는 별개의 의미를 갖고 별개의 독립적 발전을 수과遂果한 것이나, 그것이 건축양식을 고려하지 않고는 발전할 경로가 없었으리라고 할 만큼 건축과 불가분리의 관계가 있는 것이다.(인도의 솔도파率都婆의 원형은 건축과 전연 별개의 형식을 구전俱全하였다. 그러나 중국에 전파된 이후 그것은 순연히 건축양식을 취하게 된 것이다. 이에 대한 상설詳說은 말할 처소가 못 되므로 다른 기회로 미룬다.)

탑을 보건대, 대부분 건축 형식을 취하였지만 실은 순전한 건축이 아니다. 거기에는 예술가의 무한한 환상이 자유롭게 표설漂洩하고 있다. 이러한 의미에서 탑은 일종의 건축물인 동시에 일종의 예술품이다. 이제 도피안사의 탑파를 보건대, 삼중건축을 모模한 신라탑이다. 그러나 그 기단은 팔각을 이루었고, 상하에 연판蓮瓣이 돌려 있다. 즉 이곳에 예술가의 환상이 표현되어 있다. 이러한 실제 건축은 없는 까닭이다. 또한 그 형식이 우아하다. 이 형식의 탑은 경주 석굴암 앞에 하나 있을 뿐이다. 조선에 오직 둘밖에 없는 탑이다. 다시 본당에 철조석가여래좌상鐵造釋迦如來坐像이 있다. 배후의 함통咸通 6년(신라 경문왕 4년, 정관貞觀 7년, 서력西曆 865년)의 명銘이 있다 하나 필자는 간과하였으므로 다소 유감됨이 있다. 이 명이 사실 있다면, 탑도 같은 시대의 작作일 것이다. 탑 높이는 십삼 척 오 촌 칠 분, 탑으로서는 큰 것이 아니나 단아한 맛이 많다. 상륜相輪이 일락逸樂됨은 유감이나 귀물貴物임에는 틀림없다. 철원읍의 진실한 지사知士들이 있다면, 탑과 불상을 유리流離에서 건져냄이 어떠할까.

구 년 전에 장안사長安寺에 갈 때는 세포洗浦서 이틀간을 허비하여 가며 백사오십 리를 발섭跋涉하였다. 그러나 구 년이 지난 금일에는 고침장와高枕長臥하면서 단발령斷髮令을 넘는다. 실로 사람의 힘을 탄복하지 아니할 수 없다. 과학이 없는 민족은 전도가 없다. 나 같은 사람도 지사연知士然한 개탄을 하여 보았다.

철원서 장안사까지 불과 네 시간, 산천의 면목도 변함이 없다. 연전年前에는 수삼 촌가數三村家가 점재點在할 뿐이더니, 이금而今엔 고루거하高樓巨廈가 총립叢立하고, 인연人煙이 편만遍滿하고, 거마車馬가 굉굉轟轟하다. 만약 내게 만금萬金이 있다면, 지대地垈를 한껏 사 두고 싶다.

장연리長淵里, 즉 지금 장안사 정거장 건설지 북편에 삼중석탑이 서 있다. 높이 십오 척, 탑신은 삼중이요 상륜相輪은 없으나 제일탑신 남북 양면에는 창호窓戶 모양이 음각되어 있다. 사리舍利가 있다면 이 속에 있을 것이다. 기단은 이중이요, 제이기단 남면엔 인왕仁王 양상兩象이 있고, 동서 양면엔 사천왕상이 있고, 북면에서 보살 양상兩像이 있다. 고육부조高肉浮彫이나 마멸이 심하다. 그러나 시태時苔에 제호미醍醐

장연사 터에 남은 장연사 3중 석탑(좌)과 기단 남면 부조(우),
출처 : 『조선고적도보』 제4책, 1916, 김상헌 소장본

味를 가국可掬이다. 신라시대의 석탑이 분명하다. 전에는 석불좌상이 탑전塔前에 있더니, 아무리 찾아도 없다. 촌인村人더러 물으니, 석축石築 속에서 꺼내어 준다. 이미 경수頸首가 없는 파불破佛이 되고 말았다. 여기에도 인간의 작란作亂의 과죄過罪가 남아 있다.

장안사 어귀의 번화함은 전일의 비比가 아니다. 군중의 잡답雜沓은 무론이려니와 거마車馬의 낙역絡繹, 유두분면油頭粉面의 횡행, 여관의 유객군誘客軍 등등.

산문山門에 들어서니, 당전堂殿에 단청을 개식改飾하였다. 고찰다운 장엄미는 추호도 없다. 동행하였던 사진사도 무일언하고 지나치고 말았다. 문헌 내지 유적을 찾을 틈도 없이 성화같이 독촉하는 바람에 조사 하나 하지 못하고 만 것은 유감이다. 『동국여지승람』에는 "불당 및 불상은 중국 공인들이 만든 것"이라 하였다. 같은 책 『이곡 비李穀碑』 중 반절半節에

〈삼가 상고하건대, 금강산은 고려 동쪽에 있으며 왕경과의 거리는 오백 리이다.

이 산의 뛰어남은 홀로 천하에 이름이 있을 뿐 아니라, 실로 불경에 실려 있다. 그 화엄경에 말하기를, "동북방의 바다 가운데 금강산이 있으니, 담무갈보살이 일만 이천의 보살들과 더불어 항상 반야심경을 설법하는 곳이다" 하였다. 옛날에는 우리나라 사람들이 아직 이것을 알지 못하고 신선의 산이라고 지칭하였다. 이에 신라 때부터 탑과 절을 증축하고 자익하게 되어, 이제는 사찰이 언덕과 골짜기에 가득하다. 장안사가 그 기슭에 있어서 온 산의 도회처가 된다. 대체로 신라 법흥왕 때에 처음으로 세웠으며, 고려 성왕 때에 중흥한 것이다. 아! 법흥왕을 지낸 사백여 년에 성왕이 능히 중수하였는데 성왕으로부터 지금까지 역시 사백 년이 되려 한다. 그런데 아직 능히 일으켜 중수하는 자가 없었다. 비구 굉변이 그 퇴폐한 것을 보고 그의 동지들과 더불어 이른바 담무갈 보살에게 맹세하기를, "이 절을 새롭게 하지 못한다면 이 산을 두고 맹세할 것입니다" 하고, 즉시 그 일을 나누어 맡아서 널리 여러 사람을 모집하여, 산에 가서 재목을 채취하고, 사람들에게서 식량을 모으고, 임금을 주고 인부를 고용하여 돌을 다듬고 기와를 구워서 먼저 불전을 새롭게 하였으며, 빈관과 승방도 이렇게 대강 완성하였다.〉

(…중략…)

대개 칸수로써 계산하면 이백이십 칸이 넘는다. 불전, 경장, 종루와 삼문, 승료, 객실, 그리고 주방과 욕실의 작은 부분에 이르기까지 다 구 구조의 아름다움을 더할 수 없게 하였다. 불상을 세우는 데 비로자나가 있고, 좌우에 노사나요, 석가모니 불상은 높게 가운데에 자리 잡았다. 일만 오천의 부처가 두루 둘러 옹위하여 정전에 있고, 관음대사 천수천안에 문수, 보현, 미륵, 지장 등은 선실에 있다. 아미타, 오십삼불, 법기보살은 노사나를 옹위하여 해장궁에 있는데 모두 지극히 장엄하게 꾸몄다. 장경은 모두 사부四部이니, 그중 한 가지 은으로 쓴 것은 곧 황후가 하사한 것이다. 화엄경 삼 책三本과 법화경 팔 권八卷은 다 금자金字로 썼으며, 또한 지극히 아름답게 꾸몄다.

(…중략…)

안변군 영신리 소재 보현암 보광전, 출처 : 『북한의 사찰』, 43쪽

이상과 같은 제보諸寶가 사실 현실하였는지는 조사하지 않았으므로 모르거니와, 윤환輪奐의 단확丹雘이 기아欺我함이 너무나 적지 않았음은 실로 유감이다.

장안사와 표훈사 어간於間에 보현암이 있다. 암庵이라기보다는 한 촌가村家다. 불상은 없으나 여자가 있고, 나한은 없으나 아해兒孩는 옹기종기하다. 불구佛具는 없으나 살림도구는 있다. 그 앞에 삼중석탑이 있다. 약 육칠 척에 불과하는 소탑이다. 청양군청 후정後庭에 있는 불탑과 근사하나, 여하간에 그리 아름다운 탑이 아니다.

곳곳에 사리부도는 많으나 대부분이 숭정崇禎 연간에 속하는 것으로, 문제 될 만한 것은 태무殆無하다. 삼불암三佛庵 뒤에 있는 부도 군들도 그러하다. 삼불암은 나옹선사의 원불願佛이라 한다. 전체로 보아 기특한 점은 별무別無이나 두상만은 봄 직하다. 삼불암 배후에 오십삼불五十三佛이 새겨 있다. 양개여인兩介女人이 극력 예배하고서 사진을 찍으면 얼마 들겠냐 한다. 우리는 사진 영업사가 아니므로 모르겠다 한즉, 자기는 오십삼불을 봉대奉戴하는 무당인데, 한 장 꼭 구하고 싶다 한다. 정 그렇다면, 실비實費 오십 전을 내면 우송하여 주마하였더니, 사진을 먼저 보내 주면 우송하겠다고 한다. 맹랑히 똑똑하다. 시골 여자들도 이만큼 영리해졌으니 기특하다. 그러면 무대無代로 송정送呈하마니까, 성명을 부디 기송起送하란다. 축복을 하여 주겠단다. 난센스도 이만하면 백 퍼센트….

표훈사 아래 신림암神琳庵에 구층탑이 있다 한다. '신림'이라 함은 나승羅僧을 운위云爲함일 것이요, 따라 그의 창시創始를 말함일 것이다. 이 탑 역시 간과하였으므로 부언副言하지 않는다.

사찰 쳐 놓고 대웅전이 중심이요, [선종禪宗 이전에는 금당金堂이라 하였으나, 그 당시에는 오히려 불탑의 권위가 더 컸거나 등가等價였으므로 탑이 중심이 되거나 당탑堂塔이 병립되었었다. 그러나 선찰禪刹에서 적어도 밀교密教 이후 탑의 가치가 떨어져 그 지위를 견탈見奪하게 되어, 항상 있다면 장식적 의미에서나, 그렇지 않으면 아주 없기까지도 한다. 표훈사에도 불탑이 있었을 것이나 — 신라 고찰이라니까 — 지금엔 없다.] 따라서 가장 장엄된 것이다. 그러나 대개 조선의 사찰건축은 병선兵燹에 피손被損되어 오랜 건물이 없고 비교적 근대에 증건된 것이 많으므로 포여산미包與山彌에 볼만한 것이 없다. 동양건축미의 생명은 이에 있는 것이나, 조선의 건축은 이 포여산미가 너무나 저널리스틱한 곳에 그 생명을 잃은 것이다. 이러한 의미에서 현존한 조선 건축에서 고전미를 찾을 만한 것이 태무라 하여도 과언이 아니다. 그러나 그곳에 남아 있는 두세 가지의 수공업적 공예품은 조선목공술이 유명한 만큼 재미있는 것이 많다. 한 예를 말하면, 불전佛殿 내지 궁전의 천개

삼불암의 뒷면, 60개의 작은 부처 조각이 보인다, 1938
출처 : 임병목, 『금강산』(下), 46쪽

장안사 사성전 보개
출처 :『조선고적도보』 제12책, 1932, 김상현 소장본

天蓋나 보개寶蓋 등 문호영창門戶欞窓의 교묘한 조각 등이다. 표훈사, 유점사 등 대웅전의 문비門扉의 장절裝折이 얼마나 아름다운 환상의 표현이냐.

표훈사로부터 정양사正陽寺에 내왕함이 가장 아름다운 길 중의 하나이다. 급준急峻한 언덕이나 쉴 길도 못 되고 다람쥐는 앞뒤로 쫓고 허위 단심으로 단김에 올라가면 아늑한 고찰이 활연豁然히 널리고, 내려가면 만이천봉이 양천陽天에 높다란 경치가 나의 가장 사랑하는 바다. 중학 시대에 제우諸友와 이 산에 오를 때 풍엽楓葉은 한껏 붉고 다래 머루는 뚝뚝 듣는다. 골에는 산미山彌가 끼고 창천蒼天은 너무나 맑다. 가장 사랑하는 강군姜君이 정양사 앞 높은 나무 위에 올라 머루를 따며 시마자키 도손島崎藤村 시의 일절을 읊는다.

포도나무 그늘에 와 보면
보리사菩提寺의 어느 겨울날에
칼의 서러움, 끝의 슬픔
새겨진 엷은 포도잎의
그림자에 감춰진 다람쥐

MCN××의 고우故友들아, 과거를 회억回憶하느냐?

살아리랏다 살아리랏다
드메에 살아리랏다
머루랑 다래랑 먹고
드메에 살아리랏다

얼마나 아름다운 시이냐. 조선에 문학이 없다 뉘 하나뇨. 너무나 로맨틱한 배회적 탐락耽樂은 이만하고 본업으로 돌아가자.

정양사의 유래는 표훈사 북北, 즉 산지정맥山之正脈에 있음으로써다 하였다. 이만하면 고려의 창건임을 알 것이다. "세간에 전하기를 고려 태조가 이 산에 오르니 담무갈 보살이 현신하여 바위 위에 빛을 발하였다. 태조가 시료들을 거느리고 예를 갖추고 이로 해서 이 절을 창건하였다"라고 『동국여지승람』에는 있다.

대웅전 앞에 팔각 약사전이 있고, 그 앞에 삼중탑이 있고, 그 앞에 석등이 있다. 일종 이례異例의 가람 배치법이다. 약사전이 가장 재미있는 건물이다. 동와당甋瓦當에는 연판내구蓮瓣內區에 범자梵字를 부조하였다. 범자 와당梵字瓦當은 고려시대에 가장 유행한 것 같다. 공민왕릉 옆 폐운암 사지廢雲岩寺址에서도 두세 개의 범판 와당을 발견하였다. 재미있는 구상이다. 당내에 석불좌상이 있으니, 즉 탑과 동대同代의 작일 것이다. 단청이 심하고 장엄이 심하여 보통 무심히 볼 때는 간과하기 쉬울 것이나, 배후로 돌아 좌대를 보면 천부天部가 부조되어 있다. 전傳에는 오도자吳道子 필筆 화상이 있다 하나 허전虛傳일 것이요, 뒤 보단寶段에는 장경藏經이 있다. 탑은 신라 말 고려 초의 작임이 분명하고 상륜相輪의 모양이 실로 이상하다. 찰간刹竿의 끝이 검형劍形으로 된 것도 조선에서 볼 수 있는 형식이다. 상륜이 탑에서 중요한 의미를 가진 것으로, 특히 조선고탑朝鮮古塔 중에 잔존한 상륜이 불과 수 개에 이만큼 남아 있음이 갸륵하다 아니할 수 없다.

내금강은 살풍경殺風景하기 짝이 없다. 더구나 마하연에서 유점사를 넘는 고개는 전일前日의 비比가 아니다. 금강산도 늙었는가. 묘길상 마애불만 의구하다. 수미암

묘길상 마애불, 출처 : 『북한의 사찰』, 368쪽

의 탑과 신라 태자묘는 간과하고 말았다. 후일을 기약하거니와, 나의 목적은 유점사에 있다. 인로보살引路菩薩이여 지시하소서.

유점사하면 누구나 아는 척하는 것은 오십삼불五十三佛이다. 사적기事跡記나 기타 문헌에도 "월지국으로부터 철종을 싣고 바다를 건너서 안창현 포구에 정박하였다" 운운의 문구가 있어 신라 남해왕 원년(즉 고구려 유리왕 23년, 백제 온조왕 22년, 한漢 평제平帝 원시元始 4년)에 창사한 것 같이 선전을 하나, 이미 고인이색(李穡)도 "시대 살피고 역사 따져도 진실로 믿기 어렵네"이라 설파하였지만, 실로 '미타물眉唾物'에 불과하다. 수법 기타로 보아 불상은 신라통일 이후의 작품이다. 신라시대 불佛이 일당一堂에 함집咸集한 곳에 큰 가치가 있는 것이지, 백발삼천장식의 선전기宣傳記로 인하여 가치 있는 것은 아니다. 또 유래由來 금동불金銅佛이라 하므로 무지한 양상군자들이 출몰하여 폐해가 적지 않은 모양인데, 금동불이라 함은 동철상銅鐵像에다가 금색을 단확丹臒하였다는 뜻으로, 일종의 학술상 용어에 불과한 것이지 그것이 결코 금으로 조성한 것을 의미하는 것은 아니다. 미술계 평가를 시인하고 골동 내지 미술품으로 도적하면 오히려 용서할 점이 있다. 그러한 자들은 불상의 형태를 완전히 보존하는 까닭이다. 다만 화근은 불상을 개주改鑄하여 분금分金을 얻으려는 소위所爲에 있다. 이러한 자의 안목에는 불상의 미적 형태가 문제가 아니라 그 재료가 필요하므로, 이러한 자들로 말미암아 귀중한 시대적 문화가 파멸되는 것이다.

필자는 전 지주 이혼성李混性 씨와 현재 감사직에 계신 김재원金載元 씨, 기타 제씨의 후의로 총체를 일일이 배관拜觀함을 얻고, 따라서 연구상 많은 소득이 있었음을 사謝하여 두는 바이다.

정전庭前에 탑이 있다. 태종 28년에 도인道人 효초문소孝初文素가 누차 화재로 인하여 네 차례나 중수하였다 하나 아름다운 탑은 아니다. 노반露盤 이상 상륜이 재미있다. 기타 전하는 보물이 수 종 있으나 일일이 세기細記하지 않거니와 수 개의 지저智杵가 나의 가장 흥미를 끌었다. 보타전寶陀殿의 수월관음화상이 최근대 불화佛畫로 가장 재미있다. "개국 후 오백사년 을미 십이월 일" 운운의 기記로 시작하여 "대시주가 일체를 홀로 주관하였고 쌍명 수인이 십육일에 신공하고 이십오일에 점안하였다"이라 하였다.

외금강에 발연사鉢淵寺라는 것이 있다. 금강의 고찰로서, 일찍이 산중에서 가장 부윤富潤하였던 거찰巨刹이라 주승主僧이 오만하였음을 가지可知일 것이다. 한 빈도거사貧道居士가 과차過次에 냉대를 받고 일안一案을 세워 주지住持를 꾀어 사전寺前 계변溪邊에 석교石橋를 부가敷架시켰다. 좌산左山은 묘형猫形이요 우산右山은 서형鼠形인데, 매양 기회가

정양사 석등
출처: 『조선고적도보』 제7책, 1920, 김상헌 소장본

없던 차에 교량이 생긴지라. 살생의 기가 생겨 불과 삼 년 내에 사운寺運이 진폐盡廢되고 말았다 한다. 어귀에 연지淵池가 있으니 발형鉢形이라 명왈名曰 '발연鉢淵'이라 한다. 석교가 우금于今 잔재殘在하여 자못 회화적 흥미가 진진하다. 춘화가 만발이라 문향聞香의 낙樂도 그지없다. 사지寺誌에 삼중탑이 있다기로 조사하였으나 양상군자가 모셔 간 듯싶다. 승방僧房이 도훼倒毁된 채로 목재가 썩는다. 잡초가 유지遺址를 덮었을 뿐이다.

이 외에 신계사도 신라 고찰로 현재 신라 때 석탑이 잔재하였다. 장연長淵 탑거리와 같은 형식의 탑으로 기단에 천부상天部像이 있어 그 탁본을 박고자 하였으나, 취우驟雨가 그치지 않으므로 소망을 기필期必하지 못하였고, 외무재령 남南 보현동普賢洞의 한 탑이 있으나 방향이 상위相違하여 간과하였다.

그러나 여기 한 가지 소개하여 둘 것은 내금강 장안사 부근에, 즉 외무재하록外霧在下麓에 금장동金藏洞이 있으니 그곳에 한 탑이 있다. 흙 중에 매몰되었던 것을 발견하였던 것은 이삼 년 내의 사실이지만 그 형식이 금강산 제 탑과 전연 판이하다. 이 탑은 기단 위에 사자좌상이 사우四隅에 서서 우주隅柱의 대용이 되고, 중앙에 일승一僧의 좌상이 있고서, 그 위에 한 장 복석覆石을 얹고 삼중탑신이 중좌重坐하였다. 높이 약 십오륙 척이요, 탑전에 일승의 좌상이 석등을 정대頂戴하고 공양하고 있다. 총시總是 구례 화엄사의 자장법사탑을 순전히 모방한 것이나 감각에서 수법에서 해이한 점이 많아 미술적 가치는 적은 반면에, 그것이 화엄사 자장법사탑의 평가를 웅변으로 설명하고 증좌證左하는 데 가치가 있을 것이다. 자장법사탑의 형식은 불국사 다보탑의 형식, 즉 사우주四隅柱와 중앙의 찰주刹柱의 배치법에서 많은 암시를 얻어 예술가의 환상이 가장 자유롭게 활동한 결과가 아닌가 한다.

사자獅子는 불상에서 석가의 성도成道를 상징하는 것으로 불가무不可無의 표현 수법이므로 탑파 내지 불상 대좌臺座 등에 사자가 있음은 의당한 수법이거니와, 찰주刹柱 대신에 대덕大德을 세운 것도 타당하다 할 것이다. 다만, 미적 감정에서 인형人形이 협착한 곳에 끼여 있는 것이 불미不美하다는 사람이 있으니, 이는 즉 그리스 아크

신계사 3층 석탑 기단 부조, 출처: 『조선고적도보』 제4책, 1916, 김상헌 소장본

로폴리스에 있는 에레크테이온Erechtheion의 인주人柱에 대한 평가이지만, 이 사자탑에서는 그다지 미적 감정이 차쇄差殺되었다고 할 수 없다. 에크레테이온의 인주와 그 이데아가 유사함도 심리학상 재미있는 문제가 아닌가 한다. 이 사자탑의 형식은 조선 예술가의 유일한 환상의 산물이요 그 오리진origin의 화엄사탑에 있다. 제천 사자빈신사獅子頻迅寺에 이 탑을 모방한 것이 하나 있으니, 도시都是 화엄사탑의 모방에 불과한 것이고, 조선에 오직 다섯 기基가 현존한 재미있는 예술품이다.

금강산유람기

김도학

● 김도학, 고경식 해독, 『금강산유람기』, 경희대 출판국, 1999, 35~186쪽[1]

1931년 7월 15일 흐리고 비

전날 밤 대구점원大邱店員 경성사찰단 일행을 전송하고 대동관大東館에서 하루 밤을 더 묵게 된 우차학禹且學 씨와 나는 아침 6시에 기상하여 먼저 날씨를 엿보았다. 전날까지도 쾌청하던 날씨는 불행히도 검은 먹장을 갈아 끼얹은 듯 온 하늘이 흐렸다. 서로 걱정을 하며 목욕탕에서 목욕을 하고 나왔다. 여관 아주머니를 독촉하여 아침 식사를 얼른 마쳤다. 휴대에 불편한 행장은 여관에 맡겨 두고, 등산에 가볍고 편한 차림을 차려 아침 7시 48분 출발하는 열차 편으로 오랫동안 동경하던 이 세상의 선경仙境 금강산 여행길을 나서게 되었다.

45명의 승객을 실은 기차는 기적 소리를 남겨 두고 철원으로 향하여 자꾸 달아난다. 왕십리역에 도착하자 마침 비가 내리기 시작했다. 사면이 캄캄하고 음산한 일기日氣. 차창을 두드리며 내리는 빗발. 모두가 여행자의 마음을 무겁게 하였다. 더구나 몇 해 동안을 두고 벼르던 소원이 이제야 겨우 실현되게 된 지라, 우리는 여행의 흥에 들떠 있었다. 우리는 차라리 오늘의 근심을 잊어버리자 하고 일부러 마음에도 없는 세간속사世間俗事에 화제를 돌렸다.

마침 올봄 대구상업학교를 졸업한 신정호申廷浩 군을 만나서 전곡全谷까지 동행을 하게 되었다. 신정호 군은 경남 통영 출생으로 금년에 대구상업학교를 마쳤는데, 경성부에 취직을 지원하였다가 의외로 전곡 금융조합에 서기 견습이 되어 오게 되

1 1931년 7월에 당시 대구 조선민보사 기자였던 덕남(德男) 김도학(金道學)이 금강산을 2주간 유람한 후 쓴 글로, 1999년에 고경식의 해독을 거쳐 경희대 출판국에서 출판됨으로써 세상에 처음 알려졌다. 김도학은 1931년경성시찰단(京城視察團)의 일원으로 대구에서 서울로 올라와 며칠 머문 후 금강산 유람을 다녀왔다. 이 유람기는 방문한 지역에 얽힌 전설과 민담을 다수 풀어내면서 금강산 일대 주민의 생활상과 풍속을 묘사하는 한편, 어렵게 살아가는 지역 주민들의 삶의 현장을 놓치지 않고 민족애까지 드러내고 있어 타 유람기와 다른 모습을 보여주고 있다.

었다 한다. 벌써 시간은 오전 10시 35분. 우리를 태운 기차는 벌써 철원에 도착했다.

철원은 세상 사람들에게는 조선인의 이민지移民地라고도 널리 알려져 있다. 신개간사업에 참여하기 위해 전국의 일꾼들이 이 이쇠두리[2]로 몰려들고 있었다. 피폐한 각 지방에서의 생활보다는 좁쌀죽이나마 일거리와 함께 먹을 수 있다는 점이 큰 매력이 아닐 수 없었다.

즉시 전철을 갈아타고 10시 28분, 철원을 떠나 금강산 입구로 향했다. 도중 철로가에 생생히 보이는 논들은 모두가 신개간지였으며, 산판山坂 같은 것도 대개가 화전으로 되어 가고 있었다. 더구나 산은 높은 산이 없고 대개가 들판에 경사가 져 있으므로 개간의 가능성이 있어 보였다.

백양역 부근에 도착하자 날씨는 마침 비를 그치고, 선명한 태양의 광선을 던져 주었다.

차는 마침 오후 1시 38분, 포인트로 길게 배설된 철로를 달리기 시작하여 마침내 수없이 많은 터널 속을 지나게 되었다. 이 재嶺는 옛날 이태조께서 넘으시다가 금강의 경치에 탄복하여, 차라리 '세상을 멀리 떠나 이 산에 들어가서 승려가 되리라' 하시고 고개 위에서 머리를 깎고자단발(斷髮) 했다. 그때 좌우의 신하들이 이것을 간절히 막아 결국 머리의 일부분만을 잘라내게 되었다는 역사 깊은 단발령斷髮嶺이다.

오늘날까지 조선인의 머리 부분에 백구白臼를 치는 유래가 여기에서 생겼다는 말이 있다.

아직도 금강산 중에 변함없는 모양으로 찾는 사람으로 하여금 한숨을 지우게 하는 불습암佛拾庵·내원통암內圓通庵은 이태조께서 창건하신 암자라 한다.

오후 2시, 금강산 입구 창도리역에 하차하여 곧 철도국에서 마련한 자동차를 갈아타고 2시 20분, 장안사 입구에 도착하였다. 기후는 서울보다도 한층 낮아 추위를 느낄 수 있었다. 길이 험악한 데다 자동차의 운전 또한 난폭하여 마치 전날 홀

---

2 철원의 옛 이름.

려서 어딘가 나갔다가 돌아온 사람처럼 정신이 하나도 없었다.

금강산여관에 숙소를 정하고 점심밥을 먹은 뒤, 안내인을 데리고 제일 먼저 명경대를 구경할 목적으로 우선 장안사로 발을 옮겼다.

해만물상의 기이한 경치

물의 근원인 단등대端燈臺의 근방에 해금강의 온갖 경치를 한 곳에 모아둔 것 같은 이 절경이 곧 해만물상이다. 취녹색翠綠으로 화장한 산과 산, 암각이 우뚝 솟은 치갑峙岬으로 배경을 삼은 무수한 암석이 파도 위에 점점이 놓여 있다. 창날과 같이 우뚝 솟았고 만두 머리와 같이 부잠浮潛하여 누운 소의 형상도 같고, 몸을 휘감고 엎드려 있는 호랑이의 노림과도 같은 천태만상이 실로 만물상의 이름에 어긋나지 않았다. 일행은 금강문을 배경으로 삼아 기념촬영을 한 뒤에 마천대, 만물상으로 올라갔다. 그곳에서 일행은 술을 따르고 이어서 해금강의 승경을 찬미해 마지않았다. 나는 다시 월편越便으로 돌아가서 천심무상淺深無常한 바다 밑을 내려 보면서 발동선 기관수(일본인)에게 여러 가지를 물어 보았다. 기관수는 입을 열어 "실로 천하의 절승이지요. 오늘 여러분이 구경하신 것은 정말 일부분에 불과합니다. 여기서부터 동북으로 10리 가량은 물 바닥이 전부 이와 같은 해금강으로 되어 있습니다. 저도 처음 이곳으로 온 것은 이왕 조선까지 온 이상에는 금강산이나 한번 구경하리라 하고 점점 이곳으로 들어온 것이 천하무비天下無比의 절승에 홀려서 그만 이곳에 주저앉게 된 것입니다"고 한다. 그러면 "조선으로 나와서 먼저 머물렀던 곳은 어디였는가?" 하고 물었다. "처음에 부산으로 왔다가 대구로 이주하여 동운정東雲町에서 2~3년간 방랑의 생활을 한 일도 있다" 한다. 나도 대구라는 말에 하도 기뻐서 "우리도 역시 대구에서 왔노라" 하였다. 기관수는 "그러면 더욱 반갑습니다" 하고 다시 말을 이어 "여러분처럼 배를 타시고 이 해경을 구경하시는 것도 좋기는 합니다만, 삼복三伏의 증염蒸炎에 넘어가는 저녁노을을 바라보면서 뜻 맞는 친구와 함께 배 가운데서 술을 따르고, 해녀를 시켜서 전복을 따는 것이 과연 선경의 노름입니다. 또 두세 사람이 짝을 지어 해변사빈海邊沙濱에서 발길로 더듬어 손으로 조개 줍기가 한층 더 재미있습니다" 하였다. 이와 같이 서로 문답을 하고 있을 때에 마침 저 건너 절벽으로부터 "도학 선생님!"하고 소리를 외치는 이가 있다. 그는 경주인 이무학 씨였다. 씨는 다시 "속인들이 몰래 노는 것에 삼학사가 섞여 노는 것은 이치에 합당치 못한 일이지마는 이왕 일행이 된 이상에야 하는 수가 있습니까? 이곳으로 건너오시오" 하고 또 농담을 늘어놓는다. 그래서 나도 위험을 머금고 그들의 좌석으로 나아가서 다시 술을 마시고, 암벽에 서명을 하였다. 그 뒤 6시에 해만물을 하직하고, 돌아오는 길에 오르게 되었다. 오선봉五仙峰을 거쳐 입석리와 약 1정丁 쯤을 사이에 둔 불암佛巖에 이르렀다.

불암은 해금강의 작은 섬으로써 만 리에 뻗친 큰 파도가 동해에 물거품을 뿜어 올리고, 바위 꼭대기에 매달린 청송靑松이 어여쁘게도 가지를 드리워 오십삼불의 유래와 함께 신비한 전설을 감추고 있다.

다시 뱃머리로 나서 송도松島를 배경 삼아 사진을 찍고 있을 때에 마침 고성 최 군이 찾아와서 자기의 집으로 가자고 하였다. 그리하여 입석리의 한 색주가에서 술을 마시고 여관으로 돌아갔다. 저녁 식사 후 최 군과 함께 걸어서 고성읍약 10리으로 향하였다. 때마침 단오 날 전후이었으므로 조선에 유명한 강원도 지방의 추천鞦韆 놀이가 이곳저곳에서 벌어지고 있었다. 밤중에 벌판에서 횃불을 키고 군중이 몰려 있기에 물으니 추천 연습이라 한다. 그럭저럭 고성읍으로 돌아와 최 씨의 집에서 고성의 독특한 조선 냉면을 맛보고 취흥을 풀기 위하여 하룻밤의 놀이터를 구하였다. 그러나 이곳에는 이상하게도 기생이라고는 없었다. 다만 있다는 것은 색주가뿐이었다. 나는 이 말을 듣고 의외로 생각되었다. 다른 지방의 예를 들자면, 조금이라도 번창한 곳에는 대개 기생들이 들어오지 않은 곳이 없는 오늘날에 하물며 군 소재지이며 더구나 해금강 같은 명승지를 끼고 있는 고성읍에서 이 같은 기관(기관이라면 어폐가 있을는지 모르나)이 없는 것은 너무나 의외었다. 내가 간 곳마다 기생의 말을 끄집어낸다고 혹은 이상하게 생각하는 사람이 있을지는 모르겠다.

그러나 이것은 어떤 다른 생각이 있어서 그러한 것은 결코 아니고, 참고로 그곳의 풍속을 알아보고자 함에 불과한 것이다. 최 군의 안내를 받아 어떤 갈보의 집으로 갔었다. 이 갈보娼婦라는 말은 영남 같으면 아주 험악한 악설惡說이다. 시험적으로 누가 색주계에 있는 여자에게 이 같은 말을 한 번 건네 보라. 당장에 물고 뜯고 피를 보는 생사지판生死之判이 일어날 것이다. 그러나 이곳에서는 예사로 이 말을 사용하고 또 감수한다. 그렇다고 여염집 여자에게 이러한 말을 써서는 물론 안 된다. 자못 색주가와 또는 이에 방불한 여자에게만 한해서 쓰는 말이다. 그래서 군과 나는 어떤 침침한 한 골목을 지나서 그럴듯한 색주가로 들어갔다. 인물은 그리 예쁘지는 않았으나, 언어수창이 그만하면 술잔이나 마시기에는 충분하였다. 술값은 한 순배一巡杯에 40전이며, 안주는 얼마를 차리든지 무료이다. 서너 순배를 마시고 강원도 노래를 한 가락 들은 뒤에 3시경에 최군 집으로 와서 취침하였다.

7월 21일 구름이 끼고 바람이 붊

아침 7시 5분에 온정리 출발

일행은 자동차 두 대에 나누어 타고, 장전長箭을 지나 9시 35분에 차고지에 도착하자 때아닌 인산인해가 물 밀릴 듯이 한다. 이것은 이 지방의 단오놀이 때문인데, 각종의 볼거리가 있다. 그중 그네와 씨름은 특히 많은 사람들이 몰려 있었다. 우리는 곧 차에서 내려 점심을 먹을 장소를 구하였으나 적당한 식사처가 없었다. 하는 수 없이 술을 두어 되 받아먹고 도보로 총석정으로 향하였다. 통천을 지나갈 때 집집마다 고기의 내장을 비료로 썩히는 흉악한 냄새도 맡고, 해변에서 고깃배 타는 어부의 참담한 생활도 목격하였다. 오화五華의 자주색 해당화가 인적이 드문 곳에 자유롭게 피어 있는 들판을 밟아보고, 11시 50분에 관동팔경의 하나로 손꼽히는 총석정에 다다랐다.

(…중략…)

갈마역을 지나 일준거一浚渠에 이르자 기차는 마침 덜컹하면서 기적 소리를 한 번

석왕사 호지문, 출처 : 『조선고적도보』 제12책, 1932, 김상헌 소장본

낸 뒤 정지한다. 차에 무슨 고장이나 생기지 않았나 하고 그곳에 가서 보니 50여 세나 되어 보이는 조선인 한 늙은이가 술에 만취해서 철로에 누워있는 것을 발견한 것이었다. 생각건대 그 노인도 단오놀이에 톡톡히 한 잔 마신 것이 분명하였다. 약 40분간 정차하였다가 차는 다시 소걸음으로 진행하여, 오후 4시 25분에 원산에 도착했다. 역 앞 명심여관明心旅館에 숙소를 정하고 곧장 출발하여 이 지방의 명물인 단오놀이의 그네와 씨름대회를 구경하러 갔다. 부중府中 도처에 사람의 물결이 밀려서 모든 차가 마음대로 운행하기 어려울 정도로 성황이었다. 시내를 일주한 뒤 선창가로 나아가서 수천의 각색 인물들이 쏟아져 나오는 대大 선박을 구경하였다. 그리고 예부터 유명한 명사십리를 구경코자 이리저리 문의하였다. 그러나 교통이 뜻대로 되지 아니하여 단념하고 돌아올 때에 도중에서 마침 하이어=고급 승용차 한 대를 만나게 되었다. 임금과 시간 등을 대략 정한 뒤 일행은 길에서 소주 한 되승(升)를 사서 싣고, 해당화 역사 깊은 명사십리를 찾아갔다. 서슴지 않고 우리의 품속에 집어 안기는 서산의 낙조와 머리 위를 스치는 바다 위 맑은 바람, 모든 것이 끝을 찾는 나그네의 흥취 바로 그것이었다. 여기저게 흩어져 있는 서양인의 피서 건물, 한 떨

기 두 떨기 길가에 야들거리는 해당화 고운 맵시, 이것이야말로 명사십리가 아니면 도저히 볼 수 없는 정취이다. 자동차에서 내리게 된 일행은 금모래 밭에다 자리를 정하고, 미리 준비하였던 소주를 서너 컵씩을 마셨다. 서양 사람들은 외국에까지 와서 풍경 좋은 곳곳에 자리 잡고, 자기네가 가진 즐거움을 누리고 있는 오늘날에 모든 것을 남에게 빼앗기고 정처 없이 방랑의 생활을 하게 된 우리로서 탐승探勝이니 유람遊覽이니 하는 것은 너무나 건방진 수작이 아닐까 하는 감도 없지 않았다. 그러나 그러하다고 매일 머리만 수그리고 노심초사하는 것도 다시 생각할 필요가 있는 것이다. 역시 일을 할 때에는 일을 하고 쉴 때는 쉬는 것이 합당하지 않을까는 생각에 어느 정도 위안이 되었다. 모든 사람들은 취흥이 도도滔滔하여 노래를 부르면서 이리저리 거닐고 있을 때, 저쪽 한 편에서는 젊은 운전수와 젊은 여 차장 두 사람이 두 손에 해당화를 담뿍 꺾어 쥐고 무엇을 속살거리고 있었다. 야, 그거 좋다. 오늘 명사십리 드라이브는 저 두 사람을 위해서 생긴 것이 분명하다. 우리는 어쩌면 저러한 애인 하나도 갖지를 못하였나 하면서 일동을 폭소시켰다. 그러나 후회막급이라 어쩔 수 없는 것이 시간의 재촉을 받아 다시 자동차에 올라탔다.

그런데 '명사십리 해당화'라는 말이 있고 보니, 십리의 백사장에는 해당화가 만발하리라는 적지 않은 기대를 가지고 온 것이 사실이다. 그러나 이와는 반대로 길가 몇 군데에 한 포기 두 포기만이 서로를 의지하고 있었다. 우리는 소문과 너무나 거리가 멀기로 운전수에게 그 이유를 물었다. 운전수는 태연자약하게 입을 열어, "명사십리 해당화도 옛적의 말입니다. 지금은 보시는 바와 같이 그저 간간이 꽃포기가 있을 뿐이지요. 그러나 석양에 뜻 맞는 두세 사람과 함께 자동차에 술이나 싣고 나와서 끝없는 창해와 포근한 백사장의 맛을 보는 것이 퍽 취미 깊지요. 지금까지도 유명한 것만큼 옛날에는 해당화가 매우 많았다고 합니다" 한다.

에라. 명사십리도 다— 거짓말이다. 해당화가 다— 무슨 소용이 있으랴 하고 우리는 차 중에서 방랑이 노래를 부르면서 부중府中으로 돌아왔다. 밤에는 다시 시내로 놀러 가고자 하였으나 몸이 하도 피곤하기로 그대로 잠자리에 들었다.

석왕사 오백나한상, Andreas Eckardt, *Wie ich Korea erlebte*, 1950, 김상헌 소장본

7월 22일 맑음

일행은 아침 4시 30분 기상하여 예정된 프로그램대로 역전에서 해정解情하고(국밥 한 그릇에 차와 술 두 잔을 합해서 단 십 전이라는 시세는 과연 싼 값이었다) 6시 차로 출발하려고 정거장으로 나왔다. 아직도 시간의 여유가 조금 있기에 10여 일이나 읽지 못한 신문을 보려고 대합실로 가서 신문 가판을 찾아보았다.

북선시사신보北鮮時事新報・마관매일신문馬關每日新聞・신애지新愛知, 이 세 신문만이 있었다. 더구나 이것들도 여러 날이 지난 낡은 신문지에 지나지 않았다. 나는 여기서 약간의 화가 나는 것을 느꼈다. 집 떠난 많은 사람들이 자기 지방의 소식을 알고자 신문을 찾는데, 각 신문사로부터 기증받는 신문을 그대로 휴지를 만들어 없애버리는 것은 너무나 철도국의 무책임함이 아닐까? 그래도 본사에서는 자회사의 신문이 각 역에 비치되어 있거니 하는 안일한 생각으로 물질과 노력을 낭비하여 가면서 매일 신문을 발송하고 있을 것이다. 나는 더구나 조선민보朝鮮民報가 보고

석왕사 대웅전 두공(처마 장식)
출처 : 『조선고적도보』 제12책, 1932, 김상헌 소장본

싶었다. 또 이곳에는 조선민보 지국도 있다. 지국이 있으면서도 이것을 묵과한다는 것은 지국도 또한 그 임무를 등한시하고 있다고 아니 할 수 없다.

그럭저럭 기차 시간이 되었다. 일행은 6시에 원산역을 떠나 7시 10분에 석왕사역에 도착. 그중에 도보하자는 말도 있었으나, 결국 자동차 두 대에 나누어 타고, 사기리沙器里를 지나서 수목이 울창하고 풀내음이 코를 찌르는 그윽한 동천洞天으로 들어갔다. 청열淸洌한 시냇물 소리 개개喈喈한 꾀꼬리의 노래. 원산에서의 하룻밤 속세의 먼지를 씻어 줌에 넉넉하였다. 금안각金岸閣을 거쳐 숙종 대왕 18년壬申에 창건된 불이문不二門; 萬春閣 斷俗門 앞에 하차하였다. 다시 숙종 28년에 창건한(지금부터 224년 전) 것으로써 순조 대왕 11년辛未에 중건한(205년 전) 무지개다리虹橋를 건너 조계문曹溪門, 운성동루雲城東樓를 밟아 석왕사로 들어갔다.

석왕사는 널리 알려진 바와 같이 역사 깊고 경치 좋은 조선의 대찰로써 여름 한철에는 팔도의 가인佳人 재자才子가 몰려드는 수양처修養處였다. 근래에는 이것도 그 정도를 바꾸어 화류계에서 노는 정남정녀情男情女가 자기들의 놀이터로 만들어 버렸다. 그리하여 한때는 이 문제가 사회의 여론으로까지 효효囂囂[3]한 적이 있었다. 그러나 지금은 때가 이른 탓인지 아직도 그러한 모습은 보이지 아니하였다. 젊은 스님의 인도를 받아 영빈관 · 영월루 · 호지문護持門 · 사천왕 · 범종루 · 심인당尋釰堂

3 왁자지껄.

을 거쳤다. 그리고 지금부터 540년 전 우리 태조대왕께서 무학 스님의 해몽으로 인하여 본사를 중건하신 대웅전을 배관하고(건너편에 태조대왕께서 머무시던 유왕봉留王峯이 있음), 칠성각과 경판을 쌓아둔 해장전海藏殿을 본 뒤에 팔상전八相殿으로 들어가니 스님도 이 안에 들어가서는 한층 더 공손하고 성실한 태도로 차례로 설명을 한다.

(…중략…)

일행은 안내소에서 이곳 명물인 곰취와 고비를 사 가지고 사문을 돌아 나올 때, 지금부터 530년 전 태조대왕께서 본사에 머무르셨을 때에 친히 심으셨다는 노송 한 그루를 배관拜觀하였다. 이조 500년간 조선의 흥망성쇠와 운명을 같이 하다가 지금으로부터 6~70년 전에 비참하게도 고사한 그 거구가 백골만 근근히 보존하여 이 못난 자손을 힘없이 굽어보고 있었다. 다시 그 남쪽에는 현재 이왕李王; 英親王 전하께서 1917년 5월 15일에 몸소 심으신 어린 소나무 한 그루가 서 있다. 나는 말라죽은 소나무의 남겨진 몸체에 사죄와 애도의 뜻을 표했다. 동시에 다시 앞길이 만 리 같고, 희망이 산해山海 같은 이 나이 어린 소나무에게 많은 기대를 가지게 되었다. 이 어린 소나무도 역시 우리 조선과 함께 운명을 같이 한다면, 우리는 또 다시 험한 꼴을 이 소나무에게 보여주지 아니할까, 분골난망粉骨難忘의 치욕이나 끼치지 아니할까. 현재의 이 못난 자손으로도 반드시 '송장타일탑환저松長他日塔還低'[4] 하는 날이 있다 한다면, 그것은 반드시 이 소나무와 같은 능패凌覇의 의절義絶과 철석鐵石을 녹일만한 열이 없으면 도저히 불가능할 것이다.

이와 같이 속으로 생각하고 우리는 다시 동구 밖으로 나와서 사기리에서 점심을 먹고 걸어서 석왕사역까지 내려왔다.

---

4 조선 중기 문인 이시백(李時白, 1592~1660)이 지은 시구이다. 어린 시절 시백이 공부를 하는데, 고을 군수가 방문했다가 글 읽는 시백을 보고 마당의 소나무를 가리키며 시를 지어 보라 했더니, 시백이 "탑은 높고 소나무는 낮으니 그 높이가 서로 가지런하지 않네. 훗날 소나무가 자라면 탑은 도리어 낮아지리(塔高松低不相齊, 他日松長塔還低)"라고 답했다고 한다.

금강산이 보고 싶다

최숙영

● 최숙영, 「금강산(金剛山)이 보고 싶다」, 『삼천리』 4권 3호, 삼천리사, 1932.3

세계의 여러 나라—어느 곳보담 이 나라—이 쌍의 절경인 금강산에 오르고 십습니다. 내가 철이 들면서 언제나 가고 십흔 뜻을 가지고 이섯지만은 아직썻 그곳에 발을 들니지 못하엿습니다. 가장 동경하는 그곳이건만 노인의 문필文筆과 화폭으로서만 겨우 못가는–안타가운 내 맘을 위로 식힐 샌입니다. 금강산 상봉上峰에 올나서 금수강산의 찬란한 경개를 한번 내려다 보앗스면 힘이 굿세여지고 가삼이 널버질 것 갓습니다. '내가 보고 십흔 사람'은 누구일는지요. 영웅 중에 한 사람? 성인聖人 중에 한 사람? 안입니다. 나는 우리의 뒤를 이어 나오는 나와 갓흔 여성 동무–그들이 제일 보고 십흡니다.

금강산관상록

김구하

● 김구하(金九河), 『금강산관상록(金剛山觀賞錄)』, 1932; 축산(鷲山)문집간행위원회 편, 『금강산관상록』, 통도사, 1998, 29~172쪽[1]

금강산 가는 길

임신년1932 4월 17일, 통도사通度寺를 출발하였다. 양산읍을 지나서 물금勿禁역에 도착하여 역장과 요금을 교섭하니, 역장은 단체의 경우에는 4할, 개인 왕복은 3할, 편도는 할인해 주지 않는다고 하였다. 내금강역까지의 요금은 11원 68전이었다.

경성역에 도착하였으나 벗들을 찾아보지 않고 곧바로 경원선 열차를 바꾸어 타고 철원역에 도착하니, '금강산전철도金剛山電鐵道'라는 글씨를 철로써 크게 써 놓은 표지와 금강산행 전차를 타는 방향을 가리키고 있는 인형을 만들어 세워 놓았다.

잠시 동안 철원역을 둘러본 다음 전철을 타고 금강산 입구로 향하였다. 잠깐이면 금강산에 도착할 줄 알았는데, 십여 역을 정차하고도 계속 지나갔다. 전차 속에서 철원의 신개척지를 살펴보니 평원과 광야가 대단히 넓게 펼쳐져 있었다. 김화역을 지나니 해가 저물었으므로, 금성역에서 내려 홍복선(洪福善)의 여관에 투숙하였다.

5월 2일, 다시 전차를 타고 단발령 터널을 통과하였다. 산을 뚫고 길을 만들어 전기를 통하게 한 것이 경상남도 성현터널보다 훨씬 뛰어났다. 또한 굴 안에 전등을 연속으로 밝혀 마치 별들이 펼쳐져 있는 듯하였다. 굴을 지나 길게 굽이진 길로 나아가는 것도 굉장하였다. 이를 두고 '돈이 있으면 세상에 못할 일이 없다'고 한 것인가.

---

1 김구하(1872~1965)의 구하(九河)는 법호다. 법명은 천보(天輔)이며, 자호는 축산(鷲山)이다. 1911년 통도사 주지로 부임해 10년 동안 통도사를 일신했다는 평가를 받는다. 그러나 이후 행적에 대해서는 친일과 항일이라는 엇갈린 평가가 남아 있다. 『금강산관상록』은 1932년 4월 17일 통도사를 출발해 9월 1일 다시 통도사로 돌아올 때까지 경성을 거쳐 경원선 열차를 이용해 금강산 일대를 돌아본 후 쓴 금강산 여행기이다. 금강산 일대의 스님들을 만나 나눈 대화며, 일반인의 시선이 아닌 스님의 시선으로 금강산을 바라본 내용이 특별하게 다가온다. 장안사의 옥천암, 표훈사의 능파각, 정양사의 헐성각, 신계사의 만세루, 유점사의 산영루 등에 그가 쓴 편액과 주련이 다수 남아 있다. 1911년부터 조선을 네 차례 방문했던 미국 시카고대 인류학 교수 프레데릭 스타(Frederic Starr, 1858~1933)가 쓴 『조선 불교(*Korean Buddhism*)』(Boston : Marshall Jones Company, 1918) 속 첫 페이지에서 승복을 완전히 갖춰 입고 포즈를 취한 승려 김구하의 모습을 확인할 수 있다.

1917년 당시 통도사 주지였던 김구하(좌)
스타 교수의 『조선 불교(*Korean Buddhism*)』(1917)에 김구하의 사진이 실려 있다, 김상헌 소장본

단발령역에 도착하자 저 멀리 금강산이 보이는 듯하더니, 마침내 말휘리역을 지나 내금강역에 도착하였다. 이곳은 원래 장안사 탑거리였으나 지금은 정거장이 되었다. 내금강역은 우리 나라식의 단청을 찬란하게 하였으며, 온 마을은 불빛을 환하게 밝히고 있었다. 각 여관의 안내자들은 서로 다투어 손님을 모시고자 하기에 말하였다.

"나는 운주문雲住門에 있는 여관으로 가겠노라."

이에 유일여관惟一旅館의 안내자가 와서 나의 행장을 찾은 다음 자동차를 탈 것을 권하였다. 잠깐 주위를 둘러보았더니 일본인이 경영하는 부지화여관不知火旅館이 있고, '금강각金剛閣'이라는 공회당, 전철회사 사장인 구미민지조久米民之助 씨의 유골비가 있었으며, 우리나라 사람이 경영하는 여관과 인가들도 몇 채 있었다.

자동차를 타고 장안동천長安洞天으로 들어서니 좌우에 명산품을 파는 상점들, 우리나라 사람과 일본 사람이 경영하는 여관과 호텔, 사진 조합 등이 가득하였다. 큰 길 옆에는 노송나무, 측백나무, 소나무 등이 울창하였고, 바위 사이로 흘러내리는 물은 그지없이 희고 맑아 자연의 아름다움을 한껏 뽐내고 있었다.

운주문雲住門

이윽고 운주문의 유일여관에 도착하여 보니, 여관 주인은 장안사에서 법무法務 일을 맡아 보는 배금봉裵錦峰의 은사인 이운허李雲虛 스님이었다. 일찍이 서로 만난 적이 있어 반가이 환영해 주었다. 행장을 방에 들여놓고 발을 씻은 다음 옷을 갈아입고 운주문을 구경하니, 그곳에는 해강海岡 김규진金奎鎭 선생의 글이 있었다.

오로지 한산에 머물며 모든 일을 쉬었더니
잡된 생각 다시는 마음에 걸림이 없도다
한가로이 저 석벽에 시구들을 적으면서
매여 있지 않은 배를 마음대로 운전하네

나도 한 수의 시를 지었다.

지금에야 유명한 금강산에 도착하니
금강산이 나를 위해 동문洞門을 열었다네
산과 산, 물과 물 세상 티끌 없는 이곳
깊은 구름 푸른 숲속에는 절이 있도다

운주문 앞을 두루 돌러 보다가 다행히 장안사에 있는 금운錦雲 화상和尙을 만나게 되었다. 일찍이 서로의 명성을 들어 알고 있었으므로 잠깐 대화를 나눈 다음 법의法衣를 입고 함께 만천교萬川橋를 건너 장안사로 들어갔다. 주지인 현의룡玄懿龍 화상을 방문하여 금강산에 들어와 피서를 하게 된 까닭을 말하고, 여관으로 돌아와 투숙하였다.

총석정

8월 25일, 오전 9시에 신계사를 출발하니 대중들이 일주문 밖에까지 나와 송별하였다. 대우 화상은 장전까지 가서 송별하겠다고 하면서 따라나섰다. 외금강역에 도착하여 물금까지 11원 26전의 차비를 주고 표를 샀다. 그러나 시간이 맞지 않아 오전 9시 25분 기차는 타지 못하고, 오후 4시 기차를 타고 장전역에 도착하여 대우 화상과 서로 이별하였다.

통천군 고저역에서 내려 원산의 학생 단체와 함께 총석정을 구경하기 위해 갔다. 좁은 길을 통과하니 파도 소리가 마치 하늘에서 울리는 북소리 같았다. 천천히 해안으로 가면서 보니 누운 듯도 하고 선 듯도 한 석주들이 첩첩이 쌓여 있는데, 그 수를 가히 헤아릴 수 없을 정도로 많았다.

두루 구경을 하다 보니 벌목한 큰 나무를 쌓아 놓은 듯한 모양으로 해변 가에 석주들이 쌓여 있는데, 석주는 모두가 면이 육각형이었다. 석주들은 자를 대고 칼로 자른 듯이 반듯한데, 가로, 세로, 윗면, 아랫면 모두가 그러하였다. 긴 것과 짧은 것이 있기도 하지만 서로의 모서리는 한 치의 어긋남도 없었다. 석질은 검으면서도 흰 것이 유황과 철분을 많이 함유하고 있었다.

우러러보니 한 채의 누각이 바닷가의 높은 고개 위에 표연히 서 있었다. 무엇인지 물었더니 총석정이라고 하였다. 10년 전에는 정자가 고저庫底 항에 있었는데, 청년 김홍제金哄濟 씨가 재건하고 몇 년 전에 세상을 하직하였다고 한다. 좌우를 돌아보니 시를 새겨 놓은 판板이 많이 걸려 있었다. 그중에는 옛 벗인 풍하楓下 강용선姜龍船의 시도 있었다.

입석立石 와암臥岩 모두 묶어 총석叢石을 이루었네
총석의 천공天空에 높은 누각이 있으니
시인과 묵객들이 얼마나 많이 왔으리
오늘도 배를 띄우는 해옹海翁에게 묻노라

안내자의 말에 따라 금란굴金蘭窟을 바라보았다. 날이 저물어 가지 못한다고 하기에 물어보았다.

"굴에 볼 만한 것이 있습니까?"

"굴 밖의 오른쪽은 깎아 세운 듯한 절벽인데, 그 언덕을 연대蓮臺라고 합니다. 연대 밑은 절벽이며 모두 육각형으로 된 돌기둥이 서로 붙어 있습니다. 대나무를 묶은 것과 같이 한 치의 어긋남도 없습니다. 그것이 바다를 연해 절벽을 이루었으니 참으로 기이하고 볼 만합니다. 굴의 넓이는 수백 명이 들어갈 수 있으며 높이는 여러 길이나 됩니다. 안에는 기둥을 거꾸로 매단 듯한 바위가 있는데, 그 끝의 둥글기가 마치 유방의 모양과 같습니다. 깊은 곳으로 들어가면 천연 관음상이 있고 파랑새들이 날아다니는데, 그 새를 관음조觀音鳥라고 부릅니다. 또한 굴 꼭대기 바위에는 사시 푸른 열두 줄기의 기이한 풀이 자라고 있는데, 이것을 불로초라고 합니다."

천천히 걸어 고저항으로 가서 관동여관에 투숙하니, 밤에 큰 비가 내렸다. 그때 부산의 신도 단체가 와서 그 여관에 투숙하였다.

귀로

8월 26일, 오전 10시에 기차를 타고 다른 기차로 갈아타기 위해 안변역으로 갔다. 안변에는 석왕사가 있지만 지난해에 보았으므로 기차만 갈아타고 삼방협으로 가서 약왕교당藥王敎堂에 이르니, 당주인 김능성金稜城 화상은 인도에 가고 없었다. 대신 성월性月 선사가 세 곳의 약수터를 안내하여 배불리 마셨다. 여기서 1박을 하였다.

8월 27일, 경성에 도착하여 총독부에 가서 사회과장 유만겸兪萬兼 씨를 만나 금강산의 경치와 사찰의 형편에 대해 여러 시간 이야기를 나누었다. 다음날 오전 7시 40분, 경부선 기차를 타고 내려와 영축산 통도사에 도착하니, 때는 바로 임신년壬申年 가을 9월 초하루였다.

금강산을 첫 손에

현제명

● 현제명, 「금강산을 첫 손에」, 『신동아』 33호, 동아일보사, 1934.7

산도 좋고 강도 좋고 바다도 좋고 때로는 황야도 좋지요. 기중其中에도 산을 더 좋와함니다. 여때까지 가본 산중에는 금강산을 첫 손가락에 곱겠음니다. 타국 사람들은 금강산이 하도 명산이라 하야 보고 싶어 고려국에 태어나기를 원한다는데 나는 다행히도 고려국에서 났으니 한이 없오이다.

다섯 번을 가 보았습니다. 볼 때마다 다른 맛이요, 다른 경치니 내가 문인이 못되어 글로 표현을 못함이 유감 천만이외다. 산 넘어도 또 산이요, 봉우리 뒤에도 또 봉오리, 발밑에도 구름이요, 머리 우에도 구름이요, 구름 뒤에도 또 구름, 신선이 별 것인가 하였더니 이 산에 오르니 나도 신선神仙.

금강산사화초

백운당

● 백운당(白雲堂), 「금강산사화초(金剛山史話抄)」, 『신동아』 33호, 동아일보사, 1934.7

一

금강金剛 일악一岳은 영산靈山으로 하여 중외中外에 추대를 받았던 것이오, 승경勝景으로하여 해륙海陸의 수반首班 노릇을 하고 있다.

금강金剛이란 이름은 '동북해 중에 금강 일만이천봉이 있어 담무갈보살曇無竭菩薩이 상주常住한다'. 한 화엄경의 일절一節에서 나온 것이라 하거니와 실로 그 이름에 있어서는 일이一二가 아니다. 혹 사계四季로 나누어 춘봉래春蓬萊, 하금강夏金剛, 추풍악秋楓岳, 동개골冬皆骨이라 함은 주지하는 이름이려니와 불경에서 가져와 열반涅槃이라 부르기도 한다. 불경으로부터 얻은 이름을 말하면 화엄경의 기달怾怛이란 것으로 이름하기도 하고, 유마경維摩經의 중향衆香이란 것으로 이름하기도 한다.

그런데 우리 문적文籍으로 말하면 『삼국사기』 신라 제사지祭祀誌에 쓰인 고성군高城郡의 상악霜嶽이란 것이 곧 이 산의 고명古名일 것이니 이로써 보면 신라에서는 물론, 그 이전 산악문화山岳文化의 나라 예濊로부터 이 산이 성내 주민의 마음에 큰 영향을 주어왔던 것도 추측할 것이다. 산악을 중심으로 한 자연숭배의 고속古俗이 있었던 것을 고증할 것까지는 없거니와 산신에 대한 특절特絶한 존앙심尊仰心을 가졌던 태고의 때로 말하면 범상한 산에 대하여서도 인문人文의 흔적으로 볼 사실이 적지 아니하거늘 하믈며 영묘장엄靈妙莊嚴한 금강의 존재이랴.

二

금강산金剛山을 산山으로만 두지 아니하고 무수한 인간의 순례巡禮가 있음을 따라 우리가 문화文化라고 부를 그 무엇이 그 산에 하나씩 하나씩 끼처져 그것이 그대로 한 체계體系를 이루고 한 연구의 대상이 되는 것이다. '사방사녀四方士女 불원천리不遠千里 우재마태牛載馬駄 배부수대背負首戴'이곡李穀 기記하여 이 산으로 몰려드는 사람의 무리가 곧 문화의 주인공들이 되어 이 산만 가지고도 넉넉히 한 개의 문화를 강의하도록 많은 자취를 만들어 놓은 것이다.

금강산 내 팔담八潭의 보덕민寶德閔 씨氏 전설이나 구룡연九龍淵의 천녀天女 전설이나 은선대隱仙臺의 청의동자靑衣童子 전설이나 영원동靈源洞의 영원靈源 민씨閔氏 전설이나 유점사의 구룡 전설이나 세두분洗頭盆의 옥녀전설이 다만 황탄荒誕한 전설로 돌릴 것이 아니라 실상은 태고한 적의 신앙, 다시 말하면 산신숭배山神崇拜의 원시原始 문화사文化史의 한 페지로 볼 것이다.

그 다음으로 차차 인문교人文敎의 경성景城으로 발달되면서 혹은 신라의 화랑도가 자취를 남기고 혹은 불교가 자취를 남기고 모든 방랑시인들이 자취를 남겨 결코 적지 아니한 문화의 꽃을 피워 놓았다. 신라의 영술永述, 안남安南 등 사선四仙의 유상처遊賞處라는 것은 곧 화랑들의 지나간 것을 오래 전하는 것이오, 또한 관동의 풍경을 찾아갔다는 화랑의 사적史蹟도 이 산을 중심으로 한 말일 것임이 틀임없다.

三

이 산과 불교와의 관계는 유점사의 전설을 말함으로써 시작을 삼게 되려니와 그 설화는 사실과 착오된 점을 보아 신빙할 것은 못 된다 할지라도 여하간 그 수입된 일년대一年代의 오래 되었음은 사실이다. 과연 이 산의 문화를 말하자면 그것이 전부가 불교의 계통이거니와 조선불교 중에서도 이 금강산의 지위는 중대한 것이다. 산중山中 4대사四大寺라는 장안長安, 표훈表訓, 신계新溪, 유점楡岾이 모두 신라 고찰임은 말할 것도 없고 거기 있는 모든 유물이 더욱 불교문화의 우수한 자임을 실기實識하여 보임을 알 것이다.

장안사의 황금기인 려말麗末의 풍모風貌는 볼 수 없이 된 지금으로도 건축미의 정화精華를 이룬 대웅보전과 수법의 비범한 조각 미술의 극치를 보이는 나한제상羅漢諸

像은 실로 문화의 보물임이 틀림없다. 역대 조정에 특별한 연락이 있고 또 더욱이 기황후奇皇后로 인연하여 원순제元順帝의 황제로부터도 빈번한 내왕이 있어 지정연호至正年號를 새긴 은문동로銀文銅爐와 향합香盒이며 오백근대유증五百斤大鍮甑은 또한 귀중한 보물일 것이다.

신계사의 오중탑은 장안사역 전의 장연사 고기古基의 고탑古塔과 정양사의 이층기단, 삼층신 석탑과 아울러 이름 높은 고탑이다.

유점사에도 소위 '불전이외佛殿以外 승료선실僧寮禪室 누곽포벽樓廓庖湢 요요곡절繚繞曲折 불가궁기간가不可窮其間架'(농암기農巖記)의 풍모야 없는 지금도 라대羅代 미술의 대보물인 오십삼불이며 려말麗末의 나옹화상이 천축승지공사天竺僧指空師에게서 받은 보살계첩菩薩戒牒이며 인목왕후 친필의 은자보문품銀字普門品 등等 수다數多한 궁중 하사물들이 있다.

우에 말한 이것들은 다 유물로 본 이 산의 불교문화이지마는 실로 이만한 유물

신계사 3층석탑(좌)과 정양사 3층석탑(우), 출처: 『조선고적도보』 제4책, 1916, 김상헌 소장본

을 남기기까지는 신라의 성승聖僧과 이조의 대덕大德들이 얼마나 고심역행苦心力行하였던 지를 짐작할 것이다.

四

그중에서도 휴정 선사와 사명당 대사는 이 산에 큰 인연을 가지었고 또 그들은 오래 기념치 않을 수 없는 이다. 백화암白華庵 묵은 자리에 지금도 그의 비碑가 서 있는 서산휴정西山休靜은 진실로 이 산의 영기를 마시고서 공묘空妙한 도道를 깨달았던 이며 삼몽사三夢詞의 20언二十言으로 인생을 설파하던 이다. 그리고 아동兒童 도졸徒卒까지도 다 아는 사명당 대사는 휴정의 고족高足이던 이로 임란 당시 홍제광구弘濟廣救의 책임이 그들에게 이를 때에 그 분충奮忠과 서난紓難으로 말미암아 민중에게서 큰 경앙景仰을 받게 된 것은 물론, 조선불교의 끊일 뻔한 명맥을 회소回蘇시킨 불교문화의 은인임도 부인치 못할 것이다.

더욱이 사명당은 당시 병분兵焚의 화禍가 바야흐로 유점사를 덮치려 할 때 의리를 들어 웅변雄辯하므로써 산문山門을 구하고 영동의 생령生靈을 증제拯濟한 일장一場은 사師의 자비대사慈悲大士요, 동시에 영웅 위걸임을 증거하기에 넉넉한 사실이라 할 것이다.

五

이밖에 금강산에 관계된 시인 묵객으로는 불가승삭不可勝數니 문헌文獻 령소零疎한 탄嘆을 발하는 조선고서朝鮮古書에서도 금강산 하나를 그리고 써놓은 문적文籍은 특이한 현상을 보이는 배다.

고래古來로 조가朝家의 저호底護가 있었으매 군왕君王 명신名臣의 내왕은 다시 물을 것이 없고 따로이 표표飄飄한 방랑인의 광소애곡狂笑哀哭도 여기처럼 많을 수 없었던 것이다. 망국亡國의 원한을 품고 이 산으로 들어왔던 경순왕의 태자太子는 그 원흔怨痕을 황천강 언덕 우에 남겼거니와 김매월金梅月 양봉래楊蓬萊 같은 문장가는 그들의 생활과 아울러 이 산에 눈물의 자취를 끼쳐두었다. 시세를 돌아보아 그들의 지조志操 성미에 합하지 아니하여 명을 다만 천天에 맡기고 지동지서之東之西로 '수처주隨處駐득구음得句吟'의 생활을 맛보던 중 이 산의 창송蒼松 하下에서 더 크게 울고 이 산의 석상石上에서 더 아프게 울었던 것이다. 이 밖에도 얼마나 많은 시인이 이 산에 몰려와 정情을 못 이겨 옥류변에 앉아 낙일을 잊어버렸던지 알 수 없다.

금강산은 령산靈山이라. 또한 승경勝景이라. 종교적 문화가 여기서 크게 발양發揚되고 따라서 많은 고대미술의 잔흔殘痕을 보게 되는 것이며 또한 역대 문장가의 붓을 닦아 문학 왕성旺盛의 도에 크나큰 영향을 주었다 할 것이다.

금강산의 야계

고유섭

● 고유섭, 「금강산의 야계(野鷄)」, 『신동아』, 동아일보사, 1934.9

소동消冬이라는 말은 없어도 소하消夏라는 말은 있다. 소동이라는 말은 없는 대신에 월동越冬이라는 말은 있으나 월동과 소하라는 두 개념 사이에는 넘지 못할 상극相剋되는 두 내용이 있다. 월동이라 하면 그 추운 겨울날을 어떻게 먹고 어떻게 입고서 살아 넘길까 하는 궁상窮狀이 틀어박혀 있고, 소하라는 말에는 먹을 것 입을 것 다 걱정 없이 한여름을 어떻게 시원하게 놀고 지낼까 하는 유한상有閑相이 서려 있다. 어원적으로 이 두 개념 속에 다른 의미가 있을는지 모르나, 적어도 우리의 생활에서 해석되는 내용은 이러한 것이다.

월동과 소하 간에는 이 외에 인습적으로 틀에 박힌 원시적 경제관념의 해석이 있는 듯하다. 즉, 춘생하실추수동장春生夏實秋收冬藏이라는 공식적 관념이 그다. 이 중에 동장冬藏만은 제 것이 없으면 할 수 없는 것. 따라서 월동이란 것이 위에 말한 바와 같이 궁상맞은 것인 줄은 다 아는 모양이다. 그러나 하실夏實만은 아직도 탐탁하게 생각지 않은 모양이어서, 여름이 오면 소하 놀이를 하면서도 월동에서와 같이 생활의 궁박窮迫을 느끼지 않는 모양이다. 하실이라 하여도 먹을 것이 거저 생기는 것이 아니요, 입을 것이 거저 생길 것이 아니다. 안 먹고 안 입고 살지 못할 것도 사실이다. 그래도 산에나 들에나 맺히고 열리는 실과實果나 채소菜蔬가 겨울에는 볼 수 없는 일이요, 널리고 깔린 것이 그것들이니까 모두가 제 것같이 생각되고, 비록 제 것이 아니로되 한두 개 집어먹어도 괜찮은 것으로 아는 모양이다. 그러기에 있는 사람이나 없는 사람이나 먹을 것, 입을 것을 다 격 차려 쌓아 둔 듯이 걱정하는 소리는 없고, 너도나도 '소하, 소하' 한다.

그러나 깔리고 널린 오이 하나나 참외 하나라도 집어 보아라. 그렇게 쉽사리 '어서 가져갑쇼' 하고 가만히 있을 자는 고사하고, 이편에서 병신 될 각오를 하고 나서기 전엔 껍질 하나라도 얻어 보지 못할 것이니, 그러기에 소동파蘇東坡가 "물각유주物各有主, 구비오지소유苟非吾之所有, 수일호이막취雖一毫而莫取(사물에는 각기 주인이 있으니 진실로 나의 소유가 아니면 비록 터럭 하나일지라도 취하지 말라)"고 하지 않았는가. 그러나 이것도 요컨대 한 개의 반어이다. 너는 너대로 내 것으로 살지 남의 것일랑 달라지 말라는 소리다. 이렇게 보면, 소동파도 무던히 약은 사람이다. 우리같이 여름이건 겨울이건 아침 여덟 시 아홉 시부터 저녁 다섯 시 여섯 시까지 매달려 벌어야 그날 살 수 있는 사람에게는 소하이고 월동이고 그것이 그것이다. 소하라야 여름내 사무실에 붙어 있는 것이 소하요, 월동이라야 겨우내 사무실에 붙어 있는 것이 월동이다. 덥다고 산으로 바다로 더위를 도피할 팔자도 못 되고, 춥다고 온천으로 들어갈 신세도 못 된다. 이러고 보니 바다에서 이 소하의 기화진담奇話珍談이 있을 리 없다. 어느 물 건너 무사武士들은 여름에는 사람을 밀폐된 방에 모아 놓고 솜옷을 뜨뜻이 입고 이글이글 피는 화로를 수십 좌座 들여놓고 펄펄 끓는 음식을 먹는 것으로 소하법消夏法을 삼고, 겨울에는 얼음장 방에 벌거벗고 앉아서 부채질을 하여 가며 얼음을 먹는 것으로 월동법을 삼았다 한다. 이것은 물론 심신 단련을 위한 것이겠지만, 적어도 '소하, 소하'하는 사람에게는 일종의 우화寓話같이도 들릴 것이다.

그러나 우리의 생활이 아무리 사무실 속에서 얽매인 생활이라 하여도 산에나 바다를 영영 가 보지 못하고 마는 것은 아니다. 산에를 가도 일을 가지고 가고, 바다를 가도 일을 가지고 간다. 소하를 위하여 가는 것도 아니요, 기화진담을 들으러 가는 것도 아니다.

그러나 일을 가지고 다니는 우리에게도 왕왕이 기적이 현출現出된다. 그것은 이삼 년 전에 금강산金剛山을 갔을 적 일이다. 장안사長安寺에서 곧 마하연摩訶衍까지 치달아 올라가 그곳 여관에서 자게 되었다. 지금은 어떤지 몰라도 그때에는 조선인의 경영이 아니었다. 때는 장마 전이었으나 산속이라 그러한지 오후부터 안개가 자욱하더니 빗방울이 듣기 시작하였고, 날은 매우 추웠다. 여관에 들며 행장을 풀기도 전에 불을 때라 하고 마루로 올라서니 통나무 널이 제멋대로 덜컹거린다. 방이라고 들어서니, 널찍하고 정하기는 하나 연기가 자욱하여 들어앉을 수가 없다. 게다가 석유 등잔의 기름내가 사람을 꽤 못살게 한다. 이만 못한 생활도 못한 바 아니나, 그래도 도회都會서 전등 밑에 좀 살았다고 상常 말에 올챙이 생각은 아니하고 호강스러운 마음만 들어 괴롭기 짝이 없다.

그럭저럭 저녁때가 되니까 여급女給이 둘이나 들어와서 시중을 든다. 원래 여급이 둘밖에 없다 하고, 더욱이 손이라고는 그때의 우리 일행인 두 사람밖에 없었으니까 총출동 격이 된 모양이다. 하나는 무엇을 그리 먹고 살이 쪘는지 나이는 서른 전후인 듯하나 역사力士 이상의 체격이었고, 하나는 꽤 못 얻어먹고 늙은 듯하여 시든 외같이 생긴 마흔 전후의 여자였다. 그래도 그것이나마 여자라고 적이 여정旅程의 위로 — 참말로 위로가 되었는지는 의문이지만은 — 되는 듯도 하였다. 뿐만 아니라 상놈이 양반 사람의 시중을 받으니 더욱이 영광스러운 일 중의 하나도 되는 듯하였다.

저녁이 끝나자, 처음부터 그랬지만, 동행이 실없는 농담을 함부로 털어놓으니까 절구통 같은 여자는 자러 간다고 가고, 명태같이 마른 여급이 좋아라고 수작이 늘어난다. 수작이 웬만큼 어우러져 가니까, 한방에서 같이 자야 할 동행이 마침내 자리를 다른 방으로 펴라 하고, 그 여급과 옮기고 말았다. 나는 '에이 시원하게 잘 되었다'하고 자리에 누우니, 자려야 잘 수가 없었다.

이때까지 농담 수작 떠드는 바람에 모르고 있었으나, 바람 부는 소리, 나무 우는 소리는 집을 뒤흔들고 마루청이 들먹거리고 문창지가 요란하다. 바위를 치고 쏟아져 내려가는 물소리는 처음부터 베개 밑에서 나는 것 같더니, 조금 있다가는 자리 밑에서까지 나는 것 같고, 우렛소리 번갯불이 뒤섞여서 위협을 한다. 이 소리가 잠깐 잔 듯하면 옆방에서 이상스러운 소리가 들리는 것 같다. 무섭고 휘원하고 쓸쓸하고 섭섭하고, 도무지 여러 감정이 뒤섞여 신경이 무던히 과민해졌다. 자리에 누워만 있지도 못하고 일어섰다 앉았다 하니, 가끔 철없는 아이 모양으로 집 생각까지 나게 된다. 이러저러 억지억지 잠이 어렴풋이 들락말락 하니까 장작 패는 소리, 머슴 떠드는 소리에 날은 밝고 말았다.

날은 밝아도 비는 여전히 들지 않았다. 가는 비, 보슬비, 소낙비 제멋대로 섞여온다. 아침때가 되니까 자리를 옮겼던 아담과 이브가 다시 몰려왔다. 아담은 눈이 패고 허리를 못 쓰고 기운을 못 쓸 만큼 쇠약해진 모양이나, 이브는 어투가 만족을 못 느낀 모양이다. 비는 오고 날은 추우니까 이불을 펴놓은 대로 추태 부려 가며 여전히 농거리가 흩어진다. 이브는 넓적다리, 젖통이 함부로 들락날락하고, 뒹굴며 뒤적거리며 에로를 성盛히 발산하다. 이 이브를 신든 오이 같다고 형용하였지마는 아직도 로댕A. Rodin이 만든 〈창부였던 여자〉의 상相은 아니었다. 그렇다고 내가 무슨 그를 옹호할 만큼 뇌쇄惱殺될 매력을 느낀 것은 아니다. 오히려 그도 과거에는 창부였다 하지만, 로댕과 같이 예술적 가치조차 찾아낼 만한 존재가 못 되었다는 뜻이다. 이러한 이브가 전날 밤의 미흡을 나에게서 얻으려고 하였다. 비가 오니 못 갈 것이라는 둥, 하루 더 쉬었다 가라는 둥, 부인이 딱정떼나는 둥, 별별 소리가 다 나온다.

이야기를 하다가 생각되는 것이 있다. 그것은 전년의 청도靑島 해수욕장에 들렀을 적에 수 정보數町步나 되는 사장沙場에서 참말로 뇌쇄당한 일이다. 이 해수욕장은 동양에서 좀 과장된 형용사이나 제일가는 곳이라 하는 만큼 화려하고 번화하였다. 사장 어귀에는 중화군中華軍인지 수비대인지 출장소 같은 곳도 있고, 몸에 안 맞는 푸른 군복을 입은 군인이 창검을 번쩍거리며 있고, 사장 끝에 도출된 갓곶이에는 왕년의 호위를 보이던 독일군의 포대가 황폐된 채로 위용을 보이고 있다. 우거진 수풀 사이마다 호텔, 별장 등 커다란 붉은 지붕의 양옥洋屋이 흩어져 있고, 사장을 끼고 뻗친 탄탄한 대로에는 티끌 하나 내지 않고 자동차가 내왕하였다. 안온히 욱어든 앞섬은 황해의 위용을 끌어안고, 남청색 수파水波는 발밑까지 잔잔하였다. 그곳에 모인 군상群像은 수만이라 하면 백발삼천장식白髮三千丈式의 한 형용이지만, 적어도 수천은 되었다. 그리고 조선 양반이란 나 하나, 중국인으로는 전에 말한 군인

몇 사람 외에는 인력거꾼과 레스토랑의 보이들뿐이요, 가끔 모던 보이 같은 것이 섞여 있으나 역시 구경꾼에 지나지 않았고, 군중의 전부가 색다른 양종洋種들 뿐이었다. 거의가 양키들 같으나 국별國別을 구분할 수 없었다. 그리고 어쩐지 나의 눈에는 남자보다도 여자가 더 많은 것같이 눈에 띄었다. 그들은 물속에서, 모래밭에서, 천만 속에서, 일산日傘 밑에서 하체만 가린 듯 만 듯한 순나체純裸體에 가까운 육체를 아낌없이 데뷔하고 있다. 게다가 그 능글맞게도 충실한 곡선을 흐느적거리며 폭양曝陽의 세례를 받고 있다. 어떤 것들은 남녀가 짝을 겨누어 모래밭에서 실연實演에 가까운 모션까지 연출하고 있다. 나이가 지긋한 것이나 핏덩이가 마르지도 않은 것이나 차差가 없었다. 나는 생전 처음 이러한 광경을 원관遠觀하고 설완褻翫도 하였으나 호기심보다도 오히려 그것을 지나쳐 뇌쇄의 정도가 컸다. 대체 내가 현대의 사람이고 저 사람들이 과거의 사람인가, 내가 과거의 사람이고 저 사람들이 현대의 사람인가, 또는 내가 현대의 사람이고 저 사람들이 미래의 사람들인가, 내가 미래의 사람이고 저 사람들이 현대의 사람들인가. 완고頑固한 것을, 상말에 십팔 세기 유물이라 하지만, 이때의 나는 십팔 세기커녕 십삼사 세기 교부시대敎父時代의 사람같이도 생각이 들었다.

이때의 나는 뇌쇄를 무던히 당하여 가면서도 남이 보면 연연해서 못 떠난다고 할 만큼 관광하고 있었으나, 이날 금강산에서 당하는 일은 구체적으로 나에게 현실된 문제이다. 소위 추파라는 것을 지나친 그 상시想思, 뱀 같은 안광眼光, 외람한 언사, 과음過淫된 행동, 나는 진저리를 치고 몸이 떨렸다. 이때껏 수절한 동정을 네게 빼앗겼으랴, 집에는 사랑하는 사람이 기다리고 있다. 게다가 이 몸은 장차 오십삼불五十三佛을 배관拜觀하고, 도쿄, 교토 등의 대학에서까지 와서 촬영하려다가 못하고 간 그 오십삼불을 일일이 촬영하러 가는 나다. 석가를 본받아 설산雪山의 여마女魔를 극복할 용기는 없다 하더라도, 불벌佛罰이 무섭도다. 더욱이 이번 여행에는 안 될 걸 하러 간다고 총독부 박물관장까지 빈정대고 말리는 것을 장담하고 나선 내가, 만일 오십삼불을 일일이 촬영하지 못하고 돌아가는 날에는 조소만이 나를 환영할 것이요, 체면은 보잘것없이 사라지는 날이요, 장래의 신망까지 없어지는 날이다.

나는 뿌리치고 일어나서 행낭을 둘러메고 미련이 남은 듯한 동행을 독촉하여 비를 맞으며 나섰다. 이리하여 나의 목적인 유점사楡岾寺의 오십삼불의 촬영은 완전히 성공하였다. 이것이 지금 경성대학에 남아 있는, 현재 가장 완전히 잔존된 오십삼불의 유일한 원판이다. 이때의 일을 생각하니, 당시에 소개장을 써 주신 이혼성李混惺 씨와, 곤란한 무릅쓰고 편의를 도와주신 김재원金載元 씨 및 제 씨諸氏에 대한 감사한 마음이 다시금 난다.

금강산 만화 행각

최영수

● 최영수, 「금강산 만화 행각」, 『동아일보』, 1934.10.3

금강산 속엘 다녀나간, 말하자면 탐승객들 중에 '미친 놈'이 많다는 것을 알았다. 그것은 볼품 있는 바위에 부질없이 성명 석자를 써놓고 간 자들을 하는 말이다. 그 좋은 경치, 그 아름다운 바위 위에 왜 그 더러운 이름들을 기록하였을까? 혹자는 금강산 족보族譜를 만들려 함인지 삼대三代까지 이름을 써놓았고 혹자는 그것이 옥판선지玉版宣紙로 알았던지 휘호를 하고는 도장까지 찍어놓았고 혹자는 크게 혹자는 적게 또는 쓰기도 하고 새기기도 하고—그리하여 일견 그 속에도 빈부貧富의 계급적 의식이 표현되고 있다. 보라 — 이 부질없는 사람들이여! 그렇게도 그대들의 이름을 날리고 싶거든 명함名啣을 수억 장 백여 가지고 비행기를 세 내 타고 상공에서 뿌리는 것이 오히려 효과적일 것이 아니냐 말이다.

조선의 님프 금강산 보덕 여신

망월은사

● 망월은사(望月隱士), 「조선의 님프 금강산 보덕 여신」, 『조광』 1호, 조선일보사출판부, 1935, 226~228쪽

희랍希臘의 ‘님프’와 인도印度의 ‘사라스와티’! 그들에게 지지 않는 조선의 ‘보덕普德각시’ – 오 아름다운 하천계곡河川谿谷의 여신이시어.

조선朝鮮의 역사歷史를 뒤지면 고대古代에 있어 여성신女性神들이 다수多數함을 볼 수가 있거니와 저 지리산성모智異山聖母와 서술성모西述聖母의 중대重大한 증적證迹과 아울러 이 보덕여신普德女神의 전설傳說이야말로 우리의 보배로운 유산遺産 가운데 하나임이 아닐 수 없다.

◯ 지금 저 금강산金剛山, 그 산山에서도 내팔담內八潭은 금강산金剛山의 정수精髓를 검어 쥔 데요 그 산山 가치價値의 거이 전부全部를 차지한 데임이 무론毋論이다.

금강산金剛山의 미적美的 가치價値는 ①一은 뢰뢰첩첩磊磊疊疊한 암석岩石에 있고 ②二는 그 암석岩石으로 이루힌 계곡谿谷에 있고 ③三은 그 계곡谿谷을 흘러내리는 옥류玉流에 있고 ④四는 그 옥류玉流 우에 그림자를 띠운 창림홍수蒼林紅樹에 있고 ⑤五는 그 창림홍수蒼林紅樹 사이에 발현髮顯하는 고사정람古寺淨藍에 있고 ⑥六이 모든 것을 얼싸안고 얽히고 섥힌 신비현묘神祕玄妙한 전설傳說에 있는 것이라 하려니와 이 전부全部의 요소要素를 구족具足히 가진 자者가 무엇이냐 하면 그것은 어디라기보담 내팔담內八潭이라 할 것이다.

흐르고 맺히고

고이고 넘쳐 나고

쏫고 질리고

감돌고 구비치고
꺾이어 만萬번도 더하니
만폭동萬瀑洞이라 하더라

과연果然 이 노래와 같이 그 계곡미谿谷美의 극치極致를 보인 곳이라 어찌 거기 이야기가 없을 것인가.

◯ 이 아름다운 계곡谿谷의 주인主人은 그래 과연果然 누구던고. 그가 바로 이 '보덕普德각시'!

그가 어느 적에 이 만폭동萬瀑洞 골작이에 살았던지 그 시대는 알 길이 없으나 오래오래 전前에 그가 이곳을 오르내리며 맑은 물소리와 함께 술어지게 노래를 부르며 다니던 모양이다.

옥玉빛 같이 푸른 달밤 바람조차 맑은 때면 이 보덕여신普德女神은 사랑에 불타는 가슴을 안고서 이 바위 저 바위 뛰어 건느고 여기에 앉앗다가 저기로 거닐다간 듣는 이 없는 노래를 혼자 부르며 구름 속에 숨박굼질하는 달과 함께 이 골작이 저 숲속에서 혹은 웃고 혹은 눈물지는 것이었다.

전傳하는 바 전적典籍의 문장文意을 속들이 살펴보면 이 보덕각씨普德閣氏는 계곡谿谷의 여신女神이자 또 그대로 실연失戀한 사람들의 여신女神이었다고도 하겠다.

그리하야 그는 올이 없는 뷘 산간山間에서 날마다 누구를 기다리며 그 깜아깜안 삼단같은 긴 머리채를 풀어 물에 잠그고 제 얼굴을 비치어 보곤 스스로 제 아름다움에 취醉해 가며 머리를 감고 빗고 하던 것이니 후後에 사람들이 그곳을 일러 옥녀세두분玉女洗頭盆이라 하고 얼굴 닦고 몸 닦던 수건手巾을 걸어 말리던 곳을 일러 수건암手巾岩이라 하는 것은 지금도 거기 남아 전傳하는 것이다.

그가 누구를 그려 울며 일생一生을 마쳤는지 고독孤獨과 적막寂寞을 다만 제 노래를 풀 것뿐이었던 것을 생각하면 애련哀憐한 한숨이 이제 내 가슴에조차 엉킴을 느끼지 않을 수 없다.

원전元傳의 이야기는 이 우에 더 진전進展이 없고 다만 각인各人의 금강산기金剛山記를 통通하야 새로 보이는 것은 그 원형元型이 불교화佛敎化하야 이 보덕각씨普德閣氏를 관음보살觀音菩薩의 화신化身이라 하고 그 상대相對의 남성男性은 회정선사懷正禪師라 하며 그 살던 곳은 지금의 보덕굴普德窟 속 따로 특히 관음굴觀音窟이란 석굴石窟이라 하는 것이다.

그러나 무론毋論 이는 와전訛傳된 이야기일 것이니 보덕각씨普德閣氏란 이는 원래元來 금강산金剛山 태초기太初期의 신격적神格的 존재存在로 고대古代 전설傳說의 잔영殘影이겠는데 고려하엽高麗下葉의 실재인물實在人物인 회정선사懷正禪師가 거기 무슨 까닭이 붙은 것인가. 이는 필경畢竟 고전古傳을 불교인佛敎人들이 굽혀 전傳하는 것임에 틀림없는 것으로 보면 그만일 것이다.

본 이면 다 알 보덕굴普德窟의 기상천외적奇想天外的 건축建築, 법기봉法起峯 중中허리에 떼를 쓰고 매어 달린 그 집이야말로 사람의 짓이라고는 생각할 길이 없는 것인데 더구나 그 집과 그 집 앞으로 흐르는 백옥白玉같은 내ㅅ물과 이같은 자연自然 인공人工의 극極히 조화調和된 그 속에 찬란燦爛한 문이로 아루 새겨진 이 설화說話는 참으로 우리의 보전寶典의 하나일 것으로 생각한다.

희랍希臘의 '님프'와 인도印度의 '사라스와티'! 그들에게 지지 않는 조선의 '보덕普德각씨'– 오 아름다운 하천계곡河川谿谷의 여신이시어.

금강산탐승향도기

김윤경

● 김윤경, 「금강산탐승향도기(金剛山探勝嚮導記)」, 『신동아』 46호, 동아일보사, 1935.8

여름은 닥치어 왔습니다. 여름은 등산의 절기입니다. 어느 산에 가기로 해로울 것이야 있겠읍니까마는 이왕이면 같은 값에 분홍치마라는 셈으로 우리 조朝의 자랑이요 세계적 명산인 금강산으로 가자고 권하고 싶습니다.

고인古人의 말에 '인걸人傑은 지령地靈이라' 하였거니와 이는 다만 문장가의 과도한 찬사나 풍수객風水客의 미신으로만 돌리어 버릴 말이 아니라 확실히 인물과 지리적 조건과의 사이에 중대한 관계가 있음을 도파道破한 금언金言이라 하겠습니다.

이는 교육학자의 학설이나 역사의 사실이나 각자의 경험이 이를 증명하고도 남음이 있습니다. 올림퍼쓰 산의 숭엄과 수륙水陸의 가려佳麗함이 헬라希臘인의 미술과 철학을 발달시키었고 앨프쓰산과 이태리 산천의 명미明媚함이 이태리인 또는 구주인歐洲人의 미술과 문예를 조장시키었고 조선의 역사가 산에서 배태되고 산으로 발전되었다는 것은 민족적으로 받은 영향을 증거하거니와 백두산의 단군, 웅심산熊心山의 동명왕, 부멱악負覓岳의 온조왕, 송악의 왕 태조, 삼각산의 이 태조, 석다산石多山의 을지문덕, 중악신中嶽山의 김유신, 월악月嶽의 임경업은 정치가로, 시내산의 모세, 아라랏산의 노아, 히라산의 무하메드, 감람산의 예수, 설산의 석가모니는 종교가로, 지리산 운상원雲上院의 옥보고玉寶高, 대문산大門山의 우륵于勒은 음악가로, 명산대천 유상遊賞의 최치원, 김립金笠, 아미산의 삼소三蘇 : 소순, 소식, 소철, 일각釰閣의 두보는 문호文豪로 이름을 천추만세에 날리게 됨은 개인적으로 받은 영향을 증거하는 것입니다. 또한 일즉 이를 경험하신 여러분은 과연 웅대, 미려한 자연계가 주는 영향이 얼마나 크다는 것을 확인하리라고 믿습니다. 필자도 수십 년 전에 처음으로 인천서 바다를 보던 때에 나의 고루孤陋하고 모색茅塞하던 흉회胸懷를 얼마나 광활하게 열러 주었는지 그 때에 받은 바다에 대한 그 큰 인상과 또 그 뒤 금강산을 처음 보던 때에 나의 비겁하고 편협하던 두뇌를 얼마나 웅장하게 비추어 주었는지 그때에 받은 산에 대한 그 큰 인상은 영원히 잊히지 않고 머리속에 남아 있어서 언제든지 사정만 허한다면 뒤로 웅대한 산이 솟고 앞으로 광활한 바다가 출렁거리는 자리에 깨끗한 초당을 한 채 짓고 살리라 하는 생각과 십삼도 산천을 또 가능하다면 세계의 산천을 편답遍踏하면서 방랑하여 보았으면……하는 지망志望을 가지고 산수를 동경하게 된 것이 사실입니다. 그리하여 '누구든지 산에 가거라. 불평가에게는 유쾌를 주고 정치가에게는 호연의 기를 주고 미술가에게는 걸작의 화폭을 주고 문인에게는 웅편雄篇의 문장과 시가를 주고 과학자에게는 표본과 실험을 주고 종교가에게는 성경과 묵시를 주고 수양가에게는 의약과 운동과 시련과 교훈을 준다. 온갖 것이 무진장이요, 화수분이다. 취지무궁取之無窮이요, 용지불갈用之不竭이다. 누구든지 산에 가거라. 물에 가거라. 산수 간에 방랑하여라' 하고 부르짖은 것도 그때에 자연에게 받은 감격의 일단의 발로였습니다.

이제 금강산 초행자에게 참고의 편의를 드리기 위하여 간단히 향도기嚮導記에 지나지 않는 정도로 소개하려 합니다. 그리고 노정 순서는 경성서 철원을 경유하여 내금강역 나리어서 내금강을 보고 금강산을 넘어서 외금강을 보고 외금강역 나리어서 내금강을 보고 금강산을 넘어서 외금강을 보고 외금강역에서 안변安邊을 경유하여 경성에 돌아오는 것으로 하였음을 밑이 말슴드리오니 다른 곳에서 탐승하시려는 분은 그곳의 발착 시간과 차임車賃을 참고하여 일수와 총비용을 예산하시기 바랍니다.

一. 기차왕복시간(현행 표준)

경성 발(京城 發)	**철원 착(鐵原 着)**
오전 6:35	오전 8:57
오전 8:20	오전 10:58
오전 11:00	오후 1:21
철원 발(鐵原 發)	**내금강 착(內金剛 着)**
오전 9:10	오후 1:32
오전 11:40	오후 4:02
오후 4:10	오후 9:02
외금강 발(外金剛 發)	**삼일포 착(三日浦 着)**
오전 8:11	오전 8:22
삼일포 발(三日浦 發)	**고성 착(高城 着)**
오전 11:07	오전 11:10
고성 발(高城 發)	**외금강 착(外金剛 着)**
오후 4:15	오후 4:31
오후 8:05	오후 8:25
외금강 발(外金剛 發)	**고저 발(庫底 着)**
오전 8:52	오전 11:03
오후 0:25	오후 1:56
오후 8:25	
고저 발(庫底 發)	**안변 착(安邊 着)**
오후 1:56	오후 3:17
오후 9:58	오후 11:23

안변 발(安邊 發)	경성 착(京城 着)
오후 3:34	오후 9:30
오후 11:56	오전 6:55
오후 11:56	오전 6:55

이 우에 보인 시간표 중 경성서 내금강까지 가는 세 가지의 시간표에 대하여 (一)은 당일로 내금강 탐승을 마치고 마하연에서 자고 익일翌日에 비로봉을 넘어서 온정리로 가기에 필요하고 (二)는 당일에 장안사 부근만 보고 장안사에서 자고 익일로 마하연 혹은 비로봉까지 보게 되고 (三)은 당일은 탐승은 못하고 장안사에서 자게만 되겠은즉 자기 편의대로 택정擇定함이 좋겠습니다. 그 다음 외금강에서 삼일포와 해금강을 탐승하기 위하여서는 기차시간이 그리 탐승에 편의하게는 되지 못하였습니다마는 기차를 타려면 그같이 할 수밖에 없으나 만일 온정리에서 자동차 대절貸切(매인每人 편도片道 70전七十錢)을 탄다면 자유로 편의하게 댕기어 올 수가 있겠습니다. 또 귀로歸路인 외금강, 안변, 경성 간 시간표에 대하여는 고저에서 나리어 총석정을 보고 오는 것과 그냥 직행하여 귀경하는 것의 두 가지 길이 있겠는데 우에 보인 시간표 중 (一)과 (二)는 총석정에 들리는 것이고 (三)은 직행하게 되는 것입니다. 또 혹 오는 길에 석왕사를 탐승하려면 그 같이 시간은 고칠 수도 있습니다. 그러하나 석왕사는 경원선 경로라 보실 기회가 있을 만한 곳이기에 여기서는 뺍니다.

二. 내외금강산 탐승노정

내금강에서 외금강으로 넘어감에는 다음과 같은 네 가지 길이 있습니다.

(一) 비로봉넘이

내금강역－장안사－표훈사－만폭동內八潭－마하연－비로봉－신라태자묘－비사문－구룡연－옥류동－신계사－온정리

(二) 온정령넘이

장안사－내금강역－말휘역末輝驛－온정령－만물초－온정리

(三) 내무재령넘이

장안사－표훈사 만폭동(내팔담)－마하연－내무재령內務在嶺－유점사－개잔령開殘嶺－백천교－고성－온정리

(四) 비로봉과 온정령넘이

장안사－비로봉－신라태자묘－구성동－온정령－만물초－온정리

三. 내외금강산 탐승일수

탐승 일수에 대하여는 로비路費와 시간 여유의 형편에 따르어 여러 가지로 다르리라고 생각하며 또 건강 여하로 인하여 시일이 증감될 것이나 여기에는 보통의 건강자健康者를 표준하여 일수를 예상해 보려 합니다.

(一) 5일간

제1일(경성발, 마하연 유숙)－제2일(마하연발, 비로봉 경유, 온정리 유숙)－제3일(온정리발, 해금강 왕복)－제4일(온정리발, 신구만물초 왕복)－제5일(온정리발, 총석정 경유, 경성 귀착歸着)

(二) 5일간

유점사 신영루, 출처: 국립중앙박물관

제1일(경성발, 마하연 유숙) – 제2일(마하연발, 비로봉, 구성동, 온정리령 경유, 온정리 유숙) – 제3일(온정리발, 해금강 왕복) – 제4일(온정리발, 구룡폭 왕복) – 제5일(온정리발, 총석정 경유, 경성 귀착)

한 가지 주의할 것은 (一)과 (二)가 5일간 예정은 같으면서 (二)는 구성동 골째기 하나를 더 보는 유익이 있으나 그 제2일 행정行程이 좀 힘들습니다. 만물초의 길이 험한 데다가 구성동을 돌아가는 거리가 첨가되기 때문입니다. 그러하나 이것도 보통 댕기는 길이니 너무 겁내어 밀이 주저앉을 까닭은 없겠습니다.

(三) 7일간

제1일(경성발, 마하연 유숙) – 제2일(마하연발, 내무재령 경유, 유점사 유숙) – 제3일(유점사발, 온정리) – 제4일(온정리발, 해금강 왕복) – 제5일(온정리발, 구룡폭 왕복) – 제6일(온정리발, 만물초 왕복) – 제7일(온정리발, 총석정 경유, 경성 귀착)

외금강에 가서 탐승 순서는 아무 것을 먼저 하더라도 무방하나 다만 비로봉이나 온정령을 넘는 다음 날은 해금강을 보도록 하는 것이 좀 피로를 쉬기에 편리합니다.

四. 내외內外 금강산金剛山 탐승探勝의 리정거리里程距離

리정里程 거리는 '길로미터' 곧 '천粁'로 표시하되 천 미만은 '미터' 곧 '미돌米突'로 보이겠습니다. 이것을 우리 리수里數로 환산하면 약 4천粁이 1리里에 상당하며 1미돌米突은 3척尺3촌寸에 상당합니다.

경성－철원 101천粁300

철원－내금강 116천粁600

내금강－장안산 2천粁042(차간此間 뻿쓰 통행)

장안사－표훈사 2천粁400

장안사－명경대 1천粁170

장안사－명경대－장군대 4천粁715

표훈사－마하연 2천粁377

표훈사－정양사 920

마하연－묘길상 540

마하연－백운대 1천粁078

묘길상－비로봉 5천粁127(비로봉 고高 1638미米)

비로봉－구룡폭 7천粁341

구룡폭－신계사 8천粁562

기로岐路－상팔담 520

신계사－온정리 2천粁730

온정리－육화암 5천粁710(차간此間 자동차 통행)

육화암－만상정萬相亭 2천粁150

만상정－천선대 1천粁035

기로岐路－오만물 600

온정리－외금강역 3천粁610 (차간此間 뻐쓰 통행)

외금강역－삼일포역 8천粁200

삼일포역－삼일포 1천粁000

삼일포역－고성 2천粁200

고성－입석리 4천粁000(차간此間 자동차, 뻐쓰 통행)

비로봉－구성동－봉전蓬田 11천粁055

봉전－미휘리 19천粁620(차간此間 자동차 통행)

미휘리－내금강 8천粁600

봉전－온정령구溫井嶺口 4천粁780(차간此間 자동차 통행)

온정령구－만상정 2천粁189

만상정－온정리 7천粁860

마하연－내무재령 4천粁165

내무재령－유점사 8천粁950

유점사－백천교 9천粁590

백천교－고성 28천粁000(차간此間 자동차 통행)

외금강－안변 111천粁400

안변－경성 211천粁200

五. 내외금강산 숙소와 다점茶店

금강산을 탐승하는 때 잘 만한 곳과 차를 팔고 있는 곳을 미리 알고 떠남이 필요하겠기에 다음에 적습니다.

유숙할 여관 있는 곳－장안사, 표훈사, 마하연, 비로봉, 온정리, 유점사, 고성, 고저(총

석정 있는 곳)

차 팔고 있는 곳－만폭동, 분설담, 묘길상 다음 기로, 비로봉, 구룡담, 선택船澤, 육화암, 만상계萬相溪, 만상정萬相亭, 온정령구溫井嶺口, 입석리

六. 내외금강산 탐승探勝 여비旅費

먼저 기차 임금으로 말하면 개인에게도 왕복권이나 회유권回遊卷으로 사면 보통 임금의 3할三割을 감하여주며 단체에게는 십인 이상이면 4할, 이십인 이상이면 5할을 감하여주며 학생단체면 인수人數에 따라서 5할 내지 6할까지 감하여 줍니다.

개인 보통 임금

경성에서 철원까지 1원 59전

철원에서 내금강까지 3원 63전

외금강에서 고성 왕복 36전

외금강에서 안변까지 1원 56전

안변서 경성까지 3원 27전

합계 10원 41전

이 10원 41전에서 3할을 감하면 7원 28전 7리가 됩니다. 10인 이상 단체라면 매인하每人下 6원 24전 6리, 이십인 이상 단체라면 매인하每人下 5원 20전 5리가 됩니다.

또 식비로 말하면 위치에 따라 다릅니다. 장안사와 온정리에서는 1원 20전 이상 2원까지며 마하연, 유점사에서는 1원 50전 이상 3원 50십전까지며 비로봉 구미산장久米山莊에서는 3식 1박에 2원입니다.

여관보다 절에서는 좀 쌉니다. 5일간이면 6원 30전 이상 7원 50전이면 우에 필자가 소개한 여정대로 하기에 족하겠읍니다. 또 7일간 이하면 9원 이상 10원 50전이면 가능하겠읍니다. 그러한즉 개인에 대한 차임車賃과 식비는

5일간 탐승이면 13원 58전

7일간 탐승이면 16원 28전

이고 10인 이상 단체면 매인하每人下에

5일간 탐승이면 12원 54전

7일간 탐승이면 15원 24전

이고 20인 이상 단체면 매인하每人下에

5일간 탐승이면 11원 50전

7일간 탐승이면 14원 20전

이 됩니다. 그러하나 단체에는 식비도 할인이 있은즉 우에 보인 계산보다 줄어 들겠읍니다.

이밖에 경편화輕便靴(60전 가량) 다래덩굴짚앵이(5전이면 삼), 빼쓰(10전, 15전의 2회), 회엽서繪葉書들의 잡비雜費와 불의의 준비금으로 한 5원이나 10원쯤 가지고 떠나시면 족할 것입니다. 그 이상 호화롭게 하려면 자동차, 가마 인부의 삯도 예산할 수 있겠읍니다. 그러한즉 개인으로 한 20원 가량이면 내외 금강산을 탐승할 수 있겠읍니다. 초행이라면 혼자는 어렵겠으나 탐승 지도만 가지면 혼자라도 차차 댕길 수 있으나 위험한 곳이 군데군데 있으니까 삭인數人이 동행을 모아 가지고 댕김이 피차에 도움이 되겠고 또 향도자嚮導者를 고용하더라도 부담이 적겠읍니다. 그러하나 여름이면 탐승객이 연락부절하니까 자연 동행자가 생기게 되고 만일 다른 단체를 만난다면 의례히 사진사가 무료로 따르면서 길을 인도하게 되니까 인부 삯(하루 약 2원)을 절약하고도 안심하고 댕길 수가 있읍니다.

한 가지 주의하여야 할 것은 산중에는 온도가 평지보다 썩 낮아서 청명한 날이 아니면 한기를 느끼게 되는 고로 간편한 방한의(겹두루막이나 스프링 코트 하나면 족함)를 반듯이 준비함이 필요하고 또 우장雨裝옷이나 유지油紙를 준비함도 필요합니다.

七. 탐승할만한 중요한 명승고적

철원은 경원선에서 내금강행 전차로 갈아타는 곳입니다. 신라말에 궁예가 태봉이란 나라를 세웠다가 고려 왕건태조에게 빼앗긴 곳으로서 약 7만정보나 되는 큰 평야를 끼었기 때문에 개간사업(중앙수리조합, 어운수리조합, 불이흥업주식회사, 철원농장 등)이 발흥되었고 구력舊曆 2월, 7월마다 열리는 시장은 매우 번창하여서 매년 교환되는 가격이 백만원을 넘는다 하며 그중 소가 많이 나고 각처로 먹히게 됨으로서 유명합니다. 또 대두大豆도 유명합니다. 인구가 일만 수십 명.

금응하비金應河碑 광해주 11년서력 1619에 강홍립과 김응하를 보내어 명나라를 도와서 청태조를 치게 하였던 바 강은 항복하고 김은 용전패사勇戰敗死하였는데 명제明帝는 그를 칭양稱揚하여 충무공忠武公이라 시諡를 주고 료동백遼東伯에 봉하였다고 합니다. 그는 철원군 어운면於雲面 이길리二吉里 사람으로서 이제 그 비가 동철원역 동방東方 화지리花地里에 있읍니다.

단발령斷髮嶺 금화군金化郡 통구면通口面 오량리五兩里에 있는데 세조대왕이 입산한 유적의 구비舊碑가 령상嶺上에 있으며 옛적에 불문佛門에 귀의하려는 자는 이 재에 올라 죽순같이 솟은 금강의 련봉連峯을 바라보고 머리를 깍아 속연俗緣을 끊어버리던 곳이라 하여 단발령이라 하였다 합니다. 이제는 이 고개를 뚫고 전차가 지나게 되었는데 비탈이 되기 때문에 사면斜面을 이용하느라고 N 이 모양으로 된 궤도로 오르고 나리기 때문에 전차가 앞으로 가다가 뒤로 가다가 굴도 들어가는 것이 한 기관奇觀이라 하겠고 또 여태 땀을 흘리다가 이 굴(단발령 수도隧道) 속으로 4, 5분 동안을 지나려면 졸연猝然히 엄동이 닥친 듯이 찬 기운이 살을 깍는 듯하게 됨도 맛보기 드물은 경험이라 할 것입니다.

장안사長安寺는 금강산 4대시四大寺의 하나요 유점사와 함께 2대시二大寺라 치는 절입니다. 사기寺記에 의하면 신라 제23대 법흥왕法興王, 서력(西曆) 514~540의 기원祈願으로 진표률사眞表律師가 창건한 절인데 고려 충혜왕忠惠王 후 4년서력 1343에 원순제元順帝의 후后 기씨奇氏가 제帝에게 장안사 재건을 청하여 공인을 보내어 장대미려壯大美麗한

장안사 대웅보전, 출처 : 『조선고적도보』 제12책, 1932, 김상헌 소장본

큰 가람을 세우었더니 임진란 때에 또 병화에 회진灰塵되어서 이조 세조가 새로 현재의 대웅보전大雄寶殿, 지성전至聖殿들의 육전육각六殿六閣을 세우게 된 것입니다. 장안사는 내금강 탐승의 중심지라 하겠습니다.

명경대明鏡臺는 장안사 부근 황천강黃泉江 언덕에 깎아 세운 듯이 우뚝 솟은 궁형弓形의 거암巨巖인데 불교의 염나전閻羅殿 상의 명경明鏡에 비기어 이름 준 것이며 신라 태자가 이목을 막기 위하여 쌓았다는 축성築城이 있습니다.

망군대望軍臺는 고高가 1529미돌米突이나 되는 고봉高峯으로서 백탑동 가는 계곡에서 수십 길 되는 암벽을 철쇄鐵鎖에 달리어 올라가면 망군대 우에 오르게 되는데 내금강 모든 봉峰들을 나리어다 보기에 훌륭한 곳입니다.

명연택明淵澤은 절벽의 밑에 검푸른 깊은 못을 이룬 곳인데 그 밑에 있는 한 큰 바위와 그 밑에 있는 세 바위에 대하여는 금동거사金同居士와 그 아들 삼형제에 대한 전설이 있읍니다.

삼불암三佛岩은 큰 바위에 길이 넘는 큰 불상을 새긴 것인데 이는 고려 말 나옹조사의 새김이라 하며 그 후면에는 적은 불상 60개를 새기었는데 이는 금동거사의 새김이라 합니다.

표훈사表訓寺는 신라 문무왕 10년서력 670에 표훈조사가 창건하였다 하며 이조 세조가 4년서력 1459에 중수重修한 것입니다. 금강산 4대사四大寺의 하나요 내금강에서는 장안사 다음 가는 큰 절입니다. 세조世祖 때에 나리었다는 큰 가마솥이 있습니다.

정양사正陽寺 여지승람에 전설이라고 하여 실은 것을 보면 '고려 태조가 이 산에 오르었다가 담무갈曇無竭이 돌 우에 현신現身하여 빛을 발하는 것을 보고 신하들을 데리고 정례頂禮하고 인하여 이 절을 창건하였다' 하고 또 '이 때문에 절 뒤의 산 언덕을 방광대放光臺라 하고 앞 고개를 배첩拜帖이라 하였다' 하고 또 '진헐대眞歇臺가 있다' 하였읍니다. 그러하나 이제는 누구든지 다 신라 시대에 창건된 절임을 믿어 의심하지 아니합니다. 이 절의 팔각당八角堂 안에는 길이 넘는 석불약사石佛藥師가 안치되었고 뒤의 반야전般若殿에는 반야경般若經이 간직되어 있고 당堂 앞에 선 오중석탑五重石塔과 석등은 신라시대의 작품으로서 구조가 정교하고도 고색이 창연한 것입니다. 그리고 경치로는 이 절 헐성루歇惺樓에 비치된 지봉대指峰臺에서는 내금강 모든 청봉靑峯을 바라볼 만합니다.

최북, 〈표훈사도〉, 출처 : 『북한의 사찰』, 1쪽

벽파담, 1935, 출처 : 임병목, 『금강산』(下), 63쪽

백화암白華庵 표훈사 앞 부근에 있는데 명승名僧과 위인의 화상이 걸리어 있고 그 옆에는 명승들의 묻엄인 사리탑들과 기적비記蹟碑가 서어 있읍니다.

만폭동팔택萬瀑洞八澤 표훈사에서 마하연에 이르는 사이의 계곡을 만폭동이라 하고 그 골에 나리 흐르는 아름다운 수석水石은 곳곳에 폭포와 못을 이루어 내금강의 절경을 이룬 것입니다. 표훈사에서 109미돌米突쯤 가면 금강문이란 석문이 있고 또 거기서 450미돌米突쯤 가면 만폭동 입구에 이르게 되는데 그곳에는 큰 반석이 사면斜面으로 깔리고 그 우에는 '봉래풍악원화동천蓬萊楓嶽元化洞天'이라 새긴 양봉래楊蓬萊사언士彦의 필적筆蹟이 살아 움죽이는 듯함니다. 또 누구의 짓인지 바둑판基盤을 새기어 놓은 것이 있읍니다. 그리고 여기서부터 흑룡담, 비파담, 벽파담, 분설담憤雪潭, 구담龜潭, 선담船潭, 화룡담火龍潭들의 이른바 내팔담內八潭이 이 골짜기에 깔리어 있습니다. 그중에도 진주담眞珠潭은 큰 석반에 맑은 물을 담은 듯한데 그 우쪽으로는 폭포의 떨어지는 물방울이 진주같이 사방으로 흩어짐이 실로 아름답습니다.

보덕굴普德窟 이 적은 암자는 분설담에서 왼쪽 법기봉法起峰의 산복山腹에 있는데 한 개의 구리기동으로 밭히어 달리어 있는 절입니다. 쇠줄로 바위에 얽어매어 달은 고로 사람이 그 우에 들어가려면 집채가 떨어지는 듯하여 현기를 일으키며 나리어다 보기가 아슬아슬합니다. 동국여지승람에 의하면 고구려 제23대 안원왕安原王 때서력 531~545 중 보덕普德의 창건한 바라 전한다고 하였읍니다. 현 건물로 2백 5,60년의 것이라 합니다.

마가연摩訶衍 포대봉怖臺峰 동남록東南麓 고대高臺, 해발 2,800척에 있는 선찰禪刹입니다. 신라 문무왕 원년서력 661에 명승 의상義湘의 창건한 것입니다. 이조 순조 때서력 1801~1834 월송선사月松禪師가 중수重修하였던 바 년전年前 화재로 소실하고 현 건물은 3년 전에 신축한 것입니다. 중향봉衆香峰, 백운대白雲臺를 뒤로 두고 법기法起, 관음觀音의 톱니 같은 봉峰이 둘리어 있으므로 여름에도 사십여 명의 선승들은 솜옷을 벗지 않고 지낸다 합니다.

묘길상妙吉祥 깎아 세운 듯한 석벽면에 조각한 미륵보살인데 금강산 중에서 가장 큰 불상입니다. 고高가 50척, 련좌蓮座의 장長이 30척이며 전면前面에는 3단의 석계石階를 쌓고 단 중앙에는 석등롱石燈籠이 서어 있읍니다. 고려의 나옹조사懶翁祖師의 조각한 것이라 합니다.

비로봉毗盧峯 금강산 1만2천봉이라고 이르는 수다數多한 봉오리들 중에서 가장 높은 봉입니다. 고高가 해발 1천6백3십8미돌米突, 내외금강 통로의 절정으로서 서쪽으로 내금강, 동쪽으로 외금강의 무수한 봉들이 우툴두툴 솟음을 나리어다 보게 되고 동해의 만경창파萬頃蒼波의 수광水光이 접대接待한 씩씩한 경치와 하늘 우에 오른 듯이 발밑에서 백포장白布帳이 펄럭거리는 듯이 굼실거리는 흰 구름의 신비함이야 형언하기 어려운 절경입니다.

신라태자묘新羅太子墓 비로봉에서 2천40미돌米突쯤 나리어 가면 비사문毘沙門을 넘어 구룡연九龍淵으로 가는 길과 구성동九成洞으로 돌아 온정령으로 가는 길 갈림에 적은 문엄 하나가 있는데 이를 신라 태자묘라고 합니다. 신라 말년에 경순왕敬順王이

고려에게 항복하겠다는 것을 반대하다가 뜻을 이루지 못하고 개골산皆骨山(금강산)으로 들어가아 마의麻衣 초식草食으로 여생을 마치었다는 사실 때문에 황천강의 태자성太子城이나 이 태자묘를 추정한 것이나 아닌지 모르겠읍니다.

구룡폭九龍瀑 상팔담上八潭에서 170여 척이나 되는 석벽石壁에서 굉굉轟轟한 소리를 내면서 떨어지는 장관! 날리는 수말水沫은 비가 오는 듯하며 나리 쏟히는 물은 그 밑의 반석을 몇 천 만 년이나 팠는지 이제 40여 척 깊이나 되는 못을 만들어 놓았읍니다. 이것이 구룡연인데 유점사에서 53불佛에게 쫓기어 온 구룡이 이 아홉못에 거처하게 되었다는 미신적 전설이 있읍니다. 이 구룡연과 구룡폭의 절승한 경치는 외금강의 정수, 아니 전금강산全金剛山의 정수가 아닐까 합니다.

옥류계비봉폭玉流溪飛鳳瀑 구룡폭의 석벽보다는 비스듬하나 높이는 그보다 여러 곱절되는 500여 척이나 되어 한눌에 닿은듯한 절정에서 떨어지어 나리는 것이 마치 은하의 한 끝이 떨어지어 나린 듯합니다.

옥류동玉流洞 옥류계玉流溪에 좇아있는 못으로는 가장 크고 아름다운 곳입니다. 우에는 폭포가 나리 솟히고 못물 곳곳에는 돌이 섬처럼 우뚝우뚝 솟아 있으며 좌우의 험준한 봉만峯巒과 수림樹林의 그림자는 수면에 도영倒映하여 선경에 이른 듯합니다. 내금강의 진주담과 쌍벽의 절경이라 하겠읍니다. 신계시神溪寺 온정리에서 서쪽으로(2천7백30미돌米突) 극락현極樂峴을 넘으면 구룡연 입구에 신계사가 있습니다. 신라 법흥왕 때서력 514~540 보설조사普雪祖師의 창건한 것인데 그 뒤 여러 번 화재를 당하여서 현 건물은 이조 이후에 된 것입니다.

반야보전般若寶殿, 라한전羅漢殿, 칠성각七星閣들은 그 주요 건물입니다. 그중 고탑古塔은 본사本寺 창설 당시의 작품으로서 천여 년 전의 고물古物이며 금강산 3고탑三古塔의 하나도 유명합니다.

해금강海金剛 온정리에서 18천10미돌米突, 고성읍에서 4천粁 되는 곳에 입석리立石里란 해변에 이르게 되는데 이 근처 해변을 해금강이라 합니다. 여기에서 서편으로 금강 일만이천봉을 바라보고 동으로 해변 수중에 우뚝우뚝 솟은 해금강의 기괴한 만물상과 망망한 바다의 백호白虎가 춤추는 듯한 리리漓漓한 파도를 바라보는 장쾌함이야 보지 못한 이의 상상하기 어려운 바외다. 입석리에서 일엽편주를 띄워서 송도松島, 사공바위, 칠성바위, 부처바위를 돌아보면서 해만물海萬物로 흘리어 젓는 밋이야 '신선놀음에 도끼 자루 썩는다'는 격이 될 만치 시간가는 줄을 모르게 됩니다. 그중에 석반암石盤岩과 사공바위와 부처바위는 53불佛이 월씨국月氏國에서 돌배를 타고 와서 상륙하였다는 것과 현종암懸鍾岩은 부처가 온 것을 보도하였다는 전설로 유명합니다.

삼일포三日浦 해금강 가는 길에 삼일포역에서 나리면 북으로 1천粁 되는 곳에 삼일포가 있습니다. 호수의 주위가 약 2천여 리나 되며 호중湖中에 대소 2개의 도서島嶼가 있는데 그 적은 섬 우에서 사선정四仙亭의 초석이 있는데 이는 신라 때에 국선 영랑, 술랑, 안상, 남석의 4선四仙이 호상湖上에 놀기 삼일이나 되도록 돌아가기를 잊었다는 고사를 진모進慕하여 지었던 정자 터외다. 호수 서안에는 몽천암夢泉庵 매향비埋香碑 유적遺跡들이 있읍니다.

만물초萬物肖 온정리에서 한하계寒霞溪를 끼고 오르면 온정령 못 밋어서 만상정萬相亭에서 북편 계곡으로 구만물舊萬物 삼선암三仙庵을 지나아서 오봉산五峯山, 1,263米突 앞턱의 가파라운 석벽에 기어오르면 천선대天仙臺에 오르게 됩니다온정리에서 9粁 800米突. 여기에 천병千兵 만마萬馬가 습래襲來하는 듯, 천태만상의 조각품 대전람회에 임한 듯 개었다 닫았다 하는 백운白雲의 막幕을 통하여 대자연의 무대를 바라보는 듯한 신비하고 숭엄한 장관과 악랑鰐浪 경파鯨波를 눈 아래로 굽어보는 흉금胸襟이 열리는 듯한 광활한 광경이야 졸필拙筆로 그리기 불가능합니다. 그저 가아 보시라고 할밖에 수가 없겠읍니다. 여기서 치어다 보이는 오봉산과 세지봉勢至峰의 연맥連脈을 오만물奧萬物이라고 합니다.

유점사楡岾寺 신금강新金剛 탐승의 중심지로서 장안사에서 내무재內務在 경유로 17천粁 892미돌米突, 마하연에서 13천粁 150미돌米突, 온정리에서 고성읍 경유로 51천粁 600미돌米突 되는 거리에 있는데 온정리에서 백천교百川橋까지 42천粁 10미돌米突

거리는 자동차가 통행합니다. 유점사는 금강산 4대사四大寺의 하나로서 뒤로는 청룡산 지고 앞으로는 남산을 바라보며 미륵봉의 암두巖頭는 마치 돌 비碑를 세운 듯이 구름 속에 솟은 유수幽邃한 곳입니다. 이 절은 신라 제2대 남해왕 때서력 4~24에 53불佛이 월씨국月氏國에서 철종鐵鍾을 타고 안창현安昌縣. 高城 포구에 상륙하여 산중으로 들어갔는데 현재縣宰(군수郡守) 노춘盧偆이 불적佛蹟을 사모하여 산중으로 찾아갈 때 혹은 나무의 쏠림으로, 혹은 개의 인도로, 혹은 노루의 인도로, 혹은 종의 소리로 한 동구에 들어서니 큰 못이 있고 그 가에 유수楡樹가 있는데 그 가지에 종이 걸리었고 53불佛은 못가에 늘어 앉았는 고故로 노춘盧偆은 돌아가아 본 바를 왕께 알외어 이에 절을 짓고 부처를 안치하게 되었다는 민지閔漬의 기록을 여지승람에 걷우어 실은 것이 있습니다. 이 절이 곧 이 유점사외다. 그리고 그때 고 못에 있는 아홉 용은 부처에게 쫓기어 구룡연으로 옮기어 왔다 합니다. 창건 이래 40여 회의 화재에 걸리었던 바 현재 건물은 이조 세조대왕이 11년 병술丙戌, 서력 1466에 이 절에 순행하시다가 중 학열學悅에게 중창重創을 명하여 드디어 산중山中 거찰巨刹이 되게 한 것입니다. 능인보전能仁寶殿은 본사本寺의 주건물로서 극히 장려하고 수월당水月堂, 연화좌蓮花座, 호지문護持門, 산영루山映樓, 용음루龍吟樓, 기타 수십헌數十軒의 전각루문殿閣樓門이 즐비하게 솟아있으며 사유림寺有林은 1만 수천정보數千町步나 되는 면적에 원생림原生林으로 덮이어 있습니다. 세조 뒤로도 예종睿宗은 전답과 노비를 나리고 성종成宗은 (2년 경인庚寅에) 친필로 유점사의 전지田地와 염분鹽盆의 세稅를 면제免除하여 주었습니다. 53개의 황금불黃金佛과 남해왕 하사의 향로香爐와 및 비취翡翠의 옥배玉杯와 나옹조사懶翁祖師의 가사袈裟같은 볼 만한 보물이 많습니다.

총석정叢石亭은 통천군通川郡 고저庫底에 있습니다. 동해북부선 고저역에서 약 2천粁되는 거리에 있는데 고래로 관동팔경의 하나로 일러올 뿐 아니라 실로 천하기관天下奇觀이라 하겠습니다. 창해創海의 파도가 밀리어 부딪고는 자빠지고 자빠지었다가는 다시 부딪기를 몇 천 만 년이나 하였는지 육각주六角柱를 깎아서 십여 개씩 묶어 세운 듯한 입총석立叢石이 높이 70여 척이나 되게 우뚝히 직립直立하여 있는 기괴한 현무암이 십간十間 혹은 이십 간씩 간격하여 네 개나 서어 있습니다. 또는 무수한 석주石柱를 마치 장목점長木店에 장목 쌓듯이 세우어 쌓은 것 같은 모양은 용궁의 수정문水晶門이라 할는지 '피사'의 사탑斜塔이라 할는지 조화옹造化翁의 신공神功을 탄복하지 아니할 수 없게 합니다. 또는 육각주를 가로 척척 포개어 쌓은 듯한 와총석臥叢石도 있어서 망망한 바다의 경치와 아울러 끝없는 자연의 신비와 숭고와 순결과 광활과 위대偉大를 느끼게 합니다.

이밖에 일일이 소개하려면 한이 없고 끝이 없겠기에 그만 붓을 놓습니다.

6월六月 16일十六日 밤

금강산교통회도 채색그림엽서, 출처 : 소명출판

나와 금강산

변영만

● 변영만, 「나와 금강산」, 『신동아』 58호, 동아일보사, 1936.8

一

벽두劈頭에서 언명言明한다. 나는 금강산을 본 일이 없었고 이 다음에도 보지 아니 할 결심이다. 금강산을 내 자유로 보는 날이 있다 하면 그날은 나의 환장換腸된 날이오, 정신착란이 이러난 날일 터이니까 곧 죽고 말 것이다. 그것은 무슨 교통기관이 너무도 편리하야진 결과 값싼 여행을 하기 싫다는 저 '스코틀난드' 사람들이 구식 누대樓臺 속에서 전등을 폐지하고 납촉蠟燭을 대용하는 류流의 '애리스토그래티씨즘'에서 나온 것이 아님은 가량 영평永平의 선인仙人(마늘 잘 먹든) 양봉래楊蓬萊가 지금 되살아나 남녀藍輿나 혹은 당나귀를 가지고 와서 권유할지라도 나는 단연 거절할 터이므로 그보담은 더 튼튼한 이유가 있다. 나는 금강산을 한 형사피고인刑事被告人으로 본다.

二

'원생고려국願生高麗國, 일견금강산一見金剛山'이란 중국인의 시구詩句까지 있다. 전하지만 그것은 원래 개고리소리 같은 수작이니까 하등 우리의 자랑꺼리 될 것도 없고 우리의 풍수학風水學 대가이든 남사고南師古 옹翁은 '금강은 도인道人의 일시一時 주장처住杖處는 되나 수도修道 성공의 방소는 아니 된다'는 의미의 피고被告 매도담罵倒談을 일즉부터 귀耳한 필자는 조선에도 눈目다운 사람 한 분은 있었고나! 항상 생각하여 왔었다. 그러나 도인을 주장住杖만 시키고 성공치는 못하게 하였다는 명목으로 곧 형사 피고인이 된다는 법률은 세계의 어디든지 없으므로 남옹의 의견은 결국 한 막연한 풍자에 지나지 못한다. 그보담은 일층 더 긴밀한 '죄소罪素'가 구열九列되여야 할 것이다.

피고 금강산의 죄목은 이러하다.

① 고등유민高等遊民인 것

② '뚜쟁이' 노릇하는 것

③ 매향심賣鄕心 도발하는 것

④ 문화 파괴하는 것

⑤ 동해의 수로水路를 차단한 것

三

피고의 산작물産作物이라고는 사람이 많이 먹고 보면 장딍이안칭脊內壁에 '발기름'이 올라 등창이 설혹 생긴 경우에는 고약膏藥을 암만 붙여 놓아도 그 효력이 절무絶無함이 마치 발등 부스럼에 바를 요도정기沃度丁幾를 그 '구두' 우이로 바른 셈쯤 되는 해송자海松子, 잣 외에는 드러 말할 것이 별로 없고서 주야장천으로 연하煙霞와 수석水石만 가지고 작난하며 더욱이 단풍철이 들고 보면 그 교귀驕貴, 그 가증可憎!스러운 태도야말로 가위 '언어할 도경이 단절'되었다 아니할 수 없다. 도대체 단풍이란 무엇이냐? 만일 그 홍광紅光을 취한다 하면 소련蘇聯의 서적이 더 보기 좋을 것이고, 만일 '우수수'하는 소리를 취한다 하면 조선의 수양파修養派에서 더 드러 볼 수 있겠고, 만일 그 '쌀쌀한 정조'를 취한다 하면 일류식당一流食堂에 드러가 빵 한 조각, 우유차 한 잔만 먹고 난 뒤 행하行下 한 푼도 주지 않고 모자를 집어 쓰고 나슬머덕에 좌우에 열립列立한 카페이 껄들의 얼굴만 일별하려므나! 단풍이 무용인 동시에 단풍 주인인 피고 자신도 무용이다. 이것이 제第 일항一項에 해당하고.

四

피고가 범한 근고近古 혹은 중고기中古期의 음사매합죄淫事媒合罪는 나는 고증학에 흥미가 없으니만큼 또는 시효時效에 벌서 걸려 있느니만큼 하여간 번거할 필요가 없고 다만 최근의 목격한 바 사례만 가지고라도 피고의 원자園字는 한 임시결혼의 밀월장이오, 한 여학생 해부대解剖臺이다. 아니 —산장山莊, —깨 승방僧房—허구 많은 대합소를 죄다 젯처 놓고 하필 피고의 집에서란 말이냐? 라는 의문도 없지 않겠지만 이 회색적의 의문인 바 바로 피고의 거수포拒水布됨이 마치 단풍이 가을철에 개골의 보호색 됨과 마찬가지 이로理路이다. 그리하야 상거한 수처數處에서는 타전打電을 받고 있는 중이다. 금강이냐? 따야먼드 룅이냐? 룅리더 오부 '따애볼니슴'이냐? 나는 민중의 명의名義에서 너의 요마적妖魔的 존재를 저주한다. 제第 이항二項 해당.

五

누구나 너를 보면 사려할 것이고 고가高價일 터이므로 팔아먹게 될 것이고, 판 결과 너의 앉은 자리까지 넘어가게 될 모양인즉 제第 삼항三項 해당. 불필재설不必再說.

六

자자법刺字法! 인류사상 가장 치욕스러운 제도가 저, 노래기회膾 먹어도 배길 만한 중국인의 비위로서도 벌서 폐지한 지 기천 년 만에 너 홀로 무슨 성미로 그것을 그다지 질겨서 얼굴에 성한 군대가 한 곳도 없이 탐관, 오리, 간신, 역당, 부유腐儒, 음남淫男, 탕녀蕩女, 마쾌駔儈, 도적, 시충詩蟲, 문귀文鬼, 당모堂某,

(…중략…)

조합소장組合所長 등등의 손으로부터 금광용 폭파약을 응용하기 전에는 도저히 철삭鐵削할 수 없는 대서 심각한 향기롭지도 못한 성명을 바다가 지고서 아모 부끄럽도 없이 뻰들뻰들하게 서 있단 말이냐? 상앙商鞅, 이사李斯의 세대가 아닌 이상? 글시골이나 좋기만 하야도 가령 이운교라든가 이삼만이라든가 김황산이라든가 하는 류의 아건雅健한 필치뿐만 되야도 좀 용서해 보겟다. 이건! 낙지발이 아니면 뱀장어고 가시덤불이 아니면 수수팟 떡이고 낙거믜가 아니면 옴두껍이고 새침덕이가 아니면 전망난이고, 하소기체何紹基體가 아니면 김 추사金秋史 식式이로구먼! 이런 변괴가 이 일월日月 아래서 또 다시 어디매뇨? 안수경형安受黥刑 자체부터 문화 파괴인 동시에 추명광포醜名廣布와 악필홍양惡筆弘揚의 양건사도 역시 문화 파괴이다. 늬가 그 얼굴을 그냥 가지고 있든 동안 즉 풍마우세 삼사천년 기한 전에는 조선은 영영 아회雅懷도 없고 양심도 없고 분노도 없고 심미안도 없고 다만 참을성만 풍부한 '일구지맥一丘之貊' 적的의 민중으로 통과될 모양인즉 그 남아지 문제는 물어볼 것도 없다. 그것은 제第 사항四項에 해당.

七

너의 장벽만 아니였드면 동해수가 곧 철원 북방을 경유하야 단흥, 사리원 등지의 남부를 할재하야 쏜살같이 몽금포 해안까지를 호호양양한 벽파의 왕국으로 연장시키여 이 토지가 북조선과 남조선으로 명료히 판별되야서 일단의 풍정과 미관을 돋기여 놓든지 혹은 일층 더 다행스럽게 그 지각없는 오행五行의 한 분이 미리부터 김화, 철원 사이로 도순道順을 잡아드려 의정부, 한양, 수원 등지를 차제로 개성 납강納降시킨 뒤 속표지續至의 대부 증원을 얻어 한양 이남을 전부 소택화沼澤化하고 그 주민 전부를 어별화魚鼈化한다. 그랫드면 우리 남부 인중人衆뿐만이라도 '무생無生'의 법열法悅을 상미嘗味하야 보았을 걸! 이것은 최후 일항一項에 해당한 것으로 좀 형법적 의의擬議에는 꼭 드러맞지 못할 듯하나 이것도 '용수방해用水妨害'가 아닌 배는 아닐뿐더러 어떤 의미에서는 더욱 심각한 범상犯相이라 아니 할 수 없다.

八

나는 이상의 제諸 이유로 인하야 금강행은 영원히 정지하고 자玆에 일종의 공소를 제기하야 그 비행非行을 공중公衆의 면전에서 규탄할 뿐이다. '금강불견金剛不見'은 나에게는 일개의 정조 혹은 절의를 견성하였다. 죄수罪囚의 가증한 면목을 대하지 아니하야도 '소권訴權'에는 영향이 없을 터인 고로.

九

그러나 만일 한 다사多事한 양선인楊仙人이 있어 최신식의 '잠자리' 일집一集을 다리고 와서 나를 억지로 태워 가지고 죄수罪囚의 정점비로봉에다 착륙시킨다 하면 나는 못이기는 척하고 칠회七回에 한하야 응종應從하겠다. 그것은 변절變節이 아니라 다른 용무用務 때문이다. 동해수의 무능함을 통매痛罵하야 보랴고.

철원 지나 금강산으로

김호직

● 김호직(金浩稙), 「철원 지나 금강산으로」, 『동아일보』, 1937.8.20; 방민호 편, 『경원선 따라 산문여행』, 예옥, 2020, 149~152쪽

8월 7일 오전 8시 23분, 청량리 역발 향내금강, 창동, 의정부를 지나 겨우 자리 하나를 잡아 륙색rucksack을 벗고 자리에 앉으니 좌우의 경색이 한눈에 들어온다. 연일 홍로紅爐의 폭위도 오늘 아침에는 자욱이 줄어진 듯, 서늘한 느낌조차 일어난다. 잿빛으로 물들인 가냘픈 구름은 푸른 하늘을 온통 덮어 먼 산의 봉우리는 희미하게 윤곽만 보여준다.

하늘에 우뚝 솟은 도봉 연만連巒을 왼손에 바라보면서 창동을 지나 의정부에 이르나 구름을 제치고 여름의 폭군은 다시금 얼굴을 내여 민다. 아이고, 더워! 이따끔 차창으로 밀려드는 재 석탄회 바람은 한껏 양미凉味를 가져오나 뿌리고 가는 석탄재엔 아주 질색할 지경이다. 덕정을 지나 동두천 유역에는 인공조림인 듯한 전나무가 산 밑 골짜기에 여기저기 흩어져 있어, 단조롭고 파리한 소나무 속에 섞어 단연 이채를 띠우고 있다. 전곡역 지나 연선에는 '쌀밭'은 보이지 않고 서속, 콩팥만이 질편하다. 콩밭에 껑충껑충 서 있는 수숫대는 어디로 보든지 구성없다. 왜 논이 없고 콩밭이 그렇게 많은가 의아해 하면서 연천역에 이르니 과연 역 앞의 산 말에 "명산 연천 대두名山漣川大豆"의 커다란 간판이 서 있다.

웬 하늘은 또 다시 구름에 덮이어 회색의 농도는 더욱 농후해간다. 연천역을 지나 왼편 일대의 낮은 산에는 낙엽송의 인공조림, 불과 십년 내외의 치수, 가느다란 줄기 가지가지 네 활개 편 자태는 곡선미의 아리따운 포즈라고 할까. 검은 구름이 오락가락하더니 이윽고 대광리역 못 미처 빗방울이 부슬부슬 "허! 큰일 났군, 우비도 없는데 비가 내리면 어떻게 하냐?" 조그만 불안에 싸여서 선생님 한 분이 하차한다. 들판에는 서속이 이삭을 패여 반 너머 구부러졌고 낮은 산골짜기에는 낙

엽송 조림이 총총히 들어섰다.

철로 둑 낮은 언덕에는 '에노테라月見草'가 흩어져 한 가지의 경개를 드러낸다. '돌연변화설突然變化說'을 아는 자, 월견초를 모를 이 없으련만 이제 월견초를 보고 돌연변화설을 생각하니 드 브리스Hugo De Vries의 고심 연구하는 자태가 아른아른 떠오른다. 아! 월견초, 드 브리스가 와 본다면 감개 또한 무량함이 있으리라.

다음은 철원이라는 경고를 듣고, 전차를 갈아탈 준비, 비는 다행으로 내리지 않고 한참 벼르고 있을 따름. 철원에 다다르니 갑자기 평야가 전개되며 일대는 수전水田이 광작廣作되어 성육成育도 양호한 폭이다.

오전 11시 20분. 금강산 전철에 바꾸어 타니 굵은 빗방울이 떨어지기 시작한다. 차창 밖에 전개되는 경색은 평범한 가운데 홍취를 끌며 낮은 산 밑에 맑은 물이 흘러가고 여기저기 산재한 농가는 담장도 아니 쌓고 바자도 아니 두르고 집만 덜렁 되는대로 세워놓은 것은 제 격에 맞는다고는 할 수 없으나 강원도의 인심 풍속만은 여실히 드러낸 듯하다.

전차는 쉬지 않고 전진하여 동철원, 정연, 김화, 행정, 금성, 탄감, 창도, 현리, 화계를 지나 해발 648미터에 이르니 이곳은 이름 높은 단발령斷髮嶺이다. 마의태자께옵서 머리 깎고 입산하시던 때는 이미 천여 년의 긴 세월이 흘러가고 뜻하여 이름 지은 단발령은 오늘날 금강 탐승의 입구가 되어 있다. 산비탈을 돌아 올라가는 전처는 급경사를 피하여 전진후퇴 여러 구비를 돌아 상봉에 이르니 단발령 터널이다. 전장全長 1천여 미터를 뚫고 나가니 금강의 웅봉 유곡은 멀리 구름 속에 희미하다. 말휘리末輝里를 거쳐 내금강역에 이르니 때는 낮이 기울어서 새로 세시다. 이곳이 내금강의 입문이다. 조선집에 단청한 역사는 금강의 경색과 어우러져 그 유아한 맛이 한층 홍취를 돋아, 야! 참 그럴듯하다. 또한 감개무량!

역전에 우뚝 솟은 회칠한 백악관은 무엇인가, 이름 지어 금강각金剛閣이다. 이는 명소도 아니요, 고적도 아니다. 다만 내금강 인사들의 집회소인 공회당이다. 금강각을 지나 바로 향선교에 이르니 맑은 시내는 바윗돌에 부딪혀 백연白煙을 날리고 시냇가의 울울한 청송 사이에는 이국 탐승객들이 짝을 지어 걸어간다. 발길을 재촉하여 장안사 부근 여관거리를 얼른 지나 유일문을 거쳐 문선교에 이르니 좌편 산록山麓에 승속 갈앙渴仰의 영장靈場 장안사長安寺가 자리 잡고 있다.

1,360여 년 전에 신라 23대 법흥왕시대 고승 진표율사가 창건한 것으로 그 후 중수重修를 거듭하여 금일에 이르렀다. 금강산 장안사라고 대서大書한 대액大額, 산문, 범종각, 대향각, 극락전, 대웅보전 등 가람은 조선 상대 문화의 정화를 자랑하고 잇다. 승려 오십여 명이 있고 장경, 안양, 지장, 영원암의 말사를 가져 산중사대사중 제일지로 꼽히는 곳이다.

다시 장안사를 지나 백천동 맑은 시내를 오른쪽에 끼고 올라가면 천주봉 하에 안양암 지붕이 수림 속에 보이며 머지않아 명연담鳴淵潭에 이르니 그 앞에 큰 바위가 가로놓여 그 옆에 작은 바위 셋이 나란히 누워 있다. 여로부터 전하는 말에는 큰 바위는 금동거사金同居士의 화신이요, 작은 바위들은 그 처자 세 사람의 화신이라고 한다.

그들의 애매한 죽음에 무심한 이도 아울러 울었다고 하여, 이름 지어 명연담鳴淵潭이다. 오른쪽 거암이 이른바 삼불암이요, 그 표면의 삼불은 명연담 비극의 주인공 금동거사가 심혈을 경주하여 쪼나놓은 삼불이요, 이면의 육십불은 옛날 표훈사 간승奸僧 나화懶華가 쪼았다는 날림 조각이다.

금동거사의 눈물겨운 전설을 회상하면서 이에 경의를 표하고 다시 걸음을 재촉하여 함영교를 건너니 표훈사 경내에 들어선다. 이 절은 신라 조 문무왕 10년 표훈조사가 창건한 것으로 금강산 사대四大 절중 장안사에 버금가는 대찰이다. 본당 반야보전에 장륙丈六의 법월보살이 정면에 안치되어 있다.

다시 발길을 돌려 함영교를 건너 중향산장重香山莊에 이르니 석양에 해는 비껴 산새들의 지저귀는 소리는 백천동 시내 소리에 어울려 장엄한 '신호니'로 들어온다. 이윽고 중향산장에 여장을 푸니 어둠의 장막은 사면에 둘러싸여 산과 봉오리는 다만 윤곽만 보여준다.

지리 · 역사 · 풍광으로 본 금강산

이병기

- 이병기, 「지리 · 역사 · 풍광으로 본 금강산(金剛山)」, 『조광』 4권 3호, 조선일보사, 1938.3

백두산白頭山 제일용第一龍이
함경도 되야 있고

금강산金剛山에 나린 맥脈이
강원도 되야 있고

라는 〈금강산가金剛山歌〉와 같이 금강산은 설악산 · 오대산으로 더불어 강원도의 등줄기가 되어 동해 바다를 다달러 있다. 이 산은 다만 산만으로도 다시 없는 산인데 더구나 동해와 같은 바다를 겸하였으니 그 얼마나 좋으랴. 이 세상에 경도요대瓊島瑤臺나 봉래방상蓬萊方上이 있다면 이 산을 버리고 어데가 찾으랴.

요마적 송포취향松浦翠香의 저작인 『금강산탐승안내기』를 보면 이 산은 마산 · 울산 간에서 일어난 태백산맥으로서 동해안 최북단에 치우쳐 있다고 하였으나 권람權擥의 『응제시주應制詩註』나 『동국여지승람』을 보면 이 산은 백두산의 남조南條로서 회령의 울나한현亐羅漢峴으로부터 갑산甲山 동에 이르러 두리산頭里山이 되고 영흥 서북에서는 검산劍山이 되고 평강 북에서는 분수령分水嶺이 되고 안변 남에서는 은령銀嶺이 되고 통천 서남에서는 추지령楸池嶺이 되고 장양長楊 동 고성 서에서 이 산이 되었다 하였다.

이 산 이름은 지금 이르기를 봄에는 봉래蓬萊, 여름에는 금강金剛. 가을에는 풍악楓岳, 겨울에는 개골所産(皆骨)이라 하되 『동환록東寰錄』을 보면 봄에는 금강, 여름에 기달怾怛이라 하고, 여름 가을의 것은 지금과 같다. 또 『동국여지승람』에는 다섯 이름이 있으니 금강·개골·열반涅槃·풍악·기달이라 하였고, 『동국명산기東國名山記』에는 여섯 이름이 있으니 개골·풍악·열반·기달·금강·중향衆香이고, 개골은 그 돌들이 흼을 말하고 풍악은 그 소산所產을 말하고 열반·기달·중향·금강은 다 선가禪家의 말이라 하였다.

『승람』에나 『명산기』에는 봉래라는 명칭이 없음을 보면 이는 그 후세 사람들이 지어 부른 것인 듯하다. 『택리지』 같은 책에 비로소 그 명칭의 유래가 바로 적혀 있으니, "세이금강위봉래世以金剛爲蓬萊, 이지리위방장以智異爲方丈, 이한라위영주以漢拏爲瀛州"라 한 것이 그것이다. 그리고 이 산을 고려 때에는 풍악, 신라 때에는 개골산 또는 건달파乾達婆라고 이르든 것이다. 개골, 건달파는 한문의 뜻으로 된 말이 아니고 순 조선말로 된 것을 이두吏讀로 적은 것 같다. 그러고 보면 금강이니 기달이니 하는 것도 선가의 말로만 들릴 것이 아니라 개골, 건달파와 같은 말과 무슨 관련이 있는가 할 수도 있다.

우리 고대의 인명, 지명 등에 선가의 말과 같이 된 것이 많으니 동부여의 가섭원迦葉原·아난불阿蘭弗 따위다. 불교가 조선에 들어오기 전에 벌써 이런 말을 쓴 것은 그 후세의 불교가 왕성할 때에 이르러 위작僞作한 것이라 하는 이도 있으나 선가의 말과 같은 말이 불교 들어오기 전엔들 없으란 법도 없으리니, 그걸 선가의 말로만 돌리지 말고 우리의 말로 해석하여 보아야 안다. 이 뜻으로서 금강의 이름도 다시 고려할 바이 있는 것이다.

고적古蹟으로는 경주, 자연으로는 금강이라 이르는 만큼 이 산에는 역사 고적이 별양 없다. 있다 하면 유산객遊山客이나 은둔인이나 사적寺蹟이나 그 전설 등이다.

전설의 몇몇을 들면 다음과 같다.

1. 마의태자麻衣太子

이는 신라 말 경순왕의 아들로서 이 산에 들어와 숨었다. 그때 고려 태조가 송도에 도읍하고 국위가 융성하매 경순왕이 나라가 약하고 형세가 외로워 스스로 항복하기를 의논하니 신하들 가운데 혹은 가可타 혹은 불가不可타 하는데, 왕자가 말하되, "나라의 존망이 반듯이 천명에 있을 것이니 다만 충신과 의사義士로 더불어 민심을 수습하여 스스로 버티고 힘을 다할 뿐이요, 어찌 이 일천 년 사직으로서 일조一朝에 얼른 남을 주리아." 한즉, 왕은 갈오되, "외롭고 위태롭기 이와 같으니 형세가 온전할 수 없으니 죄 없는 백성으로 하야 피를 흘리게 함은 내 참아 못할 바이라"고 시랑侍郎 김봉휴金封休를 지켜 태조에게 항복을 하였다. 왕자는 눈물을 흘리고 왕을 하직하고 이 산으로 들어와 바위를 위지하야 집을 삼고 마의麻衣를 입고 초식草食을 하고는 한 평생을 보냈다. 『삼국사기』 신라본기 제십이 경순왕 9년 조의, '왕자곡읍사왕王子哭泣辭王 경귀개골산徑歸皆骨山 의암위옥倚巖爲屋 마의초식麻衣草食 이종기신以終其身'이라는 것이 이를 말함이고, 마의를 입었다 하여 '마의태자'라고도 하는 것이다.

그러나 『대산집臺山集』의 「궐여산필闕餘散筆」에는 이러한 말이 적혀 있다.

개골산은 즉 금강이니 지금 장안사 동남 옥경대 아래 석축한 조고마한 성이 그 유지遺址다. 왕자는 대개 유심劉諶, 전횡田橫의 류流로서 뜻을 이루지 못하고 이름도 또 전하지 못하니 누구나 대 애석하는 바이다. 이제 안목천安木川 정복鼎福의 『거헌수필據軒隨筆』을 보면 인조 때 황익黃翼이 통제사가 되었는데 배 한 척이 표박하였는지라. 물은즉 말하되, 남방국 사람이오, 나라는 서남 이천 여 리에 있으며 조석潮汐이 없고 그 나라이 본대 신라 사람으로서 신라를 망할 제 그 태자가 종족 갈여인葛餘人을 거느려 고려를 항거코저 하였으나 되지 못하고 금강산에 들어왔으나 사람은 많고 골은 적어 살 수가 없음으로 백성 이십여 만 호戶를 더불어 배에 나누어 실고 한 섬에 이르러 살며 이름을 남방국南方國이라 하고 이어 이십오 국의 님금이 되었고, 그 백성은 다 신라의 후예이고 지금도 남어 있다 하였다.

이 태자가 필시 『동사東史』에 이른바 왕자니 과연 그 말과 같을진대 말후末後의 성취가 이러틋 굉장하고도 역사에는 기재되지 못하고 입산 종신하였다고만 하였으니, 다만 조석潮汐이 없는 바다는 동북뿐인데 나라이 서남에 있다 하고 또 조석이 없다고 한 것은 의문이다. 이 말은『안응창만록安應昌漫錄』에서 얻은 것이라 하였고, 응창應昌은 인조-효종 때 사람으로 왕자 사부師傅가 되었든 이라 하였다.

이런 말도 자미滋味스러운 것이다. 고사古史에 기록이 없는 것이라 하야 그저 헛되다 할 건 아니다. 태자성·망군대·태자묘로만 신빙할 것도 아니다. 과연 그 말과 같이 금강산을 들어갔다 의합意合치 못하야 작파하고 해도海島로 가 살었는지도 모르겠다.

태자성太子城은 그렇게 전하는 바이매 그런 양하고 보기는 보되 이러타 할 만한 증거는 없다. 태자성 안 누운 바위 우에, "동경의열東京義烈 북지영풍 北地英風"이라고 사긴 것이 있으나 이는 그 뒤의 뒷사람이 그 태자를 상모想慕하고 사긴 것이다. 그 옆에다 김광국金光國·이상연李想淵·김광덕金光德이라는 이름을 그와 꼭 같은 자체字體로서 사긴 것과 그 각자刻字가 어느 것이나 조금도 각결刻缺된 곳이 없이 싱싱하게 있는 것을 보면 그다지 오래 되지 않은 것이다.

또 망군대望軍臺의 이름과 전기傳記도 오랜 기록에서는 얻어 볼 수 없으며 용마석龍馬石의 태자대太子臺라는 것도 너무 초라하다. 그 적막한 공산空山의 풍설風雪 속에 천유여千有餘 년을 쓸쓸히 외로히 지내왔다면 한 줌 흙이 남은 것도 오히려 기적일지 모르되 그 제절의 축석이라든지 그 비석이라든지를 보면 그려도 태자대라는 늣김이 희박하다.

어떠튼 신라 왕자가 이 산으로 숨으러 들어 온 것만은 사실일 것이다.

2. 삼화도三花徒

일천삼백여 년 전 신라 진평왕 때에 제오第五 거열랑居烈郞 제육第六 실처랑實處郞 제칠第七 실동랑實同郞 등 삼화三花의 무리가 개골산에 가 놀고저 하는데 마츰 혜성이 나서 심대성心大星을 침노하며 낭도가 의심을 내고 아니 가려하는 때에 융천사融天師가 노래를 지어 부르니 성괴星怪가 슬어지고 일본日本 병兵도 돌아가 도리어 복경福慶을 이루었다. 대왕이 깃거하여 낭도를 보내어 이 산에 놀게 하였다.

그 노래는 『삼국유사』에 전하는 향가의 하나이고 이두로서 적은지라 읽어 알기가 어렵다. 그 대의는 이러하다.

예로 동東쪽 물갓 건달파乾達婆의
노올 곳을 바라고
예냇군軍도 왔다
봉화烽火를 사르고
삼화산三花山 구경감을 듣고
달도 벌서 쉬는 바에
길을 쓸 별을 바라고
혜성彗星이라 알욀 사람이 있다
달이 떠 갓더라
이에 밧갓의 밤 비질악 있고.

이 노래의 건달파가 금강산, 다시 말하면 동해갓 금강산이 좋아서 그걸 구경하러 일본병이 온 것을 봉화를 사르고, 세 화랑이 구경 간다는 말을 듣고 달도 쉬고 혜성은 길을 쓴다는 것이다.

이와 같이 화랑의 무리가 금강산에 놀았다 함은 더 말할 것이 없다. 워낙 화랑의 무리가 명산대천을 찾어 단이며 노는 것은 그들의 한 의무이고 오락이다. 그들은 도중徒衆이 모이어 혹은 도의道義로 서로 갈고 혹은 가악歌樂으로 서로 질거워하고 산수를 찾어 놀아 먼 곳이라도 아니 가는 곳이 없다고 하였다. 그러면 삼화도三花徒 말고도 낭도郎徒의 이 산에 와 노든 이가 하고 많을 것이다. 신라 때 사선四仙이라 일컷든 술랑述郎·남랑南郎·영랑永郎·안상安詳 등도 필시 낭도로서 이 산에 와 놀았든 것이다. 삼일포三日浦의 제명題名한 단서丹書는 비록 의아할지라도 그 자최가 여기저기 남어 있음은 사실이다.

삼일포, 1938, 출처 : 임병목, 『금강산』(下), 130쪽

또는 낭도만이랴. 이런 사람 저런 사람도 무수히 가 놀았을 것이고 우리 조선 사람은 고사하고 외국 사람까지라도 유혹하고 동경하든 곳이다. 『웅제시주』의 "중국인中國人 역유원생고려국亦有願生高麗國 친견금강산지어親見金剛山之語"를 보드라도 짐작하겠다.

고려 말의 안축安軸이라든지 이조 중엽의 정 송강鄭松江 · 양 봉래楊蓬萊라든지도 이 산에 노든 이의 하나로서, 『관동와주關東瓦注』 · 「관동별곡」이며 '봉래풍악蓬萊楓岳 원화동천元化洞天', '비래정飛來亭' · '육화암六花岩' · '동석동動石洞' 등의 귀저貴著 · 귀적貴跡이 혁혁하게 남어 있다. 양봉래 같은 이는 가장 이 산과의 인연이 깊었든 이로 이 산의 한 주인으로 치드라도 과언이 아니리라. 그가 쓴, '산수정회노갱신山水情懷老更新, 여하장작미귀인如何長作未歸人, 벽도화하청련사碧桃花下青蓮舍, 경도요대입몽빈瓊島瑤臺入夢頻'[1]이라는 시도 이 산과의 정회를 말한 것 같다. 만폭동 어구의 너러바위에 바둑판을 사겨두고 신선 노릇을 하였다 함도 그럴상한 일이다.

1 봉래 양사언의 시 「학성기우인(鶴城寄友人, 학성에서 친구에게 부치다)」이다. 한시를 해석하면 이렇다. "산수 향한 그리움은 늙을수록 새로운데 / 어찌하여 오래도록 돌아오지 못하는가? / 벽도화 아래 청련(=이백)의 집 있으니 / 경도(=신선이 사는 집)와 요대(=신선이 사는 집) 꿈속에서 자주 보이네."

3. 사적寺蹟

승사僧寺는 이 산의 입산入山·외산外山에 백팔百八이나 있는 가운데 표훈·정양·장안·마하연·보덕굴·유점·신계사 등이 가장 이름나고, 유점사에는 대종大鐘과 오십이불五十二佛이 있으며 신라 때에 오십이불이 이 종을 타고 천축天竺으로서 바다에 떠 고성高城 해안에 와 다아 유점楡岾에 이르러 머물렀다 한다. 고려 최해崔瀣의 '송 승선지 유금강산서送僧禪智遊金剛山序'에는 벌서 그 말이 황탄荒誕하다고 말하였으나, 자래自來 절에는 이러한 말들이 연대年代의 착오, 사실의 와전 등이 많다. 그러하여 더욱 소고溯考를 해보아야 할 것이 많다. 이 유점사 밖에 여러 절의 사적도 대개는 이러하다.

4. 전설傳說

산악의 전설로도 이 산만큼 많은 곳이 그리 없을 것이다. 만이천 봉, 만이천 곡谷의 기암괴석이며 진이珍異한 초목이며 다수한 사원寺院들이 거의 그 무슨 전설을 제

신계사 터, 출처 : 『북한의 사찰』, 443쪽

신계사 전경, 출처 : 『조선고적도보』 제12책, 1932. 김상현 소장본

각기 가지고 있는 것 같다. 너무나 묘하고 이상하고 아름다우매 자연 그 전설이 아니 생길 수 없으며 그 전설로 하여 이 산을 더욱 우화優化 미화美化시키기도 한다.

가령 명승名僧의 이야기, 명연鳴淵의 애화哀話, 관음보살 비화, 삼불암三佛岩 이야기, 황천강 이야기, 오십삼불 이야기, 팔선녀 이야기 등이 가장 유수有數한 것이지마는, 그 밖에도 아직 기록으로 수집되지 못한 것이 대다수이다. 그중 관음보살 비화며 팔선녀의 이야기는 이 산악전설의 대표가 되고 전설 문학의 상승上乘이 될 만도 하다. 그 기이하고 섬세하고 곡진하고 생동하고 정채精彩한 맛이 어느 점으로는 금강의 그것과도 비길 수 있다.

그러나 금강산은 무엇보다도 풍광이 좋다. 그야말로 만물상을 한 곳에 모아 놓은 대자연미의 결정된 극치이라. 어느 것 어느 모양이 가초가 있지 않은 것 없고, 또는 때와 철을 따러 그 천변千變 도섭하는 광경을 이루 다 말할 수 없다.

암석의 형상으로도 방형方形・원형・원추형・능형稜形・연형連形・단형斷形・첩형疊形의 가지가지로 되어 있고, 그 빛으로도 자색・자갈색・회갈색・청자색・철색鐵色

· 흑색黑色 · 자색赭色 · 은색 등의 영묘한 색채가 빛나 있고, 많은 수류獸類 · 조류 · 충류가 서식하고, 칠백오십 종의 식물이 번식하여 있고, 또는 구름 · 이내 · 안개 · 서리 · 눈 얼음이 바람의 변화가 잦고, 보고 듣는 곳마다 때마다 달러 사람의 심신心神을 항상 현혹케 하는 것이다.

종래 이 산을 찬미한 시가詩歌도 한우汗牛할 만큼 있지마는 이 산을 과장하기는 고사하고 근사히 말한 것도 드물다. '시도금강불감시詩到金剛不敢詩'라는 것이 대개 실정實情인 듯하다. 뛰어난 시인 문사로도 금강의 가구佳句를 많이 남기지 못한 것이다. 대 시인 이백李白으로도 '유경도부득有景道不得'이라는 탄식을 황학루黃鶴樓에서 할 것이 아니라 그가 이 금강을 보았드라면 이곳에서 하였을 것이다. 그러나 약간 시편을 들어 보면,

雪立亭亭千萬峰 海雪開出玉芙蓉
神光蕩漾滄溟近 淑氣蜿蜒造化鍾
突兀崗巒臨鳥道 淸幽洞壑秘仙蹤
東遊便欲凌高頂 俯視鴻濛一盪胸[2]

이라는 권 양촌權陽村의 「응제시」가 이 산의 전경全景을 방황하게 말하였고,

雲與山俱白 雲山不辨容
雲歸山獨立 一萬二千峰[3]

---

2 양촌(陽村) 권근(權近)의 한시 「금강산」이다. 이 한시의 번역은 다음과 같다. "눈 속에 우뚝하게 선 천만 봉우리 / 바다 구름 헤치고 나타난 옥 연꽃같네 / 넘실대는 신비한 빛 창해(滄海)를 닮은 듯 / 꿈틀대는 아득한 기운 조화(造化)를 모았는 듯 / 우뚝 솟은 산부리는 조도(鳥道)를 굽어보고 / 맑고 깊숙한 골 안에는 신선의 자취 감추었네 / 동국(東國)에 놀면서 절정에 올라서 / 큰 바다 굽어보며 가슴 한 번 씻고저." 이 시는 태조의 시에 대응해 지은 응제시(應製詩)로 『태조실록』 태조 6년(1397) 3월 8일조에 실려 있다.

3 이 한시의 번역은 다음과 같다. "구름과 산 둘 다 희어서 / 구름과 산을 분별하기 어렵네. / 구름은 돌아가고 산만 홀로 서 있으니 / 일만이천봉이라." 이병기는 이 시가 작자 미상이라 했으나, 실은 우암(尤庵) 송시열(宋時烈)이 지은 「금강산」이란 시이다.

이라는 작자 미상의 시가 여름의 금강을 얼추 말하였고,

一萬二千峰 高低自不同

君看日輪上 何處最先紅[4]

이라는 성 독곡成獨谷의 시가 가을의 금강을 묘妙하게 말하였고,

花落一僧去 春山更萬重[5]

이라는 김 창강金滄江의 시가 봄의 금강의 한구석을 말하였고, 우에 말한,

雪立亭亭千萬峰 海雪開出玉芙蓉

이라는 시가 겨울의 금강의 원경遠景을 말한 것인 듯하다. 이런 것이 춘하추동의 경景의 특색을 들어 말한 우수優秀한 시라 하겠다. 이러한 금강산을 서산대사는 묘향산만 못하다 하고 김 창강은 천마산만 못하다 하였으나, 그건 다 자가自家의 주관主觀이라. 그러타 하여 그런 건 아니니다. 금강은 금강대로 항상 우월한 예찬을 받고 있을 것이다.

4 독곡(獨谷) 성석린(成石璘, 1388~143)이 금강산으로 가는 스님을 떠나보내며 지은 한시 「送僧之楓岳(풍악산에 가는 스님을 보내며)」 전문이다. 이 시의 번역은 다음과 같다. "금강산 일만이천봉 / 봉우리마다 높낮이가 서로 다른데 / 그대, 일출 모습 보시게나 / 어느 봉우리 제일 먼저 붉어지는지를."

5 창강(滄江) 김택영(金澤榮, 1850~1927)의 한시 「만봉귀승(萬峰歸僧)」의 일부다. 번역은 다음과 같다. "꽃잎 날리는 시절 스님이 가는 길 / 봄산은 가도가도 첩첩산중"

금강산유기

한설야

● 한설야, 「금강산유기」, 『조선문학』, 조선문학사, 1939.4;[1] 윤석달 · 이남호 편, 『금강기행문선』, 작가정신, 1999, 99~111쪽

나는 일찍이 피서를 가본 일이 없다. 그것은 내 환경 탓도 있지만 그보다는 내 성격 때문이리라. 고향을 떠나 20여 년을 서울에 머무는 동안, 매년 여름 경원선을 지나면서도 그 유명한 삼방과 석왕사를 작년에야 처음 둘러보았을 정도이다.

나는 원래 피서지의 자연을, 그 산수와 바다를 그리 즐기지 않는 편이지만 그보다는 그곳에 모이는 사람들을 더 싫어한다. 때로 너무 심심해서 신파극을 보러 가면, 그 구역질나는 신파조보다도 도리어 그 신파조에 감격 환호하는 관객에게 더 혐오가 생기듯이, 우쭐거리며 피서다 등산이다 하며 떠드는 그 사람들에게 정이 떨어지는 것이다.

금년에도 예년과 같이 나는 피서 같은 것은 꿈에도 생각지 않았다. 더위가 내게 문제될 것은 하나도 없었다. 그런데 우연히 뜻밖의 경우가 생겼다. 만주로부터 7, 8년 만에 친한 친구 C가 찾아온 것이다. 물론 반가운 일이다. 오랜 벗과 술잔을 기울이며 하룻밤 맑은 흥을 돋우는 것도 흥겨운 일이지만, 그보다 나의 흥미를 끈 것은 그가 관리가 되었다는 사실이다. 그는 한때 착실히 학문을 닦은 지식 청년이었고 또 한때는 사업으로 뜻을 이루어보려는 사업가이기도 했다. 그러나 어느 것에도 마음에 차는 성공을 거두지 못하고 그는 처량하게 만주로 떠나갔다. 그것이 벌써 7, 8년 전의 일이다. 그 후로 인편으로 연하장을 한 번 받고는 이제껏 서로 편지 한 통 없이 지내왔다. 10년을 하루같이 아무 이룬 일 없이 지내는 나와는 달리, 그는 그 사이에 만주국의 고급 관리가 되었다.

---

1 1938년 여름, 만주국 관리가 된 친구가 서울을 방문하자 사흘 동안 친구와 함께 금강산을 유람했다. 구룡연과 해금강, 삼일포, 만물상 등을 돌아본 소견을 적어 놓았다.

직업이 바뀌었다 하여 우정까지 바뀌어야 할 까닭은 없다. 그러면서도 나와는 다른 종족이라 생각되는 사람을 꺼리는 나의 괴벽 때문인지, 나는 그간에 쌓인 회포를 푸는 사이에도 관리로서 그의 사람됨을 은근히 살피고 있었다. 사람도 직업에 따라서 변하는 것이니, 나와는 거리가 먼 관리가 된 후 그는 얼마나 달라졌을까? 오랫동안 어느 한 직업에 종사해온 사람은 많든 적든 그 직업의 냄새가 몸에 배는 것이며, 또 그 머릿속에는 이른바 직업상의 원칙이 새겨지는 것이다. 관리에게도 이치는 마찬가지이다. 아니 다른 직업보다 오히려 더 심하다. 그것은 아마도 관리라는 직책이 권력에 가깝기 때문일 것이다. 권력에 가까운 사람들은 아무 거리낌없이 자기를 드러내기 일쑤이다.

그러나 다행스럽게도 C군은 내게 조금도 그런 인상을 주지 않았다. 그렇다고 관리인 그가 문인으로서 나를 이해한다거나 문인인 내가 관리로서 그를 이해한다는 것을 의미하는 것은 아니다. 무엇보다 중요한 것은 우리는 바로 '인간'이라는 점이었다.

밤이 깊어 그는 거듭 술잔을 기울이며 금강산으로 가고 싶다고 했다.

"금강산도 물론 좋지만 그 조용한 산중에서 하룻밤을 보내며 내 생각을 말하고 싶다."

그는 이렇게 말했다.

동석한 K군이 곧 동의를 표해서, 우리는 다음날 낮차로 함께 떠나기로 했다. C군과 나는 금강산이 초행이라 천하 절경을 처음으로 보게 된다는 기대에 부풀었지만, 두 번째인 K군은 그보다 타고난 이색취미 때문에 흥겨워했다.

첫째날

시간에 쫓겨 바쁘게 차에 올랐는데도 K군은 각 방면으로 편지를 쓴다 전보를 친다 야단이었다. 우리와는 빛도 다르고 인물도 좋은 친구가 오려니 하며 우리는 은근히 K군의 수단을 기대할 뿐이었다. 늘 보아왔던 단조로운 함경선의 바깥 경치는 사실

K군의 입담보다 우리의 흥미를 끌지 못하였다. 어느새 기차는 원산역에 닿았다.

K군이 원산역에 내려 장거리 전화를 건다고 하기에 우리는 그의 비책을 엿볼 혜안이 없으니 다만 막연한 웃음으로 그를 내려 보낼 뿐이다. 안변역에서 그를 기다려 외금강 행 열차를 타기로 했다.

K군은 다음 차로 왔다.

"이 사람 하마터면 못 올 뻔했네."

K군의 말. 요새 지대인 원산역에서, 가지고 있던 사진기 때문에 한참 형사와 승강이를 벌인 이야기를 했다. 나는 K군의 기지를 잘 알고 있었다.

차에 오르니 행장으로 보아 화가인 듯한 두 세 명의 청년과 함께 청초한 서울 미인이 있었다. 한산한 차 안이고 보면 이색 풍경이라고 할 수밖에 없다. 하물며 미인이 화첩을 들어 동행의 얼굴을 사생하고 있음에랴. 다만 바라는 바가 있다면 잘 어울리지 않는 하이힐이나 퍼머 머리보다는 한산 세모시쯤으로 단아한 조선옷 차림이었다면 더 운치 있지 않을지….

동해 북부 길가의 산과 물은 높고 깊고 맑고 시원해서 대번에 속세의 때를 벗기에 넉넉했다. 시시각각으로 변하는 수려한 풍경을 다만 한 폭의 유화로 보기에는 동방의 전설이 우리의 마음을 너무도 단단히 붙들고 있었다. 신선이 산다는 봉래, 방장, 영주를 상상하는 것이 어찌 우리의 공상일 뿐이다. 그러고 보면 옛사람이 '봉래산을 올라서니 천봉만학 부용芙蓉들은 하늘 위에 솟아 있고…'라고 부르던 시흥을 족히 짐작할 수 있다. 자연은 가끔 시를 모르는 사람에게도 시를 읊조리게 만든다. 봉우리가 끊어진 곳에 동해 푸른 물이 넘실거리고 아득히 먼 하늘에 구름이 점점이 떠돈다. 가히 구름과 바람이 상응하는 것을 알 만하다.

자동역을 조금 지나서 소동정호小洞庭湖가 있고 거기에서 얼마 가지 않아 송전이 보인다. 당장 차에서 뛰어내려서 흰 모래밭 해변에 빽빽이 늘어선 솔밭 아래를 거닐기도 하고 동해 푸른 물에 몸을 담가도 보고 싶은 심정이다. 송전은 아마도 조선 해수욕장의 절승이리라. 그런데도 나는 이제껏 송전이란 단순히 원산 송도원에 인

접한 지명인 줄로만 알고 있었다. 아직 그리 유명하지 않은 것이 사실이겠으나 앞으로 송전은 해수욕장 중에 유일한 무아경이 될 것이다.

여기서부터 해안선은 완만한 굴곡으로 고저라는 천연 항구를 이루고 있고, 그 뒤에는 드넓은 평야가 펼쳐져 있어 강원도의 곡창이라 할 만하다.

"어디 보아도 훌륭한 별장 지대야. 앞으로 하나 세워야겠어."

K군의 감격. 나야 별장 같은 것을 꿈에도 생각해본 일이 없지만, 나보다 그런 것과 인연이 깊은 K군에게 그런 감상은 훨씬 사실적일 것이다. 하기야 우리 같은 사람에게도 저만 약으면 어느 정도의 행락行樂은 주어질 것 같기도 하다. 때로 그런 유혹을 받기도 하지만, 삶의 이상이 오직 안락에 있다면 나는 구태여 오래 살기를 바라지 않으리라.

갑자기 하늘이 흐리기 시작했다. 우리 일행이 온정리에 내렸을 때에는 어느새 이슬비가 내리고 있었다. 비도 비려니와 구름에 싸여서 산봉우리의 기이한 경치를 찾을 길이 없다. 많은 여행객들이 남김없이 금강을 소개했으니 다시 더 덧붙일 말이 없을 테니, 나선 김에 차라리 비의 금강이나 보고 가리라 하며 우리 일행은 온정리 최고의 여관인 영양관嶺陽館으로 들어갔다.

천천히 맞아주는 여급과 향긋하게 미각을 돋우는 '마사무네(정종)'로도 흥겨운 여정을 누를 길이 없어, 저녁 식사 후에 우리는 이슬비를 무릅쓰고 거리로 나서 어떤 요정으로 들어갔다. 그곳의 기생이 한층 더 아름다워 보였음은 말할 것도 없다.

둘째날

비는 개고 하늘은 엷게 흐렸다. 이른 아침에 온천수에 목욕을 하고 나니 기분이 사뭇 가뿐했다. 안개와 구름이 혹은 흐르고 혹은 사라지고 또 뜨고 덮이고 하여 산색은 시시각각으로 변한다. 도대체 이 고장 구름과 같은 장난꾸러기 구름은 없을 듯하다. 그다지 높지 않은 산 중턱에 내려와 허리를 얼싸안고 이마를 계속 감돈다. 늘 보는 구름처럼 사람을 경원하지 않는다.

여름 매미 소리가 극성스럽다. 비가 갤 징조라는 C군의 말을 듣고서 트이기 시작한 기분이 한결 더 개운해진다. 아침 식사 후에 바로 신계사로 올라갔다. 석왕사를 보던 눈에는 아무 놀라울 것이 없었다. 마침 불교 강좌가 열려 10여 명의 학생이 혹은 진지하게 혹은 졸며 강의를 듣고 있었다. 그 앞에서 K군의 손을 빌려 기념촬영을 하고 바로 구룡연 가는 길로 들어섰다.

잠시 후에 선담에 이르니 입심 좋은 찻집 주인이 금방 올라온 객을 위해 말 수작을 펴댄다.

"저기 저 두 폭포가 내외폭포죠."

"어느 것이 아내요?"

하고 내가 물었더니 찻집 주인은 허허 웃는다.

"저 물 많은 게요."

"그러면 이 왼쪽에 있는 폭포는 뭐요?"

"홀아비 폭포라오."

"홀아비 폭포? 그러지 말고 홀어미 폭포라고 하우. 보아하니 당신이 홀아비인 듯한데, 하하하……."

찻집 주인은 대답을 않고 부부폭포가 떨어져 연못을 이룬 선담의 유래를 설명한다. 말은 신선 투성이인데 별로 신통한 소리가 없다.

"차라리 안내자 없이 우리끼리 구경하는 게 낫겠어. 안내자의 설명 때문에 도리어 되지 않는 선입견이 생겨서 제 맘대로 음미할 수가 없어."

C군의 말에 나도 완전히 동감이었다. 말솜 좋고 나쁨의 차이는 있으되 안내자의 설명 내용은 결국 동음이곡同音異曲이다. 우리는 처음부터 명당 집터를 구하는 '풍수'도 아니려니와 한 명의 자유로운 나그네로 제 맘 내키는 대로 구경하고 생각하고 즐기려는 것이었다.

여기에서 바로 구룡연을 거쳐 비로봉으로 올라가는 것이 순서이겠으나 그리 되면 그 길로 내금강을 넘어서게 되니 해금강 길을 아깝게 놓치게 된다. 더구나 오늘은 구름이 끼어서 금강산 최고봉이 비로봉에 올라선다 한들 일만이천봉 구경은 틀렸으니, 차라리 이 길은 내일 걷기로 하고 오늘은 해금강으로 나가기로 의견을 모았다.

그리하여 일단 여관에 들어오니 능숙한 K군이 노력한 보람이 있어 기다리던 회답이 왔다. R은 못 오고 A군만 온다는 것이다. 온천에 땀을 씻고 점심을 먹은 다음, 역에 나가 남행 열차를 탔다. 고성에 내렸으나 정기 승합 버스가 오지 않아 성급한 K군이 역원과 말썽을 부리더니 이윽고 대형의 전세차가 달려왔다. 해금강으로 가는 사람이 모두 10여 명인데 고성 바닥에는 공교롭게도 우리가 부른 자동차 한 대뿐이었다. 모두 우리의 인심을 바랄 수밖에 없게 되었다. 그 손님들 중에는 우리와 같은 여관에서 묵고 있는 젊은 부부가 있었는데 K군의 호의로 그들이 먼저 동승하게 되자 결국 너도나도 하며 손님 전부가 한 차에 탔다.

이윽고 차가 입석에 닿았다. 이때부터 날은 점차 개기 시작했다. 기암괴석의 섬들이 점점이 포구 앞에 떠 있다. 자동차에서 내린 일행 전원이 함께 발동선에 탔다. 여기서 젊은 Y씨 부부와 첫인사를 나누고, 가져온 맥주를 기울이는 동안 배는 청파를 가르며 돌섬 사이를 달렸다. 뱃길 안내자인 사진사가 눈앞에 전개되는 돌섬을 가리키며,

"이것이 범바위 저것은 코끼리바위……"

하고 계속 설명한다. 그러나 그런 소리를 곧이곧대로 들을 필요는 없다. 보는 사람과 바라보는 시각에 따라서 형형색색으로 변하는 것이 경관이다. 내가 범으로 본 것을 C군이 사자로 보았다고 한들 무슨 흠이랴. 또 내가 미륵보살로 본 것을 K군의 '철학'이 미인으로 풀어낸들 누가 탓하랴.

섬도 기이하거니와 푸른 물이 더 좋다. 이 동해와 같이 푸르고 맑은 물은 다시없을 것 같다. 얼마 후 다시 입석으로 돌아와, K군의 사진기로 바위를 배경으로 사진을 찍었다.

"아무래도 K군의 사진술은 믿을 수 없어."

내가 이렇게 말하며 웃으니까 C군이,

"글쎄 대체 사진은 언제부터 배웠는가?"

하고 역시 의아해한다.

"언제 배우고 말고 녀석은 무슨 일이든지 하루에 배워서 하루에 능통하려고 드니까."

우리는 언제 다시 만날지 모르는 C군과의 기념사진을 좀 더 잘 만들어주길 바라는 마음으로 이렇게 가끔 K를 얼러주었다.

"하지만 오늘 사진은 잘 되었을 거야. 젊은 여인, 너무나 어여쁜 여자가 곁에서 호남 사진사 K군의 사진술에 못내 감탄하고 있었으니까."

고성역으로 돌아왔으나, 아직 삼일포를 구경하고도 넉넉할 만큼 차 시간이 남아 있었다. 그래서 일행은 바로 자동차를 달려 삼일포로 향하였다. 그러나 지난번 홍수로 길이 끊어져 자동차는 도중에 돌려보내고 삼일포로 가는 굽이진 길을 걸어 올라갔다.

K군은 이때부터 C군과 나를 잊어버린 듯 젊은 부부 틈에 끼어서 그들의 어린애를 손잡아 인도해주기도 하고 안아서 내를 건네주기도 하였다. 그도 그럴 것이 못생긴 친구보다야 어여쁜 미지의 여인이 훨씬 더 사귈 맛이 나는 법이니까. 그리하여 그의 어린애 보살핌이 마침내 제 몸을 잊어버리는 지경에 이르렀는지 철교 위에서 그만 기차표를 떨어뜨려 한바탕 유쾌한 웃음판이 벌어졌다. K군이 옛날 중학생 시절로 돌아간 듯이 더위도 잊고 숨찬 줄도 모르고 철교 아래로 단숨에 달려갔다. 그 동안 C군과 나는 어슬렁어슬렁 앞서 갔다.

"만일 어린애 어머니가 늙고 못생겼더라면 K군이 저다지 친절할 리 없지. 어린앨 안아줄 까닭도 없구……."

"아무렴 저럴 수야."

C군이 곧 이렇게 맞장구를 쳐준다. 그리고 돌아서서 호인 K군을 보니 저절로 웃음이 나온다. 심술궂은 노릇 같지만 지금 여기에 못생기고 나이 든 부부가 나서고

또 그들의 어린애까지 있다면 나는 K군 앞에서 서슴지 않고 그 어린애를 안아보리라. 그러면 K군은 물론 이마를 찡그리리라. 그것이 얼마나 재미있는 인간과 인간, 성격과 성격의 대조인가.

굽잇길을 감돌아 삼일포에 이르니 때마침 석양이라 명경같이 잔잔한 물에 주위의 산봉우리들이 그늘진 얼굴을 드리우고 있다. 둘레가 20리라니 꽤 큰 호수이다. 가운데 푸른 섬이 떠 있고 그 왼쪽에 돌섬들이 시녀처럼 그것을 모시고 있다. 우리가 서 있는 호숫가의 높은 암석으로부터 그 섬까지 다리를 놓았으면 하는 공상을 하며, 나는 무어라고 표현하기 어려운 삼일포의 절경을 묵묵히 굽어보고 있었다. 수면에 바람이 일면 잔잔한 물결이 생기고 띄엄띄엄 물고기가 뛰어올라 고운 파문을 그려준다.

어느 학자는 해금강이 둘이라 하였다. 그 말을 그대로 받아들여 대낮의 삼일포와 주위의 풍경이 물속에 거꾸로 서는 석양의 또 다른 삼일포를 갈라 생각하는 것도 괜찮을 것이다.

"관동팔경을 꼽은 고인의 눈이 틀림이 없네."

"그러나 이르는 곳마다 절경인 영동 일대에서 애오라지 팔경만을 골라내기에 여간 골치를 앓지 않았을 거야."

우리는 이번 금강산 탐승을 은혜 받은 기회라고 생각하였다.

K군이 Y씨의 어린애를 안고 왔다. Y부부도 왔다. 모두 한동안 말을 잊은 듯 묵묵히 서서 저녁노을에 비친 잔잔한 호수를 굽어볼 뿐 돌아가기를 잊은 사람같이 해 저무는 줄 몰랐다.

서북쪽 하늘을 수다스럽게 굴러다니는 장난꾸러기 구름 위로 우뚝 솟은 봉우리가 저녁놀을 받아 창검같이 빛난다. 눈에 드는 봉우리 중 제일 높다.

"저게 아마 비로봉이지."

C군이 지도를 펴들고 말하지만 도무지 방향을 가리지 못하는 나에게는 어디가 어딘지 알 길이 없다. 다만 내일 미지의 그 봉우리를 답파할 생각을 하니 가슴이

장쾌해질 뿐이다. 아직 곧 차 시간이 한 시간 이상 남아서 기념촬영을 하고 너럭바위에 드러누워 차 시간이 되기를 기다렸다. 이제 금강산을 더 보지 않아도 유감이 없을 만큼, 사선이 3일을 놀았다는 삼일포는 우리에게 흐뭇한 만족을 주었다.

숙소로 돌아온 것은 밤 9시경이었다. A군이 벌써 한 시간 전에 와서 기다리고 있었다. 마침 경계관제 실시 중이라 어두운 방공 전구 아래에서 머리를 모으고 저녁 식사를 마쳤다. 베란다에 나와 어둠 속에 잠긴 거리를 내려다보며 바람을 쏘이노라니 뜻하지 않은 가느다란 애상이 든다. 이 무슨 까닭일까. 다시 홍진에 부대낄 시간이 시시각각 다가오기 때문일까. 아, 성가신 세상살이여.

셋째날

여느 때보다 일찍 일어났다. 쏘다니는 듯 요란한 매미 소리 속에 먼동이 트기 시작한다. 오래간만에 날씨가 쾌청하여 기분이 상쾌해져 날아오를 듯하다.

"오늘은 아마 일만이천봉을 굽어보나보다."

총총히 아침 식사를 마치고 자동차를 불렀다. 일정은 만물상을 거쳐 비로봉 정상까지이다. 그리고 하룻밤을 그곳 산장에서 쉬고 내일은 구룡연을 들러 다시 온정리로 돌아오는 것이다. 그러면 내금강은 못 보게 될 것이나 이번에는 시간 관계로 어쩔 수 없다.

홍수로 길이 끊겨진 곳에서 자동차를 두고, 걸어서 육화암에 이르렀다. 계곡에 몸을 씻으며 만물상의 서곡인 일대의 산들을 바라보니 과연 그럴듯하다. 산이 마치 길쭉길쭉한 여섯 조각의 꽃잎같이 펴져 있다. 그래서 육화암이라는 이름이 생겼나 보다. 하지만 찻집 주인은 산에 흰 돌이 박혀 마치 눈이 온 것 같아서 그런 이름이 생겼다 한다.

이 근방 산의 모습은 선으로 보든 색으로 보든 완전히 한 폭의 묵화이다. 이 산을 볼 때처럼 조선 묵화가 실감 나게 머릿속에 그려진 적은 아직 없다. 서양화는 물론 남화南畵로도 이 산을 더 실감 나게 표현할 수는 없으리라.

나무가 우거진 돌길은 찌는 듯이 더웠다. 대체로 금강산은 유별나게 더운 곳이다. 돌산이기 때문에 돌이 더위에 달아서 그런 것이리라. 그래도 완전히 약질은 A군마저 용하게 걸어간다. 다행한 일이다. 만일 중도에 쓰러지는 사람이 있으면 길을 잘 걷는 내가 업어줘야 할 판이다.

5리마다 찻집이 있어 땀을 식히고 다리를 쉬어가며 오후 1시경에 구만물상에 이르렀다. 하늘을 받치듯 세 기둥이 우뚝 솟은 삼선암을 돌아 귀면암에 이르니 나한암, 천장봉, 옥녀봉, 오봉산이 형색을 달리하며 전후좌에서 벌여 서 있다. 한 가지 안타까운 것은 이 산을 이루는 바위들이 틈이 나고 덧붙고 겹싸여서 얼마 안 있어 풍상에 무너질 것 같다는 것이다.

모두들 피로에 지친 데다가 날은 덥고 배까지 고파서 더 걸을 수가 없었다. 그래서 작년에 비로봉을 답파한 K군도 더 올라갈 수 없다고 하며 K군의 의견에 동의했다. 하기는 신만물상이라야 구만물상을 보면 족히 미루어 짐작할 수 있을 것이다. 비로봉 위에서 내려다보는, 일만이천봉이나 동해의 해돋이 광경도 좋기는 하겠지만, 그곳은 내일 구룡연을 거쳐 올라갈 수 있고, 그 길로 내금강으로 넘어가 유점사와 장안사까지 보게 된다는 것이 K군의 말이다.

그리하여 결국 오던 길로 되돌아설 수밖에 없게 되었다. 내리막길은 수월하고도 빨랐다.

온정리에 돌아오니 아침까지도 그렇게 좋아 보이던 산들이 갑자기 얼마나 하찮고 평범해 보이는지 모르겠다.

"만물상이 좋은 줄은 예 와서야 알겠군."

C군이 이렇게 찬찬하며 앞산을 보고 웃는다. 만물상도 그러한데 비로봉까지 갔다 오면 고향 산들이 미워서 어떻게 마음 붙이고 살 것인가. 점심을 먹고 구룡연을 다녀오려고 하였으나 이미 시간이 늦었다. 차라리 통천 총석정이 나으리라는 의견이 나오고, 이어서 아주 오늘밤으로 아예 석왕사로 가서 이 모진 더위나 시원히 씻어 버리는 게 낫겠다는 의견도 나왔다. 아닌 게 아니라 금강산은 아직 너무 덥고

또 금강의 절경은 아무래도 가을이 제격인지라, 우리는 오는 가을을 기약하고 온정리를 떠났다.

차에 오르고 보니, 여유롭게 앉아서 C군의 포부도 들어 보지 못하고 떠나는 것이 섭섭했다. 하지만 오랜만에 고향 땅에 돌아왔으면서도, 오랫동안 함께 호흡했고 아직도 함께 호흡하는 이 공기를 낯설어하지 않는 그의 변치 않는 마음을 나는 도리어 높이 사려 한다.

그의 머리는 아직도 화석화되지 않았다. 그는 한 개의 편협한 잣대를 가지고 인간과 사물을 재려는 어리석은 자가 아니다. 그를 대할 때는 관리라는 특수한 직업인을 대한다는 느낌보다 인간을 대한다는 느낌이 여전히 앞선다. 그의 머리에는 딱딱한 이론도 있거니와 느슨한 것도 역시 있다. 그것이 인간이 아니랴. 바라건대 인간으로 살다 인간으로 죽을지어다.

안변에서 석왕사 행 열차를 바꾸어 타려고 하차하였다.

비로봉

박노갑

● 박노갑, 「비로봉」, 『조광』, 조광사, 1939.8; 윤석달 · 이남호 편, 『금강기행문선』, 작가정신, 1999, 113~117쪽

봉우리 봉우리
구름 속에 헤엄치네

만 이천 봉 머리 머리에
흰구름이 묻었네

구름 사이 땔감이 걸린 길
내 내려갈 길이라네

나는 이번에 금강산에서 제일 높은 고개를 넘었다. 금강산에서 제일 높은 봉우리인 비로봉을 넘었다는 말이다.

알고는 다시 못 올 80리 길을 넘고 내려, 외금강 온정리에서 아침을 먹고서 내금강 장안사에서 저녁 식사를 하니, 평소에 육신을 너무 혹사했던 것이 아닌가 하여 후회가 된다.

구룡연은 이미 두 번을 보았지만 구룡폭포 오른쪽 길을 넘어 비로봉 꼭대기에 오른다는 것은 꿈에도 생각하지 못했다. 가파른 산길을 몇 백 번이나 꺾어 올랐는지 모른다. 이마에 맺힌 구슬땀이 눈 아래로 흐를 사이도 없이 곧바로 땅에 뚝뚝 떨어지는 판이니 눈코 뜰 새 없이 이어지는 굽잇길을 헤아릴 여력이 없었다.

구룡폭포 꼭대기가 내려다보인 것은 이미 오래 전이다. 쇠사다리를 두 개나 기어올라 바위 구멍으로 들어섰다. 이것이 비사문이다. 이 바위 구멍을 나와 내려다

보니 가느다란 길이 숲속에 잠겼고, 가파른 봉우리들이 사방팔방으로 포개져 있다. 건너편에 시원스레 펼쳐진 제일 높은 봉우리가 바로 비로봉이려니 하고 속짐작을 할 뿐이다.

내리막길은 수월했다. 내려가는 것이 오르는 것보다야 쉽지만, 내리막길이 끝나면 다시 오르막길이 나올 테니, 더 올라야 할 일이 초행길 나그네의 비루한 걱정이다. 비로봉이 금강산에서 제일 높은 봉우리일진대, 앞뒤에 솟은 평범한 봉우리가 발밑으로 보이기 전까지는 애당초 마음을 놓을 수 없는 노릇이다. 그런 생각에 다리 힘은 더욱 빠진다. 그러나 비사문을 내려와 만난 시내. 이것이 구룡포의 근원인 것을 알고 보니, 잠시 내려왔지만 이미 내가 얼마나 높은 곳까지 올라와 있는지를 알겠다.

아홉소골은 지루하기도 하였다. 이 시내는 비로봉에서 발원했다 한다. 그러니 비로봉 가는 길이 시내 두둑을 따라 이어진 것은 그리 이상할 게 없지만, 물소리를 듣고 가자니 마치 평지를 걷는 듯했다. 하지만 나는 여전히 올라가고 있었다.

외딴 찻집을 지나 줄곧 올라가니 시내 건너에 드높은 숲속으로 이어진 길이 나온다. 그 길 입구에 짐꾼이 지게를 받쳐놓고 너럭바위 위에 걸터앉아 있었다. 지게에는 시멘트 한 포대가 실려 있다. 사람이 반가워 나도 걸터앉아 시냇물에 발을 담그니 물이 차서 5분 이상을 견딜 수가 없었다. 이 시멘트가 비로봉 꼭대기의 찻집 짓는 곳으로 간다 하니 다소 용기가 났다. 짐꾼도 가는 곳을 빈 몸으로 못 가랴.

무성한 잡목이 하늘을 덮었다. 코앞에서 숨바꼭질하는 길을 거듭 돌아 오르니 땀이 비오듯 쏟아졌다. 길이 도대체 끝날 것 같지 않아 나무숲 틈 사이로 옆 봉우리를 보니, 옆 봉우리 꼭대기는 아직 멀다. 평범한 옆 봉우리의 꼭대기가 올려다 보이는데 금강산 제일봉인 비로봉은 가까울 리가 있을까. 내내 답답한 생각이 가시질 않는다.

한 걸음 두 걸음 무거운 걸음을 옮겼다. 기진맥진 굽잇길을 돌아 오르다가 나뭇가지 틈 사이로 넌지시 굽어보니 수많은 봉우리가 발 아래로 보인다. 기쁘기는 기

엘리자베스 키스, 〈구룡폭포〉, 1922. 목판화
출처 : 송영달 역, 『올드 코리아』, 177쪽

뺐으나 머리 위로 쳐다보이는 봉우리는 아직도 많다. 최고봉 정상을 향하는 나그네 마음은 아직도 착잡했다.

길의 굴곡이 차차 완만해졌다. 아, 무슨 소식이 있을까 싶다. 오르고 보니 이름도 알 수 없는 고개이다. 다시 내리막길로 접어드니 올라온 것이 아깝다는 생각이 든다. 잠시 후에 다시 오르막길로 접어든 걸 보면 산비탈을 타고 도는 모양이었다.

단조로운 길을 자꾸 올랐다. 그러다가 잠깐 내려가자 왼쪽을 팻말이 박혀 있고 그 안에 동그란 무덤이 보인다. 마의태자의 능이었다. 그 아래 용마석 골목의 물소리가 우짖으니 태자도 일찍이 이 물소리를 들었으리라.

용마석 여관에서 뜻밖에 돼지국밥을 먹고 5리 밖에 안 되는 비로봉 꼭대기로 걸음을 재우쳤다. 망망한 난쟁이숲을 뚫고 위로 위로 치달리자 따라오던 봉우리들이 차차로 발아래 떨어지며 눈 위에 보이는 것이 적어진다.

마침내 비로봉 정상에 올랐다. 서쪽으로 흰 구름 떼가 발아래 푸른 봉우리의 허리를 감는다. 흰 구름 저 아래 동해가 뵈련마는 막막한 구름 밖에서 찾을 길이 막연하다. 유점사로 내려가는 위태로운 길이 일출봉, 월출봉 등성이로 약하게 걸렸다.

일만 천구백 구십구 봉이 아들처럼 아우처럼 이 한 봉우리를 모시고 있다. 동쪽 저 건너편 아래에 꼬불꼬불 매달린 것이 비사문에서 넘어오는 길이었던 것 같다. 그러고 보니 나는 반달처럼 비로봉을 동에서부터 북으로 휘돌아 올라온 셈이다.

갑자기 서쪽 하늘에서 부연 구름이 몰려온다. 서둘러 기념사진을 찍자 부옇던 구름이 문득 검게 변한다. 빗발이 후두둑후두둑 원고지 위에 떨어져서 나는 원고지를 접었다. 비를 실은 구름에 싸인 비로봉! 다시 펜을 놀릴 대상이 없어졌다. 훼방이냐, 명령이냐. 갑자기 몰아치는 바람에 갑자기 한기가 든다.

좁은 찻집에서 한 차례 비를 피했다. 이제까지 동행한 이군과 인사를 나누고 장안사로 내려오는 은사다리 금사다리를 밟았다. 이 길은 일찍이 내가 밟아보았던 길이다. 그러나 그때는 이렇게 규모 있는 길이 아니었다. 비가 와서 더욱 그랬겠지만 그래도 그냥 걸어서 내려올 수 없었다. 손으로 잡고 몸으로 부딪치며 서둘러야 했다. 비를 맞고 올라와서는 어두워서 아무것도 보지 못한 채 불만 쬐고 내려간 것이 엊그제인 듯한데 오늘도 끝내는 비를 맞으며 이 길을 내려간다.

사선교 돌아들어 마하연을 찾아드니 10년 전의 생각이 되살아난다. 만폭동은 여전한가. 영아지에 볼썽사나운 바위가 침범했다. 이곳에 사는 이에게 물으니 그동안 미인 한 명 노파 한 명이 저 세상 사람이 되었다 한다. 노파는 명연담에 빠져 죽었고, 미인은 3년 전에 병들어 죽었다는 것이다.

열아홉 살 과부가 장사하는 사람인 줄 알고 남자를 따라나서, 그의 첩이 되었다. 길에서 술장사까지 하라고 하니 분하고 원통하여 거부해서 하루에도 몇 번씩 몹쓸 매를 맞았다. 무섭게 흉진 다리를 보이며 내게 원통한 하소연을 하던 여자였다. 이틀날이면 원산으로 이모를 찾아가겠다던 그녀가, 모든 준비가 치밀하게 다 되었다던 그녀가 결국 금강산을 떠나지 못하고 금강산에서 죽고 말았다. 그녀는 지금 살았어도 30이 될까 말까 한 나이이다.

그녀는 미인이었다. 그래서 박명하였나보다. 그녀의 병은 신병이라니 사인死因이야 더 캐물을 도리가 없다. 그녀가 묻힌 곳이 어디냐고 물으니, 화장을 하였는지 땅에 묻었는지 모른다고 이곳 사람은 심상히 대답하였다.

'애처로운 무덤에 한 다발의 꽃이라도 놓아주고 싶지만 도리가 없는 일이구나.'

노파, 서울 태생인 그녀는 돈을 모아서 이곳에 여관을 차리고 이곳에서 남편을 얻었다. 갈라선 남편이 협박하며 돈을 내라는 통에 도무지 살 수 없다는 하소연은 애절하기도 했다. 그녀가 명연담에 몸을 던져 자살을 했다 하니 그 동안의 사정을 가히 짐작할 만하다.

그들은 그때 내게 구원을 청하던 사람들이었다. 그러나 나는 그들을 구원하지 못하였다. 할 수가 없었다. 금강산이 지긋지긋하다는 그들은 결국 금강산 귀신이 되고 말았다.

10년 동안 변한 것은 인사人事뿐이 아니다. 길들이 굽어진 것은 물론이려니와 곱던 언덕이 산사태에 무너졌다. 싯붉은 바위가 고운 물들을 결단 낸 것은 영아지뿐이 아니다.

비에 젖은 옷이 몸에 철썩이고 맥고 모자에서 검은 물이 흘러내렸으나, 나는 생각에 잠겨 얄궂은 비를 원망할 겨를도 없이 장안사에 다다랐다.

다시 한 번 나는 생각한다. 비로봉 넘던 일을 두고두고 잊지 않으련다.

여행 중에 얻은 로맨스-내금강 진주담

김태오

● 김태오, 「여행 중에 얻은 로맨스 - 내금강 진주담(內金剛眞珠潭)」, 『조광』 5권 9호, 조선일보사, 1939.9

일인직슨 지금으로 따지면 벌서 5년五年 전前에도 8월八月 초순初旬의 일, 8월八月이 잡아들면 언제나 그때의 일이 새삼스럽게 추억追憶되군 한다. '원생고려국願生高麗國, 일견금강산一見金剛山'은 저 지나支那 사람의 절구絶句로 기맥힌 말이어니와 내 좋은 기회機會를 얻어 다른 사람은 한 번도 못 봣다는 금강산金剛山을 두 번식이나 가보다니 생각하면 깃거운 일의 하나다. 그 중中에도 5년五年 전前 처녀여행處女旅行 때의 일이였으니 맘에 늘 다지고 베르던 천하명산天下名山 금강산金剛山의 품 안에 안기려고 하던 그 때의 내 심경心境이란 이루 것잡을 수 없을 많큼 울렁거렸다.

어느 날 철원鐵原서 전철電鐵을 바꿔 타고 보니 퍽으나 보통열차普通列車보다 깨끗한 감感을 주었다. 차내車內에는 근읍近邑의 장터에 갔다가 떠들며 오는 사람들 6, 7인六七人의 서양인西洋人 하이킹복服을 입은 청년靑年을 미술가美術家와 문인文人 비젔한 젊은이 아마도 거이 금강행金剛行인 듯 싶었다. 그 유명有名한 단발령斷髮嶺을 넘어 내금강역內金剛驛에 내리자 대기待機하고 있던 몇 친구들이 반가히 맞어 주었다. 금강산金剛山 여관旅館에 여장旅裝을 풀고 식사食事를 마춘 뒤에 천천히 장안사長安寺와 명경태明鏡台 근경近景를 두루 살피니 실實로 별유천지비인간別有天地非人間이란 이곳을 두고 허는 말이거니 하고 감격感激에 넘치는 소리가 절루 터저 나오곤 했다. 동무들도 몇 번이나 그저 좋다는 말을 자꼬 주고받을 뿐이다.

나는 본시本是 여렀이 떠들고 단이는 것보다 은근히 혼자서 거닐며 위대偉大한 자연自然과 접接하며 명상瞑想에 잠기기를 질겨하는 버릇이라 내 모름직이 홀로 삼불암三佛岩을 것처 표훈사表訓寺를 감돌아서 만폭동萬瀑洞으로 올으노라니 이제부터 정말 선경仙境에 들어온다는 느낌을 주었다. 때는 이미 석양夕陽이라 태양太陽은 이따금

폭포瀑布와 심윤深潤에다가 금비단은 비단폭幅을 깔아 놓고 기암괴석奇巖怪石에 계곡미溪谷美의 극치極致를 이룬 곳이 곧 예가 아닌가 하는 감탄사感歎詞가 줄고 터저 나옴도 심상한 일이 아니리라. 명연담鳴淵潭이니 구룡담龜龍潭이니 분설담噴雪潭이니 하는 것도 좋지만 나는 어쩐지 내 맘을 끄을어 발을 이곳에 멈추게 하였다. 내금강內金剛의 정경情景은 여성적女性的이고 외금강外金剛은 남성적男性的이라고 했지만, 폭포瀑布중中에도 진주폭眞珠瀑(담潭)은 그야말로 우아優雅하고 청려淸麗함이 타他에 비比할 바가 아니오. 여성적女性的으로 아담雅淡함이란 더욱 내 심혼心魂을 끌었든 것이다.

만폭동萬瀑洞 도라드니 팔담八潭이 선경仙境이라.
산봉山峰엔 백운白雲이오 계곡溪谷엔 폭포瀑布로다
경개景槪가 하도 좋으니 쉬여간들 어떠리.

산악미山岳美 암석미巖石美라 계곡미溪谷美를 일렀것다.
팔담중八潭中 진주담眞珠潭을 절경絶景이라 어떨시고.
내금강內金剛 제일승경第一勝景이 예아니고 어데리.

나는 이윽고 여기서 주저앉고야 말었다. 나는 이 절경絶景이 절로 취醉코 조화옹造化翁의 위대偉大함을 심절深切히 느끼었다. 천고千古의 조각彫刻, 생생生生한 화폭畵幅모다가 숭엄崇嚴하고 신묘神妙하여 나는 어느듯 나도 모르게 고개를 푹 숙이고야 말었다.

이때다. 마츰 내 영자影子를 밟고 왔다는 듯이 내 어깨를 조심성스럽게 흔드는 사람이 있었다.

"K선생님 아니세요?"

나는 깜짝 놀내어 고개를 들고 그를 바라보았다.

"아이! 어쩐 일이세요?"

"전 선생님의 뒤를 가만가만 밟었지요?"

"뒤를 밟다니요, 제가 무슨 죄를 지었나요?"

"천만에요."

"그러면……."

"선생님은 시인詩人이시니까 응당 이런 곳에서 혼자 명상瞑想하시고 계시겠지!"

"천만에 누군들 이 절경絶景에 안기고 보면!"

"그렇니까 시인詩人이고 보면 그 감흥感興이 더하시겠다는 말슴이지요."

"그렇다면 철학자哲學者요 음악가音樂家로서는……."

"그야 보는 사람의 예술감藝術感에 다라 다르겠지요."

나는 괘니 얼굴이 확근하고 좀 부끄러운 생각이 들어갓다. 하지만 그는 아메리칸적的 제스추어로 가장 쾌활한 말 솜시로 뽑아내며 또 말을 이어댄다.

"그런데 이 폭포瀑布가 퍽 좋습니다. 이 폭포瀑布 이름이 뭔가요?

"진주담眞珠潭이랍니다."

"전 이 금강산金剛山이 첨인데요. 이런 좋은 경치景致는 첨 봤습니다."

"그러세요, 저도 첨인데요."

"그리고 전 아메리카에 가서 6년간六年間이나 있는 동안 그곳의 유명有名하다는 명승지名勝地를 대개 봣습니다. 나이야가라 폭포瀑布도 보고 좋다는 호수湖水도 보고 엘로스톤 팍(황석공원黃石公園), 로스엔젤스, 하와이 이런 곳이 좋지 않은 것도 아니나 이 금강산金剛山같이 조흔 경치景致는 첨이데요. 그 중中에도 이 진주담眞珠潭은 더욱……."

"저도 그말입니다. 그러기에 오작해야 금강산金剛山 보기 위해서라도 이 땅에서 났으면 하는 사람이 있고 세계각국世界各國 여행단旅行團이라든가 탐승객探勝客들은 반드시 이 산山을 보고 천하명승天下名勝으로 재삼再三 감탄感歎하고 아니 취醉하는 사람이 없으니 우리로선 응당 그럴 일이 아니겠어요."

"정말 세상에 좋은 경치는 모다 이곳으로 옴겨왔나 봐요. 어쩌면 저렇게 산이면 산, 물이면 물, 돌이며 돌이 기기묘묘하게도 되었을가요. 조물주의 조화란 칭량하기 어렵습니다."

"여기 뿐인가요. 저 비로봉毘盧峰에 올라가면 금강金剛 일만이천봉一萬二千峰이 눈 아래 굼실거리고 그 새이로 백운白雲이 뭉게뭉게 되어오는 것을 본다면 정말 신비경神秘境이라오. 그리고 만물상萬物相 해금강海金剛 총석정叢石亭을 보고서야 할 말이지요."

"그렇지만 저는 이 진주담眞珠潭이 꼭 맘에 들어요. 이곳서 길이 살고 싶어요. 그렇지 못하면 죽던지!"

나는 가슴이 선뜩하였다. 단 두 사람이 있는 곳에 이 말이 튀여 나오니 속으로 은근이 걱정이 되었다.

"선생님, 거 무슨 말슴애요. 살고서야 볼 일이지요. 죽으면은 이런 좋은 경치景致를 어듸 구경할 수 있나요."

"그렇치만…… 전 꼭 이 근처에다 집을 짓고 여름에는 여기 와서 살을태야요. 선생님은?"

"전 어듸 그럴 여유가 있어야지요. 날마다 보는 것보담 이따금 와서 보는 재미가 더 있지 않어요?"

"아! 선생님 저 못 속에 뮤-즈의 신神이 있을 것 같애요."

어떠한 인스피레이슌이나 받은 것처럼 무아몽중無我夢中에 빠저서 정신精神없이 중얼대다가 내 무릅에 쓸어진다. 나도 여기에는 어짜지 못했다. 한참 동안 두 사람은 아모 말이 없었다.

다만 정적靜寂을 깨치는 이 폭포瀑布소리 널다란 반석盤石으로 흘러나려 천千이나 만萬이나 되는 그야말로 진주眞珠같은 은구슬을 날리며 솨-솨- 떨어지고 흩어지고 할 뿐. 그 아렌 새파란 못이 빙빙 돌아만 가고 흐르는 물결은 넘실넘실 손질하며 부르는 듯.

나는 불연듯 이런 생각이 떠돌았다. 년전年前에 바루 이 폭포瀑布에서 어떤 미인여성美人女性이 실족失足하여 빠어 죽었다는 등, 어떤 부호富豪의 아들이 자기自己의 소원所願을 못 이루어 마츰내 기생妓生과 함께 여기서 혼백魂魄이 살아졌다는 등 하는

내금강 만폭동진주담, 출처 : 소명출판

이야기를 듣고 왔는지라 괘니 가슴이 두근거리고 무시무시한 생각이 온 몸을 휩싸고 들 뿐이다.

그는 다시금 고개를 들고 진주담眞珠潭 새파란 깊은 못을 물끄럼이 바라다보고 있다. 아마도 넋을 잃은 자세姿勢다. 수정水晶안개 어린 곳에 오색五色무지개 아롱지고 실비 나실나실 흩날리는 그 아래 깊은 못에는 영기靈氣가 도는 것만 같았다. 그는 갑작히 "아! 선생님, 저 뮤-즈가 나를 불러요" 하고 깊은 못 속으로 뛰어 달리였다. 나는 황급히 뛰여 가서 그의 옷자락을 붙들고 사정사정을 하였다. 허나 그는 한사코 못 속으로 뛰여들려고만 하였다. 가까수로 말리어 간신히 발길을 노리기 시작했다.

황혼黃昏이 날개를 펴고 서천西天에 초생달이 비쳐 주었다. 우리는 몇 번이나 말을 헛드리며 서천월西天月이 기울어지자 듣이어 여관旅館에 들어섰다. 그리고 이 극적劇的 사건事件은 우리만 알자고 굳은 약속約束을 하였다. 그러나 여름이 도라오고 금강산金剛山 생각이 나면 잊을라야 잊을 수 없는 너머도 가여운 로맨스 진주담眞珠潭의 그 정경情景이 꼬리를 물고 뚜렸한 환상幻像으로 여실如實히 나타남을 어쩌랴!

독자讀者는 가슴을 조리며 이 떼리켙한 사실事實에 동정하리라. 그리고 두 사람의 사이는 어떻게 되었을가 퍽 궁금하리라. 그러나 독자讀者여! 놀라지 마라. 이때까지 상대역相對役을 한 출연가出演家 '그'라는 대명사代名詞는 피녀彼女가 아니고 피남彼男이오, 미녀美女가 아니고 미남美男이였다는 것을 고백告白하나면 또 한층 놀라리라.

그는 미국米國에서 모某 '유니버시티' 철학과哲學科를 맞추고 귀국歸國하여 모여학교某女學校에서 있을 뿐 그밖에 아모런 적확한 음신音信 좇아 긇어졌다.

조광씨朝光氏! 이날 이때까지 비장秘藏했다 굳은 약속約束을 깨트리고 조광씨朝光氏의 간청懇請으로 드디여 공개公開되고야 말었으니 만일 그가 본다면 항의抗議를 할 터이다. 그 신의信義는 조광씨朝光氏가 저야하렸다. 보다도 이 기사記事를 내 안해가 본다고 하면 대경실색大驚失色하고

"여보! '그'라는 대명사代名詞가 여자女子 아니고 남자男子라고? 그건 당치도 않은 말이 그렇듯 알뜰한 일이 있으면서도 날 감쪽같이 속였단 말있이요."

그렇다면 나는 미소微笑로서 함구喊口하고 유구무언有口無言하겠지만 그러면 더욱 의심이 나서

"그래 그 뒤로 각금 맞낫겠구려. 자 어서 똑바루 고백告白해요."

"여자女子란 별 걸 다 가지고 그래. 사실이 그렇다는데."

"남자男子란 다 못 믿을 거야. 속 시원하게 말해줘요."

상대편相對便에서 장기전長期戰으로 내뽑는다면 그도 딱한 일이다. 조광씨朝光氏여! 남자의 화평和平한 가정家庭에 전쟁戰爭을 이르켰으니 그 책임責任은 물론勿論 조광씨朝光氏가 저야 하렸다. 저도 톡톡히 저야 하렸다. 그리고 평화조약平和條約을 체결締結할 명안名案을 가지고 미리 대령하렸다.

8월八月 11일十一日 밤

탐승안내기-금강산 편

이병기

● 이병기, 「탐승안내기(探勝案內記) - 금강산(金剛山) 편(篇)」, 『조광』 5권 10호, 조선일보사, 1939.10

'이두시편만구전, 지금이각불신선李杜詩篇萬口傳, 至今已覺不新鮮'이라 함과 같이 이두李杜 같은 시성의 시편도 오래두고 사람들이 하두 회자를 하매 도리어 진부한 것 같기도 하다. 그러나 금강산과 같은 건 암만 회자를 하여 왔드라도 영묘미려靈妙美麗하고 유현장엄幽玄莊嚴한 그 자태를 보고 볼 때마다 우리들로 하여 경탄과 유혹을 새롭게 하는 것이다.

이 산은 강원도 회양, 고성, 통천의 3군을 웅거하고 있으며 동서는 오십 리, 남·북은 육십 리나 뻗치고 백두 산맥으로서 동해안을 끼고 나려오다 된 것이다. 이른바 일만이천봉이 된다는 봉만蜂巒과 그 동학洞壑, 계곡들이 이런 좁은 지역에 배치되었으며 이를 또 크게 구분하여 내금강, 외금강이라 일컬으며 내금강은 주밀, 신비하다면 외금강은 방전磅礴, 웅위하다 하겠으며 사원, 고적, 전설도 많고 풍경의 변화도 시각 시절을 따러 잦다.

말하자면 별이 반작이고 군 얼음이 슬고 암석 틈으로 졸졸이는 물소리가 더욱 굵어지고 꽃과 닢이 벌고 짙어지는 녹음, 지나는 소낙비, 봉마다 문득 이루는 크고 작은 폭포. 그리고 별이 산 듯 비껴나다 말고 이는 안개와 구름은 천태만상이고 어느듯 금풍金風이 불며 상엽霜葉은 붉어 봉마다 골마다 혼란하다. 그 닢들이 다 지고는 눈발이 펄펄 나리고 인적은 끊어지고 백옥 같은 봉들만 옹기종기 솟아 있다.

이 산은 오랜 옛날부터 이름이 높았으며 찾어드는 이도 많았다. 신구의 낭도郎徒들은 순례처럼 하였고 중국인은 이 산을 보고 싶어 고려국에 태어나기를 원하기도 하였다. 지금 우리로서 이 산을 한 번도 못 보았다는 것은 서운하다기보다 차라리 부끄러운 일이다.

워낙 산길이란 순탄치 못한 바 이 산길은 유난히 기험하고 착잡하다. 옛날 강백년姜栢年 같은 시인은 '백리무인향百里無人響 산심단조제山深但鳥啼 봉승문전로逢僧門前路 승거노환미僧去路還迷'[1]라 하고 이 산길의 어려움을 차탄하였다. 이 근래 이 산의 안과 밖에도 신작로, 혹은 철도가 놓였으나 아직도 구로舊路대로 탐승할 맛이 더하다. 정말 금강의 기절奇絶한 곳을 보자면 목숨을 다투는 그러한 길을 밟지 않고는 될 수 없는 터이다. 이 산을 탐승하자면 어느 곳 어느 길부터 밟든지 그는 다 각기 임의대로 할 것이로되 나는 이러한 길을 말하자는 것이다.

一. 장안사로서 영원암, 백탑동, 망군대로 가는 길

장안사는 금강산 4대찰의 하나. 신라 때 창건되고 그 뒤 중건된 전각, 주조된 불상과 대종大鐘이 있고 사적과 일화도 많다. 그 앞의 만천계를 건너 숲속으로 들어가면 또한 계곡이다. 좌우는 현애懸崖 기봉奇峰으로 여내 굴곡이 되고 한 낮에라도 해나 비칠 듯 말듯한 그야말로 천장지비天藏地秘한 계곡이다.

이 계곡으로 들어서면 깊은 소沼가 있고 소 우에는 삭립削立한 방형거암方形巨巖이 거울같이 보인다. 이 소를 황천강, 이 거암을 명경대라 한다. 명경대는 각왕청전閣王廳前의 정유리淨琉璃, 황천강은 저승 가는 길이라 하고 이 동구의 어느 봉을 지옥문이라 하고 좀 더 들어서 영원동靈源洞 제봉을 십왕봉, 우두봉, 죄인봉, 사자봉, 판관봉, 인봉印峰, 촉대봉, 마면봉이라 하여 명부 지옥을 맨들었으며 그 한옆에는 석축의 고성 터가 있으니 이는 태자성. 마의태자가 고려의 추격군을 방비하든 태자성, 마의태자는 신라 말 경순왕의 아드님으로 부왕이 고려에 항복코저 하매 천년 종사를 위하여 죽도록 싸워 지키기를 간하다 그 일이 그리게 되니 금강산으로 들어와 죄인으로 자처하고 바위로 집을 삼고 마의초식을 하였다.

이 태자성을 지나서는 우영원암, 좌망군대의 기로가 있다.

---

1 강백년(1603~1681)이 지은 한시 「금강도중(金剛途中)」이다. 이 시를 해석하면 다음과 같다. "백 리에 사람 소리 없고/산 깊어 다만 새 울음 소리 뿐/중 만나 갈 길을 물어보았는데/중 떠나자 길 도로 잃어버렸네."

영원암은 신라 때 영원조사가 창설, 배석拜石, 요초대妖焦臺 등이 조망이 좋고 과연 영대심원을 문오聞悟할 듯하다. 도로 그 기로로 나와 좌편으로 들어가면 연화같은 연화담, 주렴 같은 수렴폭이 있다. 이 동학洞壑으로 더 나아가면 더욱 준험하고 계곡이 나뉘였으니 우백탑동, 좌망군대의 기로이다. 백탑동은 백탑반, 문탑, 등명탑, 다보탑, 기타 무명 중탑衆塔이 군립群立한 과연 그 이름과 같은 골이다.

다시 그 기로로 험로로 오르다 안심대를 지나 도솔암적을 지나 백유여 척의 쇠사슬, 지금은 계단으로 된 데를 오르면 망군대의 절정이다. 해발 1303미米나 되며 비로봉 다음 되는 광활 웅대한 전망을 할 수 있다. 일출, 월출, 비로영랑도 보이려니와 내금강의 제봉, 제곡은 바로 발아래 오몰조몰하고 있다. 이 봉은 마의태자가 가끔 올라서서 고려군이 오는가를 망을 보았다 한다.

二. 장안사로서 마하연으로 가는 길

황천강물과 만폭동물이 합류되는 황룡담. 금동거사의 시석屍石과 삼형제바위가 있는 명연담, 관문과 같은 사천왕암, 고려말 나옹선사가 새겼다는 삼불암, 명승걸승의 영정을 모신 수충영각酬忠影閣을 지나 함영교를 건너면 4대찰의 하나요, 장안사의 다음인 표훈사다. 이도 신라고찰. 일대동증一大銅甑과 원元의 영종英宗 급及 황후의 문서가 보장되었다.

이 절 뒤로 목적木賊, 산포도 담장 덤불 속으로 돌아 오르고 보면 정양사다. 이 절도 표훈사와 같은 때 창건되었고 그 중앙에 있는 육각당이 약사전은 천정의 구조가 특이하고 석불약사여래는 조각이 정묘하고 당전의 오중탑을 신라의 유물로 금강산 삼고탑의 하나이고 그 앞의 헐성루歇惺樓는 유명한 사십칠 봉이 일모一眸에 모이는 훌륭한 전망소이고, 이 절 우에는 고려 태조가 이 산에 들어왔을 때 서광瑞光 상운祥雲이 무지개같이 뻗치었다는 방광대가 있다.

다시 표훈사로 나서 계곡으로 오르다 금강문을 들면 만폭동. 기기괴괴한 암봉이 병립한 안윽한 골에 바닥은 전혀 반석으로 되고 마하연 앞에서 나리는 물과 내원통동 물이 합처 이 반석 우로 흐르고 청사龍蛇가 비등飛騰하는 듯한 '봉래풍악원화동천蓬萊楓嶽元化洞天'이라는 양봉래의 각서가 있고 사선四仙이 모여 바둑을 두엇다는 바둑판이 사겨 있다.

예서는 마하연으로 가는 직로直路와 내원동으로 돌아가는 길이 있는 바, 그 직로로 들어가면 만폭팔담이라는 흑룡담, 비파담, 벽파담, 분설담, 진주담, 귀담, 선담, 화룡담 등의 장엄 쾌절한 수석이 있고 분설담 우편으로 험준한 봉에를 한 이십분 동안 오르면 법기봉 중복中腹에 보덕굴이라는 괴상한 암자가 있으니 고려 때 창건된 것이고, 현애삭벽懸崖削壁에다 제비집 모양으로 지어놓고 육십여 척이나 동주銅柱한 개로서 밑을 바치고 철삭鐵索으로 누각을 잡어매어 요동치 못하게 하고 있다.

팔담을 지나, 수림 속으로 들어가면 마하연이 나선다. 퍽 청정 유려한 선원禪院이다. 그리고 그 앞의 계류며 그 주위에 열립列立한 봉들이 퍽 좋다. 이 절의 창건도 신라 때이고 사적은 표훈사에 속하였다.

내원통동은 찾는 이도 별양 없고 초부樵夫들이나 다닐 뿐이나 태고太古런 듯한 수

화룡담과 사자암, 1926, 출처 : 임병목, 『금강산』(下), 65쪽

림과 호응한 봉만峰巒의 미가 있고 이 동학洞壑에는 내원통암, 선암, 수미암이 있다. 내원통암은 세조대왕이 창건하였다 하고, 선암은 신라 말 백빈거사가 창건하였다 하고, 수미암은 신라 원효조사가 창건하였다 하는데 그 뒤나 좌우에는 봉鳳, 귀龜, 불佛 등의 형상과 같은 바위가 있고 이 암자에서 마하연으로 가는 길도 있다.

三. 마하연서 비로봉으로 가는 길

이 길은 두 갈래가 있으니 하나는 묘길상으로 하여 줌 나가다 좌편 계곡으로 들어 은 사다리, 금 사다리로 오르는 길과 또 하나는 마하연서 만회암, 백운대로 가는 길로 가다 가섭동으로 들어 준급한 고개를 넘어 좌편 수미암 가는 길을 버리고 좌편 가섭봉 등성이로 간다. 기묘한 수미봉 수미탑이며 기타 원근의 만봉 천학을 좌우로 나려다보며 쩌른 노향나무와 토산인 영랑봉을 밟고 비로봉도 넘고 가는 것이다. 이 길은 소삽은 하나 먼저 말한 금사다리로 가기보다 탐승探勝으로는 낫다.

비로봉은 해발 일육삼팔미一六三八米나 되는 금강산이니 최고봉이다. 내외금강은 무론, 그 밖에 둘러 있는 산수들까지도 발아 갈리고 그중 새파란 동해가 더욱 볼만하고 때로 일월의 조요, 운무, 우설雨雪의 변환은 장쾌, 통쾌, 황홀, 신화성령神化聖靈하다 아니할 수 없다.

四. 비로봉서 온정리로 가는 길

수림을 벗어나 한 계곡으로 나려가면 용마석이다. 좌편으로는 구성동을 들어 봉전으로 가는 길이었으나 그 길을 두고 좌편으로 들어 마의태자 묘라는 걸 보고 비사문이라는 암묵한 암굴을 지내어 절벽으로 나리고 보면 움푹한 암곡이고 별안간 냉습한 기운이 소름을 치게 하고 공락空樂이 고막을 울리고 하얀 비단 폭이 창공에 드리워 나비끼고 무수한 구슬이 소치는 듯하다. 이는 금강의 제第 일대一大 비폭飛瀑인 구룡연 폭포이다.

이 구룡연 물줄기를 따러 나리다 연담교에서 바람벽 같은 산로를 오르면 막다른 곳에 바위만 테두리처럼 되어 있고 그 넘어를 굽어보면 아실아실한 골 바닥에 감벽紺碧한 팔담이 연주連珠처럼 보인다.

다시 나려 무봉폭, 비봉폭, 연주담을 지나서는 옥류동이다. 좌편으로는 천화무봉天花舞鳳 옥녀玉女의 봉들이며 우편으로는 비봉, 채하彩霞, 세존의 봉들이 솟고 마애의 암광岩光은 서로 조요하고 유리 같은 큰 반석 위를 물이 스쳐 흐른다. 계류를 끼고 돌고 돌아 이 장곡을 거의 다 나가면 보광암, 신계사가 나선다.

보광암은 그윽한 수림 속에 한 암자인 바, 정조 때 중건한 것이고 신계사도 4대 찰의 하나인 바, 신라 때 창건하고 중건도 하였으나 그 뒤 몇 번 화재를 맞나 지금은 허술하게 되었다.

신계천을 따러가다 옥류동의 하류를 건너 문수암, 보설암을 보고는 동석동을 볼 수 있다. 예는 계류가 긴 여울이 되었고 거대한 반석이 깔리었는데 한 옆에 동석動石이 있다. 그 동석은 조곰 흔들거나 힘써 흔들거나 한 대종으로 다 흔들리는 돌이다. 이곳은 이것으로만이 아니라 옛날 양봉래가 수도를 하였다 함으로도 유

연주담. 1924, 출처 : 임병목, 『금강산』(下), 97쪽

육화정, 1924, 출처 : 임병목, 『금강산』(下), 105쪽

명한 곳이다.

그리고 신계사서 극악재를 넘어가면 바로 온정리다.

五. 온정리서 만물상 가는 길

온정리는 한하계곡寒霞溪谷의 동구洞口요, 온정천을 끼고 있는 한 시가이다. 예전에는 쓸쓸한 산촌에 불과하든 것이 이 근래 점점 번창하여진다. 온정이라 이름함은 온천이 있기 때문이다.

온정리서 육화정까지는 자동차도 단이는 신작로가 있다. 탄탄한 이 길로 가노라면 편하긴 하나 그 도방道傍의 청계淸溪는 옛날과 같은 유이幽雅한 맛이 적다. 그런대로 한하계 물소리를 듯고 그 부근의 괴암. 기봉을 보며 시름을 잊고 가게 된다.

육화정을 지나서부터는 더욱 좁은 산곡, 울밀한 수림 속인데 만화정은 만물상 계곡의 물과 온정령으로서 나리는 물과의 합류되는 끝에 있으며 우편으로는 온정령을 넘어 봉전으로 가는 길이고 좌편으로는 만물상 가는 길이다.

삼선암은 구만물상의 동구에 날카롭게 솟은 봉으로서 상선암, 중선암, 하선암

등을 이름이다. 그 형상이 혹은 창과 같고 혹은 동렴凍簾과 같고 흑붓과 같어 기괴하기 짝이 없다. 전설에는 조물주가 처음 우주 만물의 모형을 맨들어 이 부근 산머리에 배치한 것이 화석化石이 되어 만물의 형상을 나타냈으므로 후인이 이를 만물상이라 한다고 이르는 바이다. 이날 등 중턱에는 완경대가 있어 전망이 좋다. 앞의 기봉에는 귀면암이 있는 바 그 모양이 귀신의 얼굴과 같다 함이다. 그 뒤로는 나한봉, 오봉산, 우의봉, 옥녀봉, 세지봉, 무애봉들이 둘러서서 기관장관奇觀壯觀이다.

암반으로 된 협계를 밟고 칠층암을 돌아 좌 계곡의 밀림의 험로로 가다 나무뿌리, 바위 모스리, 쇠사실 등을 더위잡고 기어올라 숨을 좀 늣추게 되는 곳이 안심대이다. 예서 벌서 만물상의 위용이 보이고 좀 나려가서는 망양대로 가는 갈림길이 있다.

게서 우로 들어 쇠사실을 잡고 올라 암봉의 구멍인 금강산 제일관第一關이라는 금강문을 벗서나면 천선대天仙臺 아래다.

천선대는 해발 970미米나 되는데 굽어는 만인萬仞의 동학洞壑, 우럴어 보면 만악의 영용성자靈容聖姿다. 과연 만물상의 진상을 탐하기 가장 좋은 곳이다. 이 성령의

천선대, 1923, 출처 : 임병목, 『금강산』(下), 109쪽

위관偉觀에 접하고 세계적 명산의 이 절경을 누가 극구 찬탄치 아니리오. 안심대 아래 갈림으로 도로 나려 세지봉과 옥녀봉과의 사이 재를 넘어가다 한 암봉을 오르면 역시 기관장관이고 망망한 동해바다 바로 눈 아래 놓였다. 이는 망양대다. 이 근래 천선대 부근을 신만물상, 이 부근을 오만물상奧萬物相이라 한다. 예서 또 천불동으로 가는 길과 장전長箭으로 가는 길이 있으며 각기 곳마다 보암즉한 경개景槪를 지니고 있다.

六. 마하연서 백천리로 가는 길

묘길상서 사선교, 백화담, 금사정 등의 한 음산한 협로를 지나 내무령을 넘어 백여 척 거목의 숲속으로 좌편을 비껴들면 칠보암, 은선대가 나선다. 칠보암도 한 정숙한 고암古庵이려니와 은선대는 성문동 계곡 건너편 봉애순벽에 나려 쏘치는 약 일천 척이 된다는 십이폭포가 마주 보이기로 가장 좋은 곳이고 또 기타 조망으로도 일종 특수한 맛이 있다.

구룡연의 구룡이 거주하였다는 구룡소를 나와 유점사로 들면 그 문루인 산영루가 솟구 전각들이 으리으리하게 들어섰다. 이 절은 신라 초엽에 창건하였다 하며 금강산 사대찰 가운데에도 최고 최대하고 본당에 모신 오십삼불과 그 앞뜰에 있는 구중석탑과 구백년 전의 작인 범종은 세 국보이고 또 보배인 불전, 서화, 기구器具들도 많다.

유점사서 퍽 유구, 험악한 만폭동 협로로 들어가 보면 중내원, 미륵암 등이 있다. 중내원은 퍽 높은 지대에 있는 암자로서 겨울은 너무 치어 날 수가 없으며 그 앞은 골이 열리고 머릴 연산連山과 동해 바다가 바라다 보인다. 미륵암은 미륵봉 머리에 있는 거암이며 남금강의 제일 좋은 전망소이다. 북으로 동에 영랑, 비로, 월출, 일출, 장군성대장 등 봉이 솟고 그 사이에 채하彩霞, 발연鉢淵, 송림松林 등 봉이 있고 서편에는 천화天化, 차일遮日, 백마의 연봉이 이어 있고 또 동해와 산외의 연산 등이 파도처럼 연連하였다.

유점사서 개잿령을 넘어 성문동의 하류를 건느면 백천리. 예서 성문동으로 들면 송림사, 십이폭포에 다다르고 그 앞 야로野路로 나서 고성, 삼일포로 갈 수도 있다.

七. 해금강 가는 길

전하는 말에는 신라 때 영랑, 술랑, 남랑, 안상의 사선四仙이 호수에 놀다 삼일 동안 돌아가기를 잊었다 함으로 삼일포라 하였다 한다. 그 후 사선을 흠모하여 이 호중湖中의 섬에 사선정을 세웠다는 자최와 서안西岸에는 몽천암夢泉菴, 매향비埋香碑의 유적이 있을 뿐이다.

해금강은 금강산의 일맥이 동해바다로 달어가다 파도에 쓸리어 토피土皮는 다 벗고 암골岩骨만 남은 것이 금강의 소모형小模型을 일우고 있다. 그러므로 위관장관偉觀壯觀은 못되어도 기관묘관奇觀妙觀은 된다. 이 길에 또 간성 영랑호며 통천 총석정을 다 볼 수 있으나 더 말 것이 없다. '백문불여일견百聞不如一見' 암골岩骨만 말과 같이 비록 이보다 자세한 말을 한다드라도 친히 가보는 것만 같지 못하다.

팔도산수타령

차상찬

● 차상찬, 「팔도산수타령(八道山水打令)」, 『소년』 3권 10호, 조선일보사출판부, 1939.10

금강산金剛山

금강산은 우리 조선에서 제일가는 명산일 뿐 아니고 전全 동양東洋 아니 전 세계에 제일가는 명산이라고도 할 만한 산입니다. 녯날부터 지나 사람들은 항상 원하기를 조선에 태여나서 금강산 구경을 한 번 하였으면 평생에 한이 없겠다 하고 또 근래에 서양 사람들도 조선에 왔다가 금강산 구경을 못하고 간다면은 헷 구경하였다고 하는 것은 또한 까닭이 있는 것입니다. 그 산이 있기는 강원도 회양군에 있지만은 원체로 산이 크고 넓어서 그 면적이 약 이십오 방리方里에 달하고 거리는 동쪽에서 서쪽까지가 오십 리, 남쪽에서 북쪽까지가 약 이백팔십 리나 되어 회양군 이외에 고성, 통천, 김화 등 여러 고을을 차지하였기 때문에 고성에서 보면 고성 금강산이라고도 할 수 있고, 또 통천이나 김화에서 보면 그곳의 금강산이라고도 할 수 있게 되었습니다.

금강산金剛山의 별칭別稱

금강산의 이름은 여러 가지가 있스니 혹은 봉래산이라고도 하고 혹은 풍악이라고도 하며 또 혹은 개골산이라고도 하니 그중에 풍악이라 함은 그 산에 원래 단풍나무가 많어서 가을철이 되면 왼 산모도 붉은 비단으로 수를 놓은 것같이 찬란하고 그것이 또 햇빛에나 폭포수 같은 데 마주 빛이면 더욱 찬란하야 천하의 장관을 이루는 까닭에 특히 단풍산이라 불으게 된 것입니다. 또 이 산은 별명이 봉래산임으로 제주의 한라산과 전라도의 지리산과 아울러 옛날부터 삼신산이라 이르고 그곳에는 신선이 살며 또 불로초(늙지 아는 풀)가 있어서 사람이 그것을 먹으면 늙지도 죽지도 안는다고 하여 왔습니다.

그리고 그 산은 보통의 산과 달너서 왼산이 흙이 적고 모도 돌과 바위만 된 중에도 그 형상이 아주 기이하고 괴상하야 혹은 사람같이도 생기고 혹은 부체 혹은 귀신 혹은 김생 같이도 생겨서 그림으로도 꼭 같이 그릴 수도 없고 글로도 쓸 수가 없으며 또 말로도 형상하야 다 말할 수가 없읍니다.

산의 봉우리는 모도 일만 이천이나 되는데 그중에 가장 높은 봉은 비로봉으로 높이가 일천칠백팔십륙 미돌米突이나 됩니다. 그리고 그 산에는 골자구마다 맑은 물이 흘러서 혹은 개울도 되고 혹은 연못도 되고 혹은 소沼도 되고 혹은 폭포수가 되어 장쾌한 광경을 이루니 못 중에 유명한 것은 구룡연 팔담 등이요 폭포 중에 유명한 것은 구룡폭, 비봉폭, 무봉폭 만폭동폭포 등이니 그중에 만폭동 폭포는 조선에서 가장 큰 폭포로 물도 만커니와 길이도 높아서 그 절벽에서 떨어지는 것을 보면 마치 하늘에서 큰 은하수가 쏘다저 내리는 것도 같고 얹지 보면 또 채색 무지개가 공중에 걸려 있는 것도 같어서 보기에도 장쾌하거니와 소리 또한 웃장하야 별안간 천동을 하는 것도 같고 큰 대포가 터지는 것도 같으며 바람에 불리는 물결은 눈도 되고 비도 되어 요새와 같이 더운 때에도 찬 기운이 나서 더위를 이저 버릴 뿐 아니라 도로혀 치운 것을 느끼게 되며 또 그 폭포수는 멀리 흘너서 서울에 있는 한강의 한 근원이 되니 서울이나 인천 사람들이 날마다 먹고 쓰는 수돗물도 사실은 이 금강산에서 나오는 물입니다.

명승대찰名勝大刹

그리고 또 그 산은 경치만 그렇게 좋을 뿐 아니라 고적과 이름난 절도 많이 있으니 그중에 망군대와 태자성문, 태자묘는 녯날 신라국 마의태자의 남겨놓은 고적으로 유명하고 절로는 유점사, 장안사, 신계사, 표훈사 등이 가장 력사가 오래고 또 고적이 많기로 유명하니 그중 유점사의 오십삼불은 만들기도 교묘하게 잘 만들었거니와 력사가 오랜 까닭에 절의 보물 중에 귀중한 보물로 치는 것입니다.

금강金剛도 가지가지

이 우에 말슴한 것은 금강산의 대강을 말슴한 것입니다만은 세상에서는 흔이 금강산을 전체로 구분하야 안 금강, 밖 금강, 또 바다금강이라 하니 해금강은 고성군 동편 바다 바다 속에 소사 있는 돌산으로 그 형상이 금강산과 꼭 같음으로 해금강이라 하고 내금강은 그 산의 중앙 련봉의 서편을 가르처 말함이요, 외금강은 그 동편을 가르처 말함입니다. 또 근래에는 신금강, 옥금강이란 구별도 있게 되었으니 그것은 그 산속에는 경치 좋은 곳이 아즉까지 세상에 알려지지 안었다가 근래에 알게 되어 그렇게 이름을 지은 데 불과한 것입니다.

조선박람회 : 반도의 물산과 문화–13도 각 도를 전망하며

무명씨

● 무명씨, 「조선박람회 : 반도(半島)의 물산과 문화 – 13도 각 도(各道)를 전망(展望)하며」, 『삼천리』 12권 5호, 삼천리사, 1940.5

만고승지萬古勝地 금강산金剛山

일즉이 구미 저명 탐험가도 노르웨 퓌일트 이상이라고 경탄했고 미국 요세미도 아주 격상激賞했고 명치明治 문호는 세계적 명산이라 손까락을 곱고 또 명소 도회圖繪의 권위길전權威吉田 씨도 격찬했다. 지세로선 마산, 원산 사이 기起하는 조선의 척량脊梁이 동해안을 편주偏走 중앙부에 이르러 일부 해중에 몰沒하여 산각山脚이 곧 동해와 접한 바 즉 금강의 대자연으로 동북우東北隅 회양, 통천, 고성, 인제의 사군四郡에 면한 산성山城 칠 리七里 평방, 주위 이십여 리에 한한 여러 지봉支峯이 일만 이천이라 한다. 맹주 비로봉은 그 한가운데 소사 표고標高 삼천팔백구십사三千八百九十四 척尺의 수려한 명산, 중봉衆峰을 내려오면 만폭동, 구성동, 옥류동, 한하계, 만경동의 물은 합해서 동향東向, 적벽강이 되고, 서으로 달리여 북한강의 근원이 되었다. 연봉連峰의 서측은 내금강, 동측은 외금강으로, 바다 가운데 나타난 것이 해금강, 혹은 신금강산이라고도 하는데, 이것 뿐으로도 야마계耶馬溪의 몇 십 배 될 것이다.

내금강기행문

정비석

● 정비석, 「내금강기행문」, 『매일신보』, 1941[1]

산길 걷기에 알맞도록 간편히만 차리고 떠난다는 옷치장이, 정작 푸른 하늘 아래에 떨치고 나서니 멋은 제대로 들었다. 스타킹과 니커빤쓰knickerpants와 잠바로 몸을 가뿐히 단속한 후 등산모 제껴 쓰고 바랑을 걸머지고 고개를 드니, 장차 우리의 발밑에 밟혀야 할 만 이천 봉이 천 리로 트인 창공에 뚜렷이 솟아 보이는 듯하다. 그립던 금강산으로, 그리운 금강산으로! 떨치고 나선 산장山裝에서는 어느새 산의 향기가 서리서리 풍긴다. 산뜻한 마음으로 활개쳐가며 산으로 떠나는 지완之完과 나는 이미 본정 통本町通=진고개에 방황하던 창백한 인텔리가 아니라, 역발산力拔山 기개세氣蓋世의 기개를 가진 갈데없는 야인野人 문 서방文書房이요, 정 생원鄭生員이었다. 경원선 기차에 몸을 실었다. 차 안에서 무슨 흘게 빠진 체모란 말이냐! 우리 조상들의 본을 떠서 우리도 할 소리 못할 소리 남 꺼릴 것 없이 성량껏 떠들었으면 그만이 아닌가. 스스로 야인의 긍지에 도취되어서 뒤로뒤로 흘러가는 창밖의 경개를 우리는 호화로운 심정으로 영접하였다.

고리타분한 생활을 항간巷間에 남겨 두고, 잠시나마 자연으로 돌아간다는 것이 이처럼 쾌사快事였던가? 인간 생활의 코답지근하고 답답하기 한없음을 인제서 깨달은 듯이나 하였다. 잠시나마 악착스러운 생활을 벗어나 순수한 자연의 품 안에 들어본다는 것은 항상 오만한 인간 생활의 순화를 위하여 얼마나 긴요한 일일까. 허심탄회虛心坦懷 인화지印畵紙와 같은 마음으로 앞으로 전개될 자연들을 우리는 해

---

1 교과서에는 「산정무한」이란 제목으로 수록된 바 있다. 정비석이 1941년 금강산을 유람하고 『매일신보』에 연재한 「내금강기행문」 중에서 빼어난 부분을 뽑아 놓은 글이다. 교과서에 실린 「산정무한」은 출발부터 내금강역 도착까지의 여정이 전부 빠져 있다. 글쓴이가 즐겨 쓰는 고유의 토박이말이나 말투를 일반적인 말투나 표준말로 바꾸는 등 고치고 다듬어 놓은 것이라 원문 표현을 맛보려면 「내금강기행문」을 읽어야 한다. 여기서는 「내금강기행문」 전문을 수록했다.

면海綿처럼 흡수했으면 그만이었다. 철원서 금강 전철로 차를 바꿔 탄 것이 저무는 일곱 시쯤, 먼 산골에는 황혼이 어리고 대지는 각일각刻一刻 회색으로 용해되어 가는데, 개성을 추상推象당한 산령山嶺들이 묵직한 윤곽만으로 서녘 하늘에 웅크렸다. 고요하기 태고太古같은 이 풍경 속에서 순시瞬時도 멎음 없이 변화를 조종하는 기막힌 조화는 대체 누가 부리는 요술이던가. 창명愴冥히 저물어 가는 경개에 심취하여 창가에 기대인 채 마음의 평화를 즐기다가 우리는 어느덧 저 모르게 가슴 깊이 지녔던 비밀들을 서로 이야기하고 있었다. 보배로 여기던 비밀을 아낌없이 털어놓도록 그만치 우리를 에워싼 분위기는 순수했던 것이다. 유리창 밖으로 비치는 지완의 얼굴을 하염없이 바라보며, 그의 청춘사에서도 가장 깨끗하고 아름다웠을 사랑담을 허심히 들어 넘기며, 나는 몇 번이고 담배를 바꿔 피웠다. 침착한 여인네가 장롱에 옷가지 챙겨 넣듯 차근차근 조리 있게 얽어 나가는 지완의 능숙한 화술은, 맑은 그의 음성과 어울려서 귓가에 도란도란 향기로웠다. 사랑이 그처럼 담담할 수 있을까. 세상에 사랑처럼 쓰라린 것 매운 것은 없다는데, 지완의 것은 아침이슬같이 담결淡潔했다니, 그도 그의 성격의 소치일까? 창 밖에 금풍金風이 소슬해서 그 사람이 유난히 고매高邁하게 느껴졌다.

내금강역 역사, 금강산 전기 열차의 종착역, 여기서 장안사까지 20분 소요. 1935
출처 : 임병목, 『금강산』(下)

내금강역에 닿으니 밤 열 시! 어느 사찰을 연상시키는 순 조선식純朝鮮式 거하巨廈가 달빛 속에 우리를 반기는 듯 맞는다. 내금강 역사驛舍다. 어느 외국인의 산장山莊을 그대로 떠다 놓은 듯이 멋진 양관洋館 외금강역과 아울러 이 조선식 내금강역은 산을 찾아오는 사람에게 무한 정겨운 호대조好對照의 두 건물이다. 내內와 외外를 여실히 상징한 것이 더 좋았다. 십삼 야월十三夜月의 달빛 차겹게 넘실거리는 역 광장에 나서니, 심산深山의 밤이라 과시果是 바람은 세찬데, 별안간 계간溪間을 흐르는 물소리가 정신을 빼앗을 듯 소란하여 추위는 한층 뼈에 스민다. 장안사로 향하여 몇 걸음 걸어가며 고개를 드니 산과 산들이 병풍처럼 사방에 우쭐우쭐 둘러선다. 기 쓰고 찾아온 것이 바로 저 산이 아니었던가고, 금세 어루만져 보고 싶은 충동을 느끼며 힘껏 호흡을 들여 마시니 어느덧 간장肝臟도 청수淸水에 씻긴 듯 맑아 온다. 청계淸溪를 끼고 물소리를 즐기며 걸어가기 십 분쯤, 문득 발부리에 나타나는 단청丹靑된 다리는 이름부터 격에 어울려 함부로 건너기조차 외람된 문선교問仙橋!

문선교! 어느 때 어떤 은사隱士가 예까지 찾아와서 선경仙境이 어디냐고 목동에게 차문借問한 고사故事라도 있었던가? 있을 법한 일이면서 깜짝 소문에조차 듣지 못한 것은, 역시 선경仙境과 속계俗界가 스스로 유별有別한 탓이었던가. '차문주가하처재借問酒家何處在 = 주막이 어디 있느냐 물으니 목동요지행화촌牧童遙指杏花村 = 목동이 멀리 살구꽃 마을을 가리킨다'은 속계의 노래로, 속계에서는 이만하면 풍류객이렷다. 동양류의 선경이란 풍류객들이 사는 고장을 이름이니, 선경과 속계는 백지 한 겹밖에 아닌 듯이 믿어지니, 이미 세진世塵을 떨치고 나선 몸이라 서슴지 않고 문선교를 건너기로 하였다.

이튿날 아침, 고단한 마련해선 일찌거니 눈이 떠진 것은 몸에 지닌 기쁨이 하도 컸던 탓이었을까. 안타깝게도 간밤에 볼 수 없던 영봉靈峰들을 대면하려고 새댁같이 수줍은 생각으로 밖에 나섰으나, 계곡은 여태 짙은 안개 속에서, 준봉峻峰은 상기 깊은 구름 속에서 용이하게 자태를 엿보일 성싶지 않았고, 다만 가까운 데의 전나무, 잣나무들만이 대장부의 기세로 활개를 쭉쭉 뻗고, 하늘을 찌를 듯이 솟아 있는 것이 눈에 뜨일 뿐이었다. 모두 근심 없이 자란 나무들이었다. 청운靑雲의 뜻을 품고 하늘을 향하여 문실문실 자란 나무들이었다. 꼬질꼬질 뒤틀어지고 외틀어지고 한, 야산 나무밖에 보지 못한 눈에는, 귀공자와 같이 기품이 있어 보이는 나무들이었다.

조반朝飯 후 단장短杖 짚고 험난한 전정前程을 웃음경 삼아 탐승探勝의 길에 올랐을 때에는, 어느덧 구름과 안개가 개어져 원근 산악이 열병식閱兵式하듯 점잖이들 버티고 서 있는데, 첫눈에 비치는 만산萬山의 색소는 홍紅! 이른바 단풍이란 저런 것인가 보다 하였다.

만학천봉萬壑千峰이 한바탕 흐드러지게 웃는 듯, 산색은 붉을 대로 붉었다. 자세히 보니 홍紅만도 아니었다. 청靑이 있고, 녹綠이 있고, 황黃이 있고, 등橙이 있고, 이를테면 산 전체가 무지개와 같이 복잡한 색소로 구성되었으면서, 얼른 보기에 주홍朱紅만으로 보이는 것은 스펙트럼의 조화던가?

복잡한 것은 색만이 아니었다. 산의 용모는 더욱 다기多岐하다. 혹은 깎은 듯이 준초峻峭하고, 혹은 그린 듯이 온후하고, 혹은 막 잡아 빚은 듯이 험상궂고, 혹은 틀에 박은 듯이 단정하고…, 용체풍모容體風貌가 형형색색인 품이 이미 범속凡俗이 아니다.

산의 품평회品評會를 연다면, 여기서 더 호화로울 수 있을까? 문자 그대로 무궁무진無窮無盡이다. 장안사長安寺 맞은편 산에 울울창창 우거진 것은 모두 전나무뿐인데, 도시都是 이등변삼각형으로 가지를 늘이고 서 있는 품이, 한 그루 한 그루의 나무가 흡사히 괴어 놓은 다례탑茶禮塔 같다. 부처님은 다례상 만으로는 미흡해서, 이렇게 자연의 진수성찬을 탐내신 것일까? 얼핏 듣기에 탐낸다는 것이 불온하다면, 탐하는 그것이 이미 물욕 저편의 존재인 자연이면, 자연을 맘껏 탐낸다는 것이 이미 불심이 아니고 무엇이랴.

장안사 앞으로 흐르는 계류를 끼고 돌며 몇 굽이의 협곡을 거슬러 올라가니, 산과 물이 교접된 지점에 조그마한 다점茶店이 있다. 소나무, 잣나무, 전나무 등 울창한 사이, 물 맑고 아름다운 만천萬川을 건너자, 유명한 장안사가 나온다. 장안사는 신라 23대 법흥왕의 발원으로 진표율사眞表律師가 AD 551년 창건했다고 전해 온다.

장안사 사성전, 출처 : 『조선고적도보』 제12책, 1932, 김상헌 소장본

장경봉長慶峰, 석가봉釋迦峯, 작은 지장봉小地藏峰 등이 칼날처럼 주위를 에워싸고, 300년 이상 묵은 전나무와 잣나무가 울울창창 우거진 속에 맑은 물소리가 울려, 원나라 순제 때 왕후 기씨奇氏가 불공을 들이려고 여기까지 왔던 선경이다.

장안사는 유점사와 더불어 금강산 2대 사찰로 꼽혔으며, 6전六殿 7각七閣 2루二樓 2문二門을 비롯하여, 기타 10여 동棟의 부속 건물들을 거느려, 웅대미려雄大美麗함을 자랑하였다. 그중에서도 대웅보전과 사성전은 2층 건물로서 모양과 짜임새에 공통점이 있으면서도 서로 다른 시대적 특성을 나타내는 훌륭한 건축물이었다.

독일의 유명한 건축가였던 브루노 타우트Bruno Taut, 1880~1938도 한국 건축술에 크게 놀라, 금강산에서 평생 우리 건축술을 연구하다 장안사 부근에 묻혔다고 한다. 일제시대, 장안사는 육영 사업에 관심을 기울여, 개성에 장화여학교를 운영하기도 하였다. 지금, 장안사는 폐허가 되어 '장안사 터'라 쓰인 푯말만이 외로이 해와 달을 반기고 있을 뿐이다.

장안사 사성전 내진천정(상)과 외진천정(하)
출처 :『조선고적도보』 제12책, 1932, 김상헌 소장본

장하던 금전벽우金殿碧宇 찬 재되고 남은 터에
이루고 또 이루어 오늘을 보이도다
홍망이 산 중에도 있다 하니
더욱 비감하여라

— 이은상 작시, 홍난파 작곡 〈장안사〉에서

다리도 쉬일 겸, 스템프 북을 한 권 사서, 옆에 구비된 기념인장을 찍으니, 그림과 함께 지면紙面에 나타나는 세 글자가 명경대明鏡臺! 부앙俯仰하여 천지에 참괴慙愧함이 없는 공명公明한 심경을 명경지수明鏡止水라고 하니, 명경대란 흐르는 물조차 머무르게 하는 곳이란 말인가! 아니면, 지니고 온 악심惡心을 여기서만은 정淨하게 하지 아니치 못하는 곳이 바로 명경대란 말인가! 아무러나 아름다운 이름이라고 생각하며 다점을 나와 수십 보를 바위로 올라가니, 생반生盤같이 푸른 황천담黃泉潭을 발밑에 굽어보며 반공半空에 외연巍然히 솟은 깎은 듯이 판판한 거암이 우뚝 마주 선다. 명경대였다. 틀림없는 화장경化粧鏡 그대로였다.

옛날에 죄의 유무를 이 명경에 비추면, 그 흐르는 밑에 황천담에까지 영자影子가 반영되었다고 안내인은 말한다. 명경! 세상에 거울처럼 두려운 물품이 다신들 있을 수 있을까? 인간의 비극은 거울이 발명되면서 비롯했고, 인류 문화의 근원은 거울에서 출발했다고 하면, 나의 지나친 억설일까? 백 번 놀라도 유부족猶不足일 거울의 묘술을 아무런 두려움도 없이 일상으로 대하게 되었다는 것은, 또 얼마나 가경可驚할 일인가? 신라조 최후의 왕자인 마의 태자麻衣太子는 시방 내가 서 있는 바로 이 바위 위에 꿇어 엎드려, 명경대를 우러러보며 오랜 세월을 두고 나무아미타불을 염송했다니, 태자도 당신의 업죄業罪를 명경에 영조映照해 보시려는 뜻이었을까? 운상기품雲上氣稟에 무슨 죄가 있으랴만, 등극하실 몸에 마의麻衣를 감지 않으면 안 되었다는 것이 이미 불법佛法이 말하는 전생의 연緣일는지 모른다.

장안사 앞으로 흐르는 만천萬川 상류로 가다가 오른쪽 꺾어지니, 백천동百川洞 계

명경대, 전생의 죄업을 비추어 보는 거울이라는 뜻의 바위.
아래 연못을 황류담, 또는 황천담이라 부른다, 1935.
출처 : 유병목, 『금강산』(下), 31쪽

곡이다. 석가봉과 시왕봉十王峰 두 산줄기 사이에 펼쳐 있어, 마치 베틀 북처럼 수 없이 이리 왔다, 저리 갔다 하며, 꼬불꼬불한 길로 '오리바위' 지나, 배석대拜石臺에서 우러러보면, 커다란 거울을 벼랑에 세워 놓은 듯한 경관이 반공半空에 외연히 솟아 있으니, 바로 유명한 명경대이다. 업경대業鏡臺라고도 부른다. 갈고 다듬어, 반들반들 갈 생 거울이 그 아래 누르퉁퉁 황천담에 비친 모습은 신비의 거울 그대로다. 특히, 붉은 단풍과 함께 명경대 그림자 황천담에 어룽어룽 비칠 때면, 더없는 아름다움 연출한다. 명경대란 불교용어로서, 저승길 입구에 있다는 거울을 말한다. 이 거울은 지나가는 이의 생전의 선과 악을 그대로 비추어 심판한다고 한다. 정말이지, 이 명경대 앞에서 자신 있게 설 사람이 몇이나 될 것인가. 과연, 명경대와 주위에 높이 솟은 시왕봉十王峰, 판관봉判官峰, 죄인봉罪人峰, 사자봉使者峰, 지옥문地獄門, 극락문極樂門은 한 편의 이야기로 만들어져, 인구人口에 회자膾炙되고 있다.

두고 떠나기 아쉬운 마음에 몇 번이고 뒤를 돌아다보며 계곡을 돌아 나가니, 앞으로 염마閻魔처럼 막아서는 웅자雄姿가 석가봉釋迦峰, 뒤로 맹호같이 덮누르는 신용神容이 천진봉天眞峰! 전후좌우를 살펴봐야 협착峽搾한 골짜기는 그저 그뿐인 듯, 진퇴유곡의 절박감을 느끼며 그대로 걸어 나가니, 간신히 트이는 또 하나의 협곡!

몸에 감길 듯이 정겨운 황천강黃泉江 물줄기를 끼고 돌면, 길은 막히는 듯 나타나고, 나타나는 듯 막히고, 이 산에 흩어진 전설과, 저 봉에 얽힌 유래담을 길잡이에게 들어가며 쉬엄쉬엄 걸어 나가는 동안에, 몸은 어느덧 심해같이 유수幽邃한 수목 속을 거닐고 있음을 깨닫게 된다.

장안사 터에서 유명한 벽류碧流를 지나 올라가니, 오른쪽에 수려한 석가봉의 자태가 나타난다. 마치 그 누가 품을 들여 차곡차곡 쌓은 듯 인공산人工山처럼 생겼는데, 구름이 늘 허리를 감돌아 봉우리는 마치 바다 위 뜬 섬처럼 보인다. 잠자던 사슴도 석가봉이 다 보이게 되면 그제야 잠을 깬다는 이야기가 전해 올 정도로 구름이 감돌지 않는 날이 드물다.

도라지 도라지 도라지
강원도 금강산의 백도라지,
한 두 뿌리만 캐어도
대바구니에 스리슬슬 다 넘누나
에헤여 에헤요 에헤요,
어여라 난다 지화자자 좋네
네가 내 간장을 다 녹인다

— 민요 〈금강산 도라지〉 중에서

천하에 수목이 이렇게도 지천으로 많던가! 박달나무, 엄나무, 피나무, 자작나무, 고로쇠나무…, 나무의 종속은 하늘의 별보다도 많다고 한, 어느 시의 구절을 연상하며 고개를 드니, 보이는 것이라고는 그저 단풍뿐, 단풍의 산이요, 단풍의 바다다.

산 전체가 요원燎原 같은 화원花園이요, 벽공碧空에 외연巍然히 솟은 봉봉峰峰은 그대로가 활짝 피어 오른 한 떨기의 꽃송이다. 산은 때 아닌 때에 다시 한 번 봄을 맞아 백화요란百花燎亂한 것일까? 아니면, 불의不意의 신화神火에 이 봉 저 봉이 송두리째 붉게 타면서 있는 것일까? 진주홍眞朱紅을 함빡 빨아들인 해면海綿같이, 우러러볼수록 요란하다.

산은 언제 어디다 이렇게 많은 색소를 간직해 두었다가, 일시에 지천으로 내뿜는 것일까? 단풍이 이렇게까지 고운 줄은 몰랐다. 김 형金兄은 몇 번이고 탄복하면서, 흡사히 동양화의 화폭 속을 거니는 감흥을 그대로 맛본다는 것이다. 정말 우리도 한 떨기 단풍에 지나지 않아 보인다. 다리는 줄기요, 팔은 가지인 채, 피부는 단풍으로 물들어버린 것 같다. 옷을 훨훨 벗어 꽉 쥐어짜면, 물에 행궈 낸 빨래처럼 진주홍 물이 주르르 흘러내릴 것만 같다.

명경대 감상한 다음, 극락으로 통한다는 황사굴黃蛇窟, 지옥으로 떨어진다는 흑사굴黑蛇窟을 지나고, 마의태자의 대궐터, 애미愛馬인 용마龍馬를 매었다는 계마석繫馬石을 지난다. 얼마 후 돌무더기 부근에서 우두마면봉牛頭馬面峰 구경하면, 지장봉 언덕 자리 잡은 영원암이 나타난다. 신라 영원조사靈源祖師가 도를 닦았다는 곳. 서쪽엔 하얀 죽순이 돋은 듯 봉우리를 솟았고, 기묘한 돌기둥도 들쑥날쑥 솟았다. 바람도 조심조심, 살살 불고, 물살도 가만가만 흐른다는 영원동靈源洞은 금강산 중에서도 영원동의 단풍은 직접보고, 보아서 느낄 뿐, 결코 말하거나 그럴 것이 아니다.

이 부근은 잣나무 무성하고 당귀, 함박꽃, 만삼蔓蔘 등 약초가 많이 난다. 금강산에 나는 약초이고 보니, 약효도 더욱 좋으리라. 영원암 지나 오르니, 옥초대沃焦臺 나타난다. 빼어난 전망대다. 전설이 있어, 달밤이면 영원조사가 여기 올라 옥피리 불었는데, 그때마다 학이 날아와 춤추었다 전해 온다.

洞隔溪深路僅開	험한 계곡 깊은 개울 좁은 길 헤치고
登臨一息萬塵灰	암자에 오르니 온갖 번뇌 재가 되는구나
尼僧禱佛誠心極	여승은 정성껏 부처님께 빌고
磬鐸聲中鳥自來	경쇠와 목탁 소리에 새들이 저절로 날아 드는구나

지금 영원암은 소실되었다. 그림 속의 연화담蓮花潭 수렴폭垂簾瀑을 완상하며, 몇십 굽이의 석계石階와 목잔木棧과 철삭鐵索을 답파踏破하고 나니, 문득 눈앞에 막아서는 무려 삼백 단의 가파른 사닥다리, 한 층계 한 층계 한사코 기어오르는 마지막 발걸음에서 시야는 일망무제一望無際로 탁 트인다. 여기가 해발 오천 척의 망군대望軍臺, 아! 천하는 이렇게 광활하고 웅장하고 숭엄하던가! 이름도 정다운 백마봉白馬峰은 바로 지호지간指呼之間에 서 있고, 내일 오르기로 예정된 비로봉毘盧峰은 단걸음에 건너뛸 정도로 가깝다. 그 밖에도, 유상有象의 허다한 봉들이 전시戰時에 할거割據하는 영웅들처럼 여기에도 불끈 저기에도 불끈, 시선을 낮춰 아래로 굽어보니, 발밑은 천인단애千仞斷崖, 무한제無限際로 뚝 떨어진 황천 계곡黃泉溪谷에 단풍이 선혈鮮血처럼 붉다. 우러러보는 단풍이 새색시 머리의 칠보단장 같다면, 굽어보는 단풍은 치렁치렁 늘어진, 규수의 붉은 스란치마 폭 같다고나 할까? 수줍어수줍어 생글 눈깔며 돌아서는 낯붉힌 아가씨가 어느 구석에서 금세 튀어나올 것도 같구나.

돌무더기에서 왼쪽으로 들어가, 그림 같은 연화담蓮花潭과 수렴동水簾洞의 미관美觀을 감상하고, '사자목'을 넘어 '봉황대'와 '의자바위' 등을 바라보며, 네발로 기어오르니, 푸른 하늘 아래 수억 년 깎이고 다듬어진 백옥봉두白玉峰頭가 은빛을 발하며 손짓한다. 여기가 바로 비로봉 버금가는 전망대인 망군대이다. 아아, 천하는 이렇게도 광활하고 웅장하고 숭엄하던가! 북으로 능허봉1,465m, 영랑봉1,601m, 중향성1,520m, 비로봉1,638m, 동으로 장군봉1,560m, 월출봉1,575m, 일출봉1,552m, 차일봉1,529m, 백마봉1,510m이 닭의 벼슬처럼 이어졌고, 가까이 향로봉, 법기봉, 지장봉1,381m, 십왕봉1,141m, 혈망봉1,372m 등 만학천봉萬壑千峰이 시야가 미치는 한, 푸른 연기처럼, 성난 파도처럼 끝없이 이어지는 망군대의 위관偉觀! 끝없는 봉우리, 봉우리들이 망군대를 중심으로 몇 겹의 원을 그리며 모였다가 헤어지고, 헤어졌다가 다시 모인다. 얼핏 보면 복잡한 듯하나, 살펴보면 질서가 있으니, 무수한 소통일小統一을 합하여 내금강 전체가 하나의 대통일大統一을 이루니, 복잡, 질서 그리고 통일의 조화여! 철따라 비취翡翠빛, 진홍빛 뚝뚝 떨어져 흐르는 수림樹林의 바다! 지긋지긋하도록 용하게 된 금강산내금강을 발가벗겨 놓고, 참빗질 식으로 감상하며, 그 불가사의한 선의 전개와 변화, 그 예술적 구성에 감격의 눈물이 펑펑 쏟아지는 곳이다.

내금강 만들 때
조물주 앉아서 지휘한 곳이 망군대요
조각彫刻이 끝난 뒤
선녀들 거느려 잔치한 곳이 망군대요
보름달 두둥실
선녀들 금강산 보자고 내려온 곳도 망군대더라
금강산 큰 조각을 천겁千劫만에 이루던 날
옥황의 보좌보좌寶座를 어느 곳에 정하리까
망군대 백옥봉두야 그곳인가 하노라

— 이광수의 「금강산유기(金剛山遊記)」에서

만이천봉! 무양武揚하냐 금강산아

너는 너의 님이 어디서 무엇을 하는지 아느냐
너의 님은 너 때문에 가슴에서 타오르는
불꽃에 온갖 종교, 철학, 명예, 재산
그 외에도 있으면 있는 대로 태워 버리는
줄을 너는 모르리라

— 한용운(韓龍雲)

저물 무렵에 마하연摩訶衍의 여사旅舍를 찾았다. 산중에 사람이 귀해서였던가. 어서 오십사고 상냥한 안주인의 환대도 은근하나, 문고리 잡고 말없이 맞아 주는 여관집 아가씨의 정성은 무르익은 머루알같이 고왔다. 하고 싶은 말이 맞은편 법기봉法起峰 같되, 가지에 깃들였던 산새처럼, 밝으면 떠나갈 길손에게 무엇을 속삭이려는 그 무언의 수태愁態가 무한 가애可哀로왔다.

여장을 풀고 마하연암을 찾아갔다. 여기는 선원禪院이어서, 불경 공부하는 승려뿐이라고 한다. 크지도 않은 절이건만, 승려 수는 실로 30명은 됨직하다. 이런 심산에 웬 중이 그렇게도 많을까?

無限青山行欲盡	한없는 청산 끝나 가려 하는데,
白雲深處老僧多	흰 구름 깊은 곳에 노승도 많아라.

옛날 그대로다.

노독路毒을 풀 겸 식후에 바둑이나 두려고 남포등 아래 앉으니 온고지정溫故之情이 불현듯 새로워졌다.

"남포등은 참말 오래간만인데!" 하며, 불을 바라보는 지완의 말씨가 하도 따듯해서, 나도 장난삼아 심지를 돋우었다 줄였다 하며, 까맣게 잊었던 옛 기억을 되살렸다. 잊지 못할 얼굴들이 흐르는 물에 낙화落花 송이 같이 떠돌았다.

밤 깊어 뜰에 나서니, 날씨는 흐려 달은 구름 속에 잠겼고, 음풍陰風이 몸에 스산하다. 어디서 솰솰 소란히 들려오는 소리가 있기에 바람 소린가 했으나, 가만히 들어 보면 바람 소리 만도 아니요, 물소린가 했더니 물소리만도 아니요, 나뭇잎 갈리는 소린가 했더니 나뭇잎 갈리는 소리만은 더구나 아니다. 아마, 바람 소리와 물소리와 나뭇잎 갈리는 소리가 함께 어울린 교향악인 듯싶거니와, 어쩌면 곤히 잠든 산의 호흡인지도 모를 일이다.

달빛에 젖으며 뜰을 어정어정 거닐다 보니, 여관집 아가씨는 등잔 아래에 오롯이 앉아서 책을 읽고 있다. 무슨 책일까?

밤 가는 줄 모르고 정성껏 읽는 품이 춘향春香이 태형笞刑 맞으며 백白으로 아뢰는 대목일 것도 같고, 누명陋名 쓴 장화薔花가 자결을 각오하고 원한을 하늘에 고축告祝하는 대목일 것도 같고, 시베리아로 정배定配가는 카추사의 뒤를 네프 백작이 쫓아가는 대목일 것도 같고…, 궁금한 판에 제멋대로 상상해 보는 동안에 산 속의 밤은 처량히 깊어 갔다.

만폭동 8담 끝 화룡담 지나 오르며, 왼쪽 사자봉獅子峰 뒤로 쫑긋 하늘 찌르고 솟은 촉대봉燭臺峰을 구경하다 보면, 마하연이 나타난다. 신라 의상대사義湘大師가 창건했고, 당우堂宇는 순조 31년 월송 선사月松禪師가 중건한 것으로, 기역자ㄱ로 된, 사방 여덟 자인 방이 53개나 되었던 웅대한 건물이었다.

근처에 만회암萬恢庵이라는 암자도 있었다. 지금, 마하연도 소실되어 부속 건물인 칠성각과, 부근에 팔각 정자인 연화대가 남아 있을 뿐이다. 해발 846m의 평지 마하연 터에서의 조망은 특출하다. 뒤에 촉대봉, 앞에 혈망봉, 법기봉이 솟았고, 왼쪽에 중향성, 나한봉의 산줄기 백옥성白玉城처럼 뻗었다. 법기봉 머리 앉아 한 손을 넌짓 들로 반야경 가르치니 '법기암法起巖', 그 앞에 무릎 꿇고 다소곳 고개 숙여 배우니 '파륜암波輪巖', 바람에 치맛자락 휘날리며 사뿐사뿐 모롱이 돌아오니 '관음암觀音巖', 참으로 절묘하다. 그 뿐인가, 수미봉須彌峰 일곱 개 뾰죽뾰죽 '칠성바위', 조쪽의 푸른 하늘과 흘러가는 흰 구름 훤하게 보여 주는 혈망봉穴望峰 맞구녕, 참으로 신비神秘하다. 이렇게 수려하고 오묘한 경관에 세속을 떠나 수도하는 명당으로 유명한 곳이다. 부근에 처녀림 우거졌고, 금강산 특수 식물인 금강초롱 만발하여, 새로운 정서를 자아낸다. 교통 요지로서, 백운대 가는 길과 묘길상 거쳐 비로봉 또는 내무재령 가는 길이 있고, 서북쪽 설옥동일명 가섭동과 수미봉을 거쳐 수미암 터로 가는 길이 있다.

참새가 날아들고 새 달이 돋아 온다
외나무다리로 홀로 가는 저 선사禪師야
네 절이 얼마나 하관대 원종성遠鐘聲이 들리나니

만회암, 만 가지 번뇌가 재로 변한다는 뜻처럼 천상 세계에 위치한 듯하다, 1925
출처 : 임병목, 『금강산』(下), 69쪽

다음날 아침, 다시 산을 찾아 나섰다. 자꾸 깊은 산 속으로만 들어가기에, 어느 세월에 이 골을 다시 헤어나 볼까 두렵다. 이대로 친지와 처자를 버리고 중이 되는 수밖에 없나 보다고 생각하며 고개를 돌이키니, 몸은 어느 새 구름을 타고 두리둥실 솟았는지, 군소봉群小峰이 발밑에 절하여 아뢰는 비로봉 중허리에 나는 서 있었다. 여기서부터 날씨는 급격히 변화되어 이 골짝 저 골짝에 안개가 자옥하고 음산한 구름장이 산허리에 감겨드니, 은제銀梯, 금제金梯에서 기어이 비는 내렸다. 햇솜 같은 연무煙霧 속에서 지척을 분간할 수 없다. 우구雨具가 없어 젖으며 올라가노라니까, 돌연 일진광풍이 어디서 불어 왔는가, 휙 소리를 내며 운무雲霧를 홀가닥 헤치자, 은하수같이 정다운 은제와, 진홍 주단 폭 같이 참된 진달래 단풍이 다음다음 전개된다. 은제와 단풍은 마치 이랑이랑으로 엇바꾸어 가며 짠 직織 비단결같이 봉에서 골짜기로 퍼덕이며 흘러내리는 듯하다. 진달래는 꽃보다 단풍이 배승倍勝함을 이제야 깨달았다.

묘길상에서 사선교四仙橋(지금은 소실되었다) 못 미쳐 왼쪽(오른쪽은 내무재령 가는 길)으로 올라, '20년 고개' 등성이에 아기를 품에 안은 어머니 모습인 '사랑 바위'를 감상하며 오르니, 급한 비탈에 집채덩이 돌사태沙汰가 나서 톱날 같은 바위 줄기 뻗어 올라, 그 끝이 비로봉에 닿았다. 돌사태 너비는 10여 m, 길이는 수백 m에 달한다. 그 모양 어느 것이나 층계를 이루어, 질서가 정연하게 까마득한 하늘로 올려 놓은 사다리 같은데, 돌옷(이끼)이 아래는 금빛, 위는 은빛이어서 금사다리, 은사다리라고 부르는 것이다. 톱날 같은 바위 줄기 아침 해가 뜰 때면 영롱한 은빛을 발하고, 저녁 해가 질 때면 찬란한 금빛을 뿌린다. 금사다리, 은사다리 다 오르면, 비로봉과 영랑봉이 연결된 능선 중간이 나오고, 여기서 오른쪽으로 오르면 비로봉 정상에 서게 된다.

웃노라 옛사람들 바벨탑이 부질없네
만층의 금사다리 예 있는 줄 모르던가
알고도 찾는 이 적으니 그만 한이 없어라
태초太初라 금강산에 금봉 은봉 있겼더라
금봉 헐어 금사다리 은봉 헐어 은사달
하늘에 오르는 길을 이리하여 이루니라

— 이광수의 「금강산유기(金剛山遊記)」에서

오를수록 우세雨勢는 맹렬했으니 농무濃霧 속에서 홀현홀몰忽顯忽沒하는 영봉靈峰을 영송迎送하는 것도 가히 장관이었다. 산마루가 가까울수록 비는 폭주暴注로 내리붓는다. 만 이천 봉을 단박에 창해滄海로 변해 버리는 것일까. 우리는 갈데없이 물에 빠진 쥐 모양을 해 가지고 비로봉 절정에 있는 다점茶店으로 찾아드니, 유리창 너머로 엿보고 섰던 동자가 문을 열어 우리를 영접하였고, 벌겋게 타오른, 장독 같은 난로를 에워싸고 둘러앉았던 선착객先着客들이 자리를 사양해 준다. 인정이 다사롭

비로봉 정상, 1638미터. 중앙에 있는 큰 바위가 배 바위이다, 1926, 출처 : 임병목, 『금강산』(下), 79쪽

기 온실 같은데, 밖에서는 몰아치는 빗발이 어느덧 우박으로 변해서 창을 때리고 문을 뒤흔들고 금시로 천지가 뒤집히는 듯하다. 용호龍虎가 싸우는 것일까? 산신령이 대노하신 것일까? 경천동지驚天動地도 유만부동類萬不同이지, 이렇게 만상萬象을 뒤집을 법이 어디 있으랴고. 간장肝腸을 조이는 몇 분이 지나자, 날씨는 삽시에 잠든 양같이 온순해졌다. 변환變幻도 이만하면 극에 달한 듯싶다. 비로봉 최고점이라는 암상巖上에 올라 사방을 조망했으나, 보이는 것은 그저 뭉게이는 운해雲海뿐, 운해는 태평양보다도 깊을 것 같았다. 내內, 외外, 해海 삼 금강三金剛을 일망지하一望之下에 굽어 살필 수 있다는 한 지점에서 허무한 운해밖에 볼 수 없어 가석可惜하나, 돌이켜 생각하면 해발 육천 척에 다시 신장 오 척을 가하고 오연敖然히 저립佇立해서, 만학천봉을 발밑에 꿇어 엎드렸으면 그만이지, 더 바랄 것이 무엇이랴. 마음은 천군만마에 군림하는 쾌승 장군快勝將軍보다도 교만해진다.

금사다리, 은사다리 지나, 비로봉과 영랑봉 잇닿은 등성이에, 방목장을 방불케 하는 넓디넓은 비로고대毘盧高臺에서 숨을 고르고 조금 오르니, 일만이천봉의 꼭대기—비로봉—에 이른다. 여기는 비로봉, 내외금강의 만학천봉이 발아래 조아리고, 동해의 검푸른 물결에 거울을 띄운 듯, 빛나는 해금강이 모형지도처럼 펼쳐졌다. 금강산은 바다에 닿아 있는 산이라, 검푸른 동해가 발아래 아득히 펼쳐지고, 만 이천 봉이 머리를 조아리니, 사방 수백 기機, 일원一圓에 비로봉을 당할 자 없으므로 해발 수천m의 산악들 보다 오히려 높고 웅대하게 보일 뿐 아니라, 다양한 구성, 풍요한 산악미, 변화무쌍한 색채까지 더해주니, 그 웅대하고 아름다운 전망이야말로 지구상에서 유례를 찾을 수 없다. 특히, 비로봉에서 동해 해돋이와 저녁노을에 비친 일만 이천 봉 감상은 필설筆舌로 표현할 수 없을 지경이다. 금강산이라는 이름은 옛날부터 알려져, 일찍이 화엄경에서도 지적된 명산으로, 한민족이 염원하는 이상향이었으며, 세계 여행가들은 저마다 최대의 찬사와 경탄을 아끼지 않았다.

비로봉 올라서니 세상만사 우스워라
산해 만리山海萬里를 일모一眸에 넣었으니
그 따위 만국도성萬國都城이 의질蟻垤에나 비하리오
금강산 만 이천 봉 발 아래 굽어보고
창해 푸른 물에 하늘 닿은 곳 찾노라니
청풍이 백운을 몰아 귓가로 지나더라

—이광수의 「금강산유기(金剛山遊記)」에서

〈금강송金剛頌〉

금 웅대한 전경全景
산체山體의 대담大膽한 구성
깎아지른 절벽
인간의 발길이 닿지 않은 처녀림
그 기괴奇怪한 협곡

순결한 폭포
급류와 심연에 비치는 광선과 색채
이에 의한 무궁한 변화와 조화를
세계 어느 곳에서
다시 찾아볼 수 있을 것인가

— Dr. Kruger

비로봉 대자연을 사람아 묻질 마소
눈도 미쳐 못 보거니 입이 능히 말할 손가
비로봉 알려 하옵거든 가 보소서 하노라
홍몽鴻濛이 부판剖判하니 하늘이요 땅이로다
창해와 만 이천 봉 신생의 빛 마시올 제
사람이 소리를 높여 창세송創世頌을 부르더라

— 이광수의 「금강산유기(金剛山遊記)」에서

정작 비로봉 올라서니, 평평하고, 흙과 풀도 있는 평지인데, 둥글넓적한 거암들 모여 있는 중, 한 가운데 '배 바위'라는 것이 있어, 동해를 지나는 배들이 멀리서 평범하게 생긴 바위를 보고 뱃길을 잡는다 하니, 개벽 이래 많은 생명을 구한 위대한 바위라 하겠다. 정녕, 위대는 평범과 통하는 것인가.

비로봉 오르는 대표적 등산로 8개 중, 내금강으로 오르는 코스가 4개인데,

① 장안사터 → 표훈사 → 만폭동 → 마하연터 → 묘길상 → 금사다리, 은사다리 → 비로봉

② 장안사터 → 표훈사 → 만폭동 → 마하연터 → 묘길상 → 사선교 → 내무재령 → 일출봉 → 장군성 → 비로봉

③ 장안사터 → 표훈사 → 만폭동 → 마하연터 → 설옥동 → 수미암터 → 영랑봉 → 비로고대 → 비로봉
④ 금강천 상류인 신풍리 쑥밭艾田 → 구성동 → 영랑봉 → 비로고대 → 비로봉이다

외금강으로부터 오르는 코스도 4개인데,

① 온정리 → 옥류동 → 구룡폭포 → 상팔담비사문 → 구담곡(아홉소골) → 용마석 → 비로봉산장 → 비로봉
② 온정리 → 동석동 또는 발연동 → 집선봉 → 채하봉 → 장군봉 → 장군성 → 비로봉
③ 온정리 → 유점사터 → 효운동 → 내무재령 → 일출봉 → 장군성 → 비로봉
④ 온정리 → 한하계 → 만상정 → 상등봉 → 삼성암터 → 용마석 → 비로봉산장 → 비로봉이다.

그중에서 내금강 ①번 코스와 외금강 ①번 코스가 잘 정비되어 있고, 경치도 가장 좋고, 내.외금강을 연결하는 가장 짧은 코스다. 그 사이 비로봉산장에서 일박해야 하는데 비로봉 해돋이 감상은 필설로 형용할 수 없다. 비로봉 서쪽 가까이 영랑봉이 솟았다. 영랑봉永郎峰은 비로봉에 버금가는 제이의 봉우리다. 둥글뭉실 흙산인데, 생김새 웅대하고 전망도 좋다. 남쪽은 중향성衆香城이라는 절묘한 경치를 이루며 가파른 낭떠러지 되어 있고, 서쪽은 그 옛날 신선이 콩 농사를 지었다는 '월명수좌콩밭' 등을 거쳐 능허봉凌虛峰과 닿았고 북쪽은 구성동九成洞 계곡이 펼쳐진다.

이 일대에는 금강산 특수종 식물인 '금강 국수나무', 기름을 먹으면 신경통과 폐결핵에 좋다는, 앵두처럼 빨간 '마가목 열매', 특히, 수분이 적은 고산지대에 알맞게 잎이 두텁고, 산 밑의 나비 유인하느라 꽃이 유달리 크며, 화려한 즙을 짜서 종창에 바르면 독기를 없애 준다는 '만병초' 등 수 많은 약초들 무더기로 자생하는 중, 산삼도 있으나, 숲속에 숨어, 착한 사람 눈에만 보인다 하니, 착한 사람이 되도

록 힘써 볼 일이다.

曳杖陟崔嵬　지팡이 짚고 꼭대기(비로봉) 오르니
長風四面來　센 바람 사방에서 불어오네
靑天頭上帽　푸른 하늘은 머리 위에 쓴 모자요
碧海掌中盃　(동해의) 푸른 바다는 손바닥 안의 술잔이네

— 이이

배 바위야 네 덕이 크다
만장봉두萬杖峰頭에 말없이 앉아 있어
창해蒼海에 가는 배의 길잡이가 된다 하니
아마도 성인의 공이 이러한가 하노라
만 이천 봉이 기奇로써 다툴 적에
비로야 네가 홀로 범凡으로 높단 말가
배 바위 이고 앉았으니 더욱 기뻐하노라

— 이광수의 「금강산유기(金剛山遊記)」에서

비로봉 동쪽은 아낙네의 살결보다도 흰 자작나무의 수해樹海였다. 설 자리를 삼가, 구중 심처가 아니면 살지 않는 자작나무는 무슨 수중 공주樹中公主이던가!

길이 저물어, 지친 다리를 끌며 찾아든 곳이 애화哀話 맺혀 있는 용마석龍馬石 — 마의태자의 무덤이 황혼에 고독했다. 능陵이라기에는 너무 초라한 무덤 — 철책鐵柵도 상석床石도 없고, 풍림風霖에 시달려 비문조차 읽을 수 없는 화강암 비석이 오히려 처량하다.

비에 젖은 두어 평 잔디밭 테두리에는 잡초가 우거지고, 창명히 저무는 서녘 하늘에 화석된 태자의 애기愛騎 용마龍馬의 고영孤影이 슬프다. 무심히 떠도는 구름도

여기서는 잠시 머무는 듯, 소복素服한 백화白樺는 한결같이 슬프게 서 있고, 눈물 머금은 명월이 중천에 외롭다.

태자의 몸으로 마의麻衣 걸치고 스스로 이 험산險山에 들어 온 것은, 천 년 사직을 망쳐 버린 비통을 한 몸에 짊어진 고행이었으리라. 울며 소맷귀 부여잡는 낙랑공주의 섬섬옥수를 뿌리치고 돌아서 입산할 때에, 대장부의 흉리胸裡가 어떠했을까? 흥망이 재천在天이라, 천운을 슬퍼한들 무엇하랴만, 사람에게는 스스로 신의가 있으니, 천자의 창맹蒼氓에게 베푸신 도타운 자혜慈惠가 천 년 후에 따습다.

천 년 사직이 남가일몽이었고, 태자 가신 지 또한 천 년이 지났으니 유구한 영겁永劫으로 보면 천 년도 수유須臾던가!

고작 칠십 생애에 희로애락을 싣고 각축을 다투다가 한 움큼 부토腐土로 돌아가는 것이 인생이라 생각하니, 의지 없는 나그네의 마음은 암연黯然히 수수愁愁롭다.

제30과 외금강

미상

● 미상, 「제30과 외금강」, 『초등국어 4-2』, 문교부, 1948, 75~78쪽

금강산은 내금강, 외금강, 해금강 셋으로 나누어져 있는데, 그중에도 유명한 외금강의 만물초와 구룡에 대하여 이야기하기로 한다.

만물초

온정리에서 떠나 육화대를 지나서 한 시간쯤 가면, 왼편에 하늘을 찌를 듯한 돌산이 셋이 솟아 있는 것을 바라보고 놀라지 않을 수 없으니, 이것은 곧 삼선암이요, 혹 구만물초라고도 한다.

온 산이, 이글이글 타는 듯한, 빨간 진달래꽃에 뒤덮인 좌우 절벽 사이로 험한 길을 허덕허덕 올라가노라면, 산머리에는 흰 구름이 오락가락 한다.

급하던 길은 문득 절벽으로 변하여 쇠줄을 붙잡고 간신 간신히 올라가노라면, 한 돌 문 앞에 나서게 되니 이 문을 금강문이라고 한다. 이 문으로 나가면 발밑에는 아슬아슬한 깊은 골짜기가 내려다보인다. 떨리는 발로 조심조심 바위틈으로 올라가면, 천선대에 이르게 된다. 눈앞에는 아득한 반공에 몇 배 몇 천 무수한 산봉우리가, 혹은 기둥 같고, 혹은 창검 같고, 혹은 장수 같고, 혹은 사나운 짐승 같고, 또 혹은 이름 모를 괴물 같이, 형형색색으로 만물의 모양을 보여주니, 이것이 이른바 '만물초'다. 게다가 그 늠름히 빼어난 바위봉우리들은 혹은 자줏빛 혹은 푸른빛으로 빛나고 놀랍고도 아름다운 그 광경은 세상에서는 볼 수 없는 선경이니, 이것은 몇 천 몇 만 년 동안 비바람에 씻기고 깎여서 빚어진 대자연의 걸작품이다.

구룡연

온정리에서 신계사를 지나 송림 사이로 얼마를 지나게 되고, 다시 얼마를 올라가면 또 돌문이 있으니, 이 돌문을 빠져 나오면 거기에 문득 넓은 골짜기가 터지고 편편한 반석 위에 옥 같은 물이 급히 흐르니, 이것이 옥류동이며, 다시 쇠줄을 잡고 기어 올라가고, 또 숲새에 좁은 길을 더듬어 올라가노라면, 높이 솟은 돌 봉우리에서 한 줄기 폭포가 바람에 날려서 안개로 변하여 떨어지는 비봉 폭이 보인다. 여기서부터 산은 점점 험하고 골짜기는 더욱 깊어 가는데, 공중에 달린 쇠줄 다리를 건너서 바윗길을 더듬어 올라가노라면, 홀연히 파도 소리 같은 요란한 소리가 들리며, 멀리 공중에서 떨어지는 듯이 쏟아지는 폭포가 맞은편에 보인다. 온 땅이 부서질 듯이 울리고 큰 용이 굼틀거리면서 하늘에 오르는 듯한 굉장한 모양이며, 그 떨어지는 물에서 일어나는 물바래와 안개는 보는 사람으로 하여금 가슴이 서늘하게 하고 정신이 아득하게 한다. 이것이 이 산 가운데 제일 경치가 좋다는 구룡연이다. 그 폭포의 높이가 60미터요 몇 천 년 몇 만 년 떨어져서 바위가 파인 물 속 깊이는 도무지 알 수가 없다고 한다. 이 구룡연 위에는 팔선녀가 내려와서 목욕을 하였다는 팔담이 있고 다시 왼편으로 올라가면 금강산 일만 이천 봉 가운데 맹주라는 유명한 비로봉이 있다.

금강산유람기

정래동

● 정래동, 「금강산유람기」, 『북경시대』, 1949;[1] 윤석달·이남호 편, 『금강기행문선』, 작가정신, 1999, 79~91쪽

어둠 속의 금강

금강산은 너무나 잘 알려져 있고, 그에 관한 기행문도 많고 그림도 많고 전설도 많다. 나는 그것들을 다 살필 후에 금강산을 보고 나만의 새로운 기행문을 쓰고 싶었다. 그래서 지난 3, 4년 동안 금강산에 갈 기회가 있었지만 지금까지 가지 않았다. 그러나 어느 때 그러한 준비를 완벽하게 해서 여유 있게 금강산을 찾을 기회가 오겠는가? 나는 준비가 덜 되었지만 금강산을 찾아가기로 했다.

8월 26일 토요일. 오후가 되자 날씨가 흐렸다. 전차에 오르니 소낙비까지 내린다. 기차시간이 촉박하여 기차를 탈 수 있을까 염려되었다. 우리 일행 두 사람은 전차를 타기 5분 전까지도 오늘 금강산으로 갈 것인가 말 것인가 망설이고 있었다. 그러나 아슬아슬하게 금강산 가는 기차를 탈 수 있었다. 기차가 왕십리를 지나니 비는 더욱 거세어지는데, 마침내 금강산을 보게 되리라 생각하니 마음이 들뜬다.

바람에 잠을 깨보니, 어두워서 보지는 못하겠지만, 단발령도 다 지나고 장안사역이 멀지 않다고 한다. 장안사역에 내리니 기후가 서늘하여 서울과 20일은 차이가 날 듯하다. 역 앞에 기다리고 있던 버스를 타고 어두운 바깥 풍경이나마 쳐다보았다. 늙은 소나무 숲 사이를 버스가 지나가고 있는 듯했다.

여관의 문에서 앞뒤를 둘러보니 높고 큰 전나무가 길가에 늘어서 있다. 여름인데도 한기가 느껴진다. 여관 뒤뜰에는 시냇물소리가 요란스럽고, 흰 돌이 달빛에 반사되어 비친다. 나무가 우거진 높은 산이 눈앞에 콱 막히어 있다. 그러나 답답하

---

1 정래동은 1930년대 초에 금강산을 여행했다.

다기보다는 산이 가까운 만큼 더욱 정답고, 더 가깝다면 손도 대어보고 싶다는 충동이 인다. 오른쪽으로 돌아가니 달이 마주 보이고, 물 위에는 달빛이 내려앉아 근처 나무들이 더욱 아름답다. 사방은 고요하다. 번잡한 여관이겠지만, 위치로 보나 조용한 것으로 보아서는 절과 같은 느낌을 준다. 조용한 것도 무리는 아니다. 벌써 12시가 훨씬 넘은 때라, 여행객들은 잠에 취하고, 다만 산 벌레 우는 소리, 시냇물 흐르는 소리가 들릴 뿐이다.

단 하루라도 서울을 떠나, 이러한 청정한 곳에 와서 저녁을 지내는 것만으로도 얼마나 다행인지 모른다.

시간은 내일 하루밖에 없고, 더 연기할 수도 없는 형편이어서, 여관 사람을 여러 번 불러 내일의 노정을 상담하였다. 그 요점은 어떻게 노정을 정해야 한 곳이라도 더 볼 수 있는가에 있었다. 나는 초행이라 노정을 논의할 자격도 없으므로 동행에게 맡겼다. 저녁을 먹고 나서 곧 드러누울 수는 없었다. 그렇다고 좌우에서 다들 잠을 자는데, 우리만 떠들 수도 없었다. 나는 금강산이 어떤 곳인가 알고 싶은 마음에 바빠서, 밤중이라도 좀 먼저 보고 싶은 생각에 거니를 거닐었다.

금강의 아침이슬

아침에는 유난히도 빛난다. 어젯밤에는 어두워서 보지 못하였는데, 눈을 비비고 밖을 바라보니, 암석 사이에 서 있는 나무가 많이 말라서, 흡사 단풍이 든 것같이 보인다. 맑은 시내에는 큰 돌 작은 돌 할 것 없이 하얗게 빛난다. 물론 정결한 심산이라 때를 입지 않은 까닭도 있겠으나, 올해처럼 가물지 않았던들 그 돌이 모두 다 물속에서 씻기고 닳아질 것인데, 금년에는 예외로 물 위에 노출되어 특별히 희게 보이는 모양이다. 지난밤의 계획은 오늘 아침 7시경에 출발하는 것이었으나, 점심을 들고 장안사로 올라갈 때 8시가 지났다. 왼편의 계곡이나, 높이 우거진 전나무는 속되지 않고, 고산의 정조가 그대로 남아 있으나, 오른편의 촌가는 벌써 도시 부근의 유원지 같은 느낌이 없지 않다.

장안사는 내금강의 입구이다. 그 앞 시내는 다른 산에서 볼 수 없는 독특한 모습이다. 더구나 그 다리가 너무나 현대식이라 고아한 맛이 없다. 장안사의 내부는 외관으로 보아 특별한 점을 발견할 수 없고, 바쁜 걸음이라 일일이 돌아다닐 수도 없다.

다음은 명경대를 찾아가는 것이다. 우리는 다시 다리를 건너와서 오른편 산으로 오르기 시작했다. 얼마 오르지 않아 작은 암자가 앞을 막고, 길은 더 나가는 데가 없다. 누상에 여승이 서 있어서 명경대 가는 길을 물으니, 오던 길을 다시 걸어 나가야만 한다는 것이다. 여승의 말투는 고향 부근에서 흔히 듣던 것으로 귀에 익다. 하도 이상하여 그 출생지를 알아보니 과연 틀림없고, 그 지방의 어느 집안과 관계가 어떻게 된다 한다. 고향 친지가 여기 있는 것을 다 아느냐니까,

"알거나 말거나 무슨 상관이 있어요?"

하며, 속세의 일은 듣고 싶지도 않다는 듯이 말을 끊는다.

여기가 중가람中伽藍이며 건물은 연조가 상당히 오래되어 보이는데, 원경도 볼 것이 없고, 온화한 것이 승방으로는 적소라고 하겠다.

우리는 지시하는 대로 내려오다가 또다시 길을 잘못 들어서 하가람下伽藍에 이르렀다. 후방에서 여승이 소녀의 머리를 빗기고 있다. 어디 옛이야기에서나 나오는 광경이다. 혹『수호전』에 나오는 도적의 소굴 같기도 하고, 전설에나 나오는 사정이 있는 것같이도 생각된다. 소녀는 누구이며, 이곳은 여염집 같다고 하니, 뒤에 묻는 말에는 대답이 없고, 그 소녀는 자기가 입산할 때 데리고 온 딸아이인데, 장래는 저(딸) 하고자 하는 대로 둘 것이라고 한다. 스님과 셋이서 산다고 하는데, 그같이 큰 딸을 둔 후에 입산한 데는 그만한 이유가 있을 것이요, 눈물겨운 사연도 많았을 것이다.

오른편에는 장안사 앞 큰 시내가 흐르고, 왼편에는 하늘을 쑤신 노적봉이 솟아 있다. 주위에는 기암괴석과 교목고수喬木古樹가 들어서서, 이 또한 옛날 말하는 신선계나 다름없다. 이러고 보니, 명경대의 길은 옳게 들어서지도 못하고, 여기저기서 휴식만 한 셈이다. 그러나 만약 우리가 명경대에 바로 갔더라면 영원히 이 중가람,

하가람은 구경도 못 했을지 모른다. 또, 상상되는 사정을 이야기로 늘여서 한다면 무려 수십 권이 될는지 알 수 없는 두 여승도 만나지 못했을 것이다.

산길에는 이슬이 가랑비 온 것같이 젖어 있다. 전나무 잎, 소나무 잎까지도 윤택하고, 풀잎, 칡잎에는 구슬같이 이슬방울이 굴러다닌다. 이처럼 수분이 많은데, 가물어서 마른 나무들은 어떻게 저같이 말랐을까 하는 의심도 나고, 한편으로 여름 더위가 얼마나 심했는가 하는 추측도 된다.

이슬에 옷을 적시며 시냇가로 나와서, 건너편 작은 폭포 위에 서 있는 사람에게 큰 소리로 길을 물었다. 잘 들리지 않는지 무슨 말이냐고 귀만 이편으로 내민다. 여러 번 다시 물었으나 대답은 듣지 못해, 건너가서 그 사람에게 물으려고 걸쳐놓은 외나무다리를 건너가니, 바로 그곳에 이정표가 서 있다. 여기서 명경대는 20분이면 족하다는 것이다. 우리는 기로에서 헤맨 한 시간을 보충하기 위해 빠른 걸음으로 명경대로 향했다.

명경대의 이국 소녀

한가로이 서서 산을 보고 시냇물소리를 들을 여유도 없이 걸어가며, 기슭과 봉우리를 바라볼 뿐이다. 어느 곳이나 명승 아닌 곳이 없으며, 어느 봉이나 기이하지 않은 것이 없다. 명경대가 멀지 않다는 이야기를 들으며 나무다리를 건너는데, 서늘한 바람이 갑자기 불어온다. 지금까지 걸어오면서 땀도 나고 덥기도 하였으나, 홀연히 서늘하다기보다 추위에 가까운 바람이 불어오니, 심신이 시원하다기보다 도리어 지옥문에 들어선 것이 아닌가 하는 기이한 생각이 든다. 바람이 이 계곡을 따라 들어오는 것도 무리는 아니다. 좌우와 정면은 높이 이어지는 봉우리인데, 정면 산봉우리의 좌우가 터져 있어서 바라이 그곳으로만 몰리는 모양이다.

명경대가 바로 저 모퉁이라고 한다. 우리는 어느 고귀한 집을 방문하는 것같이, 소변도 보고 손도 씻고 땀도 닦은 후에 명경대로 들어갔다. 거기에는 벌써 단체 관람객이 안내자의 설명을 들으면서, 그 황당함을 조소하기도 하면서 웃고 있었다.

명경대라는 이름으로 보아서는 번쩍번쩍한 옥석에 사람이 지나가면 그 얼굴은 보이지 않는다 하더라도, 그 그림자는 어른거릴 것같이 연상되지만, 이 명경대의 실상은 화강암을 깎아 세운 것같이 수직선으로 서 있는 것이다. 그 뒤도 역시 그렇게 서 있는 모양이며, 전면에 금이 생긴 것을 보면, 여러 바위가 그와 같이 맞추어 서 있는 것인데, 그 꼭대기에는 노송이 서 있고, 그 바로 밑에는 작은 호수가 있다. 이 작은 호수를 황천담이라고 하며, 명경대 뒷봉을 염라봉, 그 주위를 둘러싼 것을 지장봉, 석가봉이라 한다. 명경대의 정면에 이상하게 서 있는 바위를 지옥문, 그 곁에 있는 것을 극락문이라고 한다.

우리가 서 있는 큰 반석에는 대접만하게 패인 자취가 있다. 이것은 사람이 죽으면 꿇어앉아서 명경대를 바라보는 곳인데, 그 무릎 자리가 닳아서 그렇게 패였다는 것이다. 결국 명경대는 죽은 다음 극락, 지옥의 길을 결정하는 곳이라는 불교 전설을 맞추어놓은 곳이다. 지금은 사람들이 모여 이 전설을 듣고 히히덕거리지만, 그 전에 교통이 불편할 때 2, 3개월 내지 반 년, 1년을 걸어서 천신만고로 이곳에 와서 엎드렸다면, 이 명경대는 무한한 존엄성을 가졌을 것이요, 위대한 힘을 느끼게 하였을 것이다.

명경대는 이 큰 암석을 중심으로 병풍을 둘러친 고귀한 방과 같이 생각된다. 이곳에서 일어서기가 싫다. 사진사는 나의 뜻을 모르고 곁에서 기념사진을 찍으라고 귀찮게 권한다. 금년은 물이 적어서 오히려 그 아름다움이 반감한 셈이라고 한다. 시끄럽던 손들도 다 내려가고 가을볕이 내리쪼이나, 이 서늘한 곳에서는 오히려 친하고 싶을 정도이다.

조금 있자니 웃음소리가 명랑하게 들려오고, 곧이어 검은 안경을 쓴 서양 소녀가 뛰어올라온다. 짧은 하위를 입고, 동행한 서너 명의 남자와 경쾌하게 웃으며 이야기하며 곁에 와서 앉는다. 남자들은 어설픈 영어로 떠들며, 전후 상하로 각양의 각도에서 소녀의 사진을 찍는다. 소녀는 여배우처럼 벙글벙글 웃으며 사진 찍는 것을 환영한다. 자기도 같이 찍히겠다고 셔터를 누를 때 뛰어 들어가는 자도 있다.

여자는 모녀 두 사람이다.

그네들은 황천담으로 들어가서 물속에서 촬영하기도 한다. 웃음소리는 물과 산에 울린다. 참으로 즐기는 심경이요, 그네들에게는 사진, 웃음, 쾌활 외에는 아무 근심, 번민, 고뇌도 없는 모양이다. 그 여자는 거의 다리가 다 들어가는 데까지 물속으로 들어가서 금강산의 수궁 선녀와 같이 서 있다.

그도 스물 넘은 여자이니 앞으로 난관이 적지 않을 것이나, 금강 험로로 뛰어다니듯이 인간 험로도 무난하게 돌파한 것인가? 그런 것은 별문제로 하고, 이 명경대에서 저와 같이 티끌만한 우울도 없이 지낸 것만 하더라도 얼마나 행복한가! 이 일행이 오기 전에는 우리의 정신도 쾌활한 편이었는데, 참으로 쾌활한 일행을 보니, 우리는 오히려 침울한 편이다.

보덕굴의 폭포

우리는 쾌활한 이국 소녀와 명경대에서 나와 명연담 밑에서 갈라졌다. 떠들던 그와 작별하니, 갑자기 사방은 조용해지고 물소리만이 더욱 요란스럽다. 명연담 부근은 물의 양도 많고 경사도 급하여 물이 눈발같이 흩어진다. 길이 차차 험해진다. 암벽에다 판자를 달아놓고 그 위를 지나가는 것이다. 금강산의 승경이라는 것은 한마디로 말하면, 좌우의 산 사이로 흘러가는 시내를 타 올라가며, 물과 바위의 기이한 배치와 봉우리의 묘형妙形, 나무의 미려한 분포를 감상하는 것이다. 내금강은 결국 향로봉, 백마봉에서 흘러내린 시내가 명경대로 흘러내려오고, 또 한 줄기는 비로봉에서 흘러서 마하연, 보덕굴, 만폭동으로 흘러내려와, 두 시내가 명연담 부근에서 합해지는 것이다.

그러나 내금강의 주요한 승경은 대부분이 비로봉에서 흘러내려오는 줄기에 달려 있다. 우리는 지금 이 줄기를 타고 올라간다. 시내의 굽이를 돌아서 시내 건너 산을 바라보니, 큰 전나무는 띄엄띄엄 서서 가지를 마음대로 벌리고 있고, 그 밑에 작은 나무들이 들쑥날쑥 서 있으며, 버섯이 붙어 있는 바위가 박혀 있다. 혹은 돌산 틈에 나무가 꽂혀 있듯이 서 있는 곳도 있다. 야산이나 보통 바위에서는 보기 드문 풍경이다. 다른 산에는 이러한 곳이 한 곳만 있어도 소금강이니 남 금강이니 북 금강이니 하고 떠드는 것이다.

동행 한 분이 건너편 작은 집을 가리키며,

"저 집에 서울 여학교 졸업생이 두 사람 있다가 일전에 떠났어요."
하며, 영화 '마르코 폴로'를 보기 위해 며칠 빨리 떠났다고 한다. 현대인에게 영화의 힘이 얼마나 깊게 뿌리박혀 있는가를 알 수 있다. 우리와 같이 도시에서 시달린 사람은 한 시간이라도 더 있고 싶은데, 이처럼 공기가 맑고 경치가 수려한 곳이라도, 오래 있으면 도리어 권태를 느끼고, 다시 호화로운 도시, 모든 것이 움직이며 발전하는 복잡한 거리가 그리워지는 모양이다.

올라갈수록 수석은 더욱 아름답고 시냇물은 점점 가늘어진다. 얼마 가지 않아서 표훈사에 이르렀다. 외관은 그리 크지 않고 아담하다. 길이 바빠 내려올 때에나 들어가 보기로 하였다.

20분쯤 가니 반석 위에 사폭斜瀑이 있다. 여기가 만폭동이라고 한다. 물이 적어서 그런지 알 수 없으나, 그렇게 기이한 광경이라고 할 수는 없다. 앞산이 직립한 것이라든지, 이 근처로서는 주위가 상당히 넓은 것으로 보아, 승경 아닌 것은 아니나, '폭瀑' 자가 이름에 붙은 만큼, 물소리도 요란하고 유심한 점이 있어야 할 텐데, 그저 여러 명이 둘러앉아 술잔이나 나누고, 탐승 도중에 잠깐 쉬어서 담소하는 곳으로는 이만한 곳이 없겠다.

지금까지 본 곳으로는 명경대와 명연담, 그리고 이 만폭동이 다 비슷하게 쉴 만한 곳이다. 여기보다는 보덕굴 밑이 쉬기도 좋고, 점심 먹기도 편리하다 해서, 다시 더 올라가기로 하였다. 여기서부터는 산이 높아서 그런지 물도 훨씬 급류로 흐르므로 가면서 서로 이야기하기도 물소리에 눌려 힘이 든다. 가끔 큰 늪이 되어서 청록색을 물들여놓은 것같이 푸르다. 투명색의 사파이어 덩어리를 들여다보는 것 같다. 길도 험해져서 바위에 쇠를 박아 길을 만들어놓은 곳도 있으며, 나무

다리 건너서 이편 길이, 시내 저편으로 통하는 곳도 있다. 이런 만큼 경치는 더욱 선계에 가까워지고, 인적이 드문 것같이 생각된다.

길을 가다가 얼굴을 들어 쳐다보니, 높은 암석에 매달린 새집 같은 것이 보인다. 저것이 무엇이냐고 동행에게 물으니, '보덕굴'이라고 한다. 지금까지 오면서 보덕굴이 무척 높고 철주로 괴어서 집을 지었으며 그 안에 석불이 있다고 두어 번 들었으나, 실제 저와 같이 높이 매달려 흡사 새집과 같으리라고는 생각지도 못하였으므로 더욱 놀랐다.

찻집에서 뜻하지 않은 홍차를 마시고, 암석이 지붕이 되고, 물방울이 손에까지 퍼져오는 폭포 밑에서, 세 사람이 나란히 앉아 점심보를 끌렀다. 이 폭포는 떨어지면서 넓은 반석을 흘러, 다시 사폭으로 반석을 흘러 내려간다. 보덕굴은 머리 위에 달려 있다. 지금까지 본 중에는 이 폭포, 이 반석, 이 봉우리가 가장 미려하고 유한幽閑하여 보인다.

단발령을 넘어서

우리는 마하연까지 가려던 계획을 버리고, 여기서 길을 돌리기로 하였다. 단시간에 여기까지 오면서 아무런 기념될 것도 없어서, 보덕굴 부근을 배경으로 하여 일행의 사진이나 찍기로 하였다. 첫 장은 흐려서 사람이 보이지 않는다고 하여 다시 한 장을 찍었다.

좀 빨리 걷지 않으면 기차 시간에 댈 수가 없어서 우리는 걸음을 재촉하였다. 걸음은 빨리 걷지만, 쉴 만한 곳에서 휴식하면서 승경을 감상치 못하는 것은 유감이다. 우리는 양대 거암이 서로 의지하여 기대어 서 있는 그 사이로 길이 난 곳에 이르렀다. 표훈사 조금 위이다. 바위 위에는 과객의 이름이 즐비하게 씌어 있다. 한 분이 들여다보더니, "우리 고향 사람이 지나갔군!" 하고, 이리저리 찾아보는 바람에, 바위 뒷면을 보니, 동경의 유명한 가수 이름도 적혀 있다. 이런 곳에 먹을 묻히는 것이 퍽 불결하고 유치하지만, 간혹 누가 지나갔다는 것을 알게 되는 수도 있다.

금강산에 와서 돌아다니느라 구경도 제대로 못 하고 또 이야기할 기회도 없었으니, 청량한 노랫소리나 이 창공에 울리고 가자고 청하였더니, 흥이 나지 않는다는 것이다. 기차시간을 대느냐 못 대느냐가 문제인 만큼 정한한 노래가 나올 리 없다.

표훈사에서는 오던 길을 바꿔 다리를 건너 대로로 나섰다. 여기도 여관이 있다. 이처럼 금강산에 여행객이 많아지고 속화되면, 불과 몇 년 후에는 심산의 그윽한 아름다움은 없어지고, 도시 부근의 유원지와 같이 될 염려가 없지 않다.

"이것이 삼불암이요"

하고 가리킨다. 바위에 세 불상이 새겨져 있다. 꽤 큰 불상이다. 전설이 많은 불상이라 한다. 동행 한 분은 그 전설을 이야기하나, 빠른 걸음 탓에 말이 끊겼다 계속되었다 하여 제대로 알아듣기가 어렵다. 이런 이야기를 조용히 들을 시간의 여유가 없는 것이 큰 유감이다.

얼마를 뛰다가 여관 안내자가 말을 거는 바람에 머리를 들어보니, 정거장이 바로 곁에 있다. 무엇보다도 기차가 떠나고 없는가가 염려되어 기차가 아직 떠나지 않았느냐니까 곧 떠난다고 한다. 또다시 달렸다.

"아! 이럴 줄 알았더라면 보덕굴에서 좀 빨리 떠났을 텐데……."

하고 후회하였으나, 쓸데없었다. 인생이 일생의 끝에 이르렀을 때도 이와 같은 후회를 하는 일이 있을 것이다. 달리면서도 그런 것을 생각하니, 몸이 오싹해진다.

기차 안에서 겉옷을 벗으니, 곁의 사람들이 물에 빠졌다 나온 것 같은 속옷을 보고는 이마를 찌푸린다. 얼마나 뛰고 얼마나 땀이 났는지 알 수 있다. 그러나 차 위에 오르게 된 것만은 요행이다. 모든 것이 예정대로 진행된 셈이다.

차창으로 달리는 경치를 보니, 밑으로는 물이 흐르고 위로는 산이 있다. 다른 곳에서 본다면 이 또한 승경이다. 그러나 명경대, 보덕굴을 보던 기억이 남아서 그런지 아무런 감흥도 없고, 내다보고 싶은 생각도 없어진다. 기차가 오던 길을 다시 가기에 놀라 내다보니, 기차의 레일이 갈지之자로 되어서, 오던 방향으로 가기는 하나, 그 위치는 한층 높은 곳이었다. 기차가 오고 가고 하는 사이에 우리가 탄 기차는 산 위에 놓여져 있다는 것이다. 매우 높은 산이다.

여기가 바로 단발령이다. 기차 안에서는 두세 사람씩 모여서 여기저기를 손짓하며, 단발령이 높다는 것을 설명하는 모양이다. 기차가 터널로 들어간다. 터널 안에는 전등이 환하게 켜져 있어서, 지나온 데가 요연히 보이고, 밤의 가로등과 같이 죽 늘어서 있다. 들어온 터널 구멍이 점점 작아지더니, 끝끝내는 보이지 않는다. 그대로 기차는 터널 속에서 허덕이고 밖을 나가지 못하고 있다. 아마 한국의 터널 중에는 이 단발령 터널이 제일 긴 것같이 생각된다. 적어도 내가 지나본 터널 중에는 첫째로 꼽을 길이였다.

터널을 나와서도 다시 저편으로 갈지之자로 레일이 깔려 있다. 여기서 내려다보는 전망은 참으로 천애에서 내려다보는 감이 있다. 옛날 금강산에 들어가려면, 이 고개를 걸어서 넘어갔을 것인데, 그 고난을 짐작할 수 있겠다. 이 기차선의 설계도 예전 도보로 다닐 때의 심경을 본받아서, 그 높고 험함을 누구나 알 수 있게 한 것은 아닌가 한다.

금강산

오종익

● 오종익, 「금강산」, 『조선의 명승』, 평양 : 군중문화사, 1960, 43~53쪽

예로부터 경상남도의 지리산, 제주도의 한나산과 더불어 동해의 삼신산三神山의 하나로 손꼽히는 금강산은 용감하고 슬기롭고 아름다운 것의 순결한 상징으로서 조선 사람들의 자랑이며 세계적 명산이다.

금강산을 보기 전에는 산수의 아름다움을 말하지 말라는 예로부터의 말은 참으로 지당한 말이다.

하늘을 찌르는 듯한 높은 봉우리들과 층암절벽들, 무지개 이루며 쏟아지는 폭포들, 산골짜기를 흐르는 옥계수들과 거울 같은 늪들, 푸른 바다에 수놓아진 해금강의 흰 기암들, 이모든 것들이 서로 조화되어 자연의 일대 기관을 이루고 있다.

그러므로 중국의 한 시인은 "바라건대 이 몸이 해동국조선에 태어나 금강산 1만 2천봉 보고지고보고지고…"라고 읊었다.

우리의 조상들은 먼 옛날부터 이 위대한 자연의 창조 예술을 세계에 자랑하였으며 지극한 사랑 속에 누구나 찬양하며 감상하여 왔다. 그것은 산 이름을 "금강金剛"이라 부른 데서 볼 수 있다.

(…중략…)

금강산에는 우리의 고대 문화를 자랑하는 절도 많다. 인민들은 8만 9암자를 전해 왔지만, 실지에 있어서도 108개의 사찰 암자가 있다.

통일 신라 시기의 유물과 임진 조국전쟁 당시에 인민적 투쟁에 참가한 의승—사명당의 유물로 이름 있는 유점사, 리조 후기의 건축술과 명필—한 석봉의 유적이 있는 장안사, 고려 시기의 이야기를 담은 표훈사, 신라 시기의 9층 석탑을 가지고 있는 신계사 등 금강산 내의 크고 작은 골짜기마다에 우리의 자랑이 많다.

그러나 지난 조국 해방 전쟁 시기 미제 공중 비적들은 금강산에다 무수한 폭탄을 퍼부어 유점사, 장안사, 신계사를 폐허로 만들었고 표훈사와 기타 암자들을 파괴했다.

(…중략…)

금강산은 강원도의 회양, 고성, 금강, 통천 등 네 개 군에 걸쳐 자리 잡고 있다. 그의 면적은 동서가 40킬로미터, 남·북이 60키로미터나 되는 넓은 지역에 세 갈래의 련봉으로 되어 있는 바 중앙과 연안 련봉의 동쪽은 급한 단애를 이루어 바다에 림하고 그의 서쪽은 비교적 완경사로서 서쪽 련봉에 접하고 있다.

금강산의 최고봉은 세 갈래 련봉이 맞물린 중앙부의 비로봉1,638미터이다. 이로부터 북쪽에 온정령858미터과 만물상, 남으로 내무재령1,275미터, 망군대1,331미터, 백마봉1,510미터, 외무재령1,197미터, 기타 대소 기봉 괴암들, 실로 명장의 조각으로도 형상하기 어려울만한 조각미의 극치를 이룬 1만 2천의 봉우리들을 이루고 있다.

400평방 키로미터의 광활한 면적을 차지한 금강산은 곳에 따라 그 모습을 달리하고 있으므로 제각기 다른 이름으로 불리워지고 있다. 즉 비로봉을 중심으로 한 중앙 련봉의 서쪽을 내금강, 남쪽을 신금강, 그의 동쪽 연안 련봉과의 사이를 외금강이라 하고 연안 련봉이 동해에 빠진 고성 부근을 해금강이라 부른다.

(…중략…)

금강산은 먼 옛날부터 전하여지는 가지가지의 전설이 있다. 그 가운데는 금강산 '8선녀'들에 관한 이야기며 룡을 타고 룡궁으로 갔다는 아름다운 전설들은 금강산 명물의 하나이다. 그러나 지금은 이 환상적인 전설 이상의 아름다운 이야기가 깃들어 있는 바 그 이야기들 가운데는 오직 하나밖에 없는 영광스러운 조국을 지켜, 사랑하는 고향을 지켜 싸운 인민군대와 이곳 인민들의 영웅적 투쟁 이야기들이 수놓아져 있다.

(…중략…)

신만물상은 구만물상에서 좀 떨어져 있는데 이곳은 길이 매우 험준하다. 천녀봉에서 금강 제일관으로 부르는 돌문—금강문에 들어서면 죽순처럼 생긴 돌 바위가 있는 이것이 천선대다.

천선대의 남쪽에 수정같이 맑은 물이 늘 푸르게 괴여 있는 3개의 돌구멍이 있다. 이것이 우의전설과 결부된 천녀화장호天女化粧壺인 바 하늘에서 내려온 선녀들이 문수담에서 목욕을 한 후 하늘로 도루 올라가기 전에 여기서 화장을 하였다 한다. 천선대, 문수담, 천녀화장호는 우리나라에서 잘 알려진 금강산 '8선녀'의 우의 전설과 결부된 명소들이다.

먼 옛날 머슴살이하는 한 총각이 주인의 심부름으로 인삼을 캐러 금강산에 왔다. 그는 인삼을 찾아 아무리 다녔으나 발견하지 못하였다. 이리저리 헤매는 가운데 그가 문수담에 다달았을 때였다. 사냥꾼에게 쫓긴 사슴이 나타나서 숨겨달라고 애걸하므로 인정 많은 총각은 사슴을 숨겨 주었다. 사냥꾼이 지나간 뒤에 사슴은 감사의 뜻을 표하면서 말하기를 "이곳 문수담에는 하늘에서 선녀들이 내려와서 목욕을 하고 있으니 선녀의 옷을 한 벌만 감추시오. 그러면 당신은 선녀와 부부가 되어 행복한 생활을 하게 될 것이오"라고 알려 주었다. 어떻게 된 일인지 문수담에는 오색찬란한 무지개가 비끼고 하늘에서 선녀들이 무지개를 타고 내려와서 옷을 벗고 이곳 문수담에 들어가 목욕을 하는 것이었다. 총각은 사슴이 시키는 대로 벗어 놓은 선녀의 옷 한 벌을 감추었다. 이윽고 목욕을 마친 선녀들은 천녀 화장호에서 몸을 단장하고 선녀들은 하늘로 올라간 다음 무지개 사닥다리를 거두었다. 다만 옷을 잃은 선녀만이 홀로 떨어져 옷을 찾다 못하여 고심하던 차에 총각을 만나게 되었다. 선녀는 총각에게 자기 옷을 찾아 준다면 그 은혜를 잊지 않겠다고 말하였다. 총각은 선녀에게 옷을 가져다주며 백년가약을 맺고 이 금강산에서 행복스럽게 살 것을 이야기하였다. 이 말을 들은 선녀는 총각과 백년해로를 약속하고 아들딸들을 낳아 행복한 생활을 하고 있었다. 어느 해 단오날이었다. 그네 놀이를 나갔던 선녀는 아들까지 다리고 그만 하늘로 올라가고 말았다. 사랑과 행복을 잃은 그는 쓰라린 심정을 안고 허둥지둥 문수담으로 달려왔다. 이때 어디선가 사습이 또 나타나서 하는 말이 "당신이 옷을 감춘 후부터는 선녀들이 천선대의 물을 밤중에 퍼 올려 하늘에서 목욕을 한다오. 그러니 밤 몰래 천선대에 가서 기다리면 반드시 물 푸는 두레박이 내려 올 것이니 그 두레박에 올라앉으면 하늘에 올라가 사랑하는 그 선녀를 만나게 될 것이오"라고 가르쳐 주었다. 그는 사슴이 시키는 대로 천선대에 찾아갔더니 하늘에서 금빛도 휘황하게 천선대에 두레박이 내려왔다. 그는 그 두레박을 타고 하늘로 올라가 안해와 아들딸을 만나고 백년을 하루같이 행복스럽게 살았다고 한다.

천선대에서 다시금 돌문을 내려와 왼편 우의봉의 낮은 고개를 넘으면 오만물상으로 가는 길이다.

제3장

남강원도

궁예 왕의 옛 서울을 밟고

김기전

● 김기전(金起田), 「궁예 왕의 옛 서울을 밟고」, 『개벽』 7호, 개벽사, 1921.1; 방민호 편, 『경원선 따라 산문여행』, 예옥, 2020, 162~166쪽

어떻게 하면 철원에 궁예 왕의 옛 서울을 밟고 삼방에 궁예 왕의 불행하던 곳을 찾을까 함은 경원 열차에 몸이 실릴 때마다 원이었다. 뜻이 있는 자는 그 일을 이루게 되는 법인가보다. 이제 내가 그 두 곳 중의 한 곳을 볼 기회가 생겼다.

월전 나는 어떠한 일로 외우인 이동구 형과 같이 강원도 영서 일대에 계신 우리 부모형제를 찾게 되었다. 이 길에 처음 들른 곳이 철원이었으며 특별 사정으로 인하여 철원에 하루를 가류하게 되었으니, 이 가류의 하루가 즉 언제부터의 원이던 궁예 왕의 옛 서울을 찾는 날이 되었다.

궁예 왕의 고도는 이 골 북면 고궐리에 있으니 읍내에서 약 삼십 리다. 우리 두 사람은 그 지방에 계신 고로 한 분을 모시고 아침 열 시쯤 철원읍 북편을 나와 고궐리로 직향하였다.

이날11월 18일은 숙우가 곱게 개고 온기가 재동纔動하여 일기 온순키로 유명한 금년 초겨울 중에도 제 일등이 될 만한데 추수에 동장冬藏까지 다 행한 농촌에는 해인조차 희소하고 오직 천변에 물방아 찧는 소리가 소춘小春 가벼운 공기에 파동을 일으킬 뿐이었다.

우리는 모시고 오는 노인께 그 곳에서 전하는 궁예 왕 고사를 느낌 있게 들으며 월정리 정차장을 지나 경원선로를 남으로 두고 월정촌으로 향하였다. 이때에 노인은 월정리 입구에 보이는 좀먹은 석원石垣을 가리키며 이것이 궁예왕 때의 외성이라 한다. 자세히 보니 확실한 석성이며 비록 얼마가 남지 못하였으나 상당히 인공을 가하여 축상築上한 것이 분명하였다. 그런데 그 외성의 주위는 약 이십 리가량이라 한다. 우리가 지금 들어서는 이곳이 당시 남대문 터가 아니었는가 하며 그 앞

철원 고궐리 석등
출처 : 『조선고적도보』 제2책, 1915, 김상헌 소장본

에 바로 있는 월정리 거리가 아주 남대문 거리로 보였다. 그리고 이제 얼마만 들어가면 구중궁궐에 엄연히 앉은 궁예 대왕을 볼 것 같고 종로 큰 거리에 어물어물하는 그 광경을 대할 것 같았다. 멀리 바라보면 느티나무 몇 그루가 광야에 우뚝 높아 다 늙은 단풍잎이 한 폭 그림을 이뤘는데 같이 온 노인이 손가락으로 가리키며 그 맞은쪽이 궁예왕의 고궐故闕 터라 한다. 망연히 바라고 묵연히 생각한 우리는 보기에 앞서 감개였다.

월정리의 이름 있는 다래 우물月井에서 어린 색시가 공손히 주는 물을 마시고 십보구사十步九思로 고궐리 찾아드니 멀리 보이던 그 느티나무 밑에는 서너 집 촌가가 있고 또 그 앞에는 빨래하기 족할 만한 작은 내가 있으며 그 천변에는 기다幾多한 잡목과 보기 흉한 가시덩굴이 엉키었다. 모르거니와 그 작은 내도 지금부터 천 년 전의 그 때에는 만도滿都부인의 완사처浣紗處가 되었을 것이며 따라서 그 널따란 바위와 높은 언덕은 만도 사람들의 탁족 소풍의 자리도 되었을 것이다. 느티나무 바로 밑에 있는 집에서는 그 때에 벼 마당을 차리고 벼 치기에 분주한데 우리는 한 편에 밀어 놓은 도고稻藁 위에 주저앉아 볏짚 채질하는 한 삼십 가량의 한 분에게 고궐리의 고사를 물어 보았다.

물론 그네라고 자세히 알 리는 없다. 더욱 그 동리에는 본래 살던 사람은 하나도 없고 최근에 모두 갈아든 사람뿐이라 한다. 들은 대로만이라도 말을 하여 주었으면 기쁘겠다 한즉 그는 우리의 밟아 온 앞길 언덕을 가리키고 그 곳이 동대문 자리라 하며 느티나무 밑 땅에 반만 묻힌 돌성을 가리키며 그것이 궁성 담자리라 하고 그 뒤 밤나무 드문드문 보이는 곳이 진정 고궁전 기지基址라 한다. 그는 '우리는 모르지요만' 이 말을 전제로 하고 다시 잇대어 말하되 이 뒤 율목리 촌에 종로 터와 종각 터가 있다, 고궐 서에 어수정御水井이 있고 그 밖에 석탑이 있다 한다.

우리는 그네들에게 사의를 표하고 밤나무 드문드문한 곳에 고궐 터를 찾으니 그 터는 언제부터 밭으로 변하여 명년 춘삼월을 기다리는 맥아가 정히 푸르렀고 그 중에는 희끔희끔한 주춧돌이 못다 거리 정연하게 남았으며 밭머리에는 각담이 여기저기 널리었는데 그 돌은 모다 당시 궁전의 일부를 이룬 촌이었을 것이다. 우리는 넋 잃은 사람같이 밀밭 속으로 왔다 갔다 하며 이 주춧돌 저 주춧돌에 발을 머물다가 이미 봄에 나서 영글고 그 씨가 떨어져 여름에 다시 나 두 번째 영글고자 하는 한 줄기 귀밀과 어지러이 흩어진 와편 몇 개를 집어 들고 당년의 궁성이었던 듯한 토성 터진 곳을 넘어 서쪽으로 나간 즉 일좌 석탑이 같은 밀밭 속에 외로이 서 있는데 이것이 즉 궁예 왕 고탑이었다.

그 탑은 전부 6층으로 이루어져 높이는 3장에 불과하고 무슨 조각 같은 것도 없으나 그 몸체가 뚱뚱하고 구차한 기교를 가하지 않은 것이 대하는 사람에게 무슨 의력毅力을 가르치는 듯하였다. 천 년 전 궁예 왕의 그 인격, 그 정신을 그가 홀로 암시하는 듯하였다. 우리 일행은 처음 향해선 그대로 한참 동안이나 그 탑을 말없이 보다가 이 형은 탑의 북편으로 나는 그 서편으로 그냥 쓰러져 앉았다. 그 밭 한쪽에는 기와의 파편이 해변의 조개껍질같이 산란하였으며 저편 고궐 기지에서 본 것과 같은 주초석이 여기저기에 드러났다. 그런데 나의 눈에는 파편과 잔초殘礎는 다 각각 보이지 않는 무슨 형체를 갖춘 듯하였고 그 천만의 형체는 덩그렇게 서 있는 일좌의 그 황탑荒塔을 지키고 있는 것 같이 보였으며 그 황탑은 사위의 모든 형체와 더불어 우리에게 무엇을 호소하는 듯하였다. 그래서 나의 쓰러져 앉은 몸은 다시 쓰러져 엎드리고 말았다.

형제들아, 그리 쓰러진 이후의 여하를 구태여 나에게 묻고자 하지 마라. 같이 모시고 온 노인의 재촉으로 몸을 일으켜 겨우 정서를 수습하니 일색은 이미 서쪽으로 기울어 석탑의 그림자 자못 길었는데 그림 같은 고남산故南山이 저녁 연하에 희미하며 부는 듯 마는 듯한 비낀 바람이 우리 흉회胸懷에 들어올 뿐이었다.

아아, 산이 의연하고 바람이 그러하건만 당년의 성사盛事가 이금異今에 안재安在아!

徘徊千古問無人

唯有荒塔泣風前[1]

우리의 눈은 다시 흐리고 우리의 발은 다시 멈추지 아니치 못하였다. 게다가 산악 같은 거구에 용시龍獅 같은 의용으로써 출장입상에 일세를 호령하던 그가 우두백牛頭白하고 마두색馬頭色하며 석면두石面蠹하는 불길한 어느 날에 외로이 성문을 탈출하여 전중평야戰衆平野에서 밀 이삭을 줍다가 삼방역 건너편 어느 골 안에서 평강완민頑民의 부도斧刀 하에 최후를 고한 그 운명을 샅샅이 추상追想한 당시 우리의 심정은 또한 어떠하였을까. 송경松京에 만월대, 패성浿城에 숭령전을 우리가 찾지 않음은 아니었으나 그 때는 사실이 이와 같은 처절 감극의 지경은 아니었다.

우리는 그 곳을 차마 떠날 마음이 없었으며 또 종로 터, 어수정을 낱낱이 찾고자 하였으나 그날 저녁 철원읍에 돌아가지 아니치 못할 약속을 가졌음으로 고궐리와 이별을 고치 아니치 못하였다. 그런데 무엇보다도 그 석탑을 떠나게 됨이 섭섭하고 슬퍼서 보고 또 보고 가다가 또 돌려다 볼 때 1리를 지나고 2리를 지나 그의 형체가 흐릿하여 질 때는 나의 눈이 또한 흐리었다. 그와 나는 암만하여도 아니 고별치 못할진대 차라리 속히 단념함이 낫겠다 하였더니 월정리 역에서 이 형이 "여기서도 그 탑이 보이는 걸요" 하는 말에 문득 그 편을 보니 과연 그 얼굴이 희끔하게 보이는 듯하였다.

아아, 우리는 간다만 따스한 고향의 옛집으로 우리는 잘 간다만 그가 풍설 차고

1 시를 풀이하면 다음과 같다. "천년 전 일 물을 이 없어 배회하노니 / 황량한 들판에 석탑만이 바람 맞으며 울고 있네"

행인도 끊긴 평강 고원에서 저 혼자 어찌 살까? 그가 어떻게 사나!

아아, 주인 없고 동무 없는 그가 저 혼자가 과거의 천년을 어떻게 지냈으며 미래의 먼 시일을 또 어떻게 지내 갈거나, 어떻게 지나 갈까나!?

태봉 고국 철원군

무명씨

● 무명씨, 「태봉 고국(古國) 철원군」, 『개벽』 42호, 개벽사, 1923.12

山含古國千年恨	산은 옛 나라의 천년 한을 품었고
雲抱長空萬古愁	구름은 장공의 만고 근심을 안았도다

강회백姜淮伯의 「철원 회고」 시다. 철원은 태봉국 궁예의 고도다. 옛 이름은 철원鐵圓, 철성鐵城, 동주東州요, 철원鐵原이라 칭하기는 고려조 충선왕 2년부터 시작하였다. 위치는 강원도 서북부에 있으니 동은 금화, 북은 평강, 서는 이천, 남은 경기도의 포천, 연천 양 군을 접하였다.

지세는 경기도와 경계를 그은 금학金鶴산맥이 군내에 연긍連亘하여 굴곡이 많으나 북부 일대는 평야를 이루어 평강평야와 요요상린遙遙相隣하였다. 산악으로 중요한 것은 금학金鶴, 명성鳴城, 보개寶蓋, 고대高臺, 화인봉化人峰, 고암高巖, 효성曉星, 영영靈影 등이니 그중 금학이 가장 높고94미터 하천은 모두 임진강 지류에 속한 것이니 역곡驛谷, 한탄漢灘, 남대南大, 거탄車灘 등 천이 중요한 것이다.

행정구역은 10면, 60동리로 나뉘고 면적은 54방리(그중 경작지 30,993정보), 호수는 2,499호일본인 207호, 인구는 58,221명일본인 571명이다.

교통은 군내 1, 2의 판로를 제한 외에 대개 평탄하고 미구에 개통될 금강산 전기철도가 경원선과 연락되면 운수 교통에 극히 더 편리하여 면목을 일신할 것이다.

시가는 상점이 즐비하고 또 근일에 전등이 가설되어 불야의 성을 이루었으며 산업은 평야가 많으므로 농업, 목축업이 비교적 발전되고 잠업도 또한 발달되었으니 저 유명한 철원주鐵原紬, 연간 2, 585필, 28,380원와 철원태鐵原太, 연간 18,063석, 철원소鐵原牛, 연간 총 매매 액수 7,869는 본군의 특산으로 내외 시장에서 회자한다.

교육기관은 보통학교 3, 일본의 소학교 1 외에 사립 봉명학교鳳鳴學校가 있으니 이 봉명학교는 거금 17년 전 즉, 융희 2년 6월 3일에 당지 청년 독지가 이봉하李鳳夏 군이 설립한 바로, 허다한 풍상을 거친 이후에 남감리교회에서 약간의 보조를 받아 유지하는데 생도 1,808인, 학급 6으로 복식 수업을 실시하고 또 남녀가 공학한다. 명소 고적은 역시 많으나 중요한 것을 들면 다음과 같다.

용화폭포龍華瀑布

일명 삼부락三斧落이니 읍에서 동쪽 5리 갈마면 용화산에 있다. 길이 10여 척이요, 삼층의 암석이 요함凹陷하여 대부형大斧形과 같은 고로 삼부三斧라 이름하였으니 경개가 절승하다.

순담蓴潭

읍동 3리 갈말면 도덕탄道德灘에 있으니 기석괴암이 병치하고 한 가닥 청류가 그 사이를 통한다. 거금 약 300여 년 전에 김상모金相某가 바위를 뚫어 한 못을 만들고 부들을 심었으니 지금에도 이것이 난다.

도피안사到彼岸寺

읍동 25정 되는 동송면 관우리에 있은 일명 피봉사彼奉寺요, 또 이름하여 도피사到彼寺다. 거금 1,500여 년 전에 주조한 철불이 있어 높이 3척 5촌여요 뒷면에 함통咸通 6년이라 새겼다. 전 앞에 5층 석탑이 있으니 차역 같은 대의 유물이라 한다.

심원사深源寺

읍의 서남쪽 5리 신서면 보개산에 있으니 산고수청山高水淸하고 수목이 울창하여 가을 단풍잎의 경치가 절승이다.

고석정孤石亭

읍의 동남쪽 3리 허안석許岸石이 송립竦立하고 연못물이 조용히 흐르는 곳에 임하였으니 세상에 전하기를 신라 진평왕 및 고려 충숙왕의 유상지遊賞地라 한다. 그 옆에 고석성지가 있다.

세계 희유의 사설 유곽—보라 이 유산자의 소위를

차상찬

● 차상찬, 「세계(世界) 희유(稀有)의 사설(私設) 유곽(遊廓) – 보라 이 유산자(有産者)의 소위(所爲)를」, 『개벽』 42호, 개벽사, 1923.12

철원에서 유곽이라 하면 보통 사람들은 몬저 광도옥廣島屋을 가르칠 것이다. 그러나 그것은 공공연하게 설치하고 일반 유야랑遊冶郞의 금전을 빼기로 목적하는 것이지만, 자기 일개인一個人의 오락을 위하야 공연 비밀하게 설치한 세계 희유希有의 사설 유곽은 잘 알지 못할 것이다. 그 유곽은 철원 읍내에서 경개, 이름 다 조흔 월하리月下里 동천洞天에 30여 평의 대기지大基地를 점占한 이층집이다. 그 집의 주인공은 불문가지不問可知 철원의 색마色魔, 아니 조선의 유일무이唯一無二한 노색마老色魔인, 전일前日 한성판윤漢城判尹 박의병朴義秉 대감大監이다. 그 대감은 원래 철원 태생으로 소시少時에 가정 학대를 밧고적서 구별로 표연이 경성에 윤락淪落하야 엇던 세도 재상 집의 요강, 타구, 부시기와 담배 불 부치는 직무에 봉사하얏섯다. 그러나 장래에 색계色界의 왕위, 또는 사설 유곽의 주인공이 될 만한 자격을 가진 박 씨는 구구하게 남의 집 심부름하는 직무를 그다지 만족히 생각지 안이하고 좌청우촉左請右囑으로 일개의 미관微官을 도득圖得하얏다. 씨氏의 교활한 수단과 민첩한 교제는 당시 한국 시대의 매관매직하는 모모 재상을 농락籠絡하야 일약 천리千里의 세勢로, 혹은 경무사警務使, 혹은 한성 판윤, 혹은 경의선 군용 도 조사부장이 되야 옥관자玉貫子, 금관자金貫子를 다 부처 보왓다.

씨氏의 재산은 역시 적지 안이한데 원래 적빈자赤貧者로 호랑이 담배 먹고 안즌방이 천리 가던 어둠컴컴한 한국 시대에 관리로서 몬 것이다. 특히 군용철도 부설 시대에 국재國財, 또는 민재民財를 침도 잘 바르지 안이하고 술썩 집어 생킨 것이다. 또는 소위 황독黃犢 대감大監 이용익李容翊씨와 교제가 빈번頻繁할 시時에 공산명월空山明月과 오동추우梧桐秋雨를 이용하여 송학松鶴, 봉황鳳凰을 함부로 싸 드린 것이다. 씨氏는 합병 후에 일시 경기도 참여관이 되얏다가 '원기인간사願棄人間事하고 귀작색계왕歸作色界王'이라는 귀전원시歸田園詩를 음吟하고 관冠을 동문東門에 괘掛하고 철원 향리로 귀歸하얏다. 번화한 경성에서 불고체면不顧體面 불고렴치不顧廉恥하고 방화수류訪花隨柳로 필생의 사업을 삼던 박대감은 적적한 철원 협중峽中에서 잠시라도 엇지 소일거리가 업시 심심이 지냇스리오. 이에 정신수양 겸 심심파적 겸 『구운몽』을 탐독하다가 육관대사 성진의 대도大道를 각득覺得하고 기고제其高弟가 되리라고 결심하얏다. 일변一邊으로 불도佛道를 신앙하고 일변一邊으로 팔선녀八仙女를 모집하얏다. 수심가愁心歌 잘하는 평양집이며 육자박六字拍이 잘하는 두 대구大邱집, 시조 명창 경주집, 뚱뚱한 전주 무골집, 심덕 조흔 은행골집, 냉리冷悧한 '입쌘이'처녀, 순직順直한 '광순이'처녀 등의 천하 명기名技 가인佳人을 다 모와 들엿섯다. 그 집 구내構內에는 7, 8개七八個의 가옥을 신축하고 제1호실第一號室, 제2호실第二號室, 내지 제8호실第八號室이라는 패牌를 싹싹 써 부치여 놋코 금야今夜에는 제1호실第一號室 미인美人, 명야明夜에는 제第2호실號室 미인美人을 등대等待케 하야 순차로 쾌락을 누리엿다. 그러고도 유위부족猶爲不足하야 한참 당년 전성시대에는 자기 소작인의 쌀이나 만만한 동내洞內집 처녀들을 금력金力으로 강압하야 좌우에 시종케 하다가 연간 면추免醜나 한 여자이면 수욕獸慾을 자행하얏다. 그의 집은 과연 일개 대염굴大魘窟이오 사설 유곽이엿다. 그러나 그 팔선녀는 날마다 서로 쟁투爭鬪하고 서로 질시하야 여간 박 씨가튼 가자假者 육관대사로는 도저히 제어키 어려웟다. 몬져 평양집이 '입쌘이' 관계로 써나가자 (이쌘이는 원元 평양집 하녀) 대구집, 경주집, 과순이 등이 뒤를 이여 가고, 다만 은행골집이 남엇서다. 당시 팔선녀 중에 이 은행골 집이 홀로 금일까지 잇는 것이 쏘한 한 기연奇緣인 듯하다. 원래 은행은 자웅수雌雄樹오 수목壽木이니까 은행골 집이라고 별명을 가진 미인이 장구이 잇는 것은 무괴無怪한 일이다. 이와갓티 팔선녀가 춘풍에 낙화처럼 히여지고 보니 박 씨의 집은 적적하기가 마치 진재震災 후後 동경의 유곽과 다름 업섯다. 이것은 대정大正 7년경 사事인데 그때 박 대감의 나히는 67세엿다. 노접老蝶이 부지춘이거不知春已去하고 편편유련락래화격翩翩猶戀落來花格으로 박 대감은 나히 비록 칠순에 근近하얏스나 색심色心은 아즉도 발발勃勃하야 다시 제2회第二回로 미인을 모집할새 철원 내에서 자색姿色으로 방명芳名이 자자한 엄은자嚴銀子와 경성 광무대光武臺에서 만인의 총애를 수受하던 이팔가인二八佳人 산옥山玉을 오백의 황금으로 낙적落籍하얏다. 그러나 엄씨도 얼마 아니하야 장짜를 부르고 산옥은 경성 엇던 청년 신씨申氏에게 또 쌕기엿다.(년전年前 매일신보每日申報에 연재된 소위 이층二層 누각樓閣이 비밀사건)

이러케 수차 실패를 당한 박 씨는 스사로 생각하되 자기와 관계된 모든 여자가 다 배은망덕을 하는 것은 오즉 여자의 교육이 업는 까닭이며 또한 시대 변천을 짜러서 일반 사람이 모도 쇠똥머리에 검경 통치마, 흰 져고리 자리를 조와하니 나도 소위 신식 여자나 한아 어더 보리라 하고 사방으로 구하다가 경성에서 엇던 열치기 여학생 효경孝卿(소위 산정山亭집)이란 17세된 미인을 또 다려왓다. 그러고 보니 지금의 박 씨는 본부인과 은행골 집과 효경이를 다리고 잇는 모양이다. 전일前日 팔선녀 시대에 비하면 사설 유곽이 좀 불경기인 듯하나 백발이 성성한 72세의 노구로 '가앙침상삼두병駕鴦枕上三頭幷, 비취금중륙비련翡翠衾中六臂連'이란 시만 부르고 여년餘年을 송送하는 것은 그에 대하야 무상無常한 행복일 것이다. 시試하야 그의 집을 방문하면 정원이나 옥내屋內의 일반 배치가 참 기괴하다. 제일第一에 현관으로 들어가는 데는 양화도揚花渡에 잇는 서양 사람의 공동묘지 입구 모양으로 5, 60개의 망주석望柱石, 장군석을 좌우에 나열하고 현관에는 여자의 어여쁜 신이 노혓스며 실내에는 벽상에 람藍 치마와 노란 자디 저고리가 걸녀 잇고 북벽 가상架上에는 금불金佛, 석불石佛을 안치하엿스며 기하其下에는 두어 말들이 붉은 남박에다 수백여 개의 계란을 담어 놋코 기타 우유 등이 만이 싸혀 잇스며 또한 백주白晝에 침욕寢褥를 둘식 날으니 패노 왓다. 누가 보던지 그의 집은 참 색마굴色魔窟이다. 그의 위하는 금불, 석불은 과연 성진性眞의 대도大道를 통하랴고 위하는 것인지, 또는 내세에도 여러 미인과 가티 극락을 누리게 해 달나고 위하는 것인지 의문이며, 우유 계란은 물론 자양품慈養品이니까 노쇠한 색마왕의 업지 못할 물건이다. 그는 참 색계의 마왕이오

성계性界의 철학자다. 소시少時로부터 노년 또는 죽기까지 철두철미하게 여자에게 안이 축첩사업蓄妾事業에 희생한 자이다. 친척이 굴머 죽던지 사회, 국가가 엇지 되던지 전연 불고不顧하고 첩만 잇스면 만사 태평이다. 그의 아들 박용직朴容直 군도 또한 대감의 사업을 계승하엿다. 부랑자로는 철원의 대표적 청년인데, 행랑 기집과 비밀 관계를 멧고 돈 1원一圓을 그 사내놈을 주어 6, 70리 외外로 심부름을 보낸 뒤에 그 기집과 승간도주乘間逃走하얏다 한다. 아이고, 나무아미타불관세음보살南無阿彌陀佛觀世音菩薩.

조선 각지 폭포관-용화 폭포

무명씨

● 무명씨, 「조선 각지 폭포관-용화(龍華) 폭포」, 『별건곤』 31호, 개벽사, 1930.8

경원선 차를 타고 철원을 지내랴면 태봉 고도古都의 유고시流古詩를 읍는 이는 적지 안흘넌지 모르나 거긔서 내리여 원산가도를 거러 가지고 이 용화 폭포를 일부러 찾는 사람은 아마도 만치 못하리라. 그러면 이 이백십 척이나 낙하하는 이 폭포가 엇저고 슬어하지 아니하랴.

고도고적순례-태봉국 고도 철원

주북산인

- 주북산인(珠北山人), 「고도고적순례(古都古蹟巡禮)-其九-태봉국(泰封國) 고도(古都) 철원(鐵原)」, 『신동아』 22호, 신동아사, 1933.8

一

철원! 철원은 일천 년 전 번화의 대도시엿다. 묘목영웅眇目英雄 궁예왕의 이십삼 년 간 천하를 호령하던 태봉국의 수부水府이엇섯다. 만은 지금은 맥수麥穗가 점점漸漸하고 황초荒草가 리리離離할 뿐.

'궁녀여화만춘전宮女如花滿春殿, 지금유유서고화只今唯有鴟鴞花'라 할 만한 풍천원楓川原의 폐허가 남어 잇슬 뿐이다. 이 폐허를 상상하면서 그에서 연주하던 역사극의 일막을 간단이 써보랴 한다.

二

철원은 본래 고구려 시대에 철원군으로서 삼국사기 지리지에 '철원군일운모을동비鐵原郡一云毛乙冬非'라 하얏다. 삼국 시대에 잇서서는 인명과 지명이 다 조선말로 읽고 그의 음의音義를 딸어서 한자로 역재譯載하얏슬 뿐이엇섯다. 그럼으로 동일한 인명 지명으로도 그의 발음과 음의音義를 딸어 수삼 종의 각이各異한 한자로 역재譯載한 수가 잇섯다.

예를 들으면 연개금淵蓋金, 또는 연개소문이라 함은 '이리갓쇠'라 하는 원어를 한자로 환역換譯함이오, 태종苔宗 또는 이사부異斯夫는 '잇보'의 한역이며 '서울' 곧 '섭울'의 고어는 서벌徐伐, 금성, 서원, 신라, 계림 등의 종종의 한자로 화현化現되얏고 '글씨바위'를 문현文峴 또는 근척파의斤尺波衣라 하고 '오삼달'을 오섬달烏閃達 또는 귀산兎山이라 하얏섯다.

그와 같이 철원이라 함은 곧 원어의 의역이요 모을동비毛乙冬非라 함은 곧 원어의 음역이라 할 만하다. 그를 이두문식으로 읽어보면 '모毛'는 '털 모' 자로서 발음의 '동'을 취하고 '비非'는 '그릇 비' 자로서 '긋'을 취하여 그를 통역通譯하면 곧 '털동긋'으로 읽을 수 잇는 바이다. 동시에 철鐵의 발음은 '텰'로서 '털'과 근사하야 '털'과 '텰'을 통용할 수 있는 바이며 '원圓'은 '둥글 원' 또는 '둥긋 원' 자로서 '둥긋'과 '동긋'이 유사하야 그를 통용할 수 잇는 바이다. 그럼으로 그를 통독通讀하면 철원鐵圓도 또한 '털동긋'이라 읽을만한 동시에 '모을동비毛乙冬非'와 '철원鐵原'이다. '털동긋'이라 하는 동음이역으로 화현化現되얏슬 뿐. 각이한 음의音義가 잇는 것이 안이다. 언어한 문사文士는 철원을 '쇠두레'라고 쓰신 곳이 잇서스나 그는 고거상考據上 착오錯誤라 하지 안이할 수 업는 바이다.

三

위에 말한 바이 갖이 고구려 시대에 잇서서는 '털동긋'을 '철원' 또는 '모을동비'라 역용譯用하다가 신라 진흥왕 12년에 용장 거칠부의 정복으로 붙어 신라의 영토가 되얏소 한화적漢化的 문명이 최고 절정에 도달한 경덕왕 16년 12월에 전국의 지명을 한자화 식히는 동시에 철성군鐵城郡이라 개칭하야 한주漢州에 부속케 하얏고 진성여왕 십년에 신기한 후 고구려국 태조 궁예왕이 송악군으로붙허 국도國都를 그에 이정移定하얏다가 익년에 다시 송악군에 환도하더니 그로붙허 18년을 지내서 국호를 태봉국이라 개칭하고 국도를 다시 철성에 옴기게 되얏섯다. 그래서 그로붙허 5개 년 간에 궁사극치窮奢極侈의 호화한 생활을 누리다가 마침내 그의 신하 왕달의 혁명으로붙허 건국 후 14년의 역사를 가젓던 태봉 왕조가 일조一朝에 복멸覆滅이 되고 고려 왕조가 신설이 되자 익년에 국도를 송악에 옴기면서 철성을 동주東州라 개칭하얏고 고려 충선왕 2년에 철원부라 개칭하얏고 오랫동안 경기도에 예속되얏던 본군을 이조 세종 16년 강원도에 이속케 하얏섯다.

四

끝흐로 철원에 정도하얏던 궁예 왕조의 역사 중에 이삼二三의 의점疑點을 들어 뒤를 맞이고 말어보랴 한다. 그 왕조의 운명이 단촉하얏슴으로 당시에 기록이 남어 잇지 못하얏고 고려인의 이기적 서술로 붙혀 그의 진면목이 말살되고 말엇섯다. 고구려 유민의 정신을 화현 식힌 후 고려 또는 후고구려라 한 국호까지도 겨우 제왕운기 삼국유사 동문선 등 기록에 붙혀 남어 잇슬 뿐. 소위 정사이라 하는 삼국사기에는 말살이 되고 말엇다. 더욱이나 그의 말년 곧 혁명 전의 기록은 왕달王達의 혁명을 변호키 위하야 궁극의 죄명을 궁예왕에게 씨우기 위하야 역사적 사실을 변조한 점이 다대한 듯하다. 그럼으로 삼국사기 중에 그 부분의 기록을 읽으시는 이는 먼저 그 점에 주의치 안하야서는 안될 것이다. 삼국사기 본전에 보면 궁예는 본래 신라 헌안왕憲安王 혹은 경문왕景文王의 왕자로서 5월 5일에 탄생하야 부왕에게 유해有害하다는 미신적 이유로 살해코자 함으로 그의 유모가 업고 도피하야 민가에 장양長養하얏다가 중년에 태백산 세달사의 승려가 되야 자호를 선종善宗이라 하더니 신라 진성여왕 사년에 국가의 소란함을 보고 죽주적竹州賊 기훤箕萱에게 몸을 던저 기병하얏다 하다만은 그가 본래 신라 왕자이라 함도 일종의 귀족이 지벌地閥을 빙자하야 인심을 수습하랴는 정책적 가설이 안이가? 한다.

그러고 진성여왕 11년에 철원에 건국하고 국호를 후고구려라 하얏다. 그는 고구려의 망국 후 이백여 년을 지냇스나 아즉도 고국을 동경하는 북방민의 환심을 매수하랴는 방편인 듯하다. 견훤이 백제 유민의 정신을 영합키 위하야 국호를 후백제라 함과 동일한 수단이다. 다시 말하면 이백여 년간 지하층으로 암류暗流하야 오던 고구려 민족적 정신의 재현으로서 그가 곧 신라 왕자라 함보다는 고구려인의 혈족을 받아난 평민적 위인인 듯하다. 말은 삼국사기에는 고구려 또는 고려라 한 국호까지 산거刪去하야 그의 유적을 차저 내기 어렵게 되얏섯다.

그리고 삼국사기 본전에 '다행비법多行非法'이라 하야 궁예왕이 그의 부인 강씨와 양아兩兒와 무고한 신민을 살육하얏다. 열거하야 궁예왕의 죄악을 지적하는 동시에 천의인심天意人心이 제저를 왕건에게 도라 간다 하야 혁명의 이유가 정당함을 변호하얏다. 만은 그는 기부분幾部分 고려인의 이기적 서술로서 그의 진상을 차저 내이기 어려울 한 기록이라 할 만하다.

이 밖에 궁예 왕조의 사적은 독자 제위가 스스로 삼국사기, 삼국유사, 고려사에서 차저 보시기를 바라옵고 이만 긋이오며 철원 폐허에 존재한 그 시대의 고적적古蹟的 유물을 소개하여야 올을 것이오나 그는 필자가 아즉 가보지 못하얏슴으로 평론치 못하는 바외다.

태봉 왕 궁예 비사

차상찬

● 차상찬, 「태봉 왕 궁예 비사」, 『별건곤』 70호, 개벽사, 1934.2; 방민호 편, 『경원선 따라 산문여행』, 예옥, 2020, 176~183쪽

궁예는 어색한 인물

신라의 찬란한 황금시대도 어느덧 다 지나가고 쓸쓸한 가을바람이 계림의 황엽黃葉에 불어들기 시작하여 제51대의 진성여왕 시대에 이르러서부터는 간신이 정권을 차지하여 나라의 기강이 날로 문란하고 겸하여 흉년이 연거푸 드니 백성이 모두 유리 분산하고 사방에 도적의 무리가 벌 떼같이 일어났다. 이러한 때를 타서 신라에는 양대 괴걸이 일어나 천하를 남북으로 분할하여 서로 쟁탈전을 하였으니 한 사람은 후백제 왕 견훤甄萱이요 또 한 사람은 여기에 말하려는 태봉국 왕 김궁예金弓裔다.

궁예弓裔, 혹은 躬乂는 신라 제47대왕 헌왕왕 의정誼靖의 서자 혹은 48대왕 경문왕 응렴應廉의 아들이라 한다. 5월 단오날에 그의 외가에서 탄생하였는데, 날 때에 무지개 같은 흰 광선이 지붕 위를 돌아 싸고 머리에 이상한 광채가 있으며 날 때부터 이齒가 있으니 온 집안사람들이 모두 기괴하게 여겨 점쟁이에게 물은즉 점쟁이가 말하기를 오월 단오에 낳은 아이는 원래 불길할 뿐 아니라 특히 이 아이는 나면서부터 이가 나고 또한 이상한 광채가 있어서 장래에 반드시 국가에 불리할 터인즉 양육을 하지 않는 것이 좋겠다 하니 헌안왕이 그 말을 곧이 듣고 사신을 보내어 죽이게 하매 사신이 그를 포대기 속에서 꺼내어 다락 밑에다 던져 버렸더니 유모가 불쌍히 여기고 비밀히 받다가 잘못하여 손으로 그의 한편 눈을 찔러 실명케 하고 그대로 도망하여 십여 년 동안을 남모르는 중에서 양육하였다.

용은 연못 속에 머물지 않는다

그는 자라매 장난을 몹시 좋아하니 그의 유모가 경계하여 말하되 그대가 처음

났을 때에 나라의 버림을 받으매 내가 인정상 차마 볼 수가 없어서 비밀히 받아 길러 오늘날까지 이르렀는데 그대가 그와 같이 조금도 조심을 하지 않고 함부로 나가 장난을 하니 만일 남에게 일이 발각된다면 그대와 내가 다 같이 화를 당하게 될 것이라. 그 일을 장차 어찌 하리요 하니 궁예 울며 말하되 만일 일이 그러하다면 나는 종적을 감추고 멀리 가서 유모님의 걱정을 덜어 드리겠다고 하고 그날로 도망하여 세달사世達寺, 일명 興敎寺라는 절을 찾아가서 머리를 깎고 중이 되어 스스로 이름 짓기를 선종善宗이라 하였다. 그러나 원래에 인물이 비범한 그는 구구스러운 승가의 계명에 구속을 받지 않고 항상 자유의 행동을 취하였다.

하루는 재齋를 올리러 가는데 뜻밖에 까마귀 한 마리가 책대牙籤를 물고 공중으로 날아 가다가 그가 가지고 가는 바리 속에다 떨어뜨리므로 괴상하게 여겨 본즉 이상하게도 그 책대 위에 임금 왕王 자가 뚜렷하게 씌어 있으므로 그는 속으로 혼자 기뻐하며 다른 사람에게는 말도 하지 않고 항상 자부하여 그 뒤부터는 더욱 큰 뜻을 품고 활약할 좋은 기회가 돌아오기만 기다렸다.

그때에 마침 신라는 국정이 문란하여 사방에 도적이 일어나서 여러 주군을 점탈하니 궁예가 스스로 생각하되 이러한 난시를 타서 아무 공도 이루지 못하고 산중에서 헛되어 늙는 것은 대장부의 할 일이 아니라 하고 장삼과 목탁을 모두 불사르고 즉시 산에서 내려가서 죽주竹州 즉, 죽산竹山 도적 기훤箕萱을 찾아갔다.(진성왕 5년, 당 소종 대순 2년, 신해) 그러나 훤은 본래 위인이 완하고 스스로를 크게 여기는 자인 까닭에 궁예를 대할 때 또한 오만무례한 일이 많으니 궁예가 울울 불평하여 마음을 안정치 못하고 다만 그의 부하 원회元會, 신훤申煊으로 벗을 삼아 심사를 서로 의논할 뿐이러니 그 다음해 임자壬子에 다시 북원北原 도적 양길梁吉을 찾아가니 양길이 특히 후대하여 큰일을 맡기고 또 군사를 나누어주어 동으로 각지를 공략케 하니 궁예 크게 기뻐하여 치악산 석남사石南寺에 나아가 숙소를 정하고 주천酒泉, 지금의 원주, 내성奈城, 지금의 영월, 울오鬱烏, 지금의 평창, 어진御珍, 지금의 울진 등 여러 고을을 습격하니 여러 고을이 모두 바람을 따라 귀항歸降하였다.

그 이듬해, 바로 진성왕 8년 갑인년에는 또 명주溟州, 지금의 강릉를 점령하니 부하 병사가 2천5백여 인에 달하였다. 궁예는 전 군을 14대로 편성하야 금대金大, 검모黔毛, 흔장昕長, 귀평貴平, 장일張一 등으로 사상舍上, 즉 부장을 삼고 사졸과 더불어 감고와 노일勞逸을 같이 하여 지극히 사소한 물품을 분배하는 데까지도 극히 공평무사하게 하니 여러 인심이 모두 그에게 감복하여 그를 장군으로 추대하였다. 궁예는 다시 저족猪足, 지금 인제, 생천牲川, 지금 화천, 수아水若, 지금 춘천, 금성金城, 철원鐵圓, 지금 철원 등지를 쳐서 사방의 적도가 모두 귀화하였다.

일이 그와 같이 순조롭게 잘 되어 가니 궁예는 스스로 생각하되 자기의 세력이 그만한 이상에는 족히 국가를 건설하고 군왕도 될 만하다 하고 이에 내외관직을 설치하고 새로 투항한 송악군松嶽郡 사람 왕건고려 태조을 들어 철원 태수로 삼고, 홍술弘述=洪儒, 백옥삼白玉三=裵玄慶, 능산能山=申崇謙, 복사귀卜沙貴=卜智謙 등 여러 인물을 들어서 부하 장군을 삼았다. 그리고 진성왕 10년 병진년에는 승령僧嶺, 지금 삭령, 임강臨江, 지금 장단 두 고을을 취하고 그 다음해 정사년에는 또 인물현仁物縣을 취하였는데 궁예는 또 말하되 송악군은 한북의 명군으로 산수가 기려한 즉, 가히 국도가 될 만하다 하고 이에 그 곳으로 국도를 정하고 공암孔巖, 양천, 검포黔浦, 김포, 혈구穴口, 강화 등 성을 쳐서 점령하니 때에 양길은 아직까지 북원에 있어서 국원國原, 충주 등 30여 군을 차지하고 있으나 궁예가 땅 넓고 백성 많은 것을 보고 시기 분노하여 부하 30여 성의 날랜 군사를 뽑아 궁예를 습격하다가 도리어 궁예에게 먼저 습격을 당하여 크게 패하니 궁예가 그의 30여 성까지도 전부 차지하게 되었다. 궁예는 다시 그 승세를 타서 효공왕 2년 무오년 2월에는 송악군에 성을 쌓고 왕건으로 정기대감精騎大監을 삼아 견주見州, 지금 양주를 쳐서 파하고 4년 경신년에는 또 광주廣州, 충주忠州, 당성唐城, 지금 수원, 남양, 청주青州, 혹은 青川, 지금 청주, 괴양槐壤, 지금 괴산 등을 토평하고 그 공으로 왕건에게 아손阿飡의 벼슬을 주었다.

태봉국의 창건

궁예는 세력이 날로 그와 같이 커지니 천하의 왕이 되고 싶은 패심이 더욱 발발하게 되어 효공왕 5년 신유년에는 당당하게 왕이라 칭호하고 국내에 선언을 하되 전날에 신라가 당나라의 원병을 청하여 무리하게 고구려를 쳐서 멸한 까닭에 고도 평양이 덧없이 황무한 폐허가 되고 만즉, 내가 반드시 고구려를 이하여 그 원수를 갚겠다 하니 고구려의 유민이 모두 기뻐하며 향응하였다. 이 선언은 물론 고구려의 유토, 즉 북부 조선의 인심을 수습하고 일방으로 신라 왕조가 자기 학대한 것을 원한한 데서 나온 것이다. 그가 흥주興州, 순흥 부석사에 갔다가 신라왕의 벽상壁像을 보고 칼로 친 것을 보아도 평소 그의 원한이 어떠하였나를 짐작할 수 있다. 이에 효공왕 8년 갑자년서기 904년에 나라를 새로 창건하되 이름을 마진摩震이라 하고 연호를 무태武泰라 하며 관제官制를 새로 정하고 추칠월에는 청주의 인호人戶 1천을 철원에 이주시키고 그 성으로 왕경王京을 삼으며 또 상주 등 30여 주를 쳐서 뺏으니 공주장군 홍기弘奇가 또한 와서 항복하였다. 그리고 그 다음해 을축년에는 신경에 들어가서 궁궐과 여러 관청을 크게 건축하니 그 화려 굉장함이 능히 신라의 왕경을 능가하고 무태의 연호를 고쳐서 성책聖冊 원년이라 칭하고 패서浿西에 13진을 설치하니 평양 주장 검용黔用이 그의 위풍에 눌려 스스로 항복하고 증성甑城의 적의赤衣 황의黃衣 적賊 명귀明貴 등이 또한 와서 항복하였다. 궁예는 이에 다시 신라를 병탄코자 하여 자기 나라 사람으로 하여금 신라를 부르되, 멸도滅都라 하고 또 신라에서 오는 사람이면 모조리 다 죽이며 왕건을 명하여 남으로 금성錦城을 쳐 얻어서 나주羅州라 개칭하고 성책 7년 신미년에는 다시 연호를 고쳐 수덕만세水德萬歲라 하고 국호를 태봉泰封이라 고쳤다.

궁예와 불교

궁예는 이와 같이 무공으로 국가를 건설하고 왕이 되었으나 원래 불교의 신도인 까닭에 불교에 대한 신앙과 연구는 항상 게을지 않아서 자호 왈 미륵불彌勒佛이라 하고 머리에는 금책金幘을 쓰고 몸에는 방포方袍를 입으며 맏아들은 청광보살靑光菩薩 끝에 아들은 신광보살神光菩薩이라 하고 외출할 때에는 채승으로 장식한 백마를 타되 동남동녀童男童女로 하여금 일산과 향화香花를 받들고 앞을 인도하며 승니僧尼 2백여 인으로 영불을 하고 뒤를 따르게 하였다. 그리고 또 그는 불경 20여 권을 저술하였으니 그 말이 모두 신기 괴이하여 원래 경전에 없는 것이 많고 또 어떤 때에는 정좌 강설正坐講說을 하되 그 강설을 반대 비난하는 자가 있으면 당장에 철퇴로 때려죽이니 누가 감히 이론을 하지 못하였다. 수덕만세 4년 갑술년에는 연호를 고쳐서 다시 정개政開 원년이라 하고 왕건으로 백선장군百船將軍을 삼아 나주 해상에서 후백제의 함대를 쳐서 멸하니 국위가 일시 천하를 진동하였다. 그러나 교사 자만의 결과로 실덕과 비행이 많아서 부인 강씨가 즉간하니 그는 크게 노하여 그 부인을 간음죄로 몰아 불에 뜨겁게 달군 쇠공이鐵杵로 그 외음부를 쳐서 죽이고 그의 아들 형제까지 다 죽였다. 그 후부터 그는 정신이 더욱 흥분되어 아무에게나 의심을 많이 두고 또 조금만 하면 격노하여 부하 관료와 일반 평민까지 무고하게 살해를 하니 그 부근의 백성들이 모두 공포에 씌워서 안정한 생활을 하지 못하였다.

기괴한 경참문鏡讖文

정개 5년 무인년이었다. 당나라 상인 왕창근王昌瑾이 철원에 우거하여 장사를 하더니 하루는 본즉 상모가 잘 생기고 의관이 기괴한 어떤 백발노인이 왼편 손에는 사기 사발을 가지고 오른편에는 옛날 거울을 가지고 와서 거울을 사라고 하므로 왕창근은 쌀을 주고 바꾸었더니 그 노인은 그 쌀을 갖다가 거리에 있는 거지 아이들에게 나누어 주고 어디로 갔는지 종적을 감추고 말았다. 왕창근은 그 거울을 벽상에 걸어 두었더니 일광이 경면에 비치며 아래에 기록한 것과 같은 가는 글자가 완연이 나타났는데 어찌 보면 옛 시와도 비슷하였다.

上帝降子於辰馬

先操鷄後搏鴨

巳年中二龍見

一則藏身靑木中

一則顯形黑金東

왕창근은 처음에 그 글자 있는 것을 알지 못하였다가 나중에 발견하고 이상히 여겨 궁예왕에게 고하였더니 왕은 관리를 명하여 왕창근과 같이 그 거울 임자를 찾게 하였으나 마침내 찾지 못하고 다만 발삽사勃颯寺 불당에 진성鎭星의 소상塑像이 있는데 그 사람과 모양이 비슷할 뿐이므로 왕은 이상히 여겨 한참 개탄하다가 문인 송함홍宋含弘, 백탁白卓, 허원許原 등을 명하여 그 뜻을 해석하라 하니 송함홍 등이 서로 논의하여 왈 '상제강자어진마上帝降子於辰馬'는 진한, 마한을 이름이요, '이룡견'에 하나는 '장신청목'하고 하나는 '현형흑금'二龍見, 一則藏身靑木, 一則顯形黑金東이란 것은, '청목'은 소나무니 송악군 사람 중에 '룡'으로 이름을 지은 사람의 손자 되는 왕건王建을 이름이오, '흑금'은 철이니 지금의 국도 철원을 이름인데, 지금 국왕이 처음에 이곳에서 흥하였다가 나중에 이곳에서 망할 것을 뜻함이오, '선조계후박압先操鷄後搏鴨'은 왕건이 먼저 계림鷄林, 즉 신라를 얻고 뒤에 압록강까지 얻는다는 뜻이다. 그러나 지금에 주상이 이와 같이 사나우니 우리들이 만일에 실상대로 그 말을 한다면 당장에 우리만 화를 당할 뿐 아니라 왕시중王侍中까지도 해를 입을 것이라 하고 이에 말을 달리 꾸며서 대답하니 왕은 그대로 믿고 조금도 회오 경구하는 기색이 없이 흉포가 더욱 심하니 일반 신민이 크게 공구하며 어찌할 줄을 몰랐다.

가련한 궁예의 말로

그해 6월이었다. 장군 홍유洪儒, 배현경裵玄慶, 신숭겸申崇謙, 복지겸卜智謙 등이 혁명의 음모를 하고 밤중에 왕건의 사택에 가서 말하여 왈, 지금 주상이 무도 난폭하여 신민을 함부로 죽이고 생민이 도탄 속에 든 지라. 자고로 어두운 임금을 폐하고 밝은 임금을 세우는 것은 천하의 대의니 공은 옛날 탕무湯武의 일을 행하라 하니 왕건은 처음에 사양하다가 그의 부인 류씨柳氏의 강권으로 결국 혁명의 깃발을 들고 여러 장군을 선두로 하여 북을 치고 나팔을 불며 궁성문 앞으로 돌진하니 일반 인민이 또한 향응하여 만세를 부르며 환호하였다.

왕은 그때까지 그 사실을 알지 못하고 궁중에 있어서 여러 궁녀들과 놀이를 하다가 졸지에 변을 당하매 어찌할 줄을 모르고 창황망조하다가 미복으로 도망하여 산중에 숨어 난을 피하던 중 기갈이 심하여 인민의 보리밭에 내려가 보리이삭을 따먹다가 부양斧壤, 지금 평강 농민에게 붙잡혀 해를 입으니 이에 태봉국은 18년을 일기로 하고 그만 멸망하였다. 평강 사람은 그때에 자기 나라 임금을 죽인 죄로 고려조 초부터 정배를 당하였다가 이조 영조 때에 비로소 해소되었다.

지방색-메물전병

한국동

● 한국동(韓國東), 「지방색-메물전병」, 『별건곤』 2호, 개벽사, 1926.12

지방색

강원도江原道 양구군良久郡

양구 낭천狼川 흐르는 물에

배채 씻는 저 처녀야

것대 썩입은 다 젓치고

속의 속대는 나를 다고.

이 노래는 우리 양구에서 유행하는 '아리랑 타령'이다. 우리 양구는 강원도 중에 인심이 제일 순후하고 물가가 저렴하야 생활하기로는 가장 조흔 곳이라 산으로는 유명한 사명산四明山이 병풍과 가치 둘너 잇고 강으로는 한강의 상류되는 양구천이 비단결 가티 흘너간다. 특산은 대두, 우牛, 연초 등이 유명하고 또 인삼, 부귀 등의 약재가 풍부하다. 자래로 인심이 순후한 까닭에 설군設郡 이후 민우民擾 한 번도 업섯고 농업만 힘쓰고 문학은 힘쓰지 안는 까닭에 이때까지 과거 한 사람 한아도 업섯다. 그리하야 춘천 사람들은 조소하기를 춘천 송장이 양구의 산 사람 백 명을 당한다고 혹은 양구를 무반힝無班鄕이라고도 하야 퍽 천시하얏다. 그러나 지금 와서 생각하면 우리 양구처럼 자래自來로 죄악이 업고 순결 신성한 곳은 업슬 것 갓다. 그중에도 농촌 생활이 더욱 그러하다. 풍속이 순후하기도 순후하거니와 생활이 아주 원시적이오 취미적이다. 다른 때보다도 겨울의 농촌생활이 한층 더 그러한 감이 잇다. 강원도의 협읍 농촌이 대개 그러하지만은 우리 양구농촌은 아즉까지 생활이 그다지 곤난困難치 않은 까닭에 진소위眞所謂 녀름 농부 겨울 신선이라고 겨울이면은 농부들이 아주 자미滋味스럽게 논다. 그들은 논다 하야도 도회지처럼 무슨 오락장이나 오락기구가 잇서서 노는 것이 안이라 다만 단순하게 모히여서 밤이면 돌임이로 '이약이책' 보기와 '넷 이야기하기'요, 낫이면 꿩 산양과 노루 산양이다. 혹은 국수 추렴, 메물 전병 추렴도 한다. 동리마다 농청農廳이 잇서서 겨울이면 참나무 장작으로 방이 훅근훅근하게 불을 잘 때고 관데괄은 관솔로, 고쿨불은 이십 촉 이상 전등보다 더 발게 켜서 놋코는 동리 사람들이 모도 모혀 든다. 남녀노소의 차별이 별로 업고 내외법이 역시 업는 까닭에 개귀 쌈지에 곰방대 물고 오는 늙인이도 잇고 갑사당긔에 왜수건으로 머리를 질근 동인 총각 아희도 잇고 넷 이약이와 소설 읽는 소리를 드르랴고 어린 손자를 엽헤 안고 오는 늙은 한머니도 잇다. 그중에 목청이나 조코, 국문을 능통하는 이가 한두 분이 잇스면 의례히 『심청전深靑傳』이나 『장화홍련전薔花紅蓮傳』 가튼 고대소설을 밤이 깁도록 돌녀본다. 인정 만흔 부인들은 엽방에서 자미滋味잇게 열심히 듯다가 슬푼 구절이 나오면 각금 각금 구슬 갓흔 눈물을 흘니고서는 또 부끄러워서 얼골이 앵도빗이 되야 도라안는다. 그러다가 밤이 이식하면 꿩고기에 국수 추렴도 하고 정말 궁한 때에는 동침이 김치에다 찬밥을 내다 놋코 서로 권하야 가며 먹는다. 혹은 돌임차례로 오늘밤에는 김서방네가 먹이를 차리고 래일밤에는 박선달네가 차린다. 별식은 대개 국수 안이면 며물묵이나 며물전병이다. 그중에 며물 전병은 강원도 음식품 중에 특색이요 다른 곳에는 별로 업는 것이다. 마치 서울의 총떡과 비슷한 것인데 꿩고기와 무나물로 속을 만들고 며물가루로 얄다랗케 적을 부친 다음에 거긔에다 속을 놋코 멍석 말 듯이 두루루 마라서 맹긴 것이다. 그것이야말로 산중별미山中別味다. 미운놈하고는 가치 먹다가 죽어도 모를만하게 맛이 잇는 것이다. 그리고 제일 자미滋味잇는 것은 겨울날의 산양이다. 돈이 잇는 놈은 총허가를 맛허 가지고 호강－오입으로 산양을 하지만은 농부들은 총이나 창도 업시 다만 옹무, 착개 등을 가지고 삼는다. 그것도 근래에 역시 관금官禁이 잇는 까닭에 전일처럼 만치는 못하지만은 원래

산읍으로 김생 만흔 까닭에 누구든지 용이하게 잡을 수가 잇다. 그중에도 더욱 자미 잇는 것은 모리 산양이다. 눈이나 만히 온 때에는 동리 사람들이 떼를 모아 가지고 산으로 가서 노루나 곰이나 토기 가튼 김생의 발자국을 쫏차 모라가다가 몽둥이로 때려잡는다. 그리하야서는 온 동리 사람들이 국수도 누르고 술다 사다놋코 서로 일포식을 한 다음에 흥이 나면 초적 부는 사람도 잇고 노래하는 사람도 잇다. 이것이야말로 이상의 나라요, 평화의 나라이다. 그들에게 아무 시비, 번뇌, 저주가 업다. '나물 먹고 물 마시니 대장부이 살임사리 이 안이 못 할소냐' 하는 단순 자연의 녯날 생활이 그대로 잇다. 이것이 아마 우리 양구 지방의 맛이라 할 수 있다. 이 맛을 아는 사람이 오늘 경성에 과연 몃 분이나 잇는지……

화랑의 호수

김찬룡

● 김찬룡(金贊龍), 「화랑의 호수」, 『조광』 6권 10호, 조광사, 1940.10

8월 3일 오후 11시 영랑호 천막단원天幕團圓 42인 중에 참가하여 경성역을 출발 4일 전 5시 40분 경에 안변역에서 동해북부선으로 돌아간다. 먼동이 트기 시작한 아침 날씨라 동해 바다에서 불어오는 양미凉味 가득한 해안풍이라 차창을 열고 새로운 기운으로 좌우 원경遠景을 살피기로 하였다. 우리 단원 일행은 사내社內 번무煩務로 일차 회합도 못하고 또 역구驛構 내에서도 복잡하여 일일一一 점명點名도 잘하지 못하였다. 차내車內도 역시 잡답雜沓하야 감과坩堝 속과 같았다. 웬 승객이 그리 많은지 가끔 신문지상으로 보던 기사의 실경實景을 느끼게 한다. 철원역을 통과할 쯤해서 차내 좌석 심방尋訪으로 단원 조사를 시작하야 단원 마크를 전하다.

그리고 보니 예정 수에 두 사람이 미참未參한 것을 알다. 사원은 그 가족과 합하여 10여 인, 그래서 42인이었다. 단원엔 남녀노소가 다 있고 대부분은 평균 연령 22세의 청년대靑年代의 남자다. 10여 명의 학생도 끼어 있다. 노인勞人은 이정선李貞善 여사로 춘추가 75세로 단원 김덕제金德濟 씨의 모당母堂이시다. 제일 어리기는 유아도 있지만은 소교小校 5년생 김동호金東皓 군君이엇다. 이는 전기前記 김 씨의 영윤永胤이다. 김덕제 씨의 가족 5인이 일단이 되어 천막촌天幕村으로 향하는 모양은 바라보기만 해도 장壯하다. 해마다 행사로 하는 것 같다. 여간 단악團藥하지 않다.

조선 가정으로 캠프 정신이 김 씨 가정처럼 철저히 침간浸澗된 예는 없을 것 같다. 영국인이 하기夏期 해빈海濱 천막 생활하는 것이 우리로써 선망하게 될 휴기休氣는 이에 지났다. 차가 흡곡歙谷역驛을 지낼 때 창외窓外로 보이는 동해의 창파와 수려한 강원도의 원근 산천은 홍진 속에서 지나던 도회인으로는 참으로 흉금胸襟이 할연轄然 개開한 느낌을 주었다. 전포田圃에 백구白鷗가 날아 안고 서고 하는 것이라던지 전답田畓이 풍양豊穰해 가는 것은 꼭 우리 단원 일행이 선인仙人이 되어 선경仙境의 낙지樂地로 들어가는 것 같아섯다. 이 동해북부선은 나는 처음 길이기도 하나 강원도 영동해안 풍경지구를 관통된 것만은 틀림없다. 관동팔경 중 흡곡歙谷 시중태侍中台, 고성 삼일포, 통천 총석정, 간성 청간정 이 지역을 거의 통과하였다. 나는 이상 제경諸景 중 조망할 수 있는 것은 보았다. 고성역에 와서야 비로소 전약電約한 단원 42인분 아침 '벤또'를 먹었다. 그 다음 간성역을 통과하는 차중에서 속초 면장 박상희朴祥喜 씨의 두터운 접대를 받었다. 박 씨는 체격이 석대碩大하고 용모가 준수하며 성性이 온양관후醞釀寬厚한 50대代의 중노中老로서 그의 원숙한 사교성에 그 수완 역량은 속초 아니 양양군의 좋은 지도자가 될 뿐 아니라 강원도 내에서도 유위有爲한 활동가라는 말슴을 나종에 들어 알엇다.

당일 오전 11시 30분 경 목적지인 속초항에 안착. 속초 본사 지국장 정태근鄭泰根 씨, 김수남 씨, 김동기 씨 등 번영회 면사무소 어업조합원 제위諸位의 영접을 받으며 정태근 씨의 안내로 우리 단원 일행은 영랑호반 신개척의 천막촌을 들다. 들고 보니 결국 영랑소교永郎小校 구내區內의 일부다. 이 영랑호 명은 신라 시대 선인仙人 영랑의 유연留宴한 곳이란 데서 난 듯하고 그 성인成因은 동해 창랑滄浪에 해사海沙가 일부 천해淺海에 퇴적하여 사주砂洲가 되어 이것이 한 제방처럼 장주長洲가 되어 그 내측內側의 해면은 자연 언색堰塞되여 성호成湖된 것으로 동해안에 다수 분포된 많은 갈호渴湖의 한아다. 언색된 해수는 그 후 우수雨水와 부근 제산諸山 계곡에서 유입하는 담수淡水로 하여 반담반함半淡半鹹일 것이나 연구세심年久歲深으로 지금은 약간의 함미鹹味를 느낄 분으로 음료수로 가능할 정도다. 호湖를 중심 삼고 좌우 근경近景은 이러하다. 호湖의 남안南岸인 즉卽 장제長堤인 사주沙洲의 남단은 해면으로 사장沙場을 부대치는 쏴, 쾅 하는 도성濤聲은 천편일률로 만고에 여일如一한 것 알고 사주沙洲의 중앙은 앞의로 송전松田이 될 곳으로 그중앙에 동해철도선이 통과되었고 이 선의 우측이 소위 백사청송白沙青松의 천막촌天幕村이다. 호湖의 북록北麓이 즉卽 설악 산맥의 여파가 진盡한 곳으로 가끔 청명할 때는 설악산이 호심湖心에 도영倒影될 때는 장관이라는데 우리는 이것을 뒤로 두고 오다. 천막촌 지대는 백사白沙는 참으로 좋으나 장송長松이 적어 녹음이 약한 것이 한 가지 흠이었다. 그러나 비록 송수松樹가 수단瘦短하지만 풍지風至하면 송풍松風이라 일광욕日光浴하는 셈 치면 건강에 일조가 될 것 같다. 호湖 주위에 울창한 맛이 적고 봄이 아니고 알 수 없으나 화분도 그리 안흔 것 같지 않다. 호안湖岸에는 해당화 잔간殘幹이 드문드문 있다. 그리고 이름 몰을 왜소한 황색 초화草花가 분포된 것만은 참으로 미려하다. 이 꽃은 이러한 호반 사지沙地를 떠나서는 살 수 없는 풀꽃 같다. 우리 천막촌을 중심으로 보면 전면前面은 해수욕할 바다. 후면은 수영 후 몸 시칠 영랑호. 집은 천막이나 백사청송지대 설악산에서 불어 나리는 산풍山風. 동해에서 불으더는 해海두알 바람이 모다 천막촌으로 모여 준다. 그런 까닭으로 아츰 날과 저녁은 아야 초동初冬의 감을 준다. 여기는 과연 주야가 없고 여름 가튼 느낌이 없다. 어떤 단원은 백주 백사장 우에서 그대로 노숙하는 것을 보았다. 건강상 퍽 좋을 것 같다. 이 지대에서 천막촌으로는 우리 사社가 첫 개척한 신문지新聞紙다. 증전曾前이 지대를 경성제대 소유를 만들랴고 하다가 실패하였고 또 철도국에서는 유원 지구를 만들랴고 하다가 면 소유 재산인 관계로다 불성不成하였다 한다. 이 지대를 중심 삼고 부근 제처諸處에 많은 인공人工을 요要케 한다. 면의 백년 사업으로 하고 풍치구風致區를 만들 필요가 있다. 누구가 보던지 간에 공지空地로 방치할 지대가 아닌 것만은 틀림없다.

호내湖內엔 부어리어鮒魚鯉魚가 다산多産하므로 조어釣魚로서도 적지適地다. 이 날 막순幕順마다 인원 배정을 하고보니 천막 열넷이 좀 협착狹窄하기도 하다. 오반午飯 준비가 채 되지 아니하여서 속초 냉면을 첨 먹었다. 오후에야 면사무소의 호의와 정태근의 열심히 미곡 배급소에서 우리 단원 3일분 식량 백미 1두, 율栗 1두를 반래搬來하여 석반夕飯부터 천막촌 자작요리自作料理가 시작되었다. 천막촌 취사회炊事會는 학교 우물까에 노천막을 치고 솟 돌을 한 곳에 걸고 통 장작을 지펴하는 광경이야 말로 옛날 원시식을 환원한 느낌이었다. 남男쿡 2인을 고용하였더니 모든 것이 능숙하질 못하여 선 밥이 아니면 탄 밥이다. 밥은 백미가 들어가도 율수栗數가 많은 탓인지, 전부가 황금색이다. 천막에서는 통칭 노다지밥이라고 하였다. 그리고 늘

미역국이 되어서 이것은 해산국이라고들 하였다. 그러나 오후 한량이 무고미無苦味란 격으로 좀만 느즈면 잔반도 없다. 나는 호박을 불어 단원 취집하는 통에 두 번이나 내 몫을 못 차자 먹은 일이 있다. 찬은 그저 건대구乾大口 쪼각통 북어北魚, 짜디짠 김치, 그 타他 채소, 미역국이러니 잘 먹으려 온 것은 아니건만 단원들의 식성을 불시不時에 곤칠 수는 없는 것이다. 이런 요리가 단원들 입에 마저 잘 팔릴 리도 없다. 그러나 해변이나 생선 찬은 비교적 먹지 못하였다. 천후天候가 늘 험악하고 해풍이 강하야 어획이 없다는 때야 내하奈何오. 어업조합에다 만단배의萬端配意를 하였서도 그물에 걸리지 안흔 것을 어찌 할 수 없는 것이다. 이것은 우리분만 아니었다. 청초인사靑草人士가 다 같이 당한 기근이었다. 천막촌이 형성되고 보니 인근 부락민들의 행상들이 오기 시작한다. 이것은 우리들로서는 기븐 일이다. 영랑호 산産인 부어鮒魚 33미尾를 1원에 사서 찬饌한 일이 있다. 아주 미미美味엇섯다. 그리고 가끔 여자 단원들이 나와서 식사를 조력하는 때는 음식 같이 먹기도 하였다. 보통 조반은 오전 6시, 오반은 정오, 석반은 오후 6, 7시, 그리고 동同 10시는 일제 취침하였다. 비교적 규칙은 그대로 준수되엿다.

우리가 천막에 닿기 전에 속초항 제1구 김동근金東根 씨가 장유醬油 2병甁과 고치장 한 항다리를 선사하였다. 여간 도움이 아니었다. 8월 5일은 청천晴天이었다. 아침 6시 기상하여 서투른 '라디오' 체조를 하고 오전 11시 5분 천막 구내 사장砂場우에서 면 소유 제위諸位의 입회하에 천막촌 개막식을 거행했었다. 식후엔 영랑교永郞校한 교실을 빌어 다과회를 열었다. 지금으로부터 우리 단원들은 명실공히 천막촌 단원으로써 천막촌민 즉 준공민準公民으로 행세하게 되어 속초 면민들의 주목의 표적이 되었다. 일동일정一動一靜이 조심스러웠다. 우리들의 금번 거사擧事가 절대 유흥의 취趣로 출발한 것이 아니니만치 왕왕 세간에 노라리당黨하는 이들이 잇슨 것은 참으로 본의에 버서난 대유감이다. 이날 오전 오후는 수영 해수욕을 하고 밤은 잔득 찌푸리고 잇던 하늘이 반갑지 않은 비를 내려주어, 천막에서 월야越夜하기는 참으로 곤난하였다. 그러나 그대로 월야越夜하자는 강경파도 있섯다. 영랑교 수석 훈도 김세환 씨에게 특청特請하여 두 교실과 숙직실 소사실小使室을 빌어 단원을 수용하고 곧 작은 '파-티'회를 열었다. 통성명하고 그 다음 여흥으로 옮아 단원들의 중고衆苦에 의하여 단장부터 순서 초初를 잡앗다. 이것은 나로서는 어데로 가나 오나 문제다. 장기연출이라고 하나 실은 가요다. 내가 어릴 때 들어둔 외마디 문서文書인 꾀고리 타령인지 무엇인지 사실 이름 몰을 일절一節을 하였다. 원래 명창이 아니니까 재창 바들 이理 절무絶無하고 만희萬喜 재요再謠이 난다면 임시 편법을 쓸 수 밖에 없을 궁한 처지엇다. 다음 기억되기는 우태禹泰 여사에게로 넘어갔다. 우태는 이즘 헐한 서양인의 '스데끼' 유실담遺失談을 하여 장내를 폭소시키고 직업은 문학 연구가라 하였다. 그 후 귀사歸社하여 여성 9월호를 보니 우 씨 수필 '녹음綠陰'이 실렷기에 읽고 천막촌을 연상하였다. 그 다음 이조봉李照鳳 양은 유행가. 이것은 부민관府民館 대강당에 출연할 대가大家였다. 직업은 회사원이라는데 차라리 전직轉職이 승勝하지 않을가 하였다. 또 임석규林錫圭 씨의 만담은 만장滿場을 포복절도시켰다. 기외其外는 평범한 유행가 등속等屬이었고 이좌근李佐根 씨 가요는 장내를 종용하게 방청시켰다. 과연 명창이었섯다. 시간이 10시를 지났슴으로 후일 속회續會를 약約하고 취침 선언을 하였다. 이날 밤은 비는 왔지만 대단 유쾌하였다.

그 익일翌日인 6일 아침 날은 개인 듯하였으나 오후는 비가 와서 우리 단원들을 해상에서 대단한 고생을 준 날이다.

이 날 낙산사 탐승을 육로를 피하고 해로를 택한 것은 청초靑草 항민港民들의 진언眞言도 잇고 여기 관關한 물자 등 다소 곤난한 것이 용의용도用意用到하게 조처가 되어 낙산사 전경을 해상에서 바라보고 닿는 것은 선유船遊도 되고 낙산사 탐승도 되고 하여 일거양득 되는 관계다. 속초 인사라도 이 거사擧事는 용이한 일이 아니니까 오날 같은 풍랑은 무관無關이라고 하여서 제 조건이 순조順調인 듯하고 손님인 우리 일행을 위하야 애써주는 후의가 참으로 감사하였다. 시국에 피보다 더 귀한 까솔린 삼관三罐을 구하고 발동선發動船을 무료로 제공하는 이 모다가 성의다. 단원 일동은 나섰다. 먼저 청초호 안岸을 갔다. 호반에서 처구정妻具楨 씨 발동선에 개반介般으로 일목선一木船을 달고 경면鏡面 가튼 청초 역내를 일주一周한 후 외양外洋을 나갔다. 이 청초호는 영랑호와 같이 쌍성호雙成湖라고 고노古老들이 불러온 모양이다. 이 호湖는 말이 호지 일대一大 내만內灣으로 형성되고 또 수심이 상당하므로 인반거반人般巨般을 자유로 정박할 수 있다. 속초는 청초호의 한아다. 내항으로 격랑 때는 좋은 피난항이 되었고 양호한 어항 또 물자함토항物資含吐港으로 호안湖岸에는 조반소造般所 관힐 공장罐詰工場 등이 있어 점흥漸興의 활기가 창일漲溢한다. 매년 어기漁期가 되면 대번황大繁況할 것은 외관만 보아 알 수 있다. 방재대규모方在大規模의 축항築港이 진행 중인데 그 일부는 준공된 모양이다. 앞으로 속초의 대 번영은 이로써 암시된다. 강원도의 연해의 중앙이오 또 동해선의 중앙지점이며 강원도청 소재지 춘천에서도 최단거리에 있는 관계도 있고 무엇보다 자연에 좋은 조건이 구비되어 있으므로 앞으로 경성의 동간東間후보지를 택한다면 편견일지 모르나 속초항으로 통하여야 되겠다고 할 수 있으리만치 청초호의 호재好在가 매력이 있다. 여기가 종관결縱貫結의 종점이 되는 날이면 강원도 발전의 극이 되지 않을가 한다. 우리가 탄 발동선發動船은 강구정 씨 소유로 일행 50여 인이 탓다. 낙산사 전해前海에 거진 갓다. 풍랑 관계로 우리가 달고 온 목선으로 도저히 분선分船할 수는 없다. 시험으로 본사원本社員 김규택金圭澤 씨 이하 4, 5명의 선발대가 분선을 타고 대안對岸 가까이 가자마자 돌아온다. 적전敵前 상륙은 불가능한 것 갓다. 해사海事에 미숙한 나로서도 분선이 파곡波谷에 들어갈 때는 목선에서 분선 전체가 침몰 상태의 동요다. 그리고 선주 노사공이 회선하는 것을 보면 자기 경험이 불허不許함을 상상할 수 있다. 한편 선내에는 대동요가 일어났다. 단원 대부분이 토하고 알음소리다. 나는 하는 수 없이 일분一分이 급하다. 낙산사 전해前海라도 돌아가자는 선장의 진언進言을 가로막고 배를 돌리라고 하였다. 참으로 애석한 일이다. 천후관계天候關係니 누구 탓할 것 없고 단원들은 자칭 서부전선 영불연합군 패잔병이라고 하였다. 또 그 우에 비가 와 옷들은 죄다 젖고 그보다 한기가 나서 몸을 처치할 수 없었다. 내리자마자 비를 피하려 들어간 곳이 감어監魚 저장의 창고다. 냄새가 나도 배 안보다 낫다. 비가 개기를 기다렸다.

이 우에 천막의 제일보도第一報道는 석반, 국은 다 되엇고 화로불도 준비되었으니 빨리 들와서 옷도 말리고 치한寒하라는 반가운 소식인데 우수운 것은 불시 강우로 정태鼎台가 뭉어저 밥 솟, 국 솟이 죄다 나려 앉였으나 밥과 국은 무사란 말엔 아니 웃을 수가 없다. 이야기말로 불행 중 다행이다. 그러나 하륙下陸한 단원들의 한 가지 염려는 종일 배 위에서 고생한 이 끝에 음식이 그네들 입에 맞이 아니한 형편 그 외 천막 내이니 보온이 문제요 병날 염려가 있다. 아니나 다를가 그날 밤부터 7일 새벽까지 설사환자 속출, 이 구급방법으로 의사를 불으는 한편 배 앞은 약을 대량 구입하야 식량처럼 모두 배급하였다. 그날 대소변소는 말이 아니었는데 김세환金世煥 씨가 잘 양해하고 학교 생도들 동원하야 대소제를 하였다. 이야말로 미안한 일이오, 감사한 일이다. 7일은 청천晴天이므로 기차로 낙산 탐승 초지관철初志貫徹을 선언하고 아츰에 작아昨夜에 출막出幕한 단원 1명이 보이지 안니하여 일대소동이 났다. 때마침 아침 해빈海濱에 산책하고 온 단원의 보고에 근해에 일흑호자一黑瓠子 가튼 것이 부몰浮沒하는 것을 보았다 한다. 이것은 작일 해상에서 견욕見辱한 것으로 갖지고는 인사도 못들일 호외 사건이다. 나는 빨리 조사단을 조직할까 내심하고 있던 차에 동막同幕 단원의 내고來告에 간발 입막入幕하였고 아츰에 재출막再出幕이라는 말에 저간 안심이 되었고 낙산사 행렬 시에는 도라와섯다. 나로선 그 이상 기쁜 대가 없엇다. 일로부터 단원 외출 등은 단원 각자 인격에 맛겨두워왔는데 오날 이 일이 잇고 난 뒤로부터 이를 막장허가제幕長許可制로 고쳤다.

좌우간 낙산사 탐승을 기차로 가서 잘 보고 왔다. 과연 천하 명승지다. 신라 승 의상義湘의 창건이라 하며 그 유물로는 의상대란 소건물이 있을 뿐이다. 사자寺字는 그리 굉장할 것은 없으나 울창한 숲속에 아담스럽게 쌓여 배산임해背山臨海한 풍경지다. 이조 세조대왕 시 중창하였다 하야 그 당시 유물이 약간 있고 또 세조께서 13년 동안 낙산사에 주역駐驛하사 병환을 치료하섰다고 한다. 그랬스므로 한동안 낙산사 승려의 세도가 당當하였다고 한다. 제일 장관은 보덕굴 일명 관음굴로 해수의 침식侵蝕으로 생긴 굴의 천인절벽 우에 일소암一小庵을 건축하고 여기서 백파白波가 굴속으로 드나더는 광경은 사파娑婆에 죄 지은 사람들은 감히 부감俯瞰할 수 없으리만치 험한 승경이다. 그 외 전설 등은 일일이 다 쓸 수 없다.

8월 7일 아침은 상당한 한기寒氣였다. 이날에 와서는 단원 중의 병자가 현저하게 많아졌다. 제일 멀리서 온 황해도 사리원 박천봉朴千峰 씨는 부득이 귀향하였다. 기외其外 4, 5명은 사무 관계로 작야昨夜 경성 방면으로 다들 갔다. 식구는 좀 줄엇다. 이것은 예상 외로 모두 천후天候 관계다. 천막을 연 이후로 늘 음담陰曇하여 하늘만 처다 보고 우울하게 지내 왓다. 또 작야昨夜 사원 조홍구趙洪九 씨가 경성서 내막來幕하였기 그 편으로 그동안 경성 소식을 들었다. 이날 밤에도 세우細雨가 나리었다. 나도 역시 궁금증이 나서 앉아 있을 수 없어 전지電池를 들고 막구내幕區內 암행을 하엿다. 이것은 병자 조사 위문차이다. 칠의漆依에 비바람은 불어오고 바다의 도성濤聲은 요란한데 천막 옆에서도 그 막 속에서 세여 나오는 말을 엿듯기도 하고 직접 막 문을 열고 인사하기도 하였다. 절반은 연회였다. 대관절 술의 출처를 몰으겠다. 대개는 출발할 때 준비해온 것처럼 보인다. 북어 쪼각을 잘 마련한 것을 보아 짐작할 수 있다. 어떤 막에서 먹는 것은 천막 취사 장치가 있섯다. 가끔 도난 당한 일이 있었슴으로 속으로 우섯다. 사실 나도 누범자累犯者이니까 일주一周한 후 결과를 보면 사실 병자는 학교 숙직실에 수용하여 놓았으니까 다행이 막내에서 병으로 신음하는 이는 없었다. 그리고 여자 단원들은 참으로 종용하엿다. 어떤 때는 낮에는 독서, 편지쓰기, 그러치 안흐으면 잠자기 산책 또 가끔 보이는 것은 감자 살마 먹는 정도다. 나도 가끔 얻어먹은 때가 있다.

이곳서는 사실 종용한 것이 그리 반갑지는 않었다. 꼭 고장 난 것처럼 뵈이니까 벅석하는 것이 도리어 건강을 의미하는 것이 되어서 기분상 좋았다. 8월 8일 아침 10시 경에 본사 설악산 탐승단 일행이 속초역을 통과하였다. 나는 역에 나가 잠시라도 그들과 면대하고 전송하였다. 그리고 본 사원 금철琴澈 씨는 막으로 오아 막의 총무를 보았다. 8일 석반 시에 첨 그 솜시로 된 갈비국은 먹었다. 이것은 천막생활 개시 이후 첨 고기 맛이다. 이곳서는 소고기는 참으로 통제상 구하기 어렵다. 속초면의 특별한 사정을 모르는 이는 비탄도 하였지만 듯고 보니 이 지방 특수 사정이 있다. 9일 아침은 날은 좀 추었으나 금철 씨 지휘 하에 라디오 체조를 처음 기운차게 씩씩하게 하였다. 이날 아침 나는 오날 상경인사를 단원들에게 하였다. 그러고 나니 속초면 유지 주최의 우리 단원초대 오찬회를 열어준다 하야 절대 만류하므로 밤차로 가기로 하엿다. 속초 인사의 천막 후원의 성의도 감사한데 또 초대회까지 열어주는 후의는 그 고마운 것을 무어라 말할 수 없다.

어업조합에서는 이른 아침 날에 닿은 어선에 생선이란 것은 거의 몰수하다 싶이 하고 이미 팔린 것은 면장 명령으로 강제 집행을 하다 싶이 하여 끌커 놓았다. 좋은 약주와 기타를 두 목선에 갔뜩 실고 영랑호를 저어 호서안湖西岸 묵암태墨岩台로 갔다. 이것은 선유도 되고 초대도 되는 제 격대로 다 맞은 노름이다. 여기서 단원 일동이 내려 속초인사들의 손수 지어준 국과 술 밥을 맛잇게 먹다. 참으로 경치 좋은 곳을 옆페 두고도 여태껏 몰은 셈이다. 승경구勝景區를 삿삿치 뒤지지 못한 감도 잇섯으나 아직 개척 못된 곳도 있슴적도 한다. 한참 먹는 판에 나는 차 시간이 급하므로 단원 제위와 속초 인사에게 감사한 인사로 작별하고 정거장으로 왔다. 기차가 천막 구내를 통과할 적에 단원 제씨는 어느듯 천막에 돌아와서 만세를 불으며 소연騷然하였다. 나의 돌연 경성 행은 대부분의 단원들은 다들 짐작한 모양이다. 나는 예정대로 상경하야 최후의 내 사무를 보았고 또 정돈하엿다. 지금도 누으면 천막 생각뿐이다. 그동안 나의 천막생활은 곡 서울에 친환親患을 보고 온 사람의 가슴 같아섯다. 그 후 천막에서는 원만하게들 잘 지냇다는 소식을 들엇고 또 10일 밤은 속초 한성관漢城館에서 천막단이 주최가 되어 속초 인사들과 피력회披瀝會를 열어 주객이 모두 원만하게 하로밤을 지냈다고 한다. 나는 그 자리에 출석 못한 유감이 있으나 말만 듯고 또 속초인사를 즉 접대한 것 같은 느낌을 하였섯다. 우리가 천막생활하든 일주일간은 사실 속초인사들에게 많은 폐를 끼칫고 또 많은 후의를 받았다. 지면이지만 다시 그 감사를 삼가 올린다. 나는 가끔 사석에서 지[1]

---

1 이하 부분은 원문에 누락되어 있다.

설악 정복

송석하

● 송석하, 「설악 정복(雪嶽征服)」, 『조광』 6권 10호, 조광사, 1940.10

밤 십일 시十一時에 경성역에 오니 발서 일행은 대기하고 있다. 오랜 장림長霖의 뒤라 차깐은 찌듯 하는데 기차는 사정도 모르는지 게다가 삼십분이나 연발延發한다.

임발臨發해서 사진반 모씨某氏가 그 적은 키를 조금이라도 유효하게 할 냥으로 발끝을 벗티는 것을 보고 다소 미안한 감이 불무不無하야 과히 크지도 못한 나나 앉아서 기념촬영을 하였다.

기차가 용산을 지날 때 내 안진 좌석을 보니 대산袋山[1] · 천뢰天籟[2] · 일사一蓑[3] 거기에다 원산까지 간다는 천태天台[4]까지 끼여서 쾌담이 시실 폭발된다. 에라 이리다가는 잠 한숨 잘 수 없겠고나 하고 다른 차깐으로 슬그머니 도망하여 침발낭枕鉢囊하고 호－ㅁ에서 산 수밀도水蜜桃를 먹어가면서 태평낙太平樂을 꾸미다.

8월 3일 청晴

평강서 잠간 잠이 깨이더니 도로 냇처 자다가 단장團長의 이리키는 통에 눈을 떠보니 안변安邊 가까이 온 모양임으로 허둥지둥 배양행裵陽行 차깐으로 이주를 하다. 새벽의 동해안은 운무가 회명晦瞑해서 장쾌한 바다 맛을 모르게 되어 섭섭하기 한량없다. 일중천日中天이 되도록 예정 역에서 조반을 못 먹어 몹시 시장함으로 어제 저녁에 먹고 남은 수밀도나 먹어보자 하였더니 그나마 내 자는 동안에 일사一蓑, 천태天台에게 도리盜離를 당하여 없다. 어느 역에선가 비로소 단신 정한한 쾌한 하나가 야－호

1 홍기문(洪起文, 1903~1992). 부친이 소설가로 유명한 벽초(碧初) 홍명희(洪命憙)이다. 1948년에 입북했고, 북한에서도 국어학자로 큰 기여를 했다.
2 간송 전형필(全鎣弼, 1906~1962). 문화재 수집가.
3 방종현(方鍾鉉, 1905~1952). 국어학자, 서울대 교수.
4 천태산인 김태준(金台俊, 1905~1949). 국문학자. 『조선소설사』, 『조선한문학사』, 『조선가요집성』 등의 역작을 남겼다.

하고 달나 든다. 이 분이 바로 선발대先發隊 금철琴徹 실제 단장團長인 것이 명백하다.

오전 십일 시 지나서 속초역에 도착. 제각기 이것이 설악산이다, 아니 저것이 설악산인가 보다 하고 수군거린다. 천뢰天籟는 동석했든 강릉 가는 사람과 몹시 별리의 정을 십십히 하는 모양이다.

지방 유지의 초연招宴이 끝난 오후 일시에 출발. 일시 사십오 분에 영랑호반에 도착하였으나 옛일 모의해서 낭郞의 간 자최 차질 길 없다.

도중 갈증이 심하나 우물 하나 없다. 오후 사시 이십오 분 학주벌 도착. 일노부터 발끝은 우로만 향한다. 비로소 천류川流로 해갈. 앞에 울산 암이 우뚝 소사 있다. 전설에 경상도 울산에서 금강산 구경 가다가 이곳까지 와서 금강산이 갓가이 있다는 말을 듯고 그만 안심하고 주저앉았다 한다.

오후 육시 반 계조암 못 밋처서 휴래携來한 위쓰키-를 몇이서 마시다. 칠 시에 계조암 도到. 암자는 암굴 안에 있다. 암자 앞 바위는 백 명 이상 넉넉히 안겠다. 오후 칠 시 사십 분 신흥사 도착. 즉시 계류에 땀을 씻고 저녁밥이 오후 구시.

8월 4일 청晴—세우細雨—청晴

이 절에서 나의 목적인 비석 탁본이 2개 있는데 하나는 묘암 강세황姜世晃 것이고 하나는 배와坯窩 김상숙金相肅 것이다. 아침 일곱 시 출발이라니 암만해도 해낼 도리가 없다. 할 수 없이 일계一計를 내여서 단장을 인질노 잡기로 하고 천뢰, 일사에게 비석 구경을 가자고 종용하여 겨우 묘암 글씨만 탁본하고 배와 것은 두 줄만하고 하고 나니 시간은 일곱 시가 지났다. 허둥지둥 오니 판도 방에서는 출발 준비가 분망하고 일행의 눈치는 확실히 조치 못하다. 그러나 저러나 이번 기회를 놓치면 언제 다시 설악산 신흥사神興寺에 오겠나 하여 배심을 더 부려서 사중 보물까지 죄다 구경하다.

묘암과 배와는 같은 숙종 때 나서 영·정英正 간에 서법을 대성한 사람으로 하나는 영달하고 하나는 불우하여 전자는 이왕미조二王米趙에 법法하고 후자는 종태전鍾

太傅에 갓하여 소위 직하체稷下體라고 하든 것이다. 일즉이 내가 어떤 배와서 조선전래동요 번역을 이 비의 글자와 대조해 보니 홍미가 진진津津하다. 이 절에 판목이 있으나 볼 시간이 없어 인출한 책만 보고 판목조사는 할애割愛하다. 책으로는 고정지藁精紙 법화경法華經이란 한 권 있는 것이 기억에 남을 따름이다.

(…중략…)

이곳부터 설악의 진면목이라고 할까. 이곳저곳의 봉만峰巒은 모다 힌 있기가 끼여 바위마다 백색이다. 열한시 오십사 분에 두 바위가 걸립한 사이로 빠지니 양편에 전나무가 흡사히 장생처럼 서서 있다. 일노부터는 즉전에 비가 온 까닭으로 발을 잘 붓치기 어려울만치 행보가 곤란하다. 도중 아주 찬샘에서 휴대한 마법병에 냉수를 넣고 영시 십오 분 무명無名한 대에 올나 서서 비선대가 하下에 보인다. 이십오 분에 고개인 마등령에 도착. 떠돌던 백운白雲이 헛터지니 영랑호, 청초호가 지호指呼 간에 보이고 동쪽으로는 기암제봉의 울숙불숙한 것이 볼만하다. 사십오 분에 출발하여 중간에서 한 번 쉬고 한시 이십분에 오세암에 당도하다.

본래 등산할 때 나는 언제든지 올나 갈 때는 남과 같이 가본 기억이 없고 다만 내려올 때에만 겨우 따라오는 형견形見임으로 일행과 동행된 것이 오날 이때가 비로소 처음이다.

점심하는 동안 오세암 구경을 하기로 하여 고종 때 인출한 대장경과 매월당 영정을 보다. 매월당 영정은 하나는 보통 세간에 히이 보는 것이고, 하나는 다소 상이하여 퍽 재미있는 존재라고 생각했다. 오세암 뒤의 묘한 바위 있는 봉이 관음봉이고 동쪽은 봉황대라 하고 서쪽은 칠성대라고 한다. 암주庵主는 연송 '나무불', '나무불' 하고 준비에 분망하더니 식사는 별무신통. 오후 네 시에 이곳을 떠나 도중 원명암, 영천암을 것처 내려오는 동안에 복분자가 편산遍山하여 일행은 딸기 따 먹기에 정신이 없으며 우리 사설 단장 김성구金成九 씨는 서울이 좀만 갓가 왔으면 한다. 금년 밀양 표충사 복분자 못 먹은 것을 유감으로 알았더니 이곳에서 그 유한有限을 풀게 되니 인세 만사가 새옹의 마馬다.

어제 밤 신흥사에서 강화 제위에게 어더 먹은 약주 생각이 간절할 지음에 구례 김종필 씨가 휴래한 '진'을 줄 때에는 한량없는 감사를 느끼였다.

이곳에서 설악산 성황단을 보았는데 단간 집에 위패가 있고 나무로 조각한 대소의 말과 구이가 있고 채면彩帛이 결녀 있다. 인가는 이삼 채 밖에 보이지 안는데 어데서 사람이 오는지 미상하다. 경기의 성황하고도 다르고 영서, 함경도 평북 등 산간 지방의 그것하고도 다른 것이 대게는 참고가 된다. 오후 일곱 시 이십분 경 백담사에 도착하다. 으레히 계류에 몸을 싯다.

이 절에서는 꿀물 어더 먹은 것이 나의 유일의 희망이다. 탁본할 것도 없고 보물 구경할 것도 없는 것이 미리 사찰 대장을 조사한 서울서부터 알았든 까닭이다.

꿀물 억을냐고 불전 선생인 천뢰를 별별 수단으로 꼬여 보았으나 끝끝내 '나무불'이다. 당자 역시 강원도 인제 백담 꿀이 유명하지 하고 꿀 먹고 싶은 마음은 꿀떡 같으나 불행히 이 절에 제자 없는 한 할 수 없시 꿀걱 참는 모양에 다소 울분을 우리 일행은 억제했다.

꿀물의 울분이 도화선이 되야 단장 일사一蓑를 집어 생키기로 결심했다. 그것은 도중 행보가 너무 빨나서 최약자인 나로서는 여간 불만이 아니였다. 일종의 수단으로 명일 행로를 편히 할 서수先手로 있는 말 없는 말 꾸며서 좀 더 천천히 갈 것, 도중에서 자주 쉴 것 두 조건을 제출하여 불청하면 여기서 경성을 바로 도라가겠다고 하였더니 방 단장方團長, 김 실제 단장金實際團長, 김 사설 단장金私設團長(지긋지긋하게도 잘 다라나는 바로 당자當者)들이 강아지에게 쫓겨 온 수탉처럼 눈들이 쫑깃한다. 정직한 단원들은 지나친 말이란 듯이 어이 없이 묵묵한다. 나 역 작난이 과했나 하였으나 벌녀 논 춤이라 그대로 벗혔다.

8월 8일 청晴

오전 네 시 사십 분 기상. 바로 의상대義湘臺로 가서 장엄한 일출을 보고 도라 와서 예종 때 세조의 명복을 빌기 위해서 정난종鄭蘭宗을 시켜 만든 중종의 종명鐘銘 탁

본拓本을 하고 이어 성화成化 때의 고문서 두 장을 촬영하고 허둥지둥 낙산사역으로 오다. 종명鐘銘은 김수온金守溫의 찬撰이고 정난종의 서이며 활자의 정난종체라고 똑같이 유쾌하였으며 화색의 이름까지 있는 것이 미술사 연구상에 퍽도 재미가 있었다. 구월九月 칠일七日 초草.

남신북통-양양통신

일기자

● 일기자(一記者), 「남신북통(南信北通) - 양양통신(襄陽通信)」, 『개벽』 62호, 개벽사, 1925.8

속담에 종가집 메느리 말 만코 남의 집 머슴군 일 만타더니 양양 사회야말로 말도 만코 일도 만타. 복잡한 내용을 상세히 기록할 수는 업스나 개괄적으로 간단하게 몃 마듸만 적어보자.

만 호 미만인 양양주민 부적으로 이십만 원 거금을 변출하야 오색령을 이등도로로 수축하야 양양의 교통과 발전을 도모한다는 절대 불가능의 미명 하에서 소위 유지有志 기인幾人이 기성회를 조직하고 총독부당국에 허가를 엇는다고 하야 죽지 못하야 살아가는 군민들의 분발천여 원을 수합하여 가지고 경성에 올나 가서 료리비와 기타 자기네들의 소지품 매입에 소비하엿다는 것이 판명되야 오만여 민중은 이구동성으로 우리 전체의 사활문제라고 선전하야 오색령 도로 반대를 결의하고 도당국과 총독부 당국에 진정서까지 제출하야 서씨가 대표로 이에 대한 대소동을 일으키든 것이 아즉까지 귀에 새로운 금일에 와서는 군동회당과 군수 관사 문제로 또한 관민 간 여론이 어지간치나 비등된 모양이다. 상탁하부정으로 여론이 비등하게 된 원인이 나변에 재하거니와 연이然而 군수관사郡守官舍는 자기네들끼리 회의하고(양양군에는 경찰서장의 사택이 잇고 공보교장의 사택도 유有한대 일군一軍의 수석 관리로 사택이 업슬 수 업다는 의미로) 군민에게 구백 원을 호별로 난어 거더가지고 건축을 하엿는대 건등建等한 후后에는 역시 민간에 하등의 말이 업시 관유물官有物을 만들겟다는 것이 일一이요 공회당은 역시 호별로 거더서 춘천고보 건축에 기부하엿든 돈이 일천오백여 원이 남어서 도 당국에서는 잉여금을 군에 보내며 인민에게 도로 내여주라고 명령하엿슴에도 불구하고 자기네들끼리 공회당을 건축하자고 결의한 것이 제이第二로 이것이 문제의 초점이다. 그래서 지나간 오월십구일에 이 여러 가지 문제를 해결하기 위하여 군민회가 개최된 바 현북면장 박○○씨가 대표로 이에 대한 경과의 묵고을 토출함으로 관민 간 다소의 양해를 어더서 군수관사는 관유로 기부케 하고 공회당은 일천오백 원으로 건축하기로 결정되었는데 일군一郡에 또 군민회 상대로 반대가 봉기한다고 한다. 어듸 불원만한 향자享資에 유하거든 끗까지 반항하라. 그러나 서로 반대만 하는 끗에는 일의 성부가 엇지나 될넌지 하회나 보거니와 엇잿든 눈이 고단하야 볼 수가 업고 귀가 압하 들을 수가 없다. 종가집 며누리나 남의 집 머슴군 갓트면 내여 쫏기나 하지 이 일을 장차 엇지한담. 가관.

지방색-메리치잡이

박관옥

● 박관옥(朴寬玉), 「지방색-메리치잡이」, 『별건곤』 10호, 1927.12

째는 맛침 멜치 째니 한 마듸 이약이하고자 함니다. 강원도 연안 양양에서 멜치가 만히 나는데 우리 지방에서 한 일을 이약이하고자 함니다.

요 몃칠 전 일이엿습니다. 아침밥 먹고 뜰에 나와 놀고 잇는 중 멀니서 들려오는 급한 소리가 잇섯습니다. 귀를 기우리고 자세히 들은즉 황급한 듯이

후리꾼아, 나오나라, 나오나라
후리꾼아, 나오나라, 나오나라

하는 급한 소리엿습니다. 나도 후리꾼의 한 몸이니 나가자나가자 장관의 명령에 후리꾼은 일제히 바다ㅅ가에 나가서 배에 후리를 실을려고 하엿습니다. 사령장관司令長官은 청기靑旗를 바다로 향하야 치면서 쌜리 쌜리 나오라는 신호를 함니다. 우리 부하들은 후리를 실으면서 의내성疑乃聲을 함니다.

후리꾼아. 정신 차려, 앵에.
압바다에 고기논다. 앵에

하면서 후리魚網을 다 싯고 사령장관이 노으라는 한마듸에 맥여라 노아라 하며 후리를 노아 한 슷흔 이쪽에 한 슷흔 저쪽에 대엿습니다. 사령장관은 또 다시 적기赤旗를 육지로 향하야 침니다. 후리를 쌜니 다리라는 신호엿습니다. 후리꾼들은 짬을 뚝뚝 썰구면서 힘을 다하야 다리고나니 후리는 육지로 십분에 팔이 나왓습니다.

배에서는 고리를 먹엇다고 소리가 길다란 백기白旗를 담니다. 사령장관은 청적기青赤旗를 급히 휘둘누면서 고기를 육지로 퍼올니라고 명령합니다. 우리는 명령이 뚝 써러지자 고기 퍼내는 쪽째를 들고 퍼내면서 또 한 마듸의 소리가 나옴니다.

가래로세, 에양에.

가래로세, 에양에.

하고 퍼냄니다. 그 가운데도 또 이상한 일이 잇슴니다. 안 동리洞里의 남녀노소들은 싸리바굼이를 들고 고기 주으러 나옵니다. 남자보다도 여자가 속고의만 닙고 고기 줏노라고 대활동이지요. 우리는 후리순의 한 사람이니 모래를 끼언저서 쫏차보내랴고 하나 어듸 가줌니까? 모래를 맛더닛 물에 빠지던지 사생을 생각지 안코 고기 줏는 것이 퍽 자미잇지요.

우리는 큰일이나 한 것처럼 먹을 타령이 나오지요. '막걸리' 생각이 나서 여기서 저기서 '어' 추어, 어 추어'라는 소리가 연방 들리지요. 장관은 추으면 막걸리 한 동의 갓다 먹으라고 하지요. 우리는 조타고 멜치국에 막걸리 잔이나 어더 먹는 것이 참으로 큰 자미올시다. 이것도 우리 어촌의 특색이라 할넌지요.

춘천의 봄소식은 엇더한가—춘곡 형에게

차상찬

● 차상찬, 「춘천의 봄소식은 엇더한가-춘곡 형에게」, 『별건곤』 6호, 개벽사, 1927.4

춘곡春谷 형兄, 형과 나와 서로 만난 지도 벌서 삼 년이 되엿소이다. 녯 사람이 말하기를 일일불견一日不見이 여삼춘如三春이라 하엿스니 삼 년이면 과연 몃 봄이나 될가요.

춘곡 형, 우리는 춘천 사람이 되야 그러한 지 춘천의 봄이 항상 그렵습듸다. 우리 춘천은 군명이 춘천이니만치 봄이 경치가 다른 어느 곳보다도 매우 아름답지요. 삼산반락청천외三山半落靑天外하고 이수중분백노주二水中分白鷺洲한 자연의 산수도 좃커니와 소양정昭陽亭, 조양루朝陽樓는 아마 조선에서 몃재 안이 가는 명정名亭 승루勝樓이겟지요. 녹양방초가 욱어진 사십 리 평야에 어가초적漁歌樵笛이 화답하는 것은 그 얼마 한가하며 두견척촉이 만개한 사면청산에 촌아전부村娥田婦가 광주리를 들고 삼삼오오로 짝을 지여 산나물을 뜨드면서 구슬픈 목소리로 '형님, 형님! 사촌 형님! 시집살리 엇덥듸가. 시집온 지 삼년 만에 삼단 가튼 이 내 머리 다북숙이 다 되엿네!' 하고 부르는 '메나리' 노래는 그 얼마나 애원스럽습닛가. 신연강新延江에 배를 노와 석문石門 사일斜日 나려가는 흥은 평양의 청류벽을 지나는 것보다 몃 배나 장쾌하고 봉황대에 놉히 올나 이수삼산二水三山을 바라보며 이청련李淸蓮의 녯 시구를 생각하면 중국의 금릉金陵도 그보다 나흘 것이 업슬 것이외다.

춘곡 형, 이화삼월우두백梨花三月牛頭白하고 방초천년맥국청芳草千年貊國靑은 우리 향산香山 사형舍兄이 어렷슬 때에 춘영순제시장春營旬題試場에서 장원한 시구인 것은 형도 아즉까지 기억이 남어 잇슬 것이외다. 그 시와 가티 우두牛頭의 배쏫은 참으로 조선에서 제일일 것이외다. 평남 영유永柔의 이화정 배쏫은 선조대의 이임란李壬亂 파천播遷 시에 상찬賞讚한 가닭에 그다지 장할 것도 업는 것이 서선西鮮에서 명성이 놉핫지만은 우리 춘천의 우두 배꼿은 그러한 총애는 밧지 못하얏슬망정 누구나 자앙할 만한 것이겟지요. 상중하리上中下里 수백 여 호 대촌大村에 집집마다 4, 5주四五株 내지 십여 주의 배나무를 재배의 느진 봄의 꼿필 때가 되면 천수만수에 백설이분분白雪梨紛紛한 듯, 원촌근촌遠村近村에 호월이용용皓月梨溶溶이 퍽도 번화스럽고 깨끗하지요. 그리고 진병산의 척촉화躑躅花, 삼학산의 두견화, 청평산의 동백화도 녯날과 다름이 업겟지요만은 근래에는 경춘 신가도新街道에 앵화櫻花가 매우 번성의 시時의 춘광을 또한 자랑한다지요. 화전노리도 의구히 잘들하고 꼿쌈花戰도 또한 잘들 하는지요. 굼금도 하고 그립습니다.

춘곡 형. 중국의 시인들은 서촉의 두견를 노래하고 영남의 시인들은 조령鳥嶺의 두견을 노래하지만은 나는 삼학의 두견을 노래하고 싶습니다. 삼학의 두견은 종류도 여러 가지어니와 소리가 극히 처량하야 월명화락우황혼月明花落又黃昏하고 객산주성독좌시客散酒醒獨坐時에 '솟텅-솟텅-'하고 한 소리 두 소리 슬피 울면 그야말로 창자가 끈어지고 피가 흘너서 아모리 강장剛腸의 호협 남아라도 비회를 금치 못하거든 하물며 평등고관萍燈孤館에 독좌불민獨坐不眠하는 역려원객逆旅遠客과 잔정한침殘灯寒枕에 전전반측輾轉反側하는 청상소부靑孀少婦야 엇지 한 줄기의 눈물을 흘이지 안이하오릿가. 삼학의 두견은 참으로 춘천의 명물이지요.

춘곡 형. 계심桂心의 무덤(춘천 절기絶技)에는 풀이 얼마나 푸르럿스며 낙화는 얼마나 젓습닛가. 초사나군화사전草似羅裙花似鈿과 계심고총낙화다桂心古冢洛花多란 녯 사람의 시구를 읽을 적마다 계심의 무덤이 보고 싶습니다. 완사계 맑은 물에 홍장紅粧가인의 빨내질하는 것도 눈에 선하게 뵈이고 맥왕성貊王城 녯 도읍에 슬피 우는 소리도 귀에 어럼푼이 들이는 듯 합니다. 청평사의 두릅나물과 고비고사리 나무룬 향그럽지만은 상원사의 더덕, 도랏도 별미이지요. 언제나 형과 가티 춘천의 봄을 다시 구경할가요.

춘곡 형, 다 가튼 관동으로서 영서인 춘천의 봄 이약이만 하는 것은 너무도 미안합니다. 형도 영도의 봄 구경을 하섯는지 알 수 업습니다만은 영동의 봄은 영서의 봄과 정취가 아주 다릅니다. 천연의 지세가 영동 영서를 엄격하며 구분함과 갈디 봄도 동서가 상이합니다. 영동의 봄을 바다의 봄이라 할 것 가트면 영서의 봄은 산의 봄이요, 영동의 봄은 어부의 봄이라 할 것 가트면 영서의 봄은 농부의 봄임니다. 쏘 영서의 봄을 심규처녀에 비한다면 영동의 봄은 호협 소년과 같고 영서의 봄을 고산유수의 동양화 일폭과 갓트다면 영동의 봄은 노도怒濤 홍랑洪浪의 서양화西洋花 일폭一幅과 갓습니다. 창해 만 리에 백구가 편편히 날어들고 십리 명사明沙에 해당이 만발한데 장정단항에 어즙이 운집하야 '어기엿차'의 닷 감는 소리와 북을 둥둥 울니는 소리가 아츰 저녁으로 끈치지 안코, 잠수경 매회군에 손에는 비창, 배에는 뒹박, 허리에는 강시綱絲를 두르고 벽해로 둥둥 써나가는 해녀의 무리들은 장관이라면 장관이요 기관奇觀이라면 참 기관일 것임니다. 이 몃 가지는 영서의 산국에서는 도저히 볼 수 업는 일이겟지요. 그리고 촉석정의 송풍松風, 경포사의 화월花月, 삼일포의 선유, 금강의 관폭觀瀑, 청초호의 관어觀魚, 낙산사의 죽림, 해금강의 관도觀濤 등 그 어느 것이 장쾌하고 기엄히 안이하겟슴닛가. 조선의 봄을 구경하는 사람은 이 영동의 봄을 보지 못하고는 감히 조선의 봄을 말하지 못할 것 갓습니다.

춘곡 형, 금수강산이 좃타 하야도 이곳 업스면 적막강산이라고 관동의 봄이 아모리 조와도 내가 업고 보니 형도 다소 적막하겟지요. 금강산도 식후경이라고 배곱흔 사람들이야 봄인들 엇지 질길 수가 잇겟슴닛가. 돈 잇는 사람들은 자동차 우에다 지미미첩旨美美妾을 실고 쏫구경 다니너라고 호기양양하지만은 돈이 업는 농촌의 빈민들은 장장춘일長長春日에 밥도 잘 먹지 못하면서 피쌈을 흘이고 농사를 지으며 도회의 여자들은 십지부동十指不動하고도 능라금의를 몸에다 친친 감고 춘광春光 춘흥春興을 못 익이여 이곳저곳으로 구경을 다니너라고 분주하지만은 향촌의 여자들은 낫에는 김을 매고 누에를 치며 밤에도 방아 씻고, 부질하너라고 잠 한잠도 잘 못자고 일을 하것만 배가 곱하서 '춘궁춘궁春窮春窮' 하고 우수 비탄한다. 이것이 다 무슨 불공평한 일일가요. 하느님은 공평하야 서울에도 봄이 오게 하고 시골에도 봄이 오게 하고 부자의 집에도 오게 하고 빈자의 집에도 오게 하지만은 인간사회의 제도는 엇지 그리 불공평한가요. 생각할사록 가슴이 답답하고 울화가 남니다. 우리의 손으로 한 번 좀 쓰더 곳처 볼 수가 없슬가요.

이상향의 건설–독지독행으로써 경영되는 춘천군 송암청년회

미상

● 미상, 「이상향의 건설–독지독행(篤志篤行)으로써 경영되는 춘천군 송암청년회」, 『신민』 47호, 1929.3

강원도江原道 춘천군春川郡 신남면新南面 송암리松巖里

춘천의 이상향은 송암리가 잇다. 송암청년회의 현상을 설說함에 당當하야는 수須히 몬저 송암리 독지가篤志家 지규문池奎汶 씨氏 형제의 사적을 서술치 안이하면 불가하다. 씨氏는 춘천의 고가세족故家世族으로 수십만원數十萬圓의 자산을 가지고 지방을 위하야 세덕世德을 싸아오는 명망가名望家이다. 그가 여력을 거촌居村의 개량改良에 경주傾注하야 덕망, 재력 양방兩方으로 민중의 지도독려指導督勵에 당하엿슴으로 동리洞里는 농사개량을 위시하야 위생衛生 사상思想의 환기喚起, 도로道路 수축修築, 저축 부업 장려 등 어늬 것이 성적이 양호치 안음이 업시 엄연奄然 군내郡內 유수有數한 모범촌이 되엿다. 그러나 씨氏는 항상 생각하되 참된 농촌개량은 금후今後 성장하는 청년의 자각自覺에 의依치 안을 수 업다 하야 기제其第 규혁奎爀에게 이 임무를 분담하기를 권유하엿섯다.

지규혁池奎爀 군君은 당년 28세의 청년이라 일즉 춘천보통학교를 졸업한 후 내백乃伯을 종從하야 가사家事를 보좌輔佐하다가 분가分家하야 지금은 독립한 생계生計로 처자妻子 5인의 평화로운 생활을 하고 잇다. 그러나 인생의 의의意義는 일신일가一身一家의 안락생활에만 긋치는 것이 안이다. 여력을 가지고 다시 사람을 위하야 세상을 위하야 공헌貢獻하야 이 사회를 더욱더욱 살기 조흔 사회되게 노력하는 것이 현대인의 임무이며 욕망이며 쾌락이며 사업이다. 그럼으로 생활의 누累를 면한 지규혁池奎爀 군君은 일신을 청년회사업에 공헌하기로 결심한 바 잇섯다. 그리하야 그는 멀니 일본 내지內地의 농촌을 시찰하야 농촌진흥과 청년분기青年奮起의 급무急務임을 자각하고 대정大正 12년에 그 거촌居村 송암리松巖里의 동지청년同志青年을 결합한 것이 즉금卽今 송암청년회의 발단이다. 행幸히 내백乃伯 규문奎汶 씨氏의 배경과 회원의 단합력으로 경영상 만흔 성적을 보이고 잇다. 그 주요한 것이 여좌如左.

농사개량農事改良

일반농사 개량방법은 회원이 모다 일치실행하기로 하는 외外에 특히 대두종자大豆種子의 개량에 유의하야 년년年年 증수增收를 득得하고 잇다.

집회集會 급及 시간존중時間尊重

창회創會 당초當初에는 회원이 아즉 단체행동에 훈련이 부족함으로 출석이 불성적不成積이며 또 시간도 잘 려행勵行치 못하엿스나 점차 공동사상의 고취鼓吹와 시간관념의 함양涵養으로 지금은 잘 일치적一致的 행동行動을 할 수 잇게 되엇다.

도로道路

촌내村內 교통交通에 필요한 도로의 유지보선維持補繕은 촌내村內 노동자의 손에만 맛겨 둘 수 업슴으로 청년회원의 자발적 출역出役으로 매년 수차 차此를 수축修築하야 촌민의 편리를 주엇다.

식림植林

청년에게 애림사상愛林思想을 함양하며 겸兼하야 임목장양林木長養을 조助하기 위하여 년년年年 자지自地의 산야山野를 불문하고 공동식수를 려행勵行하며 각기 가정에도 반다시 식수植樹를 하게 하고 잇다. 그럼으로 송암리는 어늬 동리보다 수목이 만타.

위생衛生

각호各戶의 변소便所 개량改良을 위시하야 촌내村內에 공동정호公同井戶 설치設置, 공동낙장公同落場 설치設置 등 거의 이상적 설비를 하고 잇다. 그 소요 경비의 대부분은 지규문 씨의 원조援助에 출出함은 물론이다.

양잠養蠶 급及 모범상원模範桑園

회원은 반다시 양잠을 하기로 하엿다. 그리고 회會로서는 지규문 씨의 토지를 무료차득無料借得하야 모범상원模範桑園을 설치하야 식재植栽, 비배肥培, 관리管理 일절一切을 회원의 손으로 하엿더니 성적이 양호하야 군내 모범상원模範桑園으로 고평高評을 박博하고 상엽桑葉은 차此를 촌내 회원 급及 일반농가에 공급하야 양잠養蠶을 권유하엿다.

양계養鷄

회원은 반다시 양계養雞를 하기로 하엿다. 그리하야 이 일치단결적 려행勵行의 호평好評은 내외에 선전한 바 되야 군郡 축산조합에서는 특히 종계種鷄 150우羽를 무료 배부하야 주엇다. 그럼으로 회원들은 각호各戶에 분배하야 그 호성적을 기期하엿더니 지금은 전촌全村이 모다 개량 종계種鷄로 연산란年産卵 1만 6천 개 수입대금 370여 원의 모범 양계촌이 되엿다.

그 경영상 허다한 고심은 불언가상不言可想하려니와 특히 노동에 미숙함으로 최초에는 다소의 실패를 불면不免하엿스며 또 수해로 상원이 유실ᄒᆞ엿스나 회장 지규혁 군을 위시爲始하야 더욱 분발함으로 능히 금일의 호결과好結果를 보게 되엿다 한다.

다못 여긔에 특별한 주의를 가할 것은 무지無地다. 지씨 일가의 혈족적血族的 결합結合이 중심이 된 것 맛치 그 효과는 속하엿다 하겟스나 쏘한 일방一方으로는 지등地等 거족명문巨族名門에 수반隨伴하는 대가족제도의 유풍遺風으로 평등자립의 정신이 왕왕往往히 몰각沒却되기 쉬운 것이 이것이니 이 점에 대하야는 지도자의 특히 고심을 요要할 바라. 그럼으로 금후는 공동경작, 공동저축 등 공공협조의 정신을 함양하는 동시에 더욱 자립자활적自立自活的 정신의 훈련에 노력하여야 할 것이라 한다.

조선 각지 폭포관-방곡구곡폭포

무명씨

● 무명씨, 「조선 각지 폭포관-방곡구곡폭포(芳谷九曲瀑布)」, 『별건곤』 31호, 개벽사, 1930.8

올치! 또 이것구나. 강원도의 폭포를 말하자면 춘천의 방곡폭포를 또한 빼놀 수 업다. 춘천은 관동의 수부首府요 맥국貊國의 고도古都이니 마치 명승고적이 만흔 중에 이 폭포도 그곳 명승에 하나이다. 직하直下가 십이 장丈, 폭이 5, 6척尺인데 계류溪流가 범 구절九折한 싸닭에 구곡폭포라고 한다.

동명洞名이 방곡芳谷이라 산곡의 경치도 좃커니와 계류가 또한 기절한 싸닭에 시인 음객들은 이것을 지나支那의 무이구곡에 비하야 말한다. 그리고 덕두원德斗院(춘천 서하면)의 삼학三鶴 폭포(일명 경천폭境川瀑)도 폭포로는 그다지 장쾌치는 못하나 위치가 원래 춘천의 명산인 삼학산 중에 잇서서 계곡이 기절奇絶하고 폭포의 직상直上에는 삼한의 고찰인 상원암이 잇고 암하庵下에는 약수가 잇스며 암자의 부근에는 통천굴이란 큰 암굴巖窟이 잇고 굴로 지나가면 고석古昔 맥국貊國의 남문 유터란 고적이 잇서서 사시 유람객이 불절不絶하는 중, 특히 녀름철에는 피서요양의 객이 만타.

민요에 나타난 빛

송석하

● 송석하, 「민요에 나타난 빛」, 『신동아』 53호, 신동아사, 1936.3

춘천 장사타령

무른뱀이 처녀는
문배장사로 나간다
우두牛頭이 처녀는
참명明장사로 나간다
동남호동東南互洞 처녀는
산－장사로 나간다
명월리 처녀는
떨우장사로 나간다
방동芳洞 처녀는
옹기장사로 나간다
문하사문門下四門 처녀는
명주장사로 나간다
생말리里 동전東田 처녀는
막걸리 장사로 나간다.

춘천 아리랑

춘천의 봉의산, 너 잘 있거라
신연강新延江 명明다리 하직下直일다.
춘천의 봉산鳳山은 명산인데
부내팔동府內八洞이 개화를 한다.
삼학산三鶴山 밑에 신작로 내고
자동차 바람에 다 놀아난다.
양구楊口 낭천 흐르는 물에
배추 씻는 저 처녀야,
깃대난 떡잎을 다 제치고
속애나 속대를 나를 주게.
언제나 보든 님이라고
속에나 속대를 달나시오
지금 보면 초면이요
잇다 보면 구면일세.
초면 구면은 그만 두고
부모님 무서워 못 주겠네.

오월의 산골작이

김유정

● 김유정, 「오월(五月)의 산골작이」, 『조광』 2권 5호, 조광사, 1936.5

나의 고향은 저 강원도 산골이다. 춘천읍에서 한 이십 리 가량 산을 끼고 꼬불꼬불 돌아 들어가면 내닷는 조고마한 마을이다. 앞뒤 좌우에 굵찍굵찍한 산들이 빽 둘러 섯고 그 속에 묻친 안윽한 마을이다. 그 산에 묻친 모양이 마치 움푹한 떡시루 같다 하야 동명을 실레라 부른다. 집이라야 대개 씨러질 듯한 헌 초가요, 그나마도 오십호밖에 못되는 말하자면 아주 빈궁한 촌락이다.

그러나 산천의 풍경으로 따지면 하나 흠잡을 데 없는 귀여운 전원이다. 산에는 기화이초奇花異草로 바닥을 틀었고, 여기저기에 쫄쫄거리며 내솟는 약수藥水도 맑고, 그리고 우리의 머리 우에서 골골거리며 까치와 시비是非를 하는 노란 꾀꼬리도 좋다. 주위가 이렇게 시적이니만치 그들의 생활도 어데인가 시적이다. 어수룩하고 꾸물꾸물 일만 하는 그들을 대하면 딴 세상 사람을 보는 듯하다.

벽촌이라 교통이 불편함으로 현 사회와 거래가 드물다. 편지도 나달에 한 번식밖에 안 온다. 그것도 배달부가 자전거로 이 산골짝까지 오기가 괴로워서 도중에 마을 사람이나 만나면 편지 좀 전해 달라고 부탁하고는 도루 가기도 한다.

이렇게 도회와 인연이 멀음으로 그 인심도 그리 야박지가 못하다. 물론 극히 궁한 생활이 아닌 것은 아니나 그러나 그들은 아즉 악착齷齪한 행동을 모른다. 그 증거로 아즉 나의 기억에 상해 사건으로 마을 소동을 일으킨 적은 없었다. 그들이 모이어 일하는 것을 보아도 퍽 우의적이요 따라 유쾌한 노동을 하는 것이다.

오월쯤 되면 농가에는 한창 바쁠 때이다. 밭일로 급하거니와 논에 모도 내야 한다. 그보다도 논에 거름을 할 갈이 우선 필요하다. 갈을 꺾는 데는 갈잎이 알맞게 퍼드러졌을 때 그리고 쇠기 전에 불야살야 꺾어나려야 한다. 이러한 경우에는 일시에 많은 품이 든다. 그들은 열아문식 한 떼가 되어 돌려가며 품아시로 일을 해주는 것이다. 이것은 일의 권태를 잊을 뿐만 아니라 또한 일의 능률까지 오르게 된다.

갈 때가 되면 산골에서는 노유老幼를 막론하고 무슨 명절이나처럼 공연히 기꺼웁다. 왜냐면 갈꾼을 위하야 막걸리며, 고등어, 콩나물, 두부에 이팝—이렇게 별식別食이 버려지기 때문이다.

농군하면 얼뜬 앉은 자리에서 밥 몇 그릇식 치는 식탐가로 정평이 났다. 사실 갈을 꺾을 때 그들이 먹는 식품은 놀라운 것이다. 그리고 그렇게 먹지 않으면 몸이 감당해 나가지 못할 만치 일도 역 고된 일이다. 거한 산으로 헤매이며 갈을 꺾어서 한짐 잔뜩 지고 오르나리자면 방울땀이 떨어지니 여느 일과 노동이 좀 다르다. 그러니만치 산골에서는 갈꾼만은 특히 잘 먹이고 잘 대접하는 법이다.

개동開東부터 어두울 때까지 그들은 밥을 다섯 끼를 먹는다. 다시 말하면 조반, 점심겨누리, 점심, 저녁겨누리, 저녁— 이렇게 여러 번 먹는다. 게다가 참참이 먹이는 막걸리까지 친다면 하루에 무려 여덟 번을 식사를 하는 세음이다. 그것도 감투밥으로 처올려 담은 큰 그릇의 밥 한 사발을 그들은 주는 대로 어렵지 않게 다 치고 치고 하는 것이다.

'아 잘 먹었다. 이렇게 먹어야 허리가 안 휘어!'

이것이 그들의 가진 지식이다. 일에 과로하야 허리가 아픈 것을 모르고 그들은 선은 밥이 삭어서 창자가 홀쭉하니까 허리가 휘는 줄로만 안다. 그러니까 빈창자에 연실 밥을 메꿔서 꼿꼿이 만들어야 따라 허리도 펴질 걸로 알고 굳이 먹는 것이다.

갈꾼[1]들은 흔히 바깥뜰에 멍석을 펴고 쭉 돌러 앉어서 술이고 밥이고 한태 즐긴다. 어쩌다 동리 사람이 그 앞을 지나가게 되면 그들은 손짓으로 불른다.

'여보게, 이봐 한 잔하게!'

'밥이 따스하니 한 술 뜨게유!'

---

1 개간할 때 가래를 치는 일을 맡은 일꾼.

이렇게 옆 사람을 불러서 가치 음식을 나느는 것이 그들의 예의다. 어떤 사람은 아무개 집의 갈 꺾는다 하면 일부러 찾아와 제목을 당당이 보고 가는 이도 있다. 나도 고향에 있을 때 갈꾼에게 여러 번 얻어먹었다. 그 막걸리의 맛도 좋거니와 웅중게 모이어 한 가족같이 주고받는 그 기분만도 깨끗하다. 산골이 아니면 보기 어려운 귀여운 단악團樂이다.

그리고 산골에는 잔디도 좋다. 산비탈에 포곤히 깔린 잔디는 제물로 침대가 된다. 그 우에 바둑이와 가치 벌릉 자빠저서 묵상하는 자미도 좋다. 여길 보아도 저길 보아도 우뚝우뚝 섯는 모조리 푸른 산이매 잡음하나 들리지 안는다.

이런 산속에 누어 생각하자면 비로소 자연의 아름다움을 고요히 느끼게 된다. 머리 우로 나라드는 새들도 각가지다. 어떤 놈은 밤나무 가지에 앉아서 한 다리를 반짝 들고는 길음한 꽁지를 회회 두르며 '빽쭉빽쭉! 빽쭉빽죽!' 이렇게 노래를 부른다. 그러면 이번에는 하얀 새가 '뺑!'하고 나라와 앉어서는 고개를 까땍까땍 하다가 도루 '뺑!' 하고 다라난다. 혹은 나무줄기를 쪼며 돌아다니는 딱따구리도 있고, 그러나 떼를 지어 푸른 가지에서 유희를 하며 짖어귀는 꾀꼬리도 몹시 귀엽다.

산골에는 초목의 내음새까지도 특수하다. 더욱이 새로 튼 잎이 한창 퍼드러질 임시하야 바람에 풍기는 그 향취는 일필一筆로 형용하기 어렵다. 말하자면 개운한 그리고 졸음을 청하는 듯한 그런 나른한 향기다. 일종의 선정적 매력을 느끼게 하는 짙은 향기다. 빼꾸기도 이 내음새에는 민감한 모양이다. 이때로부터 하나둘 울기 시작한다. 한해 만에 빼꾹기의 울음을 처음 드를 적만치 반가운 일은 없다. 우울한 그리고 구슬픈 그 울음을 울어 대이면 가득이나 한적한 마을이 더욱 느러지게 보인다.

다른 데서는 논이나 밭을 가를 때 노래가 없다 한다. 그러나 산골에는 소모는 노래가 따로히 있어 논밭에 소를 부릴 적이면 의례히 그 노래를 부른다. 소들도 세련이 되어 주인이 부르는 그 노래를 잘 이해하고 있다. 그래서 노래대로 좌우로 방향을 변하기도 하고 ○○보조의 속도를 느리고 주리고, 그렇게 순종한다.

먼발치에서 소를 몰며 처량히 부르는 그 노래도 좋다. 이것이 모두 산골이 홀로 가질 수 잇는 성스러운 음악이다. 산골의 음악으로 치면 물소리도 빼지는 못하리라. 쫄쫄 내솟는 샘물소리도 좋고 또는 촐랑촐랑 흘러 나리는 시내도 좋다. 그러나 세차게 콸콸 쏠려 나리는 큰 내를 대하면 정신이 번쩍 난다.

논에 모를 내는 것도 이맘때다. 시골서는 모를 낼 적이면 새로운 희망이 가득하다. 그들은 질거운 노래를 불러가며 가을의 수확까지 연상하고 한 포기 ○○○의 모를 심어 나간다. 농군에게 있어서 모는 그야말로 그들의 자식과 같이 귀중한 물건이다. 모를 내고 나면 그들은 그것만으로도 한해의 농사를 다 진 듯싶다.

안악네들도 일꾼에게 밥을 해내기에 눈코 뜰 새 없이 바뿌다. 그리고 큰 함지에 처담아 이고는 일터에까지 나르지 않으면 안 된다. 아이들은 그 함지 끝에 줄래줄래 따라다니며 묵묵히 제목을 요구한다. 그리고 갈 때 전후하야 송아가 한창이다. 바람이라도 세게 불 적이면 시냇가에 송아 가루가 노랗게 엥긴다. 안악네들은 기회를 타서 머리에 수건을 쓰고 산으로 송아를 따러 간다. 혹은 나무 우에서 혹은 나무 아래에서 서루 맞붙어 일을 하며 저이도 모를 소리를 몇 마디 지껄리다는 포복졸도할 듯이 깔깔대고 하는 것이다. 이것이 오 년경 산골의 생활이다.

산 한 중턱에 번듯이 누어 마을의 이런 생활을 나려다보면 마치 그림을 보는 듯하다. 물론 이지理智 없는 무식한 생활이다. 마는 좀 더 유심히 관찰한다면 이지理知 없는 생활이 아니고는 맛볼 수 없을 만한 그런 순결한 정서를 느끼게 된다. 내가 고향을 떠난 지 한 사년이나 되었다. 그동안 얼마나 산천이 변했는지 모르겠다. 그러나 금쟁이의 화를 아즉 입지 않은 곳이매 상전벽해桑田碧海의 변變은 없으리라. 내내 건재健在하기 바란다.

그 강의 정서-소양강, 신연강

이석훈

● 이석훈, 「그 강의 정서-소양강(昭陽江), 신연강(新延江)」, 『조광』 4권 8호, 조광사, 1938.8

춘천, 소양강昭陽江 신연강新延江과 봉의산을 가진 춘천은 어떤 의미에서 고향 이상으로 정다운 곳이다. 나의 사회적 경력의 첫 페이지를 수놓은 곳도 춘천이오, 나의 인생 생활의 근거를 닦은 곳도 춘천이다. 춘천은 기관의 방랑자인 나를 포근히 앓어 주고 사랑해준 은혜로운 곳이다. 만일 김립 같으면 고마운 시 몇 편쯤은 썼을 것이로되 나는 우울한 감상적 공상가에서 늘상 향수에 잠겨 있었다. 춘천 거리를 두 팔로 그러댕겨 꼭 껴안고 있는 양한 봉의산, 그 수려한 푸른 산봉오리가 나의 향수의 대상이었던 것이다.

(…중략…)

이같이 고요히 언제나 보아도 고요히 명사에 잠겨 있는 듯한 봉황새 모양의 봉의산을 조석으로 바라볼 적마다 나는 안타까운 향수로 가슴을 조렸다. 너무나 고요한 봄내 거리에 너무나 정적인 봉의산, 항상도 젊은이의 꿈을 좇는 나에게는 안타까운 존재였었던 것이다.

봉의산의 천년의 명상을 도와주는 것이 소양강이다. 산의 고요함에 대하야 강은 항상 유동流動한다. 봉의산이 안타까워서 소양강으로 뛰쳐나간다. 봉의산의 아담한 소규모의, 그러나 묘한 풍격에 대하야 소양강도 또한 거기 알맞을 만큼 적은 강이다. 소양강은 소위 '소시모리'의 전설을 가진 그리 넓지 않은 우두벌을 동쪽으로 활짝처럼 휘어 돌아서 봉의산의 엉덩이를 스쳐 흐른다. 금강산, 설악산의 산삼 썩은 물이 썩어 흐른다 하야 시골 사람들은 그 맑고 깨끗한 소양강 물을 사랑한다. 비록 산삼 썩은 물이 섞이지 않았더라도 좋다. 강 밑을 조악돌과 조악돌 사이를 헤매는 '모래치'까지 말짱히 드려다 보이는 맑은 산골 시내! 여울지고 검푸른 못이 되고 다시 돌돌돌돌 여울이 되어 흐르는 강물, 강가에 낡은 물방아깐이 있고 한가로히 도라 가는 물방아와 탄 사람 없이 떠 있는 적은 배, 빨래 방망이 소리도 한가로운 많지 않은 표모군漂母群, 늘어진 버들가지, 버드나무 그늘에 머물은 나무떼와 고기배, 아마 근래에는 부인네의 꽃신 같은 고흔 채색한 뽀-트들도 많이 늘었을 게다.

강가 이끼 낀 검은 바위 우에 앉어서 가만이 귀를 기우리고 있노라면 역시 소양강은 낭에게 무엇을 말하는 바가 있었던 것이다. 그렇기에 소양강을 쒸쳐 나온 나는 얼마만큼의 위로를 받고 다시 거릴 돌아오는 것이엇다. 산골다운 첩첩한 연봉을 사방으로 비러 헤치고 들어앉은 우두牛頭벌과 아울러 이 강은 고도古都의 옛 모습을 회상케 하는 유연한 풍격을 어덴가 모르게 가추고 있는 것이다.

봉의산 밑 강기슭에 당실하는 앉은 소양정의 붉은 채색 낡은 정자는 이 강의 풍경을 운치있게 하는 일점경一點景이다. 그 앞으로 하이한 근대식 세멘다리가 비껴 있다. 다리를 건너 동북으로 가쫀한 가로수 사이로 외줄로 뻗은 길이 인제로 가는 길이고, 서북으로 역시 가쫀한 가로수 사이로 곧후 뻗은 길이 화천, 김화가도다. 이 두 갈래의 길은 강가에 앉은 나의 공상을 끌어주는 줄인 양 멀리 벋어 첩첩한 산줄기 밑으로 살어졌다. 이 다리가 생기자부터 물이 나도 교통이 끊일 까닭 없고 강을 건너 댕기기에 대단히 편리해졌으나 나룻배의 유장한 풍경도 없어지고 이 강의 야취도 얼마쯤 산멸되었다. 천川, 금산金山골의 어둠이 나래를 펼치자 여기저기 반디불같이 깜을거리는 강상江上의 점점點點 어화漁火도 이 다리를 밝히는 주룬히 선 교등불로 인하야 방해되고 만다. 어화漁火는 막막한 어둠의 강상이라야 시적 기분을 주는 것이다. 그러나 교등橋燈이 줄줄히 긴 불꼬리를 물속에 흐느적거리는 야경은 답답한 여름밤의 납량을 도와주는 풍경이기는 하다. 옛날엔 오직 막막한 어둠과 여울소리와 외로운 점점어화만이 이 강의 고요한 정서이더니 다리가 생기고 교등橋燈이 강상江上을 밝히자 밤에도 뱃노리군이 끊치질 않고 떠들썩하야 소양강도 소연騷然한 속된 세파世波에 짓밟히고야 말었다는 느낌을 자못 깊게 한다.

소양강의 아랫녁을 신연강新延江이라 한다. 신연강은 험상궂은 절벽 사이를 훌러서 벌판을 휘어 흐르는 소양강과는 전혀 상극의 대조를 보인다. 소양강은 강가의 수양버들이 대단히 어울릴 만큼 '텃취'가 부드러우나 신연강은 준열한 텃취로써 육박한다. 신연교 무쇄 다리 놓인 곳에서 절벽은 좌우로부터 서로 흘겨보듯이 닥어들어 그 밑을 강을 급단急湍이 되어 바위에 부서지며 허덕이며 흐른다. 신연교 무쇄 다리도 소양강의 하이한 세멘 다리에 대해서 이 험준한 협강의 풍경에 잘 어울리어 과연 승경을 이루었다. 이 다리에 서서 춘천읍 쪽을 뒤로 바라보면 시야는 숨마킬 듯한 협곡을 얼마쯤 지나 이윽고 표주박 형상으로 널따란 벌이 아득히 터졌고 들 끝으로 유유히 떠가는 베돛이 깊은 정회를 자아내는 것이다. 한강을 올라와 산골에 울을 줄매어 이끌어 가면서 가까스로 소양강을 찾어 드는 배들이다. 신연강을 나는 '춘천 라인'이라 불렀다. 그림으로 보고 내가 상상하는 라인강이 꼭 이 강에 방불할 것이기 때문이다. 다못 신연강에는 강안 절벽 우에 고성 터가 없을 따름이다.

(…중략…)

다못 소양강, 신연강에 대한 나의 깊은 애착과 깊은 인상을 충분히 표현치 못하는 빈약한 필력을 탄하며 펜을 놓으려 한다.

강릉의 설마

동화생

● 동화생(東華生), 「강릉의 설마(雪馬)」, 『신문계』 34호, 신문사, 1916.1

풍속 습관은 인류생활상 형편을 수隨ᄒᆞ야 동서東西가 부동不同ᄒᆞ고 남북南北이 상위相違홈은 물론이나 우리 조선 지방이 왕석往昔 시대에 오십여 국의 분야를 각정各定하고 기중其中에 지세와 풍토의 적당ᄒᆞᆫ 기예로 생활을 보익保益ᄒᆞ고 용기를 숭상ᄒᆞ던 여풍餘風이 근대ᄭᆞ지 유전되야 현재관으로는 도각부동道各不同의 해문該聞도 유有ᄒᆞ고 기담奇談도 유有ᄒᆞᆫ 것을 목거牧擧키 불황不遑ᄒᆞ나 1, 2一二의 예例로 언言ᄒᆞ면 제주 부녀는 유영의 난숙홈이 강남녀의 채련採蓮이 종소관從少慣ᄒᆞ야 15十五에 즉승조卽乘潮라는 이상의 경력과 이상의 실지實地를 경영ᄒᆞ야 부가범댁浮家泛宅으로 연해 각처에 출몰ᄒᆞ는 생활은 전복이나 해삼이 자가自家의 농산물, 자기의 사양물私養物이나 일반으로 습취拾取ᄒᆞ야 해상에 내왕은 경성인의 육행陸行브다 탄평坦平ᄒᆞ고 해저에 침입沉入은 일본인의 목욕탕보다 용이ᄒᆞ야 해該 지방地方 이외인의 관찰로 상상ᄒᆞ면 현금現今 구미歐米 여자의 스케팅어름 지치는 것이나 호쓰 라이딍말 달니는 것보다 위험ᄒᆞ고 기이홈을 난금ᄒᆞ깃스나 역시 풍속 관습이 생활방면에 실지를 천답踐踏ᄒᆞᆫ 일기능一技能이오.

강계의 포수는 전렵佃獵에 능란能難ᄒᆞ야 조선 13도에 여하ᄒᆞᆫ 벽방 궁촌에서 생장ᄒᆞᆫ 인일지라도 강계 포수라 ᄒᆞ면 수모誰某던지 방총放銃 잘ᄒᆞ는 줄노 지득知得ᄒᆞ야 기其 불완전ᄒᆞᆫ 조선 화승총일망정 2보二步에 1발一發, 3보三步에 2발二發ᄒᆞ는 비상ᄒᆞᆫ 련도鍊度로 백발백중ᄒᆞ야 고등 기술의 전문가될 만ᄒᆞᆫ 자격이 하시대何時代의 상무국尙武國의 여풍餘風으로 일선一線의 맥脉이 존재ᄒᆞ엿스나 금일에는 물환성이物換星移ᄒᆞ야 수류운공水流雲空의 선천몽중사先天夢中事를 설도說道홀 샌이오. 차외此外 지금ᄭᆞ지 시기가 자재自在ᄒᆞ고 용기가 자대自大ᄒᆞ야 반도청년으로 ᄒᆞ야금 자연히 견肩을 용聳ᄒᆞ며

완腕을 액扼ᄒᆞ야 일문一聞에 일견一見을 사思ᄒᆞ고 일견에 일차 실지實地를 행코져 ᄒᆞᆯ 것은 본 문제에 대ᄒᆞᆫ 본말이라 연然ᄒᆞ나 차此ᄂᆞᆫ 금문고문今文古文에, 가고可考ᄒᆞᆯ 처處이 무無ᄒᆞ고 ᄯᅩᄂᆞᆫ 조선도 소위 신문명의 정도가 동서양에 굴지屈指하ᄂᆞᆫ 모모국某某國과 여如ᄒᆞ엿스면 발셔 고등 사진사가 출장出張ᄒᆞ야 실지 광경을 목격ᄒᆞᄂᆞᆫ 듯시 촬撮ᄒᆞ야 사진첩의 일조一組를 제製ᄒᆞᆫ다. 활동 사진의 일막을 개開ᄒᆞᆫ다. 신문상, 잡지상으로 친절ᄒᆞᆫ 소개도 일이차가 아니 되여 조선은 고사ᄒᆞ고 세계에 낭자ᄒᆞ였스련마ᄂᆞᆫ 금일ᄭᆞ지 세계 이목에 불입不入ᄒᆞ고 원시적 상태를 지지ᄒᆞᆷ이 우리에ᄂᆞᆫ 대大히 유감되ᄂᆞᆫ 바인 고로 금今에 우리 독자, 우리 청년으로 혹자或者 쾌활ᄒᆞᆫ 의미를 발ᄒᆞ고 신건新健ᄒᆞᆫ 사상을 기起ᄒᆞᆷ에 일조되기를 기망期望ᄒᆞ고 차次에 이삼조二三條의 단기사短記事기 광경의 방불ᄒᆞᆷ이 사진에ᄂᆞᆫ 불급ᄒᆞᆯ지라도 어지간魚池間히 실상과 상위相違가 무無키를 구求ᄒᆞᄂᆞᆫ 중 제군의 유의有意 간과ᄒᆞᆷ을 구ᄒᆞ노라.

一. 설마雪馬의 형상과 시기

강릉의 설마雪馬라 ᄒᆞᆷ은 우리가 항상 간견看見ᄒᆞᄂᆞᆫ 일본산이나 대완산大宛產의 일행천리日行千里ᄒᆞᆫ다ᄂᆞᆫ 동물적 목양ᄒᆞᄂᆞᆫ 마馬도 아니오, ᄯᅩᄂᆞᆫ 설雪로 원료를 작作ᄒᆞ야 마馬의 형태 구조ᄒᆞ기를 흡족하 설雪로 인형人形 혹 불형佛形 미륵의 형形을 작作ᄒᆞᆫ 달마의 류類도 아니오, 차此 설마ᄂᆞᆫ 기其 의의意義를 구경ᄒᆞ면 수水가 유有ᄒᆞᆫ 연후에 주즙舟楫을 제작ᄒᆞᆷ과 여如히 설雪이 적積ᄒᆞᆫ 후에 차를 사용ᄒᆞᆫ다 ᄒᆞᆷ이오, 마馬이라 칭ᄒᆞᆷ은 기병其病이 비행ᄒᆞᆷ에 불하不下ᄒᆞ야 동양 고래로 이목을 경해驚駭ᄒᆞᄂᆞᆫ 천마天馬 용마龍馬라도 출발점을 동同히 ᄒᆞ면 백중의 중간에셔 력치驅馳ᄒᆞ고 일호一毫의 손색이 무無ᄒᆞᆷ에 취取ᄒᆞ엿도다.

차此 설마雪馬의 원시적 시대와 발명적 주인옹主人翁은 역사상 확정ᄒᆞᆫ 문구가 무無ᄒᆞ고 유전의 언편이 ᄯᅩᄒᆞᆫ 분명치 못ᄒᆞ야 근본적, 구체적의 확실ᄒᆞᆫ 설적說的은 사실상 불능으로 타일他日 연구가에 양讓ᄒᆞ고 금今에 현상으로 언言ᄒᆞ면 기조직其組織이 별건이 아니오, 단但히 지득知得키 용이ᄒᆞ니 환언ᄒᆞ면 사질篩質, 테박휘 ᄀᆞᆺᄒᆞᆫ 경박ᄒᆞᆫ 목판이 광廣이 목척 일 척 가량쯤 되고 장長이 오 척쯤 되는딕 차此 목판의 상태를 형용ᄒᆞ야 가급적 자세히 설명코져 ᄒᆞ면 양단兩端은 앙천仰天ᄒᆞ고 중단中段은 조지朝地ᄒᆞ야 기 형상의 간편ᄒᆞᆷ과 정신의 민활ᄒᆞᆷ은 어부의 엽주葉舟와 문장의 개주芥舟와 흡사ᄒᆞ야 미풍에도 주지住地가 이전되고 비식鼻息에도 전체가 감각될 만ᄒᆞᆫ 상태인딕 기중간其中間에 입족지立足地를 가량ᄒᆞ야 일본인의 초리草履와 방사方似ᄒᆞᆫ 체재로 공孔을 개開ᄒᆞ고 승繩을 입入ᄒᆞ야 여하如何ᄒᆞᆫ 경우를 당ᄒᆞ던지 탈주脫走ᄒᆞ고 절단絶斷될 만ᄒᆞᆫ 의점疑點이 무無토록 주의注意ᄒᆞᆫ 소위 설마雪馬이더라.

차此 설마의 사용 시기ᄂᆞᆫ 하시何時이뇨 ᄒᆞ면 구경산곡九經山谷으로 고영孤影을 수遂ᄒᆞᄂᆞᆫ 화시절花時節도 아니오, 반무방전半畝方田에 녹적鹿跡을 소霄ᄒᆞᄂᆞᆫ 맥추절도 아니오, 쇠초평원衰草平原에 순망鶉網을 부敷ᄒᆞᄂᆞᆫ 풍국시楓菊時도 아니오, 사시四時 중 최종기最終期되ᄂᆞᆫ 륭동隆冬이니 차此ᄂᆞᆫ 곳 삭기朔氣가 도풍刀風으로 화ᄒᆞ야 엄혹嚴酷ᄒᆞᆫ 기세와 본색을 출현코져 층첩ᄒᆞᆫ 무◯霧◯이 오대산 반공으로 집합ᄒᆞ야 조화옹의 능력으로 은세계라 가칭할 만ᄒᆞᆫ 신천지를 조판肇判ᄒᆞ니 직直 평등주의를 주창ᄒᆞᄂᆞᆫ 사회학자의 용심用心에 근가近可ᄒᆞ게 준◯峻◯ᄒᆞᆫ 산악, 참차參差ᄒᆞᆫ 임목林木은 거진거진 지기志氣가 합ᄒᆞᆫ 듯ᄒᆞᆫ딕 만일 여차ᄒᆞᆫ 세계로 변화가 무無ᄒᆞ면 북영양北永洋이나 남영양南永洋갓ᄒᆞᆫ 우주의 별명을 득ᄒᆞ야 소위 탐험가의 종적도 부도不到치ᄂᆞᆫ 아니ᄒᆞ겟스나 일시적 경색으로 관찰ᄒᆞ면 림단林端에ᄂᆞᆫ 불향不香의 화花가 만개滿開ᄒᆞ고 창문에ᄂᆞᆫ 무영無影의 월月이 의교依橋ᄒᆞᆯ 샌이니 시 일구一句와 주酒 일배一杯로 다소의 흥을 견遣ᄒᆞ기에도 무방ᄒᆞᆫ 설마雪馬의 시기, 우리의 심心은 쾌ᄒᆞ고 우리의 기氣ᄂᆞᆫ 용勇ᄒᆞᆷ즉 ᄒᆞ더라.

二. 설마雪馬 사용의 창군槍軍과 경색景色

설마 사용의 창군은 수誰이뇨. 이ᄂᆞᆫ 조선동포 중 강릉 오대산이 정기를 종총鍾寵ᄒᆞ야 삼오촌락에 인생원人生願을 발ᄒᆞᆫ 청년들이니 평범ᄒᆞᆫ 자격이 아니오. 북방의 강强과 남방의 기氣를 풍속 습관상으로 절반절반 옴긴 그들인딕 혈기의 용감ᄒᆞᆷ과 신체의 장대ᄒᆞᆷ은 수모誰某던지 건남아, 쾌청년이라 ᄒᆞᆯ만ᄒᆞᆫ 실지實地가 확적確的ᄒᆞ도다. 그들은 자신自薪을 채採ᄒᆞ고 자전自田을 운耘ᄒᆞᆷ은 보통적, 일반적에 별로 특이ᄒᆞᆫ 점이 무無ᄒᆞ나 설마를 어御ᄒᆞ고 창槍을 정挺ᄒᆞᆷ에ᄂᆞᆫ 평범ᄒᆞᆫ 인ᄉ의 안목에ᄂᆞᆫ 공파恐怕ᄒᆞᆫ 심心을 금禁키 불능不能ᄒᆞ도다.

천하기연인 강릉의 홍장암

차상찬

● 차상찬, 「천하기연(天下奇緣)인 강릉의 홍장암(紅粧巖)」, 『신여성』 4권2호, 신여성사, 1926.2

강원도 강릉군에는 경치 조키로 유명한 경포대鏡浦臺가 잇고 그 경포대의 압헤는 주위가 약 십여 리 되는 큰 호수가 잇스니 그 호수는 물이 항상 맑아서 곱기가 거울빗과 갓고 또 비가 오던지 날이 감을던지 사시장철로 물이 줄도 늘도 안하서 깁기가 사람의 억개에 달낙날낙 할 섐이요, 자래도 한 사람도 빠져 죽은 일이 업는 까닭에 군자호君子湖라는 이름이 잇다.

그리고 그 호수는 일개 약한 모래둑으로 만경창파의 큰 바다와 접하야 시시때때로 산덤이와 가튼 큰 물결이 사정 업시 무섭게 드리치되 그 모래둑은 조금도 문허지지 안코 정연하게 경계가 구별되야 잇슴으로 세상 사람들이 다 이상하게 생각한다.

그런데 그 호수는 경치가 조흔이만큼 또 여러 가지의 자미잇고 신비한 전설이 잇스니 즉卽 녯날 녯적에 그 호수는 본시 륙디로서 엇더한 큰 부자의 집터엿섯다. 그 부자는 당시 강릉의 갑부로 집안에 곡식이 항상 몃 만 석씩 쌔여 잇섯스나 누구를 구제하는 일은 손톱만치도 안이하는 유명한 인색가엿다. 하루는 엇던 노승老僧 하나가 갈포장삼에 륙환장을 집고 문외門外에 와서 목탁木擇을 두다리며 양식을 구걸하엿더니 예例의 인색한 그 부호는 조금도 주지 않코 단연 거절하얏섯다. 그러나 그 노승은 백방으로 애걸하며 말하되, '일군의 거부 장자님으로서 집안에 몃 만 석의 곡식을 썩이도록 싸어 놋코 일개 중에게 시주할 것이 없다는 말슴이 무슨 말씀이냐'고 하얏더니 진소위 동냥은 안이 주고 쪽박을 쌘다는 격으로 그 부호는 동냥을 안이 줄 섐 안이라 노발대발하면서 중을 싸리며 또 무수구 욕을 하고는 나무박木皿에다 똥을 하나 가득이 담아서 주엇더니 그 노승은 아모 말도 안이하고 그 똥을 그릇째 바더서 바랑 속에 늣코 갓섯다. 조곰 잇더니 이상하게도 그 때까지 새파랏케 개엿던 한울이 별안간에 흐리며 뇌성벽력을 하고 검은 구름이 뭉게뭉게 몰려들고 비가 삼대가티 쏘다지더니 홀연이 그 부호의 집과 그 부근의 짱이 둥그럿케 둘너 빠져서 큰 호수가 되고 짜러서 그 집의 사람이 하나도 남지 못하고 다 빠저 죽엇스며 그 집에 싸여 잇던 곡식은 모다 물속에 드러가서 조개가 되엿는데 그 조개는 사람이 먹으면 다른 조개보다도 배가 불너서 흉년에 능히 긔근을 구제할 만한 고로 제곡濟穀이라 이름하고 지금까지 그 디방의 사람들이 만히 주어다가 먹는다 한다.

그리고 또 그 호수의 중앙에는 홍장암紅粧巖이라 하는 큰 바우 하나가 잇스니 그것은 녯날의 강릉미인 홍장이라 하는 기생의 놀던 곳이다. 어늬 시대의 일인지는 자서이 알 수 업스나 엇더한 순찰사가 강릉에 갓다가 홍장의 절대가인이라는 말을 듯고 친이 차저가서 일시의 아름다운 인연을 맺고는 항상 생각하여 오매불망하더니 그 뒤에 각 군의 순찰을 마치고서 도라오는 길에 다시 홍장의 집을 차지니 홍장은 간 곳이 업고 다만 빈 집만 남어 잇는데 무정한 개는 녯 주인의 정랑을 알지 못하고 문 압헤서 콩콩 짓고 의구한 달빗은 창전에 비치여 고객의 회포를 니르킬 싸름이엿다. 순찰사는 낙심천만하야 아모 말도 업시 려관으로 홀로 도라 것섯다. 그때에 강릉부자는 역시 풍류남아로 그 순찰사와 퍽 친절한 친구 사이엿다. 순찰사를 차저서 그 려관으로 갓더니 순찰사는 홍장에게 얼마나 반하얏던지 아모 말도 하기 전에 먼저 홍장의 소식을 무럿섯다. 부사는 그 순찰사를 한 번 속이고 조롱하랴고 거짓 대답하되 '홍장은 원래 다정한 가인인 까닭에 상관上官을 한 번 리별한 뒤로 주야 생각하다가 상사병에 걸이여서 수월 전에 이 세상을 써낫다' 하얏다. 순찰사는 자긔의 오매불망하던 홍장의 죽엇다는 말을 드르매 더욱 심회가 비감하야 구곡의 간장이 굽이굽이 다 끈어지게 되고 만사가 다 무심하야 아모 일도 보지 안코 주야에 머리를 싸고 려관에 누어 잇섯다.

그런지 몇 칠 된 어느 날 밤이엿다. 밤은 고요하야 인덕이 끈어지고 처량한 달빗은 려창에 가득히 비치엿는데 순찰사는 백회가 다 니러 나서 잠도 잘 자지 못하고 안젓다 누엇다 전전반측하더니 우연이 강릉부사가 차저 와서 말하되, '달도 밝고 밤도 고요하니 산보나 가지 안으랴느냐' 하고 니어서 또 말하기를, '우리 강릉에는 경포대라는 곳이 잇는데 그곳은 참 별유텬디의 선경인고로 달이 밝고 바람이 맑은 조흔 밤이면은 매양 공중에서 옥퉁소 소리와 선학의 소리가 들이며 텬상의 선녀들이 놀너 오는데 홍장이도 인간의 절대가인이닛가 죽은 뒤라도 혼은 선녀가 되어 서왕모의 동쌍셩童雙成이나 허비경許飛瓊, 사자연謝自然 가튼 선녀들과 짝이 되어 이러한 선경에 놀너 올넌지도 알 수 업스니 만일에 상관과 이 세상의 연분이 다 끈어지지 안엇다 하면 녯날의 류완劉阮이가 텬태산天台山에서 선녀를 맛난 것과 가튼 긔연이 잇슬는지도 알 수 없다' 하고 능청스럽게 말하얏다. 순찰부사는 홍장이를 연연불망戀戀不忘할 뿐 아니라 객리에서 고적한 회포를 삭이지 못하던 중에 부사의 그러한 말을 들으매 무엇보다도 반갑게 생각하고 조곰도 주저 업시 즉시 좃타고 승낙하였다. 이에 두 사람은 려관을 떠나서 일엽의 편주를 타고 경포대로 향하니 때는 마츰 추秋 칠월 보름경이엿다. 만리의 장공은 씨슨 거울과 깨긋하고 반공에 소슨 둥근 달은 만리창해에 마주 비치여서 만곡의 금파가 출렁출렁하며 좌우의 갈숲에는 힌 이슬이 새로 나려 뎜뎜이 옥을 이루웟스니 참으로 인간이 아니요, 선경이엿다. 부사와 순찰사는 맑은 흥이 도도하야 배를 타고 마음대로 오르낙나리락하더니 홀연이 운무가 자욱한 속에서 이상한 향취가 진동하여 옥통소 소리가 은은이 나는데 혹 멀리도 들니고 혹 각가이도 드리여서 어느 곳에서 부는지 알 수가 업게 되었다. 순찰사는 그 소리를 듯고 정신이 황홀하야 의관을 정제히하고 부사더러 묻되, '대체 이 밤중에 옥통소리가 웬일이냐'고 한즉 부사는 조곰도 서슴지 안코 대답하기를 '악가 말하던 선녀들이 놀너 온 모양인데 아마 상관과 선녀 간에 무슨 잇서서 그 소리가 들리는 듯하다고 하얏다. 순찰사는 그 말을 듯고 더욱 반가워하며 혼자 생각에 오늘밤이야말로 참선녀를 맛나 뵈겟다 하고 무릅을 꿀고 향을 피우며 단정이 안젓서다. 조곰 잇다가 본즉 한 쪼각 작은 배가 순풍에 돗을 달고 중류로 좃차오는데 그 우에는 일위의 학발로인이 선관의 우의를 입고 단정이 안젓스며 압헤는 두 청의동자가 호로병을 차고 옥통소를 빗게 들고 섯고 그 겻헤는 년방 이팔된 가인 하나가 화관을 쓰고 옥패를 쟁쟁이 울리며 푸른 쇠매 붉은 단장에 옥잔을 들고 시립하얏스니 그의 고흔 태도는 참으로 월궁의 항아도 갓고 낙포의 선녀도 가탯다. 순찰사는 한 번 바라뵈매 정신이 여광여취하야 쑴인지 생시인지 알지 못하고 다만 먹먹히 잇섯슬 섄이엿다.

한참 잇다가 정신을 차리어 다시 바라본즉 그 선녀는 전일에 자기가 사랑하던 홍장과 비슷하엿다. 순찰사는 죽은 사람을 다시 맛난 듯시 반가하며 선두에 선 듯 나서서 절을 하며 사례하야 가로대, '하계에 속인이 례를 알지 못하야 텬상의 선관이 강림하시는 데도 멀리 영접지 못하얏스니 죄를 용서하야 달나'고 한즉, 그 로인은 완연이 웃으면서 말하되, '그대는 무량이 잘 지냇는가. 상계의 선관으로 인간에 귀양 온 지가 벌서 사십년이 되도록 피차에 소식이 업더니 오늘밤 경포대 호상에서 우연이 맛나게 되니 이것 도한 긔연이라' 하고 또 겻테 잇는 미인을 가르치며 웃어 가로되, '그대는 이 여자를 아는가. 이 여자는 본래 옥황상제의 향안 시녀로 죄를 지고 잠시 인간에 귀양으로 왓더니 죄의 풀릴 날이 멀지 안하서 지금 텬상으로 드러가는 길인데 그대와 연분이 잇서서 오늘 밤 이곳에서 맛나게 되엇다' 하였다. 순찰사는 더욱 반가워서 그 여자를 자세히 바라보니 과연 전일에 자긔가 사랑하던 홍장이엿는데 구름 가튼 머리를 달 아래에 숙여 들고 춘산 가튼 아미를 찝흐리며 무한한 정과 한을 머금고 잇스니 제 아모리 강장의 남아라도 한 번 반하지 안이치 못하겟섯다. 순찰사는 홍장의 옥가튼 손을 덥석 잡고 산연이 눈물을 흘리며, '너는 나를 버리고 어듸로 갓느냐' 한즉 그 여자도 쏘한 눈물을 흘리며 말하되 '첩은 진세와 인연이 벌서 쓴어젓슨즉 아모리 다정한 랑군이라도 이제 다시 엇지 할 수는 업스나 사또가 첩을 항상 생각하신다는 소문이 한울에까지 사무침으로 옥제께서 특히 하렴하사 금야 이곳에서 맛나게 되엿다' 하엿다.

순찰사는 다시 그 로인의 압헤 가서 절하며 간청하되, '이미 옥제의 명령이 계시다 하니 홍장과 하루밤의 인연을 더 맷게 하야지이다' 한즉 그 로인은 흔연이 대답하되 '이미 상제의 명령이 게신 터인즉 그대가 홍장과 잠시 가티 가는 것이 조흐나 노부는 본래 인간의 진연을 써리는 까닭에 가티 갈 수가 업스니 둘이만 가는 것이 조켓다'하고 또 홍장을 보고 말하기를, '이것도 텬상의 조흔 인연인즉 이 손님과 가티 가되 날이 밝기 전에 돌아오라'고 하얏다. 순찰사는 그 로인에게 사례하고 홍장과 가티 배를 타고 일진의 청풍으로 돗을 돌려 상륙한 후 려관으로 돌아가니 그날 밤의 두 사람의 견권繾綣한 정은 마치 칠월 칠석에 견우직녀가 서로 맛난 것과 가터서 비록 장장추야라도 밤의 고단한 것을 한탄하게 되엿다. 그러나 무정한 것은 시간이라 두 사람이 단 꿈을 다 마치기 전에 어느덧 동창이 벌서 밝어서 나리새게 되니 순찰사는 놀나 깨며 혼자 생각하기를 홍장은 약속대로 벌서 갓슬 줄로 알엇다. 그러나 눈을 비비고 자서이 본즉 홍장은 아즉까지 의연이 잇서서 아츰 단장을 하고 잇다. 순찰사는 일변 괴이하게 생각하야 홍장에게 그 연고를 물으니 홍장은 아모 대답도 업시 다만 우슬 쌘이엿다. 그러자 강릉부사가 들어오면서 웃고 말하되 '어제 밤에는 얼마나 자미가 잇섯느냐. 나는 죽은 홍장이를 능히 살이기도 하고 또 중매도 잘하엿스닛가 단단이 한 턱을 하여야 되겟다'고 조롱하얏다. 순찰사는 그제야 비로소 부사에게 속은 줄을 알고 또한 가티 대소하며 다시 배반을 설시하고 자미잇게 놀앗섯다. 이것은 본래 부사가 그 순찰사의 기생 조와하는 것을 보고 조롱하기 위하야 그 작난을 꾸민 것이었다. 그런데 그때에 그 순찰사와 홍장이가 서로 맛나던 곳에 큰 바우가 잇슴으로 인하야 그 바위를 홍장암이라 이름지엿다 한다.

조선 각지 폭포관—금강연

무명씨

● 무명씨, 「조선 각지 폭포관－금강연(金剛淵)」, 『별건곤』 31호, 개벽사, 1930.8

금강이라고 금강산 속의 폭포로 알어서는 안 될 일이고 강릉이요, 오대산 월정사 곁 골목에 싸로히 잇는 폭포란다. 사면은 반석이요, 10척은 폭장瀑長인데, 알에는 못이요, 못 속에는 고기란다. 전설에는 신룡神龍이 이곳에 산다고 하나 춘화경명春和景明 조흔 째면 이름 모를 고기 쎄가 천 마리, 백 마리 물을 싸러 못 가운데 와서는 배회 분약奮躍하면서 현애懸崖 우로 올라가는 놈도 잇고 혹은 반씀 오르다가 도로 써러지는 놈도 잇서 그것도 일대기관一大奇觀이란다.

산자수명의 강릉으로 가겠소

차상찬

● 차상찬, 「산자수명(山紫水明)의 강릉으로 가겠소」, 『조광』 2권 2호, 조광사, 1936.2

나는 외국은 별로 많이 가본 곳이 없지만은 우리 조선은 십삼도 내 웬만한 곳은 대강 한 번식 구경을 하였다.

그런데 기중其中 제일 인상이 깊고 제일 좋게 보고 또 내가 장래에 살고 싶은 곳은 강원도 강릉이다. 강원도는 원래 산수향山水鄕으로 어느 곳이나 다 좋고 나의 고향인 춘천春川도 좋지 않은 바는 아니지만은 강릉을 제일 좋게 본 점은 몇 가지가 있으니

제일은 산이 수려秀麗하고

제이는 바다가 장쾌壯快하고

제삼은 인심이 순후하고도 견실堅實하고

제사는 기후氣候가 좋고 조일朝日이 선명하며

제오는 조선 어느 곳보다 시목柿木이 많고

제육은 산해山海가 겸유兼有한 까닭에 자탄어염紫炭魚鹽이 흔하고

제칠은 산색山色이라도 전답이 많고

제팔은 창해역사滄海力士, 이율곡李栗谷, 최원형崔猿亨 외에 위인, 명사가 많이 산출하고

제구는 술맛이 좋고 물색이 구수하며(이것은 혹은 제일 조건도 된다, 하하하)

제십은 명소가 많은 중관동中關東의 영동 제명소를 구경하기 쉬운 것이다.

다만 결점은 소위 양강지풍襄江之風이라고 바람이 강한 것과 겨울에 눈이 많은 것과 교통 불편한 것이나 미구未久에 동해선 철도가 강릉을 통과하게 될 터이니 그 역亦 무관한 것이다.

동해안의 신비경

춘성

● 춘성(春城),[1] 「동해안의 신비경(神秘境)」, 『조광』 5권 8호, 조선일보사, 1939.8

산山에는 철학미哲學味가 있고 바다에는 숙정미淑情味가 있다. 그러나 산山 가운데 계곡溪谷이란 산山만이 가질 수 있는 순수純粹한 서정시敍情詩오, 또는 세련洗練된 낭만화浪漫畵이다. 이런 까닭에 고래古來로부터 심수深邃한 계곡溪谷에서는 신비神秘러운 전설傳說과 아름다운 우화寓話가 많이 비저어나 있다.

조선朝鮮에는 금강산金剛山의 계곡溪谷과 해인사海印寺의 계곡溪谷과 또는 장수산長壽山의 십이동곡十二洞谷을 가장 아름다운 계곡溪谷으로 손꼽게 된다. 그러나 아직 세상世上 사람에게 잘 알려지지 않은 삼척三陟의 오십천五十川 계곡溪谷이란 실實로 천하天下 절승絶勝이다.

유리琉璃빛 같이 맑은 동해東海의 물결이 구비치는 정라진汀羅津을 둘러 관동팔경關東八景의 하나인 삼척三陟 죽서루竹西樓를 끼고 굽이굽이 올라가면 양안兩岸에는 산벽山壁이 기묘奇妙한 물상物象을 물속에 조각彫刻하고 그 우에는 온갖 수림樹林이 푸른 '카틴'을 느리고 있다. 오십천五十川이란 오십五十구비를 감돌고 흐르기 때문에 오십천五十川이란 일음을 갖었다 한다.

삼척三陟 죽서루竹西樓에서 멀리 바라보면 죽치산竹峙山에는 연봉連峰이 영리靈裏에 솟사 그 높은 봉우리가 천공天空을 노리고 있다. 이 죽치산竹峙山에는 철죽과 떡갈나

---

1 춘성(春城)은 문인 겸 승려이자 독립운동가였던 이창림(李昌林, 1891~1977)의 법호로 추정된다. 춘성은 강원도 인제군 원통리 출신으로, 13세에 출가하여 백담사에서 한용운을 사사했고, 백용성, 송만공에게서 배우기도 했다. 한용운이 주도해 만든 잡지 『유심』에 함께 참여해 글을 발표하기도 했다. 금강산 유점사에서 수행을 하기도 한 춘성은 일제강점기 때 반일 인사로 요시찰 인물이었다. 일제강점기에는 신흥사와 안변에 위치한 석왕사 주지를, 광복 이후엔 망월사와 전등사 등의 주지를 역임했다. 평생 무소유의 정신으로 살았기 때문에 무애(無碍)도사로도 불린다. 특별히 춘성은 육두문자를 거침없이 사용하며 풍자를 가한 욕쟁이 스님으로 더욱 유명하다. 화엄경을 거꾸로 외울 만큼 실력이 출중해 당대 최고의 '화엄법사'라는 명성을 얻었다. 이불의 음이 부처와 이별한다는 뜻의 '이불(離佛)'과 같다 하여 평생 이불을 덮지 않고 잤다는 일화 또한 전해 온다.

무와 소나무가 많어서 철쭉꽃을 먹고 떡갈나무를 할트며 떨어지는 몇 천만千萬, 몇 억만億萬 이슬방울이 이 오십천五十川의 주류主流가 되어 은주銀珠같은 물결이 소리조차 아름답게 곤곤이 오십五十의 구비를 흐르는 것이다.

이 오십천五十川의 동곡洞谷에는 구비가 꺽길 때마다 온갖 기암奇岩이 터 있다. 하얀 오리 헤염치는 듯 오리 같은 바위, 다람쥐 조름 조는 듯 다름쥐 같은 바위, 고승高僧이 기도祈禱하는 듯 성승聖僧 같은 바위. 고흔 양羊 머리 숙이고 빗난 수리 날개 버리고 성난 사자獅子 다라나는 듯 만상기암萬相奇岩이 구비가 변變할 때마다 자연自然의 진품전珍品展을 열고 있다. 하느님 마음 있어 이 선경仙境을 만드신 것이다. 정라진汀羅津에서 자란 리어鯉魚도 죽루산竹樓山을 지나 이삼십二三十 구비를 넘우면 날개와 목에 꽃이 피고 오십五十 구비를 모다 넘어 죽치산竹峙山 및을 오게 되면 리어鯉魚도 화化하여 신선神仙이 된다는 전설傳說이 있다. 오십천五十川의 양인兩岸에는 철죽꽃이 많어서 봄이 되면 천자만홍千紫萬紅의 붉은 꽃이 물 우를 덮고 그 우에 달까지 조개빛 창백蒼白한 연기煙氣를 더진다면 무심無心한 리어鯉魚도 그 서정적敍情的 도가니에 화化하여 신선神仙이 된다는 말도 그리 엉트리없는 대포라고만 거부拒否할 수 없을 것이다.

전설傳說에 의依하면 하느님이 동해東海바다와 삼척일경三陟一境을 만드시고 그 아름다운 자연自然이 풍광風光에 활홀하사 탄상嘆賞하는 나머지에 삼척계곡三陟溪谷에 물이 없음을 한恨하야 동해東海의 용龍으로 하여금 가장 기묘奇妙하게 오십동곡五十洞谷을 만들었다 하며 또는 일설一說에 의依하면 어떤 성자聖者가 이 계곡溪谷을 지나다가 그 풍광風光에 취醉하여 좋은 곳마다 집팽이를 처서 필경은 오십동곡五十洞谷이 생겼다고 한다. 그러나 이러한 말은 밑지 못할 한 전설傳說이지만은 이 오십천五十川의 계곡溪谷이란 실實로 아름다운 곳이다. 양인兩岸에는 절벽絶壁이 있고 반석盤石이 있고 동시同時에 오색초화五色草花가 피고 꽃창포菖蒲가 피고 수림樹林이 욱어지고 이 오십천五十川 계곡溪谷을 발섭跋涉하는 자미滋味는 가장 아름다운 서정시敍情詩를 읽느니보다 좋다고 한다. 미물微物의 리어鯉魚도 이 오십천五十川을 올라가면 신선神仙이 된다거든 어찌 사람으로 이 자연自然의 극치極致에 높은 시정詩情을 아니 느끼랴.

꽃 창포菖蒲 물속에 가루 누은데
산山비달기 꽃그려 홀로 우든가.
구름도 정情 있는 듯이 골 우에 나려.
티끌 마음 겹겹이 씨처 버릴가?
내 마음의 동곡洞谷에 물결이 흘러
하얀 새 날개 버리고 고이 납소서.

한여름 이 오십천五十川 계곡溪谷을 소요逍遙하면 신선神仙은 못 되여도 마음의 진애塵埃를 넉넉이 떠러 버릴 수 있고 그의 혼魂은 높은 시정詩情에 소요逍遙할 수 있다. 삼척三陟 사람들의 말을 들으면 2, 3일二三日의 양식糧食을 가지고 오십천五十川 계곡변溪谷邊에서 천막생활天幕生活을 하면 넉넉이 세상世上 근심을 잊을 수가 있다고 한다.

삼척三陟이라면 하늘 아래 첫 동리洞里오, 거센 바람도 삼척三陟 고령高嶺을 넘지 못하고 새도 한 변 이곳에 오면 다시 빠저 나가지 못한다고 한다. 그러나 이것은 옛날 말이오, 지금只今은 교통交通이 편리便利하여 서울서도 하루 반半이면 넉넉이 이곳에 갈 수 있다. 산山을 사랑하고 또는 산山의 계곡미溪谷美와 그 신비성神秘性을 좋아하는 사람은 반드시 이 오십천五十川 계곡溪谷을 찾을 필요必要가 있다.

지방색-송이 싸기와 철렵

송풍생

● 송풍생(松風生), 「지방색-송이 싸기와 철렵」, 『별건곤』 7호, 개벽사, 1927.7

"그것! 성칠聖七인가?"

"응, 원삼元三인가?"

"을마나 싼나."

"한 손(열 개)박게 못 싼네."

"나 보담! 만이 싼네 그려."

"자네는 얼마나 싼나."

"나는 대여섯 개밧게 못 싼네."

"예이 그짓말 말게."

"참 오레는 송이가 즉어예!"

"참 그래. 작년에는 한 백 손이나 너머 파릿는대."

"작년에는 나도 그랫다네."

아즉도 새벽에 기분이 흐르고 넘치며 풀숫에 이슬방울이 고요히 빗나고 잇는 이른 새벽에 이 산골작이 저 산골작이에서 어른이나 아이들이나 만나기만 하면 이러한 대화를 ᄭᅳ집어 낸다. 음력陰曆 팔월 중순에 우리 고을 원주原州에서 송이를 싸면서 짓거리는 한 장면이다. 이야말노 선경仙境에 신선神仙노름이다. 풀숫에 맷친 진주眞珠와 갓흔 이슬 방울을 바스트리며 향기가 나는 송이 이것을 싸러 다니는 농부의 모양 참으로 선경仙境에서 노는 듯하다. 이때가 되면 그 근방에서 송이를 싸러 묵거드러 온다. 훤하게 먼동이 트랴하면 벌서 산으로 올라가서 이삼 시간 산을 휘더듬어 싸가지고 이른 아츰 때면 나려와 아츰을 먹고 또 들로 일을 하러 나간다. 이것이 송이 때에 하로의 푸로크람이다. 이러케 싸서 멧칠이고 모아서는 장에 갓

강원도 원주읍 원주교 전경, 출처 : 소명출판

다 파는 것이다. 장에서 팔 째에 '이 송이는 원주 안창安昌, 안창은 송이 나는 산의 소재지 송이입니다'라고만 하면 갑에 고저高低를 혀아리지 안코 산다. 대개 갑은 일정치는 못하나 한 두름(이십 개)에 삼사십 전 내지 오육십 전에 이르는 것이다.

도 한 가지가 잇스니 그것은 다른 게 안이라 날을 정하여 가지고 한 집에서 한 가지식 해가지고 가서 산에서 송이를 짜가지고 그것을 국을 쓰려 가지고 먹으며 하로를 유쾌히 보내고 일낙서산日落西山하고 월출동령月出東嶺할 째에 삼삼오오 노래를 부르며 내려들 온다. 이 철렵에는 남녀노소가 업시 누구던지 다 가는 것이다.

이상향의 건설-자활 자치에 백도 구비한 원주군 취병리 흥풍회

미상

● 미상, 「이상향의 건설-자활 자치에 백도(百度) 구비한 원주군 취병리(翠屛里) 흥풍회(興風會)」, 『신민』 47호, 신민사, 1929.3

강원도江原道 원주군原州郡 건등면建登面 취병리翠屛里

취병리는 문막수리조합 평야의 일우一隅에서 섬강蟾江을 면하고 취병산을 배경으로 한 평화로운 농촌이다. 리내里內는 내평대동內坪垈洞 61호 평신대동坪新垈洞 43호로 2부락에 분分하니 종래로 토지가 교학磽确하고 농경이 조잡하야 촌양村樣이 잔열殘劣하며 문막 시장의 악풍惡風에 감염됨이 불소不少하더니 근래 수리조합의 설치와 토지 개량의 신기운을 ᄯᅡ라 흥풍회興風會의 노력으로 지방이 개량되여 점차 이상향의 실현을 기期하고 잇다.

본리本里가 이갓치 진흥되여 가는 데는 그곳에 유지자有志者 유세량劉世亮 씨56세의 공적을 말할 필요가 잇다. 씨는 일즉 경성에서 정치 실업 각 방면에 분주타가 대정大正 3년에 단연코 귀거래를 부賦하고 농촌에 도라가 농민의 벗으로 여생을 송送하기를 결심하고 농토가 잇는 본리本里에 이거移居하야 일방一方으로 지주를 설說하야 수리조합을 설립하는 동시에 일방一方으로 율곡 선생의 고사古事를 방倣하야 촌민村民을 결약結約하야 흥풍회를 조직하니 시時는 대정 12년 춘春이엿다. 유劉씨는 이래邇來 회장이 되고 ᄯᅩ 수리조합장 되야 노당익장老當益壯의 노력을 계속하고 잇다. 그리고 ᄯᅩ 그 구장區長 곽노일郭魯一, 36세 씨도 역시 회장의 지志를 양諒하야 동심합력하야 리민里民의 지도에 노력하고 잇스니 취병리가 금일갓치 발전되는 것은 차此 양씨兩氏의 력力에 출出한 바이 만타 한다. 이제 그 사적事蹟의 대요를 보면 좌左와 갓다.

공동경작共同耕作 개답사업開沓事業

대정 14년도 문막수리조합 구역 내의 토지 1정町 5반보反步를 구입하야 내內 1정

町 3반보反步는 경지가 소少한 빈곤회원에게 소작케 하고 잔殘 2반보反步는 채종답採種畓으로 하야 회원이 공동경작을 하고 잇다. 또 차외此外에 대정 14년쪽, 동同 15년 중에는 부락 유지의 기부와 금융조합 기타의 차입금으로 회소유會所有 황무지 8천 평 중 5천 평을 개간하고 잔殘 3천 평은 차년次年 중에 전부 개간하엿다.

도로道路 개수改修

대정 12년 중 회會의 사업으로 회원이 협력하야 취병리 입구로 문막리에 통하는 등 외도로外道路 연장 18정町을 일간一間 이척二尺의 도폭道幅으로 개수하고 또 부락 내의 도로는 4척 내지 8척으로 개수한 결과 교통이 파頗히 편리하게 되엿다.

퇴비장堆肥場 설치設置

대정 14년 춘기春期 이래로 회원에게 간이 퇴비장의 설치를 장려한 결과 지금 18개의 설치를 보게 되엿다.

원주시 읍내 풍경, 출처 : 소명출판

상원桑園

대정 13년 춘기에 회會 소유지에 공동 상원桑園 2정보町步를 설치하고 노상접목묘魯桑接木苗를 동년同年에 3천본千本, 동 14년 춘에 접목묘 천본千本을 정조식正條式으로 식재植栽하고 또 대정 15년 춘春에 5백본本의 보조식補助植을 위하엿더니 발육이 양호하야 장래에 원주군 유일의 모범 상원桑園이 출현하게 되엿다.

식림植林

매년 4월 3일을 기념식수일로 정하고 본회 설립 이래 매년 동일에는 회원이 총출하야 회會 소유지인 취전리翠展里 섬강蟾江 연안沿岸 일대에 방수림防水林의 식수를 위한 결과 현재 백양白楊 6100본本, 아까시야 1900본本, 적송赤松1140본本, 참나무2600본本 계計 11,740본本이 잇서 발육이 양호하다.

공동정호公同井戶 수선修繕

본회本會는 촌민의 위생관념을 함양케 하기 위하야 공동 정호井戶 3개소를 설치하고 회원이 순번으로 1개월 1회 이상 준설하야 청결을 보保하고 잇다.

고령자高齡者 위안회慰安會

대정 15년 9월 21일舊秋夕 정기총회를 이용하야 70세 이상의 고령자 14명에 대하야 우육 1근식斤式으로 위안의 의意로 증정하엿다.

노동야학회勞動夜學會

본회 설립 당시부터 부락 계발을 위하야 2개소의 노동야학회를 설設하고 매년 농한기를 이용하야 회원 급及 회원가족을 수용하야 국어, 산술, 언문 등을 교수한 결과 신문잡지를 해독하는 자 85명에 달하야 기其 효과效果가 다함으로 금후今後도 계속할 계획이다.

시간여행時間勵行

시간여행은 농촌개발과 농촌경제향상의 제일보임을 촌민에 주지케 하기 위하야 설립 초부터 매일 오전 7시 반으로 업무착수 시각과 정오 12시 반으로 주식晝食 급及 휴식시각을 정하고 4월 1일부터 11월 말일까지 매일 2회의 타종으로 부락민은 활동하는 상태이니 지금은 근접 제리諸里도 본회本會의 타종에 의하야 작업의 시각을 각수恪守하게 되엿다.

선행자표창善行者表彰

본리本里에 부인 박봉옥朴奉玉, 當年 35세은 성질이 온순하고 17세 시에 동리의 원성삼元聖三과 결혼하엿더니 대정大正 13년 부군夫君 사망 후에 가계가 빈곤하고 또 장래를 촉망할 자식도 업섯스나 성의로 3년 상례喪禮를 진盡하고 차且 대정大正 14년 20일구舅 사후에 금일까지 독신을 유지하고 잇스니 효부열행이 모범되기 족함으로 대정 15년 21일 정기총회를 이용하야 표창장에 육肉 2근斤을 첨添하야 차此를 표창한 결과 본인은 물론 일반 동민洞民에게 다대多大한 호감을 여與하엿다.

보안조합保安組合

본회本會 설립 이래 면 경찰당국과 교섭하야 동기冬期 2개월간은 야경夜警을 두워 매야每夜 12시까지 리내里內를 순회하야 화경도火警盜에 노력하고 잇다.

농업고창農業庫倉 경영經營

본 창고는 건평建坪 13평 장長 40척 폭幅 12척 고高 10척의 아연즙亞鉛葺 조선식朝鮮式 건물로 총공비總工費 392원을 투投하야 대정 15년 8월에 준공하야 동기冬期에는 각 회원의 소유분을 저장하고 기타 양잠기養蠶期에는 치잠稚蠶 공동 사육소로 사용하는 등 회원에게 불소不少한 편익便益을 여與하고 잇다.

풍기개선風氣改善

종래 시설施設한 국기게양 실행實行, 절주節酒, 금연禁煙, 규약저금規約貯金 여행勵行, 관혼상제비 절약, 납세의무 격수格守 등 사항은 엄히 실행하야 일반에 모범을 시示하고 잇다. 수殊히 혼상비婚喪費에 대하야 극히 남비濫費를 방지하기 위하야 리중里中에 취객의 방황을 볼 수 업게 되엿스며 농초農草도 폐지하고 모든 생활상 유용한 것에 일절 남용을 두절케 한다.

그리고 이 회會의 사업은 차제次第로 재정 기초가 확립됨을 짜라 빈농의 저리자금低利資金을 융통融通할 것과 소비조합消費組合을 경영할 것과 현미제조장玄米製造場을 설치할 것들은 본리本里로서 가장 필요한 것임으로 이 목적을 달하기 위하야는 회장과 간부는 물론이며 일반 리민里民은 더욱 만흔 노동을 싸어야 할 것이라 한다.

단종대왕장릉참배기

김성목

● 김성목(金性睦), 「단종대왕장릉참배기(端宗大王莊陵參拜記)」, 『삼천리』 7권 5호, 삼천리사, 1935.6

산도 만키도 합니다. 중중첩첩重重疊疊하야 갈스록 높은 산이요 태산泰山 령嶺을 굽어 발바 구비를 돌아 갈스록 산악山岳이 앞을 막습니다. 강원도에 드러선지 발서 一ヶ[1]여餘 월月에 횡성橫城, 원주原州, 평창平昌을 거처 영월寧越을 오기까지에 매일 답답함을 느끼게 됩니다. 흉금胸襟이 활연개濶然開하는 망망무애茫茫無涯한 대양大洋이 위그리 그리운지요? 천첩만첩千疊萬疊으로 가슴을 누루는 강원도 산악 차저 드러갈사록 몸이 더욱 괴롭습니다.

산이 웅대하고 사계마다 때를 따라 꾸며지는 풍경과 침착沈着한 맛은 험상스러운 바다의 파도보다 몃십 배의 가치가 잇겟지만 첩첩유곡 길 험한대 길이나 잘못들 때에 산골 새악씨에게 무러면 대답도 아니하고 도라서는 대는 참말노 속이 상합니다. 갈 길은 아득한대 날은 일모日暮하면 니마에는 식은땀이 구슬같이 허르고 입에는 침이 말나 인후咽喉까지 바싹바싹 타 드러 가지요. 이곳을 써나 차를 달녀 한 고개를 넘어서니 낙낙장송 큰 나무가 욱어지고 그 밋헤는 풀들이 가을을 만나 누른 닙이 바람에 팔낭팔낭하더이다. 가을 국화菊花는 골작에 가득한대 이곳이 이왕직산림李王職山林이엿나이다. 길 좌편左便에 큰 릉陵이 잇스니 거금距今 280여二百八十餘 년年 전前에 불우不遇에 단종대왕端宗大王 어영체御靈體를 이곳에 안장安葬한 릉陵임니다.

머리를 다시 빗고 의복을 단정히 하여 장릉莊陵을 참배參拜케 되엿나이다. 참봉參奉 김복규金宓圭 씨氏의 안내를 밧아 어릉정자각御陵丁字閣 홍전문紅箭門 앞헤서 중경배重敬拜하고 감개무량의 어릉御陵을 참배함에 말업슨 청산은 바람 일켜 알려주고 태한太

1 一個

限업는 그림자는 갈길 몰나 방황하니 목자 업는 양의 무리 어대 가서 기더릴가? 하염업는 내 눈에는 눈물이 고이더이다. 일보일보一步一步 조심하야 능을 참배하고 도라서서 내려와 능陵 전前에서 배퇴拜退하고 사무실로 더러 갓나이다. 단종대왕의 약력을 김 참봉에게 무럼에 단종대왕이 세종 23년 신유辛酉 7월 23일에 어탄생御誕生하시고 임신壬申 5월 18일에 즉위하섯는대 재위 3년 을해乙亥 윤閏 6월 11일에 비위우세조裨位于世祖하시고 영월에 오시사 청령포淸冷浦에 계시다가 장림長霖에 습濕한 반도半島에 냉기冷氣가 심하여서 퍽이나 골난할 뿐 아니라 잡수실 것조차 업서셔 영월읍寧越邑 호장戶長 엄흥도嚴興道가 매야심每夜深 경頃에 남의 눈을 피하야 잡수실 것을 청령포에 갓다 올녀넛다. 냉기가 심한 관계로 부득이不得已 단종대왕端宗大王은 영월寧越 객사客舍에 오섯다가 그만 조변遭變하섯다. 그때는 적설지시積雪之時인 10월 24일이다. 지척을 분별치 못할 때 이런 변을 당하섯고 기시其時는 호장戶長 엄흥도는 단종대왕의 유례遺禮를 등에 업고 이곳을 오니 일필一匹의 산록山鹿이 길을 인도하야 주어서 이곳에 안장한 바 되고 종자從者 90여 인은 절사節死하엿든 바 숙종 7년에 복릉復陵ᄒᆞ야 현재 보는 바와 갓치 된 것이라 하더이다. 그리고 소화昭和 6년도에 사무실을 소화消火식히고 나서 지금은 참고서류參考書類가 업서젓다 합니다. 이곳을 떠나 영월읍에 니르러 제일 먼저 우편소郵便所를 차저가든 도중에 자전차自轉車 クランク[2] 심봉心棒[3]이 둑 부러저서 오기는 다 왓스나 읍에 드러서자마자 이러케 되니 미신은 아니일마정 긔분이 조치 못하더이다. 그래서 자차방自車房에 맛기고 우편소에 가니 기달니든 편지가 아니와서 본사本社에 전보를 치고 영흥여관寧興旅館에 주인을 정햇습니다.

그리고 군청郡廳과 경찰서警察署와 면소面所에 가서 단겨 나온 후 시간이 잇기에 서西으로 10리소十里所되는 청령포淸冷浦에로 갓습니다.

---

2 기계 장치의 하나인 '크랭크(crank)'

3 자전거 크랭크축에 물리기 위해 사용하는 막대기

청령포清泠浦를 차저

강변에 니르니 임자 업는 배 한 척이 잇난지라. 그 배를 산대하야 청령포로 건너가니 낙락장송樂樂長松 욱어진 곳에 우선 나타나는 것이 청령포금표비淸泠浦禁標碑이다. 그리고 드러가니 단묘대왕端廟大王이 기침起寢하시든 그곳이다.

단묘재본부시유지端廟在本府時遺址라고 쓴 비각碑閣을 세워둘 뿐 바위 우에 안저서 사방을 살펴보니 보이는 것은 모다 놉흔 천川에 욱어진 삼림森林이요 들니는 것은 새소리더이다. 삼면으로 둘녀 싸인 강수江水 일면一面은 고산절벽高山絶壁이라. 이곳에 단종대왕이 게섯슬 때 만약 엄홍도가 식량食糧을 공양치 안이 하얏든들 더욱 고생하섯슬 것이엿슬 것입니다. 깍가 지른 듯한 서편西便 벼랑 우에 올나가 한 귀의 글을 쓴나이다.

오호嗚呼 청령포淸泠浦야, 우리 임任 고생함을
숨김업시 낫낫치 말햇다고
얼마나 추웟게 청령포라 하엿고
오직이나 습濕해서 이곳을 떠낫슬가.

룡상에 안저시든 우리 님씌서
눈물노 궁성宮城을 하직하고
사백여 리 험한 산길 내려오사
이 섬 속에 오시든 그 녯날!

망향望鄕에 첫날밤 오직이나 쓸아렷슬가.
천공天空에 흑운黑雲끼고 태양에 빗치 업서
사민四民은 울고 잇고 충신忠臣은 순사殉死하니
누가 이 조국을 복건復建할가.

반공중천半空中天 명월明月도 보기에 달넛고

청령포淸泠浦 기형이태奇形異態의

수면에 소슨 암석巖石과

춘화추풍春花秋楓 조흔 꽃도 외로오신

우리 임任만의서 괴로움만 더햇스리라.

이곳을 도로 돌아서 배를 타고 도라 왓나이다.

—도라오든 도중途中에

금강정錦江亭으로

여관에 갓치 잇는 손님과 둘이서 동리 뒤 골목으로 해서 향교鄕校를 덜녀 고대 청년들을 교양하든 것을 회상케 하고 금강정錦江亭을 올낫나이다. 단애절벽斷崖絶壁 그 밋헤는 푸른 가을 강수江水 맑게 허러는대 깍은 듯 솟사 나온 벼랑 우에 지은 금강정錦江亭은 녯 역사를 말하고 잇더이다. 이곳서 한 귀의 글을 주엇스니 석어가는 토막에서 일너스대

몽각연후방지몽 츙신열사금강유

시육부귀생활다 제일강산재차향

금강경개수여공 여차고누로상부

일장단심긔유수 말리산학안하시[4]

이 글을 쓰고 나서.

4 원문에 처음부터 한자가 아닌 한글로 표기되어 있다.

민충사愍忠祠[5]의 올나

허무러저 가는 사당祠堂에 문을 열엿고 마루창은 빠저서 이리저리 헛터저 잇고 풍우風雨의 벽은 너머지고 떠러저 잇는 대를 더러가니 그게는 중앙에 시녀지신위侍女之神位가 잇고 좌편에는 종인지신위從人之神位가 잇고 한편에는 누구의 신위神位엿든지 밋해 상床만 남앗스니 무심냉랭無心冷冷한 사람들이여 이곳의 유적遺蹟을 보호할지로다. 이곳의서 동으로 약 1정보町步 거리의.

낙화암落花巖이라 수면水面에서

수십數十 장丈 현애절벽懸崖絶壁이 웃둑 소사 잇다. 이조李朝 개국開國 65년 10월 24일 단종대왕 조변遭變하시자 시녀侍女와 종인從人 등 90여 명이 일편단심一片丹心으로 충신忠臣은 불사이군不事二君의 마음으로 이 절벽 우에서 투강절사投江節死한 원한의 곳이다. 백의白衣의 충신들 순절殉節의 뭉특이 90여 송이가 차례차례 강상江上에 더러저 죽엇스니 그 떠러짐이 마치 꽃이 떨어지는 것 갓흔 것으로 낙화암落花巖이라 하엿고 써러진 꽃츤 장차 어대서 다시 환생還生할가? 구십충신九十忠臣 죽은 혼이 강상江上의 뒤노는지 9월九月 추강秋江은 태양太陽을 밧아 반짝반짝 거리고 고기는 죽은 혼을 위로하노라 그리는지 중천中天으로 뛰놀더이다.

나는 이곳서 한 귀의 글을 지여 보앗나이다.

> 금강정錦江亭 우에 한 고객孤客이 쉬며 투강순사投江殉死한 충신 렬사를 생각하느라고 고개를 숙이고 9월 추강秋江 맑은 물 우에 사공은 배만 집고 건너가며 시녀와 종인從人이 더러 집을 못 보앗는 듯 생각이 업시 써들기만 하여 가을바람 마진 단풍 닙은 펄펄 중천中天에서 날아오니 이곳이 낙화암이라는 곳이 참말이로구나.

5 영월 청령포에서 유배 중 단종이 서거하자, 단종을 모시던 시녀 6인이 다음날 낙화암에서 몸을 던져 죽음으로 절개를 지켰다. 이들의 영혼을 위로하고자 영조 18년(1742)에 세운 사당이 민충사다.

이곳에서 돌아와 다시 한 번 금강정錦江亭에 쉬면서 퇴계선생임退溪先生任의 지으신 글을 보앗나이다.

鵑啼山裂幾窮年 蜀水名同非偶然 明滅曉簷迎海旭 飄蕭晩瓦掃秋烟 碧潭楓動魚遊錦 青壁雲生鶴踏氈 更約道人携鐵笛 爲來吹破老龍眠[6]

이 글귀를 여긔에 기록케 되엿습니다. 그 다음은 서북륙정허西北六町許 응봉산鷹峯山 서록西麓에 창절서원彰節書院을 차졋다. 이곳에 이조 건국 후 제6대 단종대왕端宗大王 조정朝庭에 충신의 신위를 모신 곳이다. 그곳엔 성삼문成三問, 박팽년朴彭年, 이개李塏, 류성원柳誠源, 하위지河緯地, 유응부兪應孚, 엄흥도嚴興道, 김시습金時習, 남효온南孝溫, 박심문朴審問 등 10충신을 열향列享한 곳이다. 다음은 단종대왕의 어상御像을 봉안신앙奉安信仰하는 영모전永慕殿과 대왕씌서 심야에 홀노 나와 눈물 흘니시든 자규루子規樓는 보앗스나 어라연魚羅淵이라는 금강錦江 상류 30리나 되는 곳에 광활평포廣闊平舖한 연淵이 잇고 그곳에 선악仙岳이 잇고 또 심수중心水中에는 어군魚君이 자유로히 뒤놀며 춘화추풍春花秋楓 호시절엔 강안江岸의 산경山景은 금병錦屛을 두런 듯 대자연의 미술이 그곳에 잠겨 잇서 가위可謂 절경絶景이더이다.

---

6 퇴계(退溪) 이황(李滉)이 지은 한시 「금강정(錦江亭)」이다. 시의 번역은 다음과 같다.
"산이 찢기도록 두견이 울기 그 몇 해런가 / 촉과 강 이름이 같으니 우연이 아니네 / 번쩍이는 처마에 바다 햇살 비치고 / 오래된 기왓장에 가을 연기 소소하다 / 푸른 강에 바람 일 때 물고기는 비단처럼 헤엄치고 / 푸른 절벽 구름 이니 학이 방석인 양 내려 앉네 / 다시 도인과 언약하여 쇠 피리를 가져와 / 피리 한 번 부니 늙은 용이 잠을 깨네."

비로 마킨 고향길

이효석

● 이효석, 「비로 마킨 고향길」, 『소년』 3권7호, 소년사, 1939.7

고향이 강원도이면서 서울에 와서 공부를 하게 되었던 까닭에 여름이면 반다씩 한 번식 고향으로 내려가서 부모를 모시고 아해들을 거느리고 한철을 보내군 했습니다. 서울의 무더운 여름보다는 고향의 여름이 더 생각납니다. 대관령의 서쪽 즉, 영서嶺西 지방이 고향인데 그곧은 지금도 그러나 철도가 노이지 안어 교통이 대단이 불편했습니다. 거의 십칠팔 년 전 일이라 근 '오백리' 길을 이틀 동안이나 자동차로 달렸습니다. 지금은 드물게 보는 껑충한 포오드 자동차 그것으로 이틀이나 닷고 나면 육신이 노곤해집니다. 준령을 두어서넛이나 넘고 큰 강을 셋이나 건너고 하노라면 먼 외국 가는 길이나 떠난 것 같이 여정旅程이 아득하게 느껴집니다. 이틀이나 웬 이틀인가 장마나 맞나고 길이나 험할 때에는 도중에서 며츨이라도 묵게 됩니다. 이 장마를 맞나지 안는 때는 여간 행복된 해가 아닌데 마츰 일 년 때 여름은 장마를 맞낪던 것 같습니다. 낫서른 곳에서 비에 맥혀 있슬 때같이 마음 쓸쓸하고 괴로운 노릇은 없습니다. 원주原州라는 곳에서 여러 날을 묵어야 쉬이 차가 통하게 될 것 같지 안어서 하는 수 없이 그곳에서 인력거를 세러 타고 근 '이백리' 길을 여날이나 비에 마즈면서 집까지 대였습니다. 웬만하며 걸어도 좋았을 것을 길동무도 없고 해서 인력거를 탄 것이 그 고생이였습니다. 어떻튼 그 때에는 고향으로 가는 행사가 큰 두통거리의 하나였습니다.

그 대신 일딴 고향을 차즌 기뿜은 말할 수 없이 큰 것이였고 그런 뭇 고생을 벌충하라는 듯 즐거운 날이 계속되었습니다. 원체 서울과는 달리 초목이 많고 앞뒤편에 산도 있고 시내도 흘너서 그런 자연 속에서 무처서 살 때에는 거기에서 맛보지 못한 기뿜이 솟습니다. 시내에서 목욕도 하고 고기도 낙고 나무 아래서 책도 읽고 마을길을 거닐고 하는 것이 다 귀중한 기쁨이었습니다. 뒤에 생각할 때 지난날은 의례히 즐거운 것이나 그때 일을 생각해도 괴롬보다는 역시 기쁨이 더 머리 속에 떠오릅니다.

참고문헌

1. 자료

각살이, 「팔도 장타령」, 『별건곤』 20호, 1929.4.

강원도사편찬위원회 편, 『강원도사 5—조선 전기』, 강원도사편찬위원회, 2012.

______________ 편, 『강원도사 6—조선 후기』, 강원도사편찬위원회, 2012.

게일 J. S., 신복룡 역주, 『전환기의 조선』, 집문당, 1999.

________, 최재형 역, 『조선, 그 마지막 10년의 기록 1888-1897』, 책비, 2018.

________, 「유금강산일기」, 박영숙·김유정 역, 『서양인이 본 금강산』, 문화일보사, 1999.

겐테 지크프리트, 권영경 역, 『신선한 나라 조선, 1901』, 책과 함께, 2007.

고성군지 편찬위원회, 『고성군지』, 강원일보사, 1985.

고성문화원, 『간성군읍지』, 고성 : 고성문화원, 1995.

고유섭, 「擬似金剛遊記」, 『신흥』 5호, 신흥사, 1931.7.

_____, 「金剛山의 野鷄」, 『신동아』 35호, 동아일보사, 1934.9.

고정옥, 『조선민요연구』, 수선사, 1949.

공성학, 『蓬萊聯賞錄』, 1929.

국외소재문화재재단, 『왜관수도원으로 돌아온 〈겸재정선화첩〉』, 사회평론아카데미, 2013.

국토지리정보원 편, 『한국지명유래집 중부 편—서울특별시·인천광역시·경기도·강원도』, 국토지리정보원, 2008.

금릉인, 「흐르는 인생」, 『별건곤』 73호, 1934.6.

기　자, 「향토 정서 넘노는 곳」, 『동아일보』, 1938.8.21.

김구하, 『金剛山觀賞錄』, 1932; 축산문집 간행위원회 편, 『금강산관상록』, 영축총림 통도사, 1998.

김기전, 「궁예 왕의 옛 서울을 밟고」, 『개벽』 7호, 개벽사, 1921.1.

김도태, 「팔도명폭포타령」, 『소년』 3권 8호, 1939.8.

김도학, 고경식 해독, 『금강산유람기』, 경희대 출판국, 1999.

김동인, 「행복」, 『조선문단』 12호, 1925.10.

_____, 「半島八景」, 『삼천리』 1권 3호, 1929.11.

김사량, 「山家 三時間—深山紀行의 一節」, 『삼천리』 12권 9호, 1940.10.

김선풍 편, 『한국민요자료총서』 1~7, 계명문화사, 1991.

김성목, 「端宗大王莊陵參拜記」, 『삼천리』 7권 5호, 삼천리사, 1935.6.

김소운, 『언문 조선구전 민요집』, 東京 : 第一書房, 1933.

_____, 『구전 동요선』, 박문서관, 1940.

김안서, 「명사십리」(민요시), 『영대』 3호, 영대사.

김우철 역주, 『여지도서 강원도』 1~3, 흐름출판사, 2009.

김유정, 「五月의 산골작이」, 『조광』 2권5호, 1936.5.

김윤경, 「金剛山探勝嚮導記」, 『신동아』 46호, 1935.8.

김찬룡, 「화랑의 湖水—永郎湖天慕村記」, 『조광』 6권 10호, 1940.10.

김춘강, 「各地의 녀름과 그—通信 : 元山의 明沙十里」, 『개벽』 50호, 1924.8.

김태오, 「여행 중에 얻은 로맨스—內金剛 珍珠潭」, 『조광』 5권 9호, 1939.9.

김형규, 「바다의 명상(瞑想)」, 『조광』 7권 9호, 조선일보사, 1941.9.

김형원, 「金剛雜記」, 『조선지광』 6권 86호, 1929.8.

김호직, 「철원 지나 금강산으로」, 『동아일보』, 1937.8.20.

김　훈·정금철·유태수 편저, 「철월군」, 『강원전통문화총서—민요』, 국학자료원, 1997.

낙관생,「조선기독교청년회연합회 제8회 學生夏令會와 金剛山探勝記(一)~(二)」,『청년』 1권 6호~7호, 1921.9~10.
노르베르트 베버, 김영자 역,『수도사와 금강산』, 푸른숲, 1999.
_____________, 박일영·장정란 역,『고요한 아침의 나라』, 분도출판사, 2012.
노자영,「세 처녀와 물싸움」,『동아일보』, 1934.7.7.
_____,「동해안의 갈매기」, 1937년 8월 동해안 여행; 윤석달·이남호 편,『금강기행문선』, 작가정신, 1999.
_____,「삼방과 물」,『조광』 4권 9호, 1938.9.
늘 봄,「白蓮과 紅蓮」,『조선문단』 12호, 1925.10.
님 웨일스·김산,『아리랑』, 송영인 역, 동녘, 2005.
대한불교진흥원 편,『북한의 사찰—북한의 불교와 사찰, 그 과거와 현재』, 대한불교진흥원, 2009.
동방청,「여름 행락지—송도원과 해금강」,『신여성』 7권 7호, 개벽사, 1933.7.
동화생,「江陵의 雪馬」,『신문계』 34호, 1916.1.
드레이크 H. B., 신복룡·변영욱·장우영 역,「제18장 금강산」,『일제강점기의 조선 생활상』, 집문당, 2019.
루돌프 차벨, 이상희 역,『독일인 부부의 한국 신혼여행 1904—저널리스트 차벨, 러일전쟁과 한국을 기록하다』, 살림, 2009.
리정하,「총석정에서 부른 노래」,『조선문학』 10월호, 평양 : 조선작가동맹출판사, 1956.
망월은사,「조선의 님프 금강산 보덕여신」,『조광』 1호, 조선일보사출판부, 1935.
메리 린리 테일러, 송영달 역,『호박 목걸이』, 책과함께, 2014.
모윤숙,「그때 그 항구의 맘—원산항에 남긴 약속」,『조광』 2권 8호, 조선일보사, 1936.8.
목양생,「金剛山哀史」,『청년』 1권 7호, 1921.10.
무명씨,「역사지리—금강산」,『야뢰』 1권 1호, 1907.2.
_____,「嶺西八郡과 嶺東四郡」,『개벽』 42호, 1923.12.
_____,「조선의 處女地인 關東地域」,『개벽』 42호, 1923.12.
_____,「萎靡不振한 강원도의 産業」,『개벽』 42호, 1923.12.
_____,「태봉 고국(古國) 철원군」,『개벽』 42호, 개벽사, 1923.12.
_____,「凉味萬斛—삼방폭포와 약수」,『신민』 16호, 1926.8.
_____,「凉味萬斛—석왕사」,『신민』 16호, 1926.8.
_____,「理想鄕의 建設—篤志篤行으로써 경영되는 춘천군 松岩靑年會」,『신민』 47호, 1929.3.
_____,「조선 각지 폭포관—고음(皷音) 폭포」,『별건곤 』 31호, 1930.8.
_____,「조선 각지 폭포관—금강산 폭포」,『별건곤』 31호, 개벽사, 1930.8.
_____,「조선 각지 폭포관—용화(龍華) 폭포」,『별건곤』 31호, 개벽사, 1930.8.
_____,「조선 각지 폭포관—방곡구곡(芳谷九曲) 폭포)」,『별건곤』 31호, 개벽사, 1930.8.
무명씨,「조선 각지 폭포관—금강연(金剛淵)」,『별건곤』 31호, 개벽사, 1930.8.
_____,「반도 산하를 말하다」,『삼천리』 11권 4호, 1939.4.
_____,「조선박람회 : 半島의 물산과 문화—13도 各道를 展望하며」,『삼천리』 12권 5호, 1940.5.
무스 J. R., 문무홍 외 역,『1900, 조선에 살다』, 푸른역사, 2008.
문교부 편,「제30과 외금강」,『초등국어 4-2』, 문교부, 1948.
미 상,「역사지리—금강산」,『야뢰』 1권 1호, 1907.2.
미 상,「이상향의 건설—자활 자치에 백도(百度) 구비한 원주군 취병리(翠屛里) 흥풍회(興風會)」,『신민』 47호, 신민사, 1929.3.
미 상,「제30과 외금강」,『초등국어 4-2』, 문교부, 1948.
밀러 F., "In the Diamond Mountains", *The Korean Repository III*, 1896. March; 박영숙·김유정 역,『서양인이 본 금강산』, 문화일보사, 1999.
밀러 F., "From the Diamond Mountains to Wonsan", *The Korean Repository III*, May, 1896; 유영렬·윤정란,

『19세기 말 서양 선교사와 한국 사회—*The Korean Repository*를 중심으로』, 경인문화사, 2004.
바츨라프 세로셰프스키, 안상훈 외 5인 역, 『코레야 1903년 가을』, 개마고원, 2006.
박관옥, 「지방색—메리치잡이」, 『별건곤』 10호, 1927.12.
박노갑, 「여행 중에 얻은 로만스—비로봉」, 『조광』 5권 9호, 1939.9.
박돌이, 「팔도 대표의 팔도 자랑—附 팔도 대표 출품 음식으로 팔도 여흥」, 『개벽』 61호, 1925.7.
박병철, 「조선 명산의 전설」, 『신동아』 46호, 1935.8.
박석윤, 「산수자랑 우리의 산수미—세계 명승을 주유하고 와서」, 『별건곤』 12~13호, 1928.5.
박순천, 「그해 그 여름 연인의 무릎을 베고 이를 잡히다 들켜」, 『동아일보』, 1938.8.16.
박승극, 「삼방폭포행」, 『다여집』, 금성서원, 1938.7.
방민호 편, 『(서울에서 원산까지) 경원선 따라 산문여행』, 예옥, 2020.
방종현·최상수·김사엽 공편, 『조선민요집성』, 1947.
백운당, 「金剛山史話抄」, 『신동아』 33호, 1934.7.
베리만 S., 신복룡·변영욱·장우영 역, 「제27장 금강산에서」, 『한국의 야생동물지』(개정판), 집문당, 2019.
변영만, 「나와 金剛山」, 『신동아』 58호, 1936.8.
부산대학교 한국민족문화연구소 편, 『(잡지로 보는) 한국 근대의 풍경과 지역의 발견 1 전국』, 부산 : 국학자료원, 2013.
________________________ 편, 『(잡지로 보는) 한국 근대의 풍경과 지역의 발견 9 강원도』, 부산 : 국학자료원, 2013.
비숍 I.B., 신복룡 역주, 『조선과 그 이웃나라들』, 집문당, 2000.
사우춘, 「여름 행락지—삼방약수와 석왕사」, 『신여성』 7권 7호, 1933.7.
성골롬반외방선교회, 박경일·안세진 편역, 『극동—천주교 선교사들이 기록한 조선인의 신앙과 생활』, 파주 : 살림, 2017.
세포의 한 기자, 「세포의 당면 문제」, 『동아일보』, 1931.3.25.
소일생, 「금강유기(金剛遊記)」, 『동아일보』 1924.9.20.
속초시지 편찬위원회, 『속초시지』, 강원일보사, 1991.
손봉상, 「금란굴기(金幱窟記)」, 『소산집(韶山集)』.
손진태, 「五大江山의 전설 신화와 그 考究」, 『신동아』 33호, 1934.7.
송금숙, 「명사십리의 정혼(精魂)」, 『삼천리』 8권 8호, 1936.8.
송석하, 「조선팔도 민속개관—金化의 城隍信仰」, 『신동아』 53호, 1936.3.
_____, 「조선팔도민속개관—춘천 장사 打令」, 『신동아』 53호, 1936.3.
_____, 「조선팔도민속개관—春川 아리랑」, 『신동아』 53호, 1936.3.
_____, 「민요에 나타난 빛」, 『신동아』 53호, 1936.3.
_____, 「名山探勝—雪岳征服」, 『조광』 6권 10호, 1940.10.
송풍생, 「지방색—송이 싸기와 철렵」, 『별건곤』 7호, 개벽사, 1927.7.
수춘산인, 「조선 각지 단풍명소 순례기」, 『별건곤』 33호, 1930.10.
_______, 「關東의 봄소리」, 『별건곤』 50호, 1932.4.
신고산(新高山) 남석종(南夕鐘), 「지방색—단풍(丹楓)노리」, 『별건곤』 32호, 개벽사, 1930.9.
실천문학사 편, 『춘원 이광수의 금강산유기』, 실천문학사, 1988.
아그노엘(Haguenauer), 「金剛山書懷」, 『신민』 42호, 1928.10.
안기영, 「여름의 회상—예술가들의 여름 지난 이야기—金剛山巡禮」, 『신생』 3권 9호, 1930.9.
안드레 에카르트, 이기숙 역, 『조선, 지극히 아름다운 나라』, 살림, 2010.
야즈 쇼에이(矢津昌永), 최혜주 역, 『조선 시베리아 기행』, 선인, 2016.
양백화, 「九龍淵畔에서」, 『신생』 2권 6호, 1929.6.
애비슨, 올리버 R., 황용수 역, 「원산 휴양지」, 『(고종의 서양인 전의(典醫) 에비슨 박사의 눈에 비친) 구한말 40여 년의 풍경』, 경산 : 대구대 출판부, 2006.
엄필진, 『조선동요집』, 경성 : 창문사, 1924.

에른스트 폰 헤세-바르텍, 정현규 역, 『조선, 1894년 여름—오스트리아인 헤서-바르텍의 여행기』, 살림, 2012.
에밀 부르다레, 정진국 역, 『대한제국 최후의 숨결』, 글항아리, 2009.
엘라수 와그너, 김선애 역, 『(미국인 교육가 엘라수 와그너가 본) 한국의 어제와 오늘 1904-1930』, 살림, 2009.
엘리자베스 키스, 송영달 역, 『키스, 동양이 창을 열다—영국 화가가 그린 아시아, 1920-1940』, 책과함께, 2012.
____________, 〈구룡폭포(Nine Dragons Fall, Diamond Mts.)〉(목판화), 오레곤대학교 미술관 소장본.
____________, 〈환상의 금강산(The Diamond Mts. Korea, A Fantasy)〉(목판화), 오레곤대학교 미술관 소장본.
____________ · 엘스펫 키스 로버트슨 스콧, 송영달 역, 『영국화가 엘리자베스 키스의 올드 코리아』(제2판), 책과함께, 2020.
엥거스 해밀톤, 『한국(*Korea*)』, London, 1904.
오종익, 『조선의 명승』, 평양 : 군중문화사, 1960.
월 탄, 「靑山白雲帖(1)-(2)」, 『삼천리』 7권 8~9호, 1935.9~10.
윌리암 칼스, 신복룡 역주, 『조선 풍물지』(개정판), 집문당, 2019.
_________, 「최근의 한국 여행」, 조융희 역, 『영국 외교관의 근대 한국 탐방』, 한국학중앙연구원출판부, 2019.
유동민, 「내 지방 현장보고—어항(漁港) 원산의 편모(片貌)」, 『조광』 6권 5호, 조선일보사, 1940.5.
이각종 편, 『金剛勝覽』, 경성 : 신민사, 1928.
이광수, 「金剛山遺記—南大門에서 高山」, 『신생활』 창간호, 1922.3.
이광수, 「金剛山遺記—靈源菴」, 『신생활』 3호, 1922.4.
_____, 「金剛山遺記—望軍臺」, 『신생활』 5호, 1922.5.
_____, 「金剛山遺記—長安寺에서 表訓寺를 지나 正陽寺에」, 『신생활』 6호, 1922.6.
_____, 『金剛山遊記』, 時文社, 1923.
_____, 「석왕사」, 『동아일보』, 1928.10.30.
_____, 「金剛山 毘盧峰을 향하여」, 『신동아』 21호, 1933.7.
이규준, 「금강일기」, 『石谷散稿』 권2, 1902.
이기영, 「태평양과 삼방 유협」, 『동아일보』, 1934.7.20.
_____, 「원산행 소감」, 『청색지』 2권 3호, 청색지사, 1939.12.
이동원, 「여름의 환락경, 해수욕장의 '에로그로'」, 『별건곤』 53, 1932.7.
이동훈, 「금강록」, 1940.
이 량, 「와우리(臥牛里)」, 『신민』 49호, 신민사, 1929.5.
이무영, 「우울 열차」, 『동아일보』, 1938.6.12.
이병기, 「地理 · 歷史 · 風光으로 본 金剛山」, 『조광』 4권 3호, 조선일보사, 1938.3.
_____, 「探勝案內記—金剛山 篇」, 『조광』 5권 10호, 1939.10.
이상수, 「동행산수기(東行山水記)」, 『어당집(峿堂集)』 권13; 윤석달 · 이남호 편, 『금강산기행문선』, 작가정신, 1999.
이상화, 「금강송가(金剛頌歌)」, 『여명(黎明)』 2호, 1925.9.
이석훈, 「그 江의 情緖—昭陽江, 新延江」, 『조광』 4권 8호, 1938.8.
이선희, 「항구의 로맨쓰—돼지순대와 원산항」, 『조광』 4권 7호, 조선일보사, 1938.8.
이은상, 「金剛影」, 『신생』 3권 9호, 1930.9.
_____, 「설악행각」, 『동아일보』(전 37회 연재), 1933.10.15~12.20.
이정구, 「지방색—산천제」, 『별건곤』 10호, 개벽사, 1927.12.
이태준, 「고향예찬 : 그 강산과 그 문자—용담 이야기」, 『신동아』 11호, 1932.9.
이하윤, 「故鄕 禮讚 : 그 江山과 그 文字—伊川으로 왓소」, 『신동아』 11호, 1932.9.
이헌구, 「바다의 金剛 '동해의 松田'」, 『신동아』 33호, 1934.7.
_____, 「避暑地 讚—松田常讀記」, 『조광』 3권 8호, 1937.8.
_____, 「港口의 로맨쓰—여름 바다의 哀愁, 白日의 장전항」, 『조광』 4권7호, 1938.7.
이호철, 『명사십리 해당화야』, 한길사, 1986.

이효석, 「비로 마킨 고향길」, 『소년』 3권 7호, 소년사, 1939.7.
인제군지 편찬위원회, 『인제군지』, 삼화출판사, 1980.
인천대학교 민족문화연구소 자료총서간행위원회 편, 「명사십리」, 『(구활자본)고소설 전집』 20, 은하출판사, 1983
일 공민(公民), 「세포에서 석왕사로」, 『동아일보』, 1920.6.12·6.14.
임동권 편, 『한국민요집』 1~5, 집문당, 1961~1980.
임병목 편, 『금강산(上·下)』, 열화당, 2012.
임　화, 「경원가도의 초입」, 『신동아』 52호, 1936.2.
임　화 편·이재욱 해제, 『조선민요선』, 학예사, 1939.
일기자, 「金剛山探勝會 日記」, 『반도시론』 1권 8호, 1917.11.
일기자, 「南信北通—襄陽通信」, 『개벽』 62호, 1925.8.
장 드 팡주, 심재중 역, 『프랑스 역사학자의 한반도 여행기』, 살림, 2013.
장사훈·성경린 공편, 『조선의 민요』, 국제음악문화사, 1949.
정래동, 「금강산유람기」, 『북경시대』, 1949; 윤석달·이남호 편, 『금강기행문선』, 작가정신, 1999.
정비석, 「내금강기행문」, 『매일신보』, 1941.
정태양, 「長箭通信抄」, 『신동아』 35호, 1934.9.
제삼대(第三隊) 석화생(石火生), 「사대도시(四大都市) 암야탐사기(暗夜探査記)—송도(松濤) 명사(明沙) 원산의 밤」, 『별건곤』 15호, 개벽사, 1928.8.
제이콥 로버트 무스, 문무홍 외역, 『1900, 조선에 살다』, 푸른역사, 2008.
제임스 게일, 최재형 역, 『조선, 그 마지막 10년의 기록 1888~1897』, 책비, 2018.
조선총독부 편, 『조선고적도보(朝鮮古蹟圖譜)』 제2책(1915); 제4책(1916); 제5책(1917); 제7책(1920); 제12책(1932).
조선총독부 편, 「제16과 富士山과 金剛山」, 『보통학교 조선어독본』 5, 조선총독부, 1924.
조선총독부 철도국, 윤현명·김영준 편역, 『조선의 풍경 1938—일본의 시선으로 본 한국』, 어문학사, 2018; 朝鮮總督府鐵道局, 『半島の近影』, 大阪 : 朝鮮總督府鐵道局, 1938.
조지 커즌, 라종일 역, 『100년 전의 여행, 100년 후의 교훈』, 비봉출판사, 1996.
조태일, 「지방논단—무역도(貿易都)의 건설」, 『조광』 6권 10호, 조선일보사, 1940.10.
주북산인, 「古都古蹟巡禮(其九)—泰封國古都 鐵原」, 『신동아』 22호, 1933.8.
주　생, 「팔도폭포 순례」, 『조광』 3권 8호, 1937.8.
지그프리트 겐테, 권영경 역, 『신선한 나라 조선, 1901』, 책과 함께, 2007.
차상찬, 「조선의 처녀지(處女地)인 관동지역」, 『개벽』 42호, 개벽사, 1923.12.
______, 「도내 교육 급(及) 종교 개황」, 『개벽』 42호, 개벽사, 1923.12.
______, 「위미부진(萎靡不振)한 강원도의 산업」, 『개벽』 42호, 개벽사, 1923.12.
______, 「영서 팔군(嶺西八郡)과 영동 사군(嶺東四郡)」, 『개벽』 42호, 개벽사, 1923.12.
______, 「이 땅의 민요와 동요」, 『개벽』 42호, 개벽사, 1923.12.
______, 「관동잡영(雜詠)」, 『개벽』 42호, 개벽사, 1923.12.
______, 「태봉왕(泰封王) 김궁예는 엇더한 인물인가」, 『개벽』 42호, 개벽사, 1923.12.
______, 「江原道를 一瞥한 總感想」, 『개벽』 42호, 1923.12.
______, 「비절장절(悲絶壯絶)한 민대장(閔大將)의 약사(略史)」, 『개벽』 42호, 개벽사, 1923.12.
______, 「강원도를 일별(一瞥)한 총감상」, 『개벽』42호, 개벽사, 1923.12.
______, 「세계 희유(稀有)의 사설 유곽(遊廓)—보라 이 유산자(有産者)의 소위(所爲)를」, 『개벽』 42호, 개벽사, 1923.12.
______, 「명태 왕국인 원산부(元山府)」, 『개벽』 54호, 개벽사, 1924.12.
______, 「원산의 울타리 덕원군(德源郡)」, 『개벽』 54호, 개벽사, 1924.12.
______, 「대두 특산지안변군(安邊郡)」, 『개벽』 54호, 개벽사, 1924.12.

차상찬, 「天下奇緣인 江陵의 紅粧巖」, 『신여성』 4권 2호, 1926.2.
_____, 「春川의 봄 消息은 엇더한가—春谷 兄에게」, 『별건곤』 6호, 1927.4.
_____, 「山紫水明의 江陵으로 가겠소」, 『조광』 2권 2호, 1936.2.
_____, 「八道山水打令」, 『소년』 3권 10호, 1939.10.
_____, 「山岳의 전설—금강산의 전설」, 『조광』 8권 8호, 1942.8.
차상찬전집편찬위원회 편, 『차상찬 전집』 1, 청오차상찬기념사업회, 2018.
차천자(車賤者), 「안변 이야기」, 『개벽』 70호, 개벽사, 1926.6.
찰스 윌리엄 캠벨, 「1889년 9월부터 10월까지 한국 북부지역을 여행한 부영사 대리 캠벨의 보고서」, 박현숙김유경 역, 『서양인의 눈으로 본 금강산』, 문화일보사, 1999.
창 은, 「一見金剛山」, 『청년』 7권 10호, 1927.11.
초 사, 「해당화 필 때, 명사십리에서」, 『삼천리』 3권 9호, 1931.9.
최남선, 「金剛禮讚」, 『조선문단』 12호, 1925.10; 고대아세아문제연구소 편, 『육당최남선전집』 6, 현암사, 1973.
최병헌, 「金剛山과 基督敎」, 『청년』 1권 6호, 1921.9.
최숙영, 「金剛山이 보고 십다」, 『삼천리』 4권 3호, 1932.3.
최영수, 「금강산 만화 행각」, 『동아일보』, 1934.10.3.
최종남, 『강원도에 무슨 일이 있었나—조선왕조실록의 강원도』, 춘천 : 강원도민일보, 2012.
최찬식, 「大自然의 金剛」, 『반도시론』 1권 8호, 1917.11.
춘 성, 「東海岸 一千里」, 『조광』 3권 8호, 1937.8.
_____, 「동해안의 신비경」, 『조광』 5권 8호, 조선일보사, 1939.8.
춘 파, 「설중(雪中) 설봉산행(雪峰山行)」, 『신여성』 4권 2호, 1926.2.
축산문집 간행위원회 편, 『금강산관상록』, 양산 : 영축총림 통도사, 1998.
카르네프 외 4인, A. 이르계바예브·김정화 역, 『내가 본 조선, 조선인—러시아 장교 조선여행기』, 가야넷, 2003.
켐프 에밀리 G. 신복룡 역, 『조선의 모습』, 집문당, 1999.
콘스탄스 테일러, 황혜조 역, 『스코틀랜드 여성 화가의 눈으로 본 한국의 일상』, 살림, 2013.
퍼시벌 로웰, 조경철 역, 『내 기억 속의 조선, 조선 사람들』, 예담, 2001.
팔대수, 「金剛山과 朝鮮民族」, 『신생』 3권9호, 1930.9.
평강소금강원선전회, 「嶺西의 小金剛」, 『신민』 17호, 1926.9.
포월생, 「金剛山과 平康」, 『반도시론』 1권 4호, 1917.7.
표훈사 편, 『금강산』 1~10, 표훈사.
풍악생, 「金剛山 紹介는 交通機關 完備에 在ᄒᆞ다」, 『반도시론』 1권 8호, 1917.11.
학 부 편, 「제5과 강원도」, 『보통학교 학도용 국어독본』 권6, 1907.
한국동, 「地方色—메물전병」, 『별건곤』 2호, 1926.12.
한용운, 「명사십리행」, 『조선일보』, 1929.8; 『명사십리』, 범우사, 1976.
함대훈, 「松田의 '훌라딴스'」, 『조광』 5권 8호, 19 39.8.
해당화, 「외인 별장 풍경(外人別莊風景)—이국풍경 명사십리의 금발랑(金髮娘)」, 『삼천리』 6권 9호, 삼천리사, 1934.9.
해동산인, 「金剛은 天然的 公園(一~六)」, 『신문계』 1~5·7호, 1913.3~10.
_______, 「世界의 絶勝 金剛山(一)」, 『신문계』 41호, 1916.8.
_______, 「世界絶勝 金剛山의 一幅(二~六)」, 『신문계』 43~46·48호, 1916.10~1917.3.
_______, 「如繪如花의 秋金剛」, 『반도시론』 1권 5호, 1917.8.
현상윤, 「여름 삼방도 또한 절승」, 『동아일보』, 1934.8.22.
현제명, 「金剛山을 첫 손에」, 『신동아』 33호, 1934.7.
현 채, 「제15과 금강산」, 『신찬 초등소학』 권5, 1909.
홍효민, 「삼방의 추색(秋色)—약수포(藥水浦)와 폭포의 소묘」, 『신동아』 48호, 1935.10.

화천군지 편찬위원회, 『화천군지』, 강원일보사, 1988.
C.K.생, 「석왕사 가는 길」, 『동아일보』, 1926.9.1~13.
D 생, 「제이로(第二路) 피서지—원산 석왕사 삼방약수포(三防藥水浦)를 두르 도라, 변장어사(變裝御史)의 수기」, 『조광』 2권 9호, 조선일보사, 1936.9.
WA생, 「명사십리에서」, 『조선문단』 12호, 조선문단사, 1925.10.
岡本曉翠, 『京城と金剛山』, 京城眞美會, 1932.
菊池幽芳, 『朝鮮金剛山探勝記』, 洛陽堂, 1918.
大熊瀧三郎, 『金剛山探勝案內記』, 印刷一合資會社, 1934.
河野萬世 編纂, 『春川風土記』, 朝鮮日日新聞社 江原支社, 1935.
Bowser, Hilda C., "The Kongo-san", *Geographical Journal*, vol 55. no.1, The Royal Geographical Society, 1920.
Bergman, Sten, tras. by Frederic Whyte, *In Korean Wilds and Villages*, London : Travel Book Club, 1938.
Bishop, Isabella Bird, *Korea and Her Neighbours*, New York; Fleming H. R evell Co., 1898.
Bourdaret, Emile, *En Corée*, Paris : Plon-Nourrit, 1904.
Carles, William R., "Recent Journeys in Korea", *Proceedings of the Royal Geographical Society and Monthly Record of Geography*, vol.8, no.5, 1886.
______________, "A Journey through North Korea to the Ch'ang-pai Shan", *Proceedings of the Royal Geographical Society and Monthly Record of Geography*, Vol. XIV., No.3. March, 1892.
Coatsworth, Elizabeth Jane, *The Captain's Daughter*, New York : Macmillan Company, 1950.
Curzon, George N., *Problems of the Far East-Japan, Korea, China*, London; New York : Longmans, Green, and Co., 1894.
______________, "Diamond Mountain of Korea", *National Geographic Magazine*, October, 1924.
Drake, H. B., *Korea of the Japanese*, London : John Lane The Bodley Head Ltd., 1930
Eckardt, André, *Wie ich Korea erlebte*, Frankfurt; Main : Lutzeyer, 1950.
Ernst Von Hesse-Wartegg, *Korea : Eine Sommerreise nach dem Lande der Morgenruhe*, Dresden & Leipzig; Verlag von Carl Reissner, 1895.
Gale, James S., *Korean Sketches*, New York : Fleming H. Revell Company, 1898.
____________, "Diary of a trip to the Diamond Mountains", *Transactions* vol.13. Royal Asiatic Society Korea Branch, 1922.
Genthe, Siegfried, *Korea-Reiseschilderungen*, Berlin; Allgemeiner Verein fur Deutsche Literatur, 1905.
Gordon, Elizabeth Anna, *Symbols of 'The Way' : East and West*, Tokyo; Maruzen, 1916.
Hamilton, Angus, *Korea*, New York; Charles Scribner's Sons, 1904.
Harris, Audrey, *Eastern Visas*, London : Collins, 1939.
Herbet, Agnes, "In the Diamond Mountains", *A Girl's Adventure in Korea*, London; A. & C. Black, Ltd., 1927.
Jean De Pange, *En Corée*, Paris : Librairie Hachette, 1904.
Keith, Elizabeth, *Eastern Windows*, Boston and New York : Houghton Miffin Co., 1928.
Keith, Elizabeth and Elsper Keith Robertson Scott, *Old Korea : The Land of Morning Calm*, London : Hutchinson & Co., 1946.
Kemp, Emily Georgiana, *The Face of Manchuria, Korea and Russian Turkestan*, New York : Duffield and Co., 1911.
Kim San and Nym Wales, *Song of Arriran : The Life Story of a Korean Rebel*, New York : John Day Co., 1941.
Lowell, Percival Lawrence, *Chosön, The Land of Morning Calm*, Boston : Harvard University Press, 1885.

Lum, Bertha Boynton, *Gangplanks to the East*, New York : Henkle-Yewdale House, 1936.
Miller, "In the Diamond Mountains", *The Korean Repository*, 1896. March; 1896, May.
Moose, Jacob Robert, *Village Life in Korea*, Nashville, Dallas; Publishing house of the M.E. Church, South Smith & Lamar, 1911.
Norman Henry, *The Peoples and Politics of the Far East : Travels and Studies in the British, French, Spanish and Portuguese Colonies, Siberia, China, Japan, Korea, Siam, Malaya*, New York : Charles Scribner's Sons, 1895.
Pratt, J. B.. *The Pilgrimage of Buddhism and a Buddhist Pilgrimage*, New York : Macmillan, 1928.
Scranton, "The fifty three Buddhas and the nine dragons", *The Korean Repository* Ⅲ, 1897.09.
Sieroszewski, Wacław, *Korea : Klucz Dalekiego Wschodu*, Warszawa, 1905.
Snow, Helen Foster, *My China Years*, London : Harrap, 1984.
Starr, Frederick, *Korean Buddhism-History, Condition, Art*, Boston : Marshall Jones Company, 1918.
Wagner, Ellasue, *Korea : The Old and The New*, New York : Fleming H. Revell Co., 1931.
Weber, Norbert, *Im Lande der Morgenstille : Reise-Erinnerungen an Korea*, Karl Seidel Zu Munchen, 1915.
____________, *In Den Diamantbergen Koreas*, Missionsverlag St. Ottilien Oberbayern, 1927.
Zabel, Rudolf, *Meine Hochzeitseise durch Korea während des Russisch-Japanischen Krieges*, stephan Geibel Derlag, 1906.

2. 논저

강원대학교 사회과학연구소 편, 『북 강원의 이해와 강원도의 공동체 회복』, 강원대 출판부, 2002.
국립중앙도서관 편, 『조선을 사랑한 서양의 여성들』(송영달 개인문고 설치 기념 특별전), 국립중앙도서관, 2016.
규장각한국학연구원, 『세상 사람의 조선 여행』, 글항아리, 2012.
김상민, 「서양 문헌에 나타난 한국—정형화된 이미지와 사실의 간극」, 『동국사학』 49, 동국사학회, 2010.
김승우, 『19세기 서구인들이 인식한 한국의 시와 노래』, 소명출판, 2014.
김승태, 『내한 선교사 총람 1884~1984』, 한국기독교역사연구소, 1994.
김지영, 「일제 시기 철도여행 안내서와 일본인 여행기 속 금강산 관광 공간 형성과정」, 『대한지리학회지』 54-1, 대한지리학회, 2019.
김현숙, 「서양인 여행기에 표상된 '공존·공생'의 조선 사회상」, 『역사와 담론』 54, 호서사학회, 2009.
_____, 「근대기 혼성 문화공간으로서의 금강산과 금강산 그림」, 『온지논총』 35, 온지학회, 2013.
김효영, 「릴리안 밀러(Lilian May Miller, 1895~1942)의 한국소재 풍속목판화 제작 및 유통 연구」, 『한국근현대미술사학』 39, 한국근현대미술사학회, 2020.
김희영, 「오리엔탈리즘과 19세기 말 서양인의 조선 인식—이사벨라 버드 비숍의 『조선과 그 이웃 나라들』을 중심으로」, 『경주사학』 26, 경주사학회, 2007.
민윤숙, 「금강산 유람의 통시적 고찰을 위한 시론—불교적 성지순례. '수양'에서 '구경' 혹은 '관광'에 이르기까지」, 『민속학연구』 27, 민속학회, 2010.
박성진, 「에밀 부르다레, 대한 제국기 한 이방인 고고인류학자」, 『인문과학연구』 63, 강원대학교 인문과학연구소, 2019.
박양신, 「19세기 말 일본의 조선여행기에 나타난 조선상」, 『역사학보』 177, 역사학회, 2003.
박영숙·김유경 편역, 『서양인이 본 금강산』, 문화일보사, 1998.
박지향, 「고요한 아침의 나라와 떠오르는 태양의 나라—이사벨라 버드 비숍과 조지 커즌의 동아시아 여행기」, 『안과밖』 10, 영미문학연구회, 2001.
_____, 『일그러진 근대』, 푸른역사, 2003.
부영심, 『구한말 서양 여성의 저술과 한국 여성 인식』, 제주대 석사논문, 2016.
서기재, 『조선 여행에 떠도는 제국』, 소명출판, 2011.

서문성 편, 『금강산 여행』, 대산문화사, 2000.
서영채, 「최남선과 이광수의 금강산 기행문에 대하여」, 『민족문학사연구』 24, 민족문학사학회, 2004.
손철배, 「서양인이 본 한국과 한국인」, 『우리는 지난 100년 동안 어떻게 살았을까 3』, 역사와비평, 1999.
송효순, 『환상의 탐방—금강산』, 한국도서관협회출판부, 1981.
신복룡, 『(신복룡 교수의) 이방인이 본 조선 다시 읽기』, 풀빛, 2002.
신성희, 「금강산에서 전승되는 아름다움의 장소신화」, 『한국지역지리학회지』 22, 한국지역지리학회, 2016.
심승구, 「조선 시대 외국인 관광의 사례와 특성」, 『역사민속학』 27, 한국역사민속학회, 2008.
오인영, 「서양인이 본 한국, 한국인」, 『개화기 한국과 세계의 상호이해』, 단국대 동양학연구소, 2003.
왕한석, 「개화기 서양인이 본 한국문화—비숍의 '한국과 그 이웃 나라들'을 중심으로」, 『비교문화연구』 4, 서울대 비교문화연구소, 1998.
유영렬·윤정란, 『19세기말 서양선교사와 한국 사회—*The Korean Repository*를 중심으로』, 경인문화사, 2004.
유홍준, 『나의 북한 문화유산 답사기(하)—금강예찬』, 중앙 M&B, 2001.
육동한·김남홍·김범수, 「북 강원도의 중심, 원산의 재조명」, 『정책메모』 700호, 강원연구원, 2018.7.24.
윤범모, 「일제하 서양인 화가의 서울 방문과 작가 활동」, 『한국근대미술사학』 13, 한국근대미술사학회, 2004.
윤소영, 「러일전쟁 전후 일본인의 조선여행 기록물에 보이는 조선 인식」, 『한국민족운동사연구』 51, 한국민족운동사학회, 2007.
염은열, 「금강산가사의 지리적 상상력과 장소 표현이 지닌 의미」, 『고전문학연구』 38, 한국고전문학회, 2010.
이경순, 「1930년대 중반 불교계의 金剛山 잡지 발간과 그 의의」, 『불교학연구』 51, 불교학연구회, 2017.
이난수, 「근대기 순례의 공간, 금강산에 대한 두 개의 시선」, 『한국양명학회 학술대회논문집』, 한국양명학회, 2018.
이다솔, 「버사 럼(Bertha Lum)의 목판화 연구」, 『한국근현대미술사학』 35, 한국근현대미술사학회, 2018.
이미정, 「강원도 지리에 대한 근대적 인식 연구」, 『문화와 융합』 40-4, 한국문화융합학회, 2018.
______, 「근대적 지리로서의 금강산 표상 연구—노르베르트 베버의 〈수도사와 금강산〉을 중심으로」, 『비평문학』 74, 한국비평문학회, 2019.
이민부·이광률, 「추가령 구조곡의 지역 · 지형 연구」, 『대한지리학회지』 51-4, 2016.
이민희, 『파란·폴란드·뽈스까—100여 년 한국과 폴란드의 만남, 그 의식의 지평을 찾아서』, 소명출판, 2007.
______, 「19세기 말~20세기 중반 여행기(旅行記)에 나타난 강원도 로컬리티의 제 양상」, 『동악어문학』 80, 동악어문학회, 2020.
______, 『(개정판) 백두용과 한남서림 연구』, 역락, 2020.
______, 「19세기말~20세기 초 서양인 여행자의 금강산 여행기 연구」, 『한국문학연구』 67, 동국대 한국문학연구소, 2021.
______, 『금강산과 강원도, 근대로의 초대—19세기 말~20세기 초 서양인 여행기를 읽다』, 강원학연구센터, 2021.
이배용, 「개화기 서양인 저술에 나타난 한국 여성에 대한 인식」, 『한국사상사학』 19, 한국사상사학회, 2002.
이부용, 「〈아사히신문〉 외지 판에 나타난 금강산 인식」, 『어문논집』 89집, 민족어문학회, 2020.
이순우, 「사진첩으로 보는 일제강점기 금강산 수난사」, 2018.7.12.
이영수, 「20세기 초 李王家 관련 金剛山圖 硏究」, 『美術史學硏究』 271~272호, 한국미술사학회, 2011.
이상현, 『한국 고전번역가의 초상, 게일의 고전학 담론과 고소설 번역의 지평』, 소명출판, 2013.
이원희·정병진·김인선, 『외국인 선교사의 눈에 비친 강원지역』, 강원연구원 강원학연구센터, 2019.
이지은, 「책 속의 그림—벽안(碧眼)의 여인들이 그려낸 조선, 조선인들」, 『코레아 견문록』, 한국관계고서찾기운동본부, 2006.
이진명, 「프랑스의 한국학—기원, 과거, 현재」, 동북아역사재단 편, 『동아시아 정세와 영토 문제, 그리고 지도 제작에 관한 국제학술세미나 논문집』, 파리, 동북아역사재단, 2013.
이충렬, 『그림으로 읽는 한국 근대의 풍경』, 김영사, 2011.
이혜은 외, 「미국 브린모어대학에 소장된 헬렌 채핀의 한국 고문헌 장서 연구」, 『서지학연구』 72, 한국서지학회, 2017.
전영율 외, 『금강산』, 실천문학사, 1989.

장정란, 『외국선교회의 한국 선교–독일 베네딕토회의 원산교구 시대(1920~1949)』, 가톨릭출판사, 2005.
정영목, 『조선을 찾은 서양의 세 여인』, 서울대학교출판문화원, 2013.
정치영, 「20세기 초 외국인의 금강산 인식」, 『제9회 세계한국학대회 발표집』, 한국학중앙연구원, 2018.
조성운, 「1910년대 조선총독부의 금강산 관광 개발」, 『관광의 모더니즘』, 민속원, 2019.
최박광, 「외국인이 본 근대 조선과 동북아시아의 각축–이사벨라 버드의 〈조선과 이웃 나라들〉」, 『아시아문화연구』 15, 가천대 아시아문화연구소, 2008.
최유경, 「최남선의 〈금강예찬〉과 고희동의 금강산연작에서 표현된 국토찬미」, 『비교문학』 64, 한국비교문학회, 2014.
최종고, 『한국을 사랑한 세계작가들』 1~3, 와이겔리, 2019~2020.
테사 모리스 스즈키, 서미석 역, 『길 위에서 만난 북한 근현대사』, 현실문화, 2015.
한관수, 『세계의 명승 금강산』, 호영, 2003.
한용운, 『명사십리』, 범우사, 1976.
한주희, 「최남선의 〈금강예찬〉 연구」, 『충청문화연구』 10, 충청문화연구소, 2013.
허동현, 「근·현대 서양인의 한국관」, 『국제한국학연구』 5, 명지대 국제한국학연구소, 2011.
홍미숙, 「20세기 초 성 오틸리엔 베네딕도회 선교사들의 한국 진출과 노르베르트 베버의 〈수도사와 금강산〉 연구」, 『미술사와 문화유산』 6, 명지대 문화유산연구소, 2017.

3. 기타 인터넷 자료

http://gwpeace.gwd.go.kr/peace/southandnorth/generalInformation (강원평화특별자치도, '남북 강원도 일반 현황')
http://www.1907revival.com/bbs/view.html?idxno=3397&sc_category=(제이콥 무스 목사)
https://blog.naver.com/pm10956/220757165627 (제이콥 무스 목사)
https://www.bonhams.com/auctions/15229/lot/412/ (이사벨라 버드 비숍 여사)
https://photopajang.tistory.com/entry/고요한 아침의 나라에서 (노르베르트 베버 신부)
https://www.koreatimes.co.kr/www/opinion/2021/03/715_243151.html (Robert Neff 글, 유점사 53불상)

부록_ 자료 목록[1]

1. 내국인 기록물(지역명 가나다순)

순번	지역	저자	제목	출전	발행 시기
1	강원도	학부 편찬	제5과 강원도*	보통학교 학도용 국어독본, 권6	1907
2	강원도	차상찬	조선의 처녀지인 관동지역*	개벽 42호	1923.12
3	강원도	차상찬	도내 교육 급 종교 개황*	개벽 42호	1923.12
4	강원도	차상찬	萎靡不振한 강원도의 산업*	개벽 42호	1923.12
5	강원도	차상찬	영서 팔군과 영동 사군*	개벽 42호	1923.12
6	강원도	차상찬	이 땅의 민요와 동요*	개벽 42호	1923.12
7	강원도	차상찬	관동잡영*	개벽 42호	1923.12
8	강원도	차상찬	척주동해신묘	개벽 42호	1923.12
9	강원도	차상찬	태봉왕 김궁예는 엇더한 인물인가*	개벽 42호	1923.12
10	강원도	차상찬	비절장절한 민 대장의 약사*	개벽 42호	1923.12
11	강원도	차상찬	강원도를 일별한 총감상*	개벽 42호	1923.12
12	강원도	차상찬	북극천리행	개벽 54호	1924.12
13	강원도	朴돌이	팔도 대표의 팔도 자랑	개벽 61호	1925.7
14	강원도	각살이	팔도 장타령	별건곤 20호	1929.4
15	강원도	壽春山人	관동의 봄 소리*	별건곤 50호	1932.4.
16	강원도	임화	경원가도의 초입*	신동아 52호	1936.2
17	강원도	노자영	동해안의 갈매기*	금강기행문선 1999	1937.8 여행
18	강원도	–	영남, 영동 출신 문사의 '鄕土文化'를 말하는 좌담회(第三會)	삼천리 12권 7호	1940.7
19	강원도	김사량	山家 三時間*	삼천리 12권 9호	1940
20	강원도	차상찬	산악의 전설*	삼천리 12권 9호	1942.8
21	강릉	동화생(東華生)	강릉의 설마(雪馬)*	신문계 34호	1916.1
22	강릉	차상산	천하기연인 강릉의 홍장암(紅粧巖)*	신여성 4권 2호	1926.2
23	강릉	무명씨	조선 각지 폭포관 – 금강연(金剛淵)*	별건곤 31호	1930.8
24	강릉	김소운	〈춘아춘아〉, 〈나무꾼노래〉	언문조선구전 민요집, 제일서방	1933
25	강릉	차상찬	산자수명(山紫水明)의 강릉으로 가겠소*	조광 2권 2호	1936.2
26	강릉	춘성(春城)	동해안의 신비경*	조광 5권 8호	1939.8
27	강릉	임화 편, 이재욱 해제	〈한하라바니〉, 〈새쫓기〉	조선민요선, 학예사	1939
28	강릉	방종현 최상수 김사엽 공편	〈대천바다 한가운데〉 외	조선민요집성	1947
29	고산 (석왕사)	일 공민(公民)	세포에서 석왕사로*	동아일보	1920.6.12 · 14
30	고산 (석왕사)	–	석왕사 석존강탄회	동아일보	1921.5.7

1 아래 표 제목 옆 * 표시는 본문 소개 자료를 뜻한다.

순번	지역	저자	제목	출전	발행 시기
31	고산 (석왕사)	–	석탄참배열차(釋誕參拜列車)	동아일보	1922.4.28
32	고산 (석왕사)	–	석원(釋元) 간 임시열차	동아일보	1925.4.3
33	고산 (석왕사)	늘봄	뫼,들,물,숩–석왕사에서	조선문단	1925.8.25
34	고산 (석왕사)	무명씨	양미만곡(凉味萬斛)–석왕사*	신민 16호	1926.8
35	고산 (석왕사)	C.K.생	석왕사 가는 길*	동아일보	1926.9.1~13
36	고산 (석왕사)	이광수	석왕사*	동아일보	1928.10.30
37	고산 (석왕사)	박순천	그 해 그 여름 연인의 무릎을 베고 이를 잡히다 들켜*	동아일보	1938.8.16
38	고산 (석왕사)	기자	향토 정서 넘 노는 곳*	동아일보	1938.8.21
39	고성	春城	東海岸 一千里	조광 3권8호	1937.8
40	금강산	이규준(李圭晙)	금강일기*	석곡산고(石谷散稿) 권2	1902
41	금강산	미상	역사지리–금강산*	야뢰 1권1호	1907.2
42	금강산	현채	제15과 금강산*	신찬초등소학 권5	1909
43	금강산	海東山人	金剛은 天然的 公園(一)	신문계 1호	1913.4
44	금강산	海東山人	金剛은 天然的 公園(二)	신문계 2호	1913.5
45	금강산	海東山人	金剛은 天然的 公園(三)	신문계 3호	1913.6
46	금강산	海東山人	金剛은 天然的 公園(四)	신문계 4호	1913.7
47	금강산	海東山人	金剛은 天然的 公園(五)	신문계 5호	1913.8
48	금강산	海東山人	金剛은 天然的 公園(六)	신문계 7호	1913.10
49	금강산	海東樵人	世界의 絶勝 金剛山(一)	신문계 41호	1916.8
50	금강산	海東樵人	世界의 絶勝 金剛山(二)	신문계 42호	1916.9
51	금강산	海東樵人	世界絶勝 金剛山의 一幅(二)	신문계 43호	1916.10
52	금강산	海東樵人	世界絶勝 金剛山의 一幅(三)	신문계 44호	1916.11
53	금강산	海東樵人	世界絶勝 金剛山의 一幅(四)	신문계 45호	1916.12
54	금강산	海東樵人	世界絶勝 金剛山의 一幅(五)	신문계 46호	1917.1
55	금강산	海東樵人	世界絶勝 金剛山의 一幅(六)	신문계 48호	1917.3
56	금강산	抱月生	金剛山과 平康	반도시론 1권 4호	1917.7
57	금강산	海東樵人	如繪如花의 秋金剛	반도시론 1권 5호	1917.8
585	금강산	海東樵人	金剛山探勝紀行	반도시론 1권 8호	1917.11
59	금강산	楓嶽生	金剛山 紹介는 交通機關 完備에 在ᄒᆞ다	반도시론 1권 8호	1917.11
60	금강산	崔瓚植	大自然의 金剛	반도시론 1권 8호	1917.11
61	금강산	一記者	金剛山探勝會 日記	반도시론 1권 8호	1917.11
62	금강산	–	금강탐승 자동차	동아일보	1921.7.5
63	금강산	–	만철탐승 자동차	동아일보	1921.7.16
64	금강산	–	金剛山探勝客 多數	동아일보	1921.9.11
65	금강산	–	登山熱의 勃興, 金剛山探勝客 激增	동아일보	1921.9.14
66	금강산	崔炳憲	金剛山과 基督敎	청년 1권 6호	1921.9

순번	지역	저자	제목	출전	발행 시기
67	금강산	樂觀生	조선기독교청년회연합회 第八回 學生夏令會와 金剛山探勝記(一)	청년 1권 6호	1921.9
68	금강산	樂觀生	조선기독교청년회연합회 第八回 學生夏令會와 金剛山探勝記(二)	청년 1권 7호	1921.10
69	금강산	牧羊生	金剛山哀史	청년 1권 7호	1921.10
70	금강산	이광수	금강산유기(金剛山遺記) －남대문 역에서 고산(高山)에*	신생활 창간호	1922.3
71	금강산	이광수	금강산유기－영원암*	신생활 3호	1922.4
72	금강산	이광수	금강산유기－망군대*	신생활 5호	1922.5
73	금강산	이광수	금강산유기 －장안사에서 표훈사를 지나 정양사에*	신생활 6호	1922.6
74	금강산	－	경원선 관풍임시열차	동아일보	1922.10.3
75	금강산	－	(제목 없음)*	동아일보	1924.9.11
76	금강산	소일생(小日生)	금강유기(金剛遊記)	동아일보	1924.9.20
77	금강산	조선총독부	제16과 富士山과 金剛山	보통학교 조선어독본 5	1924
78	금강산	이상화	금강송가(金剛頌歌)	여명 2호	1925.9
79	금강산	최남선	금강예찬(金剛禮讚)*	조선문단 12호	1925.10
80	금강산	늘봄	백련과 홍련*	조선문단 12호	1925.10
81	금강산	최영년 외 9인	금강유객영송초(金剛遊客迎送草)	금강시 초간본	1926
82	금강산	창은(滄隱)	일견금강산(一見金剛山)*	청년 7권 10호	1927.11
83	금강산	－	금강산탐승객 7천 6백 20명	동아일보	1927.11.15
84	금강산	박석윤	산수자랑 우리의 산수미 －세계 명승을 주유하고 와서*	별건곤 12~13호	1928.5
85	금강산	－	금강산전철 임시열차 운전 6월 1일부터	중외일보	1928.6.5
86	금강산	이각종 편	金剛勝覽(금강승람)	경성 : 신민사	1928
87	금강산	梁白華	구룡연 반(畔)에서	신생 2권 6호	1929.6
88	금강산	김형원	금강잡기*	조선지광 6권 86호	1929.8
89	금강산	김동인	반도팔경*	삼천리 1권 3호	1929.11
90	금강산	공성학 외 6인	봉래연상록(蓬萊聯賞錄)2	－	1929
91	금강산	손봉선	봉래연상록(蓬萊聯賞錄)(한문본)	경성 활자 간행	1930
92	금강산	무명씨	조선 각지 폭포관－금강산 폭포*	별건곤 31호	1930.8
93	금강산	안기영	여름의 회상 : 예술가들의 여름 지난 이야기－금강산순례*	신생 3권 9호	1930.9
94	금강산	이은상	금강영(金剛影)*	신생 3권 9호	1930.9
95	금강산	팔대수(八大叟)	금강산과 조선민족*	신생 3권 9호	1930.9
96	금강산	壽春山人	朝鮮各地 丹楓名所巡禮記	별건곤 33호	1930.10
97	금강산	고유섭	의사금강유기(擬似金剛遊記)*	신흥 5호	1931.7
98	금강산	최영숙	금강산이 보고 십다*	삼천리 4권 3호	1932.3
99	금강산	－	가을의 금강산 탐승객 사태 열차호텔 급설	동아일보	1932.9.20
100	금강산	－	내외 양 금강에 탐승임시열차	동아일보	1932.9.30
101	금강산	김구하(金九河)	금강산관상록(金剛山觀賞錄)*	－	1932
102	금강산	이광수	금강산 비로봉을 향하여*	신동아 21호	1933.7

순번	지역	저자	제목	출전	발행 시기
103	금강산	–	23, 24일에 금강산 유람 특별열차 운전	동아일보	1933.9.12
104	금강산	–	금강탐승객 2만 2천여 명	조선중앙일보	1934.2.11
105	금강산	현제명(玄濟明)	금강산을 첫 손에*	신동아 33호	1934.7
106	금강산	백운당(白雲堂)	금강산사화초(金剛山史話抄)*	신동아 33호	1934.7
107	금강산	손진태	오대 강산의 전설 신화와 그 연구 –금강산 선녀(羽衣) 전설	신동아 33호	1934.7
108	금강산	고유섭	금강산의 야계(野鷄)*	신동아 35호	1934.9
109	금강산	최영수	금강산 만화행각*	동아일보	1934.10.3
110	금강산	표훈사 편	금강산	금강산 (제10권 후 폐간)	1935
111	금강산	望月隱士	조선의 님프 금강산 普德女神	조광 1호	1935
112	금강산	김윤경	금강산탐승향도기(金剛山探勝嚮導記)*	신동아 46호	1935.8
113	금강산	임병철	조선 명산의 전설–금강산과 선녀	신동아 46호	1935.8
114	금강산	변영만	나와 금강산*	신동아 58호	1936.8
115	금강산	김호직	철원 지나 금강산으로*	동아일보	1937.8.26
116	금강산	효민(曉民)	하유금강기(夏遊金剛記)	사해공론 3권8호	1937.8
117	금강산	이병기	지리 · 역사 · 풍광으로 본 금강산*	조광 4권3호	1938.3
118	금강산	조선총독부 철도국	半島の近影	조선총독부 철도국	1938
119	금강산	한설야	금강산유기*	조선문학	1939.4
120	금강산	김도태	팔도 명폭포 타령	소년 3권 8호	1939.8
121	금강산	박노갑	여행 중에 얻은 로만스–비로봉*	조광 5권 9호	1939.9
122	금강산	김태오	여행 중에 얻은 로맨스 –내금강 진주담*	조광 5권 9호	1939.9
123	금강산	이병기	탐승안내기–금강산 편*	조광 5권 10호	1939.10
124	금강산	차상찬	팔도산수타령*	소년 3권 10호	1939.10
125	금강산	무명씨	조선박람회 : 반도의 물산과 문화 –13도 각도를 전망하며*	삼천리 12권 5호	1940.5
126	금강산	이동훈(李東薰)	금강록(金剛錄)	–	1940
127	금강산	정비석	내금강 기행문(산정무한)*	매일신보	1941
128	금강산	차상찬	산악의 전설–금강산의 전설*	조광 8권8호	1942.8
129	금강산	문교부	제30과 외금강*	초등국어 4-2	1948
130	금강산	정래동	금강산유람기*	북경시대	1949 초판
131	김화	송석하	조선팔도민속개관–김화의 성황신앙*	신동아 53호	1936.3
132	문천	차상찬	咸南列邑大觀–함남의 목탄고인 문천군*	개벽 54호	1924.12
133	삼방	–	삼방 관풍(觀楓)열차	동아일보	1922.10.11
134	삼방	–	삼방 탐승열차	동아일보	1925.6.27
135	삼방	–	청량리 삼방 간 할인차권 발매	동아일보	1926.7.13
136	삼방	무명씨	양미만곡(凉味萬斛)–삼방폭포와 약수*	신민 16호	1926.8
137	삼방	무명씨	조선 각지 폭포관–삼방 폭포*	별건곤 31호	1930.8
138	삼방	–	삼방 스키–장소 임시열차 변경	동아일보	1931.2.8
139	삼방	세포의 한 기자	세포의 당면 문제*	동아일보	1931.3.25

순번	지역	저자	제목	출전	발행 시기
140	삼방	–	삼방 적설 스키열차 운전	동아일보	1932.1.17
141	삼방	–	삼방에 적설량	동아일보	1933.3.7
142	삼방	이기영	태평양과 삼방 유협(幽峽)*	동아일보	1934.7.20
143	삼방	현상윤	여름 삼방도 또한 절승*	동아일보	1934.8.22
144	삼방	박승극	사회와 인생과 자연 – 삼방약수포에서	신인문학	1935.8
145	삼방	박창훈	삼방 약수는 과연 효력이 있을까	삼천리 8권6호	1936.6
146	삼방	박승극	삼방폭포행*	다예집/금성서원	1938.7
147	삼척	春城	동해안의 신비경*	조광 5권8호	1939.8
148	속초	이은상	설악행각(雪岳行脚)	동아일보 (전 37회 연재)	1933.10.15 ~12.20
149	속초	김찬룡	화랑의 호수 – 영랑호천모촌기(永郞湖天慕村記)*	조광 6권 10호	1940.10
150	속초	송석하	명산탐승 – 설악정복*	조광 6권 10호	1940.10
151	안변	차상찬	咸南列邑大觀 – 대두 특산지 안변군*	개벽 54호	1924.12
152	안변	春坡	설중 설봉 산행*	신여성 4권 2호	1926.2
153	안변	車賤者	안변 이야기*	개벽 70호	1926.6
154	안변	무명씨	조선 각지 폭포관 – 고음(鼓音) 폭포*	별건곤 31호	1930.8
155	안변	남석중	지방색 – 단풍노리*	별건곤 32호	1930.9
156	안변	壽春山人	朝鮮各地 丹楓名所巡禮記	별건곤 33호	1930.10
157	안변	사우춘	여름 행락지 – 삼방약수와 석왕사*	신여성 7권 7호	1933.7
158	안변	금릉인	흐르는 인생*	별건곤 73호	1934.6
159	안변	홍효민	삼방의 추색(秋色) – 약수포와 폭포의 소묘*	신동아 48호	1935.10
160	안변	이무영	우울열차*	동아일보	1938.6.12
161	안변	노자영	삼방과 물*	조광 4권 9호	1938.9
162	양구	–	地方改良의 자취 – 林塘里興風會의 美績	신민 2호	1925.6
163	양구	–	地方改良의 자취 – 楊口靑年會의 사업	신민 3호	1925.7
164	양구	한국동	지방색 – 메물전병*	별건곤 2호	1926.12
165	양구	김소운	민요 〈풍소(諷笑)〉	언문 조선구전 민요집	1933
166	양양	一記者	남신북통(南信北通) – 襄陽通信*	개벽 62호	1925.8
167	양양	朴寬玉	지방색 – 메리치잡이*	별건곤 10호	1927.12
168	양양		인제 설악산탐승원 모집(광고)	동아일보	1929.5.28
169	양양	김소운	민요 〈풍소〉 외	언문 조선구전 민요집, 제일서방	1933
170	양양	春城	東海岸 一千里	조광 3권 8호	1937.8
171	양양	김도태	팔도 명폭포 타령	소년 3권 8호	1939.8
172	양양	방종현 최상수 김사엽 공편	민요 〈막대 비녀 쪽진년아〉 외	조선민요집성	1947
173	영월	김성목	단종대왕 장릉참배기*	삼천리 7권 5호	1935.6
174	원산	김억	〈명사십리〉(민요시)*	영대 3호	1924
175	원산	김춘강	각지의 녀름과 그 통신*	개벽 50호	1924.8
176	원산	차상찬	咸南列邑大觀 – 원산부*	개벽 54호	1924.12

순번	지역	저자	제목	출전	발행 시기
177	원산	김춘국	대륙적 경취로 본 원산항의 풍광	개벽 54호	1924.12
178	원산	차상찬	함남열읍대관-원산의 울타리 덕원군*	개벽 54호	1924.12
179	원산	김동인	행복*	조선문단 12호	1925.10
180	원산	WA생	명사십리에서*	조선문단 12호	1925.10
181	원산	이정구	지방색-산천제*	별건곤 10호	1927.12
182	원산	石火生	사대 도시 암야탐사기 -송도·명사·원산의 밤*	별건곤 15호	1928.8
183	원산	李亮	와우리(臥牛里)*	신민 49호	1929.5
184	원산	한용운	명사십리행*	조선일보	1929.8
185	원산	-	櫻花로 유명한 송전만 견학단	동아일보	1930.4.16
186	원산	-	청년회활동-원산기독교청년회	청년 10권 7호	1930.10
187	원산	-	앵화관광단 모집	동아일보	1931.4.9
188	원산	-	鎭興서 모집하는 앵화관광단	동아일보	1931.4.19
189	원산	-	앵화관광단	동아일보	1931.5.1
190	원산	-	송전만 견학 성황	동아일보	1931.5.5
191	원산	초사(草士)	해당화 필 때, 명사십리에서*	삼천리 3권 9호	1931.9
192	원산	-	송전만 영흥교 앵화관광대회	동아일보	1932.4.26
193	원산	-	송전만 견학 성황	동아일보	1932.5.1
194	원산	이동원	여름의 환락경, 해수욕장의 '에로그로'*	별건곤 53호	1932.7
195	원산	東方淸	여름 행락지-송도원과 해금강*	신여성 7권 7호	1933.7
196	원산	-	송전만 관앵단 모집(광고)	동아일보	1934.5.2
197	원산	노자영	세 처녀와 물싸움*	동아일보	1934.7.7
198	원산	해당화	외인 별장 풍경*	삼천리 6권 9호	1934.9
199	원산	-	송전만 관광단 모집(광고)	동아일보	1936.5.2
200	원산	-	송전만 감화원 관앵단 모집	동아일보	1936.5.4
201	원산	-	송전만 관앵단 모집(광고)	동아일보	1936.5.7
202	원산	모윤숙	그때 그 항구의 맘 -원산항에 남긴 약속*	조광 2권 8호	1936.8
203	원산	이헌구	해수욕장서 만난 그 처자	삼천리 8권 8호	1936.8
204	원산	송금숙	명사십리의 정혼(精魂)*	삼천리 8권 8호	1936.8
205	원산	D생	第二路 피서지-원산 석왕사 삼방약수포를 두르 도라, 변장어사의 수기*	조광 2권 9호	1936.9
206	원산	이선희	항구의 로맨쓰-돼지 순대와 원산항*	조광 4권 7호	1938.8
207	원산	엄필진	민요 〈형화(螢火)〉*	조선동요집	1938
208	원산	-	靑山白雲帖(一)	삼천리 7권 8호	1939.9
209	원산	-	靑山白雲帖(二)	삼천리 7권 9호	1939.10
210	원산	이기영	원산행 소감*	청색지 2권 3호	1939.12
211	원산	유동민	내 지방 현장보고-어항 원산의 편모*	조광 6권 5호	1940.5
212	원산	조태일	지방논단-무역도(貿易都)의 건설*	조광 6권 10호	1940.10
213	원산	김형규	바다의 명상*	조광 7권 9호	1941.9
214	원산	이호철	명사십리 해당화야	한길사	1986
215	원주	송풍색(松風色)	지방색-송이 싸기와 철렵*	별건곤 7호	1927.7

순번	지역	저자	제목	출전	발행 시기
126	원주	미상	이상향의 건설－자활자치에 백도(百度) 구비한 원주군 취병리 흥풍회(興風會)*	신민 47호	1929.3
217	이천(伊川)	이태준	고향예찬 : 그 강산과 그 문자－용담(龍潭) 이야기*	신동아 11호	1932.9
218	이천	이하윤	고향예찬 : 그 강산과 그 문자－이천(伊川)으로 왔소*	신동아 11호	1932.9
219	이천	엄필진 편	민요 〈가지 마라〉*	조선동요집	1938
220	철원	김기전	궁예 왕의 옛 서울을 밟고*	개벽 7호	1921.1
221	철원	미상	태봉 고국(古國) 철원군*	개벽 42호	1923.12
222	철원	차상찬	세계 희유의 사설 유곽－보라 이 유산자의 소위를*	개벽 42호	1923.12
223	철원	엄필진 편	민요 〈애 어멈아〉	조선동요집, 창문사	1924
224	철원	무명씨	조선 각지 폭포관－龍華 폭포*	별건곤 31호	1930.9
225	철원	김소운	민요 〈역노아(驛奴兒)〉	언문 조선구전 민요집	1933
226	철원	주북산인(珠北山人)	고도고적순례(其九)－태봉국 고도 철원*	신동아 22호	1933.8
227	철원	차상찬	태봉 왕 궁예 비사*	별건곤 70호	1934.2
228	춘천	엄필진 편	〈베 짜는 어머니〉	조선동요집, 창문사	1924
229	춘천	차상찬	춘천의 봄 소식은 엇더한가－춘곡(春谷) 형에게*	별건곤 6호	1927.4
230	춘천	미상	이상향의 건설－篤志篤行으로써 경영되는 춘천군 송암청년회*	신민 47호	1929.3
231	춘천	무명씨	조선 각지 폭포관－방곡구곡폭포(芳谷九曲瀑布)*	별건곤 31호	1930.8
232	춘천	김소운 편	〈동리푸리〉, 〈처녀푸리〉	언문 조선구전 민요집, 제일서방	1933
233	춘천	송석하	민요에 나타난 빛－〈춘천장사 타령〉 외*	신동아 53호	1936.3
234	춘천	김유정	오월의 산골작이*	조광 2권5호	1936.5
235	춘천	이석훈	그 강의 정서－소양강, 신연강(新延江)*	조광 4권8호	1938.8
236	춘천	김사량	山家 三時間－深山紀行의 一節	삼천리 12권 9호	1940.10
237	춘천	방종현 최상수 김사엽 공편	〈앞니 빠진 호공다리〉	조선민요집성, 정음사	1947
238	통천	손봉상(孫鳳祥)	금란굴기*		1900년대 초
239	통천	김소운	민요 〈새 쫓기〉	언문 조선구전 민요집, 제일서방	1933
240	통천	이헌구	바다의 금강 '동해의 송전'*	신동아 33호	1934.7
241	통천	정태양	장전통신초(長箭通信抄)*	신동아 35호	1934.9
242	통천	이헌구	피서지 찬－송전상찬기(松田常讚記)*	조광 3권 8호	1937.8
243	통천	이헌구	항구의 로맨쓰－여름 바다의 애수, 백일(白日)의 장전항*	조광 4권 7호	1938.7
244	통천	함대훈	송전의 '홀라딴스'*	조광 5권 8호	1939.8
245	평강	平康小金剛山宣傳會	영서의 소금강(小金剛)*	신민 17호	1926.9

순번	지역	저자	제목	출전	발행 시기
246	평강	송석하	조선팔도민속개관 -평강 전대감(全大監) 신앙*	신동아 53호	1936.3
247	평창	이효석	비로 마킨 고향길*	소년 3권7호	1939.7
248	화천	김소운	정치(情痴)	언문 조선구전 민요집, 제일서방	1933
249	회양	김소운 편	민요 〈쇠타령〉, 〈둥게둥게〉, 〈자장가〉	언문 조선구전 민요집, 제일서방	1933

2. 강원도 소재 외국인 기록물(국내 여행 · 체류 시기/발행 시기 순)

순번	지역	저자	제목	출전(출판사)	여행 (체류) 시기	(원서/번역서) 발행시기
1	원산	윌리암 R. 칼스	*Life in Korea*	Macmillan Co.	1884	1888/조선풍물지 (2019)
2	원산	윌리암 R. 칼스	"Recent Journeyin *Korea*"	*Proceedings of the Royal Geographical Society and Monthly Record of Geography*	1884	1886/영국 외교관의 근대 한국 탐방(2019)
3	원산	제임스 S. 게일	*Korean Sketches*	Fleming H. Revell Company	1888 ~97	1898/조선, 그 마지막 10년의 기록(2019)
4	금강산	찰스 W. 캠벨	*Proceedings of the Royal Geographical Soceity and Monthly Record of Geography*		1889	1892/서양인이 본 금강산(1999)
5	금강산	조지 커즌	*Problems of the Far East*	Longmans, Green & Co.	1892	1894/1백 년 전의 여행, 1백년 후의 교훈(1996)
6	원산	올리버 R. 애비슨	*Memoires of Life in Korea*	(미출간)	1893 ~1935	구한말 40여 년의 풍경(2006)
7	원산	야즈 쇼에이 [矢津昌永]	조선 시베리아 기행	선인출판사	1893	2016
8	금강산	프레데릭 S. 밀러	In the Diamond Mountains	*The Korean Repository* III	1894	1896.3/서양인이 본 금강산(1999)
9	금강산	프레데릭 S. 밀러	From the Diamond Mountains to Wonsan	*The Korean Repository* III	1894	1896.5/서양인이 본 금강산(1999)
10	원산	에른스트 폰 헤세-바르텍	*Korea: Eine Sommerreise nach dem Lande der Morgenruhe*	Verlag von Carl Reissner	1894	1895/조선, 1894년 여름(2012)
11	금강산 원산 회양 철원	I. B. 비숍	*Korea and Her Neighbours*	Fleming H. Revell Co.	1894 ~96	1897/조선과 그 이웃나라들(2000)
12	금강산 석왕사	헨리 노만	*The People and Politics of the Far East*	Charles Scribner's Sons	1894	1895/미번역
13	원산	카르네프 외 4인	*Po Koree Puteshestbila*	Moscow	1895 ~96	1958/내가 본 조선, 선인(2003)
14	금강산	Scranton	The fifty three Buddhas and the nine dragons	*The Korean Repository* III	?	1897.9/미번역

2 1926년 6월 26일부터 7월 8일까지 13박 14일 동안 금강산 일대를 여행한 소산 손봉상, 창암 김진철, 춘고 김근용, 구당 이범성, 춘포 공성학, 성암 이기소, 동석 이용준이 지은 책. 이 중 동석 이용준의 시만 50수 떼어내어 번역해 출간된 『금강산탐승록』(이유락 역, 새로운사람들, 2014)이 별도로 존재한다.

순번	지역	저자	제목	출전(출판사)	여행 (체류) 시기	(원서/번역서) 발행시기
15	춘천 철원	제이콥 로버트 무스	*Village LIfe in Korea*	Publishing House of the M.E. Church	1899 ~1924	1911/1900, 조선에 살다(2008)
16	당고개 금강산	지그프리트 겐테	*Korea-Reiseschilderungen*	Allgemeiner Verein fur deutsche Literatur	1901	1905/신선한 나라 조선, 1901(2007)
17	원산 석왕사 금강산	에밀 부르다레	*En Corée*	Plon-Nourrit	1901	1904/대한제국 최후의 숨결(2009)
18	금강산	장 드 팡주	*En Corée*	Lobrairie Hachette	1902 ~03	1904/프랑스 역사학자의 한반도 여행기 : 코리아에서(2009)
19	금강산	엥거스 해밀톤	*Korea*	Charles Scribner's Sons	1902 ~03	1904/러일 전쟁 당시 조선에 대한 보고서 (2010)
20	원산 석왕사 삼방 검불랑 평강	바츨라프 세로셰프스키	*Korea* *: Klucz Dalekiego Wschodu*	Nakład Gebethnera I Wolffa	1903	1905/코레야, 1903년 가을(2006)
21	원산 안변 검불랑 평강 철원	루돌프 차벨	*Meine Hochzeitseise durch Korea während des Russisch-Japanischen Krieges*	Stephan Geibel	1904	1906/독일인 부부의 한국 신혼 여행 1904(2009)
22	금강산	엘라수 와그너	*Korea* *: The Old and The New*	Fleming H. Revell Co.	1904 ~30	1931/한국의 어제와 오늘 1904~1930 (2009)
23	금강산	안드레 에카르트	*Wie ich Korea erlebte*	Lutzeyer	1909 ~29	1950/조선, 지극히 아름다운 나라(2010)
24	금강산	渡沏豪 二宮謙次郎	朝鮮名勝記	–	–	1910
25	금강산	–	東朝鮮 · 一名元山案內	元山每日新聞社	–	1910
26	금강산	에밀리 G. 켐프	*The Face of Korea*	Duffield & Company	1910	1911/조선의 모습 (1999)
27	금강산	프레데릭 스타	*Korea Buddhism-History, Condition, Art*	Marshall Jones Co.	1911~ 1916 · 1930	1918/미번역
28	금강산	엘리자베스 안나 고든	*Symbols of 'the Way': Far East and West*	Maruzen	1912 ~16	1916/미번역
29	금강산	–	朝鮮金剛山寫眞帖	德田寫眞館	–	1913
30	금강산	今川宇一郞	朝鮮金剛山大觀	大陸踏査會	–	1914
31	금강산	竹內直馬	朝鮮金剛山探勝記	富山房	–	1914
32	금강산	朝鮮總督府 鐵道局	金剛山遊覽の栞		–	1915
33	금강산	–	朝鮮金剛山大觀	德田寫眞館	–	1915
34	금강산	–	朝鮮鐵道旅行案內 ー附金剛山探勝案內	南滿洲鐵道株式會社 京城管理局	–	1915
35	금강산	힐다 바우저	"The Kongo-san" *Geographical Journal* 55	The Royal Geographical Society	1916 ~17	1920 / 미번역
36	금강산	제임스 S. 게일	"The Diamond Mountains" *TRANSACTIONS* 13	Royal Asiatic Society Korea Branch	1917	1922 / 서양인이 본 금강산(1999)
37	금강산	丸山晩霞	金剛の山水	春鳥會	–	1917~18
38	금강산	메리	*Chain of Amber*	The Book Guild Ltd.	1917	1992 /

순번	지역	저자	제목	출전(출판사)	여행 (체류) 시기	(원서/번역서) 발행시기
		린리 테일러				호박목걸이(2014)
39	금강산	菊池幽芳	朝鮮金剛山探勝記	洛陽堂	–	1918
40	금강산	朝鮮總督府 警務總監部 衛生課	朝鮮鑛泉要記		–	1918
41	금강산	高尾新右衛門	朝鮮金剛山	東京堂書店	–	1918
42	금강산	–	朝鮮金剛山	德田美術書院	–	1918
43	금강산	–	金剛山案內	南滿洲 鐵道株式會社	–	1918년경
44	금강산	엘리자베스 제인 코츠워스	*The Captain's Daughter*		1919	1950 / 미번역
45	원산 금강산	엘리자베스 키스	*Eastern Windows*	Hutchinson & Co.	1919 ~21	1928 / 동양의 창(2020)
46	금강산	엘리자베스 키스·엘스펫 키스 로버트슨 스콧	*Old Korea : The Land of Morning Calm*	Hutchinson & Co.	1919 ~21	1946 / 올드 코리아 (2020, 제2판)
47	금강산	–	朝鮮滿洲支那案內	鐵道院	–	1919
48	금강산	大町桂月	滿鮮遊記	大阪屋號書店	–	1919
49	금강산	間野暢ひろ	滿鮮の五十日	國民書院	–	1919
50	금강산	–	朝鮮金剛山探勝案內	南滿洲鐵道株式會社 京城管理局	–	1919
51	금강산	沼波瓊音	滿鮮風物記	大阪屋號書店	–	1920
52	금강산	石井柏亭	繪の旅·朝鮮支那の巻	日本評論社	–	1921
53	금강산	–	四季の朝鮮	朝鮮拓殖資料 祖師會	–	1921
54	금강산	–	朝鮮鑛床調查報告 (第七卷の一)·江原道	朝鮮總督府地質調查所	–	1921
55	금강산	버사 럼	*Gangplanks to the East*	Henkle-Yewdale House	1922~35 (미상)	1936/ 미번역
56	금강산	제임스 버셋 프랫	*The Pilgrimage of Buddhism and a Buddhist Pilgrimage*	Macmillan	1923	1928/ 미번역
57	금강산	–	金剛山	德田寫眞館	–	1923
58	금강산	–	朝鮮鐵道旅行便覽	朝鮮總督府	–	1923
59	금강산	–	金剛山眞景繪圖	朝鮮總督府	–	1923
60	금강산	–	金剛山探勝	南滿洲鐵道株式會社 京城管理局	–	1924년경
61	금강산	–	萬二千峰朝鮮金剛山	滿鐵京城鐵道國	–	1924
62	금강산	–	朝鮮金剛山百景	大阪朝日新聞社	–	1924
63	금강산	–	朝鮮の生活の文化	目白書院	–	1924
64	금강산	田山花袋	滿鮮の行樂	大阪屋號書店	–	1924
65	금강산	德富猪一郎	煙霞勝遊記	民友社	–	1924
66	금강산	–	朝鮮鑛山調查報告 (第七卷の二)－江原道	朝鮮總督府地質調查所	–	1924
67	금강산	–	–	*The National Geographic*	–	1924.10

순번	지역	저자	제목	출전(출판사)	여행 (체류) 시기	(원서/번역서) 발행시기
				Magazine		
68	금강산	太平晟	朝鮮金剛山 (山岳 第19年 第2號)	日本山岳會	–	1925
69	금강산	成田鲁石	金剛小詩	龜玉商店	–	1925
70	금강산	松村松盛	明け行く朝鮮	帝國地方 行政學會	–	1925
71	금강산	–	金剛山探勝	朝鮮總督府鐵道局	–	1925
72	금강산	노르베르트 베버	*In Den Diamantbergen Koreas*	St. Ottilien Monastery	1925	1927/ 수도사와 금강산 (1999)
73	금강산	아그네스 허버트	*A Girl's Adventure in Korea*	Adam & Charles Black Ltd.	1927 이전	1927/ 미번역
74	금강산	–	朝鮮地質調査要報 第七卷－江原道溫井里溫泉調査 報文	朝鮮總督府地質調査所	–	1926
75	금강산	松本武正 加藤檢吉	金剛山探勝案內	龜玉書店	–	1926
76	금강산	田村剛	世界の金剛山 (太陽 第32卷 8號)	博文館	–	1926
77	금강산	松本武正/ 加藤松林	金剛山探勝案內	龜玉商店	–	1926
78	금강산	–	朝鮮金剛山案內	朝鮮總督府 鐵道局	–	1927
79	금강산	成田鲁石	金剛句歌詩集	龜玉書店	–	1927
80	금강산	若山牧水	朝鮮紀行 (改造 12月號)	–	–	1927
81	금강산	–	金剛山探勝案內	朝鮮總督府 鐵道局	–	1928
82	금강산	辻蒼石	金剛山百勝	–	–	1928
83	금강산	Haguenauer	金剛山書懷	신민 42호	–	1928.10
84	금강산	H. B. 드레이크	*Korea of the Japanese*	John Lane the Bodley Head Ltd.	1928	1928전후/ 일제강점기의 조선 생활상(2019)
85	금강산	–	金剛山	朝鮮總督府鐵道局	–	1928~41版
86	금강산	–	朝鮮の鑛業	朝鮮總督府鐵道局	–	1929
87	금강산	高橋源太郎	朝鮮ってどんなとこ	–	–	1929
88	금강산	–	萬二千峰朝鮮金剛山	梅田寫眞館	–	1929
89	금강산	–	萬二千衆峰 朝鮮金剛山	朝鮮總督府 鐵道局	–	1929
90	금강산	–	日本地理風俗大系 －朝鮮篇(第17卷)	新光社	–	1930
91	금강산	–	日本地理大系 －朝鮮篇(第12卷)	改造社	–	1930
92	금강산	遲塚麗水	滿鮮趣味の旅	大阪屋號書店	–	1930
93	금강산	久保天隨	山門一笑	萬里閣書房	–	1930
94	금강산	–	江原道鑛業狀況	朝鮮鑛業會	–	1930

순번	지역	저자	제목	출전(출판사)	여행 (체류) 시기	(원서/번역서) 발행시기
95	금강산	–	金剛山	德田寫眞館	–	1930
96	금강산	吉田初三郎 畫	金剛山探勝 (世界の名山金剛山交通案內鳥瞰圖)	金剛山電氣鐵道	–	1930
97	철원 삼방 금강산 원산	小西榮三郎	朝鮮・滿洲・支那 案內	聖山閣	–	1930.
98	삼방 금강산	萩森茂	조선 각지 폭포관	별건곤 31호	–	1930.8
99	삼방 금강산	萩森茂	조선의 도시	大陸情報社	–	1931
100	금강산	前田寬	金剛山(Kongosan)	朝鮮鐵道協會	–	1931
101	금강산	菊池謙讓	金剛山記	鷄鳴社	–	1931
102	금강산	吉田初三郎	世界的名勝朝鮮 金剛山交通大鳥瞰圖	朝鮮總督府 鐵道局	–	1931
103	금강산	岡本曉翠	京城と金剛山	京城眞美會	–	1932
104	금강산	–	朝鮮の聚落	朝鮮總督府	–	1933
105	금강산	–	朝鮮の水鉛鑛業	朝鮮鑛業會	–	1933
106	금강산	–	金剛山案內圖	金剛山協會	–	1933
107	금강산	–	朝鮮 金剛山(영문판)	朝鮮總督府 鐵道局	–	1933
108	금강산	–	鐵道趣味(9月號)	鐵道趣味社	–	1934
109	금강산	小杉放庵	草書隨筆・滿鮮と支那	交蘭社	–	1934
110	금강산	–	昭和7年 朝鮮鑛業の趨勢	朝鮮鑛業會	–	1934
111	금강산	–	金剛山案內圖	金剛山電氣鐵道 株式會社	–	1934
112	금강산	松浦翠香	金剛山探勝案內圖	金剛山探勝 案內社	–	1934
113	금강산	大熊瀧三郎	金剛山探勝案內記	谷岡商店 印刷部	–	1934
114	금강산	–	國立公園(9月號)	國立公園協會	–	1935
115	금강산	–	朝鮮金剛山大觀	德田寫眞館	–	1935
116	금강산	–	朝鮮(8月號)	朝鮮總督府	–	1935
117	금강산	–	金剛山地方	日本地質學會	–	1935
118	금강산	S. 베리만	*In Korean Wild and Villages*	Travel Book Club	1935 ~36	1938/한국의 야생동물지(2019)
119	금강산	오드리 해리스	*Eastern Visas*	Collins	1936	1939/ 미번역
120	금강산	님 웨일스 (헨렌 포스터 스노)	*Song of Arriran : The Life Story of a Korean Rebel*	John Day Co.	1936	1941/아리랑 (2005, 개정3판)
121	금강산	川島理一郎	旅人の眼	龍星閣	–	1936
122	금강산	–	朝鮮金剛山	日之出商行	–	1936
123	금강산	中西伊之助	支那・滿洲・朝鮮	實踐社	–	1936
124	금강산	–	朝鮮郵船株式會社二十五年史	朝鮮郵船株式會社	–	1937

순번	지역	저자	제목	출전(출판사)	여행 (체류) 시기	(원서/번역서) 발행시기
125	금강산	黑川祖山・今村珠江	金剛遊記		–	1938
126	금강산 원산 석왕사 삼방	朝鮮總督府鐵道局	半島の近影	大阪：朝鮮 總督府鐵道局	–	1938
127	금강산	安田一	半島旅行の印象		–	1939
128	금강산	–	金剛山	日本旅行協會朝鮮支部	–	1939
129	금강산	금강산전기 철도주식회사	金剛山電氣鐵道二十年史	金剛山電氣鐵道株式會社	–	1939
130	금강산	–	金剛山探勝コース圖	財團法人金剛山協會	–	1939
131	금강산	–	金剛山鳥瞰圖	德田商店・金子常光書	–	1939
132	금강산	–	觀光朝鮮(第一卷 二號)	日本旅行協會朝鮮支部	–	1939
133	금강산	–	モダン日本(第11卷 第9版)	モダン日本社	–	1940
134	금강산	–	金剛山	財團法人金剛山協會	–	1940
135	금강산	–	朝鮮鐵道四十年略史	朝鮮總督府鐵道局	–	1940
136	금강산	–	金剛山探勝案內圖	德田商店	–	1940
137	금강산	–	金剛山	財團法人金剛山協會	–	1941
138	금강산	–	文化朝鮮	日本旅行協會朝鮮支部	–	1941~44
139	금강산	–	朝鮮鑛區一覽	朝鮮鑛業會	–	1942
140	금강산	飯山達雄	朝鮮の山		–	1943

3. 북한 간행 자료(지역명 가나다순)

순번	지역	저자	제목	출전	발행 시기
1	금강산	오종익	조선의 명승 – 금강산	군중문화사	1960
2	삼방현	오종익	조선의 명승 – 삼방협곡	군중문화사	1960
3	석왕사	오종익	조선의 명승 – 석왕사	군중문화사	1960
4	통천 – 총석정	리정하	총석정에서 부른 노래	조선문학	1956.10